LINCOLN

OUVRAGES DE GORE VIDAL
TRADUITS EN FRANÇAIS

JULIEN (1966)
LA MAUVAISE PENTE (1967), Robert Laffont
MYRA BRECKINRIDGE (1970)
BURR (1978), Belfond
LES FAITS ET LA FICTION (1980), Belfond
MESSIAH (1980), Belfond
UN GARÇON PRÈS DE LA RIVIÈRE (1981), Ed. Personna
CRÉATION (1983), Grasset
DULUTH (1984), Julliard

GORE VIDAL

LINCOLN

roman

traduit de l'américain par
GÉRARD JOULIÉ

JULLIARD/L'ÂGE D'HOMME

Titre original :

LINCOLN

ISBN 0-394-52895-6
Random House, New York

© 1984 by Gore Vidal
© Julliard/L'Age d'Homme, 1985 pour la traduction française

ISBN 2-260-00409-1

PREMIÈRE PARTIE

I

Elihu B. Washburne consulta sa montre en or. Les aiguilles indiquaient six heures moins cinq.

— Attends-moi ici, dit-il au cocher.

— Qui me dit, monsieur, que vous allez revenir ? rétorqua ce dernier.

Elihu B. Washburne n'avait pas la réputation d'être un homme facile, et ses colères étaient fort admirées dans son État adoptif de l'Illinois où ses électeurs proclamaient qu'il était le seul antialcoolique notoire capable de se conduire comme une personne normale à six heures moins cinq du matin par une froide journée d'hiver, comme ce 23 février 1861 pour être précis.

— Espèce de nègre, tu vas voir !... s'écria Washburne sentant la moutarde lui monter au nez quand la prudence, qui veille toujours sur les politiciens, lui envoya au visage un jet de vapeur froide qui lui coupa le souffle.

« Tiens, voici pour toi, dit-il au cocher sans rien rabattre de sa colère et en lui glissant dans la main quelques pièces de monnaie, tu m'attendras ici jusqu'à mon retour. Tu m'as bien compris ?

— Oui, monsieur, je vous ai bien compris, répondit le nègre, dont le visage s'éclaira d'un sourire que le froid éteignit presque aussitôt.

Washburne boutonna son manteau et posa prudemment le pied sur la boue gelée qui servait de trottoir à l'imposante avenue conduisant à la gare de brique rouge de la ville de Washington, capitale des trente-cinq États constituant les États-Unis d'Amérique présentement en voie de désunion. Il fit bouffer sa barbe épaisse et noire par-dessus son manteau pour s'abriter du froid.

Washburne pénétra dans la gare au moment où le train de Baltimore s'arrêtait en grinçant de tous ses freins. Des porteurs nègres traînaient le long des voies tandis que de vastes charrettes se tenaient prêtes à recevoir les marchandises venues du Nord en échange du tabac, de la nourriture et du coton fournis par le Sud. Les Sudistes disaient couramment

9

que Washington était la capitale naturelle du Sud, mais ceux qui connaissaient Washburne se seraient bien gardés de le dire en sa présence.

Le représentant du second district de l'Illinois dépassa la locomotive et alla se poster en face d'un wagon vide et doré dont les flancs étaient décorés aux armes du premier fournisseur de la ville, un nommé Gautier, Français de naissance, qui passait au dire de certains pour le Dauphin de France.

Tout en regardant descendre du train les voyageurs encore mal réveillés, Washburne regretta de ne pas avoir emmené avec lui au moins une demi-douzaine de gardes fédéraux. Comme la garde de nuit venait d'être relevée, personne n'eût trouvé étrange qu'ils eussent fait un détour par la gare avant de regagner leur caserne. Mais l'autre moitié du comité conjoint d'accueil semi-officiel — le sénateur William H. Seward de New York — avait dit : « Nous ne voulons pas attirer l'attention sur notre visiteur. A nous deux, nous suffirons bien. » Or le mystérieux Mr. Seward n'ayant pas jugé bon de se rendre à la gare, Elihu B. Washburne représentait à lui tout seul la Chambre des Représentants. Soudain, il se fit un petit bruit à quelques pas de lui, il tourna la tête et son attention fut attirée par ce qui offrait toutes les apparences d'un guet-apens. A sa gauche, un petit homme à l'œil vif tenait une main enfoncée dans la poche de son pardessus où l'on devinait le contour d'un derringer. A sa droite, un homme jeune, carré d'épaules, avait les deux mains dans les poches — deux pistolets ? Au centre, un grand homme maigre portait un chapeau mou rabattu sur les yeux — comme en ont parfois les cambrioleurs — et un manteau court dont le col relevé ne montrait du visage qu'un nez proéminent et des pommettes saillantes couvertes d'une peau jaunâtre tendue comme un tambour. Il portait à la main gauche une mallette de cuir contenant sans doute les instruments de sa sinistre profession.

Quand les trois hommes furent à la hauteur de Washburne, celui-ci dit :

— Je ne suis pas dupe, Abe.

Alors le petit homme se tourna d'un air menaçant vers Washburne, une main à demi sortie de sa poche laissant voir le barillet du derringer, mais le grand maigre lui dit :

— Laissez, Mr. Pinkerton. Vous avez devant vous Mr. Washburne, membre du Congrès. C'est notre comité de réception.

Washburne serra chaleureusement la main de son vieil ami, le Président-élu des États-Unis, Abraham Lincoln, un collègue politicien de l'Illinois, qu'on devait assassiner à Baltimore plus tard dans la journée.

— Et voici Mr. Ward Hill Lamon, dit Lincoln en désignant l'homme râblé qui retira la main de sa poche pour serrer celle de Washburne. Il portait aux doigts un attirail étincelant que Washburne regardait d'un air effaré.

— Hill, lorsque vous êtes dans la grande ville, il n'est pas nécessaire d'arborer tout votre armement, lui dit Lincoln en riant.

— C'est justement là que j'en ai le plus besoin, répliqua Hill avec un fort accent du Sud.

Pendant ce temps Pinkerton marchait devant en étudiant les passants avec une telle méfiance qu'il commença à attirer sur lui l'attention.

— Mr. Pinkerton est ce qu'on appelle un détective, expliqua Lincoln à l'intention de son ami, et, comme vous savez, les détectives prennent grand soin de ne pas se faire remarquer.

Au grand soulagement de Washburne, personne n'avait reconnu Lincoln. Mais il avait eu un moment de doute lorsque ce dernier avait rabattu son col, découvrant de la sorte une épaisse barbe noire qui donnait à sa figure une tout autre expression.

— Est-elle fausse ? demanda Washburne.

Ils se trouvaient maintenant sous une immense affiche représentant Lincoln avec comme légende : « Abraham Lincoln, Président-élu. Bienvenue à Washington. » Il y avait dans le visage rasé de frais de l'affiche un air de dureté qui était totalement absent du visage barbu, lequel trahissait au contraire beaucoup d'aménité et un peu de fatigue. Aux yeux de Washburne, Lincoln ressemblait à un riche fermier de l'Illinois venu faire son marché.

— Non, elle est réelle, répondit Lincoln. Il fallait bien que je m'occupe dans le train en venant de Springfield. Lincoln fit un saut de côté pour éviter deux grosses femmes noires qui transportaient un baquet de chair à saucisse dans l'un des wagons.

Pinkerton leur fit signe de les suivre. Comme ils se dirigeaient vers la porte de sortie, Washburne dit :

— J'ai loué une voiture. Le gouverneur Seward devait nous rejoindre ici, mais il n'a pas dû se réveiller. Nous vous avons logé à l'hôtel Willard. Le général Scott pense que vous y serez plus en sûreté que dans cette maison que nous vous avons trouvée.

Lincoln ne répondit rien. Washburne se demanda s'il avait écouté. Dehors le pâle soleil d'hiver avait l'air d'un pétale rose posé sur un ciel en papier de soie à gauche de l'endroit où aurait dû se trouver le dôme du Capitole. A la place, s'appuyant sur la base cylindrique de marbre — qui ressemblait à un gâteau de mariage de chez Gautier —, une immense grue se découpait sur le ciel, pareille à une potence.

— On dirait qu'ils ont enlevé le couvercle, dit Lincoln, en ignorant les efforts de Pinkerton pour le faire monter dans la calèche.

— Dieu sait quand ils en mettront un nouveau, répliqua Washburne. Il y en a même qui disent au Congrès qu'on devrait le laisser tel quel.

— Ce n'est pas mon avis, répondit Lincoln secoué d'un brusque frisson. J'oublie toujours comme le Sud peut être froid en hiver.

Les quatre hommes montèrent dans la voiture. Pinkerton prit place à côté du cocher. Lamon s'assit dans le sens inverse de la marche, tandis que Lincoln et Washburne se partageaient la banquette arrière. Washburne remarqua que Lincoln ne quittait pas la mallette des mains et que, même assis, il la serrait si fort qu'il avait les jointures des doigts toutes blanches.

— Les joyaux de la couronne ? dit-il en désignant la mallette.

Lincoln se mit à rire sans lâcher pour autant la poignée.

— Mon certificat de bonne conduite. C'est le discours d'inauguration. Je l'ai confié à mon fils Bob, et il l'a égaré à Harrisburg, le malheureux ! C'est le seul exemplaire restant, dit Lincoln en faisant la grimace. Nous avons dû remuer deux tonnes de bagages avant de mettre la main dessus. Maintenant c'est moi qui porte la mallette.

— Nous sommes tous un peu curieux d'entendre ce que vous allez dire... commença Washburne.

— On a fait de nouvelles constructions par ici, dit Lincoln en regardant par la vitre. De fait, sur le côté nord de Pennsylvania Avenue, les grands hôtels s'alignaient comme des casernes de brique alternant avec des tavernes et des magasins. Au coin de la Sixième Rue se trouvait l'hôtel Brown.

— L'hôtel Brown existait déjà quand vous étiez là dans les années quarante.

Lincoln acquiesça :

— C'est ici que j'ai passé ma première nuit à Washington avec Mrs. Lincoln. Ensuite nous nous sommes installés dans une pension de famille avec les deux garçons. La logeuse s'appelait Spriggs, la veuve Spriggs, comme on disait. La pauvre, les garçons lui en ont fait voir !

Ils dépassèrent l'hôtel Kirkwood dans la Douzième Rue et arrivèrent bientôt au coin de la Quatorzième Rue et de Pennsylvania Avenue où se dressait l'hôtel Willard, centre de la vie sociale et politique de la ville. Il était symboliquement situé en face du ministère des Finances et dans le prolongement de la maison présidentielle.

A six heures trente du matin, la ville n'était pas encore tout à fait réveillée. Les voitures de louage qui stationnaient habituellement devant chaque hôtel n'étaient visibles nulle part. Seuls quelques nègres — esclaves et hommes libres — étaient occupés, qui à frotter les escaliers des maisons, qui à ravitailler les hôtels.

— Ils ont fait un effort pour paver l'avenue, mais ils n'ont pas été plus loin, reprit Lincoln, tandis que la voiture poursuivait cahin-caha son chemin sur une chaussée qui ressemblait davantage à un terrain vague que si elle avait été simplement recouverte de boue gelée.

A l'extrémité de Pennsylvania Avenue, les premiers architectes de la ville avaient pensé bien faire en plaçant la maison du Président vis-à-vis du Capitole, mais le ministère des Finances bouchait une partie de la vue et le reste était pris par une grande bâtisse en brique qui intrigua Lincoln.

— C'est nouveau, n'est-ce pas ? Qu'est-ce que c'est ? Une prison ?

— Non. C'est la grange du président Buchanan. Il en est très fier, et à juste raison, car c'est la seule chose qu'il ait faite en quatre ans.

Ils croisèrent un tramway à cheval à demi vide à cette heure matinale, dont la cheminée toussotait.

— Les tramways datent de votre époque, dit Washburne, mais maintenant ils font tout le trajet depuis les chantiers navals jusqu'à Georgetown. Cela fait six milles, ajouta Washburne en constatant une fois de plus que l'attention de son interlocuteur lui échappait. La paupière gauche de Lincoln — qui ressemblait curieusement à celle d'une grenouille — était à demi fermée, ce qui indiquait invariablement soit qu'il était très fatigué, soit qu'il était absorbé dans ses pensées.

L'entrée principale de l'hôtel Willard faisait l'angle de la Quatorzième Rue et de Pennsylvania Avenue. Quelques arbustes rabougris encadraient la porte, tandis qu'un peu plus bas, en descendant l'avenue, un petit temple grec avait été complètement englouti par l'immense hôtel.

— Vous vous souvenez de la vieille église presbytérienne ? interrogea Washburne. A présent, elle fait partie de Willard. Ils en ont fait une salle de concert. C'est là que se tient la Conférence de la Paix.

Il essaya une fois de plus de lire sur le visage de Lincoln, mais celui-ci ne laissait rien paraître.

La voiture s'arrêta devant l'entrée principale, et un nègre en uniforme aida les voyageurs à descendre.

— Ces messieurs ont-ils des bagages ?

— Ils arrivent par le prochain train, dit Lincoln.

— Mais, messieurs... Pinkerton bouscula le portier et se fraya un chemin à l'intérieur de l'hôtel.

— Par ici, messieurs.

— Un individu tout à fait remarquable, et qui ne manque pas d'énergie, observa Lincoln avec un sourire.

A l'intérieur de l'hôtel, une demi-douzaine de porteurs noirs somnolaient sur place tandis que le sous-directeur — dont la blancheur de peau tranchait, pour ne pas dire jurait, avec la couleur de peau du personnel — était occupé à trier des lettres derrière son comptoir. Le hall était haut de plafond et sentait la fumée de charbon. De sombres et profonds fauteuils étaient disposés au hasard dans la pièce, et auprès de chacun se trouvait un crachoir. Des banquettes en crin étaient alignées le long des murs. Quelques voyageurs se tenaient isolés au milieu de leurs bagages, attendant qu'on vînt les chercher.

Pinkerton attira l'attention du sous-directeur en frappant du poing sur le comptoir de marbre, et ce qui avait été le plus blanc des visages devint rouge de colère, puis il reprit sa couleur naturelle dès que Pinkerton lui eut chuchoté quelque chose à l'oreille. Le sous-directeur sortit précipitamment de derrière son comptoir, serra la main de Washburne et dit d'une voix interloquée :

— Bienvenue à l'hôtel Willard, monsieur le Président.

— Voici le Président, dit Washburne en désignant Lincoln.

— Le Président-élu, rectifia Lincoln. Ne tentons pas le destin. Il reste encore dix jours.

— Vos chambres ne sont pas prêtes, monsieur, dit le sous-directeur en s'adressant à Lamon, qui avait pris la place de Washburne dans son esprit. Voyez-vous, nous ne vous attendions pas avant cet après-midi, et Mr. William Dodge de New York, qui est un de nos meilleurs clients, occupe la suite numéro six, et comme il n'est que six heures trente-quatre, il n'est sûrement pas encore levé.

Lincoln se tourna vers Lamon :

— Je vous laisse régler cela.

Au même moment, un vieux porteur blanc s'approcha de Washburne et lui dit avec un fort accent :

— Eh bien, Mr. Washburne, je vois que vous nous ramenez un Président.

— C'est Mike, dit Washburne à Lincoln. C'est l'homme le plus rusé de la ville.

— Si rusé, monsieur, qu'il va tout de suite vous conduire au gouverneur Seward.

Quelques instants plus tard, Washburne et Lincoln se trouvèrent dans la principale salle à manger de l'hôtel. Seward était assis seul au bout d'une longue table, et fumait un cigare les yeux à demi fermés. Derrière lui, des garçons empilaient des chauffe-plats sur un immense buffet. Autrement la grande salle était déserte.

A la vue de Lincoln, Seward se dressa sur ses pieds. Il n'était pas beaucoup plus grand debout qu'assis, remarqua Washburne. Autrefois rouquin, il avait aujourd'hui les cheveux blancs, un gros nez et des yeux pâles. Depuis longtemps maître absolu de l'État de New York, sans parler du jeune parti républicain, il eût sans doute été Président si ses partisans l'avaient emporté sur ceux de Lincoln à la convention de Chicago. William H. Seward avait sept ans de plus que son rival, dont il serrait maintenant la main, en lui disant de la voix rauque du fumeur :

— Vous êtes aussi grand que je me l'étais imaginé, monsieur le Président.

Seward leva les yeux sur Lincoln, qui avait exactement trente centimètres de plus que lui.

— Je n'ai pas eu le temps de bien vous regarder lors de notre rencontre durant la campagne, qui n'a duré du reste que deux minutes.

— Et vous, monsieur le Gouverneur, vous êtes aussi bel homme que sur vos portraits, répliqua Lincoln, en se pliant comme un couteau de poche devant Seward, ce qui amena un sourire amusé sur les lèvres de Washburne, ravi d'assister à la première véritable rencontre entre les deux grands rivaux dont l'opposition avait menacé de diviser le jeune

14

parti républicain entre les abolitionnistes à tout crin conduits par Seward et les modérés représentés par Lincoln, brillant avocat des chemins de fer, mais jusque-là moins brillant sur le terrain politique : un mandat à la Chambre des représentants douze ans plus tôt, un échec au Sénat il y a deux ans, et maintenant la présidence. Même Washburne, son vieil ami, se demandait comment un tel miracle politique avait bien pu se produire. Il est vrai que Washburne n'était pas le seul à se demander comment Lincoln avait pu faire pour damer le pion à Seward avant de l'emporter sur le candidat démocrate du Nord, le fameux Stephen A. Douglas, qui l'avait si sévèrement battu lors des dernières élections sénatoriales — ainsi que sur deux autres candidats : le candidat démocrate du Sud, John C. Breckinridge et le whig John Bell. Avec un peu moins de quarante pour cent des voix, Lincoln était un Président largement minoritaire, mais il était tout de même Président.

Seward fit signe à Lincoln de s'asseoir au bout de la table entre lui et Washburne. Puis il appela un garçon, ce qui provoqua de grands éclats de rire de la part du personnel.

— Nous ne servons pas avant huit heures !

— Mike ! s'écria Washburne.

Le vieux porteur se fraya un chemin au milieu des garçons. Quelques minutes plus tard on leur servait pour déjeuner la première alose de l'année pêchée dans le Potomac.

— C'est sans doute la dernière fois que vous pourrez manger ici, observa Seward tout en se servant copieusement de poisson.

— J'ai idée que les privations ne font que commencer, fit Lincoln en croquant une pomme.

Abstinent tout comme Washburne, Lincoln était également hostile à toute espèce de nourriture, contrairement à son collègue. Pendant des années Washburne l'avait supplié de manger davantage pour se guérir d'une constipation chronique qui l'obligeait à avaler au moins une fois par semaine de grandes quantités d'un laxatif violent connu sous le nom de *messe bleue*. Pourtant, malgré sa maigreur, Lincoln paraissait bien portant. Il était aussi fort qu'un bœuf et pouvait soulever à bout de bras une lourde hache en la tenant par le manche.

Quand les garçons furent hors de portée de voix, Lincoln dit tout bas à Seward :

— Je ne me remettrai jamais d'un tel affront. Entrer dans la capitale comme un voleur !

— Monsieur, il y avait bien complot, dit Seward en éternuant. Puis il tira de sa poche un large mouchoir de soie jaune et se moucha bruyamment.

— Monsieur, dit Washburne en se substituant momentanément à Seward, lorsque votre voiture a traversé Baltimore — tirée par des chevaux, comme vous le savez — pour aller d'une gare à l'autre, une bande de *plug-uglies* avait projeté de vous assassiner.

15

— Pourtant avec suffisamment de gardes...

— Quand nous prîmes connaissance du complot, il était trop tard, reprit Seward en agitant un cigare. C'est pourquoi le général Scott a insisté pour que vous arriviez incognito avec votre serviteur et monsieur pour tout comité d'accueil.

Seward se tourna vers Washburne qui hocha la tête avec gravité.

Lincoln étira les bras jusqu'à faire craquer ses articulations.

— J'avoue, dit-il, que l'idée de me faire tuer ne m'aurait pas déplu. Cela aurait mis un peu de piquant dans ce voyage.

Seward sourit légèrement et alluma son cigare.

— Le voyage a pourtant été un triomphe, si l'on en croit la presse, reprit Washburne.

— Oh, pour cela, je n'ai jamais fait autant de discours de ma vie !

Seward souffla au plafond la fumée de son cigare.

— Il y a dans l'un de vos discours, monsieur, un passage qui m'a intrigué. Vous dites qu'il n'y a aucun mal de fait, alors que six États ont déjà quitté l'Union, et que davantage menacent d'en sortir, tandis que les rebelles s'emparent des biens du gouvernement depuis la Floride jusqu'à Chesapeake Bay.

— J'ai dit qu'aucun mal n'avait encore été fait à *personne,* répliqua Lincoln d'une voix égale.

— Vous savez sans doute ce qu'on dit de moi, reprit Seward en essayant une autre piste. On dit que je suis un extrémiste, un partisan de la guerre à tout prix.

— « Le conflit est inévitable », ce sont vos propres paroles, dit Lincoln avec un sourire. C'est ce qui m'a valu de gagner les élections.

— Ce sont bien là les paroles les plus sottes qui soient jamais sorties de ma bouche, dit Seward. Puis, après un silence, il ajouta : Il paraît que vous n'aimez ni le tabac ni la boisson. Je suppose que vous ne jurez pas non plus.

— Ma foi, non ! A ce propos, je vais vous conter une anecdote. Un jour que j'étais en tournée dans l'Illinois, un brave homme de paysan m'ayant offert à boire, je déclinai son offre ; puis il m'offrit une chique, et de nouveau je refusai, disant que je ne fumais pas. Alors, n'y tenant plus, il s'écria : « Ce n'est pas toujours ceux qui ont le moins de vices qui ont le plus de vertus. »

Depuis qu'ils se connaissaient, Washburne avait entendu Lincoln raconter cette histoire une bonne demi-douzaine de fois, sans jamais en changer un seul mot. Ce genre d'histoires revenait à intervalles réguliers comme une forme de ponctuation ou de dérivatif. Mais Lincoln savait aussi raconter une bonne histoire — une de ces histoires à rallonge qui provoquent toujours l'hilarité. Pendant les soirées d'hiver qu'ils passaient ensemble au cours de leur tournée, c'était à qui des deux amis raconterait la meilleure histoire, et c'est toujours Lincoln qui gagnait. Une fois qu'il avait réussi à accrocher l'attention de ses auditeurs par quelque détail comique ou saugrenu, il ne les lâchait plus jusqu'à ce qu'ils fussent morts de rire. Il était aussi bon orateur, à condition toutefois d'avoir soigneusement préparé son discours, car autrement il n'avait pas le contact facile avec les gens. Ce qu'il lui fallait, c'était un dossier bien étudié. Washburne espérait qu'un tel dossier se trouvait dans la mallette que Lincoln transportait avec tant de précautions.

Seward proposa à Lincoln de visiter sa nouvelle demeure et de rencontrer un peu plus tard dans la journée Mr. James Buchanan, le président sortant — un pauvre vieillard inoffensif.

— Inoffensif! s'écria Washburne. Inoffensif, un homme qui a laissé en Floride les rebelles s'emparer des biens fédéraux, à Pensacola et à Key West, et qui a permis aux rebelles de Caroline du Sud d'occuper Fort Moultrie, une forteresse fédérale!...

— Je ne pense pas qu'on puisse tenir Mr. Buchanan pour entièrement responsable, dit Seward d'un air assez indifférent. Après tout, ils nous avaient assez avertis. Ils nous avaient bien dit que si notre ami ici présent était élu Président, ils quitteraient l'Union. C'est bien ce qui est arrivé.

— Oui, et ils ont entraîné avec eux le Mississippi, l'Alabama, la Géorgie, la Louisiane et peut-être bien la Virginie !

— Comment cela, la Virginie ? interrogea Lincoln avec vivacité. La Virginie est la clé de toute cette affaire.

Seward haussa les épaules :

— La prétendue Conférence de la Paix, dit-il, siège à présent depuis deux semaines sous la présidence du vieux Tyler — le dernier des Virginiens.

— Quel est le climat ?

— Guerrier, comme à toutes les conférences de la paix.

— Si la Virginie sort de l'Union..., commença Lincoln.

— Ce sera la guerre, dit Washburne.

Seward ne disait rien. Il étudiait le visage de Lincoln pour y lire ses pensées, mais Lincoln ne laissait rien voir. Alors il dit d'un air presque dégagé :

— Ce ne serait pas un grand malheur. Nous serions débarrassés une fois pour toutes de ces républiques cotonnières qui nous donnent tant de tracas.

— Je croyais que la guerre était inévitable selon vous, dit Lincoln avec un pâle sourire, cependant que Washburne se resservait d'huîtres frites, un mets exquis dont on n'avait jamais entendu parler dans l'Illinois.

— Le meilleur moyen d'éviter la guerre serait de laisser tranquilles nos sœurs égarées du Sud. Ce qui nous permettrait de nous tourner vers le Canada, le Mexique, les îles...

17

— Monsieur Seward, vous rêvez d'empire pour un gouvernement qui vient d'abandonner aux rebelles la moitié de ses garnisons, et qui a toutes les peines du monde à se faire respecter chez lui.

Seward décrivit une arabesque avec son cigare :

— Le diable et les moustiques emportent le Sud ! Avez-vous jamais visité le Sud ?

— Je suis allé une fois à La Nouvelle-Orléans, dit Lincoln, puis il ajouta non sans une certaine brusquerie, mais je suis né dans le Kentucky comme chacun sait.

— Un État-frontière, précisa Washburne.

— Un État-frontière esclavagiste, corrigea Lincoln.

— Quand j'étais gouverneur de New York, reprit Seward d'un air songeur, je ne manquais jamais une occasion d'aller au Canada. Savez-vous que les Canadiens — je parle des meilleurs, de ceux qui parlent l'anglais — n'ont qu'un désir, c'est d'entrer dans l'Union ?

— Si ma mémoire est bonne, dit Lincoln en crachant son second trognon de pomme, les deux fois où nous sommes intervenus au Canada — pendant la Révolution et puis en 1812 — les Canadiens nous ont bien fait comprendre que nous étions indésirables.

— C'était hier. Depuis les choses ont changé.

Lincoln repoussa sa chaise et se leva de table.

— Nous avons assez de problèmes comme cela, sans y ajouter le Canada. Nous avons aussi, vous et moi, à former un gouvernement.

— Voulez-vous dîner avec moi ce soir ? demanda Seward.

— Volontiers. Maintenant, messieurs, si vous le permettez, je vais prendre un peu de repos. Il y avait la nuit dernière dans mon wagon un homme ivre qui n'arrêtait pas de chanter *Dixie.*

— Ce n'est pas notre air favori, fit Washburne.

— En effet.

Lincoln se dirigea vers la porte où le vieux Mike montait la garde, puis, se retournant, il ajouta :

— « Prends garde, Dixie ! Prends garde ! » Depuis hier ce refrain ne cesse de me trotter par la tête. Prends garde à quoi, je vous le demande ?

— A vous, sans doute, dit Seward.

— Puisque c'est vous qui le dites, Mr. Seward. Mais rassurez-vous, nous allons changer tout cela. Vous ne vous en souvenez peut-être pas, Mr. Seward, mais il y a des années, nous avons eu un entretien tous les deux. C'était à Tremont Temple, à Boston.

— En septembre 1848. Vous faisiez campagne en Nouvelle-Angleterre pour Zachary Taylor, et vous portiez un long surtout de toile. Non, je n'ai pas oublié. Je croyais que c'était vous qui aviez oublié.

— Et vous, vous portiez des pantalons jaunes comme ceux que vous avez en ce moment. Vous voyez, nous autres hommes politiques, nous avons une mémoire d'éléphant. Messieurs, je vous salue.

18

Lincoln parti, Washburne se tourna vers Seward :

— Que pensez-vous de notre homme, Mr. Seward ?

Seward fronça les sourcils :

— Je ne sais trop qu'en penser. Je n'ai pas l'habitude de ces politiciens de la prairie, si vous me pardonnez l'expression, Mr. Washburne.

— Je vous pardonne. Après tout, nous nous connaissons bien tous les deux, nous sommes un peu de la même farine. Mais Abe n'est pas vraiment un politicien de la prairie comme vous dites. En fait, il ne ressemble à personne.

— Que voulez-vous dire ? Je croyais au contraire qu'il était le portrait type du politicien de l'Ouest, homme du peuple, briseur de rails, et tout le tremblement...

Washburne partit d'un éclat de rire :

— Tout ça c'était pour la campagne.

— Vous voulez dire que l'honnête Abe, c'est de la frime ?

— Oui et non. Je ne dis pas qu'il n'a pas brisé un ou deux rails dans sa jeunesse, mais dans le fond c'est un homme profondément intègre. Tout le reste, c'était pour se faire bien voir.

— Et moi qui croyais que nous avions affaire à un second « Tippecanoe » Harrison.

— Non, Mr. Seward, l'homme à qui nous avons affaire est quelqu'un de très complexe et de très secret. Ne le sous-estimez pas.

Seward regarda attentivement Washburne pour voir s'il plaisantait. Quand il vit que Washburne était tout à fait sérieux, il dit avec ce sourire agréable que les journalistes appelaient son sourire jésuite :

— Je fais de la politique depuis assez longtemps pour savoir qu'il ne faut sous-estimer personne.

— Vous serez sans doute son secrétaire d'État.

— Oui, si nous arrivons à nous mettre d'accord.

— Quelles sont vos conditions ?

— Eh bien, il faut d'abord s'entendre sur la composition du cabinet. Il faut un cabinet d'union, je veux dire un cabinet d'hommes qui aient les mêmes options politiques. Je suis un libéral, un modéré. Mr. Lincoln est également un libéral. Comme le sont d'ailleurs la plupart des figures éminentes de notre parti. Mais j'ai peur qu'il ne veuille inclure dans son gouvernement des abolitionnistes à tout crin comme Chase, des libéraux comme Bates ou bien des démocrates comme Welles.

— Où serait le mal ? demanda Washburne, qui lisait très bien dans le jeu de Seward — le prétendu plan d'Albany élaboré l'automne dernier par Seward et son principal conseiller, Thurlow Weed, propriétaire de l'*Albany Evening Journal*. Ce qu'ils voulaient, c'était exclure du cabinet d'éventuels concurrents comme Chase, et surtout faire de Lincoln une marionnette qu'ils manieraient à leur guise, tandis que la réalité du pouvoir écherrait à Seward, chef du parti républicain et l'homme le plus populaire du pays.

19

— Il me semble au contraire assez habile, dit prudemment Washburne, de réunir dans un même gouvernement tous les hommes favorables à l'Union — démocrates et abolitionnistes aussi bien que libéraux et modérés, même si certains d'entre eux sont des rivaux comme Chase, glissa-t-il avec un sourire finaud. Après tout, il vous a bien choisi, vous qui êtes son principal rival.

— Je l'étais, dit Seward d'un air résigné, mais je ne le suis plus. Je suis maintenant trop vieux pour devenir un jour Président.

Seward sourit en prononçant ces dernières paroles pour montrer qu'il plaisantait, et convaincre par conséquent Washburne du contraire :

— Mais avec Chase et les autres sur les bras, cela risque d'être un peu lourd pour lui, dit-il. Enfin, nous verrons bien, n'est-ce pas ?

Seward glissa son bras sous celui de Washburne et tous deux sortirent de la salle à manger. Au même moment les portes s'ouvrirent toutes grandes pour laisser entrer les premiers clients de la journée : une horde d'enfants mal nourris que des mères acariâtres dirigeaient à coups de taloches vers le buffet.

II

David Herold regarda avec des yeux écarquillés la première page de l'*Evening Star*, puis il fit une chose qu'il n'avait encore jamais faite : il acheta un numéro du journal au vieux nègre qu'il avait toujours vu vendre des journaux au coin de H Street et de la Sixième Rue — c'est-à-dire depuis dix-huit ans.

— Il est ici ! dit le vieux d'un ton goguenard. Il est arrivé de nuit comme un voleur.

Tout en descendant H Street, David lut l'article spécial que le *Star* avait consacré à l'arrivée secrète du Président-élu. Les faits n'étaient pas nombreux. Apparemment Mrs. Lincoln, leurs trois fils, ainsi que les membres de leur suite, arriveraient dans l'après-midi comme prévu, tandis que, pour des raisons encore inconnues, Mr. Lincoln avait pris le train de nuit en compagnie de deux détectives ; on les avait aperçus dans le hall de l'hôtel Willard vers sept heures du matin.

David s'arrêta au numéro 541 de H Street, devant une étroite maison de brique ternie, haute de quatre étages, avec sur le côté une courette comprenant un enclos où picoraient quelques poules chétives. Un escalier extérieur menant au second étage jetait une ombre permanente sur le rez-de-chaussée. Au second étage deux mains tapaient énergiquement sur un piano mal accordé.

— Annie ! cria David. Annie !

La tête d'une jeune fille de dix-sept ans parut à la croisée.

— Je m'exerce.

— Lincoln est en ville ! Il est arrivé de nuit comme... un voleur.

David chercha une meilleure expression, mais ne put trouver autre chose.

— Monte donc, qu'est-ce que tu attends ? dit la jeune fille.

David grimpa les marches du perron, ouvrit la porte d'entrée et se trouva nez à nez avec Mrs. Surratt, qui portait un plateau chargé de nourriture.

— Oh, Mrs. Surratt, c'est moi...

— Je t'ai entendu, David, et j'étais déjà au courant pour Mr. Lincoln.

Mrs. Surratt était une belle femme aux cheveux châtains, belle de cette beauté que les connaisseurs — au nombre desquels se trouvait David — qualifient de junonienne. Du reste, David trouvait Mrs. Surratt plus à son goût que sa fille, et cette singulière préférence le renforçait dans la conviction qu'il était bien ce monstre de dépravation que ses six sœurs se plaisaient à dire qu'il était.

— Comment va Mr. Surratt ? demanda David, que la pensée de ses six sœurs rappela aussitôt à ses devoirs de politesse.

— Il faut toujours garder espoir. J'essaie bien de le faire manger un peu. Mais je t'avoue qu'il ne va pas très fort. Il dépérit un peu plus chaque jour.

Mrs. Surratt invita David à le précéder au salon. En marchant sur le tapis fleuri, David jeta involontairement les yeux sur ses souliers dont l'état d'épuisement le remplit de confusion.

Au salon, Annie prenait la pose, assise à son piano. « Comme elle est jolie ! songea David. Elle est jolie comme une image. » Et il ne se trompait pas, car Annie reproduisait dans son attitude le modèle qu'elle avait vu sur la réclame pour les pianos Bechtel dans la vitrine de chez Jarman, le magasin d'instruments de musique de O Street.

— Voici le journal, dit David en le déposant délicatement sur la main de la jolie poseuse. Je l'ai acheté, ajouta-t-il. D'habitude David n'achetait jamais de journaux, il les empruntait ou même il les volait. Bien que d'excellente famille — sa mère était la veuve d'un fonctionnaire du gouvernement qui était mort en lui laissant sept enfants et une maison sur la colline du Capitole — David avait grandi au milieu d'une bande de chenapans de Washington, tous du Sud, *Southrons* comme ils s'appelaient, dont le principal passe-temps consistait à pratiquer les tours les plus pendables. Ils ne valaient guère mieux en vérité que les Têtes Brûlées de Baltimore, qui menaçaient maintenant d'envahir la ville et de perturber la cérémonie d'inauguration.

— Je parie que ce sont les Têtes Brûlées qui l'ont obligé à traverser Baltimore en cachette.

Annie lut le journal comme si elle déchiffrait une partition musicale particulièrement difficile. Dans le petit salon du fond, on entendait Mrs. Surratt qui insistait à voix basse auprès de son mari pour qu'il prît un peu de nourriture. Mais Mr. Surratt ne faisait que tousser. Il toussait tellement que plus personne n'y prenait garde, pas même lui. Retiré du monde, il n'en faisait pour ainsi dire plus partie.

La famille Surratt possédait d'importantes cultures maraîchères dans le Maryland, près de Surrattsville, une bourgade qui tirait son nom du leur. Maintenant que Mr. Surratt était mourant, c'est sa femme qui surveillait l'arrivage des produits maraîchers en gare de Washington, tandis qu'Annie était en pension dans un institut religieux. David, qui était protestant, n'avait jamais su pour quelle raison Mr. et Mrs. Surratt s'étaient faits catholiques, mais cela remontait à des années, et maintenant leur plus jeune fils, John, un garçon de seize ans, étudiait au séminaire de Saint-Charles Borromée dans le Maryland pour devenir prêtre. L'aîné, Isaac, était ingénieur.

Les Surratt et les Herold se connaissaient depuis près d'une génération. Les deux familles étaient du Sud et considéraient à juste titre Washington comme une ville sudiste et même comme une ville du Maryland, ce qui était peut-être plus contestable. Le district de Colombia était un parallélogramme d'une vingtaine de kilomètres carrés découpé artificiellement à l'intérieur du Maryland et bordé au nord par le Potomac et à l'est par la Virginie.

Annie reposa le journal et se tourna vers David qui était allongé sur une chaise à bascule. Le drap de ses pantalons noirs était si élimé qu'on voyait à travers. David regarda avec déplaisir ses jambes qu'il trouvait trop courtes. Il se jugeait aussi trop maigre, et dernièrement il venait de s'arrêter de grandir. Il lui manquait un bon pouce pour être tout à fait à son goût, mais, tel qu'il était, il plaisait quand même aux filles. Et pourquoi ne leur aurait-il pas plu ? Il avait six sœurs, et savait tout sur l'autre sexe. Si seulement il avait eu un frère...

— David, il faudra que tu fasses arranger tes chaussures, tu ne peux pas continuer à te promener ainsi, dit Annie en faisant la grimace.

David ramena ses pieds sous la chaise. Il se baignait rarement entre Noël et Pâques, et n'eussent été certaines jeunes personnes de Marble Alley, il ne se serait sans doute jamais lavé, à l'exemple des plus dissipés de ses camarades, dont le corps répandait une odeur assez agréable de sous-bois et de tabac.

— Je crois que je vais accepter cet emploi chez Thompson.

— Comme commis de pharmacie ?

David hocha la tête. Il était parent de Mr. Thompson, le propriétaire de la pharmacie située au coin de la Quinzième Avenue et de Pennsylvania Avenue, à deux pas de la Maison-Blanche. Au cours des années, David avait rendu divers services à Mr. Thompson, et maintenant, sur les instances de sa mère, il allait entrer comme commis dans sa boutique. Mrs. Herold, qui tenait un magasin de meubles, estimait que le moment était venu pour David de gagner sa vie et de contribuer par son travail aux frais du ménage, comme faisaient toutes ses sœurs qui n'étaient pas mariées.

— Il était temps, dit Annie en lui souriant.

De toutes les jeunes filles bien qu'il connaissait, Annie était celle qu'il préférait. Il aimait l'entendre jouer du piano, et surtout l'idée de l'aimer flattait sa vanité.

Annie replia le journal et le plaça derrière *Listen to the Mocking Bird*, une chanson spécialement écrite pour la nièce du président Buchanan.

— Il est fou de venir ici, dit-elle.

— Qui donc ?

— Lincoln. Ils vont l'assassiner.

— Qui va l'assassiner ? demanda Mrs. Surratt qui revenait du petit salon avec le plateau intact.

— N'importe qui, mère. Vous connaissez les garçons d'ici.

Mrs. Surratt déposa le plateau sur une table ronde couverte d'un tapis de velours vert où les photos de famille étaient disposées dans des cadres autour d'un crucifix et d'un chapelet.

— J'ai entendu dire qu'on complotait de le tuer à Baltimore, et ce n'est pas aujourd'hui que je l'ai appris. Tu sais comme les gens bavardent au bar de Surrattsville.

— Et aussi comme ils boivent ! repartit Annie d'un ton moqueur. Mais le Maryland va faire sécession d'un jour à l'autre, et ce sera ensuite le tour de la Virginie. Alors Mr. Lincoln n'aura plus de raisons de rester à Washington. Je veux dire que Washington est une ville sudiste, et avec le Maryland et la Virginie sortis de l'Union, c'est une ville sudiste plantée au cœur même de la Confédération.

— A Richmond, on dit que *notre* Président, Mr. Davis, veut faire de Washington sa capitale.

Mrs. Surratt se mit à égrener machinalement son chapelet.

— Isaac prétend même que la cérémonie d'inauguration de Mr. Lincoln n'aura pas lieu ici...

— Qu'est-ce qui pourrait l'en empêcher ? demanda David.

— ... Pas plus ici qu'ailleurs, reprit Mrs. Surratt, qui murmura une prière à voix basse. David détourna les yeux, gêné qu'il était comme toujours par tout signe extérieur d'une religion étrangère. Il leva un regard extasié au-dessus de la cheminée où pendait une image du Sacré-Cœur de Jésus, et songea au dîner.

— A la gare, j'ai vu des soldats du Nord. On aurait dit des enfants, fit David. Ils avaient entassé tellement de selles qu'on n'arrivait pas à se frayer un chemin jusqu'aux wagons.

— Mon Dieu, faites qu'ils s'en aillent et nous laissent en paix ! s'écria Mrs. Surratt.

Elle prononça ces mots avec un tel accent de tristesse qu'elle en parut deux fois plus belle. Dieu, qu'elle était jolie ! Impossible d'être plus jolie, surtout quand elle est triste, se dit David, qui prétendait s'y connaître en beauté féminine. Depuis l'âge de quatorze ans il fréquentait les salons de Sal Austen où se rencontraient les plus jolies filles de la ville. Sal, de son vrai nom Sarah, était une vieille amie de sa mère, et quoique Mrs. Herold fût horrifiée de la nature et de l'étendue de la chute de Sal dans le monde, elle avait le plus grand respect pour la fortune que celle-ci avait amassée. Aussi chaque fois que Sal offrait du travail à David dans sa maison de Marble Alley, à mi-chemin entre Pennsylvania Avenue et Missouri Avenue, Mrs. Herold n'y trouvait rien à redire. « David ne risque rien, il est trop jeune pour être corrompu », disait-elle au grand étonnement de ses enfants. Depuis un an et demi, David savourait des plaisirs inconnus des garçons de son âge — doublement inconnus, car il était trop malin pour s'en vanter. Il ne disait jamais où il allait travailler, et quand d'aventure l'un de ses camarades mentionnait l'établissement de Sal ou celui de Julia, sa rivale, de l'autre côté de l'avenue, David faisait l'ignorant.

Les filles jouissaient presque autant de sa compagnie qu'il jouissait de la leur. De plus, elles l'obligeaient à se laver, chose qui ne lui était pas naturelle, mais qu'il acceptait d'assez bonne grâce en considération des plaisirs goûtés avec ces demoiselles. Lorsque Sal eut finalement trouvé un homme à plein temps pour le remplacer, elle lui dit :

— Tu sais, David, tu pourras revenir aussi souvent que tu voudras, ce dont il ne se privait pas. J'ai le plus grand respect pour ta mère, c'est vraiment une femme remarquable. Élever sept enfants, crois-moi, c'est une martyre ! Parce qu'elle aurait pu mener la grande vie, elle aussi. Mais elle n'a pas voulu. Elle a préféré se sacrifier pour vous. C'est très beau, mais quel gâchis tout de même !

Mrs. Surratt eût été bien étonnée, songeait David, si elle avait pu connaître les pensées qui lui trottaient dans la tête. Mais Mrs. Surratt était une sainte qui ne pensait qu'au meurtre.

— Ils vont sûrement tenter quelque chose dans les jours qui viennent, dit-elle.

— Qui « ils » ? De qui voulez-vous parler, mère ?

— Des sécessionnistes.

— Comme nous ? demanda Annie en attaquant une mesure de *Dixie*.

— Non, pas comme nous, Dieu merci ! Isaac dit qu'il y a chaque jour des gens qui traversent Long Bridge avec des fusils et des munitions, et qu'il y en a même qui viennent d'aussi loin que Richmond.

— Il y a même un groupe parmi les Têtes Brûlées, fit David, qui s'est intitulé Milice Nationale et qui s'entraîne tous les jours.

— Vous croyez vraiment qu'ils vont essayer d'empêcher l'inauguration ? demanda Annie en refermant son piano.

— Oui, fit Mrs. Surratt en hochant la tête, et je crois qu'ils vont réussir.

— Je le crois aussi, dit David, qui n'avait encore jamais vu chez les Têtes Brûlées une telle haine contre les Yankees en général et contre Mr. Lincoln en particulier.

Ils restèrent tous les trois un moment silencieux, tandis que leur parvenait du petit salon le bruit sec et régulier de la toux de Mr. Surratt. Puis Mrs. Surratt ajouta :

— Isaac est parti pour Richmond, et je crois que c'est pour de bon.

— Vous voulez dire qu'il ne reviendra plus jamais ?

— Pas avant que cette ville ne devienne une ville sudiste, si elle le devient jamais.

— Mais la Virginie est encore dans l'Union, mère.

— Isaac dit qu'avant avril elle en sera sortie, et le Maryland avec.

— Alors, ce sera la guerre, n'est-ce pas, mère ?

— Cela dépend de Mr. Lincoln, répondit Mrs. Surratt, ou de celui qui lui succédera en tant que Président yankee.

— Et tout ça, parce que dans le Nord quelques prédicateurs enragés se sont mis en tête de libérer nos esclaves, mais ils seraient bien embarrassés de savoir ce qu'ils en feraient, une fois qu'ils leur auraient donné la liberté. Annie sauta sur ses pieds : Viens, David. Allons à l'hôtel Willard. Allons voir à quoi ressemble le diable, avant qu'ils ne le tuent.

Mrs. Surratt eut un sursaut d'indignation :

— Ne parle pas ainsi en présence d'étrangers, dit-elle.

— Voyons, mère, j'ai plus de jugeote que ça.

— A partir de maintenant, nous habitons une ville occupée, conclut Mrs. Surratt en faisant le signe de la croix. Puis elle replaça le chapelet sur le crucifix.

III

A onze heures du matin, Seward et Lincoln (qui n'avait toujours pas été reconnu) sortirent de chez Willard pour se rendre à la Maison du Président, communément appelée la Maison-Blanche. La sentinelle qui montait la garde devant l'entrée ne remarqua même pas ces deux visiteurs sobrement vêtus qui cheminaient d'un pas prudent sur l'allée recouverte de glace et toute défoncée par endroits, conduisant au porche principal.

— La dernière fois que je suis venu ici, c'était en 1848, dit Lincoln en jetant autour de lui un regard curieux.

— C'est l'époque où votre ami Mr. Polk y résidait.

— Oui, fit Lincoln en hochant la tête, bien qu'il ne se soit jamais montré particulièrement amical à mon égard, surtout quand j'eus critiqué sa guerre du Mexique.

— Ah, ces discours de jeunesse, on ne se surveille jamais assez, dit Seward avec un sourire ironique. Vous n'avez pas fini d'en entendre parler.

— Je sais, je sais, dit Lincoln en faisant la grimace. On dit que les mots sont les otages de la fortune. L'ennui, c'est qu'on ne sait jamais à l'avance comment la fortune va tourner.

Devant la porte d'entrée, ils furent arrêtés par un huissier irlandais de petite taille et d'un certain âge :

— Veuillez, messieurs, spécifier l'objet de votre visite. Le Président n'est pas libre en ce moment. Le Cabinet est en séance.

— Dites au Président, fit Seward, que Mr. Abraham Lincoln désirerait lui dire bonjour.

L'huissier devint tout rouge.

— Doux Jésus ! Mais c'est ce vieil Abe en personne ! Pardonnez-moi, Excellence.

— Vous êtes tout pardonné. C'est au Ciel que je pardonne moins de me laisser vieillir.

27

— Ici on m'appelle le vieil Edward. Je fais le portier depuis l'époque du président Taylor.

— Dans ce cas je ne toucherai pas à la porte. Je vois qu'elle est en de bonnes mains.

Le vieil Edward sourit, découvrant de la sorte les quelques dents qui lui restaient ainsi que des gencives toutes noires. Il les conduisit ensuite à travers le hall d'entrée, qui répandait une odeur de moisi, jusqu'à la Chambre Rouge, située juste à côté du grand escalier.

— Si vous voulez bien m'attendre ici, je vais aller chercher le Président.

Tandis que l'huissier montait en courant l'escalier, Lincoln et Seward examinaient d'un œil curieux la Chambre Rouge qui, malgré son air d'abandon, portait bien son nom. Lincoln toucha du doigt un rideau de damas rouge tout effiloché.

— Les visiteurs aiment bien emporter un souvenir, dit Seward. Quand j'étais gouverneur de New York, à chaque réception, je faisais mettre une sentinelle armée d'un fusil devant chaque rideau.

— Et vous avez été réélu ?

— Mais oui, fit Seward en riant. En fait...

Mais à ce moment le président James Buchanan entra en coup de vent dans la pièce. C'était un homme grand, avec des cheveux blancs, affligé d'une sorte de torticolis permanent qui faisait que sa joue gauche avait toujours l'air de vouloir se pencher sur son épaule gauche. Il louchait en outre d'un œil, ce qui lui donnait une expression polissonne que les graves propos qu'il tenait pourtant habituellement n'arrivaient pas à démentir.

— Mr. Lincoln ! Je ne vous attendais pas avant demain ! Et Mr. Seward est là lui aussi ! C'est un grand honneur pour nous. Mais où donc est passée ma nièce, dit-il en paraissant s'adresser directement à Lincoln, lequel répondit d'un air fort grave :

— Sur mon honneur, monsieur le Président, je n'ai pas touché à votre nièce.

— Je le sais bien, parbleu ! Vous ne l'avez jamais rencontrée. Moi non plus, du reste. Non, je veux seulement dire que je n'ai pas la moindre idée de l'endroit où elle peut se trouver en ce moment. Dire qu'elle se faisait une telle joie de faire visiter la maison à Mrs. Lincoln.

Le président Buchanan vivait en célibataire avec sa nièce, Harriet Lane, qui lui tenait son ménage. C'était une âme innocente sur le compte de qui un bel esprit de Washington avait fait un méchant mot : « Il n'y a pas plus de pouvoir sur le trône que *derrière* le trône. »

— Nous désirions simplement vous présenter nos respects, dit Lincoln en se dirigeant vers la porte, mais Buchanan le retint par le bras.

— Il faut que vous rencontriez le Cabinet. Nous tenons en ce moment une séance spéciale. Le Texas est sorti de l'Union ce matin. Nous venons d'en avoir la confirmation officielle.

Ils se trouvaient à présent dans le hall principal. De toutes parts des serviteurs — noirs et blancs — se pressaient pour apercevoir au passage le nouveau Président.

— Quelle réponse allez-vous donner aux... sécessionnistes ?

En toute autre circonstance, Lincoln aurait employé le mot « rebelles », mais connaissant les sympathies prosudistes du démocrate Buchanan et surtout du vice-président, John C. Breckinridge, il avait choisi un mot moins fort.

— Nous comptons sur votre inspiration, répondit Buchanan en se tournant vers Seward, lequel ne put s'empêcher de penser que ce politicien de carrière avait trouvé son véritable emploi non point comme Président des États-Unis, mais du temps qu'il était ambassadeur à Londres.

— La maison est beaucoup plus petite qu'elle n'en a l'air, dit Buchanan, tandis qu'ils montaient tous les trois le grand escalier. A l'étage nous avons à peine de quoi nous retourner. Nos appartements sont par ici, et les bureaux de l'autre côté. Et ce couloir qui relie les deux parties de la maison me fait toujours penser au Styx. Chaque matin je le traverse avec un sentiment d'effroi en voyant tous ces gens qui attendent de recevoir quelque chose pour rien.

Ils se trouvaient maintenant en haut de l'escalier, en face de ce fameux couloir.

— Je ne suis jamais monté ici, dit Lincoln.

— C'est sans doute que vous n'avez jamais rien eu à demander à Mr. Polk, dit Seward en allumant un cigare. Vous permettez ? ajouta-t-il en se tournant vers le Président.

— Je vous en prie.

Buchanan indiqua quatre grandes portes sur la gauche et deux sur la droite.

— Ce sont les chambres à coucher. Et il y a aussi la salle de bains. Malheureusement, la tuyauterie ne fonctionne pas. En fait, il n'y a pas grand-chose qui marche ici.

Buchanan leur fit ensuite traverser un vestibule tout poussiéreux, qui n'était éclairé que par une seule fenêtre située à l'autre extrémité du couloir, là où se trouvaient les appartements des domestiques. Avant d'arriver aux bureaux, il leur montra encore un petit salon ovale qui reproduisait en miniature la Chambre Bleue du bas. La pièce était chichement garnie : quelques canapés de crin et des étagères vides de livres formaient tout le mobilier. Des tableaux pendaient aux murs, mais si vieux et si sales qu'il était impossible de dire d'où ils venaient ni de quand ils dataient, qui les avait peints ou ce qu'ils représentaient.

— C'est là notre salon particulier, ce qui n'empêche d'ailleurs pas les gens d'entrer.

Le Président les conduisit ensuite le long du couloir, jusqu'à une petite barrière de bois, qu'ouvrait un portillon.

— C'est là que les enfers commencent, dit-il en soulevant le loquet. Derrière la barrière se trouvait un bureau vide, et derrière le bureau était une salle d'attente garnie de bancs comme on en voit dans les petites gares de village.

— C'est là que se tient d'habitude l'autre Edward. Il devrait être là en ce moment. Je ne sais pas où il est passé. C'est un homme de couleur, mais c'est quelqu'un de très bien. C'est lui qui laisse entrer les gens dans la salle d'attente. Puis, sur la gauche, vous avez le bureau du secrétaire, qui est presque aussi grand que le mien, avec une petite pièce attenante qu'Harriet, ma nièce, utilise comme lingerie. Voudriez-vous voir ces bureaux ?

— Non, monsieur.

Seward voyait très bien que Lincoln n'avait qu'un désir, qui était de fuir. Mais le vieux Buck, comme on appelait familièrement le Président, était inexorable.

— Et ici se trouve la salle du Cabinet, juste à côté de ce petit bureau. Comme vous pouvez voir, cette pièce communique de l'intérieur avec le bureau du Président, qui est là dans le coin, et qui, Dieu merci, est un peu plus spacieux.

Cependant, Buchanan avait ouvert la porte de la salle du Cabinet. Il y avait là, assis autour d'une table couverte d'un tapis vert, une demi-douzaine d'hommes qui tous se levèrent en voyant entrer les visiteurs.

— Messieurs, le Président-élu.

Lincoln serra vivement la main à tout le monde, mais Seward s'aperçut qu'il hésitait un instant avant de serrer celle de l'attorney général, Edwin M. Stanton, un grand homme chauve et asthmatique, abritant derrière des lunettes à monture d'acier un regard froid et méprisant, qu'il dirigeait en ce moment sur Lincoln. Celui-ci lui dit d'un air quelque peu énigmatique :

— Eh bien, Mr. Stanton, comme on se retrouve !

— En effet... *Monsieur.*

Puis se tournant vers les autres :

— Il y a cinq ans, nous étions, Mr. Stanton et moi-même, deux avocats qui essayions de déterminer si la moissonneuse de Mr. McCormick était bien la sienne ou si elle était à un autre.

— Je m'en souviens... *Monsieur.*

Stanton se tenait raide comme un piquet. Seul son ventre tremblait légèrement.

— Moi aussi, monsieur, je m'en souviens.

Cependant, Buchanan avait pris Lincoln à part pour lui montrer la vue qu'on avait depuis la fenêtre. La fenêtre donnait au sud sur le parc bordé au fond par le vieux canal et le Potomac.

— En été, monsieur, l'odeur du canal est proprement pestilentielle, expliqua le Président. Qu'ils le drainent ou qu'ils le remplissent ! Je leur ai dit cent fois, mais naturellement le Congrès ne veut rien entendre. Par contre, on me donne l'usage d'une maisonnette en pierre près du Foyer du Soldat. C'est là que je passe l'été, et je vous suggère de faire comme moi si vous ne voulez pas attraper la fièvre.

Lincoln regardait avec curiosité un amoncellement de blocs de marbre au centre duquel se dressait la base d'un obélisque.

— Ils n'ont toujours pas fini le monument de Washington ?

— Non, monsieur. Ici, on ne finit jamais rien. C'est la règle. Le Capitole n'est pas terminé. Les rues non plus ne sont pas terminées. Elles ne sont ni pavées ni éclairées. C'est comme ça. Ici, on n'a jamais rien terminé, sauf une chose, monsieur. Et en disant cela, le visage du vieux monsieur s'inclina un peu plus sur son épaule, tandis qu'il montrait du doigt quelque chose :

« Tenez ! Là ! Vous voyez ?

Lincoln vit un immense mur de brique.

« Ce qui a toujours manqué à cette maison depuis le temps béni du président Jefferson, c'est une grange. Mais attention ! Pas n'importe quelle grange ! Pas une grange en bois, mais une grange en brique capable de résister aux intempéries comme aux incendies. Une grange en brique faite pour durer jusqu'à la fin des temps. Vous ne savez pas, monsieur, le bonheur que j'ai eu, au cours de ces quatre longues années passées dans cette maison, à voir s'édifier cette bâtisse là où hier encore il n'y avait rien d'autre qu'un marécage.

— Et pendant ce temps-là l'Union se disloquait, dit Lincoln à Seward, tandis qu'ils traversaient tous les deux le parc de la présidence pour se rendre au ministère de la Guerre.

— Le vieux Buck n'est pas un mauvais bougre, répondit Seward en guise d'épitaphe politique. Au fait, vous ne m'avez pas dit ce qu'il y avait eu entre vous et Stanton.

Lincoln eut un petit rire vite étouffé.

— Il y avait une fois dans l'Ohio — c'est chez vous, il me semble — un célèbre avocat qui était sur une affaire importante. Il y avait à la même époque un autre avocat moins célèbre à qui on avait demandé son concours, parce qu'il connaissait des gens influents à Chicago où le procès devait avoir lieu. Or le procès n'eut pas lieu à Chicago comme prévu mais à Cincinnati. On fit donc comprendre à l'autre avocat qu'on n'avait plus besoin de ses services. Voilà toute l'histoire. Elle est simple et morale. En fait, depuis cette époque, il a toujours fait semblant de m'ignorer.

— Ce n'est certes pas un homme très agréable, dit Seward, mais c'est le meilleur avocat du pays, et de plus il est des nôtres.

Lincoln fit un mouvement de surprise.

— Que dites-vous là ? C'est un démocrate. Il a voté pour Douglas. C'est du moins ce qu'on affirme, car lui il ne dit jamais rien.

— Eh bien, la semaine dernière, ce monsieur qui ne dit rien a tout de même dit au président Buchanan que s'il abandonnait Fort Sumter sans livrer combat, il mériterait d'être destitué.

— Très bien, fit Lincoln.

Le petit bâtiment de brique du ministère de la Guerre était entouré d'une trentaine d'oies bruyantes qu'un fermier s'évertuait à faire avancer, pour le plus grand amusement des deux sentinelles qui montaient une garde assez relâchée.

— Ne craignez rien, je ne ferai pas allusion aux oies du Capitole, dit Seward qui aimait bien faire des citations. C'était un homme cultivé qui lisait Tacite et Cicéron dans le texte.

— Je vous le demande, dit Lincoln en promenant un regard légèrement dédaigneux sur cette scène campagnarde.

— En réalité, reprit Seward, le général Scott vient de se faire construire un ministère de la Guerre tout flambant neuf. C'est à deux pas, dans la Dix-septième Rue. Ce bâtiment-ci servira à l'armée, tout comme celui que vous voyez là-bas — et Seward désigna un second bâtiment semblable au premier — servira pour la Marine. Mais tout sera dirigé depuis la Dix-septième Rue.

Les deux hommes traversèrent ensemble le champ de boue gelée appelé Dix-septième Rue, et où s'élevait une grande bâtisse ornée d'un porche soutenu par six colonnes ioniques, sans gardes et sans oies. C'était le nouveau ministère de la Guerre. Comme ils s'approchaient avec précaution de l'entrée principale, Seward demanda à Lincoln s'il avait déjà choisi son futur ministre de la Guerre.

La réponse de Lincoln tomba comme un couperet :

— Une chose est certaine, ce ne sera pas l'homme le plus qualifié pour ce poste. J'espère que je me fais bien comprendre.

Sous les dehors courtois et affables de cet homme du Kentucky, Seward crut deviner une certaine amertume. En tant que Président minoritaire, Lincoln n'aurait pas les coudées franches pour *régner*. Il devrait tenir compte des passions partisanes et des intérêts particuliers. Quant à gouverner, c'était une autre histoire... Seward estimait, en cette matinée du 23 février 1861, qu'il aurait bien de la peine à aller jusqu'au bout de son mandat, les États-Unis ne représentant plus qu'une chose vague et informe n'ayant d'uni que le nom. Comme toute la fortune et tout le talent de ce qui restait de l'Union se trouvaient presque entièrement dans le Nord — principalement à New York et en Nouvelle-Angleterre —, le nouveau Président aurait besoin d'un Premier ministre expérimenté, autrement dit d'un homme riche et influent comme il l'était lui-même. Mais Seward n'était pas pressé d'imposer sa personne et ses vues à Lincoln. Il était persuadé que les jours qui viendraient seraient assez riches en événements de toutes sortes pour lui permettre d'asseoir sa domination, soit : mettre tout en œuvre pour éviter une guerre avec le Sud dans laquelle Lincoln serait peut-être entraîné malgré lui, exclure Chase et les démocrates du gouvernement, et s'attaquer à la création de ce nouvel empire d'Amérique du Nord (en y incluant, pourquoi pas ? l'Amérique du Sud et même les Antilles), ce qui, pensait Seward, compenserait amplement la perte des États esclavagistes.

Seward n'était plus le bouillant abolitionniste qu'il avait été dans sa jeunesse. Il était maintenant à la fois plus et moins ambitieux qu'il le fut lorsque, l'année même où Lincoln avait attaqué Polk pour sa guerre du Mexique, il disait devant un auditoire à Cleveland : « L'esclavage doit être aboli, et c'est à vous et à moi qu'il revient de le faire. » A présent, il était beaucoup plus nuancé sur la question de l'esclavage en général et plus encore en particulier. D'un autre côté, Lincoln ne savait toujours pas comment reprendre les mots qu'il avait lancés autrefois au président Polk : « Tout peuple qui en a le pouvoir et la volonté a le droit de se soulever contre le gouvernement existant. » Seward connaissait ce discours par cœur, comme tous les Sudistes ; et il ne se passait pas de jour sans qu'on le jetât comme un reproche au visage de l'homme à la démarche un peu raide qui entrait au ministère de la Guerre pour la première fois de sa vie.

A soixante-quinze ans, Winfield Scott était général en chef des armées de l'Union, et, avec ses six pieds quatre pouces un quart, il avait exactement un pouce de plus que le nouveau Président. Quant à son poids légendaire, les estimations variaient, mais ne descendaient jamais en dessous de trois cents livres.

Le général Scott reçut le commandant en chef élu dans son bureau du rez-de-chaussée. Il était à présent trop âgé et trop corpulent pour pouvoir monter commodément les marches, et bien qu'il souffrît de la goutte, il aimait la table, il aimait la gloire et il s'aimait lui-même. Il avait le visage rond comme un melon, un teint de brique, marbré par endroits, un front plein de lignes transversales, qui ne manquait pas de protubérances significatives, et son nez, fort du bout, comme tout le reste de sa personne, était recouvert d'un fouillis de petites veines violacées qui le faisaient ressembler à une aubergine prise dans une toile d'araignée. Scott portait en outre un uniforme des plus chamarrés, qu'il avait lui-même dessiné, et c'était bien le costume le plus haut en couleur et le plus cousu d'or qu'il fût possible de voir. Mais ce n'était pas là le plus extraordinaire. Le plus extraordinaire, c'était la coupe de l'habit. Jamais Scott n'avait voulu être serré ni même gêné dans ses vêtements, ce qui faisait que ses tailleurs lui façonnaient des habits et des redingotes qui lui allaient comme s'ils avaient pris mesure sur une guérite pour la largeur et la longueur. Il se tenait sous le tableau le représentant en héros de la guerre de 1812 quand Lincoln entra dans la pièce. Le général s'avança en se dandinant vers le Président et lui serra la main sous un autre de ses portraits qui le représentait cette fois en conquérant du Mexique, lors de la guerre de 1848.

— Vous arrivez à un bien mauvais moment, monsieur. La nation ne tient qu'à un fil, dit le vieux général d'une voix chargée d'émotion.

— C'est un honneur pour moi de vous rencontrer, général.

Lincoln jeta un coup d'œil au tableau de la prise de Mexico par Scott, puis il détourna la tête. Ce n'est pas de bon augure, se dit Seward, qui savait bien que Lincoln avait toujours combattu cette guerre.

— Asseyez-vous, monsieur.

Scott s'installa sur une espèce de trône inventé exprès pour lui.

— Je dois vous avouer, monsieur, dit-il, que je n'ai pas voté pour vous.

— Parce que vous êtes virginien?

— Non, monsieur. Je suis un loyal partisan de l'Union. Je n'ai pas voté pour vous, parce que je ne vote jamais.

— Eh bien moi, général, j'ai voté pour vous en 1852. Vous étiez le seul candidat libéral à la présidence, et j'étais moi-même le dernier libéral à peu près sortable de Springfield.

Seward se demanda si Lincoln disait bien la vérité. Il avait déjà remarqué dans le courant de la matinée chez le Président une certaine propension à la flatterie ainsi qu'une forme subtile d'hypocrisie où lui-même excellait. Quant à Scott, Seward le considérait un peu comme l'exécuteur de ses hautes œuvres. C'est lui qui l'avait incité à se porter candidat à la présidence, et c'est lui-même qui avait écrit tous les discours que Scott avait prononcés au cours d'une campagne qui, il faut bien le dire, s'avéra désastreuse.

— J'ai obtenu, dit le général, reprenant sa voix de soldat, un million trois cent quatre-vingt-six mille et cinq cent soixante-seize voix. Franklin Pierce — et en prononçant ce nom le visage du vieil homme se rembrunit — a obtenu deux cent vingt mille voix de plus que moi. Et maintenant nous voilà avec une guerre civile sur les bras. Or moi, monsieur, si j'avais été élu, j'aurais consolidé les forteresses fédérales dans le Sud. Il n'y aurait pas eu d'incidents à Fort Sumter, car j'aurais eu soin de rendre Fort Moultrie imprenable, et Charleston serait toujours ce qu'il n'aurait jamais dû cesser d'être — un port des États-Unis.

— Que faire? demanda Lincoln d'une voix étrangement douce.

Scott fit signe à un de ses aides de dérouler une carte de l'Union sur un chevalet, puis il prit une baguette qui était posée à côté de son trône et désigna les différents établissements militaires du Sud. Scott montrait tout de suite le pire. A l'exception de Fort Sumter et de Fort Pickens, toutes les forteresses fédérales étaient aux mains des rebelles ou allaient l'être sous peu.

— Nous n'avons pour ainsi dire pas de flotte. Cette administration a fait tout ce qu'elle a pu pour affaiblir nos forces militaires. Faut-il s'en étonner quand on sait que Mr. Floyd, notre dernier ministre de la Guerre, est un sécessionniste et un traître. J'espère, monsieur, que vous ne m'en voulez pas de parler avec autant de franchise.

— Pas du tout, général. J'étais moi-même arrivé aux mêmes conclusions. Par contre, s'il *devait* y avoir la guerre... dit Lincoln en s'interrompant.

Seward était assis sur le bord de sa chaise. Il ne lui était jamais venu à l'idée que Lincoln pût avoir un plan et que ce plan pût impliquer un engagement militaire contre les États rebelles. Comme beaucoup d'hommes intelligents, Seward croyait que tous les hommes intelligents réagissaient de la même manière à un problème donné. Durant ces dernières heures passées avec le Président, il avait apprécié l'intelligence de Lincoln, même s'il n'était pas encore fait à ses manières, et maintenant voilà que cet homme à la physionomie terne, aux traits tirés, vous disait depuis son fauteuil avec une parole à peine plus contrainte :

— S'il devait y avoir la guerre, combien de temps faudrait-il pour lever une armée, construire une flotte et faire les préparatifs nécessaires ?

— Six mois, monsieur. Ce qui nous manque le plus à présent, ce sont de bons officiers. Nos meilleurs officiers sont tous du Sud. De Jefferson Davis lui-même, le président de la Confédération, à...

A ce mot, Lincoln interrompit brusquement le vieil homme :

— Général, c'est là un titre que je ne reconnais pas, et dont je vous prie de ne pas user en ma présence, car une telle Confédération n'existe pas encore, que je sache !

Seward se redressa sur sa chaise. Décidément, ce Lincoln était imprévu. Coriace, c'est sûr, du moins en donnait-il l'air. D'ordinaire les hommes intelligents sont plus souples...

— Oui, monsieur, répondit le général Scott. Vous avez raison, monsieur. En tout cas, avec Mr. Davis et le colonel Lee, le Sud possède les meilleurs officiers.

— Vous auriez peut-être dû nommer quelques Nordistes de plus — Nordistes et gens de l'Ouest.

— Ma foi, monsieur...

Scott fit un geste vague avec sa baguette, ce qui la remit sur sa carte.

— Monsieur, j'ai conçu un plan au cas où il serait nécessaire de recourir à la force pour sauver l'Union.

Scott s'interrompit pour laisser répondre Lincoln, mais comme celui-ci ne disait rien, il poursuivit :

— Si la Virginie et le Maryland se retirent de l'Union, nous serons obligés de choisir une autre ville que Washington pour capitale. Ce pourrait être Harrisburg ou Philadelphie...

Scott s'interrompit à nouveau. Lincoln ne disait toujours rien. Seward se demanda s'il le faisait exprès. En tout cas c'était bien fait.

Comme on le laissait faire, Scott se mit en devoir de découper le Sud avec sa baguette.

— Je ne crois pas qu'une attaque frontale contre la Virginie et le Maryland ait des chances de succès, reprit-il. La Virginie est le plus peuplé et le plus riche des États sudistes. C'est aussi le mieux préparé pour la guerre. Certes, tout ce qui contribuerait à l'affaiblir serait bienvenu, mais tout notre effort devrait porter sur l'Ouest. C'est là que réside notre plus grand espoir. Le Mississippi est la clé de toute l'affaire. Qui tient le Mississippi tient le sort de la guerre entre ses mains. Anéantir le Mississippi et les parties du Tennessee qui peuvent s'opposer à nous. Séparer le Sud en deux, et vous l'aurez vaincu. Aucune des deux parties ne pourra vivre sans l'autre.

Scott avait terminé son exposé. Lincoln se redressa sur son fauteuil.

— Eh bien, messieurs, je crois que le mieux que nous ayons à faire, c'est de persuader la Virginie et le Maryland d'attendre encore un peu avant de sortir de l'Union.

Seward poussa un soupir de soulagement. Il retrouvait son Lincoln, le Lincoln qu'il s'était fabriqué pour sa convenance : politique, hésitant, bref un peu jésuite sur les bords. Un jésuite de l'Ouest !

Tandis que ce dernier déployait son long corps, un des hommes vint aider le général Scott à se mettre debout.

— A propos, général, que feriez-vous en ce qui concerne Fort Sumter ?

— Je tiendrais aussi longtemps que possible.

— Et après ?

— J'évacuerais. Autrement le major Anderson et tous ses hommes seront, ou bien tués, ou bien faits prisonniers. Nous n'avons pas de puissance navale capable d'établir un blocus devant Charleston.

— Très honoré de vous avoir rencontré, général, dit Lincoln, puis, se tournant vers Seward, il ajouta : Ma famille devrait arriver d'un moment à l'autre.

— Même si vous n'êtes pas à la gare, il y aura toujours le maire.

Lincoln fronça les sourcils :

— J'aurais dû rester avec eux.

— C'est sur mon conseil, monsieur, dit Scott, que vous avez voyagé de nuit. Si j'en crois mes gens de Baltimore, vous n'en seriez pas sorti vivant.

— Même si vous dites vrai, général, je ne suis pas certain que vous m'ayez rendu un bon service.

— Nous ne pouvions prendre aucun risque, dit Seward.

Scott hocha la tête :

— C'est pour cela, dit-il, que j'ai approuvé Mr. Seward quand il a dit que vous seriez plus en sûreté à l'hôtel Willard que dans une maison particulière.

— C'était donc votre idée à vous, dit Lincoln en regardant Seward d'un air amusé.

Seward rougit jusqu'aux oreilles, ce qui ne lui était pas arrivé de longtemps. En fait, le fameux plan d'Albany prévoyait que Lincoln logerait dans un hôtel où il serait plus facile pour Seward et ses amis de venir le trouver.

Dehors, le pâle soleil de février avait disparu derrière des nuages bas et gris chargés de neige. Lincoln et Seward descendirent en silence la Dix-septième Rue jusqu'à Pennsylvania Avenue, toujours pleine de monde à cette heure-là de la journée.

— Pas de soldats, dit Lincoln en regardant passer le trafic.

— Pas de guerre — jusqu'à présent.

— Nous sommes tout de même dans un drôle de pétrin, dit le Président-élu en posant le pied sur le trottoir de brique devant la Maison-Blanche dont il serait bientôt le locataire et le prisonnier, se dit Seward qui, pour un bref moment — très bref en vérité — se félicita de ce que ce fût Lincoln et non pas lui qui fût Président de ce qui restait des États-Unis.

IV

Il régnait une telle effervescence devant l'hôtel Willard que John Hay eut beaucoup de peine à se frayer un chemin parmi la foule de gens — principalement des Noirs — massés sur le trottoir pour apercevoir le nouveau Président. Mais le Président n'était pas visible. Par contre, on pouvait voir Mrs. Lincoln, ses trois fils, six dames de ses parentes, ainsi que les deux secrétaires du Président, John George Nicolay (vingt-neuf ans, né en Bavière, venu tout enfant avec sa famille dans l'Illinois, et rédacteur du journal de Springfield) et John Hay lui-même, vingt-deux ans, ancien élève de Brown, qui venait d'être admis deux semaines auparavant au barreau de l'Illinois, grâce en partie à son oncle, un célèbre avocat de Springfield, ancien associé de Mr. Lincoln, et grâce également au fait que Hay avait été en classe avec Nicolay, le secrétaire de Lincoln durant la campagne présidentielle. Hay avait rendu de tels services à Nicolay durant cette campagne que celui-ci avait obtenu du Président qu'ils l'emmenassent avec eux à Washington. D'un physique agréable, bien que de petite taille, John Hay entendait profiter au maximum de sa subite élévation dans le monde.

A Brown, Hay avait voulu devenir poète. Il avait même fait des vers qui avaient été publiés. Mais la poésie ne nourrit pas son homme. Il fallut donc penser au choix d'une profession. La carrière ecclésiastique ne lui aurait pas déplu s'il n'avait pas fallu croire en Dieu. Alors il choisit le droit, bien qu'il ne se sentît guère d'attirance de ce côté-là. Mais quand on a vingt ans et qu'on s'appelle John Hay, on ne peut pas trop faire le difficile. Il entra donc dans l'étude de son oncle, où il fit la connaissance d'un ami de ce dernier, Mr. Lincoln, un homme dont les hauts et les bas — surtout les bas — faisaient beaucoup parler les gens de Springfield. On racontait que Mr. Lincoln avait traversé une crise de folie juste avant son mariage qui, pour cette raison, avait dû être remis. Puis après la perte de son siège au Sénat, il avait connu une période de déclin, et quoiqu'il eût fait campagne en faveur du président Zachary

38

Taylor, on ne lui offrit que le poste de secrétaire aux affaires de l'Oregon, poste que Mrs. Lincoln refusa pour son mari. De retour à Springfield, Lincoln s'associa avec un certain William Herndon, homme de loi très brillant mais gros buveur, et, au dire de certains, il sombra dans une espèce d'apathie, ce qui ne l'empêcha pas de gagner beaucoup d'argent, en qualité d'avocat-conseil des chemins de fer. Lorsque le grand débat sur l'esclavage commença d'agiter le pays, Lincoln trouva sa voie, et, après sa joute avec Stephen Douglas, il en vint peu à peu à incarner aux yeux du pays l'idéal du jeune parti républicain. Qu'était cet idéal ? Personne au juste n'aurait su le dire, John Hay pas plus qu'un autre, si ce n'est qu'il était prêt à suivre Mr. Lincoln partout où il irait.

Dans le hall de l'hôtel, Mrs. Lincoln s'entretenait avec le directeur, et Hay vit au premier coup d'œil qu'elle n'avait pas l'air de bonne humeur. Nicolay et Hay avaient un vocabulaire à eux pour désigner leurs patrons. Mary Todd Lincoln était selon l'humeur qu'elle montrait soit la Sorcière, soit simplement Madame. Quant à Mr. Lincoln, c'était soit l'Ancien, soit le Taïcoun en souvenir de la visite que l'ambassadeur du Japon avait faite aux États-Unis l'année précédente.

Nicolay se tenait auprès de Mrs. Lincoln et souriait d'un air gêné que sa jeune barbe, pourtant bien taillée, avait de la peine à masquer. Hay était trop éloigné d'eux pour entendre ce que disait la Sorcière, mais il se doutait bien que ce n'étaient pas des compliments. Soudain, en se retournant, Hay reconnut dans la foule Robert, le fils aîné des Lincoln, un garçon de dix-huit ans, étudiant à Harvard, qui s'écria en l'apercevant : « Johnny ! », comme s'ils ne s'étaient pas vus depuis six mois.

— On dirait que Nicolay a besoin d'un coup de main, dit Hay en s'extirpant de l'endroit où il se trouvait pour aller rejoindre Mrs. Lincoln dont les sourcils rapprochés annonçaient l'orage.

— Mrs. Lincoln ! fit Hay avec son sourire de petit garçon. Il avait beau faire, il n'arrivait pas à se débarrasser de cette expression enfantine qui faisait que des gens qu'il ne connaissait pas, en s'adressant à lui pour la première fois, l'appelaient : « Fiston » en lui pinçant la joue. Il aurait bien aimé se laisser pousser la moustache, mais il se demandait s'il en aurait assez. Vos malles sont dans vos chambres, ajouta-t-il. C'était un mensonge, mais il connaissait l'attachement passionné de Mrs. Lincoln pour ses bagages.

— Oh, Johnny, quelle bonne nouvelle ! J'étais si inquiète ! s'écria Mrs. Lincoln avec un de ses sourires irrésistibles auquel du reste John Hay ne résista pas. Puis elle lui prit le bras, et ils se dirigèrent vers le grand escalier, précédés par le directeur et ses assistants.

Dehors la foule s'était dispersée. Annie et David étaient déçus de ne pas avoir vu celui qu'ils appelaient le diable.

— On dit qu'il porte maintenant des favoris pour ne pas être reconnu, fit David, tandis qu'ils remontaient la Treizième Rue.

— Mais une fois qu'ils seront habitués à ses favoris, ils le reconnaîtront tout de suite, répondit Annie avec un certain bon sens. Puis elle s'arrêta devant une palissade de bois vert entourant un terrain vague où des jeunes gens, entrevus par une fente, s'entraînaient avec de vieux fusils.

— Qui sont-ils ? demanda David.

— Ce sont les Volontaires nationaux, dit tout bas Annie. L'un d'eux est un ami de frère Isaac.

— Pourquoi s'entraînent-ils ?

— Pour le jour de l'inauguration. Allons, viens ! Je ne veux pas être reconnue.

David et Annie s'en retournèrent en pressant le pas.

— Ils sont fous, reprit David au bout d'un moment, de vouloir s'attaquer à l'armée des États-Unis tout entière.

C'était aussi le sentiment qui régnait dans le salon du Président à l'hôtel Willard, mais pour fous qu'on les tînt, cela n'empêchait pas de les prendre au sérieux. Telle était en tout cas la nouvelle que venait d'apprendre l'homme qui jouait en ce moment avec ses deux plus jeunes fils, Tad et Willie, sous l'œil vaguement attendri de John Hay, qui n'avait jamais détesté des enfants autant que ces deux-là. Tad avait sept ans, et une malformation du palais l'empêchait de se faire comprendre. Quant à Willie, c'était le contraire, il n'avait aucune peine à se faire comprendre. C'était un garçonnet de dix ans, qui avait toujours quelque chose à expliquer à quelqu'un, et qui ne trouvait pas toujours dans la personne de John Hay le camarade de jeu souhaité.

Pendant que les enfants gigotaient sur les genoux de leur père en le bourrant de coups de poing, Seward et Lamon discutaient avec ce dernier des mesures à prendre pour assurer sa sécurité. Mary Lincoln s'était retirée dans la chambre à coucher où Hay espérait que ses bagages l'attendaient.

A ce moment, John Hay tourna la tête vers la porte et vit Nicolay dont la figure changea tout à coup d'expression. Hay comprit tout de suite pourquoi. Derrière Nicolay se dressait l'imposante silhouette du sénateur Charles Sumner, un des orateurs les plus brillants du Sénat, capable par la seule magie de son verbe de subjuguer un auditoire pendant plus de trois heures. A vrai dire, le secret de son éloquence tenait à une seule chose : l'idée qu'il n'y avait pas de plus noble tâche sur la terre que d'affranchir les esclaves et de punir leurs maîtres.

A la vue de Sumner, Lincoln se releva de toute sa hauteur et, se débarrassant de ses enfants, il les confia à Hay en disant :

— John, ramenez les enfants à leur mère.

Hay ne se le fit pas dire deux fois. Il saisit Tad par la main, tandis que Willie se sauvait dans la chambre de sa mère en criant : « Maman ! »

Seward fit les présentations avec sa courtoisie habituelle. Charles

40

Sumner n'était pas seulement un bel homme, mais contrairement à la plupart des hommes politiques de son temps, il ne portait pas la barbe. Hay avait déjà expédié une dépêche télégraphique spécifiant que Lincoln serait le premier Président dans l'histoire des États-Unis à porter une barbe. La barbe était maintenant *de rigueur*, comme eût dit Mrs. Sarah Helen Witman, la muse de Rhode Island, du temps où Hay était élève à Providence. Depuis ses brèves fiançailles avec Edgar Allan Poe, Mrs. Witman n'avait plus jamais porté que du blanc ; de plus, elle se parfumait à l'éther afin d'évoquer la maladie qui avait emporté le poète, ce qui comblait de ravissement les jeunes amateurs de poésie de Brown.

— Je vous aurais reconnu n'importe où, dit Lincoln. Pour une fois, les portraits ne trompent pas.

— Et moi, monsieur, j'aurais peut-être eu un peu plus de peine à vous remettre avec cette barbe d'Abraham, si j'ose m'exprimer ainsi, répondit Sumner avec cet accent de Boston, plus anglais qu'américain, qu'un homme de l'Ouest comme Hay trouvait si plaisant à entendre. C'était la réflexion qu'il se faisait en pénétrant dans la chambre à coucher des Lincoln où, à son grand soulagement, il trouva Madame et sa bonne de couleur occupées à défaire les bagages.

A ce moment-là, comme Willie entrait dans la pièce à côté, elle lui dit :

— Emmène Tad avec toi.

— Non, dit Tad.

— Comment non ? Moi, je dis si, s'écria la Sorcière avec ce brusque changement d'expression qui ne trompait personne, pas même un petit garçon aussi mal élevé que Willie. Seigneur ! N'en verrai-je donc jamais la fin, ajouta-t-elle en se tournant vers Hay. Ces bagages me donnent la nausée. Je suis encore tout étourdie du voyage.

— Vous serez bientôt installée à la Maison-Blanche. Puis-je vous aider ?

Mais Madame n'écoutait déjà plus. Depuis quelques instants elle tenait entre les mains une robe de velours bleu qu'elle examinait à la lumière pour voir si elle n'était pas abîmée. « Ces mites me feront mourir », dit-elle en se parlant à elle-même selon son habitude, comme Hay avait pu le remarquer durant les douze jours de voyage qu'il avait passés avec les Lincoln. Mrs. Lincoln pouvait quand elle le voulait charmer n'importe qui, comme elle avait charmé naguère le plus ambitieux de tous les jeunes avocats de Springfield, ce qui, du reste, n'avait pas été très difficile, vu qu'elle était une Todd, et que dans sa maison sur la colline où elle vivait avec sa sœur, elle recevait tout ce que Springfield comptait de gens importants, y compris le juge Stephen Douglas. J'ajouterai pour être complet que, petite fille, elle avait connu à Lexington dans le Kentucky Henry Clay, le seul homme d'État américain dont Lincoln eût jamais fait publiquement l'éloge.

Madame tendit la robe à sa bonne pour qu'elle la suspende, puis, se tournant vers Hay, elle lui dit avec son sourire enjôleur de petite fille :

— Entre nous, Mr. Hay, tout cela prêterait plutôt à rire si ce n'était la fatigue.

— C'est aussi mon sentiment, Mrs. Lincoln.

Le sourire de Mrs. Lincoln la quitta aussi vite qu'il était venu : elle venait d'entendre une voix sonore dans la pièce à côté.

— Qui est donc avec Mr. Lincoln ?

— Le sénateur Sumner.

— Oh !

Hay voyait bien qu'elle était déchirée entre la timidité et la curiosité, dilemme qu'elle trancha en s'approchant de la porte du salon, qui était entrebâillée.

— Il est vraiment aussi bel homme qu'on le dit, fit-elle tout bas, mais néanmoins de manière à être entendue de Hay.

— Il n'a pas arrêté de parler depuis qu'il est arrivé.

— Il a au moins réussi à faire fuir Mr. Seward, ce pied plat ! dit Mary Lincoln en revenant dans la pièce.

— Je vous demande pardon, madame, mais Mr. Seward n'est pas un pied plat.

— En tout cas, il n'y avait pas pire abolitionniste que lui autrefois. Il est possible que depuis il ait mis un peu d'eau dans son vin, mais une chose est certaine, c'est que Mr. Sumner, lui, n'a jamais changé. Il faut que tous ces gens-là comprennent bien ceci, c'est que Mr. Lincoln n'est pas partisan de l'abolition de l'esclavage. Il désire seulement ne pas l'étendre aux nouveaux territoires. Un point c'est tout.

Au cours des derniers douze jours, Hay avait tant de fois entendu Mrs. Lincoln prononcer cette phrase qu'il avait cessé d'y prêter attention. Il faut dire que Mrs. Lincoln était dans une position délicate. Les Todd étaient de grands propriétaires d'esclaves dans le Kentucky et la plupart étaient sécessionnistes, ce qui était une source d'embarras pour Mrs. Lincoln et bien sûr pour son mari.

— J'aimerais que vous me trouviez une certaine Mrs. Anne Spriggs, jeta brusquement Mary Lincoln.

— Qui est cette dame, Mrs. Lincoln ?

— C'est une veuve qui tenait naguère une pension de famille sur la colline du Capitole. C'est là que nous habitions quand Mr. Lincoln était au Congrès. Elle est encore en vie, à ce qu'il paraît, et j'aimerais bien la revoir — pour *me montrer*, dit-elle en retrouvant son sourire de petite fille.

— Oh, pour cela, dit Hay, de nouveau sous le charme, soyez tranquille, Mrs. Lincoln, je la trouverai.

Et d'un geste de la main, elle congédia le secrétaire. Elle fera une très grande Première Dame, se disait Hay en regagnant le salon, qu'il espérait traverser sans se faire remarquer. C'était compter sans la vigilance du sénateur Sumner qui lui dit en l'apercevant :

— Monsieur ?

— Je vous présente Mr. Hay, le secrétaire de mon secrétaire, fit Lincoln. Mr. Hay, Mr. Sumner.

— Ah oui.

Ils se serrèrent la main. Hay était fort impressionné d'approcher de si près un homme aussi célèbre.

— Je vous ai entendu parler à Providence, monsieur, dit-il. Il y a deux ans. J'étais à Brown.

— Je me souviens de ce discours, répondit Sumner, qui avait déjà la tête ailleurs. Hay regarda Lincoln comme pour lui demander s'il fallait rester. Le Taïcoun releva le menton, ce qui signifiait : non.

— Je suis curieux de voir qui de Mr. Sumner ou de moi est le plus grand. La dernière fois que j'ai fait cette suggestion...

— Je vous ai répondu, reprit Sumner, qui n'entendait laisser à personne le soin de le citer, que le moment était venu non pas de nous mesurer dos à dos, mais de faire front commun contre les ennemis de notre pays.

— Oui, c'est exactement ce que vous avez dit, répondit Lincoln. Puis il ajouta, en se tournant vers Hay : Mot pour mot.

Hay salua et sortit, laissant les deux hommes d'État dans un tête-à-tête qui s'annonçait assez difficile. Sumner avait soutenu la candidature de Lincoln, mais maintenant il redoutait l'influence de Seward sur le nouveau Président. Sumner voulait que Lincoln abolît l'esclavage dans les États rebelles. Mais une telle mesure aurait aussitôt jeté la Virginie et le Maryland dans le camp adverse, ainsi qu'une demi-douzaine d'États-frontières, dont le Kentucky. Dans le train, en venant de Springfield, tandis que Hay observait les foules venues acclamer Lincoln sur son passage (sauf à New York où existait un fort mouvement sécessionniste), le Président lui était apparu comme une citadelle assiégée attendant d'être secourue... Mais par qui ? Nul ne le savait. Personne ne savait non plus ce que Lincoln avait dans la tête, surtout pas les jeunes gens bruyants massés au bar du Willard pour boire des cocktails à dix cents.

Hay poussa la porte du bar qui communiquait avec le principal salon de l'hôtel où des dames assises devant une tasse de thé jetaient de temps en temps un regard de désapprobation sinon d'envie sur la joyeuse compagnie qui entrait et sortait du bar.

Hay reconnut tout de suite le visage lisse de Robert Lincoln (il aurait pu porter des favoris s'il l'avait voulu) en conversation avec un petit jeune homme à l'œil vif et au cheveu déjà rare. Robert présenta Hay au jeune homme en disant :

— Il a quitté Harvard l'année même où vous avez quitté Brown.

— Eh bien, voilà qui mérite d'être arrosé, dit Hay en se commandant un cognac à la menthe.

L'étudiant d'Harvard examinait Hay d'un air curieux.

— Vous êtes l'un des secrétaires de Mr. Lincoln, n'est-ce pas ?

— Oui, monsieur.

— Tout le monde prétend que Johnny est trop jeune, dit Robert en souriant avec timidité.

C'était à la vérité un garçon timide, et même un peu solennel. Deux ans plus tôt, son père l'avait arraché à sa famille pour l'envoyer étudier à Harvard. Mais comme Robert n'avait pas le bagage scolaire nécessaire pour entrer dans cette grande université, il avait été obligé de passer une année préparatoire à l'Académie Philips Exeter dans le New Hampshire. On disait que Mr. Lincoln désirait que son fils reçût la meilleure éducation possible, attendu que celle qu'il avait reçue lui-même ou pas du tout, c'était pratiquement la même chose. Après sa défaite contre Douglas aux élections, Lincoln avait décidé de faire un petit voyage dans l'Est pour voir comment son fils travaillait. C'est au cours de ce périple — le hasard fait décidément bien les choses — que Mr. Lincoln fut invité à donner une conférence à l'Institut Cooper de New York. Cela eut lieu le 27 février 1860. Le rédacteur libéral du *New York Post*, William Cullen Bryant, présidait la séance, tandis que le directeur du journal le plus influent de la ville, Horace Greeley, se trouvait dans la salle. Le lendemain, Lincoln était connu de la nation tout entière. Avec un tact consommé, il avait accepté l'esclavage dans le Sud tout en s'opposant à son extension dans le reste du pays. Cela plut à une majorité de républicains, mais suscita une grande méfiance parmi les démocrates. Après son succès à l'Institut Cooper, Lincoln parla encore à plusieurs reprises dans le Nord-Est, et c'est au cours de cette tournée triomphale qu'il enleva la nomination républicaine au tout-puissant Seward ainsi qu'à Salmon P. Chase, sénateur de l'Ohio et adversaire juré de l'esclavage. « Si tu n'avais pas été à Exeter, Bob, je n'aurais jamais été élu », aimait à dire Lincoln. Robert semblait le croire. Hay, lui, n'en croyait rien. Depuis le début de son étroite association avec Lincoln — laquelle remontait à un an, mais qui semblait déjà toute une vie —, Hay n'avait cessé d'admirer l'esprit inventif et rusé de son patron. Lincoln ne laissait rien au hasard. Il n'avait pas son pareil pour influencer l'opinion publique, soit directement par la parole, soit en utilisant la presse. Il fut le premier politicien de son temps à comprendre l'importance de la photographie : aucun photographe ne sortait de chez lui sans avoir été généreusement remercié. Il s'était laissé pousser la barbe afin d'adoucir l'expression de son visage et pour donner de lui l'image d'un véritable Abraham. C'est ainsi qu'avec une prévoyance digne du plus fin stratège, il avait envoyé son fils étudier en Nouvelle-Angleterre pour qu'au moment venu — et sans autre motif apparent que la sollicitude d'un père pour son fils — il pût aller dans l'Est s'emparer de la couronne.

— Hé ! Johnny ! Hachisch Johnny Hay !

Hay se retourna et reconnut le visage d'un ancien camarade de classe. Ils se serrèrent la main fraternellement selon le rituel en usage à Brown. Comme le jeune homme était un peu ivre, Hay le prit à part afin de ne pas être entendu de Robert. Celui-ci, de son côté, jouissait des privilèges d'un anonymat auquel la presse aurait bientôt mis fin, une fois qu'elle se serait attaquée à tous les membres de la famille Lincoln individuellement. Hay, ne tenait pas trop à ce que l'on connût son nom de collège.

— Que fais-tu en ville ?

— Oh, je suis ici pour l'inauguration, répondit Hay, qui se souvint à temps que l'autre était sudiste.

— Si toutefois elle a bien lieu, dit le jeune homme ivre en fronçant les sourcils d'une façon comique. En tout cas, moi, je rentre à Charleston pour me battre, s'il le faut. Je suppose que toi tu es pour les Yankees, n'est-ce pas ?

— Je le suppose aussi, dit Hay.

— Ma foi... Le futur rebelle avait de la peine à trouver ses mots, mais il réussit tout de même à extraire de sa poche une feuille de papier qu'il tendit à Hay : Je prends le bateau dans la matinée, mais comme nous sommes « frères », je te laisse ceci. C'est mon plus cher trésor.

Ce que Hay tenait entre les mains était une liste de noms et d'adresses soigneusement imprimés, dont certains étaient pour le moins curieux : The Haystack — celui-ci attira tout de suite son regard —, The Blue Goose, The Devil's Own... Après chaque nom, il y avait un numéro.

— Ils sont numérotés de un à cinq. Un, c'est très bien, cinq c'est quelconque. Ils se sont mis à trois pour dresser cette liste. Cela leur a pris plus d'un mois. Maintenant, ils sont tous repartis dans le Sud. Bien sûr, tu peux refiler le tuyau à qui tu voudras, mais les frères aimeraient mieux que ce soient les nôtres qui en profitent. Adieu, Johnny.

Hay mit plusieurs jours à comprendre que ce qu'on lui avait remis était la liste savamment graduée des meilleures maisons closes de Washington. A vingt-deux ans, peut-on rêver d'un plus beau cadeau ? Une liste semblable avait existé à Providence, et Hay s'en était servi de temps en temps pour tuer ce qu'il appelait « les heures creuses ». La plus creuse et la plus mémorable de toutes étant sans conteste celle qu'il passa avec quelques frères à fumer du hachisch, à défaut d'opium, en imitation de son idole Edgar Allan Poe. Depuis ce temps-là, on l'avait surnommé Hachisch Johnny Hay.

Hay rejoignit Robert et le jeune homme chauve qui n'était autre que Henry, le fils de Charles Francis Adams, du Massachusetts, un partisan de Lincoln.

— J'ai aperçu notre sénateur qui montait l'escalier, dit Henry. Je me suis dit que c'était pour voir Mr. Lincoln.

45

— Je les ai laissés ensemble, répondit Hay. Mr. Sumner était parti pour faire un discours.

— Il n'a plus toute sa tête à présent, dit Henry en jetant un profond soupir.

— Vous voulez parler de ce coup de bâton qu'un cinglé de Sudiste lui a donné sur la tête ? C'est bien ça, n'est-ce pas ?

Robert allait commander un autre verre, mais devant le regard que lui jeta Hay, il n'insista pas. Il y avait des moments où Hay avait l'impression qu'il avait été engagé non comme secrétaire de Lincoln mais comme gouvernante des enfants.

— Oh, je pense qu'il est tout à fait remis, reprit Henry. Le malheur, voyez-vous, c'est que durant sa longue convalescence, il semble avoir conversé un peu trop avec Dieu. Quand il est retourné au Sénat après trois ans d'invalidité, la première chose qu'il a dite a été : « Maintenant, je m'occupe de morale et non pas de politique... »

— Bigre ! Ce n'est pas gai, dit Hay.

— Je ne vous le fais pas dire, fit Henry qui souriait pour la première fois. Je pense que la morale et la politique sont incompatibles. Mon père, bien sûr, n'est pas de cet avis. A propos, c'est moi qui suis son secrétaire. Il est au Congrès, savez-vous ?

— Je sais, je sais. Mr. Lincoln pense grand bien de Mr. Adams.

— C'est vrai, dit Robert. Il a même dit qu'il allait peut-être...

— Robert ! s'écria Hay d'un ton de reproche.

— Tu as raison, Johnny.

— Mr. Robert Lincoln... commença Hay.

— Le prince des chemins de fer, comme la presse l'appelle. Oh ! ça, ça va beaucoup les amuser à Harvard, interrompit Henry en souriant pour la seconde fois.

— Je n'ai pas fini d'en entendre parler, dit Robert d'un air sombre. En tout cas, ils n'ont pas réussi à me faire faire un discours quand nous étions dans le train. Je ne sais pas comment fait Père pour y arriver.

— Je sais que mon père a été pressenti pour le poste d'ambassadeur à Londres, dit Henry en se tournant vers Robert. Personnellement, j'aimerais mieux qu'il restât ici.

— Et manquer Londres ? interrogea naïvement Hay pour qui Londres était la littérature — Dickens, Thackeray, et l'auteur d'*Adam Bede*. La littérature et l'histoire. Washington, c'était la province, la routine.

— J'aimerais mieux manquer Londres que Lincoln, dit Henry.

— Pourquoi ?

— Pourquoi ? Parce que si Lincoln échoue, il n'y aura plus de pays, et comme ma famille croit que c'est nous qui avons fait ce pays, ce serait amusant de voir ce que vont devenir les restes.

— Je ne crois pas qu'il échouera, répondit Hay qui était persuadé du contraire.

— En ce cas, ce sera encore plus intéressant.
— Comment ? Ce sera exactement comme avant.
— Non, ça ne sera pas comme avant. Ça ne pourra pas l'être.
— Qu'est-ce qu'il y aura alors ?
— Personne ne le sait. C'est justement ça qui est passionnant.

V

A neuf heures précises, ce même soir, le sénateur Salmon P. Chase, ancien gouverneur de l'Ohio, attendait devant la porte de l'appartement de Lincoln à l'hôtel Willard avec la délégation de la Conférence de la Paix. Chase n'avait pas revu Lincoln depuis le jour où, peu après l'élection, celui-ci l'avait fait venir à Springfield. Lincoln avait alors hésité un bon moment avant d'offrir à Chase — ou de ne pas lui offrir ? — un poste dans le Cabinet.

Ils avaient fait ensemble quelques pas devant la maison des Lincoln, bien différente d'aspect de la fameuse cabane au fond des bois qui aurait vu naître le Président, et dont des reproductions circulaient à travers tout le pays. Lincoln s'était montré courtois mais évasif, et Chase qui l'avait toujours tenu pour un homme faible était reparti confirmé dans son impression. « Je désire, bien entendu, un Cabinet équilibré », avait dit Lincoln en se découvrant d'un geste automatique devant une passante. C'est à ce moment-là que Chase avait pu voir que Lincoln utilisait son haut-de-forme comme un fichier. Tout cela était très banal, du moins l'homme était-il bien ce qu'il paraissait : honnête et médiocre. Par contre, Chase n'avait pas appris grand-chose concernant ses opinions. Un opportuniste ? Probablement. C'est pourquoi il l'avait emporté à la Convention et c'était lui, Chase, gouverneur de l'Ohio, qui suivait docilement les pas du Président.

— Mr. Seward, qui a obtenu le plus de voix après moi, avait dit Lincoln, est le candidat tout désigné par le parti pour le poste de secrétaire d'État.

— A-t-il accepté ?

— Oui, avait répondu Lincoln sans s'expliquer davantage. Vous, monsieur, vous êtes le troisième.

Chase n'entendait plus battre son cœur : le poste de secrétaire au Trésor était à portée de main. Mais Lincoln, allant d'un sujet à l'autre, avait repris :

— Et puis après, il y a eu Bates du Missouri et Cameron de Pennsylvanie.

— Monsieur, Mr. Simon Cameron est un homme corrompu.

— C'est ce qu'on m'a dit.

— Bien sûr, il contrôle la Pennsylvanie.

— Tandis que moi, je ne suis que l'honnête Abe, avait répondu le Président avec un faible sourire. Puis, changeant à nouveau de sujet :

« J'ai besoin d'un homme du Sud dans le Cabinet, avait-il dit. Un vrai Sudiste. De préférence un Virginien. J'ai demandé à Seward de m'en trouver un.

— A-t-il accepté ?

Le Président s'était de nouveau tu. Puis, abaissant son regard sur Chase, gros homme au visage rasé et à la tête chauve de Romain, il avait dit :

— Monsieur, j'ai une proposition à vous faire. Je voudrais bien vous voir au Trésor, mais pour le moment, je ne peux pas encore vous offrir ce poste.

Chase avait contenu son indignation. Il avait derrière lui une brillante carrière, et, s'il avait été un peu plus souple et un peu moins intègre, c'est lui et non pas Lincoln qui eût été le candidat républicain. Faute de grives, on mange des merles, dit le proverbe. Et voilà que les merles n'étaient même pas sûrs. Chase n'avait rien laissé voir de sa déception, et les deux hommes s'étaient quittés en bons termes. Heureusement pour lui, les électeurs de l'Ohio avaient eu moins de scrupules que le Président, et l'avaient envoyé au Sénat. Ainsi tiendrait-il tout de même un rôle dans le drame qui allait se jouer.

Chase se tenait maintenant devant la porte du Président, tandis que les délégués de la Conférence de la Paix prenaient rang derrière lui. Les Sudistes surtout étaient curieux de voir le démon. Quand sonna neuf heures à la pendule de l'étage du dessous, Nicolay ouvrit la porte, s'inclina devant Chase et introduisit la délégation dans le salon où Lincoln, tout seul, attendait le dos tourné à la cheminée.

« Mr. Chase ! » La poignée de main de Lincoln était plus chaleureuse que sa voix, se dit Chase, incapable d'interpréter cet augure. Il avait entendu dire que Cameron n'aurait pas le secrétariat au Trésor, mais celui de la Guerre ; mais rien n'était encore décidé. Le Trésor était après la présidence ce que Chase désirait le plus. Bates, du Missouri, ne convenait pas, et aucun Sudiste n'en voudrait. Les Blair, du Maryland, un père et deux fils fous, intriguaient auprès de Lincoln, mais Chase, qui tenait le Président pour un faible, le tenait aussi pour un homme extrêmement malin. Chase ignorait les détails du plan d'Albany. Les eût-il sus qu'il en eût conçu une grande inquiétude. Chase redoutait Seward et plus encore son mentor Thrulow Weed.

Chase remit à Lincoln une lettre du chef de la Conférence de la Paix, l'ancien président Tyler.

— Il vous présente ses compliments, monsieur, et il espère vous rendre visite prochainement.

— C'est bien sûr à moi d'aller lui rendre visite, répondit Lincoln avec une politesse un peu sèche, puis se tournant vers les délégués rangés en demi-cercle, qui le regardaient un peu comme une bête curieuse : Messieurs, leur dit-il, je connais certains d'entre vous personnellement, mais je vous connais tous de nom ou de réputation. Je souhaite le succès de cette conférence, et je mettrai tout en œuvre pour assurer les États du Sud de nos intentions pacifiques. Il est vrai que j'ai été élu pour empêcher l'extension de l'esclavage dans les nouveaux territoires de l'Union. Mais je n'ai ni l'intention ni le pouvoir de modifier le statu quo en vigueur dans les États sudistes.

Chase se doutait bien que Lincoln n'était pas homme à mener une croisade contre l'esclavage, toutefois, aidé par un puissant cabinet... Seward rêvait d'être Premier ministre, et Chase se voyait assez dans le rôle d'un Metternich.

Un Sudiste, membre du Congrès, interpella alors Lincoln :

— Respectez-vous les lois, monsieur, alors que vos prédécesseurs ne l'ont pas fait ? Supprimerez-vous Mr. John Brown, le révérend Garrison et leurs pareils qui prêchent la guerre contre nous et nos possessions ?

— Nous avons pendu Mr. Brown et mis en prison Mr. Garrison, répondit Lincoln sans perdre son calme. Il me semble qu'en fait de suppression, c'est assez.

— Mais les lois sur la propriété, reprit la voix...

Chase ferma les yeux. Il était impatient de revoir sa fille qui devait arriver le lendemain soir. Trois fois veuf à cinquante-deux ans, Chase avait reporté toute son affection sur sa fille Kate, une jeune fille de vingt et un ans ; une fillette de neuf ans, Nettie, n'ayant pas encore eu le temps de s'enraciner fortement dans le cœur de son père. Mais la belle et brillante Kate, qui avait servi d'hôtesse à son père lorsqu'il était gouverneur de l'Ohio, continuerait de tenir ce rôle à Washington. Chase venait de louer pour elle, et bien qu'il fût endetté, une grande et luxueuse maison en ville. Comme son ami Sumner, Chase s'occupait moins de politique que de morale. Or, la morale rapporte moins que la politique. C'est pourquoi, malgré une conscience irréprochable, il avait toujours des problèmes d'argent.

La voix de Lincoln tira brusquement Chase de sa rêverie. Le Président venait de répondre à l'un de ses interlocuteurs sudistes :

— Ce qui nous différencie, c'est que vous considérez l'esclavage comme une chose bonne qui doit être propagée, alors que nous le considérons comme un mal qui doit être restreint. Ce n'est pas une raison suffisante pour se faire la guerre.

Vraiment, le moyen de se montrer plus conciliant ? se demandait Chase.

— Alors, monsieur, reprit une autre voix sudiste, veuillez nous dire pourquoi depuis votre élection six États...

— Sept ! s'écrièrent une douzaine de voix.

— Sept États, en comptant le Texas, ont à ce jour quitté officiellement l'Union ?

— Messieurs, ce n'est pas à moi, c'est à eux qu'il faut poser la question, répondit Lincoln avec un parfait sang-froid. Je tiens toutefois à vous rappeler qu'avant mon élection à la présidence, le gouverneur de la Caroline du Sud a déclaré que cet État ferait sécession si j'étais élu. C'est ce qui s'est produit. D'autres États ont suivi, comme vous venez de le rappeler. J'ajouterai que ces éléments rebelles au gouvernement fédéral — Chase apprécia l'emploi du mot « élément » de préférence à celui d'État ; la distinction était suffisamment fine pour permettre diverses interprétations — se sont emparés, ou plus exactement, ont volé... — Lincoln jeta d'un bref coup d'œil en direction de Chase, et l'espace d'une seconde, celui-ci se crut deviné, mais déjà le regard du Président errait ailleurs — ...volé, je répète, trois canots de la douane, et saisi quatre bureaux de douane, trois hôtels de la monnaie, six arsenaux et un chantier naval, toutes choses qui sont la propriété du peuple des États-Unis tout entier, et non pas d'une seule partie de la population.

Des voix s'élevèrent. Le gouvernement fédéral envisageait-il de vendre les biens volés ? Lincoln estimait qu'il valait mieux restituer ce qui avait été volé, et passer l'éponge. « Décidément, s'était dit Chase, il leur laisse toutes les voies de sortie possibles. » Chase avait une vue plus expéditive de la justice : œil pour œil, dent pour dent, telle était sa religion.

Interrogé sur Fort Sumter, situé à l'entrée du port de Charleston, Lincoln loua le courage de son commandant, le major Anderson, et se déclara impressionné par la façon dont le gouverneur de la Caroline du Sud avait repoussé le vapeur marchand envoyé par le général Scott pour approvisionner la garnison.

Justement, comptait-il renforcer Fort Sumter ? Lincoln refusa de répondre à cette question. En attendant, il se félicitait des efforts entrepris par la Virginie pour apaiser les dissensions. Il était en rapport avec les éléments pro-unionistes de Virginie et du Maryland, dont le gouverneur avait des sympathies unionistes. Non, il n'avait pas lu le discours que Jefferson Davis avait prononcé lorsqu'il avait été élu président des États confédérés d'Amérique cinq jours auparavant, mais il venait de lire un compte rendu de celui qu'avait prononcé son vieil ami et collègue du Congrès, Mr. Alexander Stephens de Géorgie.

— Vous voulez parler du vice-président Stephens ? demanda quelqu'un d'un air défiant.

Lincoln fit semblant de ne pas entendre.

— Mr. Stephens a admis que Thomas Jefferson, l'un des fondateurs de l'Union, estimait que l'esclavage était un mal, mais Mr. Stephens a ajouté que les principes auxquels il adhère l'ont amené à une conclusion diamétralement opposée, et que l'homme noir étant inférieur à l'homme blanc, il est juste qu'il soit son esclave. J'avoue pour ma part que je reste attaché aux vieilles idées de Thomas Jefferson dont je suis aujourd'hui le successeur en ma qualité de président des États-Unis.

De quel côté penchera-t-il ? se demandait Chase, tandis que les délégués défilaient devant le Président. Quand ce fut le tour de Chase, Lincoln lui dit :

— Je me réjouis, monsieur, de reprendre notre conversation de Springfield.

— Moi aussi, monsieur, répondit Chase avec sa prudence habituelle. Les Virginiens resteront dans l'Union si vous n'intervenez pas à Fort Sumter, ajouta-t-il en baissant la voix de manière à n'être entendu que du Président, et comme Lincoln inclinait la tête pour mieux entendre, Chase s'aperçut qu'il avait les cheveux aussi noirs et drus que ceux d'un Indien.

— Un État pour un fort ? dit Lincoln en souriant. Ce n'est pas cher payer pour le propriétaire du fort.

— C'est sûr, monsieur, répondit Chase en prenant congé. Il avait obtenu la réponse qu'il redoutait, mais qui ne le surprenait pas. Lincoln céderait au Sud après quelques rodomontades bien calculées.

Mary Lincoln était au lit quand son mari vint la rejoindre, mais elle ne dormait pas.

— Le dernier délégué de la Conférence de la Paix vient de partir dans un état de belligérance déclaré, dit Lincoln à sa femme.

— Viens te coucher, tu dois être fatigué.

— Toi aussi, Molly, tu dois être fatiguée.

— C'est ce que je croyais, mais j'étais si excitée que je n'ai pu trouver le sommeil.

Lincoln éteignit la lumière au gaz qui éclairait la pièce ; la lampe posée sur la table de chevet, à côté du grand lit à colonnes, jetait une lueur blafarde sur le visage de Mary Lincoln.

— Qu'as-tu pensé du vieux pavillon ? demanda Lincoln à sa femme, en passant une chemise de nuit trop courte pour lui, et qui lui donnait l'air d'une cigogne, au dire de Molly.

— Le vieux pavillon, tu veux dire le pavillon du gouverneur Seward ? Il porte bien son nom, en effet.

— C'en était un jusqu'à récemment, répondit Lincoln en s'examinant distraitement la barbe dans un miroir.

— Je le sais. C'est là qu'est mort ce pauvre Mr. Key, après qu'on eut tiré sur lui. Je ne pourrai jamais avoir confiance en cet homme. Jamais !

— De qui parles-tu, Mary ? Du mort ou de son meurtrier, Mr. Sickles ?

— Je parle du gouverneur Seward. Tu sais ce que je pense de lui.

— En tout cas, tu as fait honneur à sa table.

— Oh, la chère était excellente, trop riche peut-être pour une personne aussi bien en chair que moi, tu ne trouves pas ? dit Mary en faisant la moue.

— Un peu de chair n'a jamais déparé une jolie femme. Pour moi, je te trouve tout à fait à mon goût.

— Oh, Papa, tu dirais la même chose si je ressemblais... au général Scott.

— Bien sûr, mais je ne le penserais pas, dit Lincoln en passant dans la salle de bains où étaient les toilettes. L'hôtel Willard offrait tout le confort moderne. En serait-il de même à la Maison-Blanche ?

— Papa ! appela Mary, c'est vrai que je t'agace à propos des nominations ?

— Oui, dit une voix de l'autre côté de la cloison.

— Oh, ce n'est pas vrai. C'est la presse qui le prétend, parce que je suis du Sud et qu'on s'imagine que je dois être esclavagiste, alors que je suis la seule abolitionniste de la famille, et que toi, eh bien, on ne sait pas très bien ce que tu es...

Lincoln revint dans la chambre à coucher en s'essuyant le visage avec une serviette marquée du W de Willard's.

— J'imagine que tout homme s'appelant Watson ou Wilcox pourrait se sentir autorisé à voler une de ces serviettes, dit-il.

— Ou Washington. A propos, as-tu donné ton discours à lire au gouverneur Seward ?

Lincoln acquiesça.

— Il a dit qu'il prendrait des notes.

— Ne l'écoute pas.

— J'écoute tout le monde, c'est mon rôle. D'ailleurs, je le trouve assez sympathique.

— Il se croit tellement intelligent.

— Mais il est intelligent, bien que peut-être il ne le soit pas assez pour me débarrasser de Simon Cameron.

— Je croyais que tu avais décidé de ne pas prendre Cameron dans ton Cabinet.

— C'était mon intention, mais j'ai changé d'avis. En tout cas, je ne l'ai pas mis aux Finances, dit Lincoln en se glissant sous les couvertures. Je le mettrai à la Guerre.

— Alors, je te conseille de ne pas déclarer la guerre.

— Je n'en ai pas l'intention, Molly.

— Qui mettras-tu aux Finances ?

— Salmon P. Chase.

— Cet abolitionniste enragé ! Mais il veut être président !

— Ils veulent tous l'être. C'est pourquoi je les mets tous dans le Cabinet. Comme cela, je peux mieux les surveiller, dit Lincoln en poussant un soupir.

— Tu as sans doute raison, Papa. Comme toujours. Je ne te l'ai peut-être pas dit, mais cousine Lizzie va rester quelques semaines avec nous. Elle a beaucoup de goût pour tout ce qui concerne l'ameublement d'une maison, et ses avis nous seront très utiles. On dit que la Maison-Blanche est dans un piteux état, et qu'on n'y a pas fait de travaux depuis des siècles. Elle est à l'image de ce pays, et tant pis si ce que je dis déplaît à la presse, parce que c'est la vérité. Mr. Buchanan a tout laissé à l'abandon. Dieu merci, c'est toi qui vas le remplacer, et non pas le juge Douglas, bien que ce soit un homme très brillant. Et dire que j'aurais pu l'épouser, tout le monde le croyait, même moi, et puis tu es venu à ce bal et tu m'as invitée à danser. Mon Dieu ! Ce que tu pouvais mal danser ! De ma vie, je n'avais dansé avec un aussi mauvais danseur, mais tu vois, ça n'a pas empêché... Oh, Papa !...

Mary sourit à l'évocation de ce souvenir, puis se tourna vers son mari qui dormait d'un sommeil profond. Elle lui toucha le front, comme elle faisait à tous les siens, pour s'assurer qu'il n'avait pas la fièvre — cette fièvre maligne qui avait emporté son petit Willie, un enfant de cinq ans. Mais le visage de Lincoln était frais au toucher. Soudain, il respira bruyamment, puis il poussa un faible gémissement.

— Pauvre homme ! murmura Mary. Tes rêves sont-ils aussi terrifiants que les miens ?

VI

Le lendemain matin, le gouverneur Seward, mallette à la main, se fraya un chemin à travers la foule de l'hôtel Willard où il avait rendez-vous avec le Président. Arrivé devant l'appartement numéro six, il frappa à la porte. Lamon lui ouvrit et l'introduisit dans une pièce où deux garçonnets jouaient à chat tandis que Lincoln, assis près d'une fenêtre, lisait attentivement les journaux.

— Je ne savais pas qu'il me faudrait bousculer autant de monde pour parvenir jusqu'à vous, dit Seward en tendant la mallette à Lincoln. L'hôtel est rempli de vos admirateurs.

— Et moi, je ne savais pas qu'il y avait autant de gens désireux de servir leur pays, à condition que cela en vaille la peine, répondit Lincoln, visiblement satisfait d'avoir récupéré sa mallette.

— Comment faites-vous pour vous en débarrasser ?

— Je laisse ce soin à mes secrétaires. Ils occupent la chambre numéro un. Quiconque désire obtenir de moi un rendez-vous doit s'adresser à eux. A propos, qu'avez-vous pensé de ce que je vous ai soumis ? dit-il en tapotant sur la mallette.

Willie toucha Tad à la tête. Tad se mit à crier, et Lincoln se tourna vers Lamon en disant : « Ramenez ces garçons à leur mère. » Lamon empoigna les deux garçons par la main et les tira hors de la pièce au milieu des cris et des protestations.

— Ma foi, monsieur, la cause est bonne et vous la défendez bien, répondit Seward en prenant tout son temps pour allumer son cigare. A la vérité, il n'était pas très certain d'avoir compris le discours ni son auteur.

— Pour vous, ce n'est pas autre chose qu'un dossier ? dit Lincoln avec une vanité blessée d'auteur qui amusa Seward.

— Bien sûr que non. C'est beaucoup plus que cela. Vous avez établi une fois pour toutes que vous n'aviez pas été élu président afin d'abolir l'esclavage dans le Sud...

— Je ne le répéterai jamais assez, n'est-ce pas ? Mais ce qui est curieux, c'est que plus je le dis et plus les Sudistes deviennent enragés.

— Ils croient qu'à la longue nous avons l'intention d'en finir avec l'esclavage, c'est pourquoi ils désirent d'abord en finir avec nous — en quittant l'Union.

— Ce qui est impossible. Là-dessus je ne peux pas être plus clair, n'est-ce pas ?

Seward hocha la tête et sortit de la poche de son habit les notes qu'il avait prises concernant le discours d'inauguration :

— Je tiens ce passage pour la pièce de résistance de votre... dossier, dit Seward en souriant, contrairement à Lincoln, qui ne souriait pas.

Seward lut : « J'affirme qu'en conformité avec les lois de l'Univers et de cette Constitution, l'Union de ces États est perpétuelle. La perpétuité est implicite dans la loi fondamentale de tout gouvernement national. On peut donc affirmer avec certitude qu'aucun gouvernement n'a jamais envisagé sa propre fin dans sa loi organique... »

— Oui, c'est bien là le cœur du problème.

— Mais les États sudistes considèrent l'Union d'un point de vue plus pragmatique. Ils pensent qu'ils peuvent sortir de l'Union aussi librement qu'ils y sont entrés.

— Mais la Constitution n'a jamais dit qu'ils pouvaient en sortir.

— Eux disent que ce droit est implicite.

— Mais c'est impossible. Si un tel droit existait, il serait écrit dans la Constitution, dit Lincoln en haussant légèrement la voix. Seward avait lu quelque part que lorsque Lincoln prononçait un discours, sa voix ressemblait à celle d'une trompette. Seward se dit qu'aujourd'hui elle pourrait bien ressembler à une trompette guerrière. Mais le pire, c'était que cette guerre serait décidée et menée par cet homme dont la haute silhouette se découpait dans le ciel hivernal, et qui n'avait aucune expérience en la matière. Il fallait à tout prix que le plan d'Albany réussisse.

Seward commençait de prendre la mesure de Lincoln, et il s'inquiéta. Il revint à ses notes.

— Le raisonnement est bon, poursuivit-il. « Si une minorité décide de faire sécession, elle crée un précédent qui à son tour la divisera et la ruinera. Jamais aucune majorité n'acceptera de se soumettre à une minorité. » Cela me paraît clair.

— Tout cela est si clair, Mr. Seward. C'est justement ce qui rend la chose difficile à expliquer. C'est ce que j'essaie de faire comprendre quand je dis que physiquement parlant nous ne pouvons pas nous séparer. Ce n'est pas comme un divorce entre époux où chacun reprend ce qui lui appartient.

Seward hocha la tête et reprit :

— Si nous nous battons, nous ne pourrons pas toujours nous battre, et quand nous cesserons de nous battre, après beaucoup de pertes de chaque côté, le même problème se posera à nouveau. Cela dit tout, je suppose.

— Dire est une chose, faire en est une autre.

— Dire la vérité, c'est déjà faire beaucoup en politique, dit Seward en riant. Ce n'est pas que j'aie beaucoup d'expérience dans ce domaine.

— Qui en a ? fit Lincoln qui se mit à son tour à rire.

— Ce qui me gêne, c'est votre péroraison, reprit Seward.

— Vous la trouvez trop dure ?

Seward hocha la tête et lut : « C'est dans vos mains, mes compatriotes mécontents, et non dans les miennes, que repose la grave question de la guerre civile. Le gouvernement ne vous attaquera pas. » Seward leva les yeux et dit : Ça, c'est très bien, qu'ils tirent les premiers, s'ils ont l'intention de tirer, ce que je n'espère pas. Puis il reprit : « Vous n'aurez de conflit armé si vous n'êtes vous-mêmes les agresseurs. Vous n'avez pas un serment inscrit au ciel qui vous oblige à détruire le gouvernement ; moi, j'en ai un, très solennel, celui de le préserver, le protéger et le défendre. C'est à vous et non à moi que se pose la question très solennelle : y aura-t-il la paix ou la guerre ? »

— Voilà le dossier. Voilà mon dossier.

Seward aspira profondément la fumée de son cigare.

— Ne terminez jamais un discours par une question, dit-il.

— De peur d'obtenir une mauvaise réponse ?

— Oui. Les gens sont pervers. Si j'étais vous, je supprimerais tout ce que je viens de lire. C'est trop menaçant. J'ai écrit un autre paragraphe qu'on pourrait mettre à la place. Il est dans la mallette.

Lincoln ouvrit la mallette et en retira le discours qu'il avait fait imprimer dans le plus grand secret afin que les services télégraphiques et les agences de presse puissent disposer d'exemplaires parfaits, ce qui était loin d'être toujours le cas. Puis il lut pour lui-même la péroraison rédigée en style fleuri par Seward.

— Je peux en utiliser une partie, dit-il en hochant la tête, à condition de formuler la chose d'une manière un peu différente.

— Vous en userez comme vous voudrez, monsieur. Supprimerez-vous l'autre ?

— Je ne peux pas supprimer la partie concernant le serment de défendre la Constitution. C'est ce qui nous donne à moi et à l'Union notre légitimité, aux yeux du Ciel.

— Je ne vous savais pas si religieux, Mr. Lincoln.

— Je ne suis pas religieux, au sens habituel du terme. Mais je crois au destin et à la nécessité. Je crois en cette Union. C'est mon destin, je suppose, et ma nécessité.

— Vous êtes un homme de sentiment, ce que j'ignorais, dit Seward en se levant. Le bruit courait que vous n'étiez pas un vrai chrétien...

— Fondé en partie sur le fait que je ne suis pas très pratiquant.

— Eh bien, monsieur, en tant que membre important de l'Église épiscopalienne, je vous invite à venir avec moi à Saint-John, afin que le pasteur et la congrégation puissent témoigner *de visu* que vous êtes en paix avec Notre Seigneur Jésus-Christ, et répandre ensuite la bonne nouvelle.

Lincoln se leva en riant, puis, avisant la pile de journaux posée à côté de sa chaise :

— Avez-vous lu le *New York Times*, Mr. Seward ? demanda-t-il en faisant la grimace.

Seward répondit prudemment qu'il ne l'avait pas lu, afin d'anticiper la réponse de Lincoln :

— Mais, monsieur, dit-il, il n'y avait aucun doute au sujet du complot de Baltimore...

— S'il y avait eu complot, pourquoi n'a-t-on pas essayé sur le train ?

— Parce que tout le monde à Baltimore savait à ce moment-là que vous aviez déjà traversé la ville.

— Non, j'ai fait une erreur que je regretterai toute ma vie. D'après le *Times* je suis arrivé en ville avec un plaid et un béret d'Écossais. Comment peut-on avoir l'âme aussi laide pour inventer de telles choses ?

— C'est le métier de journaliste qui veut ça. Je suppose que l'auteur de l'article a voulu faciliter la tâche du caricaturiste.

— Eh bien, il a réussi. Demain, tout le pays me verra en tenue d'Écossais. Et c'est tous les jours qu'on répand sur moi ce genre de mensonges.

— C'est un des risques de notre métier, monsieur. Mrs. Lincoln se joindra-t-elle à nous ?

— Non, elle est partie visiter la ville avec ses cousines, ce qui est amusant, car de nous deux, c'est elle la plus pratiquante.

— Dans ce cas, elle n'a pas besoin d'aller à Saint-John, puisque son âme est déjà sauvée.

Quelques minutes après, Lincoln et Seward, suivis du fidèle Lamon, traversaient Lafayette Square pour se rendre à Saint-John. Le ministre avait fait répandre le bruit que Lincoln assisterait au service du matin, et le square était noir de monde. David Herold se trouvait parmi la foule qui était venue voir le Président. Il lui trouva un air sympathique et même amical, dont il fut le premier surpris. C'était dommage, songeait David, de se faire tuer avant d'avoir prêté serment, par deux voyous qui en ce moment même s'entraînaient à Alexandria (Virginie), de l'autre côté du fleuve.

VII

Au coin de la Sixième Rue et de la Rue E, le sénateur Chase avait loué pour quinze cents dollars par an une élégante maison en brique de trois étages. Outre ce loyer élevé, même pour Washington, il fallait payer les domestiques, la garde-robe de Kate, l'école de Nettie, etc. Chase devait encore de l'argent à Miss Haines, la directrice de l'école de New York où Kate avait brillamment terminé ses études quatre ans plus tôt.

Tel Marius contemplant les ruines de Carthage, Chase se tenait devant la cheminée de marbre du salon, les yeux levés sur l'endroit où serait accroché le portrait de la mère de Kate, une fois que les malles et les caisses auraient été déballées. Tout ce qu'il possédait dans l'Ohio avait été transporté à Washington où d'une manière ou d'une autre il comptait bien finir ses jours.

Le domestique mulâtre récemment engagé apparut dans l'encadrement de la porte.

— Mr. Cooke et Mr. Cooke demandent à voir Monsieur, dit-il.

— Faites entrer ces messieurs.

Chase tira deux chaises de côté et poussa le canapé, lequel avait passé inaperçu dans leur maison de Columbus, mais qui, ici, semblait occuper toute la place. Kate n'était pas encore descendue. Elle était arrivée tard dimanche soir et méritait bien de se reposer. Elle travaillait dur ; et pour lui.

Les frères Cooke entrèrent dans la pièce. Henry D. Cooke avait été rédacteur de l'*Ohio State Journal,* journal avec lequel Chase avait été très lié. Quant à Jay, le frère d'Henry, Chase ne le connaissait que de réputation, et cette réputation disait seulement qu'il était riche et qu'il vivait à Philadelphie. Jay Cooke passait aussi pour l'un des piliers de l'Église épiscopale, ce qui le rendait sympathique à Chase qui avait été élevé dans l'école de son oncle, Philander Chase, évêque épiscopalien réputé pour sa piété.

— Comme vous le voyez, messieurs, nous sommes encore dans les

59

soubresauts du déménagement, expliqua Chase, qui se demandait comment, lors d'une première rencontre avec un personnage aussi important que Jay Cooke, il avait pu être assez sot pour utiliser une phrase contenant plusieurs s. Le zézaiement de Chase n'était perceptible que lorsqu'il avait à prononcer un mot avec un s. Aussi mettait-il d'ordinaire un soin tout particulier dans le choix de ses mots. Cette fois, il se rattrapa en fixant du regard les frères Cooke, comme s'il était encore gouverneur de l'Ohio, et eux des quémandeurs.

Henry ne parut remarquer ni le zézaiement, auquel il était habitué, ni les yeux, auxquels il était également fait. Tout le monde savait que Chase était extrêmement myope et qu'il n'avait jamais pu trouver de lunettes à sa vue : d'où l'œil furieux qu'il jetait de temps à autre sur l'un ou l'autre de ses interlocuteurs. Mais Chase put constater avec satisfaction le regard respectueux de Jay Cooke.

— Prenez une chaise, dit-il en ayant garde de ne pas ajouter le dangereux : « s'il vous plaît ».

Henry était en ville pour l'inauguration. Jay était de passage et souhaitait présenter ses respects au sénateur. Tous deux désiraient savoir quelle sorte d'homme était Lincoln.

— Je l'ai vu hier au soir, répondit prudemment le sénateur. Une délégation de la Conférence de la Paix était allée lui rendre visite. Je ne dirai pas qu'il est l'homme de la situation, l'homme fort dont le pays a besoin... mais où trouver cet oiseau rare ?

— Il y a vous, pour commencer, monsieur le Gouverneur, dit Henry D. en détachant négligemment la boue qui était restée collée à sa chaussure. Chase se félicitait que Kate ne fût pas dans la pièce. Elle savait toujours trouver les mots pour exprimer sa pensée et ne craignait jamais de la dire : elle avait bien profité des leçons de Miss Haines. Avec les autres, Kate ressemblait maintenant à l'idée que son père se faisait d'une duchesse anglaise ; avec son père, elle était la fille parfaite, la conseillère et la compagne, oui, la compagne, comme aucune de ses trois femmes ne l'avait jamais été. « Ayez toujours des filles, n'ayez jamais de femmes », avait-il lancé un jour dans un salon de Columbus, ce qui avait beaucoup choqué. Mais ce n'était pas une boutade ; Chase pensait sincèrement ce qu'il disait.

Jay Cooke offrit à Chase un cigare d'une telle qualité que celui-ci ne put faire autrement que l'accepter.

— Le bruit court dans la communauté financière que vous allez être ministre des Finances, monsieur.

— C'est un bruit que j'ai aussi entendu, répondit Chase sans donner davantage d'explications.

— Pour ma part, je ne vois personne de mieux qualifié que vous, reprit Jay Cooke en allumant un cigare. Comme vous le savez, je suis très proche de Mr. Cameron — en fait, nous sommes voisins. Eh bien, lorsqu'il m'a confié combien il avait été déçu d'avoir obtenu le ministère de la Guerre, au lieu de celui des Finances, je lui ai dit : « Estimez-vous heureux, Simon ; vous êtes un organisateur-né, mais l'homme qui entend le mieux les finances, c'est Mr. Chase. » Il en a convenu.

— Vraiment ?

Chase ne crut pas un mot de cette histoire. Il comprit seulement que Jay Cooke voulait qu'il connût l'amitié qui le liait à Cameron, personnage peu recommandable, mais qui faisait la pluie et le beau temps en Pennsylvanie. Chase approuva sagement. On entendit un bruit d'assiette cassée dans la pièce à côté. Chase fit la grimace, non seulement pour la perte de l'assiette, mais aussi à la pensée qu'il lui faudrait acheter tout un nouveau service de table. Cela coûterait au moins quatre cents dollars, qu'il n'était pas obligé de payer tout de suite, bien sûr : les fournisseurs de Washington savaient se montrer compréhensifs envers les sénateurs nouvellement installés, mais quatre cents dollars ajoutés au coût d'une nouvelle voiture... Soudain, il s'aperçut qu'on lui avait posé une question, qu'il n'avait pas entendue.

— Je m'excuse, dit-il en plissant les yeux pour montrer que bien qu'il fût, comme toujours, attentif à ce qu'on lui disait, le soin de l'État ne quittait jamais longtemps son esprit.

— Je vous ai demandé, reprit imperturbablement Henry D. lequel avait maintenant un petit tas de boue bien propre à côté de sa chaise, si Mr. Lincoln vous avait dit quoi que ce fût concernant les Finances.

— Oh, il a abordé le sujet, mais c'est tout, répondit Chase en fredonnant pour lui-même un cantique, selon une vieille habitude dont il n'était pas toujours conscient. D'ailleurs, Kate prétendait qu'il chantait toujours faux.

— Il n'y a personne d'autre, je suppose ? demanda Jay Cooke de l'air de quelqu'un qui s'est trompé d'adresse.

— Il y a les Blair, répliqua Chase d'un ton amer.

Francis Preston Blair était un vieil homme très riche, habitant une somptueuse demeure à Silver Spring, dans le Maryland, et qui avait été très proche d'Andrew Jackson. Il avait également deux fils, aussi ambitieux que leur père, et qui s'étaient mis en tête de jouer auprès de Lincoln le rôle de conseillers que leur père avait tenu autrefois auprès de Jackson, un homme de l'Ouest, tout comme Lincoln. Le Vieux Gentleman, comme on l'appelait, n'avait plus le pouvoir qu'il avait eu jadis du temps où il éditait le *Globe,* mais il n'en restait pas moins l'un des fondateurs du Parti républicain, et c'est lui qui, avec son fils Frank, congressman du Missouri, et son autre fils Montgomery, puissant avocat du Maryland, avait invité les États-frontières à voter en faveur de Lincoln au troisième tour de scrutin de la convention républicaine de Chicago. On comprend dès lors que Chase n'eût aucune sympathie pour des gens qui lui avaient préféré Lincoln. Chase tenait également pour principe qu'aucun ressortissant d'un État esclavagiste (ce qui comprenait le Maryland et le Missouri) ne devrait servir dans un Cabinet républicain. Mais Lincoln désirait un Cabinet équilibré. Il désirait également faire plaisir au Vieux Gentleman, l'un des rares amis qu'il eût à Washington — ou ailleurs. Chase avait toujours considéré Lincoln un peu comme une sorte de rustre aimant à raconter des histoires à des copains autour d'un feu de bois. Or, à sa grande surprise, il s'aperçut que Lincoln n'avait point de copains. Les Lamon et les Washburne, qui le connaissaient le mieux, le traitaient non seulement avec respect, mais aussi avec une certaine crainte. Chase avait remarqué cela à Springfield. Bien sûr, Lincoln aimait à raconter des histoires, mais ces histoires étaient destinées à captiver l'attention des gens tout en les tenant à distance. Chase lui-même, si souvent accusé de froideur, trouvait le Président, malgré son charme rustique, aussi froid et impénétrable que l'Ohio en février.

— On m'a dit que c'est Montgomery Blair qui sera nommé, dit Jay Cooke. Mais pas aux Finances.

— Attorney général ? interrogea Henry.

— C'est possible, répliqua Jay Cooke en jetant sur Chase un regard si lourd de sens que celui-ci faillit lui dire ce qu'il avait déjà commencé à confier à ses amis : « Je préfère garder ma place au Sénat plutôt que d'avoir un poste dans le Cabinet. » Mais l'entrée de Kate lui évita de commettre ce qui, étant donné la fortune de Jay Cooke, eût peut-être été une erreur tactique.

— Messieurs !

Les trois hommes se levèrent, plus par admiration que par simple politesse. Kate avait les cheveux or foncé — couleur miel, comme le lui avait dit son père un jour qu'il se sentait d'humeur poétique, à quoi elle avait répondu : « Maintenant, je me sens toute collante ! » Elle avait les yeux noisette, vifs et brillants, ombrés de longs cils blonds, le nez légèrement retroussé, la taille et le teint parfaitement beaux. Elle tenait d'une main un jeu d'échecs, et tendit l'autre à chacun des Cooke, puis elle embrassa son père.

— J'ai trouvé ce jeu d'échecs dans une des malles. Je le croyais perdu. Maintenant, nous pouvons jouer.

— Jouez-vous aux échecs, miss Chase ? interrogea Jay Cooke avec une lueur admirative dans les yeux.

— Mais oui. J'ai essayé d'apprendre le crochet, mais c'est plutôt un passe-temps d'homme, alors j'y ai renoncé. Je préfère les échecs et les jeux de hasard.

— Voilà une jeune femme comme je les aime ! s'écria Jay Cooke.

Oui, se dit Chase à la fois ravi et jaloux, Kate a fait impression sur Jay Cooke. Chase avait un problème que même un esprit aussi ingénieux que le sien ne parvenait pas à résoudre : il voulait que Kate fît un riche mariage, mais il ne voulait pas la perdre.

— Regardez-moi ça ! fit Kate en désignant les meubles disposés au hasard à travers la pièce. Je viens d'arriver. Nous n'avons pas encore eu le temps de tout déballer. Pour le moment, nous campons, c'est tout ce qu'on peut dire.

— J'espère que lorsque vous passerez par Philadelphie la prochaine fois, vous nous ferez l'honneur d'une visite à ma femme et à moi, ajouta Jay Cooke. Nous habitons une agréable maison en dehors de la ville. Elle s'appelle Les Cèdres...

— Une maison ! s'écria Henry. Dis plutôt un château. Mon frère vit comme le tsar !

— Non, il n'y a qu'un seul tsar en Pennsylvanie, c'est Simon Cameron. Moi, je ne suis qu'un baron de fraîche date.

— J'ai l'intention de me rendre à New York prochainement, et je serais ravie de faire la connaissance de Mrs. Cooke, ainsi que des... Cèdres baronniaux. J'ai pour une semaine d'achats à faire pour cette maison où rien de ce que nous avons apporté de l'Ohio n'a l'air d'aller. Vous avez vu ce canapé, on dirait un éléphant ! Et puis il nous faut aussi une voiture convenable...

— Oui, une voiture fermée, dit Chase, ajoutant mentalement le prix de la voiture à tout le reste. Puis il essaya désespérément de fredonner *Bringing in the Sheaves,* mais il ne put que le siffler.

— Pauvre Père ! dit Kate en baisant son père sur le front. Vous verrez, nous nous débrouillerons bien. J'essaierai d'épouser un homme riche quand je serai à New York.

— Ou à Philadelphie. Nous avons un choix excellent, reprit Jay Cooke en rougissant légèrement. Mrs. Cooke vous enverra des listes avec les pedigrees.

— Eh bien, voilà la solution à tous nos problèmes...

— J'aimerais mieux vivre dans une cabane, dit Chase.

Les frères Cooke se levèrent pour partir. Tout le monde était de bonne humeur. Le ministère des Finances était pour ainsi dire dans la poche.

— Quand vous serez aux Finances, monsieur, n'hésitez pas à faire appel à moi, dit Jay Cooke. Le gouvernement aura besoin d'argent et d'hommes pour lui en trouver. Je me ferai un plaisir de vous fournir...

— Des listes avec des pedigrees ? demanda Kate.

— Tout ce que vous voudrez, miss Chase.

Chase raccompagna les deux frères, tandis que Kate restait au salon pour arranger les meubles.

— Je vais vous ouvrir moi-même, dit Chase à voix basse. Depuis que Kate avait quitté l'école, elle lui avait interdit de reconduire les invités — c'était la tâche des domestiques. Chase ouvrit la porte : un vent glacial pénétra dans le vestibule.

Jay Cooke prit la main de Chase qu'il serra avec beaucoup de chaleur.

— Vous savez, si vous cherchez une voiture, j'ai peut-être ce qu'il vous faut.

— J'ai peur que ce que vous avez à m'offrir et ce que mes moyens me permettent ne coïncident jamais.

— Acceptez-la, monsieur. Je vous l'offre.

— Oh, non. Non, merci.

Chase était un politicien trop avisé pour ne pas reconnaître la valeur de ce qu'on lui offrait. Sans probité, il n'était rien. Avec de la probité, il était pauvre, sans doute, mais il restait un président des États-Unis en puissance. Les frères s'en allèrent. Chase retourna au salon, où Kate était en train de poser un portrait de sa mère contre une console.

— Quel dommage qu'elle ne soit pas là pour nous voir, toi, jolie comme tu es, et moi...

Kate n'entendait pas que son père se laissât aller à des regrets, si poétiques fussent-ils.

— Vous savez bien qu'elle se serait mise entre nous, Père.

— Oh, Kate ! Elle n'était pas du tout comme cela, dit Chase qui ne s'attendait pas à une telle dureté de la part de sa fille.

— C'était une femme, reprit Kate d'un ton sec. Je n'ai jamais eu confiance dans le sexe.

— Il y a toujours des exceptions.

Chase baisa la main de sa fille, qui le remercia d'un sourire.

— Je suis sans doute injuste, reprit Kate pour se faire pardonner. Je ne me souviens pas vraiment d'elle. Je la revois pourtant avec des aiguilles à tricoter dans les mains, mais elle ne tricotait jamais.

— Elle était en mauvaise santé. Combien de fois Chase n'avait-il pas été obligé de dire cette phrase ! Pendant vingt ans, il avait vécu avec la maladie et la mort. Il avait enterré trois de ses femmes et quatre de ses enfants. Maintenant, tout ce qu'il voulait, c'était Kate ; et tout ce que Kate voulait, c'était être avec son père tandis qu'ils graviraient ensemble la carrière des honneurs. Les Cooke pensent que je serai nommé, mais moi je ne le crois pas.

— Oh, il faudra bien qu'il vous nomme ! s'écria Kate en reposant brutalement le portrait de sa mère sur la console. Tous les autres y sont — je veux dire tous vos rivaux — alors pourquoi pas vous ?

— Le Sénat n'est pas le pire endroit pour...

— Mais le Trésor, c'est le cœur. Vous aurez des centaines de nominations à faire, plus que n'importe quel autre ministre. Il y a des financiers dans chaque ville et dans chaque village, et tous jusqu'au dernier voteront pour Chase aux élections de 1864.

— Comme tu vois loin ! Chase était stupéfait de constater que sa fille en savait autant sur l'importance d'avoir une clientèle quand on est ministre des Finances. Lui-même ne pensait à rien d'autre. Il faudrait en effet qu'il se constituât une clientèle à l'échelle nationale tout en administrant avec une parfaite honnêteté les finances du pays.

— J'ai aussi songé à ce que serait mon travail quand vous serez ministre...

— Si je le suis...

— Quand vous le serez ! Mrs. Seward étant invalide, je serai automatiquement la Première Dame du Cabinet.

— Suppose que Mr. Seward déterre une vieille sœur à lui et qu'il l'amène en ville ?

— Mr. Seward est bien trop content de vivre comme un célibataire dans ce vieux pavillon qui lui sert de maison. Tout ce qu'il lui faut, c'est du cognac, des cigares et des copains.

— Tu es en ville depuis un jour et tu en sais déjà plus que moi.

— Il faut bien que l'un de nous se tienne au courant des potins. C'est mon rôle... Maintenant, je vais chez Woodward's Hardware Store dans Pennsylvania Avenue, ensuite je passerai chez Gautier, et puis chez Harper and Mitchell — mais seulement pour regarder les habits, puisque pour le moment nous sommes trop pauvres — et je ferai un saut chez Jardin pour demander qu'on nous livre des fleurs régulièrement...

— C'est toi qui devrais prendre les Finances. Tu saurais très bien te débrouiller. Pour ce qui est des dépenses, je te fais aussi confiance.

Kate se mit à rire :

— Je ne suis pas si mauvaise ménagère. Nous ferons des économies. Vous gagnerez huit mille dollars par an...

— Si je suis nommé...

— J'ai calculé un budget, dit Kate en fronçant les sourcils. Vous pourriez demander à Mr. Cooke de vous prêter cette voiture.

— Un prêt équivaut à un don.

— Mais non, vous n'êtes pas propriétaire !

— J'en aurais l'air, les gens pourraient s'y tromper.

— Seulement si vous lui rendez des faveurs, et comme c'est l'un des hommes les plus riches de Philadelphie...

— Comment le sais-tu ?

— A Columbus, il m'est arrivé d'entretenir Henry Cooke d'autre chose que de politique. J'ai aussi entendu parler de Mr. Cooke quand j'étais chez Miss Haines. Il y avait là un certain nombre de jeunes filles de Philadelphie. De toute façon, j'ai l'intention de m'arrêter aux Cèdres en revenant de New York. C'est quelqu'un à ménager. Nous aurons besoin de lui pour les prochaines élections.

Chase avait toujours rêvé d'avoir un garçon à qui il pourrait se confier et transmettre son expérience de la vie. Il réalisait maintenant qu'il possédait en sa fille Kate également un fils, sans aucun des problèmes que sont à même de produire deux volontés masculines.

— Avez-vous déjà vu Mrs. Lincoln ?

Le fils était redevenu fille, une fille désireuse de tout savoir sur une femme qu'elle jugeait déjà comme une rivale, aussi bien politique que sociale.

Chase secoua la tête.

— Elle n'était pas visible hier au soir.

— Il paraît qu'elle a amené avec elle une de ses demi-sœurs du Sud ainsi qu'une demi-douzaine de cousines, toutes des dames de Springfield, dit Kate en allant chercher un manteau dans une des malles abandonnées dans la salle à manger. Je sais aussi que les dames de Washington ont refusé de la voir.

— Elles ne pourront pas toujours la bouder. C'est la femme du Président. Je veux dire du futur Président.

— C'est parce que ce sont des rebelles, voilà pourquoi.

— Il m'arrive parfois de penser que cette ville est la plus sécessionniste de tout le pays, dit Chase en arquant les sourcils. Je me demande pourquoi nous ne la donnons pas au Sud.

Kate revenue au salon jeta un sourire à son père dans le miroir poussiéreux devant lequel elle arrangeait sa coiffure.

— Ce que j'en ai vu jusqu'ici m'a assez plu, dit-elle. Rien n'est fini, mais le paysage est magnifique, et ce qu'il y a de plus magnifique encore, c'est cette charmante vieille demeure où nous habiterons un jour tous les deux.

— Tu le crois vraiment?

— Bien sûr. Je ne vis que pour cela.

— Pour la maison du Président?

— Pour le président Chase.

Ayant dit ces mots, Kate sortit. Chase retourna au salon où des caisses de livres jonchaient le plancher. Maintenant qu'il était tout seul, il pouvait entonner à pleine voix *Rock of Ages*. L'avenir s'annonçait radieux.

VIII

Le 4 mars, jour de l'inauguration, David Herold s'était éveillé à l'aube. Comme c'était un jour à ne pas manquer, il avait dormi tout habillé sans même se donner la peine d'ôter ses souliers. David dormait dans un recoin de la cuisine et n'avait pas à se soucier des marches qui grincent... De sa couchette il entendait la respiration saccadée et les mouvements fébriles de sept femmes, toutes chair de sa chair. A la différence de Chase, content d'avoir une fille qui fût comme un fils, David à dix-huit ans regrettait de ne pas avoir de frère avec lequel il pût par exemple aller au Capitole voir le vieil Abe se faire assassiner.

La matinée était douce et brumeuse. La boue gelée avait fondu, laissant apparaître les premiers crocus et les premières perce-neige de la saison. Au Capitole, à quelques rues de l'endroit où habitait David, il y avait encore peu de monde. Il y avait surtout des soldats. Les uns étaient en bleu réglementaire, les autres en vert foncé, munis de fusils à tir précis. Ils avaient l'air de chercher après les hooligans, songeait David, heureux de n'être qu'un simple spectateur.

Nul ne tenta d'arrêter David tandis qu'il se dirigeait vers la petite estrade en bois qu'on avait dressée sur les marches est du Capitole. L'estrade était couverte d'un toit, probablement dans le but d'empêcher quiconque de tirer sur Lincoln depuis le haut. David gagna ensuite la partie nord du Capitole où, à sa grande surprise, on avait construit deux longues palissades de bois entre la place et l'entrée du Sénat, de sorte que lorsque Lincoln descendrait de voiture pour se rendre au Capitole, il serait protégé par cette double rangée de planches.

David avait gardé un souvenir vivace de la dernière inauguration : du vieux Buck et de la belle dame attifée en déesse de la Liberté montée sur un char de parade, juste en face de la voiture du Président, alors que derrière lui, sur un autre char, on avait placé un navire de guerre tout équipé. Oui, il s'était follement amusé avec ses camarades. Mais aujourd'hui, il n'y avait aucun signe de splendeur. Les drapeaux étaient rares, et l'estrade de l'orateur n'était même pas pavoisée aux trois couleurs traditionnelles : rouge, blanc, bleu, comme elle l'était habituellement le jour de l'inauguration. En revanche, il n'avait jamais vu autant de soldats.

David remonta Pennsylvania Avenue jusqu'à la Quinzième Rue, tandis que la ville s'éveillait peu à peu. A l'habituelle population nègre étaient venus s'ajouter les milliers de visiteurs qui remplissaient les hôtels. Malgré l'heure matinale, une foule s'était rassemblée devant l'hôtel Brown, et comme toujours, il y avait beaucoup d'animation devant le Willard. David regarda les fenêtres de l'appartement de Lincoln. Le salon présidentiel était situé juste au-dessus de l'entrée principale, et un drapeau américain pendait à la fenêtre.

— Ohé ! David !

David se retourna et aperçut la figure ronde de Scipione Grillo, plus connu sous le surnom de Skippy, un musicien professionnel qui venait d'ouvrir un restaurant à deux pas d'un des théâtres les plus populaires de la ville.

— Hé, Skippy ! Qu'est-ce que tu fais debout de si bonne heure ?

— Je vais au Center Market. Je vais acheter à manger. Aujourd'hui, tout est réservé pour chaque repas.

— Qu'est-ce qu'on donne au théâtre ?

— Je ne sais pas. Mais quelle que soit la pièce qu'on joue, il y a du monde.

Skippy prétendait qu'il pouvait deviner si la pièce qu'on jouait était une tragédie ou une comédie aux consommations de ses clients. Si c'était une comédie, ils buvaient soit du vin, soit du champagne avant et après le spectacle, tandis que pour une tragédie, c'était champagne avant et whisky après. Dans le cas d'un opéra, les consommations étaient rares, parce que, disait Skippy, les Américains ne connaissaient rien à la musique. C'est pourquoi il avait abandonné la carrière musicale pour se lancer dans la restauration.

David connaissait tous les directeurs de théâtre de la ville. Aussi avait-il presque toujours un fauteuil de balcon gratis. S'il amenait avec lui Annie Surratt ou une autre jeune fille, il n'avait jamais qu'un billet d'entrée à payer. Et si par exemple il ne lui restait plus d'argent après une représentation au théâtre Ford, Skippy lui offrait toujours une bière. En remboursement, David rendait toutes sortes de menus services à Skippy. Il travaillait également dans les différents théâtres de la ville chaque fois qu'on avait besoin d'un extra pour aider à charger ou à décharger des décors. David adorait le théâtre. En fait, s'il avait été un peu plus grand de taille, et s'il avait eu de plus belles dents, il aurait été acteur ou tout au moins directeur de théâtre.

— Tu vas regarder le défilé d'inauguration, Skippy ?

— Comment le pourrais-je ? J'ai à préparer le déjeuner. De toute façon, il n'y a que les deux orchestres. S'il y avait les trois, j'y serais. Mais je joue du violon ce soir au bal de l'Union. Mr. Scala dit qu'il a besoin de moi. Il paraît qu'ils manquent de cordes dans l'orchestre de la Marine.

— Comme cela, tu seras aux premières loges.

— Penses-tu ! Tout ce que je verrai, ce sera ma partition de musique. Oh, ces nouvelles danses !...

Les deux amis se séparèrent. Grillo traversa Lafayette Square tandis que David alla se présenter chez Thompson, pharmacien dans Pennsylvania Avenue, à deux pas de la Quinzième Rue. Le magasin n'était pas encore ouvert pour les clients, mais David savait que « William S. Thompson, Propriétaire » était déjà au travail, occupé dans l'arrière-boutique à remplir les ordonnances et à surveiller la négresse qui faisait le ménage.

David ouvrit la porte et respira profondément. A défaut d'autre chose, David avait toujours aimé l'odeur de pharmacie. Au cours des trois dernières années, il avait travaillé comme garçon de courses puis comme préparateur pour le compte de Mr. Thompson. A présent, il allait prendre un emploi à plein temps dans sa pharmacie. Cette pensée le désolait, mais il n'avait pas le choix.

— Bonjour, Mr. Thompson. C'est moi, David.

David cligna des yeux en entrant dans la pièce obscure où tout un pan de mur était occupé par une grande armoire contenant un millier de petits tiroirs, tandis qu'en vis-à-vis un comptoir de bois poli supportait deux balances et six grands vases de porcelaine sur les flancs desquels était écrit en lettres dorées gothiques et en latin les noms de leurs contenus. David avait appris assez de latin durant sa dernière année de classe pour lire une ordonnance de médecin ; c'était à peu près la seule chose qu'il eût jamais apprise qui lui fût de quelque utilité. Mrs. Herold avait pleuré amèrement quand son fils avait quitté l'école, mais comme il n'y avait pas d'argent dans la famille, il n'y avait pas le choix. David vivait à la maison, travaillait quand il avait besoin d'argent et s'amusait d'une façon qui eût beaucoup peiné sa mère si elle l'avait appris. Mais, comme disait Sally, Mrs. Herold était une sainte, et les saints sont faits pour souffrir.

Mr. Thompson sortit de l'arrière-boutique. C'était un homme jovial portant des lunettes à verres épais et à fine monture métallique. Il était plus ou moins apparenté au père de David, mais il est vrai que David avait pour parents la moitié de la ville : la moitié inférieure, au dire d'Annie qui, en qualité de Surratt de Surrattsville, pensait appartenir à l'autre moitié, ce qui était bien exagéré. Les Surratt étaient de simples fermiers avec un petit peu de bien, comme disait Mrs. Herold.

— Eh bien, David, es-tu prêt à devenir un homme ? demanda Mr. Thompson qui jusqu'alors n'avait jamais surpris chez David la moindre application au travail.

— Oui, monsieur. Je suis prêt à travailler maintenant, à devenir sérieux et tout et tout, répondit David avec la plus parfaite hypocrisie, et tout en disant ces mots il sentit se refermer sur lui comme les portes d'une prison. Il n'avait que dix-huit ans ; il n'avait jamais été nulle part ni fait quoi que ce soit d'excitant ; et maintenant il allait travailler comme préparateur en pharmacie pour le restant de sa vie, dans une boutique située juste en face de l'hôtel Willard, là où les gens de la haute se donnaient du bon temps avec les femmes et gagnaient des fortunes au jeu ou en faisant de la politique, sans se douter qu'à quelques pas de là David Herold travaillait comme un esclave à remplir pour eux des ordonnances neuf heures par jour et cinq jours et demi par semaine, avec juste le dimanche de congé pour rattraper le temps perdu pendant le reste de la semaine. David sentit les larmes lui monter aux yeux. Cela ne pouvait pas durer : quelqu'un ou quelque chose finirait bien par le sauver. Au théâtre, les héros ne finissaient pas comme cela.

— Alors, c'est entendu, David. Tu commences aujourd'hui. Tu seras là chaque matin à sept heures. Je te donnerai une clé. Et à sept heures un quart tu ouvriras à Elvira... Elvira apparut dans l'encadrement de la porte, et fit entendre un grognement en voyant David, lequel lui répondit également par un grognement. C'était le seul langage que comprenait Elvira.

— Je me demandais, monsieur, si je ne pourrais pas commencer demain. C'est qu'on m'a demandé de donner un coup de main ce soir au bal de l'Union comme garçon, dit David en improvisant un mensonge. David mentait merveilleusement. Il avait appris à mentir en étudiant le jeu des acteurs, mais surtout en écoutant ses sœurs parler de leurs amoureux. Entre ce qu'elles en disaient derrière leur dos ou en leur présence, il y avait un gouffre.

— Eh bien soit ! aujourd'hui tu auras l'après-midi de congé, dit Mr. Thompson pour se montrer agréable. Tu travailleras la matinée et tu m'aideras à fermer le magasin à midi. Comme çà, tu auras le temps d'aller écouter Mr. Lincoln.

— Oh, je n'y tiens pas tant que ça.

— Voyons, David, c'est tout de même le Président.

— Pour moi, il n'y a qu'un président, c'est Jefferson Davis.

Mr. Thompson fronça les sourcils et sourit.

— Écoute, David, tu ne dois pas parler politique dans le magasin. C'est mauvais pour ma digestion, et aussi pour les affaires.

— Mais vous n'êtes pas pour l'Union, Mr. Thompson. Vous êtes un Virginien comme nous.

— Ce que je suis au fin fond de moi-même ne regarde que moi, reprit Mr. Thompson en prenant cette fois un air solennel, et je te conseille d'en faire autant, à cause de la clientèle. On ne doit pas toujours dire ce qu'on pense quand on est dans le commerce.

— Mr. Davis était un de vos clients ?

— C'était un de mes meilleurs clients, le pauvre homme ! Je n'ai jamais vu personne souffrir autant des yeux que lui. J'ai eu beau dire au docteur Hardinge de changer de traitement s'il ne voulait pas que son patient devînt aveugle avant l'été, il n'y a pas eu moyen de lui faire entendre raison. Alors j'ai pris sur moi de lui donner de la belladone pour calmer la douleur.

— C'est donc bien votre président...

— Si j'étais installé à Montgomery dans l'Alabama, oui, ce serait mon président. Mais j'habite ici avec ma famille, et je tiens boutique au coin de la Quinzième Rue et de Pennsylvania Avenue ; en conséquence, je suis le pharmacien officiel et officieux des présidents des États-Unis. Or, de même que je me suis occupé de Mr. Buchanan et de Miss Lane — elle ne fera pas de vieux os, la pauvrette —, j'ai également l'intention de m'occuper de la famille Lincoln — une famille nombreuse, pour changer, et pas très bien portante à ce que j'ai pu en juger hier.

Mr. Thompson termina sa phrase en souriant sans s'en rendre compte, comme il arrive parfois aux acteurs, à cette différence près que les acteurs savent toujours ce qu'ils font.

— Vous n'en aurez peut-être pas l'occasion. Le bruit court qu'il va se faire tuer aujourd'hui.

— Oh, tu veux parler des hooligans...

David trouva la remarque de Mr. Thompson bien dédaigneuse s'agissant de jeunes gens prêts à risquer leur vie pour que vive le Sud.

— Le général Scott en aura fini avec toute cette bande avant la fin de la journée, reprit Mr. Thompson. A ce propos, je ne voudrais pas que tu oublies de préparer l'ordonnance du général Scott, qui souffre d'hydropisie. Dès que ce sera fait, tu l'apporteras immédiatement au nouveau ministère de la Guerre, celui qui est en haut de la rue.

Lorsque David entra dans l'arrière-boutique, qui, pourtant, lui était familière, il sentit qu'il prenait congé de la vie. Mais que pouvait-il faire d'autre ? Il songea un moment à aller dans le Sud à Montgomery rejoindre l'armée que Mr. Davis était supposé lever, mais l'armée n'était-elle pas une autre forme d'emprisonnement ? David avait besoin d'un monde à conquérir, n'importe sa grandeur. Il se dit qu'il pourrait peut-être séduire Annie, mais que s'il le faisait, la plus grande des portes de prison se refermerait sur lui : le mariage, des enfants, et une vie tout entière passée à préparer des ordonnances pour des gens comme le général Scott. Il était trop tard pour devenir lui-même un général Scott. Il aurait fallu aller à West Point ou servir longtemps dans le rang. Plus joli garçon, il aurait pu devenir acteur. Il avait de la mémoire, savait lire un texte, et jouait la comédie beaucoup mieux que la plupart des comédiens en tournée qui se produisaient en ville. Mais là encore, il n'y avait personne pour lui mettre le pied à l'étrier. De dépit, il laissa tomber une larme dans la préparation du général Scott.

Tandis que David Herold méditait sur son infortune, John Hay et Nicolay étaient déjà à pied d'œuvre dans le salon de l'appartement numéro un de l'hôtel Willard. Hay était occupé à transférer le contenu d'une armoire dans deux grandes caisses qui gisaient béantes au milieu de la pièce, à savoir : toute une pile de classeurs remplis de demandes d'emplois, de coupures de journaux jaunies, d'attestations, de suppliques et de requêtes de toutes sortes.

— Jusqu'à ce jour, nous avons reçu neuf cent douze demandes d'emploi, dit Hay en consultant le dernier classeur.

— Neuf cents ! On dirait qu'il y en a neuf mille ! répliqua Nicolay avec un léger accent allemand que Hay s'amusait de temps en temps à imiter. Nicolay était assis à une table, en train de rédiger un rapport pour le Président sur les demandes qui paraissaient les plus intéressantes ou les mieux fondées.

— Combien de temps tout cela va-t-il durer ?

— Aussi longtemps que nous serons au gouvernement.

— Je n'aurais jamais cru cela possible, dit Hay. Du moins pas dans des proportions pareilles. Si nous continuons à ce train-là, il nous faudra bientôt trouver du travail pour les trente millions d'Américains qui habitent ce pays.

— Moins les douze millions dont Mr. Davis a la charge.

On entendit au loin un roulement de tambours prémonitoire.

— Saviez-vous que Mr. Seward et Mr. Davis étaient comme cul et chemise jusqu'il y a encore quelques semaines ?

Nicolay acquiesça.

— Le Taïcoun souhaitait qu'ils parlent le plus possible tous les deux.

Hay fronça les sourcils :

— Pensez-vous que Mr. Seward soit sérieux quand il parle de se retirer du Cabinet ?

Hay avait été présent dans le salon de Lincoln lorsque le plan d'Albany avait été révélé. La délégation de New York, parlant au nom de Seward, avait insisté pour que Lincoln exclût Chase du Cabinet, lequel Cabinet devait être selon elle composé uniquement de whigs, et non pas des quatre démocrates et trois whigs que Lincoln avait à l'esprit. Quand celui-ci eut rappelé à ses interlocuteurs que lui aussi était un whig, ce qui rétablissait l'équilibre, ils ne voulurent rien rabattre de leurs exigences. Ils représentèrent au Taïcoun que Seward ne voudrait jamais collaborer avec Chase, à quoi Lincoln avait répondu que dans ce cas, il se verrait à son grand regret dans l'obligation de substituer à sa première liste ministérielle une seconde liste qu'il tenait en réserve : nommerait Mr. Dayton, libéral bon teint, au poste de secrétaire d'État, et Mr. Seward pourrait aller comme ambassadeur à Londres, ville où il avait connu un grand succès personnel l'été précédent.

Alarmés, les New-Yorkais retirèrent leur plan, du moins provisoirement.

72

Quand Chase apprit cela, sa colère fut telle qu'il rédigea sur-le-champ une lettre de démission. Lincoln y répondit par un mot poli dans lequel il le priait de rester à sa place. En signant la lettre, il dit, moitié pour lui-même et moitié pour Hay :

— Je ne peux tout de même pas laisser Seward marquer le premier point.

— Personnellement, dit Nicolay, j'aimerais autant que Seward ne fasse pas partie du gouvernement. Mais...

A ce moment-là, la porte du salon s'ouvrit, laissant paraître l'immense stature de Lamon.

— Le patron vous demande tous les deux, dit Lamon, qui disparut aussi vite qu'il était venu.

— Qu'est-ce que sera Lamon dans le gouvernement ? demanda Hay.

— Prévôt du district de Colombie, ce qui ne l'empêchera pas de rester garde du corps.

— J'espère qu'il ne sera pas le seul.

La ville était pleine de bruits alarmants. On disait que le Président se ferait tuer en allant au Capitole. Ou bien au Capitole même. Ou encore, qu'il serait kidnappé au bal de l'inauguration, et emmené comme otage en Virginie. De toutes ces rumeurs, cette dernière paraissait la plus vraisemblable à Hay. C'est aussi celle qu'avait retenue le général Scott. Celui-ci avait fait placer deux tireurs d'élite à chaque fenêtre donnant sur le porche est du Capitole, ainsi que tout le long de Pennsylvania Avenue, sans compter les policiers en civil qui étaient disposés un peu partout dans la foule.

Lincoln, quant à lui, paraissait indifférent. Depuis quelques semaines, il était préoccupé par les Virginiens qui tenaient une convention à Richmond pour déterminer s'ils allaient ou non faire sécession. Plus d'une fois, Hay avait entendu Lincoln en conversation avec l'un ou l'autre des Virginiens. Les Sudistes qui siégeaient encore au Congrès étaient surtout inquiets d'un projet de loi intitulé *Force Bil* qui donnerait au Président le droit de faire intervenir la milice et d'accepter des volontaires dans les forces armées. Lincoln, pour sa part, était prêt à retirer ce projet pour se concilier les Sudistes. Le vendredi, jour où le projet de loi devait être voté, Washburne, agissant sur les instructions de Lincoln, avait demandé l'ajournement de la Chambre. Avec cet ajournement, le trente-sixième Congrès prenait fin. Mais auparavant, et comme geste supplémentaire de bonne volonté à l'égard des Sudistes, le parti de Lincoln avait soutenu une mesure selon laquelle l'institution de l'esclavage ne serait jamais remise en cause dans les États où l'esclavage était légal. C'est sur cette note conciliante que le lundi 4 mars, jour de l'inauguration du nouveau Président, la Chambre des représentants ferma boutique. Le Sénat restait en session.

Nicolay et Hay longèrent le corridor garni de policiers pour se rendre à l'appartement numéro six. Lincoln était à sa place habituelle, le dos tourné à la fenêtre et les lunettes sur le nez. Mrs. Lincoln, ses trois fils et toute sa parenté emplissaient largement la pièce.

Hay n'avait jamais vu Mr. Lincoln aussi bien mis. Il portait un nouvel habit noir qui lui allait encore bien, mais Hay savait bien que sitôt que ce grand corps anguleux aurait fini de tirer et de pousser aux coudes et aux épaules, cet habit ressemblerait à tous les autres. Pour le moment, le devant de chemise étincelait de blancheur, tandis qu'à côté de sa chaise, près de la précieuse mallette, brillait le pommeau d'or d'une nouvelle canne. Hay reconnaissait bien là les goûts de luxe de Mrs. Lincoln.

— Messieurs, dit Lincoln en saluant ses secrétaires avec solennité, nous allons bientôt être rejoints par le prévôt. C'est lui qui nous indiquera nos places dans les voitures. Nous devrons lui obéir... Le bruit des applaudissements montant de la rue, suivi d'une sonnerie de trompette, interrompit Lincoln. Il se leva pour aller regarder à la fenêtre : Eh bien, reprit-il, si ce n'est pas le Président en personne, je dirai que c'est quelqu'un qui lui ressemble comme un frère.

Mary s'était précipitée à la fenêtre.

— C'est Mr. Buchanan, s'écria-t-elle. Il est venu vous chercher.

— C'est le moment ou jamais de montrer que les gens de l'Illinois ainsi que ceux du Kentucky, dit Lincoln en se tournant vers les parentes de Mrs. Todd, connaissent aussi bien les belles manières que les gens de Virginie.

Là-dessus, le prévôt apparut dans l'encadrement de la porte. Hay craignit pendant un moment que Lamon ne le laissât pas entrer.

— Mr. Lincoln, le Président ! annonça le prévôt.

Le vieux Buchanan, le visage aussi blanc que les cheveux, s'avança jusqu'au milieu de la pièce. Lincoln alla vers lui, puis les deux hommes échangèrent une chaleureuse poignée de main.

— Je suis ici, monsieur, dit le Président, pour vous escorter jusqu'au Capitole.

— Je vous remercie pour votre courtoisie, monsieur le Président.

Les deux hommes quittèrent la pièce ensemble. Arrivés à la porte, Buchanan s'effaça pour laisser passer Lincoln. Celui-ci lui rendit la politesse et s'écarta pour laisser passer le Président en exercice.

Le prévôt expliqua à chacun dans quelle voiture il devait monter. Il y aurait un prévôt avec un foulard bleu et une rosette blanche pour chaque voiture. Mrs. Lincoln, les enfants, la parenté, tout le monde aurait son prévôt. Heureusement pour Hay et pour Nicolay, ceux-ci furent autorisés à descendre avec les deux Présidents dans le hall de l'hôtel où un cordon de police avait peine à contenir la foule. Les applaudissements redoublèrent dès que parut Lincoln.

— Nos solliciteurs ! dit Hay à Nicolay.

— Attendez que nous soyons dehors, répondit Nicolay en faisant un sinistre mouvement de tête.

Lincoln avait pris le bras de Buchanan et tous deux se trouvaient maintenant devant l'entrée du Willard. Il y eut soudain un tonnerre d'applaudissements et de sifflets noyé presque aussitôt par les accents martiaux de *Hail to the Chief* qu'attaquait l'orchestre de la Marine conduit par le major Scala, tandis que le Président et le Président-élu gagnaient leur voiture. Un prévôt quelque peu nerveux poussa Hay et Nicolay dans une calèche où Washburne et Lamon avaient déjà pris place.

Hay trouva Washburne fébrile, à la différence de Lamon qui affichait un calme inhabituel. C'est que pour une fois Lamon n'était pas de garde. Il avait confié la protection de son ami à l'armée des États-Unis, et si l'armée ne pouvait pas le protéger aujourd'hui, personne ne le pourrait. Washburne regarda par la portière les badauds qui s'égrenaient sur le trottoir nord de Pennsylvania Avenue. De l'autre côté, il y avait encore moins de monde et pas du tout de trottoir. Passé quelques blocs de maisons, c'était un marécage, conséquence des inondations du canal et du Potomac qui roulait ses eaux bourbeuses entre des rives où le lierre s'entortillait lugubrement au chêne.

— La foule est dangereuse, dit Washburne en regardant de nouveau par la vitre. Ils étaient maintenant à la hauteur de l'hôtel Kirkwood. Jusque-là il n'y avait eu aucune manifestation, soit de joie, soit d'hostilité à l'égard des deux Présidents qui roulaient dans la voiture de tête.

— Ils sont tous sécessionnistes dans cette ville, dit Lamon avec un fort accent virginien qui parut quelque peu incongru à Hay.

— Il suffirait d'un rien pour qu'ils prennent les armes, dit Washburne.

— Regardez la cavalerie devant, dit Lamon en montrant les deux rangs de cavaliers qui flanquaient la voiture présidentielle. Les hommes montaient en ordre si serré que depuis le trottoir on ne pouvait donner qu'un bref coup d'œil sur les occupants de la voiture.

— Vous avez remarqué comme les chevaux sont nerveux ? demanda Lamon avec une sorte de sourire satisfait. C'est une idée à moi. Quand les chevaux tirent à hue et à dia, c'est beaucoup plus difficile pour un tireur de viser.

David Herold s'était fait exactement la même réflexion. Avec Annie à son bras, il se tenait devant le Woodward d'où il regardait défiler l'étrange parade.

— On ne les aperçoit même pas, dit-il à Annie d'un air bougon.

— On les verra bien quand ils descendront de voiture devant le Capitole.

— Et alors, fit David. Mais Annie lui pinça le bras pour le faire taire.

Il n'y avait qu'un char, tiré par quatre chevaux blancs, qui représentait l'Association républicaine. Sur le char, des jeunes filles toutes de blanc vêtues représentaient chacune un des États de l'Union — de la défunte Union. On applaudissait les jeunes filles, non l'Union.

David et Annie marchèrent à côté du char jusqu'au Capitole où depuis midi une foule de près de dix mille personnes s'était rassemblée. Des garçons avaient grimpé dans les arbres. Un photographe s'était construit une plate-forme en bois sur laquelle il était occupé à installer son appareil tout en repoussant du coude ceux qui voulaient partager sa vue.

David et Annie fendirent la presse pour arriver jusqu'à la tribune des orateurs où un seul rang de soldats suffisait à contenir la foule. Au-dessus de l'estrade, sur les marches du Capitole, les gens illustres de Washington étaient conduits à leur place par des huissiers. David dévorait des yeux les diplomates étrangers aux uniformes chamarrés d'or et d'argent tandis que les dames resplendissaient dans leurs fourrures et leurs manteaux de velours. Il faisait ce jour-là un froid piquant.

— Mon Dieu ! murmura Annie, as-tu déjà vu autant de soldats ?

Il y avait en effet des soldats partout ; ils étaient commandés par le général en chef lui-même qui dirigeait les opérations assis dans sa voiture depuis une éminence toute proche. Winfield Scott avait juré qu'aucun incident n'empêcherait le nouveau Président d'entrer en fonction.

Il y eut un bruit d'applaudissements venant du côté nord de l'édifice, mais d'où ils étaient, ils ne pouvaient rien voir.

— Maintenant ils entrent au Sénat, dit David.

— Je le sais, répondit Annie. Moi aussi j'ai lu le journal. Au fait, as-tu pris cet emploi chez Mr. Thompson ?

— Oui.

— J'en suis contente.

— Pourquoi ?

— Parce que tout le monde doit travailler.

— Toi, tu ne travailles pas.

— Je suis encore en pension, mais quand j'aurai mon diplôme, je serai professeur de musique, et alors... Oh, regarde ! Les Zouaves !

Une compagnie de Zouaves vêtus d'uniformes écarlates paradait sous le commandement d'un certain Elmer E. Ellsworth, un très joli garçon de vingt-quatre ans aux cheveux bouclés, qui passait pour l'un des chouchoux des Lincoln. David regardait ce spectacle avec autant d'admiration que d'envie. Que n'avait-il lui aussi un brillant uniforme pour accrocher le cœur des filles et faire pâlir de jalousie les hooligans disséminés à travers la foule, et toujours prêts à faire un mauvais coup !

A l'intérieur du Sénat, John Hay quant à lui ne manifestait aucune espèce d'envie à l'égard d'Hannibal Hamlin, le nouveau vice-président des États-Unis. Par contre, depuis sa place dans la galerie, il avait tout loisir d'admirer le spectacle qui se présentait à ses regards. Le Capitole n'aurait peut-être jamais de dôme, mais le Congrès avait veillé à ce que le plus grand luxe régnât tant au Sénat qu'à la Chambre des représentants : le rouge et l'or, le marbre et le cristal rivalisaient à l'envi, tandis que chaque sénateur et chaque congressman disposait pour lui-même d'un fauteuil, d'un pupitre, d'une tabatière et d'un crachoir.

Hannibal Hamlin parla avec clarté et concision, et pendant un moment Hay prêta attention au nouveau vice-président, lequel avait le teint si brun que son prédécesseur, John C. Breckinridge du Kentucky, assis à côté de lui sur l'estrade, aurait dit en le voyant qu'il était tout à fait naturel qu'un gouvernement radical comme celui de Mr. Lincoln eût pour vice-président un mulâtre. Mulâtre ou pas, Hamlin était un ancien sénateur démocrate du Maine qui avait aidé à fonder le Parti républicain. Avant l'élection, Lincoln et Hamlin ne s'étaient jamais rencontrés. Hay était toujours surpris de constater combien ces politiciens du Nord se connaissaient peu entre eux, contrairement à ceux du Sud, qui avaient tous l'air de coqs sortis du même poulailler.

Après l'élection, Lincoln avait invité le futur vice-président à Chicago. Ils s'étaient tout de suite bien accordés, et c'est à Hamlin que Lincoln dut ses premières huîtres. Les deux hommes s'étaient même si bien entendus que Lincoln, qui avait l'intention de ne placer qu'un seul homme de la Nouvelle-Angleterre dans son Cabinet, laissa à Hamlin le soin de le choisir. Hamlin choisit finalement Gideon Welles, directeur de journal dans le Connecticut, dont Lincoln fit un peu à contrecœur son ministre de la Marine.

Hay leva les yeux sur le groupe présidentiel. Buchanan et Lincoln étaient assis côte à côte au centre de la galerie, l'un tout blanc et l'autre tout noir. Malgré ses cinquante-deux ans et le surnom de Vieil Abe qu'on lui avait donné, Lincoln n'avait pas un seul cheveu gris dans sa noire tignasse mise en forme par les soins du coiffeur et les coups de brosse énergiques de Mary Todd. Mais aussitôt qu'il serait hors de vue, ses longs doigts commenceraient à fourrager dans ses cheveux, et, en un rien de temps, trois épis batailleraient à nouveau sur sa tête, lui donnant l'air d'un Indien.

Lincoln avait l'air distrait, sans doute pensait-il à son discours. Il l'avait secrètement envoyé au Vieux Gentleman de Silver Spring qui l'avait lu, admiré et renvoyé. Quels liens unissaient-ils Lincoln au vieux Blair, et d'une manière générale quelles relations entretenait-il avec son entourage ? Hay se demandait comment diable il pensait résoudre la crise actuelle, vivant dans une ville sudiste, avec un gouvernement composé pour plus de la moitié de Sudistes, et un Cabinet rempli de rivaux. C'était aussi la question qu'avait l'air de se poser Lincoln. Par moments, il semblait sortir de la conversation : alors sa paupière gauche se plissait et son œil se fermait à demi. Mais aujourd'hui l'œil était vif, du moins autant que Hay pouvait en juger de l'endroit de la Chambre où il était placé, où l'odeur d'eau de Cologne des hommes et le parfum des femmes avaient peine à dissimuler l'odeur rance des corps insuffisamment lavés. Hay avait le nez fin et des critères exigeants en matière d'hygiène.

Hamlin avait enfin terminé. Il serra la main du sombre Breckinridge, puis les deux Présidents se levèrent, tandis que le prévôt venait les escorter jusqu'au porche est.

Hay descendit les marches du Capitole derrière les juges à robe noire de la Cour suprême ; il respirait avec avidité l'air frais. Un vent vif s'était levé, et Hay fut soudain terrifié à l'idée que le discours de Lincoln pourrait s'envoler de ses mains. Si cela arrivait, pourrait-il s'en souvenir ? Non. Le discours était écrit de telle sorte qu'il suffisait d'un mot qui ne fût pas à sa place pour qu'une demi-douzaine d'autres États fissent sécession.

La robe d'un juge lui fouettant le visage, Hay descendit les marches du Capitole. La moitié des notables avait déjà pris place. L'autre moitié remplissait le Sénat. Les membres du Congrès, la Cour suprême, le futur Cabinet, ainsi que les chefs des délégations étrangères et les hauts dignitaires de l'armée et de la marine, et leurs familles, étaient venus à ce rendez-vous de l'Histoire. Hay s'assit à côté de Nicolay, juste au-dessus de l'estrade.

— Mr. Lincoln a attiré deux fois plus de monde que ça à Albany, dit Nicolay en montrant la foule.

— C'est normal, l'État de New York a voté pour lui, répondit Hay, ce qui n'est pas le cas de ces gens. Il doit bien y avoir une dizaine de milliers de personnes, n'est-ce pas ?

— Vous avez vu les fusils ? dit Nicolay en désignant une pension de famille de l'autre côté de la place. A chaque fenêtre, il y avait un homme armé d'un fusil.

— Et tous pointés sur nous, dit Hay. Hay avait toujours trouvé l'idée de l'assassinat plaisante, mais maintenant il réalisait tout d'un coup avec un frissonnement qui n'avait rien à voir avec le vent de mars, qu'il était assis juste un rang au-dessus de l'estrade des orateurs avec un millier de fusils tous braqués dans sa direction, sans parler des *plug-uglies* disséminés parmi la foule, et prêts à tuer. Hay rabattit son chapeau sur ses yeux comme pour se protéger.

L'apparition de Lincoln et de Buchanan avait été accueillie sans beaucoup d'enthousiasme. David et Annie n'avaient même pas applaudi quand le grand homme au visage bronzé s'était assis à une table basse. David avait seulement relevé sa gaucherie. Ce n'est pas un acteur, s'était-il dit d'un air méprisant en regardant Lincoln ôter son chapeau, puis le tenir dans la même main que sa canne — canne à laquelle il n'était visiblement pas habitué — tandis que de l'autre main il tirait son discours d'une poche intérieure pour le transférer ensuite dans la main qui tenait déjà le chapeau et la canne... Le vieux Forrest aurait encore pu apprendre à Lincoln comment se tenir — et peut-être aussi comment mourir, songea David.

David regarda les hommes perchés sur les arbres, mais il ne put apercevoir aucun visage connu. Les Volontaires nationaux allaient sûrement tenter quelque chose, il était prêt à le parier, mais pour le moment il ressentait la même excitation qu'à l'opéra quand l'orchestre attaque l'ouverture et que le roulement des tambours se fait entendre.

Quand tous les dignitaires eurent pris place, un vieillard à l'air distingué s'avança devant l'estrade, et, d'une voix de baryton dramatique, que David trouva fort à son goût, et les bras tendus, comme Forrest dans ses meilleures scènes, prononça ces mots : « Mes chers concitoyens, j'ai l'honneur de vous présenter Abraham Lincoln, le Président-élu des États-Unis ! » Même David eut envie d'applaudir l'orateur. Pendant ce temps, Lincoln se débattait comme il pouvait avec son chapeau, sa canne et son discours, quand un petit homme court et trapu en qui David reconnut Stephen Douglas, le candidat démocrate battu aux élections, se pencha en avant pour prendre le chapeau que Lincoln lui tendit avec un sourire reconnaissant. Lincoln posa ensuite la canne sur la table, qui à côté d'un homme de sa stature avait l'air d'un tabouret pour traire, chaussa ses lunettes et se mit à lire.

— Vois comme ses mains tremblent, chuchota Annie à l'oreille de David.

— Les tiennes ne trembleraient-elles pas ?

Annie donna un coup de coude dans les côtes de David.

Hay avait le trac pour le Taïcoun qui n'avait jamais paru si indécis et dont la voix même tremblait. Hay savait néanmoins que la voix haute de Lincoln pouvait être entendue d'un bout à l'autre de la place. Lincoln avait l'habitude des foules et du plein air. « Mes chers concitoyens, en conformité avec une coutume aussi ancienne que le gouvernement lui-même, je me présente devant vous pour m'adresser à vous et prononcer en votre présence le serment prescrit par la Constitution des États-Unis... » Hay observa avec soulagement que la voix de Lincoln avait perdu son tremblement sur le mot Constitution. Il était maintenant en terrain de connaissance : la défense de l'Union.

Parmi les sénateurs, Chase songeait au discours qu'il aurait prononcé en pareille circonstance. Par exemple, il n'aurait jamais lu l'article de la Constitution où il est dit que les esclaves doivent être rendus à leurs maîtres légitimes ; mais ce qui l'indigna le plus, c'est lorsque Lincoln ajouta : « Il est bien évident que l'intention du législateur vise ceux que nous appelons aujourd'hui les esclaves fugitifs. »

— C'est une honte, murmura Chase à l'adresse de Sumner qui se tenait droit derrière lui, et qui lui répondit par un signe de tête entendu.

— Tous les membres du Congrès, reprit la voix de l'orateur, ont fait le serment de défendre toute la Constitution, y compris cet article.

— Il est en train d'abandonner les esclaves pour sauver l'Union, dit Sumner en se tournant vers Chase.

— C'est immoral.

— C'est pire, répondit Sumner, c'est *impossible.*

Pour Mary, ce discours était le plus beau qu'elle eût jamais ouï ; et elle avait entendu Henry Clay et le juge Douglas ; elle avait entendu son propre mari proclamer qu'une maison divisée contre elle-même ne peut subsister, ce qui lui avait fait perdre son siège de sénateur et gagner la présidence. Elle était aussi contente de voir que son nouvel habit lui seyait si bien ; et elle désirait par-dessus tout montrer ses nouvelles toilettes aux dames de Washington qui jusqu'ici avaient dédaigné de lui rendre visite, parce que, avait-elle lu dans la presse, elles ne la trouvaient pas assez distinguée. Elle, Mary Todd de la grande famille Todd du Kentucky, première dame de Springfield avant même son mariage, chez qui toutes les dames de l'Illinois rêvaient de se faire inviter, pas assez distinguée !

Il y eut ensuite un bruit de détonation. Mary sursauta. Un murmure parcourut la foule. Hay tendit le cou pour voir si Lincoln n'était pas blessé. Apparemment il n'avait rien ; mais son visage était blanc comme de la craie.

David se hissa sur la pointe des pieds pour voir de quelle direction le coup était parti.

— Qui est-ce qui a tiré ? lui demanda tout bas Annie. Est-ce que tu peux voir ?

— Des soldats, je pense.

David aperçut six soldats qui se dirigeaient vers un arbre, puis l'un d'entre eux brandit une lourde branche. Un homme, paraissant étourdi, était en train de brosser ses habits.

Il y eut des rires.

— Une branche a cédé sous le poids de quelqu'un, dit David d'un air déçu.

Lincoln reprit son discours. Quand il arriva à la conclusion, Seward tendit l'oreille pour voir si Lincoln avait tenu compte de ses suggestions.

« Il ne peut y avoir de guerre, si vous n'êtes pas vous-mêmes les agresseurs. Vous, vous n'avez pas de serment inscrit au Ciel vous obligeant à détruire le gouvernement... » — Seward fronça les sourcils : c'étaient là des paroles bien dures, trop dures — « ... tandis que moi je m'apprête à faire le serment solennel de le maintenir, le protéger et le défendre. »

Seward observa avec soulagement que Lincoln avait supprimé le fameux : « C'est dans vos mains et non dans les miennes que repose la lourde décision de la guerre » pour lui substituer son texte à lui, hélas émondé des plus belles fleurs de sa rhétorique.

« ... Nous ne sommes pas ennemis, mais amis. Nous ne devons pas être des ennemis. Si la passion a détendu nos liens d'affection, elle ne doit pas les détruire. Les accords mystiques du souvenir... »

Seward ferma les yeux pour se réciter sa propre phrase : « Les accords mystiques du souvenir qui s'élèvent de tant de champs de bataille et de tombes d'hommes morts pour la patrie... » Lincoln avait changé tout cela. Cela donnait maintenant : « Les accords mystiques du souvenir, s'élargissant de tous les champs de bataille, de toutes les tombes de ceux qui sont morts pour la patrie jusqu'à tous les cœurs vivants, jusqu'à tous les foyers de notre vaste terre, résonneront encore avec le chœur de l'Union lorsque s'éveilleront à nouveau, j'en suis sûr, les meilleurs anges de notre nature. »

Lincoln avait terminé. Il ôta ses lunettes et rangea son discours dans sa poche. Tout en applaudissant poliment, Seward s'émerveillait de la manière dont la Providence répartissait ses dons : certains avaient le sens du beau ; d'autres en étaient totalement dénués. Lincoln avait fait un splendide gâchis de sa péroraison. Comme chacun des discours de Seward était susceptible de se vendre à près d'un million d'exemplaires, il eut le sentiment d'avoir été dédaigné, comme une jeune fiancée abandonnée au pied de l'autel par un homme indigne d'elle. Mais Seward aurait sa revanche. Le plan d'Albany avait échoué, mais le principe en était toujours valable, c'est pourquoi il avait repris sa lettre de démission. Il serait encore secrétaire d'État et même Premier ministre.

Chase se tourna vers Sumner :

— Qu'est-ce qu'il veut dire ? demanda-t-il.

Sumner avait l'air perplexe.

— Pour sauver l'Union, il est prêt à reprendre le Sud, y compris les esclaves.

— Ils ne viendront pas, Dieu merci !

— Pas sans une bonne guerre, en tout cas.

Le discours de Lincoln fut assez bien reçu par la foule rassemblée sur la place. Lincoln se tenait debout près de la petite table, attendant de prêter serment devant le juge de la Cour suprême. Il avait retrouvé ses couleurs.

A l'âge de quatre-vingt-quatre ans, Roger B. Taney avait plusieurs années de plus que la Constitution, dont il avait été l'interprète durant un quart de siècle en tant que second juge de la Cour suprême des États-Unis. Seward sentit toute l'ironie de la situation. Si ce fragile vieillard n'avait pas dit au cours du procès d'un esclave fugitif que le Congrès n'avait pas le droit d'interdire l'esclavage dans aucun territoire des États-Unis, Abraham Lincoln n'aurait pas été président. Lincoln regarda d'un air grave le petit homme qui avait les yeux baissés sur la Bible qu'il tenait dans sa main droite. Taney administra le serment d'une voix presque inaudible. Puis Lincoln, la main sur la Bible, et face à la foule, ignorant le bout de papier sur lequel sa réponse était imprimée, déclara d'une voix qui émut le cœur pourtant froid de Chase : « Moi, Abraham Lincoln, je jure solennellement de remplir avec fidélité et suivant mes capacités la charge de président des États-Unis... »

Lincoln retira sa main de la Bible, puis de cette voix qui savait si bien, quand il le fallait, imiter les trompettes de la guerre, il ajouta : « ... et je jure de maintenir, protéger et *défendre* la Constitution des États-Unis ! »

Au mot « défendre », la première batterie d'artillerie commença de faire feu ; puis une seconde ; et puis tous les canons saluèrent le nouveau Président qui resta cloué au garde-à-vous durant tout le bombardement.

— Mon Dieu ! s'écria Hay en se tournant vers Nicolay, ce sera la guerre !

— Depuis un certain temps je m'en doutais, répondit Nicolay. La question est de savoir comment les choses vont tourner pour nous.

IX

Hay attendait l'arrivée du Président devant l'entrée de la Maison-Blanche. Mary, les enfants et les parentes étaient déjà partis explorer la maison, et Nicolay était monté dans la chambre qu'il partageait avec Hay sur le même étage que la chambre à coucher des Lincoln. Hay avait déjà emménagé plus tôt dans la matinée. Le vieil Edward l'avait aidé à porter ses bagages et il lui avait même demandé un pourboire, qu'Hay lui avait très obligeamment donné. C'était la première fois que la Maison-Blanche lui était apparue telle qu'elle était en vérité : un hôtel de second rang pour politiciens de passage. Mais la chambre à coucher qu'il devrait partager avec Nicolay avait une belle vue sur le Potomac ; et le lit à deux places paraissait confortable. Du moins n'étaient-ils que deux à y dormir. Lincoln aimait à raconter comment au début de sa carrière, quand il était en tournée dans l'Illinois, ils étaient cinq avocats à partager le même lit : il lui fallait alors toute la ruse qu'on lui prêtait pour s'assurer le coin extérieur du lit où à la lueur d'une bougie il lisait pendant que les autres ronflaient.

Il y avait foule devant la Maison-Blanche. Des gardes filtraient l'arrivée des voitures. Le général Scott en personne se tenait sur le perron, fier de son travail. Il y eut quelques applaudissements lorsque la voiture contenant Buchanan et Lincoln franchit les grilles. Les deux hommes soulevèrent leur chapeau. La voiture s'arrêta, et le vieil Edward aida d'abord Lincoln à descendre.

Comme les deux hommes gravissaient les marches du perron, escortés de Hay, Buchanan dit à Lincoln :

— Si vous êtes aussi heureux, mon cher monsieur, d'entrer dans cette maison que je le suis d'en sortir, vous êtes sans conteste l'homme le plus heureux de ce pays.

— Après vous, seulement, monsieur, répondit Lincoln en souriant.

Le général Scott vint saluer le nouveau Président.

— Bienvenue à la Maison-Blanche, monsieur !

— Merci, général. Et toutes mes félicitations.

— J'ai dit que nous aurions un Président aujourd'hui, quoi qu'il arrive, et j'ai tenu parole. Ma mission est terminée, monsieur. Sur quoi le général salua puis s'en alla dans un tintement de médailles et un bruissement de galons.

Pendant ce temps Buchanan, la tête penchée de côté, regardait la grande bâtisse de brique sur sa gauche. Quand Scott fut parti, il se tourna vers Lincoln.

— Ma nièce, je crois, a préparé un dîner pour vous et votre famille.

— Nous serions heureux de vous avoir avec nous, vous et votre nièce.

— Monsieur, répliqua vivement Buchanan, je désire ne plus jamais remettre les pieds dans cette maison.

— Est-elle si déplaisante que cela ?

— Oh, la maison va bien, il y aurait bien sûr quelques réparations à faire. Non, ce qui ne va pas, c'est la fonction, c'est le poste que j'ai occupé, et que vous allez maintenant remplir. Mr. Lincoln, ajouta tout bas Buchanan, la fonction de président des États-Unis n'est pas digne d'un gentleman.

— Dans ce cas, c'est heureux pour moi, dit Lincoln d'un ton légèrement railleur, mais le vieil homme resta grave.

— Vous comprendrez ce que je veux dire, monsieur. Et maintenant, je vous dis adieu. Puisse Dieu vous bénir vous et les vôtres !

Le quinzième président des États-Unis monta dans sa voiture, salué par le seizième président des États-Unis qui resta sur le perron jusqu'à ce que son prédécesseur eût disparu à l'horizon.

Le dîner fut affaire d'improvisation. Il y avait dix-sept personnes réunies dans la salle à manger de famille, au rez-de-chaussée. Les goûts de Miss Lane en matière de cuisine étaient simples, ce qui contentait Lincoln, mais convenait moins à Mary et aux dames qui avaient rêvé de langouste, de canard et d'alose et qui durent se contenter d'un rosbif trop cuit.

Mary ne tarissait pas sur les horreurs de la Maison.

— Il faut avoir vu les étages. C'est une abomination, c'est pire qu'une pension de famille.

— Voyons, Maman, comment peux-tu dire une chose pareille, dit Lincoln avec douceur, en se servant une pomme de terre cuite à l'eau. J'ai connu des pensions de famille qui...

— Vous savez bien ce que je veux dire, Papa.

— C'est vrai, cousin Lincoln ! s'écria la cousine Lizzie, toujours prête à voler au secours de Mary. Dans la chambre à coucher du Président, il n'y a qu'un seul meuble à peu près potable, c'est le lit, un lit en acajou à la française, malheureusement la tête du lit est fendue par le milieu.

— C'est exactement ce qu'il me faut, dit Lincoln, mais seul Hay saisit l'allusion. Les dames étaient trop occupées par le récit de ce qu'elles avaient trouvé et aussi de ce qu'elles n'avaient pas trouvé au cours de leur visite.

— Il n'y a pas non plus la lumière au gaz, dit Mary d'un air scandalisé. Nulle part ! A notre époque, des bougies ! Et bien que les robinets fonctionnent, il n'en sort que de la boue et de la rouille.

— Comment est votre chambre ? demanda Lincoln à Hay.

— Comme à Versailles, monsieur.

— Où vous n'avez jamais été ?

— Non, monsieur.

— Moi non plus. Comme ça, c'est plus facile à imaginer.

Mary se leva de table avant même qu'on eût fini de débarrasser.

— Nous devons tous nous habiller pour le bal. Il ne reste plus beaucoup de temps. Les dames sortirent précipitamment de la pièce en faisant avec leurs robes à paniers un bruit qui rappelait à Hay celui des navires dans une cale.

Lincoln fit signe à Hay et à Nicolay de venir avec lui :

— Allons jeter un coup d'œil à ce que Mr. Buchanan appelle l'enfer, dit-il en passant le premier.

Les trois hommes longèrent le long corridor sombre menant jusqu'à la balustrade qui marquait le commencement des bureaux présidentiels. Il n'y avait personne en vue, pas même Edward, le nègre, dont la tâche était de surveiller les visiteurs que le vieil Edward avait laissés entrer. Sur le bureau du premier commis, une lampe à pétrole jetait de grandes ombres. La salle d'attente, un peu plus loin, avait l'air également sinistre.

Lincoln entra dans la salle du Cabinet. Au milieu de la table, une seule lampe jetait une lueur spectrale dans cette pièce où tant de décisions erronées, suivant Hay, avaient été prises au cours de ces dernières années. Il se demanda où avait travaillé Jefferson, mais il se rappela que depuis que les Anglais avaient brûlé la maison en 1812, le fantôme de Jefferson avait probablement brûlé lui aussi.

Lincoln souleva la lampe puis poussa la porte communiquant avec le bureau du Président. Là, la première chose qu'ils distinguèrent dans la pénombre fut un portrait d'Andrew Jackson, au-dessus de la cheminée de marbre blanc.

— Je suppose que nous laisserons ce vieil Andy là où il est, dit Lincoln d'une voix neutre.

— Que diriez-vous d'un portrait de Jefferson ? demanda Nicolay.

— Si la Virginie reste dans l'Union, je n'aurai ici que des portraits de Virginiens. Madison, Monroe, Mason, etc. Sinon... Lincoln s'était assis sur le fauteuil présidentiel, un vieux fauteuil en bois d'érable à moitié défoncé. La pièce avait deux fenêtres, et de l'une d'elles on pouvait voir le Potomac et au-delà les collines bleues de Virginie, qu'on distinguait à peine dans la lueur du couchant.

— Si nous mettions un portrait du général Washington, monsieur ? Ou bien est-il trop virginien ? demanda Hay en promenant son doigt tout autour du cadre du tableau d'Andrew Jackson où un bon pouce de poussière s'était accumulée.

— Non, le père de notre patrie irait très bien. J'ai seulement peur de paraître trop ambitieux, si je l'accrochais dans cette pièce, dit Lincoln en s'ébouriffant machinalement les cheveux. Après tout, cette pièce en vaut bien une autre, ajouta-t-il en se renversant sur sa chaise, et en posant les pieds sur le bureau.

A la clarté de la lampe à pétrole, Hay vit combien Lincoln paraissait fatigué ; et il n'était Président que depuis quelques heures seulement. Nicolay l'avait sans doute aussi remarqué, car il dit :

— Ne pensez-vous pas, monsieur, que vous devriez vous reposer avant le bal ?

— Je m'aperçois que Mr. Buchanan n'a rien laissé traîner derrière lui, dit Lincoln en fouillant dans les tiroirs du bureau.

— Il est resté au Capitole jusqu'à midi, aujourd'hui, dit Nicolay. Il a donné des rendez-vous jusqu'à la dernière minute.

— Voilà ce que c'est que d'être un gentleman, dit Lincoln en se tournant vers Hay, avec un sourire qui découvrit ses dents. Dans un monde d'hommes qui tous fumaient ou chiquaient, Lincoln, qui ne faisait ni l'un ni l'autre, avait des dents remarquablement blanches, contrairement à Madame qui, à cause de ses vilaines dents, avait toujours un sourire un peu contraint.

Lincoln se leva et poussa la porte de la petite salle d'attente, qu'il traversa pour se rendre dans le bureau du secrétaire.

— Vous avez presque autant de place que moi, dit-il à Nicolay.

— Mais sans la vue sur le Potomac...

— Et sur les marais et sur cet infernal canal. Lincoln se trouvait maintenant dans la petite pièce attenante au bureau de Nicolay.

— Miss Lane a ramené son linge à la maison, Johnny, comme cela vous aurez un endroit pour travailler.

Hay avait déjà commandé qu'on lui montât un bureau du sous-sol, où toutes sortes de vieux meubles avaient été remisés, comme dans l'attente d'une liquidation finale. Lincoln se retourna brusquement vers Nicolay :

— Je désire, lui dit-il, que demain matin, avant toute chose, vous alliez confirmer au Sénat la nomination de Mr. Chase comme secrétaire au Trésor.

— Le lui avez-vous dit ? demanda Nicolay tout surpris.

— Non, pas exactement. Bien sûr, j'y ai fait allusion, mais je devais attendre que l'affaire Cameron fût réglée — et puis, il y a eu ce problème avec la Nouvelle-Angleterre... A présent, j'ai à peu près tout mon monde. Mr. Chase sera mon abolitionniste et Mr. Seward mon opportuniste. Voilà mon char bien attelé...

— Et si Mr. Chase refuse ? demanda Nicolay d'un air soucieux. Il dit à tout le monde qu'il a été outragé.

— Oh, il ne refusera pas, je suis bien tranquille. Mais, reprit Lincoln en se tournant vers Hay, allez donc le trouver de ma part. C'est un homme dévoré d'ambition, je compte sur vous pour le calmer. A propos, savez-vous pourquoi les hommes ont des tétons ?

Hay et Nicolay ne connaissaient pas cette histoire. Ils répondirent par le « non » rituel qui devait toujours précéder une histoire racontée par Lincoln.

— Vous me direz qu'il n'y a rien de plus inutile que des tétons d'homme, mais un pasteur à qui l'on avait posé cette question avait répondu que s'il plaisait au Seigneur, il était possible qu'un jour un homme donnât naissance à un enfant, et que dans ce cas il aurait tout ce qu'il faut pour allaiter.

Après quoi, Lincoln regagna les appartements privés : les dames de Springfield faisaient un tel vacarme que Hay se crut revenu aux plus beaux jours de la Coterie.

Hay était venu tout seul au bal de l'Union, car il avait l'intention d'en repartir tout seul. Ce soir, il comptait s'adonner aux plaisirs de la chair. Il pensait, comme le préconisait Mr. Poe, que les poètes ne doivent rien ignorer de la vie, et qu'ils doivent goûter à tous les plaisirs. Il avait donc pris avec lui la liste d'adresses que lui avait donnée son ancien camarade de collège.

Le bal avait lieu dans un pavillon improvisé qu'on avait construit pour la circonstance derrière le modeste Hôtel de Ville. Il y avait des soldats devant chaque entrée, ainsi qu'à l'intérieur même du bâtiment, dont la salle d'audience servait de vestiaire pour les hommes, la salle du conseil étant réservée à celui des femmes.

Hay, qui avait l'oreille sensible, reconnut tout de suite qu'il n'y avait personne du Sud. Comme on pouvait le prévoir, les vieux Washingtoniens avaient boycotté le bal, tandis que la plupart des congressmen du Sud étaient soit retournés chez eux, soit avaient refusé d'assister au bal de l'inauguration, de même qu'ils avaient refusé d'assister à l'inauguration elle-même. Ce nouveau palais d'Aladin, comme l'avait surnommé la presse, étincelait de lustres éclairés au gaz. Dans la salle du devant, un buffet monstre, préparé par la maison Gautier, attendait les invités. On avait disposé sur des tréteaux toutes sortes de friandises au milieu desquelles trônait un gâteau en massepain représentant la déesse de la Paix, mi-grandeur nature, revêtue d'un manteau de sucre filé. Mais avant que les invités ne s'abattissent, telles des sauterelles, sur la nourriture, ils devaient défiler devant le Président et Mrs. Lincoln, qui se tenaient au centre du pavillon.

Hay observa que Lincoln portait toujours les gants de chevreau blanc qu'il avait en arrivant, tandis que Madame était habillée d'une splendide robe bleue et portait dans les cheveux une plume bleue. De l'or et des perles complétaient sa toilette. Derrière Madame se tenait le groupe de ses parentes comprenant une sœur, deux nièces, la cousine Lizzie et deux demi-sœurs du Kentucky, dont l'une passait pour être sécession-niste.

— Il ferait mieux d'ôter ses gants, dit une voix que Hay reconnut comme étant celle d'Henry Adams.

— Il déteste porter des gants, dit Hay, mais le département d'État insiste pour qu'il en porte.

— Mais il doit les ôter chaque fois qu'il donne une poignée de main. C'est le protocole républicain qui l'exige.

Lincoln, comme s'il avait entendu cette critique, s'arrêta de serrer des mains, pour retirer son gant de la main droite, puis il recommença de donner des poignées de main, mais cette fois à la manière d'un homme qui pomperait de l'eau à une pompe. Hay remarqua que Lincoln regar-dait à peine les hommes et les femmes qui défilaient devant lui. Cela ne lui ressemblait pas. D'ordinaire, il trouvait toujours quelque chose de personnel à dire à ses interlocuteurs.

Madame, elle, avait résolu le problème des poignées de main en tenant serré dans ses deux mains un grand bouquet de fleurs. Quand quelqu'un lui était présenté, elle hochait la tête et faisait un gracieux sourire. Et c'était tout. Il fallait bien reconnaître que les Lincoln for-maient un curieux couple, lui si grand et elle si petite! C'est la raison pour laquelle elle n'avait jamais permis qu'on les photographiât côte à côte.

— Ce matin, au Willard, dit Hay, le département d'État nous a lu toute une liste de choses à faire et à ne pas faire. Il y en avait au moins cinq pages. Le protocole est très important, je suppose.

— La démocratie demande un grand cérémonial, répondit Adams. Croyez-vous qu'il pourra s'y faire?

— Vous, manifestement, vous n'avez pas l'air d'y croire, dit Hay.

— Pour quelqu'un qui vient du dehors, tout cela... dit Adams en désignant la salle de bal pleine de monde où le général Scott en grand uniforme venait de faire son entrée.

— Il ne vient pas de si loin, tout de même. En tout cas, il apprend vite, et il retient bien. Il fait aussi toujours ce qu'il a dit qu'il ferait, si toutefois on arrive à lui faire dire ce qu'il a l'intention de faire.

— Comme dans le cas de Mr. Hamlin? dit Adams avec une lueur malicieuse dans les yeux.

— Il a tenu parole. Il a laissé Mr. Hamlin choisir son candidat. Cela a-t-il fâché votre père?

— Mon père n'est jamais fâché. Il n'est jamais content non plus.

— J'espère qu'il sera nommé ambassadeur à Londres.

Adams eut un haussement d'épaules.

— Comme je le disais au Willard. C'est Londres ou rien du tout. Londres est dans notre famille depuis des générations.

— Comme la présidence ? fit Hay, qui savait aussi se montrer malicieux. Il était en effet difficile de réaliser que ce petit jeune homme était le petit-fils et l'arrière-petit-fils de deux présidents des États-Unis.

— Oh, je ne vous conseille pas de me lancer sur ce sujet ! En tout cas, si mon père n'obtient pas Londres, je pense que je resterai ici comme... dit-il en s'interrompant.

— Comme quoi ?

— Comme journaliste, je suppose, dit Adams en poussant un profond soupir. C'est tout ce que je sais faire, en réalité. Mais ce qui m'intéresse surtout, c'est d'observer de près le plus grand zoo humain du monde, ajouta-t-il avant de s'en aller.

Tout a une fin, même les poignées de main. Quant au festin de Mr. Gautier, il fut englouti en un rien de temps, la déesse de la Paix inclusivement. En se promenant parmi la foule, Hay surprit une conversation entre deux journalistes qui comparaient leurs impressions :

— Qu'est-ce que le Vieil Abe a bien pu vous dire pour faire rire tout le monde ? demandait l'un.

— Je lui ai demandé, répondit l'autre, s'il avait un message pour Mr. Bennet du *New York Herald,* et il m'a répondu : « Dites-lui que Mr. Weed sait à présent que Mr. Seward n'a pas été désigné par la Convention de Chicago. »

Les deux journalistes se mirent à rire et s'éloignèrent.

Hay se trouvait devant l'entrée de la salle de bal lorsque l'orchestre de la Marine attaqua le *Hail to the Chief,* et Lincoln entra dans la salle au bras du maire de Washington. Mary venait ensuite au bras du sénateur Douglas, dont le large visage était empreint d'une pâleur maladive. Le symbolisme de ce rapprochement fut applaudi par tous : le chef du Parti démocrate du Nord marchait la main dans la main avec son ancien rival, le nouveau Président républicain.

Mary, elle, marchait sur un nuage : elle donnait le bras à l'homme qu'elle avait failli épouser, et elle avait épousé l'homme qui était devenu Président. Un tel bonheur ne se rencontre pas deux fois dans une vie, songeait Hay, cédant une fois de plus à cette disposition romanesque qui trouvait son principal aliment dans la lecture des livres de Mr. Poe.

Lincoln était à l'autre bout de la salle et regardait d'un œil complaisant les évolutions des danseurs — d'un œil est bien le mot, ou plus exactement de l'œil droit, car le gauche était presque fermé. Hay dansa la valse, le quadrille, la polka, et attrapa une bonne suée. Mais quand il vit le Président s'éclipser juste un peu avant minuit et demi, il fit de même. Il trouva dans la salle d'audience plusieurs douzaines d'hommes en colère qui réclamaient leur vestiaire. Au bout d'une demi-heure, il partit en ayant seulement récupéré son chapeau.

Hay marcha depuis l'Hôtel de Ville jusqu'à Pennsylvania Avenue ; de là il gagna Marble Alley, qui reliait Pennsylvania Avenue et Missouri Avenue, non loin du canal. La nuit était fraîche, et il regretta la perte de son manteau : ses vêtements humides lui collaient à la peau, mais la pensée des plaisirs qu'il allait goûter l'aida à supporter le froid. Des voitures de louage parcouraient l'avenue en tous sens, en attendant de ramener chez eux les derniers clients. De temps en temps montaient d'une salle de bar les accents sinistres de *Dixie*, tandis qu'au coin des rues des bandes de jeunes gens pris de boisson déambulaient d'un air féroce. Mais étaient-ils vraiment ivres ou bien faisaient-ils seulement semblant de l'être ? Hay décida qu'à l'avenir il ne sortirait pas sans être armé. Heureusement, ce soir-là, la police fédérale, forte d'une cinquantaine d'hommes, patrouillait le secteur compris entre l'Hôtel de Ville et la Maison-Blanche. De son côté ce brave général Scott avait donné ordre à tous les soldats stationnés dans un rayon de cent cinquante kilomètres de Washington de rester en ville pour la nuit. Depuis Long Bridge jusqu'au Capitole, et du Capitole à la Maison-Blanche, les troupes montaient la garde.

La veille au soir, Hay s'était rendu au Wolf's Den, une agréable maison tenue par l'éponyme Mrs. Wolf. Cette dame s'était montrée très avenante, mais beaucoup trop bavarde au gré de Hay.

— Je n'ai que des clients distingués, avait-elle dit, en commençant à citer plusieurs sénateurs par leur nom. Hay prit son plaisir, mais il se promit de ne plus remettre les pieds dans cette maison. Il ne tenait pas à figurer sur la liste des clients illustres de Mrs. Wolf. Entre-temps, il avait mené sa petite enquête au bar du Willard : il en était ressorti que de tous les établissements du genre de celui de Mrs. Wolf, celui de Sal Austen était de loin le plus réputé. On ne tarissait pas d'éloges sur la discrétion de l'accueil, le luxe des salons, le confort des chambres à coucher, l'excellence de la nourriture, la variété des vins, et surtout sur le choix des filles. « Il y a même, avait dit un jeune homme avec un air entendu, un médecin qui vient exprès deux fois par semaine pour voir si aucune de ces dames n'a la vérole. »

Chacun avait ensuite levé son verre à la santé de Sal.

Hay se retrouva devant une sombre maison au fond d'une ruelle obscure où des cochons dormaient d'un sommeil agité dans un enclos, près d'un tas d'ordures. Hay respira profondément avant de frapper. Un domestique mulâtre entrouvrit la porte, débarrassa Hay de ses habits de soirée et dit en souriant :

— Par ici, monsieur.

Le vestibule était petit, avec au fond un escalier étroit conduisant aux chambres, recouvert d'un tapis de velours rouge maintenu par des tringles dorées. A gauche et à droite du vestibule se trouvaient les salons. Les plus riches étoffes avaient été choisies pour servir aux tentures et aux draperies des fenêtres. L'acajou des meubles arrêtait dans les tailles de ses sculptures des frissons de lumière qui y papillotaient. Un bruit de conversation venait des deux salons, le salon rouge et le salon pourpre, grisant comme l'arôme d'un cigare. Le maître d'hôtel fit signe à Hay de l'attendre au bas de l'escalier, tandis qu'il entrait dans le salon rouge. Il en ressortit au bout de quelques instants suivi d'une grande femme d'une quarantaine d'années au visage grave. Elle était vêtue de noir, comme une veuve, ne portait aucun maquillage, et ses beaux cheveux châtains étaient admirablement coiffés. Elle s'avança en souriant et tendit la main à Hay comme pour un baisemain. Hay lui serra la main en souriant d'un air stupide, tandis qu'elle lui disait à voix basse :

— Je suis Mrs. Austen.

— Oui, je sais, répondit Hay, de plus en plus intimidé. Des amis m'ont parlé de vous.

— Bien sûr. Entrez, nous serons plus à l'aise pour parler, dit-elle en précédant Hay au salon rouge. Mais devant l'hésitation du jeune homme à la suivre, elle parut surprise, puis, comprenant sa méprise, elle ajouta :

— Passons dans mon bureau.

Ils traversèrent le vestibule et entrèrent dans une grande pièce qui avait une porte donnant sur le dehors.

Sal s'assit devant un bureau à cylindre et pria Hay de s'asseoir à côté d'elle.

— L'avantage de ce bureau, dit-elle, du moins pour certains visiteurs, c'est cette porte que vous voyez là et qui communique avec l'extérieur. Et puis, ajouta-t-elle en désignant une autre porte, vous avez là une petite pièce que j'appelle l'alcôve, qui est située juste derrière le salon rouge. Là, dans cette pièce, il y a un treillis à la manière persane, au moyen duquel on peut voir dans le salon sans être vu. Quand vous avez choisi la personne qui vous intéresse, Chester, le maître d'hôtel, vous arrange une entrevue avec elle dans une des chambres à coucher du second étage, qu'on peut également atteindre par l'escalier de derrière.

— On m'a dit que vous étiez la meilleure, dit Hay d'un air admiratif.

— C'est exact, mais même dans les meilleures maisons des accidents peuvent se produire. C'est pourquoi je vous demanderai de m'avertir un jour à l'avance de l'heure de votre visite, de manière que vous trouviez toujours l'alcôve vide. Il n'y a rien de plus embarrassant quand on est dans ce genre de situation que de se trouver nez à nez avec une connaissance. Un peu de xérès ? demanda-t-elle en soulevant un carafon en cristal posé sur le bureau. Puis, comme Hay faisait signe que oui, elle en remplit deux verres. Autre chose, dit-elle, je ne tiens pas à faire d'impair, aussi j'aimerais bien que vous me disiez si vous êtes Mr. Nicolay ou Mr. Hay.

Hay avala une gorgée de xérès.

— Qu'est-ce qui vous fait supposer ? dit-il en balbutiant.

— Nous savons tous, répondit Sal de l'air le plus maternel, que Mr. Lincoln a amené avec lui deux jeunes gens — à propos, il faut que je vous dise : je suis Union moi-même, mais il y a ici beaucoup de filles qui ne le sont pas —, je disais donc que Mr. Lincoln a amené avec lui deux jeunes gens, trois en comptant son fils. Or vous êtes trop vieux pour être le fils, j'en déduis que vous êtes Mr. Hay.

Hay hocha la tête.

— C'est que, dit-il en rougissant, Mr. Nicolay est sur le point de se marier.

— Je vous remercie de ce renseignement, mais je ne saisis pas très bien le rapprochement, répondit Sal.

Hay était maintenant convaincu qu'il n'entendrait jamais rien aux finesses du demi-monde.

— Je faisais seulement allusion, reprit-il, au fait que la fiancée de Mr. Nicolay aurait dû venir à Washington pour l'inauguration, mais qu'elle en a été empêchée au dernier moment. Sinon, il ne serait pas là ce soir.

— Je suis peut-être vieux jeu, dit Sal, mais de mon temps, quand un jeune homme et une jeune fille étaient fiancés, ils restaient chastes jusqu'à leur nuit de noces. Et je continue à penser que c'est là une coutume qui honore notre race. Maintenant, je vais vous montrer l'alcôve. Vous n'aurez pas beaucoup de temps pour faire votre choix. Quelqu'un qui lui n'est pas fiancé, mais qui est marié pour de bon, je le crains, va arriver dans une demi-heure.

— Vous êtes très aimable, dit Hay qui se sentit rajeunir de quelques années, lorsque, tout jeune adolescent, il avait mis pour la première fois les pieds dans ce genre d'établissement.

Sal ouvrit la porte de l'alcôve, dont la décoration reproduisait dans de plus petites proportions celle du salon. Il y avait deux sofas de chaque côté de la pièce, tandis que le mur du fond était occupé par un buffet en bois de teck sculpté, chargé de mets chauds et froids, et de nombreuses bouteilles. Il regarda par le treillis persan et put effectivement apercevoir tout ce qui se passait dans le salon.

— Quand vous aurez fixé votre choix, vous tirerez sur ce cordon, dit Sal en lui montrant un cordon de sonnette de velours rouge pourpre placé le long du mur. Chester viendra vous servir de Cupidon.

— En tout cas, je n'aurais pas pu trouver plus charmante Vénus, repartit Hay avec un sourire légèrement ironique.

— Je crois bien, dit Sal, que d'un point de vue strictement mythologique, je ressemble plus à Minerve. Sur quoi elle se retira.

Hay se versa un verre de cognac, arracha une aile de pintade, s'assit à croupetons sur une chaise, et colla son œil au treillis. Le salon était divisé en quatre zones distinctes séparées par des plantes en pot et bénéficiant chacune d'un degré d'intimité suffisant. Hay reconnut deux ou trois visages qu'il avait vus au bal de l'Union, mais sans pouvoir y mettre un nom. Des serveuses élégamment vêtues circulaient entre les tables, versant à boire aux clients : vin, bourbon, cocktails. On se serait cru dans un club où tout est réglé par l'étiquette. Chester et deux négresses d'un certain âge présidaient au buffet. « Les gens mangent beaucoup à Washington », songea Hay, pris d'une subite fringale. Les repas plantureux qu'il prenait depuis leur arrivée au Willard lui avaient progressivement fait perdre l'appétit, qu'il retrouvait seulement en ce moment.

Il avait à peine attaqué la dinde lorsqu'il aperçut son « idéal », comme il se plaisait à dire de toute femme qu'il trouvait à son goût. La jeune femme en question était grande, avait la taille élancée, la poitrine haute, et portait une robe de soie moirée jaune qui faisait ressortir la couleur brune de ses yeux et de ses cheveux. Elle était mulâtre, et Hay n'avait encore jamais connu de femme au teint café au lait. Il sonna Chester, qui arriva en souriant. « Marie-Jeanne est une créature délicieuse », dit le maître d'hôtel. Sal avait eu l'idée pour rehausser l'éclat de ses salons de leur donner un cachet Nouvelle-Orléans début de siècle que Hay trouvait des plus émoustillants. Tout en montant quatre à quatre l'escalier menant aux chambres, il se félicitait d'être exempt de tout préjugé racial du moins en matière sexuelle, ce qui n'était pas forcément le cas de tous les abolitionnistes.

Marie-Jeanne l'attendait dans la chambre à coucher. Quand il entra, elle était en train de remplir deux coupes de champagne.

— Bonsoir, dit-elle en souriant. Elle avait des dents saines. Voulez-vous un peu de champagne ?

— Bonsoir... Marie-Jeanne, dit Hay, qui se sentait plus godiche que jamais. Vous êtes française ?

— Il se pourrait bien que du côté de Port-au-Prince, il y ait eu un peu de sang français. C'est même presque une certitude. Est-ce la première fois que vous venez en ville ?

Hay répondit par un signe de tête, et laissa échapper un mouvement de satisfaction : Sal n'avait pas trahi son secret. Si Marie-Jeanne avait su qui il était, elle ne lui aurait pas posé cette question.

— Je travaille au Trésor, lui avait-il répondu.

Hay aimait à mentir aux étrangers ; c'était là le plaisir de l'artiste qui invente pour lui-même une nouvelle personnalité et va jusqu'à donner les détails les plus pittoresques comme : « Ma mère est venue s'installer à Washington alors que j'étais encore un enfant et que j'allais à l'école dans le Nord. Elle était chanteuse d'opéra, jusqu'au jour où un accident mit fin à sa carrière. Cela se passait à Paris. Aujourd'hui c'est une infirme qui ne se déplace plus qu'en fauteuil roulant. Elle habite Georgetown et donne des leçons de chant. » Tandis qu'il lui débitait sa petite histoire, il avait pris Marie-Jeanne par la taille et s'apprêtait à la renverser sur le divan. Mais celle-ci se redressa d'un brusque mouvement de reins, et, tout en lui souriant, se mit à le déshabiller, ce qui provoqua chez lui à la fois une vive surprise et un vif plaisir. D'ordinaire, c'était lui qui s'abattait sur ses victimes avec une rage de carnivore et leur déchirait leurs vêtements. Cette fois, peut-être par respect pour sa vieille mère, il se laissa faire comme un petit enfant. Marie-Jeanne baissa ensuite la lumière et se déshabilla à son tour. Jamais aucune femme ne lui avait paru si belle. Une exquise candeur s'échappait de son maintien. Sa joue à l'épiderme suave rougissait, pensait-il, du désir de sa personne.

Comme ils se reposaient tous les deux des douces fatigues de l'amour, et qu'elle le regardait avec des yeux attentifs, il se disait que c'était là le genre d'exercice auquel un poète devrait se livrer tous les jours, et de préférence plusieurs fois par jour. Il se demandait aussi si Poe avait jamais rencontré une pareille beauté. Mais s'il fallait en croire son amie poétesse qui avait bien connu Poe, Marie-Jeanne eût sans doute été un peu trop âgée pour l'amant d'Annabel Lee.

C'était à peu près le genre de réflexion qu'était en train de se faire Marie-Jeanne, car elle lui dit, tout en lui caressant la poitrine :

— Tu es plus jeune que moi.

— Oh !

Hay abaissa sur lui son regard comme s'il se regardait pour la première fois. Il avait toujours eu bonne opinion de sa personne, et notamment des talents que se plaisaient à lui reconnaître les dames. Il se demandait maintenant s'il n'avait pas l'air un peu jeunet. Peut-être n'était-il pas assez velu ? Peut-être devrait-il se laisser pousser la moustache ?

Mais Marie-Jeanne le rassura bien vite, et leurs deux corps — le noir et le blanc — s'unirent dans une étreinte. « Voilà ce que j'aime ! » lui dit-elle tout bas à l'oreille. Il émanait d'elle une agréable odeur de santal ; à moins que ce ne fût là son odeur naturelle. Une fille comme elle devait certainement avoir un parfum exotique... La curiosité imaginative de Hay travaillait sur ce mystère comme celle de Mme Barbe-bleue s'interrogeait sur le cabinet interdit lorsque Marie-Jeanne une fois de plus prit le contrôle des opérations. Hay ne pouvait pas deviner que deux ans plus tôt, elle avait dit à peu près la même chose à l'oreille d'un garçon de seize ans qui s'appelait David Herold.

X

Le jour qui suivit le bal de l'inauguration, il régnait chez les Chase une certaine amertume. Ce matin-là, au lieu de se rendre au Sénat, Chase avait préféré rester chez lui pour finir de ranger sa bibliothèque, tandis que Kate était dans le grand salon occupée à donner des ordres à un tapissier. Dans la maison, c'était un va-et-vient continuel de domestiques. « Avec un tel remue-ménage, avait déclaré Chase au petit déjeuner, comment voulez-vous qu'on fasse quoi que ce soit ? »

L'arrivée de Sumner n'améliora pas l'humeur de Chase. Les deux hommes avaient une si grande similitude de vues sur presque tous les sujets que lorsqu'ils se voyaient, ils n'avaient pas grand-chose à se dire. Sumner, qui était le plus éloquent des deux, se lançait alors régulièrement dans de grands discours que Chase ponctuait de petits hochements de tête.

Sumner portait une redingote bleue à boutons dorés que Chase, qui avait des goûts vestimentaires plus sobres, jugeait un tantinet ridicule. Sumner tendit son manteau à un valet de chambre puis il baisa la main de Kate sans affectation. Sumner était né dans une riche famille de Boston et avait beaucoup voyagé en Europe qu'il connaissait presque mieux que les États-Unis. Il avait fréquenté la société la plus raffinée d'Europe et d'Amérique. Ce n'était pas le cas de Chase, qui enviait un peu à Sumner ses belles manières. Sans être snob, Chase était fasciné par les hommes célèbres. Sa passion — passion dont il était le premier à rougir — était de collectionner les autographes des hommes illustres. Un jour que Sumner lui avait montré une lettre autographe de Longfellow, il n'avait pas pu s'empêcher de lui demander, non pas la lettre, bien sûr — il ne se serait jamais permis une telle indélicatesse —, mais la signature qui se trouvait au bas de la lettre. Sumner avait été amusé et s'était montré généreux : il lui avait donné la lettre tout entière. « J'ai même une lettre de Tennyson qui pourrait vous intéresser, avait-il dit. A l'occasion, faites-moi penser à vous la donner. » Deux fois, Chase avait discrètement rappelé à Sumner sa promesse, mais il attendait toujours l'autographe.

Après dix ans passés au Sénat, Sumner en était devenu la figure la plus brillante ; et encore sur ces dix années en avait-il passé trois, éloigné de Washington, comme invalide. Un congressman du Sud l'avait un jour attaqué à coups de canne en plein Sénat. Sumner, qui était un homme vigoureux, s'était alors dressé de toute sa hauteur, et avait arraché le pupitre devant lequel il était assis, et qui était retenu au plancher par une chaîne. Puis il s'était effondré, victime d'une commotion cérébrale. Après trois ans de soins douloureux, Sumner était revenu au Sénat.

En entrant dans le bureau de Chase, le regard du visiteur se porta immédiatement sur les livres qui couvraient les étagères de la bibliothèque.

— Tiens, dit-il d'un air satisfait, je vois que vous avez là les discours de John Bright. C'est à l'heure actuelle l'orateur le plus éloquent de tout le Parlement britannique.

— L'avez-vous rencontré ? Le connaissez-vous ? demanda Chase.

Sumner eut un petit signe de tête affirmatif. Puis, ayant épousseté une chaise, qu'on venait de débarrasser d'une pile de livres, il s'assit dessus, non sans avoir pris grand soin de ne pas froisser sa redingote. Cela fait, il se mit à réciter la première phrase du célèbre discours que John Bright avait prononcé contre la guerre de Crimée :

— « L'ange de la mort a parcouru la terre entière...

— ...Et l'on peut presque entendre le battement de ses ailes », continua Chase en branlant la tête. Mais vous n'avez pas pu entendre ce discours. Il l'a prononcé il y a six ans seulement.

— Non, mais j'ai fait comme vous, je l'ai appris par cœur. J'ai rencontré Mr. Bright à l'époque de l'abrogation des lois sur les céréales. Il s'habillait toujours en quaker. Je suppose qu'il n'a pas dû changer. Nous correspondons occasionnellement.

Chase sentit son cœur battre plus vite.

— Vous n'auriez pas, par hasard, un tout petit bout de papier avec son nom écrit dessus. Une carte suffirait, en vérité.

Chase qui pour rien au monde n'aurait demandé à Lincoln un poste dans son Cabinet, aurait plié le genou devant Sumner pour obtenir un autographe.

— Bien sûr, je vous trouverai ça, répondit Sumner en jetant un vague coup d'œil aux deux portraits de dames qui ornaient le dessus de la petite cheminée.

— Ma première et ma troisième femme, dit Chase. La seconde, la mère de Kate, a son portrait dans le grand salon. Trois fois veuf, ajouta Chase, plus étonné que chagriné.

— Et moi trois fois célibataire, dit Sumner.

Chase trouva cette réponse assez cruelle, et pour le moins dénuée de tact.

— Vous n'avez jamais été tenté ? lui demanda-t-il.

— Non, je ne pense pas. Je ne crois pas. A vrai dire, je ne prête guère d'attention aux femmes, à moins que nous ayons un sujet en commun. Je vais vous raconter ce que m'a dit un jour une dame de Boston, dit Sumner en souriant, mais comme il n'avait pas le sens de l'humour, on ne savait jamais ce qu'il fallait penser de ses sourires. Cette dame m'avait posé une question à propos d'une de nos connaissances — une de ces questions assez futiles comme les femmes aiment à en poser parfois. Je lui répondis : « J'ai bien peur, madame, de ne plus m'intéresser aux êtres humains en tant que tels. » Alors, elle me répondit : « Ma foi, sénateur, c'est pousser bien loin l'art d'être discret. Je gage que Dieu n'est pas aussi désintéressé. »

Chase se mit à rire, et Sumner en fit autant. Plus par politesse, pensa Chase, que pour montrer qu'il avait apprécié la finesse de cette repartie.

— Laissez-moi vous accompagner au Sénat cet après-midi, dit Sumner après une pause assez longue durant laquelle il était allé vérifier le titre et le nom de l'auteur de presque tous les livres qui se trouvaient dans la pièce.

— Aujourd'hui, je crois que je vais rester comme Achille sous ma tente, répondit Chase, d'un air faussement insouciant.

— Rien n'est encore décidé.

— J'ai peur que si. Mais pourquoi est-ce que je dis que j'ai peur ? La fonction de sénateur, quand on l'exerce comme vous faites, Mr. Sumner, vaut bien un portefeuille de ministre.

— Sans doute, répondit Sumner. Néanmoins, ajouta-t-il avec un parfait manque de tact, puisque vous désirez tellement devenir un jour Président — ce qui n'est pas mon intention — je pense que le Trésor est justement ce qu'il vous faut. En outre — et en disant cela Sumner montrait que s'il manquait parfois de tact, il gardait toujours ses bonnes manières — c'est là où je désire que vous soyez, pour le bien du pays.

Kate entra avec un plateau contenant tout ce qu'il fallait pour le thé. Sumner s'était levé pour l'assister. Si Chase n'avait pas su Sumner misogyne, il aurait pu penser que Kate ne le laissait pas indifférent. Chase n'envisageait qu'avec horreur la pensée de se séparer de sa fille ; pourtant, si une telle éventualité devait arriver, Charles Sumner eût été le gendre idéal. En outre, il avait le visage rasé. Depuis que Lincoln s'était laissé pousser la barbe, toutes sortes d'excroissances avaient commencé de fleurir sur le visage des hommes politiques.

Kate versa le thé, aidée en cela par Sumner.

— Je ne vous ai pas vue au bal hier au soir, miss Kate. Pourtant j'ai bien regardé.

— Vous aurez regardé en vain. Je n'y étais pas. Père, une tasse de thé ?

Chase accepta une tasse, qu'il sucra abondamment.

— J'espère que vous n'êtes pas secrètement sécessionniste, dit Sumner.

— Non, Mr. Sumner. Bien au contraire. Je suis une véritable abolitionniste, ce qui n'est pas le cas de tous nos hommes d'État, répondit Kate avec un sourire plein de malice.

— Oh ! dit Sumner en fronçant les sourcils. Vous ne mâchez pas vos mots, miss Kate. Il est vrai que vous n'avez pas tout à fait tort. Hier, par exemple, lorsque Mr. Lincoln a cité la Constitution, j'ai bien vu qu'il s'attachait plus à la lettre qu'à l'esprit. C'est un homme faible, c'est pourquoi nous devons l'aider.

— L'aider à défendre l'esclavage ? répliqua Kate, d'un ton sec.

Kate avait la repartie facile. Elle aurait fait un extraordinaire avocat, pensait Chase. Elle avait l'esprit beaucoup plus légaliste que son père. Elle avait aussi reçu une meilleure éducation. Chase était fier de voir sa fille traiter d'égal à égal avec un homme aussi difficile dans le choix de ses interlocuteurs que l'était le sénateur Charles Sumner.

— Non, miss Kate, par pour l'aider à défendre l'esclavage, mais pour le guider au contraire. Pour contrebalancer l'influence de Mr. Seward.

— A l'heure qu'il est, c'est Seward la tête pensante de l'Administration, dit Chase.

— Il n'y a personne dans le Cabinet pour lui faire contrepoids, dit Sumner.

— Excepté Mr. Chase, dit Kate.

— Mais je n'y suis pas, dit Chase.

— Tandis que Seward, lui, il y est, dit Kate.

Sumner parut perplexe :

— On dit qu'il rêverait d'une guerre avec l'Europe pour détourner notre attention de la question de l'esclavage. Il m'a parlé dans les termes les plus alarmants de l'influence de l'Espagne et de la France en Amérique latine et au Mexique. Il estime que nous devrions invoquer la doctrine Monroe pour chasser ces deux puissances de l'hémisphère occidental, avec le soutien des États sudistes, qui, je suppose, en profiteraient pour étendre l'esclavage à toute la moitié sud de notre hémisphère.

— Heureusement, dit Chase, que vous êtes président de la Commission des Affaires étrangères.

— C'est curieux comme Seward a changé, dit Sumner d'un air songeur. Vous vous rappelez son discours dans l'affaire Freeman ?

— Oui. Il défendait un Noir.

— William Gladstone m'a écrit pour me dire que c'était le plus beau morceau d'éloquence de toute la littérature anglaise.

— Gladstone vous écrit souvent ? demanda Chase, qui se mit à frissonner de plaisir.

A ce moment-là un valet de chambre entra dans la pièce et murmura quelque chose à l'oreille de Kate.

— Qui avez-vous dit ? demanda Kate.

— Mr. John Hay. Il dit que son nom...

— Oh, père ! s'écria Kate en se dressant sur ses pieds. Je vais le chercher. Vous deux, restez là.

— C'est sûrement pour la nomination, Mr. Chase, dit Sumner avec un hochement de tête.

— Je n'y compte pas trop.

Kate fut surprise de voir dans le vestibule un beau jeune homme à peine plus âgé qu'elle.

— Miss Chase ?

— Oui, monsieur. Vous êtes Mr. Hay, le secrétaire du Président ?

Hay hocha la tête :

— Je suis l'un des deux secrétaires, miss Chase.

Hay s'était attendu à trouver une jeune fille, mais il ne s'était pas attendu à la trouver si belle. Il ne s'était pas non plus attendu à la franchise de son regard. Il n'y avait aucune espèce de féminité dans la façon dont elle le regardait. On eût dit qu'elle voulait lui ouvrir le crâne pour voir ce qu'il y avait dedans. Avec ses cheveux châtain foncé, sa taille svelte et son teint éclatant, Kate faisait avec Marie-Jeanne le plus frappant des contrastes physiques. L'une était l'aurore dorée de la féminité, l'autre en était le crépuscule rouge avant la nuit. Hay se sentait tout émoustillé : enfin la vie s'ouvrait devant lui !

— Pourrais-je voir le sénateur Chase ?

— Naturellement, répondit Kate sans bouger. Elle leva sur lui les yeux, et ils restèrent un moment à se dévisager. Hay, qui était encore sous le charme de la belle mulâtresse, éprouva le besoin d'exercer sur Kate ses nouveaux talents de séducteur. Tandis qu'il continuait de la fixer du regard, il la vit pâlir, puis elle poussa un petit cri, comme si elle venait de recevoir une secousse électrique.

— Entrez donc, dit-elle.

« C'est une vierge », se dit Hay avec la sûreté de jugement d'un homme qui connaît bien les femmes.

Hay ne fut pas entièrement surpris de voir le sénateur Sumner dans le bureau du sénateur Chase. Les deux hommes d'État se levèrent lentement en apercevant le jeune homme. Kate était restée sur le seuil de la porte, d'où elle pouvait suivre la conversation sans y prendre ouvertement part.

— Messieurs, dit Hay en serrant la main des deux sénateurs.

— N'étiez-vous pas à Brown ? dit Sumner, à la grande surprise de Hay. Il ne s'était pas attendu à ce que le grand homme eût une aussi bonne mémoire.

— Oui, monsieur, j'y étais. Je vous y ai même entendu prononcer un discours.

Chase s'éclaircit la gorge. Il était à un moment crucial de sa carrière, et comme dans tous les moments critiques de sa vie, il avait la main gauche qui se mettait à trembler. Comme Napoléon, il la glissa à l'intérieur de son habit.

— Mr. Hay..., commença-t-il.

— Mr. Chase, dit le jeune homme en l'interrompant, le Président m'a chargé de vous dire qu'il avait ce matin envoyé votre nomination au Sénat. Vous êtes nommé secrétaire au Trésor.

— Bravo ! s'écria Sumner en frappant dans ses mains.

Hay entendit Kate soupirer derrière lui ; il était maintenant expert à interpréter les soupirs des femmes.

Chase était devenu très pâle.

— Vous direz au Président qu'il est d'usage de consulter *d'abord* la personne intéressée avant de faire une nomination.

— Mais, monsieur, répondit Hay, qui s'était attendu à ce genre de réaction de la part de Chase, le Président, à la suite de la conversation qu'il a eue avec vous à Springfield, a supposé que vous accepteriez ce poste.

— C'était il y a plusieurs mois.

Chase était furieux sans savoir pourquoi. Ce poste, il le désirait plus que tout autre chose, mais il ne voulait pas l'accepter d'un homme comme Lincoln. Ce n'était pas tant le fait de se sentir moralement et intellectuellement supérieur à Lincoln qui l'irritait — après tout, il était persuadé de lui succéder aux prochaines élections — que le fait de se sentir utilisé, c'était bien le mot, tel un pion sur un échiquier ; c'était cela qu'il ne pouvait supporter.

— Je viens de prêter serment comme sénateur, ajouta-t-il, et je n'ai qu'un désir, c'est de travailler avec des hommes aussi dignes de respect que le sénateur Sumner.

— Voyons, Mr. Chase, dit Sumner en jetant un regard chargé de reproches à son collègue, vous savez bien que le Président depuis son retour de Springfield a été tiraillé dans tous les sens. Mais il s'est confié à moi, et je puis vous assurer qu'à ses yeux vous êtes l'homme le mieux qualifié pour le poste de secrétaire d'État au Trésor...

— Mr. Hay, intervint Kate, je pense que le Président devrait laisser à mon père un jour ou deux de réflexion afin de décider où est son premier devoir : vis-à-vis des gens de l'Ohio, ou bien à l'égard de l'Union tout entière.

Hay salua les deux sénateurs, puis sortit du bureau, précédé de Kate qui le raccompagna jusqu'à la porte.

— Dites au Président, lui dit-elle, que tout cela est un peu brutal.

— Je le lui dirai, miss Chase.

Hay sentit à nouveau comme un courant électrique passer entre elle et lui, mais cette fois il fut seul à le sentir. La jeune femelle désirable avait disparu pour céder la place à une jeune fille calculatrice, uniquement préoccupée des intérêts de son père.

— Je vous remercie, Mr. Hay. Je vous souhaite le bonjour.

Dès que Hay fut parti, Kate regagna la pièce où se tenaient son père et le sénateur Sumner. Elle joignit ses efforts à ceux du sénateur pour amadouer son père. Il s'agissait de faire consentir à cet homme fier et obstiné d'accepter des mains d'un homme qu'il méprisait aussi fortement que Lincoln un poste qu'il convoitait avec autant d'ardeur.

— Dans un jour ou deux il acceptera, dit Hay à Nicolay, une fois qu'il eut regagné la Maison-Blanche. Dieu, quelle jolie fille il a !

— C'est ce qu'on dit. A propos, toutes mes félicitations. Vous venez d'être nommé au bureau des pensions du Département de l'Intérieur.

— Qu'est-ce que vous dites ?

Nicolay se mit à rire.

— Le Congrès n'acceptant pas que le Président ait deux secrétaires, nous avons dû recourir à ce subterfuge. Ne vous plaignez pas, vous toucherez désormais un salaire de quinze cents dollars par année.

— Fichtre, la somme est coquette !

Ils se trouvaient tous les deux dans le bureau de Nicolay avec sa vue sur Lafayette Square et la statue équestre d'Andrew Jackson. Cette statue était si laide au dire du sénateur Sumner qu'il faisait jurer solennellement à tous ceux qui venaient à Washington pour la première fois de ne jamais lever les yeux sur elle quand bien même ils passeraient à côté.

Hay occupait une sorte de réduit contigu à la pièce beaucoup plus spacieuse qui servait de bureau à Nicolay, mais en laissant ouverte la porte de communication, Hay se sentait moins à l'étroit ; de plus, comme leurs tâches se chevauchaient, ils allaient constamment d'une pièce à l'autre. Le centre de leur activité était un immense secrétaire qu'ils avaient ramené de la cave. Là, dans ses vastes et nombreux tiroirs, les deux jeunes gens classaient du mieux qu'ils pouvaient les quelque dix-huit mille demandes d'emploi qui leur étaient parvenues jusqu'à ce jour. Sur une grande table, devant la fenêtre, toute la presse du pays était étalée, y compris les journaux du Sud. Le travail de Hay consistait à faire chaque jour un compte rendu de ce qui pouvait intéresser le Président. La récolte était souvent des plus maigres.

Jouxtant le bureau de Nicolay se trouvait la salle d'attente : de neuf heures du matin à six heures du soir, cette pièce ne désemplissait pas. Le préposé au guichet inscrivait sur un registre le nom de chaque demandeur d'emploi avant de le laisser entrer dans la salle d'attente, tandis qu'au rez-de-chaussée le vieil Edward, le portier, passait au crible tous les arrivants. Ceux qui avaient franchi avec succès ce premier barrage étaient ensuite priés de monter l'escalier pour se rendre dans la salle d'attente : ils devaient pour ce faire emprunter le sombre corridor reliant les appartements privés aux bureaux du Président, ce qui n'allait pas sans occasionner quelques désagréments pour Mary et pour ses invitées. Mary avait poussé les grands cris ce matin lorsqu'un groupe de visiteurs avait fait irruption dans le petit salon ovale où elle se tenait avec ses parentes.

— McManus, s'était-elle écriée en apercevant le vieux portier en train de chasser les intrus. Je ne supporterai pas cela plus longtemps. Vous m'entendez ?

Quelques instants après, le vieil Edward était revenu escorté d'un garde qu'il plaça en sentinelle devant les appartements de ces dames.

— Cet homme a ordre, dit-il en s'adressant à Mary, de tirer sur quiconque tenterait de pénétrer chez vous.

— Voyez-vous, McManus, lui répondit Mary d'un ton un peu radouci, les dames n'aiment pas être vues par des étrangers au saut du lit.

— Je comprends très bien, dit le vieux serviteur en se retirant.

Une fois la porte refermée, Mary et ses parentes purent donner cours à leur hilarité. Aucune d'elles n'était proprement parée pour la journée. On n'avait pas encore sorti les crinolines et les jupes à paniers, et bien que ces dames aimassent à se montrer leurs toilettes du matin, les messieurs, surtout les étrangers, n'étaient pas admis à contempler ces mystères féminins.

Mary portait une robe de chambre en cachemire rose, matelassée sur le devant, et avait les cheveux enveloppés d'un turban rouge qui, d'après la cousine Lizzie, lui donnait l'air d'un zouave.

Depuis le déjeuner, ces dames n'avaient fait que parler du bal de la veille. Mrs. Edwards, sœur à part entière de Mary Lincoln, n'avait pas de termes assez sévères pour qualifier le comportement des dames de Washington.

— Elles sont si mal élevées ! disait-elle en versant le café à l'aide d'une cafetière en argent toute bosselée qui d'après la cousine Lizzie aurait appartenu à Martha Washington avant d'être jetée au rebut.

— Du moins les quelques-unes qui sont venues, précisa Mary en faisant la grimace. Toute la matinée elle avait cru ressentir les premiers symptômes de cette terrible migraine qu'elle redoutait plus que la mort. Lorsque l'étau de feu se resserrait autour de sa tête, la douleur était telle qu'elle la rendait presque aveugle, et souvent même elle devait s'allonger par terre pour vomir. Cette migraine, comme elle l'appelait pour la différencier des maux de tête ordinaires, avait commencé quelques années auparavant. Beaucoup pensaient qu'elle jouait la comédie, mais son mari n'était pas de ceux-là. Chaque fois qu'il le pouvait, au contraire, il restait auprès de sa femme, quelle que fût la violence de la crise, qui pouvait parfois ressembler à une crise de démence. Ce matin-là, bien qu'elle sentît la crise prochaine, elle savait que ce n'était pas pour tout de suite ; et puis, si elle venait, elle se sentait entourée d'amies et de parentes, de femmes qui comprenaient son problème.

En attendant, le comportement des dames de Washington faisait de la part des dames de Springfield et de Lexington l'objet d'un examen méticuleux.

— Elles ont l'air de nous prendre pour des sauvageonnes qui ne seraient jamais sorties de leurs forêts, disait une nièce.

— Tout cela c'est la faute du cousin Lincoln, répondit Lizzie. Aussi, pourquoi a-t-il été raconter qu'il était né dans une cabane au fond des bois, comme si à cette époque et dans le Kentucky on pouvait naître ailleurs que dans des cabanes ! Mais durant la campagne, la presse a-t-elle montré une seule reproduction de la maison du cousin Lincoln à Springfield ?

— Je ne crois pas que Mr. Lincoln aurait trouvé cela approprié, répondit Mary, qui avait déjà eu une conversation avec son mari à ce sujet et qui n'avait pas réussi à le persuader. En tout cas, les dames de Washington me paraissent beaucoup plus provinciales que les dames de Springfield ou de Lexington, et surtout beaucoup moins bien élevées. Je ne sais plus quel journaliste m'a critiquée parce que je disais « monsieur » en m'adressant à des messieurs ! Dites-moi si c'est être provincial !

— Non, mais c'est peut-être un peu vieux jeu, dit Lizzie.

— Pour moi, c'est très sudiste, et je trouve ça très bien, dit la demi-sœur d'Alabama. En tout cas, Mary, nous sommes apparentées aux deux seules familles importantes de la région, les Blair et les Breckinridge. Qui peut en dire autant ? Sûrement pas ces femmes de boutiquiers !

Ces dames applaudirent cette célébration de leur famille.

— Il est curieux de constater, dit Mary, que tous les gens importants se trouvaient à Lexington du temps que j'étais enfant, à l'exception de Mr. Lincoln qui, lui, habitait dans l'Indiana, qui est tout proche. Nous avions Mr. Clay dans sa propriété d'Ashfield (Mary sourit en évoquant ce souvenir). Tout le monde l'appelait Harry de l'Ouest, comme s'il avait été le roi du pays, ce qu'il était d'une certaine façon, ou ce qu'il aurait dû être. Il y avait aussi un petit garçon aux yeux pâles qui depuis a fait son chemin, puisqu'il est maintenant, ou du moins qu'il était jusqu'à hier, le vice-président Breckinridge. J'ai également souvenir d'un beau jeune homme, très pâle et très élégant, qui lisait son discours de fin d'études à l'université de Transylvanie, juste avant de se rendre à West Point.

— Qui donc était-ce ? demanda Lizzie, qui le savait très bien, mais qui voulait le faire dire à Mary pour celles qui l'ignoraient.

— Jefferson Davis, répondit Mary, tandis qu'une des femmes de chambre ouvrait la porte du salon pour annoncer à Mary que la couturière était arrivée.

Mary s'excusa et sortit du salon pour se rendre dans la chambre à coucher. Là, elle trouva une mulâtresse habillée avec goût, qui lui fit une légère révérence.

— Je m'appelle Elizabeth Keckley, Mrs. Lincoln. J'ai appris que vous cherchiez une couturière et je viens vous offrir mes services. Voici mes lettres de recommandation.

Elle ouvrit son sac à main et tendit plusieurs lettres à Mary qui les prit sans même les regarder. Elle étudiait avec soin le visage de cette femme, et ce qu'elle voyait lui plaisait beaucoup. Elizabeth avait la tête bien faite et pas du tout négroïde, le nez grand et aquilin, la bouche ferme et bien dessinée. On lui aurait donné entre trente et quarante ans.

— Je ne peux pas me permettre d'être extravagante, lui dit Mary. Comme vous le savez — comme tout le monde le sait — nous venons d'une région très arriérée, et nous sommes très, très pauvres. Vous savez cela, n'est-ce pas ?

— Oui, Mrs. Lincoln, répondit Elizabeth en souriant.

— Bien. Je vois que nous commençons à nous comprendre. Tous les vendredis soir nous donnons une réception. C'est une obligation. Machinalement, Mary s'était mise à faire le lit, aidée par Elizabeth. Cette chambre était habitée par deux des parentes de Mrs. Lincoln, et il y régnait présentement un grand désordre. J'aurai besoin d'une robe, dit Mary.

— Il ne reste plus que trois jours.

— Je sais que le délai est court, mais on m'a dit que vous étiez non seulement bonne couturière, mais aussi que vous travailliez vite, dit Mary debout à la croisée et examinant les lettres qu'elle tenait à la main.

— Vous avez le tissu ?

— Oui, et j'ai aussi le patron. C'est une moire antique couleur rose, et... tiens ! je vois que vous avez travaillé pour Mrs. Jefferson Davis, dit-elle en reconnaissant une écriture qui lui était familière. Comme c'est curieux ! Nous étions justement en train de parler de Mr. Davis lorsque vous êtes arrivée.

— Oui, j'ai travaillé pour Mrs. Davis. Le lit était fait à présent. J'aimais beaucoup Mrs. Davis.

— Alors, pourquoi n'êtes-vous pas allée dans le Sud avec elle ?

— Eh bien... regardez-moi, dit Elizabeth en montrant son visage.

— C'est ce que je fais.

— Vous voyez bien que je suis une femme de couleur.

— Oui, mais vous êtes libre.

— Même libre, je ne pourrais jamais vivre dans un État esclavagiste. Je suis une abolitionniste. En fait, Mrs. Lincoln, il faut que je vous dise, j'ai des opinions politiques très affirmées.

— Moi aussi ! s'écria Mary à sa grande joie. Mais bien sûr, je dois faire très attention à ce que je dis, sinon gare à ce que je lirai dans la presse ! Les journalistes sont des monstres, vous n'avez pas idée ! Mary s'était mise à marcher de long en large devant la fenêtre dont la vue donnait sur le monument inachevé élevé à la mémoire de Washington : C'est très drôle. On prétend que je suis prosudiste et en faveur de l'esclavage, et que je tenterais d'influencer Mr. Lincoln qui dans son for intérieur serait secrètement abolitionniste. Eh bien, c'est presque exactement le contraire. Mr. Lincoln ignore tout, absolument tout sur l'esclavage, tout ce qu'il en sait, c'est ce qu'il en a appris par moi et par ma famille à Lexington. Oui, c'est vrai, nous avions, et nous avons encore des esclaves. Mais nous n'en faisions pas le trafic. En fait, c'étaient eux qui gouvernaient nos vies, et non pas le contraire. Nous avions un maître d'hôtel qui s'appelait Nelson. C'était lui qui faisait les meilleurs punchs de tout le Kentucky, et c'est Mammy Sally qui nous a tous élevés, et quand il s'agissait de nous donner la fessée, elle avait la main leste, je vous prie de le croire ! Je la revois encore... Nous habitions la Grand-Rue. L'un de mes premiers souvenirs, c'est celui d'esclaves enchaînés qu'on conduisait au marché pour les vendre. Il y avait dans un coin de la place — la place principale de Lexington, qu'on appelait aussi place du Tribunal — l'estrade du commissaire, et à l'autre coin de la place, lui faisant vis-à-vis, le poteau où l'on attachait les esclaves pour les fouetter. C'était un poteau d'environ dix pieds de haut, en bois de caroubier, un bois noir, rendu encore plus noir à cause du sang dont il était tout taché. Et les cris ! Je les entends encore, dit Mary en fermant les yeux pour mieux se rappeler. Nous avions une marque sur notre maison, une marque secrète qui indiquait aux esclaves fugitifs qu'ils trouveraient chez nous un abri pour la nuit et de quoi se restaurer. C'était Mammy Sally qui les nourrissait. Bien sûr, elle m'interdisait de les voir, mais je lui désobéissais. Je leur parlais, et je voyais leurs cicatrices. J'apprenais comment leurs familles avaient été dispersées. Oh, et puis il y avait le juge Turner !

Mary tourna le dos à la fenêtre ; le Potomac au loin scintillait dans une lumière argentée.

— Le juge Turner et sa femme étaient nos voisins. Mrs. Turner venait de Boston. C'était une grande femme, violente, vulgaire et d'une incroyable méchanceté. Nous savons qu'elle a battu à mort au moins sept de ses esclaves. Elle a brisé la colonne vertébrale d'un petit garçon de six ans en le jetant par la fenêtre. Mon père était dans une rage folle ; c'était une force politique considérable dans le Kentucky. Aussi a-t-il insisté pour qu'un jury enquête sur l'état de santé mental de Mrs. Turner. Le juge Turner l'apprit et envoya sa femme dans un asile pour fous. Quand le jury fut constitué, et prêt à agir, les médecins de l'asile déclarèrent que Mrs. Turner était parfaitement saine d'esprit, ce dont je ne doute nullement. Les monstres sont souvent des gens qui ont toute leur raison. Lorsque le juge Turner mourut, il laissa ses esclaves à ses enfants. Il avait stipulé dans son testament qu'en aucun cas ceux-ci ne devaient revenir à sa femme, car autrement, elle recommencerait à les torturer. Mais celle-ci fit casser le testament, et réussit à obtenir les esclaves. Il y avait parmi eux un joli garçon qui s'appelait Richard et qui lui servait de cocher. Il avait le teint clair, encore plus clair que vous, et savait lire et écrire. Aujourd'hui, il serait sans doute libre. C'était il y a dix-sept ans. Mais un matin qu'elle était particulièrement montée contre lui, elle l'enchaîna et se mit à le battre. Les coups pleuvaient si dru sur le malheureux garçon qu'à force de tirer sur ses chaînes, il finit par arracher le crochet auquel elles étaient attachées, puis saisissant le monstre à la gorge, il l'étrangla sur-le-champ.

— Voilà ce que j'appelle un heureux dénouement, dit Elizabeth dont le visage se rembrunit.

— Un juste dénouement pour elle, mais pas pour Richard. Il fut arrêté par le shérif, qui, soit dit en passant, est un cousin de Mr. Lincoln, jugé pour meurtre et pendu.

— Il n'y a pas de justice sur terre.

— Il y en aura une quand Mr. Lincoln aura terminé la tâche pour laquelle il a été appelé.

Elizabeth sourit.

— Vous en parlez comme du Messie, lui dit-elle.

— Ah oui ? dit Mary en riant. Eh bien, si c'est le Messie, ce n'est pas un messie chrétien. Lorsque Mr. Lincoln a été élu au Congrès il avait pour adversaire politique un pasteur méthodiste qui ne cessait d'accuser Mr. Lincoln d'être un athée. Un soir qu'il prêchait avec plus de véhémence contre les impies et les infidèles, Mr. Lincoln vint s'asseoir au fond de l'église. Le prédicateur qui l'avait vu entrer décida de lui tendre un piège. Il s'écria donc : « Que ceux d'entre vous qui pensent aller au ciel se lèvent ! » Mr. Lincoln resta assis. Alors le pasteur montra du doigt Mr. Lincoln afin que tout le monde se rendît compte de sa présence, puis il ajouta : « Que ceux d'entre vous qui pensent qu'ils iront en enfer se lèvent ! » Mr. Lincoln ne bougea pas davantage. Alors le pasteur dit à la congrégation : « Tous ceux qui pensent aller au ciel et tous ceux qui pensent aller en enfer se sont levés, mais Mr. Lincoln n'a pas bougé. J'aimerais donc bien que Mr. Lincoln nous dise où il compte aller. » Là-dessus, Mr. Lincoln se leva, et dit : « Eh bien, j'espère aller au Congrès », puis il sortit de l'église.

Les deux femmes se mirent à rire, puis Mary ajouta :

— Demandez le tissu à la gouvernante. Et rappelez-vous bien : quoi qu'on puisse vous dire à mon sujet, c'est moi qui suis l'abolitionniste de la famille. Mr. Lincoln n'est certes pas un partisan de l'esclavage, mais il considère qu'il n'y a pas de quoi en faire un drame, et justement il est prêt à tout pour éviter qu'on en fasse un drame.

— Vous n'êtes pas du tout telle qu'on vous décrit, dit Elizabeth avec un certain étonnement. La presse ne vous rend pas justice.

106

— Cela vous surprend ? Mais cette terre n'est qu'un séjour passager, Mrs. Keckley.

— Appelez-moi Lizzie, Madame.

— Lizzie.

XI

Le secrétaire d'État au Trésor se tenait debout devant la cheminée de son salon ; il regardait brûler le feu d'un air extasié tandis qu'à voix basse et plaintive il entonnait un hymne au Seigneur. Comme sa voix quittait le *sotto voce* pour redevenir normale, deux bras s'enlacèrent autour de son cou.

— Tu es enfin prête ! dit-il.

— Enfin ! En voilà un compliment ! dit Kate en tournant sur elle-même pour faire admirer sa robe en lamé or et blanc. Eh bien, comment me trouvez-vous ?

— Magnifique ! Tu es superbe. On dirait...

— L'impératrice Eugénie, je sais. J'ai vu comme vous admiriez son portrait, aussi j'ai fait faire cette robe dans l'espoir de l'éclipser.

— Eh bien, tu as réussi, tu l'as éclipsée.

Un domestique leur ouvrit la porte d'entrée, puis de là un autre domestique les conduisit jusqu'à leur voiture. C'était une Brewster nouveau modèle, plus spacieuse que l'ancienne, don ou plutôt prêt de Jay Cooke. Chase, dont la probité connue n'avait d'égal que le goût des belles choses, n'avait pas voulu entendre parler d'un don, et Jay Cooke avait dû lui avouer un peu à contrecœur le prix de la voiture : neuf cents dollars.

— *La belle des belles,* s'exclama Chase dans son mauvais français, citant ce que Frank Keslie, journaliste à *L'illustrated Weekly,* avait écrit sur Kate lors de sa première apparition à la Maison-Blanche. Mrs. Lincoln et Kate ne s'étaient encore jamais vues et leur première rencontre devait rester mémorable pour un échange de répliques qui fit par la suite le bonheur des échotiers. Mrs. Lincoln ayant poliment invité Kate à lui rendre visite à la Maison-Blanche, celle-ci lui avait répondu par un : « Mais, madame, vous pouvez venir me voir quand vous voudrez » qui avait laissé Mrs. Lincoln tout interloquée. Kate avait eu beau jurer à son père qu'elle n'avait eu aucune intention de froisser Mrs. Lincoln, cette dernière n'en avait pas moins gardé grief à la jeune fille, et chaque fois qu'elle le pouvait elle ne se faisait pas faute de rappeler sa grossièreté.

— Pourquoi cette réunion doit-elle être si secrète? demanda Kate à son père, tandis qu'ils passaient devant l'imposante laideur de l'hôtel Brown faisant dans le ciel uniformément mauve un bloc étincelant de lumières.

— Je te le dirai quand elle aura eu lieu.

Chase avait confié à Kate qu'après le dîner offert en l'honneur du Cabinet, celui-ci entrerait en session secrète. Il n'aurait pas dû le lui dire, mais il savait qu'il pouvait compter sur sa discrétion.

— Je suppose que cela a à voir avec Fort Sumter.

— Ou bien les affaires de Virginie. Depuis quelque temps ils deviennent de plus en plus exigeants. Et Lincoln continue de leur céder.

— Moi, à votre place, je les chasserais de l'Union, dit Kate d'un air féroce.

— Ce ne sera peut-être pas nécessaire, répondit Chase, tandis que la voiture s'arrêtait devant le porche de la Maison-Blanche où attendait le vieil Edward.

Le père et sa fille furent introduits dans le salon rouge où étaient réunis les invités pour le dîner. Kate fit tout de suite grande impression. Les hommes s'empressaient de la saluer, tandis que les dames jetaient des regards dilatés et concupiscents sur sa robe, tout en s'abritant le visage derrière leur éventail. On avait installé un nouvel éclairage au gaz qui malheureusement faisait à peu près le même chuchotement que les dames en discutant la toilette de Kate.

Chase se tenait sous le portrait de Washington qui dominait la pièce et conversait avec Mrs. Grimsley, la plus aimable des cousines de Mrs. Lincoln, qui lui disait :

— Les autres dames sont reparties. Nous sommes restées beaucoup trop longtemps. Mr. Lincoln commençait à en avoir assez de nous. Je le voyais bien à la façon dont il nous regardait tous les matins lorsque nous occupions toutes les chaises vacantes du petit salon du premier.

— Je n'ai jamais visité les appartements, répondit Chase tout en jetant un regard en direction de sa fille, qui pour le moment tenait les trois Blair sous la puissance de son charme. Le vieux gentleman grimaçait, mais on ne savait pas si c'était de douleur ou de joie. Comme on ne l'avait jamais vu sourire, la confusion était permise. Le secrétaire d'État aux Postes, Montgomery Blair, racontait à Kate une histoire en dialecte nègre, et il n'y avait qu'à le regarder pour voir qu'il y prenait un plaisir extrême ; quant à son frère, le député Francis Blair, Jr., lui, il se contentait de claquer des doigts.

— J'admire toujours les gens qui font des projets, disait Kate à l'un de ces messieurs qui l'avait complimentée sur sa robe. Je me décommande souvent au dernier instant. J'agis sous l'inspiration du moment, ajouta-t-elle en adressant un sourire à ses admirateurs.

Quelqu'un qui n'était ni de ses admirateurs ni de ses admiratrices était en ce moment occupé à apporter la dernière touche à sa toilette. Mary Lincoln, assise devant un miroir à trumeau, se demandait s'il n'y aurait pas moyen d'élargir un peu plus son décolleté. Elle était en train de s'y employer, lorsque son mari se glissa derrière elle pour lui remonter le haut de sa robe.

— Comme ça c'est mieux, dit-il.

— Papa ! s'écria-t-elle, en lui tapant sur la main d'un air agacé. Qu'est-ce que tu sais de la mode ?

— Autrement, tu avais l'air d'une femme légère.

— Quelle importance, si cela me rendait belle ?

Pour toute réponse, Lincoln lui donna un baiser sur le front.

— C'est curieux, dit Mary en s'observant dans le miroir, je n'avais aucune vanité concernant mon apparence, et maintenant je ne pense à rien d'autre. J'aimerais tellement paraître plus jeune.

— Mais tu as l'air jeune. Pour moi, tu es toujours la même.

— Comment peux-tu dire une chose pareille ? Tu ne me regardes jamais, dit-elle en se retournant... et se dressant sur la pointe des pieds pour arranger la cravate de son mari.

— A côté de qui vais-je me mettre ? demanda Lincoln.

— En tout cas, pas à côté de cette horrible Miss Chase. Je suppose que toi aussi tu la trouves jolie.

— Je ne peux pas dire que je l'aie bien regardée, dit-il.

Lincoln eut autour de la bouche un petit mouvement nerveux qui ne pouvait pas entrer dans la catégorie de ses sourires.

— Ni à côté de Mrs. Douglas, continua Mrs. Lincoln. Elle est beaucoup trop belle. Ni non plus à côté des dames Blair. Ni...

— Il faudra pourtant bien que je m'asseye à côté de quelqu'un.

— Il y a toujours la cousine Lizzie, dit Mary avec un charmant sourire. Puis elle lui avait pris le bras, et ils avaient descendu ensemble l'escalier, lui en feignant un air de grandeur, elle droite comme la reine Victoria avec laquelle les journaux l'avaient récemment comparée, de façon flatteuse pour elle. Quand ils arrivèrent au bas des marches, ils trouvèrent le vieil Edward qui les conduisit au salon rouge. Arrivé devant la porte, celui-ci anonça : « Le Président et Mrs. Lincoln ! »

Hommes et femmes se levèrent lorsque entrèrent le Président et sa femme. Mary était maintenant habituée à ce phénomène. Lincoln, lui, prenait un air faussement gêné, bien qu'au fond de lui-même il trouvât parfaitement normal d'être le point de mire de l'assemblée partout où il allait.

A table, le protocole exigeait que Kate soit placée à la droite du Président, et Mrs. Douglas à sa gauche. Le sénateur Douglas, qui était malade, était resté à la maison. Mary, quant à elle, était assise entre

Seward et Chase, les deux politiciens qu'elle aimait le moins au monde. Mary, dont nous avons déjà mentionné les opinions politiques, avait une position bien à elle sur la question de l'esclavage. Bien qu'étant en faveur de l'abolition de l'esclavage, elle n'était pas une abolitionniste, distinction que son mari trouvait pour le moins aussi subtile que le mystère de la Trinité. Mais Mary avait de qui tenir. N'avait-elle pas grandi à l'ombre d'Henry Clay, l'idole du parti whig, et le seul homme politique dont elle ait entendu son mari dire du bien à la fois comme orateur et comme moraliste. Pour Mary la solution du problème était la suivante : tous ceux qui maintenant étaient esclaves, resteraient esclaves, mais on donnerait la liberté à leurs enfants quand ceux-ci auraient atteint l'âge adulte. Ainsi l'esclavage disparaîtrait en l'espace d'une génération, sans que les propriétaires d'esclaves puissent se dire lésés.

Comme on servait à Chase de la tortue, Mary vit tout à coup le visage de son voisin s'éclairer d'une lueur gourmande.

— C'est là, monsieur, un plat que nous ne connaissons pas dans notre région, dit-elle.

— Nous non plus, nous n'avons pas cela dans l'Ohio. Voulez-vous dire qu'il n'y a pas de tortue à Lexington, dans le Kentucky ?

— Je pensais à Springfield. Oh, bien sûr, monsieur, à Lexington nous avons de tout. Nous avons surtout beaucoup de gibier. Toute sorte de gibier. Connaissez-vous cette ville, monsieur ?

— Oui, fit Chase en hochant la tête. En fait, j'y ai rencontré votre père, il y a des années. C'était durant ma période abolitionniste.

— Ne me dites pas qu'elle est terminée !

— Le Cabinet est uni derrière le Président, répondit Chase d'un air serein, ce qui ne l'empêchait pas de se demander comment se répartiraient les votes ce soir. J'ai dû m'occuper d'une affaire qui a fait beaucoup de bruit à Lexington à l'époque, et qui a même failli déclencher une guerre civile. L'affaire Fairbank.

— Calvin Fairbank, monsieur ? Vous voulez parler du révérend Fairbank ? demanda Mary avec vivacité.

— C'est bien cela. Nous étions quelques-uns dans l'Ohio à récolter de l'argent pour pouvoir acheter des esclaves et ensuite les libérer. Mr. Fairbank était un de nos agents.

— Éliza ! La fille Éliza ! s'exclama Mary. Je m'en souviens bien ! J'étais là le jour de cette vente d'esclaves.

— Il paraît qu'aucun de ceux qui s'y trouvaient n'a jamais oublié ce qui s'était passé.

— C'était vous, monsieur, qui étiez derrière Mr. Fairbank ?

— Oui. Quand j'ai entendu parler de cette affaire, je lui ai donné de l'argent pour qu'il rachète cette fille.

— Je l'ignorais, monsieur, dit Mary en jetant sur Chase un regard presque admiratif.

Cette affaire avait défrayé la chronique en son temps. La fille Éliza avait appartenu à une riche famille de planteurs du Kentucky. Elle avait été bien traitée par ses maîtres et avait reçu une bonne éducation. Lorsque la famille s'éteignit, elle se retrouva toute seule et fut mise en vente par les héritiers. Ce genre d'histoire est fréquent et n'aurait retenu l'attention si Éliza n'avait pas été une Blanche. Éliza était une ravissante jeune fille blanche de dix-huit ans, avec une quantité infinitésimale de sang noir dans les veines. Lors de la vente, le révérend Fairbank enchérissait contre un Français de La Nouvelle-Orléans qui aurait tenu un bordel. La place du Tribunal était noire de monde. Les gens étaient venus des quatre coins du pays. Les abolitionnistes avaient menacé d'user de violence. Mary avait vu monter les enchères avec un sentiment croissant d'horreur. Elle était elle-même à peine plus âgée que la jeune fille qui se tenait toute tremblante sur l'estrade à côté de la haute stature du maître d'enchères. Quand les offres du Français commencèrent à fléchir — on était monté jusqu'à mille dollars — le maître d'enchères s'était écrié : « Allons, messieurs, soyez un peu plus généreux, admirez la qualité de la marchandise ! » Et là-dessus, il lui avait arraché son corsage. Un frisson d'horreur avait parcouru l'assistance. Un grand nombre de dames s'étaient enfuies. Et pourtant, quand c'était une femme noire qu'on déshabillait, personne ne disait rien. Les enchères reprirent, puis fléchirent à nouveau. Cette fois, le maître d'enchères souleva la jupe d'Éliza, montrant ses cuisses nues. Des cris de colère s'élevèrent de la foule mêlés à des sifflements et à d'autres cris plus obscènes. Finalement, Éliza fut vendue au révérend Fairbank pour la somme de mille quatre cent quatre-vingt-cinq dollars — Mary pouvait encore entendre la voix du maître d'enchères scander : « Quatorze cent quatre-vingt-cinq, adjugé, vendu ! Et rudement bon marché avec ça ! »

Quand Fairbank alla chercher la jeune fille qui se tenait tout en larmes au pied de l'estrade, une voix forte s'écria :

— Qu'est-ce que tu vas faire d'elle, maintenant ?

— Je vais la libérer ! cria Fairbank. Ce qui, comme l'avait dit Chase, avait failli provoquer une émeute sur la place du Tribunal de Lexington.

— Comment va votre femme, monsieur ? demanda Mary dont le moment de donner la réplique à Seward était venu, en lui adressant un de ses nouveaux sourires « miniatures » auxquels elle travaillait depuis que la cousine Lizzie lui avait dit que si elle ne voulait pas avoir l'air d'une « petite vieille avec un visage rond comme la lune », il fallait qu'elle réduise son sourire, car il avait tendance à lui arrondir les joues.

— Elle va très bien, Mrs. Lincoln, si ce n'est qu'elle est toujours malade, mais comme je la connais, je la soupçonne d'y prendre un certain plaisir. En ce moment elle est chez nous, à Auburn, dans l'État de New York.

— Je regrette tellement qu'elle ne soit pas ici pour m'aider, répondit

Mary en jetant un regard involontaire en direction de Kate, qui avait réussi à faire rire le Président, ce que les femmes en général réussissaient rarement, soit qu'il en eût peur ou soit qu'il les tînt pour quantités négligeables.

— Je vois que vous vous débrouillez très bien. J'aime beaucoup ce nouvel éclairage au gaz.

— Oui, ce ne serait pas mal s'il n'y avait cet horrible sifflement, dit Mary en faisant légèrement la grimace. Vous ne pensez pas qu'il pourrait y avoir une fuite, par hasard ?

— Il y a combien de temps que vous avez fait faire l'installation ?

— Dix jours.

— S'il y avait eu une fuite, c'est Mr. et Mrs. Hannibal Hamlin qui présideraient aujourd'hui à cette table.

— Vraiment, Mr. Seward ! Mary avait toujours détesté le manque total de sérieux de Seward. Êtes-vous toujours opposé, monsieur, au renforcement de Fort Sumter ?

Seward lui jeta un regard de côté par-dessus son canard. Était-elle au courant pour ce soir ? L'un des défauts majeurs du nouveau Président, qui en comptait beaucoup, c'était son incapacité à garder un secret, contrairement à lui, Seward, qui les gardait si bien qu'on l'avait surnommé le Sphinx d'Albany, du temps où il était gouverneur.

C'était le Sphinx qui répondait maintenant :

— Lorsque le Cabinet s'est réuni pour la première fois, il y a trois semaines, le Président nous a demandé à tous les sept d'écrire un mémorandum sur la question de savoir s'il fallait oui ou non renforcer la garnison de Fort Sumter, et mon avis, comme vous le savez, était de ne rien faire qui soit de nature à provoquer un incident.

— Êtes-vous toujours du même avis ?

Mary savait très bien que le Cabinet devait se réunir ce soir après dîner, mais comme Lincoln ne lui en avait pas dit davantage, elle n'avait pas posé de questions. Elle savait également qu'il avait été fort troublé par ce que lui avait appris Lamon ce matin : Lamon venait juste de rentrer de Charleston, où Lincoln l'avait envoyé en mission secrète auprès du gouverneur de la Caroline du Sud. Visiblement, la réunion de ce soir traiterait de Fort Sumter, le dernier fort fédéral en territoire rebelle.

— Tout dépend des circonstances, je suppose, répondit Seward sans beaucoup s'engager. En réalité, le Cabinet tout entier a voté pour l'abandon de Fort Sumter, à l'exception de Mr. Blair.

— Je crois savoir que Mr. Chase était pour l'abandonner, si cela voulait dire la paix, mais qu'autrement il était contre.

— Je vois que vous vous intéressez de près à ces questions, Mrs. Lincoln. Seward était maintenant persuadé qu'elle était au courant au sujet de la réunion de ce soir : Je suppose que le rapport de Mr. Lamon sera instructif. Il essayait de lui tirer les vers du nez. Toute la journée il avait cherché à savoir ce que Lamon avait appris au Président, mais personne n'avait rien voulu lui dire ; même le jeune Johnny Hay avait été évasif.

— Je n'ai pas eu d'entretien avec Mr. Lamon, et le Président ne me dit rien, avait répondu Mary, puis elle avait changé de conversation.

Le maître et la maîtresse de maison se levèrent une fois le dessert terminé. On n'avait pas encore adopté la coutume européenne permettant aux dames de se retirer tandis que les messieurs restent à table. « Pour un homme qui ne boit pas, c'est une torture », avait dit Lincoln après un dîner qu'il avait fait récemment à l'ambassade de Grande-Bretagne, ce qui ne l'avait pas empêché d'apprécier l'anecdote que lui avait racontée l'ambassadeur, Lord Lyons, à propos de Benjamin Disraeli, le pittoresque chancelier de l'Échiquier. Disraeli, qui, comme Lincoln, détestait rester assis avec les messieurs après dîner, insistait, chaque fois qu'il le pouvait, pour que tout le monde quittât la table en compagnie de l'hôtesse. Un soir, après un repas particulièrement indigeste, Disraeli, croyant que la maîtresse de maison faisait mine de se lever, avait bondi sur ses jambes pour hélas ! s'entendre dire : « Pas encore, monsieur le Chancelier. Il y a le champagne. — Enfin, avait murmuré Disraeli, en se rasseyant sur sa chaise, quelque chose de chaud. »

Les vingt-huit convives passèrent au salon bleu où Hay se trouvait en compagnie de Nicolay et de Lamon. Les ministres devaient se retirer l'un après l'autre après avoir dit bonsoir à Mrs. Lincoln, puis monter dans le bureau du Président et attendre que celui-ci eût pris congé des derniers invités.

Ni Hay ni Nicolay n'avaient la moindre idée de ce que Lamon avait pu raconter au Président, et ce n'est sûrement pas par Lamon qu'ils l'auraient appris. Il se borna à leur dire qu'il avait failli être lynché, mais qu'au dernier moment un vieil ami à lui était intervenu qui avait mis en fuite ses agresseurs, et qu'ensuite ils étaient allés arroser ça dans un bar.

Comme les invités s'étaient dispersés dans la pièce, Hay put saluer Kate Chase, qui lui rendit son salut avec son sourire le plus gracieux ; puis elle se tourna vers le sénateur Sumner, qui semblait sur le point de perdre sa réputation de misogyne.

Hay et Nicolay devaient se rendre dans la salle du Cabinet aussitôt après le départ du dernier ministre. En attendant, Hay se trouvait assis sur une chaise à dossier perpendiculaire appuyée contre le mur en arrondi de la pièce, tandis qu'en face de lui, et probablement sans se douter de sa présence, le Président était en train de converser avec le vieux Francis Blair. Hay avait beaucoup de peine à ne pas écouter ce qu'ils se disaient.

— C'est étrange, observait le Vieux Gentleman, mais plus je vois cette pièce changer et plus elle me paraît la même. Vu qu'il lui manquait certaines dents, il avait tendance à postillonner en parlant, ce dont il était très conscient, contrairement à beaucoup de vieillards ; c'est pourquoi il avait toujours un mouchoir à la main pour s'essuyer le menton : Je m'attends toujours à voir le général Jackson entrer par cette porte. Comme moi il avait des ennuis avec ses dents, mais, heureusement, j'ai meilleur appétit que lui.

— Pour ma part, je serais ravi de le voir entrer par cette porte, et bien content de lui laisser la place.

Sous l'apparente légèreté des propos, Hay crut détecter non seulement de l'angoisse, mais ce qui est pire, de l'indécision.

— Si le président Jackson revenait, monsieur, la première chose qu'il vous dirait c'est de rester fidèle à vos opinions.

Le vieux Blair s'essuya les lèvres et attacha ses yeux vitreux sur le Président qui regardait devant lui d'un air absent.

— La question est de savoir à quelles opinions rester fidèle.

— Il faut tenir Fort Sumter jusqu'à la fin.

— Et quelle sera la fin d'après vous ?

— Je suppose que vous allez renforcer la garnison.

Lincoln le regarda un moment, mais il ne répondit pas.

— Si vous augmentiez la garnison, monsieur, continua le vieux Blair en branlant la tête, les rebelles ouvriraient le feu, ce qui vous donnerait le droit de restaurer l'Union par la force.

— Qui aura commencé la guerre le premier, moi en provoquant l'attaque ou eux en répondant à ma provocation ?

— Monsieur le Président, le vainqueur n'a pas besoin d'expliquer pourquoi ni comment il a gagné, ni s'il est l'agresseur ou pas.

Hay se sentit frissonner jusqu'à la moelle. En écoutant la voix grêle et chantante du vieux gentilhomme sudiste, il eut le sentiment que le fantôme d'Andrew Jackson hantait les murs de cette pièce, inspirant des pensées belliqueuses à ses successeurs, prophétisant la guerre.

— Mr. Blair, je suis un président minoritaire. Je ne suis pas le premier, bien entendu, et cela n'ôte rien à ma légitimité. Mais je dois aussi penser à la minorité qui m'a élu. Seward et Chase ont été écartés parce que, à tort ou à raison, l'opinion publique voyait en eux des abolitionnistes, prêts à déclencher la guerre pour faire triompher leurs idées. C'est pourquoi le parti — et ensuite la nation — s'est tourné vers moi, homme du Kentucky, homme appartenant à un État esclavagiste, qui est aussi un État-frontière, un soi-disant disciple d'Henry Clay de Lexington, dans le Kentucky, d'où ma femme est originaire, un homme qui, bien qu'opposé à l'extension de l'esclavage, n'avait pas le pouvoir d'abolir l'esclavage là où il est actuellement implanté. Mr. Blair, que vais-je dire à ces hommes qui ont voté pour moi dans l'espoir que je tiendrai mes promesses et que j'éviterai la guerre à notre pays ?

Le vieux Blair s'était un peu écarté de Lincoln, et se trouvait maintenant vis-à-vis du portrait du président Madison.

— Vous pourriez leur dire, lui répondit-il, ce que vous leur avez dit il y a deux ans quand vous avez accepté de siéger au Sénat. Vous leur avez dit ceci, je me permets de vous citer : « Je crois que ce gouvernement ne peut pas rester indéfiniment à moitié esclave et à moitié libre. »

Lincoln parut soudain irrité. Hay avait déjà eu l'occasion de remarquer que le Président avait horreur qu'on le cite, ce qui était étrange, vu qu'il se citait fréquemment lui-même, comme la plupart des politiciens du reste.

— J'avais mis l'accent sur l'adverbe « indéfiniment », Mr. Blair. Il est bien évident qu'un tel état de choses ne peut pas durer indéfiniment. Normalement...

— Qu'est-ce qui est normal, monsieur ?

— Je n'ai pas encore eu de vision, dit Lincoln en souriant à demi. J'ai dit : « Je ne souhaite pas que la maison s'écroule. »

— Vous avez également dit, monsieur : « Je ne souhaite pas que l'Union soit dissoute. » Or l'Union est dissoute.

— Pas pour moi. Moi, je ne reconnais aucune dissolution, dit Lincoln d'une voix ferme et posée. Jamais Hay ne l'avait encore entendu parler sur ce ton : Il est vrai que certains éléments se sont révoltés contre l'autorité fédérale, et comme cette rébellion doit cesser, je dois tout faire pour essayer de les convaincre. C'est une question de patience. En tout cas ces républiques du coton ne constituent pas une grande menace.

— Elles le deviendront si la Virginie, le Maryland, le Kentucky et les autres États-frontières viennent les rejoindre. Une confédération constituée par ces États pourrait être très dangereuse.

— C'est pourquoi tous les jours j'ai des contacts avec les Virginiens.

— Et vous arrivez à quelque chose ?

— Mais oui. Il me semble maintenant qu'ils raisonnent d'une façon différente. Ils se disent ceci : si j'abandonne Fort Sumter, et si je laisse la Caroline du Sud et les autres États sudistes en dehors de l'Union, la Virginie, elle, restera à l'intérieur de l'Union. N'est-ce pas brillant ?

— C'est assez ingénieux, répondit le Vieux Gentleman en s'essuyant les lèvres, mais à mon avis cela n'empêchera pas la guerre. Partout dans le Sud les hommes sont en train de s'armer. Ici même à Washington, nous les voyons battre le rappel. Blair s'était retourné pour regarder Lincoln bien en face : Monsieur, lorsque vous avez détruit le parti démocrate, vous avez pris sur vous la responsabilité du système politique du pays tout entier. Vous êtes désormais tout ce qui reste de l'ancienne république. Si vous ne faites pas valoir votre autorité, tout ceci — et il désigna d'un geste le salon bleu, la Maison-Blanche, la ville, la nation —, tout ceci sera balayé.

Lincoln fit quelques pas en arrière comme s'il s'éloignait d'un feu devenu trop vif. Hay se demandait ce qu'il allait répondre, ce qu'il pourrait répondre étant donné les circonstances. Le serment d'inauguration retentissait encore à ses oreilles avec l'accent mis sur le mot « défendre ».

— Que voulez-vous dire, demanda doucement Lincoln, quand vous prétendez que j'ai détruit le parti démocrate ?

— Vous avez détruit le juge Douglas au cours des débats que vous avez eus avec lui.

— J'avais plutôt l'impression que c'était lui qui m'avait battu lors de l'élection qui suivit.

— Mr. Lincoln, vous êtes l'homme politique le plus rusé qu'il m'ait été donné de rencontrer durant toute ma carrière. Oh, bien sûr, je ne dis pas que vous n'êtes pas un peu novice dans bien des domaines, notamment en ce qui concerne le choix de certains de vos collaborateurs...

— Les choix du Président ne sont jamais très appréciés, pas même de ceux qui ont été choisis. Mais dites-moi, comment ai-je fait pour détruire le juge Douglas ?

— Vous avez reconnu il y a deux ans qu'il était le chef naturel du parti démocrate, et qu'il serait le candidat du parti pour les élections présidentielles...

— En effet, c'est à peu près ce que j'ai dit, dit Lincoln en fronçant les sourcils comme s'il appréhendait ce qui allait suivre.

— Vous reconnaissez aussi que vous songiez déjà à demander la nomination républicaine pour vous-même ?

— En effet, j'avais déjà cette idée en tête.

— Le juge Douglas, qui était très populaire dans le Sud, aurait certainement conservé l'unité du parti démocrate, gagné le Sud et les élections à Freeport si vous ne lui aviez pas posé cette fameuse question.

— Êtes-vous de ceux qui pensent que j'ai posé cette question au juge pour le faire tomber exprès dans un piège ?

— Oui, monsieur, je le pense. Quand vous avez demandé au juge Douglas si les habitants d'un territoire pouvaient légalement abolir l'esclavage avant même que ce territoire ne soit devenu un État, vous saviez très bien qu'il répondrait oui, parce que c'était là la réponse qu'attendaient à cette époque les gens de l'Illinois, et qu'en disant oui, cela l'aiderait à vous battre. Mais vous saviez également qu'en disant oui, il perdrait le Sud deux ans plus tard, ce qui s'est produit lorsque le parti démocrate s'est divisé en deux, ce qui vous a permis de devenir président, président minoritaire, certes, mais président tout de même.

— Croyez-vous que je lise dans l'avenir ?

La voix de Lincoln était devenue lointaine. C'était son tour de se trouver sous le portrait de Dolley Madison.

— Oui, monsieur, je le crois.

— Eh bien, Mr. Blair, sachez que pour le moment je n'ai pas de plan.

— Mais c'est là votre plan ! s'écria le vieux Blair en accompagnant ses paroles d'un rire perçant. Je vous souhaite bien du succès !

Lincoln se tourna vers Hay :

— Allons, lui dit-il, venez, Johnny. Ces grandes oreilles en ont assez entendu. Vous avez à faire en haut.

Hay rougit, salua le Vieux Gentleman, et sortit précipitamment de la pièce tandis que le Président et Mrs. Lincoln disaient bonsoir à leurs invités. Hay trouva Nicolay déjà à pied d'œuvre.

— Devinez, dit Hay.

— On abandonne Fort Sumter, dit Nicolay.

— Vous auriez dû entendre le vieux Blair. Il vient de passer une solide tournée à l'Ancien.

Dans la salle du Cabinet, le globe d'une lampe à gaz éclairait d'une lumière blafarde le visage de Lincoln. Il avait l'air sombre et presque simiesque : ce n'était pas tout à fait sans raison que la presse d'opposition s'était mise à appeler le Président l'honnête « Ape [1] ».

Sur les sept membres du Cabinet, six étaient présents. Le secrétaire d'État à la Guerre, Mr. Cameron, était absent, comme l'inscrivit consciencieusement Hay sur le cahier où il notait les comptes rendus de chaque séance. Nicolay était assis en face de Hay et lui non plus ne restait pas inactif : son travail consistait à préparer et à remettre au Président les divers documents et dossiers dont celui-ci pourrait avoir besoin.

Lincoln était assis au haut bout de la table avec Seward à sa droite et Chase à sa gauche. A côté de Chase se trouvait le secrétaire d'État à l'Intérieur, un certain Caleb B. Smith de l'Indiana — autre État-frontière. Smith avait été imposé à Lincoln par les chefs du parti, et comme toujours il avait l'air un peu perdu. En face de lui se trouvait l'impressionnante figure de Gédéon Welles dont l'immense barbe grise était complétée par une magnifique perruque blonde, tout en mèches et en boucles. A côté de lui était l'attorney général, Edward Bates, du Missouri, un barbu lui aussi. Il avait été candidat du Missouri à la convention républicaine, et s'était montré quelque peu jaloux du succès de Lincoln ; il portait maintenant une barbe exactement semblable à celle du Président, excepté qu'elle était beaucoup plus longue, plus épaisse et plus présidentielle ; c'était lui le plus âgé du gouvernement. En face de Bates se trouvait Montgomery Blair. Bien que les Blair fussent originaires du Kentucky, le Vieux Gentleman avait fait du Maryland une sorte de chasse gardée, tandis que ses deux fils, Montgomery et Francis Jr., ou Frank, comme tout le monde l'appelait, avaient choisi le Missouri comme terrain d'action. Montgomery avait été maire de Saint Louis, et Frank représentait le Missouri au Congrès. Ce fameux Cabinet « si bien dosé », selon les propres paroles de Lincoln, remplissait Hay de frayeur pour le Président. Si Lincoln, pensait-il, avait su à l'avance dans quel guêpier il allait se fourrer en rassemblant autour de lui tous ses rivaux, c'est qu'il avait vraiment le courage d'un lion.

— Messieurs, dit Lincoln, Mr. Lamon vient de rentrer de Charleston. J'aimerais bien que nous l'écoutions. Ward !

1. Jeu de mots intraduisible sur Abe (pour Abraham) et Ape qui veut dire singe. (N.d.T.)

Lamon entra dans la pièce, prit une chaise et s'assit à côté du Président. Puis il se mit à raconter, primo : sa rencontre à Charleston avec l'ancien ministre des Postes des États-Unis, lequel venait de passer aux rebelles, et secundo : son entretien avec le major Anderson à Fort Sumter, entretien qui avait été arrangé par les rebelles eux-mêmes.

— Le major attend ses ordres. Il a assez de nourriture pour deux semaines. Après cela, il devra, soit se rendre, soit se battre.

Lamon s'interrompit un instant pour regarder les trois fameux épis se dresser sur la tête du Président, puis il reprit :

— Le gouverneur de la Caroline du Sud m'a remis un message pour le Président, lequel message dit en substance ceci : « Si nous essayons de renforcer Fort Sumter, il y aura la guerre. »

— C'est bien, Ward. Vous pouvez aller.

Lamon quitta la pièce. Lincoln chaussa ses lunettes et ramassa une feuille de papier.

— Messieurs, je vous ai convoqués pour vous faire part du conseil que je viens de recevoir du général Scott. Le général est d'avis que nous abandonnions Fort Sumter et également Fort Pickens en Floride.

— Bon Dieu ! s'écria Montgomery Blair dont la voix était presque aussi perçante que celle de son père. De quel côté est le général Scott ?

— Du nôtre, bien sûr, mais il n'en est pas plus heureux pour autant. Il m'a donné toutes ses raisons, dont la principale est que nous n'avons pas suffisamment de navires pour secourir Fort Sumter, ni les vingt mille hommes nécessaires pour réduire Charleston. Mais il reste toujours le problème de savoir s'il faut oui ou non renforcer la garnison déjà existante. Je me suis mis en rapport avec un officier de marine, avec l'assentiment bien sûr de Mr. Welles, dit Lincoln en faisant un petit signe de tête au secrétaire d'État à la Marine. J'ai dit à cet officier, un certain capitaine Fox, que je voulais qu'une expédition fût prête à faire voile pas plus tard que le 6 avril. Il m'a déjà soumis ses plans. Je les trouve plausibles. De plus, le capitaine Fox se trouvait récemment à Charleston, et il a parlé avec le major Anderson. Il est persuadé que nous pouvons approvisionner le fort à condition de faire vite. Maintenant, messieurs, j'aimerais qu'entre aujourd'hui et la réunion du Cabinet de demain matin, chacun d'entre vous me donne par écrit son opinion. Mais puisque nous sommes tous réunis et que vous connaissez maintenant le point de vue militaire exprimé par le général Scott, je serais curieux de savoir ce que vous en pensez, Mr. Seward.

Seward était en train de mâchonner un cigare qu'il n'avait pas allumé par déférence pour le Président. Il s'était déjà entretenu en privé avec le général Scott. Il savait bien, lui, ce qu'il aurait fait, s'il avait pu se débarrasser de ce novice. Il aimait pourtant bien Lincoln, mais il n'avait encore jamais pu observer en lui la moindre marque de caractère, le moindre geste de fermeté.

— Ma foi, monsieur, je suis de l'avis du général Scott. Si nous n'avons pas les moyens de remporter la bataille, eh bien, je suis pour abandonner le fort...

Blair fit entendre une espèce d'aboiement que Hay se trouva bien en peine de traduire. Il se contenta donc d'écrire : « Blair : aboiement. » On pourrait toujours effacer plus tard. Seward reprit sans se troubler.

— Cela ne signifie pas que je suis disposé à laisser la Confédération s'en tirer à si bon compte. Je crois au contraire que nous devons nous préparer à la guerre, avec l'idée d'agrandir notre domaine vers le Sud en direction du Mexique. Aussi me concentrerais-je sur la Floride et le Texas. Ces deux États peuvent facilement être regagnés, ce qui nous permettrait de chasser les Français du Mexique et les Espagnols de Cuba.

— Mais que feront les autres États sudistes pendant que nous nous battrons contre la France et contre l'Espagne ? demanda Blair avec un léger ricanement.

— Je pense, monsieur, qu'une guerre entreprise au nom de la doctrine Monroe les ralliera à nous.

Blair répondit par un son étranglé. Hay écrivit : « son étranglé ».

Chase était épouvanté par Seward.

— J'étais hésitant la dernière fois que nous en avons débattu. Aujourd'hui je suis pour l'approvisionnement de Fort Sumter, quel qu'en soit le risque.

Quand tous se furent exprimés, Lincoln passa aux votes : Seward, Smith et Bates étaient pour l'évacuation du fort ; Chase, Blair et Welles étaient pour l'approvisionnement.

Lincoln avait les genoux ramenés sous le menton et les tibias pressés contre le bord de la table.

— Vous voyez, messieurs, la division qui existe entre vous est à peu près la même que celle qui existe à l'intérieur de ma tête.

Seward écoutait d'un air désespéré parler ce Hamlet-président. Il devait bien y avoir un moyen d'enlever l'exécutif à ce Président qui n'exécutait rien ! Peut-être qu'avec Chase, ils pourraient former à eux deux une espèce de régence...

Chase, de son côté, se tenait à peu près le même langage. Le Président n'était manifestement pas fait pour la tâche qui l'attendait. Il lui manquait surtout les qualités morales indispensables à la création de toute grande œuvre. Ce n'était qu'un politicien comme tant d'autres. Nul doute qu'il aurait fait un excellent gouverneur de l'Illinois, mais c'est à peu près tout. Tandis qu'ici, dans cette pièce où Jackson et Polk s'étaient assis, il avait franchement l'air déplacé — pour ne rien dire de plus méchant. Chase se demanda ce que Kate avait bien pu dire au Président pour l'avoir fait autant rire à table. Mrs. Lincoln n'avait pas eu l'air contente ; d'un autre côté lui-même n'avait pas trop mal manœuvré auprès de Mrs. Lincoln. C'était tout de même curieux qu'elle se soit trouvée à Lexington le jour de la vente d'Éliza. Décidément, il fallait détruire le Sud. Il n'y avait plus d'autre alternative. Au fait, qu'est-ce que disait le Président?

— Mr. Welles, j'ai préparé pour vous l'ordre suivant. Lincoln tendit une feuille de papier à Welles qui la lut en souriant et en secouant la tête de telle sorte que l'immense crinière qui lui couvrait le chef ressemblait à un raz de marée prêt à déferler sur la table.

— Peut-on savoir quel ordre vous avez donné, monsieur? demanda Seward, soudain mal à l'aise. Mieux vaut encore un Président qui ne fait rien plutôt qu'un Président qui prend des décisions qui risquent de s'avérer catastrophiques.

— Je viens de donner l'ordre au capitaine Fox d'être prêt à quitter le port de New York le 6 avril au plus tard, avec les moyens d'approvisionner Fort Sumter, et peut-être même davantage.

Seward mordit si bien sur son cigare qu'il le brisa et en jeta les morceaux dans le crachoir qui se trouvait à ses pieds.

— Mais, monsieur le Président, je pensais que le Cabinet était divisé sur la question, et que vous vouliez avoir notre opinion écrite, et que le départ du capitaine Fox serait retardé jusqu'à...

Chase répondit à la place de Lincoln :

— Mr. Seward, si les *préparatifs* ne sont pas faits maintenant, ils ne le seront jamais. N'est-ce pas exact, monsieur le Président?

Lincoln hocha la tête d'un air distrait.

— Bien des choses peuvent arriver avant que la flotte du capitaine Fox débarque à Charleston. Il est bon d'envisager toutes les éventualités...

— Je connais le capitaine Fox, dit Blair. C'est un brillant officier. Il était à l'Académie navale d'Annapolis peu après ma sortie de West Point.

Pour autant que la nature essentiellement jésuitique de Seward lui permît d'aimer ou de détester qui que ce soit dans l'exercice de sa profession, on peut dire qu'il détestait tous les Blair. Mais le moment approchait, et il le savait bien, où il faudrait déposer le masque et parler franchement avec le Président des dangers d'une navigation sans navigateur. Il avait déjà découvert ce que Blair ignorait manifestement, à savoir que le départ du capitaine Fox ne signifiait rien en soi. Fort Sumter serait évacué bien tranquillement avant l'arrivée du capitaine Fox, ou bien réduit en cendres, ou, mieux encore, oublié...

— Le capitaine Fox aura peut-être quelque difficulté à trouver de l'argent pour son expédition, dit Lincoln en se tournant vers Chase. Il vous faudra peut-être fouiller dans vos coffres.

— Je crois qu'il faudra bien fouiller, en effet, répondit Chase, réjoui par le semblant d'activité subit manifesté par le Président. Les caisses de l'État étaient quasi vides, et Chase se demandait comment il pourrait financer une guerre si les choses en venaient là. Grâce aux Cooke, il commençait à se familiariser avec les magnats de la finance et leurs manières lui paraissaient aussi étranges que les siennes l'étaient pour eux. On n'essayait même pas de paraître moral en leur présence.

Lincoln se leva, dénoua sa cravate, et se mit à bâiller.

— Messieurs, je vous souhaite bonne nuit. Les autres se levèrent et restèrent debout à leur place jusqu'à ce que le Président soit parti. Puis Seward se tournant vers Chase lui dit :

— Voulez-vous rentrer avec moi ? Nous marcherons.

— Volontiers. Kate a pris la voiture...

Seward occupait maintenant tout le vieux Club House donnant sur Lafayette Square. La flèche de l'église Saint-John, qui était toute proche, ressemblait à un gros clou noir enfoncé dans le ciel nocturne.

— Je peux prier à tout moment, vous savez, dit Seward en désignant l'église.

— Avez-vous réussi à faire retourner le Président à Saint-John ?

— Non, mais j'y travaille. Je crois qu'il va maintenant à l'église presbytérienne.

Comme les deux hommes traversaient le parc qui entoure la Maison-Blanche, les lumières s'étaient éteintes à l'intérieur de la maison. Un seul réverbère éclairait toute la rue bordant le parc. En entrant dans la maison, ils furent accueillis par Midge, le gros chien de race de Seward qui leur manifesta bruyamment son enthousiasme. Midge conduisit les deux hommes dans le bureau du rez-de-chaussée où Frederick, le fils de Seward, travaillait en bras de chemise devant un feu de cheminée. Le jeune homme salua Chase et sortit. Chase s'assit sur un divan devant le feu, tandis que Seward se versait un verre de cognac.

— J'ai tellement soif que je boirais la mer entière, dit-il.

— Pour moi, je n'ai pas cette habitude, dit Chase. Je dois dire que je n'ai pas soif non plus, précisa-t-il.

Seward était assis en face de Chase, et s'amusait à faire tourner son verre entre ses doigts.

— Je sais que vous et moi nous ne sommes pas d'accord à propos de Fort Sumter, mais seulement sur les moyens.

— Et peut-être aussi sur la nécessité d'abolir l'esclavage. Je veux dire qu'il me semble que vous êtes moins pressé que moi, dit doucement Chase.

— Vous feriez la guerre pour cela ?

— Oui, si c'était nécessaire.

— Ne préféreriez-vous pas faire la guerre à l'Espagne et acquérir Cuba ? Ou bien faire la guerre contre la France et gagner le Mexique ?

— J'aimerais mieux récupérer Charleston.

— Cela nous permettrait de prendre à revers les États cotonniers.

Seward expliqua sa conception. Il se montra persuasif et bien renseigné. Chase écoutait avec attention, trouvant l'idée ingénieuse. Faire d'une pierre deux coups, n'est-ce pas le rêve de tout politicien ?

— Disons, fit Chase, lorsque Seward eut fini de lui exposer son plan, qu'en principe je ne suis pas contre cette idée, seulement pour ce qui est de la mettre à exécution...

— Oui, je sais, Mr. Chase, il y a une bûche sur notre chemin. Ne devrais-je pas plutôt dire un rail ?

Chase hocha la tête.

— Mr. Lincoln est un homme bien intentionné, sans aucun doute, mais il n'est pas à la hauteur de la situation, voilà tout.

— Pour moi il est clair qu'avec nous — je parle de nous deux — le pays serait mieux gouverné qu'avec lui, et mieux conduit en cas de guerre.

— Je suis d'accord avec vous.

Chase n'avait jamais beaucoup aimé ni Seward ni ses principes, ou plutôt son absence de principes. Il n'en restait pas moins que Seward était un habile politicien et qu'à eux deux, l'un avec son savoir-faire et l'autre avec ses grands principes, ils sauraient bien gouverner le pays et mener au besoin une guerre victorieuse.

— Seulement, ajouta-t-il, c'est lui qui a été élu Président.

— Et c'est justement parce qu'il a été élu que nous avons perdu, ou que nous perdrons, près d'un tiers de notre population. Sept États ont déjà quitté l'Union. D'autres suivront. La minorité qui l'a élu a provoqué la désunion du pays. En cas de guerre, il faudra bien trouver une combinaison, avec son assentiment, bien sûr, pour diriger le gouvernement.

— Il nous a, il a son Cabinet bien dosé, comme il l'appelle, dit Chase avec toute l'ironie dont il était capable.

— Il vous a, et il m'a. Mais nous, est-ce que nous l'avons ? demanda Seward en clignant des yeux à cause de la fumée de son cigare.

— De quelle manière ?

Chase commençait à se sentir un peu comme Cassius en train d'écouter Brutus, à moins que ce ne fût le contraire.

— Mr. Chase, j'ai l'intention d'avoir une conversation franche avec le Président, et je lui demanderai de nous laisser, soit vous, soit moi, soit tous les deux, la direction du gouvernement. Plus de ces votes qui ne décident rien du tout. Plus de petites histoires drôles. Plus d'hésitations.

— En somme, vous voulez lui demander d'abdiquer ?

— Mais non. Il continuera d'être le Président, mais le moteur de l'administration, ce sera nous, dit-il surpris lui-même de sa propre magnanimité. Ce n'est pas que l'idée de partager le consulat (lui aussi commençait à penser en Romain) avec Chase lui fût particulièrement agréable, mais il savait que le secrétaire d'État au Trésor n'était pas homme à s'effacer facilement.

123

— Je serais curieux de voir comment il répondra à votre proposition.

Chase avait toujours un peu de peine à assimiler les idées nouvelles, mais une fois qu'il les avait absorbées, elles faisaient partie de sa propre chair. Sur cette remarque prudente, Chase souleva sa lourde carcasse et demanda qu'on lui appelât une voiture. En politique comme en amour les extrêmes s'attirent, et les malentendus qui s'ensuivent peuvent être aussi douloureux et aussi définitifs.

XII

Le dimanche 14 avril, Mr. Thompson ferma son commerce à midi. En temps ordinaire la pharmacie de Mr. Thompson n'aurait jamais été ouverte un dimanche, mais ce jour-là il régnait en ville une telle effervescence que l'idée de la fermer eût paru un sacrilège à son propriétaire : la boutique de Mr. Thompson était, après le bar du Willard, l'un des endroits de la ville où circulaient le plus de rumeurs. Ce matin même, Mr. McManus, le portier de la Maison-Blanche, était venu faire remplir une ordonnance pour Mrs. Lincoln, qui souffrait des nerfs, ainsi que pour son mari dont la réserve de laxatifs était épuisée.

Pendant que David préparait les médicaments dans l'officine, les clients et Mr. Thompson lui-même n'arrêtaient pas de questionner Mr. McManus.

— A votre avis, monsieur, qu'est-ce que va faire le Président ? demandait Mr. Thompson avec la déférence qu'il témoignait à tous les hôtes de la Maison-Blanche.

— Il va sûrement prendre des mesures de rétorsion très sévères, mais bien sûr je ne suis pas en mesure de vous dire lesquelles.

McManus, avec ses airs de toujours tout savoir, passait pour un oracle auprès de Mr. Thompson, bien que David, les rares fois où il l'avait rencontré, ne lui eût jamais entendu dire autre chose que ce qu'on pouvait lire dans les journaux.

— Que va-t-il arriver au major Anderson et à la garnison ? demanda un client.

— On dit que les rebelles pourraient exiger une rançon comme de vulgaires bandits.

David en doutait un peu : quels que soient les défauts de ses compatriotes — car c'est ainsi qu'il considérait les habitants de Caroline du Sud —, ce n'étaient pas des bandits mais des gens d'honneur.

— Ce fut héroïque, dit Mr. Thompson, tout en rangeant des médicaments sur une étagère, par ordre de grandeur. Trente-quatre heures de bombardement. Le drapeau en flammes. Le fort en flammes...

— C'eût été beaucoup plus héroïque s'ils s'étaient battus jusqu'à la mort, dit une voix distinctement sudiste.

— A quoi bon? demanda McManus. Le général Beauregard a des milliers d'hommes dans le port de Charleston. J'ai vu la carte dans le bureau du Président. Elle est posée sur un chevalet comme si c'était un tableau.

— Pourquoi, demanda Thompson qui avait sous les yeux un numéro du *Star*, les navires ne sont-ils pas arrivés à temps pour approvisionner la garnison?

— Ils sont arrivés, Mr. Thompson, ils sont arrivés juste quand le bombardement a commencé.

— Alors pourquoi n'ont-ils pas répondu au feu des... rebelles? reprit la voix sudiste d'un ton moqueur.

David entra dans le magasin, en tenant deux paquets à la main. McManus était encore plus rouge que d'habitude.

— Parce que, dit-il, ils en ont été empêchés par la marée. Il y a un banc de sable à l'entrée du port, et on ne peut y entrer qu'à marée haute.

Il n'y avait rien de tout cela dans les journaux que David avait lus. Peut-être que McManus savait quelque chose, après tout, et dans ce cas... David tendit les paquets à McManus.

— Merci, au revoir, Mr. Thompson, messieurs.

McManus quitta le magasin.

— Je n'ai jamais vu autant de monde à la Maison-Blanche un dimanche, dit l'un des habitués. On dirait que toutes les grosses huiles se sont donné rendez-vous en ville aujourd'hui.

— Cela doit faire une jolie salade, reprit l'impertinent Sudiste. Mr. Thompson fronça légèrement les sourcils. En bon commerçant qu'il était, le pharmacien avait pour règle de ne jamais parler politique avec ses clients.

Lorsque le moment de fermer la boutique fut venu, Mr. Thompson dit à David qu'il devrait aller à Alexandria cet après-midi.

— Je viens de recevoir un message urgent de la vieille Mrs. Alexander elle-même, et je suis le seul à pouvoir lui fournir le médicament dont elle a besoin pour son hydropisie. C'est juste là. Mr. Thompson désigna un paquet posé à côté d'un vase en porcelaine contenant de l'essence de menthe : L'adresse est écrite dessus.

— Mais nous sommes dimanche, Mr. Thompson, commença de dire David, qui s'arrêta presque aussitôt. Il irait à pied à Alexandria. Non, il n'aurait pas d'argent pour prendre une voiture. Il était jeune, et la marche n'avait jamais tué personne, disait Mr. Thompson, qui personnellement avait une telle horreur de cet exercice qu'il lui était arrivé d'attendre plus d'une heure un tramway pour aller de la Dixième à la Quinzième Rue.

Il faisait bon, l'air était tiède. Les premiers lilas blancs étaient en fleur

126

dans le parc de la présidence. David s'arrêta en passant devant les grilles de la Maison-Blanche. Un flot de voitures déposait devant le perron d'imposants personnages devant lesquels Mr. MacManus s'inclinait avant de les faire entrer. La guerre avait enfin commencé, et quoique David sût fort bien de quel côté il était, l'idée de servir dans une armée, quelle qu'elle soit, ne lui souriait guère. Il n'avait pas davantage l'intention d'aller rejoindre les *wild boys* qui avaient si lamentablement échoué dans leur tentative d'assassiner Lincoln le 4 mars. « Il y avait ces gardes à Long Bridge qui ne nous ont laissés entrer en ville que lorsqu'il était trop tard », avait dit l'un d'entre eux en pleurnichant. D'ailleurs la plupart étaient partis dans le Sud rejoindre la nouvelle armée confédérée. Peut-être qu'il pourrait servir d'espion. Pour cela, il était bien placé, là où il travaillait. Quand Annie rentrerait de Surrattsville, il lui demanderait son avis. Il savait qu'Isaac avait disparu — en Virginie, à ce que les gens disaient. Mais ni Mrs. Surratt ni Annie ne parlaient jamais d'Isaac. Au fond, c'était une famille très secrète, contrairement à la sienne. David gémit tout haut à la pensée de cette maison de femmes — toutes très gentilles du reste — dans laquelle le destin d'abord et la mort inconsidérée de son père ensuite l'avaient condamné à vivre.

Il se livrait à ce genre de réflexions lorsqu'une voiture contenant un petit homme avec une grosse tête et une large poitrine, franchit la grille en passant devant lui. David se retourna et continua doucement son chemin en direction de Long Bridge.

Mr. McManus s'inclina très bas devant le petit homme.

— Sénateur Douglas, le Président vous attend dans le salon rouge.

— Cela fait plaisir de vous revoir, mon vieil Edward.

La voix du sénateur était aussi ferme et sonore qu'autrefois, mais son visage avait perdu ses couleurs, et la main qu'il tendit au Président était molle et froide.

— Eh bien, monsieur le Président, vous y voilà.

— Nous y voilà, monsieur le Juge, dit Lincoln en invitant Douglas à s'asseoir sous le portrait de Washington. Rien que tous les deux, comme au bon vieux temps.

— Tout bien considéré, Mr. Lincoln, j'aime autant que ce soit moi qui vienne vous trouver, plutôt que le contraire.

— Savez-vous, Juge, dit Lincoln avec un sourire un peu las, que je vous crois sincère lorsque vous dites cela.

— Que puis-je faire pour vous ?

Douglas était assis très droit sur sa chaise, ce qui le faisait paraître plus grand qu'il n'était en réalité.

— Je veux d'abord que vous m'écoutiez. Ensuite nous parlerons. Lincoln tira un document de sa poche : C'est une proclamation. Je vais vous lire les passages importants. Pour commencer, je condamne ces éléments qui dans les États de Caroline du Sud, de Géorgie, d'Alabama, de

Floride, du Mississippi et de la Louisiane s'opposent à l'exécution de la loi...

L'homme de loi avisé qu'était Douglas releva immédiatement le mot « exécution ».

— Vous invoquez délibérément votre serment pour exécuter les lois. Est-ce que je me trompe ?

— Pas du tout. Ce serment est ma sauvegarde, mon bouclier et mon... glaive. Lincoln reprit son texte. « C'est pourquoi, moi, Abraham Lincoln, président des États-Unis...

Douglas cligna des yeux comme s'il venait de se réveiller d'un rêve et qu'il eût trouvé son rival à sa place.

— ... en vertu du pouvoir qui m'est conféré par la Constitution et les lois...

— Le serment, murmura Douglas en hochant la tête. Il commençait seulement à comprendre où Lincoln voulait en venir ; il comprenait également les périls que comporte une telle démarche, quand elle est entreprise en vue d'une fin que personne ici-bas ne peut prévoir ou même imaginer.

— ... ai jugé bon de faire appel aux milices des divers États qui composent l'Union pour un nombre total de soixante-quinze mille hommes, afin de veiller à l'exécution des lois. Il suit de là qu'aucun État ne peut sortir de l'Union de son propre mouvement ; que les résolutions et ordonnances prises à cet effet sont légalement nulles et que les actes de violence, dans n'importe quel État ou groupe d'États, contre l'autorité des États-Unis, sont insurrectionnels ou révolutionnaires, selon les circonstances. » Lincoln leva les yeux. Eh bien ?

— Tout cela, c'est très bien, dit Douglas avec un petit sourire contraint, vous les appelez, mais voudront-ils venir ?

— Ils n'ont pas le choix si je les appelle pour préserver, protéger et défendre l'Union, dit Lincoln en épelant les mots comme s'il gravait dans le marbre sa propre épitaphe.

— Oui, ils viendront, dit Douglas en hochant la tête. Mais ça ne sera pas facile. Et puis je pense que soixante-quinze mille, c'est trop peu. Demandez deux cent mille hommes.

— Je dois d'abord en démontrer le besoin. Lincoln jeta ensuite les yeux sur son papier : Je continue en disant que ces troupes seront nécessaires pour reprendre nos forts, par des moyens pacifiques, bien sûr. Lincoln poussa un soupir. Ensuite je m'adresse aux prétendus gouvernements rebelles, et je leur dis ceci : « J'ordonne par le présent acte aux personnes composant les soi-disant gouvernements susmentionnés de se disperser et de se retirer pacifiquement dans leurs foyers respectifs, dans un délai de vingt jours à partir de cette date », c'est-à-dire demain 15 avril 1861. Ensuite je convoque le Congrès pour le 4 juillet. Eh bien, qu'en dites-vous ?

— Vous vous êtes donné jusqu'au 4 juillet pour jouer au dictateur. Je vous suggère donc de faire tout ce qui vous paraîtra nécessaire pour écraser la rébellion avant la date du 4 juillet.

— Ce n'est pas tout à fait sous cet angle que j'avais vu la chose, dit Lincoln en s'ébouriffant les cheveux, mais il est vrai que je ne tiens pas à réunir le Congrès avant d'en connaître la composition, et je ne la connaîtrai que lorsque je saurai quels sont les autres États qui ont décidé de quitter l'Union. Le 4 juillet, nous serons sans doute fixés.

Douglas hocha la tête :

— La Virginie, c'est presque certain. Le Maryland ?

— Je suis prêt à contraindre le Maryland par la force.

— Le pourrez-vous ?

— Il le faudra bien, sinon Washington tombera. Le gouverneur du Maryland est avec nous, contrairement au gouverneur du Kentucky qui travaille pour la sécession. Heureusement, notre vieil ami le docteur Breckinridge tient ferme pour l'Union, et c'est quelqu'un qui compte. Il est heureux aussi que notre premier, et jusqu'ici notre unique héros, le major Anderson, soit un Kentuckien.

— Au fait, que s'est-il passé hier ? A-t-il été capturé ?

— Non. C'est une invention de la presse. Il a rendu le fort à Mr. Beauregard, ancien officier de l'armée des États-Unis, qui l'a ensuite placé, lui et ses hommes, à bord d'un de nos navires. Il sera ici dans quelques jours.

— Pourquoi Mr. Beauregard a-t-il ouvert le feu sur Fort Sumter, alors que vous n'aviez d'autre intention que de l'approvisionner ?

— Pour cela il faudrait pouvoir sonder l'esprit de Mr. Davis. C'est lui qui a donné à Mr. Beauregard l'ordre de tirer. Il y a une semaine, j'ai envoyé quelqu'un du Département de la Guerre à Charleston remettre au gouverneur Pickens une note de ma part disant que s'ils nous permettaient d'approvisionner notre fort, nous n'en profiterions pas pour chercher à le renforcer soit en hommes, soit en armements. Mr. Pickens a donc reçu ce billet qu'il a ensuite transmis à Mr. Davis, lequel a donné ordre au major Anderson d'évacuer le fort, ce qu'il a refusé de faire. On m'avait déjà dit que Mr. Davis était l'un des plus fieffés imbéciles que la terre ait jamais portés. Jusqu'ici j'en doutais un peu, maintenant je veux bien le croire.

Lincoln replia la proclamation et la mit dans sa poche.

— Eh bien, lui dit Douglas avec un léger sourire, vous disiez que vous ne seriez jamais l'agresseur. Je vois que vous avez tenu parole.

— Que veut dire ce sourire, Juge ? demanda Lincoln en fronçant le sourcil gauche.

— Après m'avoir enterré comme vous l'avez fait à Freeport — et moi, je ne suis pas un imbécile comme Mr. Davis — il est permis de vous soupçonner d'avoir des... arrière-pensées.

— Oh, ce serait mal me connaître, Juge. Lincoln s'était levé, et se promenait de long en large à travers la pièce : C'est vrai que j'aurais pu laisser faire les choses. Après tout, pourquoi se chamailler pour un fort qui en cas de guerre n'a aucune utilité pour nous, et qui n'en a guère plus pour eux ?

— En cas de guerre, dites-vous, mais la guerre est là, monsieur le Président.

Lincoln s'arrêta devant la fenêtre, puis se retournant :

— Oui, elle est là, dit-il à son interlocuteur.

— Vous avez donc enfin la possibilité de recréer la république.

Lincoln sursauta.

— Qu'entendez-vous par là ?

— Lorsque je me préparais à vous affronter lors de notre dernier débat, j'ai dû faire pas mal de recherches, et je suis tombé sur un vieux discours à vous que vous avez prononcé devant les étudiants du lycée de Springfield.

— Mon Dieu, Juge, il y a une éternité de cela. J'étais bien jeune à l'époque.

— Vous aviez vingt-huit ans. A cet âge Alexandre avait déjà fait de grandes choses. Du reste vous l'avez cité. Ainsi que Jules César et Napoléon, je crois bien.

— Mais comme des tyrans...

— Oui, comme des tyrans, poursuivit inexorablement Douglas qui se vengeait peut-être là à sa manière de l'homme qui l'avait évincé pour toujours de la scène politique. Vous disiez aussi que les fondateurs de la république avaient eu toute la gloire et que ceux qui viendraient après n'auraient plus que les miettes, et que ni l'aigle ni le lion ne pouvaient s'en contenter.

Lincoln abaissa son regard sur Douglas : un regard dénué de toute expression, et cependant extrêmement attentif.

« Ce que le lion et l'aigle ne peuvent supporter, c'est l'idée d'avoir un prédécesseur et de marcher sur ses traces ; il leur faut une carrière vierge. Votre grand homme brûle avant tout du désir de se distinguer, et pour se couvrir de gloire il est prêt à tout, aussi bien à émanciper les esclaves qu'à réduire en esclavage tous les hommes libres (c'est vous qui parlez). Oh, j'ai bien appris ce discours !

Lincoln continuait de fixer sur Douglas un regard vide d'expression.

« Eh bien maintenant, vous êtes à la fois l'aigle et le lion. Vous pouvez grâce à votre fameux serment libérer les esclaves ou faire de nous tous des esclaves. Qu'avez-vous décidé ?

Lincoln secoua la tête comme s'il se réveillait d'un rêve, et dit :

— J'ai déjà donné la proclamation à la presse. Demain elle sera dans tous les journaux.

— Vous ne m'avez pas répondu.

130

— Il n'y a rien à répondre, Juge. Mais je crois me souvenir d'avoir terminé mon discours en exprimant l'espoir que nous revenions aux principes établis par George Washington.

— Vous avez également dit que ces principes étaient désormais désuets, et qu'il fallait trouver autre chose.

Douglas attendit une réponse, puis comme elle ne venait pas, il reprit :

— Eh bien, ce quelque chose, vous l'avez maintenant.

— Oui, dit Lincoln en se contentant de hocher la tête, puis il ajouta comme s'il se parlait à lui-même : Oui, je l'ai maintenant.

Hay se trouvait sur le seuil de la porte.

— Mr. Seward est arrivé, monsieur.

— Dites-lui d'attendre dans la salle du Cabinet.

— Que puis-je faire pour vous aider ? demanda une nouvelle fois Douglas.

— Faites une déclaration disant que vous soutenez la proclamation et l'Union.

— Ainsi que l'aigle et le lion ?

— A votre place je m'abstiendrais de toute métaphore zoologique, dit Lincoln en souriant.

— Je dirai donc que nous sommes tous républicains et tous démocrates. Ça ne me gêne pas du tout d'imiter les Pères fondateurs.

— Et moi, croyez-vous que ça me gêne davantage ?

— Je ne vous ai jamais entendu faire l'éloge d'aucun Président ni même d'aucune personnalité politique, sauf la fois où vous avez demandé un article nécrologique sur Henry Clay.

— Il y en a un à qui je rends toujours hommage, quand j'y pense.

Lincoln désigna le portrait de Washington.

— Le premier de tous. Espérons que vous ne serez pas le dernier.

— Espérons que je serai le dernier de ceux que nous avons endurés depuis un demi-siècle.

— James Buchanan n'est-il pas assez bon pour vous ?

— Oh, Juge, continuez comme cela, et vous allez vraiment entendre le rugissement du lion !

Les deux hommes sortirent en riant du salon rouge. Comme ils traversaient le hall, ils aperçurent Mary et Lizzie venant à leur rencontre.

— Mary Todd ! s'écria Douglas en ouvrant grands les bras.

— Juge Douglas ! s'écria Mary en se jetant dans les bras de l'homme qu'elle avait failli épouser. Puis elle se recula. Oh, Papa, qu'ai-je fait ! dit-elle en se retournant vers Lincoln.

— Pour cette fois je ne dirai rien au Département d'État à condition que de ton côté tu ne leur dises pas combien de paires de gants j'ai perdues.

— Vous embellissez cette demeure, Mary Todd, dit Douglas en attachant sur elle son regard. Elle remarqua, comme cela lui arrivait chaque fois qu'ils se trouvaient face à face, qu'ils étaient tous les deux de la même taille, de sorte qu'ils n'avaient aucune peine à se regarder dans les yeux.

— Si elle avait consenti à m'épouser, dit Douglas en se tournant vers Lincoln, ce serait moi qui serais ici aujourd'hui à votre place.

— Mais, Juge, supposez qu'elle ait épousé John C. Breckinridge ? Ce serait lui qui serait ici !

— Je ne crois pas qu'aucune femme ait jamais eu trois soupirants briguant la même année la présidence, dit Mary en riant.

— Et si elle avait été un peu plus âgée, reprit Douglas, elle aurait même pu convoler avec Jefferson Davis quand il était à l'université de Transylvania. A l'heure qu'il est, ce serait la reine du Sud.

— Ou un peu plus jeune, dit Lincoln en riant tout bas, et elle aurait pu épouser Montgomery Blair. Lui aussi était à l'université de Transylvania.

— Là, Papa, vous allez trop loin. Je n'ai jamais cherché à épouser à tout prix un politicien. Je désirais seulement un homme brillant. Ayant été courtisée par vous deux, c'est plus d'honneur qu'il ne m'en faut.

— Pour moi ce fut une grande joie, dit Douglas en vacillant légèrement sur ses jambes.

— Vous ne vous sentez pas bien ? dit Mary en lui prenant le bras. Lincoln s'approcha et lui prit l'autre bras.

— Vous devriez retourner vous coucher, dit Lincoln. Économisez vos forces et remettez-vous. Nous avons du travail tous les deux.

Lincoln prit la main de Douglas qu'il serra dans les siennes.

— Je sais, dit Douglas qui faisait mine de se diriger vers la porte. Lincoln fit signe au vieil Edward de venir l'aider : Je vais tout de suite écrire mon message pour l'envoyer aux journaux. Je tiens à ce qu'il paraisse en même temps que votre proclamation.

— Merci, Juge.

Quand Douglas eut quitté la pièce, Mary se tourna vers son mari :

— Papa, tu as vu comme il était ? Il est mourant.

— C'est également mon impression, dit Lincoln en baissant la tête.

— Notre passé s'en va, n'est-ce pas ?

— Nous aussi, nous nous en allons.

— Oh, Papa !

— Je n'ai pas dit aujourd'hui, remarque bien. Maintenant, Molly, j'ai du travail.

Seward regardait par la fenêtre la pelouse qui s'étendait devant la maison. On était au commencement d'avril, quand les narcisses et les jonquilles sont éclos ; un vent tiède se roulait sur des plates-bandes labourées, et les jardins, comme des femmes, semblaient faire leur toilette pour les fêtes de l'été. La vapeur du soir passait entre les peupliers sans feuilles, estompant leurs contours d'une teinte violette, plus pâle et plus transparente qu'une gaze subtile arrêtée sur leurs branchages. Au loin, de l'autre côté de la rivière, on apercevait les collines bleutées de Virginie, d'un bleu qui rappelait à Seward la couleur de la fumée d'un bon cigare. Justement, il était en train d'ôter le sien de la bouche, au moment où Hay ouvrit la porte en disant :

— Monsieur le Président.

Lincoln entra, les cheveux en broussaille. Comme il s'asseyait à côté de Seward, ce dernier observa que le Président ne s'était pas rasé depuis au moins deux jours : on pouvait discerner quelques poils gris dans l'épais collier noir qui lui encerclait le visage.

— Le juge Douglas était là il y a un instant. Il pense que j'aurais dû demander deux cent mille hommes. Je m'estimerai heureux quant à moi si j'arrive à obtenir les soixante-quinze mille que j'ai réclamés.

— Va-t-il vous apporter publiquement son soutien ?

— Oui, il fera une déclaration demain.

— C'est quelqu'un de très influent, particulièrement à New York où nous risquons d'avoir le plus de problèmes.

— Mais je croyais que votre maire de New York...

— Monsieur, il n'est pas mon maire.

— Mr. Seward, j'ai toujours considéré l'État de New York comme votre domaine privé. En tout cas, le maire vient de m'envoyer un message disant qu'il aimerait que la ville de New York se retire de l'Union pour devenir ce qu'il appelle une « ville libre ».

Seward poussa un profond soupir.

— C'est un parfait imbécile, mais il est malin ; et beaucoup de New-Yorkais pensent comme lui. Ce sont tous ces immigrants, surtout les Irlandais, les papistes. Je dois dire qu'ils m'ont toujours beaucoup aimé. Trop pour mon bien, probablement. Le visage de Seward s'éclaira soudain d'un sourire : Ce sont eux, savez-vous, qui ont mis fin à ma carrière politique. J'ai pensé que nous devrions subventionner leurs écoles avec l'argent de l'État. L'évêque a trouvé que j'étais un type formidable, mais dans l'Ouest mon geste a été moins apprécié. Alors, qu'avez-vous répondu au maire ?

— J'ai dit que je ne laisserais pas la porte d'entrée des États-Unis gouverner la maison.

Seward rit de bon cœur de cette remarque qu'il trouva très amusante, ce qui ne l'empêchait pas de se sentir par ailleurs sincèrement gêné. Le 1er avril, il avait écrit à Lincoln un long mémorandum soulignant les problèmes auxquels l'administration avait à faire face et il en avait profité pour exposer au Président un certain nombre de vérités dont il craignait que celui-ci ait pu prendre ombrage. Près de deux semaines s'étaient écoulées sans que Lincoln eût fait la moindre allusion au mémorandum. Seward présumait que Lincoln l'avait fait venir aujourd'hui pour discuter justement avec lui de certaines de ces vérités. Seward ne se trompait pas.

Lincoln se renversa sur sa chaise, en croisant ses mains derrière la tête.

— J'ai réfléchi un bon moment avant de répondre au mémorandum que je vous avais demandé d'écrire pour moi le 1er avril.

Seward se demanda s'il n'y avait pas là quelque allusion voilée au 1er avril, mais Lincoln continua imperturbablement.

« Je vous ai écrit une lettre le jour même, mais j'ai pensé qu'il valait mieux que nous en parlions d'abord avant que vous la lisiez. Dans votre... comment dire ? dans votre acte d'accusation, si j'ose m'exprimer ainsi, vous me dites que depuis un mois que le gouvernement est en place, nous n'avons toujours pas de politique étrangère ni même de politique intérieure, alors que je vous ferai remarquer que le gouvernement s'est réuni au moins sept ou huit fois durant ce laps de temps et qu'un grand nombre de décisions ont été prises, auxquelles du reste vous avez participé. Aujourd'hui, par exemple, j'ai demandé aux États de me fournir des troupes. Trouvez-vous que j'aie bien fait ?

— Oui, monsieur. Naturellement, ce que je vous ai écrit, c'était avant que vous décidiez d'approvisionner Fort Sumter, et bien sûr leur attaque...

— J'ai relevé deux points essentiels dans votre mémorandum, dit Lincoln en l'interrompant brusquement. Le premier, c'est que nous devrions entreprendre une guerre continentale contre les puissances européennes, allant jusqu'à une déclaration de guerre avec l'Espagne. Mais voulez-vous me dire comment nous pourrions venir à bout des garnisons espagnoles de Saint-Domingue et de Cuba, quand nous ne sommes même pas capables de secourir une de nos propres forteresses en Caroline du Sud ?

— En cas de guerre, bien entendu, on lèverait des armées, on construirait des navires, ce que vous faites en ce moment. Je compterais surtout en cas de guerre avec l'Espagne et la France sur l'effet unificateur qu'un tel conflit aurait sur tous les Américains, Sud et Nord confondus.

— Je respecte comme toujours votre opinion, Mr. Seward, dit Lincoln avec la plus parfaite politesse, tout en sortant le fameux mémorandum de sa poche intérieure. Vous dites par ailleurs que nous devrions mettre moins l'accent sur ce qui nous sépare, les rebelles et nous, c'est-à-dire la question de l'esclavage, que sur ce qui nous unit, c'est-à-dire le fait d'être américains et d'appartenir à une même nation. C'est curieux, mais j'avais l'impression que c'était exactement ce que j'avais cherché à faire dans mon discours d'inauguration.

Lincoln regarda Seward droit dans les yeux : des yeux de chasseur, songea Seward qui répondit à Lincoln de manière indirecte :

— J'ai peut-être cru que vous accordiez trop d'attention aux abolitionnistes, et c'est justement ce dont s'inquiètent les États-frontières.

— Votre opinion est parfaitement respectable, Mr. Seward, dit Lincoln qui continuait à fixer Seward du regard à telle enseigne que le secrétaire d'État fut obligé de tirer son mouchoir de sa poche pour se dérober à cette inquisition. Je pense tout au contraire que Mr. Chase et Mr. Sumner, pour citer les abolitionnistes les plus notoires, estiment que je me suis montré beaucoup trop compréhensif à l'égard des propriétaires d'esclaves. Mais c'est surtout votre dernier point qui me préoccupe le plus. Vous dites que quelle que soit la politique adoptée, elle doit être énergiquement poursuivie.

— Je pense, monsieur, que là-dessus nous sommes tous d'accord. Le gouvernement ne doit plus aller à la dérive...

— A la dérive... C'est curieux que vous utilisiez ce mot, dit Lincoln en regardant par la fenêtre. La nuit dernière j'ai justement rêvé que j'étais sur un radeau, et ce radeau dérivait sur une rivière si large que je ne pouvais en apercevoir les berges. Lincoln se tourna vers Seward : Il est clair, Mr. Seward, que vous lisez dans mes rêves. Ah, voilà le passage que je cherchais. Lincoln mit ses lunettes et lut : « Ou bien le Président doit gouverner par lui-même, ou bien se décharger de ses responsabilités sur l'un des membres de son Cabinet. » Lincoln jeta à la dérobée un regard à Seward, puis il reprit : « Une fois la décision adoptée, il faut s'y tenir et cesser d'en débattre. Quant à moi, ce n'est pas mon domaine. Je ne cherche d'ailleurs à assumer aucune responsabilité. » C'est là un document très curieux, Mr. Seward, vraiment très curieux. Lincoln chiffonna la feuille de papier, qu'il fourra négligemment dans sa poche : Vous dites que nous avons besoin d'un chef qui décide à l'intérieur du Cabinet, un chef à qui nous devons tous obéir, même s'il lui passe par la tête de lever une flotte pour attaquer, disons, les côtes françaises.

— Monsieur, je ne vois pas d'autre façon de gouverner.

— Vous préféreriez peut-être que je ne consulte pas le Cabinet, que je ne tienne aucun compte des opinions de mes ministres ?

— Il y a un temps pour discuter et un temps pour agir.

— C'est possible, mais je n'ai pas pour habitude de me lancer tête basse dans n'importe quelle aventure, surtout si la guerre nous attend au tournant. Je vous ferai observer par ailleurs que nous n'avons en ce moment ni armée ni marine, et que les caisses de l'Etat sont pratiquement vides.

— Il n'empêche qu'une action ferme et énergique...

Lincoln tapa sur la table avec un de ses longs doigts, si fort que Seward crut entendre comme le claquement d'un fouet.

— Il n'y a rien de plus ferme, ni de plus énergique, ni, je le crains, de plus irrévocable que la décision que j'ai prise de lever des troupes. Je réalise maintenant que vous pensez que votre parti a commis une grave erreur en me nommant moi au lieu de vous...

— Monsieur, je n'ai jamais dit une chose pareille.

— Je suis bien sûr que vous êtes beaucoup trop loyal à l'égard du gouvernement pour avoir jamais dit une telle chose, il n'empêche que vous venez de me l'écrire noir sur blanc dans ce mémorandum.

Seward eut le sentiment d'avoir perdu le contrôle d'une situation que jusque-là il pensait avoir eue bien en main.

— Monsieur, je vous ai en toute bonne foi — et en toute franchise — fait connaître mon opinion...

— Ce dont je vous remercie. Et maintenant oublions tout cela, voulez-vous ?

Seward se leva :

— Dans ces circonstances, monsieur, il vaut mieux que je donne ma démission.

— Je ne l'accepte pas. Je vous demande de rester là où vous êtes. Il y a bien assez de travail pour tous les deux, dit Lincoln en reconduisant Seward à la porte. Puis il ajouta, en abaissant sur lui son regard :

— Il vaut mieux que nous gardions cela entre nous. A propos de votre mémorandum, qui d'autre est au courant ?

— Il n'y a que mon fils Frederick.

Lincoln hocha la tête :

— Nicolay et Hay sont également au courant, mais je peux compter sur leur discrétion. Nous ne tenons pas à mettre Mr. Chase dans la confidence, n'est-ce pas ?

— Non, certainement pas, dit Seward avec son sourire de conspirateur tandis que s'approchait de lui Nicolay pour l'aider à se frayer un chemin parmi la foule, inhabituelle pour un dimanche, de ceux qui étaient venus aux nouvelles.

Lincoln fit signe à Hay de le rejoindre dans son bureau. Hay avait entre autres occupations celle de venir rappeler l'heure au Président chaque fois qu'il s'attardait un peu trop auprès d'un visiteur. Hay n'arrivait pas à comprendre la patience dont Lincoln faisait preuve même à l'égard des plus impertinents raseurs.

— On leur donne si peu, disait Lincoln, comme pour s'excuser du temps qu'il leur consacrait.

Une fois dans son bureau, Lincoln se laissa choir sur son fauteuil, le « siège du gouvernement » comme il l'appelait en plaisantant quand il faisait visiter ses appartements.

— Dites au général Scott que j'aimerais qu'il fasse installer le télégraphe dans la petite pièce qui est ici, dit-il en désignant à Hay l'espèce de cagibi attenant à son bureau qui correspondait dans le bureau de Nicolay au réduit dans lequel Hay travaillait.

Lincoln remit ensuite à Hay le mémorandum de Seward.

— Mettez-le dans le coffre. Mr. Seward serait très fâché si quelqu'un d'autre que nous en prenait jamais connaissance, dit Lincoln avec un petit rire satisfait. Il croit qu'il me tient. Et moi, je ne vois aucun mal à le lui laisser croire.

— Monsieur, il y a là un ami du sénateur Hale qui demande à vous voir. Il désirait être nommé consul à Liverpool, et on lui a donné à la place le consulat de Vera Cruz, aussi n'est-il pas très content.

— Faites-le entrer.

Le futur consul était un jeune homme de la Nouvelle-Angleterre, extrêmement élégant, avec une chaîne en or qui lui barrait l'estomac.

— Mr. Lincoln, très honoré, monsieur.

— Asseyez-vous, monsieur, lui dit Lincoln en lui serrant la main. Que puis-je faire pour vous ?

— Eh bien, monsieur, j'avais espéré Liverpool. Le sénateur Hale m'avait laissé entendre que c'était arrangé avec Mr. Seward, or voilà que je reçois une lettre où il est dit que je suis nommé à Vera Cruz, où, paraît-il, il y a des insectes qui vous mangent vivant...

— Dans une aussi triste éventualité, monsieur, je suis bien sûr qu'ils auraient au moins la courtoisie de laisser intact votre superbe habit, ainsi que votre chaîne de montre.

A ce moment-là on entendit dans la pièce comme le son d'une voix de soprano, qui disait :

— Papa, tu n'es jamais fatigué de voir des gens ?

Le futur consul sursauta sur sa chaise.

— Nous avons un fantôme à la Maison-Blanche, dit Lincoln en poussant gentiment du pied son fils Tad qui depuis quelque temps avait pris l'habitude de venir se cacher sous le bureau de son père. Mais ne vous inquiétez pas, il ne mange personne.

XIII

Arrivé à mi-chemin de Long Bridge, David s'arrêta pour s'essuyer le visage et desserrer sa cravate. Le Potomac roulait sous lui, en bas, ses eaux bourbeuses, gonflées par les pluies de printemps. En somme, il n'aurait pas pu imaginer une façon moins agréable de gâcher un dimanche après-midi que de se rendre à pied jusqu'à Alexandria. Il se sentait de plus agacé par la présence des soldats de l'Union stationnés le long du pont, et qui scrutaient du regard tous les passants, spécialement ceux qui venaient de Virginie. De temps en temps ils arrêtaient une voiture venant du Sud et se mettaient à la fouiller comme s'ils avaient cru y trouver tous les éléments mystérieux de la sécession. Une partie de la population avait quitté la ville, entassant dans des voitures et des carrioles à un cheval tout le mobilier qu'ils avaient pu emporter, y compris une partie de leur basse-cour. Mais ceux-là, les soldats ne cherchaient même pas à les arrêter : c'étaient des sécessionnistes fuyant ce qui avait été jadis leur pays et qui du jour au lendemain était devenu la capitale d'une nation ennemie.

David regardait la rivière en pensant aux plaisirs de la pêche lorsqu'il entendit un bruit qui lui était familier, le bruit d'une toux sèche, saccadée, qui dans ce décor lui paraissait pour le moins incongrue. Il leva les yeux et aperçut à quelques pas de lui un vieillard en haillons qui avançait péniblement, et qu'il prit pour un vagabond. Ce n'est que lorsqu'ils furent face à face que David reconnut Mr. Surratt qu'il croyait en train de mourir dans le petit salon de derrière de H Street.

Mr. Surratt détourna d'abord les yeux. Alors David lui dit :

— Mr. Surratt, je vous croyais malade.

— Tu ne te trompais pas, David.

Mr. Surratt s'appuya un instant contre le parapet. Sa toux était intermittente. Il y avait des moments durant lesquels il pouvait parler normalement.

— Je croyais que vous ne sortiez jamais de chez vous.

138

— Tu vois que ce n'est pas vrai. Aujourd'hui, j'ai mis ces vieux habits pour aller voir des amis en Virginie.

— Mr. Surratt, j'aimerais vous aider.

— M'aider?

— Oui, monsieur. Je crois que je sais ce que vous faites. Je crois savoir également ce que fait Isaac. Vous transmettez des renseignements aux Confédérés. J'aimerais vous aider, si c'est possible.

Mr. Surratt jeta à David un regard perçant. Il avait le visage émacié par la maladie, mais les yeux étaient encore vifs.

— Marche devant moi, comme si nous ne nous connaissions pas, dit-il à David. Nous parlerons de l'autre côté.

Bien qu'il n'y eût aucun garde du côté virginien, un drapeau confédéré flottait au-dessus de la porte d'une auberge, tandis que le drapeau de l'Union pendait à la fenêtre de la maison d'en face.

Les voitures et les charrettes qui venaient de la ville continuèrent leur route vers le sud en direction de Richmond et au-delà. Mr. Surratt entra dans l'auberge suivi de David. Dans la salle de café mal éclairée, quelques paysans discutaient, devant un verre de whisky, de politique ou du prix du coton, deux sujets, pensait David, bien faits pour exciter l'intérêt de ces hommes rudes et taciturnes, ses vrais compatriotes, ses frères de race... Mr. Surratt remit une enveloppe à un gros homme qui se tenait derrière le bar, et qui lui fit signe de passer dans la salle du fond. David suivait toujours.

Mr. Surratt et David s'assirent devant une longue table sur laquelle une bouteille de whisky et quelques verres tout poussiéreux étaient posés.

— Tu es un bon garçon, David, dit Mr. Surratt. Je sais que tu es des nôtres. Je le sais par ma femme, et aussi par Annie. Tu peux nous aider si tu le désires. Il y a du travail pour toi. Il y a du travail pour tous ceux qui pensent comme nous et qui veulent servir leur pays. J'estime que le mieux pour toi c'est d'aller à Montgomery et de t'enrôler. Le président Davis a déjà vingt mille hommes sous les armes, à ce qu'on dit.

— Ne pensez-vous pas, monsieur, que je serai plus utile là où je suis? En ville, à travailler chez Thompson?

— Chez Thompson, juste en face de la Maison-Blanche? dit Mr. Surratt en se servant un verre de whisky.

— Oui, monsieur. Les Lincoln, les Seward, les Blair et les Welles sont tous nos clients. Mr. Seward habite juste à côté de chez nous, et Mr. Welles n'habite pas beaucoup plus loin. Quant aux Blair...

A ce moment, ils furent rejoints par le propriétaire de l'auberge.

— Qui est-ce? demanda-t-il en désignant David.

— David Herold. Il est des nôtres. Je le connais depuis toujours.

Le gros homme versa à boire à tous les trois.

— Ce que vous venez de me donner mérite bien qu'on porte un toast, dit-il en levant son verre. Aux États confédérés d'Amérique.

David vida son verre d'un trait comme il l'avait vu faire aux *wild boys*.

— Quand votre message arrivera à Richmond, c'est-à-dire environ dans une dizaine de minutes, la Virginie fera sécession, il n'y a aucun doute là-dessus.

— Il est grand temps.

Mr. Surratt fut saisi d'un nouvel accès de toux qu'il eut grand-peine à réprimer. David connaissait un médicament qui pourrait sinon guérir la maladie du moins atténuer la toux. S'il y avait eu plus d'argent dans la famille Herold, il aurait pu devenir médecin, songeait-il en s'emparant de la bouteille de whisky, ou peut-être même avocat. Mr. Surratt se tourna vers David :

— Qui est-ce qui vient ? lui demanda-t-il.

— Qui vient où ?

— Chez Thompson.

Mr. Surratt se tourna ensuite vers le gros homme :

— David travaille à la pharmacie Thompson dans la Quinzième Rue, tout près de la Maison-Blanche. Les Lincoln se fournissent chez vous, ainsi que d'autres membres du Cabinet. Qui, au juste ?

— Eh bien, il y a Mr. McManus. Il est le portier de la Maison-Blanche depuis vingt ans. Il a l'air d'en savoir beaucoup. En tout cas il est très bavard. Ce matin, par exemple, il nous a dit qu'il y avait dans le bureau du Président une carte du port de Charleston posée sur un chevalet comme un tableau. Et puis il y a Mr. Hay, le secrétaire du Président, un jeune homme assez fringant d'allure, mais qui ne parle pas beaucoup. Il y a aussi cette mulâtresse, Lizzie Keckley. C'est la couturière de Mrs. Lincoln, et tous les jours elle vient à la Résidence, c'est du moins ce qu'affirme McManus. Il ne l'aime pas beaucoup, justement, parce qu'elle est toujours fourrée avec Mrs. Lincoln qui souffre elle de migraine...

— Et Mr. Lincoln, lui, de quoi souffre-t-il ? demanda le gros homme.

— Il a de la peine à dormir. C'est pourquoi on lui fait une préparation spéciale à base surtout de laudanum. Et il a les intestins qui ne fonctionnent pas très bien non plus. A part ça, il va bien. Les deux petits garçons viennent d'avoir la rougeole, mais c'était bénin. Et puis, il y a Mr. Seward qui habite pratiquement la porte à côté. Lui aussi souffre de maux de tête, mais ce n'est pas comme Mrs. Lincoln. Lui, c'est parce qu'il boit trop de cognac. Alors nous devons lui donner quelque chose pour l'estomac à lui aussi. Mrs. Gédéon Welles, elle...

Tandis que David continuait l'énumération des diverses maladies dont souffraient les distingués clients de la pharmacie Thompson, Mr. Surratt et le gros homme échangèrent plus d'un regard.

Quand David eut terminé, Mr. Surratt dit :

— Le garçon me demandait justement ce qu'il pourrait faire pour aider la cause. Je lui ai dit de rester là où il était et surtout de bien écouter.

— C'est aussi mon avis. Jeune homme, vous pouvez nous être utile en ouvrant grandes vos oreilles, et aussi en apprenant à mieux connaître les gens qui habitent à la Maison-Blanche, ainsi que chez Mr. Seward, car c'est lui qui gouverne en réalité. Parfois, nous aurons peut-être besoin d'un renseignement précis, et Mr. Surratt se chargera de vous faire passer le message.

— Ou bien Annie si je ne suis plus là, dit le vieil homme, pris d'une nouvelle quinte qu'il laissa cette fois éclater.

David se tourna alors vers l'aubergiste :

— Je pourrais peut-être aussi vous être utile comme courrier ?

— Nous en avons déjà assez. D'ailleurs vous ne voulez pas perdre votre emploi chez Thompson, n'est-ce pas ?

— Non, bien sûr que non.

David était désappointé. Il s'était imaginé chevauchant à travers les lignes ennemies, avec des messages codés dans le talon de ses bottes.

Quand Mr. Surratt eut fini de tousser, il se leva tout chancelant et prit congé de son hôte.

— Je pourrai peut-être vous envoyer David un de ces dimanches.

— Prends bien soin de toi, John.

Le gros homme ne les raccompagna pas à la porte. Une fois dehors, David dit :

— J'ai une course à faire pour Mr. Thompson.

— Très bien, David, dit Mr. Surratt en hochant la tête. Quand la Virginie aura fait sécession, ce qui maintenant peut arriver d'un moment à l'autre, grâce au message que notre ami vient de télégraphier, tu auras probablement un laissez-passer pour traverser Long Bridge, mais travaillant chez Thompson, tu n'auras aucune peine à t'en procurer un.

— Alors je pourrais peut-être porter des messages ?

— Pourquoi pas ? Mais comme l'a dit notre ami, conserve ton travail. C'est là que tu peux le mieux aider notre pays !

David ne pouvait plus refréner sa curiosité.

— Mr. Surratt, quel est le message que vous venez de lui donner et qu'il vient de télégraphier ? A moins que ce soit un secret ?

— C'en était un jusqu'à maintenant, mais demain ça ne le sera plus. Nous avons mis la main sur la proclamation que le Vieil Abe va faire demain au pays, dans laquelle il demande à tous les États, y compris la Virginie, de lui fournir des troupes. Il les aura ses troupes, tu peux être tranquille, dit Mr. Surratt en riant et en toussant simultanément. Ils n'attendaient que ce prétexte pour sortir de l'Union. Le Maryland également-ment.

David était tout excité à l'idée de faire presque partie des services secrets de la Confédération. Il se voyait à nouveau en mission spéciale chevauchant par une nuit sans lune, cavalier à plume blanche qui galope sur un cheval noir, remettant, presque défaillant, à Jefferson Davis le renseignement vital et indispensable dont le Sud avait besoin pour gagner la guerre. La tête haute, il prit la route d'Alexandria en chantant *Dixie* à plein gosier.

Chase était assis devant son grand bureau en noyer noir, et contemplait sur le mur d'en face le portrait du premier secrétaire du Trésor, Alexander Hamilton, dont les problèmes lui paraissaient négligeables à côté des siens. Chase était un homme méticuleux et un gros travailleur, ce qui tombait très bien, lui avait dit le Président lorsque Chase lui avait représenté la masse de travail qui l'attendait. Le ministère des Finances des États-Unis était un vaste bâtiment où seulement trois cent quatre-vingt-trois fonctionnaires présidaient aux finances des sept départements gouvernementaux, ainsi qu'à celles du ministère des Douanes, de la Défense des côtes, des hôpitaux de la Marine, et d'une douzaine d'autres activités.

— Où trouver l'argent? demanda Chase à Jay Cooke, qui se tenait devant la fenêtre en train de fumer un cigare.

— Empruntez, faites comme les hommes d'affaires, dit Cooke en se retournant.

Chase regardait avec consternation la cendre du cigare de Cooke tomber sur le tapis de velours gris perle que son prédécesseur venait juste de poser. Il avait également fait recouvrir les six chaises en noyer noir d'un tissu bleu que Chase trouvait du meilleur goût. Dans l'ensemble son bureau était beaucoup plus luxueux que celui du Président ou que ceux de ses collègues. Chase aimait tout particulièrement les moulures dorées des fenêtres représentant le sceau du Trésor surmonté par les balances de la Justice.

— Je n'apprécie pas beaucoup l'idée de placer le gouvernement américain dans les mains des banquiers, si vous me permettez l'expression, Mr. Cooke.

— Ne me regardez pas comme ça, monsieur le Secrétaire. C'est une engeance que je déteste. C'est pourquoi je viens de fonder ma propre banque.

— J'aimerais mieux lever de l'argent au moyen d'un impôt direct sur le revenu.

— Le Congrès ne vous permettra jamais de lever un tel impôt.

— Le Congrès ne s'est jamais trouvé confronté à pareille crise. Nous sommes là totalement coupés du reste du monde. Les lignes télégraphiques sont coupées. Les lignes de chemin de fer... Ici Chase s'interrompit. Il avait peine à croire à ce qu'il allait dire ; mais il le dit tout de même : Si les rebelles attaquent, nous devrons abandonner la ville. Puis il ajouta en promenant tout autour de lui un regard mélancolique : Peu importe l'endroit où siégera le gouvernement, nous devons nous préparer à financer une guerre qui s'annonce très coûteuse.

— Combien de temps nous faudra-t-il pour les battre ?

Chase fronça les sourcils.

— Il y a quelques mois, j'aurais dit quelques mois. Mais c'était du temps de Mr. Buchanan, et nous savons bien que Mr. Buchanan n'aurait rien fait contre ses amis sudistes. Maintenant que la Virginie a fait sécession, nous avons perdu l'arsenal de Norfolk, et pis encore, nous avons perdu l'arsenal de Harper's Ferry. J'estime donc qu'il nous faudra près d'une année pour battre les rebelles, et que cela nous coûtera environ cent millions de dollars.

— Je vous trouve bien pessimiste, Mr. Chase. Mais si vous voyez juste, qu'attendez-vous pour émettre des bons fédéraux ? Un emprunt de vingt ans à huit pour cent.

— Six pour cent, dit Chase.

— Disons sept et demi...

— Je ne suis pas commissaire-priseur. Plus le pourcentage est bas, mieux ça vaut pour le pays.

— Mais pas pour les banquiers, et ce sont eux qui achèteront vos bons.

Chase se renversa sur sa chaise et chercha l'inspiration en regardant Alexander Hamilton.

— Je me demande, dit-il, croyant l'avoir trouvée, si nous ne pourrions pas inciter le public à acheter les bons du gouvernement. Ainsi, chaque possesseur d'un bon se sentirait personnellement impliqué dans la guerre, et nos victoires donneraient plus de valeur à ces bons...

— Mais nos défaites, ce qu'à Dieu ne plaise, leur ôteraient de la valeur et les rendraient invendables.

— Maintenant, c'est vous le pessimiste, Mr. Cooke. Bien qu'à vrai dire, sous la conduite de notre distingué Président, nous n'ayons pas fait grand-chose. Chase s'était promis de ne jamais critiquer Lincoln en dehors du Cabinet ; mais il y avait des moments où il ne pouvait pas se contenir : Hier soir au dîner, l'ambassadeur de Grande-Bretagne complimentait les États-Unis sur la manière originale dont nous menions cette guerre. La plupart des nations en guerre, disait-il, essaient de nuire à l'ennemi, mais vous, vous ne réussissez qu'à vous nuire à vous-mêmes. Tout le monde a ri, et moi j'ai eu honte, parce que bien sûr il a raison. Depuis la proclamation de lundi, tout ce que nous avons fait, c'est constituer notre arsenal d'Harper's Ferry et de mettre le feu à nos chantiers navals de Norfolk.

— Au moins ils ne sont pas tombés aux mains des rebelles. A propos, Kate se trouve en ce moment aux Cèdres avec ma femme.

Chase fronça les sourcils :

— Je ne pensais pas du tout qu'elle s'arrêterait à Philadelphie après cette orgie d'achats qu'elle a faits à New York, dit-il en soupirant.

— Si vous avez besoin de quoi que ce soit, je serais trop heureux...

— Non, non, Mr. Cooke, il n'en est pas question. Ce ne serait pas bien. A propos, pour la voiture, j'aimerais bien que nous ayons un accord écrit. Je peux seulement l'emprunter, vous savez.

— Je sais.

Chase se leva et alla à la fenêtre. Un tramway à chevaux descendait bruyamment la rue. Le trottoir devant le Willard était vide.

— La semaine dernière il y avait plus d'un millier de personnes au Willard. Maintenant il y en a quarante. Tiens, dit-il en apercevant plusieurs centaines d'hommes avec des fusils et des bonnets de fourrure déboucher de Lafayette Square, ce doit être le bataillon Clay.

Cooke rejoignit Chase à la fenêtre. Une partie des hommes montaient la garde devant le Willard, le reste était entré à l'intérieur.

— Qui diable sont-ils donc ? demanda Cooke.

— Des Kentuckiens pour la plupart. Des hommes de la frontière. Il y en a une partie qui campe à la Maison-Blanche. Je veux dire à l'intérieur de la maison. Ils dorment dans la chambre est, vous imaginez ça ! Ceux de Pennsylvania, eux, dorment dans la chambre des Représentants. J'ignore où ils ont logé le régiment du Massachusetts.

— Comment ça s'est-il passé à Baltimore ?

— Quatre soldats de tués. Trente de blessés par une bande de *plug-uglies*. Ils ont eu de la chance de pouvoir passer.

— Si le Maryland se retire...

— Nous devrons abandonner la ville. Chase se retourna vers son bureau. Il ramassa une feuille de papier : Il y a aussi la question des espions. Sur les quatre mille quatre cent soixante-dix fonctionnaires civils et militaires qui se trouvent dans cette ville, il y en a deux mille cent cinquante-quatre qui viennent des États rebelles.

— Il semble que le Sud soit un peu trop représenté.

— Surtout dans le secteur militaire. D'après le général Scott, notre meilleur officier est un Virginien nommé Lee.

— L'homme qui a arrêté John Brown ?

— Lui-même. Le vieux Mr. Blair est un grand ami à lui. Mardi, lorsque Mr. Blair a offert au colonel Lee le commandement de notre armée, Lee a répondu que bien qu'il n'approuvât pas la sécession et encore moins l'esclavage, il ne pouvait pas se ranger du côté de ceux qui envahissaient son État natal. Je n'ai jamais compris les Sudistes, et vous, Mr. Cooke ?

— Je n'ai jamais essayé.

— J'essaierai tout de même de mettre un impôt sur le revenu, dit Chase en revenant au sujet qui le préoccupait.

— Je doute que ce soit le moyen de vous rendre populaire.

— Oh ! un impôt de deux ou trois pour cent, ça ne se remarquera même pas. Bien sûr, il n'est pas question d'aller plus haut.

— J'espère que vous avez raison. Mais n'oubliez pas que nous comptons sur vous pour les élections de 1864.

— S'il n'est pas trop tard, dit Chase d'un air sombre.

Il était persuadé que le Maryland ferait sécession dans les prochains jours ; néanmoins il tenait à donner à son interlocuteur l'image de la confiance et de la sérénité, tant il savait la communauté financière toujours prompte à s'émouvoir. Personnellement, Chase n'en menait pas large. Une fois le Maryland perdu, le gouvernement abandonnerait la ville. Une fois la ville abandonnée aux rebelles, il y aurait probablement un mouvement pour demander la destitution de Lincoln. Une fois Lincoln parti, Seward s'emparerait du pouvoir, surtout si le gouvernement devait s'installer au nord de Harrisburg. Une fois Seward au pouvoir, les élections de 1864 se présentaient mal. Chase ne voyait aucun moyen d'arrêter le chaos qui commençait d'envelopper la jeune république d'Amérique du Nord, dont la Constitution avait été conçue de telle sorte que personne ne pouvait gouverner — à moins d'être new-yorkais, d'avoir l'âme d'un tyran et de fumer le cigare.

Mais le petit New-Yorkais au visage souriant qui fumait des cigares ne se sentait pas du tout d'humeur tyrannique lorsque, le lendemain matin, il sortait, accompagné de son fils, de l'église Saint-John. Ils marchèrent tous les deux en silence jusqu'à la grille de la Maison-Blanche devant laquelle d'élégants soldats du Sixième Régiment du Massachusetts montaient la garde. Ils furent arrêtés comme ils essayaient d'entrer.

— Qui va là ? demanda un garde. A quoi le vieil Edward répondit depuis le porche :

— Mr. Seward.

Les soldats saluèrent les deux Seward qui remontèrent l'allée en direction des serres, à droite de la Maison-Blanche. Dans le parc du Président, à l'ouest de la Résidence, se dressaient côte à côte l'ancien département de la Guerre et le département de la Marine, tandis qu'à l'est de la maison, un petit bâtiment en brique qui abritait le département d'État se trouvait littéralement logé à l'ombre du département du Trésor.

Deux marins montaient la garde devant le département de la Marine. Là, le père et le fils se séparèrent ; l'un pour aller au département d'État, l'autre pour se rendre à une réunion qui devait être si secrète qu'elle n'avait pas lieu à la Maison-Blanche, par crainte des espions, mais au département de la Marine.

Seward fut reconnu par les marins, et il leur rendit leur salut en agitant son cigare. Dans le petit bureau du secrétaire d'État à la Marine, le Président était déjà assis au bout de la table, les cheveux en bataille. A l'exception de Chase, le Cabinet tout entier était présent. A droite du Président, débordant d'un fauteuil fait à sa mesure, le général Scott avait posé sur un tabouret sa jambe malade de la goutte. Hay et Nicolay étaient assis sous un chromo de John Paul Jones.

En s'asseyant près du Président, Seward murmura :

— Le bruit court que tous les bureaux de poste du Nord ont été attaqués hier.

— C'est exact, dit Lincoln. C'est le premier bruit que j'entends depuis une semaine qui ne soit pas un vain bruit. Hier à trois heures de l'après-midi, j'ai donné l'ordre à tous les shérifs de ce pays de saisir l'original de chaque télégramme reçu ou envoyé au cours des douze derniers mois.

— Mais la base légale de cette saisie, monsieur le Président?... demanda Seward en jetant un regard oblique au Président.

— Elle est contenue, Mr. Seward, dans les pouvoirs inhérents à la Constitution, répondit Lincoln, qui paraissait savourer le mot « inhérent ». Quoi qu'il en soit, nous connaîtrons mieux maintenant qui sont nos ennemis et où ils se trouvent, notamment dans cette partie du monde.

Chase fit alors son entrée dans la compagnie et alla prendre place autour de la table. Puis Lincoln commença :

— Messieurs, j'ai discuté avec Mr. Seward de ces rumeurs qui sont à l'heure actuelle la chose à peu près la plus substantielle dont nous disposions. Je viens d'en apprendre une nouvelle, général Scott. Les journaux de Richmond ont annoncé qu'on vous avait offert un haut commandement dans l'armée rebelle et que vous aviez accepté.

Le général Scott souleva bien haut les multiples mentons attachés à sa tête massive.

— La première partie est vraie. On m'a demandé de transférer mon allégeance à la Virginie. La seconde partie est fausse. J'ai refusé. Je leur ai dit également que dorénavant je considérais le sol de ma Virginie natale comme territoire ennemi.

Lincoln hocha la tête.

— C'est bien ce que je pensais. Avez-vous réussi à convaincre le colonel Lee ?

— Non, monsieur. Je lui ai parlé. Puis, Mr. Blair lui a parlé. Le colonel Lee s'est montré d'une parfaite courtoisie. C'est un homme d'une très grande noblesse. Ce matin j'ai reçu une dépêche de Richmond. Le colonel Lee est à présent commandant dans l'armée rebelle.

— Il sera intéressant de voir, dit Lincoln, quelle sorte de commandant il sera, puisqu'il prétend abominer l'esclavage, et qu'il considère la sécession comme une trahison.

— Il se battra très bien, monsieur, dit le général Scott d'un air sombre. C'est une question d'honneur.

— Je vois, dit Lincoln, qui manifestement ne voyait rien du tout, pensait Hay tout en prenant ses notes. Je vous ai donc réunis, messieurs, afin que nous cherchions ensemble les moyens de financer cette guerre. Lincoln déplia une feuille de papier qu'il posa devant lui, puis se tourna vers Chase : Puisqu'il existe un état d'insurrection armée contre le gouvernement fédéral, je vous demanderai, Mr. Chase, de sortir du Trésor deux millions de dollars qui seront envoyés sous forme de mandats...

Lincoln mit ses lunettes et lut les noms de trois hommes. Ces personnes habitent toutes New York. Je vous donnerai les adresses.

Chase n'en croyait pas ses oreilles.

— Mais, monsieur, je n'ai aucune garantie, ces personnes me sont totalement inconnues...

— A moi aussi, Mr. Chase. Du moins je ne les connais pas personnellement. Néanmoins, j'ai autorisé ces messieurs à acheter les fournitures nécessaires aux troupes qui sont arrivées et qui vont arriver. Ils vous soumettront leurs comptes à intervalles réguliers, et eux-mêmes ne recevront aucune compensation.

— Tout cela est extrêmement irrégulier, monsieur le Président...

— Les temps que nous vivons ne sont pas non plus ordinaires, Mr. Chase.

— Mais seul le Congrès peut autoriser ce genre de dépenses.

— Le Congrès ne se réunira pas avant trois mois. En attendant, préférez-vous que je ne fasse rien pour défendre la ville ?

— Non, monsieur. Mais...

— Messieurs, dit Lincoln en interrompant Chase d'un geste de la main, j'aimerais un vote unanime sur cette mesure d'urgence.

— Vous l'aurez, j'en suis sûr, dit Seward, enchanté de voir pour une fois le Président faire preuve d'autant d'énergie. Visiblement, l'idée d'abandonner la ville aux rebelles avait réveillé cet esprit curieusement lymphatique.

Lincoln demanda ensuite à chacun des membres du Cabinet de se prononcer pour ou contre cette mesure. Tous votèrent pour, y compris Chase, que cette décision n'enchantait guère, mais qui n'avait pas le choix. Le vote terminé, Lincoln se renversa sur sa chaise.

— J'ai dû user d'une manière un peu détournée pour faire parvenir ces mandats à New York, puisqu'en ce moment on ne peut se fier ni aux trains ni aux bateaux. Quant à notre situation militaire ici même, je ne vous cacherai pas qu'elle a son côté périlleux.

Hay était impressionné par la sérénité apparente dont faisait preuve Lincoln, et qui contrastait de manière frappante avec la scène dont il avait été témoin la veille. Alors qu'il passait devant la chambre du Président où Lamon montait la garde comme à son habitude, il entendit pousser des gémissements terribles. Il demanda à Lamon si le Président n'était pas malade, et celui-ci lui répondit que non, qu'il était seulement en train de rêver. Dieu sait à quoi !

Mais maintenant le Président était tout à fait réveillé :

— Général Scott, dit Lincoln, qu'est-ce qu'il faut aux rebelles, me disiez-vous, pour s'emparer de Fort Washington ?

— Je disais, monsieur, qu'il leur suffirait d'une bouteille de whisky.

— Cette image m'a frappé, dit Lincoln en souriant. Espérons que nous nous emparerons les premiers de cette bouteille. Nous avons le

Sixième Régiment du Massachusetts cantonné au Sénat, et les Pennsylvaniens à la Chambre. Le général Scott estime que nous disposons d'assez d'hommes pour défendre le Capitole ainsi que les autres édifices publics en cas d'attaque générale. Est-ce exact, général ?

Lincoln conduisait toujours ses débats avec autrui en juriste consommé qu'il était. Sur les grandes questions, il insistait pour que chacun des membres de son Cabinet s'engageât personnellement et publiquement, soit en consignant son opinion par écrit, soit en l'exprimant à haute voix ou par un vote. Il n'était pas homme à se contenter d'une réponse évasive. Comme il l'avait dit un jour à ses secrétaires : « Quand les choses tournent mal, les gens vous disent toujours qu'ils vous l'avaient bien dit. Eh bien moi, j'aime avoir la preuve — si possible par écrit — qu'ils ne me l'avaient pas dit. »

Le général Scott s'éclaircit un moment la gorge avant d'ouvrir la bouche :

— Voilà ce que nous savons de certain au sujet de l'ennemi. A six kilomètres du Mont Vernon, une troupe de deux mille hommes est en train d'installer une batterie sur le Potomac afin de contrôler le fleuve. C'est l'endroit où il est le moins large. A peu près autant d'hommes sont massés des deux côtés de la rivière, prêts à attaquer Fort Washington. Ce matin, deux mille autres hommes sont arrivés à Harper's Ferry par wagons spéciaux, en vue d'une attaque générale contre la ville. Ils sont capables de rassembler dix mille hommes. Pour le moment, nous pouvons les contenir avec les troupes dont nous disposons. Plus tard, nous pourrons prendre Richmond avec les renforts que nous attendons.

— Et qui doivent traverser Baltimore, dit Lincoln en fermant les yeux. Qu'allons-nous faire au sujet de Baltimore ? Qu'allons-nous faire à propos du Maryland ?

En sa qualité de premier secrétaire d'État, Seward se sentit obligé d'exprimer son indignation devant l'attaque par la populace dont avait été victime le Sixième Régiment du Massachusetts, tandis qu'il traversait la ville pour se rendre d'une gare à une autre.

— J'installerai une garnison fédérale dans cette ville, dit-il d'un ton ferme, afin d'y maintenir l'ordre.

— Moi aussi, Mr. Seward, dit doucement Lincoln, mais pour le moment nous n'avons pas grand monde à y mettre. En attendant, c'est la populace qui fait la loi, si j'ose dire, et le gouverneur Hicks qui jusqu'ici s'est toujours montré bien disposé à notre égard, risque fort de céder à la pression de la rue.

— Monsieur le Président, nous devons à tout prix empêcher le Maryland de faire sécession, dit Chase d'un ton tout aussi ferme que celui de Seward.

— Si j'avais une armée et une marine, c'est certainement ce que je ferais. Pour le moment je n'ai ni l'une ni l'autre, mais je les aurai !

Montgomery Blair prit alors la parole :

— Je suis du Maryland, messieurs, et je sais qu'il y a assez de bon sens dans cet État pour faire taire les sécessionnistes...

Pendant que Blair parlait, un officier de marine entra dans la pièce et remit à Lincoln un billet. Il remit un autre billet à Gédéon Welles, puis il se retira. Lincoln jeta un coup d'œil à son billet et fit signe à Blair de continuer.

— Le principal problème, c'est la populace de Baltimore, les *plug-uglies*, comme on les appelle si gentiment. Ils sont capables d'encercler la ville, qui est la seule liaison ferroviaire que nous ayons avec le Nord, et ils sont aussi capables de circonvenir le maire qui, je crois, est venu en ville pour expliquer la raison pour laquelle il a laissé attaquer nos troupes avant-hier. Je suis favorable à l'idée d'installer une garnison à Baltimore dès que ce sera possible. J'essaierais aussi d'empêcher le gouverneur Hicks de convoquer la législature de l'État dont la majorité est maintenant favorable à la sécession.

— Nous sommes tous plus ou moins d'accord sur ce qu'il faut faire, la question c'est comment s'y prendre.

Lincoln abaissa son regard sur le secrétaire d'État à la Marine, à l'autre bout de la table.

— Eh bien, Papa Welles, si vous me dites ce que contient votre billet, je vous dirai ce qu'il y a dans le mien.

Gédéon Welles ajusta sa perruque de manière à lui donner un petit air martial :

— Monsieur, dit-il au Président, le commandant de l'arsenal de Washington vient de m'envoyer sa démission. Il a eu l'amabilité de m'informer qu'il allait passer au Sud avec la plus grande partie de ses officiers, ainsi que l'officier commandant la batterie d'artillerie qui constitue notre principale défense sur le Potomac.

Lincoln fit la grimace.

— Il y a trois jours, dit-il, ce commandant d'artillerie est venu m'assurer de sa fidélité à l'Union. Je l'ai cru, et je lui ai laissé son commandement. Eh bien, Papa Neptune, voulez-vous entendre ma nouvelle ? Elle est encore meilleure que la vôtre. Messieurs, nos amis de Baltimore ont fait sauter le pont de chemin de fer. Il n'y aura plus de trains pour le Nord. Nous sommes complètement coupés par voie de terre.

Il régnait dans la pièce un silence interrompu seulement par la respiration lourde et irrégulière du général Scott. Lincoln se frottait le bas du visage avec le dos de la main, comme pour essayer d'effacer ce bas-monde une fois pour toutes de ses préoccupations. Puis il se leva.

— Messieurs, tâchons de garder tout cela pour nous-mêmes, dit-il en grimaçant un sourire. Notre plus grand problème en ce moment, c'est la confiance. Les bureaux du gouvernement sont remplis de rebelles, lesquels commencent maintenant à rentrer chez eux, ce dont nous les remercions. Mais il y a toutes sortes de sympathisants qui ont l'intention de rester. Nous devons nous méfier d'eux. Ils feront tout leur possible pour introduire l'ennemi dans nos murs.

Lincoln fit signe à Nicolay et à Hay de rentrer avec lui à la Maison-Blanche. Comme ils passaient devant les serres, un troupeau d'oies leur barra le chemin.

— Ces oies pourraient bien être un présage, dit Lincoln.

— Peut-être que... commença Nicolay, mais Lincoln lui fit signe de se taire.

— N'essayons pas de l'interpréter. Nous sommes suffisamment dans le pétrin comme ça.

Le vieil Edward accueillit le Président avec la nouvelle que le maire Brown de Baltimore l'attendait dans le salon bleu avec une délégation des principaux citoyens de sa ville. Pendant ce temps-là, dans le salon est, les volontaires du Kentucky faisaient cuire leur dîner dans la cheminée en chantant des chansons tristes.

Lincoln gagna le salon bleu sans dire un mot, suivi de Hay qui tenait son carnet à la main. Nicolay était remonté au second étage. En voyant entrer Lincoln, le maire Brown, un petit homme à la voix profonde, vint à sa rencontre, la main solennellement tendue. Hay était surpris de voir que sur les sept ou huit notables de Baltimore, trois étaient restés assis. Tandis que le Président et le maire échangeaient une poignée de main, Hay dit, à voix haute, la phrase protocolaire : « Messieurs, le Président. »

Les trois hommes assis se levèrent à contrecœur, et chacun serra la main du Président, toujours à contrecœur. Lincoln les pria ensuite de s'asseoir, tandis qu'il restait debout, les mains derrière le dos, en souriant légèrement, signe qu'il était en colère, ce que savait Hay et qu'ignorait le reste du monde.

— Je suis heureux que vous ayez pu accepter mon invitation, Mr. Brown. Et que vos amis eux aussi aient pu venir. Naturellement, j'ai déploré l'attaque de vendredi contre nos troupes. J'avais espéré qu'un tel incident ne se produirait pas...

— Monsieur, comme vous le savez, dit Brown, dont la voix résonna à travers la pièce, je vous ai averti maintes et maintes fois du sentiment d'exaspération qu'éprouve en ce moment notre peuple, qui considère votre proclamation du 15 avril comme une déclaration de guerre contre le Sud, dont le Maryland fait bien sûr partie.

— Mr. Brown, Mr. Brown, dit Lincoln d'un ton conciliant, je ne suis pas un homme très instruit. Quand j'écris à la hâte, comme ce fut le cas pour cette proclamation, il se peut que je n'arrive pas toujours clairement à exprimer ma pensée.

Hay faillit éclater de rire. Si quelqu'un connaissait le sens des mots et leur place dans une phrase, si quelqu'un sentait bien la différence qui existe entre un mot écrit et un mot parlé, c'était bien Lincoln. Mais pour des raisons à lui, le Président avait décidé de jouer en face de ses interlocuteurs le rôle du balourd dont ils avaient entendu parler dans les journaux.

— En tout cas, Mr. Lincoln, quelle que soit la raison exacte pour laquelle vous avez mobilisé soixante-quinze mille hommes, vous comprendrez l'émotion qui s'est emparée de nos concitoyens en apprenant que des troupes nordistes étaient cantonnées à vingt kilomètres de la ville, à Cockeysville.

— Je comprends très bien cela, Mr. Brown, et si alors j'avais pu les rappeler, je l'aurais très certainement fait. Mais elles venaient ici non pour faire la guerre au Sud, mais pour protéger la ville de Washington contre une attaque qui peut arriver à tout moment.

Hay observa qu'un certain nombre parmi ces hommes avaient l'air très contents d'apprendre ce renseignement. Mais Lincoln feignit de ne rien remarquer. Bien plus, il s'excusa presque du dérangement qu'il avait causé au maire, et lui promit qu'à l'avenir les troupes contourneraient Baltimore pour gagner la capitale.

— Pourriez-vous mettre cela par écrit, monsieur ? demanda Brown.

— Mais oui, dit Lincoln, qui fit signe à Hay de lui apporter du papier et une plume. Lincoln s'assit ensuite devant une table ronde et se mit à écrire. Puis il ajouta, en souriant : Maintenant si je vous accorde qu'aucune troupe ne traversera votre ville, vous reviendrez probablement demain en disant qu'elles ne doivent même pas la contourner...

— La législature du Maryland en décidera le moment venu, monsieur.

Lincoln signa la lettre et la remit au maire.

— A propos, lui dit-il, j'ai appris que le pont de chemin de fer avait été endommagé...

— Oui, monsieur. Le gouverneur Hicks et moi-même avons décidé de le rendre inutilisable, de manière qu'aucune troupe ne puisse plus traverser Baltimore pour se rendre à Washington. Après ce qui est arrivé vendredi, je ne suis pas en mesure de protéger les troupes nordistes contre la colère de notre population.

— Disons de l'ardeur...

— Non, monsieur, j'ai bien dit fureur. Nous sommes un État esclavagiste et nous entretenons des rapports étroits avec nos voisins de Virginie.

— Vous êtes un État-frontière, je le sais, dit Lincoln qui fit de son mieux pour tranquilliser ses interlocuteurs jusqu'au moment où la délégation s'en alla.

Après une brève visite aux Kentuckiens dans le salon est, Lincoln regagna son bureau. Hay n'avait encore jamais vu le Taïcoun aussi absorbé dans ses pensées. La menace de la guerre avait fait fuir tout le monde. La salle d'attente était vide à l'exception de l'autre Edward, fidèle à son poste derrière la balustrade. En entrant dans son bureau, Lincoln dit à Hay :

— Johnny, allez me chercher une carte du Maryland.

Hay se rendit dans le bureau de Nicolay où se trouvaient les cartes. Nicolay était occupé à écrire des lettres que le Président devait ensuite signer. Au début, Lincoln avait insisté pour lire soigneusement tout ce qu'on lui demandait de signer. Maintenant il ne lisait presque plus rien, il faisait confiance à ses secrétaires. Seward avait bien essayé d'en tirer avantage, mais ayant été pris une fois sur le fait, il n'avait pas recommencé.

Hay rentra dans le bureau du Président, avec une carte à la main. Lincoln se tenait près de la fenêtre, regardant à travers une longue-vue la rive virginienne du Potomac : on pouvait apercevoir un drapeau confédéré flotter sur la petite bourgade d'Alexandria.

— Savez-vous, John, que si j'étais Mr. Beauregard ou Mr. Lee, ou tout autre officier qui se trouve là-bas, j'attaquerais tout de suite ?

— Vous ne croyez pas le général Scott, monsieur ? Vous ne pensez pas qu'il puisse protéger la ville ?

— Non, je ne crois pas. Lincoln reposa la longue-vue : Mais heureusement pour nous, ils ne sont pas plus prêts à attaquer que nous à nous défendre. Posez la carte sur le chevalet. Lincoln pointa son doigt au sud et à l'ouest de Baltimore, puis au nord et à l'ouest d'Annapolis : On peut toujours amener les troupes par voie d'eau jusqu'à Annapolis. Comme cela nous pouvons éviter complètement Baltimore. Cela prendra plus de temps mais...

— Qu'arrivera-t-il, monsieur, si le Maryland fait sécession ?

— Nous l'empêcherons, c'est tout.

— Si le gouverneur Hicks convoque la législature, ils voteront pour la sécession.

— Le gouverneur Hicks a toujours été notre allié jusqu'à présent, dit Lincoln en fronçant les sourcils. J'avoue que ça m'a fait un choc d'apprendre le rôle qu'il avait joué dans cette histoire de pont, s'il est vrai qu'il a bien joué ce rôle. Je me méfie un peu de Mr. Brown. Envoyons un télégramme au gouverneur disant : « Le Président aimerait savoir... »

— Mais, monsieur, le télégraphe ne fonctionne plus. Vous ne vous rappelez plus ?

Lincoln était assis à son bureau et se frottait le visage avec le dos de la main. Hay remarqua que l'œil gauche était presque fermé.

— Eh bien, dit le Président, en se tournant de nouveau vers la fenêtre et les collines bleutées de Virginie qui semblaient exercer sur lui une fascination extraordinaire, eh bien, les rebelles n'ont-ils pas juré qu'ils entreraient dans cette ville avant le 1er mai ? Il reste encore neuf jours.

— S'ils y entrent, monsieur, quel est votre plan ?

— Mon plan, Johnny, est de ne pas en avoir, d'ailleurs je ne vois pas très bien comment je pourrais en avoir un... Comme tout est calme !

Ils restèrent tous les deux un moment sans rien dire. A l'exception du remue-ménage causé par la milice qui campait dans le salon est, tous les bruits habituels de la ville s'étaient arrêtés. Si les tramways à chevaux fonctionnaient toujours, on n'entendait plus le bruit de leurs cloches. Hay avait peine à croire qu'il se trouvait dans le bureau d'un président des États-Unis authentique, en sa bonne ville de Washington, capitale du pays, et qu'ils étaient entièrement coupés du monde extérieur. Pis, de chaque côté du rectangle de seize kilomètres carrés constituant le district de Colombia, des États ennemis se préparaient à lancer une attaque.

Nicolay entra annoncer :

— Le général Scott est dehors qui attend, monsieur. Il ne peut pas monter les marches, mais il se demande si vous ne pourriez pas descendre.

Le général Scott était assis à l'arrière de sa calèche ; avec ses épaulettes d'or luisant au soleil et sa face rubiconde, il avait l'air d'une aubergine, songea Hay.

— Monsieur, pardonnez-moi de ne pas me lever, mais je suis un peu souffrant.

— Je vous en prie, répondit Lincoln en s'appuyant à la portière de la voiture à la façon d'un fermier qui discute avec son voisin de l'autre côté d'une haie. Quelle est la mauvaise nouvelle ?

— L'un de nos courriers revient du Maryland, d'Annapolis pour être exact. Je suis tout de suite venu vous le dire. Le Huitième Régiment du Massachusetts, sous le commandement du général Benjamin Butler, est à bord du ferryboat *Maryland*. Ils sont ancrés dans le port d'Annapolis.

Lincoln émit un sifflement.

— Comment se fait-il qu'il soit à bord d'un ferryboat ? Butler devait venir par train, ou à pied.

— Lorsque le général Butler a appris ce qui s'était passé vendredi à Baltimore, il s'est imaginé que les rebelles couperaient la ligne de chemin de fer, c'est pourquoi il a commandé un ferryboat au Havre de Grace pour descendre le Chesapeake. Il vient maintenant de faire savoir au gouverneur Hicks qu'il a l'intention de débarquer à Annapolis.

— Eh bien, le général Butler ne manque pas d'idée, dit Lincoln avec un regard narquois. J'avoue que j'aime assez ce qu'il a fait là. Butler ! Si je m'attendais à cela ! Un démocrate comme lui, qui a soutenu Mr. Breckinridge aux élections !

— Monsieur, je ne tiens pas compte de ces choses, répondit le général Scott d'un air sévère. C'est manifestement un homme plein de ressources. Grâce à son exemple, le Cinquième Régiment de New York et le Premier Régiment de Rhode Island sont en route eux aussi pour Annapolis en empruntant la même voie.

153

— Et moi qui commençais de penser que je n'avais fait que rêver le Nord, que Rhode Island et New York n'étaient que des noms, dit Lincoln en étendant ses longs bras. A propos, comment est la voie de chemin de fer du côté d'Annapolis ?

— Trente kilomètres de voies ont été arrachés.

— Pensez-vous que les rails aient été détruits ?

— Cela m'étonnerait beaucoup, monsieur. Je pense qu'une fois à terre le général Butler persuadera les rebelles de rétablir les voies. Mais cela prendra du temps. En attendant je lui ai donné ordre de faire marcher le gros de ses troupes sur Washington. Le reste doit demeurer à Annapolis et reprendre l'Académie navale qui est maintenant aux mains des ennemis.

— Si le général Butler peut débarquer ses troupes sans incident, il reste la milice qui nous est hostile.

— Je ne crois pas, monsieur, qu'ils lui résisteront. C'est un officier très capable. On m'a dit qu'il avait été nommé brigadier général par ses propres hommes, nomination que le gouverneur républicain du Massachusetts avait dû ensuite ratifier.

Lincoln hocha la tête d'un air amusé.

— Vous dites que l'Académie navale a été occupée ?

— Oui, monsieur. Mais leurs troupes sont peu nombreuses, et leur gouverneur nous craint encore plus que ses propres éléments rebelles.

— Il n'y a toujours pas de télégraphe ?

— Non, monsieur, pas avec le Nord. Nous avons quelques communications avec le Sud, mais bien sûr, ça ne nous sert pas à grand-chose. C'est pourquoi en l'absence du télégraphe et de tout service postal, nos seuls moyens de communication avec le reste du monde sont mes courriers.

— Pour le moment, vous êtes mes yeux et mes oreilles, général. Quand pensez-vous que les hommes de Butler arriveront ?

— Mardi au plus tard, monsieur.

Le général en chef salua ensuite le commandant en chef, et la voiture s'éloigna lentement du porche, comme si les chevaux avaient de la peine à tirer une telle charge. Lincoln resta un moment à regarder s'éloigner le général. Comme d'habitude Hay se demandait à quoi pensait le Président, et comme d'habitude il n'en avait pas la moindre idée. Ils firent demi-tour pour rentrer à la Maison-Blanche. Willie et Tad les interceptèrent en passant le porche. Chacun des deux enfants était juché sur les épaules d'un volontaire du Kentucky. A la vue du Président, les deux grands jeunes hommes déposèrent les deux petits garçons.

— Comment allez-vous, monsieur le Président ? dit l'un.

L'autre toucha seulement sa casquette et rougit.

— Continuez, les garçons, dit Lincoln en s'adressant aux deux soldats, quant à vous, mes lascars, dit-il à ses fils, cessez d'ennuyer nos défenseurs.

— Mais ils se plaisent beaucoup avec nous, n'est-ce pas, monsieur ? dit Willie en regardant le soldat qui n'avait rien dit.

Hay fut frappé par la façon de s'exprimer de l'enfant qui, comme sa mère, disait « monsieur » non pas tant par politesse que pour mieux ponctuer sa phrase.

— Pour sûr, Willie, dit le Kentuckien. Là-dessus il remit Willie sur ses épaules et son camarade en fit autant avec Tad, puis ils s'éloignèrent tous les deux au galop. A la porte, le vieil Edward dit à Lincoln :

— Ils sont de nouveau en train de faire leur cuisine, monsieur !

— Tant qu'ils n'utilisent pas le mobilier pour se chauffer...

Lincoln s'arrêta dans le hall d'entrée pour jeter un coup d'œil vers la porte entrouverte du salon où logeaient une centaine de Kentuckiens. Un énorme quadrupède tournait sur une broche au milieu d'un nuage de fumée. Il régnait dans la pièce une atmosphère de bonne humeur. Un soldat jouait du banjo, les autres chantaient.

— Ça sent bon, dit Lincoln en indiquant à Hay de le suivre dans le salon bleu où Mary recevait les quelques fidèles qui n'avaient pas encore déserté la Première Dame d'un pays coupé en deux.

Les jours ordinaires, après le dîner où elle avait toujours quelques convives, le salon de la Présidente était ouvert aux habitués. La réception consistait en ceci qu'au sortir de la salle à manger, Mrs. Lincoln s'asseyait sur un canapé devant une grande table ronde, causait avec deux ou trois des femmes les plus importantes qui avaient dîné ou bien jouait aux cartes soit en faisant une patience, soit en prenant pour partenaire vrai ou supposé un personnage marquant. Là, attentive à son jeu ou à la conversation, elle faisait semblant de ne pas voir les arrivants, et ce n'est qu'au moment où ceux-ci se trouvaient à deux pas d'elle qu'elle se levait gracieusement en souriant avec bonté.

Ce soir-là, le dos tourné à la fenêtre, elle trônait entre deux canapés : sur l'un d'eux étaient assis le sénateur Sumner et la cousine Lizzie qui, visiblement, n'avaient pas grand-chose à se dire ; l'autre était occupé par deux hommes, dont l'un était connu de Hay de vue autant que de réputation. Il s'agissait du fringant Dan Sickles, ancien congressman de l'État de New York et promu depuis peu au rang de brigadier général. Ce petit officier de quarante-deux ans, à la taille fine et portant moustache, n'était pas seulement un bourreau des cœurs notoire, c'était aussi à proprement parler un bourreau des messieurs. Deux ans auparavant, un autre Don Juan célèbre, Philip Barton Key, district attorney de Washington, avait témoigné à la femme du congressman Sickles le genre d'attentions que celui-ci jugeait intolérables. Un jour que Mr. Key traversait Lafayette Square, il fut froidement abattu par Mr. Sickles. Mr. Key fut ensuite conduit dans le vieux Club House où il expira au milieu des plus atroces souffrances. Mr. Seward aimait à conter à table la fin hideuse de Mr. Key, survenue dans ce qui était aujourd'hui la salle à manger.

Le procès qui suivit passionna le pays tout entier. A Brown, Hay et ses camarades ne parlaient de rien d'autre. Sickles fut défendu par Edwin M. Stanton, futur attorney général, lequel fit pleurer les jurés en leur narrant les souffrances de son client lorsqu'il avait vu pour la première fois croître sur son front innocent les cornes de son infortune. Le jury fut si impressionné par la plaidoirie de Stanton que celui-ci réussit à faire acquitter son client en invoquant « l'insanité passagère », terme qu'il avait lui-même forgé pour la circonstance, et qui fut de fait si passagère que si elle avait duré un ou deux jours de plus, elle eût sans doute coûté à Sickles son mandat de congressman. Comme Seward l'avait dit à Lincoln en présence de Hay : « Un avocat qui peut faire ce qu'a fait Stanton dans cette affaire est capable de tout. » Lincoln avait reconnu que pour sa part il n'avait jamais vu opérer un tel miracle dans une cour d'assises.

On fit les présentations. Sickles donna à Hay une énergique poignée de main. Sickles avait maille à partir avec le gouverneur de New York au sujet du régiment qu'il venait de lever. Il espérait que le Président aplanirait les choses, par l'entremise d'un certain Henry Wikoff, qu'on appelait Chevalier, vieil ami de Sickles et nouveau favori de Madame. Tandis que Lincoln et Seward conféraient ensemble, Hay s'était assis auprès du Chevalier. C'était un homme corpulent, au visage ouvert, aux yeux et aux cheveux gris, avec une moustache noire qui elle aussi eût sans doute tiré sur le gris, si on l'avait laissé faire. Il parlait avec le plus pur accent de Boston.

— J'ai connu Mr. Sickles — je devrais maintenant dire le général — à Londres. Nous étions tous les deux à la légation, et nous nous sommes beaucoup vus à l'époque. C'était dans les années cinquante. Plus tard, quand il siégeait au Congrès, c'était un des proches de mon vieil ami, le président Buchanan.

Hay remarqua que Wikoff tenait à la main un livre, qui était en partie dissimulé par sa redingote.

— Puis-je vous demander, monsieur, quel est ce livre ?

Wikoff rougit.

— C'est un présent pour madame la Présidente. Pensez-vous qu'il soit présomptueux de ma part de lui offrir un de mes propres livres ?

Wikoff montra à Hay un mince volume intitulé *les Aventures d'un diplomate en voyage*. Hay ouvrit le livre, le feuilleta, et dit poliment :

— Vous avez voyagé dans beaucoup de pays, monsieur. Votre titre ?...

— Oh, monsieur, un bon Américain ne porte pas de titre. Mais cela amusait Mr. Buchanan de m'appeler Chevalier à cause de ce titre dont m'avait honoré la reine Isabelle d'Espagne pour un petit service que j'ai eu l'occasion de rendre à Sa Très Catholique Majesté.

Tout ce qui évoquait l'Europe exerçait un charme tout-puissant sur l'imagination de Hay. Il enviait le jeune Adams de partir en Angleterre avec son père, une fois que Lincoln aurait nommé celui-ci ambassadeur.

— Vous connaissez l'empereur Napoléon ? demanda Hay qui était tombé plusieurs fois sur ce nom en tournant les pages du livre.

— Oh, oui. J'ai toujours été bonapartiste. J'ai d'abord connu l'oncle de l'empereur, le roi Joseph. Voyez-vous, j'étais à la légation américaine à Londres. C'était vers 1840, bien des années avant que Mr. Sickles n'y vînt lui-même. J'étais un jeune attaché d'ambassade alors, avec déjà le goût de l'aventure, et peut-être aussi plus d'argent qu'il ne lui en fallait. Depuis j'ai perdu pas mal d'argent, mais le goût de l'aventure m'est toujours resté. Joseph me demanda de faire sortir de France quelques-uns des bijoux ayant appartenu à l'impératrice Joséphine. Ce fut ma première mission. Une coupe d'argent et l'amitié de la famille Bonaparte récompensèrent mes services. Durant les six années que Napoléon III passa au fort de Ham, je lui servis à plusieurs reprises d'agent de liaison avec le monde extérieur. Pour me récompenser, une fois devenu empereur, il me fit chevalier de la Légion d'honneur.

— Deux fois chevalier ! s'écria Hay, au comble de l'émerveillement. Mais alors, qu'est-ce qui vous amène ?... Il allait dire dans « ce trou », mais il se rappela que tout prosaïques et tout républicains que fussent les États-Unis, il se trouvait néanmoins en présence de l'homme qui incarnait cette nation, aussi « ce trou » devint-il dans sa bouche « Washington ».

— Le goût de l'aventure, je suppose, ainsi que l'invitation de Mr. Sickles. Je l'ai rencontré par hasard chez Mr. Bennett...

— Mr. Bennett du *New York Herald* ?

— Lui-même. Nous sommes d'anciens amis, Mr. Bennett et moi. Bref, Mr. Sickles m'a dit : Pourquoi ne viendriez-vous pas à Washington ? Comme cela, vous serez aux premières loges pour assister à la guerre. J'ai suivi son conseil et je suis descendu au Kirkwood, et tous les jours je guette à travers ma lunette d'approche l'apparition d'un nouveau Lamartine, non pas, s'empressa-t-il d'ajouter, que je veuille comparer Mr. Lincoln à Louis-Philippe. Bien au contraire.

— Vous étiez à Paris durant les événements de 1848 ?

— Bien sûr. J'étais un agent secret pour le compte des Anglais. C'est Lord Palmerston lui-même qui m'avait engagé. Vous trouverez tout un chapitre qui m'est consacré dans le livre de Charles Schuyler Schermerhorn, *les Barricades de 1848*. C'est une histoire magnifique, comme vous savez. Mr. Schuyler, qui vit à Paris... Mais tout cela, c'est de l'histoire ancienne, l'aventure maintenant, c'est lui, dit Wikoff en désignant Lincoln, qui, à ce moment-là, leur tournait le dos.

— Vous avez sans doute raison, dit Hay qui pour sa part avait quelque peine à trouver romanesques les sombres événements qui menaçaient de mort la jeune république d'Amérique du Nord. Madame les rejoignit.

— Comme je ne cesse de vous le répéter, Chevalier, nous ne sommes pas à la cour de France, dit Mary en souriant à Wikoff qui s'inclina très bas devant la Présidente.

— Je ne changerais pas notre reine républicaine contre deux impératrices des Français.

— Vous êtes tellement charmant, Chevalier, mais on dit que l'impératrice est si belle que tous les hommes...

Hay fut surpris d'entendre Madame s'exprimer dans un aussi bon français. Lui-même avait appris l'allemand, enfant, avec les Allemands de Varsovie, dans l'Illinois, et le français à l'école. Comme Madame, il écoutait avec ravissement les récits des cours de France et d'Espagne que leur faisait le Chevalier, ainsi que le compte rendu détaillé d'un séjour de quinze mois que Wikoff avait passé dans une prison génoise, sans doute mis là à l'instigation des Anglais. Du moins le Chevalier en était-il convaincu. Tout comme Madame, Hay ne connaissait l'Europe qu'à travers les livres, alors que le Chevalier avait, lui, vécu un chapitre entier d'un livre en Europe, livre dont il était justement en train de remettre un exemplaire à Mrs. Lincoln. Le goût de la flatterie qu'avait toujours eu Mary s'était développé dans des proportions gigantesques depuis qu'elle était à la Maison-Blanche où elle trouvait pour le satisfaire un homme comme le sénateur Sumner qui parlait le plus pur français de toute la société, et qui connaissait encore mieux l'Europe que le Chevalier. Mais ce n'était pas tout à fait la même Europe. L'Europe du Chevalier était celle des cours et des alcôves, l'Europe du sénateur était celle de Lamartine, de Guizot et de Victor Hugo. Mary ne se tenait plus de joie, elle cita même Victor Hugo, incorrectement d'ailleurs, ce qui permit au sénateur de la reprendre très poliment, bien sûr, tout en faisant montre de ses connaissances.

Hay se sentit presque soulagé de se voir arraché à cette petite compagnie de beaux esprits par la cousine Lizzie.

— J'aimerais, lui dit-elle, que vous parliez au cousin Lincoln pour le persuader d'envoyer sa famille dans le Nord.

— La famille ne partira pas, Mrs. Grimsley. Vous avez entendu Madame... Je veux dire Mrs. Lincoln, bredouilla Hay. Les surnoms ne concernaient que Nicolay et lui-même. Heureusement, la cousine Lizzie avait cru qu'il faisait allusion aux propos qui se tenaient en français sous le portrait de Mrs. Monroe : Oh, quand cousine Mary se met à baragouiner en français, il n'y a plus moyen de l'arrêter, vous savez. Il y avait cette école à Lexington, tenue par deux vieilles demoiselles, les demoiselles Mentelle. C'est là qu'elle a appris le français. Ensuite, elle a pris des leçons particulières avec ce vieil évêque épiscopalien, qui la trouvait chou comme tout, ce qui est bien vrai... A ce moment, un serviteur vint leur apporter des petits fours, pour la plus grande satisfaction de Mrs. Grimsley qui, bien que déjà forte au départ, avait considérablement forci durant son séjour prolongé à la Maison-Blanche : Oui, comme je le disais, reprit-elle, la cousine Mary n'a peur de rien, vous la connaissez, et ce n'est pas maintenant qu'il y a du danger qu'elle va s'en aller. Mais, comme je le lui ai dit, tu n'es pas seule, il y a aussi les enfants. Qu'arrivera-t-il si les rebelles attaquent la ville ?

— Nous espérons que cela n'arrivera pas, répondit Hay qui était à peu près persuadé que si les rebelles n'attaquaient pas avant l'arrivée des régiments nordistes qui étaient attendus d'un jour à l'autre, la ville serait sauvée. Il se disait comme Lincoln que s'il était à la place du général rebelle, il attaquerait tout de suite, car malgré l'optimisme de commande affiché par le général Scott, la seule partie de la ville qui pourrait soutenir un siège c'était la Maison-Blanche, avec le bâtiment voisin du Trésor. Les préparatifs d'un siège avaient commencé : on avait placé des obusiers dans les corridors, et on avait stocké du blé dans les caves.

— Je vous serais reconnaissante si vous pouviez en toucher un mot au cousin Lincoln. Au moins qu'il envoie les enfants.

— Comment ?

— Par train, je suppose.

— Mais il n'y a plus de trains en partance pour le Nord. Et il n'y a plus de bateaux non plus à cause de notre blocus.

Mrs. Grimsley fit une grimace involontaire avec sa bouche, puis elle se mit à rire.

— Mais les routes pour le Sud sont ouvertes au moins ?

— Oh, oui. Il y a même encore des bateaux, malgré le blocus.

— On peut donc envoyer les enfants à Lexington. Le Kentucky restera sûrement dans l'Union.

— Mr. Lincoln n'a eu que deux voix à Lexington. Le reste a voté pour Breckinridge.

— C'est curieux que vous en parliez. Justement, nous nous sommes longtemps demandé, cousine Mary et moi, qui pouvaient bien être ces deux voix. Nous pensons que l'une des deux doit être l'aîné de ses demi-frères... ce qui me fait penser que Ben Helm a promis de nous rendre visite. Je vois que vous ne savez pas qui est Ben, alors il faut que je vous éclaire. Ben est le mari de Petite Sœur, autrement dit Émilie, la demi-sœur de Mary, sans doute sa préférée. Bref, Émilie a épousé Ben Hardin Helm, qui est sorti de West Point, et Mary a fait des pieds et des mains pour qu'ils viennent ici, afin que Ben accepte un commandement dans l'armée de l'Union. Or nous venons justement d'apprendre par un ami kentuckien, qui est au Willard depuis jeudi, que les Helm étaient en route.

— Et vous pensez qu'il acceptera un commandement ?

Hay avait beaucoup entendu parler de la famille sécessionniste de Madame, surtout de ses trois demi-frères et de ses trois demi-sœurs qui vivaient toujours dans le Sud, à Lexington pour la plupart, sous la tutelle vigilante de la belle-mère de Mrs. Lincoln.

— Oui, je le crois, dit Mrs. Grimsley en se reservant de petits fours, en tout cas je l'espère pour Mary. D'abord, bien sûr, c'est embarrassant comme tout pour le Président, et là elle jeta un regard à Hay dans l'espoir qu'il la démentirait, mais comme il ne disait rien, elle continua : Mais surtout c'est un crève-cœur pour elle d'avoir tous ses frères et sœurs dans le camp ennemi.

— Je ne peux rien imaginer de plus tragique, en effet, dit Hay avec sincérité.

— Une fois que Petite Sœur et Ben seront ici, je me sentirai plus rassurée. Je ne peux tout de même pas rester ici tout le temps. D'ailleurs je crois que Mary a l'intention d'aller à New York le mois prochain faire des achats pour cette maison. Comme si on pouvait arranger cette maison ! Ici, Mrs. Grimsley promena son regard autour du salon bleu qui, malgré les taches de graisse et de tabac, avait réussi à garder son bleu d'origine, puis elle ajouta en baissant la voix : Je ne vivrais pas ici, même si on me donnait une fortune ! Il y a des endroits autrement plus jolis dans le Kentucky, laissez-moi vous le dire, et même en Virginie. De toute façon, une fois que nous serons à New York, je prendrai le train pour Springfield. Je ne suis pas tranquille de la savoir ici, dit-elle en jetant un coup d'œil à Mary qui continuait de converser en français à l'autre bout de la pièce.

— A cause des rebelles ?

— Grands dieux, non ! Je ne crains pas pour elle les rebelles. Une Todd n'a pas peur des soldats. Non, je veux parler des dames d'ici, de ces femmes qui n'ont aucune manière. Mais comme le dit très justement sa belle-mère Mrs. Todd, il faut sept générations pour faire une dame, et ici la plupart des femmes n'en sont qu'au premier saut.

— Prêtes à faire la culbute, vous voulez dire ?

Mrs. Grimsley, qui en était pour son compte au septième, choisit de glisser sur cette métaphore équestre un peu scabreuse.

— Et puis il y a la presse. Je sais qu'elle en souffre beaucoup. La presse est impitoyable. Je ne parle même pas de ce qu'elle dit comme mensonges...

— Mr. Lincoln a pratiquement cessé de lire les journaux nordistes. Il dit que comme ils ne contiennent rien d'autre que des spéculations à son sujet, il n'apprend rien en les lisant.

— J'aimerais qu'elle eût cette sagesse. Mais c'est le contraire. On dirait qu'elle prend plaisir à lire ce qu'on écrit de pire sur elle et sur le Président. Et bien sûr tout ça, ça la rend malade. Elle a besoin d'amis, elle a besoin de se sentir entourée. Bien sûr, vous êtes trop jeune pour avoir connu la Coterie...

— Mais j'ai tellement entendu parler de vous que c'est comme si je vous avais toujours connus.

— Mais nous avons tous vieilli. C'est autrefois qu'il aurait fallu nous voir, quand nous étions plus jeunes. Alors la cousine Mary était la plus charmante et la plus spirituelle de nous tous. Je ne vous l'ai pas dit, mais elle a un talent d'imitatrice extraordinaire. Hier soir, elle nous a fait bien rire en imitant certaine jeune personne un peu fière...

— Vous parlez de Miss Chase ?

— Je n'ai jamais prononcé ce nom-là, Mr. Hay.

Le salon bleu se mit soudain à retentir des clameurs poussées par Tad et Willie, qui entraient accompagnés d'Elizabeth Keckley, qui passait maintenant presque toutes ses journées à la Maison-Blanche. Non seulement elle aidait Mrs. Lincoln à redécorer l'intérieur, mais elle s'occupait aussi des enfants, et surtout de la bureaucratie spéciale qui régentait les dépenses de la Maison-Blanche, tant à l'intérieur qu'à l'extérieur. Hay et Nicolay soupçonnaient une vaste corruption de la part du premier jardinier, dont les factures étaient pour le moins étonnantes, ainsi qu'une corruption moindre de la part du vieil Edward, de la gouvernante et du chef cuisinier. Madame avait demandé à ce que son secrétaire privé soit payé par le commissaire des Bâtiments publics, dignitaire qu'elle avait choisi personnellement bien qu'il fût un ami de Mr. Seward.

Comme les parents regardaient d'un air ravi Willie et Tad ennuyer tout le monde avec leurs singeries, Hay demanda au Président la permission de se retirer.

— Mais oui, Mr. Hay, mais oui.

Quand Lincoln était préoccupé, il l'appelait toujours Mr. Hay ; autrement il l'appelait Johnny. Hay se demandait ce que Sumner avait bien pu dire au Président.

Plus tard dans la soirée, comme Hay était assis à son bureau et que Nicolay ronflait dans leur lit commun, Lincoln apparut dans l'encadrement de la porte vêtu d'un pardessus et pieds nus dans des pantoufles. Hay se leva en l'apercevant, mais Lincoln lui fit signe de se rasseoir, puis il s'assit à son tour sur le bord du lit, et, croisant ses longues jambes maigres, il demanda :

— Vous tenez un journal ?

Hay fit oui de la tête et rougit comme un enfant pris en faute.

— Ce n'est pas la matière qui doit vous manquer. Johnny, je désire que vous alliez demain à la bibliothèque du Congrès pour voir ce que vous pourrez trouver sur les pouvoirs du Président en temps de guerre.

— Bien, monsieur.

— Parce que, reprit Lincoln en soupirant, Mr. Sumner pense qu'en cas de guerre civile je peux libérer les esclaves comme « une nécessité militaire ».

— Le feriez-vous, monsieur ?

— Mr. Sumner, lui, le ferait, dit le Président.

XIV

Les jours qui suivirent furent étrangement calmes. La ville était déserte. Les tramways circulaient de manière sporadique. Devant les édifices publics les soldats montaient la garde dans l'attente d'une bataille qui serait sûrement perdue, ou de renforts qui n'arrivaient pas, bien que des milliers de soldats appartenant aux troupes de l'Union ne fussent qu'à une soixantaine de kilomètres au nord de Washington, dans le Maryland.

Les jours passaient et le Huitième Régiment du Massachusetts promis à Lincoln par le général Scott pour le mardi n'arrivait toujours pas. Le mardi après-midi, lorsque Hay pénétra dans le bureau du Président pour lui dire que Mr. Seward désirait le voir, il trouva Lincoln debout près de la fenêtre, regardant par-delà les marais la colonne inachevée du monument de Washington auquel il semblait adresser ses prières. « Pourquoi n'arrivent-ils pas ? Pourquoi n'arrivent-ils pas ? », disait-il.

Hay toussota. Lincoln se retourna : ses lèvres remuaient encore mais aucun son n'en sortait.

— Mr. Seward, monsieur. Il y a un message de la part du gouverneur du Maryland.

Hay se retira comme Seward entrait, et Lincoln s'assit dans son fauteuil.

— J'espère, Mr. Seward, que le message est arrivé par télégraphe.

— Non, monsieur, répondit Seward en s'asseyant à la gauche du Président, le visage tourné vers la lumière. Le télégraphe ne marche toujours pas. Mais les courriers du général Scott font des merveilles.

— Où sont les troupes ?

— Apparemment elles ont débarqué à l'Académie navale, qu'elles ont reprise ainsi qu'une vieille frégate la Constitution.

— Tout ça, c'est excellent, dit Lincoln avec une certaine impatience, mais où se trouve le général Butler en ce moment ?

— Le message ne le dit pas, mais on peut toujours essayer de lire entre les lignes.

Seward consulta le bout de papier chiffonné qu'il tenait à la main :

— Il parle d'abord de la réponse que j'ai faite à sa proposition de demander à l'ambassadeur de Grande-Bretagne de servir de médiateur entre le Maryland et les États-Unis dans cette affaire.

Seward leva les yeux. Lincoln secouait la tête : il était pâle de rage.

— C'est incroyable ! s'écria-t-il en choisissant cette fois comme interlocuteur le portrait d'Andrew Jackson au-dessus de la cheminée.

— Du moins ai-je bien fait sentir au gouverneur dans ma réponse à son obligeante proposition que, quels que soient les différends qui peuvent opposer deux Américains, ce n'est pas à un agent d'une puissance étrangère à servir de médiateur.

— Très bien. Mais qu'en est-il du général Butler ?

— Apparemment le régiment du général Butler et le Septième Régiment de New York ont débarqué sans incident.

Le visage de Lincoln s'éclaira :

— Cela fait deux mille hommes. Et le régiment de Rhode Island est juste derrière. Mais, ajouta-t-il en se retournant vers Seward, où sont-ils exactement à l'heure qu'il est ?

— Ce matin, ils étaient encore à Annapolis. Naturellement, le gouverneur s'oppose à la présence de troupes nordistes.

— Nordistes !

Seward se permit d'interrompre le Président, chose qu'il avait perdu l'habitude de faire depuis quelque temps :

— Le général Butler vous a précédé, monsieur. Il a, très poliment, je présume, prié le gouverneur de ne plus jamais parler des troupes de l'Union comme de troupes nordistes. C'est du moins ce qu'on peut lire entre les lignes...

Lincoln sourit pour la première fois.

— On dit que c'est un fameux comédien, ce Ben Butler. Le connaissez-vous ?

— Oui. C'est de loin le meilleur avocat d'assises que j'aie vu plaider.

Lincoln hocha la tête.

— Avec une prédilection pour la canaille et l'art d'attendrir les jurés, je vois ça d'ici, dit Lincoln avec un petit rire satisfait. Voilà un homme qui hier encore défendait des assassins et qui aujourd'hui se prépare à aller sauver la capitale d'un pays dont le Président était il n'y a pas longtemps avocat des chemins de fer de l'Illinois. Avouez tout de même que c'est cocasse...

— Oui, surtout quand on considère que le secrétaire d'État est toujours considéré comme le meilleur avocat d'affaires de l'État de New York...

Lincoln se mit à rire.

— Bientôt tout le barreau sera représenté au gouvernement ! Et c'est à nous hommes de loi, hommes de cabinet, qu'est confié le soin de

164

défendre un pays déchiré par des hommes qui ont passé leur vie à tuer des animaux et à se battre en duel, si le président Jackson veut bien m'excuser, un fameux duelliste lui aussi, dit Lincoln en se tournant vers le portrait de Jackson accroché au mur.

— Duelliste et avocat, précisa Seward. En tout cas, le gouverneur Hicks, dont la spécialité serait plutôt le divorce...

Lincoln ne pouvait plus s'arrêter de rire devant l'absurdité de la situation. Quand il eut finalement retrouvé son calme, il avait l'air d'un homme qui vient de sortir d'une séance d'électrochocs. Seward comprenait maintenant le besoin presque physique de rire qu'avait Lincoln.

— Le gouverneur Hicks s'est donc fait réprimander, et nous occupons Annapolis. Et après ?

— Une partie des troupes du général Butler va rester pour réparer la voie de chemin de fer. C'est ce qui déplaît au gouverneur. Il craint un soulèvement de la population. Il dit aussi que la législature ne pourra pas se réunir à Annapolis à cause des travaux. Le général Butler, qui apparemment sait ce que parler veut dire, lui a rétorqué que tant que la voie ne sera pas réparée, ses troupes ne pourront pas plus quitter la ville que la législature ne pourra y entrer. C'est d'une logique irréfutable.

— Quand la législature doit-elle se réunir ?

— Le 26.

— Nous sommes aujourd'hui le 23. Cela ne nous laisse pas beaucoup de temps.

— Pour faire quoi, monsieur ?

— Je vous le dirai le moment venu, dit Lincoln en se levant. Alors, ces troupes, quand doivent-elles arriver ?

— Demain ou après-demain.

Ce fut le surlendemain, jeudi 25 avril, que les troupes firent leur entrée dans Washington. Bien que la voie eût été réparée, il n'y avait pas assez de wagons pour tout le monde. On y mit les malades, le fourniment ainsi qu'un obusier. Le gros de la troupe quitta Annapolis le mercredi matin et fit le trajet à pied jusqu'à Washington où ils arrivèrent le lendemain après-midi.

Les régiments du Massachusetts, de New York et de Rhode Island descendirent ensuite Pennsylvania Avenue au son des musiques et sous le déploiement des bannières jusqu'à la Maison-Blanche, prouvant par là au Président qu'une partie du Nord était prête à se battre pour défendre l'Union.

Hay regardait le défilé devant la grille de la Maison-Blanche.

Il était juste derrière le Président, Mrs. Lincoln et leurs deux enfants. La ville semblait avoir mystérieusement retrouvé sa population. Toutes sortes de gens, qu'on ne voyait plus depuis quelque temps, reparaissaient le long de Pennsylvania Avenue et dans Lafayette Square pour ovationner les soldats.

David Herold n'était pas de ceux-là. Il se tenait à côté de Mr. Thompson, lequel avait à la main droite un petit drapeau de l'Union, qu'eu égard au mélange volatile de sa clientèle il n'agitait pas. Il avait fermé son magasin pour la journée, décision que ses clients étaient libres d'interpréter au gré de leurs préférences politiques : soit comme un signe de deuil, soit comme un signe de réjouissance.

« Il y a surtout des New-Yorkais », songeait David en admirant malgré lui les uniformes bleu foncé des soldats yankees qu'il trouvait beaucoup plus élégants que les uniformes gris des Confédérés, qu'on commençait d'apercevoir à Alexandria, à présent ville étrangère, où l'on ne pouvait entrer que muni d'un laissez-passer militaire. David en possédait un à titre de « garçon de courses de chez Thompson, pharmacien », signé par l'adjudant général de l'armée des États-Unis.

Mr. Thompson tapait du pied pour marquer la cadence.

— Je pense, David, que nous devrions commander davantage de sparadrap pour les pieds. J'ai idée qu'il y aura une grosse demande de sparadrap. Ce sera une vraie bousculade, tu verras, dit-il en riant d'un rire satisfait de sa petite plaisanterie.

— Ils doivent être au moins trois mille, dit David d'un air maussade. Peut-être davantage. Il savait que la garnison confédérée d'Alexandria ne comptait pas plus de cinq cents hommes. De loin, les soldats yankees avaient fière allure, mais une compagnie s'étant approchée d'un peu trop près du trottoir sur lequel stationnait David, celui-ci put voir et sentir la sueur qui coulait le long des cous, les joues mal rasées, et la fatigue qui se lisait sur chaque visage.

Soudain une clameur retentit à l'autre bout de l'avenue. Une compagnie de cavalerie approchait, conduite par un fringant jeune homme, portant une sorte de shako surmonté d'une plume jaune inclinée sur le côté.

— Qui est-ce ? demanda David.

— Je ne sais pas au juste, dit Mr. Thompson, mais à en juger par la beauté des chevaux et des uniformes, ce doit être quelqu'un de très riche.

— Qui est-ce ? demanda Kate, qui se tenait à la fenêtre du bureau de Chase, entre son père et le sénateur Sumner.

— C'est un visage qui m'est familier, dit Chase en s'arrêtant de fredonner le cantique qu'il adressait au dieu des Armées dans sa joie de voir la capitale secourue.

Ce fut Sumner qui le premier identifia le jeune homme au moment où celui-ci passait sous leurs fenêtres au milieu d'un redoublement d'applaudissements.

— C'est le gouverneur William Sprague, de Rhode Island. Il a lui-même levé son propre régiment. Et il l'a payé de sa poche.

— On dit que c'est l'un des hommes les plus riches du pays, dit Kate.

166

— Je suis heureux de voir, reprit Sumner, que c'est aussi l'un des plus patriotes.

Sprague souleva son shako et l'agita dans leur direction. Kate lui rendit son salut.

— Croyez-vous qu'il m'ait vue ?

Chase se mit à rire :

— Pas sans ses lunettes, dit-il. Puis se tournant vers Kate : Tu te rappelles ?

— Bien sûr.

— Alors, vous le connaissez tous les deux ?

— Oui, Mr. Sumner.

Kate regardait d'un air fasciné l'élégante silhouette dont les épaulettes dorées resplendissaient en ce moment sous ses fenêtres.

— Je l'aurais reconnu de toute manière, car il portait aussi l'uniforme lorsque nous l'avons vu à Columbus. Mais il a ajouté une plume à son shako, et il a ôté ses lunettes, ce qui pourrait être dangereux, car il est aussi myope qu'une taupe à ce qu'il paraît.

— Moi, je ne le connais pour ainsi dire pas du tout, dit Sumner. Je sais seulement que sa famille possède des manufactures de textile à Providence. Et comme ils dépendent du Sud pour le coton, notre blocus ne doit pas beaucoup les arranger.

— C'est d'autant plus louable de sa part d'être venu à notre secours.

Chase n'avait pas été particulièrement impressionné par le jeune homme quand celui-ci était venu à Columbus participer à une fête patriotique en octobre dernier, la dernière manifestation de ce genre que Chase avait présidée comme gouverneur de l'Ohio. Kate l'avait trouvé intéressant, sans doute en raison de sa jeunesse ; il était devenu gouverneur à vingt-neuf ans, un an plus jeune que l'âge prescrit par la loi, et il avait dû attendre quelques mois avant d'entrer en fonction. On disait que Sprague avait acheté sa charge de gouverneur, ce qui faisait pâlir d'envie quelqu'un comme Chase. Il est vrai que pour le secrétaire d'État au Trésor, un homme qui n'avait pas de soucis d'argent était un homme béni du Ciel.

— Qui est-ce derrière lui ? demanda Kate en désignant le colonel qui commandait le régiment de Sprague, un homme grand et mince, d'une quarantaine d'années à peine, au visage garni d'immenses rouflaquettes.

— Je l'ai déjà rencontré, dit Chase en fronçant les sourcils. Il a fait West Point, puis il a quitté l'armée. Il n'était sans doute pas assez sudiste pour le général Scott. Je crois qu'il a ensuite travaillé pour les chemins de fer. Il vit — ou vivait — à Chicago.

Puis ils se turent tous les trois un moment pour regarder passer la batterie d'artillerie de Rhode Island étincelante sous le tiède soleil d'avril. Sumner se tourna alors vers Chase :

— J'ai une requête à vous adresser, monsieur, de la part du général

Butler, qui se trouve toujours à Annapolis. Permettriez-vous à nos hommes du Massachusetts de loger ici au Trésor ?

— Avec plaisir, Mr. Sumner. A moins que Kate n'ait une préférence pour le régiment de Rhode Island ?

— Oh, non, Père. J'aime beaucoup le général Butler.

— On voit bien que vous ne le connaissez pas, dit Sumner en poussant un soupir. Il est tout ce qu'il y a de plus méprisable. D'abord c'est un démocrate qui a voté pour Breckinridge. Ensuite c'est un anti-abolitionniste. Enfin c'est un avocat retors qui...

— Qui est ici à Washington ! s'écria Kate. Du moins ses troupes y sont-elles, ce dont nous devrions tous lui être reconnaissants.

« Reconnaissants », c'est aussi le mot qu'utilisa le Président pour accueillir les divers officiers au moment où ceux-ci entrèrent dans le salon bleu. Lincoln se tenait au milieu de la pièce, entouré du général Scott et de Gédéon Welles. Hay et Nicolay s'étaient rangés contre le mur et admiraient le spectacle. Le vestibule était rempli de monde, principalement de dames qui attendaient que le Président eût fini avec les militaires pour les accueillir.

Hay faisait partie des rares spectateurs qui avaient pu identifier l'homme à la plume.

— Dans le Rhode Island, on l'appelle le petit gouverneur, murmura-t-il à Nicolay tandis que le petit homme entrait d'un pas décidé dans le salon bleu, suivi de son grand colonel.

— Le connaissiez-vous quand vous étiez à Brown ?

— Je l'ai rencontré, c'est tout. Mais là-bas tout le monde connaît les Sprague. A. & W. Sprague & Company. C'est le nom de la firme. Ils possèdent neuf manufactures de coton. Je les voyais parfois lui et ses sœurs à des bals. En habits civils il ressemblait à une souris.

— La souris est partie en guerre, dit Nicolay.

Puis voyant Sprague ajuster son pince-nez pour mieux voir le Président, il ajouta :

— Comme cela il a davantage l'air d'un rongeur.

— Voici le colonel Ambrose Burnside, West Point, classe cinquante-trois, à présent commandant du Premier Régiment de Rhode Island, sous mes ordres, dit Sprague à voix haute en présentant son chef d'état-major au Président.

— Je n'ai pas souvent l'occasion de rencontrer un Yankee sorti de West Point, dit le Président en serrant la main du colonel.

— En vérité, monsieur, je suis plutôt originaire d'Indiana...

— Eh bien, nous sommes au moins deux dans ce cas, dit Lincoln avec le sourire.

— L'Ancien a plus d'États d'origine qu'il n'y a d'étoiles dans le drapeau des États-Unis, dit Nicolay d'un air amusé.

— Du moins, Nico, a-t-il vécu dans l'Indiana, ce qui n'est pas vrai de la Virginie, comme il l'a prétendu.

168

Pour le moment Lincoln scrutait du regard l'homme aux rouflaquettes.

— Il me semble que je vous connais, n'est-ce pas, colonel ?

— Oui, monsieur. Nous nous sommes rencontrés. Je travaillais aux chemins de fer de l'Illinois lorsque vous étiez notre conseiller légal.

— Un autre homme des chemins de fer ! s'écria Lincoln. Déjà je me sens mieux.

Une fois les présentations faites et les sentiments patriotiques échangés, les dames emplirent la pièce. Sprague attirait tous les regards. Hay s'amusait à regarder le jeune homme myope qui s'efforçait de maintenir en place son pince-nez sans rien perdre de son allure martiale. Mrs. Lincoln et Mrs. Grimsley ne le quittaient pas d'une semelle ; Tad essayait son chapeau et Willie jouait avec son sabre.

Hay se tourna tout à coup vers un jeune officier du Massachussets qui s'essuyait le visage avec un mouchoir sale.

— Vous avez dû avoir une rude journée.

— Ça, pour sûr, on peut pas dire le contraire, dit l'officier avec le plus pur accent yankee. Nous avons pensé un moment qu'ils allaient nous tirer dessus. C'était à Annapolis. Mais le vieux Ben, il leur a fichu une frousse de tous les diables à ces rebelles... Ils ont aussi été estomaqués de voir avec quelle rapidité nos gars ont réparé les rails. Je pense maintenant que ça devrait aller. Le vieux Ben a la situation bien en main.

— Il s'est installé ?

L'homme hocha la tête :

— Il est à l'Académie navale, et il a deux pistolets à côté de son lit. Quand le gouverneur lui a dit de partir, le vieux Ben a répondu qu'il fallait bien que quelqu'un reste pour réceptionner la prochaine cargaison de troupes, et puis la prochaine et encore la prochaine. Le gouverneur, il n'en menait pas large, je vous prie de croire.

— Est-ce qu'on parlait beaucoup de sécession autour de vous ?

— Assez, oui. Ces gens-là sont plutôt bavards, pas vrai ? Surtout quand on est par là, ils font rien d'autre que parler. Mais j'ai quand même l'idée que dès qu'on aura le dos tourné, ils quitteront l'Union.

— Alors, il faut rester ?

— Oui, monsieur. Il faut rester.

Dans la cohue générale qui avait envahi le vestibule, qu'étaient venus grossir les volontaires du Kentucky, Hay se trouva peu à peu repoussé vers la porte d'entrée jusqu'à être nez à nez avec le petit gouverneur en personne, qui lui tendit la main comme pour un baisemain. Hay prit la main qui lui était offerte, la retint un moment dans la sienne et reçut, pour ainsi dire, la bénédiction du dieu de la Guerre.

— Je m'appelle John Hay, lui dit-il. Nous nous sommes rencontrés à Providence, lorsque j'étais à Brown.

Hay remarqua que Sprague était plus petit que lui, et qu'il paraissait plus jeune. Il avait le visage lisse et pâle avec des yeux gris clair et des oreilles aussi finement dessinées que celles d'une femme.

— C'est la première fois que je vous vois, répondit brutalement le jeune héros.

Hay sentit le rouge lui monter aux joues.

— Il n'y a pas de raison pour que vous vous souveniez de moi, dit-il, je ne suis que le secrétaire privé du Président.

Mais Sprague ne faisait aucune attention à lui. Il cherchait des yeux la porte.

— J'aimerais un cocktail. Où puis-je avoir ça ?

— Au bar du Willard.

— Allons-y, dit Sprague en se dirigeant aussitôt vers la porte sans même se retourner pour voir s'il était suivi.

Hay lui avait emboîté le pas, moitié séduit, moitié terrifié. En passant devant le bâtiment du Trésor, Sprague demanda :

— Où est Chase ?

— Chez lui, je pense.

— Je l'ai rencontré une fois. Il est chauve.

— J'ai remarqué cela, moi aussi, dit Hay, qui trouvait amusante la façon de parler un peu décousue de Sprague.

— Ainsi vous étiez à Brown, dit Sprague d'un ton presque accusateur. Moi, j'ai quitté l'école à quinze ans. Je suis entré ensuite dans l'entreprise familiale. J'étais comptable. J'aimais bien cela.

Ils étaient maintenant dans le hall du Willard qui s'était rempli comme par miracle depuis l'arrivée des troupes. Le petit gouverneur fut reconnu par tous et dûment ovationné. Il serrait les mains de tout le monde sans perdre Hay de vue.

Enfin Hay réussit à le faire entrer dans le bar. Là il y eut d'autres poignées de main à donner et d'autres hommages à recevoir, notamment de la part des dames qui se trouvaient à côté dans la salle de réception. Sprague recevait les adulations comme la chose la plus naturelle du monde.

Ils s'installèrent dans un coin de la salle, le plus loin possible du long bar enfumé. Un garçon apporta un *brandy-smash* pour Hay et un *gin-sling* pour Sprague. Sprague vida la moitié de son verre d'un trait, s'essuya les moustaches du revers de la main, puis il se mit à sourire. On aurait dit un garçon de douze ans avec une moustache.

— Ce régiment m'a coûté jusqu'ici cent mille dollars, dit le jeune héros. De mon propre argent.

— Je sais. Le Président est reconnaissant.

— Il peut bien l'être. Savez-vous que je suis le premier volontaire de la guerre ? Mais j'ai tout fait pour l'être. Alors, ce sera qui ? Ben Butler ou moi ?

Hay l'écoutait en sirotant son *brandy-smash* avec de petits mouvements de tête approbatifs. On voyait l'admiration s'épanouir sous le rose de ses joues et quelque chose d'humide passait comme un voile sur ses yeux.

Sprague termina son *gin-sling* et en commanda un autre.

— Pour le moment, il n'y en a que pour Ben Butler. Mais moi j'ai payé pour ce régiment. Je les ai entraînés et équipés de pied en cap. Je fais partie des artilleurs volontaires de Rhode Island depuis l'âge de quinze ans. Je suis aussi gouverneur. Ben Butler n'est qu'un avocat, et de plus c'est un démocrate — un démocrate du Sud ! J'ai été élu sur ce qu'on appelle le ticket unioniste. C'est même moi qui ai inventé le nom. Alors, ce sera qui, Butler ou moi ?

— Pour quoi, monsieur ?

Hay trouvait étrange de dire « monsieur » à un gamin de douze ans affublé d'une fausse moustache, illusion qui était encore nourrie par la fumée bleutée du cigare adoucissant l'éclat des lumières venant du bar. Il devait constamment se rappeler que Sprague n'était pas seulement son aîné de huit ans, mais qu'il était également gouverneur de Rhode Island — le plus petit des États échouant au plus riche des gouverneurs : un multimillionnaire, espèce rare qu'on n'avait guère l'occasion de rencontrer à Springfield où cent mille dollars étaient considérés comme une grosse fortune.

— Pour être major général des volontaires, dit Sprague en lissant sa moustache rendue encore plus soyeuse par le gin, il doit y avoir une nomination pour la Nouvelle-Angleterre. Je le sais. On me l'a dit. Alors, qui est-ce qui va l'obtenir ? Butler ou moi ?

— Je n'en ai aucune idée, monsieur.

— Que dit le Président ?

— Il n'a encore rien dit à ma connaissance. C'est le général Scott qui décide des promotions.

— Les majors généraux sont nommés par le Président, Mr. Hay. C'est politique. Où y a-t-il des filles ?

Hay finit son verre d'un trait. Il se sentait maintenant plus à l'aise pour parler avec Sprague dont la façon de s'exprimer lui rappelait celle de Tad Lincoln.

— Nous avons quelques excellentes maisons, monsieur.

— Où ça ?

Hay se mit à lui décrire l'établissement de Sal Austen. L'alcôve cachée parut plaire à Sprague.

— C'est drôle, dit-il avec le plus grand sérieux, on ne vous voit pas dans ces endroits, mais, ajouta-t-il avec une logique inexorable, il faut y aller. Le coton, reprit-il, était à dix cents la livre lorsque vous avez annoncé votre blocus des ports sudistes la semaine dernière.

— Lorsque nous avons annoncé *le* blocus, monsieur. Vous êtes de l'Union, vous aussi.

— C'est juste. Quand vous avez commencé ce blocus, le coton était à dix cents la livre. Maintenant, il est à vingt cents la livre, et bien qu'il n'y ait pas encore de pénurie. C'est ruineux pour mes affaires. Connaissez-vous Kate Chase ?

— Oui, monsieur.

— Je l'ai rencontrée à Columbus. Vous avez remarqué la façon dont Chase louche ?

Sprague imita la façon dont Chase écarquillait d'abord tout grands les yeux avant de les rétrécir. L'effet était si comique que Hay ne put s'empêcher d'éclater de rire.

— Qu'est-ce qu'il y a de drôle ? demanda Sprague.

— La façon dont vous venez d'imiter Chase.

— Ce qui est surtout drôle, c'est la façon dont lui il ressemble à Chase. Le secrétaire au Trésor a toutes sortes de pouvoirs dans ce domaine.

— Quel domaine ?

— Est-ce qu'on peut manger quelque chose chez Sal ?

— Oui, monsieur.

— Allons-y. Seulement il faut d'abord que j'aille contrôler mon régiment. Ils nous ont logés à l'Hôtel des Brevets. Je me demande bien pourquoi. Nous avons des tentes. Toutes neuves. Vingt-sept dollars pièce. Prix de gros.

Le petit gouverneur s'était dressé sur ses jambes, il arrangeait son shako de manière à se donner un petit air cavalier. Hay sortit du bar derrière lui : il se sentait comme un régiment marchant derrière son commandant.

XV

Lincoln contemplait le tableau du général Scott conquérant le Mexique, tandis que Seward regardait le tableau du général Scott remportant la guerre de 1912 et que le général Scott en personne regardait le buste du général Scott exécuté en marbre blanc par un élève de Canova qui avait, selon l'expression de Seward, échoué à ses examens.

Le bureau du général Scott résonnait de nouveau des bruits ordinaires de la ville auxquels venait s'ajouter le bruit des troupes traversant la capitale en longue file. En quatre jours la ville triste et déserte s'était remplie de troupes, et les chercheurs d'emploi reprenaient le chemin de la Maison-Blanche. Au département de la Guerre le télégraphe fonctionnait à nouveau, et le Président était régulièrement tenu au courant du succès de son appel aux troupes. Jusqu'à ce jour, plus de soixante-quinze mille hommes avaient offert de se battre, et les différentes législatures d'État avaient contribué pour plusieurs millions de dollars à la défense de la capitale. Tout le monde s'attendait à une guerre brève et sanglante.

Finalement Lincoln choisit de s'adresser au jeune vainqueur de Chatpultepec plutôt qu'au vieux général couvert de gloire et d'infirmités qui reposait sa jambe malade sur une petite table basse.

— Si la législature du Maryland se réunit comme prévu aujourd'hui, ils vont sûrement voter une ordonnance de sécession.

— Ils n'oseront pas, dit Seward en secouant la tête. Le général Butler a menacé de tous les arrêter s'ils faisaient cela.

— Cela servirait à quoi ? dit Lincoln en reportant son regard sur Seward. La législature de chaque État a le droit de se réunir quand elle le juge bon.

— Même si c'est pour se retirer de l'Union, ce que nous jugeons impossible ?

— Tant qu'ils ne se seront pas réunis et qu'ils n'auront pas voté cette ordonnance, nous ne pouvons pas préjuger de ce qu'ils décideront.

— Mais, monsieur, s'ils se rencontrent et qu'ils votent effectivement pour la sécession ?

— Nous serons encore plus mal lotis qu'à présent, c'est évident. Mais, Mr. Seward, si nous interdisons à la législature de se réunir, ce que nous n'avons pas le droit de faire...

— Mais, monsieur, nous pourrions les arrêter, dit le général Scott qui ne dormait pas comme Seward l'avait cru. Le général Scott avait le visage si bouffi qu'il était difficile de dire quand ses yeux étaient ouverts ou fermés. En l'occurrence, il les avait ouverts.

— Nous pouvons les disperser, général, dit Lincoln. Nous pouvons même les enfermer. Mais si nous faisons cela, ils se réuniront dans un autre endroit, et tout sera à recommencer. On ne peut pas jouer à cache-cache comme cela à travers tout le Maryland... Ce matin nous avons créé le département militaire d'Annapolis, avec comme commandant le général Butler. J'espère que le gouverneur Hicks comprend quelle a été mon intention en faisant de la capitale de son État une ville fédérale dotée d'une garnison redoutable et d'un commandant à la fois exalté et irritable.

— Le gouverneur Hicks vous a peut-être deviné, monsieur, dit Seward, mais moi j'avoue que j'ai peine à vous comprendre. Quelle est au juste votre intention ?

Lincoln s'affaissa sur son fauteuil, entourant ses genoux de ses bras de façon à y appuyer confortablement le menton. Sa coiffure ressemblait comme d'habitude à une meule de foin noir après un ouragan.

— Je pense que le gouverneur saisira l'allusion, et qu'il conduira la législature de manière à ne rien faire qui puisse provoquer la colère du général Butler.

— Mes informateurs, dit le général Scott, m'ont dit qu'il a l'intention de déplacer la législature en dehors du département d'Annapolis.

Lincoln fronça les sourcils.

— Ça pourrait être bon pour nous, mais ça pourrait être aussi mauvais.

— Ça pourrait paraître bon pour nous, dit Seward. Comme cela nous n'aurions pas l'air de leur forcer la main. Malheureusement il faut compter avec les sécessionnistes de Baltimore, et une fois loin de nous...

— Je pense qu'aux yeux du monde il est bon que nous courions un certain risque, reprit Lincoln, dont la barbe ressemblait à un nid une fois la nichée envolée. J'ai déjà donné ordre au général Butler de laisser se réunir la législature. Mais je lui ai également donné l'ordre d'arrêter quiconque prendra les armes — ou incitera d'autres à prendre les armes contre le gouvernement fédéral.

— Je suppose que cela fait partie des pouvoirs « inhérents » du Président ? dit Seward.

Seward avait toujours été amusé par les efforts que faisait Lincoln pour justifier des illégalités comme le retrait de deux millions de dollars du Trésor, ou encore la confiscation de tous les dossiers de la Western Union.

— Un pouvoir inhérent, Mr. Seward, est tout autant un pouvoir qu'un pouvoir explicite. Mais je réalise à présent que je vais devoir aller un tout petit peu au-delà de l'interprétation extrêmement prudente que nous donnons habituellement de ces pouvoirs spéciaux, dit Lincoln avec un tel air de candeur que Seward se tint immédiatement sur ses gardes.

— Je croyais, monsieur, que vous aviez déjà été aussi loin qu'il est possible d'aller.

— Cela, on ne le sait jamais tant qu'on n'en a pas fait l'expérience, dit Lincoln, puis se tournant vers le général Scott, il ajouta : Général, vous donnerez l'ordre au général Butler, en votre qualité de général en chef de l'armée, de ne rien faire qui soit de nature à troubler le déroulement de la législature, mais si une ordonnance de sécession est votée, il devra interpréter cet acte comme une incitation à prendre les armes contre le gouvernement des États-Unis, arrêter sur-le-champ ces législateurs et les conduire ensuite en prison où ils resteront à la discrétion du gouvernement fédéral.

— Je transmettrai cet ordre avec plaisir, monsieur. Mais quelles seront les conséquences légales ? Je veux dire, monsieur, de quoi seront-ils accusés ?

— Je pense qu'il faut rester un peu vague sur ce point. Après tout, si nous devions les accuser de quelque chose, il faudrait les accuser de trahison, et ces genres de procès n'en finissent pas. Ils sont souvent très durs pour les innocents qui risquent d'être confondus avec les coupables.

Seward était trop abasourdi pour répliquer quoi que ce soit. Quant au général Scott, bien que sa formation d'avocat remontât à plus d'un demi-siècle, il connaissait très bien ce genre de procès.

— Vous avez raison, monsieur, il est toujours très difficile d'établir que quelqu'un est un traître. J'ai moi-même témoigné à Richmond lors du procès du colonel Aaron Burr, qui n'était pas plus coupable...

— Mr. Lincoln, dit Seward en interrompant le vieux général sans plus de façons, vous êtes prêt à arrêter des hommes et à les garder en prison pour une durée indéfinie sans même formuler contre eux aucune espèce d'accusation ?

— C'est exact, Mr. Seward, répondit Lincoln sans se troubler le moindrement.

— Au nom de quelle autorité ?

Seward avait l'impression que deux mille ans de droit et de lois venaient d'être balayés par ce curieux personnage qui se tenait tout tordu sur sa chaise comme un bretzel en ébène.

— Au nom de mon autorité en tant que commandant en chef.

— Mais vous n'avez aucune autorité pour permettre aux militaires d'arrêter qui bon leur semble et de le garder sans jugement en prison.

— Mais si, monsieur, je pense que j'ai ce droit, parce que c'est ce que je vais faire. Général Scott, télégraphiez l'ordre au général Butler.

— Oui, monsieur.

Scott agita une sonnette. Un ordonnance entra, reçut ses instructions du général, puis se retira avec l'ordre de renverser le fondement sur lequel tout l'édifice des lois repose — l'*habeas corpus*.

— La plus ancienne de toutes nos libertés, dit Seward d'un ton solennel, est le droit qu'a tout homme de savoir de quoi on l'accuse...

— Mr. Seward, la vie prime le droit, et le droit de survivre vient avant tous les autres. Pour que cette Union survive, j'ai jugé nécessaire de suspendre, mais seulement dans la zone militaire, le privilège de l'*habeas corpus*.

Seward se mit à siffler tout haut, ce qui ne lui était pas arrivé depuis des années.

— Aucun Président n'a jamais fait cela.

— Aucun Président ne s'est trouvé dans ma situation.

— Le président Madison a été chassé de cette ville par les Anglais, qui ont ensuite mis le feu au Capitole et à la Maison-Blanche. Et pourtant Madison n'a jamais songé à suspendre l'*habeas corpus*.

— Les temps ne sont pas comparables, dit Lincoln en se levant. Madison avait à faire face à une invasion étrangère qui ne touchait qu'une petite partie du pays, tandis que je suis confronté à une guerre dans laquelle un tiers de la population s'est tourné contre les deux autres tiers.

Lorsque Seward se leva, le général Scott dit :

— Vous me pardonnerez, monsieur, si je ne me lève pas.

— Vous êtes pardonné, général, dit Lincoln en tapotant distraitement l'épaule du général.

Seward se tenait maintenant à côté du buste de Scott ; il leva les yeux vers Lincoln en disant :

— Et vous, monsieur, serez-vous pardonné quand le peuple apprendra ce que vous avez fait ?

— Je n'ai pas l'intention de l'annoncer publiquement, du moins pour le moment.

— Mais cela finira bien par se savoir.

— Mr. Seward, pour le moment, ce qui compte, c'est de maintenir le Maryland dans l'Union, et je suis prêt à tout pour y arriver.

— J'en suis convaincu ! Mais qu'arrivera-t-il lorsque les « Têtes Brûlées » de Baltimore l'apprendront ?

— Nous avons la liste des principaux meneurs ; Ben Butler les enfermera tous dans le Fort McHenry.

— Et si la ville résiste ?

— Nous la raserons. Nous sommes en guerre, Mr. Seward.

— Oui, monsieur.

Seward se demanda s'il existait des précédents concernant la déposition d'un Président aliéné. Comme pour tant d'autres questions intéressantes, la Constitution était restée vague sur ce point.

— Avant que vous partiez, monsieur le Président, dit le général Scott, je voudrais vous demander ce que je dois faire en ce qui concerne les nominations du général Butler et du gouverneur Sprague. Chacun déclare qu'il est bon démocrate et loyal à l'Union, et que c'est justement le genre d'hommes dont vous avez besoin.

— C'est exact. Je dois me mettre bien avec les démocrates du Nord. Nommez Butler. Quant au gouverneur Sprague... Lincoln poussa un soupir, puis se tournant vers Seward, il ajouta : Le Rhode Island est un si petit État.

— Et le gouverneur est un si petit démocrate !

Lincoln se tourna vers Scott :

— Si le gouverneur Sprague vous harcèle tout comme il a essayé de me harceler, nommez-le général de brigade. S'il accepte, ce dont je doute, il pourra commander son régiment, mais il devra démissionner de son poste de gouverneur.

— Bien, monsieur.

Lorsque Lincoln et Seward arrivèrent dans la Dix-septième Rue, ils eurent soudain les oreilles assourdies par le bruit d'une fanfare jouant *Columbia, the Gem of the Ocean*.

— Ce n'est pas la fanfare de la Marine, dit Seward, qui avait l'oreille musicale, comme il aimait à le penser, et plus encore à le dire.

— Vous avez raison. C'est la fanfare du Septième Régiment de New York. Ils donnent un concert dans le parc, à l'invitation de mon fils Willie.

Dans la rue, des hommes soulevèrent leur chapeau en apercevant le Président qui leur rendit leur salut en touchant le sien.

— Avez-vous également consulté Willie sur l'*habeas corpus* ?

— Pour ces questions, je m'adresse plutôt à Tad. Il a une façon de voir assez directe qui se rapproche de la mienne.

Un importun arrêta Lincoln devant les grilles de la Maison-Blanche.

— Monsieur le Président, je suis de Dutchess County, dans l'État de New York, et j'ai toujours été un républicain...

— Mais, monsieur, notre parti n'a que cinq ans d'âge...

— Tout juste, monsieur, dit l'homme en tendant une liasse de documents à Lincoln. Le poste de receveur des postes de Poughkeepsie est vacant...

Lincoln s'écarta poliment :

— Je ne vais pas maintenant tenir boutique dans la rue. Revenez durant les heures d'ouverture.

Lincoln franchit les grilles de la Maison-Blanche suivi de Seward. Lorsque Seward avec ses petites jambes eut rattrapé Lincoln avec ses grandes jambes, il lui demanda :

— Que dira Tad lorsque le Congrès entamera contre nous une procédure de destitution ?

— Tad est un petit garçon qui ne manque pas de bon sens. Il dira quelque chose comme : Heureusement que papa a sauvé le Capitole, comme cela ils ont au moins un endroit pour lui faire son procès.

Seward ne s'attendait pas à tant de désinvolture : il n'y avait pas d'autre mot. Seward avait déjà remarqué que lorsque Lincoln paraissait indécis et troublé, c'était toujours avant de prendre une décision importante. Une fois la décision prise, il se comportait avec la plus grande insouciance jusqu'à la prochaine crise.

Arrivé devant le porche, Lincoln s'arrêta :

— Je place beaucoup d'espoir dans cet homme des chemins de fer, ce colonel Burnside. C'est un ingénieur de premier ordre. C'est lui, je crois, qui a inventé un nouveau chargeur pour les fusils. De toute façon, c'est un militaire expérimenté, ce n'est pas comme...

A ce moment Lincoln s'arrêta pour saluer une compagnie du régiment du New Jersey.

— ... Comme Ben Butler, suppléa Seward, ou comme le gouverneur Sprague.

— Le gouverneur a un plan pour gagner rapidement la guerre. Je lui ai dit de le mettre par écrit.

— Cela devrait prendre un certain temps.

— Justement.

Les deux hommes se séparèrent. Lincoln entra dans la Maison-Blanche, et Seward se rendit au Département d'État.

Seward avait quelque peine à comprendre la scène dont il venait d'être témoin. Deux avocats et un général de métier qui, à ses débuts, avait même fait partie du barreau, s'étaient assis autour d'une table pour ôter à un peuple le seul droit inaliénable que lui garantit la Constitution ; quelques mots écrits sur un bout de papier, et le tour était joué. Dans six semaines le Congrès entrerait en session. Dans six semaines Seward était persuadé qu'une procédure de destitution serait entamée contre le Président. Quelle ligne suivrait-il ? Après tout, c'était lui le partisan de la ligne forte, et on ne pouvait certainement rien imaginer de plus fort que ce que venait de faire Lincoln. Néanmoins, jamais le Congrès ne permettrait que la loi fondamentale du pays soit violée. Lincoln aurait à rendre des comptes. Mais le pays pourrait-il supporter un tel procès en temps de guerre ? Il faudrait que Lincoln consentît à démissionner.

Si Lincoln partait, Hannibal Hamlin deviendrait président. Hamlin était un homme modeste qui comprendrait la nécessité d'avoir un homme fort dans le Cabinet pour conduire la guerre, un homme qui connût non seulement intimement les rouages de l'administration, mais qui eût une vision, ce que les autres n'avaient pas. La vision de Seward était simple : il voulait que tout l'hémisphère nord-américain appartînt aux États-Unis. Tandis que Seward échafaudait des rêves d'empire, le locataire de la Maison-Blanche cherchait bonnement à ramener dans l'Union une demi-douzaine d'États égarés — les États du Golfe, comme les appelait dédaigneusement Seward —, lesquels réintégreraient automatiquement l'Union une fois que les États-Unis auraient mis la main sur le Mexique, un peu comme Rome avait fait avec la Gaule cisalpine. Il y avait des moments où Seward avait l'impression que Chase partageait sa vision impériale, mais ces moments étaient rares. Chase était essentiellement l'homme d'une seule cause : l'abolition de l'esclavage. Cause qui, au sentiment de Seward, rendait fous ceux qui l'épousaient, s'ils ne l'étaient pas déjà, ce qui expliquerait leur acharnement.

Seward entra dans son bureau où son fils Frederick — qui lui servait de secrétaire — était assis à une table, en bras de chemise, devant le portrait de John Hay. Le bureau était à peine assez grand pour tous les deux, tandis que Chase, dans le bâtiment d'en face, trônait seul à sa table en bois de teck, sous des lambris dorés, parmi la soie et le velours.

Seward s'assit devant son bureau sur lequel on avait déposé un dossier étiqueté « Charles Francis Adams ». Seward avait de l'estime pour Mr. Adams, bien qu'il le trouvât d'un caractère difficile. Seward était également conscient du fait qu'il occupait présentement la place du père de Mr. Adams, lequel avait été durant huit ans secrétaire d'État, et ensuite président. Dans huit ans, Seward aurait près de soixante-dix ans, s'il n'était pas mort. D'un autre côté, si le président Lincoln ne cherchait pas à se faire réélire...

— N'oubliez pas ce soir, monsieur, dit Frederick en déposant devant son père une liasse de dépêches en provenance de Londres, de Paris et de Saint-Pétersbourg, qui s'étaient accumulées depuis un mois.

— Ce soir ?

Frederick rappela à son père qu'il avait accepté une invitation chez les Chase en l'honneur du gouverneur William Sprague IV. Seward poussa un soupir.

William Sprague IV assis sur un canapé expliquait à Kate, qui l'écoutait avec une grande attention, le chiffre IV qui terminait son nom, tandis qu'autour d'eux des femmes en robe à paniers, couvertes de bijoux, tourbillonnaient au son des violons et au bras d'hommes en uniforme ou en habit.

— C'est alors que mon oncle est devenu William III, quand William II est mort.

Sprague regardait Kate droit dans les yeux. Celle-ci lui sourit en retour.

— Et alors quand votre père est mort, vous êtes devenu William IV.

— Non, répliqua Sprague. Mon père n'est pas mort. D'ailleurs il n'a jamais été William III. C'était mon oncle.

— Mais si votre père n'est pas mort, et si les autres non plus ne sont pas morts, comment pouvez-vous être William IV?

Kate avait beau garder le sourire, la conversation n'en était pas moins difficile avec un homme comme le petit gouverneur.

— Oh, mon père est bien mort, mais il n'est pas mort comme tout le monde. Il a été assassiné. Un soir qu'il rentrait chez lui, on lui a tiré dessus. Il a été blessé au bras, et ensuite son assassin l'a achevé à coups de crosse, puis il a pris la fuite.

— Qui est l'assassin d'après vous?

— Ils ont pendu un homme, un nommé Gordon. Mais je ne pense pas que ce soit lui.

— Cela a dû être un choc... un choc terrible pour vous. Vous étiez un enfant.

— Oui. Un jour je trouverai l'assassin. Vous vous rappelez la fois où nous nous sommes vus à Columbus?

Sprague ôta ses lunettes, et comme toujours le simple fait d'ôter ses lunettes lui rendait à la fois sa jeunesse et sa merveilleuse beauté. Quand, chez Sal, les filles apprirent que le petit gouverneur qu'elles avaient acclamé l'après-midi avec toute la ville se trouvait dans leurs murs, elles firent si bien qu'il dut abandonner son anonymat et se plier à leurs cajoleries jusqu'au moment où, ivre mort, Sal et Chester allèrent le mettre au lit.

Hay avait été stupéfait de constater la quantité de boisson que Sprague pouvait absorber sans que cela se vît sur son visage. Hay pour sa part n'était pas encore tout à fait remis de leur excursion nocturne, à laquelle Sprague n'avait du reste pas fait une seule fois allusion lorsque, le lendemain matin, Hay l'avait accompagné au Bureau des Brevets.

Plus tard dans la matinée Sprague était venu à la Maison-Blanche pour voir le Président « au sujet d'un plan de victoire, qui ne lui prendrait pas plus d'une heure de son temps ». Le Président l'avait écouté avec bienveillance, mais l'entretien n'avait pas duré plus de dix minutes, et Sprague n'avait même pas pu obtenir la promesse du brevet de major général qu'il estimait lui être dû en sa qualité de premier volontaire de la guerre. Avant de quitter la Maison-Blanche, il avait toutefois trouvé le moyen de remettre à Nico toute une liasse de coupures de presse de journaux nordistes où étaient célébrés à l'envi non seulement sa jeunesse, mais également ses talents d'homme d'État et de militaire.

— Quoi qu'il arrive, je suis prêt, avait-il déclaré d'une voix vibrante en remettant son chapeau à plume et en fendant d'un pas décidé la presse qui encombrait la salle d'attente.

Hay présenta ses respects à Chase dont les manières offraient comme toujours un subtil mélange de cordialité bienveillante et de condescendance. Chase causait dans le petit salon du fond avec le sénateur Hale du New Hampshire et l'ambassadeur de Grande-Bretagne, Lord Lyons, petit homme replet vêtu d'une redingote boutonnée en bas par un seul bouton de manière à faire châle sur la poitrine. Lord Lyons incarnait l'essence de la diplomatie britannique. Il embarrassait à la fois par sa retenue de ministre et sa sincérité d'homme. Il avait l'air indifférent à ce qu'il disait comme à ce qu'il ne disait pas ; on ne savait ce qu'on devait croire de ce qu'il montrait ou de ce qu'il cachait.

Hay fut salué par ses trois aînés avec tout le respect s'attachant à la personne d'un homme vivant dans la familiarité du Président et qui à ce titre connaissait des choses que même le tout-puissant secrétaire au Trésor ignorait. Ils parlèrent des derniers développements de la situation dans le Maryland. Le gouverneur Hicks avait demandé à la législature de se réunir le lendemain, non pas à Annapolis, mais à Frederick City, c'est-à-dire en dehors de la zone militaire commandée par le général Butler.

Le sénateur Hale fronça les sourcils :

— Cela veut dire qu'ils pourront voter leur maudite ordonnance de sécession.

— Le Président n'est pas de cet avis, glissa poliment Hay. Il pense que le gouverneur Hicks est des nôtres, mais qu'il doit faire semblant de composer avec les rebelles.

— Composer ! Qu'on les pende, oui ! Qu'on les pende haut et court ! déclara brutalement Hale.

Bien qu'il fût l'un des membres les plus turbulents et les plus fanatiques du parti républicain, il était président de la commission sénatoriale pour les Affaires navales, et à ce titre c'était un homme avec lequel il fallait compter.

Hay répondit de manière toute diplomatique :

— Mais, monsieur, vous qui avez aboli la peine du fouet dans notre marine, vous voudriez maintenant qu'on pendît les hommes d'État ?

— Les traîtres, c'est sûr !

— C'est vous qui avez supprimé la peine du fouet dans la marine américaine ? demanda Lord Lyons.

— Oui, monsieur, en 1847.

— Et après cela vous vous étonnez de ne plus avoir de marine digne de ce nom, s'exclama Lord Lyons en partant d'un brusque éclat de rire. Mais le fouet, c'est le nerf de la marine britannique.

— Dites plutôt le nerf de bœuf, dit Hale dont l'antipathie pour les Anglais était bien connue.

Chase intervint :

— Messieurs, dit-il d'un ton conciliant, chaque nation a ses coutumes et ses préjugés. Vous autres, Anglais, Lord Lyons, vous avez le fouet...

— Et vous autres, Américains, vous avez l'esclavage, Mr. Chase.

— Pas nous, monsieur. Pas dans le Nord, monsieur. Et pour libérer ces esclaves, nous sommes prêts à faire la guerre, ce qu'aucune nation n'a jamais encore fait.

Mais avant que Lord Lyons n'eût le temps de lancer une autre pique, Mrs. Grimsley, seule représentante de la famille présidentielle, fit son entrée au bras d'une jeune personne replète qui n'était autre que Bessie Hale, la fille du sénateur.

— Je désirais tellement rencontrer Mr. Hay. Je vois qu'on ne m'a pas trompée. Il est aussi beau qu'on le dit, dit la jeune fille en tendant au jeune homme une main moite et grasse.

— Mr. Hay est le seul célibataire éligible à la Maison-Blanche, maintenant que Mr. Nicolay est fiancé.

Mrs. Grimsley aimait à marier les gens et pratiquait cet art avec une science consommée.

C'est égal, songeait Chase, les Lincoln auraient pu assister à la première réception que donnait Kate dans leur nouvelle demeure. Sans doute Mrs. Lincoln était-elle jalouse de Kate, de sa jeunesse, de son charme, de sa beauté (comment l'en blâmer?); mais le Président et sa femme auraient dû surmonter leur aversion, ne fût-ce que pour donner une image plus harmonieuse d'un Cabinet notoirement divisé...

L'une de ces causes de discorde se trouvait justement en face de Chase, de l'autre côté de la pièce, et s'appelait Simon Cameron. Cameron était un homme grand, mince, les cheveux blancs. Le visage était noble, mais l'âme était basse. Mais surtout il était bien incapable de diriger le ministère de la Guerre en un moment aussi crucial. Il se déchargeait de ses responsabilités sur le général Scott, vieillard podagre, et sur Gédéon Welles, un ancien directeur de journal qui s'entendait peu aux affaires navales. En outre, les nombreux pots-de-vin dont Cameron arrosait sa clientèle étaient une source constante de préoccupations pour Chase. Ce dernier faisait de son mieux pour contrôler les dépenses du ministre de la Guerre, mais sans l'aide de Lincoln ses efforts n'étaient pas suffisants, et cette aide ne venait pas. Lincoln ne se faisait pourtant aucune illusion sur son ministre de la Guerre. La corruption de Cameron était si bien accréditée dans l'esprit des gens que même ses amis n'en faisaient pas mystère. Mais pour des raisons politiques évidentes, Lincoln avait été contraint de prendre dans son Cabinet un personnage aussi douteux.

Kate s'approcha de Chase en traînant derrière elle le petit gouverneur. Ils formaient un couple superbe, et en les regardant, Chase ne pouvait s'empêcher de penser à la fortune Sprague que l'*Evening Star* avait chiffrée à quelque cent millions de dollars. Bien qu'il partageât avec un frère plus jeune et un cousin la direction de la A. & W. Sprague & Company, Sprague, en tant que le plus âgé et le plus expérimenté des trois, dominait la compagnie. En fait, d'après le *Star*, Sprague était un génie de la finance, mais un génie entièrement dépourvu de toutes ces petites marottes dont les lecteurs de journaux sont si friands. Avant sa métamorphose en guerrier, on l'avait souvent pris dans le monde pour un comptable ou un étudiant en théologie. Maintenant que la presse s'intéressait à lui, il avait captivé l'imagination de tout Américain en âge de lire un journal. Il était gouverneur, c'était un héros, et surtout il était célibataire. Cette dernière qualité primait aux yeux de Chase toutes les autres, au point qu'il ne pouvait pas lire une histoire où il était question d'un célibataire sans que les larmes lui montent aux yeux. Chase n'aurait jamais pu se séparer de sa fille, mais il la voyait très bien mariée à ce jeune homme myope et un peu malingre, et néanmoins plein d'allant et de charme.

— Le coton, disait la voix de Sprague, était à dix cents la livre, il y a une semaine.

— Je vous demande pardon? dit Chase en gardant son sourire.

— Le gouverneur Sprague nous faisait part de ses inquiétudes à propos du blocus, intervint Kate.

— Le gouverneur n'est pas le seul à s'inquiéter, dit Chase, en faisant semblant de ne pas comprendre. Nous aussi nous nous inquiétons. Nous n'avons pas encore assez de navires pour que notre blocus soit efficace. Les ports rebelles continuent de commercer avec les Européens. Mais nous sommes en train d'accroître notre marine, n'est-ce pas, sénateur Hale?

— Parfaitement. Dans six mois nous les affamerons. Mais bien sûr jusque-là vous n'aurez pas de coton pour faire marcher vos filatures, gouverneur.

Hale paraissait ravi. Sprague répliqua vertement:

— Vingt mille personnes au chômage dans le Rhode Island, ça ne sera pas très bon au moment des élections.

— Oh, les choses n'iront pas jusque-là, dit Chase d'un ton caressant. Au moment où vos réserves commenceront à s'épuiser, notre armée entrera dans Richmond, avec vous à sa tête, j'espère.

— Je suis allé trouver le président Lincoln. Je lui ai dit que je désirais être nommé major général. Le Rhode Island ne sera pas content s'il voit qu'on m'offre moins qu'à Ben Butler. Voyez-vous, dans le Rhode Island, nous n'avons pas trop bonne opinion des avocats du Massachusetts.

— Et que pensez-vous de ceux du New Hampshire? demanda le sénateur Hale.

Pour toute réponse, Sprague se contenta de tourner le dos au sénateur, au moment même où Hay et Bessie s'approchaient.

— Voilà une fille du New Hampshire, dit Hay. Miss Bessie Hale.

Bessie balbutia:

— Je tremble comme une feuille.

Non seulement elle tremblait, mais elle avait absolument l'air d'avoir comme tête une tomate.

— Comment allez-vous ?

Sprague recula aussitôt, mais Bessie, qui lui tenait toujours la main, l'attira à elle, et Sprague se trouva nez à nez avec l'imposante poitrine de la jeune fille. Comme elle avait beaucoup à dire sur l'héroïsme et les héros, Hay en profita pour s'esquiver avec Kate dans la salle à manger où un plat d'huîtres à la crème constituait la pièce principale du buffet.

— Eh bien, miss Chase, que pensez-vous du gouverneur Sprague ? lui dit-il en lui jetant un coup d'œil malicieux.

— Oh, j'en pense. J'en pense même beaucoup, dit Kate en lui rendant son sourire. Saviez-vous que son père avait été assassiné ?

— Je n'ai pas encore eu le temps de lire tout ce que les journaux racontent sur lui.

Hay sentit bien que ses propos pouvaient être interprétés comme une marque d'envie. Or il n'était pas du tout envieux. Comment être envieux d'un homme qu'on a aidé à se rhabiller ?

— Il vient de me l'apprendre. C'est arrivé lorsqu'il était enfant. Ça l'a beaucoup marqué.

— Vous aussi, à ce qu'il semble, répondit Hay avec ce qui pouvait paraître comme de l'effronterie, et qui en était bien.

Kate le regarda droit dans les yeux, et, du tac au tac :

— Vous nous avez étudiés ?

— On ne peut pas s'empêcher de remarquer un couple aussi... fabuleux.

— Fabuleux ? Vous voulez dire que nous ressemblons à des personnages de fable ? Mais quels personnages ? Et quelle fable ?

Hay réfléchit rapidement : une suite de couples célèbres défila devant son esprit : Pyrame et Thisbé, Jupiter et Ganymède (non, sûrement pas), Didon et Énée... Il se décida finalement pour :

— Vénus et Mars. Qui d'autre ?

Kate n'eut pas le temps de répliquer, le congressman Washburne lui présentait ses respects, puis, se tournant vers Hay, il lui dit :

— Je reviens d'Illinois. Nous avons réuni vingt mille dollars à Chicago comme contribution de guerre.

— A Cincinnati, dit Kate, ils ont récolté plus de deux cent mille dollars.

— C'est normal, c'est l'État de votre père. C'est un tribut personnel, dit Washburne. Puis, s'adressant à Hay, il ajouta : J'espère que le Président aura un moment pour moi demain.

— Venez quand vous voudrez, monsieur.

Washburne salua Kate, puis il alla mettre le siège devant une tortue qui mitonnait sur un immense réchaud en argent.

— Père a réuni jusqu'ici près de vingt millions de dollars, rien qu'en contributions.

Hay lui dit pour la taquiner :

— Vous devez reconnaître que le Président a bien fait de choisir Mr. Chase comme secrétaire au Trésor.

— Oh, pour cela, je n'en ai jamais douté. Dites-moi, quel est ce gros homme qui se tient contre la paroi ? Depuis quelque temps, il me semble que je le vois partout, y compris dans ma maison. Mais il ne parle jamais à personne. On dirait qu'il fait partie du mobilier.

Hay reconnut le monumental jeune homme que lui désignait Kate, et qui, posé comme il l'était près de la cheminée, avait effectivement l'air d'un meuble.

— S'il a un nom, Mr. Sumner est le seul à le connaître. C'est son garde du corps, il le suit partout. Il était payé par un des admirateurs bostoniens de Mr. Sumner qui ne supportait pas l'idée que le sénateur se promenât tout seul dans une ville infestée de sécessionnistes.

— Eh bien, maintenant je sais au moins qui sont mes hôtes.

Kate se tourna vers Hay. Il émanait d'elle un parfum de lilas.

— Est-il vrai que la demi-sœur de Mrs. Lincoln et son mari résident en ce moment à la Maison-Blanche ?

— Où avez-vous appris cela ?

— Par mes espions. Ils peuvent être aussi discrets qu'une tapisserie, au besoin.

— Vos espions ne vous ont pas trompée. Ils ont même dû vous dire que les personnes en question sont Mr. et Mrs. Ben Hardin Helm de Lexington, Kentucky.

— Deux sécessionnistes.

— A ma connaissance, ni Mr. Helm ni Mrs. Helm n'ont encore fait sécession, et le Kentucky fait toujours partie de l'Union.

— Si l'on peut dire. J'ai appris, non par mes espions cette fois mais par les journaux, que le frère de Mrs. Lincoln, ses trois demi-frères et ses trois demi-beaux-frères, si on peut dire cela, sont tous sécessionnistes, et qu'ils se sont tous enrôlés — je parle bien sûr des hommes — dans l'armée confédérée.

— Si Mr. Helm s'est enrôlé dans l'armée confédérée comme vous dites, Mrs. Lincoln en sera la première surprise. En réalité, dit Hay, sentant bien qu'il en disait trop et qu'il le faisait pour impressionner Kate — à cause de Sprague ? —, Mr. Helm est un ancien officier de West Point et va sous peu être nommé trésorier de l'armée des États-Unis, avec le rang de major.

— Oh ?

Kate prit le bras de Hay, et ensemble ils firent triomphalement le tour de la salle à manger et du petit salon. Tandis qu'ils répondaient aux salutations des ambassadeurs de France et d'Allemagne, Kate trouva le moyen de demander à Hay entre deux compliments :

— Au fait, quelles sont les idées politiques de Mrs. Lincoln ?

Hay lui dit pour la remercier :

— C'est la seule véritable abolitionniste de la famille, ce qui la met dans une situation un peu embarrassante.

— Une Sudiste embarrassée par sa famille ? Allons donc !

— Mais si !

— Mais si ! disait Émilie Helm, la demi-sœur de Mary, de dix-huit ans sa cadette.

Les deux femmes se faisaient face de part et d'autre d'une rangée de gardénias, dans la serre de la Maison-Blanche.

Mary ne s'était pas attendue à autant de véhémence :

— Tu irais même à Richmond avec lui ? demanda-t-elle.

— Je suis sa femme, sœur Mary.

— Oh, petite sœur ! Et moi qui m'étais imaginé que vous resteriez... que nous resterions tous fidèles à l'Union.

Émilie prit la paire de ciseaux qui pendait à sa ceinture et se mit à cueillir les gardénias qui étaient les plus épanouis, qu'elle disposa ensuite délicatement dans le panier que lui avait donné le chef jardinier.

— Je dois suivre mon mari partout où il va, dit Émilie, sans quitter les fleurs des yeux. Après tout, c'est bien ce que tu as fait, et personne à Lexington ne te l'a reproché.

— C'est bien la seule chose qu'ils ne m'aient pas reprochée.

Mary avait encore sur le cœur l'accueil que sa famille avait fait à son mari la première fois qu'il était venu à Lexington.

— Mr. Lincoln va offrir à Ben une commission dans l'armée. Est-ce que Ben acceptera ?

— Il faudra le lui demander. Les Hardin sont très butés pour ce qui est de la politique. Le père de Ben, le gouverneur...

— Oh, Émilie, c'est la même chose ici ! Mais le Kentucky n'est pas la Caroline du Sud. Nous sommes des gens de la frontière.

— Nous sommes du Sud, en réalité, sœur Mary. Tu le sais bien.

— En tout cas, ta mère, elle, elle était bien de Virginie !

Toute allusion à sa belle-mère était apte à provoquer chez Mary sinon la migraine tant redoutée, du moins une migraine ordinaire qui la valait presque.

— Sortons d'ici, petite sœur, on étouffe de chaleur.

Elles traversèrent toutes les deux la serre dans sa longueur. C'était un vaste rectangle, laissant voir d'un seul coup d'œil ses allées jaunes, ses rubans de buis, ses verdures basses et ses étroites plates-bandes, où toutes sortes de fleurs exotiques faisaient des taches sur la terre grise. Une odeur résineuse emplissait l'air tiède, des racines à ras du sol s'entrecroisaient comme des veines. C'était là que Mary venait se retirer quand la vie à la Maison-Blanche devenait trop trépidante, ou que le

186

vent du sud, soufflant sur le canal, chassait vers la maison toute une armada de mouches, de moucherons et de moustiques. A cause de la crise, le Président avait décidé de ne pas aller passer l'été au Foyer du Soldat. Et de même, Mary avait refusé de partir pour le Nord. Mais maintenant que la ville était à l'abri d'une attaque, elle pensait se rendre bientôt à New York pour faire des achats pour la maison.

Devant la porte de la serre, Mr. Watt, le chef jardinier, les salua respectueusement. C'était un homme d'une politesse un peu cérémonieuse, qui plaisait bien à Mary. Il était à la Maison-Blanche depuis des années, et il s'entendait comme personne dans l'art d'engager et de renvoyer le personnel.

— Mrs. Lincoln, j'ai parlé à Mr. Wood au sujet... de notre petite affaire. Tout va très bien.

— C'est parfait, Mr. Watt.

Mary s'était arrangée pour qu'un certain William S. Wood, que le gouvernement leur avait assigné comme escorte durant leur voyage de Springfield à Washington, fût nommé commissaire des Bâtiments publics, et donc responsable de la Maison du Président. Bien que Mr. Wood fût un ami de Mr. Seward — ce qui n'était pas une recommandation — Mary crut pouvoir lui confier son plan de rénovation de la Maison-Blanche dont elle désirait faire la plus belle demeure du pays, sinon du monde. Mary ne connaissait guère le monde, mais les demoiselles Mentelle, qui lui avaient enseigné le français à Lexington, avaient été à la cour de Louis XVI et de Marie-Antoinette, et l'histoire des rois et reines de France faisait partie de ses souvenirs d'enfance au même titre que les aventures d'Harry de l'Ouest. Mary aimait également la compagnie du Chevalier Wikoff, homme d'un goût parfait, qui avait été présenté dans la plupart des cours d'Europe, et doué d'une mémoire phénoménale pour tout ce qui avait trait à l'ameublement et à la décoration des demeures royales.

Lincoln jouait avec Tad et Willie dans le salon du premier, bien qu'il ne fût pas encore cinq heures. Les enfants se précipitèrent au-devant de leur mère et de leur tante, qui entraient dans la pièce. Lincoln se redressa sur son fauteuil.

— Je prenais un moment de vacances. Il faut savoir dételer de temps en temps.

— Tu devrais en prendre plus souvent. Mary montra le panier de fleurs fraîchement coupées : Petite Sœur va nous faire un joli bouquet.

— Je ferais bien de m'y mettre avant qu'elles se fanent.

Elle quitta la pièce escortée par ses neveux pressés de lui donner des nouvelles d'une petite chèvre en peluche baptisée Nanda. Mary s'assit sur un canapé : elle se sentait lasse, troublée, désorientée.

— Qu'est-ce qu'elle dit ? demanda Lincoln.

Mary appuya sa nuque contre le dos du canapé :

187

— Elle est prête à le suivre là où il ira. Et lui, que dit-il ?

— Rien. Je lui ai donné sa commission ce matin.

— Et Ben n'a rien dit ?

Lincoln secoua la tête.

« Je ferais mieux d'aller lui parler...

— Je n'en ferais rien si j'étais toi. Laissons-le prendre lui-même sa décision. Lincoln sourit, puis il ajouta : J'ai par ailleurs de bonnes nouvelles.

— Mr. Davis est mort !

— Non, pas aussi bonnes que cela — ni aussi mauvaises, cela dépend du point de vue où l'on se place. Non, Ben Butler a occupé Baltimore et la législature a jugé que tout bien pesé il valait peut-être mieux rester dans l'Union. Aussi le gouverneur m'a-t-il écrit pour m'annoncer qu'il allait m'envoyer les quatre régiments que je lui ai demandés.

— Papa !

Mary jeta sur son mari un regard émerveillé, puis ses yeux rencontrèrent le rideau vert effiloché, derrière lui, et son visage se rembrunit.

— J'aurais pourtant juré, s'il était permis de jurer à une dame...

— A une Première Dame, tu veux dire.

— J'aurais pourtant juré, s'il était donc permis à une Première Dame de jurer, que nous perdrions le Maryland. Et c'est grâce à toi et à toi seul que nous l'avons gardé. Mr. Seward doit en faire une maladie. Mais qu'en est-il du Kentucky ?

— Nous garderons aussi le Kentucky, mais c'était moins une.

— Cela veut dire que toute ma famille va partir dans le Sud. Une bande de moucherons dessina une auréole autour de sa tête, qu'elle chassa d'un coup d'éventail énergique : Je me demande bien quel démon les possède.

— Le même que celui qui nous possède, je suppose, dit Lincoln en s'enfonçant un peu plus dans son fauteuil. Ils sont persuadés que j'ai l'intention de libérer les esclaves, alors que tout ce que je veux, c'est... Il s'interrompit comme découragé à l'avance à l'idée de répéter pour la centième fois un thème auquel personne ne semblait prêter attention... La semaine prochaine nous perdrons la Caroline du Nord. Maintenant c'est certain.

— Cela fera... dix États ?

Lincoln hocha la tête.

— Et le Tennessee suivra si je ne fais rien pour l'en empêcher, et il n'y a pas grand-chose que je puisse faire.

— Tu peux frapper à Richmond ! s'écria Mary en se redressant sur son canapé. Si tu arrives à prendre Richmond, nous récupérerons la Virginie, et c'en sera fini une bonne fois pour toutes avec la rébellion.

Lincoln se mit à rire.

— Tu as raison, Maman. Seulement je ne suis pas encore prêt pour une telle entreprise. J'ai en vue quelque chose de moins ambitieux.

— Quoi donc ?

— Si je te le dis, tu vas le répéter.

— Si tu me le dis, c'est toi qui l'as répété.

— C'est juste. Si donc moi je ne peux pas garder un secret, pourquoi le pourrais-tu, toi ? Pour le moment nous tenons bon dans le Missouri, grâce à Frank Blair et à quelques autres, bien que les combats à Saint Louis aient été acharnés...

Émilie revint au salon accompagnée de son mari, un jeune homme efflanqué, dont la ressemblance avec John Hay frappait de prime abord. Mary complimenta Émilie sur son bouquet, tandis que Lincoln se tourna vers Helm pour lui dire :

— Avez-vous parlé au général Scott ?

— Non, monsieur. Je me suis contenté de visiter la ville.

Il parlait avec un accent du Sud qui faisait contraste avec ses yeux gris et froids, des yeux de chasseur, comme en ont parfois les hommes dans le Kentucky, comme les avait Lincoln, dont la dureté était parfois masquée comme par une pellicule protectrice qui l'isolait du monde.

Mary se leva pour aider Émilie à placer les fleurs sur une console, tandis que Helm prit une chaise et s'assit en face de Lincoln.

— Une fois que vous aurez vu toutes les curiosités de la ville, lui dit Lincoln, ne manquez pas d'aller voir Winfield Scott : en fait de curiosité, c'est ce que la ville peut offrir de plus impressionnant.

— Il a connu personnellement Thomas Jefferson, dit Mary en retournant s'asseoir sur le canapé, mais il lui trouvait l'esprit un peu dérangé. Il préférait Mr. Madison, et puis Mr. Jackson, et maintenant Mr. Lincoln !

— En ce qui me concerne, Maman, c'est par politesse, mais il est vrai qu'il a un faible pour les Présidents de guerre. Dieu merci ! Je n'en suis pas encore un ! dit Lincoln en scrutant du regard son interlocuteur.

Mary frissonna malgré elle. Quand deux chasseurs se dévisagent de la sorte, ce sont les femmes qui pleurent au bout du compte.

— J'ai réfléchi à tout ceci, frère Lincoln, dit Helm de sa voix doucement chantante d'homme du Sud, et j'y ai réfléchi bien avant de venir ici. Je suis venu parce qu'Émilie me l'a demandé, et qu'elle voulait revoir une dernière fois sœur Mary...

— Une dernière fois ! s'exclama Mary, dont le cri retentit à travers toute la pièce. Elle ne s'était même pas rendu compte qu'elle avait parlé ; elle était seulement consciente du coup terrible qu'on venait de lui porter.

Émilie passa son bras autour de ses épaules.

— Ma sœur, je sais que c'est dur !

Mary tourna son regard vers Émilie, mais elle ne la vit pas à cause des larmes qui lui embuaient les yeux.

Lincoln se leva et se mit à arpenter la pièce.

— J'avais espéré, Ben, que nous pourrions parler raisonnablement tous les deux, car maintenant il ne fait aucun doute que le Kentucky restera dans l'Union.

— C'est à vous qu'on le doit, je pense, frère Lincoln.

Il y avait de nouveau dans la voix du jeune homme un accent menaçant qui glaça le cœur de Mary. Émilie la serra plus fort dans ses bras.

— Moi, je n'y suis pour rien. Ce sont les événements qui décident. Je me laisse guider par eux. Vous avez une grande carrière devant vous. Vous serez gouverneur du Kentucky un jour, comme l'était votre grand-père, et peut-être davantage. Qui sait ? Qui aurait pensé qu'un jour j'occuperais cette place ?

— Oh, Ben ! s'écria Mary. Nous sommes si isolés ici. Papa a besoin de vous. Et moi j'ai besoin de Petite Sœur. Nous n'avons pas d'amis, et nous avons plus d'ennemis qu'il n'en faut dans cette ville rebelle...

Mary s'interrompit ; elle venait de prononcer le mot interdit, elle ne pouvait pas le reprendre.

— Nous ne les considérons pas comme des rebelles, sœur Mary, dit Émilie. Ils demandent seulement à ce qu'on les laisse en paix, comme nous.

— Nous ne pouvons pas laisser partir de l'Union — et pour aller où ? — ce qui appartient depuis toujours à l'Union, dit Lincoln en s'adressant directement à Émilie. Quant à la paix, nous défendons seulement ce qui nous appartient.

— Frère Lincoln, nos vies ne sont pas vos vies, et nos biens ne sont pas vos biens ; et si nous désirons avoir un nouveau pays, qui est-ce qui peut nous en empêcher ?

Lincoln présenta les paumes de ses mains pour montrer qu'il n'avait plus rien à dire. Mary regarda la jeune femme à travers ses larmes :

— Tu ne veux pas rester ici avec moi ?

— Je dois suivre mon mari.

— On m'a offert une commission dans l'armée confédérée, frère Lincoln.

La voix était aussi inexorable que le vent du sud qui amenait toujours la pluie à Lexington.

— Vous allez accepter cette commission ? demanda Lincoln.

— Oui, mon frère.

— Vous me brisez le cœur, dit Mary.

Et de ce jour Mary data la fin de sa jeunesse.

XVI

David aidait Mr. Thompson à fermer le magasin lorsque Annie apparut à la porte. Comme c'était la première fois qu'elle venait le trouver chez Thompson, David lui proposa d'entrer, mais elle secoua la tête. Elle semblait nerveuse ; elle avait les pommettes rouges.

— C'est ta maman, David, elle a eu un accident.

— Qu'est-il arrivé à Mrs. Herold ? demanda Mr. Thompson, qui revenait du fond du magasin où la bonne à tout faire ne faisait rien du tout.

— C'est vous, miss Surratt. Comment va votre papa ?

Mr. Thompson connaissait tout le monde en ville, mais il connaissait surtout les maladies des gens.

— Il est malade lui aussi. Il ne quitte jamais le lit. David, ta mère a fait une chute. Pour le moment le médecin est auprès d'elle. On ne sait pas très bien encore ce qu'elle a de cassé. Mais elle te demande.

— Quel est le médecin ? demanda Mr. Thompson, qui aimait à donner son avis sur le corps médical tout entier.

— Je l'ignore, Mr. Thompson. La sœur de David m'a aperçue dans la rue, et elle m'a dit : Va chercher David, maman le demande. Je suis venue tout de suite.

David leva les yeux sur Mr. Thompson qui lui dit d'un air bénin :

— De toute façon la journée est finie, tu peux partir maintenant. Si ta maman a besoin d'un médicament spécial, fais-le-moi savoir, je ferai une réduction pour elle.

David savait ce que cela voulait dire : c'était un rabais de 5 % sur les 155 % de profit que Mr. Thompson faisait sur chaque vente. David n'avait pas la bosse du commerce, car il aurait pu faire pire que de s'établir droguiste. Il enfila son veston de toile et courut derrière Annie.

Au coin de la Quinzième Rue, ils durent s'arrêter dix minutes pour laisser passer une batterie d'artillerie. Comme David s'en doutait, sa mère n'avait rien du tout.

191

— C'est papa qui désire te voir. Il dit que c'est urgent.

— Comment va-t-il ?

— Oh, toujours pareil. Il va de temps en temps de l'autre côté, mais ça lui est de plus en plus pénible. Je crois qu'il veut que tu y ailles à sa place.

C'était exactement ce que Mr. Surratt désirait. David s'assit sur une chaise bancale auprès du lit. Ce dernier était plus pâle que de coutume, et comme toujours les quintes de toux venaient par saccades. La pièce répandait une odeur de médicaments et de chair pourrie. Il y avait au-dessus du lit un chromo représentant la Vierge, et sous le tableau pendait un grand crucifix. Chaque fois qu'il allait chez les Surratt, David s'étonnait toujours qu'on pût préférer pareille momerie à la vraie religion.

— Je devrais y aller, David, mais je ne peux pas. Le délai est trop court : trop court pour moi. Je suis trop faible. Tu devras donc y aller à ma place, et tu devras faire vite, le plus vite possible. Traverser Long Bridge avant la tombée de la nuit ; et prendre contact avec notre ami à l'auberge.

— Qu'est-ce que je lui donne ?

— Tu ne lui donnes rien, tu lui transmets seulement un message oral.

— Alors, qu'est-ce que je dis ?

— Lucifer, le fils du matin, et Satan.

— C'est facile à retenir. Qu'est-ce que ça veut dire ?

— Il le saura. Il vaut mieux que tu n'en saches pas trop. Maintenant dépêche-toi.

— Bien, monsieur.

Annie était au piano dans le salon de devant, mais elle ne jouait pas. Elle le regarda d'un air anxieux.

— Tu vas de l'autre côté, David ?

David fit oui de la tête. Il se sentait tout à coup devenu adulte : désormais il avait part au jeu secret qui fait marcher le monde. D'ailleurs, il venait de se laisser pousser la moustache.

— Au fait, comment la trouves-tu ? demanda-t-il à Annie.

— Quoi donc ?

— Ma moustache, bien sûr ! Tu ne la trouves pas jolie ?

— Mais si, très jolie. Seulement elle te... comment dire ? Elle te vieillit un peu.

— Et ça me va bien ?

— Oui, très bien. Si tu veux, je t'accompagnerai jusqu'à la rivière.

Ils traversèrent la ville bras dessus, bras dessous comme deux amoureux, du moins selon l'idée que David se faisait d'une promenade d'amoureux par une belle soirée de mai, tandis que l'étoile du soir commence à luire dans un ciel violacé. Des camarades le reconnurent, lui envoyèrent des saluts. Il y répondit en disant leurs noms à Annie, et il se rengorgeait, car tous lui témoignaient un certain respect pour sa bonne fortune. La journée avait été torride, mais en fin d'après-midi une brise légère s'était levée, séchant les gouttes de sueur qui perlaient sur son front.

Dans le parc du Président, des soldats bivouaquaient. Des centaines de tentes avaient été dressées, et les réchauds pour cuisiner étaient tous allumés. Dans un coin du parc un groupe de soldats chantait des chansons tristes ; ailleurs, une vache se laissait traire ; un peu plus loin encore, un officier se rasait devant un miroir suspendu à une branche. En tournant dans Ohio Avenue, ils aperçurent encore d'autres troupes campées parmi les blocs de marbre blanc entourant le socle du monument inachevé élevé à Washington. Le canal était tout près : un vieux nègre y pêchait des poissons-chats. L'odeur était pestilentielle : une odeur de chair en décomposition.

— Il doit bien y avoir cinquante mille Yankees dans la ville, dit Annie. Si je ne les avais pas vus de mes yeux, je ne l'aurais jamais cru. Il y en a au Capitole qui couchent par terre. Il y en a au Bureau des Brevets. Il y en a...

— Ils disent que nous en avons autant de l'autre côté de la rivière prêts à attaquer la ville.

— Moi, je n'en ai vu aucun. Je l'ai seulement entendu dire. Tandis que ceux-là, je les ai vus.

Annie lui serra le bras. Combien étaient-ils de jeunes gens de dix-huit ans, à la moustache déjà fournie, engagés dans une mission qui sonnerait le glas de la capitale yankee ? David était persuadé que son message avait trait à l'attaque tant attendue et si souvent différée contre Washington. Malgré leur nombre et leur valeur, les Yankees ne feraient pas le poids contre les *wild boys,* qui eux ne vivaient que pour se battre.

— A propos, où est Isaac ? demanda David.

— Je ne sais pas au juste. Mais maintenant que Richmond est la capitale de la Confédération, il doit s'y trouver. C'est la porte à côté.

— Souhaitons qu'il l'enfonce, dit David d'un air rageur, puis, après un soupir : Ah ! qu'est-ce que je ne donnerais pas pour aller à Richmond et travailler pour le président Davis. Ici, je me sens inactif.

En réalité, David s'était rendu une fois à Richmond, mais il n'avait pas beaucoup aimé cette ville, qu'il trouvait quelconque en comparaison de Washington et surtout de Baltimore.

— Papa dit que tu es plus utile là où tu es, comme ça tu peux mieux observer ce qui se passe à la Maison-Blanche.

— Jusqu'ici je n'ai pas glané grand-chose, mais j'ai remarqué que chaque fois qu'il se passe quelque chose, ils ont tous l'air de disparaître. On n'a pas vu le Président depuis plus d'un jour maintenant, c'est donc qu'il se prépare quelque chose.

— Qu'est-ce que tu apprends chez Thompson?

— Eh bien, j'ai appris, par exemple, que Mrs. Lincoln était allée à New York faire des achats pour la maison, et que le Président avait dit à Mr. Wood, qui s'occupe des Bâtiments publics, qu'il ne surveillait pas assez les dépenses de Mrs. Lincoln.

— Tout cela, je l'ai lu dans les journaux. Tu as appris autre chose?

— J'ai entendu dire que le Président est furieux parce qu'il croit que Mrs. Lincoln et Mr. Wood ont eu ensemble une aventure au Metropolitan Hotel de New York.

Annie s'arrêta court. Derrière elle, l'Institut Smithsonian se détachait comme une masse noire dans la lumière argentée du couchant.

— Mrs. Lincoln? Une aventure? A son âge?

— C'est ce qu'on dit.

— On dit aussi qu'elle est folle, fit Annie en secouant la tête. Je n'ai jamais entendu parler d'une femme de son âge qui eût des aventures — quel âge peut-elle avoir? quarante-cinq ans? — à moins bien sûr d'être une professionnelle comme ton amie Mrs. Austen.

David se garda bien de lui dire que pourtant ce genre de choses arrivait parfois. Il connaissait une veuve, un peu empâtée, mais encore très aguichante, qui tenait une épicerie derrière l'arsenal. Elle avait gardé quelque temps chez elle un des *wild boys* jusqu'à ce qu'il partît pour le Sud. Et maintenant elle avait fait clairement comprendre à David qu'il pourrait lui aussi profiter à l'occasion d'un jambon s'il voulait bien venir égayer la tristesse de son veuvage. Mais bien sûr ce ne sont pas des choses qu'on dit à une jeune fille qui a été élevée chez les sœurs.

— De toute façon, poursuivit David, maintenant Mrs. Lincoln est rentrée, et Mr. Wood et Mr. Watt sont toujours fourrés ensemble. Mr. Watt, c'est le premier jardinier. Lui, c'est un malin : il a fait fortune rien qu'en vendant au marché tout ce qu'il fait pousser en douce dans le parc, sans parler de ce qu'il vous demande pour vous faire obtenir un emploi. C'est un filou de première, et depuis vingt ans qu'il est à la Maison-Blanche, on ne l'a encore jamais pincé ; il faut croire qu'il a la manière... Tout en parlant, David s'étonnait lui-même de la quantité de choses qu'il avait apprises sur la Maison-Blanche et ses occupants sans même l'avoir particulièrement recherché. Il est vrai que les faits et gestes du personnel de la Maison-Blanche intéressaient beaucoup de monde, principalement les commerçants. Le vieil Edward lui aussi savait se faire des pourboires. Et puis, il y avait Mrs. Cuthbert, la gouvernante, c'était aussi quelqu'un avec qui il fallait compter, de même qu'Elizabeth Keckley, la mulâtresse, une nouvelle, qui ne frayait guère avec les autres, mais qui était très liée à Mrs. Lincoln.

Arrivés à Long Bridge, Annie embrassa David sur la joue, en murmurant tout bas :

— Je fais comme si nous étions des amoureux.

— Pourquoi ? Est-ce qu'on ne l'est pas ?

David lui mordilla le bout de l'oreille ; Annie poussa un cri, suivi d'un petit gloussement et s'en fut.

David s'approcha du poste de garde qu'on venait de construire à l'entrée du pont. Il savait que le sergent l'avait vu avec Annie ; aussi est-ce avec la plus parfaite candeur qu'il lui tendit son laissez-passer.

Le sergent lut :

— Pharmacie Thompson. Est-ce qu'il n'est pas un peu tard pour délivrer des ordonnances ?

— Non, monsieur. Pas quand il s'agit de Mrs. Alexander. C'est une vieille dame qui n'en a plus pour longtemps, à ce qu'on dit...

— C'est bon. Passez.

Il y avait sur le pont un splendide coucher de soleil, et bien qu'ébloui par le soleil, David s'aperçut qu'il n'y avait pratiquement aucune circulation venant de Virginie, à l'exception d'une ou deux charrettes transportant des produits de la ferme, tandis que venant de Washington il y avait quelques piétons solitaires comme lui, mais aucune voiture. Ceux qui avaient décidé de quitter l'Union pour la Confédération l'avaient fait depuis longtemps. Au milieu du pont il s'arrêta pour regarder en aval du fleuve dans la direction de Greenleaf Point, tout rouge dans le soleil couchant, comme l'était le Capitole sur sa colline un peu plus loin à l'est. David remarqua alors un étrange scintillement argenté juste en dessous de l'endroit où Maryland Avenue rejoint Long Bridge.

— Circulez ! dit une voix. David leva les yeux. Une patrouille d'infanterie de l'Union traversait le pont en direction de Washington. C'était un caporal qui venait de lui parler.

— Oui, monsieur, dit David en s'éloignant. Il réalisait maintenant que ce qu'il avait aperçu dans les marais au sud du pont, était un régiment d'infanterie dont les baïonnettes réfléchissaient la lumière rouge du soleil.

Sur la rive virginienne, David fut reconnu par le sergent confédéré, un solide gaillard à la figure avenante à peine plus âgé que lui, portant moustache et barbiche.

— Tu vas à la taverne, David ? fit-il avec un clin d'œil.

— Pour tout vous dire, monsieur, j'ai bien la gorge un peu sèche.

— Alors je te verrai là-bas après mon service.

David se rendit directement à la taverne. La salle était à moitié vide. A cette heure-là, en temps ordinaire, elle aurait dû être pleine de monde : des fermiers des environs, mais aussi des voyageurs venant du Sud, et qui boivent un dernier coup en terre sudiste avant de reprendre la route de la capitale. Maintenant il n'y avait plus que des soldats en uniforme gris, et quelques voyageurs de commerce debout près du comptoir, le pied droit sur le barreau de cuivre jamais astiqué qui courait autour du bar.

David commanda une bière, mangea un cornichon et demanda au barman :

— Mr. Mayberry est-il ici ?

— Non, David. Il est à Alexandria.

— Quand doit-il rentrer ?

— Il ne devrait pas tarder maintenant.

David attendit jusqu'à minuit. Il passa la soirée à boire et à échanger des histoires avec le sergent et ses amis. De temps en temps il allait se soulager au clair de lune. C'était la pleine lune et on y voyait comme s'il faisait jour. Tout était tranquille de ce côté du pont : des soldats chuchotaient des mots de passe en se croisant. Tandis que plus loin au sud les lumières d'Alexandria faisaient comme un halo tout jaune dans le ciel noir.

A minuit, David commençait à sentir les effets de toute la bière qu'il avait bue ; il prit le barman à part et lui dit :

— Je devrais peut-être aller le chercher.

— Je ne peux pas te dire où le chercher. Il aurait dû être rentré depuis longtemps. Le barman avait visiblement l'air inquiet : Il y a des bruits, dit-il à voix basse.

— C'est pourquoi je dois lui remettre mon message.

— Honnêtement, David, je ne vois pas très bien comment.

Malgré la bière qu'il avait absorbée, David prenait sa mission très à cœur. Il fit à pied les dix kilomètres qui le séparaient d'Alexandria, et se rendit immédiatement dans la maison du Marshal, un petit hôtel sur le toit duquel flottait le drapeau confédéré. Au bar de l'hôtel, David trouva le propriétaire, un certain Anderson, qu'il connaissait de vue. Anderson était assis à une table et discutait avec des hommes d'affaires de la région, du moins c'est ce qu'il sembla à David. David fit signe depuis le bar qu'il aimerait parler au patron, lequel vint le rejoindre.

— Il me semble que je t'ai déjà vu, n'est-ce pas ?

— Oui, monsieur. Je m'appelle David Herold, et je travaille à la pharmacie Thompson. Je rends parfois visite à Mr. Mayberry quand j'ai à faire dans le coin.

— C'est comme ça que je te connais. Whisky, commanda Anderson au garçon. Tu n'avais pas de moustache la dernière fois que je t'ai vu, n'est-ce pas ?

— Non, monsieur.

David avala son whisky.

— Il faut que je trouve Mr. Mayberry, monsieur. J'ai un message important pour lui.

Anderson fronça les sourcils.

— Je l'ai vu cet après-midi. Il est passé dire que tout allait bien — jusqu'à présent. Il avait l'air pressé. Puis-je faire quelque chose pour toi ?

— Non, monsieur, je ne pense pas.

— C'est bien, David. Tu es un bon garçon. Ne fais confiance à personne. Attends ici, si tu veux, et si tu as soif, sers-toi.

Anderson retourna rejoindre ses amis. David avait maintenant sommeil d'avoir trop bu. Il était aussi debout depuis cinq heures du matin. Il demanda au barman s'il n'y avait pas un endroit où il pourrait coucher. On le conduisit dans un hangar derrière l'hôtel, il s'étendit sur un lit de camp et s'endormit aussitôt.

David rêvait qu'il marchait le long de la rivière lorsqu'un coup de tonnerre retentit au-dessus de sa tête. Réveillé en sursaut par le bruit du canon, David sauta à bas de son lit et sortit du hangar. Dans le ciel la lune avait disparu, il faisait presque jour. La rue était pleine de monde : certains étaient encore en chemise de nuit, d'autres à moitié habillés. Tout le monde courait vers le pont.

— Que se passe-t-il ? demanda David à un vieillard qui allait dans la direction opposée.

— Les Yankees ont traversé la rivière. Ils entrent dans Alexandria !

Dès qu'il fit un peu plus clair, David aperçut à nouveau les baïonnettes qu'il avait déjà vues la veille au soir, seulement maintenant elles n'étaient plus rouge sang mais argent doré. La garnison confédérée avait reçu l'ordre d'évacuer la ville : elle avait une heure pour vider les lieux ; et maintenant elle se repliait sur Richmond.

Les habitants d'Alexandria regardaient leur ville se remplir de soldats de l'Union avec plus de stupeur que de véritable frayeur, ou même de colère. La situation était nouvelle pour eux : c'était la première fois que des troupes américaines occupaient une ville américaine. Seuls les cochons poussaient des hurlements de terreur en apercevant les chevaux.

Un groupe d'officiers yankees croisa David. Ils allaient d'un pas alerte. Parmi eux, David reconnut le colonel des zouaves, Ellsworth, un jeune homme de vingt-quatre ans qui avait ébloui tout Washington en faisant parader son régiment. Il avait également déployé toute sa valeur lorsque à la tête d'un petit groupe de ses hommes — tous des pompiers dans le civil — il était venu à bout d'un incendie qui s'était déclaré tout près du Willard, sous les applaudissements d'un millier de spectateurs, parmi lesquels se trouvait David.

David maudissait le sort de ne pas être le colonel Ellsworth. Rien que de le voir se déplacer était un plaisir. Il se mouvait comme un tigre, et lorsqu'il aperçut le drapeau confédéré flotter au-dessus de la maison du Marshall, le tigre devint enragé.

— J'en fais mon affaire, dit-il à l'un de ses hommes. Sergent ! Allez me chercher une compagnie !

Le sergent salua et partit en courant. Puis se tournant vers un de ses officiers :

— Major, lui dit-il, allez occuper le bureau des télégraphes.

— Oui, monsieur.

— Capitaine ! Prenez une compagnie et allez occuper la gare.

— Oui, colonel.

Si désastreuse que fût cette journée pour la Confédération, David aurait donné un bras pour être cet extraordinaire jeune homme, si élégant, si maître de lui, si précis, et pour tout dire si héroïque.

Ellsworth se précipita dans l'hôtel à la tête d'un petit groupe d'hommes. L'instant d'après il était sur le toit. La foule dans la rue laissa échapper un cri lorsqu'il coupa la hampe du drapeau à l'aide d'un couteau de poche. Puis, se saisissant du drapeau, il le fit tournoyer au-dessus de sa tête : l'espace d'un moment, David connut l'extase parfaite. Ellsworth disparut par une trappe. Un moment après, on entendit un bruit de fusillade venant de l'intérieur de l'hôtel, suivi presque aussitôt d'une seconde détonation. Alors, on vit apparaître dans l'encadrement de la porte un caporal tenant dans ses bras le corps ensanglanté de son colonel. A cette vue, une femme s'évanouit. David s'enfuit en courant vers Long Bridge. Le magnétisme de la guerre l'avait gagné. Il humait voluptueusement l'air orageux, plein des senteurs de la poudre ; et cependant il frissonnait sous les effluves d'une immense détresse, comme si le cœur de l'humanité tout entière avait battu dans cette poitrine. Si quelqu'un d'aussi beau et brave que le colonel Ellsworth pouvait être déchiqueté de la sorte, quelle chance avait de s'en tirer un simple soldat confédéré une fois que la guerre aurait commencé ?

Mr. Surratt poussa un gémissement lorsque David lui apprit ce qui s'était passé.

— Nous aurions pu sauver la ville si Mayberry avait reçu mon message.

Le vieillard gisait sur son lit, la tête appuyée contre un oreiller, étreignant un crucifix dans sa longue main décharnée.

— Pas avec tous ces Yankees, monsieur. Ils étaient treize mille, à ce que disent les journaux. Nous n'étions que cinq cents.

— On aurait pu les avertir. On aurait pu faire venir les troupes de Beauregard. Ils auraient au moins pu tenter quelque chose.

— Que signifiait le message ?

— Lucifer désignait Alexandria. Cela voulait dire que la ville allait être attaquée dans les vingt-quatre heures. Le fils du matin désignait Hampton Road. C'est juste en face de Fort Monroe où Ben Butler s'est planqué à portée de feu de Norfolk et de Richmond. J'imagine qu'il a déjà dû attaquer Hampton et Newport News. C'était ça le plan. Satan voulait dire les collines du Potomac, de l'autre côté de Georgetown, que nous avons perdues à midi. Ce qui signifie que notre voie de chemin de fer est coupée. Ah ! ces satanés Nordistes ! Ils ont l'âme plus noire que la peau de nos esclaves !...

Une quinte de toux mit un terme à la fureur du vieillard.

En traversant ce matin-là les rues animées de la capitale, David se demandait pourquoi le message n'avait pas été envoyé plus tôt. Bien sûr il ignorait comment Mr. Surratt s'y prenait pour obtenir ses renseignements du ministère de la Guerre. Le fait qu'il parvienne à se les procurer et qu'il existe de par la ville des centaines de David pour les porter de l'autre côté de la rivière était déjà une cause de satisfaction dans une journée qui en comportait si peu.

Ce jour-là et les jours qui suivirent furent également des jours de tristesse pour le Président et les siens. Une foule innombrable était venue saluer la dépouille mortelle du colonel Ellsworth exposée sur un lit de parade dans le salon est de la Maison-Blanche. Keckley était là avec Tad et Willie ; elle les tenait chacun par une main, tandis qu'ils regardaient les zouaves défiler devant le cercueil de leur chef. Cousine Lizzie était ensuite venue chercher les garçons pour les conduire dans le salon du premier, où Mary prenait le thé avec le chevalier Wikoff. De la fenêtre, on pouvait voir le drapeau de l'Union flotter au-dessus de la maison du Marshal. Le drapeau confédéré pour lequel Ellsworth était mort était posé, plié, sur une table dans le salon ovale. On l'avait présenté à Mary, lors du service funèbre célébré à la mémoire du premier héros de la guerre ; mais à la vue du sang Mary avait failli se trouver mal, et elle avait donné le drapeau à Lizzie.

Mary n'avait pas été aussi attachée à Ellsworth que l'avait été son mari, mais le fait d'apprendre brutalement la mort d'un proche de la famille et d'avoir son cercueil dans sa maison était tout à fait suffisant pour provoquer en elle les symptômes annonciateurs de la migraine. Elle tâcha de s'intéresser davantage à la conversation. Par bonheur, le Chevalier était un homme de conversation, qui savait parler pour deux, quand il le fallait.

— Le colonel Ellsworth a travaillé quelque temps dans l'étude de Mr. Lincoln, dit Mary d'une voix précipitée. Il n'était manifestement pas fait pour le droit, même Mr. Lincoln s'en est aperçu, par contre il avait toutes les qualités du soldat : brave, déterminé, habile de ses mains, expert dans le maniement des armes, sachant parler aux hommes et s'en faire aimer, oui, un chef-né.

— Cela a dû être un choc pour Mr. Lincoln, dit Wikoff dont la belle tête grisonnante s'éclaira d'un sourire de compassion.

— Terrible. Je ne l'ai pas vu aussi affecté depuis la mort d'Eddie, le garçon que nous avons perdu il y a cinq ans. On ne s'habitue jamais à ce genre de choses, même pas dans l'Ouest où parfois le choléra vous décime la moitié d'un village en un rien de temps, fauchant toujours les meilleurs... Maintenant la douleur se faisait plus aiguë : cela commençait toujours derrière les yeux, et puis de là ça rayonnait à travers toute la tête. Mais aujourd'hui il ne fallait pas qu'elle tombât malade, non, pas aujourd'hui. Elle lutterait.

Sur ces entrefaites cousine Lizzie entra dans la pièce, suivie de Tad et de Willie.

— Les soldats, ils pleurent, dit Tad encore étonné. Je ne savais pas que les soldats ils pleuraient.

— Ils pleurent, dit Mary, quand ils sont très tristes, comme ils le sont en ce moment, parce que leur colonel est mort.

— Mais vous dites toujours quand je pleure que les soldats ne pleurent pas comme ça, dit Tad, qui raisonnait déjà comme un légiste.

— Tu ne pleures pas parce qu'il est arrivé quelque chose de grave, comme la mort d'un ami tué à la guerre, dit Willie d'un ton de reproche. Tu pleures parce que tu n'obtiens pas ce que tu désires.

— Je pleure quand je tombe, dit Tad en se mettant à énumérer les multiples occasions où selon lui il était licite de pleurer.

Mais Willie lui coupa brutalement la parole :

— Maintenant, maman, que va-t-il arriver à Ellsworth ?

— Ils vont le ramener chez lui, et il sera enterré dans le cimetière.

— C'est tout ? fit Willie.

Willie parut triste. Décidément, songeait Mary, Willie devient un très joli garçon : il avait des yeux bleus tirant sur le violet, qui lui rappelaient exactement ceux de sa propre mère.

— C'est pour tout le monde comme ça, à la fin, dit cousine Lizzie, qui se voulant rassurante ne réussissait qu'à être banale. Il est vrai que Lizzie avait toujours eu du goût pour les enterrements et les mémentos de toutes sortes.

— Mais hier encore il jouait avec nous dans le parc, dit Willie en se tournant vers la fenêtre, et maintenant il est là étendu dans une boîte, tout froid...

— C'est la volonté de Dieu, dit cousine Lizzie.

— Oui, dit Mary, qui commençait à se sentir mal. Il y a un temps pour naître... mais elle ne put achever sa phrase. Elle avait la tête brûlante, les mains glacées et la voix singulièrement rauque. Elle s'obstinait néanmoins à ne pas céder. Elle regarda Willie : il lui apparut, pâle et serein, au milieu de la pièce, la tête auréolée de flammes.

— Tu ne te souviens pas d'Eddie, reprit-elle avec un effort.

— Tout le monde meurt, s'écria gaiement Tad, puis il sortit de la pièce en courant.

— C'est vrai, n'est-ce pas ? dit Willie. On ne sait jamais quand on meurt, ce qui n'est pas juste au fond, n'est-ce pas, maman ? parce qu'on ne peut rien prévoir. Il allait se marier...

Cette fois Mary dut fermer les yeux, puis elle poussa un cri et se roula par terre. Quand elle rouvrit les yeux, la douleur était devenue supportable. Elle se trouvait dans son lit : Lincoln était assis à côté d'elle et lui tenait la main. Keckley était assise de l'autre côté du lit et lui servait de garde-malade.

— Oh, Papa ! s'écria Mary. Pourquoi a-t-il fallu que ça arrive justement...

— Ne parle pas, Maman. Tu as eu un mauvais moment, mais maintenant c'est passé.

— Il y a combien de temps que je suis ici ?

— Deux jours, Mrs. Lincoln, répondit Keckley.

— Mon Dieu ! Est-ce possible ? Comment vont les garçons ? J'étais en train de parler à Willie quand...

Lincoln sourit :

— Willie s'est mis à écrire de la poésie. Il a écrit une ode très jolie à la mémoire d'Ellsworth. Je te la ferai lire plus tard.

Tout à coup on entendit une voix d'enfant qui chantait à tue-tête dans la pièce à côté : *Le Vieil Abe était un briseur de rails, c'est comme ça qu'il a brisé la Confédération !*

Lincoln se mit à rire :

— Tad est en voix aujourd'hui. Il ne te fatigue pas, au moins ?

— Oh, non ! dit Mary en s'efforçant de sourire elle aussi. Mais je pense que ce n'est pas très gentil de t'appeler un briseur de rails.

— Ça ne sonne pas bien à l'oreille de dire simplement : « Le vieil Abraham Lincoln, avocat du chemin central de l'Illinois... » Cela dit, je serais encore capable de briser un ou deux rails s'il le fallait.

Comme la voix de Tad reprenait le même refrain :

— Je vais aller le calmer, dit Lincoln en quittant la pièce.

Mary se tourna vers Keckley en lui adressant un regard anxieux :

— Qu'ai-je dit ? Qu'ai-je fait ?

— Vous étiez inconsciente la plupart du temps. Ou bien vous déliriez.

Keckley versa une poudre dans un verre d'eau.

— J'espère que les portes étaient bien fermées, et que personne n'a rien entendu.

— Tranquillisez-vous, dit Keckley en lui donnant la potion à boire. Personne n'a rien entendu. Je vous ai tout de suite mise au lit, et personne n'a mis les pieds dans cette pièce excepté Mr. Lincoln et moi.

— Je pense parfois, dit Mary qui commençait à s'assoupir, qu'il y a bel et bien un enfer, mais qu'il est sur cette terre et non après.

Elle se souvint soudain d'une vieille comptine à laquelle elle n'avait plus repensé depuis des années :

— Mammy Sally, la nourrice qui nous a tous élevés, nous racontait que tous les vendredis, tous les geais vont en enfer pour dire au diable tout ce que nous avons fait de mal durant la semaine. Aussi, chaque fois que nous voyions un geai nous lui disions : « Ohé ! ohé, monsieur le geai ! vous êtes un vilain rapporteur. Chaque jour vous nous espionnez, et ensuite vous allez raconter en enfer... en enfer... »

Sur le mot « enfer » Mary tomba dans un sommeil profond.

XVII

Salmon P. Chase se tenait derrière son bureau en noyer massif. En face de lui, faisant demi-cercle, étaient assis une douzaine parmi les banquiers les plus importants du pays. Jay Cooke les avait convoqués à Washington pour une consultation avec le secrétaire d'État au Trésor qui était en train de préparer son rapport au Congrès sur l'état des finances de la nation. Le président et le caissier de la banque de commerce de New York, Mr. Stevens et Mr. Vail, étaient assis à côté l'un de l'autre, polis, attentifs, impénétrables ; ainsi que les directeurs de la banque de commerce d'Albany et de la banque de commerce américaine. Assistaient aussi à cette réunion des banquiers indépendants comme Morris Ketchum et William Henry Aspiwall.

Chase commença par leur tracer un portrait optimiste de la situation et à leur déclarer que les finances étaient saines. Mais ces gens-là n'étaient pas dupes ; ils savaient qu'ils devraient l'aider à financer un conflit militaire qui menaçait de coûter un million de dollars par jour, bien qu'aucune bataille n'eût encore été livrée. La prise d'Alexandria n'avait coûté qu'une seule vie, celle du colonel Ellsworth, tandis que la prise d'Hampton Road et de Newport News, quoique sans effusion de sang, avait été onéreuse. Chase s'attacha surtout à montrer ce que coûterait l'entretien d'une armée et d'une marine.

— Nous avons reçu, dit Chase qui savait bien que les banquiers en connaissaient déjà le chiffre, vingt-trois millions de dollars de contributions volontaires, provenant des diverses législatures d'États, des municipalités ainsi que de simples particuliers. Depuis la seconde proclamation du Président du 3 mai, demandant quarante-deux mille volontaires pour un service de trois mois, nos dépenses militaires ont sensiblement augmenté... Ici Chase s'interrompit pour jeter un regard satisfait sur les moulures qui ornaient les fenêtres surmontées du sceau du Trésor, son sceau à lui, puis il reprit : Comme vous le savez, messieurs, quand cette administration est arrivée au gouvernement, elle a trouvé les caisses vides. La panique de 1857 avait transformé l'excédent en déficit, cependant que nos amis sudistes qui siégeaient encore au Congrès ont fait pression pour nous empêcher de lever des impôts indirects. Les quelques emprunts flottant sur le marché furent lancés à des taux d'intérêt exorbitants. A « taux d'intérêt exorbitants », Chase scruta les visages de ses interlocuteurs : c'était précisément là l'objet de leur présence dans son bureau ; trop heureux d'acheter des bons du gouvernement à condition qu'ils fussent à court terme et qu'ils rapportassent au moins 20 % d'intérêt. Chase était résolu à ne pas dépasser 7 %. Cela n'irait pas tout seul ; il faudrait marchander. Dans ce genre de situations, Chase se remémorait l'épître de saint Paul aux Éphésiens.

« Nous devrons financer les trois quarts de notre prochain budget avec des emprunts. (Ici les visages de ces hommes d'argent prirent une expression vorace.) Je devrai élever les tarifs douaniers. Je devrai aussi établir une sorte d'impôt sur le revenu. (En entendant cela, les loups se penchèrent en avant : Chase crut entendre comme une espèce d'aboiement.) Je sais ce qu'un tel impôt peut avoir d'impopulaire, mais je ne vois pas d'autre moyen de renflouer le Trésor public.

— Mr. Chase, dit Mr. Aspiwall, le plus bénin des loups, vous pouvez toujours taxer le revenu des Américains, mais accepteront-ils de payer ? Toute la question est là.

— Il me semble que le devoir patriotique...

Mr. Ketchum se mit à rire :

— Vous devrez engager un si grand nombre de fonctionnaires pour faire rentrer ce nouvel impôt que tout ce que vous gagnerez servira à les payer.

— Je ne suis pas aussi pessimiste, dit Chase, séduit par l'idée d'avoir à sa dévotion un millier d'agents du fisc dans chaque État. Il savait qu'il était ignoble de songer à sa carrière politique en un moment pareil, mais si les intérêts de la nation coïncidaient avec ses intérêts personnels, où était le mal ? Comme toujours, il se consolait avec saint Paul.

Lorsque les banquiers se mirent à le questionner sur la nécessité de frapper davantage de monnaie, de préférence des billets de banque émis par leurs propres banques, Chase leur rappela l'adresse inaugurale qu'il avait prononcée en tant que gouverneur de l'Ohio :

— Comme je l'ai déclaré alors, la meilleure monnaie d'un point de vue pratique serait une monnaie en espèces, admettant l'usage des billets de banque seulement pour les commodités du commerce. En principe, ce serait l'idéal, mais en pratique... Chase était perplexe ; les banquiers l'étaient également, mais à la différence de Chase, ils savaient sur quoi se rabattre. Finalement il dut leur céder. Pourtant, il ne trahissait pas ses principes : il avait toujours été contre un système bancaire centralisé. Il avait exulté lorsque Jackson avait supprimé la Banque des États-Unis, considérant le pluralisme bancaire comme l'emblème et l'essence de la démocratie. Mais à présent qu'il avait soin des finances de la nation, il commençait d'avoir des doutes ; il se demandait si le financement du gouvernement fédéral par ces... requins (il n'y avait pas d'autre mot) servirait au mieux les intérêts du peuple américain. Pour le moment il ne voyait pas d'autre solution : il fut donc forcé de traiter avec eux. Après avoir insisté sur le fait qu'une dette perpétuelle était contraire à l'esprit de la Constitution américaine, il dut bien reconnaître que la guerre était la guerre. Il se mit d'accord avec les banquiers pour des bons de vingt ans remboursables seulement après cinq ans. Il réussit à maintenir le taux d'intérêt en dessous de 8 %, mais en contrepartie les banquiers l'obligèrent à vendre un certain nombre d'emprunts d'État bien au-dessous de leur valeur. Chase eut le sentiment d'avoir perdu une bataille. S'il voulait gagner la guerre (la guerre contre les banquiers), il lui faudrait réinventer complètement le système bancaire américain. C'est à quoi il allait désormais s'employer.

Quand les banquiers furent partis, son secrétaire vint lui annoncer que le gouverneur Sprague était dans l'antichambre. Chase en conçut un vif plaisir. Il accueillit le jeune homme avec la plus grande cordialité, le pria de s'asseoir sur un canapé, et s'assit lui-même à l'autre bout.

— Où puis-je me procurer une nouvelle paire de lunettes ? demanda Sprague.

Chase demeura un moment interloqué : il n'avait pas l'habitude de traiter ce genre de sujets avec ses interlocuteurs.

— Je vais chez Franklin, lui répondit-il. C'est au bas de la rue. Mon secrétaire vous donnera l'adresse. Je suis ravi que vous ayez trouvé un moment pour me rendre une visite aussi... désintéressée.

— Oh, j'ai Burnside pour s'occuper du régiment. Vous ne pourriez pas glisser un mot au Président par hasard ?

— Au sujet de votre brevet ?...

— De major général, oui. Butler a déjà le sien.

— J'ai peur que ce ne soit pas de mon domaine...

— Qu'est-ce que l'*habeas corpus* ? demanda le gouverneur de Rhode Island.

Sprague avait une façon de sauter d'un sujet à l'autre qui rendait la conversation extrêmement difficile. Chase, par contre, aimait à entamer une conversation en délimitant son sujet, puis après un examen attentif du pour et du contre, il s'acheminait confortablement vers une conclusion raisonnée. Avec Sprague ce n'était pas possible. Le problème avec lui n'était pas qu'il avait été mal éduqué, c'était qu'il n'avait reçu aucune éducation. Pourtant l'esprit était alerte : un esprit d'homme d'affaires, contrairement à Chase, qui avait plutôt un esprit d'homme d'Église que de financier.

— *Habeas corpus,* commença Chase, en se demandant si Sprague le laisserait aller jusqu'au bout de son exposé, est une expression latine signifiant : « Tu auras le corps. » Bien que le concept remonte au XIIIe siècle, ce n'est qu'en 1679 que l'*Habeas Corpus Act* est devenu la loi fondamentale de l'Angleterre, et ensuite de notre pays. En vertu de cet acte, quiconque est arrêté doit comparaître devant une cour de justice. La justice, sur la demande à elle adressée par une personne ou pour le compte d'une personne arrêtée, est tenue de délivrer un *writ d'habeas corpus ad subjiciendum*, c'est-à-dire un ordre au vu duquel le geôlier est obligé de conduire le prisonnier devant le magistrat qui, s'il y a lieu, le fait élargir. Cette institution a pour objet de garantir la liberté individuelle en remédiant au danger des arrestations et détentions arbitraires. C'est le fondement de toutes les sociétés libres en général et de la nôtre en particulier.

Chase avait terminé ; il n'avait pas été interrompu. Après tout, ce garçon était peut-être éducable.

— Plus maintenant, dit Sprague en jouant avec le cordon de ses lunettes. J'étais à la présidence. Je n'ai pas pu voir le Président. Personne ne pouvait le voir. Le président de la Cour suprême le recherche. Il paraît que Mr. Lincoln aurait arrêté un de ses amis — je veux dire un des amis du juge.

Chase hocha la tête.

— Oui, je suis au courant. Il s'agit d'un certain Mr. Merryman de Baltimore.

— Tout juste. Il est enfermé au Fort McHenry, et quand le juge a demandé au général commandant le fort de produire le corps, le général a dit au juge d'aller se faire voir, que c'étaient les ordres de Mr. Lincoln.

— Je suis bien sûr, monsieur, que le général Cadwalder n'a pas répondu au juge en ces termes...

— Quoi qu'il en soit, le vieux n'a pas l'intention de se laisser faire. Il dit que ce qu'a fait Mr. Lincoln est contraire à la Constitution et qu'on devrait le mettre en prison pour avoir transgressé la loi. Puis-je demander à Miss Chase de monter avec moi dimanche, avant que je retourne à Providence ?

— Si vous ?... Mais...

— Puis-je inviter votre fille à monter à cheval avec moi dimanche ? répéta Sprague en épelant distinctement les mots comme s'il avait affaire à un simple d'esprit. Lundi, je dois prendre le train pour Providence, mais je serai de retour à temps pour la guerre.

— Mais très volontiers, monsieur. Si tel est son plaisir, j'en serais ravi. Vous disiez que le président de la Cour suprême avait l'intention d'arrêter Mr. Lincoln ?

— Quelque chose dans ce goût-là. Maintenant, parlons coton.

On ne parlait pas coton à la Maison-Blanche ; par contre, il était beaucoup question d'*habeas corpus*. Lincoln était assis au haut bout de la
table, dans la salle du Cabinet, avec à son côté l'attorney général Bates.
La salle d'attente était, comme toujours, pleine de monde. Quelques instants auparavant, en traversant le couloir en compagnie de Bates, Lincoln fut assailli par des phrases telles que : « Monsieur le Président,
juste une minute, s'il vous plaît », ou encore : « Monsieur le Président, il
y a six mois que je n'ai pas de travail... » Lincoln avait alors murmuré à
Bates : « J'ai parfois l'impression d'être le propriétaire d'un hôtel qui a
pris feu, et qui s'amuse à louer les chambres de devant alors que celles
de derrière sont en train de brûler. »

Un début d'incendie s'était également déclaré dans la salle du Cabinet, causé par la lettre que le président de la Cour suprême venait
d'adresser au président des États-Unis.

— C'est dommage que le vieux Taney habite Baltimore, dit Bates.
Comme ça ils ont pu aller le chercher tout de suite.

— C'est surtout dommage que Mr. Taney soit du Maryland, dit Lincoln, et c'est encore plus dommage que Jackson l'ait nommé président
de la Cour suprême. Mais c'est comme ça, nous n'y pouvons rien. Alors,
que dit ce message ?

Lincoln rendit la lettre à Bates sans l'avoir lue.

— Il dit que l'ordre qu'il a donné au général Cadwalder de produire
Mr. Merryman n'a pas été obéi. Il vous rappelle ensuite que vous avez
juré — et juré devant lui, le jour de votre adresse inaugurale — de maintenir la Constitution et de veiller à l'exécution des lois.

— Autrement dit...

— Il vous enjoint de faire comparaître Mr. Merryman devant une
cour de justice.

— Et si je refuse ?

— Vous serez poursuivi pour outrage à la Cour suprême des États-
Unis, et pour violation de la loi, etc.

— Il n'a tout de même pas l'intention de m'arrêter, n'est-ce pas ?

— C'est exactement ce qu'il aurait l'intention de faire, s'il en avait les
moyens.

— Il faudrait d'abord faire comprendre à Mr. Taney que bien qu'il
ait pu penser que c'est à lui que j'ai prêté serment, parce que ce matin-là
il se trouvait qu'il tenait une Bible dans les mains, c'est en réalité devant
le pays tout entier que j'ai prêté serment, et j'ai juré de défendre la
Constitution tout entière. Vous avez noté cela, Johnny ?

— J'y arrive, monsieur.

— Je pense, dit Blair, que vous devriez invoquer vos pouvoirs inhérents et lui dire...

— Non, non, répondit Lincoln en se balançant sur sa chaise comme
il le faisait souvent. Le fait est qu'il ne pouvait rester cinq minutes assis

sur une chaise sans se balancer : La meilleure façon de traiter Mr. Taney, c'est de l'ignorer.

Bates témoigna sa surprise en secouant la tête de manière dubitative.

— Comment pouvez-vous ignorer le président de la Cour suprême ?

— Ce n'est pas difficile. Je présenterai ma cause au Congrès à la session de juillet. Nicolay, où est la Constitution ?

— Je ne sais pas, monsieur. Je suppose qu'elle doit se trouver quelque part au Capitole. J'irai demander...

— Non. Je parlais d'un exemplaire.

— Je ne sais pas davantage.

Nicolay regarda Hay, qui secoua la tête. Lincoln, se tournant vers Bates, lui dit avec une petite grimace :

— Ne dites à personne qu'il n'y a pas d'exemplaire de la Constitution dans la maison du Président.

— Les gens ont déjà dû s'en douter, répliqua sèchement Bates.

— Nicolay, je compte sur vous pour me dénicher un exemplaire de la Constitution. Maintenant, messieurs, voici mon plan. Lincoln ferma les yeux. Hay était toujours fasciné par le spectacle qu'offrait Lincoln quand il réfléchissait tout haut : il tournait d'abord autour du sujet, comme un aigle autour de sa proie, puis il frappait au cœur : Après avoir convoqué les milices, j'ai demandé au commandant général d'arrêter ou de détenir toute personne qu'il jugerait susceptible de troubler l'ordre public. C'est une requête verbale, ce n'est pas un ordre écrit, ajouta-t-il à l'intention de Bates.

— C'était plus sage, en effet, monsieur.

Lincoln ferma à nouveau les yeux :

— Le général a usé de ce pouvoir avec modération. Nicolay, combien y a-t-il eu d'arrestations jusqu'à ce jour ?

— Environ une quarantaine, monsieur, y compris le chef de la police de Baltimore.

— Si le chef de la police ne donne pas l'exemple, c'est à nous de le donner. Pour le moment, c'est ma politique. Or voilà qu'un personnage haut placé — je ne mentionnerai aucun nom — vient de me rappeler que j'ai juré d'observer fidèlement les lois et de les faire respecter. Quand j'ai fait ce serment, toutes les lois, que j'avais juré de faire observer, étaient transgressées et violées dans un tiers du pays. Toutes les lois doivent-elles donc être bafouées à l'exception d'une seule ? Il me semble au contraire que j'aurais trahi mon serment si, en m'attachant au seul respect de cette loi, j'avais laissé renverser le gouvernement. Je n'ai violé aucune loi...

— Monsieur, dit Bates en l'interrompant, non seulement vous avez violé la loi, mais vous avez en plus délibérément ignoré un ordre de la Cour suprême.

Lincoln ouvrit les yeux, considéra un moment Bates d'un air pensif, puis se tourna vers Hay.

— Écrivez : « A mon avis, je n'ai violé aucune loi. » Est-ce mieux ainsi, Mr. Bates ?

— Probablement pas, mais votre langage est moins catégorique. Que voulez-vous, monsieur le Président, je ne suis qu'un vieux libéral.

Lincoln hocha la tête et ferma à nouveau les yeux. Hay décida qu'il devait y avoir dans la tête du Président un immense tableau où celui-ci lisait en lettres de feu les phrases qu'il était chargé ensuite de communiquer à la nation.

— La Constitution prévoit, reprit Lincoln... nous mettrons tout cela au propre plus tard. La Constitution prévoit donc que l'*habeas corpus* ne peut être suspendu que dans les cas de rébellion ou d'invasion. J'ai décidé que nous avions affaire à une rébellion, et j'ai donc suspendu dans certains cas précis le *writ d'habeas corpus*. Il est dit aussi que ce pouvoir dépend du Congrès, mais la Constitution ne précise pas qui du Président ou du Congrès doit l'exercer. Or, comme le Congrès n'était pas en session lorsque la rébellion a mis en danger la ville de Washington, j'ai dû agir le plus rapidement possible pour sauver la ville. Là-dessus, Lincoln retomba sur sa chaise avec un bruit sec, puis, se tournant vers Bates, il ajouta : Je demanderai ensuite au Congrès d'approuver ma décision, ce qu'il fera très certainement, vu que nous disposons d'une bonne majorité. Quant au juge Taney, souhaitons qu'il comprenne que nous sommes en guerre.

— Bien raisonné, monsieur, dit Bates.

— Espérons-le, dit Lincoln. Comme vous le voyez, je suis obligé d'improviser. Les événements m'y obligent. Avez-vous des nouvelles du Missouri ?

— Rien que vous ne sachiez sans doute déjà, Mr. Lincoln. J'ai reçu une lettre de Frank Blair. Il dit qu'il y a toujours des troubles à Saint Louis, mais qu'il n'a besoin de personne pour rétablir l'ordre. Il aime jouer au soldat, n'est-ce pas ?

— Retournera-t-il au Congrès ?

— Seulement si vous avez besoin de lui. Il espère pouvoir garder son siège au Congrès et son commandement dans l'armée. Frank aime bien la bagarre, vous savez.

— Je sais, dit Lincoln en souriant. Tous les Blair sont comme ça. Avec les enterrements c'est ce qu'ils préfèrent le plus au monde.

Le Président se leva :

— C'est bon, Johnny, vous pouvez consigner cela dans mon message au Congrès. Nico, vous pouvez lâcher les fauves. Je me dis souvent que si un jour ce pays doit périr, ce sera la faute de tous ces fonctionnaires, de tous ces gens qui veulent vivre sans travailler. C'est un grave péché...
Lincoln regarda par la fenêtre la compagnie d'infanterie du New Jersey faire l'exercice sous le regard attentif de Tad et de Willie, lequel montait Nanda, la chèvre... Oui, c'est un grave péché... N'ai-je pas rêvé moi-

même il y a vingt ans, d'être nommé consul à Bogota ? Dieu merci, on n'a pas voulu de moi !

— A cet égard, nous sommes tous les débiteurs de Dieu, dit Bates.

— Ne parlez pas trop vite, dit Lincoln en mettant un doigt sur sa bouche. Puis il passa dans son bureau, suivi de Nicolay.

Hay raccompagna Bates le long du couloir qui regorgeait de monde comme toujours. Ce jour-là, c'étaient des hommes à moustache demandant à servir dans l'armée. A l'entrée des appartements privés, ils rencontrèrent Madame et Mrs. Grimsley.

— Mr. Bates, quel plaisir ! s'écria Mrs. Lincoln.

Si Mrs. Lincoln avait encore le teint un peu brouillé, du moins avait-elle retrouvé la raison. Hay et Nicolay s'étaient souvent demandé si elle était vraiment malade lorsque lui venaient ces migraines ou si elle ne jouait tout simplement pas la comédie pour mieux enjôler son mari. Récemment encore elle s'était mêlée de nominations au grand dam des deux secrétaires. Que pensait le Président des activités politiques de sa femme ? Bien malin qui l'eût deviné.

Hay laissa l'attorney général en compagnie de Madame, et regagna son bureau où il se mit à chercher un exemplaire de la Constitution.

XVIII

Le 29 juin au matin, Chase reçut dans son bureau l'homme qu'il considérait comme le type parfait du guerrier moderne : Irvin McDowell, brigadier général des volontaires, et commandant de l'armée du Potomac. A quarante-trois ans, McDowell avait toutes les qualités qu'on peut souhaiter chez un gendre : il était cultivé, il jouait du piano, s'entendait en peinture et en architecture, et parlait même un français plus pur que celui de Kate, pour avoir été éduqué à Paris, capitale du monde civilisé ; il n'avait qu'un défaut : il était marié.

McDowell était un des rares officiers non sudistes de West Point à n'avoir jamais quitté l'armée. Sa bravoure durant la guerre du Mexique lui avait valu d'être nommé capitaine sur le champ de bataille, mais dans les années qui suivirent, comme le général Scott avait tendance à ne promouvoir que des officiers sudistes, McDowell n'avait pas dépassé le grade d'adjudant général. Maintenant qu'il venait de recevoir le grade de brigadier général, il avait établi son quartier général de l'autre côté du Potomac, à Arlington House, résidence du commandant rebelle Robert E. Lee.

La veille au soir il avait été décidé entre Chase et McDowell qu'ils se rendraient ensemble à la Maison-Blanche où McDowell présenterait au Président son plan d'invasion immédiate et de conquête de la Virginie.

— Le général Scott est-il maintenant d'accord ? demanda Chase assis à son bureau sur lequel étaient empilés des tas de petits papiers blancs représentant un millier de demandes d'emploi comme agents du Trésor.

— Oh, le général Scott est rarement d'accord. Il n'est pas encore tout à fait remis de ma nomination.

McDowell disait cela sans le moindre ressentiment. C'est ce parfait naturel, cette aisance qu'il témoignait en toutes circonstances, qui faisaient l'émerveillement de Chase. Ce dernier savait tout ce que McDowell avait dû supporter depuis sa récente promotion, alors que Scott avait nettement affiché sa préférence pour le général Mansfield, le vainqueur d'Alexandria. Aussi, pour ne pas susciter davantage de jalousies parmi ses camarades officiers, avait-il refusé le grade de major général. C'est donc le brigadier McDowell qui fut chargé de répondre à l'attente d'une partie de la population qui réclamait chaque jour avec plus d'insistance de marcher sur Richmond.

— Nous les pressons sur trois fronts, monsieur. Je ne vois pas comment ils pourraient s'échapper.

Chase s'était toujours senti une espèce de génie pour la guerre, génie, bien sûr, qu'il n'avait jamais eu le loisir d'exprimer : il adorait surtout jouer au stratège.

— Nous avons le général Butler à Fort Monroe. Nous sommes ainsi parés du côté de la côte. Nous avons le général Banks dans le Maryland, où d'ailleurs la loi martiale a été proclamée. Je n'aurais jamais cru que Mr. Lincoln aurait l'audace de suspendre l'*habeas corpus* et de faire arrêter tous ces marshalls.

— Quand il décide de faire quelque chose, il le fait, dit McDowell. C'est du moins l'impression qu'il m'a donnée.

— La difficulté, c'est de le faire bouger, j'entends dans la bonne direction. Que savez-vous du général McClellan sur le front ouest ?

— Je l'ai bien sûr connu au Mexique. Il a huit ans de moins que moi. Il a quitté l'Académie militaire en 1846, après quoi il est parti au Mexique avec le général Scott. Nous sommes tous les deux sortis capitaines de cette guerre.

Encore une fois Chase admirait la sérénité avec laquelle il reconnaissait que McClellan avait été promu capitaine à vingt ans, alors que lui ne l'était devenu qu'à vingt-huit ans.

— Pendant un certain temps il a donné des cours de génie militaire à West Point. Je le voyais rarement. Ensuite il a quitté l'armée...

— Pour devenir le principal ingénieur des chemins de fer de l'Illinois, dit Chase en articulant bien chaque mot. C'est là, je crois, que Mr. Lincoln a fait sa connaissance.

— Le plus amusant, reprit McDowell, c'est que McClellan était un homme à Douglas.

— Quelle perte ! Un tel homme ! Quelle perte ! s'exclama tout bas Chase.

La mort récente à Chicago de Stephen Douglas avait endeuillé la capitale. Tous les drapeaux avaient été mis en berne. Chase s'était un peu alarmé d'un tel faste, ce qui ne l'avait pas empêché de reconnaître que le Petit Géant (comme on appelait Stephen) était mort à la tâche au service de l'Union. Il avait usé ses dernières forces à presser ses camarades démocrates des États-frontières de se rallier autour de son ancien rival, Mr. Lincoln.

— Je ne connais pas beaucoup McClellan, dit Chase. C'est mon successeur au poste de gouverneur de l'Ohio qui l'a nommé major général, malgré son jeune âge...

— Trente-cinq ans, c'est vieux pour un général, comme Jules César se ferait un plaisir de vous l'expliquer. A quarante-trois ans, je suis une vieille baderne...

— Et le général Scott à soixante-quinze ans ?

— Oh, lui, c'est un fossile. C'est un souvenir des temps anciens. Cela dit, McClellan est un excellent officier. Il a réussi à séparer la Virginie occidentale du reste de la Confédération.

— Avec le concours d'une bonne partie de la population, notez bien. Vous savez qu'ils ont l'intention de fonder un État. Je leur ai dit qu'ils feraient bien mieux de se rattacher à l'Ohio, mais ce sont des gens têtus... Si nous faisions un brin de marche ? dit Chase en se levant.

— Avec le plus grand plaisir, Mr. Chase. Pour une fois que je suis tout seul ! Mes aides de camp sont déjà à la Maison-Blanche. A propos, quelle est la politique militaire de Mr. Seward, si tant est qu'il en a une, bien sûr ?

— Mon Dieu, j'espère que, comme moi, il n'en a pas. Nous sommes entre vos mains, monsieur.

Chase se méprenait, Seward n'avait pas une politique militaire, il en avait plusieurs, et chacune d'elles impliquait un conflit avec une puissance étrangère ; mais ce matin-là, tout en dépouillant la pile de dépêches qui s'étaient accumulées sur son bureau, il s'avisa, à sa consternation, que la seule guerre qu'il n'avait pas prévue risquait bien d'être la plus probable : une guerre avec l'Angleterre. La dernière dépêche reçue de leur ambassadeur à Londres, Charles Francis Adams, était loin d'être rassurante. Apparemment, une coalition d'industriels et de politiciens réactionnaires pressait le gouvernement de Sa Majesté de reconnaître les États confédérés. Le *Times* de Londres titrait déjà sur l'agonie prochaine d'une nation dont la durée n'aura pas excédé le temps d'une génération humaine.

Frederick vint dire à son père que Mr. John Bigelow l'attendait. Seward écrasa son cigare et sortit.

John Bigelow était un homme d'une quarantaine d'années, jeune d'allure et d'un caractère enjoué. Il était avec William Cullen Bryant copropriétaire de l'*Evening Post* de New York, dont il venait de quitter la rédaction pour devenir consul général à Paris. Seward et Bigelow étaient de vieux amis et des alliés politiques.

— Je n'ai encore jamais rencontré Mr. Lincoln, dit Bigelow tandis qu'ils remontaient tous les deux le chemin poussiéreux conduisant à la Maison-Blanche.

— Rassurez-vous, il ne mord pas, dit Seward d'un air désinvolte. Et surtout il ne s'intéresse pas du tout à la politique étrangère. Vous ne serez donc pas surchargé d'instructions. Comment va Mr. Bryant ?

— Il a un peu vieilli ces derniers temps.

— Il a toujours été un peu comme ça depuis que je le connais. Ah ! il faut que je vous dise : le Président n'aime pas beaucoup sa politique. Il lui préfère sa poésie. Citez-lui donc *Thanatopsis*, cela lui fera davantage plaisir...

— C'est que je n'en sais pas un traître mot !

— Ça n'a pas d'importance. Le Président doit sûrement le connaître. Il a une mémoire prodigieuse pour tout ce qui est poésie. Il peut vous en débiter des hectomètres.

Mais en ce moment, il n'était question ni de France ni de poésie dans le bureau du Président. Lincoln était assis sur le bord de son bureau, en train d'étudier toutes sortes de cartes militaires, tandis que les deux secrétaires s'occupaient à trier divers documents qu'ils rangeaient ensuite dans l'un des nombreux casiers du bureau du Président.

— Asseyez-vous là, Mr. Bigelow, dit Lincoln en désignant une chaise d'un air distrait.

Seward essaya d'attirer l'attention du Président :

— Mr. Bigelow vient de donner sa démission de rédacteur en chef de l'*Evening Post*...

— Un excellent journal, à ce qu'il paraît, dit Lincoln en levant pour la première fois les yeux sur son visiteur. Mr. Bigelow, Mr. Seward vous a sûrement dit, comme il le dit à tout le monde, que je n'entends rien en politique étrangère.

— Oh, non, monsieur...

— Eh bien, dans ce cas, vous êtes bien le premier diplomate que je nomme à l'étranger à qui il ne l'a pas dit. Il est certain que je ne connais pas grand-chose à ces questions ; aussi je vous laisse à vous, ainsi qu'à Mr. Seward, toute latitude pour exercer votre mission comme vous l'entendrez. Néanmoins, puisque vous serez en poste à Paris, veillez à ce que l'empereur Napoléon n'oublie jamais que nous sommes hostiles à toute excursion militaire française au Mexique. Mais tant qu'il ne démontrera aucune sympathie pour nos rebelles, nous n'avons pas l'intention de faire quoi que ce soit pour le moment. Je dis bien : pour le moment. Vous connaissez vos classiques. Citez Mr. Monroe et Mr. Adams. Arrangez-vous pour qu'il reste neutre. Est-ce compris ?

— Oui, monsieur le Président.

Hay entra pour annoncer que le Cabinet attendait.

— Eh bien, Mr. Bigelow, je vous souhaite bonne chance, dit Lincoln en serrant la main de Bigelow.

En entrant dans la salle d'attente, ce dernier reconnut le général McDowell debout derrière la porte de la salle du Cabinet, en train de parler à un aide de camp. Lorsque le général aperçut son vieil ami, il lui dit :

— J'ai encore une place pour vous dans mon état-major.

— Seulement si votre commandement s'étend jusqu'à Paris !

Les deux amis se félicitèrent mutuellement de leurs nominations, et McDowell entra dans la salle du Cabinet, suivi de son aide de camp.

Tout le monde était assis, à l'exception du général Scott qui siégeait sur son trône à la droite du Président. Le secrétaire à la Guerre, Mr. Cameron, était en train de répondre à une question que venait de poser le Président.

— Nous avons actuellement trois cent dix mille hommes sous les drapeaux, ce qui fait de notre armée la plus grande armée du monde.

— Ainsi que la moins bien entraînée, grommela le général Scott. Ce sont pour la plupart des volontaires, monsieur le Président, sans discipline ni préparation, et nous n'avons pas suffisamment d'officiers qualifiés pour en faire une armée en si peu de temps.

— Est-ce aussi votre avis, général McDowell ? demanda Lincoln en se tournant vers le général.

— Le général Scott a bien sûr raison, dit McDowell. Sur les trois cent mille hommes mentionnés par Mr. Cameron, à peine un tiers est à l'heure actuelle en état de se battre. Et sur ces cent mille, seulement cinquante mille sont disponibles dans cette ville, et comme cette ville doit être protégée, nous ne pouvons disposer que de trente à trente-cinq mille hommes pour envahir la Virginie.

— Pensez-vous que ce soit suffisant ?

Seward sentait que le Président était mal à l'aise, placé comme il l'était, entre Scott et McDowell. Il voyait par ailleurs que Lincoln semblait faire entière confiance à McDowell, qui, de toute évidence, était l'homme de la situation.

— Oui, monsieur, répondit McDowell au Président. En deux semaines je puis mettre sur pied une armée de trente à trente-cinq mille hommes, ce qui sera, soit dit en passant, la plus importante force militaire jamais rassemblée sur ce continent.

— De combien d'hommes disposeront les rebelles ? demanda Lincoln, les yeux fixés sur une carte de la Virginie suspendue au mur.

— Nous ne savons pas au juste, monsieur, mais ils seront certainement moins nombreux que nous. McDowell se tenait maintenant devant la carte. Le général Scott avait fermé les yeux : Le général Beauregard est ici à Manassas. Il a vingt-cinq mille hommes sous ses ordres. Tandis que là, le long de cette ligne qui va de Winchester à Harper's Ferry, le général Johnson protège la vallée de Shenandoah, avec dix mille hommes.

— Leur armée est donc à peu près de même force que la nôtre, dit Lincoln en fronçant le sourcil.

— Oui, fit McDowell en hochant la tête. Mais leur armée est divisée en deux parties qui n'auront pas le temps de se rejoindre si nous faisons vite. Après tout, Manassas n'est qu'à une cinquantaine de kilomètres d'ici.

— Général Scott, dit Lincoln en se tournant vers le vieil homme.

— Vous connaissez mon opinion, monsieur le Président. Je ne bougerais pas avant l'automne. Les hommes ne sont pas prêts.

— Certains ne le sont que trop... à rentrer chez eux, dit Lincoln en soupirant. Les enrôlements de trois mois arrivent à leur terme. Si nous ne nous servons pas des hommes que nous avons, à la fin juillet nous n'aurons plus d'armée, et tout sera à recommencer.

— Monsieur, ces hommes ne sont pas assez expérimentés.

— Les rebelles ne le sont pas davantage. Sur ce point-là nous sommes à égalité.

— Sauf qu'ils se battent sur leur sol natal, monsieur, dit Scott. Je vous ai déjà soumis mon plan. Il consiste à couper en deux la Confédération en nous emparant du Mississippi, depuis Memphis jusqu'à La Nouvelle-Orléans. Chaque moitié périra d'elle-même, et nous n'aurons plus qu'à resserrer notre étreinte, comme fait l'anaconda.

— En théorie, je pense que vous avez raison, reconnut Lincoln. Mais nous avons en ce moment une occasion unique de frapper un coup à la tête de l'autre... serpent. Grâce au général Horace Greeley, le cri de « Marchons sur Richmond ! » est maintenant sur toutes les lèvres. Du moins est-il tous les jours sur les siennes, et tout le monde, à ce qu'on dit, lit le *Tribune*.

Lincoln jeta un coup d'œil à Hay, qui lui sourit. Hay avait souvent dû calmer le bouillant journaliste new-yorkais, lequel, tant en public qu'en privé, ne cessait de harceler le Président de conseils plus farfelus les uns que les autres. A l'époque du débat Lincoln-Douglas, le républicain Greeley avait pris parti pour Lincoln, bien qu'il préférât le démocrate Douglas, au grand dam de Lincoln. C'était pourtant Greeley qui, par l'écho qu'il avait donné dans son journal au discours prononcé au Cooper Institute par le futur Président, avait, du jour au lendemain, rendu Lincoln célèbre. Ce qui d'ailleurs n'avait pas empêché Greeley, brouillé avec Seward, de voter pour Bates à la convention de Chicago. Il est vrai qu'à ce moment-là, Greeley était d'avis de laisser partir les États du Sud. En attendant, ses messages au Président étaient si nombreux qu'ils occupaient à eux seuls une case entière du bureau de Lincoln. Après tout, un demi-million de personnes lisaient l'édition hebdomadaire du *Tribune*, surtout dans le Midwest.

Ordinairement, le simple fait que Greeley soit favorable à une prompte marche sur Richmond aurait presque automatiquement dissuadé Lincoln de l'entreprendre. Mais Lincoln avait appris de Greeley une chose que presque tout le monde ignorait : le Congrès confédéré tiendrait ses assises pour la première fois à Richmond, le 20 juillet. Si Lincoln pouvait empêcher cette réunion, la rébellion en serait considérablement écourtée ; Chase vendrait ses bons au pair, et les difficultés rencontrées par Seward dans ses relations avec les puissances européennes favorables au Sud s'aplaniraient sensiblement.

McDowell déplia sa propre carte de Virginie sur la table du Cabinet. Tout le monde — à l'exception du général Scott — se leva pour se pencher sur la carte tandis que McDowell expliquait sa stratégie.

— Beauregard est ici à Manassas avec plus de vingt mille hommes. Il protège cette voie de chemin de fer, qui constitue le maillon nord de tout le réseau sudiste. Il est situé entre deux gares. La plus proche de nous est ici à Fairfax Courthouse. La plus éloignée est à Manassas, qui est aussi le point de jonction de deux lignes : la ligne de Manassas Gap, et celle d'Alexandria. Je me propose de marcher sur Fairfax en venant de trois directions, avec trente mille hommes. A Fairfax nos forces convergeront. De là nous marcherons sur Germantown et Centerville où nous engagerons le combat.

Chase eut un signe de tête appréciateur. C'était exactement le genre d'exposé clair et concis qu'il aurait donné, s'il avait été commandant général. Tous les deux commandaient à des hommes ; tous les deux additionnaient et soustrayaient des sommes représentant des ressources. Finalement, Butler, Banks et Frémont étaient tous des politiciens à leur manière, et bien qu'il n'éprouvât de sympathie pour aucun, il ressentait un certain orgueil collégial du fait qu'ils étaient en ce moment les généraux les plus illustres de l'Union.

D'un autre côté, Chase ne se sentait pleinement rassuré qu'avec McDowell. C'était là un soldat comme il les aimait : un soldat éduqué à la française. Chase regarda Seward. Que complotait le perpétuel comploteur ? Ou bien se contentait-il de rêver ? Seward mâchonnait distraitement son cigare, approuvait à contretemps, et se tirait l'oreille comme pour vérifier si cet organe, essentiel pour un politicien, était toujours bien là.

Chase sentait bien que les relations entre Lincoln et Seward s'étaient quelque peu modifiées. Le Premier ministre était plus respectueux de son souverain qu'auparavant. Il l'interrompait moins souvent durant les séances du Cabinet ; en revanche, il interrompait plus souvent ses collègues. Gédéon Welles et Blair méprisaient cordialement Seward ; Chase, qui était loin de l'admirer, était néanmoins prêt à s'en faire un allié. En politique les années passent plus vite que dans la vie ordinaire. 1864 serait bientôt là. Comme Chase était à peu près certain que Seward ne serait pas candidat aux élections présidentielles, le seul candidat valable du parti était Salmon P. Chase. Qu'ils le veuillent ou non, Chase et Seward étaient des alliés potentiels. D'ailleurs Chase avait laissé entendre à Seward qu'il était prêt à partager avec lui une sorte de consulat. Mais depuis, Seward n'y avait plus fait allusion. Avait-il abandonné l'idée ? Ou bien avait-il trouvé une sorte de *modus operandi* avec le symbolique Mr. Lincoln ?

Pour le moment, le cerveau de Seward était curieusement inactif. Il espérait seulement que McDowell savait de quoi il parlait. Seward avait utilisé plusieurs fois le général à des fins politiques, ce qui ne l'empêchait pas d'avoir de l'estime pour lui en tant que soldat. Il faut dire que Seward ne connaissait rien à l'art militaire, et ne prétendait même pas s'y connaître, contrairement à Chase. Il supposait en toute bonne foi que Scott était aussi bon soldat qu'il était mauvais politique. De toute façon, il avait cessé de l'utiliser lorsque Scott, appuyé en cela par Seward, avait vu son conseil d'abandonner Fort Sumter rejeté par le gouvernement. Seward croyait alors et croyait encore qu'une guerre étrangère aiderait à recoudre l'unité de la nation américaine.

Maintenant Seward devait attendre la prochaine session du Congrès la semaine suivante. Comme un tiers des députés appartenaient à des États sécessionnistes, il y aurait un Congrès nordiste avec une forte majorité républicaine. Malheureusement, la firme Seward et Weed ne contrôlait guère plus que la délégation de New York ; pis encore : les commissions de la Chambre et du Sénat étaient dominées par des abolitionnistes forcenés comme Sumner. Et bien que ces tout-puissants présidents de commissions eussent peu de sympathie pour le timide Lincoln, ils détestaient positivement Seward. Seward tourna les yeux de l'autre côté de la table, et s'aperçut que Chase l'épiait avec ce regard curieusement intense des myopes qui signifiait que Chase se préparait à jouer un nouveau coup dans leur partie d'échecs politique. Seward adressa un sourire poli à son collègue, lequel baissa les yeux sur la carte, gêné d'être observé en train d'observer.

McDowell avait terminé son explication, et son aide de camp plia la carte. Lincoln promena son regard autour de la pièce :

— Eh bien, demanda-t-il, tout le monde est-il satisfait ?

Personne ne répondit. Tous avaient l'air grave et martial, sauf le général Scott qui paraissait dormir.

— Très bien, général McDowell, dit Lincoln en serrant la main du général, maintenant tout dépend de vous.

Lincoln disparut ensuite dans son bureau, tandis que Hay alla rejoindre Nicolay dans le bureau du secrétaire où le premier message de Lincoln au Congrès était étalé sur la table de Nicolay. Lincoln l'avait déjà remanié à plusieurs reprises. Certains passages avaient été montrés aux ministres concernés. Bates avait contribué au paragraphe sur l'*habeas corpus*, et Chase avait justifié le raid sur le Trésor ainsi que les divers emprunts au moyen desquels ils espéraient financer la guerre. Seward avait également apporté sa contribution sur les affaires de politique étrangère dans le style fleuri qui était le sien.

— Dans l'ensemble c'est un assez noble document, dit Nicolay en rassemblant les pages.

— Et maintenant, qu'est-ce qui va se passer ? demanda Hay.

— Comment, qu'est-ce qui va se passer ?

— Oui, je veux dire : quelle est la marche à suivre ? Est-ce que l'Ancien se rend personnellement au Capitole, frappe à la porte, et lit son message devant le Congrès, ou quoi ?

Nicolay fronça les sourcils :

— Ma foi, je l'ignore. Demandons à Edward.

Comme toujours, Edward se fit un plaisir de fournir le renseignement demandé. Edward connaissait les plus secrets rouages de la présidence, qu'il comparait à ceux du ciel, et qu'il jugeait pareillement immuables.

— Mr. Jefferson, dit-il, était si mauvais orateur qu'il préférait faire lire ses messages. Depuis, tous les présidents qui lui ont succédé ont fait de même.

— Oui, mais comment s'y prend-on pour transmettre le message au Congrès ?

Hay eut une inspiration :

— On le remet, bien sûr, au ministre des Postes, Mr. Blair...

— Vous, Mr. Nicolay, dit Edward, qui n'aimait pas qu'on se jouât sur des affaires aussi importantes, vous vous présenterez devant la porte de la Chambre des représentants. L'huissier d'armes s'approchera alors de vous, et vous direz : « J'ai une communication de la part du président des États-Unis. » L'huissier d'armes prendra le message, tandis que le speaker suspendra la séance afin que le Sénat soit convoqué. Lecture sera faite ensuite du message devant les deux chambres par Mr. Forney, président du Sénat.

— Tout ça m'a l'air parfait, dit Hay.

— Merci, Mr. Hay, dit Edward en regagnant son poste.

— Je me demande qui ils vont élire comme speaker demanda Nicolay, tout en glissant les feuilles du message à l'intérieur d'une couverture en vélin.

— Le Taïcoun pense que Blair a des chances d'être élu, à condition qu'il renonce à être colonel, ce qu'il refusera probablement.

L'année précédente, Hay avait été correspondant à Springfield du journal de Frank Blair, *le Démocrate* du Missouri. Bien que Blair ait été un des hommes de Bates à la convention de Chicago, la famille s'était rapidement ralliée à Lincoln ; Hay ayant fait tout ce qu'il fallait pour que tout le Missouri fût informé de la candidature de Lincoln. De tous les Blair, Frank était le plus sympathique à Hay ; il lui trouvait même un côté romantique. Ainsi, lorsque Frank tomba amoureux de la jeune fille que courtisait son frère, sa réaction fut typique : il quitta le Maryland pour aller en territoire missouri, dont il contribua à faire un État. Le frère, touché d'un aussi noble geste, s'engagea dans la marine. Quant à la jeune fille, l'histoire ne dit pas ce qu'elle est devenue...

Hay se retira dans le réduit qui lui servait de bureau et qu'il partageait depuis quelque temps avec un certain William O. Stoddard, dit Stodd, nouvelle recrue dans la maison des Lincoln, et qui avait pour tâche de s'occuper de Madame. A vingt-cinq ans, Stodd était un aimable jeune homme à l'air triste et préoccupé. Il avait écrit en 1859 dans *la Gazette de l'Illinois* un éditorial en faveur de la candidature de Lincoln qui avait fait quelque bruit, et que bon nombre d'autres journaux s'étaient empressés de reproduire. Hay s'était toujours figuré que Lincoln avait demandé à Stodd d'écrire cet article à un moment où sa carrière politique subissait une éclipse, mais Nicolay inclinait à croire que c'était Bill Herndon, l'associé de Lincoln, qui avait monté toute l'affaire. Herndon était grand lecteur de journaux et pensait en gros titres. Bien des années avant qu'il ne fût question de Lincoln comme d'un candidat sérieux, Herndon faisait déjà campagne pour lui dans la presse.

— Comment va Madame aujourd'hui ? demanda Hay. Est-elle bien lunée ?

Hay adorait taquiner Stodd.

— Nous allons à Long Branch au mois d'août.

— Où est-ce ?

— Dans le New Jersey, je pense. Au bord de la mer.

— Emmènerez-vous aussi les petits chéris ?

— Oui.

— Comme la Maison-Blanche sera tranquille avec seulement nous et la guerre !

— A condition que le Président n'ait pas vu toutes les factures des magasins de New York, répliqua sèchement Stodd.

La presse new-yorkaise avait fait ses gros titres de ce qu'elle appelait les « folies de printemps de la Présidente ». Stodd était visiblement soucieux : il jugeait alarmante la folie des grandeurs de Madame. Jusqu'ici, le Président faisait semblant d'ignorer la tempête menaçante des factures impayées, tant publiques que privées. Mais d'autres orages s'amoncelaient. Le Congrès siégeait en ville...

XIX

— *Marchons sur Richmond !*

— J'aimerais bien, dit Mary derrière son service à thé, que Mr. Greeley laissât la conduite de la guerre à Mr. Lincoln.

— Moi aussi, cousine Mary, dit John C. Breckinridge, dernier vice-président des États-Unis, et sénateur nouvellement élu du Kentucky. Avec Mr. Lincoln à la direction des opérations, Mrs. Davis servira le thé dans cette pièce avant la fin du mois.

— Oh, cousin John ! s'exclama Mary en lui adressant l'un de ses petits sourires corrects qu'elle appelait son petit sourire « reine Victoria ». Je vois que vous êtes toujours aussi taquin. Du sucre ?

— Deux morceaux, dit Breckinridge, en lui souriant du haut de sa cravate, comme s'il se moquait d'elle.

Ils étaient assis dans le salon bleu où comme toujours le chevalier Wikoff faisait office de chevalier servant. Et comme toujours il y avait plus d'hommes que de femmes aux réceptions de Mary. Les dames de Washington qui avaient commencé par bouder les Lincoln étaient boudées à leur tour, et privées de l'éclat de ses invitations, où l'on voyait souvent des gens comme les sénateurs Sumner, Fessenden et Trumbull, ainsi que Stevens, Frank Blair et Washburne de la Chambre des représentants.

Le retour de Breckinridge au Sénat avait fait sensation. Bien que le Kentucky fît encore partie de l'Union, certains disaient qu'il y était maintenu de force par Lincoln — le nouveau sénateur était soupçonné d'avoir des sympathies pour la sécession.

— J'ai déjà eu plusieurs entretiens très agréables avec le président Davis, cousine Mary, dit Breckinridge, dont la figure ronde se détachant sur le fond bleu foncé de la tapisserie ressemblait à une pleine lune.

— Je ne connais pas de Président nommé Davis, cousin John, répondit Mary avec une douceur exquise.

— Et pourtant il existe bel et bien, dit Breckinridge en promenant un

220

regard appréciateur sur les nouvelles tapisseries. Il vous sera certainement très reconnaissant d'avoir fait tous ces frais. Vous savez ce qu'on dit maintenant dans le Sud ?

— Non.

— Eh bien, le cri qui fait fureur à l'heure actuelle, c'est : « Marchons sur Washington ! »

— Si un seul de ces rebelles mettait le pied dans cette pièce, cousin John, je saurais bien le recevoir, avec un fusil au besoin !

— Et si ce soldat s'appelle Ben Helm ? Ou si c'est un de vos frères ?

— Je l'abattrais aussi sûrement que si c'était un traître.

— Après tout, ce n'est pas pour rien que vous êtes une Todd.

— Et vous, monsieur, peut-on savoir quand vous comptez aller rejoindre Mr. Davis ? dit Mary, cette fois sans la moindre trace de son petit « sourire reine Victoria ».

— Comme vous le savez, je suis un homme de l'Union, à ma manière, bien sûr, qui n'est pas celle de tout le monde. Je suis également curieux de voir comment se déroulera cette session du Congrès.

— Tout le monde soutiendra le Président, cela va de soi.

A l'autre bout de la pièce, Elihu B. Washburne en était moins certain.

— Le Président n'obtiendra que la moitié des quatre cent millions de dollars dont il a besoin.

— Mais, demanda un journaliste anglais, obtiendra-t-il les quatre cent mille hommes qu'il a demandés ?

William Howard Russell, le correspondant de guerre du *Times* de Londres, qui par le ton caustique de ses articles s'était attiré l'antipathie de Washburne, se révéla dans la conversation le plus averti et le plus ouvert des interlocuteurs.

Washburne hocha la tête :

— Nous ne nous débrouillons pas trop mal avec les nouveaux volontaires...

— En tout cas, mieux qu'avec vos enrôlements de trois mois. Tout à l'heure, comme je sortais du Willard, l'un d'eux m'a abordé pour me demander de quoi s'acheter du whisky.

— Et vous lui avez donné de quoi ? demanda un jeune capitaine.

— Certainement pas ! s'écria Russell, et son visage prit la couleur des briques de Washington. Je souhaite que vous gagniez la guerre, je suis de votre côté, mais avant d'y arriver, vous aurez fort à faire avec vos recrues. Pour le moment, c'est ni plus ni moins de la racaille. Ce n'est pas comme dans le Sud. Là, c'est autre chose ! J'avoue qu'ils m'ont fait très forte impression.

— Vous avez été récemment dans le Sud ? demanda Washburne d'un air étonné.

— J'en reviens tout juste. Je suis allé partout. J'ai vu tout le monde. J'ai vu notamment Mr. Davis, un homme charmant, mais qui n'a pas l'air très bien portant. Ce n'est d'ailleurs pas étonnant avec ce climat, sans parler des moustiques! Et pourtant je n'ai jamais vu chez des hommes une pareille envie de se battre.

— Nous sommes comme eux, monsieur, dit le jeune capitaine, en qui Washburne reconnut l'aide de camp du général McDowell, un riche New-Yorkais du nom de William Sanford.

— Non, capitaine, vous n'êtes pas comme eux. C'est là tout le problème. Les Sudistes se battent pour défendre leur pays, et pour eux vous êtes des envahisseurs. Bien sûr, le Nord est plus riche, plus peuplé. Mais qui sont vos soldats? Des Allemands, des Irlandais, pour la plupart des immigrants, et des immigrants de fraîche date. Ce sont des étrangers, monsieur. Il faudra bien les payer, si vous voulez qu'ils se battent bien.

Comme c'était là l'opinion privée de Washburne, il se sentit obligé de la combattre en public. Russell laissa dire, puis il reprit sur le même ton:

— Un ouvrier d'usine qui vient de débarquer dans un pays dont il connaît à peine la langue, n'aura pas le même courage pour se battre qu'un fermier ou un planteur qui défend sa terre. A Charleston, des gens très sérieux m'ont dit que si nous leur envoyions un prince ou une princesse de sang royal, ils seraient prêts à rejoindre notre empire.

— Je ne croyais pas que les rebelles eussent autant d'humour, dit Washburne, tout en se demandant si on ne pourrait pas arguer de ce fait pour ajouter au crime de trahison du Sud envers la patrie, celui de trahison envers la république.

— Ils n'ont aucun humour. Ils sont sérieux comme vous.

L'entrée du Président dans le salon bleu créa quelque émoi. Lincoln tenait distraitement à la main droite une enveloppe qu'il transféra ensuite dans sa main gauche pour saluer les hôtes de sa femme. Il finit par poser l'enveloppe sur une console.

— Il a l'air quelque peu... commença Russell.

— Fatigué, compléta Washburne, qui craignait de la part du journaliste anglais une de ces épithètes peu flatteuses dont il était coutumier dans les colonnes du *Times*.

— Cela aussi, dit Russell en souriant.

— Mon père, dit tout à coup le jeune capitaine Sanford, m'a dit que Mr. Lincoln était le meilleur avocat des chemins de fer du pays.

— L'entendait-il comme un compliment? demanda Russell d'un ton légèrement sarcastique.

— Bien sûr, dit Washburne avec véhémence. Et votre père a parfaitement raison. Est-il aussi dans les chemins de fer?

— Non, monsieur. Nous avons des filatures de coton et des fabriques de carrelage à Lowell dans le Massachusetts. Mais quand tout cela sera terminé, et d'un geste vague le jeune homme désigna un paysage à la Poussin qui était accroché au mur, nous entrerons dans les chemins de fer.

— Avec Mr. Lincoln comme conseiller ? demanda Russell en arrêtant ses regards sur le Président.

— Mr. Lincoln doit être bien au-delà de tout cela à présent, dit le jeune homme tristement.

Mrs. Lincoln avait commencé à faire le tour de la pièce au bras du chevalier Wikoff. Quand elle aperçut Russell, elle s'arrêta et lui dit en souriant :

— Mr. Russell, c'est un plaisir de vous revoir ! Avez-vous reçu les fleurs ?

Russell baisa la main de la Présidente, geste qui impliquait la présentation des lèvres non pas sur le dos de la main, comme Washburne l'avait toujours cru, mais sur le pouce même de celui qui donnait le baiser.

— Je vous ai déjà écrit une longue lettre. Vos fleurs ont été la première chose que j'aie vue en entrant dans le petit deux-pièces qui me sert de logement, et que mon propriétaire ose appeler un appartement.

— Vous n'êtes plus au Willard ? dit Mrs. Lincoln. Puis elle tendit la main à Washburne, qui ne la baisa pas, et au capitaine Sanford, qui s'inclina très bas d'un air embarrassé.

Washburne avait appris que Mrs. Lincoln s'était mise à envoyer des fleurs à certains personnages de marque, et il fut quelque peu surpris de voir que Mr. Russell était de ceux-là. D'abord parce que Russell était un grand ami de Seward, et surtout parce que le *Times* se montrait de plus en plus favorable aux rebelles. Mais le Président cherchait visiblement à se faire un allié, sinon un ami, du distingué correspondant de presse, et d'autre part Washburne avait déjà vu des couples apparemment mal assortis très bien s'entendre en politique.

— Un puissant journal que le *Times,* avait déclaré Lincoln la première fois qu'il avait rencontré Russell. Je ne connais rien de plus puissant au monde, si ce n'est peut-être le Mississippi.

— Il paraît que les rebelles voudraient réintégrer l'empire britannique, dit le chevalier Wikoff. Est-ce bien vrai ?

— C'est ce qu'un grand nombre d'entre eux m'ont dit, répondit Russell.

— Pauvre reine Victoria, ce ne serait pas un cadeau à lui faire, dit Mary.

— Ne vous inquiétez pas pour nous autres, madame, rétorqua Russell. Nous avons l'habitude avec les Irlandais.

Tous se mirent à rire, et Mary continua son circuit. Elle s'arrêta finalement devant une console près de laquelle se tenait le sénateur Trumbull de l'Illinois. Comme toujours, Mary avait beaucoup de plaisir à le voir, mais elle se demandait si la réciproque était vraie. Malgré tout ce qu'on avait pu dire sur elle et sur le juge Douglas, Trumbull avait été son seul amour de jeunesse. Ils évoquèrent le passé, la Coterie, puis ils s'informèrent mutuellement de leurs connaissances.

Washburne avait rejoint le Président qui causait avec Sumner devant une fenêtre donnant sur le parc. L'espèce de terrain vague entourant l'obélisque inachevé servait à présent d'abattoir pour l'armée. Tous les jours, à quelques centaines de mètres de la Maison-Blanche, on égorgeait du bétail et des porcs qu'on suspendait ensuite à des crochets. Lorsque le vent soufflait du sud, l'odeur du sang jointe à celle du canal était proprement suffocante.

Sumner tâchait de faire dire au Président le jour exact de l'attaque sur Richmond.

— Le *New York Herald* affirme qu'elle aura lieu avant la réunion de leur prétendu Congrès, mais le *Daily Morning Chronicle* l'annonce pour le 4 juillet.

— Ah, oui ? fit Lincoln en regardant distraitement par la fenêtre.

Puisqu'une commission du Congrès au moins avait eu connaissance du plan de McDowell, Washburne s'étonnait de l'insistance de Sumner. Bien sûr, aucune date n'avait encore été avancée, mais le bruit courait que McDowell ne serait pas prêt à temps pour empêcher le Congrès confédéré de se réunir. Une attaque pour le 4 juillet était hors de question.

— J'avoue, dit Sumner, qu'on ne peut guère se fier à la presse.

— Au contraire, dit Lincoln en se retournant brusquement, on est sûr au moins qu'ils ne disent jamais la vérité.

Washburne rit, et même Sumner ne put s'empêcher d'esquisser un sourire. Breckinridge vint ensuite les rejoindre et Lincoln se montra cordial :

— Eh bien, monsieur, lui dit-il, je suis heureux de voir un nouveau sénateur représenter mon État d'origine.

— Je suis toujours heureux de vous voir, monsieur — en tant qu'époux de cousine Mary, bien entendu.

— Bien entendu. En tout cas, votre présence à cette session du Congrès va très certainement relever les débats. Qu'en pensez-vous, Mr. Sumner ?

— Le thé fait des miracles dans les cas de dyspepsie, répondit l'homme le plus éloquent de son temps, puis, tournant les talons, il se dirigea vers l'urne d'argent.

— Je ferai de mon mieux, monsieur, pour représenter notre État, dit Breckinridge en mettant l'accent sur notre.

— Je n'en doute pas, monsieur, dit Lincoln, et je serais curieux de connaître votre réaction à mon discours sur l'État de l'Union qui... Lincoln leva les deux mains, l'une après l'autre, comme si le document se trouvait dans l'une d'elles, puis il se mit à tâter ses poches. Qu'ai-je bien pu en faire ?

Washburne indiqua du regard la console près de laquelle s'était tenue Mrs. Lincoln, mais elle ne s'y trouvait plus.

— Vous l'avez posé là-bas, sur cette table. Je vous ai vu.

— Mais où est-il ?

Tout à coup, le chevalier Wikoff apparut au côté du Président, et lui dit en lui présentant l'enveloppe :

— J'ai pensé, Excellence, qu'il valait mieux vous la garder.

— C'est très aimable à vous, Mr. Wikoff, et très imprudent de ma part, dit Lincoln en plaçant le document sous son bras. A propos, avez-vous des nouvelles de Mr. Bennett ?

Washburne savait que depuis plus d'une année Lincoln cherchait à acquérir les faveurs de James Gordon Bennett, propriétaire du *New York Herald,* le journal le plus influent du pays et le plus lu dans les capitales étrangères. Tout le monde était unanime : c'était un homme dur et grossier. Pour autant qu'il ait eu des idées politiques, c'était un démocrate prosudiste. L'été précédent, lorsque Lincoln avait commencé sa cour auprès de Bennett, Washburne avait tout fait pour le mettre en garde. Mais Lincoln était obstiné. « Il me le faut, avait-il dit. Je l'aurai, d'une manière ou d'une autre. » Le premier essai fut un échec. Bennett avait soutenu les démocrates aux élections. Récemment, Thurlow Weed avait conduit des négociations secrètes avec Bennett qui, puissant et riche, désirait la seule chose qu'il n'avait pas : une place dans la société la plus choisie.

Pour prix de ses services, Lincoln était prêt à lui offrir le poste d'ambassadeur en France. Jusqu'ici, Sa Majesté Satanique, comme on l'appelait parfois, n'avait pas mordu à l'appât. Le chevalier Wikoff, admirateur des Lincoln, et ambassadeur personnel de Mr. Bennett auprès de la Maison-Blanche, servait souvent de médiateur entre les deux puissances rivales.

— Mr. Bennett me disait justement qu'il aimerait faire don de son yacht au Trésor.

— C'est un noble geste, répondit Lincoln, Mr. Chase sera très touché.

— Mr. Bennett a de plus en plus d'admiration pour Votre Excellence.

— Il est dommage qu'il ne le montre pas davantage dans ses articles.

— Tout cela va changer. Vous savez qu'il a un fils, James, Gordon, Junior, un jeune homme qui vous est tout dévoué, ainsi qu'à l'Union. Il voudrait se battre.

— Je ne l'en empêcherai pas, Mr. Wikoff, je vous le promets.

— Il aimerait servir comme lieutenant dans la marine, Mr. Lincoln.

Bien que Washburne eût fait toute sa carrière dans la politique, il fut néanmoins stupéfait par l'audace de cette demande. Un yacht pour un brevet, ce genre de marché était courant, mais là n'était pas le point. Le point c'était que le yacht et le brevet s'annuleraient mutuellement et que Bennett ne serait pas davantage tenu d'apporter son soutien au gouvernement. Lincoln serait à nouveau perdant.

Le Président hocha la tête.

— Dites à Mr. Bennett de m'envoyer son fils, et d'envoyer le yacht à Mr. Chase, mais qu'il ne fasse pas le contraire. Et maintenant, messieurs, je vous prie de m'excuser, j'ai du travail qui m'attend.

Lincoln tapota Washburne sur l'épaule, et il se dirigea vers la porte suivi de Wikoff.

Comme il serrait la main de Breckinridge, le regard de Washburne se posa distraitement sur le document que Lincoln tenait sous son bras, puis il se tourna tout aussi innocemment vers Wikoff qui causait avec Mrs. Lincoln. Il se demanda pourquoi Wikoff s'était permis de prendre sur la console l'unique exemplaire du discours de Lincoln sur l'État de l'Union, dont le Président et ses secrétaires étaient seuls à connaître le contenu.

XX

Pour une fois, David Herold préférait la pénombre de l'arrière-boutique à l'animation du magasin. Ce jour-là, il faisait une chaleur torride. On se serait cru en août plutôt qu'en juillet. David, certes, transpirait tout autant dans la pièce de derrière, du moins n'avait-il pas à supporter l'éclat d'un soleil de plomb qui dardait ses rayons sur Lafayette Square. Il avait passé toute la matinée à rêver d'étangs, de bosquets ombreux, de torrents glacés, tandis qu'il préparait des ordonnances, en bras de chemise, la cravate dénouée et le col ouvert.

Aussi lorsque Mr. Thompson appela : « David ! » celui-ci fit-il la grimace. Il s'essuya pourtant le visage avec une serviette et alla rejoindre son patron dans la boutique. La lumière était si aveuglante qu'il en avait les larmes aux yeux. Il s'étonna d'ailleurs qu'il restât en lui encore assez d'eau pour pleurer. Que n'aurait-il pas donné pour un verre de bière ! Chose curieuse, Mr. Thompson ne transpirait jamais. Question de peau, sans doute. Il gardait toute son eau. Tout au plus son visage se colorait-il légèrement. Ses vêtements non plus ne lui collaient pas à la peau. Il avait l'air parfaitement à l'aise dans son veston de toile.

— David, prends ce paquet. C'est pour Mrs. Greenhow.

— La dame qui habite au bas de la rue ? Elle n'a pas sa bonne ?

— Je ne sais pas si elle a sa bonne ou non, et je ne m'en soucie guère, répondit Mr. Thompson. Tout ce que je sais, c'est qu'il faut lui apporter immédiatement ce flacon de quinine. Elle a la fièvre.

David prit le paquet et sortit du magasin sans dire un mot. Il était midi. La rue était déserte ; les tramways paraissaient en grève. Plus tard dans l'après-midi, on reverrait circuler les troupes. Tous les jours, elles descendaient l'avenue en venant de la gare : des milliers et des milliers de jeunes gens dans des uniformes qui semblaient trop chauds pour le climat du Sud ; et maintenant la « Marche sur Richmond » aurait lieu d'un jour à l'autre. Mr. Surratt était d'avis que les Yankees n'iraient pas bien loin ; lui non plus d'ailleurs n'irait plus bien loin. Il était évident pour tout le monde que le seul voyage qui lui restait à faire serait de quitter ce monde. Il ne traversait plus Long Bridge à présent. De temps en temps il envoyait encore David en course, mais aucune n'avait été d'un grand intérêt, du moins pour David.

Mrs. Greenhow habitait en face de St. John Church tout près de la maison du secrétaire d'État qu'on avait vu à l'occasion entrer et sortir de la maison de la veuve.

Rose Greenhow était une jolie brune d'une quarantaine d'années, bien introduite auprès de la bonne société washingtonienne. Elle était la petite-nièce de Dolley Madison, et la tante de Mrs. Stephen Douglas. Bien qu'en deuil d'une de ses filles, morte récemment, elle continuait à recevoir des visiteurs, et parmi eux, le gouverneur Seward que la rumeur publique soupçonnait d'avoir une liaison avec elle. Elle avait été aussi proche du président Buchanan et de sa nièce, ainsi que des Davis. Parmi les nombreuses dames sécessionnistes de la capitale, elle était la seule à chercher à s'entendre avec l'administration Lincoln, et à recevoir chez elle les personnages les plus importants du parti républicain.

A la surprise de David, une négresse coiffée d'un foulard se présenta pour lui ouvrir la porte. Pris d'une colère subite, il lui fourra le paquet dans les mains en disant :

— Tenez, de la part de la pharmacie Thompson. Maintenant, je dois m'en aller.

— Entrez, je vous prie, dit une douce voix de femme venant du salon. S'il vous plaît.

David entra dans le salon où se tenait Mrs. Greenhow. La pièce était haute de plafond et relativement fraîche, à cause des stores qui tamisaient la lumière, tandis qu'un voile de gaze rose séparait les pièces du devant de celles du derrière. Un piano en bois de rose était placé contre un des murs et dans l'air flottait comme un parfum de rose. Mrs. Greenhow était toute seule au milieu du canapé. Elle portait une robe de mousseline claire plissée tachetée de petits pois. Elle avait une peau couleur de camélia, et des doigts si fins qu'ils paraissaient transparents à la lumière. Elle lui parlait comme un médecin parle à un malade :

— Asseyez-vous, lui dit-elle en lui désignant une chaise. Vous prendrez bien un peu de limonade. Theresa ! Apportez-nous de la limonade.

— Je dois m'en aller, madame, dit David toujours immobile.

— Restez un moment. Je suis navrée de vous avoir fait sortir par une chaleur pareille, mais je désirais faire votre connaissance.

David n'en croyait pas ses oreilles. Qu'est-ce qu'une dame de cette qualité pouvait bien vouloir à un jeune commissionnaire de son espèce, qui, à part une jolie moustache il est vrai, n'avait pas grand-chose pour lui ? Le souvenir de la veuve de l'arsenal lui traversa un moment l'esprit, mais il l'écarta aussitôt. Si Mrs. Greenhow avait besoin de compagnie masculine, il y avait des milliers de jeunes officiers fédéraux d'excellente famille qui ne demanderaient pas mieux que de l'obliger. David était si absorbé par l'examen des motifs qu'il prêtait à son hôtesse qu'il en oublia de lui répondre, du moins verbalement. Il la considérait avec ébahissement comme une chose extraordinaire, remarquant la rondeur de ses seins sous la dentelle blanche, si fine qu'on pouvait presque voir au travers.

Mais Mrs. Greenhow semblait ne pas s'apercevoir de son embarras.

— Je voulais vous rencontrer, reprit-elle. Mr. Surratt m'a parlé de vous en termes très élogieux, et comme vous travaillez pratiquement à deux pas de chez moi, je me suis dit qu'en ces temps difficiles, il ne serait pas mauvais que vous et moi soyons amis.

David eut de la peine à trouver ses mots :

— Je ne savais pas que vous connaissiez Mr. Surratt, dit-il avec une voix de petit garçon qui s'interrompt soudain au milieu d'une phrase. Il se sentit tout bête, s'éclaircit la gorge bruyamment, se redressa sur sa chaise. Mais j'ai toujours entendu dire que vous étiez des nôtres, Mrs. Greenhow, même si vous recevez tous ces Yankees.

Mrs. Greenhow se mit à rire :

— Oh, aujourd'hui, je vois tout le monde, il le faut bien. Presque tous mes amis sont partis dans le Sud. Aussi, si je ne voyais pas mes... amis yankees, je ne verrais personne. Pour le moment, comme je suis encore en deuil de ma fille, je ne vois pas grand monde à part quelques vieux amis comme Mr. Seward...

— Je l'ai déjà vu entrer chez vous, dit David en branlant la tête.

— Vous avez bon œil, mon jeune ami...

La négresse leur apporta la limonade. Mrs. Greenhow parla du temps qu'il faisait jusqu'à ce qu'ils fussent de nouveau seuls.

— Mr. Herold, je crois que vous pouvez m'aider.

— Moi, vous aider, Mrs. Greenhow !

David vida son verre de limonade d'un trait.

— Pas moi, Mr. Herold, mais la Confédération. Je fournis à Richmond des renseignements que j'obtiens de temps en temps par mes amis yankees.

— Vous voulez dire qu'ils vous donnent des renseignements ? dit David, épouvanté.

— Sans le savoir, bien entendu. Ils laissent parfois échapper dans la conversation certaines choses qui peuvent nous être utiles. Il arrive aussi que des mallettes laissées dans mon vestiaire soient examinées pendant que je sers le thé. Par exemple, j'ai eu entre les mains l'itinéraire de marche du général McDowell. Je connais aussi le jour et l'heure de l'invasion de la Virginie.

David était au comble de la joie.

— Mais comment faites-vous pour passer ces renseignements de l'autre côté ?

— La carte est déjà entre les mains du général Beauregard. Mais pour ce qui est des courriers... Mrs. Greenhow s'arrêta pour boire une gorgée de limonade.

— Vous voulez que j'aille trouver le général Beauregard ?

C'était le moment dont David avait toujours rêvé : traverser les bois de Virginie au cœur de la nuit, parmi le ululement des chouettes. Il irait... Non, il n'irait pas. Mrs. Greenhow avait d'autres projets pour lui.

— C'est une affaire trop importante pour en charger quelqu'un en qui certes j'ai confiance, mais que je ne connais pas suffisamment.

— J'ai déjà traversé Long Bridge une douzaine de fois pour Mr. Surratt. J'ai aussi un laissez-passer militaire et...

— Une autre fois peut-être. J'ai déjà un courrier. A propos, il faut que vous sachiez que je suis constamment surveillée.

— Vous ? Une amie de Mr. Seward et du sénateur Wilson et de...

— C'est justement pourquoi on me surveille. Parce que tous ces gens viennent chez moi. Mes sympathies sont bien connues, mais mes activités ne le sont pas. Du moins je l'espère. Il y a un certain Mr. Pinkerton — de Chicago. C'est ce qu'on appelle un détective, et le département de la Guerre lui a confié un certain nombre d'agents qui ont pour tâche de surveiller les femmes dangereuses dans mon genre. C'est pourquoi je dois être très prudente dans mes relations. Heureusement, je peux toujours recevoir un commis de chez Thompson sans me compromettre. Et lui, il peut servir son pays sans être soupçonné non plus.

— C'est exactement ce que m'a dit Mr. Surratt quand je lui ai dit que je voulais aller dans le Sud pour rejoindre l'armée confédérée.

Il y avait des moments où David ne dédaignait pas de faire un gros mensonge.

— Je vous comprends bien. Quand on a votre âge, c'est ainsi qu'on rêve de servir son pays. Mais, croyez-moi, vous nous serez beaucoup plus utile en restant chez Thompson.

Mrs. Greenhow plongea sa longue main blanche dans son décolleté, et en retira un petit bout de papier pas plus gros qu'un morceau de sucre. Elle remit le bout de papier à David qui ne savait pas très bien quoi en faire. Il se décida finalement à le lire. Il y avait écrit six mots qui ne voulaient rien dire.

— C'est un message chiffré, dit Mrs. Greenhow. Mon défunt mari était un expert. Il travaillait comme déchiffreur au Département d'État. C'est lui qui m'a appris. Vous devrez remettre ce billet à une jeune dame qui habite Georgetown. Mrs. Greenhow se leva et alla à son secrétaire où elle écrivit quelques mots sur une feuille de papier : Dites que vous venez de ma part. Elle est prévenue. Mrs. Greenhow se tenait maintenant si près de David qu'il pouvait sentir son parfum : Voici son nom et son adresse. Elle habite tout près de Chain Bridge. Elle vous attendra ce soir à six heures.

Tout en prenant le billet, David remarqua que lui et Mrs. Greenhow étaient de la même taille. Leurs regards se rencontrèrent, et le désir de la possession physique s'empara d'eux au même moment. Mrs. Greenhow adressa à David un sourire lumineux comme celui de la Vierge dans le salon des Surratt.

— Quand la jeune dame aura reçu le message, lui dit-elle tout bas en le reconduisant à la porte, passez devant chez moi demain à midi. Je serai à la fenêtre. Comme cela, je saurai.

— Je ne pourrai pas entrer ?

— Nous ne devons pas nous voir trop souvent. A moins, dit-elle en souriant, que je ne tombe malade. Auquel cas, il me faudra toutes sortes de médicaments.

Elle lui pressa la main, mais avant qu'il ait pu répondre à sa pression, il se trouvait déjà derrière la porte.

Dehors, la chaleur le fit suffoquer. La lumière était si violente qu'il dut fermer les yeux. Quand il les rouvrit, il regarda autour de lui pour voir s'il n'apercevait pas un détective. Mais il n'y avait personne en vue à l'exception de l'inévitable cavalier stationné à l'ombre de Saint-John. A cause des mouvements de troupes incessants, un cavalier montait la garde à chaque coin de rue pour régler la circulation. La ville ressemblait à un camp d'armée, songeait David, tout en remontant la Quinzième Rue, un camp d'armée rempli d'invisibles ennemis, comme cette élégante Mrs. Greenhow — et comme lui-même. C'était bien la guerre, la vraie ; et eux étaient bien de vrais espions. Quelque chose d'immense l'enveloppait. Jamais la vie ne lui avait semblé si grande.

C'était bien la guerre, en effet, songeait Chase, dans la voiture qui les conduisait, Kate et lui, à Arlington House. Cette demeure, autrefois propriété de la famille Washington, et jusqu'à récemment encore, la résidence de Robert E. Lee, servait à présent de quartier général à l'armée du Potomac commandée par le général McDowell.

— Il fait meilleur ici, dit Kate, tandis que l'aide de camp du général l'aidait à descendre de voiture.

Un vieux nègre à l'œil glauque s'avança à leur rencontre.

— J'étais là, dit-il, quand le général Washington venait visiter ses parents, les Eustis. J'ai servi la famille Eustis pendant soixante ans. La voix grêle du vieil homme avait répété tant de fois ces paroles qu'elles avaient perdu pour lui toute signification ; mais il avait encore presque toutes ses dents, et parlait distinctement.

— J'ai vu le général de nombreuses fois. Il m'appelait par mon nom, Joseph. Puis il s'interrompit brusquement, fit une petite grimace, s'inclina et tendit la main.

— Donnez-lui la pièce, il sera content, dit l'aide de camp. Il est sourd comme un pot.

Chase donna une pièce au vieux nègre, puis tous trois remontèrent le perron d'où la vue s'étendait au sud-est en direction du Capitole. La ville semblait danser sur des vagues de chaleur.

— Le général est à table. Voulez-vous aller le rejoindre ? Il n'était pas sûr de l'heure à laquelle vous viendriez...

— Le général a très bien fait, capitaine... ?

— Sanford, monsieur.

— Ma fille, Miss Chase.

— Enchanté.

Sanford contempla Kate avec une sorte d'effroi respectueux qui frappa Chase. Il est vrai qu'il n'y voyait pas très clair ; la nouvelle paire de lunettes qu'il venait de se faire faire chez Franklin ayant la particularité d'obscurcir le centre de sa vision tout en rendant trop brillante la périphérie. Il préférait tout compte fait sa myopie, qui lui faisait voir les choses comme à travers un aquarium jusqu'au moment où brusquement tous les détails lui apparaissaient. Il savait du reste qu'une bonne partie de sa réputation d'homme hautain venait tout simplement de sa mauvaise vue.

Maintenant, il apercevait distinctement le centre opérationnel de l'armée du Potomac, lequel consistait en quatre tentes plantées juste à côté de la maison. Des aides de camp couraient de l'une à l'autre, portant des dépêches. Plus bas, sur les terrasses, les soldats faisaient l'exercice. Un maréchal-ferrant ferrait des chevaux. Des fouées brûlaient çà et là. On faisait frire des saucisses dans des poêlons, bouillir des gaudes dans des bassines, gonfler des pancakes sur des paniers. Le général McDowell était assis devant une table à tréteaux, en train de manger un melon d'eau à lui tout seul.

En voyant approcher les Chase, le général se leva, s'essuya les lèvres et s'inclina devant Kate à qui il dit quelques mots de bienvenue en français. Puis il s'inclina devant Chase, en disant :

— Soyez mes hôtes. Comme vous voyez, nous dînons à des heures très peu chrétiennes...

Les Chase avaient déjà dîné, mais ils acceptèrent une tranche d'un second melon d'eau, qu'on tenait en réserve. Chase s'émerveillait de l'appétit du général. Il ne pensait pas qu'après un repas copieux, selon toute apparence, on pût encore engloutir un melon d'eau tout entier. Le général ne faisait pas que manger : il recevait ses aides, donnait des ordres, traitait ses hôtes.

Chase regardait en contrebas les soldats à l'exercice : à ses yeux, ils ressemblaient à un banc de vairons dans une eau bourbeuse.

— Vos hommes ont l'air en forme, hasarda-t-il.

— Oh, pour être en forme, ils sont en forme, répondit le général en chassant d'une pichenette quelques grains de melon restés collés à la table, mais ils ne sont pas encore prêts à être des soldats. Je viens de voir ce journaliste du *Times* de Londres, comment s'appelle-t-il déjà ? Vous savez, le fameux correspondant de guerre ?

— Mr. Russell, dit Kate. Justement, que pensez-vous de lui ?

— C'est ce qu'il pense de moi qui importe, répondit McDowell en signant un ordre que venait de lui apporter le capitaine Sanford. Il a assisté à toutes les grandes batailles des douze dernières années. Il me rend nerveux avec sa façon de regarder par-dessus mon épaule. Est-ce que vous réalisez, miss Chase, que je suis le premier officier américain à commander une armée de trente mille hommes ?

— Trois mille ou trente mille, n'est-ce pas la même chose ? fit Chase.

— Non, monsieur, ce n'est pas du tout la même chose, reprit McDowell d'un air sombre. Notre guerre du Mexique n'était qu'une amusette, une escarmouche comme nous en avons eu tant avec les Indiens, à côté de ce qui nous attend. C'est pourquoi mes officiers supérieurs n'ont aucune expérience de la guerre moderne. Moi non plus. « Vos régiments ne peuvent même pas effectuer un mouvement tournant ensemble », ajouta-t-il en contrefaisant si parfaitement le journaliste du *Times* que Kate partit d'un éclat de rire. Chase lui-même ne put s'empêcher de sourire, malgré son appréhension croissante : l'armée de l'Union pouvait-elle échouer ? Cette pensée ne lui était jamais sérieusement venue à l'esprit. Mais si l'armée de l'Union était vaincue, il ne pourrait jamais vendre ses bons...

— Eh bien, oui, monsieur, Mr. Russell a parfaitement raison. Nos hommes sont loin d'être prêts. Oh, certes, le Président me dit que les rebelles eux non plus ne sont pas prêts. C'est vrai, mais ils sont chez eux, ils se battent sur leur sol. C'est nous qui devons aller les attaquer. Ils peuvent se contenter d'une guerre d'escarmouche, d'embuscade, mais nous, pour les vaincre, nous devons livrer contre eux une guerre moderne, et le plus beau, ajouta McDowell en baissant la voix, de sorte que Kate et son père durent prêter l'oreille pour l'entendre, c'est que je n'ai même pas de carte exacte de la Virginie !

Chase garda le silence. Kate ouvrit son ombrelle puis la referma aussitôt. Pendant un moment tous les trois restèrent les yeux baissés sur la table à examiner les restes du melon. Finalement, Chase dit :

— Vous aviez pourtant l'air confiant lorsque vous nous avez présenté votre plan l'autre jour.

— Mais, Mr. Chase, ce n'était pas mon plan. J'en ai vérifié les détails, bien entendu. Et j'en assume l'entière responsabilité. Je suis le commandant général. Mais j'ai toujours été d'accord avec le général Scott pour penser que nous devrions attendre l'automne.

— Si ce plan n'est pas de vous, général, de qui est-ce ?

McDowell écarta la montagne d'épluchures de melon qui encombraient son assiette. Chase se demandait comment un homme qui mangeait autant pouvait rester aussi svelte.

— Le plan, monsieur, est celui du Président, répondit McDowell.

— Mais, répliqua Chase d'un air alarmé, n'a-t-il pas dit que c'était le vôtre ?

— Non, monsieur. Il n'a jamais dit ça. Par contre, il n'a cessé de redire qu'il fallait utiliser les enrôlements de trois mois avant qu'ils ne prissent fin. Un grand nombre prend fin le 20 juillet. Le Président doit également tenir compte de la presse. Je pense à Greeley avec sa « Marche sur Richmond », ajouta McDowell en durcissant sa mâchoire. Je voudrais bien l'y envoyer, moi, à Richmond. D'abord, cet homme se trompe toujours.

— Pour ce qui est de l'abolition, il a raison, fit observer Chase, qui ne savait plus très bien qui était responsable de quoi. C'est Mr. Lincoln qui vous a chargé d'exécuter son plan ?

— Non, monsieur. Ce n'est pas ainsi que les choses se passent. Le Président a dit au général Scott que le pays ne pouvait plus attendre. Alors le général Scott m'a demandé d'élaborer un plan d'invasion de la Virginie, tout en entraînant trente mille hommes afin qu'ils fussent prêts à se battre dans huit semaines.

— En a-t-il le droit ? demanda vivement Kate.

— Le droit de quoi faire, ma chérie, et de qui parles-tu ? demanda Chase, en chassant une guêpe avec son mouchoir.

— Je parle de Mr. Lincoln. Après tout, ce n'est pas un militaire, c'est le moins qu'on puisse dire...

— C'est le commandant en chef.

— Il a tous les droits, dit McDowell. Il a aussi toutes les responsabilités. Je ne voudrais pas être à sa place. Bien sûr, il apprendra. Mais j'ai idée qu'il ne sera pas le seul. Cette guerre nous réservera des surprises. Pour le moment, c'est un politicien qui joue au soldat, avec de vrais hommes qui jouent également au soldat, mais qui ignorent tout de ce genre de guerre.

— Mais vous qui avez étudié à Paris... commença Kate.

— J'ai étudié la stratégie, miss Kate. Je n'ai pas étudié la guerre.

Sur ces entrefaites, le petit gouverneur fit son apparition au milieu d'eux, la plume au chapeau, et le pince-nez en sautoir autour de son cou.

— Général McDowell ! s'écria Sprague en saluant le général qui se trouvait maintenant debout. Il paraît que vous allez marcher sur Richmond. Je désire aller avec vous.

Sprague se tourna ensuite vers Chase qu'il n'avait pas reconnu.

— Monsieur, je suis le gouverneur Sprague, de Rhode Island.

— Monsieur, je suis monsieur Chase, secrétaire d'État au Trésor et ancien gouverneur de l'Ohio. Et voici ma fille Kate...

— Oh, dit Sprague en ajustant son pince-nez. Oh, c'est donc vous, et *vous,* ajouta-t-il en se tournant vers Kate.

— Dans ce cas, dit Kate en souriant, cela ne peut être que *vous*!

— Comme je vous le disais, reprit Sprague en s'adressant à McDowell, j'arrive de la Maison-Blanche. Je ne sais pas ce qui s'y passe, mais on ne m'a toujours pas délivré mon brevet. Par contre, on m'a dit que je pouvais aller avec vous.

— Nous serons très honorés, gouverneur, de vous avoir des nôtres. Vous pouvez bien sûr venir avec votre régiment.

— Avec quel autre régiment voulez-vous que je vienne? Je n'en ai point d'autre. Au fait, quand partez-vous?

— Ça, c'est encore un secret d'État, intervint Chase.

— Ce genre de secrets, je les apprends d'ordinaire dans le *New York Herald*.

Sprague s'assit à côté de McDowell et se mit à manger des fraises dans un petit panier en osier. Le jus des fraises faisait des moustaches aux coins de sa bouche et lui donnait l'air d'une jeune fille. Qu'est-ce qu'elle peut bien lui trouver? se demandait Chase en songeant à Kate. Celle-ci ne lui avait plus reparlé du gouverneur après leur randonnée à cheval dans les bois, peu avant son départ pour Providence. Chase avait l'impression que des lettres avaient été échangées, mais il n'avait pas pour habitude d'interroger sa fille. Quand elle serait prête à le lui dire, elle le lui dirait.

Tandis que les guêpes et les moustiques aidaient Sprague à finir les fruits, ils réfléchissaient tous quatre sur les pouvoirs de la presse. Ils se demandaient notamment comment il se fait que les journaux connaissent toutes sortes de secrets qu'ils ne devraient pas connaître et encore moins publier, quand la plupart du temps ils ne racontent que des mensonges.

— Tout ce qui sert à renforcer les préjugés de leurs lecteurs, voilà avant tout ce qu'ils publient, disait Chase.

McDowell acquiesça:

— Imaginez ce que nous autres militaires devons supporter à présent. Grâce à l'invention du télégraphe, n'importe quel journaliste peut divulguer nos secrets au monde entier, et cela alors même qu'une bataille est en train de se dérouler.

— Je suis certain que le Président y mettra bon ordre, dit Chase.

— Croyez-vous que le Président soit assez fort pour s'attaquer à Mr. Greeley et à Mr. Bennett? demanda Kate en secouant la tête. Il est terrifié par eux.

— Moi, dit Sprague, en fixant Kate du regard, je les ferais fusiller.

— Moi aussi, Mr. Sprague, repartit Kate. Là-dessus nous sommes d'accord.

Chase sourit benoîtement. Le capitaine Sanford présenta au général McDowell toute une liasse d'ordres à signer. Le général se leva.

— Je dois aller maintenant inventer une nouvelle stratégie, dit-il.

— Puis-je vous aider ? demanda Sprague, plus martial que jamais.

— Chaque chose en son temps, gouverneur, répondit McDowell en jetant un regard mélancolique sur les pelures du melon qu'il venait d'engloutir. Puis il salua ses hôtes et se rendit dans la seconde des quatre petites tentes. Chase était terrifié à l'idée que se trouvait là, à ses pieds, le quartier général de l'armée du Potomac, la plus grande armée américaine qu'on eût jamais réunie. Son attention fut ensuite distraite par une compagnie d'infanterie passant près de leur table. Le lieutenant qui la commandait était une espèce de grande brute blonde qui hurlait ses commandements en allemand.

Kate parut étonnée.

— Je ne savais pas, Père, que nous avions une armée allemande...

— Moi non plus, dit Chase.

— Ils ne marchent même pas au pas, dit Sprague en replaçant son pince-nez. Ils ont besoin d'être dressés, c'est visible. Regardez-moi ces fusils. Il n'y en a pas un seul qui soit propre. Ce n'est pas une armée.

Chase n'appréciait guère d'entendre porter un tel jugement deux fois dans la même journée, alors qu'on était à quelques jours seulement de la marche sur Richmond qui, d'après son ami Sumner, devait tomber comme un fruit mûr.

— En tout cas, dit Chase en se levant, les Hessois se sont remarquablement battus durant la révolution.

— Pour le compte des Anglais, dit Kate en ouvrant son ombrelle, qui ont perdu.

— Les Hessois sont-ils allemands ? demanda Sprague.

— *Profondément*, dit Kate. Donnez-moi le bras, gouverneur, et conduisez-nous à notre voiture.

Ils descendirent un chemin sablonneux dans un petit bois de tulipiers et de chênes dont les rameaux étalaient des écheveaux de mousse blanche. Le jeune couple marchait devant ; Chase, qui allait plus lentement, suivait à quelques pas derrière, goûtant la fraîcheur des collines d'Arlington. Le soleil approchait de son couchant : un rayon glissant à travers le dôme d'une futaie scintillait comme une escarboucle enchâssée dans le feuillage sombre ; la lumière divergeant entre les troncs et les branches projetait sur les gazons des colonnes croissantes et des arabesques mobiles : tout était éclatant, radieux, doré, opulent, saturé de lumière.

Chase était également ébloui par le vaste déploiement militaire qui l'environnait. C'étaient partout des soldats à l'exercice, des chevaux qu'on ferrait, étrillait, abreuvait. L'artillerie brillante luisait parmi les arbrisseaux encrêpés. Un bouquet d'odeurs âcres montait du camp comme un parfum capiteux dédié au dieu de la Guerre. Cette pensée de la guerre ramena Chase à des sentiments chrétiens : il songea à l'amour du Christ pour les hommes, et se demandant si le général McDowell avait déjà arrêté le jour de l'invasion de la Virginie.

Le général McDowell en avait déjà bien sûr arrêté le jour ; mais il avait dû le différer deux fois à cause du manque de préparation des troupes. Le jour et l'heure, ainsi que l'itinéraire, tout était marqué en langage codé sur le petit bout de papier dont David Herold était porteur.

D'ordinaire, Mr. Thompson n'aurait pas permis à David de quitter si tôt le magasin, mais au bruit des ravages que causait la fièvre, le digne commerçant sentit se réveiller en lui l'Esculape qui dort chez tout pharmacien : il bourra David de médicaments et lui ordonna de rentrer immédiatement chez lui. Une fois dehors, David marcha jusqu'au coin de la Douzième Rue où il prit le tram pour Georgetown.

Le ciel était en feu derrière la Maison-Blanche. Sur le trottoir devant le Département de la Guerre, une foule nombreuse discutait avec animation. Même les officiers semblaient savoir que la guerre allait enfin commencer.

Arrivé au bout de la ligne, là où prend fin la petite ville de Georgetown proprement dite avec ses maisons de brique rouge, David descendit du tram. Il continua son chemin à pied le long d'une route toute poussiéreuse appelée Upper River Road, et qui longeait le canal. Heureusement l'odeur en était moins nauséabonde qu'au centre de la ville. Là vivaient des nègres avec leurs familles ; des enfants jouaient dans la poussière. C'était jour de lessive, et du linge pendait sur des cordes attachées à des arbres comme des bannières à la lueur du couchant. Au moment où David aperçut la chétive construction qui était sa destination (« Vous verrez, avait dit Mrs. Greenhow, vous ne pouvez pas vous tromper. Il y a trois saules magnifiques au fond d'une cour. Une merveille »), une compagnie de cavalerie déboucha de nulle part, l'obligeant à s'écarter de sa route pour se jeter dans un framboisier. En se relevant il vit des taches de framboise sur ses pantalons qui ressemblaient à des gouttes de sang : il remit un peu d'ordre dans sa tenue et poussa un juron.

Bettie Duvall n'était pas plus âgée que lui, ni plus jolie, songea David avec regret, tandis qu'elle l'invitait à passer au salon. Une seule lampe éclairait la pièce qui avait l'air à moitié vide.

— C'est la maison de ma tante, dit la jeune fille. Elle y habite encore. En ce moment elle est à l'étage. Mais tous les autres sont partis — mon oncle et le reste de la famille sont tous partis dans le Sud.

— Et vous, miss, vous ne partez pas ?

— Oh, si.

— Quand ?

— Dans une heure environ, répondit Bettie Duvall en souriant. Elle avait déjà reçu le message de Mrs. Greenhow qu'elle avait enroulé dans son chignon. Grâce à vous. Grâce à Rose Greenhow. Grâce à Mr. Lincoln. Je vais traverser Chain Bridge à huit heures.

— Vous resterez en Virginie ?

David se demanda un instant s'il ne devrait pas partir avec elle. Si elle avait été un peu plus jolie, un peu moins sèche, un peu moins plate, il aurait peut-être insisté. Mais il eut beau regarder, pas la moindre courbe ne vint flatter ses yeux. Et décidément les grandes planches, même intelligentes, n'étaient pas son genre.

— Non, je reviendrai. Tant que je pourrai être utile, je resterai à Washington.

— Comme moi, alors, dit David.

— Oui, tout comme vous, Mr. Herold. Avec de la chance, je serai à Fairfax avant minuit.

— Verrez-vous le général Beauregard ?

Bettie Duvall se contenta de sourire.

— Mais comment faites-vous pour traverser en Virginie ? demanda David. Moi, j'ai un laissez-passer militaire, parce que je travaille chez Thompson, mais vous...

— Une innocente fille de ferme n'a pas besoin de laissez-passer. Je m'habille comme une innocente fille de ferme, et je me joins à de vrais fermiers que je connais qui vont vendre au marché les produits de leur ferme. Je voyage avec eux parmi les laitues et les melons.

— Et ce sont eux qui vous emmènent à Fairfax ?

Bettie Duvall se mit à rire en secouant la tête, puis songeant à l'importance de la mission qui lui était confiée, elle se ravisa :

— On me donne un cheval, dit-elle, un cheval de poste, et je galope toute la nuit. Une fois, j'ai chevauché deux jours et une nuit sans m'arrêter. Un cheval frais m'attendait à chaque relais.

David n'en croyait pas ses oreilles. Il se demanda s'il ne rêvait pas. Mais il n'eut pas le loisir de s'interroger plus longtemps.

— Maintenant je dois partir, Mr. Herold, lui dit Bettie Duvall. Je vous remercie. La Confédération vous remercie. Priez pour moi cette nuit.

— Quand pensez-vous que les combats commenceront ? demanda David sur le seuil de la porte.

La jeune fille arrangea ses cheveux, puis elle dit en souriant :

— Quand vous entendrez tirer le canon à Centerville et à Manassas, vous saurez que la guerre est commencée, et vous entendrez la canonnade jusque chez Thompson, parce que lorsqu'on tire le canon dans les collines, cela retentit jusqu'aux extrémités de la terre !

Un bruit de portes qu'on claquait l'une après l'autre éveilla Mary Todd Lincoln dans son lit de bois sculpté. Elle resta un moment à se demander qui pouvait bien claquer des portes un dimanche matin à la Maison-Blanche, lorsqu'elle réalisa tout à coup que ce qu'elle avait pris dans son demi-sommeil pour un bruit de portes claquées était en réalité le son du canon de l'autre côté de la rivière, et que la guerre était enfin commencée.

— Papa! appela Mary. Mais aucune réponse ne venait de la petite chambre à coucher à côté de la sienne, où Lincoln dormait souvent quand il lui arrivait de se coucher — ce qui depuis quelque temps était de plus en plus rare. Mais Keckley avait entendu Mary appeler. Elle entra dans la chambre à coucher et tira les rideaux. Mary vit alors qu'il était encore de très bonne heure. Ils devaient aller au temple à onze heures.

— C'est commencé, Elizabeth?

— Oui, madame. A six heures trente, nous avons entendu les premiers coups de feu. Mr. Lincoln se trouve déjà au Département de la Guerre, mais il a dit qu'il viendrait à l'église avec vous comme convenu.

Pendant que Keckley aidait Mary à passer une robe de chambre, Lizzie Gormley risqua un coup d'œil à l'intérieur de la pièce.

— Mary, tu as entendu ce vacarme?

— Comment faire autrement? On dirait que c'est tout près.

— Espérons que non, dit Lizzie. D'ailleurs j'ai très faim.

— Sois tranquille. Nos amis du Sud auront la courtoisie de nous laisser déjeuner avant de nous fusiller.

Mary était tout excitée. Elle savait bien que la guerre était une chose sérieuse, que des hommes mouraient, comme ce pauvre Ellsworth, et pourtant la pensée de voir s'éteindre un monde familier exerçait sur elle une étrange fascination. L'avenir ne ressemblerait en rien au passé. De cela elle était certaine. Elle savait aussi que Mr. Lincoln l'emporterait, car il avait pour lui le droit, ce qui signifiait que le nouveau monde serait meilleur que l'ancien. Quand elle était jeune, l'idée même du changement la terrifiait. A présent, elle l'appelait de toutes ses forces. Était-ce une question d'âge?

Aux premiers coups de feu, Hay sauta à bas de son lit et fit une rapide toilette en prenant soin de ne pas réveiller Nicolay dont le ronflement couvrait presque le bruit du canon. Il y avait dans ce domaine une certaine rivalité entre les deux jeunes gens : c'était à qui serait le mieux placé pour voir les événements. Et c'était une journée historique s'il en était une, songeait Hay en pénétrant dans le bureau du Président. Le bureau était vide. La petite pièce à côté servant de bureau de télégraphe avait l'air momentanément vide aussi. Hay gagna la salle d'attente où il trouva un jeune officier assis à la place d'Edward en train de lire la Bible. Le jeune officier se mit au garde-à-vous en voyant Hay.

— Monsieur, lui dit-il, le Président se trouve au Département de la Guerre.

— Quelles sont les nouvelles?

— Le général McDowell avance sur Manassas en direction de Centerville. C'est tout ce que nous savons, monsieur.

Hay quitta en toute hâte la Maison-Blanche pour se rendre au Département de la Guerre devant lequel deux compagnies d'infanterie montaient la garde. Il trouva le Président dans le bureau du général Scott. Des aides de camp couraient d'une pièce à l'autre, tandis que dans le corridor l'émetteur télégraphique faisait clic-clac, clic-clac.

Lincoln fit un vague signe de tête en apercevant Hay. Scott l'ignora. Le général était planté comme une pyramide à côté de la carte de la Virginie. Lui non plus ne s'était pas rasé : on aurait dit qu'il avait sur les joues des paillettes de mica.

— Le général Beauregard est ici, expliquait-il, de ce côté de la rivière, que les gens du pays appellent Bull Run. Le général McDowell vient de prendre position ici à sa gauche.

— Vous dites qu'il vient seulement de prendre position ? demanda Lincoln, aussi attentif qu'un avocat général dans une affaire capitale.

— Oui, monsieur. Il aurait dû commencer sa marche à deux heures trente ce matin. Mais il a été retardé, et maintenant...

— C'est la deuxième fois qu'il est retardé, reprit Lincoln en commençant d'entortiller ses jambes autour des pieds de la chaise. Il aurait dû arriver à Centerville mercredi. Mais il s'est arrêté à Fairfax. Il a déjà perdu deux jours. Cela veut dire que Johnston aura eu le temps d'opérer sa jonction avec Beauregard à Manassas.

— Le temps, monsieur, mais pas l'occasion. N'oubliez pas que le général Patterson est à Harper's Ferry. C'est un excellent officier. Il tient Johnston encerclé. Nous sommes maintenant face à face avec l'ennemi ici à...

Un aide de camp vint apporter un message au général Scott. Scott y jeta un coup d'œil, puis il le tendit à Lincoln. L'Ancien l'examina de près, puis dit en soupirant :

— Cela fait deux mille hommes qui ne se battront pas.

— Oui, monsieur. Le Quatrième Régiment de Pennsylvanie, et la batterie d'artillerie du Huitième new-yorkais... Les enrôlements de trois mois sont arrivés à expiration hier au soir à minuit, et maintenant ces braves citoyens-soldats regagnent leurs foyers juste au moment où la bataille va commencer.

— C'est pourquoi, murmura Lincoln, j'aurais tant voulu que McDowell ne perdît pas ces deux précieuses journées. C'est ma faute. J'aurais dû demander des enrôlements de trois mois. C'est ce que nous ferons désormais.

— Vous ne pouviez pas savoir, monsieur.

— C'est mon métier de toujours tout savoir, surtout quand il n'y a aucun moyen de savoir, répliqua Lincoln en se redressant.

Un second message arriva. Scott le lut, et un large sourire s'épanouit sur son visage.

— Nous sommes en train de traverser Sudley Ford, pour contourner l'ennemi sur son flanc gauche. Les rebelles reculent. Nous sommes en position d'attaque. Le plan se déroule comme prévu, monsieur.

— Sauf pour la date, dit Lincoln.

Lincoln fit signe à Hay de l'accompagner, et les deux hommes laissèrent le général expliquer à ses aides de camp la similitude entre la manœuvre complexe d'aujourd'hui et sa propre stratégie à Chapultepec.

Dehors, une centaine d'hommes saluèrent le Président qui marchait la tête penchée en avant, ce qui était toujours chez lui un signe d'inquiétude. Hay avait appris à connaître le Président, et s'il ne lisait pas en lui tout à fait comme dans un livre, il y avait certaines pages de ce livre qu'il connaissait par cœur.

Ils gagnèrent la Maison-Blanche sans rencontrer d'importuns. Même les plus intrépides chercheurs d'emplois étaient encore couchés. En entrant dans le parc de la Présidence, Hay demanda :

— N'avez-vous aucun moyen de retenir dans l'armée ces hommes qui ont décidé de rentrer chez eux hier soir ?

— Si, j'ai un moyen. Je peux les obliger à livrer une guerre de trente ans si je le désire. Mais si je fais ça, je n'aurai plus jamais de volontaires, n'est-ce pas ?

— Non, monsieur.

Lincoln continuait de marcher en regardant par terre.

— D'un autre côté, reprit-il, nous aurons aussi des problèmes si nous établissons la conscription, ce que nous serons obligés de faire si le général McDowell tarde à arriver à Richmond.

— De combien d'hommes aurons-nous besoin ?

— Trois cent mille d'après le général Scott. Cela veut dire que tout Américain en âge de se battre, c'est-à-dire entre dix-huit et quarante-cinq ans, devra se faire immatriculer par le shérif de la localité dans laquelle il habite. Ensuite, tous les noms seront inscrits sur des bouts de papier, et un aveugle ou, à défaut, une personne à qui on aura recouvert les yeux d'un bandeau, procédera au tirage.

Hay avait suivi les débats du Cabinet sur la question. On s'était demandé ce qu'on ferait de ceux qui refuseraient de partir. Il n'y avait pas d'autre moyen que de les mettre en prison. Mais si, avait suggéré Mr. Bates, une majorité refusait de servir ? Il y avait plusieurs solutions à cette question : Lincoln semblait préférer celle que Hay jugeait la plus mauvaise.

— Je suis pour que quiconque refuse de servir puisse payer une certaine somme à qui voudrait prendre sa place, ou du moins...

— Papa ! s'écria une voix qui semblait venir du ciel.

C'était la voix de Mary. A côté d'elle Tad et Willie criaient : Papa ! Papa !...

Lincoln et Hay levèrent les yeux. Sur le toit de la Maison-Blanche se tenaient Madame, Willie, Tad et Lizzie Gormley. Tad cria :

— Montez donc, papa ! Vous verrez la guerre !

Lincoln fit un petit signal amical de la main, et entra dans la Maison-Blanche.

Mary tenait dans ses mains une longue-vue qu'elle dirigeait sur les vertes collines de Virginie. De petits nuages de fumée se mamelonnaient devant elle, inégalement jusqu'au bord du ciel, pareils au jeune coton qui pousse dans un champ bleu pâle. De temps en temps on entendait encore le bruit du canon : des éclairs embrasaient le ciel.

— Laissez-moi regarder ! dit Tad en essayant de s'emparer de la lunette. Mary lui donna une tape sur les doigts. Tad se mit à hurler.

— Ça t'apprendra, dit Willie. La prochaine fois, tu diras s'il te plaît.

— La ferme ! dit Tad en allongeant un coup de pied dans les tibias de son frère.

— Vous n'avez pas fini tous les deux, s'écria Lizzie en saisissant chacun des enfants par un bras. On ne se bat pas sur le toit d'une maison. Si vous tombiez, il n'y aurait rien pour vous retenir. Oh, Mary, je sens que je vais avoir le vertige.

— Nous sommes très haut, assurément, dit Mary en tendant la lunette à Lizzie, mais moi je n'ai pas peur des hauteurs. Non, pas du tout, ajouta-t-elle avec une gaieté féroce.

— Et moi, je n'ai pas peur des orages, dit Lizzie en braquant la longue-vue sur la Virginie.

— Moi, si, dit Mary avec un frisson.

Depuis toute petite Mary avait toujours eu peur d'être tuée par un éclair. Elle savait que même au fond d'une cave, cachée sous un lit, l'éclair saurait la trouver. Par contre, elle ne craignait ni le canon ni les rebelles.

Le Président apparut sur le toit.

— Allons, Maman, dit-il, c'est l'heure de déjeuner.

— Quelles sont les nouvelles ? demanda Mary en essayant en vain d'empêcher Tad de grimper sur les épaules de son père et de froisser une fois de plus son bel habit noir du dimanche.

— Nous avons commencé notre attaque, c'est tout ce que j'ai entendu.

Lizzie tendit la longue-vue à Lincoln qui d'un geste expert la colla à son œil, puis la balança de gauche à droite.

— Il est encore trop tôt pour se prononcer, dit-il en reposant la longue-vue. Puis il ajouta en plissant les paupières : Nous avons arrêté notre feu de couverture, je me demande pourquoi.

— Est-ce qu'il y a des soldats que nous connaissons ? demanda Willie. Vous savez, comme ce pauvre Ellsworth.

Lincoln et Mary échangèrent un regard.

— Je ne crois pas, dit Lincoln après un silence. Bien sûr, il y a le général McDowell. Tout le monde le connaît, et il y a aussi...

— Non, je parle des garçons, expliqua Willie qui à dix ans faisait la différence entre la race ventripotente des hommes à barbe avec du gris dans les cheveux, et celle de ceux qui avaient la taille fine, le visage frais et les cheveux d'une seule couleur, et qui aimaient encore à jouer et à rire avec des enfants de dix ans.

— Non, dit Mary. Nous n'en connaissons aucun.

— Même pas ceux du Sud ? Ceux du Kentucky ?

— Allons déjeuner.

Mary passa son bras autour du cou de Willie. Mère et fils étaient à présent de la même taille.

— Willie veut écrire un autre poème comme celui qu'il a écrit pour le capitaine Ellsworth, s'écria Tad, juché sur les épaules de son père.

— Attends un peu que tu sois descendu, dit Willie.

— Nous allons tous descendre maintenant, dit Lincoln, et nous préparer pour aller à l'église. C'est le moment de la semaine que je préfère, comme disait le prisonnier lorsque...

— Tu nous l'as déjà raconté, dit Mary en prenant le bras de son époux, tandis qu'ils marchaient à la queue leu leu le long du toit jusqu'à la trappe ouvrant sur un escalier abrupt conduisant à l'intérieur. A propos d'église, ajouta Mary, Lizzie et moi nous étions justement en train de parler du Révérend Dr. James Smith...

— Oh, non ! dit Lincoln en poussant un gémissement.

— Oh, si ! dit Mary, en descendant la première. C'était notre pasteur préféré à Springfield.

— Alors, qu'il y reste !

— Mais, Papa, il est écossais.

— Raison de plus. Il prêchera contre les abus et les vanités de ce monde, et aussi contre la propriété foncière.

Mary avait à présent la tête sous le toit, mais on entendait encore distinctement sa voix :

— Il faut l'envoyer à Dundee en Écosse comme consul.

— Oui, frère Lincoln, renchérit Lizzie dont la main mal assurée s'accrochait à la trappe tandis qu'elle cherchait du pied la première marche. Ce serait un choix idéal.

— Par un jour comme aujourd'hui, cousine Lizzie, vous osez solliciter de moi — votre Président — un poste de consul ?

— Ce n'est pas la première fois, dit Mary dont la voix se faisait de plus en plus lointaine. Mais jusqu'ici, tu nous as toujours rabrouées.

Lizzie se trouvait maintenant à l'intérieur. Willie suivit, puis Lincoln avec Tad sur ses épaules.

— Eh bien, dans ce cas, mesdames, il faut que vous me trouviez pour votre pasteur un certificat de moralité. D'après ce que j'ai entendu dire du Révérend Smith, c'est un homme qui boit, qui fume, qui jure, et qui en plus est un libertin.

— Qu'est-ce qu'un libertin ? demanda Tad, tandis que son père descendait les marches.

— Un libertin, mon petit garçon, est quelqu'un qui aime la liberté un tout petit peu seulement, au lieu de l'aimer beaucoup comme nous.

La canonnade avait cessé. Les bouffées de fumée s'étaient dispersées dans la brume générale d'un ciel d'été à l'horizon duquel des nuages de pluie commençaient à s'amonceler.

Hay et Nicolay profitèrent de la trêve du dimanche pour expédier le travail en retard : répondre au courrier, écrire des lettres réclamant la signature du Président, classer des journaux. Hay sentait les premières attaques de la fièvre : lourdeur dans les yeux, qu'il avait anormalement secs ; lourdeur dans la région du foie ; lourdeur du squelette lui-même, comme si les os aspiraient à s'émanciper du joug de la chair. Tôt ou tard, tout le monde en ville, à l'exception des indigènes, était atteint de la fièvre du Potomac.

Lorsqu'un des deux secrétaires succombait à la fièvre, il abandonnait le grand lit commun à son compagnon, et, s'enveloppant de draps et de couvertures, allait s'étendre sur un lit de camp jusqu'à ce que le mal fût passé.

— J'ai idée que je vais retrouver mon amie la fièvre, dit Hay en allongeant un bras qui se mit à trembler de lui-même.

— Vous savez où dormir, dit Nicolay sans quitter des yeux la montagne de paperasses qu'il avait devant lui. Vous ai-je dit que le petit gouverneur est de nouveau en ville ?

— Dans ce cas la guerre ne va pas tarder à finir, dit Hay en desserrant son col de chemise. Qu'est-ce qu'ils vont en faire ?

— McDowell l'a laissé aller en Virginie en tant qu'observateur. Dites-moi, pourquoi faut-il que toutes les choses importantes arrivent un dimanche ?

— C'est sans doute la volonté du Seigneur, répliqua Hay qui s'empara d'une longue paire de ciseaux pour découper un article où il était question de la convention du Congrès confédéré qui s'était tenue la veille à Richmond. Je suppose que les prédicateurs n'ont pas fini de nous casser les oreilles.

— A quel sujet ?

— Au sujet de l'immoralité de livrer bataille un dimanche.

— Si nous gagnons, qui les écoutera ?

— Et si nous perdons, qui s'en souciera ?

Malgré les premiers symptômes de la fièvre, Hay demeura à son poste le restant de la journée et une partie de la nuit suivante. Il accompagna le Président dans le bureau du général Scott, où celui-ci les reçut allongé sur un divan qu'on avait placé sous le tableau de la guerre de 1812. Scott s'excusa de rester allongé : il était clair qu'il n'avait pas encore fini de digérer l'un de ces plantureux repas dont il était coutumier. On entendait encore par intermittence le bruit du canon. Autrement la ville était parfaitement tranquille. Aucun attroupement devant la Maison-Blanche ; juste quelques soldats qui montaient la garde, ne laissant entrer personne sans laissez-passer militaire.

— Le bruit du canon semble tout proche, dit Lincoln en regardant du côté de la fenêtre comme si la bataille se livrait dans la rue.

Scott prêta l'oreille un instant, secoua la tête et dit :

— Le vent joue parfois des tours. De toute façon notre artillerie est en place. La leur également. Je ne vois pas ce qui pourrait les faire bouger.

Lincoln sortit de son chapeau un certain nombre de télégrammes :

— Cette dernière dépêche de Fairfax Court House dit que les rebelles ont reculé.

— J'ai mieux que ça, monsieur. A trois heures, ils battaient en retraite.

— Mais il n'est pas impossible qu'ils reçoivent des renforts, reprit Lincoln en fronçant le sourcil gauche.

— Je ne vois pas d'où leur viendraient leurs renforts, monsieur. Le général Johnston dispose de treize régiments près de Harper's Ferry. S'il avait bougé, nous le saurions. Tranquillisez-vous, monsieur. La journée est pour nous.

Là-dessus le vieil homme poussa un profond soupir, s'excusa et retomba dans son sommeil.

— Jefferson Davis est en route pour Manassas, dit Lincoln.

— Comment le savez-vous, monsieur ? demanda Hay, qui commençait à claquer des dents, tout en espérant que le Président ne le remarquerait pas.

— Nous avons nos espions, nous aussi.

— Leur Congrès s'est tenu hier à ce qu'il paraît...

— Il y a eu en effet une réunion à Richmond, rectifia Lincoln. Je suppose qu'on peut appeler congrès une réunion, en l'occurrence, c'était une réunion de rebelles.

A cinq heures, Nicolay insista auprès de Hay pour que celui-ci allât se coucher, mais pour rien au monde Hay n'aurait voulu manquer une seconde de cette journée qui s'annonçait comme historique, et qui verrait peut-être même la fin de la rébellion. Rassurés sur la suite des événements, le Président et Madame étaient allés faire une promenade en calèche à la brune. Rien de définitif n'était encore parvenu de McDowell, cependant Hay remarqua que le bruit du canon se faisait moins fréquent. Manqueraient-ils déjà d'obus ? Ou bien commençait-il déjà à perdre le sentiment de la réalité ? Mais il retrouva tous ses esprits à six heures, lorsque Seward apparut, tel un fantôme, à la porte du bureau de Nicolay, le visage terreux et les cheveux en désordre. Il sentait encore plus qu'à l'accoutumée l'odeur de tabac et de porto. En l'apercevant, Nicolay et Hay se dressèrent sur leurs pieds.

— Où est le Président ? demanda Seward en s'appuyant des deux mains aux montants de la porte, comme s'il avait peine à se soutenir. Nicolay répondit que les Lincoln étaient partis en promenade à cinq heures.

— Savait-il ?... Savez-vous les dernières nouvelles ?

— Nous n'avons rien appris de nouveau depuis ce matin, dit Nicolay. Les rebelles ont reculé. Nous sommes en train de gagner...

— Ne le dites encore à personne, murmura Seward à voix basse, mais la bataille est perdue. Cela vient d'arriver sur le télégraphe. McDowell est en pleine retraite. Il vient de presser le général Scott de faire tout son possible pour sauver la capitale.

— Mon Dieu ! s'écria Nicolay, qui resta bouche bée quelques instants avant de retrouver son souffle. Hay de son côté se demandait si ce qu'il venait d'apprendre faisait ou non partie de son délire, lequel d'ordinaire ne commençait pas avant minuit.

Hay vécut les heures qui suivirent dans une sorte d'état second ; il était cependant conscient de ce qui se passait autour de lui, et faisait ce qu'il avait à faire. Sur l'ordre du secrétaire d'État, il envoya à chacun des membres du Cabinet une convocation à se rendre immédiatement à la Maison-Blanche. Une heure plus tard, la réunion eut lieu, non pas à la Maison-Blanche, mais au quartier général du général Scott.

En prenant connaissance de la dépêche de McDowell, le visage de Lincoln était devenu couleur de cendre. Il n'avait pourtant rien dit, et même il avait paru reconnaissant à Hay de n'avoir pas propagé la mauvaise nouvelle avant le retour de Madame à la Maison-Blanche. Maintenant une foule considérable était rassemblée devant la présidence. Le bruit s'était répandu. Et la pluie qui avait menacé toute la journée s'était mise tout doucement à tomber.

Le général Scott, en grand uniforme et rasé de frais, trônait sur son siège spécial à côté d'une carte de la Virginie. Des généraux traversaient la pièce comme des garçons de course, tandis que Mr. Cameron examinait les craquelures du plafond comme s'il se demandait à qui il en confierait les travaux, et combien il demanderait de commission.

Hay maintenant ne voyait plus les choses que de manière intermittente. La pièce fut bientôt remplie par les membres du Cabinet. Chase, le visage pâle et défait, disait : « Nous devrons évacuer la ville », mais personne ne l'écoutait. Tous avaient les yeux tournés vers Lincoln, qui regardait la carte, comme si celle-ci recelait un secret.

Scott était abasourdi ; malgré sa corpulence, il paraissait fragile.

— Je ne pouvais pas le croire. Je ne l'aurais pas cru si McDowell lui-même ne l'avait pas confirmé. A trois heures, monsieur, les rebelles étaient en fuite.

— C'est alors qu'ils ont reçu des renforts, dit Lincoln d'un ton de maître d'école qui fait réciter une leçon. Le général Beauregard avait douze régiments sur le champ de bataille ce matin. Dans l'après-midi, il en avait vingt-cinq. Comment est-ce possible ?

L'éclair qui brillait par intervalle dans la tête de Hay éclaira un instant le visage du général. Il vit les vers se jouer avec ce crâne massif, que la terre aurait bientôt englouti.

— Le général rebelle Johnston, dit Scott d'une voix sifflante, qui était stationné à Harper's Ferry, a joint ses forces à celles de Beauregard dans le courant de la nuit.

Lincoln se tourna vers Scott :

— Alors pourquoi le général Patterson ne l'a-t-il pas arrêté ? Il aurait pu au moins nous dire que Johnston s'était déplacé.

Scott garda le silence ; Blair proféra un juron, et Chase frémit d'un air dégoûté, ce qui incita Lincoln à prendre la direction des opérations, comme si Scott n'était plus là.

— Nous demandons que tout soldat de service en ville et dans les environs soit sur le qui-vive durant toute cette nuit. Long Bridge, Chain Bridge et l'Aqueduc doivent être massivement gardés aux deux extrémités.

— Bien, monsieur, dit Scott.

Au cours de la séance, Hay entendit l'adjudant général annoncer que le frère du secrétaire d'État à la Guerre était au nombre des tués. Hay éprouva une sorte de compassion pour cet homme profondément corrompu qui eut soudain l'air de quelqu'un à qui on aurait jeté une boule de neige en plein visage. Lincoln lui toucha l'épaule sans rien dire.

D'autres dépêches furent lues à haute voix. Au début, McDowell espérait se replier jusqu'à Centerville, ensuite, il avait espéré prendre position à Fairfax Court House ; enfin il fit savoir que les troupes se débandaient et qu'elles fuyaient en direction du Potomac. Il ignorait si les rebelles poursuivraient leur avantage et s'empareraient de la ville.

Tandis que les ordres étaient donnés pour la défense de Washington, Hay ressentait un extraordinaire sentiment de bien-être, si bien qu'il ne s'émut même pas lorsqu'il entendit Scott dire au Taïcoun :

— Monsieur, je suis l'homme le plus lâche d'Amérique. Je mérite d'être destitué. J'aurais dû m'opposer à cette campagne et je ne l'ai pas fait. L'armée n'était pas en état de se battre.

Lincoln se tourna vers Scott et le toisa légèrement du regard :

— Voulez-vous dire, général, que je vous ai forcé à livrer bataille ?

— Aucun Président, monsieur, ne m'a témoigné autant de bonté, répondit le vieil homme, ce qui n'était pas une réponse, comme chacun savait.

Cette nuit-là personne ne dormit. Lincoln resta dans son bureau à recevoir un flot de visiteurs. Des gens du monde, ainsi qu'une foule considérable, s'étaient rendus en voiture de l'autre côté du Potomac

247

pour assister à la bataille et voir l'armée entrer victorieusement à Richmond. L'humeur était joyeuse, on avait emporté des paniers de piquenique... Et maintenant tout ce monde parti pour la fête refluait tel un fleuve refoulé par une marée d'équinoxe, avec un long mugissement.

Un membre du Congrès dont Hay ne se rappelait plus le nom déclara :

— J'ai tout vu ! Nous les avons battus à plates coutures. Il n'y a aucun doute là-dessus, monsieur le Président. Ils sont battus !

— Alors dites-moi pourquoi, repartit Lincoln avec une pointe d'ironie dans la voix, nos soldats, après les avoir battus, ont détalé devant eux comme des lapins ?

Les sénateurs Wade, Chandler, Grimes, Trumbull et Wilson vinrent chacun à tour de rôle faire leur rapport. Ils avaient des habits tout poudreux et le visage noirci par la poussière et la sueur. Lincoln les écoutait imperturbablement, puis à un moment donné, il poussa un juron, et Hay s'aperçut qu'il venait d'entendre jurer l'Ancien pour la première fois.

Malgré les instances de Nicolay, Hay n'était pas pressé d'aller se coucher. Il trouva un compromis.

— J'irai au Willard pour voir s'il n'y a pas quelque chose à manger. La fièvre commençait toujours par lui ouvrir l'appétit. Ensuite, la vue de la nourriture le rendait malade.

Pennsylvania Avenue était noire de monde, malgré l'heure tardive et la pluie qui ne cessait de tomber. Devant le Willard, un zouave racontait la bataille à un groupe de personnes qui l'écoutaient avec ébahissement ; des officiers de l'Union faisaient la navette entre le Willard et le ministère de la Guerre. Déjà on apercevait les premiers régiments de cavalerie. L'infanterie suivrait dans quelques heures.

Hay fut salué devant le kiosque à tabac par Thurlow Weed.

— Quelles sont les nouvelles ?

— Pas bonnes, monsieur.

— Je viens de voir Burnside rentrer.

— Et sans ses troupes, j'imagine ?

— Il est monté directement dans sa chambre, sans rien dire à personne.

Hay savait bien qu'il n'aurait pas dû laisser percer son amertume, surtout devant quelqu'un d'aussi retors que Thurlow Weed, mais il était trop abattu pour se soucier de ce qu'il disait.

— Vous avez l'air un peu vert, fit le politicien-journaliste.

— Un peu de fièvre, monsieur. Cela passera.

— Comme le reste.

Weed se retourna pour serrer la main du sénateur Wade qui venait de voir le Président. Hay se fraya un chemin à travers la foule jusqu'à la première salle à manger, mais elle était fermée : c'était dimanche, et de plus, tous les meilleurs morceaux avaient été envoyés à Manassas pour le pique-nique de ces messieurs dames. Finalement, Hay fut obligé de retourner au bar où il se bourra de jambon arrosé de *brandy-smashes* ; à quelques pas de lui, le petit gouverneur, la figure sale et fatiguée, buvait verre de gin sur verre de gin. Le bar du Willard avec toutes ses voix bruissait comme un immense orchestre autour de Hay. Il se demanda quelle heure il pouvait être. Il eut le sentiment qu'une partie de la nuit s'était écoulée.

— Je me suis emparé de la batterie d'artillerie, ne cessait de répéter Sprague. Regardez, disait-il en tirant sur la manche de sa tunique. Il y avait deux trous, l'un au-dessus de l'autre, près du coude gauche.

— Avez-vous été blessé ?

— Une simple égratignure. Tenez, il y a un autre trou. Et il se mit à chercher son troisième souvenir martial, mais comme il n'y voyait pas assez clair, il ne put le trouver : Nous avons tenu la ligne de feu quarante minutes, poursuivit-il. Rien que nous. Rien que Rhode Island. C'est moi qui les commandais. Ils m'ont acclamé. Douze cents hommes. Ensuite mon cheval a été abattu sous moi. J'ai dû changer de selle devant l'ennemi. Nous avons tenu bon, mais personne n'est venu nous appuyer. Finalement, nous avons reçu l'ordre de nous replier. C'est Burnside qui les a ramenés. C'est alors que j'ai pris possession de la batterie d'artillerie. Et c'est à ce moment-là qu'est apparue l'armée de Johnston. Dieu sait comment ils ont fait. C'est alors que nos soldats — pas les miens, les leurs — ont commencé à prendre la fuite. Les zouaves en premier ; les autres ont suivi. Maintenant il n'y a plus d'armée.

Hay écoutait comme dans un rêve. Il sortit du Willard rêvant toujours. Dehors il s'aperçut qu'il faisait jour et qu'il n'avait pas dormi de toute la nuit, à moins qu'il n'eût dormi debout et qu'il n'eût rêvé cette conversation au bar du Willard avec Sprague.

Nicolay était en train de parler à un groupe de journalistes dans le bureau des secrétaires. En apercevant Hay, il s'excusa.

— Allez vous coucher, souffla-t-il à l'oreille de Hay en lui touchant la main. Vous êtes brûlant.

— J'y vais. J'y vais. Mais que se passe-t-il ?

A ce moment, la porte du bureau s'ouvrit, et Lincoln apparut avec Cameron à ses côtés. Hay entendit le Président dire d'une voix qui semblait venir de l'autre rive du Potomac :

— Mr. Cameron, envoyez chercher le général McDowell.

Hay fendit la presse qui encombrait le corridor pour se rendre jusqu'à sa chambre. Là, il se jeta sur le lit de camp, et s'abandonna à la fièvre. Mais avant de perdre tout à fait conscience, il réalisa que Lincoln n'avait pas dit : « Envoyez chercher le général McDowell », mais : « Envoyez chercher McClellan. »

Ils étaient revenus au point de départ.

DEUXIÈME PARTIE

I

Le soleil n'était pas encore levé en ce jour de Noël 1861, lorsque Salmon P. Chase, secrétaire au Trésor, entra dans la salle à manger de la somptueuse et confortable demeure qu'il occupait au coin de Six Street et de E. Street. Un lustre de cuivre à quarante bougies éclairait la pièce dont les murs disparaissaient sous de vieilles faïences accrochées. Et cette lumière crue, tombant d'aplomb, rendait plus lumineux encore, parmi les fruits, les gâteaux au miel et les saucisses de Virginie, un magnifique plat contenant de la semoule de maïs occupant le milieu de la nappe, bordée par deux saucières pleines d'une sauce au whisky, spécialité sudiste dont Chase était particulièrement friand.

C'était là un spectacle pour lui plaire. Il resta debout quelques instants à contempler sa fille, clignant les yeux pour mieux la voir, et humant le parfum de verveine qui circulait comme un immense baiser épandu autour de la table. Sa mère n'en avait pas porté d'autres ; elle prétendait que de tous les parfums la verveine est le seul à pousser dans les jardins du bon Dieu.

— Joyeux Noël ! Père, dit Kate en se levant.

— Joyeux Noël ! ma chérie. Nettie n'est pas descendue ?

— Elle dort encore, la petite paresseuse.

Kate but une gorgée de café en observant du coin de l'œil le serviteur mulâtre qu'ils venaient d'engager.

Chase faisait de louables efforts pour ne pas avaler tout rond la nourriture, mais la gourmandise était trop forte. Sa gourmandise, jointe aux talents culinaires de Kate. Les gâteaux étaient parfaits : ni trop légers ni trop lourds. Kate passait plusieurs heures chaque semaine à étudier avec la cuisinière de nouvelles recettes et à perfectionner les anciennes. Elle gouvernait la maison comme un général. Chase s'était souvent demandé ce qu'elle serait devenue si elle avait été un garçon. Elle combinait dans sa personne les qualités les plus exquises des deux sexes. La veille au soir avait été exemplaire à cet égard. Après avoir donné ses instructions

253

pour le déjeuner du lendemain, Kate l'avait battu quatre fois de suite aux échecs, jeu éminemment masculin et qu'il entendait à merveille.

— Pourquoi Mr. Lincoln est-il si peu religieux ? Maintenant les dimanches ne lui suffisent plus, il faut encore qu'il convoque le Cabinet un jour de Noël !

Kate le taquinait, bien sûr. Elle n'avait pas sa robuste foi religieuse et c'était un peu sa faute à lui. En l'envoyant terminer ses études dans cette école chic de New York, il avait voulu avant tout en faire une jeune fille du monde accomplie. Mais bon sang ne saurait mentir, et un jour ou l'autre Kate retrouverait la foi. Elle n'était pas morte, elle était seulement endormie.

— Dimanche est l'un des rares jours où la Maison-Blanche n'est pas encombrée de chercheurs d'emplois, sauf bien sûr de ceux qui passent la nuit dans le corridor afin d'être les premiers le lendemain matin à approcher le Président.

— A sa place, je les jetterais dehors, dit Kate en acceptant du maître d'hôtel un œuf à la coque servi dans un coquetier en porcelaine — le seul excès qu'elle se permettait au petit déjeuner.

— Moi aussi, tout bien réfléchi, dit Chase en attaquant les petites saucisses de Virginie. Mais Mr. Lincoln est quelqu'un qui ne sait pas dire non...

— Sauf quand ça lui arrive...

— C'est-à-dire qu'il ne sait pas dire carrément les choses. C'est un faible, qui n'a de fermeté que dans la faiblesse.

— Que va-t-il dire aux Anglais ? Va-t-il leur dire non ?

— Je n'en suis pas certain.

— Que lui conseilleriez-vous ? Je veux dire : qu'allez-vous lui conseiller ?

— De rendre les prisonniers. Je sais que c'est une situation humiliante pour nous, mais je ne vois pas d'autre moyen d'en sortir.

Au début du mois de novembre, le steamer anglais, le *Trent*, qui se rendait en Angleterre avec à son bord deux émissaires du Sud, Mason et Slidell, accompagnés de leurs familles et de leurs secrétaires, fut arraisonné par un sloop fédéral, le *San Jacinto*, au large de Cuba. L'affaire avait fait du bruit tant en Angleterre qu'aux États-Unis, et les opinions publiques de ces deux pays étaient très montées.

En ce moment, le gouvernement se trouvait dans une impasse : seul Seward était dans son élément. Ne s'était-il pas écrié récemment, le visage allumé par tout l'alcool qu'il venait de boire, et en présence de Mr. Russell, correspondant du *Times* de Londres : « Nous allumerons un incendie qui embrasera la terre entière ! » Tout le monde avait été horrifié, mais ce n'étaient là que de belles paroles. En règle générale, plus Seward se montrait sanguinaire en paroles, et plus il recherchait avec assiduité les moyens d'arriver à une solution négociée. L'expérience du pouvoir avait rapidement mûri le secrétaire d'État. Il n'en était plus à vouloir déclarer la guerre à l'Europe pour refaire l'Union.

Dans cette affaire, le Président du reste s'était montré comme à son habitude d'une discrétion exemplaire. Il avait laissé Seward négocier à sa guise avec Lord Lyons, lequel de son côté avait fait preuve d'une surprenante modération. Il est vrai que l'ambassadeur de Grande-Bretagne à Washington savait deux ou trois choses que le Cabinet de Londres ignorait, et notamment celle-ci : c'est que les États-Unis étaient désormais la première puissance militaire du monde. Après l'échec de Bull Run, Lincoln avait réagi virilement : avec une sombre résolution, il avait entrepris de mettre sur pied de véritables armées. Rien qu'à Washington et dans les environs, le général McClellan avait eu le temps de constituer une armée de deux cent mille hommes, dont les observateurs s'accordaient à louer le moral, la discipline et le matériel. Quant à la marine, elle était encore au berceau, pour ainsi dire, mais elle ne demandait qu'à grandir, et elle grandirait... Chase était justement en train de calculer les dépenses que nécessiterait cet effort militaire sans précédent lorsqu'un grain de poivre vint se loger au fond de sa gorge. Il toussota, son visage s'empourpra, et les larmes lui montèrent aux yeux.

— Qu'est-ce qui ne va pas ? demanda Kate en lui tapotant le dos.

— Je pensais à des problèmes d'argent, dit Chase après avoir bu une gorgée de thé.

— Pauvre papa ! dit Kate en retournant à son œuf. Nos factures, je le sais...

— Non, pas les nôtres, celles du gouvernement. La guerre nous coûte un million et demi de dollars par jour. Les banquiers... les banquiers !...

Le financement de la guerre était un cauchemar dont il ne voyait pas la fin. En août il avait emprunté aux banques cent cinquante millions de dollars en or et en argent payables en trois versements, contre des bons du Trésor de trois ans à 7,30 %. Après le premier versement, les banques avaient commencé de se plaindre. Chase avait alors proposé au Congrès l'institution d'un système bancaire national qui permettrait au gouvernement d'émettre son propre papier-monnaie, proposition qui l'effrayait lui-même autant qu'elle effrayait les établissements bancaires. Maintenant les banquiers menaçaient de ne pas payer le versement en cours. Jay Cooke était son seul réconfort dans toute cette affaire. « Faites-les cracher, ce sont tous des fils de pute ! » lui avait-il dit. Ce dont Chase, malgré la crudité du langage employé, était près de convenir.

Kate, voyant son père préoccupé, chercha à créer une diversion. Elle savait que tant que son père ruminerait ses problèmes d'argent, il serait incapable d'avaler une bouchée. Elle parla donc des derniers potins. On parlait beaucoup depuis quelque temps du message annuel que le Président devait prononcer devant le Congrès le 3 décembre et dont la presse avait publié des extraits quelques jours auparavant.

— Tout le monde prétend que c'est Mrs. Lincoln qui en a donné une copie au *New York Herald*.

— Tout le monde, mais encore ?

— Tout le monde. Les gens auxquels je parle. Enfin, toute la ville. Après tout, n'est-elle pas sécessionniste au fond d'elle-même avec tous les frères qu'elle a dans l'armée confédérée ?

Chase n'aimait pas plus Mrs. Lincoln que son mari, mais c'était un homme juste. Il se rappelait également la conversation qu'il avait eue avec elle au sujet d'Éliza, l'esclave blanche de Lexington.

— Mon impression, dit-il, c'est que des deux, c'est elle la plus abolitionniste.

— C'est bien sûr ce qu'elle veut faire croire à tout le monde.

— Dans ce cas, c'est une remarquable comédienne.

— Comme toutes les femmes.

— Cela, je l'ignore, Kate.

Posée sur une hanche, l'autre genou un peu rentré, le menton légèrement avancé, Kate considérait son père d'un air moitié douceur, moitié gouailleur que Chase trouvait irrésistible. A ces moments-là, il ne savait plus s'il avait affaire à une fille ou à un garçon. Mais, fille ou garçon, il l'adorait de la même façon.

— Comment, Père, vous avez été marié trois fois, et vous ne savez même pas cela !

— Il faut croire que les femmes que j'ai épousées n'étaient pas comme les autres, dit Chase en clignant les yeux. S'il regardait l'oreille gauche de sa fille, il ne distinguait qu'un flou rosé, par contre, il voyait très bien le nez, les yeux, la bouche. Un frisson le parcourut tout entier. Il craignait par-dessus tout de devenir aveugle, et il était à peu près certain de perdre progressivement la vue.

— Vous avez frémi, Père. Avez-vous froid ? Y a-t-il un courant d'air ?

— Non, non. Mais à propos de mes femmes depuis longtemps disparues, je songeais, je ne sais pourquoi, au gouverneur Sprague. As-tu de ses nouvelles ?

— Il est parti lui aussi — de Washington, sinon de ce monde. J'ai eu un mot de lui la semaine dernière. Il essaie toujours de devenir général. J'admire son obstination ainsi que sa bravoure. Sa conduite à la bataille de Bolivar a été exemplaire. Je me demande pourquoi on n'en a pas parlé davantage.

— Parce que nous avons perdu la bataille, ma chérie. Voilà pourquoi on n'en a pas parlé. Je me demande d'ailleurs pourquoi nous perdons toujours.

— Seulement quand nous tentons quelque chose. Le général McClellan assistera-t-il à la réunion ?

— Je n'en sais rien. Je lui fais toujours confiance. Bien sûr, ce n'est pas McDowell, mais il a fait des prodiges avec l'armée. On peut même dire qu'il est en train de la créer. Et puis les hommes lui sont dévoués.

— Sinon à l'Union, dit Kate en finissant son œuf. Elle émiettait dans sa main un morceau de pain, qu'elle ne mangeait pas. Parmi les dames de Washington elle était presque la seule à avoir horreur de grossir. Toutes la trouvaient excentrique, sauf le petit régiment des maigres.

— Je crois que le premier devoir d'un officier est de se faire aimer de ses hommes, et ensuite...

— De ne pas s'en servir ! Il n'a rien fait depuis six mois.

— Il a un plan. Un plan magnifique. Il me l'a confié à moi et à personne d'autre.

Chase s'était du reste étonné de ce que McClellan l'eût choisi, lui, secrétaire au Trésor, pour unique confident. Mais à qui d'autre se fier ? Le Président était tout sauf discret. Seward parlait à tort et à travers. Quant à Cameron, on ne pouvait pas compter sur lui.

— Je regrette quand même qu'on n'ait pas gardé le général McDowell.

— Je ne sais pas si je te l'ai dit, ma chérie, mais les McDowell viennent nous rendre visite le jour de l'An. Il y aura aussi le capitaine Sanford.

Chase sourit. William Sanford n'était pas un Adonis, mais il était épris de Kate, et surtout il venait d'une famille presque aussi riche que celle des Sprague.

— Oh, le capitaine Sanford ! dit Kate en riant. N'est-ce pas ce qu'on appelle un avorton ? Si ce mot a un sens, je trouve qu'il s'applique à lui à merveille. Je ne sais pas ce que vous lui trouvez personnellement. Outre ce que je viens de dire, il déteste les affaires. Il déteste son père. Il adore la musique, et lorsque la guerre sera finie, son plus cher désir est d'aller à Paris, de composer de la musique et de porter une veste de velours rouge.

Paris ? La musique ? Du velours *rouge* ? Chase ne savait pas très bien laquelle de ces trois choses était la plus néfaste pour un jeune Américain. A ce moment-là Nettie entra dans la pièce en courant, entoura son père de ses bras, lui souhaita un joyeux Noël, courut en faire autant à Kate, puis demanda la permission d'ouvrir ses cadeaux.

Le petit déjeuner chez les Seward n'avait ni les grâces ni les apprêts de celui des Chase. C'était essentiellement une affaire d'hommes. Seward et son fils Frederick étaient assis chacun à un bout de la table de la salle à manger. Seward se sentait la tête encore un peu lourde : la veille il avait invité à sa table diverses éminences qui, soit par choix délibéré, soit pour des raisons géographiques ou à cause d'un décès, se trouvaient toutes être des célibataires. Il y avait notammenent parmi elles Thaddeus Stevens, président de la commission du budget de la Chambre des représentants, et membre du comité conjoint du Congrès chargé de la conduite de la guerre. Stevens était l'un des hommes les plus spirituels et les plus instruits de Washington ; c'était en outre un fervent abolitionniste, à l'instar de la plupart des membres du comité, présidé par Ben Wade, et qui comprenait des personnages aussi rébarbatifs que Zach Chandler et Lyman Trumbull.

Tout en buvant son café, Seward cherchait à se remémorer les événements de la veille. Stevens, bien sûr, n'avait rien bu. Il avait renoncé à l'alcool des années auparavant, à la suite de la mort d'un ami, mais à la différence de tant d'autres qui renoncent sur le tard à la boisson, Stevens n'était pas devenu moralisateur, et surtout il n'avait rien perdu de son esprit.

En entrant au salon, Stevens avec son pied-bot avait trébuché sur le tapis, en disant d'un air très sérieux à son hôte : « J'ai toujours admiré votre tact de ne jamais faire la moindre allusion à ma mystérieuse ressemblance avec le regretté Lord Byron. » Mise en joie par cette remarque, la compagnie avait passé le début de la soirée à raconter des histoires que Stevens pimentait de temps à autre d'un commentaire aigre-doux. Il avait même ri lorsque l'un des convives avait décrit comment un jour l'une de ses admiratrices l'avait coincé dans son bureau du Capitole en le suppliant de lui donner une mèche de ses cheveux. Alors d'un geste solennel il avait soulevé son énorme perruque, en disant à la dame : « Je vous en prie, choisissez la mèche qui vous plaira. »

— Qu'est-ce qui vous fait sourire, Père ?

Frederick n'était pas seulement le fils de Seward, c'était aussi son secrétaire, et au besoin son infirmière. Heureusement pour lui, Seward n'avait pas besoin d'une fille comme son collègue du Trésor...

— Je songeais à Stevens, qui était là hier au soir. C'est vraiment quelqu'un de très drôle.

Frederick sourit.

— Je me trouvais à la Chambre cet été, et il y avait là un congressman de New York qui n'arrêtait pas de déambuler d'une aile à l'autre, tout en déclamant, au point que Mr. Stevens finit par lui dire : « Espérez-vous par cette déambulation et cette déclamation faire augmenter votre indemnité de déplacement ? »

Seward rit, et du même coup il se sentit mieux. Il alluma son premier cigare de la journée qui accompagnait toujours sa dernière tasse de café de la matinée. Maintenant la journée pouvait commencer. Seward se laissa aller à évoquer quelques souvenirs.

— Sais-tu qu'un jour Horace Greeley a surpris l'honnête Abe en train de tromper le gouvernement sur cette affaire d'indemnité ?

— Lincoln, tromper le gouvernement ?

Bien que Seward n'eût aucun doute sur la loyauté de son fils, il savait néanmoins que le jeune homme était également sensible au mythe qui s'était créé autour de Lincoln. Même Seward avait de la peine à séparer le politicien pragmatique et timoré de l'icône nationale que Lincoln et ses partisans avaient mis tant de soin à élaborer avant et pendant la convention de Chicago : l'honnête Abe, le briseur de rails né dans une mangeoire, ou presque... Grâce au télégraphe et à la modernisation du daguerréotype, les conseillers de Lincoln avaient pu imprimer dans tous les esprits cette image d'homme intègre bien qu'un peu rustre. Même la fameuse barbe que Lincoln s'était laissé pousser dans le train en venant de Springfield avait été soigneusement calculée, et n'était pas, comme Lincoln l'avait laissé entendre, la conséquence d'une lettre écrite par une petite fille aimant bien les favoris. Il y avait bien eu lettre, mais elle avait été rédigée par certains républicains new-yorkais influents estimant qu'une barbe donnerait de la dignité à un homme qui leur paraissait en manquer singulièrement.

Seward se caressa les joues qu'il avait lisses et bien rasées. Ce n'est pas lui qui changerait d'apparence. Il est vrai qu'il n'avait jamais manqué de dignité. Il raconta à son fils la fameuse accusation de Greeley.

— En 1848, Greeley siégea pendant quelques mois à la Chambre des représentants. Naturellement, étant ce qu'il était, il commença à chercher noise à tout le monde. Or, la première chose qu'il trouva était que la plupart des congressmen trichaient sur les allocations de voyage. Le défenseur de la vertu fit donc une petite enquête et s'aperçut que le congressman Lincoln se faisait payer deux fois plus qu'il n'aurait dû.

— Que répondit Lincoln à cela ?

Seward exhala un mince filet de fumée bleue et répondit :

— Il dit à Greeley qu'il avait compté le kilométrage en prenant l'itinéraire le plus court, que plus personne ne prenait, et qu'il avait pris comme tout le monde la route des grands lacs. Il lui rappela également que la loi exige seulement que l'on prenne la route « la plus communément utilisée », ce qu'il avait fait. Oh, c'est un malin, Mr. Lincoln, mais pas encore aussi malin que Jackson ou Harrison, dont il a repris l'histoire de la cabane dans sa campagne contre moi.

Seward s'interrompit. A cette évocation il sentit le sang lui affluer aux tempes. Il fallait qu'il chasse ce souvenir de son esprit.

— Greeley est un malin, mais c'est quand même un imbécile.

— Espérons que Mr. Lincoln ne le mettra pas en prison lui aussi.

— Ce serait plutôt le contraire. Le Président a peur de lui, comme il a peur de Bennett. Je ne vois d'ailleurs pas pourquoi.

— En tout cas, il a su faire taire les gens du *New York Daily News,* dit Frederick.

En août, le gouvernement avait interdit à ce très remuant journal démocrate d'utiliser le système postal du gouvernement. Le directeur du journal — un frère du maire pro-sécessionniste de New York — avait alors essayé d'utiliser le chemin de fer, mais les services secrets de Mr. Pinkerton eurent tôt fait d'y mettre le holà. En conséquence, le *Daily News* avait été obligé de suspendre sa publication. Un peu partout dans le pays les journaux cessaient de paraître et leurs directeurs étaient emprisonnés. Non seulement Seward approuvait la politique de Lincoln en la matière, mais il avait lui-même ordonné la plupart de ces arrestations en sa qualité de secrétaire d'État, dont les « pouvoirs inhérents », comme il l'avait dit un jour au Président, n'avaient jamais été clairement définis.

La stratégie de Seward était simple : elle consistait à emprisonner les journalistes pendant une période indéterminée puis à les relâcher sans les avoir accusés d'aucun délit. Comme le Congrès, à la demande du Président, avait suspendu pour raison d'utilité publique le premier amendement, ainsi que l'*habeas corpus*, le gouvernement était à peu près libre de faire ce qu'il voulait.

— Et maintenant, va-t-il s'attaquer au *Herald* ? demanda Frederick.

— Non, répondit Seward en consultant la pendule. Dans cinq minutes il devrait se rendre à la Maison-Blanche, où se tiendrait un Cabinet de crise : Bennett est un trop gros morceau pour lui, et surtout, il est beaucoup trop malin.

— Je croyais pourtant qu'il y avait moyen de le coincer. Il doit bien y avoir une loi qui interdise de voler, voire d'emprunter le message du Président au Congrès.

— C'est vrai, dit Seward en enterrant son premier cigare de la journée. Les autres seraient bons, mais pas comme celui-ci. Mais d'un autre côté ce serait admettre la négligence du Président... Non, Bennett est tranquille.

Seward se leva ; Frederick en fit autant.

— As-tu le dossier du *Trent* ?

Frederick fit signe que oui.

— Comment croyez-vous que le *Herald* a pu s'en procurer un exemplaire ?

— Je pense, dit Seward, qui avait longuement réfléchi à la question, que Mrs. Lincoln l'a remis à son ami le chevalier Wikoff, lequel l'a remis ensuite à son ami Mr. Bennett.

— Mais pourquoi aurait-elle fait une chose pareille ?

Seward haussa les épaules.

— Elle a de très lourdes dettes.

— Vous voulez dire qu'elle a vendu le message à Bennett ? dit Frederick d'un air outré.

— Moi, je ne dis rien, mon garçon. J'ai seulement idée que les choses ont pu se passer de cette façon. Nous ne sommes pas au bout de nos surprises.

Comme ils sortaient tous les deux de chez eux, Rose Greenhow les salua de la fenêtre de sa maison où elle et quelques autres dames rebelles étaient emprisonnées depuis le mois d'août. Rose aimait bien embarrasser Seward depuis sa fenêtre, car elle savait que c'était lui qui avait donné l'ordre à Mr. Pinkerton de l'arrêter.

Seward rendit son salut à la dame.

— Cette femme est une sotte, dit Seward à son fils. On n'a pas idée d'être aussi ouvert, quand on fait de l'espionnage. Personnellement j'aime que mes espionnes soient aussi discrètes que possible, tout en étant très jolies.

Père et fils traversèrent Pennsylvania Avenue pour aller à la Maison-Blanche, qui paraissait presque aussi blanche que le ciel sur lequel elle se découpait, et beaucoup plus blanche assurément que la neige qui s'était accumulée sur les trottoirs depuis une quinzaine de jours.

Seward, qui se sentait d'humeur romantique, se mit à songer à Rose Greenhow, dont il avait connu autrefois le mari. Il avait aimé fréquenter ses salons roses où maintenant une douzaine de dames sudistes en colère étaient enfermées à clé.

— Croyez-vous que Mrs. Greenhow soit réellement une espionne confédérée ? demanda Frederick.

— Bien sûr, mais elle m'a trompé assez longtemps. Vois-tu, elle disait tellement qu'elle était une espionne que je ne l'ai pas crue. On devrait toujours croire tout ce que les gens disent.

— Alors que dit Mr. Lincoln ? demanda Frederick en souriant.

— Il dit qu'il est le Président, et il l'est, répliqua Seward. De plus, c'est quelqu'un de malin.

A l'entrée de la présidence, ils croisèrent la voiture de Chase, qui avait l'air songeur.

Dans les appartements de la Maison-Blanche, Mary aidait Keckley à habiller Tad. D'habitude une personne suffisait à cette tâche, mais les jours de grande excitation pour l'enfant, il en fallait deux. A huit ans, Tad était encore incapable de s'habiller tout seul, de lire ou d'écrire, malgré tous les précepteurs qu'on lui avait donnés, et le tableau noir qui était installé pour lui et pour son frère dans un coin de la grande salle à manger. Mary avait consulté toutes sortes de médecins, et tout ce qu'ils avaient pu faire avait été de donner des mots latins à son défaut de parole ainsi qu'à son excessive énergie ; mais ils ne savaient pas pourquoi un enfant aussi éveillé par certains côtés avait autant de peine à exécuter des tâches aussi simples que s'habiller ou apprendre à lire. Mary, bien sûr, comprenait tout ce que disait Tad, ainsi que Mr. Lincoln, mais pour les autres, ce n'était ni plus ni moins que du baragouinage. Pourtant, malgré toutes ces déficiences, Tad était un petit garçon très intelligent et très inventif. Il organisait des séances de cirque sur le toit de la Maison-Blanche pour lesquelles il demandait cinq cents. Il aimait aussi à passer les soldats en revue, et à imiter son père au point de porter ses lunettes cerclées d'or qu'une fois Hay avait dû passer toute une matinée à chercher. Il l'avait retrouvé sur le toit, entouré d'enfants et en train de chanter des chants guerriers.

— Tiens-toi tranquille ! cria Keckley ; et Tad qui n'avait jamais entendu cette femme si douce élever la voix s'arrêta instantanément de gigoter, pour voir de quels autres sons elle était capable.

— Que mangerons-nous aujourd'hui ? demanda Tad, comme si de rien n'était.

— Tu n'auras rien du tout si tu continues comme ça, dit Mary en s'arrangeant devant le miroir tout poussiéreux suspendu au-dessus d'une table recouverte de soldats de plomb.

— Comme quoi ? demanda Tad redevenu doux comme l'agneau.

— Attends seulement et tu verras. Merci, Lizzie.

Tandis que Mary quittait la pièce, Lincoln sortait de la chambre à coucher, les cheveux en désordre et les poches pleines de papiers.

— Tu es encore pire que Tad, dit Mary en tirant sur le revers de son habit pour lui faire baisser la tête, afin d'essayer d'aplatir ses cheveux.

— Pourquoi ? Qu'est-ce qu'il a encore fait ?

— Il ne voulait pas se laisser habiller.

Mary renoua la cravate de Lincoln, puis elle essaya de déplisser un peu sa redingote noire. A ce moment, Nicolay apparut à l'autre bout du corridor.

— Le Cabinet tout entier est réuni, monsieur.

— Très bien.

Lincoln se pencha pour embrasser Mary sur le front, puis il suivit machinalement Nicolay le long du corridor. Parfois, songeait Mary, il se rendait à son bureau comme un homme qui marche à l'échafaud : le pas lent et délibéré, la tête penchée en avant et le visage concentré. A ces moments-là, Mary regrettait amèrement qu'ils soient venus à Washington. Les bruits qui couraient sur ses sympathies pro-sudistes leur avaient déjà fait assez de mal, et maintenant on l'accusait d'avoir vendu le message du Président au *Herald*. Mary avait assez de sens politique pour s'attendre à ce genre de choses, et de plus elle savait que si Tad avait ses déficiences, elle avait les siennes : principalement un goût immodéré pour la dépense. Elle avait dépassé le budget alloué par le Congrès pour la rénovation de la Maison-Blanche, mais comme à chaque fois qu'on lui parlait chiffres elle tombait en syncope, elle n'avait aucune idée du montant de ses dettes. Le major French, qui était pourtant son ami, ne pouvait parler argent devant elle sans qu'elle se mît à hurler de terreur. En attendant, les visites dans les grands magasins new-yorkais se multipliaient, et les sommes dépensées étaient de plus en plus astronomiques. Pendant un an, le crédit avait paru illimité ; maintenant, les factures respectueusement adressées à « Madame la Présidente Lincoln » commençaient d'arriver. Or elle ne supportait pas plus la vue des chiffres qu'elle ne supportait d'en entendre parler. Dès qu'elle posait les yeux sur une facture, sa vue se brouillait. Elle remettait ses factures personnelles à Stoddard et celles de la Maison-Blanche au major French, avec ordre à tous deux de n'en parler à personne. Elle avait un besoin urgent d'argent, mais elle ne savait pas de combien. Et elle était trop honteuse pour oser en parler à son mari.

Dans le salon ovale, Mary commença d'arranger les cadeaux de Noël. Maintenant que Lizzie Gormley était repartie à Springfield, elle n'avait plus personne à qui parler, à part Keckley, mais qui ne comptait pas. La vue des nouveaux rideaux dissipa un moment son chagrin, ainsi que la pensée du bal qu'elle allait donner en février pour célébrer la fin des travaux. Au moins les générations futures seraient-elles reconnaissantes du soin qu'elle avait pris d'embellir ce qui était, après tout, le seul palais de la nation. Tandis qu'elle disposait une couronne de houx au-dessus de la cheminée, elle se demandait comment le chevalier Wikoff s'y était pris pour dérober le message du Président.

A l'autre bout de la Maison-Blanche, on n'aborda pas la question Wikoff durant la séance, bien que Seward fît une ou deux plaisanteries sur la nécessité d'arrêter Bennett, qui furent assez fraîchement reçues par le Président. Hay pour sa part était convaincu que Madame avait reçu de l'argent du *Herald*, alors que Nicolay pensait qu'elle avait simplement laissé voir le message. Dans un cas comme dans l'autre, les deux secrétaires étaient d'avis que le vrai coupable était Wikoff. Mais que pouvait-on faire contre lui ? Toucher au Chevalier, c'était jeter la suspicion sur Madame et porter une ombre sur le trône lui-même.

Le Président se renversa dans son fauteuil, puis il déclara : « Je pense que le Cabinet doit savoir que j'ai récemment assigné une tâche à Mr. Seward et que je m'en suis assigné une autre à moi-même. Il devait exposer toutes les raisons pour lesquelles nous devions rendre à l'Angleterre ces rebelles que nous avons capturés, et moi toutes celles pour lesquelles nous devions les garder. Mr. Seward s'est acquitté de sa tâche, mais moi je n'ai jamais commencé la mienne, parce que je n'ai pu trouver une seule raison valable de risquer une guerre avec l'Angleterre, alors que celle que nous avons pour le moment sur les bras nous suffit amplement. Le point de vue de Mr. Seward a donc prévalu. »

Hay admira la manière dont Lincoln avait calmé les ardeurs guerrières de Seward au point de lui faire jouer le rôle d'apôtre de la paix avec l'Angleterre.

Si Seward s'était laissé manœuvré aussi facilement, c'est qu'il savait une chose que Lincoln ignorait : il n'avait jamais voulu déclarer la guerre à l'Angleterre, surtout en un moment où il tenait à passer aux yeux du monde comme l'homme qui avait sauvegardé la paix, et cela malgré les critiques dont il était l'objet, non seulement dans la presse, mais même dans une grande partie de son électorat irlandais. Seward lut alors à haute voix une déclaration proposant un arbitrage entre les deux puissances — et de rendre en attendant les deux commissaires rebelles.

Quand Seward eut terminé, Lincoln se tourna vers Chase pour lui demander s'il avait un commentaire à faire. Il s'agissait pour Chase de trouver la mesure exacte et précise où il pourrait sans encombre mêler au jargon politique le jargon philosophique. Au terme d'une adresse sentimentale nuancée de mysticisme et de pragmatisme, il dit qu'il donnait son adhésion à la conclusion à laquelle était arrivé le secrétaire d'État « bien que ce fût la mort dans l'âme qu'il se résignât à livrer ces rebelles, il n'entrait nullement dans les intentions du gouvernement des États-Unis la moindre indélicatesse à l'endroit d'une puissance neutre ».

Le Cabinet ne fut pas long à débattre la question. C'était un sujet épineux qui embarrassait tout le monde. Lincoln résuma le sentiment général par ces mots :

— Je sais combien il en coûte de reculer. On pensera que nous avons peur de l'Angleterre — ce qui est vrai, mais uniquement dans la conjoncture présente. Leur triomphe sera de courte durée, car lorsque cette guerre sera terminée, nous aurons une marine supérieure à la leur, et le monde dans lequel nous vivrons sera différent. Mais je ne peux pas dire que la conduite que nous sommes obligés de suivre me remplisse de satisfaction. Puis, se tournant vers Cameron, il ajouta : Mr. Cameron, je désire que vous relâchiez les rebelles avant la nouvelle année, et que vous les envoyiez en Angleterre.

Il y eut un silence embarrassé dans la salle du Cabinet : il était clair pour tous que le secrétaire à la Guerre n'avait pas entendu le Président. Cameron, s'apercevant au bout d'un moment que tout le monde avait les yeux fixés sur lui, dit :

— Je suis désolé, j'ai dû manquer quelque chose.

Lincoln réitéra son ordre. Cameron hocha la tête.

— Très bien, si c'est ce que vous voulez, vous l'aurez, dit-il du ton de celui qui vient de conclure un contrat.

Seward poussa un soupir de soulagement. Au commencement de l'Administration, Cameron avait été sa créature. En fait, sinon en titre, Seward alternait avec Chase comme secrétaire à la Guerre, ce qui ne gênait nullement Cameron qui avait toujours plusieurs fers sur le feu. Mais un tel état de choses ne pouvait pas toujours durer. Lors d'une récente réunion dans le bureau du général Scott, Lincoln avait demandé à Cameron :

— Combien de soldats avons-nous dans les environs de Washington ?

— Je ne sais pas au juste, rétorqua Cameron. Il doit y avoir une liste quelque part.

Le Président s'était alors tourné vers le commandant de l'armée du Potomac, que la presse avait déjà surnommé le petit Napoléon, avant même qu'il remporte une victoire.

— Général McClellan ?

— Je n'ai pas les chiffres sous la main, Excellence. Bien sûr, je peux vous donner ceux de l'armée du Potomac, mais pour le reste...

Lincoln s'était alors tourné d'un air gêné vers le général Scott :

— Vous êtes le général en chef...

— Oui, monsieur, je suis le général en chef, dit le vieil homme en fixant McClellan du regard, mais on ne me donne aucun renseignement.

A ce moment-là, afin de rendre service et d'éviter une scène, Seward ruina d'un seul coup tout le crédit qu'il s'était acquis au département de la Guerre.

— J'ai les chiffres ici dit-il en sortant de sa poche un petit calepin qu'il portait toujours sur lui. Il n'énumérait pas ses statistiques depuis trois minutes qu'il réalisa l'énormité de son erreur. Le visage de Lincoln était coulé dans le bronze, tandis que le front de McClellan avait disparu sous les rides. Cameron seul demeurait impénétrable.

Quand Seward eut terminé, Scott se dressa sur ses jambes sans l'aide de personne.

— Voilà un état de choses bien extraordinaire, dit-il en grondant. Je suis commandant en chef des armées des États-Unis, mais il m'a été impossible d'obtenir le moindre renseignement sur l'état actuel de nos forces. Or voici le secrétaire d'État, un civil pour lequel j'ai le plus grand respect mais ce n'est pas un soldat, il n'a aucune expérience des choses militaires, et pourtant ce civil est en possession de faits qui me sont cachés.

Telle une antique machine de guerre, Scott pivota sur lui-même pour faire face à Cameron dont le regard fuyant était perdu au plafond. Seward regardait Lincoln qui pour une fois était immobile sur son fauteuil. La machine de guerre se braqua ensuite sur le Président, qui se redressa lentement tel un écolier appelé à réciter sa leçon.

— Monsieur le Président, dois-je m'adresser au secrétaire d'État pour obtenir les renseignements nécessaires à l'exercice de mes fonctions ?

Lincoln se tourna vers Seward.

— Général, dit Seward, je recueille ce genre de renseignements simplement parce que cela m'intéresse. J'aime savoir quels régiments sont partis et quels régiments sont rentrés...

— Vos devoirs sont sans doute très ardus, reprit Scott d'un ton méprisant, et jusqu'à ce jour je n'en connaissais pas toute l'étendue, mais si vous, vous pouvez obtenir de cette façon des renseignements exacts, j'imagine que les rebelles le peuvent également, bien que moi j'en sois incapable.

Ce fut seulement à ce moment-là que Seward réalisa que Scott avait toujours su qu'il tenait ses chiffres de McClellan, pour la bonne raison que de tous les membres du gouvernement, le Président y compris, seul Seward avait pu — et même dû — se saisir des rênes du pouvoir. Or ces rênes lui échappaient.

Le vieux Scott dit ensuite à McClellan :

— Général, vous avez été appelé ici sur mon conseil. Quand je vous ai proposé de m'aider, et non de me supplanter, vous aviez mon amitié et ma confiance. Vous avez toujours ma confiance.

Sur quoi le général quitta la pièce sans demander la permission au Président, chose qui ne lui était jamais arrivée.

Le 3 novembre au matin, le général Scott quitta Washington pour l'Europe. McClellan lui succédait au commandement général des armées des États-Unis.

Maintenant, tout était changé, songeait Seward en considérant Cameron, son ancien favori. McClellan ne regardait plus Seward comme le chef naturel du gouvernement ; en fait, il semblait n'avoir plus beaucoup de considération pour qui que ce fût, si grande était sa superbe. Cameron, de son côté, s'était allié de façon surprenante avec Chase et les républicains à tendance radicale du Congrès. Il s'était prononcé pour l'enrôlement des anciens esclaves libérés par l'armée de l'Union. Lincoln en conçut une grande colère contre Cameron, aussi grande que celle qu'il avait témoignée au général Frémont, lorsqu'en septembre dernier, celui-ci, non content de déclarer la loi martiale dans le Missouri, avait annoncé qu'il allait confisquer les biens de tous les sécessionnistes, y compris leurs esclaves, qu'il se proposait de libérer. Cela avait ravi les abolitionnistes, tout en attristant profondément Lincoln, lequel s'en était ouvert à Seward en ces termes : « Cette guerre a été entreprise pour la défense d'un noble idéal, l'Union, et voilà que Frémont cherche à y mêler les nègres ! » Lincoln annula la proclamation, releva Frémont de son commandement, et encourut l'hostilité des républicains du Congrès.

Le conseil terminé, Lincoln se leva. Chase prit congé du Président, en espérant qu'il pourrait sortir de la pièce avant que Cameron n'eût le temps de l'attraper au passage.

— Nous vous verrons pour le jour de l'An, n'est-ce pas ? dit le Président d'un ton très courtois, puis il ajouta en esquissant un vague sourire : nous comptons également sur la présence de vos deux charmantes filles...

— Bien sûr, monsieur. Mes filles se feront un plaisir de vous voir, vous et Mrs. Lincoln.

Comme toujours, Lincoln avait été la courtoisie même, songeait Chase. Bien qu'en désaccord avec Lincoln sur les grands principes de la politique et la conduite des affaires du pays, Chase n'avait jamais éprouvé la moindre gêne en présence du Président. Chase était également sensible à l'estime que Lincoln lui marquait pour sa grande culture, et pour l'expérience qu'il avait accumulée au cours d'une vie tout entière vouée à la politique.

— A propos, dit Chase, j'ai idée que les banquiers vont nous laisser tomber sur le paiement en espèces du prochain emprunt. C'est pourquoi je pense que nous devrions dès à présent envisager l'émission de notre propre monnaie gouvernementale...

— Mr. Chase ! dit Lincoln en souriant d'une drôle de façon, j'ai déjà cinq graves sujets de préoccupation, n'en ajoutez pas un sixième. Pas aujourd'hui, de grâce !

Chase inclina la tête :

— Le mot d'ordre, aujourd'hui, sera : « Rien de nouveau sur le Potomac. »

C'était là le refrain qu'entonnaient chaque jour tous les journaux depuis que McClellan avait pris le commandement de l'armée.

Le Président poussa un soupir.

— Comme nous le savons tous, le général McClellan est un excellent ingénieur, mais je me dis parfois que sa spécialité doit être le moteur fixe.

Chase sourit et prit congé du Président. Il avait toujours été un partisan de McDowell. Mais après Bull Run, McDowell avait été remplacé par McClellan, jeune général de trente-quatre ans qui avait réussi à maintenir dans l'Union un certain nombre de comtés de Virginie, qui font maintenant partie de ce qu'on appelle la Virginie occidentale. McClellan était le portrait parfait du soldat moderne ; il avait terminé son instruction militaire en Europe comme McDowell, mais contrairement à ce dernier, il avait assisté à la guerre de Crimée. Il avait ensuite quitté l'armée pour devenir principal ingénieur et vice-président des chemins de fer de l'Illinois. Il avait alors soutenu la candidature de Douglas au Sénat contre celle de Lincoln. McClellan était un de ces démocrates que Lincoln voyait d'un bon œil, contrairement à Chase. Lincoln avait tendance à favoriser les démocrates pro-unionistes au détriment des républicains abolitionnistes. McClellan venait d'être nommé président des chemins de fer de l'Ohio et du Missouri lorsqu'il fut rappelé pour le service et pour la gloire...

McClellan avait pris d'assaut Washington et le pays tout entier, y compris Chase lui-même. Il était jeune, beau, bien qu'un peu corpulent et de taille médiocre, et animé d'une confiance en lui-même qui frisait l'insolence. Mais en quelques mois il avait fait d'une masse d'hommes apeurés une formidable armée moderne, forçant même l'admiration de Mr. Russell, le correspondant du *Times*. Or le général McClellan aimait tellement son armée, et celle-ci le lui rendait si bien que jusqu'ici il lui avait toujours évité tout engagement militaire sérieux à part l'escarmouche de Bulls'Bluff, en Virginie voisine, où l'armée de l'Union avait été battue, laissant mort sur le champ de bataille un des vieux amis d'Illinois de Lincoln, l'ancien sénateur Edward D. Baker. On disait que Lincoln avait pleuré à chaudes larmes en apprenant la nouvelle, ce que Chase avait eu quelque peine à croire. Malgré le charme et le savoir-faire de Lincoln, Chase lui trouvait le cœur dur, incapable de s'attendrir sur qui ou quoi que ce soit, sauf peut-être la perte du pouvoir.

Quand Chase se trouva dans le corridor, Cameron le prit par le bras pour l'entraîner à l'écart.

— Gouverneur, dit-il en baissant la voix jusqu'au murmure, tous les généraux sont avec nous. Il y a Frémont pour qui j'essaie d'obtenir un autre commandement. Il y a Hunter. Il y a Ben Butler qui déclare propriété fédérale tout nègre que nous libérons. Il appelle cela de la marchandise de contrebande...

— Je sais. Je sais, dit Chase qui avait horreur de s'entendre dire ce qu'il savait déjà, et qui pourtant n'entendait que cela à longueur de journée.

— Je pense que vous êtes au courant de la tournée que j'ai faite dans le Nord le mois dernier. Vous auriez dû les voir quand j'ai crié : « Libérez les esclaves ! Armez les esclaves ! » L'auditoire me mangeait de yeux.

Là-dessus Cameron saisit Chase par le revers de son habit et l'immobilisa en haut du grand escalier ; puis il l'aida à en descendre les marches, comme s'il avait affaire à une vieille dame.

— C'est mon souhait le plus fervent, repartit Chase, mais je suis seul dans le Cabinet, à part vous maintenant.

Chase avait peine à croire qu'il se trouvait en parfaite communion de vues avec l'homme le plus corrompu de la vie politique américaine. « Je dois rêver », se dit-il, tandis que le vieil Edward venait à leur rencontre au bas des marches.

— Nous avons Sumner, reprit tout bas Cameron. La commission sur la conduite de la guerre tout entière est avec nous. Les principaux généraux eux-mêmes...

— Tout cela est fort bien, dit Chase. Nous nous reverrons sans doute le premier de l'An.

— Le froid s'est installé pour de bon, dit le vieil Edward à Chase en le raccompagnant jusque sous le porche, devant lequel attendait patiemment une file de voitures attelées.

— Et dire que l'automne a été si beau, dit Chase d'un air mélancolique.

Cette année-là, l'automne avait été superbe en effet. Pas un seul jour de pluie. Un temps idéal pour conduire une armée à Richmond. Jamais une telle occasion ne se retrouverait. A quoi donc pensait le petit Napoléon ?

Au moment où Chase quittait la Maison-Blanche, le chevalier Wikoff était introduit dans la maison que Bettie Duvall habitait dans la Dix-septième Rue. Ils avaient fait connaissance dans diverses maisons où des gens de tout bord ont coutume de se rencontrer, mais leur véritable rencontre datait du jour où la veuve Greenhow les avait présentés l'un à l'autre. Le Chevalier avait d'abord trouvé Miss Duvall assez commune d'aspect, mais il avait été vite séduit par le charme de ses manières et surtout par la franchise de ses déclarations pro-sécessionnistes. Depuis que Mrs. Greenhow avait été mise aux arrêts à son propre domicile en août dernier, ils avaient été amenés à se fréquenter davantage, et chacun avait succombé au charme de l'autre.

Miss Duvall conduisit le Chevalier au salon. La tante de Miss Duvall n'était pas visible. Du reste on ne la voyait jamais. Miss Duvall allait et venait à sa guise. On disait qu'elle jouissait d'un revenu personnel.

On disait également qu'elle avait un fiancé dans l'armée confédérée.

— C'est un plaisir de vous revoir, Chevalier.

— J'étais parti pour me rendre... dans l'autre maison, dit-il en indiquant délicatement du doigt l'angle de la Maison-Blanche qu'on apercevait à travers les fenêtres couvertes de givre du salon, lorsque l'idée m'est venue de vous présenter mes hommages.

Miss Duvall sonna pour que l'on apportât le thé. Puis ils s'assirent tous les deux en face de la cheminée.

— Je suis heureuse que vous ayez eu le courage de venir. Je suis l'objet d'une surveillance continue de la part des hommes de Mr. Pinkerton. Je m'attends d'un jour à l'autre à être enfermée à Fort Greenhow.

— Je souhaite, miss Duvall, que vous restiez en liberté, dit Wikoff d'un air grave.

— C'est très aimable à vous, Chevalier. Seriez-vous secrètement sécessionniste ?

— Pas moi, repartit Wikoff, qui s'avisa trop tard que malgré le nom qu'elle portait Miss Duvall ne parlait pas le français, contrairement à sa patronne, la reine républicaine, comme il avait surnommé Mrs. Lincoln. Ce surnom du reste avait eu un tel succès que tout le monde maintenant — amis et ennemis — n'appelait plus autrement la Présidente, à sa grande satisfaction à elle, mais au grand déplaisir de son mari. Heureusement, ni l'un ni l'autre ne soupçonnaient Wikoff d'en être l'auteur. Dès le début, Bennett avait recommandé à Wikoff de ne jamais signer ses dépêches ; de cette manière, il pouvait continuer d'être non seulement le chevalier servant de Mrs. Lincoln, mais encore l'homme de confiance de Mr. Bennett à l'intérieur de la Maison-Blanche.

— Je ne suis qu'un ami des Lincoln, dit Wikoff. J'ai surtout une grande admiration pour Mrs. Lincoln. J'ai toujours dit à Mrs. Greenhow que c'était grand dommage qu'elle n'eût pas fréquenté la Maison-Blanche, quand... cela lui était encore possible. Elle se serait découvert beaucoup de points communs avec Mrs. Lincoln.

— Si ce que disent les journaux sur sa loyauté à l'égard de notre commune patrie est vrai, répondit Miss Duvall d'un ton sardonique, je veux bien croire en effet que nos cœurs battent à l'unisson. Dans ce cas, raison de plus pour nous tenir à l'écart, Rose et moi, et ne pas risquer de la compromettre. Vous savez bien, monsieur, que je n'ai pas l'habitude de cacher mes sympathies.

— Miss Duvall, dit Wikoff en levant la main comme pour lui donner sa bénédiction, on vous admire à la fois pour votre courage et votre sincérité. Je ne serais pas surpris si le Président lui-même ne songeait à vous comme — comment dire ? — comme moyen de communication avec les reb... — je veux dire avec les confédérés.

Miss Duvall jeta un coup d'œil dans la théière pour voir si le thé était assez infusé.

— Eh bien, dit-elle, s'il est si désireux de m'employer — ce dont je me félicite — dites-lui que je lui serais très reconnaissante s'il donnait ordre aux services secrets de Mr. Pinkerton de cesser de regarder à mes fenêtres ou de fouiller dans mes affaires quand je ne suis pas chez moi. Nous autres espions, nous ne laissons jamais rien traîner.

— Je ne sais pas très bien en quels termes je lui ferai part de votre message, mais je vous promets de faire de mon mieux, si l'occasion s'en présente.

Wikoff se sentait un peu mal à l'aise. Il ignorait que la maison était surveillée. Mais au demeurant, qu'avait-il à craindre ? L'ambassadeur de James Gordon Bennett n'était-il pas au-dessus de tout soupçon ?

— En réalité, c'est plutôt le général McClellan qui s'occupe des services secrets. C'est de lui que dépend le service de Mr. Pinkerton.

— Quoi qu'il en soit, ils sont en train de nous observer en ce moment. Particulièrement aujourd'hui.

— Pourquoi aujourd'hui ?

— Parce que nous venons de remporter une grande victoire, dit Miss Duvall en rajoutant de l'eau dans la théière. Mr. Lincoln a dû céder. Il a laissé nos émissaires partir pour Londres. Or si j'étais aussi brave que vous le dites, je vous offrirais du champagne pour célébrer cette victoire. Mais je ne suis pas encore prête à aller à Fort Greenhow. Nous nous contenterons donc de thé — et de liberté. A propos, comment puis-je savoir que vous n'êtes pas un espion envoyé tout exprès pour me tendre un piège ?

— Je ne suis qu'un étranger ici, dit Wikoff en prenant un air misérable. Je vois mal comment Mr. Pinkerton pourrait me faire confiance. D'ailleurs je n'ai pas cherché à vous compromettre en vous demandant du champagne.

— C'est juste, dit Miss Duvall en servant le thé.

Le Chevalier exposa alors l'objet de sa visite.

— Je désire, dit-il, aller à Richmond.

Miss Duvall reposa sa soucoupe avec un bruit sec sur la table à thé incrustée de nacre.

— Pourquoi ?

— Je désire écrire une sorte de lettre en faveur de la paix adressée au *New York Herald*.

— Qu'est-ce qu'une lettre en faveur de la paix ?

— Rien qu'une lettre en faveur de la paix. Comme vous savez, Mr. Bennett est contre la guerre, et il est aussi favorable au Sud.

— Jusqu'à un certain point. Après tout, il n'a pas encore été en prison pour ses opinions politiques. Combien de journaux Mr. Lincoln a-t-il interdits ? demanda la jeune fille dont le nez busqué ressemblait plus que jamais au bec d'un corbeau.

— Une douzaine peut-être. Mais je pense que c'est plutôt le fait de

270

Mr. Seward et des généraux. C'est mon opinion, peut-être erronée, que Mr. Lincoln passe une bonne partie de son temps à faire sortir de prison les ennemis politiques de Mr. Seward. Que voulez-vous, miss Duvall, c'est la guerre.

— Une guerre que vos généraux ont peur de livrer.

— Oh, chère mademoiselle, ce ne sont pas mes généraux. Je ne prends parti pour personne. Je ne suis ni républicain, ni démocrate, ni confédéré, ni unioniste. J'ai vécu à l'étranger trop longtemps. Si j'étais quelque chose, je serais bonapartiste. Cela dit, Mr. Bennett et moi nous ne tenons pas à ce que cette guerre devienne plus sanglante qu'elle ne l'a été jusqu'à présent. C'est pourquoi nous pensons que si je pouvais parvenir à Richmond, je pourrais envoyer une lettre au *Herald*, présentant la Confédération sous un jour favorable, et indiquant par exemple à quelles conditions le Sud serait prêt à faire la paix — conditions qui bien sûr paraîtraient acceptables au président Davis et à Mr. Bennett, sinon à Mr. Lincoln. J'ajouterai qu'en juillet dernier Mrs. Greenhow avait accepté d'essayer de me faire passer de l'autre côté. C'est alors qu'elle a été arrêtée.

Bettie Duvall regarda un moment le feu. Le Chevalier quant à lui regardait ses mains qu'il avait blanches et douces.

— Laissez-moi d'abord en parler à des amis, dit Miss Duvall après un instant de réflexion, tandis que la bonne apparaissait sur le seuil de la porte.

— Miss, dit-elle, c'est le garçon de chez Thompson.

— Donnez-lui mon ordonnance, voulez-vous ? Elle est en haut sur la... mais je ferais mieux d'aller lui parler, dit-elle en se ravisant. Non, restez assis, ajouta-t-elle en s'adressant à Wikoff, je reviens tout de suite.

Bettie Duvall se rendit dans le vestibule où David attendait en grelottant, malgré la nouvelle capote militaire qu'il venait d'acheter à moitié prix à un officier d'intendance.

— Vous désiriez me voir ?

Depuis l'arrestation de Mrs. Greenhow, Miss Duvall avait utilisé à deux ou trois reprises les services de David. Comme elle n'osait pas se montrer avec lui chez Thompson, ils étaient convenus que chaque fois qu'elle placerait un certain vase à la fenêtre du salon qui donnait sur la rue, David s'arrêterait chez elle, quand il avait à faire dans le voisinage.

— Oui, mais maintenant c'est trop tard.

— Pour quoi faire ?

— La semaine prochaine, Mrs. Greenhow et les autres dames seront transférées à la prison du vieux Capitole.

David émit un petit sifflement puis il se mit à sourire.

— J'ai idée qu'elle leur donnera pas mal de fil à retordre à tous ces fédéraux.

— Moi aussi, dit Bettie Duvall. Il nous sera surtout plus facile de communiquer avec elle là-bas qu'ici en raison de la surveillance dont nous sommes l'objet. Aussi, soyez prudent, ajouta-t-elle, tandis qu'elle s'en retournait dans le hall.

— Ne vous inquiétez pas, miss. Personne ne fait jamais attention à moi, dit David avec une pointe de regret dans la voix.

Dehors la température était glaciale. Aussi bien, pour tout vrai Sudiste, l'hiver est toujours une surprise désagréable. David tourna à gauche dans Pennsylvania Avenue. Arrivé à Lafayette Square, il s'arrêta pour regarder passer le Président accompagné de son secrétaire, le fringant Mr. Hay, dont les moustaches étaient à présent plus longues et plus soyeuses que les siennes. Certes, Hay avait quatre ans de plus que lui, mais même sans cette différence d'âge, ses moustaches seraient toujours plus belles et plus brillantes que les siennes. Les deux hommes, l'un grand et maigre, l'autre court et frêle, avaient l'air de deux bâtons noirs fichés dans la neige. Ils se dirigeaient d'un pas rapide vers le domicile de Mr. Seward. Ils causaient comme toujours avec animation, et lorsqu'ils passèrent devant le cavalier qui montait la garde au coin de la Seizième Rue, celui-ci présenta les armes au Président qui lui rendit son salut en touchant son chapeau. Les deux hommes entrèrent ensuite dans le vieux Club House.

Miss Duvall et le chevalier Wikoff avaient également observé cette scène qui leur était assez familière.

— Comme ce serait facile de le tuer ! dit la jeune fille d'un air pensif.

— Il dit la même chose, c'est pourquoi il ne veut pas de gardes, au grand désespoir de Mrs. Lincoln. Lui n'a pas peur. C'est du moins ce qu'il dit.

— Il n'a rien à craindre non plus, dit Miss Duvall en revenant au salon. Du moins de notre gouvernement. Ils ne feraient jamais une chose pareille. D'ailleurs à quoi est-ce que cela servirait ? C'est Mr. Seward qui détient le véritable pouvoir...

— Alors, tirez sur Mr. Seward ! s'écria le Chevalier d'un air enjoué.

— Ce serait tentant en effet, reprit Miss Duvall sur le même ton enjoué que le Chevalier. Malheureusement, l'assassinat répugne au président Davis, c'est contraire à tout ce que nous représentons. Pour le moment les tyrans sont tranquilles. Mais dites-moi, est-ce vous qui avez donné le message du Président au *Herald* ?

— J'ai pour le vol, chère mademoiselle, la même répugnance que le président Davis pour l'assassinat, répondit Wikoff sans se départir de son calme.

— Dans ce cas, comment se fait-il qu'on ait pu vous soupçonner, Chevalier ?

Miss Duvall tendit la main au Chevalier, qu'il baisa avec toutes les marques du respect.

272

— Dans toutes les cours, miss Duvall, il y a des favoris, et je passe pour tel dans cette cour-ci. Dans toutes les cours il y a également des commérages. Ne comptez pas sur moi pour en grossir le nombre, sauf quand je loue l'éclat de notre reine républicaine. Enfin, dans toutes les cours, il y a comme partout des envieux, bref, chère demoiselle, vous connaissez le monde.

— Mieux depuis que je vous connais, Chevalier, dit Miss Duvall, en lui tirant sa révérence. Revenez dans une semaine, ajouta-t-elle à voix basse. J'aurai une réponse pour vous de Richmond.

Heureusement, ni Seward ni Lincoln n'avaient la moindre idée de ce qui se tramait à quelques pas de la maison où ils se trouvaient. Le Président était allongé sur un canapé, les jambes ballantes par-dessus l'accoudoir et les pieds reposant sur le sol, tandis que Seward était assis tranquillement derrière son bureau en noyer massif, qu'il avait acheté à l'époque où il était gouverneur de New York. On avait envoyé John Hay et Frederick Seward « jouer dans la pièce à côté », selon l'expression plaisante de Seward.

— Dites-moi, Mr. Seward, que dois-je écrire à la reine d'Angleterre ?

Seward s'attendait à cette question. Il avait rédigé le brouillon d'une lettre de condoléances à la reine Victoria dont le mari, le prince Albert, était mort le jour précédent. Or le prince avait joué un rôle important dans l'affaire du *Trent*. C'était lui qui avait édulcoré la note sévère que Palmerston avait rédigée pour son ambassadeur à Washington, la rendant par là acceptable au gouvernement américain. Seward lut la lettre avec tout le sentiment dont il était capable, et fut ravi de voir que Lincoln paraissait en être content.

— Envoyez-la-moi demain, gouverneur, et je la recopierai.

— Le prince Albert était notre meilleur ami en Angleterre, et ce n'était même pas un politicien. Je suppose que vous avez lu aujourd'hui les commentaires de la presse sur la façon dont nous avons réglé l'affaire du *Trent* ?

— J'ai jeté un coup d'œil à certains journaux. En général, ce sont les garçons qui me lisent ce qu'il y a d'important. Il paraît que la presse du Sud exulte, alors que Mr. Bennett et Mr. Greeley font grise mine.

Le Président prit un coussin qu'il plaça derrière sa nuque et renversa la tête en arrière. Seward se demandait souvent s'il ne devrait pas mettre une paire de pantoufles à la disposition du Président afin qu'il retrouvât chez lui toutes les commodités du foyer. En tout cas, il ne paraissait pas se gêner. Seward se demandait également si le Président mettait les pieds sur les accoudoirs dans le salon des Chase. Comment savoir avec un homme qui réfléchit souvent à haute voix, bien qu'il ne dise jamais que ce qu'il veut bien dire ?

— J'étudie depuis quelque temps l'art de la guerre, dit le Président d'un air rêveur, en fermant à demi les paupières. Presque tous les jours, j'envoie John à la bibliothèque du Congrès me chercher les livres dont il est fait mention au cours de mes lectures. Eh bien, savez-vous qu'il m'arrive parfois de penser que je pourrais peut-être me débrouiller là-dedans ? Après tout, la guerre n'est pas si différente de la politique...

— C'est une extension de la politique par d'autres moyens, a dit, je crois, quelqu'un.

— Clausewitz, dit Lincoln en articulant bien chaque syllabe. C'est John qui me le traduit. John lit très bien l'allemand. De toute façon, je ne vois pas le mal qu'il y a à s'intéresser à la question — en amateur, j'entends. Je respecte McClellan, car, à supposer que j'aie quelques lumières sur la stratégie, je serais bien incapable d'organiser l'entraînement et le ravitaillement d'une armée comme il le fait. Cela dit, notre petit Napoléon est ingénieur de profession, tout comme nous sommes des avocats. Les ingénieurs sont très utiles, mais je me demande s'ils ont les qualifications nécessaires pour conduire une chose aussi compliquée et aussi vaste qu'une guerre moderne.

— Je l'en crois capable, dit Seward en envoyant des anneaux de fumée en direction de la cheminée.

— Moi aussi, sinon je ne l'aurais pas nommé, dit Lincoln en étirant ses longues jambes de manière à former un angle de cent quatre-vingts degrés avec le canapé, tout en faisant craquer les articulations de ses os, ce qui donna lieu à penser à Seward que le Président souffrait d'arthrite. Je m'étonne toutefois de la répugnance qu'il montre à utiliser ce merveilleux outil que nous lui avons donné, et qui nous a coûté si cher.

— Il a peut-être trop à faire. Outre son travail, il doit se charger de celui du général Scott. C'est beaucoup pour un homme.

— C'est curieux, dit Lincoln, mais j'ai toujours pensé que Scott avait raison. Cette guerre ne peut être gagnée que dans l'Ouest. Prenez Richmond, et qu'avez-vous ? Un bout de Virginie. Mais partagez les rebelles en deux, et ils n'ont plus de pays. Vous privez la Virginie de son porc et de son maïs. Le Mississippi est la clé. C'est pourquoi je désire que nous construisions une ligne de chemin de fer allant de Lexington à Knoxville.

— Je ne pense pas que le Congrès vous le permettra.

— Dans ce cas, il faudra trouver un moyen de le persuader. Ou bien le faire nous-mêmes en vertu de nos...

— De *vos* pouvoirs inhérents...

Lincoln hocha la tête.

— La partie est du Tennessee est favorable à l'Union, ce qui veut dire que les rebelles occupent ce territoire de force. Le sénateur Johnson prétend que les habitants du Tennessee n'attendent qu'un mouvement de notre part pour se soulever et chasser les rebelles.

— Mais McClellan a presque toute son armée ici, sur le Potomac. Le général Halleck n'a pas les moyens d'intervenir au Tennessee.

— Les dernières paroles que le général Scott m'ait dites officiellement ont été : « Nommez Halleck général en chef. » Mais McClellan voulait le poste et il l'a eu. Halleck semblait tout choisi pour remplacer Frémont dans l'Ouest.

— Où il ne fait rien non plus.

— Du moins n'a-t-il pas libéré tous les esclaves de son territoire, dit Lincoln en branlant la tête. Je ne connais pas plus fourbe ni plus niais que ce Mr. Frémont.

— Mais vous devez admettre qu'il a su s'attirer les bonnes grâces de tous les abolitionnistes de ce pays, et par là se rendre très populaire auprès de la commission pour la conduite de la guerre.

— Mais pas auprès de moi, gouverneur, dit Lincoln d'une voix égale. Si je n'avais pas annulé sa proclamation, nous aurions perdu le Kentucky, l'est du Tennessee et le Missouri. Savez-vous qu'après lui avoir donné cet ordre, Frémont m'a envoyé sa femme ?

Seward le savait. Tout le monde le savait. Mais il ne dit rien, car il était curieux d'entendre la version de Lincoln.

— Vous l'ignorez peut-être, reprit le Président en fermant les yeux, mais lorsque je me suis présenté pour la première fois à la législature de l'Illinois, j'ai basé en partie ma campagne sur le suffrage féminin, ce qui n'était pas une position très populaire à l'époque et dans cette partie du monde.

— Et qui ne l'est pas davantage aujourd'hui, Dieu merci.

— Bref, Mrs. Frémont vient me voir un soir en arrivant de la gare, et elle me menace d'un soulèvement contre le gouvernement, mené par les Frémont et leurs amis radicaux. J'ai donc dit à cette dame, oh, mais très poliment, que pour une femme, elle prenait bien à cœur les choses de la politique, ce qui a eu le don de la mettre en fureur. Depuis, elle ne cesse de dire à tout le monde que c'est moi qui l'ai menacée ! J'ai bien peur que le suffrage féminin ne réponde pas à tous nos problèmes...

Les deux hommes se turent un instant. Dans la rue des nègres chantaient des cantiques de Noël. Seward fouilla dans sa poche pour trouver de la monnaie. C'était la coutume à Washington de ne pas donner plus d'un dollar à chacun des nombreux groupes de chanteurs allant de maison en maison célébrer la naissance du Seigneur.

— J'ai fait part au général McClellan du fruit de mes dernières lectures, dit Lincoln. J'ai même conçu un plan qui lui permettrait d'utiliser notre armée à la fois dans une attaque frontale sur Manassas et dans une attaque par les flancs, mais...

— Il vous a répondu qu'il avait un meilleur plan qu'il exécuterait avant la fin de ce mois.

— Exactement ! dit Lincoln, en se dressant sur son séant. Vous a-t-il dit en quoi au juste consistait son plan ?

— Non, dit Seward en hochant la tête. Il a cessé de se confier à moi depuis le jour malheureux où j'avais l'air d'être le seul à savoir combien nous comptions d'hommes sous les drapeaux.

— Ce fut un jour malheureux, en effet. Nous y avons perdu le général Scott.

— Comme toujours, je cherchais seulement à me rendre utile, dit Seward dont les yeux s'emplirent soudain de larmes, à cause d'un courant d'air glacial qui lui rabattait la fumée de son cigare en plein visage. Mon impression, reprit-il, c'est qu'il se confie maintenant à Mr. Chase.

— C'est possible, dit Lincoln, sans entrer davantage dans les rivalités existant à l'intérieur du Cabinet.

— Mr. Cameron m'a également abandonné pour Mr. Chase.

— Eh bien, gouverneur, vous devriez être soulagé, dit Lincoln en se frottant les yeux avec le dos de la main comme pour chasser toute pensée de Cameron. Je considère la nomination de Cameron comme la chose la plus humiliante qu'il m'ait été donnée de faire.

— Mais n'est-ce pas grâce à lui que vous avez été élu ? demanda Seward d'une voix égale.

— Non, répondit Lincoln, ce n'est pas grâce à lui que j'ai été élu, mais c'est ce que les gens disent, et c'est cela l'important. En réalité, c'est le juge Davis qui est responsable de notre alliance avec Cameron. Et moi j'ai eu tort d'honorer un accord auquel je n'avais pas pris part. Maintenant, nous devons lui retirer le département de la Guerre le plus rapidement possible. Qu'est-ce qu'il désire ?

— La clé du Trésor.

— Il l'aura, quand j'aurai fait changer les serrures. Quoi d'autre ?

— Je le sonderai. Vous devriez l'envoyer très loin...

— Le nommer ambassadeur en France ?

— Non. Il n'a pas les clés qu'il faut pour cela. Je pensais plutôt à la Russie...

Lincoln partit d'un grand éclat de rire :

— Quelle merveilleuse idée vous avez là, gouverneur ! Je le vois très bien avec son visage tout blanc au milieu de toute cette neige en train d'essayer de vendre du capital dilué à ce pauvre tsar ! C'est votre rayon. Je vous laisse vous en occuper.

— J'en ai déjà parlé au baron Stoeckl, qui n'a pas l'air d'élever trop d'objections. Si je pouvais persuader Mr. Chase que l'idée vient de lui, le reste irait tout seul.

Lincoln se pencha en avant et prit une pomme dans une grande coupe en argent que Seward tenait toujours remplie de fruits pour ce genre d'occasions.

— Papa Bates, reprit le Président, m'a pris à part ce matin après le conseil pour me reprocher mon manque d'organisation. Il estime que je devrais m'entourer d'aides de camp qui noteraient mes ordres et qui veilleraient ensuite à leur exécution.

— Il n'a pas tout à fait tort, dit Seward. De tous les membres du Cabinet, Bates était après Blair et Welles celui que Seward détestait le plus : Savez-vous comment Mr. Bates m'a appelé ? ajouta-t-il en hochant la tête d'un air étonné. Un menteur éhonté ! Moi, l'homme le plus bardé de principes de toute la vie politique américaine !

Lincoln partit d'un éclat de rire.

— J'en suis bien sûr, gouverneur, dit-il. D'ailleurs les gens intelligents n'ont pas besoin de mentir. Lincoln recracha le trognon de la pomme, qu'il posa sur le bord de la table, puis il noua ses mains derrière son cou et se laissa aller à la renverse : Cela me rappelle l'histoire de cet homme riche de Lexington qui parcourait le monde avec son serviteur. Or cet homme riche était un fieffé menteur, il le savait, son serviteur le savait, et tout le monde à Lexington le savait. Un jour, après un voyage en Europe, il décida d'offrir un repas à ses amis. Il dit à son serviteur : « Ce soir, je veux que vous soyez assis à côté de moi : si je dis un mensonge trop gros, vous me toucherez la jambe avec votre pied. » Ils passent donc à table, et notre amphitryon se met à décrire l'une des grandes pyramides d'Égypte, dont il dit qu'elle était faite « principalement d'or ». Petit coup de pied du serviteur sous la table. « Quelle est sa hauteur ? demande quelqu'un. — Environ deux kilomètres », dit l'homme riche. Nouveau coup de pied du serviteur, mais cette fois plus fort. « Et sa largeur ? » demande quelqu'un d'autre. Et notre homme de répondre : « Environ un pied. »

Le rire agissait sur Lincoln comme une sorte de reconstituant ; il agissait aussi comme un stimulant pour Seward, dont l'humour, compte tenu des différences régionales, était assez proche de celui de Lincoln. Les deux hommes continuèrent un long moment à se raconter des histoires jusqu'à ce que n'en pouvant plus, Seward se levât, allât ouvrir la porte du petit salon et dît :

— Vous pouvez venir, maintenant, les garçons !

Hay avait été content d'entendre rire le Président. Depuis quelque temps les occasions de rire avaient été rares à la Maison-Blanche. Quelques que fussent les réserves de Hay à l'égard de Seward — et elles étaient nombreuses —, il lui était reconnaissant d'amuser le Président, ce dont Chase se trouvait tout à fait incapable.

— Monsieur, dit Hay en s'adressant à Seward, j'ai écrit un sonnet à votre intention.

— Un sonnet ! Mais, John, il y a encore six semaines avant la saint Valentin.

— Je sais, monsieur, mais c'est aujourd'hui que la guerre avec l'Angleterre a été évitée, ce qui est le sujet de mon poème.

Sur la demande de Seward et du Taïcoun, Hay lut son poème, qui fut fort applaudi.

— Je le mettrai dans mon coffre-fort, dit Seward en glissant le poème

dans sa poche. Je ne serais pas surpris si un jour notre Johnny ne devenait un poète célèbre.

Seward fit ensuite apporter du champagne, dont il offrit un verre au
Président, qui l'accepta, à la surprise de Hay.

— Je crois, dit Lincoln en reposant le verre, après avoir porté un toast
à l'Union, que c'est assez de champagne pour le restant de l'année...

— Laquelle se termine dans six jours, ce qui pour moi est une éternité. N'avez-vous donc jamais bu, monsieur le Président ?

Lincoln passa sa main sur ses cheveux, puis il remit un peu d'ordre
dans sa tenue.

— Gouverneur, dit-il, je suis né dans les forêts du Kentucky, et je ne
pense pas qu'il existe sur la terre une région où les gens boivent autant.
Du moins, c'était ainsi de mon temps. Il y a une quarantaine d'années,
tout le monde là-bas buvait : hommes, femmes, et jusqu'aux enfants.
Bien sûr, j'ai bu du whisky comme tous les garçons de mon âge, mais je
n'ai pas pu supporter l'effet qu'avait l'alcool sur mon esprit. Or, mon
esprit était la seule possession que j'avais en ce monde. Voyez-vous, je
n'ai guère passé plus d'une année à l'école, un mois ici, une semaine là,
et c'était dans les petites classes. Bref, quand je vis ce que l'alcool faisait
à nombre de mes amis, je me dis : non ce n'est pas pour toi. C'est pourquoi, à part un verre de champagne à l'occasion, je suis d'ordinaire aussi
sec qu'un désert africain. Mais je n'y ai pas grand mérite, en réalité je
déteste l'alcool.

— Tu entends cela, fiston ? dit Seward en regardant Frederick d'un
air faussement sévère. Si seulement tu suivais l'exemple de ton Président !

— On m'a appris, monsieur, à imiter mon père en toutes choses,
repartit Frederick en se servant à lui-même et à Hay du champagne.

— Bien parlé, mon garçon. A propos, monsieur le Président, dit
Seward en regardant Lincoln d'un air curieux, n'avez-vous jamais appartenu à une société de tempérance ?

— Non, répondit Lincoln en riant. Je ne jure pas non plus, mais je
n'interdis pas aux autres de le faire. Sur ces questions je laisse chacun
être son propre juge.

— Me voilà enfin soulagé, dit le Premier ministre en poussant un
soupir si drôle que Hay l'entendit avec joie.

Lorsque Lincoln donna enfin le signal du départ, les Seward, père et
fils, raccompagnèrent le Président et son secrétaire à la porte. En regagnant la Maison-Blanche, ils croisèrent un groupe de chanteurs noirs
qui ne reconnurent pas le Président, à son grand amusement. Lincoln
prit alors toutes les pièces de monnaie qui se trouvaient dans les poches
de Hay, et les leur donna d'un geste solennel. Le Taïcoun ne portait
jamais d'argent sur lui.

II

Cette année-là, Kate avait eu l'idée de célébrer Boxing Day [1], ce que personne à Washington n'avait encore songé à faire pour la raison très judicieuse qu'un jour par an suffisait aux cadeaux et qu'il n'était pas nécessaire de se remettre en frais le lendemain. Mais Kate avait voulu que ce jour férié, observé si religieusement par les Anglais, le fût également par leurs cousins américains, surtout après l'heureux dénouement de l'affaire du *Trent*.

Lord Lyons trouva l'idée excellente.

— C'est de tous les jours fériés celui que je préfère, dit-il à Kate tout en jetant un coup d'œil au grand salon où sénateurs et généraux se pressaient autour d'un immense bol à punch en cristal rempli d'ingrédients répugnant au maître de maison, lequel préférait pour sa part boire de l'eau.

— J'espère que vous n'interprétez pas le fait d'avoir rendu les rebelles comme un signe de faiblesse de notre part, lui répondit Kate en l'éloignant de l'ambassadeur de France, qu'il n'aimait pas beaucoup, pour le conduire vers le général McDowell pour lequel il nourrissait la plus grande admiration.

— De part et d'autre, on s'est rendu à la raison, reprit Lord Lyons avec un tact surprenant pour un diplomate britannique.

— Alors, vous ne nous gardez pas rancune ?

— Nous n'avons de rancune contre personne, nous autres Anglais. Cela n'est pas dans notre caractère.

— Vous me l'apprenez !

— Eh bien, maintenant, miss Kate, vous le savez. Je pense au contraire que dans cette affaire nous nous sommes tous remarquablement bien conduits, particulièrement Mr. Seward et moi-même qui avions la lourde tâche de contrôler nos opinions publiques respectives.

1. 26 décembre, jour des étrennes en Angleterre.

Hélas, nous venons de perdre le prince Albert. C'est un grand malheur pour nos deux pays. C'était notre meilleur allié.

— C'est bien triste en effet, dit Kate, mais puisque le dénouement en est heureux... Sur quoi elle se retourna et vit John Hay qui lui souriait. Pour Hay, Kate était la jeune fille la plus séduisante de tout Washington, à l'exception bien sûr de certaines pensionnaires de la maison tenue par Sal Austen à qui l'idée de la comparer lui paraissait un blasphème, mais un blasphème pour lequel il paraissait avoir le plus grand goût.

— Oh, Mr. Hay! savez-vous si le Président viendra? lui demanda Kate avec un sourire qui découvrit ses dents qu'elle avait petites mais bien faites, et passablement blanches.

— Je ne pense pas. Il n'est pas encore tout à fait remis de l'affaire du *Trent*.

— Lord Lyons pense que tout le mérite en revient à Mr. Seward et à lui-même.

— S'il leur plaît de le penser, à leur aise. L'essentiel, c'est qu'on ait évité un incident. Allez-vous quelquefois au théâtre?

— Naturellement. Le plus souvent possible. En fait, vous me demandez si je veux bien y aller avec vous.

— Eh bien?

— Eh bien? fit Kate en poussant un petit soupir. Puis, changeant brusquement de visage, elle tourna les yeux en direction de la porte du salon et s'écria : Voici le petit Napoléon !

Un profond silence s'établit tout à coup dans la pièce, tandis que le général McClellan et sa femme faisaient leur entrée, suivis d'une demi-douzaine d'aides de camp, tous revêtus de brillants uniformes. Hay remarqua que les princes français n'étaient pas parmi eux. D'ordinaire les princes ne quittaient pas McClellan d'une semelle. Ils avaient traversé l'Atlantique tout exprès pour apprendre l'art de la guerre auprès d'un maître. Ils étaient trois : le comte de Paris, prétendant au trône de France, le duc de Chartres son frère, et leur oncle à tous les deux, le prince de Joinville. Ce soir-là ils étaient ailleurs, au grand soulagement de M. Mercier, l'ambassadeur de France, lequel représentait l'homme qui avait usurpé leur trône, l'empereur Napoléon III.

McClellan s'éloigna du groupe où il se trouvait pour venir saluer son hôte qui était dans le grand salon. Kate lui fit la révérence, sous le regard narquois de Hay. Nicolay et Hay étaient arrivés à la conclusion que le petit Napoléon — le petit Mac, comme l'appelaient affectueusement ses soldats — était un imposteur. Mais ni l'un ni l'autre n'osait en parler à personne, et surtout pas au Taïcoun qui semblait être tombé sous le charme de ce jeune homme plein d'allant dont le regard perçant embrassait en ce moment toute la pièce comme si elle avait été le champ de bataille d'Austerlitz.

— Me voici, dit-il comme s'il venait de remporter une extraordinaire victoire.

— Je le vois bien, dit Kate avec une lueur de malice dans les yeux qui ravit le cœur de Hay.

— Je suis heureux que vous ayez pu vous arracher à vos obligations, dit Chase, ce qui amusa fort notre jeune homme qui savait comme tout le monde que McClellan passait le plus clair de ses journées à vadrouiller d'un campement à l'autre, le plus souvent en compagnie de journalistes et de politiciens démocrates (on parlait déjà de lui comme du candidat démocrate pour les élections de 1864), mais qu'on ne l'avait encore jamais vu au camp et encore moins en présence de l'ennemi.

Chase présenta McClellan aux personnes de marque qu'il avait invitées, et que le général ne connaissait pas. Le général était d'une courtoisie exquise. N'appartenait-il pas à une excellente famille de Philadelphie, comme tout le monde se plaisait à le reconnaître, y compris lui-même ? McClellan avait de plus reçu une très bonne éducation, et il connaissait le monde. Il s'y connaissait également en porcelaine, comme il le prouva à Kate en identifiant comme du Meissen une assiette posée sur le buffet.

— J'en suis très fière, dit Kate. Je ne savais pas que vous étiez aussi connaisseur en porcelaine.

— J'en connais un petit bout, miss Chase, répondit le petit Napoléon, dont le visage s'éclaira d'un bref sourire. Mais j'aimerais en connaître davantage. Un jour peut-être...

Lorsque les présentations furent finies, Chase prit McClellan à part :

— Je pense, lui dit-il à voix basse, que vous devriez présenter votre plan au Président.

— Pour qu'il aille le raconter à Tad ? Et que les rebelles l'apprennent ensuite en lisant le *Herald* ? Non, merci ! Mr. Chase, vous êtes le seul homme du gouvernement à qui je puisse confier un secret, et dont j'estime les conseils.

Ayant dit ces mots, le général fit quelques pas en arrière afin de ne pas avoir toujours à lever les yeux sur Chase qui était d'une taille plus élevée que la sienne, chaque fois qu'il le regardait. Mais il eut beau faire, Chase ne laissait toujours pas de le regarder de haut. Il pouvait même, malgré sa myopie, et en louchant un peu de l'œil droit, distinguer la raie dans les cheveux du général qu'il avait très droite et très blanche. Les traits du visage étaient fins et réguliers, le teint légèrement terreux, et les joues et le front recouverts comme d'une fine poussière de diamant qui à la réflexion n'était pas autre chose que des gouttes de sueur.

— Général, je suis heureux de la confiance que vous me témoignez. Je ne la trahirai pas, soyez-en sûr. Mais le Président vous a demandé de marcher sur Manassas...

— Son Excellence, sauf le respect que je lui dois, ne connaît rien, mais alors rien du tout à la stratégie, dit McClellan en faisant brusquement claquer sa langue. Il a lu quelques vieux livres démodés, qu'il me ressort ensuite, et il y croit s'y connaître ! Non. Son Excellence est un homme remarquable sur bien des points, mais il devrait nous laisser la conduite de la guerre, à nous autres soldats.

— C'est bien ce qu'il essaie de faire.

— Laissez-moi vous dire qu'il est inutile d'aller à Richmond par voie de terre, reprit le général. Il est également inutile de retourner à Manassas. Mais mon plan, qui contient, bien sûr, un élément de surprise, ne peut pas échouer. Puis, il ajouta tout bas à l'oreille de Chase, qui l'avait très fine : Nous descendons le fleuve. Nous nous établissons dans la péninsule, disons à Urbana. Et, de là, et de là seulement, nous marchons sur Richmond, et Richmond est à nous.

— C'est un plan qui me paraît magnifique...

— Je sais, et je me souviendrai de ce que vous m'avez dit, Mr. Chase.

— Eh bien, oui. Merci. C'est très aimable à vous, oui, vraiment, dit Chase, qui avait encore beaucoup de peine à se faire au style télégraphique de McClellan.

Hay, par contre, se sentait tout à fait capable de lui répondre, et il avait bien envie de le faire. L'occasion lui en fut donnée plus tard dans la soirée lorsqu'il entendit McClellan dire : « Si pour sauver l'Union, je n'avais pas d'autre moyen que de devenir dictateur, je le deviendrais sur-le-champ, quitte à mourir le jour même de la victoire. »

Ce sentiment, applaudi d'une bonne partie de l'auditoire et notamment des dames, fut toutefois combattu par le sénateur Wade, président de la commission sur la conduite de la guerre.

— C'est très généreux à vous, général, dit-il, mais jusqu'ici personne que je sache ne vous a offert la dictature.

— Bien sûr que non, sénateur, dit McClellan en s'épongeant le front avec un mouchoir. Je parlais par hypothèse. Ce sont les journaux qui l'ont suggéré, pas moi !

Le sénateur Wade de l'Ohio était un petit homme au regard dur et au visage rasé, et qui répondait habituellement à tout ce qu'on lui disait par un sourire incrédule. Wade était le chef de la fraction jacobine du Sénat qui trouvait Lincoln trop mou et trop indécis dans la guerre sainte contre l'esclavage.

— Nous vous entendrons bientôt en audience, général, dit Wade en pinçant ses lèvres à la manière d'une carpe. Nous nous réjouissons de connaître vos plans pour l'année prochaine, puisque celle-ci s'est achevée sans nous apporter de victoires.

— Comment, pas de victoires ? s'écria McClellan en prenant son auditoire à témoin. Le sénateur Wade est trop modeste. A Bull Run, alors que notre armée, dont tout le monde s'accordait pourtant à chanter les louanges, battait en retraite devant l'ennemi, deux observateurs civils — le sénateur Wade et le sénateur Chandler — tirèrent leur pistolet et arrêtèrent la débâcle.

— Je ne savais pas que vous étiez si brave, Mr. Wade, dit Sumner, qui parlait toujours sans la moindre ironie. Puis, se tournant vers McClellan, il ajouta : néanmoins, général, malgré toute leur bravoure, nos sénateurs n'ont pu empêcher bien longtemps la déroute.

— Nous fîmes ce que nous pûmes, repartit Wade avec un sourire contraint. Les troupes n'étaient pas prêtes.

— Évidemment pas, sénateur. C'est pourquoi on m'a appelé pour les préparer, dit McClellan avec un sang-froid que Hay ne put s'empêcher d'admirer. McClellan avait le visage couvert de sueur, ce qui ne pouvait s'expliquer que par un excès de nervosité, peu concevable chez un homme qui jusqu'ici avait connu ses seuls triomphes dans les salons. Il ne s'était pas éloigné de quelques pas de Wade qu'il se trouva nez à nez avec Hay.

— Bonsoir, général, lui dit Hay, en mettant dans son sourire toute l'ironie dont il était capable, nous fûmes désolés l'autre soir d'apprendre que vous étiez souffrant.

— L'autre soir ? Souffrant ? dit McClellan en faisant semblant de ne pas savoir de quoi Hay voulait parler.

— Vous ne vous souvenez pas ? Le Président, Mr. Seward et moi, nous vînmes vous rendre visite à votre domicile de H Street, mais vous n'étiez pas chez vous, vous étiez sorti pour aller à un mariage, d'après ce que nous dit le portier. Nous attendîmes donc une heure dans votre salon. Au bout de cette heure, nous vous vîmes rentrer, passer devant nous sans nous remarquer, et monter à l'étage. Nous attendîmes encore une demi-heure. Alors le Président vous fit dire par votre portier que nous attendions toujours. Celui-ci revint nous annoncer que vous vous étiez mis au lit.

— Il y a sûrement eu un malentendu, répliqua le petit Napoléon en fuyant Hay du regard. Je ne me suis pas rendu compte qu'il s'agissait du Président. Il vient si souvent me trouver sans prévenir.

— Je ne pense pas qu'il recommencera, dit Hay en saluant le général d'un air à la fois poli et courtois, imité de Lord Lyons. L'effet, hélas, en fut en partie gâché par l'arrivée des princes qui s'interposèrent entre lui et McClellan. Se trouvant alors vis-à-vis de l'ample postérieur du comte de Paris, Hay se redressa et tourna les talons. Chase, qui l'aperçut, lui adressa un vague sourire.

— Mr. Hay, ne vous cachez pas, lui dit Chase en l'attirant à lui, il faut que je vous présente à Mr. Stevens. Je suis désolé que le Président et Mrs. Lincoln n'aient pu venir.

— Le Président est allé se coucher, et Mrs. Lincoln reçoit sa famille, dit Hay tout en jetant un regard curieux sur la perruque de Stevens dont les prétentions au classicisme éclipsaient par leur sérieux les velléités romantiques de celle de Gédéon Welles.

— Je me demande, dit Chase, si j'ai bien fait de louer une maison aussi éloignée de la présidence. Mr. Lincoln n'y vient jamais. D'un autre côté, Messrs. Blair, Welles et Stanton habitent juste de l'autre côté de la rue.

— Le général McClellan également, ajouta Stevens en attachant les yeux sur la silhouette athlétique du général, campé sous un chandelier au centre de la pièce, la main droite glissée à l'intérieur de sa tunique, et le visage dégoulinant de sueur.

— Oui, il ne faudrait pas oublier le général.

A ce moment, Cameron vint se joindre à eux.

— Oh, Mr. Stevens, dit-il doucement à Stevens.

— Oh, Mr. Cameron, répéta Stevens du même ton de voix doucereux. Depuis l'histoire du poêle chauffé à blanc, les deux hommes ne se parlaient presque plus.

— Il paraît que les choses commencent enfin à bouger, dit Cameron à Chase, en ignorant Hay.

— Certaines choses, oui, répondit Chase.

— Quelles choses ? demanda Stevens d'un air faussement candide.

— Mon Dieu, la guerre, dit Cameron en adressant à Stevens un regard tranquillement hostile.

— Alors, il faut venir expliquer tout cela devant notre commission, dit Stevens dont le masque romain s'éclaira d'un fugitif sourire. Voyez-vous, nous autres de la commission n'entendons pas grand-chose à ces questions de grande stratégie, nous sommes d'autre part éloignés du théâtre de la guerre. Et par ailleurs, comme nous sommes patriotes, il ne nous viendrait jamais à l'esprit d'aller fureter par nous-mêmes.

Il y avait dans les propos de Stevens un raffinement intellectuel qui allait droit au cœur de Hay, et qui jurait d'autant plus avec l'attitude d'un homme prêt à mettre sa patrie à feu et sang pour assurer le triomphe de ses idées. Hay prit toutefois en mauvais augure le fait qu'au cours de la même journée deux membres de la Commission eussent proposé des audiences immédiates.

Chase lui aussi avait relevé ce point.

— Vous devez attendre, Mr. Stevens, que le grand dessein ait pris forme.

— Je ne suis plus un jeune homme, Mr. Chase, mais je ne voudrais pas mourir sans avoir assisté à l'émancipation des nègres.

— Je vous trouve bien dur à notre égard, Mr. Stevens, dit Cameron d'un air faussement jovial. Mr. Chase et moi sommes du même avis sur la question. Vous avez lu mon rapport au Congrès sur la nécessité de libérer et d'armer les esclaves ?

— Mieux vaut se convertir tard que jamais, n'est-ce pas, Mr. Chase ? Ou, comme dit la Bible : « Celui qui croit en Moi... »

— Je ne savais pas que vous étiez converti au christianisme, Mr. Stevens, dit Cameron, irrité par le ton sardonique de Stevens. Ou faut-il y voir l'influence de Mrs. Stevens ?

Chase s'éclaircit la gorge pour cacher son embarras. Tout le monde savait que Stevens était libre penseur et qu'il vivait depuis vingt ans avec une mulâtresse qu'on appelait « Mrs. Stevens ». Chase allait changer de sujet quand Stevens, sortant du silence qu'il observait depuis quelques secondes, reprit d'une voix égale :

— Puisque ma pauvre mère, à laquelle vous faites allusion, Mr. Cameron, était baptiste et dévote, et que je lui dois tout ce que je suis et serai jamais, je puis vous dire que j'ai lu tous les livres saints et que je souscris entièrement aux Dix Commandements y compris au huitième.

Cameron feignit d'ignorer tout ce qu'il venait d'entendre.

— J'aperçois le général McDowell qui me fait signe, dit-il, et il s'éloigna.

— Vous devriez vous montrer meilleur envers notre dernière recrue, dit Chase, à la fois ravi et alarmé par la sortie de Stevens.

— Oh, la bonté !... Êtes-vous bon, monsieur ? dit Stevens en se tournant vers Hay.

— Non, monsieur, répondit Hay. Je ne crois pas l'être.

— Mais au moins, essayez-vous de l'être ? dit Chase qui des trois était le seul vrai croyant.

— Pas vraiment, monsieur. En tout cas, je n'essaie pas très fort, dit Hay, en adoptant presque malgré lui la façon de parler de Stevens.

— Vous voyez, Mr. Chase ? Vous avez devant vous un jeune homme sincère. Il est comme moi. La bonté que nous possédons est une bonté de nature. Je veux dire que si nous sommes bons, nous le sommes naturellement, sans nous forcer. Vous serez un homme d'État, un jour, Mr. Hay. J'en suis persuadé. En attendant, soyez gentil, et dites-nous qui est l'espion à la Maison-Blanche.

— Je l'ignore. Je ne sais même pas s'il y en a un.

— Si un journal comme le *New York Herald* peut voler des papiers d'État, vous pouvez imaginer ce que peut faire une espionne aussi talentueuse que la belle Mrs. Greenhow.

— Mrs. Greenhow n'a jamais mis les pieds à la Maison-Blanche depuis que Mrs. Lincoln s'y trouve, dit Hay. Il est vrai qu'avec tout le monde qui vient chaque jour à la Maison-Blanche... Mais qui peut les en empêcher ?

— Moi, dit Chase, si j'étais à la place de Mr. Lincoln ; il voit beaucoup trop de monde. Il perd son temps. Il se fatigue.

— C'est à quoi sert un Président, dit Stevens... Vous devriez tout de même avoir un coffre-fort, Mr. Hay.

— Nous en avons un, monsieur. Mais il arrive...

— Que des choses disparaissent... Je ne vous le fais pas dire. Nous réglerons ce problème au moment voulu. En attendant, en ma qualité de président de la commission du Budget, je dois vous avertir que

Mrs. Lincoln a largement dépassé le budget qui lui a été alloué pour rénover la maison.

— Oh, vraiment ? dit Hay d'un air faussement candide.

— Oh, vraiment ? dit Stevens en prenant la voix de Hay. Mais oui. Nous éclaircirons cela plus tard.

La compagnie se sépara. Chase alla dire adieu aux McClellan et aux princes, tandis que Stevens rejoignait Wade dans un coin où Hay les vit ricaner comme deux alligators. Hay consulta sa montre. Il avait donné rendez-vous à Robert Lincoln au bar à huîtres de chez Harvey. De là ils passeraient chez les Eames avant de se rendre au bal que donnait l'ambassadeur de Russie, le baron Stoeckl, où il abandonnerait le fils du Président pour aller goûter les plaisirs plus relevés de Marble Alley. Il ne deviendrait peut-être jamais le poète que Poe avait été, mais il comptait bien goûter à tous les plaisirs que peut offrir la vie. Une question toutefois le tourmentait : pourrait-il épouser Kate ? Il décida que la chose était possible. Mais il y avait tant de choses qu'il désirait faire avant. La pauvre, il faudrait qu'elle attende. En attendant, et jusqu'au premier de l'An, place au plaisir ! Le Président était d'humeur indulgente, et la crise actuelle passa.

Quelqu'un qui était moins indulgent, surtout envers ses employés, c'était Mr. Thompson, le pharmacien. Il n'aurait pas laissé partir David une heure avant le commencement officiel des vacances, qui comprenaient l'après-midi du trente et un, et le jour de l'An tout entier.

— Bien qu'à y réfléchir, disait-il, s'il est un jour où nous devrions rester ouvert, c'est bien l'après-midi du jour de l'An, de manière à fournir à nos clients ce dont ils ont le plus besoin.

— A nos clientes, aussi, repartit David, qui avait souvent vu des femmes élégantes monter et descendre de voiture en état d'ébriété. La ville prenait des allures de kermesse, ce dont David était le dernier à se plaindre, bien que personne n'eût songé à l'y inviter.

Par contre, David avait été invité pour le réveillon chez les Surratt. A minuit, le 31, Annie célébrerait son dix-neuvième anniversaire, et pendant les six prochains mois, elle aurait le même âge que David. Celui-ci l'avait peu vue depuis l'été. Quand elle n'était pas à Surrattsville, elle donnait des leçons de musique. Aussi, comme le vieux Mr. Surratt déclinait à vue d'œil, David avait moins de raisons d'aller chez eux. Il n'en avait pas davantage d'aller chez lui, si ce n'est pour y dormir. A cause de la guerre, celles de ses nombreuses sœurs qui n'étaient pas mariées, c'est-à-dire la majorité, ressemblaient à des poules qu'on aurait mises dans un enclos environné d'une nuée de coqs. Mrs. Herold se trouvait dans un état voisin de la folie. Elle n'avait qu'une idée en tête : préserver la virginité de ses filles, même des plus âgées ou des moins jolies. La maison des Herold était comme un camp retranché : chaque fois qu'une des jeunes filles rentrait tard le soir, elle était certaine d'être accueillie au cri de : Qui va là ? venant d'en haut.

Durant la journée, seuls les officiers étaient admis à faire des visites. Les simples soldats étaient systématiquement découragés. Les demoiselles Herold étaient sermonnées à tout bout de champ sur des dangers qu'elles comprenaient bien mieux que leur digne maman, laquelle voulait tantôt les marier à des hommes qui demain peut-être seraient tués, et qui tantôt se lamentait à l'idée de jeunes veuves chargées d'enfants, abandonnées à un monde cruel. Pour fuir la maison, David était allé habiter deux mois chez la dame aux jambons. Comme elle était commerçante et qu'elle louait des chambres, Mrs. Herold avait entière confiance en elle ; elle pensait même, dans son innocence, que l'épicière, qu'elle connaissait de vue, pourrait exercer une influence bénéfique sur David. Mais lorsque celui-ci, las de toujours manger du jambon, revint à la « ruche », comme il disait, Mrs. Herold fut bien contente d'avoir à nouveau un homme à la maison. Elle lui prépara pour fêter son retour un splendide festin où figurait comme de bien entendu un jambon sauce whisky.

David souhaita la bonne année à Mr. Thompson puis il prit le chemin de la maison des Surratt, en faisant un détour par le bar de chez Scipio. Les rues étaient pleines de soldats, ivres pour la plupart. Maintenant que la ville s'était remplie d'étrangers au point que les natifs s'y trouvaient en minorité, David voyait rarement ses anciens amis, les vrais Washingtoniens.

Scipio était bondé comme d'habitude. Il est vrai que tous les bars étaient pleins, toute tentative de garder les soldats dans les camps ayant échoué jusqu'ici.

David trouva une place au bar à côté de la caisse, entre deux caporaux qui poursuivirent leur conversation sans se gêner pour lui.

— Bonne année, David, lui cria Scipio en lui servant une bière. Comme tu vois, ça ne désemplit pas. Je n'ai plus le temps de faire du violon.

David jeta un regard désolé autour de lui. Il y a seulement une année, il aurait trouvé une bonne demi-douzaine de *wild boys* à qui parler, sans compter les acteurs de théâtre et, mieux encore, les actrices. A présent, les soldats avaient chassé tous les habitués, si bien que David dut quitter sa place au bar pour essayer d'en trouver une autre. Il se fraya un chemin à travers la foule, en évitant de justesse de se faire asperger au passage par un jeune soldat pris de vomissements. Il jeta un coup d'œil dans la salle à manger : là du moins il n'y avait pas de soldats. Les amateurs de théâtre se trouvaient en majorité assis autour des tables rondes en marbre ; et il y avait aussi des acteurs. David reconnut Emily Glendenning, la fameuse ingénue, qui mangeait une langouste à une table de coin. Sur scène, elle ne semblait pas plus âgée que David, mais, comme tant d'actrices, vue de près, elle faisait beaucoup plus âgée. Pour le moment, elle était occupée à broyer une pince de langouste, tout en feignant d'écouter avec intérêt ce que lui disait le propriétaire du théâtre d'à côté, un homme charmant d'une trentaine d'années, qui connaissait David, et qui lui donnait des petits travaux à faire chaque fois qu'il le pouvait.

David fit un petit signe d'adieu à Skippy, qui ne s'en aperçut même pas, et quitta l'établissement la mort dans l'âme, se demandant s'il ne ferait pas mieux d'aller à Richmond et de s'enrôler dans l'armée.

Mais Mr. Surratt dit non. Allongé dans son lit, la tête appuyée contre un oreiller, le vieil homme était squelettique. Il avait les veines du cou pareilles à la corde du bourreau, se dit David, toujours sensible au sort réservé par les Yankees à ceux qu'ils considéraient comme des traîtres.

David s'assit sur une chaise à côté du lit de Mr. Surratt, en tâchant de ne pas trop respirer l'air de la pièce empuanti par l'odeur de fumée de charbon venant de la cheminée du salon, et par l'odeur de mort qui émanait du vieillard. Il y avait peu de chose que, par son métier, David ignorât sur les odeurs et les bruits que font les agonisants. Dans le salon de devant, Annie jouait une ballade écossaise aux plaintifs accents, qu'accompagnaient de temps en temps des voix d'enfants montant depuis la rue.

— Je serai bientôt parti, dit le vieil homme qui semblait si charmé de cette perspective que David ne prenait plus la peine de le contredire. Mais d'abord je veux que tu me promettes que tu resteras là où tu es.

— Bien sûr, je resterai, si cela doit aider la cause.

— Cela l'aidera, sois-en sûr, dit Mr. Surratt, puis après un silence durant lequel il reprit son souffle, il ajouta : il y a un homme qui doit venir ce soir. Il s'appelle Henderson. De Center Market. Ça fait des années qu'il y est. Il vend de la volaille. Il te donnera les instructions. Le vieil homme se mit ensuite à fouiller sous la couverture, d'où il retira un chapelet qu'il noua autour de ses doigts décharnés : C'est Henderson qui me remplacera désormais.

Mr. Surratt ferma les yeux, ce qui fit supposer à David qu'il priait. Dans la pièce à côté, la ballade avait pris fin. Aux accents plaintifs avaient succédé des rires. Mr. Surratt rouvrit les yeux en disant :

— La perte de Mrs. Greenhow nous est un coup sensible.

— Ils vont la transférer au vieux Capitole, c'est ce que dit Miss Duvall.

— Elle est bien elle aussi, dit Mr. Surratt en branlant la tête. Mr. Pinkerton croit qu'il sait tout sur nous, mais nous en savons plus sur lui et sur le général McClellan qu'ils n'en sauront jamais sur nous. David...

— Oui, monsieur ?

— Pour le moment, ce qui compte, c'est de leur donner de faux renseignements, dit Mr. Surratt en partant d'un petit rire satisfait. C'est ça l'idée !

— De faux renseignements à quel sujet ? demanda David d'un air intrigué.

— Au sujet de la taille de notre armée. Henderson s'arrange pour que Pinkerton reçoive un tas de messages chiffrés de Richmond. Ils signalent les mouvements de troupes, et ils donnent tous les chiffres, et tous les chiffres sont faux. C'est comme ça que nous avons pu faire croire à Petit Mac que notre armée était deux fois plus grande que la sienne, ce qui est loin d'être le cas.

— Mais nous avons autant d'hommes que les Yankees, n'est-ce pas ? C'est ce que disent tous les journaux.

Le sourire de Mr. Surratt ressemblait à celui d'une tête de mort dont la mâchoire inférieure se serait décrochée.

— Nous en avons à peine la moitié, et nous n'avons presque pas d'armes.

— Je ne le savais pas.

— Tu n'as rien entendu non plus. C'est notre tactique dorénavant. Ce sont les ordres de Richmond. Tromper les Yankees qui de toute façon après la défaite de Bull Run ne demandent que ça. C'est dur d'admettre qu'on s'est fait étriller par une plus petite armée. Aussi, rappelle-toi bien. Désormais, on double les chiffres.

— C'est entendu, monsieur.

— John est rentré. Il nous aidera. Je ne sais pas encore comment, on verra bien.

Les grains du chapelet couraient maintenant plus vite entre les doigts du vieil homme.

A dix-huit ans, John Surratt Jr. était le portrait tout craché de Jefferson Davis.

— Sauf, dit David, que tu n'as pas la petite barbe.

— Attends un peu, elle est en train de pousser, dit John, dont la voix basse et distinguée semblait appartenir à un homme d'âge mûr. Les deux jeunes gens étaient assis l'un à côté de l'autre dans la salle à manger des Surratt et célébraient en compagnie de parents et d'amis de la famille, principalement de Surrattsville, l'heureux dénouement de l'année 1861. Annie s'était mise au piano, et Mrs. Surratt dansa une gigue avec son frère Zadoc Jenkins ; John racontait à David qu'il quitterait en juin prochain Saint-Charles Borromée, le collège catholique d'Howard County, dans le Maryland, où il avait fait toutes ses classes.

— J'avais l'intention d'être prêtre, mais maintenant que nous sommes en guerre, je pense que je serai plus utile à Dieu en me battant du bon côté.

— Ce doit être agréable d'avoir autant d'instruction.

— Oh, c'est parfois utile. Normalement j'aurais été prêtre. Je crois, ou du moins je croyais, que j'avais la vocation. C'est aussi ce que pensait le père Jenkins, aucun lien de parenté avec nous.

— Et maintenant, tu vas aller te battre ?

John fronça les sourcils :

— Ce qui compte avant tout, c'est d'être utile, n'est-ce pas ?

— Je le suppose. En tout cas, je fais tout ce que je peux pour ça.

David était content de lui-même. Jusqu'à présent, il n'avait jamais eu l'occasion de faire étalage de son patriotisme. Avec Mr. Thompson, il n'osait pas ; avec Mrs. Greenhow, Miss Duvall ou le vieux Mr. Surratt, il ne le pouvait pas davantage ; quant à Annie, c'était Annie.

— On ne peut en demander davantage à personne. Mon père dit qu'à toi tout seul tu vaux tout un régiment de cavalerie.

— Ah oui ? Il a dit ça ? dit David dont le visage s'illumina de plaisir, tandis qu'il se resservait de punch. Les Surratt n'étaient pas abstinents comme Mrs. Herold. Outre qu'ils étaient catholiques, ils possédaient les principaux commerces de Surrattsville ; aussi n'avaient-ils pas économisé le whisky dans le punch aux fruits. Ils dirigeaient également le bureau de poste de la ville.

— Je pense reprendre la poste en juillet.

— J'aimerais bien moi aussi être receveur des postes, dit David qui n'avait jamais entendu parler d'un receveur des postes aussi jeune que John.

— Quelle impression ça fait de traverser à cheval les lignes yankees ? demanda John en jetant sur David un regard perçant. C'est du moins ce qu'il sembla à notre jeune espion qui avait lu assez de romans pour savoir que ses yeux à lui étaient de braise.

— On fait le nigaud, c'est tout. On passe pour un garçon de ferme. On ne m'a encore jamais fouillé. Mais quelquefois j'ai rudement peur, tu peux me croire. Et David lui raconta ses plus belles frousses, ravi de voir les yeux de John, de perçants qu'ils étaient, devenir peu à peu incandescents.

Annie l'invita ensuite à danser, et Mrs. Surratt se mit au piano.

— C'est presque minuit, maintenant, lui murmura-t-elle. Dans quelques secondes, ce sera la nouvelle année.

— Maintenant tu auras dix-neuf ans, tout comme moi.

— Oh, ne m'en parle pas !

A minuit tous les parents d'Annie l'embrassèrent c'est-à-dire la moitié des gens qui se trouvaient dans la pièce, y compris David. Mrs. Surratt leva ensuite son verre de punch en disant :

— Buvons à la victoire !

Tous burent à la victoire, et David continua de boire à la victoire le reste de la nuit. Avant de s'enivrer, il trouva toutefois le moyen d'avoir une conversation avec Mr. Henderson de Center Market.

Mr. Henderson était un petit homme rondouillard, les cheveux gris, le nez recourbé et les yeux brillants. Il était très difficile de comprendre ce qu'il disait, car, comme beaucoup de fermiers de Center Market, il ressemblait à ce qu'il vendait, et comme il vendait des poules, il gloussait comme les poules.

— Je connais bien ta mère, David. Autrefois, elle venait m'acheter de la volaille. Je suis dans le coin sud-ouest. Puis nous avons eu un petit différend à propos de l'âge d'un poulet. C'était en 1851. Maintenant elle se fournit chez Mayberry. Dans le coin sud-est. Je n'ai pas de rancune.

— J'espère que non, Mr. Henderson.

— Je n'ai pas de rancune, répéta Mr. Henderson. Je travaille aussi avec Mr. Surratt.

— Je sais. Il vient de me le dire.

— Le vieux John arrive au bout du rouleau, j'en ai peur. Espérons que toutes ces momeries servent à quelque chose, dit Henderson en montrant du doigt le tableau représentant le Sacré Cœur, le crucifix sur la table, le chapelet. Je suis baptiste, alors vous comprenez que pour moi, tout ça, c'est de la rigolade ! ajouta Henderson en partant d'un petit rire saccadé.

David eut un petit rire poli, puis il demanda :

— Que voulez-vous que je fasse ?

— Reste chez Thompson. Ouvre bien les yeux et les oreilles. Est-ce que vous avez les McClellan pour clients, maintenant qu'ils habitent H Street ?

— Je n'ai jamais vu le général, mais nous avons eu sa femme un jour. Elle est assez jolie, mais elle n'a pas l'air commode. D'habitude, ils envoient un soldat. Ils viennent d'avoir un autre bébé, aussi ils ont besoin de beaucoup de choses.

— Tâche de faire toi-même la livraison. Fais connaissance avec le personnel. Comme tu as fait avec Mr. Seward, qui laisse traîner des papiers partout. Ce n'était pas David, mais Mrs. Greenhow qui avait remarqué l'été précédent un mémorandum traînant sur le bureau de Seward, et donnant toutes sortes de renseignements sur chacun des régiments attachés à l'armée du Potomac : C'est dommage que tu ne puisses pas entrer à la Maison-Blanche.

— Mais je peux y entrer, et j'y suis déjà entré. J'y suis déjà allé deux ou trois fois, dit David. Mais c'est si grand qu'il faut savoir où on veut aller. Pour nous, la partie intéressante se trouve, je crois, derrière cette drôle de petite balustrade au premier étage où ils ont leurs bureaux et qui du reste est presque toujours gardée.

— Mais pas toujours, repartit Chicken Henderson en penchant la tête de côté comme fait une poule quand elle écoute d'où vient l'orage, ou qu'elle guette l'approche du renard. Nous avons déjà nos gens là-bas, mais ils ne sont pas assez nombreux. C'est très bien, continue comme ça. Tiens-toi à l'écart de Miss Duvall.

— Pourquoi ? Ils vont l'arrêter ?

— Oui. Je lui ai dit de partir dans le Sud, mais elle refuse. J'espère qu'elle finira par se décider. Eh bien, bonne année, David ! Je dois m'en aller. J'espère qu'il ne pleut plus.

La pluie avait cessé, et le temps resta sec une bonne partie de la matinée du jour de l'An que David, pour des raisons patriotiques, passa en faction devant la Maison-Blanche, malgré un mal de tête dont les concoctions pourtant si réputées de Mr. Thompson ne purent venir à bout. A l'entrée, les gardes laissaient passer tout le monde. David aurait pu se joindre au flot de ceux qui désiraient serrer la main du Président, mais il préféra rester au bas des marches à regarder les invités descendre de voiture, prendre le bras de Mr. McManus ou d'un des huissiers et piétiner dans la boue gelée jusqu'au perron.

Tandis que David tenait de son mieux son rôle d'espion, une fanfare apparut devant la Maison-Blanche et se mit à donner la sérénade au Président. Lorsqu'elle entonna *Hail Columbia !,* la grande porte de la Maison-Blanche s'ouvrit et Père Abraham en personne apparut. Une salve d'applaudissements crépita dans l'air glacial du matin. Le Président souleva son chapeau et sourit. Puis il s'avança jusqu'au bord du perron, tandis que la foule qui l'entourait se reculait sous la direction attentive de Mr. McManus. David, placé comme il l'était, aurait pu, en tendant la main, toucher le Président, qui lui parut plus maigre que jamais, et dont le teint un peu jaune le frappa, ce qui ne l'empêcha pas de le trouver d'un abord plutôt agréable.

Quand la fanfare eut fini de jouer *Hail to the Chief,* Lincoln se mit à parler d'une voix si forte qu'on pouvait l'entendre jusqu'à St. John's Church, à l'autre bout de Lafayette Square.

— Je suis heureux de vous voir tous ici à l'aube de la nouvelle année, année qui, j'en suis sûr, verra la fin de nos épreuves.

Il y eut des applaudissements parmi la foule. Lincoln ôta son chapeau, et salua de la tête ; il s'apprêtait à rentrer lorsque la fanfare attaqua *The Star-Spangled Banner,* ce qui obligea le Président à rester immobile, tête nue, les yeux tournés vers l'orchestre. Derrière lui, un petit garçon apparut sur le seuil de la porte, tenant dans ses mains un drapeau plié. David reconnut là le fameux Tad, lequel, avant que McManus ne s'en aperçût, eut le temps de déplier un grand drapeau confédéré, qu'il commença d'agiter joyeusement. La foule se mit à rire. Le Président se retourna d'un air intrigué, puis, se baissant, il saisit à la fois l'enfant et le drapeau, et rentra dans la Maison-Blanche sous les acclamations des spectateurs.

En redescendant l'allée, David faillit se faire renverser par la voiture du secrétaire au Trésor. Il eut néanmoins le temps d'apercevoir la célèbre Kate, qu'il trouva très jolie et d'une merveilleuse élégance. Elle était accompagnée d'une fillette et d'une femme aux allures de gouvernante. David décida qu'il devrait tenir un journal. Mais d'abord il lui fallait apprendre à écrire le chiffre.

Chase conduisait ses filles Kate et Nettie, ainsi que sa vieille amie, Susan Walker de Cincinnati, dans le salon est de la Maison-Blanche, où

Lincoln recevait ses hôtes. Mrs. Lincoln se tenait à ses côtés, souriant à tous, sauf à Kate, qu'elle se contenta de saluer d'un signe de tête. Quant à Chase, elle pinça les lèvres en l'apercevant, oubliant que la vue défectueuse du ministre ne lui permettait pas de distinguer les sentiments de mépris et de haine qu'exprimait si finement son visage.

Lincoln serra la main de Chase, puis il lui dit à voix basse :

— Avez-vous vu notre petit Napoléon ?

— Non, monsieur. Je suis passé chez lui, mais on ne m'a pas permis de le voir.

— J'ai fait la même expérience.

— Il paraît que c'est la typhoïde. Il devra garder le lit au moins un mois.

— On m'a dit la même chose, mais il y en a qui l'ont vu.

— Qui donc ?

Lincoln se borna à secouer la tête, puis il se tourna vers le visiteur suivant, qui était l'ambassadeur de la République hanséatique de Brême, le baron Schleiden, un familier de Seward. Le salon est avait été entièrement redécoré, et les travaux étaient presque terminés. Kate fit remarquer à son père l'immense tapis de velours :

— Vert de mer, avec des roses, dit-elle.

— Le vert, je le vois bien, mais pour les roses, je dois te croire sur parole.

— C'est comme ça qu'elle a dû faire pour son tapis, repartit Kate, tout en saluant de-ci, de-là, diverses personnes appartenant au corps diplomatique. Il paraît que cela a coûté deux mille cinq cents dollars.

— Aurait-elle l'intention de rivaliser avec la jeune maîtresse de Sixth Street ?

— Père ! Que dites-vous là ! Je sais être économe, moi ! Ce qui n'est pas le cas de Mrs. Lincoln.

— Je sais. Mr. Stevens me dit qu'elle a tellement excédé la somme qui lui est allouée par le Congrès que le Président devra payer de sa poche. Cela ne lui plaira pas du tout. C'est un homme frugal.

— Comme vous.

— Oh, moi, c'est différent. Je serai toujours endetté.

— Voulez-vous que j'épouse le gouverneur Sprague, afin que nous remboursions nos dettes ?

— Non, je préfère que nous restions pauvres ensemble.

— Et comme ça nous irons en prison, dit Kate en donnant sa main à baiser à Lord Lyons, à qui Chase dit d'un air joyeux :

— *Pax est perpetuo !*

— Espérons-le, Mr. Chase, espérons-le. Nous avons tous bien travaillé.

— Surtout vous et Mr. Seward, dit Chase.

— Quand on parle du loup... dit Lord Lyons, en voyant s'approcher d'eux le petit homme malicieux ; celui-ci tendit la main droite à Kate et la gauche à Chase, tout en regardant Lord Lyons, qui ajouta à son intention : Je parlais du bon travail que nous avons fait tous les deux pour empêcher les Têtes Brûlées de nous entraîner dans une guerre.

— Ne croyez pas ce que disent les journaux, dit Seward d'un air dégagé. Cela dit, j'ai pu connaître votre gouvernement lors du grand tour que j'ai fait en Europe durant l'été 1860, et cela m'a aidé dans mes négociations. J'ai gardé un bon souvenir de votre pays, Lord Lyons, j'y ai été merveilleusement accueilli. Voyez-vous, ajouta Seward en se tournant vers Kate, tout le monde croyait que j'allais être le futur Président.

— N'est-ce pas ce que vous croyiez vous-même ? dit Kate.

— Disons que j'ai fait comme si. Bref, je les ai tous rencontrés, à commencer par la reine Victoria, et, tenez, c'est curieux, mais quand la reine rit, elle fait bien attention à ne pas montrer ses gencives...

— Attention, monsieur, ce que vous dites là est un *casus belli*, dit Lord Lyons.

— Monsieur, chez nous à New York, montrer ses gencives est considéré comme le signe extérieur d'une faveur divine.

— La guerre est évitée. Ce n'est pas aujourd'hui que nous allons mettre le monde à feu et à sang, repartit Lord Lyons en citant à Seward ses propres paroles. Je dois néanmoins vous rappeler que nous sommes en deuil du prince Albert.

— La presse dit qu'elle est folle de chagrin, dit Kate en se tournant vers Lord Lyons.

— Votre presse dit n'importe quoi, miss Chase, dit Lord Lyons, sans se départir de son calme habituel. La reine n'est pas folle, elle est seulement profondément affligée. A propos, Mr. Seward, ne trouvez-vous pas curieux que le prince soit mort alors qu'il était justement en train de discuter de l'affaire du *Trent* avec le Cabinet ?

— Dans ce cas, nous lui sommes tous redevables, dit Seward avec bonne grâce, mais je n'ai pas encore réussi à savoir quel était le véritable pouvoir du souverain dans un système parlementaire.

— Nous avons le même problème, dit Lord Lyons, lorsque nous cherchons à savoir quel est le pouvoir exact du secrétaire d'État dans un système présidentiel.

— Touché ! s'écria Kate, laquelle se tourna ensuite vers Lord Lyons pour lui demander des nouvelles de Russell, le correspondant de guerre. Seward en profita pour s'éloigner. Il venait d'apercevoir l'homme qu'il tenait par-dessus tout à voir.

Edwin Stanton se tenait seul sur le seuil de la porte, encadré par les somptueux rideaux de damas dont on venait d'orner la pièce. Il portait une élégante redingote noire à revers de velours noirs ouverte sur un gilet noir, moins élégant de coupe, avec des revers de velours noir également. Il jetait les yeux de droite et de gauche, et son sourire habituellement méprisant était accentué par d'épais favoris gris qui semblaient collés à son menton comme une barbe de pharaon. On disait que Stanton conservait les cendres de sa première femme — à moins que ce ne fût sa fille — dans une urne placée sur le manteau de la cheminée de son salon, et que sa seconde femme était chaque jour obligée d'épousseter ce sombre reliquaire.

Les deux hommes se saluèrent avec circonspection. Seward savait qu'un peu plus tôt dans la semaine, Stanton avait voulu démissionner de son poste de conseiller légal auprès du secrétaire à la Guerre pour aller à New York où l'attendait une brillante carrière d'avocat. Mais lorsque le bruit commença à se répandre que Cameron allait bientôt partir et que Stanton pourrait lui succéder, celui-ci avait remis son départ. Pour le moment il se trouvait dans une extrême perplexité. Le Président ne lui avait pas offert le poste, et Cameron ne l'avait toujours pas quitté. Seward savait en outre que Chase faisait tout ce qu'il pouvait pour procurer le poste à Stanton, mais il prenait plaisir à lui cacher que Stanton était également son candidat à lui. Seward, comme Lincoln, désirait confier les postes importants à des démocrates pro-unionistes ; il n'était pas comme Chase qui voulait mettre partout des abolitionnistes. Sur ce point capital, Seward admirait la souplesse dont Stanton faisait preuve. Avec Chase et les républicains radicaux, Stanton était abolitionniste, allant même jusqu'à se répandre en invectives contre le « gorille » habitant la Maison-Blanche, selon sa propre expression. Avec Lincoln et Seward, au contraire, Stanton tenait pour l'Union, et déplorait le fanatisme des radicaux. Seward savait aussi une chose que presque tous ignoraient : c'était Stanton qui avait écrit pour Cameron la fatale recommandation au Congrès d'armer les nègres émancipés, en persuadant Cameron qu'il pourrait de la sorte maintenir son emprise sur le Département de la Guerre, tout en donnant satisfaction à la commission sur la conduite de la guerre. Avec une habileté consommée, Stanton avait mené Cameron à la ruine, et maintenant il attendait, incertain de son sort.

— Je dois vous féliciter, dit-il à Seward, sur la manière dont vous avez réglé l'affaire du *Trent.* J'ai trouvé votre exposé extrêmement brillant.

— Je connais pourtant si peu le droit international, dit Seward d'un ton faussement modeste, et j'en sais encore moins sur la question des arbitrages.

— Mais en politique, monsieur, vous en connaissez un bout.

— J'en connais un petit bout, il est vrai.

Il savait notamment une chose que Stanton ignorait qu'il sût : la colère de Stanton contre le gouvernement quand il avait appris que celui-ci avait cédé aux Anglais.

— J'ai vu votre vieil ami Holt hier à la Maison-Blanche, dit Seward en souriant au bouillant avocat.

L'expression de douleur qui parut sur le visage de Stanton causa à Seward un vif plaisir. Holt avait fait partie du cabinet Buchanan avec Stanton. C'était un démocrate pro-unioniste comme Stanton, mais contrairement à ce dernier, il était également anti-abolitionniste.

— Le Président vous préfère à Holt, bien entendu, mais vous n'êtes pas sans ignorer les pressions auxquelles il est soumis. De fortes pressions.

Le visage de Stanton se rembrunit.

— Mr. Holt, dit-il, est bien sûr très capable. Et il est moins hostile aux Noirs qu'on ne le dit.

— Mr. Chase, bien sûr, répond de vous. Vous êtes tous les deux de l'Ohio. Mr. Cameron vous a également choisi comme successeur, au cas où il se retirerait.

— Je l'ignorais.

Seward aimait la façon franche et naturelle avec laquelle Stanton mentait. Il y voyait la marque native de l'avocat, et la preuve qu'il possédait son métier, ce qui jouait en sa faveur. Pour le reste, ils n'avaient pas grand-chose en commun, Stanton était vain, versatile et souvent de mauvaise foi ; néanmoins, il n'était pas vénal, ce qui était rare dans l'entourage de Cameron ; c'était également un travailleur acharné, ce que Cameron n'était pas du tout.

— Mr. Blair préfère le sénateur Wade, dit Seward.

— Afin de lui faire quitter la commission sur la conduite de la guerre.

— Il vaut parfois mieux avoir ses rivaux avec soi que contre soi.

— Comme l'a si bien démontré Mr. Lincoln, dit Stanton en faisant une légère moue.

— C'est sûr ! Mais même le Président est bien obligé de reconnaître qu'il y a des moments où il faut nommer l'homme le plus capable. A propos, comment vous entendez-vous avec le général McClellan ?

— Nous sommes très proches, dit Stanton. Il est justement venu me trouver l'autre jour pour avoir l'avis d'un juriste sur l'affaire du *Trent*.

Seward se mit à rire pour cacher sa colère :

— Et moi qui le croyais occupé du matin au soir à préparer l'armée pour marcher sur Richmond. Or le voilà qui s'occupe de problèmes de droit !

Stanton rougit :

— Il estimait seulement que c'était de son devoir de général en chef.

Seward changea de sujet :

— Le croyez-vous capable ?

— En tout cas, il vaut mieux qu'Halleck...

— Oui.

Sur ces entrefaites, Seward vit s'approcher de lui son ami le baron Schleiden, lequel lui tressa tant de couronnes sur la manière dont il avait réglé l'affaire du *Trent* que lorsqu'il vint à bout de s'en défaire, Stanton n'était plus là.

— Est-ce le nouveau secrétaire à la Guerre ?

— Baron, si j'avais le moindre doute, je vous en ferais volontiers part, répondit Seward en glissant son bras sous celui de Schleiden. Venez chez moi ce soir, nous ferons un robre, et je vous donnerai des nouvelles propres à embraser la Baltique et à réduire en cendres votre bonne ville de Brême, la Venise du Nord...

— Nous serions plutôt la Livourne du Nord, dit le baron en s'inclinant au passage devant Mrs. Lincoln.

Mary adressa un petit signe de tête au baron Schleiden dont elle se méfiait à cause de son amitié pour Seward, et un gracieux sourire à ce dernier à cause de la confiance mal placée que lui portait le Président. Puis, à son grand effroi, elle vit apparaître le chevalier Wikoff. Il resta un moment sur le seuil de la porte, salua Mary, qui fit semblant de l'ignorer, puis se retira.

— Je lui avais pourtant recommandé de ne pas venir, dit Dan Sickles, témoin des regards échangés entre la Présidente et le Chevalier.

— C'est dommage qu'il ne vous ait pas écouté, répondit Mary en se contraignant à sourire.

Tout en parlant tous les deux à voix basse, Mary ne quittait pas des yeux la parade des notables qui venaient la saluer.

— Pourquoi reste-t-il à Washington ? demanda-t-elle.

— Ce sont les ordres de Mr. Bennett.

— Mais que vient-il faire ici ?

— Se faire bien voir, je suppose. Il m'a demandé d'être son avocat.

— Son avocat ! s'écria Mary. Puis se tournant vers Sickles : Il va y avoir un procès ?

Sickles hocha la tête.

— Ce serait mieux pour vous deux. Vous seriez plus tranquilles.

— Pour nous... deux ? Monsieur ! dit Mary, partagée entre l'indignation et la terreur.

— Je suis désolé, Mrs. Lincoln. Je veux simplement dire que puisque votre nom sera mêlé à toute cette affaire, nous contrôlerions mieux la situation dans une cour de justice.

— Et si nous n'étions pas jugés devant une cour de justice, devant quelle juridiction comparaîtrions-nous ?

— Devant la commission judiciaire de la Chambre des représentants.

— Mon Dieu ! fit Mary dont les mains se crispèrent sur le bouquet qu'elle tenait contre sa poitrine.

— C'est justement parce que ce sont de vieux collègues à moi que le Chevalier désire que je le défende.

— Mais, monsieur, sur quoi voulez-vous qu'on fonde une accusation ? Il n'y a que des rumeurs, colportées par la presse...

— Je suis navré, Mrs. Lincoln. Je pensais que vous saviez. Hier, la commission a obtenu une copie du télégramme que notre ami Wikoff a envoyé au *Herald*. Il reproduisait mot pour mot certains passages du message du Président. Le télégramme a été envoyé quatre jours avant que le Congrès en eût connaissance.

Mary méditait sur ce qui serait préférable : s'évanouir tout de bon jusqu'à ce que toute cette affaire fût terminée, ou mourir. Entre l'affaire Wikoff et le scandale de ses dépenses, elle jugea que la mort serait la solution idéale.

— Et quelle sera votre défense ? demanda-t-elle en rassemblant tout ce qui lui restait de courage.

— Je ne sais pas encore, dit Sickles en la regardant d'un air pensif. Qu'en pensez-vous ?

— Je suppose que le mieux est de dire toute la vérité, dit Mary. Le Chevalier a-t-il révélé qui lui avait remis le message ?

— Non, répondit Sickles en prenant un visage sévère.

— Dira-t-il que c'est moi ?

— Il ne le faut pas, dit Sickles en la regardant droit dans les yeux.

— Je suis de votre avis, monsieur. Il ne doit parler à aucun prix. Puis-je compter sur vous, général ?

— Oui, madame. Nous sommes en guerre.

— Oui, et nous ne devons pas offrir à nos ennemis le spectacle de nos divisions.

Le Président s'approcha d'eux d'un air souriant.

— Venez, Maman, dit-il. La fanfare de la Marine veut nous donner la sérénade. Ravi de vous voir, général.

— Monsieur le Président, dit Sickles en claquant les talons.

Mary décida en son for intérieur que Sickles serait loyal : si quelqu'un pouvait convaincre une commission du Congrès, c'était bien un ancien congressman.

En se dirigeant vers la porte, le Président s'arrêta pour murmurer quelque chose à l'oreille de quelqu'un. « Qui est-ce ? » demanda Mary. Mais Lincoln était maintenant distrait par les princes français, lesquels s'inclinèrent devant lui comme il seyait à leur royale naissance, tandis que Mary leur répondit avec la petite inclinaison de tête qui convenait à sa dignité républicaine.

— L'homme à qui je parlais, dit le Président en se tournant vers Mary, était Mr. Stanton, le défenseur de Dan Sickles, quand celui-ci eut tué l'amant de sa femme. En matière de meurtre, ce sont tous deux des experts.

Mary trouva curieux d'entendre son mari célébrer l'habileté de Dan Sickles ; cela la stupéfiait de s'entendre rappeler l'assassinat de Lafayette Square. Et maintenant voilà que le meurtrier était chargé de défendre la femme du Président accusée de... Mais au juste, de quoi était-elle accusée ? Comment s'appelle le crime qui consiste à remettre en temps de guerre un papier d'État à un journaliste ? N'a-t-il pas nom : trahison ?

III

Seward regardait Dan Sickles qui à son tour le regardait. Le bureau du secrétaire d'État était tout bleu de la fumée conjointe de leurs cigares. Ce n'était pas la première fois (et certainement pas la dernière) que Seward pensait avec envie au bureau spacieux et bien aéré de Chase. Mais voilà, la différence entre leurs deux bureaux symbolisait de façon criante la suprématie du tout-puissant dollar, selon l'expression de Washington Irving, sur tous les autres départements de l'Administration, y compris le secrétariat d'État. Premier fonctionnaire du gouvernement, les devoirs du secrétaire d'État étaient somme toute négligeables, sauf en temps de crise, comme cela s'était produit lors de l'affaire du *Trent*. Heureusement, avec l'assentiment du Président, Seward s'était chargé personnellement de la censure de la presse, ainsi que du soin plus délicat de déterminer, sur l'avis des autorités militaires, quelles personnes il fallait mettre en prison. Par son ordre, le maire de Baltimore et celui de Washington avaient été envoyés en prison, et ils y resteraient aussi longtemps qu'il plairait au Président ou à lui-même de les y laisser. En qualité d'avocat et de fonctionnaire chargé de défendre la Constitution et de faire respecter les lois, sans parler de toutes ces garanties inviolables, tant des personnes que des biens, inscrites dans la *Magna Charta*, et de tout ce que le droit commun y avait ajouté, Seward prenait grand plaisir à supprimer les unes après les autres ces anciennes libertés au nom de l'Union. Jamais, dans toute l'histoire des États-Unis, personne n'avait joui d'un pouvoir comparable à celui que Seward exerçait actuellement, avec la bénédiction tacite de Lincoln. Bien qu'officiellement les services secrets dépendissent du ministère de la Guerre, des rapports étaient régulièrement envoyés à Seward, au nom duquel des lettres étaient ouvertes, des télégrammes saisis et des arrestations opérées.

— Si seulement il n'avait pas envoyé ce télégramme au *Herald* !

Seward, en tant qu'ancien avocat, savait que ce n'est pas avec des « si » qu'on gagne un procès. Néanmoins un scandale majeur impli-

299

quant Mrs. Lincoln retentirait sur le gouvernement, dont il se considérait comme le chef véritable, titre officieux que du reste le monde tout entier lui reconnaissait.

Sickles fit la réponse que fait tout avocat en pareille circonstance :

— Oubliez les « si », gouverneur. Wikoff a envoyé le télégramme. Et la commission en a une copie.

— En vertu de quelle autorité ? Seward eut soudain la vision d'une demi-douzaine de marshals pénétrant dans le Capitole et venant arrêter les membres de la commission. Puis il se ressouvint de l'exemple de Charles Ier, et son rêve se dissipa.

Sickles ignora la question :

— Ils l'ont. C'est suffisant. Et ils ne sont pas de bonne humeur. De plus ce sont pour la plupart des radicaux. Et ils pensent que Lincoln est trop faible, et que vous êtes trop fort, et que McClellan est trop lent, outre qu'il est malade...

— Il a pu se lever ce matin et prendre un peu de bouillon au déjeuner, dit Seward d'un air nonchalant, puis il ajouta : Au fond, la commission n'a pas tout à fait tort dans son analyse de la situation.

— Vous voulez donc que nous laissions comparaître Mrs. Lincoln ?

Seward considéra Sickles : jusqu'ici celui-ci lui avait toujours été loyal, c'est-à-dire tant qu'il était gouverneur de New York. Mais maintenant ils se trouvaient à Washington, et c'était la guerre.

— Non, dit Seward, nous ne le permettrons pas.

— Comment ferons-nous pour les en empêcher ?

— Nous leur dirons que n'étant pas fonctionnaires du gouvernement, ils n'ont pas qualité pour la juger. Mais que s'ils désirent obtenir d'elle certains renseignements, elle se fera un plaisir de leur fournir une déclaration écrite que nous rédigerons tous les deux.

Sickles tortilla la pointe droite de sa moustache si bien qu'elle ressemblait à un tire-bouchon.

— Et si ça ne les satisfait pas ? demanda-t-il.

— Il faudra bien qu'ils s'en contentent.

— Je vois, dit Sickles. Vous renverrez le Congrès.

— Non, non. J'espère que nous n'en arriverons pas là. Mais les pouvoirs inhérents du Président sont tels...

— Ils sont ce que vous voulez bien en faire, dit Sickles avec un petit rire sec.

— La clé de toute cette affaire, repartit Seward, n'est pas Madame, mais son Chevalier. Qu'est-ce que Wikoff a l'intention de dire ?

— Rien d'autre que ce qu'il a déjà dit en privé au Speaker de la Chambre : à savoir qu'il a l'obligation de garder le secret.

— Et à vous, Dan, qu'a-t-il dit ? Ceci est entre nous.

Sickles haussa les épaules :

— Il n'a rien dit, mais il est clair que c'est Mrs. Lincoln qui lui a remis le message.

— Pourquoi?

Sickles se leva et se mit à arpenter la pièce dont le tapis était aussi malade que la cause qu'il avait à défendre :

— Mrs. Lincoln a beaucoup de dettes, dit-il enfin.

— Et vous croyez que Bennett la paie? Par l'entremise de Wikoff?

— Je l'ignore, dit Sickles en se tournant vers Seward. Je ne veux pas le savoir. Il s'arrêta un instant de marcher pour écraser son cigare dans un cendrier en métal. Voulez-vous que je fasse venir Wikoff? Désirez-vous lui parler?

— Non, non, Dan. Je ne veux pas lui parler. Du moins pas dans cette vie. De toute façon, il a été arrêté il y a une heure. Il se trouve en ce moment à la prison du Vieux Capitole.

— Mon Dieu! Comment avez-vous pu laisser faire une chose pareille?

— Comment pouvais-je l'empêcher? Je ne peux pas m'opposer au Congrès, pas pour le moment en tout cas. Qu'est-ce que Mrs. Lincoln vous a dit?

— Elle est bouleversée, et je me sens un peu responsable. Après tout, Henry Wikoff était — est encore mon ami. C'est pourquoi je n'hésite pas à le défendre, même avec cet uniforme de général. Que Dieu me vienne en aide!

— Amen, conclut Seward.

Seward ouvrit un tiroir de son bureau et en sortit un classeur, sur lequel était inscrit en grosses lettres « Mrs. Lincoln ». Il l'ouvrit :

— Je pense que j'ai là une assez bonne idée des sommes dépensées par la dame pour la Maison-Blanche. Le major French me donne un double de toutes les factures, à la fois celles qui ont été payées, et celles qui sont en souffrance. J'ai là une facture impayée présentée par un certain Mr. Carryl, pour une somme plus grande que la somme entière allouée par le Congrès pour la rénovation de la maison. Il y a aussi un tapis qui a coûté deux mille cinq cents dollars. Et là quelque chose qui s'appelle « matelas de printemps brevetés ». Il y a des tapisseries qui ont coûté...

— Mais tout cela concerne la Maison-Blanche, qui appartient à la nation. Il n'y a là rien qui regarde Mrs. Lincoln personnellement.

— Attendez. J'ai un autre dossier concernant ses frais personnels, dit Seward, en se mettant à fouiller dans le tiroir.

— Mais qui n'ont pas été payés avec l'argent de la nation.

Seward sourit :

— Non, mais qui n'ont tout simplement pas été payés. Cette pauvre femme a la manie de dépenser. C'est une folie comme le jeu.

— Ça, je ne sais pas, gouverneur, dit Sickles qui sourit pour la première fois depuis le début de leur entretien.

Les deux hommes prirent ensuite rendez-vous pour jouer au poker au vieux Club House avec le baron Schleiden et le baron Stoeckl.

— Maintenant il faut que j'aille voir mon client au Vieux Capitole. Comment est-ce qu'on y entre ?

Seward griffonna un billet.

— Tout ce qu'il vous faut, c'est un mot de moi, dit-il avec désinvolture. Vous savez, Dan, tôt ou tard, il faudra bien que votre ami dise la vérité devant la commission.

— Non, gouverneur. Il n'aura pas besoin de leur dire la vérité, mais il faudra qu'il leur dise quelque chose.

Seward acquiesça de la tête :

— A la bonne heure. Il y a toutes sortes de gens rôdant autour de la Maison-Blanche, et qui auraient bien pu mettre la main sur le message du Président.

— C'est ce à quoi je pensais, dit Sickles. Au fait, Mr. Lincoln est-il au courant ?

Seward fronça les sourcils :

— A moins que Madame ne le lui ait dit, ce qui est peu probable, je ne pense pas qu'il sache grand-chose, excepté le fait que Wikoff a été arrêté. Nous n'en savons pas davantage nous autres, n'est-ce pas, Dan ?

— Non, gouverneur. Eh bien, je vais de ce pas trouver mon Chevalier. Ensuite, il me faudra convaincre mes anciens collègues de la Chambre.

— C'est ça, Dan. En attendant, n'oublions pas qu'il y a un espion, un second espion à la Maison-Blanche. Je me demande qui ça peut être. Un des serviteurs ?

— Ou bien un jardinier ?

— C'est ça, un jardinier ! Quelle brillante idée ! dit Seward en disant au revoir de la main à Sickles, qui sortit de la pièce, la tête haute, comme s'il menait une armée au combat.

Depuis trois jours le Président n'avait pas rejoint sa famille pour déjeuner, aussi Mary lui avait-elle apporté ce qu'il avait demandé : du pain et du miel. Elle avait évité le corridor, toujours plein de monde, en passant par le salon ovale et la salle du Cabinet, vide à cette heure. Elle trouva son mari assis à sa table de travail, entre les deux fenêtres, les pieds posés sur une chaise. Nicolay était à côté de lui, avec une pile de livres.

— Molly ! Entre donc. Je suis navré pour les repas, mais je n'ai plus le temps de manger.

— Tu vas manger cela, Papa, dit Mary en posant l'assiette sur la table. Lincoln se redressa un peu : il avait le visage et les yeux fatigués.

— Laissez les livres, Mr. Nicolay, et faites patienter pendant cinq à dix minutes.

— Bien, monsieur.

Nicolay quitta la pièce. Lincoln étendit un peu de miel sur un bout de pain d'un air absent. Mary ramassa une liasse de papiers, « Sur le génie militaire », lut-elle.

— Je pense que ce serait plutôt au général McClellan qu'à toi de lire ces choses.

— Mais comme il est alité, il faut bien que je fasse son travail en plus du mien. En fait, j'y prends goût. J'aurais bien envie de lui emprunter son armée pour aller faire une excursion en Virginie.

— Ce serait une bonne idée, car laissé à lui-même, il ne bougera pas, sauf pour se présenter aux prochaines élections, ce à quoi il est déjà occupé.

— Non, je crois que c'est plutôt la fièvre typhoïde qui l'occupe en ce moment. Mais j'avoue que pas mal de démocrates ont accès auprès de lui, ce qui ne m'est pas possible. Tiens, écoute ceci, dit-il en ramassant le livre qu'il était en train de lire : « La guerre est le royaume de l'incertitude. » Les trois quarts des facteurs qui décident du succès d'une opération militaire sont enveloppés dans un brouillard plus ou moins grand d'incertitude. Un jugement pondéré, une intelligence aiguë sont nécessaires pour trouver la vérité... et le courage de suivre cette petite lueur partout où elle peut vous conduire...

— Tu as le courage et l'intelligence, dit Mary.

— J'ai aussi ce brouillard d'incertitude, dit Lincoln en commençant à mordre dans sa tartine. Et j'ai surtout un général qui refuse de me voir.

— Comment ! McClellan refuse de te voir ?

Mary n'avait pas digéré l'affront infligé au Président par le général en chef.

Lincoln secoua la tête :

— Chaque fois que je passe chez lui, on me fait dire qu'il dort. Je suppose que je dois l'agacer.

— Remplace-le !

— Par qui ? demanda Lincoln en avalant une gorgée d'eau dans une tasse de faïence brune.

— N'importe qui !

— Je ne peux pas prendre n'importe qui. C'est là le problème. Il me faut *quelqu'un*. Eh bien, Maman, qu'est-ce qui ne va pas ?

— Le chevalier Wikoff a été arrêté.

Mary avait pour politique de toujours dire la vérité à son mari, sauf pour les questions d'argent où elle s'efforçait de mentir de son mieux.

— Je sais. Est-ce qu'il va dire à la commission que c'est toi qui lui as remis le message ?

— S'il dit cela, il mentira ! s'écria Mary en changeant de visage.

— Il arrive que les gens mentent, Maman.

Lincoln essuya avec une serviette une tache de miel qu'il avait faite sur le bureau.

— Je le croyais mon ami, dit Mary, qui était devenue toute blême.

— Mais il l'était. Je pense qu'il l'est encore. Mais il est aussi l'homme de Bennett à la Maison-Blanche. On ne saurait être assez prudent.

— Je sais. Je sais. Je suis désolée.

— Il ne faut pas. C'est un peu ma faute. Je suis aussi négligent que toi pour ces questions. Il semble que je sois constitutionnellement incapable de garder un secret. Mais je ne crois pas que Mr. Wikoff veuille te nuire.

— Il ne s'agit pas de moi, Papa. Moi, je ne compte pas. Mais c'est à toi qu'il peut faire du mal.

Lincoln sourit :

— Ne t'en fais pas pour moi, si c'est tout ce qui te tracasse. Je ne vais pas me faire du souci pour savoir qui dérobe mes messages au Congrès. Je n'ai qu'à être un peu plus ordonné. Non, ce qui m'inquiète davantage, ce sont ces factures qui arrivent tous les jours, et dont on ne voit jamais la fin. Le major French dit que tu as dépensé presque sept mille dollars de plus que la somme qui nous a été allouée par le Congrès, et tout ça pour meubler cette foutue baraque !

— Mais, Papa, la maison tombait en ruine. Il fallait bien faire quelque chose. Rien n'avait été fait depuis cinquante ans...

— C'est pourquoi tu essaies de dépenser en une seule fois ce que les autres Présidents n'ont pas dépensé en un demi-siècle ! Molly ! Je n'arrive pas à trouver assez d'argent pour acheter des couvertures pour les soldats, et toi tu vas dépenser dix mille dollars pour un tapis. Est-ce que tu te rends compte ? Mais avec une telle somme, tu pourras acheter une belle maison une fois rentrée au pays... ou bien dix mille couvertures, ou encore...

— Papa, je sais. J'ai eu tort. J'ai été... j'ai été... Mais les mots ne venaient pas. Je m'arrêterai. J'ai déjà arrêté. Tu verras. Le pire est passé. Je le jure.

Lincoln hocha la tête d'un air quelque peu résigné. Mary entreprit de lui démontrer la nécessité de chacun de ses achats, ainsi que les innombrables économies qu'elle avait réalisées. Mais Lincoln n'écoutait plus. Il tira le cordon, qui était à côté de la table, et Hay entra dans le bureau. Lincoln se tourna vers Mary et dit :

— Nous avons un visiteur surprise, de Springfield.

— Je ferais mieux de partir.

— Non, reste un moment, tu diras bonjour à Billy.

— Billy ?

Mary aperçut dans l'encadrement de la porte l'homme qu'elle considérait comme sa véritable Némésis, William Herndon, l'ancien associé de Lincoln. Herndon avait neuf ans de moins que Lincoln, et était donc du même âge que Mary. De haute taille, un peu bourru d'aspect, avec de grands dons intellectuels et une culture bien plus vaste que celle de Lincoln, il était pour le moins excentrique. D'abord c'était un gros buveur ; ensuite, il était radical et abolitionniste forcené. On disait, parmi les petites gens de Springfield, que Herndon était le dernier lien direct entre le Président et eux, lien que Mary aurait bien aimé rompre. Lorsque Lincoln s'était marié, il était entré dans la classe dirigeante, non seulement de Springfield et de l'Illinois, mais de Lexington et du Kentucky, laissant Herndon avec les petites gens que Lincoln avait primitivement représentées en tant que législateur whig du comté de Sanganon.

— Eh bien,... eh bien ! dit Lincoln en considérant d'un œil amusé le changement de situation dans la vie de son ami.

Lincoln traversa la pièce pour aller serrer la main d'Herndon.

— Entre donc, Billy. Puis se tournant vers Mary, il ajouta avec un sourire plein de malice : Maman, voici Billy, en chair et en os, et comme dit le pasteur...

— Je vois. Bonjour, Billy. Je veux dire Herndon. Mr. Herndon. Monsieur, dit Mary en marquant de plus en plus de froideur à mesure qu'elle s'exprimait avec plus de correction.

— Mrs. Lincoln.

Mary trouvait Herndon beaucoup trop familier pour son goût. Elle remarqua en outre qu'il portait le même genre de barbe que son mari, mais dans une version un peu agrandie. C'était sans doute bon pour les affaires. Herndon avait gardé l'enseigne « Lincoln & Herndon » vieille de dix-huit ans devant son bureau de Springfield, ce qui faisait enrager Mary au plus haut point. Aussi, quand il voulait la taquiner, il n'avait qu'à lui dire « qu'un jour ils retourneraient au pays et qu'alors il serait bien content de reprendre son ancienne pratique ».

Lincoln fit asseoir Herndon devant la cheminée tandis que Mary se tenait près de la table, raide comme la statue de la Justice.

— J'ai été navrée, monsieur, d'apprendre la mort de votre femme, l'été dernier.

— Ce fut une mort difficile, Mrs. Lincoln. Une mort terrible. C'est toujours comme ça avec la phtisie. Les poumons s'en vont par petits morceaux, comme des pétales de rose.

— Voilà une description très imagée, dit Lincoln, tandis qu'un frisson d'horreur parcourait Mary. Et maintenant, Billy, qu'est-ce que tu deviens ? demanda Lincoln. Tu as combien ? Cinq ? Non, six enfants à élever.

— Oui, et ce n'est pas facile, Lincoln. Je veux dire, monsieur le Président. Je veux dire...

— Tu peux nous appeler Votre Majesté, nous n'y voyons aucun inconvénient, n'est-ce pas, Maman ? dit Lincoln en tirant une chaise près de la cheminée.

Mary souffrait de la présence de Herndon, qui faisait tache dans leur nouvelle vie, mais d'un autre côté elle lui était reconnaissante de distraire son mari du fardeau qu'il portait, fardeau écrasant pour quiconque, à plus forte raison pour l'espèce de Richard II mélancolique et sensible qu'elle avait épousé, et qui semblait tirer sa force d'une source mystérieuse, inconnue d'elle.

— Avez-vous quelqu'un pour vous occuper de vos enfants ? demanda Mary à Herndon d'un ton radouci.

— Eh bien, c'est justement ce qui m'amène ici, Mrs. Lincoln, dit Herndon en branlant la tête. Ce n'est pas facile d'être père quand on est veuf.

— J'ai l'impression que tu t'y prends très mal, Billy. Washington, c'est parfait pour une femme qui désire trouver un mari, mais pour un homme, c'est plus difficile d'y trouver une femme, à moins qu'elle n'appartienne à un autre.

— Dans cette ville, il y a dix hommes pour une femme, dit Mary en se forçant à sourire. Elle pouvait bien faire ce petit sacrifice pour son mari, qui en avait déjà tant fait pour elle, et qui serait amené à en faire encore beaucoup d'autres...

— Oh, j'ai trouvé la dame, je vous remercie. Vous vous souvenez du major Miles qui habitait à Petersburg ?

— Je ne savais pas qu'il était mort, dit Lincoln.

— Et il a laissé une veuve ? dit Mary en faisant un effort de mémoire.

— Non, non. Il est bien vivant, hélas ! Non, c'est sa fille Anna que je désire épouser.

Lincoln fronça les sourcils :

— N'est-ce pas cette jolie...

— Oui, cette très jolie fille qui était ici il y a deux ans avec le congressman Harris et sa femme. Elle est d'une rare beauté, et très sensée pour son âge.

— Et tu me dis qu'elle veut épouser un vieil homme comme toi avec six enfants ?...

— Du moins n'y a-t-il pas d'hypothèques à rembourser.

— Vous devez avoir au moins vingt ans de plus que cette petite, dit Mary.

Mary se souvenait en effet d'avoir rencontré cette jeune fille et de l'avoir trouvée aussi vaniteuse qu'elle était jolie. C'était bien fait pour Billy ; ça lui apprendrait à connaître les femmes.

— Dix-huit ans, Mrs. Lincoln, dit Herndon en adressant un regard bizarre à Lincoln. De toute façon, c'était le dernier désir de ma femme que je me remarie le plus tôt possible.

— Mais tout de même, une femme aussi jeune ?... reprit Mary.

— Ma Mary n'a rien spécifié quant à l'âge. Ce n'était pas une femme à regarder aux détails. Il y a toutefois un problème, dit Herndon en se tournant vers Lincoln. Le major Miles est moins enthousiaste que moi quant à l'union possible de nos deux grandes familles.

— C'est sans doute qu'il est myope, dit Lincoln, manifestement très amusé par les problèmes de Billy. Il faut donc l'amadouer, mais comment ?

— Eh bien voilà. Anna a pensé — elle a la tête sur les épaules, cette petite...

— Et une bien jolie tête, du reste, ajouta Mary.

— Oui, aussi. Eh bien, Anna a une sœur plus âgée qu'elle, laquelle a épousé un certain Mr. Chatterton, un bon républicain qui a voté pour nous...

— Mais qui maintenant se trouve momentanément sans travail, c'est bien ça ? Donc, si je donnais à ce Mr. Chatterton, qui est un loyal républicain...

— Mais pas un radical comme moi...

— Plutôt un modéré comme moi ?

— Tout juste, Lincoln. Je veux dire, Votre Majesté.

— Donc, si Mr. Chatterton était nommé à un poste dans l'administration, Anna pourrait conseiller à sa sœur de conseiller à leur père d'accepter de donner Anna en mariage en échange de ce poste...

— C'est à peu près l'idée.

Lincoln se tapa sur les cuisses et partit d'un grand éclat de rire.

— Sacré Billy, il n'y a que toi pour me faire rire pareillement.

— Je croyais, Papa, dit Mrs. Lincoln, que tu en avais assez des gens qui venaient quémander.

— C'est vrai, mais là c'est différent. Là, c'est du Billy, et du meilleur ! Lincoln tira une carte de son gilet et griffonna un mot : Tiens, Billy, tu donneras cela à Mr. Smith, le secrétaire à l'Intérieur. Il te trouvera ce qu'il te faut. Puis se tournant vers Mary, il ajouta : Songe, Maman, que nous sommes en train de jouer les Pères Noël...

— Avec l'argent du gouvernement ?

— Je suis persuadé que Mr. Chatterton n'est pas pire — ne peut pas être pire que mes autres nominations. En outre, grâce à nous, Billy pourra se marier et ses enfants pourront retrouver une présence féminine à leur foyer. Mais j'y songe, ne suis-je pas en train de commettre un crime de simonie ? Qu'en dis-tu, Billy ? Toi, tu t'y connais là-dedans. Est-ce de la simonie, oui ou non ?

— C'est un mot qui n'existe pas chez nous. Cela concerne les papes et le trafic d'indulgences, je crois.

— Le mot est affreux en tout cas, dit Mary en ramassant les restes de pain.

— Eh bien, comme je ne suis pas pape, je suppose qu'un peu de simonie ne peut pas faire de mal, n'est-ce pas ?

Lincoln se leva, et Herndon en fit autant.

— Je suis désolé, monsieur, dit Mary, mais nous ne pourrons pas vous inviter à dîner cette semaine.

— Mais, Maman...

— Ça ne fait rien, Mrs. Lincoln. Je ne suis là que pour quelques jours, juste le temps de commettre un peu de simonie et ensuite je rentre à la maison.

— Reviens demain, et dis-moi comment cela a marché, dit Lincoln en raccompagnant Herndon jusqu'à l'entrée, tandis que Mary sortait par la porte communiquant avec la salle du Cabinet.

La visite de William Herndon à la Maison-Blanche la frappa comme un signe de mauvais augure.

Chase en revanche regardait comme un bon augure la visite de Cameron à Seward un dimanche soir qu'il se trouvait lui-même dans le bureau du secrétaire d'État.

— Je lui ai dit que je serai chez vous, dit Chase à Seward après que le domestique eut annoncé le ministre de la Guerre. Il désire sans doute nous voir tous les deux ensemble.

Cameron, plus pâle que d'habitude, entra tout essoufflé dans la pièce.

— J'arrive directement du Willard, dit-il.

Somme toute, pensa Chase, Cameron avait bien fait de ne pas prendre de maison à Washington : les salons du Willard convenaient mieux à un seigneur de la jungle de son espèce.

— Asseyez-vous, Mr. Cameron, asseyez-vous.

Seward lui versa un verre de cognac que celui-ci accepta sans rien dire.

— Comme vous voyez, je suis là moi aussi, commença Chase.

Mais Cameron l'interrompit aussitôt :

— Après être entré au Willard, j'ai dîné. Ensuite, comme je traversais le hall, un des huissiers de la Maison-Blanche m'a remis ceci — Cameron montra une feuille de papier. Le Président m'a proposé comme ambassadeur en Russie. Il désire envoyer ma nomination au Congrès demain.

— Mais vous n'avez pas encore démissionné, n'est-ce pas ?

C'est Seward lui-même qui avait écrit la lettre un peu sèche que Cameron tenait maintenant à la main. Lincoln avait estimé avec Seward qu'elle devrait amener la démission tant attendue.

— Non, je n'ai pas démissionné, répondit Cameron en buvant d'un trait son verre de brandy. Je suis prêt à rester en fonction, à condition bien entendu d'être le véritable chef du Département de la Guerre.

— Cela risque d'être un peu difficile, dit Chase, maintenant que le général McClellan commence à se lever...

— Lentement, jeta Seward.

— Lentement, répéta Chase, de son lit de malade. Et puis Saint-Pétersbourg est crucial pour nous, maintenant que nous avons tous ces problèmes avec l'Angleterre. Le tsar est favorable à l'Union, et je ne vois personne d'autre que vous pour le maintenir dans ces bonnes dispositions.

— C'est vrai, dit Seward. Il pourrait même être question d'une aide militaire de la Russie. Seward savait improviser quand il le fallait, puis il ajouta, comme frappé subitement par l'inspiration : Vous devriez aller voir le Président demain et accepter le poste qu'il vous propose à condition que ce soit quelqu'un de Pennsylvanie qui vous remplace.

— Stanton ?

Seward acquiesça de la tête. Il y avait des moments où Chase ne pouvait s'empêcher d'admirer l'habileté de son collègue en dépit de toutes les réserves d'ordre moral qu'il pouvait faire à son sujet. Il était très important pour Lincoln — et pour Seward également — que Cameron ne se retournât pas contre l'Administration. Cameron avait la réputation de se retourner contre les Présidents qu'il avait servis. Bien qu'il ne comptât guère lui-même, il gouvernait l'État de Pennsylvanie, ce qui faisait de lui un formidable adversaire en puissance. Chase observait avec fascination le maître de New York hypnotiser le maître de Pennsylvanie.

— Le Président, disait Seward, hésite encore entre Holt et Stanton. Vous seul pouvez faire pencher la balance en faveur de ce dernier. Une fois Stanton choisi, vous aurez toujours un pied dans le Cabinet. Stanton est votre homme. C'est un Pennsylvanien désormais. Il est de votre circonscription.

Le fait que Stanton était un démocrate, et qu'il venait primitivement de l'Ohio ne semblait faire aucune différence.

— Vous croyez qu'il m'écoutera ? demanda Cameron en branlant la tête.

— S'il vous écoutera ! s'écria Seward en levant les bras d'un geste théâtral. Mais il fera ce que vous lui direz de faire. Si je puis me permettre une suggestion, envoyez votre lettre de démission datée d'une semaine environ. Le Président vous donnera un reçu antidaté, que Mr. Nicolay enverra aux agences télégraphiques, pour montrer que votre nomination à Saint-Pétersbourg — et Seward épela chaque syllabe du nom de cette ville avec une onction tout ecclésiastique — a été voulue par vous aussi bien que par le Président.

— Voilà qui me semble un assez bon arrangement, dit Cameron.

— A propos d'arrangement, reprit Seward en jetant un coup d'œil à la pendule de la cheminée, j'attends le général Butler. Il ne devrait plus tarder maintenant. Il revient de Fort Monroe.

— Il a pu franchir le blocus ? demanda Chase.

Le fait que la marine confédérée avait pu bloquer le Potomac, était une grande source d'embarras pour une nation qui hier encore avait failli entreprendre une guerre navale contre l'Angleterre. Pour le moment, le blocus rebelle privait la ville de toutes sortes de produits manufacturés venus du Nord, sans parler du combustible.

— Non, je crois qu'il est venu par voie de terre, dit Seward en serrant vigoureusement la main de Cameron. Allez trouver le Président à la première heure demain matin. Je serai là si vous avez besoin de moi.

— C'est très aimable à vous, Mr. Seward, mais à votre place, je me méfierais de ce Butler. Vous devriez vous en débarrasser le plus rapidement possible. C'est le pire de la bande.

Chase eut un petit rire nerveux.

— Eh bien, dit-il en se tournant vers Cameron, nous allons laisser Mr. Seward l'expédier, comme vous dites. J'ai ma voiture. Je vous raccompagne ?

Durant le bref trajet qui les ramena au Willard, Chase calma du mieux qu'il put les appréhensions de Cameron, et comme celui-ci était tout disposé à l'écouter, il n'eut pas trop de peine à le convaincre. Après tout, se disait Chase, tandis que le tsar de Pennsylvanie disparaissait à l'intérieur du Willard, un jour viendrait où il aurait peut-être besoin du concours de Cameron et de ses amis. Il se dit qu'il s'était très bien conduit, compte tenu de la difficulté de la situation et de l'importance de l'enjeu.

Sur un point tout aussi délicat, sinon aussi important, John Hay avait pour mission au contraire de mal se conduire. Le Président lui avait recommandé de « s'occuper de Mr. Herndon », et c'est à quoi il s'employait. Il l'avait emmené dîner au Wormley, où le général McDowell était assis à une table voisine en compagnie d'une demi-douzaine d'observateurs étrangers, parmi lesquels se trouvait un pair d'Angleterre que Hay avait déjà rencontré avec Mr. Russell, le journaliste du *Times*. Le général absorbait de grandes quantités d'eau pour accompagner les grandes quantités de nourriture qu'il engloutissait, tandis que ses invités tâchaient de rivaliser avec le noble lord qui sifflait bouteille de bordeaux après bouteille de bordeaux, sous le regard désapprobateur de son hôte. Mr. Herndon avoua à Hay qu'il s'était promis de ne pas boire du tout durant ce voyage, mais qu'il ferait peut-être une petite exception en faveur des punchs à la menthe du Wormley, qui avaient l'air si tentants. Le fait est qu'ils l'étaient. Et tout le monde à Washington se demandait comment faisait Wormley pour se procurer de la menthe en hiver. Hay ne but qu'un seul verre de vin durant le repas, dont les deux plats principaux furent une soupe à la tortue et un canard au céleri, mets auxquels Herndon n'avait encore jamais goûté.

— C'est vers la mi-novembre qu'ils sont les meilleurs, dit Hay qui commençait à s'y connaître en gastronomie. Les meilleures volailles viennent de certains marais du Maryland où pousse le céleri sauvage, c'est pourquoi la chair a goût de céleri, ajouta Hay, tout en craignant que ces finesses soient perdues pour un palais plus apte à détecter le bourbon dans le punch que le céleri dans le canard. Mais on lui avait dit de sortir Mr. Herndon, et c'est ce qu'il faisait.

Lorsqu'il était à Springfield, Hay ne connaissait pas Herndon. Il l'avait souvent vu entrer ou sortir de son étude, ou dans la rue, ou encore au tribunal, mais il ne lui avait jamais adressé personnellement la parole. Herndon avait été particulièrement actif quand Lincoln avait été Président-élu, ayant même un bureau au Capitole. Ensuite, il s'était trouvé une chambre dans une rue avoisinante où Lincoln avait pu travailler avec lui à son discours inaugural. Maintenant, Herndon avait un nouvel associé.

— Un certain Zane. Un jeune homme très brillant qui, j'espère, fera pour moi ce que j'ai fait pour Lincoln durant toutes ces années.

— Et que faisiez-vous, au juste, Mr. Herndon ?

— Eh bien, c'était moi qui étudiais les dossiers. Lincoln préférait la salle d'audience et les tournées, et bien sûr, la politique passait toujours avant tout.

— Toujours ?

— Toujours depuis que je le connais. Et même avant, j'imagine. J'ai toujours comparé son ambition à une sorte de petite machine qui fait tic-tac, tic-tac, et qui ne peut pas s'arrêter...

La comparaison était étrange, mais elle plut à Hay. Il est vrai que Herndon avait une façon de s'exprimer très imagée.

— Je ne peux pas dire que j'aie très bonne opinion de son secrétaire à l'Intérieur, Mr. Caleb V. Smith. C'était la troisième fois au cours de la soirée que Herndon revenait sur ce sujet : Vous comprenez, je suis un radical, moi, un radical cent pour cent, et ce Mr. Smith n'est qu'un opportuniste, autrement dit un conservateur, comme le sont presque tous les membres du Cabinet. Aussi, quand j'ai vu que nous n'étions pas en parfaite harmonie, je l'ai bouclée. Mais c'était trop tard. Quand je lui ai demandé une place pour mon ami, il m'a baladé de bureau en bureau, demandant chaque fois à l'employé de service : « Est-ce qu'il y a de la place pour quelqu'un ici ? », et bien sûr la réponse était toujours non.

— Vous verrez le Président demain, n'est-ce pas ?

— Je viendrai, soyez tranquille. Je crois du reste que je suis invité à dîner. C'est lui qui m'a invité, ce n'est pas elle. Pauvre Lincoln, il a bien choisi sa femme ! Je me demande comment il peut la supporter. Ce n'est pas un mariage heureux, en tout cas.

Comme tout le monde à Springfield, Hay savait que Herndon et Mrs. Lincoln ne s'étaient jamais entendus. Herndon n'avait jamais été réinvité aux réceptions que donnait Mrs. Lincoln à Springfield depuis le jour où l'ayant vue danser, il avait dit d'elle qu'elle était « aussi gracieuse qu'un serpent », image qui plut aussitôt au poète qu'était Hay, mais qui dut furieusement irriter la Sorcière.

Le noble lord qui était à la table de McDowell demanda à Wormley, le propriétaire de l'établissement (un mulâtre qui s'était toujours montré déférent envers Hay), de porter une bouteille de porto à la table de Hay.

Hay et Herndon burent à la santé du noble étranger ; et le général McDowell leva son verre de manière un peu trop ostentatoire au goût de Hay.

— J'ai promis à ma fiancée de m'arrêter de boire quand elle aura consenti à devenir ma femme, dit Herndon en vidant à petites gorgées son verre de porto. Je dois dire que je pensais le plus grand bien du général McDowell jusqu'à ce soir. J'ignorais qu'il était abstinent. A mon avis, ce n'est pas un bon point pour un général.

— Il l'est tellement qu'un jour qu'il avait fait une chute de cheval, le médecin, qui voulait le ranimer, n'a pas réussi à lui faire avaler une seule goutte de brandy.

— Il me semble que j'aurais fait meilleure grâce à ce docteur, dit Herndon en offrant un cigare à Hay, que celui-ci refusa. Herndon en alluma un pour lui. J'ai toujours pensé que certains tempéraments flegmatiques, comme Lincoln, ont besoin d'alcool. Le pauvre, il n'y peut rien, il n'aime pas ça. S'il aimait ça, je suis certain qu'il n'aurait pas ces crises de folie.

— Des crises de folie ? Le Président ?

Herndon hocha la tête, tandis qu'un nègre en livrée venait desservir.

— C'était l'année avant mon entrée chez « Logan & Lincoln » ; c'était en 42. Ensuite Logan est parti en 44, et depuis, j'ai toujours été l'associé de Lincoln. Mais en 41, Lincoln était à la législature d'État, et il s'apprêtait à épouser Miss Todd, lorsqu'il est subitement devenu fou. Mais complètement timbré, d'après ce que dit Joshua Speed, son vieil ami. Il voulait se tuer. Il refusait de manger. Il a même écrit un poème intitulé *Suicide*, qu'il a envoyé au *Sangamo Journal*, où il a été publié. Ensuite, il a annulé son mariage avec Miss Todd, et c'est probablement l'idée de l'épouser qui a dû le rendre fou.

— Vous voulez dire qu'il ne voulait pas l'épouser ?

Cette idée n'avait rien d'étonnant pour Hay, qui n'avait jamais pu comprendre qu'une personne aussi saine d'esprit que Lincoln ait pu épouser celle qui était devenue sa femme. Mais si ce que racontait Herndon était vrai, c'est seulement lorsque Lincoln eut perdu l'esprit qu'il eut la bonne idée de la repousser. La raison revenant, il l'avait épousée un an et demi plus tard.

— Mais ces crises de folie, qu'est-ce qui les provoquait ?

Herndon hocha la tête.

— Je ne sais pas. Je ne connais pas tous les faits. On a toujours prétendu que Lincoln avait aimé une autre femme. Lui-même ne m'en a jamais rien dit. Aussi, tout ce que je pourrais avancer serait pure conjecture de ma part. Mais j'ai idée que leur vie de couple doit être un enfer — il n'y a pas d'autre mot — car elle sait qu'il en a aimé une autre, et qu'il l'aime toujours.

— Pourquoi se sont-ils mariés alors ?

— Parce qu'il ne pouvait pas avoir l'autre, dit Herndon en se resservant du porto. Du moins, c'est ce qu'on dit. Mais il pouvait avoir Mary Todd, de la grande famille des Todd. Il a pu s'élever dans la société, grâce en partie à sa belle-famille, bien qu'ils ne l'aient jamais beaucoup aimé. Car, voyez-vous, folie ou pas folie, une chose l'a toujours possédé, c'est l'ambition. Il a toujours voulu s'élever de plus en plus haut...

— Vous avez parlé de crises. Voulez-vous dire qu'il en a eu d'autres ?

Hay avait peine à croire qu'un homme aussi éminemment sain que le Taïcoun, bien que de naturel mélancolique, un homme qu'il côtoyait chaque jour, et dans l'intimité duquel il vivait pour ainsi dire, fût sujet à des crises de folie. Il ne pouvait pas s'imaginer un autre Lincoln que celui qu'il connaissait ; il ne pouvait pas l'imaginer jeune homme.

— Je ne l'ai jamais vu plus déprimé que lorsqu'il perdit son siège au Sénat contre Douglas. Mais en 1835, dans le comté de Menard, on a gardé le souvenir d'une de ses crises de folie, au sens où les gens de là-bas entendent ce mot. C'est vers cette époque qu'il écrivit un petit opuscule intitulé *Infidélité*, où il disait qu'il ne croyait pas à la Bible, ni à la Trinité, ni à l'Immaculée Conception de Jésus, etc. Un ami à lui, un certain Mr. Hill, qui tenait un magasin — cela se passait à New Salem durant l'hiver — lui a fait jeter au feu l'unique exemplaire du livre, du moins je l'espère.

— Le Président serait-il athée ?

Hay avait déjà remarqué que Lincoln ne faisait presque jamais allusion au christianisme, car ses excursions du dimanche à l'église presbytérienne étaient de pure forme. Et cependant, des mots comme Dieu, le Tout-Puissant, le Ciel, revenaient sans cesse dans ses discours, sans que Seward y fût pour quelque chose.

— Non, pas un athée, du moins au sens qu'on donne à ce mot. Plutôt une sorte de déiste, comme Jefferson et la plupart des Pères fondateurs. Je crois qu'il a sa propre religion. Quelque chose de très grand et de très noble. Il croit à une Providence qui gouverne le monde. Mais un chrétien dévot appellerait sans doute cela de l'athéisme.

La tête un peu troublée par les vapeurs du porto, Hay entreprit de raccompagner Herndon à son hôtel, le Metropolitan, dans Pennsylvania Avenue. La pluie froide qui était tombée un peu plus tôt dans la soirée avait cessé. La nuit était claire et elle eût été fraîche si le porto qu'ils avaient bu ne les avait pas réchauffés. Il les réchauffa même si bien qu'ils se retrouvèrent dans Marble Alley sans savoir comment.

Sal leur fit bon accueil. Elle se montra ravie de revoir Hay, et salua gracieusement son ami.

— Le salon rouge est très bien ce soir, dit-elle.

Cela voulait dire que Hay pouvait s'y montrer sans crainte d'y être reconnu. Et si d'aventure quelqu'un de sa connaissance venait plus tard,

Sal le ferait passer dans le salon pourpre. Sal connaissait maintenant tous les gens de l'Administration et du Congrès, et elle était soucieuse de ménager à ses clients le maximum de discrétion. Hay rabattit néanmoins son chapeau de feutre sur les yeux et releva le col de sa veste, si bien qu'on ne voyait plus de lui que ses longues moustaches soyeuses dont la présence rassurante le protégeait de toute familiarité excessive.

Ils s'installèrent derrière un petit palmier planté dans un cache-pot en céramique : Herndon seul sur un canapé à deux places, et Hay sur une chaise à dossier droit, la fille de son choix, une certaine Pénélope de Cleveland, n'étant pas libre avant une demi-heure. A la demande de Herndon, une jolie rousse à la peau laiteuse leur apporta une bouteille de bourbon.

— J'espère que vous ne direz pas que j'ai bu quand vous verrez... notre ami, dit Herndon en se versant un verre de whisky.

— A condition que vous ne lui disiez pas où je vous ai emmené.

Hay était amusé de voir que Herndon jugeait plus grave d'être surpris en train de boire que d'être vu dans un lieu de débauche.

— Oh, je ne pense pas que notre ami serait choqué par tout ceci.

Et Herndon embrassa du regard l'élégant salon où officiers de l'armée et de la marine étaient en galante conversation avec les jeunes pensionnaires de la maison. Il n'y avait jamais beaucoup de bruit chez Sal, à part celui que faisait le pianiste noir qu'accompagnait parfois au violon l'une ou l'autre des filles.

— Non pas, reprit Herndon, qu'il y ait jamais eu quoi que ce soit de pareil à Springfield à notre époque ou même aujourd'hui.

— Il y a Chicago, dit Hay qui avait eu l'occasion d'explorer la ville lors des élections.

— Oui, il y a Chicago. Mais je n'y vais pas souvent. Cette rouquine me plaît assez.

— Voulez-vous que je l'appelle ? demanda Hay.

— Dans un moment.

Herndon posa les pieds sur un tabouret.

— Quel est le tarif ?

— Cela dépend du temps que vous restez. D'habitude c'est quinze dollars. Sal fait parfois un prix spécial.

En fait, Sal ne lui demandait que cinq dollars pour ce qu'il appelait toujours « le gîte et le couvert » ; il donnait ensuite à la fille ce qu'il voulait. Herndon sirotait son bourbon tout en observant les allées et venues.

— Vous connaissez Joshua Speed, n'est-ce pas ?

Hay fit oui de la tête. Speed était un ami de Lincoln qui avait pratiqué autrefois le droit à Springfield. Il passait pour avoir été l'un des rares intimes du Taïcoun, pour autant qu'un homme aussi renfermé que Lincoln pût avoir des amis.

— Eh bien, Speed m'a raconté cette histoire à propos de Lincoln.

Cela remonte à 1839, 1840. Speed entretenait alors une maîtresse à Springfield, et Lincoln, que ça démangeait, dit à Speed : « Speed, sais-tu où je pourrais me procurer une femme ? », et Speed, qui était arrangeant, lui répondit : « Mais oui, attends une seconde, je vais t'écrire un billet. Là où je t'envoie, tu ne peux pas aller sans billet. » Speed écrivit donc le billet, Lincoln le prit et alla trouver la fille...

Hay s'éclaircit la gorge, tout en murmurant :

— Monsieur, peut-être ne devriez-vous pas mentionner le, je veux dire son nom...

— Qu'est-ce que vous dites ? demanda Herndon, qui était un peu sourd. Ah oui, je comprends, j'ai la voix qui porte un peu, c'est ça ? Bref, il remit le billet à la fille, après de brèves présentations. Lincoln expliqua son affaire, et la fille, après s'être fait quelque peu prier, accepta de le satisfaire. Ensuite, ils se déshabillèrent et se mirent au lit...

Hay commençait à s'interroger s'il ne rêvait pas. Il regarda autour de lui dans le salon faiblement éclairé. Par bonheur, il n'y avait personne à portée de voix. Avec Nicolay, il s'était souvent demandé quel genre de vie l'Ancien avait bien pu mener avant son mariage, mais comme ils n'avaient pas de données, selon l'expression de Herndon, ils en avaient déduit que l'Ancien avait toujours été l'Ancien, plus occupé d'unions politiques que d'unions charnelles.

— ... Mais avant qu'il y ait eu quoi que ce soit, Lincoln demanda à la fille : « Quel est votre tarif ? — Cinq dollars, Mr. Lincoln. — Je n'ai que trois dollars, dit Lincoln. — Ça ne fait rien, Mr. Lincoln, vous me donnerez les deux dollars une autre fois. — Lincoln réfléchit un moment, puis il dit : « Je ne veux pas que vous me fassiez crédit. Je ne suis pas riche, et je ne sais pas quand je toucherai mon prochain dollar. Je n'ai pas le droit de vous tromper. » Puis, malgré quelques mots d'encouragement de la fille, Lincoln sortit du lit, enfila ses pantalons et offrit à la fille trois dollars qu'elle refusa, en disant : « Mr. Lincoln, vous êtes l'homme le plus consciencieux que j'aie jamais rencontré. » Lincoln, bien sûr, n'a jamais raconté cette histoire à personne, c'est la fille qui l'a dit à Speed, qui ensuite me l'a raconté.

— J'étais loin d'imaginer, dit Hay.

— Il a été jeune, tout comme vous, puis il a épousé cette femme, et depuis, il lui a toujours été fidèle, le pauvre ! C'était — c'est — un homme aux passions puissantes, en ce qui concerne les femmes, mais qui les a toujours dominées. Il a sauvé l'honneur de plus d'une femme, croyez-moi. Elles avaient une façon de se jeter à son cou... encore aujourd'hui, j'imagine...

— Ça, je ne sais pas, dit Hay, tandis que Sal s'approchait de lui.

— Vous désirez voir le docteur Prettyman ? dit-elle. Il est ici.

Hay la remercia et s'excusa. Le docteur Prettyman était assis dans le bureau de Sal, en train d'examiner les dossiers médicaux des filles.

Depuis l'arrivée des troupes, il y avait en ville une recrudescence des maladies vénériennes. Au début de la semaine, Hay avait développé un symptôme curieux qu'il montra au docteur Prettyman, lequel l'examina avec l'aplomb un peu brusque d'un boucher de Center Market.

— Ce n'est rien du tout, dit-il. Juste un peu de fatigue. Ménagez vos forces. Que le service de Vénus ne vous absorbe pas tout entier.

Hay retourna au salon où il trouva Herndon les yeux fermés, mais qui ne dormait pas.

— Vous avez vu le docteur?

Comme beaucoup de sourds, Herndon avait l'art d'entendre ce qu'on voulait lui cacher.

— Oui, répondit Hay. Rien de grave. Il vient ici régulièrement pour contrôler les filles. C'est pourquoi je préfère cet endroit aux autres. On se sent plus sûr.

Herndon acquiesça de la tête :

— C'est tout ce qu'on peut demander dans ce genre de choses. Il paraît qu'il y a beaucoup de cas de syphilis en ville en ce moment, à cause de l'armée. Mais laissez-moi vous dire qu'en Illinois, dans les années trente, il y en avait tout autant quand Lincoln l'a attrapée.

— Mr. Herndon!

Hay s'empara de la bouteille de bourbon, et se servit un plein verre.

— Bien sûr, c'était encore un tout jeune homme à l'époque. Il devait avoir à peu près votre âge. Ça devait être en 1835. Lincoln fréquentait une fille à Beardstown, dont il était fou, et c'est comme ça qu'il l'a attrapée. C'est lui-même qui me l'a dit. Deux ans plus tard, il est allé s'installer à Springfield, où il logeait chez Speed avec qui il est devenu très intime. Un jour donc, il écrivit une lettre à un certain docteur Drake de Cincinnati. Speed pensa que la lettre avait trait à ses crises de folie. Pas du tout, elle ne parlait pas de folie, mais de syphilis.

— Je suppose qu'on l'a guéri.

— On n'est jamais sûr avec ce genre de maladies. Mais une chose est certaine, c'est que quatre ans plus tard, il était prêt à se marier, et il ne se serait jamais marié s'il avait eu des doutes sur sa guérison. Bien sûr, il a d'abord annulé le mariage, à cause de sa crise de folie, mais il a tout de même fini par se marier...

Herndon était maintenant complètement ivre, mais contrairement à la plupart des ivrognes, il ne bafouillait pas : il recourait seulement un peu plus fréquemment à la forme elliptique.

— Vous savez, il passe tout à ses enfants. Il ne voit pas leurs défauts.

— Je sais, dit Hay, qui venait de passer un mois à New Jersey au bord de la mer avec Madame, Robert, qu'il aimait bien, et les deux mioches...

— Ces deux moutards, il y a des moments où je voudrais leur tordre le cou...

316

— Ainsi soit-il, dit Hay, qui commençait de son côté à sentir les effets du bourbon.

— Mais le petit Eddie, lui, est mort il y a cinq ans, et celui qu'ils appellent Tad n'est pas tout à fait normal. Il a une malformation du palais. Je me demande parfois...

Herndon s'interrompit. La serveuse rousse était revenue. Il se leva et la suivit d'un pas chancelant.

Tandis qu'Herndon s'éloignait, Hay eut l'impression qu'il devait être lui-même très ivre, ou bien qu'il faisait un rêve. Mais s'il ne rêvait pas, il fallait qu'un effort concerté fût entrepris pour rapatrier Mr. Herndon à Springfield dans les plus brefs délais.

Le point de vue de Mary coïncidait avec celui de Hay, bien que pour des raisons différentes. Mary avait fait un sacrifice insigne en acceptant d'inviter Herndon à la table de la salle à manger familiale. Le seul autre invité était Washburne. Lincoln était d'excellente humeur et racontait des histoires sur ses premières années à Springfield. Herndon était moins en train. Mary remarqua qu'il avait les yeux injectés de sang et les mains qui tremblaient. Lorsque Lincoln l'interrogea sur sa soirée avec John Hay, il répondit :

— Nous sommes allés au Wormley où nous avons beaucoup trop mangé. Il y avait à une table voisine le général McDowell buvant de l'eau — triste spectacle !

— J'espère que tu as fait comme lui, Billy, dit Lincoln avec un sourire malicieux. Les temps que nous vivons eux aussi sont tristes.

— Soyez tranquille, je ne tarderai pas à faire comme lui, dit Herndon. Dès que je serai marié, je joindrai l'ordre des Bons Templiers.

— Qu'est-ce que c'est que ça ? demanda Lincoln.

— Une société de tempérance qui mène un combat acharné contre l'alcoolisme.

— As-tu trouvé un emploi pour l'ami de Mr. Herndon ? demanda aimablement Mary.

Lincoln hocha la tête.

— J'ai emmené Billy au département des Affaires indiennes, où nous avons trouvé un vieux fonctionnaire prêt à lâcher le service. Mr. Chatterton est désormais agent du gouvernement chargé des relations avec les Indiens chiroquois, et Billy sera bientôt un Bon Templier.

— Il n'est jamais trop tard, dit Mary, qui s'aperçut, mais un peu tard, qu'elle avait gravement offensé Herndon, et, pis encore, qu'elle avait embarrassé son mari, qui se tourna vers Washburne pour lui demander des nouvelles du Congrès.

— C'est plutôt à vous de nous en donner, dit Washburne. Quand l'armée va-t-elle enfin bouger ?

Lincoln s'affaissa sur sa chaise, en faisant non de la tête à un serveur qui lui présentait de l'échine de porc rôti sur un immense plat d'argent.

— Je vais publier un ordre comme quoi, à la fin février au plus tard, l'armée devra être en Virginie. Mais si McClellan est toujours cloué au lit...

Lincoln jeta un regard distrait sur Washburne qui était en train de se servir du porc.

— Je croyais que c'était vous maintenant le général en chef, dit Washburne en entassant soigneusement les tranches de porc sur un coin de son assiette de manière à rendre sa gloutonnerie plus décente.

— Oh, mais je le suis, dit Lincoln en poussant un soupir. Je pense également que je serai capable de mettre l'armée en mouvement à moi tout seul. Mais ensuite, je me rappelle que je ne suis qu'un simple politicien, et que je dois écouter des généraux qui ne sont jamais pressés de bouger. Le pays est impatient. Chase n'a pas d'argent. McClellan a la fièvre typhoïde. Dans l'Ouest, Buell et Halleck semblent incapables d'agir de concert...

— Vous avez peut-être d'autres généraux qui seraient moins cher, dit Washburne la bouche pleine.

Lincoln hocha la tête.

— J'ai passé les deux dernières soirées avec McDowell et Franklin à décider ce qu'il faudrait faire au cas où les rebelles attaqueraient l'armée du Potomac et à qui confier le commandement.

— Qu'en pense Mr. Stanton ?

— Il n'assiste pas encore aux conseils. Pour le moment, il est occupé à examiner les dépenses du Département de la Guerre, dit Lincoln en faisant la grimace.

— Les écuries d'Augias ?

— Exactement. Et malheureusement, notre Hercule est asthmatique...

Nicolay apparut, tel un fantôme, dans l'encadrement de la porte.

— Monsieur, dit-il, vos invités sont arrivés. Ils sont dans la salle du Cabinet.

— Vous devriez être au lit, Mr. Nicolay.

Lincoln posa sa serviette et se leva.

— J'y vais maintenant, monsieur. Il paraît que c'est la fièvre d'hiver que j'ai attrapée, dit-il avec un faible sourire.

— Pauvre Mr. Nicolay ! dit Mary. Je comprends à présent pourquoi Mr. Lincoln a besoin de deux secrétaires à plein temps. C'est au cas où l'un des deux tomberait malade.

— Mr. Stoddard vient lui aussi de s'aliter. Dans son cas, on pense que c'est la fièvre du Potomac, dit Nicolay en quittant la pièce.

— Ce pauvre Mr. Stoddard ! dit Mary en se levant. Il faut que j'aille le voir.

Tous se levèrent.

— Fais attention à ne pas attraper mal, Maman. Cet endroit est très malsain.

Comme Lincoln s'apprêtait à sortir, Herndon le tira à l'écart. Ni Mary ni Washburne ne purent entendre ce que se disaient les deux associés, mais Mary s'aperçut bien vite du sourire malicieux de son époux. Puis, elle vit avec horreur qu'il tirait de sa poche une poignée de dollars qu'il donna à Herndon.

Mary s'approcha des deux hommes avec une rapidité et une grâce toutes serpentines.

— C'est pourquoi, cela, Papa ?

— Eh bien, Molly, j'étais justement en train de montrer à Billy quelques-uns de nos nouveaux dollars. Tu vois, Molly, sur le billet d'un dollar, on voit l'honnête figure de Mr. Chase, tandis que sur les billets de deux dollars, qui sont plus rares, c'est moi qui suis représenté.

— Plus rares, en effet, dit Herndon. Puis se tournant vers Mary : J'ai dû emprunter vingt-cinq dollars à votre mari. Je les lui rembourserai sur le montant de nos futurs honoraires. On nous doit encore pas mal d'argent, savez-vous ?

— Je vois.

— Vous savez, dit Lincoln, j'ai demandé à Mr. Chase pourquoi il s'était mis en effigie plutôt que moi sur les billets d'un dollar, et il m'a répondu : « Comme vous êtes le Président, il est normal que vous soyez sur le billet qui vaut le plus cher. »

Tous rirent, à l'exception de Mary. Non seulement elle détestait l'idée qu'on pût prêter de l'argent à un homme comme Herndon, mais en plus, il lui déplaisait fortement de voir la tête de Chase en aussi bonne place.

Lincoln montra ensuite à Herndon la signature très élaborée de Mr. Elias Spinner, le trésorier des États-Unis.

— Nous avons beaucoup de chance avec lui, parce que personne ne peut imiter une telle signature. C'est vraiment une signature magnifique, avec toutes ces courbes, et là, tenez, on dirait comme des coups de sabre.

— Heureusement qu'il ne les signe pas tous, dit Herndon.

Lincoln fronça les sourcils :

— Comment ça, il ne les signe pas tous ? Que voulez-vous dire ?

— C'est gravé à partir d'une plaque de métal. Vous ne voyez pas ? Nous avons pourtant vu assez d'imprimeries autrefois tous les deux !

Lincoln avait blêmi.

— Quel imbécile je suis ! s'écria-t-il. Et moi qui m'imaginais que c'était Mr. Chase qui donnait l'ordre d'imprimer les billets, lesquels étaient ensuite signés et authentifiés par Mr. Spinner.

— C'est bien ainsi que ça se passe, dit Washburne, seulement cela se fait à partir d'une plaque de métal.

— Et on peut en imprimer autant qu'on veut ? demanda Lincoln en secouant la tête. Il faut que j'aie une conversation avec Mr. Chase. Il doit y avoir des garanties. Supposez qu'un voleur s'introduise à l'intérieur du Trésor...

Lincoln s'interrompit ; il serra la main de Washburne à qui il souhaita bonne nuit, puis prenant Herndon par le bras, il lui dit :

— Il y a une voiture qui t'attend devant le porche sud. Je vais te raccompagner.

— Mrs. Lincoln, dit Herndon en s'inclinant.

— Mr. Herndon, fit Mary avec un hochement de tête.

Devant le porche sud, Lincoln resta un moment à frissonner dans la nuit fraîche et humide. Un caporal tenait ouverte la porte de la voiture qui devait conduire Herndon à la gare. Les seules lumières qu'on apercevait étaient celles des feux de camp des régiments qui campaient dans le parc de la Maison-Blanche.

— Sois bien sage, Billy, dit Lincoln, en serrant la main d'Herndon.

— Et toi, Lincoln, prends bien soin de toi. Tu es trop maigre, et cet endroit est vraiment malsain.

— Oui, Billy. C'est vraiment un endroit malsain. Au revoir.

— Au revoir.

Ainsi, les deux associés prirent congé l'un de l'autre.

Dans la salle du Cabinet, Chase présidait à un bout de la table, tandis qu'à l'autre bout étaient assis les généraux McDowell et Franklin. Le quartier-maître général, Meigs, était assis à côté du fauteuil du Président. Seward, qui avait assisté aux deux précédentes réunions, s'était excusé pour ce soir. Tandis qu'ils attendaient le Président, Meigs dit à Chase qu'ils s'étaient maintenant tous ralliés à l'idée de McDowell d'attaquer Manassas, plutôt qu'à la proposition de Franklin de descendre dans le Sud par voie d'eau pour prendre Richmond à revers. En écoutant Meigs exposer le plan de McDowell, Chase ne pouvait s'empêcher d'admirer l'étrange perversité des hommes. S'il avait subi, lui, une défaite aussi cuisante que celle de McDowell à Manassas, aucune puissance terrestre n'aurait jamais pu l'obliger à y retourner. Apparemment, McDowell était fait d'un autre métal ; ou bien il pensait que la seule façon d'effacer une défaite était de remporter une victoire au même endroit. Il avait répondu de manière curieuse à Lincoln après la débâcle. « Général, lui avait dit Lincoln avec une grande bonté, vous avez toujours ma confiance. » A quoi McDowell avait répliqué : « Je ne vois pas pourquoi vous me l'auriez retirée. » Par contre, il avait perdu la confiance de Chase, qui était pourtant de ses amis, ce que Lincoln n'avait jamais été.

Le Président entra tout seul dans la pièce. Tous se levèrent. Il leur fit signe de s'asseoir. Puis il s'assit lui-même, non pas à sa place habituelle mais à côté de Chase.

— Mr. Seward ne sera pas des nôtres aujourd'hui, dit Lincoln, mais nous aurons un autre visiteur, qui sera ici d'un moment à l'autre. Puis, se tournant vers Chase, il lui dit à mi-voix : Je ne savais pas que nos dollars n'étaient pas tous signés par le trésorier.

Chase était ahuri par la naïveté du Président.

— Mais comment pourrait-il tous les signer ? La première émission de dix millions de dollars, sous diverses dénominations, lui aurait pris plus d'une année, surtout avec une signature comme la sienne.

— Je sais, je sais. Je n'avais pas réalisé, c'est tout. Mais cela m'effraie. N'importe qui peut entrer à la Monnaie et se mettre à imprimer des billets.

— Monsieur le Président, dit Chase en serrant les mâchoires, je vous ai toujours dit que cette façon d'émettre de la monnaie fictive sans autre garantie que la promesse du gouvernement de rembourser un jour en espèces était anticonstitutionnelle.

— Mais comme je vous l'ai fait observer à l'époque, la Constitution est muette sur la question, rétorqua Lincoln d'un ton sec. En outre, c'est le Congrès qui décide en matière monétaire, et le Congrès a été favorable à cette émission, tout comme vous d'ailleurs.

— J'en ai accepté la nécessité, parce que je ne voyais pas d'autre moyen de financer cette guerre.

Chase frémissait qu'il y eût quelqu'un dans la pièce pour entendre ce qu'ils disaient, car si le bruit avait circulé que le Président était aussi ignorant en matière financière, tout le fragile édifice monétaire des États-Unis s'effondrerait. Mais heureusement, les militaires étaient bien trop occupés à intriguer dans leur coin.

— Mais j'ai insisté pour que nous attachions notre machine monétaire à la création d'un revenu national interne, ainsi qu'à...

— Je sais, vous avez été méticuleux, dit Lincoln en l'interrompant, et moi pas. Mais il importe que nous assurions la sécurité des imprimeurs du Trésor.

— Monsieur, si vous avez confiance en moi et en Mr. Spinner...

— J'ai toute confiance en vous, tout comme le public, d'ailleurs. Mais...

— Mais, monsieur, nous devons bien déléguer l'autorité.

Contrairement à Seward, Chase interrompait rarement le Président, mais cette fois, il était en colère.

— Vous devez faire confiance à ceux qui choisissent les imprimeurs, et aux employés chargés de compter l'argent, ainsi qu'à ceux qui le transportent et le distribuent à travers tout le pays.

John Hay parut dans l'encadrement de la porte.

— Le général McClellan, dit-il.

321

McDowell, Hunter et Meigs se levèrent avec une certaine difficulté, tout comme Chase et le Président, qui traversa la pièce pour aller accueillir le petit Napoléon. Hay disparut. La séance ne serait pas rapportée.

— Pendant votre maladie, général McClellan, dit Lincoln en se rasseyant, j'ai convoqué ces messieurs pour me conseiller sur la conduite de la guerre. Je leur ai également demandé de dresser des plans en vue d'une invasion de la Virginie, ce que le général McDowell a fait sur mon ordre.

Chase nota le regard méchant que McClellan adressa à McDowell.

— J'ai proposé, dit McDowell, que des éléments de l'armée du Potomac se dirigent sur Manassas...

— Une stratégie que j'avais déjà rejetée, et que je rejette encore.

La voix de McClellan était aussi ferme qu'à l'accoutumée, au point qu'on pouvait se demander s'il avait été vraiment malade ; en tout cas, sa guérison avait été extrêmement rapide.

Lincoln se tourna alors vers McClellan, qui croisa ses bras sur la poitrine à l'imitation de Napoléon ; puis il baissa la tête et parut s'absorber dans ses pensées. Il y eut un long silence au bout duquel Chase murmura tout bas à Lincoln :

— Il est vraiment guéri ?

— C'est ce qu'il me dit.

A l'autre bout de la table, Meigs chuchotait à l'oreille de McClellan, qui se contentait de secouer la tête. Meigs réitéra ses paroles, et Chase entendit McClellan lui répondre :

— Non, il ne sait pas garder un secret.

Chase observa Lincoln du coin de l'œil. Lincoln avait-il entendu ? Oui, le Président avait entendu et compris l'allusion ; et il n'était pas content.

Chase s'éclaircit la gorge. Les chuchotements cessèrent, et le silence s'établit dans la pièce.

— Général McClellan, dit Chase, nous sommes heureux de voir que vous êtes à même de reprendre vos fonctions. Mais puisque vous n'aimez pas notre plan, je suggère que vous nous disiez quel est le vôtre.

Il y eut un moment de silence durant lequel le Président tambourina sur la table de la main gauche, tandis que le général McDowell se caressait l'estomac.

Chase trouvait l'attitude de McClellan incompréhensible. Durant la maladie du général, Chase avait communiqué avec lui à plusieurs reprises. Il lui avait notamment laissé entendre que le commandement de toutes les armées, y compris celle de Virginie, ne devait pas être confié à un seul homme. Personnellement, il aurait préféré McClellan comme général en chef, et peut-être McDowell avec l'armée du front. Mais McClellan ne supportait pas les conseils, et son attitude à l'égard du Président était inadmissible.

— Mr. Chase, j'ai mes raisons pour ne pas vouloir discuter de mes plans avec certaines personnes.

McClellan fusilla du regard McDowell, qui continuait de se caresser la panse.

Pourquoi, se demandait Chase, McClellan ne voulait-il pas confier au Président ce qu'il lui avait dit à lui concernant le plan Urbana ? Tôt ou tard, le Président et le Cabinet finiraient bien par l'apprendre. Et si Lincoln était incapable de garder un secret, McClellan n'était pas précisément un sphinx. Chase se mit alors à parler de ce ton de voix éminemment raisonnable qu'il avait attrapé au contact des banquiers. C'était une voix neutre et rassurante qui ne révélait nullement le zèle évangélique dont il était animé. Mais le travail du Seigneur devait être accompli, même s'il fallait pour cela ressembler à un Jay Cooke.

— Général, quelles que soient vos raisons, nous avons conçu un plan que vous rejetez sans nous en proposer un autre...

Le général McClellan se redressa sur sa chaise, puis se tournant vers Lincoln :

— Si Votre Excellence, en sa qualité de commandant en chef, m'ordonne de divulguer ma stratégie, alors j'obéirai.

— Non, non. Je ne vous demande rien de tel, bien sûr.

— Merci, monsieur. Je vous rappellerai toutefois, concernant notre récente conversation sur la nécessité de libérer l'est du Tennessee, que j'ai donné ordre au général Buell de se préparer à avancer.

Lincoln hocha la tête :

— C'est déjà ça.

Puis Lincoln se leva, et la séance prit fin.

En descendant l'escalier en compagnie de McDowell, Chase priait le Ciel de l'éclairer. La veille, il n'avait pas été à la communion, ne s'estimant pas suffisamment en état de grâce. Il regrettait à présent de s'être privé des consolations de l'Eucharistie.

— Je regrette que Mr. Stanton n'ait pas été là, dit-il.

— Ils s'entendent bien, Mr. Stanton et notre général en chef ?

— Stanton m'a dit qu'il était dévoué à McClellan.

— Dévoué ? C'est là un sentiment que les soldats aiment bien inspirer, surtout chez leurs supérieurs.

— Je crains bien alors que le dévouement du Président ne soit mis à rude épreuve.

— Mr. Chase, dit McDowell en s'arrêtant au bas des marches, entre nous soit dit, McClellan est un imbécile.

Chase fut surpris d'entendre exprimer par un autre ce qu'il osait à peine s'avouer.

— Espérons que non.

— Je l'espère également, Mr. Chase. Et si je vous ai fait cet aveu, c'est bien parce que j'ai toute confiance en vous. Un autre pourrait penser que je suis jaloux d'un collègue officier, alors que je ne songe qu'au bien du pays.

— Je partage vos sentiments, général.

Chase n'en dit pas plus. Il n'allait pas confier au général McDowell son manque total de confiance dans le Président qu'un destin cruel avait choisi pour détruire à jamais l'Union et retarder d'une génération peut-être l'abolition de l'esclavage.

IV

Le vieil Edward ne bougea pas de sa chaise en voyant David entrer dans la Maison-Blanche.

— Premier étage. Seconde porte à gauche, dit le portier.

— Bien, Mr. McManus.

David traversa le vestibule le plus lentement possible. Il n'avait jamais vu une telle activité à la Maison-Blanche. Des hommes en bras de chemise disposaient des couronnes de fleurs au-dessus des portes ; et dans la grande salle à manger une armée de serveurs étaient occupés à déballer l'argenterie. En montant l'escalier, David croisa une douzaine d'officiers de marine.

Le couloir du second étage était plein de monde, et David aperçut tout au fond John Hay qui jetait un coup d'œil dans la salle d'attente. L'autre secrétaire était malade et au lit. Chez Thompson, la santé des occupants de la Maison-Blanche faisait souvent l'objet de discussions. En ce moment, les deux enfants étaient malades eux aussi, et David avait été chargé de leur apporter des médicaments.

Keckley le reçut dans la pièce où l'aîné, Willie, était couché. Mrs. Lincoln était assise au chevet de l'enfant, qui avait l'air pâle bien qu'assez éveillé.

— Merci, dit Keckley en prenant le paquet des mains de David.

— Désirez-vous autre chose ? demanda David en contemplant les embrasses du lit, qui lui rappelaient celles qu'il avait vues dans *Cléopâtre*, l'une de ses pièces préférées.

— Non, c'est tout.

Keckley fouilla dans la poche de son tablier, et lui donna une pièce. En redescendant l'escalier, David croisa Mr. Watt, le chef jardinier.

— Bonjour, Mr. Watt.

— Bonjour, David.

Watt était un homme aimable et bien disposé envers la Confédération. Il passait pour l'un des hommes les plus riches de Washington à cause

325

de son habile exploitation des jardins de la Maison-Blanche, qu'il considérait un peu comme sa propriété privée. Tout Washington savait comment Watt s'y prenait pour écouler ses produits dans les principaux restaurants et hôtels de la ville. Au cours des années on avait tenté à plusieurs reprises de se débarrasser de lui, mais on n'y était jamais parvenu. Pour David, Watt était un héros.

Pour Mary, Watt était un réconfort. Elle le reçut dans le salon ovale du premier étage.

— Comment vont les garçons, Madame ?

Mary savait que Watt aimait sincèrement Willie et Tad ; il jouait avec eux, et même il leur avait appris à monter à cheval et à tirer.

— C'est la fièvre, dit Mary en plissant les sourcils. Ce n'est pas étonnant, avec une maison aussi froide. Mais je pense qu'ils vont mieux à présent. Oh, comme je voudrais pouvoir annuler cette réception !

Mary donnait ce soir-là sa première réception dans une Maison-Blanche entièrement remeublée et redécorée. Cette soirée devait la justifier de toutes les dépenses qu'elle avait faites. Jamais dans toute son histoire cette maison n'avait connu une telle splendeur. Cinq cents personnes parmi les plus représentatives du pays avaient été invitées ; et elle avait fait venir Mr. Maillard, le célèbre chef new-yorkais. Mais maintenant ses deux garçons étaient malades, le chevalier Wikoff était emprisonné au Vieux Capitole et elle avait un urgent besoin d'argent.

Comme toujours, Watt se montra compréhensif.

— Du temps du président Buchanan, nous utilisions souvent les fonds destinés à la papeterie à... d'autres usages.

— Je sais, répliqua sèchement Mary. J'en ai touché un mot à Mr. Hay, mais il n'a rien voulu entendre.

Il ne se passait presque pas de jour sans qu'une scène éclatât entre Mary et l'un ou l'autre des secrétaires. Stoddard, malgré sa bonne volonté, n'était pas de taille à lutter contre eux.

— C'est toujours Mr. Hay, n'est-ce pas, Madame ? dit Watt tout en mâchonnant l'un des bouts de sa moustache. Il est ligué avec le major French contre nous.

Mary n'apprécia guère le « nous » ; il n'en demeurait pas moins que Watt était son seul allié à la Maison-Blanche. De temps en temps, des efforts étaient entrepris pour se débarrasser de lui ainsi que de sa femme qui faisait également partie du personnel de la maison, mais jusqu'ici Mary avait toujours triomphé de leurs ennemis communs. Maintenant Watt voulait contre-attaquer.

— Après tout, Madame, pourquoi permettriez-vous à ce jeune blanc-bec de vous dire comment utiliser les fonds de la Maison-Blanche ? Fonds qui d'ailleurs ne sont jamais utilisés pour les fins auxquelles ils ont été originellement destinés, tout simplement parce que les temps changent alors que les dénominations sont restées les mêmes.

— J'ai toujours pensé que Mr. Hay volait les fonds destinés au fourrage des chevaux. Cette idée avait été suggérée à Mary par Watt, qui depuis l'avait faite sienne. Il était censé payer le fournisseur directement, mais il ne l'a jamais fait. Je pourrais le prouver.

— Je n'en ferais rien, Madame, dit prudemment Watt. Il est encore trop tôt. Il faut lui laisser plus de jeu. Un moyen rapide d'obtenir de l'argent, c'est de renvoyer un des employés et de toucher son salaire à sa place.

— Et vous croyez que je pourrais le faire ? demanda Mary, étonnée de la simplicité d'un tel plan.

— Miss Harriet Lane le faisait tout le temps lorsqu'elle était ici.

Mary commençait à voir l'horizon s'éclaircir.

— J'y songerai, Mr. Watt. Mary tira une lettre de son sac à main. Vous vous souvenez de Mr. Waterman, que nous avons rencontré à New York l'automne dernier ?

— Un homme très riche, à ce qu'on dit, et qui vous est très dévoué, ainsi qu'au Président.

— Veuillez lui remettre ceci, dit Mary en tendant la lettre à Watt. Je ne veux pas qu'elle parte de la Maison-Blanche.

— Je la lui ferai parvenir par courrier spécial, Madame.

— Merci, Mr. Watt.

Mary sourit. Il était agréable d'avoir au moins un ami sur qui compter. Mais Watt paraissait préoccupé.

— Je suis allé à la prison du Vieux Capitole, dit-il.

— Comment va-t-il ?

— Il est pratiquement enchaîné. Ils l'ont mis dans une sorte de réduit...

— Tout ça, c'est l'œuvre de Mr. Seward ! Dieu, que cet homme est vil !

— Ça, Madame, c'est bien vrai. Dans cinq jours à partir d'aujourd'hui, Mr. Wikoff comparaîtra devant la commission judiciaire de la Chambre. Ils lui demanderont comment il s'est procuré une copie du message du Président.

Mary commença d'apercevoir une couronne de flammes autour de la tête de Watt. Étaient-ce les premiers symptômes de la migraine ?

— Il ne leur dira rien, n'est-ce pas ?

— Je n'en sais rien, Mrs. Lincoln. Mais je pense que vous devriez en parler au Président.

— C'est impossible.

Seward, lui, pouvait parler à Lincoln, et c'est ce qu'il fit. Lincoln l'écouta attentivement, les pieds posés sur le bureau, un mouchoir dans la main gauche avec lequel il essuyait l'encre des doigts de sa main droite. Il avait passé la matinée à signer des commissions militaires, tâche interminable rendue encore plus ingrate par un papier huileux qui résistait à l'encre.

Seward arpentait le bureau du Président, comme si c'était le sien.

— Dan a tellement fait enrager la commission qu'il risque de se faire boucler pour outrage au Congrès.

— Il semblerait que le général Sickles ne soit pas le meilleur des défenseurs possibles, dit Lincoln en considérant Seward d'un air pensif. Pourquoi l'avez-vous choisi ?

— C'est Mr. Wikoff qui l'a choisi. Mais j'ai confiance en Dan. Il est loyal et intelligent. Et en plus il est populaire au Congrès.

— Si populaire qu'on parle de l'enfermer ! De quoi aurions-nous l'air, nous autres ? Un brigadier général, un ancien congressman, arrêté ! Quand Wikoff doit-il témoigner ?

— Le 10 février.

— Que dira-t-il ?

— Ce qu'il a déjà dit, qu'il a juré secret.

Lincoln poussa un soupir.

— Ça n'ira pas, Mr. Seward. Ça n'ira pas du tout.

— Vous pensez qu'il devrait citer un nom ?

— Il sera bien obligé, à moins que nous n'arrivions à nous entendre avec la commission.

Seward commençait d'éprouver ce sentiment de volupté qui précédait toujours désormais l'exercice des fameux « pouvoirs inhérents ».

— Vous pourriez simplement leur donner l'ordre d'abandonner l'enquête...

— Sans doute, mais alors nous n'en verrions pas la fin. Non, il faut aller trouver le président de la commission.

Les deux hommes discutèrent en long et en large le caractère d'un certain John Hickman, politicien de Pennsylvanie, qui avait quitté le parti démocrate pour devenir non seulement un républicain et un abolitionniste enragé, mais aussi l'ennemi juré de tous les modérés, à commencer par le Président. On décida que Seward tâcherait d'impliquer Thaddeus Stevens dans l'affaire, et de tout tenter pour obtenir de Wikoff qu'il dise la vérité.

— Il est clair qu'il a volé le message, dit Lincoln. Or, comme c'est un crime, il prétend qu'on le lui a donné, ce qui n'est pas un crime. Mais par son silence, il accuse Mrs. Lincoln. Or, je suis certain qu'elle ne le lui a pas donné. Il faudra donc, ou bien qu'il avoue son vol — et moi ma négligence — ou bien qu'il nous dise qui lui a remis le message.

— Je crois que j'ai une idée, dit Seward.

— Bien, alors ne me la dites pas. Je suis incapable de garder un secret.

Seward sourit. En réalité, il n'y avait personne de plus secret que Lincoln quand il s'agissait de garder pour lui quelque grande idée ou projet politique. En revanche, il était fort libéral avec les secrets des autres. Seward s'arrêta à la porte :

— A propos, comment vont les garçons ? demanda-t-il.

— La fièvre persiste. Willie surtout nous donne de l'inquiétude. Je déteste l'hiver ici.

Seward prit congé et sortit par la porte du Cabinet, évitant ainsi la foule habituelle des solliciteurs. Il était à peu près certain que c'était Mrs. Lincoln la coupable. Il était également à peu près certain d'avoir trouvé un moyen de sortir de cet imbroglio ; mais plus d'un y perdrait des plumes.

Mary avait cessé de penser à Wikoff. Elle avait toute confiance dans l'ingéniosité de Watt. D'ailleurs, en ce moment le monde se trouvait réduit pour elle à un simple rectangle de verre dans lequel elle pouvait enfin contempler le résultat d'un travail de deux heures effectué avec Keckley. Le miroir reflétait une robe de satin blanc brodée de dentelle noire, une traîne longue d'un mètre, des épaules décolletées à l'imitation de l'impératrice Eugénie, et sur la tête une couronne de myrte.

— C'est très beau, dit Keckley, dont l'ombre se dessinait dans le miroir derrière Mary, ombre bientôt rejointe par une autre ombre, plus haute et plus allongée.

— Notre petite chatte a une longue queue, ce soir.

Mary se tourna en souriant vers son époux, qui était encore en manches de chemise. Lincoln ramassa la traîne et se mit à siffloter.

— Mais, Papa, c'est la dernière mode !

Lincoln considéra le long décolleté et secoua la tête :

— A mon avis, ce serait aussi bien qu'on vît un peu plus de traîne en haut et un peu moins en bas.

— Je ne te donne pas de conseils au sujet de tes généraux.

— Comment cela, mais tu ne fais que ça !

— De toute façon tu ne m'écoutes jamais, aussi cette fois je ne t'écouterai pas.

— Cela me paraît honnête, dit Lincoln en laissant retomber la traîne. J'ai dit aux musiciens qu'on ne danserait pas.

Mary hocha la tête.

— Je crois que Willie va mieux. Je viens de le quitter. Tad se plaint qu'il a froid.

— Qu'est-ce que dit le docteur ? demanda Lincoln en enfilant son habit avec l'aide de Keckley.

— Il dit que tout va bien, mais cette fièvre n'est pas comme les autres, dit Mary en s'examinant dans le miroir. Si seulement je pouvais rester avec les enfants !

— Je suis là, Mrs. Lincoln, dit Keckley en ouvrant la porte. Je resterai auprès d'eux toute la nuit. Allez vous montrer à toutes ces dames sécessionnistes. Vous êtes notre drapeau, vous et Mr. Lincoln.

— Non, c'est Mrs. Lincoln le drapeau. Je ne suis que le porte-drapeau, dit Lincoln en désignant la robe de Mary. A propos, pourquoi le drapeau est-il noir et blanc ce soir ?

— Mr. Seward dit que nous devrions porter le demi-deuil à cause du prince Albert. C'est l'usage entre souverains.

— Souverains bien éphémères, et d'un empire bien chancelant, dit Lincoln en riant.

— Chancelant, Papa ? Parle pour toi !

Keckley attacha le collier de perles de Mary ; puis Mary se retourna, ramassa sa traîne d'une main et de l'autre prit le bras de son mari.

— Maintenant, je crois qu'il est temps.

Ils furent accueillis au haut de l'escalier par la fanfare de la Marine, puis ils descendirent les marches au son de *Hail to the Chief.*

Le salon est était aussi beau que Mary l'avait rêvé. Le corps diplomatique, tout galonné d'or et d'argent, était aligné à droite de l'entrée, tandis qu'à gauche se tenaient les militaires, les politiciens et les dames en crinoline parées de tous leurs bijoux. Mary remarqua tout de suite que Mrs. Crittenden était couverte de diamants comme une idole orientale, et que Miss Chase portait une robe de soie mode sans aucun bijou.

Le Président et Mrs. Lincoln firent le tour de la pièce tandis que sur leur passage les dames faisaient la révérence et que les messieurs s'inclinaient. Nous sommes bien des souverains, songeait Mary, et pas si chancelants que cela !

Ils s'arrêtèrent au centre de la pièce. A gauche du Président se tenaient un aide militaire et le chef du protocole, prêt à annoncer les invités. Pour une fois, Mary les connaissait tous, du moins de nom. Les princes français furent les premiers à présenter leurs respects ; puis le corps diplomatique défila par ordre d'ancienneté.

Tout à coup, un jeune homme élancé avec une fine moustache se présenta devant le Président en disant :

— Monsieur le Président, je me demande si vous vous souvenez de moi. Je suis Robert, votre fils.

Lincoln cligna des yeux, se mit lentement à sourire et de sa main gauche gantée il donna une petite tape sur la joue du jeune homme.

— Cela suffit maintenant, dit-il.

Dans la pièce à côté, l'orchestre jouait une polka.

Robert s'inclina devant Mary, qui lui fit une légère révérence. Elle remarqua comme il était devenu adulte au cours de cette dernière année passée à Harvard. C'était un garçon à la fois réservé et volontaire ; plus Todd que Lincoln. Il voulait rejoindre l'armée, mais jusqu'ici Mary s'y était toujours opposée. Récemment, les journaux s'étaient mis à spéculer sur l'éventuel statut militaire du Prince des Chemins de Fer. Mary n'avait qu'un espoir, c'est que la guerre fût terminée avant que Robert n'eût fini ses études.

A onze heures et demie, deux huissiers s'avancèrent pour ouvrir toutes grandes les portes de la salle à manger et révéler les merveilles culinaires apprêtées par Maillard. Malheureusement, les portes étaient fermées à clé, et la clé avait disparu.

Mary se retrouva devant les portes closes entre le Président et le général McClellan.

— Madame la Présidente, il semble que nous soyons retardés, dit le général, qui paraissait ravi de ce petit contretemps.

— Oh, mais nous finirons bien par avancer, dit Mary en souriant au petit Napoléon. Nous aimons à donner l'exemple, nous autres.

Derrière eux, une voix se mit à crier les paroles d'un récent éditorial : « L'avance sur le front est retardée par l'imbécillité de nos commandants. » Il y eut quelques éclats de rires auxquels le général joignit prudemment le sien. Lincoln se tourna vers McClellan en disant :

— J'espère qu'ils ne parlent pas du commandant en chef.

— Ils ne savent pas ce qu'ils disent, Votre Excellence.

On trouva enfin la clé, et les portes s'ouvrirent. Au milieu de la salle à manger, Maillard avait aménagé une fontaine soutenue par des naïades en nougat, entourée de ruches en massepain remplies d'abeilles en massepain elles aussi, qui produisaient de la charlotte russe. Partout ailleurs, c'était de la venaison, des faisans, des canards et des dindes sauvages, tandis qu'un énorme bol à punch japonais contenait quarante litres de punch au champagne.

Seward et ses amis diplomates, Schleiden et Stoeckl, s'étaient postés à proximité du bol à punch auquel ils faisaient largement honneur, compensant par leur appréciation l'abstinence de bon nombre de convives. Dan Sickles s'approcha ensuite de Seward, qui le prit à part pour lui demander des nouvelles de Wikoff.

— Il n'est guère à son aise, là où il est. Il risque donc de dire n'importe quoi pour en sortir, dit Sickles en tire-bouchonnant ses moustaches. Il a demandé mon ancienne cellule, mais on la lui a refusée.

— Avez-vous vu Hickman ?

Sickles fit la grimace.

— Il n'y a pas de danger. Il veut me faire arrêter, moi, pour outrage au Congrès. Connaissez-vous John Watt ?

— Le chef jardinier ?

Sickles hocha la tête.

— Je viens de parler de lui au major French. Il semblerait qu'il n'a pas cessé de voler la Maison-Blanche depuis l'époque du président Pierce. French a bien essayé de se débarrasser de lui, mais l'autre est un malin. Et puis maintenant, il travaille la main dans la main avec Madame.

— Je vois, dit Seward qui commençait à voir d'un seul coup pas mal de choses. Le major French a-t-il des preuves ?

— Oui, dit Sickles en puisant dans le bol à punch, au grand effroi de Mrs. Gédéon Welles, une virago de la Nouvelle-Angleterre, de l'avis de Seward. Il a assez de preuves pour envoyer Watt en prison pour vol. Vol simple et qualifié.

— Voilà qui me plaît bien, Dan. Surtout la combinaison des deux. Les preuves sont solides ?

— Tout à fait.

— Et elle, est-elle ?...

Seward jeta un coup d'œil à l'autre bout de la pièce où Mary tenait sa cour devant Sumner, Trumbull et les princes français.

— Non, elle n'est pas impliquée. Du moins pas dans ce que le major French m'a montré. Par contre, lorsqu'elle a pris Watt à New York avec elle, on dit qu'il l'a aidée à trouver de l'argent auprès de...

— Ce ne sont que des « on-dit », Dan, dit Seward d'un ton péremptoire.

Seward avait ses propres sources d'information à New York. Mrs. Lincoln avait demandé plusieurs fois de l'argent à des hommes d'affaires. Elle avait même promis des faveurs politiques à un ennemi bien connu du gouvernement. En tant que censeur officieux des États-Unis, Seward avait lu une bonne partie de la correspondance de Mrs. Lincoln. Mais comme il considérait l'information comme la clé de toute action politique, il n'allait pas divulguer ses sources à quelqu'un comme Sickles.

— Croyez-vous que nous puissions mettre Mr. Watt en prison ?

— Le plus légalement du monde, et pour longtemps, gouverneur, dit Sickles avec un sourire.

— Je n'aime pas beaucoup votre ton, Dan. Croyez-vous que j'emprisonne des innocents par plaisir ?

— Gouverneur, je n'ai jamais rien insinué de tel.

— Non, mais vous en avez l'air, Dan. Je le sens bien. Vous savez comme je suis sensible aux critiques...

— ... Tout comme ces journalistes que vous faites enfermer...

— C'est pour le bien public, comme vous le savez, rétorqua Seward qui paraissait bien s'amuser. Je dirai que c'est Mr. Watt qui a remis au chevalier Wikoff le message du Président.

— Pour quelle raison ?

— Parce que Mr. Watt touchait de l'argent du *Herald*...

— Dans ce cas, ce serait criminel.

— Absolument. Disons que c'est par amitié pour le Chevalier qu'il le lui a donné.

— Mais il ne peut pas donner ce qui ne lui appartient pas. C'est du vol, cela.

Seward hocha la tête.

— Non, pas tout à fait. Voici comment je vois les choses. Supposons que Mr. Watt aperçoive par hasard une copie du message qui traîne sur une table. Le Président laisse tout traîner, c'est bien connu. Or Mr. Watt possède une excellente mémoire. Il est capable d'apprendre par cœur des pages entières de l'Écriture sainte. Il a donc mémorisé un certain nombre de passages du message, que, par amitié pour le Chevalier et pensant sans doute rendre service au Président, il a ensuite récités à Wikoff qui les a notés et envoyés au *Herald*.

Sickles finit son bol de punch d'un seul trait.

— Je vois, gouverneur, que vous n'avez rien perdu de vos qualités d'avocat, dont la première est de ne jamais être surpris par ce que dit son client.

— Sans doute, dit Seward d'un air songeur. Mais Mr. Watt n'est pas encore notre client.

— Il le sera s'il apprend que le major French a l'intention de porter une accusation contre lui, accusation que je peux faire tomber s'il avoue avoir parlé à Wikoff du message.

— De toute façon, qu'est-ce qui empêche le major French d'accuser Watt ? demanda Seward.

— Mrs. Lincoln. Le Président. Le major French est plus soucieux de se débarrasser de Watt que de veiller à ce que justice soit faite.

Seward tapota Sickles sur l'épaule.

— Vous êtes de ceux qui passent par le chas d'une aiguille.

— Comme le riche, ou comme le chameau ?

— Le chameau, lui, passe à tous les coups. Mais le Seigneur est si bon que le riche lui aussi finit par trouver miséricorde.

Deux fois pendant le dîner, Mary monta voir les garçons. Keckley était assise auprès de Willie qui dormait ; sa respiration était difficile mais normale. Mary lui toucha le visage ; il était toujours aussi fiévreux.

— La crise aurait dû avoir lieu, dit-elle.

— Ce n'est jamais la même, lui dit Keckley pour la rassurer, surtout avec ce genre de fièvre. Le docteur dit qu'il n'en a jamais vu de pareille.

Lincoln les rejoignit.

— Il n'y a aucune différence, dit Mary.

Lincoln posa doucement sa grande main sur le visage de Willie, qu'elle recouvrit complètement.

— Il ne va pas plus mal, dit-il. C'est déjà ça.

— Appelez le docteur, commanda Mary. Mais Keckley secoua la tête.

— Ils sont tranquilles maintenant. Laissez-les dormir. Et vous deux, retournez à vos affaires.

Lincoln sourit.

— Vous au moins vous savez ce que nous faisons en bas. Malgré la musique et tout le reste, nous ne sommes pas dans cette maison pour nous amuser. Seulement pour travailler.

Mary se demanda si son mari savait que quatre-vingts personnes parmi celles qu'elle avait invitées s'étaient excusées sous prétexte qu'il était indécent de s'amuser en temps de guerre. L'horrible Ben Wade avait renvoyé sa carte d'invitation avec ces mots : « Le Président et Mrs. Lincoln sont-ils conscients qu'il y a une guerre civile ? Mr. et Mrs. Wade eux ne l'ignorent pas, et c'est pourquoi ils se voient dans l'obligation de refuser de participer à des festivités. »

Malgré les festivités, la guerre continuait et douze jours plus tard, Hay était assis avec le Président dans le bureau de Stanton au Département de la Guerre à attendre anxieusement les dépêches. Apparemment McClellan avait tenu compte des paroles de Lincoln sur l'importance de l'est du Tennessee. L'armée de Buell avait remporté une bataille à Mill Springs dans le Kentucky, tandis que des éléments de l'armée d'Halleck, qui paraissaient s'être incrustés dans le Missouri, commençaient à bouger. Un brigadier général d'Illinois du nom de Ulysse Grant venait de capturer Fort Henry sur le Tennessee. Il se trouvait maintenant sur le Cumberland, douze milles plus loin, en train de mettre le siège devant Fort Donelson. Si Donelson tombait, Nashville et tout l'est du Tennessee feraient de nouveau partie de l'Union.

Le 14 février, la première attaque de Grant contre Donelson fut repoussée. Le 16 février, Lincoln reçut un télégramme d'Halleck depuis Saint Louis : Grant avait refusé de négocier avec le général confédéré Buckner. « Je n'accepte qu'une reddition immédiate et sans condition, avait-il dit aux rebelles. Et j'ai l'intention d'attaquer vos travaux. »

Quand ce message eut été lu à haute voix par Stanton, Lincoln dit d'un air étonné :

— Est-ce possible que ce soit un de nos généraux ?

— Oui, monsieur, répondit Stanton, et c'est une folie d'être là où il est. Buell ne peut lui venir en aide. Les routes sont impraticables à cause de la boue. Et maintenant il se trouve devant Fort Donaldson...

— Donelson, rectifia Lincoln, en fixant des yeux la carte.

Le lendemain dans la même pièce Hay fut témoin de ce qui fut la première véritable victoire de l'Union. Le message du général Grant au général Halleck fut lu à haute voix par Stanton, dont l'asthme avait brusquement disparu. « Nous avons pris Fort Donelson, et nous avons fait entre douze et quinze mille prisonniers. » Stanton se tourna vers Lincoln :

— Voulez-vous, monsieur, annoncer vous-même cette nouvelle aux personnes qui se trouvent dans la salle de réception ?

— Non, Mr. Stanton. Je vous laisse ce plaisir. Vous l'avez mérité.

Ce fut donc Stanton qui ouvrit la porte de l'antichambre où une cinquantaine d'officiers et de journalistes se trouvaient réunis. On applaudit à tout rompre à la lecture du télégramme. Puis Stanton proposa trois hourras pour le général Grant, et le Département de la Guerre tout entier retentit du bruit des applaudissements. Hay aperçut alors deux rats que tout ce vacarme mettait en fuite.

Un moment après, McClellan entra précipitamment dans la salle de réception suivi de son armada d'aides de camp. Au grand étonnement de Hay, McClellan fut vivement applaudi, puis, avec une tranquille modestie, le petit Napoléon s'adressa à ceux qui étaient là. Hay remarqua qu'un journaliste du *Washington Star* notait tout ce qu'il disait. McClellan s'en était également aperçu ; c'est pourquoi il parla d'une voix lente et posée.

— Dans quelques instants, dit-il, j'irai rejoindre le Président dans le bureau du secrétaire à la Guerre. Je lui ferai part de ce que vous savez déjà. Dans l'espace d'une semaine, l'Union a remporté cinq victoires décisives. (Vifs applaudissements.) J'ai pu personnellement donner chaque jour mes ordres à chaque commandant dans cinq parties différentes du pays, grâce au miracle du télégraphe. La guerre moderne est entrée dans son âge adulte. Jamais Alexandre ou César, voire Napoléon (ici le visage se rembrunit et le front se plissa de rides) n'auraient pu imaginer qu'un jour viendrait où un grand général pourrait conduire une guerre sur cinq — voire cinquante — fronts différents, et remporter cinq — voire cinquante — victoires, tout comme s'il se trouvait face à face avec l'ennemi sur le champ de bataille. Aujourd'hui nous avons récupéré l'est du Tennessee. Demain, ce sera la Virginie... et puis la paix !

McClellan entra seul sous un tonnerre d'applaudissements dans le bureau de Stanton. Hay referma la porte derrière lui.

Lincoln avait l'air à la fois amusé et intrigué.

— Général, dit-il, il faut que je vous félicite pour avoir réussi à faire bouger Halleck. Je le croyais définitivement installé à Saint Louis.

— Ça n'a pas été facile, Excellence, je vous prie de le croire.

Hay se demandait, comme toujours, si McClellan savait à quel point il horripilait Lincoln en l'appelant Excellence ? Et si oui — et comment pouvait-il l'ignorer ? —, ne le faisait-il pas exprès pour se moquer de lui ?

McClellan arpentait la pièce tout en expliquant sa stratégie concernant le front occidental. Stanton l'écoutait dans son coin en rongeant son frein. Enfin, n'y tenant plus, il dit :

— Général, je ne veux pas diminuer votre mérite, mais il y a tout de même quelque chose qui me chicane : vous avez annoncé à la presse la chute de Fort Donelson six heures avant la prise du fort par le général Grant.

— Un léger malentendu, Mr. Stanton, rien de plus, je vous assure.

Hay se demandait s'il n'y avait pas un refroidissement dans les relations entre McClellan et Stanton. Récemment, Stanton s'était montré plus irrité que le Président par la lenteur de McClellan. Il faut dire que Stanton avait un caractère irritable, mais il faut ajouter, pour être juste, que c'était un travailleur infatigable, aussi intègre dans ses relations de travail qu'il pouvait être fourbe dans ses relations personnelles. Maintenant que son amitié avec McClellan avait atteint son but et qu'il avait été nommé secrétaire à la Guerre, une rupture entre eux semblait inévitable, surtout si McClellan continuait de faire preuve d'autant de mollesse dans la conduite de la guerre.

Après s'être rendu une nouvelle fois hommage pour les succès de ses généraux, McClellan exposa sa stratégie concernant la Virginie. Lincoln s'était d'abord opposé au plan de prendre Richmond par voie d'eau, comme le proposait McClellan. Il jugeait plus sûr de prendre Manassas et de couper ensuite les lignes de communication entre le nord et le sud, l'est et l'ouest de la Confédération, tout en conservant suffisamment de troupes pour assurer la défense de Washington qui, autrement, serait à la merci des rebelles, mais il s'était peu à peu rallié au plan de McClellan.

— Maintenant, Excellence, nous sommes prêts à avancer. Il ne nous manque plus que votre ordre de nous fournir des bateaux pour transporter l'armée dans le Sud.

McClellan, les jambes écartées, la main dans la tunique, considérait le Président qui s'appuyait contre le mur, dans une attitude qui dénotait chez lui autant la réflexion que le malaise physique.

— Vous aurez vos bateaux, général. Et maintenant, avec ces victoires dans l'Ouest, nous devrions pouvoir clore plus rapidement ce cercle de morts... je veux dire de victoires...

— Halleck désire plus d'hommes dans l'Ouest, dit Stanton, en jetant à Lincoln un regard curieux. Il désire aussi un commandement unifié sous ses ordres.

— Nous n'avons pas assez d'hommes, répliqua McClellan. Et sûrement pas la veille de ce qui doit être la dernière bataille de la guerre. Et pour ce qui est d'un commandement unifié dans l'Ouest...

— Je vais y réfléchir, dit Lincoln en ramassant son chapeau qui était posé sur le bureau de Stanton. Puis, se tournant vers ce dernier : Comment va votre enfant ?

Les yeux de Stanton s'emplirent brusquement de larmes :

— Nous sommes toujours anxieux. Il a assez bien supporté le vaccin le premier jour, mais maintenant il a le corps tout couvert d'hideuses éruptions.

— Quel âge a-t-il ?

— Six mois. Nous l'avons appelé James.

— Ils sont parfois très robustes à cet âge.

— Nous l'espérons. Et les vôtres ?

— Je ne sais pas, dit Lincoln. Puis, se tournant vers McClellan : Nous reparlerons de vos bateaux dans quelques jours.

— Bien, Excellence.

Hay ouvrit la porte à Lincoln, qui la franchit, les yeux baissés vers le sol. C'était souvent une tactique qu'il employait pour ne pas voir ceux qui cherchaient à être vus de lui ; mais aujourd'hui, l'Ancien semblait vouloir être invisible.

Devant la porte de la Maison-Blanche, le vieil Edward dit :

— Monsieur le Président, Mrs. Lincoln voudrait vous voir. Elle est avec l'enfant.

— Le docteur est-il là ?

— Oui, monsieur. Il est bien là.

Lincoln monta les marches quatre à quatre comme s'il avait la moitié de son âge. Hay se tourna vers le vieil Edward qui lui dit :

— Madame m'a dit que je ne devais pas l'alarmer. Mais quand il m'a questionné au sujet du docteur...

— Comment va l'enfant ?

— Oh, Mr. Hay, il est en train de mourir ! Vous ne le sentez pas ? C'est comme un vent glacial dans toute la maison.

Mary était assise au chevet de Willie, et lui tenait la main. Keckley se tenait debout derrière Mary, prête à son tour à lui prendre la main. Le docteur essayait de faire avaler un médicament à Willie, mais l'enfant avait les lèvres serrées. Il était conscient, mais trop faible pour parler. Quand Lincoln s'approcha de lui, il essaya de sourire. Le docteur profita de ce regain de vie pour lui introduire la cuiller dans la bouche.

— Tu vois, Papa, comme il a l'air d'aller mieux ?

Mary avait si longtemps refoulé ses larmes qu'il lui semblait qu'elle allait s'y noyer.

— Je vois, je vois, dit Lincoln en caressant les cheveux de l'enfant. Tu seras guéri pour assister à la revue la semaine prochaine. Le général McClellan passera les troupes en revue, rien que pour nous. Il dit qu'il y aura cent mille soldats. Ce sera la plus grande revue militaire jamais vue au monde.

Willie hocha la tête, fit un effort pour avaler le médicament, puis ferma les yeux. Lincoln regarda Mary qui était assise de l'autre côté du lit, et qui penchait la tête de côté. Elle était encore jeune quand elle avait perdu Eddie. Elle avait pu avoir d'autres fils, et elle les avait eus. Mais à présent, il n'y aurait plus jamais un autre Willie dans sa vie. De tous ses enfants, c'était celui dont elle se sentait le plus proche, celui qu'elle avait toujours imaginé à son chevet le jour où veuve, vieille et abandonnée de tous, elle rendrait à son tour son dernier soupir.

Lincoln se tourna vers le docteur qui avait les mains grandes ouvertes comme pour montrer son impuissance. Puis Nicolay parut à la porte, et fit signe à Lincoln qui sortit de la pièce. Mary préférait rester seule avec Willie : son chagrin était si énorme qu'elle ne pouvait le partager avec personne.

Seward s'excusa auprès du Président.

— En un moment pareil... dit-il en secouant la tête.

— En un moment pareil... répéta Lincoln en regardant le feu qui brûlait dans la cheminée. Je ne peux pas croire que je vais le perdre.

— Il n'est pas encore perdu.

— Non, dit Lincoln, en poussant un soupir qui ressemblait à un gémissement. Vous avez donc parlé à Mr. Hickman?

— Oui, monsieur. Nous lui avons tous parlé. Il a étudié le témoignage de Watt, et il n'y croit pas.

— Mais il ne peut pas prouver qu'il est faux?

Lincoln redressa le tableau de Jackson au-dessus de la cheminée.

— Je doute qu'il le puisse. Mais il m'a dit qu'il avait l'intention de tenir des audiences. Wikoff sera de nouveau interrogé, ainsi que John Watt, ce qui n'est pas très bon pour nous. Hickman m'a aussi dit que la commission comptait convoquer d'autres témoins.

— Je vois, dit Lincoln dont les traits se durcirent. Il veut faire témoigner Mrs. Lincoln.

— Oui.

— Eh bien, gouverneur, vous et moi nous allons rendre visite à Mr. Hickman.

— Mais il est au Capitole en ce moment...

— Et alors? Nous ne sommes pas en Angleterre où le souverain n'a pas le droit de mettre les pieds dans la Chambre des communes. Mais moi, je peux entrer et sortir du Capitole à ma guise.

Seward parut alarmé.

— Est-ce bien sage, monsieur? Si la presse apprenait que vous êtes passé devant une commission...

— C'est un risque à courir.

Sur l'insistance de Stanton, la voiture du Président était désormais escortée d'une compagnie de cavalerie.

— J'ai l'impression de passer la revue, dit Lincoln dans la voiture qui les emportait le long de Pennsylvania Avenue.

— De passer quoi? demanda Seward.

— La revue, cria Lincoln. Quand ma femme et moi nous allons nous promener en voiture, nous ne pouvons même pas parler à cause du bruit.

Au Capitole, le Président et Seward furent reçus par l'huissier d'armes qui les introduisit dans le vaste bureau doré du Speaker de la Chambre. Un moment après, Mr. Hickman les rejoignit.

— C'est un grand honneur pour nous, dit-il en serrant la main du Président.

— En effet, dit Seward, en allumant un cigare d'un air supérieur.

— Si je comprends bien, dit Lincoln, vous n'acceptez pas le témoignage de Mr. Watt selon lequel il aurait parlé de mon message au Congrès à Mr. Wikoff.

— Ma foi, monsieur, j'ai peine à croire qu'on puisse mémoriser tant de choses en si peu de temps.

— Dans ma jeunesse, dit Seward, j'étais capable d'apprendre par cœur une trentaine de citations légales en moins d'une demi-heure.

— Mais, vous, Mr. Seward, vous êtes l'un des plus grands avocats de notre époque. Vous n'êtes pas jardinier de profession.

— On peut, voyez-vous, comparer le jardinage au droit. Vous devez vous rappeler où et quand vous avez planté telle plante...

Lincoln leva sa main et Seward se tut.

— Mr. Hickman, j'accepte l'histoire de Mr. Watt. Et c'est moi le plaignant dans cette affaire, c'est à moi qu'appartient le message.

— J'en conviens, monsieur. Mais nous sommes en guerre, et nous devons être extrêmement vigilants, vous à la Maison-Blanche, et nous ici au Capitole.

Seward ouvrit la bouche pour parler, puis se ravisa. Lincoln prit la parole :

— Le Congrès, Mr. Hickman, a le droit d'interroger le Président sur ses actes officiels, mais je ne considère pas cette affaire comme officielle. Si je désirais déposer plainte, je le ferais devant un tribunal civil, tout comme vous, si vous aviez été volé, ce qui n'est pas mon cas.

— Notre point de vue, à la Chambre, est un peu différent, bien sûr. Supposez qu'il y ait des espions à la Maison-Blanche, notre devoir serait de chercher à les démasquer.

— Mr. Hickman, dit Seward d'un ton impatient, les services de renseignement rendent compte au général en chef des armées ainsi qu'au secrétaire d'État. Le Congrès n'a tout de même pas la prétention de se placer au-dessus du général McClellan et de moi-même, dans l'espoir de trouver des espions qu'il n'a pas les moyens d'arrêter ?

— Mr. Seward, répondit Hickman en continuant de sourire, la Constitution nous met dans un certain sens au-dessus de vous. En tout cas, elle nous met collectivement au même niveau que le Président. Bien sûr, nous ne pouvons comme vous engager nos propres détectives, mais nous pouvons interroger des personnages qui nous paraissent suspects, et nous avons le pouvoir de les emprisonner si nous le jugeons bon.

— Mr. Hickman, dit Lincoln — la voix était douce, mais l'expression était froide, presque glaciale —, je désire que vous envoyiez chercher tous les membres républicains de la commission judiciaire. Je voudrais leur parler.

— Mais la commission n'est pas en séance aujourd'hui, et je ne sais pas qui est là et qui n'est pas là...

— Dites à l'huissier de réunir autant de républicains qu'il pourra en trouver.

— Mais, monsieur le Président...

— Maintenant, dit Lincoln.

Hickman quitta la pièce. Lincoln regarda Seward et se mit à sourire.

— Savez-vous, gouverneur, tout cela me rappelle l'époque où j'étais jeune avocat, vers 1839...

Pendant que Lincoln contait son histoire, les membres de la commission commençaient d'arriver. Seward admirait l'art avec lequel Lincoln faisait traîner son histoire, si bien que lorsque tous les membres se trouvèrent réunis, les rieurs étaient pour lui.

La demi-douzaine de représentants faisait maintenant cercle autour du Président, comme autant de Lilliputiens prêts à attacher ce nouveau Gulliver. Hickman jeta la première corde :

— Messieurs, il n'est pas coutumier qu'un Président se présente à la Chambre pour demander à voir une commission, mais nous vivons une époque qui elle non plus n'est pas normale.

— Effectivement, Mr. Hickman, et vous avez raison de le souligner, dit Lincoln avec la plus parfaite courtoisie. Messieurs, nous sommes tous ici des patriotes, du moins je l'espère. Nous sommes également tous des républicains. Les deux mots ne sont pas forcément identiques, mais nous ferons comme s'ils l'étaient (l'un des membres laissa fuser un petit rire nerveux). Or je suis le chef du parti républicain, lequel dispose d'une large majorité au Congrès. Je sais qu'il y en a parmi vous qui pensent que je suis un usurpateur, et que le véritable chef de notre parti est le gouverneur Seward. Il sera le premier à vous dire qu'il n'en est rien, du moins y aurait-il intérêt. (Rires spontanés, y compris celui de Seward.) Je suis donc venu en tant que chef de votre parti et en tant que Président vous dire que je crois à l'histoire de Mr. Watt, et je vous demande d'y croire vous aussi. Autrement, au milieu d'une guerre que nous commençons seulement de gagner, aujourd'hui même Fort Donelson est tombé (applaudissements de tous, sauf de Hickman), vous m'embarrasseriez personnellement si vous persistiez à encourager des ragots qui font le bonheur des journalistes. Vous nuiriez à notre jeune parti. Vous mettriez en danger notre majorité à la Chambre lors des prochaines élections, et surtout vous feriez très plaisir aux rebelles du Sud. Je vous ai dit ce que vous pourriez faire, mais je sais que vous ne le ferez pas, parce que je sais que je peux compter sur vous, comme républicains et comme unionistes.

Seward admira comment Lincoln avait retourné en sa faveur un auditoire qui en principe lui était hostile. Ils avaient beau tous s'appeler républicains, le mot était trop vague pour décrire à la fois un ancien démocrate devenu abolitionniste comme Hickman et un ancien whig modéré comme le Président, ou comme Seward lui-même.

Hickman se tourna alors vers le Président en disant :

— Vous nous certifiez, monsieur, que l'histoire de Watt est vraie ?

— Oh, Mr. Hickman, je ne certifie rien sur terre dont je n'aie d'abord fait l'expérience, et là encore nos sens peuvent nous tromper. Je pense que le témoignage de Watt est vrai. Je pense aussi que l'histoire en question est certainement moins intéressante que d'aucuns auraient tendance à se l'imaginer.

Hickman était furieux, mais il ne pouvait rien faire. Il avait suffi que

Lincoln rappelât aux congressmen que les élections étaient dans neuf mois pour que ceux-ci resserrassent les rangs.

— Merci, monsieur le Président, dit Hickman, pour votre courtoisie et pour votre franchise.

Lincoln serrait maintenant la main à chaque congressman.

— Merci à vous, monsieur le Président, de m'avoir permis de vous avoir rendu une petite visite impromptue. Comme dit le prédicateur...

Comme Mary courait à la chambre de Willie, Watt surgit devant elle, tel un fantôme sorti de nulle part. Mary poussa un cri de surprise et d'effroi. Watt était blême.

— Mrs. Lincoln, commença-t-il.

— Mr. Watt, personne n'est censé se trouver dans cette partie de la maison, comme vous le savez. Mon garçon est très malade.

— Je sais. Je suis désolé. J'ai fait ce qu'on m'a dit de faire. Ce qu'ils m'ont forcé à faire.

— Je suis désolée, Mr. Watt. Mais pour le moment je n'ai pas le temps de vous parler.

Au bout du couloir, elle aperçut Nicolay qui l'observait avec curiosité.

— Ma femme vient de démissionner de son poste. J'ai moi-même résilié mes fonctions de chef jardinier. On m'avait promis une commission dans l'armée, mais je viens d'être révoqué aujourd'hui. Je cesserai de toucher mon salaire à la fin du mois. Cependant, j'ai fait tout ce que je pouvais...

— Mr. Watt, vous trouverez toujours en moi une amie, ainsi que dans nos amis communs de New York. La serre dont vous avez toujours rêvé, celle que nous avons vue dans la Quatorzième Rue, est disponible.

Mary parlait avec rapidité et précision. Le discours qu'elle tenait à Watt, elle se l'était répété bien des fois. Elle le remercia de son soutien et lui dit qu'elle le dédommagerait. Quand elle eut terminé, Watt s'inclina légèrement. Mary s'efforça en vain de sourire, puis elle se rendit dans la chambre de Willie : l'un de ses petits camarades était assis solennellement à côté du grand lit. Willie avait les yeux fermés.

— A-t-il parlé ?

L'enfant secoua la tête :

— Non, mais il me reconnaît de temps en temps. Il me serre un peu la main.

Mary se laissa choir sur un fauteuil à côté de l'enfant dont la présence semblait réconforter Willie dans les rares moments où il était conscient.

Mary avait à présent le sentiment qu'elle rêvait, et même qu'elle rêvait depuis un certain temps. Bientôt elle se réveillerait et tout redeviendrait comme avant. Ils se retrouveraient à Springfield et elle raconterait au petit déjeuner le cauchemar qu'elle avait fait : que Lincoln avait été élu

Président, que l'Union avait été dissoute, et que Willie était mort — non pas mort, mais en train de mourir — non, encore vivant. Ce matin le docteur avait dit qu'il n'y avait plus rien à faire, mais c'est justement ainsi que les choses se passent dans les rêves. Et elle s'y connaissait en rêves, elle connaissait aussi leur signification. Dans les rêves tout marche par contraires. Willie mourant voulait dire : Willie luttant pour vivre.

Ce fut finalement Keckley qui dit à Hay d'aller chercher le Président au Département de la Guerre. Quand les premiers cris partirent des appartements, Nicolay fit sortir tout le monde de la salle d'attente, puis il dit au vieil Edward de monter une garde vigilante au haut de l'escalier.

Hay courut au Département de la Guerre où il trouva Lincoln dans le bureau de Stanton. Comme Nashville allait réintégrer l'Union, Lincoln avait passé la matinée à rédiger une déclaration accueillant le retour de l'est du Tennessee dans l'Union. Mais dès qu'il vit Hay sur le seuil de la porte, il laissa tomber par terre les papiers qu'il tenait à la main. Stanton regarda Lincoln d'un air quelque peu irrité, puis il vit Hay et comprit. Stanton se mit à toussoter. Lincoln se leva, les yeux fixés sur Hay, lequel était incapable de parler. Puis il hocha la tête et Hay fut soulagé de ne pas avoir à dire à l'Ancien que l'enfant était mort.

La maison était silencieuse. Hay supposa qu'on avait dû administrer une drogue à Mrs. Lincoln, car personne n'aurait pu endurer plus longtemps ses cris. C'était d'ailleurs plutôt une sorte de hurlement adressé aux divinités infernales ; à ces Parques voraces qui lui volaient son deuxième enfant.

Le Président traversa la pièce pour se rendre auprès du lit où reposait l'enfant enveloppé d'un linceul. Lincoln souleva délicatement le drap. Willie avait les yeux fermés et ses cheveux étaient peignés. Lincoln lui caressa le front avec son doigt. Keckley lui avança un fauteuil ; comme il se baissait pour s'asseoir, Hay vit des larmes couler le long de ses joues.

— C'est dur, murmura Lincoln, de le voir mort.

Robert entra ensuite dans la pièce, et Lincoln le regarda d'un air désorienté.

— Le docteur lui a donné de la morphine. Elle dort.

Lincoln se retourna vers Willie. Robert fit un pas vers son père, puis brusquement il fit demi-tour et quitta la pièce.

Lincoln s'adressa à l'enfant mort d'une voix qui rappelait le ton de la conversation.

— Nous t'aimions tant.

Hay quitta la pièce en larmes ; en sortant il buta contre Robert qui lui dit d'une voix étranglée :

— Il faut faire venir tout de suite ma tante. Pouvez-vous lui télégraphier ?

— Bien sûr. Quelle tante ? demanda Hay en se mouchant.

— Elizabeth Edwards. C'est elle qui comprend le mieux ma mère. Dites-lui de se mettre en route immédiatement. Parce que autrement...

— Eh bien ?

— Eh bien, ma mère va devenir folle.

V

Au moment où Chase tendit sa tasse pour recevoir du café frais, le bateau fit un soubresaut si bien que le liquide, au lieu de couler dans la tasse, effleura la joue de Chase en décrivant un arc de cercle, avant d'aller s'écraser sur le pont avec un son mat à peine noyé par le bruit de l'eau cascadant à l'avant du cutter.

Chase regarda le Président assis en face de lui : d'une main il s'agrippait à la table, et de l'autre il tenait une fourchette destinée à une assiette, laquelle filait maintenant le long de la table, en déposant son contenu entre les genoux de Stanton et ceux du général Vielé. Quand le garçon de cuisine eut vérifié qu'il ne restait plus de café dans la cafetière, il la posa sur la table où une seconde secousse lui fit rebrousser le chemin parcouru par l'assiette présidentielle pour aller frapper Lincoln en pleine poitrine.

— De toute façon, je n'avais pas très faim, dit le Premier magistrat d'un air pensif.

Le commandant du *Miami* s'excusa :

— Je suis désolé, monsieur. Normalement, ça ne devrait pas être aussi agité, mais on ne sait jamais avec Chesapeake.

— Encore combien de temps avant d'arriver à Fort Monroe ? demanda Stanton d'une voix entrecoupée.

— Vers huit heures, ce soir, monsieur.

Stanton ferma les yeux. Lincoln sourit faiblement. Chase se sentait vigoureux et alerte. Il est vrai que c'était son bateau : un cutter du Trésor, et qu'il recevait à son bord le Président et le secrétaire à la Guerre.

Chase se tourna vers le capitaine :

— Je suis sûr que nous allons faire honneur au délicieux repas que nous a préparé votre cuisinier, dit-il gracieusement. Mais à sa consternation, il vit un second garçon sortir de la cuisine avec une soupière toute fumante. Toutefois je suggère que nous sautions le...

Au même moment, une grosse vague heurta la proue du bateau et la soupe se renversa. Par bonheur, elle tomba à côté du Président, dont le visage était maintenant couleur de craie.

— Je crois que je vais m'étendre un moment, dit Lincoln.

Le Président traversa le salon, aidé du capitaine, et alla s'allonger sur une couchette qu'on avait placée sur un coffre. Stanton se leva à son tour d'un pas chancelant, heurta le garçon de table, qui le rattrapa dans sa chute, et le déposa sur une seconde couchette.

— Eh bien, il semble qu'il ne reste plus que nous, dit Chase à Viele d'un ton réjoui.

Ils mangèrent comme ils purent : les services et les couverts semblaient doués d'une vie propre. « On dirait une séance de spiritisme », observa Chase. Converser avec les morts était la grande mode depuis quelque temps, et Washington était rempli de toutes sortes de médiums. On disait que Mrs. Lincoln avait fait venir à la Maison-Blanche un médium de grand renom et qu'elle avait pu causer avec Willie : le seul moment de paix — voire de santé mentale, s'il fallait croire les potins — qu'elle eût connu depuis son deuil.

La Maison-Blanche avait observé le deuil le plus rigoureux depuis l'enterrement de l'enfant, qui avait eu lieu trois mois plus tôt, par un jour de tempête si terrible que Chase avait pensé à l'une de ces pièces de Shakespeare où tous les éléments concourent à rendre la tragédie encore plus terrible.

Le général Viele discuta de la prise de Fort Pulaski, juste à l'extérieur de Savannah, le mois précédent ; et Chase exprima le souhait que les récentes victoires remportées par les troupes fédérales décidassent McClellan à sortir enfin de sa réserve. Le général Butler avait occupé La Nouvelle-Orléans. Le général Pope s'était emparé d'une île stratégique sur le Mississippi, appelée de manière assez bizarre Island Number Ten. Par contre, le général Grant avait subi de lourdes pertes — quelque treize mille hommes — lorsqu'il fut surpris par les rebelles à Shiloh Church sur le Tennessee. A la suite de cet échec, un ancien commandant de l'Académie militaire des États-Unis avait accusé Grant d'être un joueur et un ivrogne. Lincoln avait ignoré cette dénonciation.

Cependant, il ne pouvait ignorer les attaques dont McClellan était l'objet de la part des radicaux du Congrès ; non plus que celles portées contre lui et Stanton par les nouveaux démocrates du Nord. Quand il eut finalement donné l'ordre à McClellan et à l'armée du Potomac de se mettre en action, il profita de l'occasion pour retirer à McClellan le commandement général des armées, parce qu'on ne peut à la fois commander à toutes les armées, et conduire soi-même un engagement. McClellan accepta cette sanction avec plus de sérénité que Chase ne l'aurait supposé. Halleck reçut le commandement de l'Ouest, et, pour faire plaisir aux radicaux, on donna à Frémont quelque chose appelé le département des Montagnes.

Entre le 17 mars et le 5 avril 1862, plus de cent mille hommes appartenant aux troupes fédérales furent transportés par bateau sur le Potomac jusqu'à la prétendue péninsule de Yorktown, bande de terre marécageuse située entre la rivière York et la rivière James, et dominée à sa pointe orientale par Fort Monroe, et au centre par la bourgade de Yorktown, où la guerre d'Indépendance fut finalement gagnée — par la flotte française. A présent, les troupes rebelles occupaient ce qui restait des fortifications britanniques de Yorktown.

Le « plan Urbana » de McClellan avait été abandonné lorsque, dans un mouvement de surprise, l'armée confédérée avait abandonné Manassas et Centerville pour se regrouper sur le Rappahannock, empêchant par là McClellan d'effectuer un débarquement aux abords d'Urbana. McClellan avait donc déclaré qu'il utiliserait Fort Monroe comme centre de ses opérations ; d'abord contre Yorktown ; ensuite contre West Point, situé à vingt-cinq miles au sud-est de Richmond ; et enfin, contre Richmond même. Dans une opération conjointe avec la marine, commandée par le commodore Goldsborough, McClellan mettrait promptement fin à la rébellion.

Malheureusement, la science navale moderne avait dérangé le plan de McClellan. La marine confédérée avait réussi à repêcher une frégate de l'Union de quarante canons, coulée au début de la guerre afin qu'elle ne tombe pas dans les mains de l'ennemi. La coque de la frégate avait été recouverte de métal, et un écouvillon en fonte avait été fixé à la proue. Le 9 mars au matin, cette frégate — rebaptisée le *Merrimack* — avait coulé deux navires de l'Union à Hampton Roads, tout près de Norfolk et avait mis à la côte le *Minnesota*. Chase n'avait jamais vu Stanton aussi démoralisé.

— Ils vont couler tous les navires de l'Union dans tous les ports de l'Union !

Stanton avait aussitôt mis en garde tous les ports nordistes contre cette nouvelle arme terrible. « Il n'y a aucun doute, avait-il déclaré de sa voix dramatique, qu'un tel engin est capable à lui seul de détruire la ville de Washington. » Mais, comme Welles ne cessait de le leur rappeler, un navire de l'Union de conception aussi radicale viendrait bientôt à la rescousse. Ce curieux navire de métal à fond plat était muni d'une tourelle tournante contenant un canon. Dans la soirée du 9 mars, le *Monitor* engagea le *Merrimack* dans un combat qui ne décida de rien : le *Merrimack* regagna tranquillement le port de Norfolk et resta un danger permanent pour tout navire de l'Union s'aventurant dans les parages.

Pendant ce temps, McClellan avait mis le siège devant Yorktown. Durant le mois d'avril, il dressa des batteries très élaborées au moyen desquelles il pensait détruire les fortifications ennemies. Le coût de cette opération à elle seule avait fait passer à Chase plus d'une nuit blanche. McClellan prétendait qu'il n'avait que 93 000 hommes, mais Chase était persuadé qu'il en avait 156 000. Au reste, quel que soit le nombre des hommes dont il disposait, il estimait toujours que l'ennemi en avait davantage que lui. D'où les préparatifs minutieux d'un siège qui venait de se terminer deux jours auparavant, lorsque l'armée confédérée avait tout simplement abandonné Yorktown ; c'est alors que Lincoln décida que le moment était venu de rendre une visite à McClellan. Jusqu'à présent, l'armée du Potomac n'avait enlevé que deux forteresses confédérées, Manassas et Yorktown, et toutes les deux avaient été abandonnées par l'ennemi. Pis, à Manassas, les fameuses fortifications tant redoutées se révélèrent être de simples bûches peintes en noir pour faire croire à des canons.

Chase et le général Viele se tenaient côte à côte à l'avant du bateau, et regardaient les vagues les précéder.

— Nous allons à bonne vitesse, dit Chase sur un ton d'expert — n'était-ce pas *son* cutter ?

— Le ciel se couvre, on pourrait bien avoir de l'orage, repartit Viele en désignant de gros nuages à l'horizon.

— Il fera encore jour quand nous toucherons terre, dit Chase, regardant le pâle soleil en vieux loup de mer.

Il faisait nuit noire quand le *Miami* mouilla au large de Fort Monroe. Heureusement le vent était tombé et le cutter avait l'air d'un bateau peint sur un océan peint.

Le Président était à présent de bonne humeur ; et même Stanton paraissait aimable, bien que ses yeux le fissent toujours souffrir. Les deux hommes descendirent du cutter et prirent place sur un remorqueur qui les conduisit jusqu'au *Minnesota*, le navire amiral du commodore Goldsborough.

Le remorqueur se rangea le long de la forteresse flottante, laquelle faisait avec toutes ses lumières une cible idéale pour le *Merrimack*.

Le flanc du navire ressemblait à une montagne qui aurait senti le goudron et la poudre à canon. Une échelle de corde d'une incroyable fragilité descendait du pont jusqu'au-dessus de leurs têtes. Un marin s'avança pour tenir le bas de l'échelle. Il regarda Lincoln d'un air d'expectative :

— Voulez-vous monter le premier, monsieur ?

La voix autoritaire de Stanton résonna dans la nuit :

— L'étiquette militaire veut que le Président passe le premier. Puis le secrétaire au Trésor. Puis le secrétaire à la Guerre. Et puis les autres, chacun selon son rang.

— Afin que si l'échelle vient à manquer, chacun des suivants s'élève d'un échelon, dit Lincoln en stabilisant les deux guide-ropes.

Le Président posa alors son large pied sur le premier échelon puis s'éleva avec une agilité toute simiesque, songea irrespectueusement Chase. Celui-ci posa à son tour le pied sur le bas de l'échelle et se hissa lentement. La tiède nuit de mai l'enveloppait comme un linceul. Il savait que s'il regardait en bas, il perdrait l'équilibre et se noierait. Il monta donc les yeux fixés sur les étoiles et sur une lampe à pétrole qu'un marin tenait sur le pont, dont la lumière l'aveuglait plus qu'elle ne l'éclairait. Une fois arrivé en haut, Chase prit un certain plaisir à entendre ahaner derrière lui le secrétaire à la Guerre.

Le commodore Goldsborough, homme sévère et plein d'assurance, introduisit ses hôtes dans le carré des officiers, petite pièce basse de plafond, et dont l'intérieur en bois sombre était chaudement éclairé. Il se montra particulièrement attentionné envers Chase qui autrefois avait songé à épouser la femme du commodore. Mais le devoir et la nécessité avaient alors rendu ce mariage impossible. Néanmoins il appréciait toujours la compagnie de Mrs. Goldsborough et celle du commodore.

Lincoln serra la main d'un certain nombre d'officiers qui paraissaient ravis de voir de près le Vieil Abe. La popularité du Président auprès des soldats était un mystère que Chase n'arrivait pas à élucider. Il ne cherchait pas à se faire aimer comme McClellan, ni à se faire craindre comme Stanton. Et pourtant Lincoln avait par sa douceur réussi à captiver l'imagination des soldats, ce que Chase avec toute son industrie n'avait jamais pu faire. C'est que Lincoln n'était pas un politicien abolitionniste. Comme lui, les soldats se battaient pour l'Union et non pas, comme Chase, pour l'abolition de l'esclavage et la gloire du Christ. Chose curieuse, depuis quelque temps Stanton semblait s'être rallié aux thèses de Chase. Il avait commencé d'aller à l'église et de lire la Bible. Il questionnait même Chase sur des points difficiles de l'Écriture. Il est vrai qu'il était en train de perdre son bébé de la manière la plus atroce. Néanmoins il y avait là une âme à sauver.

— Je ne crois pas, monsieur, que l'armée rebelle tout entière puisse sauver Richmond.

Le commodore Goldsborough avait étalé un certain nombre de cartes de la péninsule pour montrer aux visiteurs les principaux points d'intérêt.

— Le général McClellan est maintenant ici à Yorktown. Son avant-garde marche sur Williamsburg, et de là sur Richmond, en utilisant la rivière York — ici — comme ligne de communication.

Lincoln mit le doigt sur la rivière Chickahominy, ligne sinueuse qui coupait la péninsule en deux. Au sud de la rivière était Richmond ; au nord, Yorktown.

— Je suppose, dit-il, qu'une fois que le général McClellan sera établi à Williamsburg, il restera au sud du fleuve, ce qui me paraît une bonne chose, parce que s'il s'installe au nord de Chickahominy, il devra tôt ou tard traverser la rivière, chose difficile à faire avec toute l'armée rebelle entre lui et Richmond.

— Il ne m'a pas fait toutes ses confidences, dit le commodore. Je sais seulement qu'il a débarqué quatre divisions ici à West Point, au nord de la rivière. Je crois qu'il gardera cette position jusqu'à ce que l'armée de McDowell descende de Manassas à Fredericksburg pour faire sa jonction avec lui à West Point. Il a besoin de renforts.

— De renforts ? On ne me fera pas croire que le général McClellan n'a pas assez d'hommes pour le travail en cours.

Stanton se tourna ensuite vers le commodore et se mit à le bombarder de questions. Pourquoi le *Monitor* n'avait-il pas coulé le *Merrimack* lors du premier engagement ? Pourquoi le *Monitor* n'avait-il pas poursuivi le *Merrimack* au moins jusqu'à l'entrée du port de Norfolk ? Pourquoi le *Vanderbilt*, un ancien yacht du commodore nouvellement cuirassé, n'avait-il pas pris part au combat ? Le commodore se mit alors à expliquer à Stanton, avec une irritation croissante, les divers problèmes tactiques et logistiques d'un tel engagement. Mais Stanton, outré de trouver en face de lui un interlocuteur qui lui répondait, haranguait à son tour le commodore sur la nécessité de détruire le *Merrimack* par tous les moyens. Ce navire représentait un danger mortel pour l'Union.

Pendant que le ton montait entre les deux hommes, Lincoln s'approcha d'un hublot d'où il regarda Fort Monroe perché sur son promontoire. Chase le rejoignit. Ni l'un ni l'autre n'avait encore jamais vu cette forteresse légendaire, cette ancre de l'Union jetée en territoire sudiste.

— Demain il devrait faire beau, dit Lincoln, en désignant le ciel étoilé où brillait une petite lune toute blanche.

— J'aimerais pouvoir mieux comprendre ces problèmes navals, dit Chase, tandis que derrière eux le ton montait toujours entre le commodore et Stanton, mais j'en suis incapable.

— Moi aussi, dit Lincoln. Mais demain j'aimerais bien voir ces navires en action. Nous essaierons de faire sortir le *Merrimack*, et de voir si le *Monitor* et le *Vanderbilt* à eux deux ne peuvent pas le couler ou du moins le mettre à la côte. Nous ne connaissons pas ce genre de navire, tout bardé de fer, avec des tourelles tournantes.

— Le *Times* de Londres prédit la fin des navires en bois.

— Dans ce cas, je suggère que nous investissions dans les chantiers navals. Le *Times* se trompe presque toujours dans ses prédictions.

Quelqu'un frappa à la porte ; le général commandant Fort Monroe, John E. Wool, fit son entrée. C'était un vieillard décharné, d'apparence sévère, qui avait servi avec Winfield Scott durant la guerre de 1812. Il salua le Président avec des gestes lents et précis ; puis il présenta son état-major.

Le général Wool avait un certain nombre de télégrammes de McClellan adressés à Stanton qu'il remit à ce dernier. Celui-ci se retira dans un coin pour les lire, tandis que le vieil homme prenait à part Chase et le Président. On échangea d'abord quelques remarques générales sur le temps :

— Les pluies ont été plus fortes que d'habitude, dit Wool, et nous avons dû construire des routes fascinées dans la périphérie de Yorktown.

Chase hocha la tête d'un air entendu. Il avait appris tout récemment qu'une route fascinée était une route faite de rondins ou de branches entrelacées posés sur la boue afin de fournir assez de traction pour permettre aux véhicules à roues de passer. C'était un travail pénible et coûteux auquel un officier du génie comme McClellan excellait. Il serait mieux à son affaire dans les chemins de fer, à essayer de relier l'Est à l'Ouest, songeait Chase. C'était aussi le rêve de Lincoln. Mais tant que le Président ne subventionnait pas ce genre d'entreprise, il pouvait bien rêver...

— Dans quel état sont les hommes ? demanda Lincoln.

Le vieil homme fronça les sourcils :

— Quand ils sont arrivés en avril, il n'y avait pas plus fringant. Mais les semaines passées devant Yorktown ont exercé leurs ravages.

— En quel sens ? demanda Chase.

— La fièvre, monsieur. La moitié de l'armée est malade. Puis, se tournant vers Lincoln : Nous les bourrons de quinine comme on ferait pour des chevaux. L'air de ces marais est malsain au possible.

— L'armée n'est donc plus ce qu'elle était, et en plus de l'ennemi, nous avons maintenant la fièvre à combattre.

Chase se rappela qu'après la mort du fils de Lincoln, le Président avait, pour la première fois, contracté la fièvre du Potomac. Chase était donc le seul membre du Cabinet à y avoir échappé. Il est vrai qu'après une législature au Sénat, il était aussi immunisé contre le climat qu'un véritable Washingtonien.

— Ce n'est pas aussi grave que cela, monsieur, mais nous n'avançons pas aussi vite que nous devrions.

— Dites-moi, général, combien de rebelles y avait-il à Yorktown durant tout ce mois ?

Wool parut embarrassé pour répondre. Chase n'en fut nullement étonné ; il s'attendait à la réponse que fit le vieux général :

— Il n'y en a jamais eu plus de dix mille. Ils ont attendu que nos travaux de terre aient été finis et que nous ayons posé nos batteries, et ensuite ils sont partis.

— Nous étions donc dix contre un, dit Lincoln ; et Chase sut alors que la carrière de McClellan était terminée, à moins que par un renversement de situation dont McClellan n'était pas coutumier, celui-ci s'emparât de Richmond et mît fin à la guerre.

— Tactiquement, monsieur, je dirais quatre contre un.

— Nous aurions pu percer ?

Wool hocha la tête sans rien dire. Stanton les rejoignit, tenant à la main des télégrammes froissés.

— Le général McClellan est furieux parce que McDowell n'est pas venu le renforcer.

— Cette chanson m'est familière, dit Lincoln. Est-il toujours à West Point ?

— Ce matin il y était encore. Depuis, nous n'avons plus eu de dépêches. Général Wool, savez-vous ce qui se passe à Richmond ?

— Oui, monsieur. La ville est prise de panique. Le congrès confédéré... je veux dire rebelle s'est ajourné. Le gouvernement déménage. Ils s'attendent à perdre leur capitale.

— Dire que nous sommes si près, dit Lincoln. Si près.

Le lendemain, le Président fit tout ce qu'il put pour hâter cette fin. Il se tenait avec Wool et Goldsborough sur l'un des remparts regardant au sud, de l'autre côté de la rivière James, jusqu'à Sewell's Point, un pâle promontoire brillant dans la brume d'une lumière jaunâtre. A droite de la pointe était l'entrée du port de Norfolk où le *Merrimack* se tenait à l'affût. Les bateaux de l'Union s'approchaient en ligne de la pointe. Le *Monitor* guettait tout près, la tourelle tournée vers l'embouchure du port.

— Ce serait bien si nous pouvions couler le *Merrimack* aujourd'hui, dit le Président, en enlevant son chapeau, au grand soulagement de Chase. Avec sa haute taille et son grand chapeau, il faisait une cible rêvée pour l'ennemi.

— Oui, monsieur, dit le commodore d'un air gêné. Mais nous ne sommes pas certains que ce soit possible.

Stanton répliqua sèchement :

— Nous avons deux cuirassés contre un, sans parler de nos autres bateaux...

Le bruit d'une explosion couvrit ses dernières paroles : les bateaux de l'Union venaient d'ouvrir le feu sur Sewell's Point. Dans les intervalles entre les bombardements, Lincoln tâcha de se renseigner auprès du général Wool sur la force de la garnison de Norfolk. Wool convint que personne n'y avait été voir, mais que le bruit courait que lorsque les rebelles avaient abandonné Yorktown, ils avaient aussi abandonné Norfolk.

— Mais vous n'en êtes pas sûr ?

— Non, monsieur.

— Alors, dit le Président, je suggère que nous cherchions à nous en assurer, et qu'au cas où il y aurait peu ou pas de garnison, nous occupions la ville.

— Naturellement, nos services de renseignement...

Une clameur s'échappa brusquement des soldats à l'autre bout de la muraille : ils venaient d'apercevoir le *Merrimack*.

— Le monstre ! s'écria Stanton, comme si cette cuirasse de fer conférait au bateau un caractère surnaturel.

Tandis que les navires de l'Union commençaient à se mettre hors de portée du feu de l'ennemi, le *Monitor* fit un mouvement tournant en direction du *Merrimack*, lequel se dirigea d'abord droit sur le *Monitor*, puis brusquement vira à tribord et disparut derrière Sewell's Point.

— Je m'attendais à autre chose comme bataille, dit Lincoln d'un air désappointé. Puis se tournant vers Wool : J'aimerais une bonne carte de la région.

— Il n'en existe pas, monsieur.

— Nous pouvons vous trouver une carte de marine, monsieur, dit Goldsborough. Elles sont assez exactes, du moins pour la région.

Lincoln se tourna vers Wool :

— Comme je vois les choses, nous devons rassembler tous les hommes disponibles, et marcher sur Norfolk le plus rapidement possible. La rapidité est essentielle, si nous voulons occuper les chantiers navals avant que le *Merrimack* puisse nous stopper ou nous échapper.

— Je peux réunir six régiments, monsieur. Ils sont ici à Camp Hamilton et près de la ville de Hampton.

Lincoln dit ensuite qu'il aimerait passer les troupes en revue ; et une douzaine d'ordonnances se dépêchèrent d'aller porter la nouvelle dans les camps.

Chase, Stanton et Viele entrèrent derrière le Président dans la ville de Hampton à laquelle les rebelles avaient mis le feu en se retirant. A l'approche du premier régiment, le Président parut d'abord hésitant et gêné ; il ôta alors son chapeau, et les soldats, ayant reconnu le visage émacié et barbu du Président, l'acclamèrent, ce qui émut et alarma à la fois Chase. Si Lincoln emportait les votes des militaires, c'en était fait de ses ambitions politiques à lui. Chase contempla un Lincoln qu'il n'avait encore jamais vu : un (presque) jeune dieu de la Guerre caracolant devant ses troupes.

Mais Chase eut aussi son heure de gloire, plus tard dans la soirée. A bord du *Miami*, Lincoln et Stanton avaient étudié avec Chase une carte marine de la région de Norfolk. Le général Wool avait suggéré un débarquement près de Sewell's Point, mais Chase avait trouvé sur la carte un endroit proche de la ville qui paraissait bien protégé.

— Ça m'a l'air plus pratique, dit Chase, et les hommes seront moins exposés au feu de l'ennemi, s'il y en a.

Le général Wool avait fini par apprendre que Norfolk avait été évacué, mais personne ne savait combien d'hommes restaient sur l'autre rive d'Elizabeth River pour garder les chantiers navals. Chase avait alors gravement mesuré sur la carte la distance de son point de débarquement à Norfolk :

— Moins de quinze kilomètres et la route a l'air assez bonne.

— A votre place, je ne m'y fierais pas trop, dit Wool d'un air quelque peu condescendant, ces cartes marines ne sont jamais très sûres quand il s'agit de routes de terre.

— Dans ce cas, avait répondu Chase, sentant bouillonner en lui le sang de plusieurs générations de guerriers chrétiens, descendons à terre immédiatement pour nous assurer de l'état de la route et des principales caractéristiques du lieu de débarquement.

Le général Wool n'eut pas le temps d'objecter quoi que ce soit que Lincoln dit :

— Nous pouvons au moins envoyer à terre une chaloupe pour reconnaître les lieux.

Le *Miami* se trouvait à quelques centaines de yards au large de la côte. La lune brillait dans un ciel clair, et si Chase avait pu y voir avec ses nouvelles lunettes, il aurait pu déterminer avec exactitude la ligne du rivage. On envoya un canot à la côte. Il n'était pas parti depuis cinq minutes qu'il fit brusquement demi-tour.

— Je crois qu'ils ont aperçu un piquet ennemi, dit Lincoln, le seul des trois hommes à voir de loin. Stanton était presque aussi myope que Chase, quand il ne souffrait pas d'ophtalmie, comme c'était le cas en ce moment. Il avait confié à Chase qu'il allait probablement devenir aveugle. Chase lui avait cité l'Écriture pour le consoler.

Le canot se trouvait maintenant sous le pont. Un officier appela :

— Nous avons trouvé une patrouille ennemie, monsieur.

— Montez à bord, dit Wool.

— Pas si vite, dit Lincoln, apercevant au-delà du miroitement des eaux la masse sombre d'un petit bois de pins sur la plage. On dirait que quelqu'un agite un drapeau blanc. Et j'aperçois des gens de couleur qui s'approchent de l'eau.

Le général Viele braqua sa longue-vue en direction du rivage.

— Le Président a raison. Nous avons un comité d'accueil. Ce sont bien des gens de couleur, et d'après ce que je peux voir, ce sont des femmes.

— Descendons à terre, dit Lincoln. Nous serons accueillis au clair de lune.

Stanton se mit à toussoter.

— Ce pourrait être un piège, dit-il.

Mais Lincoln, appuyé par Chase, triompha de la résistance de Stanton et de Wool, et les trois hommes montèrent dans une chaloupe qui les conduisit à la côte.

— Après tout, remarqua le Président, qui va s'inquiéter de trois vieux avocats qui font une promenade de minuit sur les eaux ?

Personne ne les reconnut, en effet. Les femmes ne firent aucune attention aux trois avocats, mais elles s'empressèrent auprès des généraux Wool et Viele, auxquels elles déclarèrent qu'elles étaient en faveur de l'Union, pour ne rien dire de l'abolition de l'esclavage — étant elles-mêmes esclaves. Toutefois, lorsque le général Wool leur proposa de les emmener à Fort Monroe où elles seraient libres, elles répondirent qu'elles préféraient rester chez elles et être libérées en temps voulu. Elles confirmèrent la rumeur d'après laquelle le jour qui suivit la chute de Yorktown, la garnison rebelle avait commencé d'abandonner la ville. Mais il restait un détachement au poste de douane, et nul ne savait au juste s'il y avait des troupes au chantier naval où le *Merrimack* était amarré.

Lincoln et Chase faisaient les cent pas le long du rivage, tandis que Stanton se tamponnait les joues d'eau de Cologne.

— Cet endroit en vaut bien un autre, Mr. Chase, dit Lincoln au bout d'un moment.

— C'est aussi ce que j'ai pensé en le localisant sur la carte, dit Chase, qui n'était pas peu fier de sa découverte.

— Vous avez bien choisi. Nous débarquerons les troupes demain à la première heure sous le commandement du vieux Wool, dit-il en baissant la voix. Je suis surpris qu'à son âge il soit encore en activité.

— J'aimerais aller à terre avec lui, monsieur.

Chase promena son regard dans la direction où devait selon lui se trouver la route de Norfolk.

— Mais certainement. Je vous accompagnerais bien, mais Mr. Stanton m'a déjà menacé de la maison d'arrêt.

— C'est que, monsieur, vous faites une cible parfaite, dit Chase en penchant la tête de côté pour mieux voir la haute silhouette du Président se détacher au clair de lune. Nul ne pouvait s'y tromper, à part de pauvres esclaves ignorantes.

Le lendemain matin, lorsque Chase mit pied à terre, le général Viele l'attendait avec une ordonnance.

— Voulez-vous un cheval, Mr. Chase, ou bien une voiture ?

— Un cheval, général.

Chase ne s'était jamais senti si alerte, et pourtant il n'avait pas fermé l'œil de la nuit, tant il était excité. Était-ce trop tard pour quitter le Trésor et accepter le brevet de major général commandant les troupes de l'Ohio ? se demandait-il. Avec une ou deux victoires sur le terrain et sa figure sur les billets d'un dollar, il pouvait enlever la nomination à Lincoln, à supposer que cet homme doux et modeste songeât à se présenter contre lui. Chase se sentait bien disposé à l'égard de Lincoln en cette fraîche matinée de printemps, tandis qu'il chevauchait en direction de Norfolk, le général Viele à ses côtés et un bataillon de dragons derrière eux. Le long de la route, les gens de couleur acclamaient les troupes de l'Union, et de temps en temps on voyait apparaître un drapeau de l'Union. Quelques rares Blancs entr'aperçus ici et là montraient grise mine. Chase songea alors qu'il faisait une cible idéale avec sa redingote noire surmontée du visage le plus célèbre des États-Unis, après celui du Président ; mais ses États-Unis à lui incluaient les États rebelles où ses *greenbacks* [1] servaient souvent de monnaie d'échange. Mais s'il était tué par un franc-tireur ? Et après ? Quelle fin plus digne pour un guerrier chrétien ?

1. Un greenback est un dollar.

— Le général Wool est parti en avant avec quatre régiments, dit Viele.

— Je croyais qu'il devait y en avoir six.

Chase commença à se demander si ses renseignements étaient exacts. Était-ce possible qu'il y eût encore une importante garnison rebelle à Norfolk ? Était-ce un piège ?

— J'ignore pourquoi les deux autres régiments n'ont pas été envoyés.

Viele ne pensait pas grand bien de Wool ; Chase non plus, surtout lorsque, aux abords de Norfolk, ils trouvèrent que le pont qu'ils avaient vu entier sur la carte venait d'être détruit. Pis : ils entendirent le bruit de l'artillerie.

— Les rebelles sont toujours là, observa Chase, s'efforçant de garder son sang-froid.

— C'est ce qu'on dirait.

Viele ramena son cheval au pas. Chase en fit autant. Les dragons se déployèrent en éventail de chaque côté de la route. Les forces de l'Union avancèrent encore jusqu'à la rivière où elles furent stoppées. L'artillerie rebelle était en place sur une colline boisée à l'est de la ville, ainsi que de l'autre côté du pont, où l'ennemi avait construit des fortifications derrière lesquelles luisaient maintes baïonnettes.

— Nous avons été trompés, dit Chase qui commençait à sentir sur son crâne la chaleur du soleil.

A ce moment, deux généraux de l'Union s'approchèrent. Ils venaient de la rivière, et s'arrêtèrent pour conférer avec Chase.

L'un des généraux disait que le nombre des rebelles était peu élevé, mais qu'il avait compté une bonne vingtaine de gros canons ; il était d'avis de retourner en arrière afin d'étudier un moyen de contourner les travaux. L'autre était favorable à une attaque en force. Chase choisit la première solution.

Chase rencontra en chemin le général Wool à la tête d'un régiment. Il avait les bras croisés sur la poitrine pour écouter le général, comme il avait vu McClellan le faire si souvent. Il essaya de penser à quelque chose d'inédit qui sauverait la journée, mais, ne trouvant rien, il se rallia au plan du général Wool d'envoyer le général Viele à Newport News chercher une brigade supplémentaire. En attendant, les régiments de l'Union recevaient de nouvelles affectations, mais tous restaient sous le commandement de Wool, auquel il se trouvait maintenant attaché.

Comme la nouvelle armée reprenait le chemin de Norfolk, on vit des flammes et de la fumée s'élever des fortifications. Un moment après, un escadron de l'Union vint annoncer que les rebelles avaient évacué la forteresse et mis le feu aux casernes. La cavalerie de l'Union avait déjà franchi les premières défenses.

— Norfolk est à nous, dit Chase à Wool avec une tranquille satisfaction, tandis qu'ils entraient côte à côte dans la forteresse abandonnée.

Les casernes — de simples cabanes pour la plupart — n'étaient qu'un tas de cendres. Un vent d'ouest s'était levé qui chassait la fumée. Les troupes pénétrèrent ensuite en poussant des cris de victoire à l'intérieur des fortifications, où les gros canons étaient toujours en place.

La ville de Norfolk avec ses clochers leur apparut dans la distance comme privée de vie, à l'exception d'une délégation de civils venant à leur rencontre. Chase était assis bien droit sur sa monture, conscient qu'il représentait maintenant le commandant en chef. Sous un grand orme, un gros homme aux cheveux blancs descendit d'une voiture fermée, s'avança vers le général Wool et dit en se découvrant :

— Monsieur, je suis venu en tant que maire de Norfolk vous faire soumission. Je voudrais aussi vous présenter les magistrats qui m'ont accompagné et vous remettre les clés de notre ville.

Wool se tourna vers Chase qui hocha la tête et dit au maire :

— Je recevrai les clés au nom du Président. Je suis, ajouta-t-il tranquillement, Salmon Chase, secrétaire au Trésor.

— Ma foi, monsieur, j'aurais dû vous reconnaître, à cause de ces *greenbacks* que nous voyons de temps à autre.

Chase sourit poliment et descendit de cheval. Il avait les jointures un peu raides. Sous un grand arbre, le maire de Norfolk, un Sudiste loquace, présenta les notables à Chase et à Wool, en prenant soin de préciser :

— Personnellement, je voulais me battre pour défendre la ville, mais l'Administration à Richmond en a décidé autrement ; aussi nous remettons notre sort entre vos mains en espérant que vous respecterez les personnes et les biens, en vertu des lois immémoriales des États-Unis.

Chase prononça un discours élégant et bref durant lequel il eut la douleur de voir le général Wool consulter deux fois sa montre ; puis il accepta une grande clé toute rouillée censée ouvrir les portes de la ville, sinon le cœur de ses citoyens. Le maire proposa alors de se rendre à l'hôtel de ville ; puis il remit au général Wool et à Chase la superbe voiture dans laquelle il était arrivé, en disant avec un pâle sourire :

— Jusqu'à ce matin, elle était utilisée par notre commandant général.

Une fois dans la voiture, Wool dit à Chase :

— Il faut trouver ce chantier naval. Je crains qu'ils ne cherchent à nous retarder pour permettre au *Merrimack* de s'échapper.

— S'échapper ? Mais où ? La flotte de l'Union attend au large de Sewell's Point. Le *Monitor* est aux aguets. Non, général, le *Merrimack* ne s'échappera pas. J'en suis certain.

A l'hôtel de ville, le maire allait s'embarquer dans un second discours, quand Chase lui coupa poliment la parole. Puis il nomma le général Viele gouverneur militaire de Norfolk, et ordonna que le drapeau de l'Union soit hissé au-dessus du Bureau de Douane, bâtiment de style néo-classique d'une grande élégance. Pendant ce temps, le général Wool s'était assuré que le chantier naval était toujours occupé par les rebelles.

— Nous attaquerons le chantier demain, dit-il en rejoignant Chase et Viele dans le bureau du maire.

— Le Président juge que nous avons été trop lents, dit Viele. Quand j'étais à Newport News pour aller chercher la brigade, il me fit mander à Fort Monroe. Il désirait savoir ce que nous faisions de ce côté-ci du fleuve. Je lui ai dit que je l'avais traversé pour ramener la brigade. Il voulut alors savoir pourquoi on n'avait pas d'abord envoyé tous les régiments disponibles. (Viele jeta un coup d'œil à Wool qui fronça les sourcils sans rien dire.) J'ai dit que je n'en savais rien. Alors, il a enlevé son chapeau et l'a jeté par terre. Il a piqué une de ces colères !

— Le Président, en colère ? dit Chase d'un air étonné.

Il avait toujours vu Lincoln flegmatique et même plutôt distrait.

— Oui, monsieur. Enfin, il a donné l'ordre d'envoyer toutes les troupes disponibles à Norfolk.

— Il sera content d'apprendre, dit le vieux général, que nous avons pris Norfolk, et que demain nous nous emparerons du chantier naval. Maintenant, Mr. Chase, je suggère que nous profitions de la voiture pour retourner sur le *Miami*, et de laisser Norfolk entre les mains compétentes du général Viele.

La lune disparaissait dans le ciel lorsque Chase se retrouva dans le salon de la demeure du commandant militaire de Fort Monroe. Il reconnut la silhouette familière du gouverneur Sprague, qui tenait un groupe d'officiers de marine en haleine par la description colorée qu'il leur faisait de la bataille de Williamsburg. Dès qu'il aperçut Chase, il bondit sur ses pieds.

— Monsieur Chase, monsieur, dit-il. Cela fait plaisir de vous voir. Le Président est dans sa chambre. Mr. Stanton également, qui a pour ainsi dire perdu la vue. Je suis assistant chef de l'artillerie, avec McClellan. J'étais à Williamsburg. Nous leur avons flanqué la raclée. Maintenant McClellan se retire. Mais il a besoin de renforts...

Ne pouvant trouver un moyen poli d'interrompre le flot de paroles qui sortait de la bouche du petit gouverneur, Chase dit à l'un des officiers de marine qui se trouvait là :

— Dites au Président que je suis ici, avec le général Wool. Norfolk est tombé.

Cette nouvelle coupa la parole à Sprague, pour la plus grande joie de Chase. Cette joie fut à son comble lorsque, ayant narré au Président ce qui s'était passé, celui-ci le félicita en lui tapotant sur l'épaule. Il y avait toutefois une ombre au tableau : le chantier naval était encore aux mains des rebelles, et le *Merrimack* courait toujours.

— Mais on ne peut pas tout avoir, je suppose, dit-il à Stanton, venu les rejoindre. Puis se tournant vers Wool : Vous devriez concerter vos efforts pour prendre le chantier naval demain, ou au moins empêcher le *Merrimack* de sortir. Maintenant, messieurs, dit Lincoln en s'adressant à Chase et à Stanton, il est temps que nous rentrions à Washington.

— Avec vous, monsieur, dit Sprague, la guerre serait terminée avant la fin de la semaine.

Lincoln se mit à rire :

— La chance, gouverneur, sourit parfois aux débutants. Aussi je ne veux pas la tenter davantage. Puisque le général McClellan n'est qu'à trente kilomètres de Richmond, je lui laisserai le soin de terminer les choses en beauté.

Puis se tournant vers Stanton :

— Avez-vous un bateau pour nous ramener ?

— Oui, monsieur. Le *Baltimore*. Il est prêt à appareiller à sept heures demain matin.

— Nous serons prêts.

Sur ce, le Président alla se coucher. Chase lui emboîta le pas, et dormit si profondément qu'il n'entendit pas le bruit de l'explosion durant la nuit. Au réveil, il apprit que les rebelles avaient mis le feu au chantier naval et fait sauter le *Merrimack*.

— En une semaine, grâce au Président, dit Chase à Kate au petit déjeuner deux jours plus tard, nous avons pris Norfolk, détruit le *Merrimack* et nous nous sommes rendus maîtres de la côte de Virginie.

— C'est à vous qu'en revient tout le mérite, Père. C'est vous qui avez choisi le lieu du débarquement. C'est vous qui avez reçu les clés de la ville...

Chase hocha la tête tandis qu'une certaine quantité de saucisse trouvait douillettement le chemin de son estomac. C'était bon de se retrouver chez soi.

— Qu'est-ce que le gouverneur Sprague a encore dit ?

Kate s'était lavé les cheveux le matin, et une serviette lui serrait la tête pareille à un turban vénitien.

— Il n'a pas dit grand-chose. Il a surtout bavardé. Il a été officiellement félicité par le général Hooker pour sa conduite à la bataille de Williamsburg — je devrais plutôt dire escarmouche. Maintenant il doit être retourné à Providence, je suppose.

— C'est dommage qu'on ne lui donne pas un vrai commandement.

Chase se demanda une fois de plus quels étaient les sentiments de Kate à l'égard du petit millionnaire qui, de son côté, avait visiblement l'air de l'adorer.

— J'ai peur que le gouverneur Sprague n'ait pas les qualités qu'on demande à un général moderne.

— Parce qu'il n'a pas fait West Point ?

— Non, parce qu'il n'a pas pratiqué le droit comme l'élite de nos généraux.

Kate se mit à rire :

— Je pense quelquefois que tout ce qu'il faut pour être un bon général, c'est un peu de bon sens et de chance, ajouta-t-elle, en faisant signe au maître d'hôtel de verser du thé à son père.

— Il m'a dit qu'il viendrait habiter Washington s'il n'obtenait pas le commandement qu'il désire.

— Qu'est-ce qu'il pourrait bien faire ici, alors qu'il a toutes ses fabriques dans le Nord?

— Il contrôle la législature de Rhode Island, dit Chase en sucrant copieusement son thé. Il se fera élire au Sénat. Cela signifie qu'il pourrait être ici en mars.

— *Sénateur* Sprague! fit Kate en regardant son père d'un air songeur. Il serait utile ici, n'est-ce pas?

— Oh, oui. L'Administration a besoin de toutes les bonnes volontés, avec Ben Wade et ses amis...

— Je voyais plus loin, Père: je pensais à 1864...

Chase hocha la tête:

— Oui, Kate. Le sénateur Sprague pourrait être très utile si les temps demandaient un autre Président...

Chase regarda sa fille et comprit qu'elle pourrait épouser au moment voulu William Sprague IV.

VI

Allongé dans un hamac, Seward écoutait le chant des oiseaux dans son jardin du vieux Club House. Tout embaumait le parfum des roses. Derrière lui, les murs du jardin étaient cachés par deux rangs de tilleuls, et une large allée descendait jusqu'à la rivière. Le Congrès s'était ajourné trois jours auparavant. Il se sentait redevenu un homme libre, n'étant plus la cible de Ben Wade et des jacobins qui le tenaient pour responsable de la lenteur de l'effort de guerre, et bien entendu de la continuation de l'esclavage sur toute la surface de la terre.

Tout en se balançant mollement dans son hamac, il songeait d'abord à envoyer un détachement de soldats au Capitole pendant que le Congrès serait en session. Il y aurait une arrestation massive. Lui-même prendrait la parole devant les membres des deux assemblées — seraient-ils enchaînés les uns aux autres ? Une prochaine rêverie en déciderait. Pour le moment il est assis sur la chaise du Speaker en train de fumer un cigare, tandis que les membres du Congrès se tiennent terrifiés devant lui. Depuis la galerie, des soldats braquent sur eux des fusils. Pour commencer, il leur parle sur un ton plaisant. Il pourrait même se permettre une ou deux plaisanteries. Puis il leur explique qu'aucun État en temps de guerre ne peut se permettre le luxe d'entretenir une bande d'individus aussi indisciplinés et aussi peu patriotes. C'est donc avec regret qu'il se voit contraint de dissoudre la branche législative du gouvernement. La plupart des membres pourraient rentrer chez eux. Malheureusement il y en avait un certain nombre qui devraient passer en jugement pour crime de trahison. Le sénateur Wade et ses amis auraient à répondre de leurs actes devant un tribunal militaire ; s'ils étaient reconnus coupables, ils seraient bien sûr pendus — devant le Capitole. Seward se demandait si le gibet devrait être placé à droite ou à gauche du Capitole, lorsqu'un domestique annonça :

— Mr. Chase demande à voir Monsieur.

Seward ouvrit les yeux : devant lui se tenait Chase en veston de toile blanc, car il faisait très chaud ce jour-là.

— Excusez-moi de ne pas bouger, dit Seward.

— Vous êtes excusé.

Chase approcha une chaise et s'assit au pied du hamac, un peu comme un médecin, songea Seward en faisant signe au serviteur de lui allumer son cigare.

— Je me sens en vacances maintenant que le Congrès est parti et que nous n'avons qu'à nous occuper de la guerre.

Chase hocha la tête.

— Ils nous prennent pas mal de temps, nos vieux collègues. Ben Wade dit à qui veut l'entendre que le pays va à tous les diables.

— J'espère seulement qu'il y arrive le premier.

— Les choses ne peuvent plus durer ainsi, Mr. Seward.

Chase contemplait le petit homme couché dans son hamac : avec son grand nez et ses courtes jambes, il avait l'air d'un perroquet tombé de son perchoir.

— Vous voulez dire avec McClellan ?

Seward savait très bien ce que Chase voulait dire : l'émancipation des esclaves devenait maintenant une question urgente. Mais de quels esclaves ? C'était là toute la question. Pendant ce temps, la France et l'Angleterre soutenaient plus que jamais les rebelles. Chacune de ces deux nations estimait que l'Administration Lincoln était profondément indifférente au sort de l'homme noir, ce qui leur permettait d'afficher des sympathies sudistes à peu de frais, tout en se réjouissant de la division du jeune empire américain.

Pour le moment, les républicains radicaux menaçaient d'abandonner le parti républicain et l'Administration Lincoln. Un certain nombre d'agitateurs jacobins au Congrès — oui, il les ferait enchaîner les uns aux autres, et les exécutions auraient lieu sur le côté nord du Capitole — insistaient pour que Seward, le mauvais génie de Lincoln, démissionne immédiatement, et que le comité de la Guerre, de concert avec Chase, libère les esclaves, renvoie McClellan et poursuive la guerre. Seward ne savait jamais très bien jusqu'à quel point Chase était impliqué dans ces complots. Il savait en revanche que Chase était presque toujours d'accord avec ce que les radicaux disaient contre le Président ou contre lui-même.

— Je ne pensais pas à McClellan, bien qu'il soit un des éléments du problème.

Chase en était venu à détester le petit Napoléon. Depuis qu'il avait lui-même livré Norfolk aux mains de l'Union, Chase avait perdu toute crainte des militaires. De l'organisation, du bon sens et du courage, c'était tout ce qu'il fallait pour faire un militaire. McClellan n'avait que la première de ces qualités. Chase, comme pas mal d'autres leaders civils, avait les deux autres. Même Lincoln était mieux équipé pour conduire une opération militaire que McClellan qui, se trouvant à moins de dix kilomètres de Richmond, n'avait même pas été capable de prendre la ville, alors que son armée était cinq fois plus nombreuse que celle des rebelles, et que le commandant rebelle, Joe Johnston, avait été gravement blessé à Seven Pines, l'une des rares batailles sérieuses de la prétendue campagne de la péninsule. Johnston avait été remplacé par Robert E. Lee, l'ami des Blair.

Durant juin et juillet McClellan continua de réclamer davantage de troupes. Il prétendait que Lee avait deux cent mille hommes prêts à écraser l'armée de l'Union. Or Chase savait que l'armée de Lee était plus proche des quatre-vingt-cinq mille hommes. En désespoir de cause, Lincoln était allé trouver Winfield Scott à West Point. Le résultat de cette rencontre avait été la nomination d'Halleck comme général en chef, tandis que le général Pope — également de l'armée de l'Ouest — était maintenant le commandant d'une nouvelle armée de Virginie destinée à protéger la capitale et à contenir le redoutable « Stonewall » Jackson, qui occupait la vallée de Shenandoah. Enfin, avec Pope approchant de Richmond par l'ouest et McClellan par l'est, la ville devait tomber.

L'armée de McClellan était encore séparée de Richmond par la rivière Chickahominy ; c'était la saison des pluies et les cours d'eau étaient en crue. Alors que tout le monde annonçait la chute prochaine de Richmond, Lee attaqua McClellan, qui perdit le peu de courage qu'il avait. Après avoir dénoncé le Président et Stanton, le petit Napoléon se retira le long de la rivière James et établit son nouveau quartier général à Harrison's Landing.

Comme le gouvernement confédéré avait maintenant établi la conscription, Lincoln envoya secrètement Seward à New York pour rencontrer les gouverneurs nordistes et leur demander d'appuyer l'effort de guerre du Président. L'engouement pour s'engager était tombé, aussi la veille de l'ajournement du Congrès, une loi fut-elle votée déclarant apte au service militaire tout homme de dix-huit à quarante-cinq ans.

Mais Chase n'était pas venu trouver Seward pour discuter de McClellan. Il l'avait rayé de ses tablettes, car il savait que Lincoln allait bientôt le remplacer. Chase avait une confiance absolue en John Pope, un ardent abolitionniste, qui avait fait une excellente impression sur le comité de la Guerre. La guerre allait enfin remplir sa destination.

— Mais, Mr. Seward, nous ne pouvons plus garder le silence sur la question de l'esclavage.

Chase vit alors s'éclairer l'œil de perroquet de Seward — l'arête du nez et la position couchée du secrétaire d'État l'empêchant de voir les deux yeux à la fois.

— Garder le silence ? Mais, Mr. Chase, nous ne parlons de rien d'autre. Même le Président se met à parler comme un abolitionniste. Je lui ai dit que c'était inutile de parler aux congressmen des États-frontières, mais il ne m'a pas écouté. La semaine dernière, il leur a dit qu'il paierait trois cents dollars par tête pour chacun de leurs nègres. Ils ont refusé.

— Ils n'ont pas tous refusé.

Chase avait trouvé Lincoln plus inconsistant que jamais dans la manière dont celui-ci avait abordé un problème aussi délicat. Il avait d'abord fait appel à leur patriotisme, ce qui n'avait guère de sens, vu qu'ils faisaient déjà partie de l'Union. Il avait ensuite déclaré que tant qu'ils maintiendraient chez eux l'esclavage, les États rebelles pourraient toujours s'imaginer qu'un jour les États-frontières les rejoindraient ; alors que si l'esclavage était aboli, moyennant compensation, les États rebelles auraient moins de raisons de se battre. Un tel raisonnement avait laissé Chase aussi insensible que la majorité des congressmen de l'Ouest.

— Bien sûr, le Président ne peut pas oublier qu'il est lui-même du Kentucky et que les frères de Mrs. Lincoln sont en guerre contre nous.

— Je pense que le Président est tout à fait capable de résister à l'influence de ses beaux-frères, dit Seward en se balançant dans son hamac.

— J'aimerais qu'il résistât de la même manière à toutes les influences.

— Vous voudriez libérer tous les esclaves qui se trouvent sur le territoire de l'Union ?

— Oui, Mr. Seward, c'est ce que je voudrais.

— Et pour ce qui est des États rebelles ?

— J'ordonnerais aux commandants militaires de les libérer au fur et à mesure que chaque État rebelle fait soumission.

— Plutôt les commandants militaires que le Président ?

— Ce serait plus pratique, il me semble.

— Je vois, dit Seward.

Il voyait surtout que Chase ne voulait pas laisser au Président le mérite d'une action aussi glorieuse, mais qu'il était tout prêt à lui faire porter le blâme en cas d'échec.

— Mr. Seward, je pense qu'il nous appartient de guider le Président dans cette affaire. De lui-même il ne fera rien.

— Vous pourriez être surpris, Mr. Chase.

— De quelle manière ?

— Je pense que Mr. Lincoln est en train d'y réfléchir, ce qui signifie qu'il pourrait bientôt agir.

— Il vous a sans doute fait ses confidences.

Chase était poli, sans plus. Il savait que si on laissait faire Seward, rien ne serait fait avant les élections au Congrès cet automne. Comme il se levait pour s'en aller, Seward sauta à bas de son hamac avec une surprenante agilité.

— Ah, si nous avions un Cromwell ! s'exclama Seward en raccompagnant Chase à l'intérieur.

— Vous ? demanda Chase, que son collègue avait habitué à ce genre de sortie.

— Ou vous. Ou même Lincoln.

— Oh, lui, il n'aurait jamais le cran !

— Et vous, Mr. Chase, vous l'auriez !

Chase s'épongea le front. Il faisait encore plus chaud dedans que dehors.

— Dans une guerre, il est toujours tentant de donner le pouvoir à un seul homme. Mais une fois la guerre terminée, il convient de s'en débarrasser.

— C'est un sort que je tâcherais d'éviter, dit Seward d'un ton jovial.

— *Et tu*, Brute [1] ?

Chase ne pensait pas à César, mais au Christ, lequel versa son sang sur la croix afin que tous les hommes fussent sauvés. Voilà un sort qui serait enviable !

Hay était à la fenêtre du bureau de Nicolay, quand il vit le secrétaire au Trésor sortir de la maison de Seward.

— Ils complotent tous les deux, dit-il à Nicolay. Seward et Chase sont en train de mijoter quelque chose.

— Nous survivrons.

Nicolay préparait son voyage dans le Minnesota. Une fois le Congrès ajourné, le travail des secrétaires se trouvait mystérieusement allégé de moitié. Hay regarda s'éloigner Chase dans sa voiture ; puis il aperçut, remontant Pennsylvania Avenue, le dernier modèle de tramway, un superbe véhicule tout crème, avec une impériale pour les beaux jours. A l'intérieur les passagers faisaient de grands signes en passant devant la Maison-Blanche. Hay leur fit un petit geste de la main.

— Je pense que je vais aller rendre visite à Miss Kate, dit Hay, moitié pour lui, moitié pour Nicolay.

— Le petit gouverneur n'est donc pas en ville ?

— Non. Je crois qu'il est à Corinth. Il a demandé au Taïkoun la permission d'aller trouver Halleck pour lui expliquer comment finir la guerre dans l'Ouest.

— Quand est-ce qu'Halleck doit arriver ? demanda Nicolay en bouclant son sac.

— Le 23, à ce qu'il dit. Il n'a pas l'air très pressé. Moi, si je venais d'être nommé général en chef, je me dépêcherais de venir, il me semble. Miss Kate n'a jamais été aussi jolie.

— Alors, gare ! Car elle aussi complote !

Lincoln entra dans le bureau.

— Eh bien, Mr. Nicolay, c'est donc aujourd'hui que vous partez ?

— Oui, monsieur.

1. Et toi aussi, Brutus.

— J'espère que vous pourrez voir Miss Theresa Bates.

— Si l'occasion se présente, entre les Chippewas et les Cheyennes, je ne la raterai pas.

— Oui, dit Lincoln en fronçant les sourcils. Le travail ne vous manquera pas. Comme si nous n'avions pas assez à faire, voilà qu'on nous menace d'une guerre avec les Indiens. Présentez mes hommages au chef Hole-in-the-Day.

— Je n'y manquerai pas, monsieur.

— Offrez-lui votre scalp, ajouta Hay tout bas pour que le Président n'entende pas. Lincoln s'était approché de la table où étaient étalés toutes sortes de journaux.

— C'est inquiétant, dit-il en ramassant le *New York Tribune*, cela fait une semaine que je n'ai pas de nouvelles de Horace Greeley.

— Il est peut-être malade, dit Hay.

— Dans ce cas nous le saurions, dit Lincoln en jetant un coup d'œil à l'éditorial. Ce serait en première page. Il approuve l'Acte de Confiscation, mais il trouve que ça ne va pas assez loin. Que lui faut-il de plus ? Qu'est-ce que le Congrès peut faire de plus que de donner la liberté aux esclaves de toute personne reconnue coupable de trahison ?

Hay et Nicolay savaient que lorsque Lincoln interrogeait ainsi un journal, il ne demandait pas à ses secrétaires de se mettre à la place du rédacteur en chef pour lui répondre. Lincoln posa un certain nombre de questions cinglantes à Mr. James Gordon Bennett, puis il jeta le journal en disant :

— Je ne devrais pas lire ces gens. Heureusement la loi sur les chemins de fer a bien passé.

— Mais le *New York Times*, dit Nicolay, se demande où vous allez trouver l'argent pour financer un tel projet. Une ligne de chemin de fer reliant une côte à l'autre...

— Elle va seulement de la pointe occidentale de l'Iowa jusqu'à San Francisco... Linclon parut un moment songeur : Vous savez, j'espère bien un jour pouvoir prendre ce train. J'aimerais beaucoup voir l'océan Pacifique. C'est ma dernière envie. Puis se tournant vers Nicolay : Avez-vous une copie de la lettre du général McClellan, celle qu'il m'a remise à Harrison's Landing ?

— Oui, monsieur, répondit Nicolay en touchant la cassette qui était sur le bureau. Elle est sous clé.

— Très bien.

Lincoln dit adieu à Nicolay et retourna dans son bureau où Tad l'accueillit au son du tambour.

— Mon fils, dit la voix du Président de l'autre côté du couloir, est-ce que tu ne pourrais pas faire un peu moins de bruit ?

— Depuis que Mrs. Edward n'est plus là pour s'en occuper, cet enfant est devenu insupportable, dit Hay.

Hay avait ses idées sur la manière d'élever les enfants, qui n'étaient pas celles des Lincoln.

— J'avais espéré qu'elle resterait plus longtemps, dit Nicolay.

— Même elle, elle n'a pas pu supporter la Sorcière.

— C'est des scènes à n'en plus finir, dit Nicolay en fermant son sac. Mon pauvre Johnny, je ne t'envie pas.

— Crois-tu qu'elle soit folle ?

— En tout cas, elle n'est pas comme tout le monde. Il y a en elle deux personnes...

— Au moins.

Depuis la mort de Willie, Hay avait fait tout son possible pour chercher à lui être agréable, mais rien ne pouvait vaincre les préventions de Madame, surtout quand elles étaient appuyées par des besoins d'argent pressants. Après la disgrâce de Watt, elle s'était tournée vers le major French dont la patience et la politesse étaient mises à rude épreuve. Cependant, elle observait le deuil le plus rigoureux. La fanfare de la Marine n'avait plus la permission de jouer dans le parc les soirs d'été, et elle avait fait condamner la chambre où était mort Willie, ainsi que le salon vert où il avait été embaumé. Le Président, quant à lui, supportait son chagrin avec stoïcisme. Nicolay l'avait pourtant vu entrer dans son bureau le soir où Willie était mort.

— Mon garçon est parti, Nicolay, avait-il dit. Vraiment parti...

Il avait répété plusieurs fois « parti », comme s'il n'arrivait pas à y croire, et puis ce fut tout. Après cela, il garda son chagrin pour lui tout seul.

Nicolay était à la porte, son sac de voyage à la main :

— Je penserai à toi de temps en temps, Johnny. Prends garde à la belle Kate.

— Comme à la Méduse.

— Il y a une surprise qui t'attend. J'espère que tu l'apprécieras. J'aimerais être des vôtres.

— Une surprise ? Quelle surprise ?

D'habitude Hay savait tout ce que savait Nicolay, mais depuis quelque temps, Nicolay et l'Ancien étaient souvent seuls dans le bureau du Président, et chaque fois qu'il entrait dans la pièce, ils cessaient brusquement de parler.

— Tu verras. Maintenant je dois partir. Tu as la clé de la cassette. A part ça, tout est en ordre.

Nicolay serra la main de Hay et sortit de la pièce. Dix minutes plus tard, Hay s'aperçut que Nicolay avait oublié de lui donner la clé de la cassette. Hay descendit l'escalier en courant, mais la voiture était déjà partie pour la gare.

La surprise se produisit lors de la séance de Cabinet du 22 juillet. Hay crut d'abord qu'il n'y assisterait pas, mais au dernier moment le Président déclara qu'il voulait un compte rendu de ce qui se dirait.

Il faisait très chaud ce jour-là. Des mouches entraient et sortaient par les fenêtres ouvertes. Le Président desserra sa cravate, laissant apparaître les veines noueuses de son cou, qui lui donnaient l'air d'un vieux chef indien. Le Cabinet tout entier était présent à l'exception de Blair. Après l'entrée en matière d'usage, Lincoln tira un document de sa poche et mit ses lunettes. Mais au lieu de regarder ses papiers, il fixa la lampe à gaz suspendue au plafond.

— Je pense, dit-il, que nous avons épuisé tous les moyens tant politiques que militaires de résoudre la situation. Nous aurons des élections difficiles en novembre. Nous risquons de perdre la Pennsylvanie, l'Ohio et l'Indiana. En attendant, nos amis français fomentent des troubles au Mexique, et nos amis anglais autorisent les rebelles à utiliser leurs chantiers navals, en violation de leur accord de neutralité. Au cours de l'année passée, Mr. Chase me dit que la dette publique est montée de quatre-vingt-dix millions de dollars à un demi-million de dollars. Je ne suis pas sensible au langage des chiffres, mais je sais que nous ne pouvons pas continuer plus longtemps sans victoires, qu'elles soient militaires ou politiques. Il faut frapper l'opinion mondiale.

Lincoln jeta un regard sur ses papiers. Hay ne voyait absolument pas où l'Ancien voulait en venir. Seward, lui, savait ; il en avait discuté avec le Président. Chase soupçonnait quelque chose : il craignait de perdre — d'un seul coup de plume du Président — la supériorité morale qu'il détenait sur lui.

— Comme vous savez, j'ai dit plus d'une fois que si je pouvais sauver l'Union en libérant *tous* les esclaves, je le ferais. Si je pouvais sauver l'Union en ne libérant *aucun* esclave, je le ferais. Si je pouvais sauver l'Union en ne libérant que *certains* esclaves, je le ferais. Je n'ai pas le pouvoir politique de faire le premier point. Je ne vois pas la nécessité de faire le deuxième. Je ferai donc le troisième, en tant que nécessité militaire.

Le silence qui accueillit ces paroles fut troublé seulement par le bourdonnement des mouches. L'Ancien avait bien choisi son moment. Chase était blême. Seward regardait par la fenêtre en souriant. Stanton fronçait les sourcils. Welles transpirait sous sa perruque. Bates avait l'air chagrin, et Smith était indifférent.

« J'aimerais ajouter que j'ai moi-même préparé une proclamation d'émancipation que je publierai en temps voulu, et qui aura force de loi. Je ne vous ai pas réunis pour vous demander votre avis, mais lorsque vous aurez pris connaissance de ce que j'ai écrit, vous pourrez faire vos commentaires.

Lincoln se mit ensuite à lire le texte très adroit qu'il avait imaginé. Pour les États esclavagistes à l'intérieur de l'Union, il promettait de demander au Congrès une aide financière pour ceux qui étaient favorables à une abolition progressive de l'esclavage. Mais aux États en rébellion contre l'Union, il disait : « Moi, commandant en chef de l'armée et de la marine des États-Unis, ordonne et déclare qu'à partir du 1er janvier de l'an de grâce 1863, toute personne reconnue comme esclave dans un ou plusieurs des États dépendant de l'autorité constitutionnelle des États-Unis, sera dorénavant et pour toujours considérée comme libre. »

Le Président posa les pages sur la table, ôta ses lunettes et se frotta le nez.

A ce moment, Blair entra dans la pièce, en s'excusant de son retard. Lincoln le pria de lire la proclamation, ce qu'il fit sans en témoigner beaucoup de joie.

Lincoln se tourna ensuite non pas vers Seward, comme le protocole le voulait, mais vers Chase :

— Nous avons tous parlé hier, Mr. Chase, d'un certain nombre de mesures militaires à prendre concernant la situation des esclaves, une fois que nous les aurons libérés. Nous avons pensé que nous pourrions les employer comme ouvriers agricoles, etc. Nous avons également tous soutenu l'idée de les envoyer coloniser quelque territoire en Amérique centrale. Vous seul n'étiez pas d'accord.

— En effet, monsieur, dit Chase en s'éclaircissant la gorge. Je n'ai jamais été favorable à l'idée de renvoyer trois millions de nègres en Afrique. L'idée de l'Amérique centrale ne me sourit pas davantage. Outre le coût d'une telle opération qui serait prohibitif.

— Aussi j'ai renoncé à ce projet à votre demande. Par contre, je me sépare d'un certain nombre d'entre vous sur la question d'armer les anciens esclaves. Je pense qu'une telle mesure aurait un effet désastreux sur les États-frontières, sans que cela change grand-chose pour les rebelles.

— Là-dessus, monsieur, nous différons.

Chase chercha un soutien du côté de Seward qui ne lui en offrit aucun ; puis il se tourna vers Stanton qui garda de même le silence.

« Quant à la proclamation que vous nous avez lue, je préférerais que vous laissiez aux commandants militaires le soin de libérer — et d'armer — les esclaves qui se trouvent sous leur juridiction. Mais puisque vous êtes hostile à cette idée, je donne mon plein accord à la proclamation telle quelle.

Le Président hocha la tête.

— Je vous remercie, Mr. Chase.

Puis se tournant vers Montgomery Blair :

— Vous avez manqué la séance d'hier, mais vous venez d'en avoir un aperçu, et vous avez lu la proclamation.

— Oui, monsieur, dit Blair, avec une lueur de férocité dans les yeux. Vous connaissez mes opinions. Je désire que tous les esclaves soient libérés à la fin de la guerre ; et ensuite je désire qu'on les envoie soit en Afrique, soit à la Nouvelle-Grenade, bref, là où nous pourrons leur trouver un pays. Le peuple, Mr. Chase, trouvera, j'en suis certain, l'argent nécessaire pour leur faire quitter ce continent où on n'aurait jamais dû les amener. C'est pourquoi cette guerre est une punition de Dieu.

— Vous êtes très éloquent, Mr. Blair, dit Lincoln d'un ton sec, et vous savez que vos opinions sont voisines des miennes, mais pour le moment il s'agit de la proclamation, et non de la situation des nègres en général. Qu'en pensez-vous ?

— J'en pense, monsieur, que si vous la publiez maintenant, nous perdrons les élections de novembre, et que vous vous retrouverez en face d'un Congrès démocrate.

Lincoln parut surpris de la franchise de Blair, mais avant qu'il pût répondre, Seward avait pris la parole :

— Je soutiens sans réserve cette proclamation, que de toute façon le Président a l'intention de publier. Je crois qu'elle nous sera utile, principalement dans nos rapports avec les puissances européennes. Mais je vous suggère très respectueusement, monsieur le Président, d'attendre que nous ayons remporté quelques succès militaires avant de la publier, autrement il semblera, au vu de tant de revers subis, que c'est là une manière de chant du cygne.

— Votre conseil me paraît excellent, gouverneur, et je vais le suivre. Mr. Hay, veuillez ranger ces feuillets dans la cassette. Nous garderons tout cela secret jusqu'au jour où je pourrai enfin célébrer une victoire. Mr. Stanton, avez-vous des nouvelles du général McClellan ?

— Notre grande tortue américaine est toujours à la même place.

— Au moins, il a de la constance, dit le Président d'un ton las. Mais nous aurons bientôt ici le général Halleck comme général en chef. A West Point on l'appelle la Cervelle, et c'est le général Scott qui nous l'a conseillé. Je viens de lire son livre, *Elements of Military Art and Science*; c'est un ouvrage extrêmement sérieux.

La conversation tourna ensuite sur le général Pope auquel tout le monde semblait trouver les qualités qui manquaient à McClellan, à commencer par l'ardeur combative. Chase s'était lié d'amitié avec lui ; il l'avait même présenté au Capitole où le bouillant général avait fait une excellente impression sur les abolitionnistes. Le père de Pope avait été juge de district d'un tribunal d'Illinois où Lincoln avait pratiqué. Mais Lincoln n'avait rien fait pour le pousser. Pope s'était brillamment conduit dans l'Ouest sous Halleck. Pendant que Lincoln était allé trouver Scott à West Point, Stanton avait fait venir Pope à Washington et lui avait offert le commandement d'une nouvelle armée, l'armée de Virginie, avec McDowell, Frémont et Banks sous ses ordres. Pope avait accepté ce commandement. Physiquement, c'était un homme de belle prestance, avec une grande barbe. Malheureusement, il prit aussitôt McClellan en aversion, qui le lui rendit. Le résultat, c'est que les armées de Virginie et du Potomac étaient maintenant commandées par deux généraux rivaux. Jusque-là Lincoln avait feint d'ignorer l'irritabilité de ses commandants. Aussi, après que Hay eut lu la lettre que McClellan avait remise à Lincoln à Harrison's Landing, il en était arrivé à la conclusion que l'Ancien était un saint. Incapable de prendre Richmond, McClellan s'était permis de donner au Président des conseils politiques sur la manière de conduire la guerre : la préservation de l'Union ne devait se faire au détriment des Sudistes et de leurs biens, c'est-à-dire de leurs esclaves. Il était clair qu'un tel document devait servir de programme à McClellan pour sa campagne politique de 1864.

Chase, lui, se considérait comme un saint pour avoir accepté aussi facilement le plan d'émancipation de Lincoln. Certes, il n'avait pas eu le choix, le Président s'étant montré d'une fermeté inhabituelle. Lincoln n'avait réuni ses ministres que pour leur faire part de ses intentions, et comme derrière Lincoln, c'était Seward qui tirait les ficelles, Chase n'avait eu qu'à s'incliner. Plus que jamais il était convaincu que c'était Seward le véritable cerveau du gouvernement, pour autant qu'un gouvernement aussi composite et hétéroclite pût avoir un cerveau. Et puisqu'on ne lui permettait pas de réaliser ses grands desseins, il pouvait au moins continuer de faire entendre la voix de la conscience...

Comme la conversation devenait décousue, Chase aborda l'un de ses thèmes favoris.

— Pour ce qui est des questions monétaires...

Lincoln poussa un profond soupir ; tous les autres sourirent hormis Stanton.

L'incompétence de Lincoln en matière de finances était pour Chase (qui, lui, comprenait fort bien la nature précaire de la monnaie fictive en général et du papier-monnaie en particulier) le signe d'une incompétence générale s'étendant à toutes les branches de la politique.

— Je sais, dit Lincoln, qu'en matière de monnaie, plus on a d'argent et moins on en a. Tout ça, c'est hautement métaphysique, comme dirait mon vieil associé, Billy Herndon.

Hay eut soudain la vision de Herndon chez Sal ; et il se demanda si le vieil homme avait épousé la jeune fille qu'il courtisait, et s'il avait renoncé à l'alcool comme il l'avait promis.

— Je n'avais pas l'intention de faire de la métaphysique, dit Chase avec un air poli. Je ne cherchais pas non plus à rappeler au Cabinet mon désir de voir imprimer sur nos billets l'inscription figurant sur nos pièces de monnaie : « En Dieu nous mettons notre confiance. »

— Une telle phrase, dit Bates, serait anticonstitutionnelle en vertu de la séparation de l'Église et de l'État.

— Ma foi, dit Lincoln en se levant, si vous tenez à citer la Bible, je vous suggère cette phrase, qui est de Pierre, je crois : « Je n'ai ni or ni argent, mais ce que j'ai je te le donne. »

Le Président sortit du Cabinet au milieu des rires qui suivirent cette saillie, et Chase réalisa une fois de plus que sur un point aussi important pour tout bon unioniste craignant Dieu, il n'avait pas réussi à obtenir du Président une réponse directe.

Seward glissa son bras sous celui de Chase, geste qui déplaisait fort à ce dernier, mais qu'il supportait, comme tant d'autres choses, dans l'intérêt du pays.

— Le Président n'est pas le libre penseur que vous soupçonnez.

— Je ne soupçonne rien, dit Chase, en respirant malgré lui l'odeur de tabac froid et de porto émanant du petit homme.

— Vous avez votre émancipation, soyez content, dit Seward d'un air bonhomme.

— Ce n'est pas mon émancipation. Et puis il reste le problème des États-frontières. Moi, j'aurais libéré tous les esclaves, partout.

— Dans ce cas je plains votre pauvre secrétaire au Trésor. Il ne pourrait plus vendre un seul bon...

Chase adressa à Seward un regard glacial, ou du moins qui se voulait tel. L'œil était presque aveugle dans sa vision centrale ; par contre, à la périphérie il voyait très bien.

C'est ainsi qu'il vit l'air radieux de Kate qui s'entretenait au salon avec le jeune général de l'Ohio venu s'installer chez eux pour l'été. C'était un homme grand aux yeux bleus, avec des cheveux d'un blond doré et une barbe de même couleur. Kate ayant suggéré qu'il s'était doré au moins la barbe, il s'était coupé une boucle, qu'il lui avait offerte, soit pour la faire analyser, soit pour la mettre sous verre. Kate avait refusé ce présent, en lui rappelant qu'il devait fidélité à sa femme Lucretia qu'il avait laissée au pays. Si seulement, songeait Chase, William Sprague avait eu la moitié du charme et des connaissances du général Garfield, autrement dit si Garfield avait possédé un dixième de la fortune de Sprague et qu'il eût été célibataire, il eût été un gendre idéal. Mais rien ne marche dans la vie selon nos désirs. Garfield était pauvre et marié.

Kate servit les rafraîchissements, demanda à son père ce qui s'était dit au Conseil et écouta attentivement le rapport qu'il en fit, et qui, bien sûr, ne mentionnait pas la proclamation d'émancipation.

— Aujourd'hui je reçois, dit Kate, tandis que son père buvait un verre de limonade. J'ai dit à ce qui reste de la ville que je serai à la maison, maintenant que le Congrès s'est ajourné.

— Il reste les militaires, dit Chase.

— C'est bien ma veine, dit Garfield. Tout commence enfin à bouger, et je suis là en ville à attendre.

— Ce n'est pas nous qui nous en plaignons, dit Kate, et tant pis pour la guerre.

— Vous n'aurez pas longtemps à attendre, dit Chase (un domestique tout galonné d'or vint apporter les petits fours, ce qui obligea Chase à se taire. Dès qu'il se fut éloigné, Chase reprit à mi-voix :), je crois que je vous ai déniché le commandement de Floride. Mais c'est un secret.

— C'est ce que je désire le plus ! Le sort de la guerre va se jouer lorsque les troupes de l'Ouest rejoindront celles de l'Est en dessous de Richmond.

— Mais nous devons d'abord attendre l'arrivée du général Halleck. C'est lui qui fera la décision finale. Stanton l'estime, et le Président paraît bien disposé à son égard.

— Oh, c'est quelqu'un de premier ordre. Il sera très bien comme général en chef. Car sur le terrain, c'est surtout Grant qui gagne les victoires...

— Et Pope, dit Chase.

— Votre dernière toquade, dit Kate.

— Pope, lui aussi, dit poliment Garfield. Mais j'étais avec Grant à Shiloh la seconde journée, la journée sanglante, et j'ai vu comme il s'est fait pilonner...

— Oui, mais aussi quel boucher ! dit Kate en frissonnant.

— Que voulez-vous ? C'est ça la guerre.

Les invités de Kate commencèrent d'arriver, et Chase se retira dans son bureau, juste au moment où Hay venait d'entrer au salon.

Hay et Kate s'étaient vus à plusieurs reprises durant l'été. Ils avaient été trois fois au théâtre ensemble, dont deux en compagnie. La dernière fois ils avaient assisté à une opérette, suivie d'un souper chez Wormley. Hay trouvait Kate infiniment attrayante. Il aimait surtout la femme en elle ; il aimait moins le politicien calculateur et ambitieux qu'était son père — comme l'était également le Taïcoun au dire de Herndon. Elle avait surtout une façon directe de poser des questions qu'il trouvait proprement irrésistible...

Il était maintenant assis à côté d'elle dans la lumière safranée du couchant. A quelques pas d'eux, un serviteur allumait des bougies.

— Si nous montions, dimanche, suggéra Hay.

Il sentait la chaleur de son avant-bras sur sa main gauche qu'il tenait modestement posée sur son coude droit.

— Dimanche, je ne sais pas. Atlanta vient d'être ferrée, la pauvre ! Mais durant la semaine, je ne dis pas, si je ne suis pas partie dans le Nord...

Comme elle tendait le bras pour faire signe au général Garfield de les rejoindre, sa peau effleura les doigts de Hay qui ressentit comme une secousse électrique.

Garfield, d'or qu'il était en arrivant, était maintenant devenu d'airain à la lumière. Hay le trouva assez aimable, bien qu'il en fût un peu jaloux. Certes, il était plus âgé que lui — la trentaine bien sonnée — et marié. Mais Garfield, qui avait été déjà député, était maintenant un général distingué et le second secrétaire du Président se sentait tout petit en présence de cet éblouissant personnage qui, de plus, possédait un charme indéniable.

— J'ai connu votre oncle, dit-il à Hay. La dernière fois que je l'ai vu, c'était à Columbus, où nous vivions tous alors.

Puis il se tourna vers Kate, qui lui sourit comme si elle en était amoureuse — ce qui était la preuve qu'elle ne l'était pas. Kate Chase n'aimait que son père, et peut-être aussi elle-même.

— Certains y ont vécu plus heureux que d'autres, dit-elle. Puis, se tournant vers Hay : Si Atlanta est ferrée à temps, nous pourrions monter l'après-midi.

— A votre disposition, dit Hay.

— Le seul homme qui ne le soit pas, dit aimablement Garfield. Vous ne vous couchez pas de bonne heure à la Maison-Blanche. Il y avait de la lumière chez vous, passé minuit.

— Le travail n'arrête pas, dit Hay, en affectant un air de lassitude qu'il n'éprouvait qu'occasionnellement.

— Comment va Mrs. Lincoln ? demanda Kate, avec un froncement de sourcils malicieux.

— Elle est au Foyer du Soldat en ce moment, avec l'enfant.

— On dit qu'elle est toujours en grand deuil, fit Garfield, qui avait l'air sincèrement attristé.

— Elle parle à son garçon, dit Kate en gardant la même expression. Je le sais. J'ai rencontré Mrs. Laury, le médium. Apparemment l'enfant a l'air heureux là où il est.

Garfield répondit en grec. La voix était musicale, l'accent correct. Il est vrai qu'il avait été professeur de latin et de grec avant de se lancer dans la politique.

— Qu'est-ce que ça veut dire ? demanda Kate.

— C'est Achille aux enfers, expliqua Hay. Il dit à Ulysse qu'il aimerait mieux être un esclave parmi les vivants qu'un roi parmi les morts.

— Quels puits de science vous êtes, messieurs !

Kate était ravie, et donc ravissante. Mais la lumière dorée du soir avait disparu. On avait allumé les bougies ; des lucioles brillaient dans le jardin. William Sanford se présenta à Kate qui lui dit en souriant :

— Nous parlions grec, capitaine.

— Oh, le grec, je connais ça, répondit le riche jeune homme.

— Trois puits de science ! s'exclama Kate ; puis, se levant : Voici le général Pope !

Le héros du jour se trouvait en effet dans son salon, mais pas pour la voir. L'air visiblement soucieux, il salua les invités en bloc, et disparut dans le bureau de Chase. Quand la porte fut refermée, Garfield dit :

— Voilà la clé qui nous manquait. C'est notre meilleur général, du moins dans l'Ouest, précisa-t-il avec une prudence toute politique.

— Meilleur que Grant ? demanda Hay.

Il n'arrivait pas à décider quels généraux étaient les pires : les West Pointers qui s'étaient enrichis dans les chemins de fer, ou les politiciens à cheval avides de popularité. Grant, bien que sorti de West Point, s'était lancé dans une affaire de sellerie qui heureusement avait fait faillite.

— Il est plus complet que Garfield. Mais Grant est meilleur sur le terrain. Je sais, miss Kate, que sa façon de se battre vous déplaît ; vous désapprouvez son acharnement, mais c'est comme ça qu'on gagne la guerre. A Shiloh, les deux camps ont perdu plus d'hommes en une seule journée qu'il n'en avait péri jusqu'ici dans une seule journée de bataille. C'est parce que Grant ne voulait pas se retirer, bien que son adversaire eût l'avantage.

Dans le bureau de Chase, Pope disait le contraire :

— Grant est désespérant. Quand il n'est pas ivre, il est comme hébété. A Shiloh, il a été surpris par l'ennemi. Il n'était pas prêt. C'est un miracle qu'il s'en soit sorti. Ce n'est pas un général. Mais McClellan est encore pire.

Chase hocha la tête.

— Je suis arrivé à la conclusion, général — et que cela reste entre nous — que McClellan n'a aucune intention d'attaquer le Sud. Tout ce qu'il souhaite, c'est que le Sud ait réintégré l'Union avant 1864 pour pouvoir obtenir leurs voix, en tant que candidat démocrate.

Pope lissa son épaisse barbe noire de ses gros doigts rouges :

— Je ne serais pas surpris que vous ayez raison. Il s'est comporté de façon bizarre, en effet. Arriver à onze kilomètres de Richmond, et ne pas y entrer ! Mon impression est qu'il n'a aucune envie de se battre, et la raison que vous en donnez est la meilleure de toutes celles que j'ai entendues — couardise mise à part. Mais moi, j'ai l'intention de me battre. J'ai dit à mes troupes qu'il n'était pas question de tourner le dos à l'ennemi. Des dos, c'est nous qui les verrons, je vous le promets !

Pope arpentait la pièce de long en large, et pour la première fois depuis McDowell, Chase sentit renaître en lui la confiance. Il remercia le Ciel de ce que le général qui vaincrait le Sud serait un ardent abolitionniste, et un de ses partisans.

Pope voulut ensuite savoir quelle était exactement la position de Lincoln sur la question de l'abolition.

— Lorsque j'entrerai en Virginie avec mon armée, je vais hériter de milliers d'âmes noires. Que dois-je en faire ?

Chase fut tenté un moment de lui parler de la proclamation d'émancipation, mais il surmonta cette faiblesse.

— Après les victoires que vous allez remporter — et je compte sur vous pour prendre Richmond avec ou sans l'aide de McClellan — je libérerais les esclaves de mon propre chef, et je les incorporerais dans mon armée, au besoin même, je les armerais. Voilà ce que je ferais. Ce n'est pas ce que ferait Mr. Seward.

— Mr. Seward, c'est-à-dire le Président ?

— C'est-à-dire le Président.

Chase hocha la tête. Le grain était semé, il ne lui restait plus qu'à lever. La timide proclamation d'émancipation de Lincoln serait éclipsée par l'audacieuse libération de Pope.

— Je vous comprends, Mr. Chase.

— Je vois que nous nous comprenons en effet, général, et nous comprenons aussi très bien ce que le Ciel attend de nous. Je sais ce que c'est que de prendre une ville ennemie — comme j'ai fait à Norfolk, sur une petite échelle, bien entendu — et de voir autour de soi toute une population d'esclaves vous supplier de briser leurs chaînes. Mais ce jour-là, je n'avais aucune autorité pour le faire. Vous, ce sera différent. Vos victoires seront votre justification.

— Je ne vous décevrai pas, Mr. Chase.

Pope serra la main de Chase : c'étaient des alliés, au service de la même cause, chargés d'accomplir la volonté divine.

Pendant ce temps-là, au salon, William Sanford faisait sa déclaration à Kate :

— J'ai l'intention de quitter l'armée au début de l'année. Nous pourrions aller en France. Il y a là-bas une petite maison qui me plairait bien. C'est à Saint-Cloud, près de Paris. Nous aurions une vie merveilleuse. J'étudierais la musique, et vous, vous iriez à la cour.

— Je suis très touchée de ce que vous me dites, Mr. Sanford, dit Kate, dont les yeux luisaient à la clarté des bougies. Touchée et honorée. Si nous n'étions pas en guerre, et si mon père n'avait pas les responsabilités politiques qui sont les siennes, je ne pourrais pas rêver d'une vie plus heureuse...

— Il s'agit du gouverneur Sprague, n'est-ce pas ?

— Non, il ne s'agit que de mon père et de moi, je vous le promets, répondit Kate avec une parfaite franchise.

A ce moment, le général Pope traversa la pièce en coup de vent et disparut dans la nuit vers son destin.

Hay se retrouva assis à côté de Kate. Il avait une assez bonne idée de la conversation de Sanford. Les jeunes gens de Washington connaissaient bien les sentiments du capitaine Sanford pour Kate. Certains pensaient qu'elle devrait l'épouser et ne plus se soucier ni d'argent ni de son père. D'autres pensaient qu'elle choisirait Sprague pour son argent et qu'elle resterait avec son père. Hay pour sa part estimait qu'elle serait pour lui une épouse admirable, bien qu'ils n'eussent d'argent ni l'un ni l'autre, et qu'il ne fût pas très sûr de savoir comment en gagner.

— Comment trouvez-vous votre nouveau commandant, capitaine Sanford ? demanda Hay, tout en regardant Kate.

— Le général McDowell a assez bonne opinion de lui, répondit Sanford, qui appartenait toujours à l'état-major de McDowell. Mais le général Frémont refuse de servir sous les ordres d'un officier moins gradé que lui. Il a donc quitté l'armée.

— C'est une chance.

Hay se reprocha son manque de tact. Après tout, le Président faisait tout son possible pour contenter l'incompétent mais très populaire Frémont, lequel avait été le premier candidat républicain à briguer la présidence.

— C'est ce que pense le général McDowell, dit Sanford, les yeux fixés sur Kate.

— Avez-vous un plan, ou est-ce un secret ?

— Nous savons très peu de chose. L'armée de Virginie rejoindra probablement l'armée du Potomac, et toutes les deux entreront dans Richmond.

— Je suis sûre, dit Kate, que les choses ne se passeront pas comme ça. Soit calcul, soit incompétence, il se produira autre chose, et l'ennemi est déjà prévenu.

VII

David Herold, ennemi juré de l'Union et espion de fortune — trop rarement à son gré — se fraya un chemin à travers la foule de Center Market. Il y avait dans l'air un petit vent frais d'automne, et l'on venait de tuer les premiers cochons. Les marchandes de porc étaient occupées, chacune derrière son étal, sous le vaste toit de la halle. L'édifice tout entier était une construction à claire-voie, faite de poutres s'appuyant sur des murs de brique s'élevant à mi-hauteur. Le marché était un lieu de rencontre non seulement pour les commères mais aussi pour les dames de la bonne société. On venait y acheter les produits des fermes environnantes ainsi que toutes sortes de poissons conservés vivants dans des réservoirs. Il y avait des barils d'huîtres du Chesapeake, mais non point du Rappahannock, que la capitale de l'Union venait de perdre pour toujours, pensait David, ravi de ce que les dernières victoires confédérées eussent privé les Yankees des meilleures huîtres du monde.

A l'étal de Mr. Henderson, plusieurs femmes à l'œil vif et au nez crochu tordaient le cou à de malheureuses volailles qu'elles plumaient ensuite et vidaient avec une habileté et une célérité diaboliques. Des dames en crinoline et à large chapeau côtoyaient des négresses en turban. Au marché toutes les femmes étaient sœurs : la seule différence de condition était celle qui séparait l'acheteur du vendeur. La mère de David connaissait certains marchands depuis toujours. Une vieille femme de Fairfax avait vendu des fruits non seulement à la mère de David, mais à sa grand-mère et même à son arrière-grand-mère. Le résultat, c'est qu'il y avait toujours des cageots de pommes qui pourrissaient dans la cave des Herold.

— Tu cherches une poule au pot pour ta mère ?

Mr. Henderson abordait chaque rencontre de la même façon et avec les mêmes paroles ; puis il faisait signe à David de le rejoindre derrière l'étal, et là, tout en caressant ses poulets, il parlait affaire avec David.

— Nous avons repris Harper's Ferry, dit Mr. Henderson, sans quitter des yeux la clientèle qui se pressait autour de son étal pour mieux tâter la marchandise.

— On dit que le général Lee est en route pour Philadelphie, dit David, qui répétait ce qu'il avait entendu dire, et que seul McClellan peut l'arrêter. Autrement dit, rien ne peut l'arrêter.

— Il a quitté la ville ?

— Il y a une semaine jour pour jour. Je suis allé apporter des médicaments chez lui, et j'ai même failli me rompre le cou, avec toutes ces lignes télégraphiques qui traînent partout. Il y en a dans toutes les pièces et jusque dans l'escalier. Il était prêt à partir. Je l'ai bien vu à la façon dont il parlait à ses aides de camp. Il pestait contre le Vieil Abe et contre le pape pour le pétrin dans lequel il s'est fourré.

— Pope, David, le général Pope, non le pape ! dit Mr. Henderson. Laissons pour le moment les papistes tranquilles. Il y en a d'ailleurs quelques-uns d'excellents comme ce vieux John, Dieu ait son âme !

David et Mr. Henderson avaient assisté le mois précédent à l'enterrement du vieux Mr. Surratt. Il était mort heureux d'apprendre que les Yankees, commandés par le général Pope, avaient été battus une seconde fois à Bull Run par Lee et Jackson, qui étaient maintenant en train d'envahir le Maryland avant d'entrer en Pennsylvanie.

— Nous avons aidé à sauver Richmond, toi et moi, en donnant de faux renseignements à Mr. Pinkerton. Maintenant, si le général Lee parvient jusqu'à Philadelphie, la guerre est terminée et nous avons gagné.

David était à la fois content et mécontent. Certes, il avait gardé les oreilles ouvertes. Il avait livré ce qu'on lui avait dit de livrer, et même il avait réussi à voler des copies d'ordres de route qu'il espérait d'une importance vitale pour la suite des opérations. Mais il n'avait encore commis aucun acte de bravoure. Il n'avait pas découvert le secret susceptible de le faire chevaucher toute une nuit jusqu'à Richmond, comme ç'avait été le cas pour Bettie Duvall. Mais, comme disait Mr. Henderson, on ne sait jamais ce qui peut être utile au gouvernement de Richmond. Aussi David transmettait à Mr. Henderson tout ce qui était capable de l'intéresser, et celui-ci le récompensait avec de belles paroles, et parfois même en lui donnant un peu d'argent. David était retourné vivre chez la veuve du chantier naval, mais il commençait à être dégoûté de manger du jambon. De temps en temps il se rendait chez Sal, apparemment pour bavarder avec elle un moment, mais en réalité pour savoir qui fréquentait ses salons et ses alcôves. Mais Sal était discrète ; heureusement, les filles l'étaient moins. C'est ainsi qu'il apprit que John Hay, un de leurs bons clients, était présentement amouraché d'une belle Antillaise, une certaine Azadia, qui trouvait fort à son goût le secrétaire du Président. « C'est comme de coucher avec un collégien ou avec toi », avait-elle confié à David un jour qu'ils étaient allongés côte à côte à écouter le son des cloches. Le dimanche matin était le seul moment de la semaine où David bénéficiait chez Sal d'un tarif réduit.

Azadia avait répondu sans la moindre réticence aux questions de David. Malheureusement, Hay s'était montré moins bavard. Il lui avait toutefois parlé de la colère du Président contre McClellan, qui avait dit à Mr. Stanton que Pope était assez grand pour se tirer tout seul du pétrin dans lequel il s'était mis à Bull Run. Il n'avait pas porté secours à l'armée de Pope qui avait été détruite. Hay avait également dit qu'il y aurait bientôt un grand changement. Quand David avait répété cela à Mr. Henderson, celui-ci s'était esclaffé :

— Le changement, c'est que nous allons gagner la guerre et qu'ils vont la perdre. Voilà le changement !

Mais Mr. Henderson ne caquetait plus à présent.

— Les prochaines semaines seront décisives. Nous avons des gens à nous au Département de la Guerre. Mais nous n'avons personne dans l'entourage de Mr. Stanton, et pourtant tout le monde sait qu'il est malade comme un cheval.

— Je ferai ce que je pourrai, dit David. Mais les Stanton ne sont pas clients chez nous. Je ne sais pas pourquoi.

— Tâche de trouver quel est leur médecin, et ensuite arrange-toi auprès de Thompson pour qu'il obtienne leur clientèle. Je veux que tu t'introduises chez les Stanton.

— J'essaierai.

Ils se séparèrent au milieu des poules, David se rendant chez les Surratt où il savait qu'il trouverait Annie toute seule.

Annie était au salon en train de faire reluire les meubles. Elle poussa un cri en le voyant entrer.

— Tu pourrais frapper, David. Tu m'as fait une de ces peurs ! Avec tous ces soldats ivres et tous ces nègres qui traînent dans les rues...

— Alors, ferme la porte à clé. Quelles sont les nouvelles à Surratt-sville ?

Annie posa son chiffon et s'assit sur le fauteuil à bascule de sa mère. Elle ressemblait du reste assez à cette femme éminemment voluptueuse.

— John a repris le bureau de poste, le 1er du mois. Cela l'occupe quand il n'est pas occupé ailleurs. Tu sais qu'il fait tout le temps la navette entre là-bas et Richmond.

— Je sais, dit David d'un air lugubre. Moi, je n'ai pas cette chance.

— Vous avez chacun votre place, mais tu nous rends de grands services David et tu le sais bien. En août John a été dans le Sud jusqu'à Fort Monroe, où ils attendaient le général Burnside qui venait de Caroline du Nord, et la question était : Où l'armée de Burnside allait-elle aller ? Si elle restait dans les parages, il attaquerait Richmond avec McClellan. Mais si elle montait jusqu'au Rappahannock, McClellan serait rappelé à Washington, Richmond serait sauvé et Lee pourrait avancer vers le Nord. John a surpris une conversation entre deux capitaines de péniche qui disaient qu'on leur avait donné l'ordre de charger les hommes de Burnside jusqu'au Rappahannock. John a couru annoncer la nouvelle à Richmond.

— Et maintenant il est retourné à son bureau de poste ?

— Oui, pour le moment. Mère est occupée à la ferme, et moi j'arrange un peu la maison, car nous pensons prendre des pensionnaires, maintenant que Père n'est plus là.

Pendant qu'elle parlait, David s'était rapproché d'elle si bien qu'il pouvait sentir le parfum d'eau de lilas dont elle aimait à s'asperger, sans parler du parfum d'huile de citron dont elle se servait pour faire briller les meubles. Il voulut l'embrasser, mais elle se débattit en riant et lui donna un baiser sur la joue. Puis elle lui dit de la laisser tranquille ou bien de l'aider à nettoyer.

Une fois dehors, David se prit à réfléchir aux lois étranges qui gouvernaient les rapports entre les hommes et les femmes. Alors qu'avec Azadia, il pouvait faire ce qu'il voulait, pour avoir Annie il faudrait qu'il l'épousât. Par contre, s'il était John Hay, tout serait à lui, y compris la belle Kate, du moins s'il fallait en croire les journaux.

Pour le moment, John Hay n'appartenait à personne, et personne n'appartenait à John Hay. Il était assis dans le bureau de Stanton, en face du long canapé sur lequel le Taïcoun était étendu, les pieds posés sur l'un des bras du canapé, la tête sur l'autre bras, un chapeau de feutre gris rabattu sur les yeux comme s'il ne voulait plus jamais rien voir. Stanton était à son bureau, la mâchoire en avant et les yeux rougis. Le général Halleck se tenait debout devant la grande carte du Maryland. Il venait d'être nommé général en chef. Il avait envoyé Pope et l'armée de Virginie rejoindre McClellan et l'armée du Potomac afin qu'ensemble ils puissent s'emparer de Richmond. Résultat : Pope avait été battu à Bull Run et McClellan rappelé à Washington. Halleck avait été d'une incompétence crasse dans cette affaire, et Lincoln n'avait guère été mieux.

Pour la première fois, Hay s'était demandé si l'Ancien, malgré toutes ses vertus, avait les qualités nécessaires pour gouverner le pays en temps de guerre. Autrement dit, les rebelles avaient produit une demi-douzaine de généraux de premier ordre, et l'Union aucun à l'exception peut-être de Grant qui pour le moment se trouvait enlisé quelque part dans l'Ouest. La supériorité militaire du Sud était-elle due à un meilleur système politique ? Le fait est que le Président nordiste laissait à ses généraux soit trop de liberté, soit pas assez ; sa décision de forcer McClellan à se retirer de la position qu'il occupait à quarante kilomètres à l'est de Richmond n'était pas seulement arbitraire, c'était une sottise. Richmond n'étant plus menacé, Lee était libre d'envahir l'Union, ce qu'il était justement en train de faire.

Henry W. Halleck tourna le dos à la carte et regarda Lincoln d'un air lugubre. C'était un homme pansu, au visage bouffi dans lequel deux grands yeux vitreux étaient incrustés. On disait qu'il s'adonnait à l'opium et qu'il en fumait des pipes jusque tard dans la nuit. Assurément sa boîte crânienne paraissait assez large pour contenir cette formidable cervelle, dont l'utilité aujourd'hui semblait contestée.

— Voici quelle est à l'heure actuelle la position des armée : Lee se trouve de ce côté-ci d'Antietam Creek et McClellan de l'autre. La bataille d'hier a été décrite par le général McClellan comme une victoire complète. Aujourd'hui il devrait porter le coup de grâce à Lee et stopper l'invasion rebelle. Parce que lorsqu'une armée qui a envahi le territoire de l'ennemi subit une défaite et se trouve coupée de ses lignes de communication, c'est invariablement le prélude à une reddition générale, comme le montre l'exemple de Fabius Cunctator lorsqu'il fit reculer Hannibal, ainsi que vous vous le rappelez sans doute.

— Je m'en souviens comme si c'était hier, dit le Président, le visage toujours dissimulé derrière son chapeau.

— Je me méfie un peu de cette victoire « complète », dit Stanton. On ne sait jamais avec McClellan.

— Nous savons en tout cas qu'il commande ces hauteurs situées ici à Sharpsburg, dit Halleck en touchant la carte de son doigt sale. Nous savons de plus que Lee s'est replié après les combats d'hier. La journée d'aujourd'hui dira si McClellan obéit aux ordres du Président et détruit l'armée de Lee, ou bien si Lee se retire en Virginie sans être inquiété.

Le Président ôta son chapeau de son visage et s'assit correctement sur le canapé.

— Jusqu'ici, je suis bien content. Comme vous le savez, j'avais résolu de me passer de McClellan, mais le seul autre général disponible a refusé le commandement.

— Burnside a été lent à attaquer à Sharpsburg, dit Stanton en jetant un coup d'œil à la pile de télégrammes venant de l'armée du Potomac.

— C'est ce que nous dit le général McClellan.

La haine de Halleck pour McClellan avait une pureté toute mathématique. Pour Halleck, McClellan était un théorème inexact qu'il fallait effacer du tableau noir.

— Le principal danger, pour le moment, réside dans la proximité où l'armée rebelle se trouve de Washington. Stonewall Jackson occupe Harper's Ferry. Il est entre notre armée et cette ville. Si Lee parvient à le rejoindre, à eux deux ils pourraient s'emparer de Washington avant l'arrivée de McClellan.

Lincoln fronça les sourcils.

— Je reconnais que le Petit Mac détient tous les records de lenteur. Combien d'hommes a-t-il sur l'Antietam ?

— Il en avait près de quatre-vingt-dix mille pour commencer. Ce matin les pertes étaient estimées à quinze mille...

— Mon Dieu ! s'écria Lincoln en se cachant le visage avec les mains. C'est pire qu'à Shiloh.

— C'est l'engagement le plus meurtrier de cette guerre, dit Halleck, et même de toute guerre moderne jusqu'ici. Les rebelles ont subi des pertes presque aussi lourdes, d'après nos renseignements.

— Ils ont moins d'hommes, moins de ressources, dit Stanton, qui depuis le commencement avait toujours soutenu cette idée.

— Je n'avais aucune idée du coût, dit Lincoln.

Il y eut un silence durant lequel le Président parut s'abandonner à ses pensées. Hay s'était souvent demandé quelles pouvaient bien être les pensées profondes de Lincoln. Souvent, sans aucune raison apparente, il sortait tout à coup de la conversation, pour y revenir tout aussi brusquement, l'esprit plus alerte que jamais. Cette fois, il était question de nombres.

— J'essaie toujours de calculer l'importance de l'armée rebelle. McClellan est convaincu pour sa part qu'ils ont un million d'hommes tous prêts à marcher. Il prétend que l'armée de Lee sur l'Antietam est deux fois plus nombreuse que la sienne. J'en doute, surtout si, comme le dit le général Halleck, le gros de leur armée est encore stationné au sud, ce dont je suis moins sûr. Je me souviens encore de ces rondins qu'ils avaient peints à Manassas de manière à les faire ressembler à des canons. Je pense que nous sommes deux à trois fois plus nombreux qu'eux.

— Nous sommes renseignés par les services secrets de Mr. Pinkerton, dit Stanton.

— Et lui, d'où tient-il ses renseignements ? demanda Lincoln.

— Par des espions, des ballons observatoires, et aussi par déduction.

Halleck se mit à vanter l'excellence des méthodes d'analyse de Pinkerton, mais déjà Lincoln ne l'écoutait plus. Il revint toutefois à la conversation lorsque Stanton lut la dernière dépêche de l'armée du Potomac.

— L'armée de Lee se retire en Virginie. Le Maryland est sauvé.

— Bien fait, dit Lincoln.

Hay surprit entre Halleck et Stanton un échange de regards. A leurs yeux, tout de ce que faisait le petit Napoléon était mal fait, même s'il remportait une victoire. Néanmoins l'exercice avait atteint son but : l'invasion de l'Union par Lee était stoppée. Le Taïcoun se leva.

— Maintenant que nous tenons notre victoire, dit-il, je vais pouvoir publier ma proclamation d'émancipation.

Depuis quelques semaines déjà, Hay s'occupait de préparer une rencontre entre le Président et un certain nombre de leaders noirs. L'idée de cette rencontre germait depuis longtemps dans l'esprit de Lincoln. Il connaissait peu de gens de couleur, et désirait connaître leurs opinions sur un certain nombre de sujets. Il était assis à sa place habituelle dans la salle du Cabinet, tenant sous son regard bienveillant et curieux ces Noirs endimanchés qui le regardaient avec une égale curiosité. Hay prenait des notes.

Le Président commença par dire à ses interlocuteurs qu'il avait l'intention de publier une proclamation d'émancipation dans les prochains jours. Quand il leur en eut expliqué le contenu, le leader du groupe, un certain E.M. Thomas, dit :

— Cela signifie-t-il, monsieur, que l'esclavage continuera dans les États-frontières de l'Union ?

— C'est exact.

— Vous libérez donc les esclaves dans la Confédération afin de punir leurs maîtres d'avoir fait sécession.

— C'est en partie exact. En réalité, je n'ai aucune autorité pour abolir l'esclavage dans aucun des États de l'Union. Je peux seulement le faire dans les États rebelles comme une nécessité militaire. Une fois la guerre terminée, je compte proposer un amendement à la Constitution abolissant l'esclavage, c'est-à-dire si j'occupe toujours ce fauteuil.

— Quand on meurt de faim, dit l'autre avec un petit rire, on ne regarde pas si la soupe est froide.

Lincoln sourit, entama une anecdote, s'interrompit et dit :

— Messieurs, je désire votre avis et votre aide. Le Congrès m'a remis une certaine somme en vue de la colonisation de la Nouvelle-Grenade en Amérique centrale. La terre est riche et elle n'est pas habitée. Il y a aussi des mines de charbon. Si vous le désirez, elle est à vous.

Lincoln s'interrompit, comme s'il s'attendait à un mouvement enthousiaste de la part de ses visiteurs, mais il n'y en eut aucun. Les visages n'exprimaient qu'une morne indifférence. Lincoln, qui était extrêmement sensible à l'impression qu'il faisait sur autrui, se renversa sur son fauteuil et se mit à parler, ou plutôt à penser à haute voix, signe qu'il avait déjà son opinion faite.

— Pourquoi, demanderez-vous, les gens de votre race ont-ils été colonisés ? Pourquoi devraient-ils quitter ce pays ? C'est peut-être la première question à considérer. Nous appartenons, vous et nous, à des races différentes. Il y a entre nous autant de différences qu'il peut en exister entre deux races. Est-ce bien ou mal ? La question n'est pas là.

Lincoln s'interrompit. L'un des Noirs parut vouloir répondre, mais il se ravisa. Le Président reprit :

— Cette différence physique est un grand désavantage pour nous tous. Vous souffrez de vivre parmi nous, et nous, de notre côté, nous souffrons de votre présence. En un mot, nous souffrons, chacun de notre côté.

Hay voyait fort bien qu'à mesure que Lincoln déroulait son argumentation, il lui faudrait autre chose que de simples arguments pour convaincre ses interlocuteurs.

— Cela admis, reprit le Président, nous avons une bonne raison de nous séparer. Vous êtes des hommes libres, je suppose ?

— Oui, monsieur, répondit E.M. Thomas.

Hay se demanda pourquoi à ce point de sa démonstration le Président avait besoin de poser une question dont il connaissait la réponse.

— Vous êtes peut-être libres depuis longtemps. Vous avez peut-être toujours été libres. Néanmoins votre race subit le plus grand tort qui ait jamais été infligé à un peuple. Mais même libres, vous êtes encore très loin de pouvoir prétendre à l'égalité avec la race blanche. L'aspiration de tout homme est de se dire l'égal des meilleurs de sa race, mais sur ce vaste continent, il n'y a pas un seul Noir qui soit l'égal d'un Blanc.

Hay se demandait ce que le bouillant leader allait répondre à cela. Lincoln aussi peut-être, qui conclut en ces termes :

— Partout où vous irez, la même malédiction pèsera sur vous. Cela est un fait. Je ne peux pas le modifier, même si je le voulais.

Et s'il l'avait pu, l'aurait-il voulu ? C'est la question que se posait Hay. Lincoln avait une profonde aversion pour l'esclavage à cause de la brutalité qu'il engendrait tant chez les maîtres que chez les esclaves, mais il était fermement convaincu de la supériorité de la race blanche sur la race noire. Hay était du même avis, mais sa conviction n'avait pas l'absolutisme d'un dogme. Il estimait que si les Noirs bénéficiaient des mêmes avantages que les Blancs, ils seraient probablement aussi capables. Le fait que Lincoln jugeât impossible d'accepter le principe d'une égalité naturelle entre les races, provenait sans doute de son expérience personnelle : né dans un milieu modeste, il s'était fait tout seul. Il avait peu de sympathie pour ceux qui s'estiment entravés dans leur course par les circonstances extérieures.

Nicolay était en désaccord avec Hay sur ce point. Il pensait que telle avait bien été l'opinion de Lincoln, mais que ce n'était plus vrai. Les deux secrétaires en discutaient souvent entre eux. Lincoln n'avait jamais daigné s'expliquer sur ce point. Il désirait libérer les nègres, mais il voulait qu'ils quittent le pays. Il se mit donc à plaider sa cause devant un jury manifestement hostile. Il parla des maux causés à la race blanche par l'institution de l'esclavage.

— Regardez dans quelle situation nous nous trouvons : le pays engagé dans une guerre fratricide, ses enfants qui s'entre-déchirent, sans que nul ne puisse dire jusqu'où s'étendra le conflit. Sans vous, sans votre présence parmi nous, il n'y aurait pas la guerre, encore que nombreux parmi les nôtres soient ceux qui n'ont aucune opinion à votre sujet, dans un sens comme dans l'autre. Néanmoins, je le répète, sans l'institution de l'esclavage, et sans les gens de couleur, qui en sont le prétexte, il n'y aurait pas de guerre. Il est donc préférable de nous séparer.

Lincoln s'arrêta et ferma les yeux. Il avait l'air de fixer dans son esprit ces tables de marbre où il semblait que fussent écrits ses discours.

Le pasteur new-yorkais prit alors la parole :

— Monsieur le Président, c'est une chose d'offrir un nouveau pays à des milliers de kilomètres d'ici à des hommes qui ont été esclaves toute leur vie, c'en est une autre de proposer à des gens comme nous de quitter nos foyers pour aller dans un désert, même si la terre y est fertile. Après tout, nous sommes ici chez nous, et certains le sont depuis les origines, alors pourquoi quitterions-nous notre pays pour aller nous installer dans ce désert dont le Congrès vous a fait cadeau ?

Cette réponse surprit le Président qui ne s'attendait pas à une telle franchise. Il répondit tout aussi franchement :

— Messieurs, je vous ai demandé de venir pour m'apporter votre soutien. Je sais très bien que la plupart d'entre vous n'ont aucun désir de s'en aller. Mais si des gens intelligents et instruits comme vous l'êtes ne partent pas, comment feront les anciens esclaves pour s'organiser ? Comment feront-ils pour subvenir à leurs besoins ?

— Monsieur le Président, répondit E.M. Thomas, pendant près de trois siècles, je pense qu'ils ont suffisamment prouvé qu'ils étaient capables de subvenir non seulement à leurs propres besoins mais encore à ceux de leurs maîtres blancs. Je pense qu'ils n'auront donc aucun mal à s'occuper d'eux-mêmes, une fois qu'ils seront débarrassés du fardeau de l'homme blanc.

Lincoln eut un mouvement de mâchoire qui lui était inhabituel et qui présageait l'orage : orage d'autant plus terrible qu'il éclatait rarement sur ceux qui l'avaient provoqué.

— Je ne veux pas vous critiquer, dit-il avec sa douceur coutumière, mais je trouve que vous parlez d'une manière égoïste. Vous devriez faire quelque chose pour aider ceux qui sont moins fortunés que vous. Il est extrêmement important que nous ayons pour commencer des hommes capables de penser comme des Blancs, et non avec une mentalité d'esclave. Je ne demande pas beaucoup. Pourrais-je avoir une centaine d'hommes raisonnablement intelligents, avec leurs femmes et leurs enfants, capables de prendre en main leur propre destinée ? Puis-je les avoir ? Ou, à défaut, une cinquantaine ? Ou même vingt-cinq ? Je me contenterais de vingt-cinq hommes vigoureux, avec un mélange de femmes et d'enfants. Ce serait un bon début. Dites-moi si c'est possible.

E.M. Thomas répondit avec une grande civilité :

— Nous sommes sensibles à l'honneur de rencontrer celui que nos frères esclaves appellent Oncle *Linkum*...

Lincoln se mit à rire :

— Il paraît que dans le Sud un enfant de couleur sur deux, né après 1861, s'appelle Abe. Est-ce vrai ?

— C'est parfaitement vrai, dit Thomas. Et ce n'est pas seulement dans le Sud que nos fils sont appelés Abraham. Vous avez été choisi par le Seigneur pour accomplir Ses desseins. Quand je vous regarde, je vois un homme marqué par le destin.

Hay regarda Lincoln devenu soudain immobile : que lisait-il sur ces fameuses tables de marbre ? Ensuite Lincoln se leva ; ses invités firent de même.

— Prenez le temps de réfléchir, dit-il à Thomas en lui serrant cordialement la main. Rien ne presse, malheureusement, mais nous devons être prêts.

Quand le dernier homme de couleur eut quitté la pièce, Lincoln se tourna vers Hay et lui dit :

— Pourquoi un homme de couleur tiendrait-il tant à vivre dans ce pays, alors qu'il y est tellement détesté ?

— Ils pensent peut-être que cela changera, une fois que l'esclavage sera aboli.

Lincoln secoua la tête :

— Ce sont là des passions si fortes qu'un millénaire ne suffirait même pas à les effacer.

Chase se permit toutefois d'être d'un avis différent de celui du Président lors de la séance de Cabinet du lundi 22 juillet. Il était hostile à ce projet de colonisation, « sauf peut-être comme moyen d'avoir un pied en Amérique centrale ». Lincoln constata leur différence d'opinion, mais sa décision était déjà prise. Il avait réuni tous les grands de l'État pour leur annoncer qu'il allait publier sa proclamation d'émancipation. Parmi ceux qui étaient présents, seul Blair émit une objection. Il estimait qu'une telle mesure serait impopulaire dans les États-frontières et parmi l'armée. Une fois de plus, il rappela à tous qu'il y aurait des élections au Congrès dans deux mois.

Le Président était debout et dominait de haut ses ministres assis, ainsi que divers chefs politiques qu'il avait convoqués pour la circonstance.

— Lorsque l'armée rebelle était à Frederick, j'ai pris la résolution de publier une proclamation d'émancipation dès que les rebelles seraient repoussés du Maryland et que la Pennsylvanie ne serait plus menacée d'invasion. Naturellement, j'espérais que nous serions dans une meilleure situation. L'action de l'armée contre les rebelles n'a pas été telle que je pouvais l'espérer.

Chase et Stanton échangèrent un regard. Ce matin même Stanton avait appris à Chase comment McClellan avait, par sa lenteur, permis à Lee de se retirer en Virginie, pratiquement victorieux, après ce que le Sud appelait un raid punitif en territoire ennemi.

Lincoln parut deviner combien la Chambre était hostile à sa proclamation.

— Je sais que sur ce point comme sur bien d'autres, d'aucuns pourraient faire mieux que moi, dit Lincoln en regardant Chase avec un sourire. Si j'étais sûr qu'un autre que moi possédât davantage la confiance du pays, et si je connaissais un moyen constitutionnel de lui céder ma place, je le ferais volontiers.

Chase jeta un coup d'œil à Seward qui était assis juste en face de lui.

Quel habile petit homme ! se disait Chase. En réalité, c'était lui le Président ; mais comment exerçait-il son influence sur Lincoln ? C'était là un mystère qui demandait à être éclairci.

Lincoln fit soudain un aveu qui étonna tout le monde :

— Je sais très bien que je n'ai plus tout à fait la confiance du pays, comme j'ai pu l'avoir à certains moments, mais d'autre part je ne connais personne qui l'ait davantage que moi. (Ici le Président jeta un nouveau coup d'œil à Chase qui sentit le rouge lui monter aux joues.) De toute façon, comme il n'y a aucun moyen de mettre quelqu'un d'autre à ma place, je suis bien forcé d'y rester. Je dois faire de mon mieux et accepter la responsabilité des décisions que j'estime nécessaire de prendre.

— ... Et là-dessus, le Président nous a lu sa proclamation.

Chase était dans son bureau à regarder la pluie d'automne arroser les passants, mais son cœur se serrait chaque fois qu'il voyait une ambulance amener à l'hôpital les blessés d'Antietam. Et ce jour-là, ça n'arrêtait pas. Les pertes avaient été plus lourdes que prévu, et voilà qu'après avoir perdu son argent, l'Union était en train de perdre son sang.

Henry D. Cooke était assis sur le sofa, sous le portrait d'Hamilton. Chase trouvait toujours dans la présence de Henry D. un grand réconfort. Leur amitié était ancienne : elle remontait bien avant l'époque où Cooke était devenu directeur de l'*Ohio State Journal,* dans les colonnes duquel il avait d'ailleurs soutenu la candidature de Lincoln avec un zèle qui avait surpris Chase. Mais tout cela, c'était de l'histoire ancienne. A présent, Henry D. était à la tête de la branche washingtonienne de la Jay Cooke & Cie, une banque fort prospère qui comptait parmi sa clientèle des personnages aussi distingués que l'actuel secrétaire au Trésor. Cooke avait fait à Chase un certain nombre de prêts personnels que celui-ci avait scrupuleusement remboursés à l'exception du coupé qu'il avait accepté à titre de cadeau pour Kate. Jay Cooke était un habile investisseur, et Chase lui avait donné carte blanche pour gérer ses finances. L'année précédente, Cooke lui avait prêté treize mille dollars qui se montaient maintenant à quinze mille dollars : presque deux fois son salaire annuel. Sans Jay Cooke, Chase n'aurait pas pu survivre financièrement, et l'Union pas davantage. C'était Jay qui avait réussi à vendre les fameux bons de guerre non pas aux banquiers, qui ne songeaient qu'à saigner le Trésor, mais à de simples particuliers. L'habileté de Jay à vendre les bons du gouvernement était une source d'étonnement pour Chase qui ne comprenait que trop bien la fragilité du papier-monnaie qu'ils avaient fabriqué avec une légèreté coupable. Mais Jay Cooke, avec son génie de la publicité, avait réussi à rendre ces bons attrayants ; et c'est ainsi que la guerre avait pu être financée. Pendant ce temps-là, Henry D. restait dans la capitale, servant de trait d'union entre le génie de la finance et le chef du Trésor, lequel parlait maintenant de démissionner.

— Je ne vois pas comment je peux rester plus longtemps dans ce gouvernement, dit Chase en se tournant brusquement vers son interlocuteur. Le Président est en train de perdre le peu de popularité qu'il avait. Seward le pousse à garder McClellan et toute cette bande de généraux incompétents tout simplement parce que ce sont des modérés et qu'ils plaisent à ceux de la frontière. Mais entre nous, vous avez déjà vu une guerre où ce sont les généraux ennemis qui commandent votre armée ? Eh bien, c'est exactement ce que Lincoln est en train de faire.

— Allons, dit Henry D., ne vous laissez pas abattre. La situation n'est pas aussi désespérée. McClellan ne va pas durer bien longtemps. Mon frère Jay me dit que vos bons de guerre se vendent comme des petits pains, et les élections de novembre ne s'annoncent pas trop mal pour nous.

— Non, dit Chase, qui avait déjà calculé les pertes républicaines. Nous perdrons plus de quarante sièges à la Chambre. Mais que puis-je faire ? On me tient déjà pour responsable des erreurs politiques des autres. Je pense que je devrais démissionner maintenant.

Henry D. secoua vigoureusement la tête.

— Où serait ce gouvernement sans vous ?

— Regardez où il est avec moi ! dit Chase en s'asseyant à son bureau. Certes, j'ai pu financer la guerre, jusqu'ici. Mais pourrons-nous continuer longtemps à vendre si nous n'avons que des défaites ? Prétendre qu'Antietam a été une victoire n'a trompé personne, surtout pas le marché. Non, je dois partir.

— Pour aller où ?

— Pour retourner au Sénat. Si je démissionne maintenant, je peux être élu aux prochaines élections.

— A votre place, je ne ferais pas cela, Mr. Chase. Vous êtes l'homme le plus puissant du pays après...

— Après le gouverneur Seward, dit Chase incapable de contenir plus longtemps son amertume. Seulement moi, je suis un véritable abolitionniste, un radical, comme disent nos ennemis. Eh bien, je n'en ai pas honte. Par contre, j'ai honte de faire partie d'un gouvernement qui est indifférent à tout ce que je tiens pour sacré. A-t-on jamais vu document plus cynique que la proclamation du Président ? Ou politique plus inconsidérée que de déporter le plus loin possible d'anciens esclaves émancipés ?

Tout en parlant, Chase avait déplacé des papiers sur son bureau. Tout à coup il découvrit un nouveau trésor, et son visage s'illumina comme par enchantement. Là, sur une feuille de papier à lettres adressée au Président et à Mrs. Abraham Lincoln, se trouvaient les armoiries de la famille royale britannique avec la légende « Windsor Castle ». La reine

Victoria avait écrit de sa propre main aux Lincoln pour leur annoncer le mariage de sa fille la princesse Alice avec le neveu du grand-duc d'Hesse. Chase regardait amoureusement la signature : « Victoria R. »

— C'est Mr. Lincoln qui me l'a donnée, dit-il en montrant la lettre. Je dois dire que, toute question politique mise à part, c'est un homme d'une parfaite courtoisie. Il est très rare de trouver une lettre holographe de la reine. J'ai été très ému quand le Président m'en a fait cadeau. Je la mettrai à côté de celle de Gladstone, encore que je ne sois pas bien sûr que ce rapprochement les enchante tous les deux.

Henry D. exhorta une nouvelle fois Chase à ne pas quitter son poste.

— Si vous partiez, ce serait un rude coup pour mon frère Jay.

Chase fut sensible à cette objection.

— Je pourrais toujours, après deux ans de Sénat, me présenter comme candidat républicain aux élections de 1864.

— C'est possible, Mr. Chase, mais si j'étais vous, je resterais là où vous êtes, courant devant la meute, avec votre figure bien en vue sur le billet d'un dollar.

Sur quoi les deux hommes se séparèrent.

Chase n'avait pas vraiment l'intention de démissionner, si tentante qu'en fût l'idée. Il savait bien qu'il occupait une position prépondérante, et il n'était pas homme à lâcher la proie pour l'ombre. Néanmoins il courait le risque d'être confondu avec Lincoln et Seward et d'être ainsi battu par le candidat démocrate lors des élections générales. Il appela sa voiture.

Il était d'humeur indécise lorsque, passant devant la maison de Mrs. Douglas, il envoya son cocher demander si cette dame était chez elle. Une bonne parut sur le seuil de la porte et fit non de la tête. Le cocher revint à la voiture :

— Mrs. Douglas n'est pas chez elle. La bonne voudrait savoir qui désire voir sa maîtresse.

Chase sortit un billet d'un dollar de son portefeuille, et le déchira en deux, puis il donna au cocher la moitié qui portait son effigie.

Tandis qu'il traversait F Street, où l'on était en train d'installer de nouveaux rails de tramway, Chase considéra l'idée d'un remariage. Tant qu'il avait Kate, la question bien sûr ne se posait pas ; ils formaient un couple parfaitement heureux. Mais Kate allait sans doute bientôt le quitter pour épouser Sprague, et alors, que deviendrait-il ? Adèle Douglas, la veuve du Petit Géant, comme on appelait son mari, était l'une des plus belles femmes de Washington, et de plus elle était d'humeur fort agréable. Elle ferait une superbe Présidente. Du reste, si le parti démocrate ne s'était pas scindé en deux en 1860, à l'heure qu'il est c'est elle qui occuperait la place de Mrs. Lincoln, et Douglas serait Président. Chase pensait que les hommes qui obtiennent tout ce qu'ils veulent en ce monde ne meurent jamais, du moins pas à Chicago, et surtout pas de pneumonie !

Chase fut accueilli à son domicile de Sixth Street par sa fille Kate, qui venait de passer quelques jours à Philadelphie, et par William Sprague qui rentrait lui-même de Providence.

— Mr. Chase, avez-vous parlé à Mr. Hoyt? dit Sprague en saluant son futur beau-père.

— Ravi de vous revoir, gouverneur, dit Chase en serrant la main du jeune homme. J'espère que Katie n'oublie pas ses devoirs.

— Oh, je résiste comme je peux aux attaques du gouverneur. J'en sais plus à présent sur les fluctuations du prix du coton que je ne l'aurais jamais cru possible.

— La situation est très mauvaise. Mr. Hoyt m'a dit qu'il devait vous voir aujourd'hui, dit Sprague en jetant un coup d'œil accusateur à Chase à travers son lorgnon.

— Je ne sais pas qui est Mr. Hoyt, mais j'ai bien peur qu'il ne m'ait pas vu. Ou, s'il m'a vu, il ne m'a pas parlé. En fait, nous avons passé toute la journée à libérer les esclaves dans les États rebelles.

Chase s'assit sur son fauteuil à bascule ; puis il se mit à se balancer jusqu'à ce que son humeur s'harmonisât avec le mouvement régulier de la chaise. Il tâchait de se rappeler qui pouvait bien être ce Hoyt. Le nom lui était familier, et pourtant il semblait s'y attacher quelque chose de désagréable.

— Il n'aura pas réussi à vous voir, dit Sprague en fronçant les sourcils. Laissez-moi vous dire en deux mots de quoi il s'agit. Harris Hoyt vient du Texas. Mais c'est un fidèle partisan de l'Union. Il a une lettre de recommandation de Johnny Hay. C'est quelqu'un de très bien, je vous assure.

Mais Mr. Hoyt n'était pas du tout quelqu'un de très bien. Chase se ressouvint tout à coup d'une entrevue assez désagréable qu'il avait eue avec un grand Sudiste, qui prétendait être recommandé par le Président. L'homme désirait un permis pour pouvoir vendre du coton texan aux filatures de Nouvelle-Angleterre. Comme cela était rigoureusement interdit par une loi, que venait encore de renforcer le blocus des ports confédérés par la marine de l'Union, Chase lui avait refusé ce permis. Sur quoi l'homme était devenu furieux, déclarant qu'il se plaindrait à ses associés, ainsi qu'au gouverneur Sprague. Chase avait alors chassé Mr. Hoyt de son bureau en lui jetant au visage ce sévère avertissement :

— Sachez que je n'ai pas de comptes à rendre à ces messieurs.

Chase cessa de se balancer.

— C'est exact, gouverneur, j'ai bien reçu Mr. Hoyt, mais je dois vous dire qu'il m'a laissé une assez fâcheuse impression.

— Oh, c'est un Sudiste. Vous les connaissez. Mais c'est un fidèle partisan de l'Union. Il dit que le coton est à Galveston, entassé sur les docks, et qu'il n'y a plus qu'à aller le chercher. Nous avons besoin de ce

390

coton, Mr. Chase. Si nous ne l'avons pas, nous serons obligés de débaucher des milliers et des milliers d'ouvriers qui voteront démocrate.

Chase n'avait qu'une piètre opinion des talents de logicien de Sprague, mais il dut s'incliner devant la logique implacable de cette argumentation. Le Cabinet était divisé sur cette question. Lui-même pensait qu'on devrait délivrer des permis dans les cas où ce serait avantageux pour l'Union, et seulement à des gens offrant toutes les garanties. Le Président penchait lui aussi pour cette solution. Mais Gédéon Welles s'y était farouchement opposé. Pas question de commercer avec l'ennemi, surtout depuis que la marine nordiste commençait à isoler avec quelque succès les ports rebelles. « Je sais bien, avait dit Welles, que ce sera dur pour la Nouvelle-Angleterre, mais ce sera encore plus dur pour le Sud. Faire des exceptions maintenant ne ferait que prolonger inutilement la guerre. » Stanton s'était rallié à Welles, Seward n'avait émis aucune opinion, et Chase s'était rallié à la majorité, ce qui lui avait valu les foudres du petit gouverneur, qui ne cessait de le bombarder de statistiques et de récriminations au point que l'apparition du général Garfield au salon fut comme le lever du soleil après une nuit d'angoisse.

Les deux jeunes hommes ne s'étaient encore jamais rencontrés. Kate fit les présentations. Sprague avait l'air soucieux. Garfield était comme toujours rayonnant.

— Je suis allé voir le général Hooker à l'asile de fous.

— Pourquoi ? Il est fou, lui aussi ? demanda Sprague, que cette idée avait l'air d'amuser.

Garfield se mit à rire.

— Non, rassurez-vous. Il est parfaitement sain, du moins d'esprit. Il a été blessé au pied à Antietam. Ils utilisent l'asile comme hôpital pour l'armée. Hooker est persuadé que s'il avait pu rester trois heures de plus à Antietam, notre victoire eût été complète.

— C'est quelqu'un de très confiant et de très énergique, dit Kate. Je l'aime beaucoup. Père et moi nous sommes allés le trouver hier. Il nous disait qu'il était avec McClellan lorsque est venu l'ordre de se retirer de la péninsule, et qu'il avait demandé à McClellan de désobéir à cet ordre et de lui laisser prendre Richmond. McClellan accepte, et puis comme Hooker s'apprêtait à attaquer la ville, McClellan se ravise et lui donne l'ordre de quitter la péninsule. Hooker était furieux, parce qu'il savait qu'il aurait pu prendre Richmond tout comme Père a pris Norfolk.

— La semaine dernière, dit Chase, repris par son humeur martiale, j'ai demandé à Mr. Welles de me laisser remonter la rivière James avec la flotte. Il a trouvé qu'il y avait du mérite dans cette idée.

— Et il y en a, dit Garfield. Vous avez l'autorité et l'intelligence du commandement. Après tout, qu'avons-nous de plus que vous, nous, les militaires ? Je suis professeur à l'Université, j'enseigne les lettres...

— Vous êtes également politicien, ajouta Kate.

— Eh bien moi, je suis un homme d'affaires qu'on est en train d'étrangler, dit Sprague en se levant. Excusez-moi. J'ai des gens à voir au Willard.

— Vous êtes toujours le bienvenu à la maison, dit Chase d'un air bénin.

— Oui, dit Sprague, et il s'en alla.

— Un jeune homme un peu abrupt, dit Chase en souriant à Garfield, mais plein de bonnes intentions.

— Vous croyez, Père ? demanda Kate. Il ne vous agace pas un petit peu avec ses histoires de permis ?

— On serait inquiet à moins, dit Garfield, avec toutes ces usines qui menacent de fermer et tous ces ouvriers qui risquent de perdre leur emploi.

— A propos de la Floride orientale, commença Chase, tandis que Kate servait le thé, le Président est maintenant d'accord pour créer un département pour les Affaires de Floride avec Mr. Thayer comme gouverneur, et vous comme commandant général, ou mieux major général !

— Tout cela, c'est votre ouvrage, dit Garfield. Comment pourrai-je vous remercier ?

— En faisant votre devoir, c'est tout.

Kate considérait les choses d'un point de vue plus pratique.

— Vous pourriez ramener la Floride dans l'Union et revenir ici comme sénateur. C'est également ce qu'ils proposent de faire en ce qui concerne les territoires situés à l'extrémité occidentale de la Virginie. Père, comment va s'appeler ce nouvel État ?

— La dernière fois que nous en avons discuté, il était question de l'appeler Virginie occidentale.

— Comme c'est plat ! dit Kate. N'avons-nous pas assez de tous ces nord et de tous ces sud, de tous ces est et de tous ces ouest ? C'est comme les rues ici : A, B, C, D. Première, Deuxième, Troisième...

— Oui, mais les avenues, miss Kate ! dit Garfield en essuyant sa barbe blonde avec une serviette de dentelle. Pennsylvania, Massachusetts, Rhode Island...

— Je trouve qu'on manque singulièrement d'imagination dans cette ville. Chez nous, au moins, nous avons des rues de l'Orme, des rues du Chêne, des rues du Pin. Père, pourquoi Washington est-elle une ville si ennuyeuse ?

— Ennuyeuse ? Tu n'as pas toujours été de cet avis. Je trouve au contraire que c'est une ville extrêmement intéressante, même peut-être trop, dit Chase en ramassant le dernier numéro de la *Revue des Deux Mondes*. Depuis quelque temps il s'intéressait au spiritualisme, qui était la nouvelle mode en France.

— Oh, je ne parle pas de nos vies à nous, bien sûr, mais de la ville en elle-même. On n'y sent aucun mystère, aucune poésie, elle n'a même pas d'histoire...

— C'est une ville encore toute récente, dit Garfield. Notre pays est encore jeune, miss Kate.

— En un siècle, tout de même, on aurait pu trouver quelque chose pour aller avec Lafayette Square. A propos, le général La Fayette est mort hier. Non, ce qu'il faudrait à cette ville, c'est une cathédrale, une vraie cathédrale gothique...

— Vous l'aurez ! s'écria Garfield.

Pourquoi, songeait Chase, un jeune homme aussi charmant et aussi brillant s'était-il marié si jeune ?

— Nous la mettrons sur une colline quelque part, dit Kate, et l'avenue qui y mènera s'appellera l'avenue Chase.

— Voyons, Kate, je ne tiens pas du tout à devenir une avenue !

Non, ce que Chase voulait, c'était devenir une ville. Après tout, même un homme aussi corrompu que le sénateur Dayton avait donné son nom à une ville, aujourd'hui prospère. Chase, Ohio, cela sonnait bien. Mais peut-être était-il trop modeste ? Dans les prochaines années, il allait naître au moins une bonne douzaine de nouveaux États. S'il devenait président, il ne pourrait pas faire autrement que de donner son nom à un nouvel État, surtout s'il l'avait aidé à naître. Sans doute, mais dans ce cas-là, Lincoln et Seward pouvaient en faire autant. Quelqu'un avait suggéré récemment de donner le nom de Lincoln à la Virginie occidentale : l'espace d'un moment, Chase avait connu la peur.

Kate et Garfield s'amusaient à peupler la ville de palais, d'Opéras, de bibliothèques qu'ils baptisaient de noms de personnages à la mode. Ce fut Kate qui eut l'idée de rebaptiser du nom de Sprague Hall la Bourse au coton en marbre rose (à l'imitation du palais des doges de Venise).

Tout en regardant rivaliser d'esprit les deux jeunes gens, Chase se demandait ce que Kate pensait vraiment de l'homme richissime qui allait bientôt devenir son mari.

Pour le moment l'homme richissime était persuadé que le blocus allait le ruiner. Hoyt ne faisait rien pour le tranquilliser. Les deux hommes étaient attablés devant une bouteille de gin dans la salle de bar du Willard, tandis qu'à l'autre bout de la salle Zach, Chandler s'enivrait lentement et sûrement, selon son habitude.

— Comment faut-il entendre ce non de Mr. Chase ? demanda Hoyt.

— Comme un vrai non. Qui diable est ce général Garfield ?

Sprague laissa d'abord tremper la pointe droite de sa moustache dans son verre, puis la gauche. Quand toutes deux furent bien imprégnées de gin, il se mit à les mâchonner un long moment, puis il vida ce qui restait d'alcool dans son verre.

— Je ne saurais distinguer un général de l'Union d'un autre. Mais avez-vous suffisamment insisté sur le fait qu'il était très important de sortir le plus de coton possible du Sud, tant qu'on pouvait le faire sans dommages pour l'Union ?

— Plutôt dix fois qu'une. Je devrais en faire un discours.

— A votre place, je m'en garderais bien, dit Hoyt.

— Je ne mentionnerais bien sûr pas notre petit trafic. Je ne suis pas fou, Hoyt. Non, je pensais à un discours sur la nécessité d'un commerce limité avec le Sud dans l'intérêt même de l'Union.

— Vous êtes toujours le gouverneur de Rhode Island. Retournez à Providence et tirez les ficelles.

— Impossible, dit Sprague en secouant tristement la tête. Il a été tué.

— Qui a été tué ?

— Fred Ives. C'est lui qui écrit dans le *Post*. La semaine dernière, il a été tué à Sharpsburg.

— Mais qu'est-ce que cela a à voir avec votre discours ?

— C'est lui qui me les écrivait. Voilà ce que cela a à voir. Vous ne pensez tout de même pas que c'est moi qui ai écrit tout cela sur Bull Run, n'est-ce pas ? C'était Fred. Un chic type, ce Fred. On s'est toujours bien entendus. Je ne retrouverai pas son pareil. (Ici, une larme apparut derrière son lorgnon.) Écoutez, j'en ai parlé à mon cousin Byron. C'est lui qui s'occupe de l'affaire, à présent. Il dit que c'est trop risqué.

Hoyt haussa les épaules.

— Bien sûr que c'est risqué. Mais je ne vois pas ce que vous pouvez faire d'autre. L'affaire est assez simple. Je livre armes et munitions aux rebelles qui se trouvent à Galveston, et eux, de leur côté, ils me laissent installer autant de machines à carder que je le désire. Ensuite ils m'aident à transporter le coton jusqu'ici.

— En forçant le blocus ?

— En forçant le blocus, dit Hoyt avec un sourire de pirate. Après tout, je risque ma peau.

— Peu importe, dit Sprague. Moi, je risque mon argent.

— Vous gagnez au change. Je ne demande que cent mille dollars...

— Ce que m'a coûté ce régiment.

— Oui, monsieur. Et avec cet argent, j'achète autant d'argent confédéré que je veux, ici même en ville. Et comme ça, mon ami Charles L. Prescott, qui est ici, et qui est à la fois armateur et ingénieur, achètera les bateaux nécessaires...

— Votre ami, où ça ?

— Là, au bar. Vous voyez le rouquin au comptoir, à côté du sénateur Chandler ? C'est lui.

— Chandler est un ivrogne, dit Sprague. Entendu, Hoyt, Byron et moi nous vous donnerons l'argent. Mais il faut faire vite.

Sprague recommanda du gin, puis s'essuya les moustaches avec le revers de sa manche. Hoyt fit signe à Prescott de venir à leur table. Prescott avait déjà trouvé un schooner à New York.

— C'est un beau bateau, gouverneur. Il s'appelle *Snow Drift*. On pourrait charger la marchandise à New York et puis aller à La Havane, qui est espagnole et neutre, et de là à Galveston.

— En forçant le blocus, dit Sprague.

— En forçant le blocus, répéta Hoyt, comme si l'idée du danger lui était agréable.

— Du reste, ce n'est pas un blocus bien méchant, dit Prescott. Les Yankees n'ont qu'une quarantaine de navires en tout, et il y a plus de cinq mille kilomètres de côtes confédérées. Je l'ai traversé bien des fois. La preuve, c'est que je suis ici, en territoire ennemi.

— En territoire ennemi ? fit Sprague en jetant un regard glacial au rouquin.

— C'est un Texan, lui aussi, repartit promptement Hoyt, mais c'est un partisan de l'Union.

— Oui, répondit Sprague, l'œil tourné sur Chandler, lequel avait de la difficulté à descendre de son tabouret. Un garçon de couleur accourut pour lui prendre le bras. Depuis que la conscription avait commencé, il n'y avait plus guère de serveurs blancs au Willard.

— Nous partons pour New York demain, annonça Sprague. Byron nous y attend. Vous viendrez avec moi à la banque, et puis nous irons jeter un coup d'œil à ce schooner. Sprague ajusta son pince-nez. Si vous êtes pris, je ne vous connais pas.

— J'espère que d'ici là votre futur beau-père nous aura délivré un permis de commerce.

— Vous pouvez toujours espérer, Hoyt, dit Sprague en se levant. Nous prenons le train à midi. Vous savez ce que ça signifie de livrer des armes aux rebelles ?

Hoyt feignit l'innocence :

— Je sais que c'est le prix qu'on me demande de payer pour pouvoir installer une filature de coton.

— Livrer des armes à l'ennemi en temps de guerre est un crime de haute trahison. Si on vous prend, on vous fusille.

— En réalité, nous sommes texans. Nous pouvons toujours dire que nous livrons des armes à nos compatriotes. Ce n'est pas comme vous, monsieur, un homme de l'Union, un gouverneur, un général, et bientôt un sénateur. Je veux dire, monsieur, que si on veut parler de trahison...

— Je ne vous connais pas. Voilà ma réponse, si on vous attrape.

Sprague quitta le bar. Chandler avait fixé sur lui son regard, mais comme il était ivre, il ne put reconnaître son futur collègue.

VIII

Mary était assise à une table d'acajou ronde. En face d'elle était l'empereur Constantin, sous la forme dodue de Mrs. Laury de Georgetown. Constantin était l'interlocuteur privilégié de Mrs. Laury au séjour des morts, et quand il n'avait pas d'autres engagements, il se faisait un plaisir de transmettre des messages entre le séjour de la lumière où il résidait et la vallée de larmes où croupissent les humains.

— J'ai vu Willie ce matin, dit Constantin, dont la voix profonde était toute différente des accents habituellement flûtés de Mrs. Laury. Il demande des nouvelles de son poney. Il voudrait savoir si Tad a appris à le monter.

— Oh, oui ! Bien sûr, Tad a encore besoin qu'on l'aide. Mais dites-lui que le poney va bien, et que Tad le monte tous les jours, avec Mr. Watt à côté de lui pour qu'il ne tombe pas. Avez-vous demandé à Willie s'il a vu le petit Eddie ?

Mrs. Laury-Constantin hocha gravement la tête. A la lueur de l'unique bougie qui éclairait la table, Mrs. Laury avait l'air aussi romain qu'un empereur qui serait également une dame d'un certain âge aux cheveux couleur d'acajou.

— Au début ils ne se connaissaient pas. Comment le pouvaient-ils ? Mais au séjour de la lumière tout finit par s'éclaircir, et tout d'un coup les deux petits garçons se sont reconnus. Vous imaginez quelle fut leur joie ! Oh ! s'écria Mrs. Laury-Constantin, dont la voix descendit aussitôt d'un ton dans le grave. Je vois un danger.

— Quelle sorte de danger ? demanda Mary en frissonnant. Du danger pour qui ?

— Pour le Président. Je vois un nuage sombre l'envelopper. De profondes ténèbres. Du danger.

Pendant que ces dames dialoguaient avec les morts dans le petit salon de la maison de campagne près du Foyer du Soldat, Lincoln chevauchait tout seul dans leur direction. La route était déserte, éclairée seulement par la lune, et le Président faisait une cible idéale. En passant près d'un bouquet de saules, le vent brusquement fit remuer les branches. Des ombres menaçantes se mirent à danser, et Old Abe — c'était le nom du cheval — fit un écart. Comme Lincoln se penchait en avant pour calmer sa monture, une balle siffla dans les airs, emportant son chapeau. Lincoln éperonna son cheval qui partit au galop. Il n'y eut qu'un seul coup de feu.

Cavalier et cheval arrivèrent essoufflés au chalet de pierre. Le sergent de garde aida le Président à descendre de sa monture.

— On dirait que vous avez fait la course, monsieur, dit l'homme d'un air quelque peu réprobateur : les flancs de la bête étaient luisants de sueur.

— Oui, faites-le marcher un peu, il a besoin d'être calmé, dit le Président en entrant dans le cottage.

— Papa ! s'écria Mary qui l'attendait sur le seuil de la porte. Où est ton chapeau ?

— J'ai dû l'égarer. Est-ce là Mrs. Laury ?

— Oui. Entre donc. Assieds-toi. Tu peux lui parler. Bien qu'en réalité ce soit à l'empereur Constantin à qui j'ai parlé. Il connaît Willie, qui a enfin rencontré Eddie.

— Ça ne doit pas être de tout repos pour les voisins.

— Oh ! dit Mary en fronçant les sourcils. Il dit qu'un danger te menace. Qu'un nuage sombre t'enveloppe. N'est-ce pas, Constantin ?

Mrs. Laury-Constantin hocha gravement la tête.

— Il y a un complot contre votre vie, monsieur le Président.

— Je suis sûr qu'il y en a plus d'un, Sire. Chaque jour les journaux en découvrent un nouveau. Le public a l'air d'aimer cela. Mais je ne vous apprends rien, Sire. De votre temps déjà ce devait être la même chose.

— Papa, ne plaisante pas ! Il n'y a pas là matière à plaisanter. Ce sont des choses très sérieuses. L'empereur a aussi quelques bons conseils à te donner, n'est-ce pas, Sire ?

Mrs. Laury-Constantin prit alors un ton sévère :

— Vous devez remplacer un de vos généraux qui refuse de se battre. Vous devez remplacer un membre du Cabinet qui convoite votre place. Vous devez vous méfier d'un petit homme avec un grand nez.

— Comme Mr. Chase est grand et qu'il a un petit nez, ce ne peut pas être lui, commenta Lincoln.

Mais Mary l'interrompit d'un geste irrité.

— C'est Seward, bien sûr. Qui veux-tu que ce soit d'autre ? Et encore une fois, ne plaisante pas sur ces choses. L'empereur Constantin estime que Mr. Sumner ferait un excellent secrétaire d'État, et c'est aussi mon avis.

— Est-ce aussi l'avis de Mrs. Laury ?

— Mrs. Laury est en transe. Elle ne se souviendra de rien de ce qui s'est dit entre Constantin et nous.

A ce moment, Ward Lamon parut sur le seuil de la porte, tenant à la main le haut-de-forme de Lincoln.

— Monsieur le Président, j'ai trouvé votre chapeau.

— Très bien. Faites excuses, Sire, dit Lincoln en rejoignant Lamon dans le vestibule. Le chapeau est tombé sur la route lorsque le cheval a fait un écart.

— Non, monsieur, dit Lamon d'un air sombre. Il n'est pas tombé. Regardez, dit-il en montrant le chapeau. Une balle l'a traversé de part en part, juste à dix centimètres au-dessus du bord. Vous l'avez échappé belle.

— Remportez ce chapeau, Ward, dit Lincoln à voix basse. Ne le montrez à personne. N'en parlez à personne.

— A une seule condition, monsieur, c'est que dorénavant vous ne sortiez pas sans escorte.

— Je vois bien qu'il faut que je m'y résigne, dit Lincoln en baissant la tête d'un air renfrogné.

— Pinkerton affirme qu'il y a au moins trois complots contre vous.

— Si Pinkerton dit qu'il y en a trois, cela veut dire qu'il y en a un et demi. Il multiplie toujours par deux quand il s'agit de l'ennemi. Lincoln passa son doigt à travers le trou fait par la balle : D'après la grosseur du trou, la balle doit venir d'un de nos nouveaux fusils. Le problème, Ward, ce n'est pas que je sois tué. Si cela doit arriver, cela arrivera. Je suis assez fataliste dans ce domaine. Ce que je crains davantage, en revanche, c'est d'être capturé et rançonné par les rebelles.

— Raison de plus pour ne jamais sortir sans escorte, surtout quand on sait à l'avance où vous allez.

— Je suis d'accord avec vous. Si je pouvais empêcher le gouvernement de payer une rançon pour moi, je le ferais. Mais je sais que les sentiments l'emportent toujours sur la raison dans ces moments-là. Ils paieraient, quoi que je puisse dire.

— Combien pensez-vous que les rebelles demanderaient pour vous ?

— Il ne s'agit pas d'argent, Ward, mais d'hommes, dit Lincoln en souriant. Ce que veulent les rebelles, c'est qu'on leur rende leurs hommes. Ceux que nous gardons prisonniers. Tôt ou tard, ils manqueront d'hommes, ce qui ne sera jamais notre cas, c'est pourquoi nous gagnerons. Cela dit, échanger un Président d'occasion contre cent mille soldats, ce ne serait pas une mauvaise affaire pour les gens de Richmond. Lincoln rendit le chapeau à Lamon. C'est curieux comme le cheval a tout de suite senti le danger. Sans cet écart...

Quelques jours plus tard, sur un autre cheval, le Président, en qualité de commandant en chef des armées de l'Union, chevauchait en direction de Harper's Ferry, petite bourgade gisant au fond d'une gorge et encerclée par les tentes de l'armée du Potomac. La lessive de l'armée pendait sur des cordes tendues entre les tentes, au milieu du bruit incessant des forges. Un homme chantait sur son banjo une chanson d'amour triste.

Des nuées d'oiseaux traversaient le ciel brillant d'octobre en direction du sud.

— Le petit Napoléon serait bien inspiré de suivre ces oiseaux, dit Lincoln à Washburne qui chevauchait à côté de lui.

— Vous êtes le seul oiseau assez gros pour le faire bouger, répondit Washburne en riant.

Washburne avait été ravi lorsque Lincoln lui avait proposé de venir visiter avec lui l'armée qui campait sur le plateau d'Antietam. Hormis Stanton et Mrs. Lincoln, personne ne savait que le Président avait quitté la ville. Il s'était fait accompagner d'une douzaine d'officiers, dépendant pour la plupart du commandement occidental, car il voulait avoir l'avis d'un homme de métier sur la façon dont McClellan dirigeait ou ne dirigeait pas les opérations. Jusqu'ici, les seules bonnes nouvelles pour l'Union étaient venues de l'Ouest et Ulysses S. Grant, une connaissance personnelle de Washburne, était maintenant le général préféré de Lincoln. Du reste, Washburne avait fait preuve de la plus grande circonspection lorsqu'il avait essayé d'expliquer à Lincoln les mérites du général Grant ; c'est qu'il avait peine à s'expliquer à lui-même les extraordinaires succès militaires d'un homme qui dans le civil n'avait connu que des échecs. Au point que Washburne se demandait s'il n'y avait pas deux Grant : l'un, l'ivrogne crasseux qu'il avait connu à Galena, et l'autre, le héros de Fort Donelson et de Shiloh.

Lincoln avait espéré prendre McClellan par surprise, mais le petit général avait été averti de l'arrivée du Président. Les deux hommes s'avancèrent l'un vers l'autre, chacun entouré d'une phalange d'aides de camp, à travers un champ de blé chaumé, où des feuilles d'or tournoyaient dans le sillage des chevaux.

L'immense Ward Lamon venait en tête, le Président suivait, avec à sa droite Pinkerton et à sa gauche Washburne. Les deux groupes se rencontrèrent au milieu du champ. McClellan et ses officiers saluèrent avec élégance le Président, qui souleva son chapeau puis se recouvrit.

Washburne n'avait pas vu McClellan depuis quelques mois. Il le trouva quelque peu empâté ; il avait dans le regard une expression inquiète qu'il ne lui connaissait pas. Il prit la place de Pinkerton à la droite du Président.

— Soyez le bienvenu à l'armée du Potomac, Excellence. Vous voudrez sans doute voir le champ de bataille de Sharpsburg ?

— Oui, j'aimerais bien.

Quoique Lincoln parût d'humeur affable, les deux hommes échangèrent à peine quelques paroles en chemin. Washburne tenta de deviner ce qu'ils se disaient. A un moment donné, McClellan sembla décrire sa fameuse victoire, et le Président sembla l'écouter.

Le soleil se couchait sur les collines du Maryland, tandis qu'on leur servait à dîner sur des tables dressées devant la tente de McClellan. Une tente isolée avait été mise à la disposition du Président, devant laquelle Lamon insista pour monter la garde, alors que Washburne partageait la sienne avec trois colonels de l'armée de l'Ouest. Washburne leur posa quelques questions au sujet de Grant, auxquelles ils répondirent avec une grande franchise. Certes, il lui arrivait de boire, mais quand il dépassait la mesure, on allait chercher Mrs. Grant, et tout rentrait dans l'ordre.

Ils dînèrent à la belle étoile. Washburne dégusta le faisan que Lincoln avait laissé sur son assiette. Le Président mangea frugalement comme à son habitude : une tranche de pain et un morceau de bœuf grillé. Washburne trouvait Lincoln trop maigre et trop frêle ; cependant, lorsqu'il lui avait pris le bras pour l'aider à traverser un cours d'eau bourbeux, il avait senti ses muscles pareils à des cordes d'acier.

Durant le dîner, McClellan fit presque à lui seul les frais de la conversation.

— Je n'ai pas pour le moment la cavalerie nécessaire pour donner la chasse à Lee. Je l'aurai dans une semaine au plus tard, dit-il en lançant à Lincoln un regard oblique. Notre problème a toujours été un problème de nombre. Mon armée a toujours été inférieure en nombre à celle de Lee. Je pense que Mr. Pinkerton sera d'accord.

Pinkerton, qui était assis à l'autre bout de la table, fit un signe de tête affirmatif.

— C'est exact, général. De plus le Sud opère en ce moment une levée en masse. Chaque jour nous recevons des rapports de Richmond. Presque toute la population mâle est sous les armes.

— Vous voyez le problème, Excellence.

— Je vois un certain nombre de problèmes, en effet.

Lincoln se renversa sur son siège, meuble que l'armée avait pris dans une ferme voisine. Washburne savait maintenant que l'armée ne se gênait plus pour prendre à quiconque, ami ou ennemi, ce qu'elle jugeait nécessaire à sa commodité. La guerre n'améliore pas les caractères, pensait-il, tout en attaquant un succulent ragoût d'écureuil. McClellan savait recevoir, à défaut d'autre chose.

Or, c'est à autre chose que Lincoln pensait.

— Le sentiment qui domine dans le pays est que nous sommes en train de nous enliser ici ; on pense que Lee pourrait être expédié en un rien de temps, si cette armée voulait bien bouger. Ne protestez pas, je sais qu'il vous manque toujours quelque chose pour votre armée, dit Lincoln en mettant l'accent sur le mot votre. Mais actuellement vous avez plus d'hommes prêts à combattre que Lee. La température est idéale. Nous sommes le 2 octobre. Vous pouvez compter sur quatre semaines de beau temps, peut-être six, assez pour chasser Lee de la vallée et le faire reculer jusqu'à Richmond.

— C'est ce que je compte faire, monsieur, une fois que je serai prêt.

Je pense que je rencontrerai Lee à Winchester, et que la guerre finira d'un seul coup.

Washburne avait cessé d'écouter McClellan ; un coup d'œil jeté à Lincoln lui apprit que celui-ci en avait fait autant.

Le lendemain, à l'aube, Lincoln alla réveiller Washburne, qui avait dormi tout habillé sur un lit de camp. Lincoln fit signe à Washburne de le rejoindre pour une visite du camp. McClellan dormait encore, mais ses soldats étaient déjà réveillés. Parmi eux, un petit nombre seulement était en train de se raser ; en voyant Lincoln traverser leurs rangs, beaucoup vinrent lui toucher la main. Lincoln conduisit ensuite Washburne au sommet d'une colline surplombant le camp. Là, à l'endroit où les rayons du soleil touchaient le sol, une brume opalescente s'élevait de terre.

— Vous voyez tout cela ? demanda Lincoln en montrant du doigt des rangées de tentes s'étendant à perte de vue.

— Oui, c'est l'armée du Potomac.

— Non, frère Washburne, ce n'est pas l'armée du Potomac, c'est la garde du corps du général McClellan.

— Alors, il n'y a rien à en tirer ?

— Pas pour l'usage que nous voulons en faire. Il a ses qualités. C'est un superbe organisateur. Mais il ne sait pas se battre.

— Ne sait pas ou ne veut pas ?

Washburne pensait que pour des raisons politiques McClellan ne voulait pas écraser le Sud. Lincoln était d'un sentiment analogue.

— Dans cinq semaines le pays vote. Si McClellan n'a pas bougé d'ici là, et si nous n'avons pas de victoires...

— Nous perdrons la majorité au Congrès, poursuivit Washburne, et alors ce ne sera pas du gâteau. Croyez-vous que McClellan souhaite notre défaite au profit des démocrates ?

— Je n'en sais rien. Je ne lis pas dans ses pensées. J'avoue que je me demande parfois s'il n'est pas de mauvaise foi. Mais je n'ai aucune preuve. Et puis, quand je suis avec lui, je me dis que je l'ai peut-être sous-estimé.

Lamon apparut au sommet de la colline.

— Ah, vous voilà, monsieur, dit-il d'un ton accusateur. Vous m'avez échappé.

— Ma foi, si je ne suis pas en sûreté au milieu de mon armée, je ne le serai nulle part.

En redescendant la colline, Washburne aperçut un photographe et ses assistants en train d'installer leur attirail devant la tente du général.

— J'imagine que vous allez vous faire photographier avec le Petit Mac, dit Washburne, en riant de la grimace comique de Lincoln. Je sais que vous aimez cela. Je me souviens qu'autrefois à Springfield, lorsqu'un photographe traversait la ville, vous ne le laissiez jamais repartir sans qu'il ait pris une photo de vous.

— Ce n'est pas gentil, ce que vous dites là, frère Washburne. Convenez du moins qu'avec ma figure, ce n'est pas par vanité.

— Alors, c'est pour vous punir, car dans tout le pays on ne voit plus que des photos de vous.

Lincoln eut un petit rire.

— Voyez-vous, pour nous autres politiciens, il est important que nous nous montrions tels que nous sommes, afin qu'on n'aille pas s'imaginer qu'on a une queue ou des cornes comme qui vous savez...

Plus tard dans la journée, Lincoln se montra à son auditoire en chair et en os pour prouver qu'il n'était pas le diable ni son cousin. A Frederick, McClellan avait rassemblé une division que le Président devait passer en revue. Washburne considéra comme de bon augure le fait que les soldats semblassent ravis de voir Lincoln. Il estimait aussi que le Président prenait beaucoup trop au sérieux les allusions constantes de McClellan à « son » armée. Si McClellan inspirait la loyauté, cela faisait partie de son métier. Quant aux rumeurs d'un coup d'État militaire, Washburne n'y avait jamais beaucoup prêté foi, même après que Burnside eut dit à un ami, qui l'avait redit à Stanton, qu'un certain nombre d'officiers dans l'entourage de McClellan invoquaient souvent la nécessité d'une solution militaire au problème politique posé par la présence de Lincoln à la Maison-Blanche. On avait parlé de renvoyer le Congrès, de séquestrer le Président et le Cabinet, après quoi McClellan aurait fait la paix avec le Sud. Lincoln trouvait assez piquante l'idée d'un McClellan dictateur. « Ce serait la première fois qu'un général renverserait un gouvernement sans avoir jamais remporté une seule victoire. »

Le Président rendit le salut aux troupes, juché sur une estrade dressée près d'une ferme en ruine. Puis il leur adressa un petit discours impromptu, chose qu'il avait toujours beaucoup de peine à faire. Washburne, qui était assis à côté du Président, remarqua comme ses mains tremblaient pendant qu'il parlait. Mais la voix restait claire et sonore, chaque syllabe était prononcée distinctement comme si elle avait été ciselée dans du marbre. Ses meilleurs discours étaient ceux qu'il avait lui-même écrits et réécrits, passant parfois des semaines entières sur un seul paragraphe. « Mon esprit travaille lentement », avait-il dit à Washburne. Et certes, il n'avait ménagé ni son temps ni sa peine pour écrire ses discours lors des débats qui l'opposèrent à Douglas. Certains, même, il les apprenait par cœur, travaillant chaque argument avec un soin maniaque et presque féroce. C'est alors qu'il évoquait à Washburne l'image du briseur de rails. La hache était son arme, il assenait ses arguments de manière méthodique et rythmée, comme un bûcheron assène ses coups. « Mais je ne commence jamais un discours sans souhaiter qu'il soit déjà fini », avait-il confié à Washburne à maintes reprises. « D'ailleurs, c'est une torture pour un homme de ma taille que de se tenir debout près d'une table qui vous arrive aux genoux et d'essayer de lire un discours à la lueur d'une bougie qui vous éblouit les yeux. Aussi n'est-ce pas un hasard si le Petit Géant est meilleur orateur que moi. Il est plus près des gens, sans parler du texte... »

Mais les paroles de Lincoln coulaient maintenant sans effort dans la lumière brillante d'octobre. Il rendit hommage à la bravoure des soldats ainsi qu'à la loyauté des gens de Frederick, se montrant par là un tantinet hypocrite, étant donné qu'un grand nombre de citadins avaient fait bon accueil à l'armée confédérée. Comme les élections approchaient, Lincoln releva qu'il n'était pas convenable pour un homme dans sa position de faire un discours trop politique. Mais il crut bon de dire qu'il était fier de l'armée — sans nommer son commandant — et des bons citoyens de Frederick « pour leur dévouement à cette glorieuse cause ; et je dis cela sans ressentiment contre ceux qui ont choisi l'autre camp ».

Après trois hourras poussés par l'armée, le Président et sa suite partirent visiter le corps d'armée suivant. Washburne chevauchait comme à l'aller à côté de Lincoln, qui paraissait soulagé d'avoir prononcé son discours.

— Après tout, je ne tiens pas à avoir l'air de faire un discours électoral.

— C'est pourtant ce que vous avez fait. C'est ce que nous faisons tous en ce moment.

Lincoln fronça les sourcils.

— Nous n'avons pas beaucoup le choix. J'espérais que McClellan ferait la campagne pour nous. J'espérais que d'ici les élections, il marcherait contre Lee. Mais il ne le fera pas.

— Il l'a pourtant dit.

— Il ne le fera pas. Dès que je rentrerai à Washington, je lui donnerai officiellement l'ordre de traverser le Potomac et de livrer bataille à l'ennemi.

— Et s'il refuse ?

Lincoln eut un haussement d'épaules.

— Laisserons-nous voter les soldats ?

C'était une question que le Congrès avait agitée durant toute la session. Les républicains souhaitaient faire voter les soldats républicains, et les démocrates, de leur côté, désiraient que les soldats démocrates pussent voter. Mais c'était un problème de rapatrier les hommes, et de nombreux États ne permettaient pas aux soldats de voter aux armées.

— Je ne vois pas très bien ce que nous pourrions faire, dit Lincoln. La seule solution équitable serait de renvoyer tous les soldats dans leur foyer. Mais alors, qui ferait la guerre ? Ne renvoyer que ceux qui votent pour nous ? dit-il en secouant la tête, puis, avec un sourire : Je dois dire que Mr. Stanton, quoique ex-démocrate, nous facilite la tâche. Une semaine avant les élections, il fera sortir de prison tous ceux qu'avec Seward et les généraux il avait fait enfermer.

— Pour qu'ils votent démocrate ?

— Non, pour faire revenir Horace Greeley en première ligne. Je crains bien que nous allions au-devant d'un échec, et la presse ne sera pas tendre avec nous. Mais Stanton dit de ne pas se faire de souci à cause des États-frontières. Il dit que l'armée s'arrangera pour nous faire obtenir les votes dont nous avons besoin.

— En fusillant tous les démocrates ?

Lincoln eut un petit rire.

— Quelque chose dans ce goût-là. Stanton est quelqu'un de très énergique.

Le Président ramena son cheval au pas. Ils se trouvaient maintenant en face d'une ferme devant laquelle des blessés étaient étendus sur des grabats. Lincoln se tourna vers le colonel qui les escortait.

— Qui sont ces gens, colonel ?

— Des prisonniers confédérés, monsieur. Ils ont été blessés à Sharpsburg. Nous les enverrons à Washington dès que nous aurons fini de rapatrier nos propres blessés.

— J'aimerais jeter un coup d'œil à ces garçons, dit Lincoln. Et je pense qu'eux aussi aimeraient bien me voir.

— Non, monsieur, n'y allez pas, s'écria Lamon.

— Si, Ward. Vous resterez à l'extérieur avec Mr. Pinkerton, tandis que Mr. Washburne et moi, deux politiciens inoffensifs de l'Illinois, irons rendre visite à ces garçons du Sud.

Lamon jura à part lui avant de s'exécuter. Le colonel conduisit Lincoln et Washburne à l'intérieur de la maison qui comprenait au rez-de-chaussée une seule grande pièce bordée sur les deux longueurs de lits de camp. Il y avait là au moins une centaine de blessés : les uns avaient perdu un bras ou une jambe, ou même les deux. Il y en avait qui agonisaient, d'autres qui marchaient en clochant autour de la pièce. L'odeur de chair en décomposition était suffocante, et Washburne s'efforçait de ne pas respirer. Mais Lincoln n'avait d'yeux que pour ces jeunes hommes qui commençaient à s'apercevoir de la présence d'un étranger au milieu d'eux. Le murmure des voix cessa brusquement : on n'entendait plus que le gémissement de ceux qui déliraient.

Quand le colonel se mit à appeler les hommes au garde-à-vous, le Président l'arrêta d'un geste. Puis il traversa d'un pas lent la pièce dans sa longueur, en regardant à droite et à gauche avec son sourire rêveur. Arrivé au bout de la pièce, il se retourna et fit face aux blessés ; puis, lentement, il ôta son chapeau. Tous les yeux qui pouvaient voir le regardèrent et le reconnurent.

Lorsque Lincoln parla, sa fameuse voix de trompette était comme assourdie, presque intime.

— Je suis Abraham Lincoln... Il y eut un long soupir collectif, fait d'étonnement, de tension et de... ? Washburne n'avait jamais rien entendu de semblable : Je sais que vous vous êtes battus bravement pour vos convictions, c'est pourquoi je vous honore, et aussi pour vos blessures si glorieusement acquises. Je n'éprouve dans mon cœur aucune colère contre vous, et j'espère que vous n'en éprouvez aucune contre moi. C'est pourquoi je suis ici. Et en signe d'amitié, je suis prêt à prendre la main de ceux d'entre vous qui voudront bien me la donner.

Le long soupir collectif recommença, pareil au vent qui se lève, et pourtant personne ne parlait. Alors un homme qui marchait sur des béquilles s'approcha du Président et lui serra la main au milieu d'un silence absolu. D'autres s'avancèrent à leur tour, et chacun serra la main du Président, et à chacun il murmura quelque chose que lui seul pouvait entendre.

A la fin, tandis qu'il revenait vers la porte en s'arrêtant pour parler à ceux qui ne pouvaient bouger, la moitié des hommes étaient en larmes, y compris Washburne.

Dans le dernier lit, près de la porte, un jeune officier tournait le dos au Président. En passant à côté de lui, le Président lui toucha l'épaule en murmurant : « Mon fils, nous serons tous pareils à la fin. » Après quoi, il sortit.

Lincoln avait persuadé Madame de passer à New York la semaine des élections, tant pour des raisons de santé que pour faire ses emplettes. Mrs. Lincoln était donc descendue au Metropolitan Hotel avec Tad, Keckley et John Watt qui, bien que travaillant toujours à la Maison-Blanche, ne figurait plus sur la feuille de paie. A Madame qui lui avait demandé si un tel voyage était compatible avec son deuil, l'Ancien avait répondu que le deuil ne dépendait pas des circonstances extérieures et qu'après tout, il avait bien porté le sien à Antietam et Frederick.

Le matin du jour où Madame devait partir, elle fit mander Hay par son fidèle Stoddard.

— De quoi est-il question cette fois ? demanda Hay d'un air amusé.

Mais soit qu'il le sût, soit qu'il l'ignorât, Stoddard ne voulut rien dire. De toute façon, il n'était pas homme à gâcher à Hay sa surprise.

Madame était de mauvaise humeur, de très mauvaise humeur même, constata Hay en l'écoutant lui exposer son plan dans le petit salon du premier.

— Vous connaissez les difficultés que nous avons eues pour remettre cette maison en état, n'est-ce pas ?

Hay reconnut qu'il en avait eu quelque écho, mais Madame ne l'écoutait pas. Dès qu'il était question d'argent, Madame ne se possédait plus : un démon, aujourd'hui celui de l'avarice, parlait par sa bouche.

— L'un de nos employés, Mr. Trimble, nous quitte à la fin du mois. J'entends que son nom continue de figurer sur la feuille de paie du personnel afin que nous puissions continuer à toucher son salaire.

Hay réalisa que le démon en question avait un nom, et que ce nom était Watt.

— Mais, Madame, comment peut-on toucher le salaire de quelqu'un qui n'est plus là? demanda-t-il en ouvrant des yeux faussement innocents.

— Cela s'est toujours fait, depuis l'époque de Washington.

Hay avait toujours été ahuri de l'ignorance de Madame concernant l'histoire américaine en général et celle de la Maison-Blanche en particulier, dont le premier occupant n'avait pas été Washington, mais John Adams.

— En tout cas, cela s'est fait sous Mr. Buchanan et sous Mr. Pierce...

Et sous tout autre Président qui a eu le malheur d'employer Watt, se dit intérieurement Hay.

— Je vais bien sûr étudier la question, Mrs. Lincoln.

— C'est que je pars aujourd'hui, et j'emmène Mr. Watt avec moi. Il ne faut absolument pas que le Trésor apprenne que Mr. Trimble n'est plus ici. Autrement, ils cesseront de nous payer son salaire.

— Mais qui toucherait ce salaire, si je puis me permettre?

— Mais moi, bien sûr. Après tout, j'ai la responsabilité de cette maison. L'argent est dépensé pour la nation, Mr. Hay, pas pour moi.

— Je me demande ce que le Congrès en pensera.

— Pourquoi le Congrès devrait-il en penser quoi que ce soit, Mr. Hay?

Madame commençait à se transformer en sorcière. Sa respiration se faisait plus haletante, les joues devenaient rouge brique, les yeux exorbités. Elle arpentait la pièce d'un pas saccadé, tel un oiseau qui tente de sortir de sa cage.

— Après tout, Mr. Hay, cela n'a rien d'extraordinaire.

— Bien sûr, je ne peux pas répondre pour ce qui est des Administrations passées...

— Je parle, monsieur, de cette Administration-ci. Vous-même, vous êtes ici sous un faux-semblant. Le Congrès refusant de payer deux secrétaires au Président, celui-ci vous a de manière illégale, diriez-vous, attribué un emploi fictif au département de l'Intérieur afin de vous payer pour le travail que vous faites ici. Je ne vois aucune différence entre le fait d'utiliser le salaire de Mr. Trimble pour m'aider à payer les frais d'entretien de cette maison, et le fait d'utiliser l'argent du département de l'Intérieur pour payer votre salaire.

— Il y a une différence, néanmoins, commença Hay abasourdi par une argumentation aussi spécieuse.

— Il n'y en a aucune, vous dis-je, glapit la Sorcière, aucune! C'est la même chose. La terminologie peut changer, mais le fond des choses reste le même. Vous nous refusez d'utiliser la somme dévolue aux frais de papeterie qu'il est d'usage pour la Première Dame d'utiliser comme

406

bon lui semble, ainsi que le faisait Miss Lane. J'utiliserai donc le salaire de Mr. Trimble de la même manière que le Président utilise celui de l'Intérieur...

Hay était abasourdi par une telle logique.

— Il y a tout de même une différence...

— Il n'y en a aucune, s'écria la Sorcière. Aucune, monsieur, c'est la même chose. Les mots peuvent changer, mais les réalités restent identiques. Puisque vous m'interdisez d'utiliser à ma guise la somme allouée à la papeterie, comme en usait notamment Miss Lane, la nièce du président Buchanan, j'utiliserai donc le salaire du steward tout comme le Président utilise le salaire du département de l'Intérieur...

A ce moment, toutes les sonnettes de la maison se mirent à sonner.

— Mon Dieu, qu'est-ce que c'est? s'écria la Sorcière en se bouchant les oreilles.

C'était la question que tout le monde se posait dans la maison, jusqu'au Président, qui la posa au vieil Edward. Edward n'en savait rien, et Nicolay non plus. Hay soupçonnait quelque chose. Il monta quatre à quatre l'escalier raide menant au grenier où se trouvait la minuterie commandant toutes les sonnettes de la maison. Là, comme il s'y était attendu, il trouva Tad occupé à manipuler tout un réseau de cordes et de câbles. Hay donna une semonce à l'enfant et appela à l'aide.

— C'est vraiment très facile, disait Tad, tandis que l'un des employés de service de la Maison-Blanche débrouillait les fils. Mais, bien sûr, il faut savoir comment ça fonctionne, et moi je le sais, mais Johnny ne le sait pas.

Les deux secrétaires virent s'éloigner sans regret la voiture conduisant à la gare la Première Dame, son marmot, Elizabeth Keckley et John Watt.

— C'était une brillante idée de la faire partir au moment des élections, dit Nicolay, une liasse d'éditoriaux hostiles serrée contre sa poitrine.

— Tu sais ce qu'elle a demandé?

Nicolay devina faux. Hay le lui dit, et Nicolay se mit à siffler.

— Watt est derrière tout cela, dit Hay.

— Il faut nous en débarrasser avant...

— Avant qu'il se débarrasse de nous.

— Avant qu'il embarrasse le Taïcoun.

Nicolay plaça les éditoriaux hostiles à côté de la pile d'articles de presse favorables, qui était beaucoup plus mince en comparaison.

— L'ennui, c'est que Mr. Watt a menti pour sauver la Sorcière, et qu'elle lui en est reconnaissante. Il paraît qu'il s'est acheté une serre à New York.

— Peut-être qu'il partira de lui-même, dit Hay, mais j'en doute un peu. Il faudrait lui trouver une commission dans l'armée.

— Pas tant que Stanton sera vivant, j'en ai peur...

La sonnette nouvellement réparée retentit dans leur bureau ; Hay se rendit dans celui du Président. L'Ancien était en train de lire des comptes rendus de procès militaires. Ils arrivaient maintenant au rythme de trente mille par an, et il y avait des jours où le Président et ses secrétaires ne faisaient rien d'autre que d'essayer de déterminer si tel ou tel soldat s'était bien endormi pendant le service, et si, en conséquence, il devait être fusillé ou non. Lincoln en général était enclin à la clémence, particulièrement envers les fuyards. « C'est une réaction très sensée, disait-il. Je crois que si je me trouvais nez à nez avec une batterie d'artillerie, je songerais d'abord à sauver ma peau. » Stanton, lui, était pour fusiller tout le monde ; Lincoln cherchait toujours les circonstances atténuantes. « De toute façon, si vous mettez un lâche devant le peloton d'exécution, vous n'allez pas le rendre courageux pour autant. » Le Président faisait toujours ses plaisanteries, mais Hay voyait bien qu'il devenait plus gris et plus sombre chaque fois qu'il avait à décider de la vie ou de la mort d'un homme. Les militaires faisaient remarquer que si les lâches n'étaient pas sévèrement punis, il n'y aurait bientôt plus d'armée. Aussi arrivait-il parfois qu'à la fin d'une journée une centaine d'hommes se trouvassent condamnés à mort, parce que le Président n'avait pas jugé bon de leur faire grâce.

— Tenez, Johnny, dit Lincoln en lui tendant une liasse de papiers. Ce sont ceux à qui j'ai pardonné. Quant aux autres...

Il soupira profondément et s'étira tant qu'on entendit craquer ses vertèbres. Hay voulait aborder le sujet de Watt, mais devant l'air exténué de l'Ancien, il y renonça. C'était un problème que lui et Nicolay auraient à résoudre ensemble.

— Asseyez-vous, John, et parlez-moi de Springfield et de Cincinnati.

Hay venait de rentrer d'un séjour de deux semaines dans ces deux villes (y compris un crochet par sa ville natale de Varsovie dans l'Illinois).

— Je n'ai entendu personne faire l'éloge de McClellan, pas même chez les démocrates.

— Et de moi, que dit-on ?

— Toujours la même chose, monsieur. Il y en a encore qui pensent que c'est en réalité Mr. Seward et le général McClellan qui gouvernent, et que si vous vous débarrassiez d'eux, nous gagnerions la guerre.

Lincoln hocha vaguement la tête. Hay aurait aimé lui apprendre quelque chose qu'il ne savait pas, mais c'était difficile. Lincoln avait l'habitude de poser aux gens qu'il ne connaissait pas des questions apparemment oiseuses, mais qui en réalité le renseignaient sur toutes sortes de sujets. Il appelait ces rencontres des « bains d'opinion publique ». Récemment il avait failli s'y noyer : tout le monde voulait lui donner des conseils.

— Et au pays, comment s'annonce le vote ?

— Ce ne sera pas facile, monsieur. Nos meilleurs républicains sont à l'armée, alors que les démocrates ont leurs meilleurs hommes sur la brèche.

Lincoln hocha la tête :

— Et l'on m'a reproché d'avoir donné trop de bonnes places à des démocrates. J'aurais dû en donner deux fois plus. Nous perdrons sans doute l'Illinois. A part ça, avez-vous vu Billy Herndon ?

— Oui, monsieur, répondit Hay en souriant. Il a épousé cet été la belle Miss Anna Miles. Il m'a dit qu'elle était démocrate et pro-esclavagiste, mais qu'il avait su la convertir à ses vues.

— Pauvre Billy ! Je devrais plutôt dire pauvre Miss Anna ! Elle a bien du mérite, avec Billy et tous ses enfants.

— Ils refusent de l'appeler maman.

— Cela se comprend. Les aînés doivent être à peu près du même âge qu'elle. Est-il au moins un bon templier ?

— Oui, monsieur. Il a juré de ne plus toucher au rhum. Il prêche même contre.

— C'est bien. J'ai souvent pensé que s'il n'avait pas été aussi... handicapé, il aurait pu devenir le Voltaire américain.

— Est-ce que nous avons vraiment besoin de ces gens-là, monsieur ? demanda Hay avec un air faussement candide.

— Voyons, John, est-ce une question à poser à un politicien, surtout la veille d'une élection ?

Le jour de l'élection, il pleuvait. Lincoln apprit les résultats dans le bureau de Stanton, tandis que Hay triait les télégrammes et les classait par État. Lincoln était étendu sur le divan, les yeux fermés. Stanton, en bras de chemise et toussotant, adjurait et maudissait alternativement le Très-Haut. Depuis la mort de son enfant, lui et le Très-Haut étaient en constante communication. Washburne, assis sur un fauteuil à bascule, suivait le dépouillement des votes. A intervalles réguliers, des aides de camp venaient de la salle des télégraphes apporter un message. Si le message était important, Stanton le lisait à haute voix, puis il le donnait à Hay qui le classait avec les autres.

La perte de l'État de New York ne fut pas une surprise pour Lincoln ; Stanton, lui, en ressentit une certaine amertume, car il avait persuadé un de ses amis, le général-politicien Wadsworth, de briguer le poste de gouverneur. Wadsworth avait été battu, et c'est le démocrate Horatio Seymour qui avait été élu.

— C'est tragique, s'écria Stanton.

— Et comme toute tragédie classique, c'était prévu, dit Lincoln. Il y a cent mille New-Yorkais dans l'armée, républicains pour la plupart, et qui n'ont pas la possibilité de voter.

— C'est une catastrophe ! s'écria Washburne, surpris par l'ampleur de la défaite républicaine à New York.

— Pas tout à fait, dit Lincoln en esquissant un sourire. Mr. Stanton a placé ces mêmes loyaux républicains en bordure des États-frontières où ils veilleront à ce que nous obtenions les majorités nécessaires.

Stanton frappa du poing sur son bureau :

— Et nous les obtiendrons, par tous les diables ! Rien que dans le Delaware, j'ai trois mille hommes chargés de surveiller les bureaux de vote.

— Et dans le Tennessee ? demanda Lincoln qui, tel Jupiter, aimait à taquiner Mars.

— Oh, le général Grant suivra vos ordres à la lettre. Ne lui avez-vous pas dit de suivre « les formes prescrites par la loi dans la mesure du possible » ?

— Moi, j'ai dit cela ?

— J'espère que vous avez été plus explicite, dit Washburne, qui venait d'apprendre le succès écrasant des républicains dans le Tennessee. Rien ne vaut la présence des baïonnettes pour faire bien voter.

— J'ai envoyé un message au général Grant disant que nous ne devrions élire que des hommes de bonne réputation et loyaux à l'Union, comme le gouverneur militaire Andy Johnson, par exemple.

— Avec Johnson et Grant, ça devrait être une élection bien arrosée, dit Washburne.

— En tout cas, dit Lincoln, je suis reconnaissant au vieil Andy d'avoir tenu bon pour l'Union, alors que tout le monde autour de lui déguerpissait dans le Sud, comme Breckinridge. Je ne sais pas pourquoi Andy est si loyal envers nous, mais c'est un fait.

Entre deux messages, ils discutaient de McClellan. Washburne était curieux de connaître quel genre de conseils politiques McClellan avait bien pu donner à Lincoln à Harrison's Landing. Mais Lincoln se contenta de sourire :

— Tout ça est en lieu sûr, dit-il.

— Mais qu'avez-vous pensé d'un général malheureux qui se permet de vous donner des conseils ?

— Rien, répondit Lincoln d'un air amusé. Cela m'a rappelé l'histoire de l'homme dont le cheval s'est pris le pied dans l'étrier, et qui dit à son cheval : « Si tu veux monter, laisse-moi au moins descendre. »

Comme la nuit avançait et que les nouvelles devenaient de plus en plus mauvaises, Lincoln se mit à parler de *Macbeth*, la pièce de Shakespeare qu'il préférait, « bien que je n'en aie jamais vu de version qui me convienne tout à fait, non pas que j'aille souvent au théâtre ». Il citait un passage du cinquième acte, lorsqu'on annonça la perte de la Pennsylvanie.

— Si nous perdons cette guerre, j'aimerais mieux qu'on m'oubliât complètement.

— Nous gagnerons !

Stanton était en proie à une crise d'asthme particulièrement violente ; mais elles étaient si fréquentes qu'on n'y prêtait plus la moindre attention.

— Je pense moi aussi que nous gagnerons, Mars, dit Lincoln. Seulement, ce n'est pas encore fait. Mais si nous perdions, il y a deux choses dont je m'enorgueillirais — à titre posthume bien entendu — le chemin de fer transcontinental...

— Jay Cooke & Co sont prêts à vendre des parts, dit Washburne, pour ce qu'ils appellent le Northern Pacific Railway, qui bien sûr n'existe pas encore.

— Ce qui importe, c'est qu'il y ait un jour une ligne de chemin de fer reliant une extrémité de l'Union à l'autre. Sans chemin de fer, nous ne sommes pas une nation au sens moderne du terme...

Le Président se redressa sur le canapé :

— ... Que disiez-vous, frère Washburne, à propos de Jay Cooke ?

— Il paraît qu'il va se lancer dans les chemins de fer afin de concurrencer l'Union Pacific.

— Plus il y en aura, mieux ça vaudra. S'il vend ses actions comme il vend les bons du gouvernement, nous aurons bientôt notre chemin de fer.

Un messager arriva avec une pile de télégrammes que Stanton n'était plus en état de lire. Il les donna à Hay qui les parcourut rapidement.

— Aux dernières nouvelles, annonça-t-il, nous perdons l'Ohio et l'Indiana. Le Wisconsin est en ballottage. Le New Jersey reste démocrate.

On n'entendait dans la pièce que le bruit de la pluie contre les carreaux et la respiration haletante de Stanton. Hay n'avait jamais vu l'Ancien à la fois si triste et si confiant.

— Notre second titre de fierté, dit Lincoln, est l'Homestead Act. Aucune autre nation n'a jamais fait don à un homme d'une ferme de cent soixante acres de bonne terre, à charge pour lui de l'exploiter durant cinq ans. Nous gagnerons ainsi cinq, dix, vingt millions de fermiers venus d'Europe, qui peupleront tout l'Ouest.

Il faisait presque jour lorsqu'ils furent rejoints par Seward, le visage congestionné après une soirée qui avait dû être copieusement arrosée.

— Eh bien, monsieur le Président, on ne peut pas dire que ce soit véritablement une victoire, mais tout n'est pas perdu.

— Tout, peut-être pas, mais une bonne partie, vous devez l'admettre.

Lincoln arpentait maintenant la pièce de long en large. Washburne avait les yeux fermés. Stanton avait l'air d'un mort derrière son bureau. Hay essayait de calculer le résultat des élections en nombre de voix.

— J'ai fait le calcul, monsieur le Président. Nous contrôlons le Sénat, naturellement. Et nous conservons une majorité de huit voix à la Chambre.

— Cela signifie, dit Lincoln, que les démocrates sont passés de quarante-quatre à soixante-quinze sièges.

— Mais nous gardons la majorité grâce au Michigan, au Kansas, à l'Iowa — que je croyais que nous perdrions — au Minnesota, à l'Oregon et à la Californie.

Lincoln secoua la tête :

— Ce sont eux qui nous donnent les sièges supplémentaires, mais ce sont les États-frontières, grâce à Mr. Stanton et à la Nouvelle-Angleterre, qui contrôlent le Congrès. Mais le plus dur — et ici le Président frappa sa main gauche de son poing droit — c'est de penser que nous avons perdu New York et les autres grands États, parce que les meilleurs d'entre nous sont à la guerre, et que la presse fait tout pour monter contre nous l'homme de la rue.

— Ce n'est pourtant pas faute d'avoir essayé de faire taire ces voix du défaitisme et de la trahison, s'exclama Seward d'un ton grandiloquent.

Hay aurait bien aimé le voir se lancer dans une de ces diatribes dont il était coutumier quand il était sous l'influence du vin, mais Lincoln lui prit la parole :

— Nous avons fait ce que nous devions, et j'espère que nous l'avons bien fait. J'ai suspendu l'*habeas corpus* dans toute l'Union, et le 1er janvier je libérerai les esclaves dans les États rebelles. Et il y en a encore qui pensent que je n'en fais pas assez ! Mr. Stanton, demain vous relèverez le général McClellan du commandement de l'armée du Potomac.

— Avec plaisir, monsieur, et soulagement, dit Stanton d'une voix normale.

— Voilà une grande nouvelle, dit Washburne.

— Je ne pouvais pas prendre cette décision avant les élections, car on aurait dit que je cédais aux radicaux, qui avaient demandé sa tête.

Seward parut soudain gêné :

— Il y en a aussi, fit-il observer, qui diront que vous n'avez pas osé le relever avant les élections, de peur de perdre le soutien des modérés, sans parler des partisans de l'esclavage — et de McClellan dans les États-frontières.

— Quoi que je fasse, gouverneur, je risque toujours d'être mal compris. En tout cas, j'ai donné à McClellan toutes ses chances. S'il n'a pas su les saisir, tant pis pour lui. En fait, je m'étais dit ceci : si McClellan ne coupe pas les lignes de communication de Lee en marchant sur Richmond, ce qu'il aurait pu faire très facilement durant les deux dernières semaines, c'est qu'il n'a pas l'intention d'attaquer l'ennemi, quelles que soient ses raisons. Il n'a rien fait, comme d'habitude. Eh bien, au suivant.

Stanton avait déjà écrit l'ordre de révocation. Il quitta la pièce pour veiller à ce qu'il fût envoyé aussi rapidement que possible à l'intéressé.

— Qui va le remplacer ? demanda Washburne.

Hay regarda Lincoln : il savait que le Président était depuis des mois en communication secrète avec Scott à West Point. Mais Lincoln n'avait jamais eu de chance avec les militaires. Après la débâcle de Pope à Bull Run, Halleck avait renoncé. Une fois de plus, Lincoln se trouvait son propre général en chef, avec Stanton pour seul appui. Mais comme Hay l'avait fait remarquer à Nico, deux avocats, si malins soient-ils, ne font pas un Alexandre. Et toute l'habileté politique et toute la force de caractère de Lincoln ne lui servaient de rien dans ses rapports avec les généraux. Il n'avait pas l'expérience suffisante pour lui permettre de distinguer ceux qui étaient capables et ceux qui ne l'étaient pas. Il avait supporté McClellan, parce que le petit homme était bon ingénieur et bon organisateur. Il y avait aussi des raisons politiques pressantes pour le garder : raisons qui venaient d'être balayées par la pile de télégrammes posés sur le bureau de Hay.

Lincoln avait fait confiance à McDowell ; mais il l'avait obligé à livrer bataille avec une armée mal préparée. Il avait accepté Pope, parce que celui-ci en imposait et qu'il plaisait à Chase et aux radicaux. Maintenant, il avait à choisir entre Ambrose E. Burnside et Joseph Hooker, deux généraux qui se détestaient cordialement et dont la rivalité rappelait trop celle qui avait existé entre McClellan et Pope, et qui avait conduit l'Union au désastre que l'on sait.

Burnside était un homme de belle prestance, avec de belles moustaches et de superbes favoris, fort admirés et fort imités. C'est lui que Sprague avait choisi pour commander le Premier Régiment de Rhode Island. Ensuite, il avait servi avec distinction en Caroline du Nord. L'été précédent, Lincoln lui avait offert la place de McClellan, qu'il avait déclinée, en partie parce qu'il était en bons termes avec McClellan, et en partie parce qu'il ne s'estimait pas capable de commander toute une armée. Il avait à peine quarante ans, et souffrait de diarrhée chronique. Mais Burnside avait envie de se battre, et Lincoln avait un faible pour ce genre d'hommes.

Joseph Hooker, quant à lui, avait la quarantaine bien comptée, et sa carrière avait suivi le schéma désormais classique des généraux non politiques. Il avait fait West Point, s'était battu au Mexique, avait démissionné de l'armée et était parti dans l'Ouest, en Californie, tout comme Halleck, qu'il détestait. Hooker était réputé pour ses beuveries et son franc-parler. Il était également proche de Chase, ce qui pour Hay était toujours un mauvais signe. Chase faisait une cour aux généraux qui était proprement éhontée. Chaque fois qu'un général promettait d'être le chef que tout le monde attendait, Chase l'attirait à lui et cherchait à s'en faire un ami. Si en plus il partageait les opinions politiques de Chase, celui-ci le présentait à Ben Wade et à ses amis jacobins du comité de la Guerre. Tout ce qui comptait pour Chase, c'était d'avoir un général victorieux à ses côtés aux élections de 1864.

Durant le mois d'octobre, un certain William Rosecrans, autre protégé de Chase, avait reçu le commandement du département du Cumberland. Il y avait des moments où Hay se demandait si le maître secret des armées des États-Unis n'était pas Salmon P. Chase, lequel de son côté affectait de croire que le vrai maître de la politique américaine était Seward. Dans les cercles politiques, on accordait peu de crédit à Lincoln, ce qui, aux yeux de Hay, était pour le moment une bonne chose. Que Chase et Seward assument la responsabilité des échecs militaires, l'heure du Président finirait bien par sonner. La guerre serait gagnée, Lincoln serait réélu, et Hay serait poète — ou autre chose.

Le Président était en train de regarder la carte du Maryland quand il répondit à Washburne :

— J'ai choisi Burnside pour remplacer McClellan. C'est un général combatif, comme vous savez. J'ai confiance en lui.

En regagnant la Maison-Blanche, le Président fut arrêté par un petit groupe de gens qui le félicitèrent pour la victoire républicaine. Il y avait là John Forney, secrétaire au Sénat et rédacteur du *Washington Chronicle*.

— Ce sera une année difficile pour nous au Congrès, dit Forney d'un air morose.

— Cela ne nous changera guère, dit le Président.

Hay serrait les télégrammes contre sa poitrine en essayant de ne pas bâiller.

— Qu'avez-vous ressenti quand nous avons perdu New York ? demanda Forney.

C'était la question la plus idiote que Hay eût entendue depuis la dernière fois qu'un journaliste avait interrogé le Président.

Mais Lincoln trouva la parade :

— Cela m'a rappelé l'histoire de ce garçon du Kentucky qui s'était foulé l'orteil en courant rejoindre sa fiancée. Comme on lui posait la question que vous venez de me faire, il répondit qu'il était trop grand pour pleurer, mais qu'il souffrait trop pour rire.

Tous ceux qui étaient là se mirent à rire, et Lincoln leur souhaita bonne nuit.

En entrant dans la Maison-Blanche, Hay demanda :

— Est-ce que vous l'aviez préparé, monsieur ?

— Préparé quoi, John ?

Lincoln montait, la tête penchée en avant, les yeux sur les marches de l'escalier.

— Ce que vous avez répondu à Mr. Forney.

— Oh ? fit Lincoln comme un homme qui vient de se réveiller d'un rêve. Et que lui ai-je répondu ?

— Que vous vous sentiez comme ce garçon qui s'était foulé l'orteil...

— Et qui était trop grand pour pleurer, mais qui souffrait trop pour rire, compléta Lincoln. Puis il ajouta avec un sourire : Je dis parfois ce genre de choses sans m'en rendre compte. Quand il y a tant de choses qu'on ne peut pas dire, il est bien d'avoir une histoire toute prête. Chez moi, c'est une habitude. Dans ma situation, il est utile de connaître toutes sortes d'histoires. La vérité est si triste qu'elle est presque indicible.

IX

Il n'y avait pas dans tout Washington de salon plus élégant et plus
agréable pour Seward que celui de Mr. et Mrs. Charles Eames.
Mr. Eames avait ·été autrefois directeur du *Washington Union,* journal
démocrate disparu depuis longtemps. Les Eames eux-mêmes avaient
disparu pendant quatre ans, durant lesquels Mr. Eames avait été consul
d'Amérique au Venezuela. Ils étaient rentrés à Washington dans les derniers jours de l'Administration Buchanan ; et grâce au charme de
Mr. Eames et à l'esprit new-yorkais de Mrs. Eames, leur salon était le
seul salon de Washington au sens européen du terme. On n'y allait pas
comme chez les Chase pour s'y faire voir et bien voir, on y allait seulement si on était amusant, ou sage, ou l'un et l'autre, comme l'était William Seward soi-même.

En apercevant Seward, Mrs. Eames lui fit une légère révérence,
qu'elle accompagna d'un gracieux sourire.

— Monsieur Seward, murmura-t-elle d'un air déférent.

— Relevez-vous, ma chère. Je sais tout ce que peut avoir d'excitant la
présence chez vous d'un homme aussi haut placé, mais rappelez-vous
que je suis votre ami, et surmontez votre terreur.

Il lui prit ensuite le bras et promena son regard autour de lui :

— Je suis bien aise de ne pas voir chez vous un seul uniforme. C'est
un grand soulagement pour moi, je me permets de vous le dire.

— Les seuls militaires que nous connaissions, gouverneur, sont sur le
champ de bataille — ou bien en dessous.

— Connaissez-vous vraiment des hommes de cette trempe ?

— Mais oui, et ce sont tous des politiciens démocrates. D'ailleurs,
voici leur reine.

Ils furent rejoints par Mrs. Stephen Douglas, veuve du dernier leader
du parti démocrate (avant la scission). Seward était très sensible au
charme de Mrs. Douglas. Le bruit courait depuis quelque temps que
si Kate Chase épousait le gouverneur Sprague, Chase pourrait épou-

ser la veuve Douglas. Seward voulut savoir si la rumeur était fondée.

— Oh, je ne pense pas ! dit Mrs. Douglas en se tournant de trois quarts pour mieux faire admirer son fameux profil, dont le nez très pur et la courbe du front avaient suggéré à plus d'un journaliste des allusions classiques, souvent erronées.

Mrs. Eames alla saluer le baron et la baronne Gerolt, accompagnés de leur fille Carlota.

— Vous feriez un couple magnifique, dit Seward, en regardant le profil de la dame se colorer légèrement.

— J'ai beaucoup de considération pour Mr. Chase, dit-elle.

— Et Miss Kate ferait une glorieuse belle-fille, n'est-ce pas ?

Seward n'aimait rien tant qu'à piquer la vanité des gens.

— Glorieuse ? Est-ce bien le mot ? demanda Mrs. Douglas en le regardant bien en face.

Il observa alors que les dents n'étaient peut-être pas aussi régulières que celles d'une déesse grecque ; mais elle ne mangeait pas de marbre non plus.

— Glorieuse ? répéta-t-elle de sa voix douce. En tout cas, elle *veut* la gloire.

— Vous voulez dire qu'elle la désire ou bien qu'elle lui fait défaut ? Nos vieux verbes ont plus d'un sens.

— Et vous les connaissez tous.

Mais Mrs. Douglas ne tenait pas à se laisser entraîner sur un sujet aussi délicat.

— Mr. Chase m'a rendu visite un jour que j'étais sortie. Il m'a laissé comme carte la moitié d'un billet d'un dollar avec son effigie.

— Quelle élégance !

L'idée du puritain Chase déchirant des billets de banque et les déposant comme cartes de visite chez de jolies femmes amusait beaucoup Seward. Il faudrait qu'il raconte ça au Président, lequel n'avait guère eu l'occasion de rire depuis l'ouverture de la troisième session du vingt-septième Congrès des États-Unis, le 1er décembre 1862. Au cours des dix derniers jours, les pertes du parti républicain aux élections s'étaient fait cruellement sentir. Aussi, les radicaux réclamaient-ils maintenant la tête de Seward, secrètement encouragés par Chase. Une fois Seward évincé, Chase prendrait sa place, avec la bénédiction du Congrès et l'approbation plus ou moins tacite d'un Lincoln plus affaibli que jamais. Seward, d'ordinaire si gai, semblait céder à la mélancolie. Adèle Douglas l'en tira, en lui rapportant la réponse qu'elle avait faite à Chase :

— Je lui ai renvoyé sa moitié de dollar, avec un billet disant que je n'acceptais pas d'argent des messieurs.

Seward partit d'un éclat de rire. Mrs. Douglas, ravie de l'avoir déridé, demanda :

— En tant qu'Argus du gouvernement — ou devrais-je dire cerbère ? — pouvez-vous me dire ce qu'est devenue ma tante, Mrs. Greenhow ?

— Nous l'avons échangée avec d'autres espionnes, il y a un certain temps...

— Je sais, et je vous en remercie. Je sais aussi que vous l'avez envoyée à Richmond. Mais ensuite, que lui est-il arrivé ?

— Comment, vous ne savez pas !

Seward se demandait si Mrs. Douglas n'était pas en train de lui mentir. Il y avait des moments où il avait l'impression qu'à part quelques centaines de politiciens du dehors comme lui, Washington était la véritable capitale de la rébellion.

— Si je le savais, Mr. Seward, je ne vous le demanderais pas.

— D'après mes espions — j'entends de vrais espions — Mrs. Greenhow vit maintenant à Paris, où elle fréquente la cour et intrigue pour que la France reconnaisse la Confédération, ou, du moins, qu'elle annexe le Mexique qui est, comme vous le savez, une pomme de discorde entre M. Mercier et moi.

— Ma tante est si véhémente !...

Mrs. Douglas secoua la tête ; puis elle alla embrasser la baronne Gerolt, tandis que le baron saluait son vieil ami.

— Eh bien, gouverneur, dit Gerolt avec un fort accent allemand, j'ai écrit aujourd'hui à mon gouvernement que la guerre sera finie d'une manière ou d'une autre avant le 1er janvier.

— D'une façon, je veux bien, baron, mais pourquoi de l'autre ?

Seward prit la tasse de thé que lui apportait une servante.

— Berlin me demande de rester neutre.

— J'aimerais bien que Londres demande la même chose à Lord Lyons. La délégation britannique devrait s'appeler la délégation rebelle. Mais vous avez peut-être raison, ajouta Seward en baissant la voix : Il semble que nous nous préparions pour l'affrontement final. Lee et son armée sont à Fredericksburg, du moins si j'en crois ce que je lis dans les journaux.

Gerolt se mit à rire :

— Eh bien moi, j'ai appris par nos journaux que notre nouveau chef de Cabinet admire beaucoup la façon dont vous en usez avec les journalistes, mais il n'ose pas en faire autant en Prusse, parce que, contrairement à vous, il dit qu'il est attaché à la liberté de la presse.

— Mr. Bismarck a un esprit très fin.

— Nous le pensons aussi, entre nous. Et toujours entre nous, il est très intéressé par votre guerre.

— Si ce n'est que cela, mon cher baron, je lui en fais tout de suite cadeau.

— Je lui transmettrai votre proposition. En attendant, je lui ai envoyé votre dernier livre.

Seward venait de publier un volume de ses discours et de sa correspondance. On l'avait sévèrement critiqué pour avoir pris cette initiative alors qu'il était en fonction et que le pays était en guerre. Sumner l'avait même accusé de légèreté, de cynisme et d'indifférence à l'égard de la cause abolitionniste.

John Hay s'inclina devant Seward.

— Monsieur Seward, dit-il.

— Jeune homme, dit Seward, avec un geste de la main.

— Baron, dit Hay en serrant la main de l'ambassadeur de Prusse. Miss Carlota m'a fait l'honneur d'accepter de venir avec moi au théâtre, si j'ai votre consentement.

— Je vais télégraphier à Berlin.

Tout en bavardant avec Gerolt, Hay observait Seward qui promenait autour de la pièce un regard légèrement sarcastique. Hay se demandait si Seward était au courant du complot pour l'évincer. Si malin qu'il fût, le petit homme s'était éloigné de plus en plus de ses anciens collègues du Sénat où se trouvaient les principaux chefs de la cabale anti-Seward.

Peu après le départ de McClellan, les sénateurs Wade, Hale et Fessenden vinrent trouver le Président pour le féliciter. La rencontre avait été assez plaisante malgré quelques allusions au manque de zèle de Seward sur la question de l'abolition, que Lincoln avait choisi d'ignorer. Or, quelque chose commençait à bouger au Capitole. Ben Wade disait que la guerre ne pourrait jamais être gagnée tant que Seward resterait en place et que la nation tout entière ne serait pas placée sous le commandement d'un lieutenant général. Quel pouvait être ce dictateur ? Wade ne le disait pas, mais il est clair que tout le monde pensait à Chase.

Mrs. Eames prit le baron Gerolt à l'écart. Seward se tourna vers Hay :

— Je me demande parfois à quoi cela sert de vieillir. Quand on commence à connaître un peu les hommes et les choses, il est trop tard pour mettre à profit cette connaissance.

Seward poussa un soupir un peu théâtral : il s'était servi presque des mêmes mots lorsqu'il avait eu à qualifier un autre type de rivalité, militaire, celle-là ! Celle qui avait opposé McClellan à Pope : McClellan assistant les bras croisés au désastre de Bull Run.

— Je viens seulement de commencer à comprendre jusqu'où la jalousie peut mener un homme.

— Vous parlez de Mr. Chase, monsieur ?

— Voyons, Johnny ! Je n'ai pas pour habitude de dire du mal des gens, surtout d'un collègue ; et s'il m'arrive parfois d'être personnel, c'est seulement pour faire enrager le sénateur Sumner. Mais je reconnais qu'on voit un peu trop souvent Mr. Chase dans les couloirs du Capitole depuis quelque temps. J'avoue que depuis que la maison a été redécorée, elle offre un intérêt supplémentaire, particulièrement pour un secrétaire au Trésor, toujours anxieux de voir où va son argent. Et puis maintenant qu'on va peut-être la coiffer d'un dôme permanent, je reconnais qu'il existe une ressemblance évidente — et comme un lien de parenté

419

— entre le dôme en question et le noble crâne de mon illustre collègue. Mais pourquoi diable va-t-il s'acoquiner avec ces jacobins, des gens qui disent pis que pendre de cette Administration ? Et que faisait-il hier dans le bureau du Speaker en train de parler tout seul devant un miroir ? Et que lui disait-il, à ce miroir ? Il lui disait : « Monsieur le président Chase ! »

Hay éclata de rire devant cette vision. Seward se contenta d'un petit sourire malicieux. Il avait dit tout ce qu'il avait à dire sur la question, mais en même temps il avait envoyé à Hay un signal. Seward était l'une des rares personnes à savoir que Hay écrivait des chroniques sur la vie politique et mondaine de Washington pour des journaux de New York, qu'il signait d'un pseudonyme. Sous des dehors vaguement scandaleux, il s'arrangeait toujours pour montrer le Président sous un jour favorable. Il publiait souvent dans le *World*, journal bien connu pour sa haine virulente de Lincoln. Cela l'amusait fort de savoir que le rédacteur du *World* se faisait secrètement manipuler par le propre secrétaire du Président. En attendant, Hay et Nicolay avaient veillé à ce que toutes sortes de journalistes reçoivent des postes civils ou militaires dans différentes parties du pays afin qu'ils puissent envoyer à leurs journaux des articles favorables à l'Administration.

Durant sa première année à la Maison-Blanche, Hay avait préféré ne rien dire à l'Ancien de son activité journalistique. Mais comme Thurlow Weed et Seward étaient tous les deux au courant — c'était Weed qui avait pris contact avec le *World* et le *Journal* —, Weed avait rapidement vendu la mèche au Président, qui s'en était ému :

— Est-ce convenable ? avait-il demandé à Hay.

— Est-ce convenable, monsieur, d'être toujours attaqué sans jamais pouvoir se défendre ?

Lincoln n'en avait plus reparlé et Hay avait continué sa carrière journalistique secrète. Il avait été amusé d'apprendre par Seward que le fils de l'ambassadeur américain auprès de la cour de St. James, Henry Adams, faisait exactement la même chose. Et seul Seward était au courant au sujet des deux jeunes gens. Mais qu'est-ce que Seward ne savait pas ?

— Je me demande, dit Hay, si cela pourrait intéresser les lecteurs du *World*. Je suis sûr que Mr. Marble, le rédacteur en chef...

— Mr. Marble, un homme terrible ! s'exclama Seward.

Puis il traversa la pièce pour aller tourmenter M. Mercier, l'ambassadeur de France, à propos du Mexique. Hay avait reçu ses instructions. Il devait révéler la cabale de Chase contre Seward, et par conséquent contre le Président.

Mr. Eames rejoignit Hay devant la cheminée. Le feu sifflait dans l'âtre. La pièce était chaude, et pourtant Hay sentait le froid. Il sentait toujours le froid à présent. Il se tenait le dos tourné au feu, tandis que son hôte le complimentait sur le message du Président au Congrès.

— Je l'ai trouvé par endroits très poétique, dit Eames.

— Shakespearien ?

— Je n'irai pas jusque-là, mais les dernières lignes ne manquent pas de force.

Le Taïcoun avait travaillé des semaines sur ce message, le premier depuis l'échec de son parti aux élections de novembre. La péroraison surtout était très belle : « Amis citoyens, nous n'échapperons pas à l'Histoire. Nous, membres de ce Congrès et de cette Administration, passerons à la postérité, que nous en soyons dignes ou non. L'épreuve que nous sommes en train de traverser nous désignera à l'admiration ou à la réprobation des générations futures. »

Le thème principal du message avait toutefois soulevé de nombreuses objections, à savoir : l'achat des esclaves par le gouvernement et leur implantation ultérieure. Hay trouvait Lincoln trop obsédé par la question de la colonisation, tandis que Mr. Eames estimait que le Président se méprenait sur le sens même de la guerre.

— Notez bien que je suis moi-même un vieux journaliste démocrate, et que je vois les choses avec un œil à moitié sudiste. Mais lorsque le Président s'imagine qu'il suffit de dédommager les propriétaires d'esclaves pour que cesse la rébellion, il se trompe complètement sur le but de la guerre.

— Et quel est donc le but de la guerre ?

Hay s'était souvent posé la question, mais aucune réponse ne lui avait jamais paru entièrement satisfaisante. C'était comme la fièvre : ça vient sans raison, ça part sans raison.

— Au début, je croyais que Mr. Lincoln comprenait cela mieux que personne. C'était le principe de l'indissolubilité de l'Union.

— Mais puisqu'elle avait été dissoute avant son élection...

— C'est pourquoi il a fait la guerre : pour recoller les morceaux. Mais maintenant il semble avoir adopté le point de vue des abolitionnistes, en quoi il a tort, à mon humble avis. Il nous assure que d'ici l'année 1900, le gouvernement aura vendu suffisamment de bons pour rembourser les propriétaires d'esclaves. C'est possible. Mais où prend-il que les Sudistes déposeront les armes parce que le gouvernement voudra bien leur racheter leurs esclaves ? Le Sud ne se bat pas pour défendre l'esclavage, Mr. Hay. Le Sud se bat pour son indépendance. Achetez-leur tous leurs esclaves, ils prendront votre argent, mais ils ne réintégreront l'Union que par la force.

— Vraiment ?

Hay n'avait encore jamais entendu un partisan de l'Union exposer de manière aussi plausible et convaincante le point de vue sudiste.

— Mais, Mr. Hay, avez-vous songé au coût ! Pensez à tout le sang versé et à tout celui qui sera versé, et posez-vous ensuite la question : un homme se bat-il dans une guerre aussi terrible simplement pour avoir le droit de garder des esclaves ? Non, Mr. Hay ; il vous dira qu'il se bat pour libérer son pays, et il aura raison.

Déterminé, John Surratt l'était également, tandis qu'il traversait Pennsylvania Avenue en compagnie de David et que la neige tourbillonnait autour d'eux. John décrivait ce qui s'était passé la veille sur le Rappahannock :

— J'aurais dû venir directement ici, mais c'est alors que tout a éclaté : on aurait dit l'enfer. Ça a commencé samedi par un terrible brouillard, et ça a duré jusqu'à hier, lorsque les Yankees se sont retirés de l'autre côté du fleuve. Ils ont perdu trois fois plus d'hommes que nous. Je le sais. J'ai vu une partie des combats depuis un endroit près de Marye's Hill, où était notre artillerie. Nous avons tendu un piège à Burnside, et il y est tombé.

Les deux jeunes gens bifurquèrent dans une petite rue adjacente et entrèrent chez Sullivan. Le propriétaire du bar, bien que né en Irlande, était entièrement dévoué à la Confédération. Mais comme il ne pouvait pas dire un mot sans plaisanter, les hommes de Pinkerton ne l'avaient jamais sérieusement inquiété, alors que lui, de son côté, leur créait pas mal d'ennuis, en leur communiquant de faux renseignements, notamment sur l'importance des armées confédérées.

David et John s'assirent près du poêle au fond du bar. Le plancher était couvert d'une espèce de gadoue faite de neige fondue, de sciure, de bière renversée et de crachats. La salle était éclairée au gaz, dont les becs ronronnaient gentiment au plafond, tandis qu'un serveur mulâtre, aussi loyal à la Confédération que son patron, leur servit à manger. David prit un œuf dur, et Sullivan leur apporta lui-même des chopes de bière. Au bar, la clientèle était surtout composée de fermiers, mais il y avait aussi parmi eux deux courriers de nuit qui causaient à voix basse devant un verre de whisky.

Sullivan s'assit à côté de John et de David ; il écoutait, fasciné, le récit que faisait John de la défaite de l'armée de l'Union à Fredericksburg.

— Et maintenant, qu'est-ce qui va se passer ? demanda Sullivan.

John haussa les épaules :

— Le général Burnside va sans doute rester embourbé jusqu'au printemps, à moins qu'il ne se retire jusqu'ici. Il y a un an, ils étaient presque à Richmond, et maintenant ils ne sont même pas capables de traverser le Rappahannock, qui est à plus de quatre-vingt-quinze kilomètres.

— Ils ne savent pas se battre, heureusement pour nous, dit David, qui répétait ce qu'il avait entendu dire à ses amis.

— Oh si, ils peuvent se battre, dit John. Il fallait les voir gravir cette colline vague après vague, pour, une fois arrivés en haut, voler en éclats sous le feu de nos canons. Mais ils n'ont pas un seul bon général, c'est là notre chance. Ils n'ont pas non plus de courriers de nuit, ajouta-t-il en baissant la voix. Nous avons tellement embrouillé Pinkerton qu'il s'imagine que le général Lee a un million d'hommes sous les armes et que nous avons l'intention d'enlever le Président.

— Pourquoi ne le ferions-nous pas ? demanda David.

— Ça ne servirait à rien. Nous sommes en train de gagner la guerre. Lee sera à Philadelphie avant l'été. Et alors la guerre sera terminée.

Sullivan hocha la tête. D'un geste distrait, il essuya le bois grossier de la table avec un chiffon.

— L'un des *wild boys* a tiré sur Lincoln en août dernier sur la route de Seventh Street. Quand le colonel a appris ça, il a piqué une de ces rages !

Le colonel sans nom était quelqu'un que David n'avait pas encore vu, dont il avait seulement entendu parler. C'était lui qui servait d'intermédiaire entre Richmond et les agents confédérés à Washington. David pensait parfois que Sullivan était peut-être le colonel. En tout cas, il le citait souvent, et il avait l'air de le connaître.

— Pourquoi s'est-il mis en colère ? demanda John. Ce serait un acte de justice que de tuer l'homme qui s'imagine qu'il va libérer nos nègres.

— C'est peut-être un acte de justice, mais le colonel dit que tant que la guerre sera l'affaire de Lincoln, c'est comme si nous l'avions déjà gagnée.

John se mit à rire :

— Il n'a peut-être pas tout à fait tort. Mais si un jour il est question de le tuer, nous laisserons David s'en charger.

— Moi ? Comment ?

— En mettant du poison dans ses médicaments. Rien de plus simple !

— Mais Mr. Thompson saurait que c'est moi.

En réalité, David avait souvent songé comme il serait facile d'empoisonner le Président ou n'importe quel client de chez Thompson. Déjà, entre Mr. Thompson et lui, un certain nombre de morts prématurées étaient survenues, dues à la négligence dans la préparation des médicaments. Heureusement, comme disait Mr. Thompson de la profession médicale : « Leur profession est la seule autre où il soit permis d'enterrer ses erreurs. »

— En tout cas, pour le moment, dit Sullivan, Mr. Lincoln est la principale arme du Sud. C'est pourquoi il faut en avoir soin.

Le Président passa la plus grande partie de la nuit à recevoir des visiteurs. Hay était présent lorsque vers minuit le gouverneur Curtin de Pennsylvanie entra dans la pièce. Curtin revenait directement de Fredericksburg. Lincoln se leva pour aller le saluer. Hay n'avait jamais vu l'Ancien si frêle ni si bouleversé.

Tandis que Curtin arpentait la pièce d'un air fiévreux, Lincoln se tenait appuyé contre le manteau de la cheminée. Sa tête jouxtait le portrait de Jackson. Entre les deux la ressemblance était frappante : le Vieil Abe paraissait aussi vieux que le vieil Hickory.

— J'ai vu nos hommes réduits en bouillie sous mes yeux. Et pourtant ils continuaient d'avancer. Jamais je n'ai vu pareille bravoure ni pareille boucherie.

— Je sais, je sais.

Lincoln se frotta les yeux d'un geste las.

— Quelles sont les pertes jusqu'à présent ?

Curtin tira une feuille de papier de sa poche :

— Ceci m'a été remis par l'adjudant du général Burnside. Ce sont les estimations pour chaque division. Général Sumner : environ cinq cents tués, environ cinq mille blessés...

— Mon Dieu ! Et il s'agit seulement d'une division ?

Le visage de Lincoln avait la même couleur que les cendres de la cheminée derrière lui.

— Huit cents disparus, continua Curtin. Général Hooker : plus de trois cents morts et trois mille blessés, et huit cents disparus.

— Assez ! Assez ! C'est trop, gouverneur. Beaucoup trop. Le pays ne peut pas supporter de telles pertes. Moi non plus. C'était de la folie d'attaquer. Il frappa du poing sur la cheminée : En hiver. Nouveau coup de poing : Et avec une rivière à traverser en plus, avec l'armée ennemie tout entière qui attendait dans ses retranchements ! C'était un piège.

Lincoln tourna le dos à la cheminée.

— Je comprends tout maintenant. Je ne comprenais pas jusqu'ici. Burnside insistait. Vous comprenez ? Alors, nous avons cédé, Halleck, Stanton et moi. On ne retient pas un général qui veut se battre.

— Se battre, oui, mais sans réfléchir. Cet homme est un incapable. Et ce qui est pis, c'est qu'il le sait. Il sait qu'il n'a pas la capacité de commander une grande armée. Il m'a dit qu'il vous avait demandé de ne pas le nommer.

Lincoln arpentait à son tour la pièce comme s'il cherchait une porte secrète par où s'échapper. Hay se ressouvint de cette crise de folie dont lui avait parlé Herndon. Lincoln allait-il recommencer ?

Cependant, Curtin continuait inlassablement son récit des morts, des blessés et des disparus. Hay essaya de lui faire signe de se taire, mais l'autre l'ignora. Lui aussi semblait au bord de la folie.

— Finalement, cette défaite nous coûtera en morts, en blessés et en disparus quinze mille hommes. J'ai vu les blessés d'un de nos régiments de Pennsylvanie. J'ai vu des garçons de quinze ans, avec l'estomac qui leur sortait du ventre. J'ai vu...

— Vous avez vu, dites-vous ?

Lincoln ouvrit puis ferma la porte du Cabinet avec un bruit sec.

— Et moi, pensez à ce que je vois ! Pensez à tout ce sang que je vois couler, à tout ce sang qui remplit cette pièce, et qui va bientôt m'engloutir... Vous n'avez pas de responsabilités, monsieur, vous n'avez pas de serment enregistré dans le Ciel. Moi, si !

La voix du Président monta si haut qu'elle se brisa sur le mot « si ».

Hay se leva brusquement :

— Monsieur le Président, dit-il d'une voix qu'il voulait aussi douce que possible, mais qui se brisa elle aussi sous l'émotion.

Les trois hommes se tenaient immobiles et muets au milieu de la pièce.

Lincoln fixa son regard sur Curtin, lequel recula d'un pas, comme effrayé par ce qu'il lisait dans les yeux du Président.

— Je suis désolé, monsieur, de vous causer autant de peine. Je voulais seulement répondre à vos questions. Je suis épuisé, moi aussi, j'en ai peur. A cause de ce que j'ai vu. Je donnerais n'importe quoi pour vous délivrer du fardeau de cette terrible guerre.

— Moi ? Lincoln secoua la tête, comme s'il venait de se réveiller d'un mauvais rêve. Oh, gouverneur, moi, je ne compte pas. Pour moi, tout est fini. Mais j'ai été choisi pour accomplir un certain travail. Je dois le faire et puis m'en aller. Mais j'ai besoin d'être aidé. Là-dessus, il n'y a aucun doute.

Brusquement, le visage de l'Ancien s'éclaira ; Hay comprit qu'il allait raconter une histoire, et il en fut grandement soulagé.

« Ceci, gouverneur, me rappelle l'histoire d'un fermier de l'Illinois qui avait pour fils deux garnements. L'un s'appelait James et l'autre John. Ou peut-être était-ce le contraire. Bref, notre fermier achète un jour un porc qui avait mauvais caractère. Il le met dans un enclos et dit à ses garçons de s'en tenir à l'écart. Bien entendu, la première chose que fait James le lendemain matin, c'est d'ouvrir l'enclos et de lâcher le porc — et celui-ci de s'attaquer aussitôt au postérieur de James. James n'a qu'une façon de s'en tirer, c'est de s'accrocher à la queue de l'animal. Ils font donc tous les deux un certain nombre de fois le tour de la maison, jusqu'à ce que, le courage venant à lui manquer, James crie à son frère : " Viens vite, aide-moi à laisser partir ce porc. " Eh bien, gouverneur, c'est exactement mon cas. J'aimerais qu'on m'aide à me débarrasser de ce porc. Bonne nuit, gouverneur.

Une fois le gouverneur parti, Lincoln resta un moment à contempler le feu éteint.

— Voulez-vous que je demande à ce qu'on refasse du feu ? interrogea Hay.

— Non, John. Allez vous coucher maintenant. Edward veillera sur la forteresse. Tout est bien à présent. Tout est bien parce que tout sera bien. C'est ainsi, voyez-vous. Même si nous perdons tous les jours

425

autant d'hommes que l'ennemi, un jour nous finirons quand même par gagner. Car nous avons plus de vies qu'eux à donner, et que nous continuerons à les donner — oui, toutes, si c'est nécessaire — jusqu'à ce que nous ayons gagné.

Avant de regagner sa chambre, Hay traversa les appartements privés ; Lamon montait la garde devant la chambre du Président, armé jusqu'aux dents et profondément endormi.

— Mr. Lamon, murmura Hay.

Lamon souleva d'abord son derringer, puis ses paupières.

— Dites à Mrs. Lincoln de faire coucher le Président. Il est à bout de forces.

Lamon hocha la tête et frappa trois coups à la porte de la chambre. De l'intérieur, la voix de Madame demanda :

— Oui, Mr. Lamon ?

— Nous pensons que vous devriez dire au Président de se coucher.

— Bien, dit la voix.

Hay gagna sa chambre où Nicolay ronflait doucement. Mary ouvrit la porte du bureau du Président. Lincoln lisait un livre, étendu sur le divan.

— Eh bien, Maman, tu n'es pas encore couchée à cette heure-ci ?

— Viens te coucher, Papa. Ça ne sert à rien de rester là toute la nuit.

— Mais je ne peux pas. Ils n'arrêtent pas de venir de Fredericksburg, et je dois tous les écouter.

— Non, Papa, tu ne dois pas tous les écouter. Tu en as déjà trop entendu. La bataille est terminée. Ce soir, il n'y a plus de nouvelles. Allons.

Lincoln se leva, posa son livre :

— C'était d'Artemus Ward. Très drôle.

— Je sais, Papa.

Elle lui prit le bras et le conduisit le long du corridor faiblement éclairé. Edward était à son bureau.

— Rentrez chez vous, Edward, dit Mary.

— Oui, dit Lincoln. Nous fermons la boutique pour la nuit.

— Bonne nuit, monsieur le Président.

Lincoln et Mary passèrent devant la sentinelle de garde, qui salua le Président en disant :

— Bonne nuit, monsieur, dormez bien.

— Merci. Merci, mon garçon.

Une fois que mari et femme furent dans leur chambre à coucher, Lincoln secoua la tête en disant :

— Cette nuit, j'aime autant ne pas dormir.

— Ne dis pas de bêtises. Tu es si fatigué que tu ne peux même pas garder les yeux ouverts.

— C'est vrai, mais je n'ose pas dormir.

— Tes rêves sont-ils si mauvais ?

— Oui, Maman, ils le sont.

Lincoln finit cependant par s'endormir, et ce fut Mary qui resta éveillée pour le réconforter en cas de besoin. Elle savait ce que c'était que les cauchemars.

Chase lut l'article de journal les lèvres serrées, puis il le rendit à Ben Wade.

— J'ai peur que malgré toutes ses bonnes qualités le Président ne manque de dignité.

— Vous imaginez ça ! s'écria Wade en jetant le journal dans le crachoir en laiton à côté de sa chaise, le jour de la défaite de Fredericksburg, se comparer à un garçon de ferme attaché à la queue d'un cochon ! Eh bien, puisqu'il demande qu'on l'en détache, je veux bien l'aider. Le Sénat est d'accord. Nous venons de tenir notre réunion.

— Quel est le résultat ? demanda Chase, qui feignait de ne pas savoir.

— Notre faction l'a emporté. Les modérés veulent que Stanton et Seward s'en aillent. Nous avons dit que le départ de Seward suffisait pour le moment. Seward parti, on peut réorganiser le Cabinet.

— Seward est trop politicien pour mon goût, dit Chase tout en arrangeant soigneusement ses papiers sur son bureau. Il a une sorte d'influence souterraine sur le Président qui me paraît dangereuse. Ils sont toujours en train de plaisanter, tous les deux.

— Oh, c'est un numéro, le gouverneur ! dit Wade. Les plaisanteries, passe encore ! Ce que j'aime moins, c'est sa façon d'agir tout seul, sans consulter le président du Cabinet, comme pour cette lettre d'instruction qu'il a écrite à Adams et dans laquelle il se moque des abolitionnistes. Ensuite, il va la publier dans son fichu bouquin ! Quand Sumner a montré la lettre au Président, celui-ci a dit qu'il ne l'avait jamais vue auparavant, et qu'elle ne reflétait en aucune façon sa propre politique. Voilà qui est sérieux.

— Seward fait ce qu'il veut. Malheureusement, il n'est pas le seul. Chaque ministre n'en fait qu'à sa tête. Nos séances sont une moquerie. Les vraies décisions ont déjà été prises par Lincoln et Seward au vieux Club House, devant un verre de brandy. Les autres ministres sont rarement consultés. Mais le pire n'est pas que Seward mène Lincoln, après tout, il faut bien que quelqu'un remplisse cet office, et Seward est le leader de notre parti. Non, Mr. Wade, le pire, c'est que le gouverneur Seward ne croit pas à cette guerre. C'est pourquoi nous allons de défaite en défaite. Il a toujours pensé que d'une manière ou d'une autre les États sudistes nous reviendraient. Maintenant qu'il y a un risque de guerre avec la France à propos du Mexique, il aimerait bien échanger notre guerre civile contre une guerre étrangère.

427

Wade hocha la tête :

— C'est aussi mon point de vue, Mr. Chase. Et c'est pourquoi nous nous sommes rencontrés dans le plus grand secret. Nous avons maintenant défini nos propositions que nous soumettrons à Mr. Lincoln ce soir. Je crois qu'elles constitueront une surprise pour Mr. Seward.

Seward avait déjà eu sa surprise chez lui. Le sénateur de New York, Preston King, avait quitté la réunion avant la fin et était allé tout de suite annoncer la nouvelle à son vieil ami Seward. Seward avait agi avec diligence :

— Je ne les laisserai pas embarrasser le Président, dit-il ; puis il écrivit ces mots sur un bout de papier : « Monsieur, je déclare par la présente démissionner de mon poste de secrétaire d'État, et je vous prie de bien vouloir accepter immédiatement ma démission. » Puis il appela son fils dans la pièce à côté : « Fred ! »

— Oui, monsieur ?

Frederick Seward apparut dans l'encadrement de la porte.

— Nous démissionnons tous les deux. Écrivez votre lettre de démission et remettez-la au sénateur King.

Le jeune homme fit ce que son père lui disait sans montrer le moindre étonnement ni le moindre trouble. Puis King se rendit à la Maison-Blanche, où il remit le message au Président. King expliqua ce qui s'était passé. Lincoln écouta poliment. Lorsque le sénateur fut parti, Hay vit bien que le Président n'était pas à prendre avec des pincettes.

— Ils veulent que je m'en aille, dit-il. Et j'ai à moitié envie de les satisfaire.

— A moitié, monsieur ?

— Peut-être un peu moins. Je verrai les sénateurs ce soir à sept heures. Vous convoquerez le Cabinet pour demain matin.

— Bien, monsieur.

Seward attendait la visite du Président. Il était assis à la fenêtre de son bureau, donnant sur Lafayette Square, lorsqu'il vit déboucher au coin de l'avenue, juste au moment où les réverbères s'allumaient, la haute silhouette du Président. Il alla lui-même ouvrir la porte et introduisit Lincoln dans son bureau. Le Président ôta son chapeau qu'il posa sur un buste en marbre de Périclès qui décorait un coin de la pièce. Puis il se servit un verre d'eau et prit une pomme qu'il se mit à croquer.

— Nos amis sur la colline ont eu une journée bien remplie, dit Lincoln en s'asseyant près de la cheminée et en tournant son regard sur Seward.

— Vous savez, dit Seward, je vais peut-être en étonner plus d'un, mais il me tarde de rentrer chez moi à Auburn et de reprendre une vie normale. Ce que nous faisons ici ne me donne aucune joie.

— Vous en parlez à votre aise, gouverneur, mais moi, je suis comme l'étourneau dans l'histoire de Sterne. Je ne peux pas m'en aller.

— Qu'allez-vous faire ?

— Je ne sais pas encore. Je vais bien sûr écouter les sénateurs. J'ai déjà eu le plaisir d'une entrevue avec Mr. Thaddeus Stevens. Il croit que vous êtes le principal obstacle à notre effort de guerre, et qu'il suffit que vous partiez pour que nous obtenions la victoire.

Seward secoua la tête d'un air étonné :

— Je suis l'auteur d'un concept révolutionnaire — pour ne pas dire subversif — selon lequel il existe une loi supérieure à la Constitution. Or, bien que la Constitution autorise l'esclavage, cette loi supérieure l'interdit. Et c'est moi qu'on taxe d'indifférence sur la question, qu'on traite de pro-rebelle !

— Mr. Seward, l'incapacité des hommes à reconnaître une vérité évidente est une des constantes de la vie politique. Regardez-moi. Je passe le plus clair de mon temps à expliquer ce qui devrait être évident pour tous. Or, ce qui me paraît évident, c'est qu'à travers vous, c'est moi que le Sénat vise. C'est moi qu'on veut abattre. Ils voudraient me chasser, mais ils ne savent pas comment. Alors ils s'attaquent à vous.

— Eh bien, je ne suis plus là. Aussi quand ils vous diront ce soir de vous débarrasser de moi, vous pourrez leur répondre que le gouverneur Seward, avec la courtoisie et la largeur d'esprit qui le caractérisent, s'est retiré sur ses terres ancestrales de l'État de New York, où ses prières continueront de monter vers le Ciel afin qu'un jour les deux moitiés de l'Union puissent être réunies.

— En tout cas, vous n'avez rien perdu de vos talents oratoires, dit Lincoln en riant.

— Peut-être, fit Seward d'un air sombre. Ah, que ne donnerais-je pour avoir comme Cicéron le droit de chasser ces Catilina du temple...

— Je crois que ce ne sera pas nécessaire.

Lincoln allait en dire plus, mais il se retint.

— Que direz-vous aux sénateurs ? demanda Seward, plus curieux que jamais.

— J'écouterai ce qu'ils auront à me dire. J'écouterai particulièrement la voix de Mr. Chase.

— Alors, vous en entendrez beaucoup. Lui et Ben Wade sont les principaux conspirateurs.

— Je sais. Sur le sujet de la présidence, Mr. Chase n'est pas toujours très raisonnable...

Lincoln posa les pieds sur les chenets. Ses grands souliers noirs évoquaient toujours dans l'esprit de Seward une paire de cercueils pour bébés.

— Gouverneur, je pense qu'il est très peu probable que je sois réélu. Les revers que nous avons subis, et pour lesquels on me tient à juste titre pour responsable, m'interdisent de nourrir un tel espoir.

— Les circonstances peuvent changer. Une victoire ou deux, et vous redeviendrez un héros...

En vérité, Seward était d'accord avec l'analyse de Lincoln. En tant que force politique, le Président était éteint, et rien ne pourrait le rallumer. L'effondrement de Burnside dans la boue de Virginie sonnait le glas de l'Administration. Et maintenant le fait que le Sénat se permît de dicter sa loi au Président était la preuve que toute véritable autorité avait disparu.

— Il est à peu près certain que McClellan sera le candidat démocrate ; et si il l'est, il sera sans doute élu Président ; et s'il est Président, tous nos efforts et tout le sang versé auront été vains : il n'aura rien de plus pressé que de conclure une paix honteuse avec le Sud, et tout redeviendra comme avant.

Seward hocha la tête :

— A New York, en ce moment, les chefs du parti sont en train de préparer sa candidature. S'il l'emporte, ce dont je doute, il fera comme vous dites.

— Si les choses ne vont pas mieux en 1864, je n'essaierai même pas de demander l'investiture républicaine. Cela signifie qu'elle ira à Mr. Chase...

— Juste Ciel !

— L'expérience m'a appris qu'il ne fallait pas trop compter sur le Ciel pour ce genre de questions. Cela dit, il y a pire que Chase. Mais comme le pays n'acceptera jamais ses vues extrêmes sur l'esclavage, McClellan le battra.

Seward se servit du porto. Le jeu politique l'excitait tellement qu'il avait besoin des vertus lénitives du porto.

Tandis que Lincoln avait les yeux fixés sur le feu, Seward l'observait attentivement. Quelles que soient les erreurs du Président comme leader de guerre, c'était un maître politicien. Il faut être deux pour bien se comprendre, songeait Seward en sirotant son porto. Mais il ne s'attendait pas à ce qui allait suivre.

— Parlez-moi d'Horatio Seymour.

— Il a assez largement battu notre candidat à New York. Thurlow Weed a bonne opinion de lui, bien que ce soit un démocrate — Weed pense qu'il fera un bon gouverneur. Et c'est un partisan de l'Union. Pourquoi ?

Lincoln fixait toujours le feu :

— Parce que je songe à lui apporter mon soutien pour l'élection de 1864.

Seward reposa son verre si fort qu'il faillit le casser.

— Un démocrate !

— Si notre parti ne gagne pas la guerre, le parti démocrate gagnera les élections. Or, comme McClellan serait aussi mauvais Président qu'il est mauvais général, il nous appartient de faire en sorte que les démocrates représentent le meilleur candidat possible, un homme favorable à l'Union, que nous puissions soutenir, ouvertement ou secrètement, peu importe.

— Vous avez cette idée depuis longtemps ?

— Au moins depuis le 4 novembre.

— En avez-vous parlé à quelqu'un d'autre ?

Lincoln hocha la tête :

— A personne, sauf à Stanton, qui est lui-même démocrate. Il aime encore moins McClellan que moi. Il pourrait utiliser le Département de la Guerre pour aider Seymour, et moi j'attendrais mon heure.

— Vous m'étonnez, monsieur.

— C'est l'époque, gouverneur, qui est étonnante. Parlez-en à Weed et à personne d'autre. Lincoln se leva. Maintenant, je dois me préparer à affronter nos amis. Il tapota l'épaule de Seward. Vous vous êtes comporté noblement, gouverneur. L'affaire n'est pas terminée.

— C'est également mon avis, monsieur. Aussi, quand vous parlez de soutenir Seymour...

— Il faut bien regarder de l'avant, n'est-ce pas ? C'est pour cela qu'on nous paie, nous autres politiciens. Bien sûr, je compte sur Mr. Seymour pour que New York fournisse son quota.

— *Quid pro quota ?*

— Gouverneur... murmura Lincoln avec un soupçon de reproche, puis il partit.

Hay n'avait jamais vu le Président aussi soumis que lorsque les neuf sénateurs le haranguèrent sur les erreurs et les insuffisances de son Administration. Même Sumner se montra dur dans l'analyse qu'il fit de la politique étrangère du gouvernement, sans parler de l'ignorance de Lincoln concernant les lettres de Seward à l'ambassadeur américain à Londres. Pire, alors que le pays était en guerre, Seward s'était permis de publier un volume de sa correspondance diplomatique, truffé de remarques désobligeantes à l'endroit des abolitionnistes, dont certaines accompagnées d'astérisques pour bien marquer qu'on avait supprimé des passages encore plus désobligeants.

L'Ancien répondit que Seward lui avait lu toutes ces lettres, mais que sur le moment il ne se souvenait pas de celles que Sumner jugeait particulièrement désobligeantes. Il reconnaissait néanmoins que Seward s'était montré indélicat en les publiant. En réalité, Hay était à peu près certain que Lincoln avait eu connaissance de ces remarques, et qu'il les avait approuvées. En revanche, il trichait un peu avec la vérité, en affirmant que Seward lui avait montré chacune de ces lettres. Depuis quelque temps, Lincoln abandonnait tout le courrier diplomatique entre les mains de Seward, à l'exception des dépêches les plus importantes.

Au bout de trois heures, le Président se leva, et la séance prit fin. Ben Wade remit au Président le mémorandum de la commission.

— J'étudierai cela très soigneusement. Nous nous reverrons demain.

Sur cette note raisonnablement optimiste, les sénateurs sortirent de la pièce. Lincoln donna ensuite le mémorandum à Hay :

— Rangez-le dans le coffre, John.

— Vous n'avez pas dit que vous vouliez l'étudier, monsieur ?

— Oh, je l'ai gravé dans mon cœur !

Le demi-sourire de Lincoln était suffisant pour convaincre Hay que le Taïcoun préparait une contre-attaque. Comme Hay le dit à Nicolay en lui décrivant la séance :

— Ils ont commis la faute contre laquelle Machiavel nous met en garde. Quand on frappe le prince, il faut le tuer.

— N'empêche qu'il est bien mal parti, dit Nicolay. Je me demande cette fois comment il va s'en tirer.

A sept heures trente, le lendemain soir, les sénateurs, à l'exception de Wade, revinrent à la Maison-Blanche à l'invitation du Président. Le Cabinet, à l'exception de Seward, avait été aussi convoqué. En fin d'après-midi, le Président avait sorti du coffre le mémorandum pour l'étudier un moment. Hay voyait remuer les lèvres du Président : ce n'étaient pas les phrases qu'il lisait à voix basse, mais les réponses qu'il comptait leur donner.

Le vieux sénateur modéré Collamer conduisait la délégation sénatoriale que Hay introduisit dans le bureau du Président. Le Cabinet était réuni dans la pièce à côté. En début d'après-midi, le Président avait semblé à bout de forces. Hay l'avait entendu dire à un ami qu'il n'avait jamais été aussi déprimé de sa vie que par cet ultimatum sénatorial. Maintenant, il avait l'air serein. Edward avait déjà placé des chaises supplémentaires dans le bureau.

Le Taïcoun invita les sénateurs à s'asseoir, tandis qu'il restait debout devant la cheminée, en dessous du portrait d'Andrew Jackson. Hay remarqua que le sénateur Fessenden du Maine comptait les chaises supplémentaires d'un air intrigué.

— Messieurs, dit Lincoln en prenant le manuscrit sur la cheminée, j'ai beaucoup réfléchi depuis que nous nous sommes quittés hier au soir. Il semble que le cœur de votre argument soit le suivant. Lincoln mit ses lunettes et lut : « La théorie de notre gouvernement·est que le Président soit aidé dans sa tâche par un conseil de Cabinet, d'accord avec lui sur les grandes lignes de politique générale et qu'ensemble, le Président et le Cabinet combinent leurs efforts pour servir au mieux les intérêts de la nation. Or cette condition nécessaire, sans laquelle aucun gouvernement ne peut réussir, nous ne croyons pas — et le public avec nous — qu'elle soit aujourd'hui remplie... »

Lincoln s'interrompit et regarda un instant par-dessus ses lunettes, comme s'il voulait ajouter un commentaire. Puis il reprit, un vague sourire se jouant sur ses lèvres : « ... et par conséquent, il nous paraît que certains choix et certains changements doivent être effectués au sein

432

même du gouvernement afin que soient mieux assurés les intérêts vitaux du pays, particulièrement en ce moment de crise. »

Lincoln reposa les feuillets sur la cheminée et ôta ses lunettes :

— Je pourrais, bien sûr, vous dire que la Constitution n'oblige nulle part le Président à consulter le Cabinet, ou même à en avoir un. Certes, les pincipaux ministères sont tenus par des fonctionnaires choisis par le Président, et par lui seul, afin de l'aider dans l'accomplissement de sa charge. Mais l'idée que ces officiers constituent un conseil supérieur devant lequel le Président aurait à rendre compte est foncièrement étrangère à l'esprit de notre Constitution et à nos traditions. Fessenden s'éclaircit la gorge : Oui, sénateur Fessenden ?

— La nature du Cabinet n'est pas, comme tant d'autres choses, définie de manière explicite dans la Constitution, mais, si je puis me permettre de vous le rappeler, monsieur, le président John Quincy Adams, dans ses rapports avec son Cabinet, mettait toujours aux voix les décisions importantes.

— Eh bien, c'était là la façon de faire de Mr. Adams. Mais aucun autre Président n'a jamais considéré le Cabinet autrement que comme un groupe de personnes chargées de lui obéir, et qu'il peut consulter à loisir. Parfois il le consulte et parfois...

— Mais, monsieur, interrompit Fessenden, nous avons bien précisé dans notre mémorandum que nous vivions des temps extraordinaires. Nous sommes au milieu d'une terrible guerre. Nous devons rechercher l'unité partout.

— Je suis tout à fait d'accord, sénateur. En fait, la raison même de votre présence ici ce soir, messieurs, est une preuve que les temps sont graves. En temps ordinaire, si vous étiez venus trouver le Président pour lui intimer l'ordre de refaire son Cabinet et ensuite d'obéir aux décisions de ce Cabinet, on vous aurait montré la porte — ainsi qu'un exemplaire de la Constitution. En vérité, vous n'avez rien à faire ici avec moi pour une question qui regarde exclusivement l'exécutif. Le Taïcoun gardait son sourire bénin ; les sénateurs étaient assis bien droits sur leurs chaises : Mais nous sommes en temps de crise, comme vous dites. Je crois que vous êtes venus en toute bonne foi et que vous êtes sincèrement désireux de m'aider. Je vous répondrai donc avec une égale bonne foi. Je sais, par exemple, sénateur Fessenden, que vous préférez le système parlementaire britannique au nôtre, et que vous aimeriez voir les membres du Cabinet siéger au Congrès pour répondre à vos questions. Le système anglais est peut-être meilleur que le nôtre, mais nous ne pouvons l'adopter sans modifier d'abord la Constitution, ce qui en ce moment ne serait pas très pratique.

— Mais, monsieur, reprit Fessenden, on peut très bien, sans aller jusque-là, imaginer un Cabinet uni que vous consulteriez. Ce n'est pas une impossibilité.

— Je dirais même que c'est une réalité, répondit Lincoln toujours aussi calmement. On a dit beaucoup de choses sur la manière dont fonctionnait ce Cabinet ; on a même dit que j'étais manipulé par mon Premier ministre, le gouverneur Seward, et que je consultais rarement le Cabinet sur les grandes questions, etc. Eh bien, sénateur Fessenden, j'ai décidé de vous satisfaire. Vous aimeriez pouvoir questionner les ministres, comme cela se fait en Angleterre. Eh bien, vous aurez ce plaisir. J'ai réuni le Cabinet tout entier — à l'exception de Mr. Seward — pour qu'il réponde à vos questions. Vous pourrez interroger qui vous voudrez, aussi longtemps que vous voudrez. Pendant ce temps-là, j'écouterai et m'instruirai. Lincoln tira le cordon de la sonnette, puis il se tourna vers Fessenden : J'espère que votre comité n'objectera rien à cette réunion extra-constitutionnelle.

Hay vit que Fessenden était trop troublé pour parler. Il regarda Collamer, qui se contenta de hausser les épaules, puis il répondit à Lincoln par un hochement de tête. Cependant, Nicolay avait ouvert la porte du Cabinet, et Chase entra dans la pièce, suivi des autres ministres. Les sénateurs avaient maintenant l'air très embarrassé. Le Cabinet avait été averti de cette confrontation le matin même. Chase avait fait tout son possible pour l'éviter, alors que Bates avait été profondément ennuyé.

Une fois que tout le monde fut assis, le Président prononça un petit discours très gentil. On disait que « le Cabinet ne se réunissait pas assez souvent ; que des opinions contraires aux siennes et à celles de Mr. Seward étaient étouffées ; qu'on ne recherchait jamais vraiment l'unité.

« Or, mon impression est que, puisque nous nous réunissons deux fois par semaine et que nous discutons de tout, nous formons au contraire une véritable unité. Le fait que nous ne soyons pas toujours du même avis constitue la raison même pour laquelle j'ai choisi ce Cabinet. Je sais que certains d'entre vous voudraient que je nomme un Cabinet composé uniquement d'hommes qui pensent la même chose que les sénateurs ici présents. Mais cela ne me paraît pas une bonne idée. Un Président doit entendre toutes sortes d'arguments. Il doit écouter la majorité modérée aussi bien que la minorité radicale (coup d'œil distrait en direction de Fessenden qui fronçait les sourcils en regardant le plancher). Aussi je vais vous demander, messieurs, de montrer aux sénateurs comment nous travaillons. »

Blair passa aussitôt à l'attaque, avec tout le mépris pour lequel sa famille était si justement réputée. Il demanda aux sénateurs de quel droit ils se permettaient de fourrer leur nez dans ces affaires. L'exécutif et le législatif étaient deux domaines à jamais bien distincts. Et si son vieil ami le président Jackson était encore en fonctions, c'est à la rue que se trouveraient les sénateurs en ce moment. Mais puisqu'un homme plus amène occupait la place de Président, Blair assura les sénateurs que, quoi qu'ils aient pu entendre dire (regard jeté à Chase, lequel avait les yeux fermés), tous les membres du Cabinet étaient invités à donner leur opinion.

— Personnellement, je suis en désaccord avec le gouverneur Seward sur à peu près tous les sujets, mais affirmer qu'il n'est pas sérieux dans la poursuite de la guerre est un franc mensonge !

Il y eut quelques remous parmi les sénateurs. Un sourire séraphique apparut sur les lèvres de Chase. A l'intérieur de ce dôme sculpté, il ne devait pas y avoir seulement un chœur angélique, mais en plus un archange louant Chase d'avoir combattu tant de batailles pour le Seigneur.

— En tout cas, messieurs, reprit Blair en fusillant Fessenden du regard, il ne peut y avoir deux exécutifs dans ce pays. Il n'y a qu'un seul Président et un seul commandant en chef, choisi par le peuple. Et si vous essayez de le défier dans l'exercice légitime de sa charge, vous le faites à vos risques et périls.

Ce fut ensuite le tour de Bates, un conservateur légaliste, qui démonta point par point chaque argument avancé par Fessenden, au grand dam de Sumner, qui était venu armé de son éloquence habituelle mais qui préféra se taire.

— Bref, conclut Bates, mon avis est que ce comité ferait mieux de ne pas se mêler de ces questions.

Enfin, le Taïcoun n'eut pas plus qu'à donner le coup de grâce :

— Je pense toutefois que pour satisfaire le comité, le Cabinet devrait répondre à l'accusation principale portée contre lui, à savoir que je ne le consulte pas (le Taïcoun tourna doucement la tête en direction de Chase, dont les yeux étaient à présent grands ouverts). Mr. Chase, en tant que premier officier de ce Cabinet, il vous appartient de dire aux sénateurs comment fonctionne notre boutique.

Un silence absolu régnait dans la pièce. Tous ceux qui étaient présents savaient très bien que c'était Chase qui avait animé les radicaux avec ses révélations sur la sinistre influence que Seward aurait exercée sur un Président trop faible et trop évasif pour tolérer une discussion approfondie sur les grands problèmes. C'était là, pensait Hay, le piège que Lincoln avait tendu à Chase. S'il disait aux sénateurs en présence du Cabinet ce qu'il leur avait dit en privé, il passerait aux yeux de ses collègues non seulement pour un menteur mais aussi pour un traître. Si au contraire il niait en présence du Cabinet ce qu'il avait dit aux sénateurs en privé, il perdrait le soutien et le respect de ceux qui le voulaient comme Président. C'était très habile : dans les deux cas, Chase était fait comme un rat.

Hay dut néanmoins reconnaître que Chase se comporta avec autant de dignité que la situation le lui permettait.

— Je ne suis pas venu ici ce soir pour être traduit devant une commission du Sénat.

— Nous ne sommes pour rien dans tout ceci, dit Fessenden d'un ton irrité. Nous ne vous accusons de rien du tout. Nous sommes venus ici ce soir pour rencontrer le Président. Cette rencontre, comment dirai-je ? non constitutionnelle (ici Fessenden se tourna vers Bates), comme diraient certains, est pour nous une surprise. C'est le Président qui a arrangé cela.

— C'est exact, dit Lincoln. J'ai pensé que c'était le seul moyen pour éclaircir les choses d'organiser ce genre de réunion, même si la Constitution doit légèrement en souffrir. Voyons, Mr. Chase, pouvez-vous me citer une seule affaire importante concernant votre département, où j'aurais pris une décision sans vous avoir consulté ? Ou permis à un autre de décider ?

— Non, monsieur. En ce qui concerne le Trésor, j'ai toujours eu votre soutien. Seulement...

— Je suis certain, reprit le Président, que le comité sera soulagé d'apprendre que le secrétaire au Trésor le plus capable depuis Gallatin n'est pas sujet à l'arbitraire, au caprice, ou aux pressions du Président.

— Par contre, sur d'autres problèmes, je trouve que nous ne sommes pas suffisamment consultés...

— Par exemple ? demanda Blair.

— C'est-à-dire que nous n'allons pas suffisamment au fond des choses, dans nos discussions.

— Pourriez-vous, Mr. Chase, me citer une seule mesure importante que nous n'aurions pas discutée tous ensemble ?

Le ton de Lincoln était si conciliant que si Hay n'avait pas connu le Taïcoun, il l'aurait plutôt pris pour l'avocat de la défense que pour celui de la partie civile.

Chase se mit alors à bégayer :

— Je parle, monsieur, d'approfondissement dans l'étude des problèmes, qui nous fait parfois défaut. On ne fait pas toujours le compte des voix...

Hay regardait Fessenden qui regardait Chase bouche bée. Puis il tourna la tête du côté de Sumner, qui avait une main devant les yeux, comme pour dissimuler à son regard toute trace de vanité et de folie humaines ; quant à Collamer, il paraissait vieux et fatigué, mais n'avait pas l'air surpris. Trumbull, lui, regardait Chase d'un air furieux.

Lorsque Lincoln eut donné à Chase le reste de la corde avec laquelle se pendre, il se désintéressa du sujet. Et Chase ferma les yeux sans doute pour prier.

— Je pense, messieurs, que vous avez maintenant une idée plus claire sur la manière dont fonctionne le Cabinet. Ce n'est peut-être pas l'unité monolithique dont vous rêvez, mais ce n'est pas non plus un endroit où règnent le caprice et l'arbitraire.

— J'admets, monsieur, dit Fessenden, qu'un Président ne soit pas obligé de consulter son Cabinet. Mais nous sommes en temps de guerre, et je vous demande de prendre davantage en considération les avis de vos ministres.

— Ou du moins de changer de conseillers, dit Trumbull.

— Vous avez peut-être en tête la composition d'un Cabinet idéal que vous aimeriez me soumettre ?

Lincoln s'assit dans son fauteuil, visiblement fatigué d'être resté si longtemps debout.

— Nous croyons que Mr. Seward doit s'en aller, dit Wade.

— *Nous ?* dit Lincoln, en feignant l'étonnement. Eh bien, puisque *nous* il y a, nous pourrions peut-être — j'emploie ici le nous présidentiel — sénateurs et membres du Cabinet réunis, voter pour savoir si Mr. Seward doit ou non démissionner. Mr. Sumner, comment votez-vous ?

— Je ne crois pas, intervint Fessenden, qu'il nous appartienne de juger des mérites ou des démérites d'un membre du Cabinet en présence de ses collègues.

— Mais n'est-ce pas ce que nous sommes en train de faire depuis plusieurs heures ? demanda Lincoln.

Chase saisit la perche que lui tendait Fessenden.

— Je suis du même avis que le sénateur Fessenden, monsieur le Président. Je suggère que le Cabinet soit autorisé à se retirer afin que vous puissiez en discuter la composition avec plus de sérénité.

Chase se leva d'un air majestueux. Lincoln hocha la tête ; et les membres du Cabinet quittèrent la pièce. Hay nota avec intérêt qu'un comploteur-né comme Stanton n'avait pas ouvert la bouche.

L'effondrement de Chase sous les questions du Président termina le premier assaut contre l'Administration. Lincoln mit fin à la réunion en remerciant les sénateurs de leur zèle et de leurs conseils.

Il était maintenant près d'une heure du matin, et l'Ancien commençait à montrer des signes de fatigue. Il était, songeait Hay, comme ces toreros dont on parlait dans les livres, ou plus exactement comme le taureau qui se joue à la fois du matador et des picadors.

Les sénateurs prirent congé du Président, et Hay qui se trouvait tout près de Lincoln entendit Trumbull murmurer d'un air indigné à l'oreille du Taïcoun : « Chase nous avait chanté une tout autre chanson ! »

Fessenden resta derrière après le départ des autres :

— Monsieur le Président, dit-il, vous m'avez demandé mon opinion au sujet du départ de Seward. Je ne vous ai pas vraiment répondu, parce que le bruit court qu'il a déjà démissionné ; auquel cas, il n'est plus nécessaire d'en parler.

— Je croyais vous avoir dit hier soir qu'il avait démissionné. J'ai même sa démission dans ma poche. Mais je ne l'ai pas rendue publique, et d'ailleurs je ne l'ai pas acceptée.

— Alors, monsieur le Président, la vraie question est : allez-vous oui ou non lui demander de retirer sa démission ?

— En effet.

— Vous connaissez notre opinion à ce sujet. Puisque Seward a demandé à partir, si vous le gardez, ce sera parce que vous l'aurez voulu. J'ai perdu confiance en lui bien avant que vous l'ayez nommé, et si vous m'aviez consulté à ce moment-là, je vous aurais déconseillé de le nommer.

— Aussi, je n'ai pas eu l'occasion de vous demander votre avis.

— Je m'en rends compte, monsieur. Mais vous connaissez mon opinion — je veux dire nos opinions — grâce à Mr. Trumbull. Nous pensions que vous nous consulteriez avant de former votre Cabinet, mais vous ne l'avez pas fait. Maintenant, pour ce qui est de Mr. Seward, désirez-vous que j'en confère avec mes amis ?

— Non, répondit le Président en se levant de sa chaise. Je désire avoir de bonnes relations avec tout le monde. C'est pourquoi j'ai fait ce soir une chose que jamais aucun Président n'a faite avant moi et que, je l'espère, aucun ne sera obligé de faire après moi. Je vous ai permis de vous introduire au cœur de l'exécutif, afin que vous nous voyiez tels que nous sommes. C'est le maximum que je puisse faire pour vous témoigner ma bonne foi et ma sincérité.

— Vous êtes au courant, monsieur, qu'une majorité de notre comité désire que Mr. Chase soit nommé à la tête d'un Cabinet renouvelé qui poursuivra la guerre animé d'une même volonté.

Lincoln tourna son regard sur Fessenden : la paupière gauche commençait à descendre, mais la voix restait claire et ferme :

— C'est ce que vous désirez, vous et vos amis, Mr. Fessenden, mais je ne vous donnerai pas satisfaction sur ce point. Je suis le maître, ici, dit Lincoln avec un sourire dépourvu de toute aménité. Bonne nuit, Mr. Fessenden, ajouta-t-il en serrant la main du sénateur.

Fessenden s'inclina en disant :

— Bonne nuit, monsieur le Président.

Une fois Fessenden parti, Lincoln se laissa tomber sur le divan.

— Il y a des moments où j'aimerais mieux être mort, soupira-t-il. Comme en ce moment, par exemple.

— Vous avez remporté une fameuse victoire, monsieur, dit Hay. Mr. Chase avait la langue liée.

— Mais ce sont des victoires épuisantes pour le vainqueur ; et pour le moment, je ne sais pas encore tout à fait où j'en suis... *« And to-morrow and to-morrow... »*

Tandis que l'Ancien récitait sa tirade de Shakespeare préférée, Hay comprit que Mr. Chase et ses amis n'étaient pas au bout de leurs surprises.

Quant à Chase, assis dans son bureau, sous le cadre contenant la lettre holographe de la reine Victoria, il était en train de rédiger sa propre lettre de démission. Il avait été ridiculisé par Lincoln devant ses amis du

Sénat. De plus, il avait appris par Stanton que Seward avait déjà démissionné, et que Stanton pourrait bien en faire autant, pour la forme. Il était clair que si le Cabinet devait être renouvelé, ils devaient tous s'en aller de leur plein gré. Tandis qu'il apposait sa signature, accompagnée de son paraphe habituel, il ne pouvait s'empêcher de songer à la manière avec laquelle Lincoln l'avait obligé à se rétracter et à se contredire. Et pourtant la vérité était bien telle qu'il l'avait dite aux sénateurs. Ils n'étaient pas toujours consultés, et les séances se déroulaient souvent dans un laisser-aller voisin de l'incohérence. Mais Lincoln savait que Chase n'oserait pas dire cela en présence de ses collègues, dont aucun ne l'aimait, à l'exception peut-être de Stanton. Quoi qu'il eût pu dire, les autres l'auraient nié. Le sang lui battait les tempes, tandis qu'il cachetait sa lettre.

Le sang lui battait toujours les tempes lorsque le lendemain il se rendit dans le bureau du Président à l'invitation de ce dernier. Stanton et Welles s'y trouvaient déjà. Stanton était assis près du feu, alors que Welles avait pris place sur un coin du sofa. Les trois hommes bavardèrent un moment d'un air gêné. Stanton avait été trouver Seward : « Il a l'air content de lui. Il avait un exemplaire du *Herald* où il est dit que je serai le prochain à partir, après ce qui est arrivé à Fredericksburg. Apparemment, sans mon hostilité à l'égard de McClellan, la guerre serait gagnée depuis longtemps. Apparemment, je refuse de soutenir Burnside, parce que je suis démocrate... » Stanton continua un moment dans cette veine, au grand dégoût de Chase. L'avenir politique de Mr. Edwin M. Stanton était bien l'aspect le moins important de la crise que le Cabinet était en train de traverser, alors que l'échec de Chase était, lui, inextricablement lié à la grande question de l'abolition de l'esclavage. Il y avait une énorme différence entre les deux.

Nicolay annonça le Président. Les trois hommes se levèrent. Lincoln avait l'air tout aussi fatigué que lorsqu'il les avait quittés à une heure du matin. Il prit une chaise, et s'assit près du feu.

— Eh bien, Mr. Chase, ce fut une épreuve pour nous tous hier au soir.

— En tout cas pour moi. Je ne m'attendais pas à être questionné de la sorte devant tout le monde.

— Tout le monde n'est peut-être pas le mot, dit Welles.

— Je parle du monde auquel nous avons affaire, et qui saura tout ce qui a été dit jusqu'au moindre détail. Non pas que nous ayons à rougir de ce que nous avons dit. Comme toujours, j'ai parlé avec mon cœur.

— Alors que le sénateur Fessenden m'a paru plutôt parler comme un conspirateur, dit Lincoln. C'est cela qui me chiffonne le plus. S'ils me forcent à laisser partir Seward, je perdrai le soutien de notre parti, qui est modéré comme Mr. Seward — et comme moi. Si par contre je garde Seward et que vous, vous vous en alliez, Mr. Chase, je perds l'élément radical du parti, qui est également le plus brillant. Dans les deux cas, je suis perdant. Il me faut donc ces deux éléments dans le Cabinet. Cet équilibre est nécessaire.

— Je peux encore le perfectionner, monsieur, dit Chase en se redressant sur sa chaise. J'ai préparé une lettre de démission.

Au grand étonnement de Chase, le Président se leva brusquement :
— Où est-elle ?
— Je l'ai sur moi, répondit Chase en sortant la lettre de sa poche.

Lincoln la lui arracha presque des mains :
— Donnez-la-moi !

Puis il lut à haute voix les deux phrases très dignes et très courtoises signifiant la démission du secrétaire au Trésor, avec la signature, S.P. Chase. Lincoln battit des mains d'un air joyeux.

— Voilà qui tranche le problème, s'écria-t-il.

Stanton se mit à bégayer à son tour :
— Monsieur le Président, comme je vous l'ai dit avant-hier, je suis prêt à offrir ma démission...

— Ne dites pas de bêtises, Stanton. Je ne veux pas de votre démission. Retournez travailler et trouvez-moi Burnside. Puis, agitant la lettre : C'est tout ce qu'il me fallait. Maintenant, j'ai mon équilibre, comme dit le fermier en mettant une seconde citrouille dans sa sacoche.

— Je ne comprends pas, dit Chase, qui ne comprenait que trop bien qu'il venait une fois de plus d'être manœuvré par le Président.

— Vous et Seward, vous avez tous les deux démissionné. L'équilibre est donc rétabli. Je n'ai pas un Cabinet qui penche d'un côté plutôt que de l'autre. C'est ainsi qu'un fermier aime à avoir sa selle. Pour moi, c'est pareil.

Chase se leva avec sa coutumière dignité :
— Monsieur le Président, ce fut un honneur de vous avoir servi en ces temps d'épreuve...

Chase n'avait pas fini de parler que Lincoln jeta sa lettre au feu. Puis il prit sur la cheminée une seconde feuille de papier qu'il jeta également au feu. Il dit alors :

— Vous êtes tous les deux des soldats engagés dans une guerre, et moi je suis le commandant en chef. J'ai besoin de vous deux. Allez-vous déserter ?

Chase pouvait à peine parler, mais il trouva le moyen d'articuler un « non » qui satisfit le Président.

X

— Je désire, monsieur, traverser le Rappahannock à l'endroit que j'ai indiqué sur la carte.

Burnside croisa les bras : il avait le dos tourné à la fenêtre et ressemblait à la statue inachevée de Washington qu'on pouvait voir au loin derrière lui.

Lincoln regarda la carte, puis il regarda Burnside.

— Vous voulez attaquer maintenant ?

— Le plus tôt possible. Mais une chose m'arrête.

— Le temps ?

Lincoln regarda par la fenêtre. Une petite pluie fine tombait sur la mer de boue recouvrant les gazons de la Maison-Blanche. On était le 1er janvier 1863, et il faisait une température printanière. Le Président était déjà habillé pour la réception qui clôturerait cette longue journée et mettrait un terme officiel au deuil de Mrs. Lincoln.

— Non, il ne s'agit pas du temps, monsieur, mais de mes officiers, notamment du général Hooker. Je n'ai pas leur soutien. Hooker me crée des ennuis. Il parle de la nécessité d'avoir un seul dictateur ici, et un autre aux armées.

— Tiens, c'est nouveau. D'habitude un seul dictateur suffit. Lincoln écarta la carte : Mr. Stanton et le général Halleck nous rejoindront dans quelques minutes. Quant à moi, j'ai quelques craintes à l'idée de vous voir retraverser le fleuve en cette saison...

— Monsieur, si vos craintes vous paraissent justifiées, je pense que vous devriez me relever d'un commandement que je n'ai jamais voulu. Burnside avait grand-peine à se contenir : il ne cessait de croiser et de décroiser ses bras, quand il ne tirait pas sur ses longues moustaches. Il est clair que j'ai perdu l'estime de mes commandants, et que je ne la retrouverai pas. Je propose donc de m'en aller. Mais je propose aussi que Stanton et Halleck s'en aillent, car ils n'ont plus la confiance du pays. J'ai mis tout cela par écrit.

A ce moment, Edward introduisit Stanton et Halleck.

Burnside regarda Stanton droit dans les yeux et dit :

— Monsieur, j'ai écrit une lettre au Président dans laquelle je lui demande d'être relevé du commandement de l'armée du Potomac. J'ai aussi représenté au Président qu'à mon avis, vous, monsieur, et vous, général Halleck, vous devriez également donner votre démission, car vous n'avez plus ni la confiance de l'armée ni celle du pays.

Burnside tira la lettre de sa tunique et la tendit au Président.

— Je ne vois pas, général, dit Stanton en s'efforçant de rester calme, en quoi nous sommes responsables de votre échec à Fredericksburg, même si, en tant que vos supérieurs, nous l'avons endossé. Je sais qu'il y a dans ce pays des gens qui voudraient nous voir tous partis, y compris le Président, mais je ne crois pas que ce soit la majorité. Si un jour c'était le cas, croyez bien que nous serions les premiers à démissionner.

— J'estime, Mr. Stanton, reprit Burnside, de plus en plus monté, que les dissensions qui existent entre vous et le général Halleck sont telles que l'un de vous au moins doit souhaiter le départ de l'autre, tout comme la querelle qui vous a opposé au général McClellan a amené celui-ci à partir.

— C'est moi, dit Lincoln, et non Mr. Stanton, qui ai renvoyé McClellan.

— Mais, monsieur, McClellan était l'objet de critiques incessantes de la part de Mr. Stanton. A l'armée, tout le monde sait cela. Quant au général Halleck, je vois mal comment il peut s'entendre avec un homme qui l'a traité de parjure lorsqu'ils travaillaient tous les deux à la mine de mercure de New Almaden en Californie.

— Général Burnside, reprit Stanton d'une voix toujours aussi contrôlée, votre connaissance de l'histoire corporative des États-Unis, ancienne et secrète, fait mon admiration, mais pour le moment, c'est d'histoire militaire moderne qu'il s'agit. Ne vous laissez pas détourner de votre tâche par des préoccupations hors de saison concernant mes relations passées ou présentes avec le général Halleck.

— Monsieur, le fait est que nos relations personnelles déteignent sur tout ce que nous faisons. Aucun général ne peut aller à la bataille s'il ne se sent pas soutenu à l'arrière.

— Messieurs, dit Lincoln en repliant la lettre et en la rendant à Burnside, je n'accepterai pas cette lettre dictée par la colère et par une détresse bien compréhensible. Faisons comme s'il ne s'était rien passé.

— Mais justement, monsieur, il s'est passé quelque chose ! s'écria Burnside.

— Raison de plus pour l'ignorer. De toute façon, je n'ai pas l'intention de me passer de trois hommes aussi utiles que vous au pays. Lincoln se leva et déplia la carte de la Virginie sur la table : Messieurs, dit-il, le général Burnside veut traverser le Rappahannock le plus tôt possible, en dessous de Fredericksburg. Ici, sur la carte. Stanton et Halleck se penchèrent pour mieux voir, tandis que Burnside redressait devant un miroir les pointes de ses longues moustaches : Ce qui m'inquiète, c'est la saison. Est-ce bien le moment de lancer une attaque ? Qu'en dites-vous, général Halleck ?

— Je vais y réfléchir, monsieur, dit Halleck de sa voix lugubre.

— Bien sûr. Ce n'est pas une décision qu'on peut prendre dans l'instant. J'espère, général Burnside, que vous resterez pour la réception.

Burnside préférait retourner à l'armée.

— Vous connaissez mes vues, monsieur, dit-il en s'en allant.

— Certes, je les connais, dit Lincoln une fois qu'il fut parti. Puis, se tournant vers Halleck : Eh bien, qu'en pensez-vous ?

— Je pense, répondit Halleck sans quitter son air lugubre, que c'est là une décision que j'aimerais mieux ne pas avoir à prendre.

Lincoln fronça les sourcils.

— Général Halleck, je vous ai fait venir ici et je vous ai nommé général en chef justement pour que vous preniez ce genre de décision à ma place.

— Monsieur, dit Halleck en roulant ses gros yeux humides en direction du Président, si vous n'êtes pas satisfait de mes services...

— Assez ! Assez ! dit Lincoln. Je commence à être excédé par tous ces gens qui ne parlent que de démissionner.

— Ce doit être la nouvelle année, monsieur, dit Stanton d'un air modeste, cela a souvent cet effet sur les gens. A propos, j'ai quelques bonnes nouvelles pour vous. Galveston vient de tomber. Nous contrôlons la côte du Texas.

— Voilà qui est réjouissant, Mars. Venez, messieurs. Allons à la réception de Mrs. Lincoln.

Seward et son fils se préparaient de leur côté pour la réception en jetant un dernier coup d'œil à la proclamation d'émancipation que le Président devait signer dans le courant de la journée.

En tant que secrétaire d'État, Seward avait déjà signé le document : un assez joli travail, à ses yeux, bien qu'une fois de plus Lincoln eût omis de mentionner la divinité. Mais cette fois, c'était Chase et non Seward qui l'avait réintroduite. Chase avait écrit le paragraphe final qui se lisait comme suit : « ... Et sur cet acte, que je crois sincèrement être un acte de justice, garanti par la Constitution, en même temps qu'un devoir exigé par les circonstances, j'invoque le jugement équitable des hommes, et la gracieuse faveur du Tout-Puissant. » Lincoln avait glissé la phrase « pour des raisons de nécessité militaire » après le mot « Constitution ». Il n'avait nulle envie de se lier aux abolitionnistes. La libération des esclaves était un acte militaire et rien de plus, comme il le prouva d'ailleurs en exemptant un certain nombre de paroisses de Louisiane, en faveur d'un congressman de Louisiane qui était unioniste, ainsi que sept comtés de Virginie, aux environs de Norfolk, où les éléments pro-unionistes avaient convaincu le Président de la nécessité de maintenir l'esclavage.

Seward avait jugé l'attitude de Lincoln parfaitement illogique, mais il n'en avait rien dit. Chase en revanche avait représenté au Président qu'il n'était nullement certain que son ami de Louisiane fût autorisé à siéger au Congrès, ce qui avait fort irrité le Président, qui estimait qu'il n'avait pas d'ordres à recevoir du Congrès. Le résultat, c'était que l'esclavage continuait de fleurir dans les parties de la Louisiane et de la Virginie qui étaient sous le contrôle de l'Union, ainsi que dans tous les États-frontières.

Les abolitionnistes détestaient le document pour son inconsistance. A quoi bon, disaient-ils, libérer les esclaves dans un autre pays, si on leur refuse la liberté chez soi ? Nombre de modérés n'étaient pas contents non plus, car ils craignaient des troubles parmi la population noire habitant l'Union. Seward pour sa part estimait que le document avait son utilité. D'abord, n'en était-il pas l'instigateur ? Ensuite, le document avait pour but principal d'influencer favorablement les puissances européennes.

— Fred, va me chercher le Grand Sceau des États-Unis.

Seward enfila sa redingote, puis avec son fils, et le Grand Sceau dans son petit étui en cuir, il traversa l'avenue pour se rendre à la Maison-Blanche.

Le ciel était à présent dégagé ; il faisait une température printanière. Devant le porche, un flot incessant de voitures déposait les invités. « Le Président demande à Monsieur de l'attendre dans son bureau », dit le vieil Edward en les introduisant dans le grand vestibule. Seward, père et fils, fendirent à coups de sourires et d'inclinaisons de tête à droite et à gauche la foule des diplomates en habit et des dames couvertes de bijoux, puis ils montèrent l'escalier. Ils trouvèrent Hay dans le bureau du Président. Puis, un moment après, Lincoln et Nicolay entrèrent dans la pièce. Le Président retira ses gants blancs d'un air lugubre tout en se tenant la main.

— Ça fait trois heures que je serre des mains, et je me sens la main droite toute gonflée comme un chiot qu'on viendrait d'empoisonner.

— Détendez-vous les doigts, monsieur, c'est dommage que nous n'ayons pas de piano. Quelques exercices d'assouplissement m'ont toujours fait le plus grand bien après un bain de démocratie, dit Seward en présentant le document sur la table, tandis que Fred retirait le Grand Sceau de son étui, et que Hay allumait le brûleur pour faire fondre la cire.

Lincoln traça en l'air quelques arabesques avec sa plume.

— Maintenant, dit-il en posant la plume sur la page, tout le monde verra cette signature une fois qu'elle sera reproduite dans les journaux. Et les gens se demanderont : était-il nerveux, indécis ? Sans savoir que j'avais la main et le bras endoloris. Il faut donc que j'écrive lentement et soigneusement comme ceci. Là-dessus, il traça sa signature d'une écriture ferme et hardie. Puis, fronçant les sourcils devant le résultat, il ajouta : Ça a l'air un peu tremblé, vous ne trouvez pas ?

— C'est magnifique, monsieur, dit Seward. Fred, le sceau.

On versa la cire sur le parchemin, puis on imprima le sceau.

— Maintenant, monsieur, vous voilà immortel, dit Nicolay.

— Du moins le temps d'une édition entière du *New York Tribune*, dit Seward avec enjouement.

— Nous verrons ce que dira le *Times* de Londres, dit Lincoln ; puis, se tournant vers Hay : John, avez-vous cette coupure du *Times* où j'annonce que je vais faire la proclamation ?

Hay trouva l'article dans l'un des casiers du bureau et se mit à le lire à haute voix :

— « Apprenez à connaître Mr. Lincoln, celui que la postérité classera parmi les assassins et les bouchers, et autres monstres de cette espèce... »

— Il n'y a pas à dire. Pour tourner un compliment, ils sont un peu là, nos chers cousins, dit Seward en riant.

— Au moins le *Times* a l'air de s'intéresser au jugement de la postérité. Continuez, John.

Hay reprit :

— « La proclamation d'émancipation n'exemptera pas Mr. Lincoln de l'épithète qu'il partage avec tous les tyrans, qu'ils s'appellent rois, empereurs ou doges, celle d'être le dernier. »

Lincoln eut un petit rire.

— Que veulent-ils dire au juste ? Que je serai le dernier président américain, ou simplement le dernier à s'appeler Lincoln ?

— Puis-je entrer ? demanda quelqu'un à la porte.

C'était Robert.

— Entre, mon fils, s'exclama Lincoln. Voilà l'héritier présomptif. Et sans épithète !

— Nous te saluons, prince des chemins de fer ! s'exclama Seward. Et tous de saluer Robert. Celui-ci, une fois remis de sa surprise, se plaça entre les mains de Hay avec lequel il partit faire la tournée des premières maisons de Washington où l'on fêtait la nouvelle année.

La plus fréquentée de ces maisons était celle de Mr. Stanton. Celui-ci, accompagné de sa femme, reçut les deux jeunes gens avec une politesse toute cérémonieuse. Hay chercha des yeux l'urne funéraire contenant les cendres de la première femme, mais il n'aperçut aucun réceptacle propre à cet usage. Robert se tenait avec Hay dans un coin du salon, à regarder entrer et sortir les invités : c'étaient à peu près les mêmes que ceux qu'il venait de quitter à la Maison-Blanche.

— Je désire quitter Harvard, et m'enrôler dans l'armée, confia-t-il à Hay. Mais chaque fois que j'aborde ce sujet, ma mère...

445

— Je peux imaginer, dit Hay.

La Sorcière n'avait jamais été aussi impossible que durant les dernières semaines de son deuil. Heureusement, elle s'était mise depuis quelque temps à visiter les hôpitaux et paraissait y prendre plaisir. On la voyait quitter pour quelques heures la Maison-Blanche, accompagnée de Keckley et de Stoddard, pour aller distribuer aux blessés et aux malades les fleurs et les fruits de ses serres, rendant ainsi la paix à cette maison et à ses habitants. A Noël, elle avait été particulièrement occupée par la décision de Mrs. Caleb Smith de donner à chaque soldat hospitalisé un splendide dîner comme cadeau d'adieu. Mr. Smith avait quitté le Cabinet pour devenir juge ; il avait été remplacé comme secrétaire à l'Intérieur par son assistant, John Usher, une autre nullité venue d'Indiana.

Comme il y avait plus de vingt hôpitaux dans le district de Colombia, les dames du gouvernement avaient toutes travaillé très dur comme serveuses, y compris Madame. Mais quand elle n'était pas occupée à des tâches de ce genre, c'était la Sorcière qui prenait le dessus. Elle n'avait jamais pardonné à Hay de ne pas l'avoir autorisée à toucher le salaire du steward. Elle avait gardé Watt bien qu'il ne fût plus sur la feuille de paie. Nicolay et Hay conspiraient pour le faire engager dans l'armée, mais jusqu'ici, il avait toujours réussi à leur échapper. Watt possédait une serre à New York et servait de messager secret à Madame.

Un serviteur de couleur apporta deux assiettes sur un plat :

— Mrs. Stanton insiste pour que vous goûtiez à ces petits canapés, dit-il.

Comme les jeunes gens goûtaient aux canapés, Lord Lyons fit son entrée, accompagné d'un élégant jeune homme dont la cape noire faisait ressortir les galons et les plumes de l'ambassadeur.

Hay prit deux verres de punch sur un plateau qu'on faisait circuler.

— Comment va-t-elle ? demanda Robert, la bouche pleine.

— Elle visite les malades, ça l'occupe.

Hay était toujours prudent quand il parlait à Robert de sa mère.

— Il paraît qu'elle parle à Willie.

— Oui, très souvent, ainsi qu'à ses deux demi-frères. L'un a été tué à Shiloh...

— C'était Sam. Aleck a été tué à Baton Rouge. Le petit Aleck, comme elle l'appelait. Elle me disait toujours que le petit Aleck était comme son premier-né, comme si je n'existais pas. Je sais que ce n'est pas facile pour une femme émotive comme ma mère de vivre la vie qu'elle a menée avec mon père.

— Je croyais au contraire qu'elle avait tout ce qu'elle pouvait désirer. En outre, il est très attentionné pour elle.

— Oh, je suppose qu'il lui dit tout.

— Parce qu'à vous il ne dit pas tout ?

Hay était curieux de savoir. Lincoln avait une passion pour ses enfants. Il avait adoré Willie et maintenant, il passait tous ses caprices à Tad. Mais avec Robert, c'était autre chose. Il en parlait rarement, d'ailleurs Robert n'était pas souvent à la maison.

— Oh, ce n'est pas cela. Il est très gentil avec moi, comme avec tout le monde, mais au fond j'ai l'impression qu'il me déteste.

— Robert, comment pouvez-vous dire une chose pareille ? Ce n'est pas possible !

— Tout est possible, Johnny. Voyez-vous, mon père a horreur de son passé. Il déteste ses origines, toutes ces histoires de briseur de rails, même s'il s'en sert pour se rendre populaire. Il a voulu me donner tout ce qu'il n'a pas pu avoir. Il m'a envoyé à Harvard pour que je perde l'accent du Midwest. Vous savez, il est venu prononcer un discours à Exeter, et quand il a ouvert la bouche et qu'il a dit : « Misturr Cheermun » comme ça, tout le monde s'est mis à rire.

— Mais ensuite, ils l'ont tous applaudi.

Le succès de Lincoln en Nouvelle-Angleterre était resté dans toutes les mémoires.

— Oh, bien sûr. Il sait parler aux gens, mais ça n'empêche qu'il n'aime pas les lourdauds. Vous savez, cette fois-là, c'est la seule fois où nous avons vraiment pu parler ensemble, d'homme à homme, je veux dire. Il m'a dit que j'aurais tout ce qu'il n'a pas pu avoir, mais que ma vie serait beaucoup moins amusante que la sienne.

— Amusante, sa vie ! s'écria Hay, qui avait encore en mémoire les jours qui suivirent la bataille de Fredericksburg, savez-vous ce que sont ses journées ici ?

— Il parlait d'autrefois, du temps où il était jeune, quand il faisait le circuit. Il s'est mis à me parler d'un rêve qu'il avait toujours fait, mais je n'ai jamais su ce que c'était, car un des élèves est venu nous rejoindre, et bien sûr il n'a pas pu s'empêcher de faire son numéro. Alors il a demandé si quelqu'un avait un banjo, puis il s'est mis à chanter des chansons comiques. Ce fut notre dernière conversation intime.

— Pourtant, il est très fier de vous, dit Hay, en se demandant s'il disait vrai.

Robert se le demandait aussi.

— En tout cas, il ne le montre pas. Il me traite plutôt comme un politicien de second ordre. Je sais qu'il a toujours été froid.

— Pas avec moi.

— Vous, c'est différent, Johnny. Vous êtes l'un de ses bras. Aucun homme ne hait sa propre chair. Tandis que moi, je ne suis que son remplaçant sur terre ; et par sa faute, nous sommes maintenant aussi différents l'un de l'autre que possible.

Sur cette note un peu mélancolique, les deux jeunes gens se rendirent chez les Chase. Kate les reçut tout de blanc vêtue, avec des fleurs dans les cheveux. Elle entretint Robert et fit tant qu'il en oublia sa mélanco-lie. De son côté, Hay écoutait le général Hooker déblatérer contre le général Halleck. « Le problème, c'est Halleck, déclarait le bouillant Joe. Ça a toujours été Halleck, depuis l'époque où nous étions ensemble en Californie. Comment puis-je avoir la tête libre pour commander avec Halleck ici à Washington en train de me débiner ? »

Pour le moment Hooker parlait surtout sous l'influence de l'alcool, mais les dames l'écoutaient avec ravissement, et même Ben Wade sem-blait prêter la plus grande attention à ce qu'il disait.

A l'autre bout du salon, Chase faisait une cour galante à la belle Mrs. Douglas, sans perdre de vue néanmoins le bouillant général. Il savait que Hooker avait déjà visité plusieurs maisons avant d'arriver chez lui. C'était une tradition parmi les notables de Washington que de rece-voir le jour de l'An. Et si les réceptions de Chase se signalaient par une austérité exemplaire et digne en tout point du secrétaire au Trésor d'un pays en guerre, il n'en était pas de même des autres. Ailleurs l'alcool coulait généreusement : il suffisait de regarder Hooker pour s'en convaincre. Heureusement, il allait bientôt remplacer Burnside. Hooker était le chouchou de Chase. Il s'était même engagé en privé et de son propre chef à soutenir la candidature de Chase aux prochaines élections. Hooker n'avait qu'un défaut : il parlait trop, de plus, il critiquait constamment ses supérieurs, ce qui est une erreur, surtout quand on affiche des ambitions politiques. Qu'à cela ne tienne ! Il lui en toucherait un mot la prochaine fois qu'il pourrait s'entretenir avec lui en tête à tête.

— Est-ce là le fils de Mr. Lincoln ? demanda Mrs. Douglas en mon-trant le petit jeune homme aux moustaches en train de parler à Kate.

— Mais oui, c'est bien lui. Il a grandi, n'est-ce pas ? Bien sûr, il est très critiqué.

— Parce qu'il n'est pas à l'armée ? Si j'étais sa mère, je saurais l'empê-cher d'y aller.

— Mais vous, c'est différent, vous avez des tendances sécessionnistes.

Adèle Douglas était bien la plus belle femme de son âge qu'on pût voir à Washington, se disait Chase pour la énième fois. A eux deux, quel couple ne formeraient-ils pas ! Mais Kate avait dit non. Pourtant, si elle quittait la maison, il faudrait bien qu'il songeât à se remarier. Et quelles belles épaules elle avait ! Les épaules de Mrs. Douglas ressemblaient à celles de la Vénus de Médicis, dont le buste en plâtre, qui ornait le hall du plus grand hôtel de Cincinnati, l'avait fait rêver jeune homme.

Thaddeus Stevens se joignit alors à eux et se lança dans une de ces périodes cicéroniennes dont il avait le secret.

— Eh bien, Mr. Chase, je suppose que vous et Mr. Lincoln avez passé une heureuse journée à célébrer l'émancipation de ces esclaves que vous ne pouvez pas libérer et la continuation de l'esclavage de ceux que vous auriez pu libérer.

— Je n'ai rien célébré du tout, monsieur. Pour ma part, j'ai été choqué de cette exception faite pour certains comtés de Virginie. Lorsque j'ai reconquis Norfolk pour l'Union, dit-il en se tournant vers Mrs. Douglas, j'ai solennellement promis aux Noirs de cette ville de tous les libérer. Or, je m'aperçois que tout continue comme avant.

— Au fond, le Président n'est qu'un avocassier, dit Stevens.

— Vous vous exprimez trop durement, Mr. Stevens, dit Chase d'un ton de reproche.

— Au contraire, je pense que Mr. Stevens s'exprime très bien, dit Mrs. Douglas. Moi-même, je ne suis pas abolitionniste, mais si je l'étais, je n'aurais guère lieu de me réjouir de cette journée.

Mais dans North Twelfth Street, au cœur du quartier noir, on pensait autrement : des feux de joie avaient été allumés, et on chantait des cantiques. David et John Surratt, qui passaient par là, jetèrent un coup d'œil intéressé aux tentes précaires et aux casemates délabrées qui servaient d'abri à cette population noire venue du Sud et qui s'était libérée elle-même. Plus d'un millier sur les dix mille habitants de Washington vivaient ici aux abords de la ville.

David et John étaient armés, mais uniquement pour se défendre, car, comme le disait John : « Nous n'aurons jamais à nous occuper de ces nègres, les Yankees s'en seront déjà débarrassés. » Comme presque tous les natifs de Washington, David avait été frappé par la haine des soldats de l'Union à l'égard des nègres. Dans l'ensemble, les Sudistes s'entendaient assez bien avec les Noirs. Après tout, ils avaient toujours vécu ensemble et parfois même ils avaient de l'affection, voire de l'amour pour ceux qui restaient à leur place. Mais les Yankees avaient une véritable répulsion à l'endroit de tout ce qui était noir, preuve aux yeux de David qu'ils étaient un peu toqués. Enfin, voilà des gens qui se battent pour en délivrer d'autres qu'ils ne peuvent même pas voir en peinture. Il ne se passait pas un jour sans qu'un Noir ne fût rossé ou tué par des soldats. Les plus enragés étaient les convalescents, sans doute parce qu'ils n'avaient rien à faire.

— C'est une guerre qu'on ne peut pas se permettre de perdre, dit John, tandis qu'ils s'éloignaient des baraquements.

— Pourquoi ? Non pas qu'on risque de la perdre.

— Non, mais tu les as vus, ces nègres ? Des singes ! De vrais singes ! Pense à ce que cela donnerait, s'ils étaient tous libres, ici, dans cette ville. Bon Dieu, David ! Est-ce que tu te rends compte que dans la moitié des États du Sud ils seront bientôt plus nombreux que nous ?

— Mais s'ils étaient vraiment libres, ils partiraient tous dans le Nord.

John secoua la tête :

— Les Yankees sont pas si bêtes. Ils n'en veulent pas chez eux, tu penses bien ! Non, tu verras, c'est nous pour finir qui serons forcés de vivre avec eux, et alors ce seront eux les maîtres. Cette fois, il y a été un peu fort, Mr. Lincoln.

A ce moment, une douzaine de chevaux sauvages descendirent l'avenue au petit galop, obligeant John et David à s'abriter sous le porche d'une ferme.

— Pourquoi, demanda John à voix basse, n'empoisonnes-tu pas le Président ?

— Mais tu disais toi-même que c'était notre meilleur atout.

— J'ai changé d'idée.

— Qu'est-ce que dit le colonel ?

David et John parlaient tous deux du colonel comme s'ils le connaissaient.

John arqua ses sourcils :

— Il dit non. Du moins pour le moment. Mais il changera d'avis lui aussi.

— Dans ce cas, j'irai tuer le Vieil Abe.

David n'avait jamais été aussi excité de sa vie.

Mais Lincoln, ignorant la menace qui pesait sur lui, continuait de donner satisfaction au mystérieux colonel. L'assaut de Grant contre la forteresse rebelle de Vicksburg avait échoué, et il était revenu à sa base, près de Memphis. Il projetait de creuser un canal à travers la péninsule afin que la marine puisse contourner les batteries confédérées qui rendaient le fleuve infranchissable à cet endroit. Pendant ce temps-là, les rivaux de Grant — notamment les généraux politiques — continuaient de l'accuser d'ivrognerie.

Lincoln manda Washburne à la Maison-Blanche fin janvier. Celui-ci trouva le Président de très bonne humeur, et il le lui dit.

— Eh bien, si tel est le cas, frère Washburne, c'est sans la moindre raison. Il se peut que j'aie perdu l'esprit. Il paraît que quand ça arrive pour de bon, on ne s'en rend pas compte.

Washburne s'éclaircit la gorge : était-ce bien avisé de la part du Président de plaisanter sur un sujet aussi délicat et aussi personnel ?

— Le moment est venu, frère Washburne, de vous envoyer à Memphis pour renouer connaissance avec le général Grant. J'aimerais avoir une petite idée de ce qu'il fait, et s'il le fait ivre ou sobre. S'il le fait ivre, je ferai distribuer des barriques de whisky à tous mes généraux. S'il le fait sobre, je serai soulagé.

— Je partirai dès que cette session de la Chambre sera terminée.

Lincoln regarda par la fenêtre les tentes du régiment de Pennsylvanie dressées dans le parc — du moins ce qui en restait.

— Il paraît que vous voulez taxer les banques...

— Elles sont assez riches, elles peuvent bien payer.

— Nous avons une dette de sept cent vingt millions de dollars. Je ne me rends pas compte de ce que représente une telle somme. Pour moi, ça reste des chiffres. Chase, lui, n'a pas l'air de trop s'en faire.

Lincoln questionna ensuite Washburne sur un discours qu'avait prononcé à la Chambre un certain Clement L. Vallandigham, un représentant de l'Ohio récemment battu aux élections. Vallandigham avait commencé par être un démocrate tendance Douglas, mais depuis le commencement de la guerre, il était devenu le leader à la Chambre de ces démocrates pacifistes appelés Copperheads. Il prétendait que les mesures de guerre de Lincoln étaient illégales et anticonstitutionnelles, et qu'elles constituaient un danger plus grave que la défection des États sudistes.

— Ce fut un discours orageux, je vous prie de le croire, dit Washburne, qui ne pouvait s'empêcher d'admirer ce bouillant adversaire. Il a déclaré que George Washington était lui aussi un rebelle, et que nous descendions tous de gens qui s'étaient rebellés contre un gouvernement oppressif.

Lincoln eut un petit rire :

— Il sera intéressant de voir comment l'Histoire traitera la tyrannie du président Buchanan contre laquelle ces États se sont rebellés. Quelles autres merveilles a-t-il étalées ?

— Cette guerre n'est pas une guerre entre, d'un côté l'esclavage et de l'autre le travail libre, mais entre deux conceptions différentes de la vie. Sudistes et Yankees sont des antagonistes naturels comme les Cavaliers et les Têtes rondes dans l'Angleterre de Cromwell.

— Ce n'est pas entièrement faux.

— Il a également dit que si la Nouvelle-Angleterre détestait tant l'esclavage, elle n'avait qu'à quitter l'Union.

— Je ne connaissais pas encore cet argument ; ça ne manque pas d'humour.

— Et ceci qui me paraît nouveau : il dit que si le Sud conserve son indépendance, le Nord-Ouest tout entier le rejoindra, et ensemble ils formeront une grande nation.

— Je me demande sur quoi il se fonde. Heureusement que c'est sa dernière session.

— Oh, nous en entendrons encore parler, dit Washburne.

Nicolay apparut à la porte :

— C'est le général Hooker, monsieur.

— Faites-le entrer.

Lincoln se leva :

— Quand le Congrès s'ajournera, dit-il à Washburne, allez faire un tour à Memphis, et étudiez la situation.

— Oui, monsieur.

Washburne croisa en sortant Hooker, qui entra dans le bureau l'œil vif et la pommette rosée. D'un geste élégant, il salua le Président.

— Le général Burnside vous a donné vos ordres ?

— Oui, monsieur. Mais je désirais vous parler avant d'accepter le commandement de l'armée du Potomac.

451

— C'est raisonnable.

Lincoln était maintenant assis sur le rebord de la fenêtre ; derrière lui le ciel était couleur gris acier.

— J'avais, j'ai la plus grande estime pour le général Burnside.

— Comme nous tous. Il a subi une rude épreuve. Hier, quand il est venu me trouver, il m'a offert sa démission. Je l'ai refusée. Je l'envoie dans l'Ohio.

— Bien sûr, je ne suis pas toujours d'accord avec lui. Hooker quitta la chaise où l'avait fait asseoir Lincoln et se mit à faire le va-et-vient entre la fenêtre et la chaise : à chaque voyage, il devenait plus furieux. Je l'ai même critiqué pour cette dernière folie, cette marche forcée dans la boue où il a failli faire périr toute l'armée. C'est alors qu'il a écrit un ordre de renvoi concernant un certain nombre d'officiers supérieurs, à commencer par moi !

— Je sais. Il n'était pas lui-même, bien entendu. Nul ne peut vous relever, sauf moi ou le ministre de la Guerre.

— Ayant dit à quelqu'un que je refuserais d'obéir à un tel ordre s'il m'était donné, savez-vous qu'il a menacé de me faire pendre ?

Lincoln hocha tristement la tête :

— Cela aussi, je le sais. C'est pourquoi je l'ai relevé de son commandement.

— Je crois qu'il est fou, monsieur.

— Mais vous avez aussi la plus grande estime pour lui, n'est-ce pas, tout comme moi ?

Le général était trop absorbé par sa déambulation pour sentir l'ironie du Président.

— Heureusement, il n'est plus là. Je prendrai sa place, à une condition.

— Oh, laquelle ?

— C'est que le général Halleck s'en aille, monsieur.

— Pourquoi le général Halleck doit-il s'en aller ?

— Parce que s'il reste, il fera tout pour me nuire. Nous étions adversaires en Californie...

— Un État manifestement très turbulent...

— Il a nui à McClellan et à Burnside. Je refuse de me laisser poignarder dans le dos.

Hooker se retourna et fit face à Lincoln, le dos maintenant tourné vers la porte.

— Ma foi, général, je ne vais pas relever le général Halleck à cause d'un différend entre vous. Mais je vais faire ceci pour vous : vous m'adresserez directement vos rapports sans passer par le général Halleck. De cette manière, il ne pourra pas, comme vous dites, vous poignarder dans le dos. Êtes-vous satisfait ?

— Oui, monsieur. J'accepte le commandement.

— Merci.

Lincoln alla à son secrétaire et prit une lettre qu'il tendit à Halleck :

— Lisez ceci à loisir, général. Puisque nous sommes au chapitre des satisfactions, je dois vous dire qu'en certaines occasions je ne vous ai pas trouvé très satisfaisant. Je les ai notées. J'ai aussi mis par écrit un certain nombre de réflexions sur divers sujets.

Le visage de Hooker se rembrunit :

— Moi, monsieur, pas satisfaisant ? Et de quelle manière ?

— Vous parlez trop. Oui, je sais, moi aussi je parle trop, mais je ne dis rien d'important. Je ne fais que raconter des histoires... J'ai relevé dans ma lettre certains commentaires que vous avez faits à mon sujet qui ne me plaisent pas du tout. Je vous. prie à l'avenir de garder ce genre de réflexions pour vous.

— Monsieur, je ne sais pas à quoi vous faites allusion ! Sur mon honneur, je suis outré que vous puissiez penser... Au fait, que vous a-t-on rapporté ?

— Vos attaques constantes contre vos collègues généraux ne sont pas passées inaperçues. A preuve, la tentative du général Burnside de vous renvoyer de l'armée. Vous étiez pareil avec McClellan. Maintenant que vous êtes commandant en chef, je voudrais que vous vous débarrassiez de certaines habitudes. Comme disent les paysans, si vous ne réparez pas votre clôture...

Mais Hooker n'était pas prêt à entendre Lincoln raconter une histoire.

— Je n'ai jamais dit dans le dos de quelqu'un ce que je n'oserais pas lui dire en face.

— Dans ce cas, j'aimerais vous entendre me dire comment je devrais me démettre de ma charge et céder la place à un dictateur militaire tel que vous, par exemple.

Hooker se mit à bégayer :

— Je n'ai rien dit de tel. En tout cas, pas de cette façon. Et il n'était pas question de moi, ni de tout autre général qui aurait pris votre place. J'ai peut-être voulu dire que vous devriez vous montrer plus énergique, plus volontaire. C'est dans ce sens que j'ai pu parler de dictateur. Mais jamais je n'ai...

Lincoln leva la main ; Hooker se tut.

— Seuls les généraux victorieux ont des chances de devenir dictateurs. C'est là une des rares lois absolues de l'histoire. Ce que je vous demande, c'est un succès militaire, et pour cela, je suis prêt à courir le risque d'une dictature...

— Monsieur, vous aurez votre succès militaire. Je vous le promets. Quant à la dictature...

— N'y pensez plus, dit le Président d'un ton aimable ; puis il envoya Hooker voir Stanton. Une fois le général parti, Lincoln entra dans la

453

salle du Cabinet. Seward se tenait près de la fenêtre, regardant les porcs qu'on égorgeait au pied du monument dédié à Washington.

— Eh bien, gouverneur, c'est Hooker.

— Vous lui avez donné l'armée du Potomac?

Lincoln hocha la tête :

— Je crois qu'il est combatif, mais je n'aime pas beaucoup son caractère. Il a intrigué contre McClellan et contre Burnside, et maintenant il en a après Halleck...

— Je croyais les politiciens vaniteux et déloyaux, dit Seward en s'installant dans un fauteuil, mais à côté des militaires, nous sommes des anges.

— Je ne me sens pas tellement ange aujourd'hui, dit Lincoln en s'appuyant le dos contre la paroi pour soulager ses douleurs.

— En tout cas, vous en avez l'air, dit Seward, qui trouvait à Lincoln l'air moins hagard qu'à l'ordinaire. Vous réalisez bien entendu que vous avez pris cette décision sans avoir consulté le Cabinet.

— Comment? Je ne vous ai pas tous consultés? Il me semble que nous avons tous voté, et que, comme toujours, j'ai respecté la majorité.

— En tout cas, une chose est sûre. Chase n'ira pas se plaindre à Ben Wade. Hooker est son homme.

— C'est ce que j'ai cru comprendre, dit Lincoln en souriant. J'avoue que les ambitions présidentielles de Mr. Chase sont comme le taon sur le cou d'un cheval : elles le tiennent à son travail.

Une autre passion tenait Chase à son travail, ou plutôt l'en distrayait de temps en temps : la passion des autographes. Il y avait au Trésor un jeune homme épris de littérature, nommé William O'Connor, dont le roman pro-abolitionniste, *Harrington*, avait beaucoup plu à Chase. Le jour précédent, O'Connor avait sollicité auprès de Chase un emploi pour quelqu'un qu'il tenait mystérieusement pour un grand poète. « Il a une lettre de recommandation de Ralph Waldo Emerson. » A la mention du nom et de la lettre, Chase avait accepté de recevoir le notoire Walt Whitman.

Par une froide matinée d'hiver, tandis que Chase se chauffait les mains devant sa cheminée, O'Connor introduisit dans son bureau un homme grand, aux yeux bleus, au visage rose et à la barbe grise, affublé d'un bizarre accoutrement de planteur comme en portent les gens du Sud.

Les deux hommes se regardèrent un moment. L'immoralité du livre de Whitman avait fait grand scandale à Columbus quelques années plus tôt. Et le fait qu'un homme comme Emerson ait pu recommander un poète chez lequel l'accent mis sur le côté sexuel dans l'homme n'était égalé que par l'absence de tout talent pour la versification, ne faisait que renforcer la rumeur selon laquelle Ermerson serait devenu sénile. Néanmoins, sénile ou pas, Emerson pouvait toujours signer une lettre...

— Mr. Emerson m'a parlé de vous avec une telle admiration !

La voix était rauque, l'accent plébéien.

— J'imagine qu'il m'a écrit une lettre, dit Chase. Je veux dire de sa propre main.

— Oh, bien sûr ! Il m'a aussi recommandé au gouverneur Seward, ainsi qu'aux sénateurs Sumner et King. J'ai vu les sénateurs. Mr. King m'a montré le Capitole, l'autre jour. Tout cet or et tout ce marbre, c'est encore plus beau que dans les rêves... Et toutes ces peintures de dieux et de déesses...

— J'ai souvent pensé qu'il y en avait un peu trop pour une république protestante.

Chase se demandait si Whitman avait apporté la lettre d'Emerson avec lui.

Whitman hocha la tête.

— Je vois ce que vous voulez dire. Moi aussi, j'ai eu un peu cette impression. Oui, c'est surprenant, on se croirait à l'intérieur de chez Taylor à Broadway. Vous connaissez sans doute.

Chase sentit un frisson lui parcourir tout le corps : l'homme était un porc.

— Je suis abstinent, monsieur. Je ne mets jamais les pieds dans un bar. A propos de la lettre de Mr. Emerson...

— Je vais moi-même rarement chez Taylor. C'est un peu trop cher pour un poète. En tout cas, Mr. Sumner s'est montré très bon pour moi, il m'a dit qu'il vous parlerait. Je suis aussi allé à la Maison-Blanche, et bien que je n'aie pas pu voir Mr. Lincoln, j'ai parlé à son secrétaire, Mr. Hay, un charmant jeune homme, qui lui aussi est poète. Il m'a demandé de lui dédicacer son exemplaire de *Leaves of Grass*.

Chase avait entendu dire que Hay fréquentait certaines maisons. Il se félicitait que Kate se contentât de flirter avec le jeune homme, qui manifestement était un débauché.

Whitman décrivit ensuite le travail à mi-temps qu'il faisait comme copiste au ministère des Postes.

— Cela ne me prend qu'une heure ou deux par jour. Ensuite je vais visiter les hôpitaux. J'apporte quelques cadeaux aux blessés, enfin selon mes moyens. J'écris des lettres pour eux. Je leur procure un peu de réconfort. Mon frère George a été blessé à Fredericksburg. C'est pourquoi je suis venu ici, pour le voir. On m'a aussi volé tout mon argent le jour de mon arrivée en ville. C'est alors que j'ai fait la connaissance de Mr. O'Connor, et maintenant, j'ai une chambre chez lui...

— Mrs. Whitman est-elle avec vous ?

— Non, ma mère habite Brooklyn. Elle n'est pas bien portante. Aussi il est important que je trouve un emploi. Mr. Emerson estime que je devrais continuer dans le journalisme, mais...

— Dans sa lettre, Mr. Emerson mentionne-t-il quel genre de travail vous pourriez faire pour le gouvernement ?

— Justement, la voici, dit Whitman en remettant la lettre à Chase. Sur l'enveloppe était écrit : « L'honorable S.P. Chase. » A l'intérieur était une lettre datée du 10 janvier, recommandant Mr. Whitman pour tout emploi gouvernemental et signée « R.W. Emerson ».

— Je vais examiner ce que je peux faire pour vous, monsieur, dit Chase en glissant la lettre dans sa poche où elle lui semblait irradier tout son être comme une relique.

— Je vous en serai très reconnaissant. Ainsi que Mr. Emerson.

Chase serra la main de Whitman et le reconduisit à la porte. Puis il plaça la lettre sur son bureau, et se mit à réfléchir au genre de cadre qui lui conviendrait le mieux.

L'entrée d'O'Connor interrompit cette douce rêverie.

— Eh bien, monsieur le Secrétaire...

— Quoi donc? fit Chase en levant la tête. Ah, oui! Je dois vous dire, Mr. O'Connor, que je tiens Mr. Whitman pour quelqu'un de très peu recommandable, si j'en juge par ce qu'il a écrit, notamment sur lui-même.

— Mais, monsieur, c'est un homme magnifique, et un très grand poète.

— Vous avez sans doute vos raisons pour le penser, Mr. O'Connor, et peut-être que dans ses relations avec vous, je ne dis pas... mais que dirait la presse si elle apprenait que j'abrite ici l'auteur de pages — ne faudrait-il pas plutôt dire de feuilles — qu'on ne saurait décemment mettre entre les mains d'une dame ou même d'un jeune homme d'une nature un peu délicate? Je préfère une seule page de votre *Harrington* à toutes les feuilles de Mr. Whitman. Enfin, comme je n'avais encore rien de la main d'Emerson, je serai heureux de garder ceci.

Le premier secrétaire introduisit ensuite Jay Cooke dans le bureau.

— Merci, Mr. O'Connor, dit Chase. Je gage que Mr. Seward saura bien trouver un emploi pour l'un de ses compatriotes.

Une fois la porte fermée, Jay Cooke dit :

— Monsieur le Président!

— Oh, ne tentons pas les dieux! Contentons-nous pour le moment d'espérer.

XI

C'était la seconde visite de Mary Todd Lincoln au caporal Stone de Lexington, Kentucky, soldat de l'armée rebelle. Elle l'avait connu enfant. Il était l'exact contemporain de Little Aleck. Mary était assise sur une chaise droite à côté du lit, lequel était situé à l'extrémité d'une des ailes de la salle des expositions du bureau des Brevets. Tout près du lit, une machine sous verre d'une grande complexité les abritait des curieux.

Le caporal Stone avait les cheveux roux et la voix douce. Il avait perdu les deux jambes à Chancellorsville, en Virginie, où l'armée de l'Union, commandée par le bouillant Hooker, avait été battue par le général Lee et refoulée de l'autre côté du Rappahannock.

— C'est un coup dur pour nous d'avoir perdu comme ça Jackson.

Le général Jackson avait été tué accidentellement par l'un de ses propres francs-tireurs.

— Connaissiez-vous le général Jackson?

Mary arrangea le petit bouquet de roses de serre dans un gobelet sur la table à côté du lit. L'odeur de pot de chambre empestait la salle.

— Oh, je l'ai vu, mais je ne lui ai jamais parlé. C'était un homme très curieux, très religieux.

Le sourire du caporal Stone lui rappelait Aleck. Elle essaya de lui sourire sans pleurer.

— Un des garçons ici était avec lui, et il disait que lorsque Dieu envoya un archange chercher Jackson pour l'emmener au Ciel, il ne le trouva nulle part. Alors il remonta au Ciel où Jackson se trouvait déjà. Une fois de plus il avait été le plus rapide.

— Nos hommes se battent bien, n'est-ce pas? demanda Mary d'un air indifférent.

— Vous voulez parler de nous autres confédérés? demanda le caporal Stone d'un air quelque peu étonné.

— Je parlais de nous autres... Kentuckiens, rectifia Mary. C'est tout

457

ce que je voulais dire. Mais je n'aurais pas dû le dire, car je suis loyale à l'Union.

— Chez nous, au pays, on dit qu'au fond de vous-même vous êtes pour nous.

— Non, ce n'est pas vrai. Mais ce qui nous arrive à nous tous m'attriste infiniment. J'ai perdu deux frères. J'en perdrai peut-être davantage.

— J'ai perdu deux frères et deux oncles, et maintenant, deux jambes. Ma foi, je savais ce que je risquais. J'étais à l'hôtel Phoenix...

— Où descendait toujours Mr. Breckinridge.

Mary se demanda où était le cousin John. Il avait été à Shiloh ; maintenant il était général. Ned Helm, le mari d'Émilie, servait sous ses ordres. Depuis quelque temps on était sans nouvelles d'eux.

— ... Je me souviens que c'était un jeudi soir, le 19 septembre 1861. Les premiers soldats yankees arrivaient à Lexington. Quand ils sont passés devant l'hôtel, l'un des nôtres a tiré sur eux depuis une fenêtre. Non, ce n'était pas moi, Mrs. Lincoln. Mais c'est à ce moment-là que j'ai rejoint John Hunt Morgan...

— Morgan l'armurier, oui, je me souviens. C'est un parent à nous, lui aussi...

— Nous sommes tous parents, c'est peut-être là le problème. Bref, c'est comme ça que tout a commencé, une cinquantaine de garçons de Lexington, sous les ordres du capitaine Morgan, et depuis cette époque nous n'avons pas cessé de nous battre, et Lexington est toujours sous la loi militaire yankee, et même votre belle-mère n'ose rien dire contre eux.

— Ça, j'en doute un peu, dit Mary. On m'a dit qu'après que son fils Sam — mon demi-frère — fut tué à Shiloh, un sympathisant yankee reprochait à John Morgan d'avoir poussé les jeunes de Lexington à rejoindre les rebelles, et que Mrs. Todd aurait dit en public : « Il en faudrait des milliers comme John Morgan. »

— C'est une Todd, après tout, dit le caporal Stone en riant.

— Avec le temps, je suppose qu'elle l'est devenue. Nous connaissions tous très bien John Morgan.

Keckley s'approcha d'eux. Mary se leva.

— Quand vous irez mieux, j'essaierai de vous faire rentrer au pays.

— Dieu vous entende, Mrs. Lincoln !

Mary et Keckley furent ensuite rejointes par une infirmière de la commission sanitaire. Celle-ci les pilota à travers les différentes salles du bureau des Brevets, transformé pour la circonstance en un vaste hôpital incongru, où d'immuables machines, fruit de l'invention des hommes, voisinaient avec des chairs en décomposition. Mary distribuait des fruits et des fleurs, s'arrêtant devant un lit, disant un mot en passant à un blessé.

L'infirmière était assaillie de réclamations. Depuis la défaite de Chancellorsville, l'hôpital était surchargé.

— J'ai cru qu'après Fredericksburg, tout notre système serait détruit.

458

Mais cette fois c'est pire. Les blessés n'arrêtent pas d'arriver, depuis des jours et des jours. Nous n'avons plus de place. Nous essayons bien de réquisitionner un étage ou deux par hôtel, mais les politiciens s'y opposent.

— Ce sont eux qui devraient se trouver ici à la place de ces garçons, dit Mary.

— C'est aussi mon sentiment, madame la Présidente. Mais j'aimerais bien — si je peux me permettre — que le Président termine cette guerre avant que nous ayons perdu tous nos jeunes gens.

— Le Sud risque bien de tous les perdre, dit Mary, tandis qu'elles étaient en arrêt devant une immense charrue en fer attribuée au général Washington. Ils ont moins de garçons que dans le Nord.

— Nous les avons mélangés, comme vous voyez. Nous sommes censés garder les prisonniers séparés, mais c'est impossible. Ils sont trop nombreux à présent. Je me demande si un jour nous finirons par remporter une victoire. Nous ne pouvons pas tout le temps être battus.

— Mon mari doit d'abord trouver un général. Malheureusement, les meilleurs sont tous de l'autre côté. Je ne devrais pas dire ça ; si la presse l'apprenait, on dirait une fois de plus que je suis pour le Sud, ce qui est faux, bien sûr. Mais il y a longtemps que j'ai cessé de m'intéresser à ce qu'écrivent les journaux.

— Si seulement ils cessaient de s'intéresser à vous ! dit Keckley en guidant Mary vers la porte.

On se mit à nouveau en quête d'un général. Tandis que Mary visitait les blessés, le général Hooker était à la Maison-Blanche avec le Président. Une fois de plus le Président était assis sur le rebord de la fenêtre ; une fois de plus Hooker arpentait la pièce. Mais la nature de la marche avait changé ; Hooker était embarrassé, Lincoln paraissait fatigué.

Hooker avait été blessé à Chancellorsville. Il avait reçu un pilier sur la tête, et était resté inconscient pendant des heures. Une fois rétabli, il avait renoncé à la boisson ; et sans boisson il n'y avait plus d'Hooker ; il n'y avait qu'un général incompétent de plus, dont le quartier général, au dire du fils de l'ambassadeur américain à Londres, tenait à la fois du bordel et du casino. En fait, Hooker et ses hommes étaient tellement adonnés aux plaisirs de la chair qu'on avait donné le nom d'« hookers » aux prostituées de Washington.

— Je suis certain, dit Hooker, que si j'arrive à retraverser le Rappahannock, et à frapper Richmond, pendant que Lee se regroupe...

— Je n'en doute pas, dit Lincoln. Mais pour le moment je préfère que vous restiez là où vous êtes, à contenir l'ennemi, jusqu'à ce que nous ayons échafaudé un nouveau plan. Cela dit, je suis allé vous voir deux fois en campagne. J'ai parlé aux différents commandants, et ce que je craignais est en train de se produire. Ils n'ont plus confiance en vous.

Hoocker interrompit sa déambulation ; avec ses yeux pâles fixés sur le Président, il ressemblait plus à un lapin craintif qu'à une bête de proie.

— Qui vous a parlé contre moi ?

— Je ne peux pas vous le dire. Mais c'est un sentiment général.

— Désirez-vous me remplacer ?

Lincoln secoua la tête et descendit de son perchoir :

— Je n'ai pas l'habitude de jeter un fusil parce qu'une fois il a raté son coup, mais je n'ai pas tout de suite envie d'en tirer un second.

— Je pense, monsieur, que vous devriez consulter tous les généraux de l'armée, et pas seulement ceux qui sont mes rivaux à l'armée du Potomac. Vous verrez qu'ils m'ont en grande estime.

— Puisque je ne vous ai pas retiré votre commandement, il est clair que moi aussi je vous ai en grande estime. Lincoln agita la sonnette. Nous resterons en communication, général.

Hay entra dans la pièce, le visage tout hâlé. Il revenait de Caroline du Sud où il était allé trouver son frère malade ; et de Floride où le Président l'avait envoyé étudier la situation politique et militaire. Avec l'accord de Lincoln, Hay cherchait un siège au Congrès. Le Président était désireux de ramener dans l'Union les États sudistes ou du moins les parties d'États sudistes qui étaient aux mains des Fédéraux, afin qu'ils puissent envoyer au Congrès de loyaux représentants républicains. Et s'il n'y en avait pas sur place, il faudrait y envoyer se faire élire un certain nombre de John Hay. L'affaire était pressante, les radicaux républicains estimant que les États rebelles ne faisaient plus partie de l'Union, et devaient donc être traités en territoires conquis.

Mais Lincoln restait inébranlable. Aucun État ne pourrait jamais la quitter, donc aucun État ne l'avait jamais quittée. Certains éléments rebelles avaient jugé bon de déclarer la guerre au gouvernement central, mais une fois ces éléments détruits, tout serait comme avant, et les États sudistes recommenceraient d'envoyer des représentants au Congrès. Or, maintenant, Thaddeus Stevens était ouvertement hostile à cette politique ; aussi Hay prévoyait-il des jours difficiles pour le Taïcoun.

Quand Hooker fut parti, Lincoln resta un moment les yeux fixés sur la porte par où le général était sorti. Puis il dit :

— Voyez-vous, John, il y en a qui disent que si le pilier qui lui est tombé sur la tête à Chancellorsville l'avait tué, la guerre eût été écourtée. Bien sûr, je n'aurais jamais dit une chose aussi méchante.

— Bien sûr, monsieur. Allez-vous le remplacer ?

Lincoln secoua la tête :

— Pour le moment, ce serait inutile.

Hay remit au Président le classeur contenant les dernières dépêches du Département de la Guerre. Le visage de Lincoln s'éclaira presque aussitôt :

— Écoutez ceci : Grant se trouve maintenant juste en dessous de Vicksburg. Halleck lui a envoyé l'ordre de rejoindre avec son armée celle du général Banks qui est plus au sud. En réalité, l'idée n'est pas d'Halleck, mais de moi, cependant je préfère lui en attribuer le mérite ; ça lui fait tellement plaisir. Grant a répondu à Halleck que de réunir les armées retarderait ses opérations contre Vicksburg, et il a ajouté : « Je n'ai pas de temps à perdre. » Il y a là une leçon, dit Lincoln en reposant le classeur. Quand c'est moi qui choisis les généraux et que je les fais venir ici, tout va de travers. Mais là-bas, dans l'Ouest, où je ne me mêle de rien, tout va comme sur des roulettes. Je vais réfléchir à tout cela.

Hay s'aperçut que le Président n'était pas le seul à réfléchir. Il arriva chez Chase quelques instants après le départ du général Hooker. Apparemment, Hooker, en sortant de la Maison-Blanche, était directement venu trouver son mentor politique. « Il est resté juste assez longtemps pour complimenter Kate sur ses fiançailles avec Mr. Sprague, et ensuite il a passé une heure dans le bureau de Mr. Chase. » Mrs. Eames voyait tout, et, chose rare, elle comprenait ce qu'elle voyait. Ils se tenaient dans un coin du salon, environnés par une masse de fleurs. Hay trouva Kate plus mince et plus pâle qu'à l'ordinaire. Elle circulait gracieusement d'un groupe à l'autre. Sprague évoluait de son côté.

Il y avait là tout le gratin de Washington, ainsi qu'un certain nombre de financiers, dont les frères Cooke, qui faisaient maintenant ouvertement campagne pour Chase. Comme le Président savait que son secrétaire au Trésor briguait la nomination, il y avait des moments où Hay considérait la patience dont le Taïcoun faisait preuve à l'égard de Chase comme égalant ou même outrepassant celle de Job envers Dieu. Il savait aussi que le Président aimait à avoir ses ennemis près de lui pour pouvoir mieux les surveiller. Mais de cette façon, eux aussi avaient tout loisir de l'observer.

— Je les trouve très bien assortis tous les deux, dit Mrs. Eames. A tous points de vue.

— Ils se complètent admirablement, répondit Hay auquel n'avait pas échappé le sourire délicatement ironique de son interlocutrice. D'un côté la beauté, de l'autre l'argent.

— Son père à elle et son argent à lui.

— L'argent semble être l'élément déterminant, dit Hay.

— Après tout, il s'agit de mariage, et nous sommes à Washington.

Pour Sprague, l'argent aussi restait la question cruciale. Il écoutait près du buffet un congressman du Texas qui lui disait :

— Je viens de recevoir une lettre de notre ami Harris Hoyt.

— Notre ami qui ? demanda Sprague en ouvrant des yeux ronds.

— Vous avez bien dû le rencontrer quelque part, parce que vous lui avez donné une lettre de recommandation au général Butler à La Nouvelle Orléans.

— J'ai donné beaucoup de lettres de ce genre quand j'étais gouverneur. A des amis d'amis... Ce Hoyt, il est dans le coton ?

— Oui, monsieur.

— Et où est-il maintenant ?

— Il a pris un bateau à La Havane, à ce qu'il m'a dit. Il devait se rendre à Galveston, mais les Yankees sont arrivés les premiers. Il a donc débarqué à Matamoros au Mexique, et de là à Houston d'où il m'a écrit cette lettre. Il dit qu'il a maintenant une filature de coton, et qu'il gagne de l'argent.

— J'aimerais bien avoir un peu de ce coton, dit Sprague d'un air morose.

— Vous n'avez qu'à demander un permis à votre futur beau-père. Il ne pourra pas vous le refuser.

— Il le peut, et il le fera.

Chase répéta pour la énième fois qu'après la proclamation d'émancipation du Président, il n'était plus question de commercer avec l'ennemi. Chase et Sprague s'étaient retirés dans le bureau de Chase.

— Nous avons plus besoin de coton qu'eux n'ont besoin d'argent.

Sprague avait trouvé une carafe de porto et s'était servi un verre. Chase se rendait bien compte que Sprague buvait plus qu'il n'aurait dû, mais il attribuait cette habitude à une jeunesse privée de père, suivie d'un célibat prolongé.

— Je vais acheter tout cela, dit Sprague.

— Tout cela quoi ? demanda Chase en regardant d'un air anxieux la carafe de porto qui lui venait de son oncle l'évêque.

— Cette maison. J'ai tout arrangé avec Kate. Elle ne veut pas être séparée de vous. Ainsi, elle n'aura pas à le faire.

Chase n'en croyait pas ses oreilles.

— Mais voyons, dit-il au bout d'un moment, vous ne pouvez pas habiter avec un beau-père au commencement de votre mariage.

— C'est vous qui viendrez vivre chez nous. C'est-à-dire que vous resterez là où vous êtes. La seule différence pour vous, c'est que vous n'aurez plus à payer le loyer. Je me suis arrangé avec le propriétaire.

— Mon cher garçon...

Chase était sincèrement ému. Cela faisait vingt-trois ans qu'il redoutait ce mariage. Finalement, quand il avait su que la chose allait se faire, il avait essayé de s'accoutumer à l'idée d'emménager dans une maison plus petite, proche de la Maison-Blanche, où il pourrait du moins tenter de rivaliser avec Seward pour avoir l'oreille du Président. Maintenant, tout était merveilleusement changé, parce que rien n'allait changer.

— Bien sûr, moi aussi j'ai mes défauts, dit Sprague en prenant un ton philosophe. Dieu sait que Katie les connaît. Tout n'a pas été facile ces deux dernières années. Mère pense que Katie est trop bien pour moi. D'ailleurs, elle pense que tout le monde est trop bien pour moi.

A Providence, Chase avait rencontré Fanny Sprague, l'une des plus formidables matrones de toute la Nouvelle-Angleterre. Elle avait notamment pour son fils William un mépris sans bornes. Il est vrai que l'admiration qu'elle témoignait à Kate redressait quelque peu l'équilibre...

462

— Votre mère est quelqu'un de très exigeant, dit Chase.

— C'est une terreur, vous voulez dire ! De toute façon, tous mes défauts viennent de la boisson. Tout ce que j'ai pu faire de mal dans l'existence vient de là. Je sais que j'ai mené une vie assez déréglée. Mais maintenant, avec Katie, j'ai trouvé un remède. Avec une bonne santé et de la bonne volonté, j'ai bon espoir d'arriver à changer.

Chase avait les larmes aux yeux en entendant Sprague terminer son soliloque, en même temps qu'il finissait la carafe de porto.

— Je sais que vous serez heureux tous les deux. J'ai été sensible à l'aveu de vos faiblesses. Cela demande du courage. Katie elle aussi a ses défauts. N'attendez pas d'elle la perfection. Elle a mené une vie assez inhabituelle pour une jeune fille, n'ayant jamais eu d'autre attachement que pour son père. Elle est la Belle au Bois dormant, vous serez le prince. Mais n'oubliez pas qu'après le réveil vient le petit déjeuner, et la vie ordinaire avec son train-train, et les désirs qui entrent en conflit... Comprenez-la comme vous vous comprenez vous-même, et vous serez heureux tous les deux.

Chase était somme toute assez heureux de sa référence à la Belle au Bois dormant. Et dans un sens c'était vrai : Kate n'avait jamais aimé, ou même cru aimer, personne à l'exception de son père, qui l'avait gardée égoïstement prisonnière. Maintenant, il la laissait gracieusement partir... Quant à lui, il pouvait encore épouser Adèle Douglas. Il lui faudrait une hôtesse à la Maison-Blanche. Il aurait également besoin de compagnie une fois que Kate serait entrée dans son rôle d'épouse et de mère, et qu'elle serait amenée à vivre une vie indépendante de la sienne.

Jay Cooke entra dans le bureau.

— Excusez-moi, Mr. Chase, dit-il en apercevant Sprague, je croyais que vous étiez seul.

— Je vous en prie, Mr. Cooke, entrez donc.

— Je trouve que Kate n'a pas très bonne mine, dit Sprague en arquant les sourcils. Elle a perdu du poids ces derniers temps. Je crois que je vais l'emmener avec moi dans le Nord.

— Mrs. McDowell nous a tous invités à Troy, dans l'État de New York.

— Triste endroit, dit Sprague en quittant la pièce.

— Un jeune homme extrêmement attentionné, dit Chase en redressant le cadre contenant la lettre holographe de la reine Victoria. Il avait d'abord songé à placer l'autographe d'Emerson entre ceux de Longfellow et de Tennyson, mais il avait eu scrupule à garder une lettre qui n'était pas tant adressée à lui personnellement qu'au secrétaire au Trésor ; aussi l'avait-il remise à regret aux archives du Trésor, tout comme il rendait en ce moment à Jay Cooke un chèque fait non au secrétaire au Trésor mais à S.P. Chase, un homme qui se devait d'être au-dessus de tout soupçon pour le bien du pays.

— Ce dividende, Mr. Cooke, vient de titres que je ne possède pas. Je ne peux donc pas l'accepter.

— Vous les acceptiez pourtant, autrefois, dit Cooke en prenant le chèque qu'on lui tendait. Avez-vous un nouveau banquier ?

— Non, non, Mr. Cooke. Nos relations continuent. Je reste votre client comme toujours. Je compte également sur vous pour maintenir à flot le navire de l'État. J'entends financièrement. Mais maintenant, il est très important d'observer les formes.

Cooke hocha gravement la tête :

— Dois-je cesser de lever de l'argent pour votre campagne de l'an prochain ?

— Je n'avais pas réalisé que vous étiez aussi engagé, dit Chase d'un air gêné. En fait, il n'avait jamais discuté des détails avec Jay Cooke.

— Oh, nous sommes plusieurs à nous en occuper. Nous désirons que vous soyez élu, et cela coûte de l'argent aujourd'hui.

— Je considérerai naturellement toute somme levée dans ce but comme une affaire publique, et non privée.

— Bien, dit Cooke en pliant le chèque et en le mettant dans sa poche. L'argent ne m'appartient pas. Je le mettrai donc de côté en attendant de savoir quoi en faire. Pour le reste, je suppose que vos besoins habituels seront couverts par le sénateur Sprague.

Chase sentit son visage s'empourprer :

— Je subviendrai moi-même à mes propres besoins. Je viens de vendre la dernière de mes fermes dans l'Ohio. Et puisque le sénateur Sprague a l'intention d'acheter cette demeure, je n'aurai plus à payer le loyer, qui était considérable. Mais ses largesses ne vont pas plus loin.

— C'est un homme qui vaut vingt-cinq millions de dollars, dit Jay Cooke d'un air admiratif.

— Vraiment ? Nous n'en avons jamais parlé, du moins pas de manière aussi détaillée. Allons rejoindre les invités, voulez-vous ?

Hay répondait aux questions d'un jeune et beau congressman de New York qui avait été battu aux élections en novembre. « Quel genre de femme est-elle ? » C'était à peu près à quoi se résumaient toutes ses questions ; mais Hay ne trouvait aucune réponse intéressante à faire.

— Je crois qu'elle est malheureuse en ce moment.

Les deux hommes regardaient Kate qui présidait au thé.

— J'avoue que l'idée d'épouser un type comme Sprague ne me sourirait guère, dit Roscoe Conkling. Vous la connaissez bien, Mr. Hay ?

Hay secoua la tête :

— Nous nous sommes assez fréquentés depuis que nous sommes arrivés tous les deux à Washington, mais au fond je ne sais toujours pas ce qu'elle est.

— Elle me fascine, dit Conkling.

— Vous arrivez trop tard, Mr. Conkling.

— On le dirait. Et ce n'est certes pas mon attaque à la Chambre contre le projet bancaire de son bien-aimé père qui aurait arrangé les choses.

— Bien-aimé, il l'est certainement.

— Et doué en plus d'une mémoire d'éléphant.

Tandis qu'il s'éloignait, Hay se demandait s'il n'appartenait pas, comme le bruit en courait, à cette cabale secrète de congressmen dont le but, depuis Fredericksburg, était de faire destituer Lincoln. Celui-ci n'y avait fait allusion qu'une seule fois : « Ils auront Hamlin comme Président pendant un an, et après ? » Nicolay pensait que Simon Cameron, rentré récemment dégoûté de Russie, en faisait lui aussi partie. Mais jusqu'ici rien n'avait transpiré, et le trente-huitième Congrès s'était ajourné au grand soulagement de tous. En attendant, l'ineffable Horace Greeley disait à tout le monde que seule la présidence du général Rosecrans pouvait sauver le pays.

Hay alla prendre congé de son hôte. A mesure que les relations se détérioraient entre Chase et Lincoln, il régnait au contraire une plus grande cordialité dans les rapports entre le secrétaire au Trésor et le secrétaire du Président. Pour le moment, Chase et Thaddeus Stevens étaient en train de se quereller.

— Ah, Mr. Hay, dit Chase, venez à mon secours. Mr. Stevens est encore en train de me chicaner au sujet de la monnaie.

— Mr. Chase, votre monnaie va très bien. Elle est d'un très beau vert, et vous êtes, monsieur, le plus bel homme de la vie politique américaine, ainsi que le plus honnête. En fait, chaque fois que je vois votre noble visage me regarder derrière le signe du dollar, je me sens rassuré. Mais là où je frémis, c'est quand je lis les promesses du Trésor de rembourser aux prêteurs d'argent en or — en bel et bon or — le capital de vos obligations. Est-ce que je n'ai pas raison, Mr. Hay ?

— Moi, je dis que vous avez toujours raison, Mr. Stevens, répondit Hay à celui que d'aucuns tenaient pour le chef de la cabale.

— Voilà un jeune homme intelligent. J'ajouterai, Mr. Chase, que lorsque je vois qu'il faut cent soixante-dix de vos dollars à vous pour acheter cent dollars en or, je fais plus que frémir, j'ai tendance à m'arracher les cheveux.

Délicatement, il toucha sa perruque.

— Que voulez-vous, monsieur, la guerre doit continuer jusqu'à ce que la rébellion soit écrasée. Nous continuerons donc à imprimer du papier-monnaie, même s'il faut payer mille dollars pour un petit déjeuner.

— Je suis d'accord avec vous pour ce qui est d'écraser la rébellion.

Hay dit au revoir à Kate à la porte.

— Êtes-vous heureuse ? lui demanda-t-il.

— Devrais-je l'être ? Oui ; elle ajouta avec un sourire malicieux : Père est heureux, et c'est tout ce qui compte.

465

Hay était au milieu de E Street lorsqu'il s'avisa tout d'un coup que ce n'était pas Kate qui menait son père, comme tout le monde le croyait, mais que c'était Chase qui menait sa fille : dans son désir d'être Président, il avait forcé sa fille à faire un mariage sans amour, afin d'avoir l'argent de son gendre.

XII

Une des nombreuses économies de Mary était d'entretenir une vache sur la pelouse devant la Maison-Blanche. Mais durant l'été 1863, la vache, qui paraissait pourtant bien portante, cessa de donner du lait, et Mary et Watt venaient souvent la trouver dans son enclos pour discuter de sa condition.

Par une chaude matinée de juin, comme Mary et Watt étaient venus rendre visite à la vache, une voiture, contenant le vieux Mr. Blair, sa femme, et leur fils Montgomery, remontait l'allée. Quand Mr. Blair aperçut Mrs. Lincoln, il donna ordre au cocher de s'arrêter. Les Blair saluèrent la Présidente ; et Mrs. Blair sauta de voiture malgré son grand âge et déclara d'un air dramatique :

— Nous avons fui Silver Spring !

— Mon Dieu ! Qu'est-il arrivé ? demanda Mary.

— Les rebelles sont dans les parages, dit le Vieux Gentleman d'un air morose. Certains prétendent qu'ils vont pousser jusqu'à Washington...

— C'est pourquoi nous avons dû fuir, dit Mrs. Blair, que cette aventure n'avait pas du tout l'air d'effrayer. Je voulais monter mon nouveau cheval de chasse, mais Mr. Blair me l'a interdit. Dire que c'est un rebelle qui va l'étrenner !

— Le Président est-il là ? demanda Montgomery Blair.

Mary fit signe que oui.

— Allez lui annoncer la nouvelle. J'arrive tout de suite.

Washburne avait passé la matinée avec le Président, et il s'apprêtait à regagner l'Illinois, chargé d'un certain nombre de messages de la part du Président à divers personnages politiques. Washburne se demandait s'il reverrait jamais le Président. Au cours des six derniers mois, son vieil ami était devenu méconnaissable : le teint était terreux, presque jaune, et il tremblait d'une main. La paupière de l'œil gauche était maintenant presque toujours à demi fermée, ce qui lui faisait cligner l'œil d'une drôle de façon.

— Je ne peux plus dormir, dit-il. Le général Lee m'a fait perdre le sommeil.

— Prenez du laudanum. Prenez quelque chose.

Lincoln secoua la tête.

— Même quand j'arrive à dormir et que je ne fais pas de rêves, ce qui est très rare, je me réveille fatigué. Vous, vous me connaissez bien, dit Lincoln en regardant le portrait de Jackson, vous savez combien toute ma vie j'ai désiré être ici. Je voulais être Président. Je crois que j'avais cela dans le sang dès ma naissance. Je voulais être ici afin d'achever l'œuvre commencée par les fondateurs. Il manque encore tant de choses à ce pays.

— Ce qu'Henry Clay appelait les « améliorations internes » ?

Washburne n'avait encore jamais trouvé de politicien qui eût la moindre influence sur Lincoln à l'exception de Clay. Encore était-elle bien mince.

— Harry a eu finalement beaucoup de chance de ne pas avoir obtenu cette place, surtout en pareil moment. Regardez-moi : je suis le Président d'une moitié de pays pris entre deux feux : la guerre devant moi, et derrière moi le Congrès et les Copperheads. Le sceptre ne va pas sans la couronne, mais la couronne est d'épines.

— Vous vouliez la couronne.

— Et j'ai les épines. Mais, avec ou sans épines, je la garderai jusqu'au bout, dit Lincoln en ramassant une feuille de papier sur son bureau. Une pétition. On me demande de laisser rentrer Mr. Vallandigham. On m'interdit le droit de bannir. Il paraît que ce n'est pas américain.

L'ancien congressman avait été arrêté par le général Burnside, gouverneur général de l'Ohio, pour incitation à la désertion. Contrairement à Washburne qui aurait voulu étouffer l'affaire, la jugeant embarrassante pour le parti républicain, Lincoln avait approuvé l'arrestation, en déclarant : « On me demande de faire fusiller un pauvre bougre qui déserte, et je n'aurais pas le droit de toucher à celui qui l'a poussé à déserter ! » Lincoln avait demandé à ce qu'on déportât Vallandigham dans le Sud.

— Ce n'est pas cela qui l'empêchera de parler, dit Washburne.

— C'est possible. Le bannissement, si peu américain soit-il, me paraît toutefois préférable au peloton d'exécution, qui est le châtiment prévu pour ce genre de délit en temps de guerre.

Hay annonça la présence des trois Blair au salon. Lincoln et Washburne allèrent accueillir les réfugiés.

Washburne était toujours émerveillé de la patience dont Lincoln faisait preuve vis-à-vis du Vieux Gentleman. Le vieux patriarche n'était pas avare de ses conseils, et Lincoln les écoutait toujours avec beaucoup de déférence.

— Pour moi, il est clair que le général Lee va attaquer la ville d'un moment à l'autre, dit le vieil homme. C'est le meilleur moment. Hooker est à Manassas. Lee est dans la vallée...

— Ce n'est pas tout à fait exact, Mr. Blair, dit Lincoln. Si tout va bien, Hooker est en train de traverser le Potomac à Harper's Ferry et se dirige vers Fredericksburg. L'armée du Potomac se trouve donc entre nous et les rebelles, lesquels font route vers Chambersburg.

— Chambersburg ! Mais c'est en Pennsylvanie !

— Mais oui.

— C'est donc un raid sur notre territoire ?

Lincoln secoua la tête :

— Non, monsieur. C'est une invasion générale. D'après ce que nous savons, ce qui est hélas très peu, le but de Lee est Harrisburg, et ensuite Philadelphie.

— Ce sera donc la fin ? dit Mrs. Blair, qui se tenait très droite sur sa chaise.

— Non, pas la fin. Mais cela voudra dire que la France et l'Angleterre reconnaîtront les rebelles. Que les Copperheads nous battront aux prochaines élections. Qu'ils feront la paix avec le Sud. Et que tous nos efforts auront été vains.

— Cela ne paraît pas possible, dit le Vieux Gentleman.

A huit heures et demie, ce soir-là, Stanton fit appeler le Président au Département de la Guerre. Comme toujours, Hay s'imaginait voir des assassins derrière chaque arbre, et comme toujours Lincoln ne voyait que ses propres pensées, lesquelles avaient fort peu à voir avec sa sécurité personnelle.

Tandis qu'ils montaient l'escalier du Département de la Guerre, un jeune lieutenant, dévalant les marches à toute vitesse, heurta le Président qui dut s'appuyer à la rampe pour ne pas tomber. Quand le lieutenant eut reconnu qui il avait bousculé, il s'écria :

— Oh, mon Dieu ! Je vous demande mille pardons.

— Un seul suffit, dit Lincoln. Si seulement le reste de l'armée chargeait comme ça !

Stanton était seul dans son bureau. Dès qu'il vit entrer le Président, il lui remit un télégramme. Lincoln le regarda et le lui rendit.

— Pourquoi le général Hooker a-t-il choisi justement aujourd'hui pour démissionner ?

— C'est à cause du général Halleck, je suppose. Hooker voulait retirer la garnison de Harper's Ferry, parce qu'il s'imagine que Lee a plus d'hommes que lui. Mais Halleck lui a interdit de laisser Harper's Ferry sans protection.

— Ainsi, au beau milieu d'une invasion, notre commandant général donne sa démission. Il y a vraiment des moments, Mars, où, si je m'écoutais, je ferais fusiller tous les généraux de l'armée de l'Union !

— Ce ne serait pas une mauvaise idée, et elle aurait l'avantage d'écourter la guerre. Et maintenant, qu'allons-nous faire ?

— Eh bien, pour commencer, nous allons surprendre Hooker. Primo, j'accepte sa démission. Secundo, je nomme le général Meade à sa place.

— Bien, monsieur, dit Stanton en quittant la pièce.

Pendant que le Président se balançait sur sa chaise, Hay se demandait comment la nomination de Meade serait accueillie dans les milieux politiques. Meade était démocrate, et donc détesté des jacobins du Congrès, sans parler de Chase. D'un autre côté, c'était un général compétent — si tant est qu'un tel oiseau existât dans l'armée du Potomac. En outre, il était de Pennsylvanie, ce qui l'inciterait peut-être à bien se battre dans son État natal.

— Je pense que le général Meade a tout ce qu'il faut pour réussir, déclara le Président le lendemain devant ses ministres.

Seward admirait comment un Président qui avait prétendu devant la délégation sénatoriale consulter ses ministres en toutes choses, leur annonçait de but en blanc la décision qu'il avait prise sans en avoir discuté avec eux. Chase voulut parler, puis il se ravisa. Seward s'amusait maintenant à suivre le fil des intrigues de Chase. Le jour où il avait appris qu'une majorité de sénateurs républicains lui avaient retiré leur soutien, il avait abandonné les dernières ambitions politiques qui lui restaient. Sa carrière étant terminée, il se contentait d'être un appendice du président Lincoln, mais comme il aimait ce qu'il faisait, il avait décidé d'aider Lincoln à se faire réélire. Pour le moment, la chose se présentait mal. Le Président avait perdu la confiance du pays, tandis que les candidats pacifistes avaient partout le vent en poupe. Chase pouvait également compter sur des ressources financières importantes, grâce à son futur gendre et à Jay Cooke. Il disposait en outre d'une excellente organisation : presque tous les agents du Trésor avaient été choisis par lui en vue des prochaines élections.

Pendant que Seward commençait subtilement d'intriguer, Stanton proposait d'étendre la conscription.

— Nous avons nos enrôleurs qui vont de maison en maison. Nous savons où se trouvent les hommes. Nous savons, ou du moins nous saurons, qui est apte et qui ne l'est pas. Nous savons qui peut payer les trois cents dollars pour se faire remplacer, et qui en est incapable. Je pense que nous pouvons maintenant utiliser le prétexte d'une invasion générale pour lever un million d'hommes.

Le Président écoutait d'un air mécontent. Seward demanda à Stanton combien d'hommes la dernière levée avait amenés sous les drapeaux. Stanton fit la grimace.

— Nous avons eu, dit-il, quelques problèmes avec le gouverneur Curtin. Nous voulons un service de trois ans, ou du moins qui dure toute la guerre. Le gouverneur dit qu'il ne peut garantir des troupes à ces conditions. Il propose de faire appel à une milice de cinquante mille hommes pour défendre la Pennsylvanie, et cela pour une durée de soixante jours. J'ai dit non. C'est insuffisant.

— Pour le moment, c'est mieux que rien, dit Seward.

Soudain une brise légère agita les papiers sur la table du Cabinet. Le vent avait tourné et l'odeur de pourriture venant du canal était suffocante.

— C'est dommage, dit Lincoln, après qu'Hay eut fermé les fenêtres, que la guerre nous ait empêchés de réaliser le projet de construire une maison en dehors de la ville pour les présidents, loin du canal et des marais.

— Que deviendrait alors la Maison-Blanche, si le Président devait la quitter pour aller s'installer, disons à Silver Spring? demanda Seward.

— On pourrait en faire un splendide département d'État, chose dont vous avez toujours rêvé ; et comme ça vous pourriez présider au canal vu qu'il est plein d'objets étrangers. Nous allons trouver un compromis avec le gouverneur Curtin, ajouta Lincoln en s'adressant à Stanton. Disons cent mille hommes venus de Pennsylvanie, du Maryland, de Virginie occidentale et d'Ohio, pour une durée de six mois.

— Mais, monsieur, si nous reculons pour une chose aussi importante...

— Nous n'avons guère le choix. Voyez ce que dit le gouverneur.

Chase attendait que la séance fût terminée officiellement. Comme toujours on avait parlé de choses et d'autres, sans prendre de décision importante. Lorsque le Président avait dit tout ce qu'il avait à dire, il quittait directement la pièce ou bien il se retirait dans un coin avec l'un ou l'autre de ses ministres. Cette fois, Chase l'attrapa avant qu'il eût le temps de sortir.

— Monsieur le Président, était-ce vraiment nécessaire d'accepter la démission du général Hooker?

— Je ne vois pas ce que j'aurais pu faire d'autre, Mr. Chase. J'ai bien pensé un moment à le faire fusiller pour désertion...

— Sa démission, monsieur le Président, avait essentiellement pour but d'attirer votre attention sur les désaccords existant entre lui et le général Halleck.

— Mon attention a déjà été attirée de ce côté un nombre suffisant de fois. Mr. Chase, lorsqu'un homme voit son pays envahi, il ne s'amuse pas à ce petit jeu-là. Je sais que vous aimez bien le général Hooker, et je veux bien croire qu'il a des qualités, mais j'ai peine à lui pardonner son monstrueux égoïsme.

— J'espère seulement que le général Meade se montrera à la hauteur de sa tâche, dit Chase.

— Vous n'êtes pas le seul en ce moment à nourrir ce genre d'espoir.

Le Président passa pratiquement toute la semaine suivante au Département de la Guerre, et plus exactement dans le bureau des télégraphes. Hay fut surpris de voir combien Stanton était devenu calme et méthodique. Le général Halleck, par contre, ressemblait de plus en plus à un directeur de banque en faillite.

Lincoln suivait les mouvements de Lee et de Meade sur une carte du Maryland et de la Pennsylvanie. A mesure que les dépêches arrivaient, on déplaçait les épingles bleues pour l'Union et jaunes pour les rebelles. Lee avait commencé de répandre ses forces à travers la Pennsylvanie. La ville de York était tombée aux mains des rebelles. Lee paraissait maintenant pressé de s'emparer de la capitale de l'État, Harrisburg ; puis de là, réapprovisionné en armes et en nourriture, il poursuivrait sa marche sur Philadelphie, livrant bataille à Meade en chemin. Meade avait pour mission essentielle de protéger Washington et de servir de fer de lance à l'Union en cas d'invasion. Pour le reste, il avait les mains libres.

— Quel genre d'homme est-il, ce Meade ? demandait de temps en temps Lincoln tout en arpentant la pièce dans l'attente des nouvelles.

Stanton ne savait pas grand-chose sur Meade.

— Il est d'une riche famille de Philadelphie. On l'a surnommé le serpent à sonnettes. Il a aussi la réputation d'avoir très mauvais caractère.

— Bref, c'est un général selon votre cœur, Mars.

— Dites plutôt selon l'estomac. Mon prétendu mauvais caractère à moi vient des bronches. Celui de Meade vient de l'estomac. Il est dyspeptique.

— Ces généraux, avec leurs intérieurs, c'est pire que des femmes, dit Lincoln qui se mit ensuite à analyser l'effet direct et indirect de la diarrhée chronique de Burnside sur le déroulement de la guerre.

Le mercredi 1er juillet, les épingles jaunes se regroupèrent à Cashtown et à Gettysburg en Pennsylvanie, tandis que les épingles bleues étaient à Pipe Creek dans le Maryland, à vingt-cinq kilomètres environ de Gettysburg. A midi, ce même jour, Halleck entra dans le bureau de Stanton. A sa mine, Hay comprit tout de suite que la faillite était commencée.

— Les deux armées se sont rejointes à Gettysburg, dit Halleck. La bataille a débuté.

Le 2 juillet, Lee essaya de percer le flanc gauche de l'armée de l'Union, mais il fut repoussé. Le Président était de plus en plus nerveux. Quand des sénateurs venaient le trouver, il leur expliquait la situation dans les termes les plus sereins. Mais lorsqu'ils étaient partis, il recommençait à être agité et à exprimer ses craintes. A la fin de la journée, Madame vint rendre visite à son mari.

— La bataille continue ? demanda-t-elle en regardant la carte.

— Oui, Maman. Avec plus de rage que jamais. Aujourd'hui, nous avons subi de lourdes pertes.

— C'est bien là l'armée du général Sickles, n'est-ce pas ?

Hay avait remarqué avec quelle rapidité Mary s'était familiarisée avec les questions militaires. En avril, elle avait insisté pour aller trouver le général Hooker et l'armée à Falmouth avec le Président. Elle avait posé un millier de questions et retenu au moins neuf cents réponses. Comme tout le monde à Washington, Madame avait ses idées en matière de stratégie.

— Oui, Maman. C'est bien l'armée de Sickles, du moins c'était là qu'elle se trouvait. Sickles a été blessé.

— Grièvement?

Lincoln fit oui de la tête. Stanton entra ensuite avec des dépêches qu'il tendit à Lincoln. Celui-ci jeta un rapide coup d'œil à la première, puis il secoua la tête, comme s'il voulait effacer à jamais de sa mémoire le renseignement qu'il venait de recevoir.

— Qu'est-ce que c'est, Papa?

— L'estimation des pertes. Environ dix mille hommes jusqu'à présent. Pour la plupart de l'armée de Sickles.

Mary regarda Lincoln en se demandant ce qui pouvait le soutenir encore. Elle le voyait décliner jour après jour à mesure que la guerre se prolongeait. Il avait perdu le sommeil et l'appétit, et, ce qui était pis, il ne riait plus. Mary regarda à nouveau la carte.

— Cette ville est très importante à cause de toutes ces routes, n'est-ce pas?

Stanton parut surpris. Il s'approcha de la carte et se mit à l'étudier de près.

— C'est vrai qu'il y a pas mal de routes.

— Mais regardez, dit Mary, subitement intéressée. Ce genre de détails l'avait toujours fascinée : c'était comme de travailler avec une bonne couturière sur un modèle compliqué. Regardez, reprit-elle, il y a une route ici pour Baltimore, une route pour Philadelphie, et celle-ci qui mène à Harrisburg. Cette ville est le carrefour de toute la Pennsylvanie.

— Ma foi, Maman, il se pourrait bien que tu aies raison, dit Lincoln en se penchant à son tour sur la carte. Jusqu'ici, pour nous autres au commandement général des armées, Gettysburg n'était qu'un petit point sur la carte. Il faudra que nous demandions à Halleck de nous analyser cela, ajouta Lincoln à l'intention de Stanton.

— C'est un pur hasard, grogna Stanton, si la ville a une quelconque importance stratégique.

— Mais *quelqu'un* devait bien savoir, repartit Mary toute gonflée de sa nouvelle dignité de stratège militaire. On ne choisit pas ces endroits-là au hasard, n'est-ce pas?

— Eh bien, si, Maman, dit Lincoln. Au risque de te décevoir, j'ai bien peur que ce soit ainsi que les choses se passent. Tu vois, dit-il en touchant la carte de son long doigt, le général Meade était là en bas, et là-haut se trouvait le général Lee. Et maintenant les voilà qui se sont rejoints à mi-chemin entre ces deux endroits, près d'une ville nommée Gettysburg.

— Espérons que nous n'allons pas perdre cette ville maintenant que nous l'avons trouvée, même si c'est par hasard, dit Mary en s'en allant.

Assise toute seule au fond de la voiture qui la conduisait au Foyer du Soldat, Mary songeait à ses problèmes d'argent. Elle n'avait pas pu toucher un seul des vingt mille dollars alloués chaque année aux secrétaires du Président pour les frais de papeterie et autres articles de bureau. Le major French se montrait de plus en plus regardant au sujet des frais de maison proprement dits, et Watt venait d'être enrôlé dans l'armée. Or, sans Watt, elle n'avait plus personne pour aller à New York lui chercher de l'argent là où elle savait en trouver. En échange de certaines faveurs gouvernementales, elle avait pu néanmoins réunir de quoi éponger une partie de ses dettes personnelles. En juin, elle avait passé une semaine au Continental Hotel à Philadelphie, où elle avait reçu la visite de Simon Cameron. Celui-ci lui avait clairement fait entendre qu'elle pourrait obtenir de l'argent en contrepartie de certaines faveurs politiques. Mary ne s'était pas engagée, mais elle avait été bien tentée de le faire.

Heureusement, le Président ne se doutait de rien. Il ne lui avait jamais fait le moindre reproche concernant l'affaire Wikoff. C'est fortuitement qu'elle avait appris qu'il était allé plaider sa cause devant la commission judiciaire du Sénat. Cela l'avait bouleversée. Elle se l'était violemment reproché devant son mari, qui lui avait dit : « Molly, oublions cela, nous avons déjà tant d'autres problèmes, et de bien plus graves. » Mais elle ne se l'était jamais pardonné.

Mary se demandait ce qu'était devenu le Chevalier qui s'était si bien joué d'elle. Elle s'interrogeait aussi sur la gravité des blessures qu'avait reçues son ami Dan Sickles, et comme elle était d'humeur questionneuse, elle se demanda même pourquoi les chevaux allaient si grand train. Mais elle reçut bientôt la réponse à cette dernière question : elle n'eut qu'à lever les yeux pour s'apercevoir que le siège du cocher s'était détaché de la voiture et que le cocher se trouvait les quatre fers en l'air dans le talus.

Mary essaya de sortir de voiture, mais les chevaux allaient si vite qu'elle eut peur de sauter. Elle appela au secours, mais la voiture traversait les bois entourant le Foyer du Soldat, et il n'y avait personne en vue. Les chevaux se détachèrent à leur tour de la voiture, laquelle décrivit un arc de cercle avant d'aller se fracasser contre un arbre. Et, telle une chandelle qu'on éteint, Mary perdit connaissance.

Seward se trouvait à la Résidence avec Lincoln lorsque leur parvint la nouvelle que Mrs. Lincoln avait été accidentée et conduite dans un hôpital militaire proche du Foyer du Soldat. Pendant un moment Seward crut que Lincoln lui-même allait s'évanouir. Il s'affaissa sur sa chaise, comme si son cœur avait cessé de battre, puis après quelques instants il se ressaisit.

— Venez avec moi, gouverneur. En passant devant le bureau de Nicolay, il lança à celui-ci : Dites à Stanton de m'envoyer toutes les dépêches à l'hôpital.

La voiture du Président s'engagea dans la Septième Rue, saluée au passage par des soldats qui reconnurent leur commandant en chef, et quelques civils qui levèrent leur chapeau. Lincoln répondit à ces salutations par un geste vague de la main.

— Le destin, gouverneur, ne fait jamais les choses à demi. La plus grande bataille de la guerre est en train de se livrer, et pendant ce temps-là ma femme gît sur un lit d'hôpital ; moi-même, je dois dire que je ne me sens pas très bien. Cette ville et son climat finiront par nous emporter tous.

— Quand nous aurons gagné la guerre, je vous suggérerai de transférer la capitale dans le Nord. Seward commençait maintenant à comprendre les humeurs de son ami, et bien que Lincoln eût de violentes dépressions, il trouvait presque toujours le moyen de les atténuer par quelque remarque spirituelle ou quelque plaisanterie bien choisie : Je vous propose, dit-il, ma ville natale d'Auburn. Le climat y est salubre. Pas de canaux, pas de fièvre ni de malaria.

— Que diriez-vous de Toronto ? dit Lincoln en souriant brusquement.

— Ah, si vous prenez un vieil homme par son point faible ! s'écria Seward, tout heureux d'avoir réussi à faire sourire le Président. Annexer le Canada a toujours été mon rêve. Et si nous choisissions d'y installer notre capitale, de quoi les Canadiens pourraient-ils bien se plaindre ?

Mary était couchée sur un lit d'hôpital dans un coin d'une longue salle remplie de soldats blessés. On avait entouré son lit de cordes auxquelles étaient suspendus des draps, pour l'abriter des regards. Lincoln et Seward pénétrèrent à l'intérieur de la tente. Keckley était assise à côté du lit. Elle se leva quand elle vit le Président.

— Elle est toujours inconsciente, dit-elle.

— Molly ? dit le Président tout bas à l'oreille de sa femme. Mais elle ne bougea pas. Elle avait les yeux grands ouverts et un sourire poli aux lèvres. Le bandage qui lui enveloppait la tête à la manière d'un turban, la faisait ressembler au portrait de Dolly Madison qui se trouve à la Maison-Blanche.

Lincoln se tourna vers Keckley.

— Que dit le docteur ?

— Ce n'est pas très grave. Ses facultés ne sont pas atteintes. Le seul danger, c'est que la blessure s'infecte. Il lui faudra une infirmière à plein temps. J'ai envoyé chercher Mrs. Pomroy.

Lincoln hocha la tête.

— Quand pourrons-nous la ramener à la maison ?

— Peut-être demain.

La présence de Lincoln dans la salle d'hôpital causa un remous considérable, et Seward estima que plus tôt ils seraient partis, mieux cela vaudrait. Mais Lincoln dit à Keckley d'aller se détendre un moment.

A tout moment, des soldats appuyés sur des béquilles essayaient d'apercevoir le Président à travers une fente ou une déchirure dans les draps. Lincoln et Seward étaient assis de part et d'autre du lit, et se parlaient à voix basse.

— Meade est maintenant en train d'attendre que Lee attaque, disait Lincoln d'un air morose. Nos généraux attendent toujours d'être attaqués. Il n'est pas dans leur nature d'attaquer les premiers.

— Il y a Grant, dit Seward qui regrettait d'avoir été obligé d'arrêter de priser sur ordre du médecin : il régnait dans la salle une chaleur étouffante, et il commençait à se sentir mal.

— Pour le moment, il ne peut pas bouger. Il est bloqué devant Vicksburg. Savez-vous qu'en avril j'ai envoyé Washburne le trouver. Apparemment tout ce qu'on dit sur son compte est vrai. Il s'enivre de temps en temps, mais il a un adjudant pour le secouer chaque fois que ça lui arrive, et si ce n'est pas suffisant, on envoie chercher Mrs. Grant. Washburne reste en contact avec l'adjudant. De ce côté-là, tout va bien, dit Lincoln en tripotant ses lunettes. J'aime bien Grant. Il ne m'a jamais enquiquiné. Il ne se plaint pas. Il n'est pas toujours en train de réclamer des renforts. Il prend ce qu'on lui donne et il s'en arrange. S'il enlève Vicksburg...

A ce moment-là on entendit gratter sur le drap. Puis un colonel du Département de la Guerre entra à pas feutrés sous la tente. Ne sachant pas très bien comment se comporter, il remit au Président les dépêches et s'en alla comme il était venu. Lincoln lut rapidement :

— Lee attaque. Meade ne bouge pas. Il ignore si ses propres opérations seront offensives ou défensives. Les deux, j'imagine.

— Ou bien ni l'une ni l'autre. Vous devriez prendre un peu de repos, monsieur le Président.

— Non, je resterai ici jusqu'à l'arrivée de Mrs. Pomroy. Mais, vous, rentrez chez vous, gouverneur. N'est-ce pas l'heure où vous avez l'habitude de recevoir vos propres « renforts » ?

Seward se mit à rire.

— C'est dommage que vous ne ressembliez pas davantage au général Grant et à moi.

— Il y a certaines occasions, comme celle-ci, par exemple, où croyez bien que je le regrette.

Au moment où Seward s'en allait, un jeune médecin militaire entra précipitamment sous la tente.

— Je suis le médecin, Excellence. Capitaine Rewalt, de Pennsylvanie. C'est moi qui ai pansé ses blessures, mais il y a un risque d'infection...

En sortant de la salle d'hôpital, Seward fut salué par le colonel du Département de la Guerre.

— Monsieur, dois-je attendre le Président ? Ou bien dois-je retourner dans le bureau de Mr. Stanton ?

— Je suggère que vous l'attendiez. J'emprunterai la voiture de Mr. Lincoln, et puis je la renverrai aussitôt. Au fait, qu'est-il arrivé à Mrs. Lincoln ?

— Le cocher — il s'est cassé le bras, mais à part ça il va bien — dit que quelqu'un a enlevé toutes les vis de son siège, puisqu'il a recollé le siège, sachant très bien qu'au bout d'un certain temps, tout se déglinguerait.

Presque tous les jours Pinkerton rapportait à Seward des rumeurs de complots pour assassiner le Président. La plupart étaient des menaces directes de lui tirer dessus. Cette dernière tentative était fort ingénieuse, et seul quelqu'un d'introduit à la Maison-Blanche avait pu la concevoir et l'exécuter.

— Le siège a été changé... aujourd'hui?

Le colonel hocha la tête.

— Entre le moment où Mrs. Lincoln a quitté le Foyer du Soldat pour se rendre à la Maison-Blanche, et le moment où elle est repartie.

Seward remercia le colonel puis monta dans la voiture. De toute évidence, l'auteur de l'accident avait accès aux écuries de la Maison-Blanche.

Le lendemain, Mary reprit connaissance. On la transporta à la Maison-Blanche, tandis que le Président allait s'installer dans la salle des télégraphes du Département de la Guerre, où il suivit le déroulement de la bataille en Pennsylvanie. Les renseignements qui arrivaient étaient souvent contradictoires, mais une chose apparaissait de plus en plus clairement : les pertes étaient considérables des deux côtés. Ce n'était pas une bataille ordinaire.

Hay faisait constamment la navette entre la Maison-Blanche et le Département de la Guerre. Nicolay était maintenant président *de facto* tandis que le Président *de jure* essayait de diriger une bataille de trois jours depuis la salle des télégraphes. Stanton et Halleck venaient de temps en temps rejoindre le Président. Hay était frappé par leur absence totale d'idée directrice. Aux messages que délivrait la machine, ils se contentaient de répondre par des exclamations, des soupirs ou des gémissements.

Lincoln lui au moins avait un but : détruire une fois pour toutes l'armée de Lee, et le moment lui paraissait bien choisi. Lee était loin de ses bases, et d'après l'estimation de Lincoln, son armée était inférieure en nombre à celle de l'Union. Mais surtout il cédait du terrain à Meade. Des noms étranges comme Seminary Ridge et Cemetery Hill apparaissaient pour la première fois. Cemetery Ridge était pris puis perdu ; des charges étaient menées contre Seminary Hill ; puis on fit connaissance de Culp's Hill et de Round Top Mountain. Durant toute cette longue et torride journée, Hay essaya de se représenter ces endroits, mais il ne put y arriver. Parmi ceux qui étaient présents dans la salle des télégraphes, seul Stanton était déjà allé à Gettysburg ; mais il ne se souvenait que du tribunal où il avait défendu un escroc.

A la tombée de la nuit, Lee avait été repoussé.

— Maintenant, nous le tenons ! s'écria Lincoln dont les yeux soudain étincelèrent. Puis se tournant vers Halleck, qui était dans la pièce : Faites dire à Meade qu'il doit poursuivre l'ennemi afin de lui couper la retraite et de l'empêcher d'atteindre le Potomac.

Halleck se gratta le menton tout en roulant des yeux humides.

— Je ne pense pas, monsieur, qu'à cette heure du soir, après des heures d'un combat acharné qui a fait des milliers de morts et de blessés, un général puisse commencer une poursuite...

Le télégraphiste sursauta :

— Mr. Lincoln, un message du général Meade. Il félicite l'armée du Potomac d'avoir défait, je le cite, monsieur : « Un ennemi supérieur en nombre et orgueilleux du succès de son invasion, qui a essayé de vaincre et de détruire cette armée. »

— Quelle étrange façon de dire les choses ! dit Lincoln en fronçant les sourcils. Je suppose que cela fait toujours bien de dire que l'ennemi est supérieur en nombre, même quand ce n'est pas vrai, mais pourquoi parler d'une invasion réussie, quand on vient de la stopper ? Et pourquoi dire que l'ennemi a essayé de nous vaincre et de nous détruire quand c'est justement ce que nous devons lui faire ? Poursuivez.

Le télégraphiste reprit :

— « Le commandant général attend de l'armée qu'elle fasse encore de plus grands efforts pour chasser de notre sol toute trace de la présence de l'envahisseur. »

Lincoln bondit sur sa chaise.

— Chasser l'envahisseur de notre sol ! Bon Dieu ! Est-ce là tout ?

— Ce n'est déjà pas mal, monsieur, dit Halleck.

Lincoln se retourna vers Halleck d'un air furieux, et l'espace d'un instant Hay aperçut comme une lueur de haine dans les yeux du Taïcoun, mais il reprit aussitôt le contrôle de lui-même.

— Général, vous direz en temps utile au général Meade — c'est-à-dire demain matin — que je lui donne l'ordre de poursuivre Lee. Les rebelles sont à portée de main. Nous n'avons qu'à la tendre pour nous saisir d'eux. Jamais l'occasion n'a été aussi belle. Général Halleck, la guerre doit maintenant rapidement prendre fin. Lincoln dicta ensuite un message de félicitations à l'armée du Potomac, puis il se tourna vers Hay : Maintenant je peux aller me coucher, mais d'abord, Mr. Chandler, dit-il au télégraphiste qu'il veuille envoyer un message à mon fils. Trois mots suffiront : « Viens à Washington. » Signez mon nom, et facturez-moi le message. Messieurs, bonne nuit.

En regagnant la Maison-Blanche, le Taïcoun avait l'air à la fois épuisé et fébrile. Il n'avait surtout pas digéré ce « notre sol ».

— Bien sûr que la Pennsylvanie est notre sol, mais la Virginie aussi, et les deux Caroline, et le Texas. Le pays tout entier est notre sol. C'est la raison même de cette guerre, mais ces imbéciles ne peuvent pas, ou ne veulent pas l'admettre. Des gens comme cela, je ne peux pas les comprendre !

Hay comprenait fort bien au contraire qu'il n'y eût qu'un petit nombre pour comprendre la passion de Lincoln pour l'Union, laquelle était devenue pour lui comme le symbole de toutes les réalités terrestres sinon divines.

Le lendemain, le 4 juillet, jour de l'Indépendance, que la capitale avait décidé de célébrer dans tout son faste, Stanton annonça que l'armée de Lee avait été refoulée à Gettysburg, et qu'elle se retirait au sud du Potomac.

Ce jour-là, le Président répondit aux acclamations de la foule rassemblée devant la Maison-Blanche ; il regarda les feux d'artifice et tint compagnie à Mrs. Lincoln. Une chose toutefois le tracassait : il n'avait pas encore eu de nouvelles de Robert.

— Il y a de l'eau dans le gaz entre la Sorcière et le prince des chemins de fer, dit Nicolay à Hay.

Ils étaient assis l'un à côté de l'autre et répondaient aux télégrammes de félicitations qui commençaient d'arriver à la Maison-Blanche.

— La cause de ce différend ne serait-elle pas la belle Miss Hooper, fille du richissime magnat de Georgetown dont les yeux de braise ont ensorcelé notre Robert lors de la dernière saison, et plus particulièrement dans le salon de Mrs. Eames, lorsqu'il m'a avoué, *sotto voce*, qu'il aimerait bien la voir élevée au rang de princesse des chemins de fer ?

— Qu'est-ce que vous dites là ? Cela tuerait Madame, si elle apprenait une chose pareille. Non, c'est à cause de ces deux nabots que Mr. Barnum est venu présenter à la Maison-Blanche.

— Tom Pouce et son épouse, laquelle ressemble du reste assez à Madame en miniature. Je veux dire que c'est Tom Pouce qui ressemble à Madame et non sa jolie petite épouse.

— Bref, avant la réception des deux Tom Pouce, Robert a dit à sa mère qu'il ne se joindrait pas à eux, et comme sa mère lui demandait pourquoi, il a répondu : « Ma notion du devoir est peut-être légèrement différente de la vôtre. »

— Eh bien, Nico, dit Hay en sifflant doucement, tu vois ce que c'est que d'avoir été à Harvard ! Ils auraient dû l'envoyer à Brown. Il va devenir de plus en plus insupportable.

— Après tout, dit Nico en retombant dans sa langue originale, *Robert ist unser Prinz.*

La séance de Cabinet du mardi n'apporta aucun élément nouveau. Le Président décrivit en détail ses efforts pour faire bouger Meade. Mais Meade restait toujours à Gettysburg.

— Il pourrait être à Hagerstown à l'heure qu'il est. L'armée de Lee se trouve encore au nord du Potomac, qui est en crue à cette époque de l'année. Le gros de l'armée ennemie se trouve donc pris entre nous et le fleuve.

479

— Qu'est-ce qu'en dit le général Halleck ? demanda Welles.

Depuis quelque temps, Welles insistait auprès du Président pour qu'il mît à la retraite le vieux Halleck. Sur ce point Chase et Welles étaient parfaitement d'accord.

— Le général Halleck ne m'a pas dit grand-chose, dit le Président avec un peu d'amertume. Les troupes ne sont pas prêtes, à ce qu'il paraît. Pour le reste il faut faire confiance au général Meade. Il sait mieux que tout le monde ce qu'il y a à faire. J'ai donc laissé tomber le sujet.

Le nouveau secrétaire à l'Intérieur, un certain John P. Usher, avocat d'Indiana et ex-secrétaire du défunt Caleb Smith, questionna ensuite Stanton sur les problèmes de conscription.

— Nous n'avons pas encore de renseignements complets, mais nous disposons d'un réservoir d'hommes pratiquement inépuisable, ce qui n'est pas le cas des rebelles.

— Mais nous laisseront-ils y puiser ? demanda Usher.

— J'ignore de quels « ils » vous voulez parler, mais de toute évidence « ils » n'auront pas le choix, répliqua Stanton.

Seward se leva du fauteuil où il était vautré, symbole aux yeux de Chase du laisser-aller général de l'Administration. Ah, si Ben Wade pouvait voir cela !

— Quelqu'un a-t-il une idée du nombre de nos pertes ? demanda Seward.

— A Gettysburg, elles étaient de... commença Stanton.

Mais Seward l'interrompit :

— Non, je veux dire depuis une année. Nous nous sommes battus de manière à peu près continue depuis l'engagement de la péninsule, et nous avons subi de lourdes pertes. Il y a eu Fredericksburg et Chancellorsville, et Antietam, et à présent Gettysburg. Cela fait une sérieuse ponction...

— C'est la même chose pour les rebelles, et ils ont moins d'hommes que nous, dit Stanton en tirant sur sa barbe et en clignant ses petits yeux vitreux. Nos pertes sont à peu près les mêmes que les leurs, mais pour nous, c'est moins grave.

— Mais ne craignez-vous pas que nos pertes ralentissent néanmoins notre effort de conscription ? demanda Usher.

Chase regardait Lincoln qui paraissait dormir, ou plutôt qui avait l'air de faire un rêve éveillé.

Stanton reprit d'un ton quelque peu irrité :

— La conscription est la conscription, Mr. Usher. Peu importe que les conscrits soient ou non refroidis par nos pertes.

Bates précisa avec un aimable sourire :

— Mr. Stanton est en train de nous expliquer que si quelqu'un résiste à la conscription, il sera pendu ; et moi, en tant qu'attorney général, je devrai justifier ces pendaisons en vertu de la loi sur la conscription.

Seward était maintenant en train de se recoiffer, opération qui irritait fort Chase, et pas seulement parce que celui-ci était presque entièrement chauve...

— Vous n'avez pas répondu à ma question, Mr. Stanton. Quelles ont été nos pertes depuis une année ?

— Cent dix mille hommes tués, disparus ou blessés, répondit Stanton. Naturellement je n'ai pas tous les chiffres en ce qui concerne l'Ouest.

Lincoln se leva et prit congé de ses ministres. Chase demanda au Président s'il ne pourrait pas rester pour discuter avec lui des nouvelles émissions d'obligations. Les deux hommes passèrent dans le bureau du Président. Chase avait toujours autant de peine à intéresser le Président aux questions financières. Heureusement, Lincoln lui avait toujours laissé carte blanche. Mais récemment certains problèmes s'étaient posés, et le prix de l'or avait monté. Chase n'était pas sûr que Gettysburg fût une assez grande victoire pour stimuler le marché, sans parler des spéculations sur l'or. Tout à coup la porte du bureau s'ouvrit toute grande. La perruque de travers, le souffle court et le visage tout rouge, Gédéon Welles se tenait sur le seuil.

— Eh bien, Neptune, on dirait que vous venez de voir un terrible monstre marin, dit Lincoln. Reprenez-vous. Asseyez-vous. Tenez, buvez un verre d'eau.

Welles but le verre d'eau que lui tendit Lincoln. Puis d'une voix entrecoupée, il déclara :

— Un message. De l'amiral Porter. Dans l'Ouest. Vicksburg est tombé.

— De quel côté ? demanda Lincoln.

— Du nôtre. Le 4 juillet, après un siège de quatre-vingts jours. Grant a accordé à la garnison confédérée, quelque trente mille hommes, la permission de rentrer chez eux — sur parole, comme il dit. Puis il a occupé la ville. Le Mississippi est à nous.

— Je n'arrive pas à y croire, dit Lincoln en hochant la tête.

— Moi, j'y ai toujours cru, dit Chase. Je savais que tôt ou tard Vicksburg finirait par tomber et que nous gagnerions la guerre.

— Non, non, Mr. Chase, vous me comprenez mal. Ce qui m'étonne, c'est que le vainqueur de la plus grande bataille de cette guerre n'en ait fait part ni à moi ni au pays. D'habitude, mes généraux annoncent leurs succès à la presse alors que les combats ne sont pas encore terminés. Venez, Neptune. Allons annoncer cette nouvelle au général Meade. Espérons que l'exemple de Grant le stimulera.

Lorsque le Président et Welles traversèrent la salle d'attente, Hay et Nicolay applaudirent le commandant en chef, qui répondit à leurs applaudissements par de petits saluts amusés. Puis le Taïcoun et Welles se rendirent en hâte au Département de la Guerre, tandis que Chase disait à qui voulait l'entendre :

— C'est bien la preuve que notre cause est juste.

Comme Chase s'éloignait, tel un vaisseau qui fend les flots, Hay se tourna vers Nicolay et lui dit :

— Tu as entendu ce que Ben Wade a dit au sujet de Chase ? « C'est quelqu'un de bien, mais sa théologie laisse à désirer : il croit qu'il y a une quatrième personne dans la Trinité. »

D'un bout à l'autre de l'Union, les cloches des églises, les discours des orateurs et les articles des journalistes célébrèrent le vainqueur de Vicksburg. A son grand amusement, Hay vit revenir une foule d'hommes politiques qui avaient fui Washington lorsque le Congrès s'était ajourné, persuadés que la ville tomberait aux mains des rebelles avant la session d'automne. Sumner, Fessenden et Chandler fréquentaient à nouveau la Maison-Blanche. Le général Sickles, qui avait perdu une jambe, logeait chez un ami dans F Street. Le général Hooker, venu réconforter Sickles, fut arrêté en vertu d'un ordre du Département de la Guerre interdisant aux officiers supérieurs de se rendre dans la capitale sans une permission spéciale. On disait que c'était le vieil Halleck en personne qui avait combiné de la sorte l'arrestation de son ennemi.

Au coucher du soleil, on donna la sérénade au Président devant la Maison-Blanche. L'Ancien prononça alors le plus mauvais discours que Hay lui eût entendu faire : un discours truffé de plaisanteries saugrenues ainsi que d'allusions bizarres au fait que trois Présidents étaient morts un 4 juillet, chose qui n'avait qu'un rapport très lointain avec la chute de Vicksburg.

— Il est épuisé, dit Hay à Nicolay, tandis qu'ils allaient souper au Willard.

— Moi aussi, dit Nicolay, mais je respirerai bientôt l'air pur des Rocheuses, alors que toi tu vas continuer à croupir dans cette étuve.

— Je me demande si Robert viendra.

Il n'y avait pas eu de réponse au premier télégramme. Le Taïcoun en avait envoyé un second. Robert était maintenant probablement en route. Madame avait la fièvre : l'infection s'était propagée.

Le mardi 14 juillet, lorsque le Cabinet se réunit, l'euphorie de la victoire de Vicksburg commençait à s'évaporer.

— Le général Meade, annonça Lincoln, contre mon avis, a tenu un conseil de guerre dimanche soir pour demander à ses commandants ce qu'il devait faire ensuite.

Seward, assis sur le fauteuil du Président, les jambes ramenées sous le menton, remuait d'autres pensées. Contrairement au Président, il avait déjà rayé Meade de ses tablettes. Les généraux de l'Union assignés à l'armée du Potomac devenaient invariablement des lâches ou pire.

Seward songeait à un danger bien plus pressant. La veille, à New

York, une populace bien organisée avait pillé la maison du maire, incendié une douzaine de bâtiments, dont le bureau de conscription, assassiné plusieurs douzaines de nègres, pendu un capitaine de la garde nationale, et grièvement blessé le superintendant de police. Puis des barricades avaient été dressées entre la Onzième et la Quatorzième Rue, ainsi que dans la Neuvième Avenue : tout cela pour manifester leur colère contre la loi sur la conscription. Depuis le lever du jour, Seward avait tenté en vain d'entrer en communication avec son ami l'archevêque Hughes, le seul homme capable de contrôler une foule composée essentiellement d'Irlandais. La plupart étaient des immigrants de fraîche date, mais ils détestaient tous autant les nègres que l'Administration républicaine. Ordinairement, Seward et Hughes arrivaient à les maîtriser à eux deux. Mais depuis quelque temps, quelqu'un de très habile s'entendait à exciter la populace. Peu après le départ de la milice pour Gettysburg, elle avait de nouveau frappé. Les quinze cents policiers de la ville avaient été rapidement submergés : les bureaux de poste avaient été saisis, les voies de communication coupées. La ville était soigneusement isolée du reste du pays.

Seward se demandait à qui pouvaient bien profiter toutes ces émeutes. Le bruit courait que Vallandigham était rentré en ville, mais Seward ne le croyait pas de force à soulever une ville aussi vaste. Alors qui ? Ou était-ce un soulèvement spontané de la part de citoyens rendus enragés par des journaux tels que le *Daily News* et le *World*, lesquels, jour après jour, dénonçaient le gouvernement, la conscription et les nègres.

Seward songea avec un peu d'amertume aux ouvertures secrètes que Thurlow Weed et lui avaient faites en direction du gouverneur Seymour, le choix de Lincoln comme candidat démocrate-unioniste pour la présidence. Mais Seymour s'était révélé médiocre et vaniteux. Pis, le 4 juillet, il avait déclaré à l'Académie de musique de New York que le gouvernement, par ses arrestations illégales, par la suspension de l'*habeas corpus*, par la fermeture des journaux et la suppression du jugement par jury, détruisait les droits et les libertés des citoyens. Le gouverneur avait allumé la mèche, et la ville tout entière s'était embrasée.

Lincoln compara ensuite le général Meade à McClellan :

— Meade commet les mêmes erreurs. Comme de réunir un conseil. Je l'ai averti qu'aucun conseil n'avait jamais voulu se battre, et je doute que celui qu'il a convoqué fasse exception.

Stanton entra dans la pièce :

— Puis-je vous parler, monsieur ?

Lincoln passa dans son bureau, suivi de Stanton, qui referma la porte derrière lui.

Seward regarda ses collègues autour de la table.

— Si nous tenions conseil nous aussi pendant que le Président n'est pas là ? Par exemple, combien d'entre vous pensent comme moi que nous aurions dû faire fusiller ou peut-être faire pendre Vallandigham ?

La réponse fut proprement sanguinaire. Chase lui-même se sentit obligé de dénoncer en termes sévères l'inexplicable indulgence du Président. Ils étaient en train de discuter de la situation à New York quand Lincoln et Stanton revinrent.

Usher demanda à Stanton s'ils avaient reçu de mauvaises nouvelles. Stanton répondit négativement. Welles demanda ensuite s'il y avait du vrai dans la rumeur selon laquelle Lee serait déjà entré en Virginie. Stanton répondit :

— Je ne sais rien des mouvements de Lee.

— Moi si, dit le Président en jetant à Stanton un regard sévère. Si Lee n'a pas déjà traversé le Potomac, il ne saurait tarder. Je désire voir Halleck au Département de la Guerre.

Stanton quitta la pièce sans mot dire.

— Au sujet des émeutes de New York, commença Seward.

Mais Lincoln l'interrompit :

— Je ne pense pas que nous soyons d'humeur à poursuivre cette séance, en tout cas, moi, je ne le suis pas. J'ai maintenant deux volcans sur les bras.

— Comment comptez-vous répondre à la requête du gouverneur Seymour demandant que la conscription soit suspendue à New York ?

— Je l'ignore, répondit le Président.

Il quitta la pièce avec Welles qui l'accompagna à mi-chemin du Département de la Guerre. Comme ce dernier prenait la direction de son propre ministère, Lincoln l'arrêta en lui prenant le bras.

— Mr. Welles, il y a là quelque chose d'anormal. Je soupçonne de la mauvaise foi quelque part. Nous avons insisté auprès du général Meade pour qu'il poursuive Lee et qu'il lui coupe ses lignes de communication. Or un seul de ses généraux s'est déclaré en faveur d'une attaque immédiate. Qu'est-ce que cela signifie, Mr. Welles ? Bon Dieu, qu'est-ce que cela signifie !

— Avez-vous donné directement ordre à Meade d'attaquer ?

— Je l'ai pressé, je l'ai exhorté. Stanton de même, j'imagine. Halleck attendait des nouvelles de Meade.

— Halleck n'était qu'à quatre heures de train de Meade. Pourquoi n'est-il pas allé le trouver à Gettysburg pour lui donner l'ordre d'attaquer ?

Lincoln ne répondit pas. Le soleil accusait ses cernes et rendait son visage plus caverneux que jamais.

— Monsieur, reprit Welles, je pense que le problème, c'est Halleck. Quand il n'est pas inerte, il est incompétent.

Lincoln poussa un soupir :

— Halleck connaît son métier mieux que moi. C'est un militaire. Il a reçu une instruction militaire. Je l'ai fait venir ici pour me donner des conseils militaires. Il est vrai que nos points de vue sont divergents. Néanmoins il vaut mieux que ce soit moi, le profane, qui me range à ses vues, plutôt que le contraire.

Welles secoua la tête :

— Je ne suis pas de votre avis, monsieur le Président. Halleck n'a aucune idée, du moins pas à ma connaissance. Il n'a aucun plan, il ne tente rien. Vous au moins vous avez dans la tête une idée d'ensemble de la guerre avec toutes ses ramifications politiques et militaires. Il ne faut pas craindre de commander à ceux qui sont faits pour obéir.

Lincoln répondit comme s'il n'avait pas entendu ce que Welles venait de dire :

— Quand nous avons appris que Vicksburg était tombé, que le Potomac était en crue, et que Lee attendait désespérément la décrue pour traverser le fleuve, j'ai cru que la rébellion était terminée. Mais les généraux ont décidé de ne pas l'attaquer, et maintenant la guerre continue, continue...

Lincoln se retourna alors brusquement et s'en alla tout seul au Département de la Guerre. Welles se rendit à celui de la Marine. La vache de Mrs. Lincoln poussa un mugissement. La chaleur était accablante, l'air infecté de moucherons.

Robert Lincoln entra dans le bureau de Nicolay au moment où celui-ci préparait son départ pour l'Ouest. Hay avait déjà quitté son réduit pour s'installer dans le bureau plus spacieux de son collègue.

— Enfin, voilà le prince ! s'exclama Nicolay.

— Où étiez-vous passé ? demanda Hay. On vous cherchait partout.

— J'ai été pris dans l'émeute. Du moins au début. Heureusement, j'avais un ami au Fifth Avenue Hotel qui a pu me conduire à la gare en voiture. J'ai pris le dernier train pour Baltimore.

Robert paraissait trente ans, songeait Hay avec une pointe d'envie. Il avait également tout l'air d'un Bostonien.

— Où sont-ils ?

— Votre père est au Département de la Guerre comme toujours, répondit Nicolay, en remettant une petite clé à Hay. La clé du coffre, ne la perds pas. Quant à votre mère, ajouta-t-il en se retournant vers Robert, elle est au Foyer du Soldat en ce moment. Elle va beaucoup mieux. L'infection est en train de disparaître.

— Tout arrive en même temps, ici.

— Comme vous voyez, on n'a pas une minute à perdre, dit Hay d'un air joyeux.

— Je n'ai jamais vu autant de monde en ville en été, dit Robert en examinant la pile de journaux posée sur la table. Il y en avait de tous les coins de l'Union, et même de Richmond.

— Vicksburg, dit Nicolay avec une certaine satisfaction. Ils sont tous

485

rentrés en ville pour se rallier au Président victorieux, tous les froussards.

Robert s'enquit ensuite de leurs connaissances mutuelles, mais Hay savait bien qu'il n'y en avait qu'une seule qui l'intéressait : la fille du magnat des grands magasins. Il respira largement, puis il dit :

— Miss Hooper va se marier dans le courant du mois.

Robert ravala sa salive, demanda des nouvelles de Mr. Watt, et apprit qu'il était à l'armée.

— Qu'est-ce qui a déclenché l'émeute ? demanda Hay.

— Qui sait ? Au début, ça paraissait organisé. Les Irlandais étaient prêts à massacrer tous les nègres. De vrais animaux !

— Qui ? Les nègres ? demanda Hay.

— Non ! Les Irlandais. Ces charognes de papistes ! Ils disent que ce sont les pauvres qui se battent pendant que les riches s'en mettent plein les poches.

— Ils n'ont pas tout à fait tort, dit Nicolay. Il n'est pas juste qu'un homme puisse en payer un autre pour aller se battre à sa place. Il est normal qu'il y ait des troubles.

— Et il y en a ! dit Robert. Ce qui se passe là-haut, c'est comme la Révolution française, avec des gens qu'on pend aux réverbères. Moi, je donnerais bien trois cents dollars pour pouvoir me battre.

— Donnez-les à votre mère, dit Hay. Elle vous laissera rejoindre l'armée tout de suite.

Hay se rendit compte qu'il avait été un peu loin, mais Robert se contenta de rire et s'en alla.

— Ce n'était pas très gentil, dit Nicolay.

— Je sais. Je suis navré, mais je n'ai pas pu m'en empêcher. Heureusement, je ne crois pas qu'il soit au courant des procédés de sa mère pour se procurer de l'argent. C'est curieux, comme il leur ressemble si peu à tous les deux.

Nicolay enleva la carte de Pennsylvanie d'où toutes les épingles avaient déjà été retirées.

— C'est plutôt un Todd.

Hay se ressouvint soudain d'une conversation qu'il avait eue avec Herndon lors de son dernier voyage à Springfield.

— Le vieil Herndon m'a dit qu'il ne croyait aucune des rumeurs selon lesquelles l'Ancien serait un bâtard, mais l'Ancien lui aurait dit que sa mère à lui — une Hanks — était la fille illégitime d'un aristocrate virginien.

— Mr. Herndon est très fort pour étouffer des rumeurs dont personne n'a jamais entendu parler, dit Nicolay qui n'avait guère de sympathie pour l'ancien associé de Lincoln.

— Je ne crois pas qu'il mente, dit Hay d'un air songeur, mais il aime spéculer. Il croit que l'Ancien sait qui est son véritable grand-père, mais qu'il ne le lui dira jamais.

— Pas si fou que ça !

— Aussi Herndon s'est-il imaginé que le mystérieux grand-père n'est autre que John C. Calhoun, le grand défenseur de l'esclavage.

— Dieu du Ciel !

— Il paraît même qu'ils se ressembleraient physiquement, toujours d'après Herndon. C'est pour ton livre ou pour le mien ?

Les deux secrétaires avaient eu, chacun de son côté, l'idée d'écrire une biographie de Lincoln. Récemment ils s'étaient demandé s'ils ne pourraient pas concerter leurs efforts en vue d'un livre commun.

Nicolay ferma son bureau :

— C'est à nous deux, John, que revient la noble tâche de révéler au monde qui était véritablement Abraham Lincoln. Cela signifie que nous sommes obligés de laisser de côté les racontars d'un Herndon.

— Mais, Nico, savons-nous vraiment qui il est ?

— Nous savons ce que nous savons, ce qui est déjà beaucoup.

— Je me le demande, dit Hay. Le Taïcoun est quelqu'un de très mystérieux, et de très secret aussi.

— C'est parce qu'il est plus malin que les autres. Rien de mystérieux à cela. Où as-tu mis la clé ?

— Là, dans mon gousset.

— Garde-la bien, et garde aussi la République.

— Jusqu'à la mort, Nico.

Hay attendait avec Lincoln dans la salle du Cabinet que Seward introduisît la délégation new-yorkaise. Lincoln était assis sur le rebord de la fenêtre et lisait Artemus Ward.

— John, écoutez ceci : « Tout homme vivant en Irlande, et n'ayant jamais habité ce pays, n'est pas astreint à la conscription, non plus que nos ancêtres. » Lincoln regarda Hay par-dessus ses lunettes en souriant. Cela sent son homme d'État, n'est-ce pas ? Puis il reprit : « La durée d'enrôlement est de trois ans, mais tout homme qui aura été enrôlé dans deux endroits peut servir six ans. Les fils d'une pauvre veuve, dont le mari habite la Californie, ne sont pas exempts ; par contre, un homme qui détient des actions dans le Vermont Central Railway, l'est. » Lincoln rejeta la tête en arrière en éclatant de rire. Hay s'émerveillait des pouvoirs de récupération du Taïcoun. Quel que fût le combustible qui fît marcher cette extraordinaire machine, rien ne pouvait l'arrêter quand elle était alimentée par le rire. « De même que les lunatiques chroniques, les conférenciers de profession, les aveugles, les personnes nées avec de fausses dents et des jambes en bois, et toutes celles ayant voté pour John Tyler. »

Lincoln et Hay riaient maintenant aux larmes, lorsque Edward ouvrit la porte et annonça d'une voix solennelle :

— Monsieur le secrétaire d'État, le sénateur Morgan, et Mr. Samuel J. Tilden de New York.

Seward avait entendu les rires ; il vit le livre d'Artemus Ward.

— Je vous l'emprunterai quand vous l'aurez fini, dit-il au Président.

— Comme remontant, on ne fait pas mieux, je vous le garantis. Le président Tyler est bien mort, n'est-ce pas ?

— Il y a eu une année en janvier, à Richmond. Il venait d'être élu au congrès rebelle. Monsieur le Président, permettez-moi de vous présenter le sénateur Morgan, que vous connaissez, et Mr. Tilden, que vous ne connaissez pas.

Lincoln serra la main des deux hommes, puis il dit à Tilden, petit homme sec d'une cinquantaine d'années :

— Vous étiez un associé de Mr. Van Buren...

— Qui est mort il y a un an ce mois-ci, intervint Seward, en s'asseyant à sa place habituelle.

— Je sais cela, gouverneur. Puis se tournant vers Tilden : Vous avez travaillé avec Mr. Van Buren ?

— Je l'ai aidé de mon mieux durant sa présidence. Je lui préparais ses dossiers.

Tilden réprima un rot. Le sénateur Morgan avait assuré à Seward que bien qu'une dyspepsie chronique eût interdit à Mr. Tilden de tenir les premiers rôles, cela ne l'empêchait pas de jouer sa partie dans les coulisses.

— Je n'ai pas soutenu Van Buren en 1848, mais je reconnais que c'était le meilleur du lot, comme du reste il l'a prouvé. Et si je me souviens bien, à un moment donné il était en faveur du vote des nègres. Quand j'ai lu cela au juge Douglas, un ardent partisan de Van Buren, j'ai cru qu'il allait avoir une attaque. « Où a-t-il dit ça ? » m'a-t-il demandé devant toute cette foule. Je lui ai montré le livre, ouvert à la page, et il a dit : « Je ne veux rien avoir à faire avec ce fichu livre ! » et de rage, il l'a jeté par terre.

Seward laissa Lincoln évoquer encore quelques souvenirs, puis il en vint à l'objet de l'entrevue :

— De mon temps, il nous fallait trois jours à l'archevêque Hughes et à moi pour mater la populace.

Seward avait tellement bombardé l'archevêque de télégrammes que Son Éminence avait été obligé de convoquer les fidèles à son domicile de Madison Avenue, où il avait à la fois grondé et calmé une foule de quelque cinq mille hommes, Irlandais pour la plupart. Depuis lors, la ville s'était tenue tranquille.

— Maintenant, le danger, monsieur le Président, dit le sénateur Morgan, ce serait de rouvrir les bureaux de conscription. Le gouverneur Seymour a fait ce qu'il a pu pour apaiser les immigrants, mais ils sont démontés. Il aimerait de vous une déclaration disant que la conscription sera suspendue au moins dans la ville.

— Je ne peux pas lui faire ce plaisir, sénateur. Je ne peux pas suspendre la conscription dans un État et la laisser dans les autres.

— Mais, monsieur, si vous essayez d'imposer la conscription, la ville va de nouveau exploser !

— Ce n'est pas moi, Mr. Tilden, qui impose la conscription, c'est le Congrès. La loi sur la conscription a été mûrement réfléchie, elle a fait l'objet de nombreux débats. Sans doute n'est-elle pas parfaite, mais la Constitution elle non plus ne l'est pas. La loi sur la conscription a été votée presque à l'unanimité. C'est la loi, je suis chargé de la faire appliquer. (Seward crut alors que Lincoln allait assouplir son argumentation ; au contraire, il la durcit.) Ce sont dix mille fantassins qui sont en route pour New York. Ainsi que plusieurs batteries d'artillerie.

— Vous voulez mettre la ville sous la loi martiale ? demanda Tilden.

— L'Union tout entière, Mr. Tilden, est d'une certaine manière sous la loi martiale, puisque nous sommes en guerre. Je sais bien que vous, le gouverneur Seymour et quelques autres, vous pensez que nous avons jeté la Constitution au panier, alors que tous nos efforts, au contraire, ne tendent qu'à la sauver, et avec elle la nation. Puis, sur une note plus conciliante pour terminer : Dites au gouverneur que je continuerai avec la conscription, tout en prenant les moyens nécessaires pour éviter que ne se reproduisent des troubles.

— Ceci doit-il être interprété comme permettant une certaine souplesse dans la manière de procéder à la conscription ?

— Je n'ai rien dit de tel. Cela dit, je ne suis pas responsable de toutes les interprétations qu'on donne à mes paroles.

— Je comprends bien, dit Tilden en hochant la tête.

Mais le sénateur Morgan n'avait pas tout à fait saisi :

— Que dirons-nous lorsque les démagogues s'élèveront contre l'exemption de trois cents dollars ? « Le sang du pauvre contre l'argent du riche », voilà déjà ce qu'ils disent. Vous savez qu'il y a un fort sentiment communiste dans la ville, tout cela ne va servir qu'à l'exacerber.

— Pour avoir une armée, il faut d'abord avoir des hommes, expliqua Lincoln. L'idéal, bien sûr, c'est qu'ils soient volontaires. Sinon, il faut bien une conscription. C'est pareil dans tous les autres pays — que ce soient des monarchies ou des républiques. L'exemption n'est pas une mauvaise chose. Elle apporte de l'argent au Trésor et contribue à l'effort de guerre.

Le sénateur Morgan n'était toujours pas convaincu.

— Pourquoi n'attendez-vous pas que la Cour suprême ait déterminé si la loi sur la conscription est constitutionnelle ou non ?

— Parce que je n'ai pas le temps, sénateur. La guerre devient chaque jour plus meurtrière. Les rebelles enrôlent maintenant des enfants, qu'ils envoient ensuite se faire massacrer comme du bétail. Sommes-nous, nous, dégénérés au point de ne pas pouvoir, forts de notre plus grand nombre, lever une armée adéquate au moyen d'une conscription légale ?

— Vous refusez donc, monsieur, d'attendre que la Cour suprême ait statué ?

Seward regarda Lincoln, qui, sans raison apparente, se mit à sourire.

— Monsieur, je n'ai à attendre personne. Le temps des délibérations est passé. Si cela ne vous est pas agréable, nous verrons bien qui sera le plus fort.

Seward sentit un frisson lui parcourir tout le corps. Il goûta néanmoins l'ironie de la situation. Pendant près de trois ans, des millions de voix, y compris la sienne, avaient réclamé un Cromwell, un dictateur, un despote. Et pendant tout ce temps, personne ne se doutait qu'il y avait à la Maison-Blanche un dictateur habité par une idée fixe, un Lord protecteur de l'Union, par la seule volonté de qui la guerre avait été poursuivie. Pour la première fois, Seward comprit la nature du génie politique de Lincoln. Il avait réussi à se rendre dictateur absolu sans laisser voir à personne qu'il était autre chose qu'un rustre mal dégrossi, un clown emprunté, sujet à des crises d'humilité lorsqu'il était en présence de tous les coqs de la politique et de l'armée venus parader devant lui.

Les deux New-Yorkais semblèrent eux aussi avoir quelque idée de l'homme qu'ils avaient devant eux. Le sénateur Morgan garda le silence, tandis que Mr. Tilden émettait de petits rots. Le Président lut alors une page ou deux d'Artemus Ward pour détendre l'atmosphère.

Comme l'entrevue se terminait, Tilden leva les yeux sur Lincoln en disant :

— Mr. Van Buren avait le plus grand respect pour votre ténacité et votre jugement général sur la guerre.

— Mon jugement général n'a pas toujours été très heureux, mais pour ce qui est de la ténacité, je n'en ai pas manqué, en effet. Je suis heureux que Mr. Van Buren l'ait appréciée.

— Il a été aussi fort amusé par un adjectif dont vous vous êtes servi une fois pour décrire sa présidence.

— Ah oui, et lequel ?

— L'adjectif « monarchique », monsieur le Président. Cela l'agaçait un peu, venant de vous. En réalité, vers la fin, Mr. Van Buren estimait que sur ce point vous étiez bien parti pour le surpasser.

Lincoln partit d'un rire franc qui découvrit toutes ses dents.

— Si je suis monarchique, ce sont les circonstances qui ont mis la couronne sur ma tête. Mais rassurez-vous, une fois la guerre gagnée, je perdrai assez vite ma couronne, et sans doute aussi ma tête. A vrai dire, je commence à en avoir un peu assez de toutes les deux.

Comment un souverain dépose-t-il sa couronne ? se demandait Seward en descendant le grand escalier entre le sénateur Morgan à sa gauche, et Mr. Tilden à sa droite.

— Somme toute, Mr. Lincoln a l'air d'un homme de bonne volonté, dit Tilden.

— Ah, ça, Mr. Tilden, vous pouvez le dire ! Mr. Lincoln ne manque pas de volonté. En fait, sa volonté, c'est même la seule chose que nous ayons ici !

TROISIÈME PARTIE

I

Par un après-midi gris et froid d'octobre, David se présenta à l'entrée des artistes du théâtre Grover. Il avait dit à Mr. Thompson qu'il souffrait de la petite vérole, qui sévissait maintenant à la périphérie de la ville, principalement dans les quartiers nègres, et du côté du chantier naval. En réalité, David était en excellente santé, il avait seulement décidé de prendre un mois de vacances et de dépenser à sa fantaisie les quelques économies qu'il avait faites. Il avait quitté sa charcutière et habitait de nouveau à la maison, devenue plus calme depuis que deux (ou trois ?) de ses sœurs s'étaient mariées. Il fréquentait toujours Marble Alley où ses services étaient payés en espèces. Il travaillait aussi de temps en temps au théâtre de Mr. Ford, ainsi que dans le nouvel établissement de Mr. Grover, construit sur les ruines du vieux National Theater dans E Street, entre la Troisième et la Quatrième Rue. Mr. Grover était un homme agréable, bien que yankee et originaire de New York. Il connaissait David de vue, contrairement à Mr. Ford, un homme du Maryland.

L'entrée des artistes était située dans une étroite ruelle derrière E Street. Les décors pour la pièce du lendemain n'avaient pas encore été descendus. E.L. Davenport et J.W. Wallack, deux acteurs que David admirait, étaient embarqués dans une saison dont le clou devait être une soirée de bienfaisance donnée par la célèbre Miss Cushman, une tragédienne que David détestait, et qui descendait chez Mr. Seward chaque fois qu'elle venait à Washington. Si elle avait été moins laide et qu'il eût été moins vieux, on aurait sans doute jasé. Les choses étant ce qu'elles étaient, nul ne s'en souciait.

Sur le plateau, on s'affairait à monter le décor. Les panneaux peints indiquaient une production à la fois coûteuse et exotique. Les lampes à pétrole éclairant le fond du théâtre révélaient un fouillis de cordes, de passerelles, de meubles et d'accessoires en tous genres. La salle n'était éclairée au gaz que durant les représentations.

Comme le rideau était levé, David put apercevoir l'intérieur de la salle toute redécorée à la lumière diffuse venant des coulisses. Il y avait surtout cette odeur de théâtre si caractéristique, faite de colle, de sciure de bois et de peinture fraîche à laquelle viendraient s'ajouter plus tard le parfum entêtant des actrices et l'odeur âcre de la lumière oxhydrique.

A sa surprise, David se trouva travailler avec Edward Spangler, l'un des machinistes attitrés de Mr. Ford.

— Comme les gars avaient besoin d'un coup de main, Mr. Ford a fait appel à moi.

Spangler avait l'accent traînant des gens du Maryland, et le teint rosé par la boisson, mais il était serviable et bon ouvrier.

David l'aida à dresser un arbre avec des feuilles en papier vertes collées contre un frêle treillis en bois.

— Qu'est-ce qu'on joue ? demanda David, qui ne lisait presque jamais les journaux et qui n'avait pas mis les pieds dans un théâtre depuis une semaine.

— *The Pearl of Savoy,* première fois qu'on donne ça. Neuf changements de scène, et un cheval sur le plateau. Mais je ne crois pas que Mr. Grover leur donne l'autorisation après ce qui est arrivé la semaine dernière.

— Qu'est-ce qui est arrivé ?

— Mais ce qui arrive toujours quand on fait monter un cheval sur un plateau.

David eut un petit rire entendu.

— Je sais. J'ai vu ça quand Forrest est venu jouer Shakespeare ici.

— Justement, ils ne tiennent pas à ce que ça se reproduise ce soir. Alors l'héroïne dira simplement : « Il me semble apercevoir un cheval blanc dans la lumière dorée du crépuscule » ou quelque chose dans ce goût-là. Tu devrais voir celle de ce soir, dit Spangler avec un sifflement admiratif.

— Qui est-ce ?

— Ça, David, je ne sais pas. Je ne sais jamais leurs noms. Elles me plaisent ou elles me plaisent pas, un point c'est tout. Tu voudrais travailler chez Ford ?

David hocha la tête :

— J'ai pris quelques jours de congé. Thompson me croit malade. En fait, il n'a pas tort. Malade, je le suis, mais c'est de sa pharmacie !

— N'abandonne jamais ton emploi, dit Spangler, au grand déplaisir de David.

Apparemment tout le monde avait l'air de penser qu'il n'y a pas de sort plus enviable que d'être commis de pharmacie toute sa vie. Au moins, ses amis sécessionnistes savaient-ils qu'il avait une autre vie, tandis que Spangler, bien que sécessionniste lui-même, ne savait rien de ses courses nocturnes, du colonel, de Mr. Henderson et de Surrattsville. Il pensait tout simplement que David Herold avait un bon emploi, à la mesure de ses capacités, et qu'il devrait le garder.

— Qu'est-ce qu'il y a au Ford? demanda David pour changer de sujet.

— Le fils du vieux Brutus va jouer pendant deux semaines à partir du 1er novembre. J'aimais bien son père. C'est moi qui lui ai construit presque toute sa maison, près de Baltimore, à Cockeysville, quand Johnny était un gosse.

— C'est vrai qu'il est la plus jeune vedette du monde? demanda David, tandis qu'il aidait Spangler à transporter ce qui ressemblait à un mur couvert de mousse sur le côté droit de la scène.

— Mais, David, comment veux-tu que je sache? Pourquoi me poses-tu cette question?

— C'est ce que disait l'affiche quand il a joué ici au printemps dernier. Je l'ai vu dans *Richard III*, mais avec le faux nez et le maquillage, on ne pouvait pas savoir.

— C'est une vedette, c'est sûr, mais pas comme l'était son père. Le vieux Junius était le plus grand acteur que j'aie jamais vu et aussi le plus fou, alors que le jeune Junius est le directeur de troupe le plus grippe-sou que j'aie jamais connu. Edwin est le véritable acteur de la famille, et Johnny, c'est Johnny. Je crois qu'il doit avoir vingt-trois ou vingt-quatre ans maintenant.

David sentit brusquement son cœur se serrer, comme chaque fois qu'il pensait à ce qu'il aurait pu devenir, surtout quand il songeait aux acteurs — ils étaient jeunes et beaux —, parce que non seulement ils travaillaient avec des actrices, mais que toutes les filles leur couraient après. En avril, au théâtre Grover, John Wilkes Booth avait remporté un triomphe. Pendant des semaines les jeunes filles ne parlaient que de lui, et sa photo était aux devantures de tous les magasins.

Mais Spangler préférait parler du vieux Booth.

— Je n'ai jamais connu quelqu'un comme lui, ni à la scène ni ailleurs. C'était un Anglais venu s'installer ici, près de Baltimore, il y a une quarantaine d'années. Il avait dix enfants, et il n'a jamais tué de sa vie un seul être vivant.

Spangler fouilla dans sa poche arrière et en retira une flasque de whisky. David en but une gorgée par politesse, et cela suffit à lui brûler la gorge. Spangler, lui, en but une bonne rasade. C'était un gros buveur, mais il n'était jamais ivre au travail.

— Le vieux Brutus avait toutes sortes d'animaux dans sa ferme, mais il n'a jamais tué un seul poulet. Une fois qu'il était en tournée dans l'Ouest, il a trouvé un tas d'oiseaux morts dans un champ. Eh bien, il a engagé un fossoyeur pour leur creuser une tombe, et il a fait venir un pasteur pour célébrer un service funèbre.

— Il était fou, ou quoi?

Spangler fronça les sourcils, puis il poussa David de côté pour éviter qu'une immense porte ne leur tombe dessus. David regarda autour de lui pour voir si les principaux acteurs étaient arrivés. Mais pour le moment, seuls les seconds rôles étaient présents ; ils étaient dans les coulisses en train de se maquiller.

Comme ils installaient une fontaine à l'italienne, Spangler reprit :

— Fou ? Il l'était par moments. Mais c'était surtout une belle âme. Il croyait à ce vieux philosophe grec, Pythagore, je crois, qui disait qu'il ne faut pas tuer d'êtres vivants, de peur qu'ensuite ils ne viennent vous hanter. Par contre, quand il était ivre...

Spangler eut un petit rire.

— Est-ce qu'il n'y avait pas une pièce où il faisait le mort pendant longtemps sur la scène ? dit David, et puis il se levait d'un seul bond en disant au public : « Comment avez-vous trouvé ça ? »

— C'était dans *Othello,* dit Spangler en hochant la tête. Parfois aussi, il courait, l'épée à la main, après l'autre acteur, comme s'il voulait vraiment le tuer ; et ils devaient se mettre à plusieurs pour le maîtriser.

— Je croyais que vous disiez qu'il ne tuait jamais personne.

— C'était quand il était sobre. Mais quand il était ivre, il pouvait être terrible. Une fois, ils ont dû l'enfermer dans sa loge. Mais il avait un ami, qui s'était posté derrière la porte, et avec l'aide d'un chalumeau, passé à travers le trou de la serrure, il arrivait tout de même à boire.

— Était-il aussi bon acteur que son fils Edwin ?

— Il était surtout beaucoup plus étrange. Un jour, il se lia d'amitié pour ce voleur de chevaux de Lexington, dans le Kentucky. Mais il n'a pas pu le sauver. Aussi, après que l'homme eut été pendu, le vieux Junius s'est emparé du cadavre qu'il a enterré chrétiennement, après avoir d'abord détaché la tête, qu'il fit cuire et dont il garda le crâne. Depuis lors c'était toujours avec ce crâne qu'il jouait *Hamlet.*

— C'est vraiment macabre, dit David en frissonnant de plaisir.

— Ce qui est plus macabre encore, c'est qu'Edwin, lui aussi, joue *Hamlet* avec ce même crâne.

Au foyer du théâtre Grover, toute la bonne société de Washington semblait s'être réunie. Cette saison-là, la mode était aux couleurs foncées pour les femmes : un noir très soutenu pour les veuves qui avaient quitté le grand deuil, mais qui n'osaient pas encore montrer leur joie, du bourgogne et vert pour les autres. Hay avait été agréablement surpris lorsque Kate Chase (Mrs. Sprague dans moins de deux semaines) lui avait proposé de l'emmener au théâtre et ensuite souper chez Harvey.

— J'enterre ma vie de garçon, lui avait-elle dit de manière quelque peu surprenante. Mais après tout, comme Hay l'avait confié à Nicolay dans un moment d'exubérance : n'était-elle pas le fils de son père ?

Hay et Kate se tenaient contre le mur, sous une copie du célèbre tableau représentant Mrs. Siddons. Les gens venaient vers Kate lui présenter leurs compliments. Hay aussi recevait beaucoup d'attentions de la part d'hommes qui avaient deux ou trois fois son âge. Somme toute, il était assez plaisant d'être le second secrétaire d'un Président en temps de guerre quand tout le monde dans le pays avait quelque chose à demander au gouvernement. Les flots de monnaie verte que Chase avait répandus dans le monde revenaient maintenant à Washington où de vieux messieurs à l'air respectable, à la barbe et aux cheveux gris, s'étaient réunis pour ramasser avec leurs pelles et leurs seaux la plus grande quantité possible de cette mer de papier vert. Simon Cameron, le premier Lord de la corruption en personne, s'approcha d'eux :

— Ah, miss Kate, quelle union !

— Vous trouvez ? Avec onze États en moins... lui dit-elle en lui lançant un regard malicieux.

— Vous savez bien de quelle union je veux parler. Le gouverneur Sprague a bien de la chance.

— Vous ne serez pas à la réception ?

Depuis que Kate était devenue conseiller politique à plein temps, les invités aux réceptions des Chase étaient triés sur le volet. Seul du camp ennemi, Hay était invité régulièrement. Kate aimait le taquiner, et lui aussi. Elle aimait surtout le taquiner au sujet du Président ; mais il ne lui disait jamais rien d'important. Parfois, néanmoins, il s'amusait à glisser un renseignement erroné afin de mystifier le clan Chase, lequel était maintenant dirigé par un certain Pomeroy, homme corrompu et sénateur du Kansas ; et, bien sûr, par les frères Cooke et le sénateur Sprague.

— Je ne suis venu que pour célébrer vos noces, murmura Cameron de sa voix mielleuse.

— Comme vous êtes bon ! dit Kate en le regardant droit dans les yeux.

— Quelles nouvelles de l'Ouest ? demanda Cameron en se tournant vers Hay.

— Je n'y ai été que deux semaines, répondit Hay.

Il avait été envoyé dans l'Ohio et dans l'Illinois par le Président pour préparer les élections aux États. Le gouvernement n'avait pas répété l'erreur des élections désastreuses de novembre dernier. Les régiments appartenant aux États indécis avaient été renvoyés chez eux en permission pour voter. Quand le général Grant avait refusé de laisser partir ses quarante mille hommes de l'Ohio, Stanton s'était arrangé pour les faire voter en campagne, ce qui ne s'était jamais vu. Et, bien entendu, les quarante mille avaient voté à l'unanimité pour le parti républicain, et l'État de l'Ohio était redevenu républicain. A l'exception du New Jersey, tous les États étaient maintenant républicains. Mais le Congrès, reflétant l'élection de l'année précédente, avait toujours une forte opposition démocrate.

— Je suis content, Mr. Hay, que le Président ait suivi mon conseil et qu'il ait renvoyé les troupes chez elles pour voter. Sans quoi nous aurions perdu le gouverneur Curtin chez nous. Non que c'eût été une grande perte, dit Cameron avant de disparaître dans la foule.

Le général Dan Sickles, s'appuyant sur des béquilles, vint à son tour présenter ses compliments à Kate. Dernièrement, lui et Hay étaient devenus très amis. Sickles prenait plaisir à parader dans son rôle de héros de Gettysburg.

— Je ne pourrai peut-être pas danser à votre mariage, miss Kate, mais je pourrai toujours battre la mesure.

— Et moi, général, je vous applaudirai, et je vous tresserai une couronne de lauriers.

— C'est étonnant, dit Hay, tandis que Sickles s'éloignait, le changement survenu dans son caractère depuis qu'il a perdu cette jambe. C'est comme si sa blessure avait lavé tout le scandale et qu'il renaissait un héros.

— Mais il a toujours été un héros. Un homme qui tue l'amant de sa femme est pour moi un héros.

Kate dissimula la partie inférieure de son visage derrière son éventail si bien que Hay ne put voir si elle parlait sérieusement ou non.

— Mais tout le monde prétend que Mr. Key n'était pas son amant.

— Qu'importe ! C'est l'idée qui m'excite !

Ils furent ensuite rejoints sinon par un couple d'amants, du moins par un jeune homme et par une jeune femme qui était visiblement éprise de son compagnon. La jeune femme n'était pas très jolie : elle était rondelette, avait un double menton, rougissait facilement, et faisait plus âgée que son âge. Elle avait néanmoins un mérite : celui d'être la fille du sénateur Hale. Le jeune homme n'était autre que John Wilkes Booth. Kate et Hay l'avaient vu tous les deux au printemps dans *Richard III*, où son père et ses deux frères s'étaient distingués avant lui. Tout le monde le trouvait bien présomptueux de vouloir se comparer à de tels acteurs, mais les vrais amateurs de théâtre estimaient qu'il n'y avait pas de rivalité possible, car il n'avait pas leur classe. Ce qui n'avait pas empêché le théâtre de faire salle pleine tous les soirs. Son nom et sa beauté faisaient de lui, sinon l'étoile la plus jeune du monde, du moins un acteur extrêmement populaire.

— Oh, Katie ! s'écria Bessie le visage tout rouge d'excitation. De toutes les filles de Washington, c'était elle qui avait réussi à capturer le beau jeune homme. Tu connais Mr. Booth, n'est-ce pas ? Nous l'avons vu ensemble ici même. Tu t'en souviens ?

— Comment pourrais-je oublier le plus bel homme d'Amérique ?

Booth s'inclina devant Kate et lui baisa la main. Il était incontestablement très beau, se disait Hay avec une pointe de jalousie. Il avait les cheveux noirs et bouclés, qu'il portait à la manière de Lord Byron. La peau était pâle et lisse, les moustaches noires et soyeuses, les yeux couleur miel. Le front semblait sculpté dans de l'ivoire. Il avait de grandes mains musclées pour un homme de sa taille. Il est vrai qu'il avait des muscles d'athlète, comme tous ceux qui l'avaient vu dans *Richard III* pouvaient en témoigner. Hay n'avait jamais autant détesté quelqu'un à première vue. Mais Booth était un séducteur, et Hay finit peu à peu par succomber à son charme. Il parla de la pièce qu'ils allaient voir, *The Pearl of Savoy*.

— Bien jouée, elle peut être intéressante. Il y a quelques bons passages. Je l'ai vue à Richmond quand je jouais là-bas.

— Richmond ? dit Kate en ouvrant de grands yeux. Vous jouez dans la capitale ennemie ?

Booth avait les dents blanches et régulières. N'était-il donc que perfection ? se demanda Hay.

— C'était deux ans avant la guerre. Je n'avais que dix-neuf ans...

— Et déjà la plus jeune étoile ?...

— J'étais jeune, en effet, et j'avais le premier rôle. Mais c'est Mr. Grover qui a eu l'idée de cette publicité. C'est sa trouvaille. Cela dit, j'ai bien aimé Richmond, sans doute parce que le public m'aimait bien. Ce n'est pas comme à New York où tout le monde me compare à mon père et à mes frères, et bien sûr à mon désavantage. On trouve que je remue trop, que mon jeu manque de raffinement. On voudrait sans doute que j'attende que mes frères aient pris leur retraite pour commencer à jouer. En tout cas, miss Chase, Miss Hale ne m'avait pas menti, vous êtes bien la plus belle femme de Washington.

— N'est-ce pas qu'ils forment le plus beau couple qu'on puisse voir ? murmura Bessie. Katie et...

— Moi ? demanda ingénument Hay.

— Non, Mr. Booth. Non pas, ajouta la jeune fille, dont le père était hostile à Lincoln, que Mr. Hay n'ait pas son charme à lui, un charme très...

— Très sain, compléta Kate.

— Peut-être que Mr. Barnum devrait vous prendre tous les deux dans son cirque, suggéra Hay. Vous vous tiendriez côte à côte sur l'estrade, comme deux statues, et tout le monde viendrait vous adorer.

— Vous croyez vraiment ? demanda Kate.

— Mais bien sûr ! dit Bessie, sans la moindre trace de jalousie.

— Et ils paieraient pour nous voir ? demanda Kate.

— Mr. Barnum peut faire payer n'importe qui pour voir n'importe quoi, dit Hay, en remarquant pour la première fois que la perfection physique de Booth était entachée d'un petit défaut : il avait ses initiales tatouées à l'encre au dos d'une de ses mains.

— C'est une merveilleuse idée, miss Chase, dit Booth, dont les yeux s'illuminèrent brusquement. Nous apparaîtrions tout en blanc comme des divinités grecques.

— En marbre ou en plâtre ? demanda Hay.

— Voyons, Mr. Hay, comme des nuages venus de l'Olympe.

Hay et Kate prirent place dans la prétendue loge présidentielle, qui était également occupée par Lord Lyons et des membres de son ambassade. Lyons se montra extrêmement déférent envers Kate, lui offrant le fauteuil à bascule présidentiel avec la meilleure vue, ce qui était beaucoup dire. En effet, afin de ne pas paraître trop monarchiques, Grover et Ford avaient construit dans chacun de leur théâtre, à droite et à gauche de la scène, de grandes loges qui au besoin pouvaient être divisées en deux. Ces loges étaient disposées de telle sorte que leurs occupants ne pouvaient être vus du public — mais seulement des acteurs — mais elles offraient une vue assez médiocre de la scène. Depuis qu'avait pris fin le deuil de Madame, les Lincoln s'étaient remis à fréquenter le théâtre. Madame préférait l'opéra, le Taïcoun Shakespeare et la farce. Il y allait parfois tout seul ou accompagné de Hay, tandis que Madame allait avec des amis écouter des opéras italiens ou des opérettes allemandes. Le plus souvent, il attendait au dernier moment pour demander à Hay de voir si par hasard Grover ou Ford ne l'autoriseraient pas à entrer incognito dans leur théâtre. Le Président attendait dans une petite ruelle que le rideau fût levé pour se glisser subrepticement dans une loge, escorté d'un policier. La plupart du temps c'était Lamon.

— Qu'est-ce que le plus bel homme d'Amérique peut bien trouver à une fille comme Bessie Hale ? demanda Kate quand l'orchestre eut attaqué l'ouverture.

— De l'adoration.

— Oh, ça ! Je croyais qu'il en était saturé.

— A moins que ce ne soit son esprit.

— J'avoue que c'est mystérieux, dit Kate en imprimant une brusque secousse en avant au fauteuil à bascule présidentiel.

Lord Lyons crut qu'elle s'adressait à lui.

— Qu'y a-t-il de mystérieux, miss Chase ? demanda Sa Seigneurie, avec son habituel petit sourire au coin des lèvres.

— La beauté masculine et son effet sur les femmes — et sur d'autres, dit Kate en donnant un léger coup de coude à Hay.

— Vous faites sans doute allusion à ma propre beauté et à son effet universel. Personnellement elle me pèse, mais en tant que diplomate elle a son utilité. J'éblouis pour le compte de mon pays.

Le nouveau rideau du Grover avec sa peinture représentant un buste de Shakespeare s'était levé ; les lumières s'étaient obscurcies. Hay suivit attentivement la pièce qui était romantique à l'extrême et même mélodramatique. Durant une scène de séparation entre les amants, il entendit sangloter à côté de lui. Il se retourna et vit, dans la demi-lumière venant de la scène, Kate un mouchoir sur la bouche essayant de refouler ses sanglots. Elle vit qu'il la regardait et secoua la tête pour lui signifier de détourner les yeux, ce qu'il fit.

Plus tard, quand ils se retrouvèrent sous les grands ventilateurs immobiles de chez Harvey, Kate ne fit aucune allusion à ses larmes ; Hay non plus. Ils étaient assis à une table d'angle, et dégustaient une soupe aux huîtres. « Les premières huîtres du Rappahannock depuis deux ans », dit le garçon en leur en servant une pleine louchée dans d'épais bols de porcelaine. Autour d'eux, les garçons allaient et venaient sur le parterre de marbre à damiers noir et blanc, en claquant des talons comme les danseurs espagnols de Mr. Barnum. A la table en face d'eux, le général Sickles festoyait en joyeuse compagnie. Bien qu'étant un établissement des plus respectables, il y avait chez Harvey des cabinets particuliers, où Hay avait une fois emmené Azadia.

— Et après... où irez-vous ? demanda Hay.

— Nous irons à Providence voir... Fanny. Ma future belle-mère est quelqu'un d'extrêmement énergique.

— Je sais. Je la voyais autrefois quand j'étais à Brown. C'est un dragon.

— Ensuite nous irons dans l'Ohio. Mon père tient à me présenter à tout le monde. Savez-vous que là-bas ils m'ont surnommée « Kate la mégère ». Je me demande pourquoi. Vous trouvez que j'ai l'air d'une mégère ?

— Pas vraiment. Ils sont peut-être jaloux de vous.

— Et en quoi, grands dieux ! s'écria Kate en reposant violemment sa cuiller sur la table. Moi qui suis si simple, si naturelle, si effacée...

— Si quelconque...

— Parfaitement. D'ailleurs le général Garfield trouve mon nez trop épaté.

— Il vous l'a dit ?

— Non, mais il l'a dit à sa femme, qui l'a redit à tout le monde.

— C'est un mufle.

— Dites-le-lui.

— Je le lui dirai. Un mufle et un lâche, car il a peur de vous.

— Personne n'a peur de moi. Je le voudrais bien.

— Moi, j'ai peur de vous.

— Oh, vous ! Quand est-ce que vous allez vous marier ?

— Je suis encore trop jeune...

— Vous grandirez.

— Si vous m'aviez attendu, je vous aurais épousée.

Hay avait peine à croire à ce qu'il venait de dire.

— Le temps a toujours été contre nous, dit Kate. Tout va trop vite. C'est pour tous pareil. Chacun marche vers le but qui lui est assigné...

Whitelaw Reid, le correspondant à Washington de la *Gazette de Cincinnati*, s'arrêta à leur table. Kate adressa son plus éblouissant sourire à celui qui était l'ami et le partisan de son père, tandis que Hay se contenta d'un clin d'œil. Les deux jeunes gens, bien que de camps opposés, avaient plaisir à se voir. Après les compliments d'usage, Reid demanda à Hay si Frank Blair Junior reviendrait ou non au Congrès.

L'affaire Blair, comme on disait à la Maison-Blanche, avait pris depuis quelque temps le caractère d'une impasse. Frank Blair Junior avait refusé d'abandonner son siège au Congrès ; et il avait également refusé d'abandonner son commandement dans l'armée où il servait avec distinction sous les ordres de Sherman dans l'Ouest. Comme il ne voulait renoncer ni à son siège ni à son grade, il fallait que ce fût le Président ou le Congrès qui décidât pour lui.

— Je n'en ai aucune idée, dit Hay, qui savait que le Président avait déjà pris sa décision. Blair retournerait au Congrès où il travaillerait pour le gouvernement. Il briguerait la place de Speaker. S'il était élu, il démissionnerait de l'armée et resterait au Congrès. Dans le cas contraire, il rejoindrait Sherman et Grant qui l'avaient en estime : le seul général politicien « qui valût un clou », disait de lui Sherman.

— Il provoque en tout cas pas mal de remous, dit Reid en souriant à Kate. Son discours de Saint Louis...

— Est une abomination, s'écria Kate. Attaquer mon père pour une histoire de permis de commerce avec l'ennemi, alors qu'il ne fait rien, mais absolument rien, pour le gouverneur Sprague, qui en aurait un besoin urgent. Oh, ce Mr. Blair, j'aimerais le voir pendu au bout d'une corde !

Hay regarda Kate et vit qu'elle parlait sérieusement. Reid le comprit également et s'excusa. Kate se tourna vers Hay :

— Ils ne valent pas mieux que des rebelles, dans cette famille. Comment Mr. Lincoln peut les supporter, cela me dépasse !

— Ce sont des modérés, tout comme lui.

— Je croyais que Mr. Stanton avait relevé Mr. Blair et...

Kate s'interrompit soudain : elle n'était pas censée être au courant d'une curieuse conversation entre le Président et le secrétaire à la Guerre. Après le discours de Saint Louis, Stanton avait relevé Blair de son commandemant. Mais Lincoln avait ensuite donné l'ordre à Stanton de le réintégrer. Tout cela avait causé pas mal de confusion et d'embarras. Hay et Nicolay en avaient déduit que Stanton travaillait maintenant secrètement pour le compte de Chase. Quoi qu'il ait pu en penser, Lincoln n'en avait rien dit. Mais il avait été en colère contre Stanton. Les Blair, inutile de dire, étaient fous de rage. Ils avaient juré qu'ils auraient la peau de Chase, de Stanton et de tous leurs ennemis. « S'ils y réussissent, avait dit Hay à Nicolay, l'Amérique du Nord retournera à son état de forêt primitive. »

— Il y a eu un léger malentendu, dit Hay. Pour le moment le général Blair est toujours général et toujours congressman. Il siégera au Congrès cet hiver avec les autres.

— Mon père est un saint, dit Kate, en refusant de reprendre de la soupe. Il pardonne à ses ennemis.

— Vous, pas ?

— Non, pas moi.

— Mais vous n'avez pas d'ennemis.

— Oh, si, dit Kate avec un sourire radieux. Je *vis* pour mes ennemis.

Tandis qu'ils terminaient leur soupe d'huîtres du Rappahannock, David attaquait plus modestement son plat d'huîtres frites du Chesapeake. Il n'en croyait pas sa chance. Après le théâtre, il s'était rendu avec Spangler chez Scala. Et là, tout en buvant un verre de bière assis avec Spangler au bout d'une longue table, à observer dîner les acteurs, est-ce qu'il ne voit pas Wilkes Booth entrer dans le restaurant au bras d'une jolie blonde.

— Ce n'est pas la fille avec laquelle il était au théâtre.

Durant le spectacle, il avait repéré Booth parmi l'assistance.

— Un type comme ça, ça change de fille comme de chemise, dit Spangler avec un sourire découvrant ses dents cassées. Je n'ai jamais vu un garçon comme lui pour ce qui est des filles. Elles n'arrêtent pas de lui tourner autour. C'était déjà comme ça quand il était gamin. Il a toujours eu des filles autour de lui. Il n'avait qu'à choisir.

David regarda fixement Booth et la fille qui l'accompagnait, et il se demanda ce qu'il serait devenu si c'était lui et non pas Wilkes qui avait été le fils de Brutus. Il n'aurait certainement pas eu à travailler comme machiniste ou garçon de pharmacie. Il aurait été acteur lui aussi. Il continuait de fixer le jeune homme, lorsqu'il s'avisa soudain qu'il y avait une ressemblance physique entre Booth et lui. Ils avaient tous les deux des cheveux noirs et bouclés, et des yeux pâles. Et sans ses deux dents de devant qui avançaient et son teint rougeaud contrastant avec la pâleur ivoirine du jeune comédien, ils auraient très bien pu être jumeaux. Ou sinon jumeaux, du moins frères.

— Il est des nôtres, c'est un sécessionniste, dit Spangler, lui-même partisan (mais passif) de la Confédération.

— Alors pourquoi ne se bat-il pas ?

Booth répondit lui-même à cette question chez Sullivan, plus tard dans la soirée. En sortant de chez Skippy, Booth s'était arrêté à la table de Spangler, qu'il salua chaleureusement. « C'est lui qui m'a servi de nounou quand nous habitions le Maryland », dit-il en présentant Spangler à la jeune femme, qui se contenta de sourire sans rien dire. Spangler les invita à prendre un verre, mais Booth s'excusa en disant qu'il devait raccompagner Miss Turner chez elle, mais qu'il les rejoindrait plus tard. David, mentionna Sullivan, et Booth eut l'air de comprendre.

Ils s'assirent au fond de la salle, à moitié vide à cette heure. Sullivan avait reconnu Booth.

— Un grand honneur, monsieur. Vous désirez être tranquilles. Je comprends.

Sullivan indiqua un groupe de Yankees au bar. Son sourire était joyeux, mais il lança à David un regard d'avertissement.

Spangler, Booth et David s'assirent à une table entourée d'une cloison sur trois côtés. Booth commanda une bouteille de cognac et trois verres. David n'avait jamais vu quelqu'un boire autant que l'acteur et tenir aussi bien la boisson. David but modérément, tandis que Spangler s'enivrait.

— J'ai promis à ma mère de ne pas me battre, dit Booth, en fixant sur David des yeux légèrement injectés. Et vous, pourquoi ne vous battez-vous pas ?

— Ils ont besoin de moi ici. A la pharmacie Thompson. Vous comprenez, c'est moi qui fais les courses. Comme ça, je peux entrer à la Maison-Blanche et au Département de la Guerre, et chez Mr. Seward, et chez le général McClellan quand il était ici. Je découvre des choses pour le colonel.

— Vous connaissez le colonel ? demanda Booth en baissant la voix.

— Non, monsieur. Mais nous communiquons quand c'est important.

— Je ne le connais pas, dit Booth. J'aimerais bien le connaître. Il me semble parfois que je sais qui c'est. Le Canada.

— Le Canada ?

— C'est là où nous avons certains de nos meilleurs hommes. Ils recueillent des informations. Ils sont en contact avec la France et l'Angleterre, et nos amis de New York.

Spangler s'amusait à glisser l'ongle de son pouce dans l'une des rainures de la table :

— David est aussi courrier de nuit. Raconte-nous un peu tes équipées.

David rougit. Il s'était parfois vanté de courses dangereuses à travers les lignes ennemies jusqu'à Richmond. En réalité, il n'avait jamais dépassé Fredericksburg. Mais il n'allait pas avouer devant Booth qu'il avait menti à Spangler. Aussi il ferma à demi les yeux et dit d'un air mystérieux :

— Oh, nous ne sommes pas supposés parler de nos courses. De toute façon, je ne fais pas ça souvent.

— Quelle route prenez-vous ?

— Cela dépend, monsieur. En général, je traverse le Maryland à... Surrattsville.

Booth hocha la tête.

— On m'a parlé d'une certaine famille Surratt. Je connais pas mal de gens dans cette partie du pays, et je connais aussi certaines routes. Pas toutes, bien sûr.

— J'étais à Surrattsville à Pâques.

C'était la vérité : Annie avait invité David à passer les vacances avec sa famille. La maison des Surratt contenait non seulement des chambres à louer et un bar, mais également un bureau de poste, où John travaillait — du moins jusqu'au 15 novembre où il devait être remplacé. En ce moment il était à Washington occupé à chercher du travail. Plusieurs musiciens de la fanfare de la Marine avaient aussi passé Pâques chez les Surratt. C'étaient tous d'ardents sécessionnistes.

David commença de narrer l'une des courses de John les plus dangereuses, en ajoutant librement des détails. A mesure qu'il parlait, Booth l'écoutait avec une attention accrue, tout en buvant de plus en plus de cognac. David avait peine à croire qu'un simple commis comme lui pût tenir sous le charme de ses paroles l'acteur le plus populaire d'Amérique. Il n'y avait pas une seule fille à Washington qui n'eût donné ce qu'elle possédait de plus précieux — ou presque — pour être à sa place, face à face avec cette image flatteuse quoiqu'un peu vieillie de lui-même.

Quand David eut terminé son histoire, Booth dit en se resservant de cognac :

— Si je n'étais pas aussi connu, c'est ce que je ferais. Mais nous faisons tous ce que nous pouvons là où nous sommes. Le colonel a raison. Tu ne peux pas être mieux que chez Thompson.

— Je sais, dit David en hochant tristement la tête.

Il avait songé très sérieusement à changer de travail. Il en avait pardessus la tête de la pharmacie, et bien qu'il se plût à exagérer l'importance des renseignements qu'il pouvait recueillir, il savait bien qu'il n'était pas vraiment utile à la Confédération, comme pouvait l'être John, par exemple.

— Thompson sait-il que tu es aussi machiniste ?

— Non, il me croit au lit. Je lui ai dit que j'avais attrapé la vérole.

— Très bien. Comme ça, tu pourras travailler pour moi au théâtre Ford. Je commence les répétitions demain. J'ai un engagement de deux semaines.

— Rien ne me plairait davantage, monsieur.

— Appelle-moi Wilkes.

— Oui, monsieur Wilkes.

— C'est moi qui ai appris à tirer à ce garçon, dit Spangler en désignant Booth d'un doigt incertain ; puis il laissa retomber son menton sur sa poitrine et s'endormit.

— C'est vrai, si je sais tirer, c'est grâce à ce vieux Ed. Mon père en pensait le plus grand bien. Ainsi, tu connais bien les routes du côté de Richmond ?

Booth posa quelques questions à David auxquelles il répondit du mieux qu'il put, non sans préciser :

— Celui qui peut le mieux vous renseigner est John Surratt. Il est du pays, et presque toutes les nuits il traverse les lignes ennemies pour aller à Richmond. Du moins jusqu'à récemment. Maintenant il est en ville.

— J'aimerais bien le rencontrer, dit Booth en tirant sa montre de sa poche, mais pour le moment j'ai une affaire plus pressante qui m'attend. J'ai rendez-vous avec une dame.

— Celle qui était avec vous au théâtre ? demanda David, enhardi par l'alcool.

— Non, David, répondit Booth en riant. La dame qui était avec moi au théâtre est Miss Hale, la fille du sénateur du New Hampshire. Par elle j'apprends un tas de choses concernant la marine yankee : son père est président de la commission des affaires navales au Sénat. En échange, je lui apprends ce que c'est que l'amour !

— C'est donc l'autre, Miss Ella ?

— Oui, c'est Miss Ella qui m'attend au National Hotel, chambre numéro 29. Viens m'y rejoindre, toi aussi. Non, pas maintenant, David. Demain matin à huit heures. Nous déjeunerons à la salle à manger.

Booth finit son dernier verre. Sous l'effet de l'alcool, l'ivoire de son visage avait pris la couleur du corail, et ses yeux étaient devenus légèrement vitreux, mais la voix restait la même : ferme et précise.

— Il faut que tu empoisonnes bientôt le Vieil Abe, murmura-t-il à l'oreille de David.

— C'est aussi ce que dit John.

David était perplexe : Booth connaissait-il John ? Et si oui, pourquoi ne le disait-il pas ?

— Je connais les arguments contre, reprit Booth dont la voix ressemblait maintenant à celle de Iago, ou plus exactement à celle de son frère Edwin jouant Iago. Nous avons intérêt à le garder, dit-on, parce que c'est un mauvais Président. Bien sûr. Mais les Yankees commencent de remporter des victoires dans l'Ouest.

— Pas comme les nôtres... commença David.

— Pas comme les nôtres, sans doute, mais nous manquons d'hommes. Écoute, David, la raison pour laquelle nous devons le tuer maintenant est très simple. S'il continue à vivre, il sera sûrement réélu en novembre prochain, et la guerre continuera. Or comme nous avons moins d'hommes que les Yankees, c'est eux qui finiront par avoir le dessus.

— Mais quel que soit celui qu'ils éliront, la guerre continuera.

Booth secoua la tête :

— Si Lincoln n'est pas candidat, les démocrates gagneront, et le nouveau Président, McClellan, fera la paix selon nos conditions.

— Est-il vraiment des nôtres ?

David avait en effet entendu dire que depuis des années McClellan était chevalier du Cercle d'Or, une société secrète de Nordistes sympathisants du Sud.

— Ça, je ne sais pas, dit Booth en se levant, mais je sais que s'il est Président, il nous donnera ce que nous voulons. Alors... il est temps que je parte. Bonne nuit, David. Tu diras bonsoir de ma part au vieil Ed quand il se réveillera. Bonsoir ou bien bonjour.

— Bonne nuit, monsieur Wilkes.

David était surpris de se sentir aussi calme. Il venait d'approcher l'une des célébrités du pays, et voilà qu'au cours d'une conversation qui n'avait pas duré plus de quelques minutes, on venait de lui demander d'assassiner le Président. En principe David n'y voyait aucune objection : il était parfaitement d'accord pour expédier le Vieil Abe *ad patres*. Mais comment faire ? On ne met pas de l'arsenic dans un laxatif. Le Président s'en apercevrait tout de suite. Et même s'il en mourait, tout le monde saurait que c'était quelqu'un de chez Thompson qui aurait fait le coup. Bien sûr, David pouvait disparaître sitôt la livraison faite. Mais où aller ? Il n'avait guère envie de servir dans l'armée confédérée. Presque tous les jeunes gens qu'on voyait traîner en haillons dans les rues de Washington étaient soit des déserteurs de l'armée confédérée, soit des prisonniers qu'on avait relâchés, après leur avoir fait prêter le serment d'allégeance à l'Union. D'un autre côté, s'il réussissait à empoisonner Lincoln, il serait acclamé comme un héros à Richmond. Il réaliserait enfin son rêve : franchir de nuit les lignes ennemies et annoncer au président Davis que son rival était mort ; de la main même de David.

Mais quel poison utiliser ? Il faudrait qu'il n'eût pas de saveur et qu'il agît rapidement. Ses effets devraient ressembler à ceux d'une maladie ordinaire, comme la variole par exemple...

— Vous ne pensez pas que ce pourrait être la variole ?

Mary se tenait au chevet de Tad, tandis que le docteur prenait le pouls de l'enfant. Tad avait le visage rouge de fièvre, et son babillage habituel était devenu incompréhensible, même de Mary.

— Il est trop tôt pour se prononcer, Mrs. Lincoln. Mais je ne crois pas que ce soit la variole. Nous serons fixés demain quand les symptômes apparaîtront, s'ils apparaissent, ce qu'à Dieu ne plaise !

— Mon Dieu ! Mon pauvre petit Taddie !

Lincoln apparut dans l'embrasure de la porte.

— Que se passe-t-il ?

— La variole ! s'écria Mary.

— Non, dit le docteur. On ne peut pas encore être aussi affirmatif. Pour le moment, c'est une simple fièvre.

Keckley entra à son tour dans la chambre.

— Venez, Mrs. Lincoln, il faut vous préparer pour le mariage.

— Non. Je n'irai pas ! Toi non plus, Papa, tu n'iras pas. On ne peut pas aller à la noce quand Tad est si malade.

— Il n'est pas si malade que ça, Mrs. Lincoln, dit le docteur.

— Vous entendez ce que dit le docteur ? dit Keckley en faisant signe à Lincoln d'emmener Mary.

Keckley s'occupait de plus en plus de Mrs. Lincoln, avec l'accord du Président.

Dans la chambre à coucher, le Président s'habilla pour la noce ; Mary était assise immobile sur le bord du lit.

— Tu n'as qu'à dire que Taddie est malade, ou bien que c'est moi qui suis malade. Ou que je suis encore en deuil. Invente un prétexte, dis n'importe quoi aux Chase. Je m'en moque. Je n'irai pas.

— Comme tu voudras, Maman, dit Lincoln qui était en train de nouer sa cravate blanche devant un miroir à trumeau.

— Tu ne devrais pas y aller toi non plus, dit Mary en regardant le reflet de son mari dans le miroir. Il était beaucoup trop maigre à présent, mais il ne voulait pas manger. Ce soir, il avait refusé de goûter à son plat préféré, une fricassée de poulet.

— Mr. Chase est mon secrétaire au Trésor. Je ne peux pas me montrer impoli.

— C'est surtout ton rival aux prochaines élections. Il travaille contre toi tous les jours. Il est aussi affairé que... que...

— Qu'une mouche à merde, je sais. Partout où il y a quelque chose de trouble ou de pourri, il y dépose ses œufs.

— C'est lui qui sera élu, Papa, tu verras !

— Nous pourrions avoir pire comme Président... Au fait, je n'ai rien pu trouver au sujet de petite Émilie. Elle n'est pas à Lexington. Je suppose qu'elle doit toujours se trouver quelque part dans le Sud.

Les yeux de Mary s'emplirent de larmes.

— Pauvre Ned ! Pauvre petite sœur ! Être veuve à son âge !

— C'est la mode en ce moment. On voit beaucoup de jeunes veuves, hélas !

Mary aida Lincoln à passer son habit.

— J'ai déjà perdu trois frères, dit-elle avec plus de surprise dans la voix que de vrai chagrin.

Pour Chase, c'était un jour à la fois de chagrin et d'émerveillement, également d'orgueil. Kate semblait irradier de la lumière. Elle portait une robe de velours blanc ornée de dentelle au petit point, et un voile piqué de fleurs d'oranger. Sur la tête, une couronne de diamants et de perles, présent de son mari. A la voir ainsi parée, elle formait un tableau encore plus charmant que celui de l'impératrice Eugénie.

Une cinquantaine d'amis se tenaient dans le salon du fond, qu'on avait repeint en rouge, blanc et bleu pour la circonstance. On attendait cinq cents invités pour la réception. Dans les pièces du premier, Gautier et ses acolytes avaient installé un superbe buffet. Pour la dernière fois, Chase avait un découvert de cent dollars à la banque. Dorénavant tous les frais de maison seraient payés par son gendre.

Dans le salon de devant, on avait dressé un autel devant la cheminée où officiait un pasteur en habit de cérémonie. Sprague et son cousin Byron se tenaient à gauche de l'autel, tandis que Chase, qui arborait un gilet de soie grenadine venu de France, donnait le bras à Kate. Nettie, en blanc également, était demoiselle d'honneur. On attendait que la pendule marquât huit heures trente précises pour laisser entrer les invités.

Les applaudissements éclatèrent spontanément à la vue d'un tel spectacle. Kate eut soudain un frisson. Son père l'observa du coin de son œil droit dont la vision périphérique était parfaite. Elle paraissait sereine comme à l'accoutumée. Peut-être avait-elle senti un courant d'air. De toute façon, c'était un grand moment pour tous les deux : désormais plus rien sur terre ne pourrait les séparer.

Le pasteur prononça les paroles rituelles. Puis Chase donna sa fille à Sprague, qui reçut des mains de son cousin l'anneau qu'il passa au doigt de Kate. Une fois la cérémonie terminée, ce fut Chase et non Sprague, qui embrassa la mariée.

— Dieu te bénisse, mon enfant, dit-il avec un zézaiement qui le remplit de confusion.

La pièce se remplissait de monde, tandis que l'orchestre, installé dans un recoin de la salle à manger, attaquait une marche nuptiale composée spécialement pour l'occasion.

Seward arriva ensuite accompagné de sa belle-fille.

— Comme cela, nous verrons qui est là et qui n'est pas là, dit-il de son air malicieux.

A son grand étonnement, le Cabinet au complet était venu, hormis Montgomery Blair, désormais l'ennemi juré de Chase et de ses œuvres.

— C'est curieux, dit Seward à Hay, qui était à côté de lui, comme nous avons du mal à admettre que les grandes réceptions sont maintenant la règle et non plus l'exception.

— Vous voulez dire, monsieur, qu'il n'y a pas de salles de bal ?

— Exactement. Nous vidons les chambres à coucher pour en faire des salles à manger, et nous transformons les salles à manger en salles de bal...

— Et les salons en chapelle, ajouta Hay.

— Exactement ! dit Seward en partant d'un éclat de rire. Il ne manque plus à notre secrétaire au Trésor qu'un Michel-Ange pour lui peindre des fresques !

A sa surprise, Seward vit venir à lui Henry D. Cooke, qui l'aborda comme s'ils étaient les meilleurs amis du monde. Hay s'esquiva prudemment.

— Mr. Seward ! s'écria Henry D. en serrant avec chaleur la main que le secrétaire d'État lui tendait avec répugnance. Cela fait quelque temps que je désirais avoir une conversation avec vous au sujet de cette affaire d'Ohio. Tout ça, c'est des bêtises.

— Mr. Stanton est certainement mieux qualifié que moi pour régler ce que vous appelez des bêtises et qui s'appelle en bon anglais un détournement de fonds.

Henry D. répondit calmement :

— Il n'y a pas encore eu de procès, Mr. Seward. Nous ne savons donc pas ce que mon associé a réellement fait. Il ne faut pas prendre pour argent comptant tout ce qu'écrivent les journaux démocrates.

— En juillet, dit Seward, votre associé a été arrêté par le général Burnside pour avoir volé des fonds du gouvernement.

Lincoln avait été horrifié d'apprendre l'arrestation de F. W. Hurtt qui, conjointement avec Henry D. Cooke et Isaac J. Allen possédait l'*Ohio State Journal,* un journal pro-Lincoln.

Au début de l'année, Hurtt avait confié la rédaction du journal à Allen, puis il avait été nommé capitaine dans l'armée et stationné à Cincinnati. Là, comme officier d'intendance, il avait mis la main sur tout ce qu'il pouvait voler. Or ce qu'ignorait Henry D., c'est que Seward avait lu la correspondance entre les·deux associés. Et il ressortait de ces lettres que non seulement Henry D. était au courant de ce qui se passait, mais qu'il avait peut-être également détourné des fonds du gouvernement au profit de Hurtt. Heureusement, le scandale n'avait pas influé sur l'élection d'octobre. Chase avait demandé au Président d'intervenir, ce qui avait ravi Seward. Que Chase apparaisse comme le défenseur de Hurtt, et c'en était fait de ses chances d'être Président.

— Nous pensons, répondit Henry D., que ce serait peut-être une bonne idée si notre associé, Mr. Allen, s'expatriait pour quelque temps. Comme le consulat de Bangkok est vacant, mon frère et moi nous nous sommes demandé si vous ne pourriez pas y envoyer Mr. Allen ?

Seward qui, au terme d'une vie consacrée tout entière à la politique, avait pris l'habitude de ne plus s'étonner de rien, marqua néanmoins quelque surprise devant cette proposition.

— Mr. Cooke, au milieu d'un scandale qui risque d'éclabousser Dieu sait combien de personnes, vous venez me demander à moi, c'est-à-dire au gouvernement, d'offrir un poste honorifique à un homme dont les agissements sont pour le moins suspects...

— Monsieur le Gouverneur, il ne faut rien exagérer, du moins pas encore, dit Henry D. d'une voix toujours égale. Ce qu'il ne faut surtout pas oublier, c'est que c'est mon frère qui finance cette guerre à lui tout seul.

— Il me semble qu'il ne s'en tire pas trop mal.

Seward savait que Chase communiquait souvent à Jay Cooke des informations sur les victoires ou les défaites militaires avant que la presse n'en eût connaissance, ce qui lui donnait un avantage sur ses concurrents. Seward avait demandé à Lincoln de dénoncer une telle pratique, mais Lincoln estimait qu'il n'y avait là rien d'illégal et qu'il s'agissait tout au plus d'une indiscrétion. Par contre, si Seward arrivait à prouver que Chase recevait de l'argent en échange des renseignements, ce serait une autre histoire. Jusqu'ici il n'avait pu trouver aucune preuve de malhonnêteté flagrante de la part de Chase.

— Les affaires de Jay sont tout à fait propres, dit Henry D. Il n'a rien à cacher. Mais là n'est pas la question. La question, c'est que nous sommes tous républicains. Les démocrates nous donneront assez de fil à retordre aux prochaines élections, sans qu'il soit nécessaire d'ajouter un scandale en Ohio. Laissez tomber les accusations contre Hurtt et il s'en ira à l'étranger. Envoyez Allen au Siam.

— Et vous, Mr. Cooke, où est-ce que nous vous envoyons? Voulez-vous l'ambassade d'Espagne?

— Ce serait avec grand plaisir, gouverneur, si je n'avais pas d'autres engagements auprès de... mon frère.

— Et de Mr. Chase, ne put s'empêcher d'ajouter Seward.

— Nous avons une grande admiration pour Mr. Chase.

A ce moment, le maître d'hôtel annonça :

— Mesdames et messieurs, monsieur le Président!

Lincoln parut sur le seuil de la porte, élégant et fragile.

— Soyez le bienvenu, monsieur! dit Chase en accourant au-devant du Président. Maintenant, Katie, notre joie est complète...

Mrs. Sprague et son mari furent présentés au Président qui remit à Kate un petit paquet contenant un éventail en ivoire.

— Je l'ai apporté moi-même, car on a oublié de l'envoyer avec vos autres présents, dit Lincoln en souriant à Kate.

On échangea des félicitations. On commenta les cadeaux de mariage. Chase avait été impressionné tant par le nombre des cadeaux que par leur prix. Il y en avait pour plus de cent mille dollars, selon l'estimation d'un employé du Trésor.

Ce fut ensuite au tour de Fanny Sprague d'entreprendre le Président.

— Je voterais pour vous, si les femmes avaient le droit de voter. Mais je suppose que vous laisserez les nègres voter avant nous!

— Vous savez, répondit le Président, chez nous, dans l'Illinois, j'étais pour accorder le vote aux femmes.

— Mais depuis vous avez changé. Et vous, est-ce que vous ne pourriez pas faire quelque chose? dit-elle en se tournant vers son fils.

— Moi, je ne peux rien faire, Mère.

— Mais si, vous pouvez. Seulement vous ne faites jamais rien de bien. Pourquoi y a-t-il ici un tel courant d'air?

Le style du fils s'était manifestement modelé sur celui de la mère, se disait Chase. Heureusement, le Président avait l'air amusé.

— Nous donnerons peut-être d'abord le vote aux femmes blanches puis aux femmes nègres, et ensuite nous inclurons les hommes nègres...

Sprague planta là sa jeune femme et sa vieille mère et monta se restaurer au premier. Il prit un verre de Veuve-Clicquot et fut rejoint au buffet par Hiram Barney, receveur des douanes du port de New York. Barney était un avocat républicain qui avait récolté trente-cinq mille dollars pour la campagne de Lincoln en 1860, ce qui lui avait valu cette lucrative charge. Bien que membre du Département du Trésor, il ne faisait pas encore partie de l'organisation que Chase avait montée en vue des élections présidentielles. Néanmoins les deux hommes entretenaient d'excellentes relations ; Barney avait même prêté à Chase cinq mille dollars. En remerciement, Chase avait menacé de démissionner lorsque le Président avait voulu remplacer Barney. Lincoln avait cédé, bien qu'il craignît d'avoir un jour à s'en repentir : la gestion de Barney laissait fort à désirer, et ses opinions radicales déplaisaient aux républicains de New York.

Barney était aussi un ami de Sprague et de Harris Hoyt.

— Il s'est échappé, dit-il à voix basse tandis qu'un garçon lui coupait plusieurs tranches d'un jambon de Virginie tellement fumé qu'il en était tout noir. Le docteur m'a dit de ne pas manger de sel, dit-il en mastiquant lentement son jambon, mais je ne l'écoute pas. Il est à Matamoros, au Mexique.

Sprague regarda Barney sans rien dire. Durant le printemps et l'été, grâce à Hoyt, une quantité appréciable de coton avait pu être acheminée depuis le Texas jusqu'à Rhode Island. C'était Barney qui avait aidé Hoyt à faire passer ses fusils à la douane de New York. Officiellement, les fusils étaient destinés au gouvernement espagnol provincial à La Havane. En temps voulu, fusils et coton arrivèrent au Texas via La Havane et Matamoros, un port situé juste en dessous de la ville unioniste de Galveston. Hoyt était immédiatement allé trouver le général Magruder et avait obtenu le permis d'installer une filature de coton. Magruder avait ensuite demandé un autre lot de dix mille fusils en échange desquels Hoyt serait exempté de réquisition pour deux mille balles de coton, livrables à A. et W. Sprague & Company. Comme Hoyt n'avait pas les fusils, il décida d'aller les chercher avec le coton. Peu avant de s'embarquer, Hoyt fut arrêté sur l'ordre de Magruder. Maintenant, au dire de Barney, il se serait échappé, mais Barney ne disait pas d'où il tenait ses renseignements.

— Il sera à New York cet hiver.

— L'imbécile ! dit Sprague en finissant son champagne. Comme si cela ne lui suffisait pas de perdre son bateau, voilà qu'il va se ruiner avec les Texans. Il ne peut pas revenir en arrière. Alors, qu'est-ce qu'on fait ?

— Espérons que la guerre va bientôt finir.

— Heureusement qu'il n'avait rien à nous sur son bateau. Au fait, comment s'appelait-il ?

— *America*, dit Barney, la bouche pleine de jambon.

— Nous avons fait 60 % de bénéfices sur notre investissement sur Hoyt. Ce n'est déjà pas si mal.

Les salons du premier commencèrent à se remplir d'invités. Hay se trouva brusquement nez à nez avec Bessie Hale et Wilkes Booth, l'acteur, devant le gâteau de mariage.

— Je vous ai vu hier soir, dit Hay à Booth. Vous jouiez Roméo.

— Il est toujours Roméo, murmura Bessie.

— Mercutio a le meilleur rôle, dit Booth avec une pointe d'amertume. Roméo est un personnage impossible à jouer, mais il plaît au public.

Hay avait admiré l'agilité de Booth. L'acteur grimpait comme un écureuil au balcon de Juliette. Il sautait ensuite d'un mur haut de trois mètres sous les applaudissements du public.

— Pourquoi ne jouez-vous pas ce soir ? demanda Hay, conscient que le Taïcoun se trouvait à l'autre bout de la pièce, tenant d'une main un verre de champagne et serrant des mains de l'autre.

— Ce soir, c'est moi le metteur en scène. La pièce s'intitule *Money*. Le thème est celui-ci : une jeune fille doit-elle épouser un homme pour son argent ?

— Pourquoi avoir joué cette pièce-là justement ce soir ? demanda Hay avec une fausse innocence.

— Parce que c'est la seule pièce à mon répertoire dans laquelle je ne joue pas. Je voulais venir ici avec Miss Hale pour observer...

— La réalité ?

— Voyons, Mr. Hay ! s'écria Bessie. Moi, je les trouve très bien accordés, Katie et Mr. Sprague.

Booth jeta un coup d'œil en direction de la porte, où se trouvait Lincoln.

— Je l'ai vu l'autre soir, dans la loge. Vous y étiez aussi.

Hay hocha la tête :

— Nous vous avons admiré dans *The Marble Heart*.

En réalité, ils avaient trouvé la pièce assez ennuyeuse, et Mrs. Lincoln avait même un peu somnolé.

— Ce n'était pas une très bonne représentation, dit Booth. J'avais espéré que le Président serait venu hier soir. On dit qu'il connaît bien Shakespeare.

Hay n'allait pas lui dire qu'après *The Marble Heart*, on n'était plus très chaud pour retourner voir la plus jeune étoile du monde... D'ailleurs *Roméo et Juliette* n'était pas la pièce préférée du Taïcoun.

— Aimeriez-vous rencontrer le Président ?

Booth secoua la tête :

— Il a l'air bien trop occupé et bien trop fatigué pour parler à un acteur. Dites-moi plutôt ce que vous avez pensé des chansons.

En guise d'innovation, Booth avait ajouté des chansons sentimentales modernes aux diverses pièces de son répertoire. On l'avait beaucoup critiqué pour cela, surtout dans *Richard III*. Hay lui répondit sincèrement :

— Hier soir je les ai trouvées charmantes.

— Vous voyez bien, dit Bessie en se tournant vers Booth. Je vous ai dit de ne pas lire le *Sunday Chronicle*. C'est d'ailleurs pratiquement un journal rebelle.

— Ils m'ont qualifié d'acteur de seconde classe. Avez-vous lu l'article ? demanda Booth en se tournant vers Hay.

Hay hocha la tête :

— Je dois tout lire. Cela fait partie de mon travail. Mais ne vous plaignez pas. La presse est beaucoup plus flatteuse pour vous que pour mon employeur. Seconde classe serait un compliment pour Mr. Lincoln venant de Mr. Greeley.

— Certains pensent que si Lincoln est réélu, ce sera un nouveau Bonaparte, et qu'il se fera couronner roi.

Hay rit de cette absurdité.

— Vous avez dû lire le *Chicago Times*.

Booth hocha la tête.

— Je l'avoue. En fait, dit-il en tournant ses yeux d'agate vers Bessie, le *Times* est le seul journal à avoir préféré mon Roméo au Mercutio de William Wheatley.

— Un excellent journal, donc, dit Hay.

— Un excellent journal, en effet, répéta Booth dont le visage s'éclaira brusquement d'un sourire.

Dans le salon du bas, Chase s'intéressait lui aussi à la qualité de la presse.

— Je ne vois pas du tout d'où ces bruits peuvent venir, disait-il à Ben Wade. Je n'ai encouragé personne à me proposer comme Président. Et pourtant ces histoires continuent de s'imprimer comme... comme...

— Comme si c'étaient des dollars, dit Wade avec son habituel sourire ironique.

Chase avait toujours considéré Wade comme un allié, mais depuis quelque temps il avait senti de sa part une certaine répugnance à s'engager. Certes, tous deux étaient des radicaux, tous deux venaient de l'Ohio, tous deux méprisaient Lincoln. Mais l'attitude de Wade s'était légèrement modifiée depuis la confrontation entre le Cabinet et le Sénat, confrontation où Chase n'avait pas paru à son avantage. Le sénateur Pomeroy avait sondé Wade ainsi que tous les autres radicaux influents du Congrès. Tous préféraient Chase à Lincoln, et pourtant...

— Il y a une place où je vous vois, Mr. Chase, et une seule, déclara brusquement Wade.

— Bien sûr, il n'est pas question pour moi de me mettre en avant...

— Cela va de soi. D'ailleurs vous ne le pouvez pas. Je vous vois président de la Cour suprême des États-Unis.

— Oh !

Chase s'attendait à tout sauf à cela. Certes, dans ses moments les plus noirs, il s'était vu lui aussi sur ce promontoire isolé, à l'écart des courants de l'histoire. Mais que cette suggestion vienne de Wade, et en un moment où leur parti n'avait pas d'autre candidat que lui, car il était exclu que Lincoln fût réélu, voilà ce qu'il avait peine à croire.

— Il existe déjà un juge de la Cour suprême, répondit Chase d'une voix presque éteinte.

— Certes, mais il a quatre-vingt-six ans. Il arrive bientôt au bout du rouleau. Durant toute l'administration Buchanan, j'ai prié pour que Dieu nous conserve le juge Taney, et, par Dieu, je crains d'avoir été trop bien entendu !

L'une des grandes peurs du parti républicain avait été que Buchanan ne nomme comme juge de la Cour suprême un homme favorable aux thèses sudistes. Heureusement le vieux Taney avait survécu à la présidence de Buchanan.

— Franchement, Mr. Wade, j'avais toujours pensé que si ce choix dépendait de moi, c'est vous que je choisirais.

— Je suis très touché, Mr. Chase. Est-ce un marché que vous me proposez là ?

— Oh, non, pas du tout ! s'écria Chase, ravi du tour que prenait la conversation. Je ne marchande pas, bien sûr. J'exprimais seulement un sentiment personnel, qui se trouve être aussi celui de beaucoup de gens.

Le Président prenait maintenant congé.

— Je suis resté un peu plus longtemps que prévu, disait-il à Chase. C'est pour me faire pardonner d'être venu tout seul.

— J'espère que Mrs. Lincoln se porte bien, dit poliment Chase.

— Elle a ses hauts et ses bas. Ce coup qu'elle a reçu sur la tête cet été la fait encore un peu souffrir.

Ben Wade dit alors :

— J'étais justement en train de dire à Mr. Chase quel superbe président de la Cour suprême il ferait.

Chase eut l'impression qu'on venait de faire sauter sous ses pieds une charge de dynamite.

— Et moi, monsieur le Président, je lui répondais qu'il était mon choix personnel.

— Messieurs, dit Lincoln en souriant à demi, je ne peux que vous féliciter pour votre jugement à tous les deux. Quant à Mr. Chase, il n'est pas de charge qu'il ne soit capable d'occuper à la satisfaction générale, y compris celle que je remplis, provisoirement et si indignement.

— Voyons, monsieur, s'écria Chase, comment pouvez-vous dire une chose pareille ? C'est vous qui êtes notre inspiration à tous.

— Alors, venez en Pennsylvanie avec moi la semaine prochaine. Nous aurons tous besoin d'être très inspirés.

— Que doit-il se passer la semaine prochaine ? demanda Wade.

Un domestique aida Lincoln à enfiler son pardessus.

— Nous allons consacrer un cimetière à Gettysburg, à l'endroit même où a eu lieu la bataille. Le gouverneur Seward et Mr. Stanton m'accompagneront.

— Si seulement je pouvais être des vôtres, dit Chase, qui se mit à décrire son emploi du temps de la semaine suivante, tandis que le Président prenait sa canne et son chapeau.

— J'ai déjà pris congé des jeunes mariés. Maintenant c'est à vous que je fais mes adieux, Mr. Chase, Mr. Wade.

— J'aimerais pouvoir venir avec vous, monsieur, dit Chase dans le dos du Président.

— Laissons les morts enterrer les morts, dit Wade, assez haut pour être entendu de Lincoln.

Chase rattrapa le Président qu'il reconduisit jusqu'à la porte, devant laquelle une foule de badauds était rassemblée malgré l'heure tardive. Quand le Président parut sur le seuil, il y eut des applaudissements. Lincoln souleva son chapeau.

— C'est pour les vivants, Mr. Chase, que nous honorons les morts. Les morts eux sont tirés d'affaire, comme nous le serons bientôt à notre tour.

Lincoln monta ensuite dans la voiture présidentielle et s'éloigna.

II

Au dernier moment Madame décida qu'elle ne pouvait pas quitter Tad, qui était toujours malade, et Stanton déclara qu'il devait rester au Département de la Guerre afin de suivre l'attaque de Grant à Chattanooga. En fin de compte, Seward, Blair et Usher furent les seuls membres du Cabinet à accompagner le Président. Lamon, bien sûr, faisait partie de l'expédition, et pour une fois Nicolay avait décidé qu'un petit voyage lui ferait du bien. Les deux secrétaires escortaient donc le Président à Gettysburg.

La matinée du 19 novembre 1863 était douce et ensoleillée. Le célèbre orateur Edward Everett avait déjà envoyé au Président un exemplaire imprimé de son discours : « Mon Dieu, John ! s'était écrié Lincoln, en s'asseyant dans le wagon spécial réservé au Président et à sa suite, il va parler pendant au moins deux heures. » Lincoln avait tendu le pamphlet à Hay, puis il avait retiré ses lunettes.

— Je suppose que c'est ce qu'on attend de lui.

Hay avait décidé de ne pas lire ce qu'il serait obligé d'entendre.

— C'est un magnifique vieillard. Voyez-vous, j'ai entendu parler d'Everett toute ma vie, il a toujours été célèbre, et je n'ai jamais pu trouver pourquoi.

— C'est notre plus grand orateur !

— Plus grand que Clay ou Webster ? Non, il est célèbre, voilà tout. Il y a des gens comme ça dans la vie publique. Ils sont là et personne ne sait très bien pourquoi.

Ils étaient bien tous là le lendemain matin à Cemetery Hill. Il y avait sept gouverneurs, dont Seymour et Curtin ; un grand nombre de diplomates et de membres du Congrès. On avait élevé une estrade, avec à côté un mât surmonté d'un drapeau. Une foule de trente mille personnes environ était déjà rassemblée lorsque à dix heures le cortège présidentiel apparut, et que la fanfare militaire attaqua le *Hail to the Chief.*

Lincoln chevauchait à la tête d'une colonne de notables qui suivaient de manière désordonnée. Il se tenait très droit sur un cheval alezan trop petit pour lui. On aurait dit une sorte d'immense effigie. A ses côtés Seward faisait déguenillé. Les pantalons retroussés sur des bas en tire-bouchon, le secrétaire d'État semblait souverainement indifférent à l'image qu'il donnait de lui-même.

De bonne heure ce matin-là, Nico était allé trouver le Président dans la maison où celui-ci avait passé la nuit, et il était resté une heure seul avec le Taïcoun.

— Quelles sont les nouvelles ? demanda Hay.

Le cortège était maintenant interrompu par la foule qui chantait *We are coming, Father Abraham.* Lamon avait beau hurler ses ordres, personne ne l'écoutait. Les gens voulaient voir et toucher le Président.

— Tad va mieux, dit Nico.

— Ça, c'est une nouvelle ! Quoi d'autre ?

— La bataille est engagée à Chattanooga. Grant est en train d'attaquer. Burnside est bien tranquille à Knoxville. Il ne bouge pas.

— Comment va le Taïcoun ?

— Il vient de finir de réécrire le discours il y a une heure. Il se plaint d'étourdissements.

— Bon Dieu, Nico ! dit Hay, dans le train déjà, il m'a dit qu'il se sentait faible.

Nico hocha la tête :

— Il y a quelque chose qui ne va pas, mais quoi, je ne sais pas.

Si l'Ancien n'allait pas bien, le Taïcoun n'en laissait rien paraître tandis qu'il écoutait sagement la version remaniée par Everett de la commémoration des morts athéniens de Périclès, l'atticisme en moins.

Tandis que la voix magnifique d'Everett déroulait ses phrases, Hay promenait son regard sur le champ de bataille. Des arbres avaient été réduits en poudre par les feux croisés des deux armées, et le sol était éventré d'obus d'artillerie. Des cadavres de chevaux gisaient çà et là, dont l'odeur de chair en décomposition, mêlée à l'odeur de la foule, répandait un parfum douceâtre et nauséabond. Il était midi, pas un souffle n'agitait l'air. Hay se mit à transpirer.

Quand Everett eut fini, Lincoln sortit son discours et chaussa ses lunettes. Mais il y eut d'abord un interlude musical. Le Glee Club de Baltimore entonna un hymne spécialement composé pour la circonstance. Une brise tiède se leva, et le drapeau américain se mit à claquer comme un fouet. En face de l'estrade où se tenait le Président, un photographe avait construit une petite estrade à sa mesure sur laquelle il avait installé son appareil photographique pour prendre Lincoln lorsqu'il parlerait. Il s'affairait sans cesse autour de son installation, relevant ou abaissant son capuchon de drap noir, ou nettoyant ses plaques de verre.

Enfin, il se fit un grand silence. Lamon se leva et hurla :

— Le Président des États-Unis !

Lincoln se leva à son tour, tenant son papier à la main et ses lunettes perchées sur le bout de son nez. Il avait le visage blême, mais la main qui tenait le papier ne tremblait pas. Il y eut quelques applaudissements chaleureux, puis la voix de trompette retentit sur le champ de bataille de Gettysburg, imposant silence aux trente mille personnes. Il entra directement dans le vif du sujet : « Quatre-vingt-sept ans se sont écoulés depuis que nos pères ont donné naissance sur ce continent à une nouvelle nation conçue dans la liberté et vouée à l'idée que tous les hommes sont créés égaux. »

Voilà qui va plaire aux radicaux, se dit Hay, puis il remarqua deux choses curieuses. La première était que le Taïcoun ne consultait pas son papier ; or il ne pouvait pas avoir appris par cœur un texte qui venait de recevoir sa forme ultime seulement une heure ou deux plus tôt. La seconde était qu'il parlait avec une lenteur inaccoutumée. On aurait dit que chaque mot était comme un coup de fusil destiné à saluer les morts. « Maintenant nous sommes engagés dans une guerre civile qui montrera au monde si une nation, ainsi conçue, a des chances de durer. »

Assis à la droite de Lincoln, Seward commençait à prêter l'oreille. Il avait entendu et prononcé lui-même tellement de discours dans sa vie qu'il n'y faisait plus attention, y compris aux siens. Mais là, il y avait dans le ton quelque chose d'inhabituel qui l'intriguait. Lui aussi avait remarqué la lenteur du débit. C'était comme si le Président essayait de justifier ce qu'il avait fait devant la nation, devant l'Histoire et devant Dieu.

« Nous sommes ici réunis sur un des grands champs de bataille de cette guerre. Nous sommes venus pour consacrer une portion de ce sol comme dernière demeure à ceux qui donnèrent leur vie pour que cette nation vécût. » Oui, c'est bien de cela qu'il s'agit, se disait Seward en hochant la tête : la préservation de cette nation unique entre les nations. Pendant ce temps-là, le photographe était en train d'essayer de cadrer le Président.

« Cela s'imposait à nous comme une chose convenable et juste. » Lincoln avait maintenant les yeux levés sur une colline où une rangée de croix en bois venaient d'être plantées. Pendant un instant, il laissa tomber la main qui tenait le discours le long de son corps. Puis il reprit et regarda son texte. « Mais, dans un sens plus large, nous ne pouvons pas dédier, nous ne pouvons pas consacrer, nous ne pouvons pas sanctifier ce sol ; morts ou vivants, les hommes courageux qui luttèrent ici lui ont donné une consécration qu'il n'est en notre pouvoir ni d'agrandir ni de diminuer. » Lincoln s'arrêta. Un tonnerre d'applaudissements salua ces dernières paroles.

Seward considérait maintenant le Président avec un intérêt renouvelé. Comment, avec cet accent désagréable du Midwest et cette voix un peu rauque, avait-il fait pour subjuguer cette foule ?

Le Président regardait à présent le ciel d'un air songeur. Le photographe, dissimulé sous son capuchon, se préparait à prendre sa photo. La voix reprit :

« Le monde oubliera nos discours, mais il se souviendra toujours de ce que ces hommes ont fait ici. » La main qui tenait le texte retomba le long du corps. Le Taïcoun lisait maintenant sur ces tables de marbre qu'il avait dans la tête, et il lisait un texte écrit dans le sang. « C'est à nous, les vivants, qu'il incombe d'achever l'œuvre que ces combattants ont si glorieusement commencée... » Ici, la voix se brisa, et les yeux gris du Président s'embuèrent de larmes, mais il se reprit presque aussitôt. « Afin qu'à leur exemple, nous puisions un dévouement accru envers cette cause pour laquelle ils donnèrent la pleine mesure du sacrifice ; et que nous prenions hautement la résolution que ces morts ne seront pas morts en vain ; et que cette nation... » Un bref arrêt, puis : « ... sous le regard de Dieu... » Seward hocha la tête : son conseil avait été suivi.

Nico murmura à l'oreille de Hay :

— Il vient d'ajouter cela, ce n'était pas dans le texte.

« ... donne une nouvelle naissance à la liberté, et que le gouvernement du peuple, par le peuple et pour le peuple, ne disparaisse jamais de la surface de la terre. »

Lincoln laissa un moment son regard errer sur la foule, et s'assit. On applaudit, puis on rit du photographe qui pestait contre son appareil : il n'avait pas réussi à prendre une seule photo.

Lincoln se tourna vers Seward en murmurant :

— Cela leur est tombé dessus comme une douche écossaise.

Debout sur la plate-forme arrière du wagon présidentiel, Lincoln saluait la foule de la main droite, tandis que de la gauche il s'appuyait sur le bras de Lamon. Nicolay et Hay se tenaient derrière lui. A l'intérieur du wagon, il y avait des fauteuils en peluche rouge et verte, avec des protège-tête en dentelle, un long divan en crin, et partout de la marqueterie, du cristal, du laiton, et des rangées de crachoirs en cuivre rutilant comme de l'or. Un tapis vert recouvrait le plancher.

Le train était rempli de politiciens désireux d'attirer l'attention du Président. Lincoln avait déjeuné avec le gouverneur Curtin, déjeuner suivi d'une réception et d'un sermon à l'église presbytérienne. Puis il était monté dans le train de dix-huit heures trente pour Washington. Comme le train quittait la gare de Gettysburg, Lincoln et Lamon entrèrent à l'intérieur du wagon. Le Président avait le visage couvert de sueur, les yeux exorbités, et sa grande bouche tremblait. Lamon paraissait presque aussi malade que lui, mais de peur.

— Les garçons, dit-il tout bas aux deux secrétaires, faites-moi sortir tout ce monde. Ne laissez personne approcher du Président.

Lincoln ne disait rien. Soutenu par Lamon, son corps épousait mollement les mouvements du train. Nicolay reconduisit Simon Cameron jusqu'à la porte du wagon, tandis que Hay demandait à Seward d'essayer de persuader les autres de s'en aller. Le Président avait du travail à faire. Il avait reçu des nouvelles de Stanton. Seward saisit l'allusion. Il proposa à ses amis politiciens d'aller banqueter au wagon-restaurant.

Une fois le wagon vide, Lamon souleva Lincoln dans ses bras et alla l'étendre sur une couchette. Nicolay trouva une couverture dont il recouvrit le Président.

— Qu'est-ce qu'il a ? demanda-t-il.

Lamon secoua la tête :

— Est-ce que je sais ? Sans doute la fièvre. Peut-être la malaria.

— Mais il ne l'a jamais eue, dit Hay qui en souffrait régulièrement.

— Et alors, ça peut toujours s'attraper, dit Lamon.

Lincoln avait maintenant les yeux fermés. Lamon humecta une serviette qu'il posa sur le visage de l'Ancien. Tout à coup, Lincoln dit d'une voix claire :

— Il y a quelque chose qui cloche. Puis il respira profondément et s'endormit.

Comme convenu, David rencontra Booth devant le panneau des dépêches dans le hall d'entrée du National Hotel. Là, comme au Willard, les dépêches étaient affichées à intervalles réguliers, et il y avait toujours devant ce panneau un petit attroupement de personnes pour lire les dépêches venues du front, du Congrès, ou bien, comme en ce moment, de la Maison-Blanche où depuis quelques jours le Président était alité avec la scarlatine. Le bruit courait même qu'il allait mourir.

David n'avait pas revu Booth depuis leur première rencontre. C'était Miss Turner qui s'était présentée chez Thompson. Elle avait demandé à David des bonbons pour la toux, en ajoutant tout bas : « Notre ami vous attend dans le hall du National à midi. » Et elle était partie.

Booth se trouvait à l'heure dite devant le panneau des dépêches. Hooker venait de prendre un endroit appelé Lookout Mountain dans la vallée de Chattanooga. Apparemment, sous le commandement de Grant, le bouillant Joe avait enfin appris à se battre. L'armée rebelle battait maintenant en retraite. Booth tourna d'abord vers David un visage maussade qui s'éclaira d'un brillant sourire dès qu'il l'eut reconnu.

— David, comme je suis heureux de te revoir ! Je pars aujourd'hui.

Il conduisit David près d'une des grandes vitres du hall donnant sur Pennsylvania Avenue. Il tombait une petite neige fine et cotonneuse. Comme le Congrès était en session, le hall de l'hôtel était presque désert, à l'exception de quelques palmiers dans leurs cache-pot de céramique. Par une porte entrouverte, on voyait des barbiers et des cireurs de souliers en train de pratiquer leur art.

— Bon Dieu, David, tu es un grand homme ! A Richmond, on ne parle plus que de toi !

Pendant un instant, David n'en crut pas ses oreilles. Lui, David Herold, un grand homme !

— Comment as-tu fait ? Qu'est-ce que tu as utilisé ? Ou bien est-ce un secret ? Dans ce cas, je ne te questionnerai plus.

Depuis la dernière fois qu'il avait vu Booth, David n'avait eu qu'une seule occasion d'empoisonner le Président. Deux jours avant le départ de Lincoln pour Gettysburg, le vieil Edward était venu à la pharmacie avec une ordonnance pour la famille Lincoln. David avait déjà décidé que le goût du cyanure mélangé au laxatif que prenait le Président serait à peine décelable et aurait un effet rapide. Ensuite, sitôt que le poison aurait traversé l'avenue, lui disparaîtrait de la ville. Mais le vieil Edward avait dit : « Plus de laxatif Mr. Thompson. Mrs. Lincoln a décrété qu'il n'y avait que l'huile de ricin pour lui faire marcher les boyaux. Va donc pour l'huile de ricin. » Dans un si court délai, David ne voyait pas ce qu'il aurait pu ajouter, sans risque, à cette claire viscosité. Certes, le goût de l'huile de ricin aurait suffi à neutraliser même l'amertume de l'arsenic, mais la limpidité du mélange aurait révélé la présence d'un poison granulé. On avait donc envoyé de la pure huile de ricin au Président. Aussi, quelques jours plus tard, lorsque le Président était tombé malade, David pensa que son heure était venue. Mais il ne fut pas autorisé à préparer aucun des médicaments pour la Maison-Blanche, parce que c'est le propre médecin du Président, aidé de Mr. Thompson, qui les prépara lui-même dans l'officine. Ils s'ingénièrent ensemble à trouver les médicaments nécessaires pour guérir ce qui à première vue semblait être une maladie mystérieuse caractérisée par une forte fièvre accompagnée d'éruption, comme pour la scarlatine — ou un empoisonnement. Le mystère fut résolu lorsque les symptômes se révélèrent être ceux de la petite vérole. Bien entendu, la Maison-Blanche se garda de révéler le vrai nom de la maladie dont souffrait le Président. Il y avait déjà eu suffisamment de rumeurs annonçant sa mort qui avaient fait baisser la vente des bons de guerre et monter le prix de l'or. On en resta donc à la scarlatine.

— Je ne peux pas vous dire exactement ce que j'ai utilisé, dit David en acceptant le cigare que lui offrait Booth. Mais, comme vous voyez, il n'en a pas pris assez, sinon, il serait mort en allant en Pennsylvanie.

— Il y aura d'autres occasions. Personne ne te soupçonne, au moins ?

David hocha la tête :

— Personne ne peut me soupçonner, parce que c'était une spécialité pharmaceutique, ce qui veut dire que personne à la boutique ne l'a mélangée. D'ailleurs les symptômes sont presque identiques à ceux de la petite vérole, dont la moitié de la ville est atteinte. J'ai entendu son médecin parler à Mr. Thompson, et il y a encore une petite chance qu'il puisse mourir.

— David, il n'y en a pas deux comme toi ! Un jour on t'élèvera des statues, je te le promets. C'est-à-dire, si nous gagnons. Je pars ce soir pour la Pennsylvanie. J'ai là-bas quelques champs de pétrole que j'aimerais bien vendre. Ensuite j'irai au Canada parler aux commissaires de la Confédération. Si Lincoln meurt entre-temps, rends-toi directement à Richmond, où je te rejoindrai. Sinon, reste ici et attends les ordres, soit de moi, soit du colonel.

— Vous connaissez réellement le colonel ?

Booth hocha la tête :

— Je crois que je sais qui c'est. En tout cas, je sais comment le joindre et lui également.

Booth sauta sur ses pieds. Il sautait toujours, à la scène comme à la ville.

— Allons au bar, il faut célébrer ça !

A la Maison-Blanche, il n'y avait rien à célébrer. Hay travaillait sur le discours du Président au Congrès. Techniquement, c'était un rapport sur l'état de l'Union durant l'année 1863. Mais en raison de sa maladie, le Taïcoun n'avait pu en rassembler tous les éléments. Ainsi, le rapport de Stanton sur la guerre formait un discours séparé, alors que le rapport de Usher sur l'Intérieur avait dû être réécrit. La seule nouveauté était la première indication donnée par Lincoln sur la manière dont il envisageait la reconstitution du Sud. Contrairement à des extrémistes comme Wade et Stevens, il était prêt à accorder la pleine citoyenneté à quiconque ferait serment d'allégeance à l'Union. Si un dixième de la population d'un des États rebelles acceptait la proclamation d'émancipation, cet État avait le droit d'envoyer une délégation au Congrès. Sur ce point les radicaux étaient prêts à combattre Lincoln. Pour eux, onze États avaient cessé d'exister du jour où ils étaient sortis de l'Union. Une fois vaincus, ces onze États devaient être traités comme territoire ennemi, et leurs chefs punis. Le point de vue de Lincoln était différent : puisque ces États avaient fait autrefois partie de l'Union, et qu'ils en feraient de nouveau partie, il était oiseux de se demander où ils avaient bien pu être dans l'intervalle. Une fois la rébellion écrasée, il s'en tiendrait à l'article 4 de la Constitution qui confère au Président le pouvoir de protéger tous les États qui se trouvent à l'intérieur de l'Union. Seward avait critiqué cette interprétation sous prétexte que tout le monde ayant pris tant de libertés avec la Constitution, le Président y compris, il était maladroit de soulever une fois de plus l'épineuse question de savoir qui était dedans et qui était dehors. Malheureusement, Lincoln se rangea à l'avis de Seward et oublia l'article 4.

Pendant que Hay travaillait au discours avec l'aide de Seward et de Bates, Nicolay se trouvait une fois de plus *de facto* président : il recevait les solliciteurs, répondait au courrier, soulageant le plus possible le Taïcoun, qui ne pouvait travailler plus d'une ou deux heures de suite.

Stoddard s'occupait désormais des relations avec la presse, travail important, vu qu'on était à un an des élections. Le Taïcoun n'avait rien dévoilé en public de ses intentions, mais il était prêt à se représenter sous prétexte qu'on ne change pas de cheval au milieu d'une course — expression que Hay jugeait dénuée de majesté.

L'absence de dignité, c'était un des reproches les plus fréquents qu'on faisait dans la presse à Lincoln. Stoddard lut à Nicolay et à Hay des extraits d'articles de journaux parus dernièrement sur le sujet. D'Angleterre, Charles Francis Adams avait envoyé un exemplaire du *Times* décrivant la consécration de Gettysburg comme une cérémonie « rendue ridicule par quelques-unes des saillies de ce pauvre président Lincoln ».

Nicolay posa sa plume :

— Y avait-il un correspondant du *Times* ?

— Qui sait ? dit Stoddard.

— De toute façon, ils inventent n'importe quoi, dit Hay, qui venait soudain de réaliser que si le Président et ses ministres étaient tous des avocats, les trois secrétaires étaient tous journalistes, ce qui ne les rendait pas plus aptes à contrôler la presse — sauf à employer la manière forte comme le faisait Seward.

— « Il est difficile d'imaginer quoi que ce soit de plus commun et de plus vulgaire », dit le *Times* du discours du Président.

— Que dit le *Chicago Times* ? demanda Hay.

— « Tout Américain doit rougir de honte en lisant les phrases ineptes et insipides de l'homme qui passe aux yeux de l'étranger pour représenter les États-Unis d'Amérique. Ni lui ni Seward n'ont pu s'abstenir de proférer — en cette occasion solennelle — leurs odieuses doctrines abolitionnistes. » Stoddard leva les yeux : le gouverneur Seward a-t-il parlé ?

— Non, répondit Hay. Mais il *aurait dû* parler, et s'il *avait* parlé, voilà ce qu'il *aurait dû* dire, d'après le *Times*.

— Voyons ce que dit le *Chicago Tribune* : « Les remarques dédicatoires du Président vivront dans les annales de l'humanité. »

— Voilà un commentaire honnête, dit Hay. Saviez-vous qu'Edward Everett était un ami de Lord Byron ?

— Quel rapport ? dit Nicolay en plaçant la dernière des lettres à signer par le Président dans un sous-main.

— Je trouve ça intéressant.

Hay avait été très surpris lorsque la veille de la cérémonie le vieil Everett avait régalé ses hôtes de ses souvenirs.

— Il l'a connu à Venise il y a cinquante ans. Il le trouvait charmant mais immoral.

— Ah, voici quelque chose d'intéressant, dit Stoddard que le sujet de Lord Byron laissait indifférent. L'*Ohio State Journal*...

— Le journal d'Henry Cooke ? demanda Nicolay.

Nico avait la barbiche en bataille comme celle d'une chèvre, soufflée par le vent, songeait Hay qui essayait de penser comme Byron, tragiquement (qui en grec signifie chanson de chevrier).

— Lui-même. Ainsi que du capitaine Hurtt, maintenant en prison. Voici ce qu'écrit l'actuel rédacteur en chef, un certain Isaac J. Allen : « Les phrases sérieuses et graves du Président ont soulevé dans les cœurs de l'immense foule rassemblée pour l'entendre, une émotion telle que lorsqu'il eut terminé, rares étaient les yeux qui étaient restés secs ; tous contenaient leurs sanglots... » Est-ce ainsi que ça s'est passé ?

— Non, dit Nicolay.

— D'ailleurs, si tout le monde contenait ses sanglots, personne n'aurait pu les entendre, dit Hay. Enfin, en voilà un qui sera consul à Bangkok avant d'aller en prison.

La veille au soir, Seward avait conté à Hay et à quelques-uns de ses amis les méfaits les plus notoires des propriétaires du premier journal d'Ohio.

— Messieurs.

Le Président se tenait dans l'encadrement de la porte. Il était si maigre qu'il flottait dans ses vêtements comme un épouvantail. Les artères de son cou ressemblaient à des cordes. Il avait le visage jaune et creux, mais les yeux étaient vifs et alertes.

— Je me suis levé, comme dit le prophète en sortant de la maison de la veuve.

Les trois secrétaires accueillirent avec empressement leur employeur. Il était si rarement venu dans leur bureau durant les trois dernières semaines que la charge de gouverner les États-Unis commençait à peser même à Nicolay.

— Le docteur m'autorise à me lever, mais je ne dois pas oublier que je suis encore fragile. Aussi je ne garderai les visiteurs que le minimum de temps. Mr. Nicolay, apportez-moi le message au Congrès.

— Bien, monsieur.

— Avez-vous tous été vaccinés ?

— Oui, monsieur, répondit Hay.

— Je me demande du reste si ça sert à grand-chose, dit Lincoln en prenant le message des mains de Nicolay. Au fait, ce n'est pas la vérole que j'ai attrapée, mais la varioloïde. C'est la même chose, mais ça fait moins peur. Pour une fois que je pouvais donner quelque chose à tout le monde ! Ah ! j'oubliais, comme vous le savez, nous avons pour le moment chez nous Mrs. Helm, la demi-sœur de Mrs. Lincoln. C'est la veuve d'un général confédéré — c'était la première fois que Hay entendait l'Ancien utiliser le mot « confédéré » — aussi, j'aimerais que vous ne disiez rien à la presse si on vous interroge à son sujet.

— Nous n'avons rien dit, monsieur, dit Nicolay.

— Elle est un réconfort pour Mrs. Lincoln, dit le Président, puis il sortit de la pièce.

Mais au moment précis où nous parlons, Émilie était loin d'être un réconfort pour Mary. Mrs. Lincoln, qui avait reçu peu de visites durant la maladie de son mari et la venue d'Émilie, avait fait une exception pour son vieil ami Dan Sickles, lequel venait d'entrer clopin-clopant au salon du premier, accompagné du sénateur de New York, Ira Harris. Mary les avait reçus gracieusement et les avait présentés à Mrs. Helm.

Le mois précédent, Émilie Helm et sa fille étaient arrivées à Fort Monroe, où elle avait demandé un laissez-passer pour rentrer chez elle à Lexington. Comme la loi l'exigeait, Mrs. Helm fut avertie qu'elle ne pourrait obtenir de laissez-passer sans signer le serment d'allégeance aux États-Unis. Comme elle refusait de signer, le commandant de la forteresse avait télégraphié au Département de la Guerre, qui, à son tour, avait demandé à Lincoln ce qu'il fallait faire de son encombrante belle-sœur. « Envoyez-la-moi », avait dit Lincoln, ce qui avait ravi Mary. Les deux femmes avaient beaucoup pleuré, beaucoup parlé, en évitant avec soin tout sujet politique. Mary avait supplié Émilie et sa fille — qui était de l'âge de Tad — de passer l'été avec elle au Foyer du Soldat. Émilie s'était laissé persuader.

Mary réalisa qu'elle avait fait une erreur en présentant Sickles à Émilie, erreur que Sickles avait aggravée en amenant avec lui le peu sympathique sénateur de New York.

— Vous avez dû connaître des moments difficiles, Mrs. Helm, dit Sickles, en arrangeant son moignon sur un tabouret.

— Ce n'est pas facile de voyager avec une enfant en temps de guerre, répondit poliment Émilie. Mais frère Lincoln a insisté pour que nous nous arrêtions ici avant de rentrer à Lexington.

— Je crois, dit Harris, que votre mari a servi sous mon vieux collègue Breckinridge.

Émilie hocha la tête :

— Oui, le général Helm est resté avec le cousin John jusqu'à la fin.

— Êtes-vous aussi une cousine de Mr. Breckinridge ? demanda Harris, l'air surpris.

— Ma mère l'était, oui. Je ne sais pas ce que vous voulez dire par « aussi ».

Mary intervint :

— Le cousin John a toujours été une grande figure dans nos vies. Ce fut une tragédie quand il...

Mary s'interrompit : quoi qu'elle dise, elle allait causer de l'embarras, d'un côté comme de l'autre.

— J'avais la plus grande estime pour Mr. Breckinridge, dit Harris d'un ton solennel. Nous étions même amis. Comment va-t-il, Mrs. Helm ?

— Je ne saurais vous dire. Mon mari a été tué il y a trois mois, et depuis je n'ai plus eu de nouvelles de ceux qui ont servi avec lui.

526

— Je suppose, dit Harris, que la vie est maintenant très dure dans le Sud.

— Je n'ai pas remarqué de changement particulier.

— Le blocus doit être très gênant pour vous...

— Oh, nos navires ne semblent pas avoir trop de peine pour le forcer, répondit Émilie avec un charmant sourire. Le port de Charleston n'a jamais été aussi actif.

— Et comment va cette chère Mrs. Sickles ? demanda rapidement Mary, trop rapidement même. Le nom de la dame n'était jamais prononcé en société, non pas tant parce que son mari avait tué son amant — du moins son amant présumé — que parce que ensuite il lui était revenu, et, pis encore, parce qu'elle lui était revenue, elle !

— Oh, Theresa se porte à merveille. Elle habite maintenant la Quatre-vingt-onzième Rue, à New York. Et comment va le Président ?

— Il est debout, maintenant. Il a même tenu une séance de Cabinet la semaine dernière, qui l'a un peu fatigué. Ce n'était pas la variole, comme ont dit les journaux, mais la varioloïde, et une fatigue générale.

— C'est dommage, dit Émilie, que tu ne puisses pas l'emmener à Lexington pour une semaine ou deux. Le bon air lui ferait le plus grand bien.

— Je ne crois pas qu'il pourrait s'arracher à la salle des télégraphes un seul jour. Il est pendu aux nouvelles.

— Eh bien, il a dû être content d'apprendre la victoire de Chattanooga, dit Harris en regardant Émilie d'un air de défi. Les rebelles ont détalé devant nous comme des lapins...

Émilie répondit du tac au tac :

— Si c'est vrai, sénateur, ce doit être à cause de l'exemple que vous leur avez donné à Bull Run, à Manassas, à Chancellorsville et à Fredericksburg...

Mary sentit venir les premiers symptômes d'une sévère migraine. Harris avait la bouche entrouverte, tandis que les yeux pâles de Sickles étincelaient dangereusement.

— Nous évitons de parler de ces choses ici, dit Mary.

— Au fait, Mrs. Lincoln, demanda brusquement Harris, pourquoi votre fils n'est-il pas à l'armée ? Il a l'âge et il est en bonne santé.

— Il termine ses études à Harvard...

— Il devrait donner l'exemple.

— Il le donnera, monsieur, au moment voulu, dit Mary qui commençait à se sentir mal. Il y a quelque temps déjà qu'il demande à y aller.

— Eh bien, tout ce qu'il a à faire...

— Monsieur, mon fils n'est pas un lâche, comme vous avez l'air de l'insinuer. J'ai perdu récemment un fils, il est vrai.

— Mais pas à la guerre, Mrs. Lincoln, dit Harris. Moi, je n'ai qu'un fils, et il se bat pour son pays, avec ma bénédiction. Et si j'en avais vingt, ajouta-t-il en se tournant vers Émilie, ils se battraient tous contre les rebelles !

Émilie se dressa sur ses pieds :

— Eh bien moi, sénateur, si j'avais vingt fils, je vous garantis qu'ils n'attendraient pas ma bénédiction pour flanquer la raclée aux vingt vôtres !

Mary se leva à son tour :

— Messieurs, je vous remercie d'être venus, dit-elle sans leur donner la main.

Comme ils se retiraient, elle dit à Émilie :

— Je suis navrée, petite sœur. Il y a tant d'amertume ici.

— Il y en a partout.

Un moment après, Sickles était de nouveau dans la pièce.

— Puis-je voir Mr. Lincoln un instant ?

— Il n'est pas dans son bureau ?

— On m'a dit qu'il se reposait.

— Si Mr. Lamon veut bien vous laisser entrer dans sa chambre, vous pouvez bien sûr le voir.

Sickles s'éloigna en clopinant, et Émilie dit :

— Je ne peux pas rester, sœur Mary.

— Mais il le faut ! Ne prends pas cela trop au tragique. Tu verras, ce sera différent au Foyer du Soldat. Il n'y aura personne qui viendra nous déranger. Il y aura juste nous, et Willie, et Aleck et Ned aussi, bien que je ne l'aie pas encore vu. Mais les autres m'ont dit qu'ils l'avaient vu.

Émilie secoua la tête, comme si pendant un moment elle avait perdu l'ouïe.

— Qu'est-ce que tu as dit au sujet de Ned et d'Aleck ?

— Willie vient me trouver tous les soirs. Il se tient au pied de mon lit. Il est... comment dire ? On dirait qu'il rayonne de lumière. Il me sourit et me parle de tous les autres qui l'ont rejoint. Il a vu Ned, qui va bien et qui est heureux. Parfois Aleck vient avec Willie, et le petit Eddie est venu deux fois voir sa maman. Il se souvient de moi, Émilie ! Tu te rends compte, après toutes ces années ! Il était pourtant si jeune quand il a traversé de l'autre côté.

Émilie prit Mary dans ses bras, comme si c'était elle, Mary, la petite sœur, presque une enfant.

— Je suis contente pour toi, murmura-t-elle. Je suis si contente qu'ils viennent te voir comme cela.

Dan Sickles, lui, n'était pas du tout content. Tout en arpentant la chambre du Président, appuyé sur ses béquilles, il décrivait sa conversation avec Émilie à Lincoln qui était étendu tout habillé sur son lit. Quand il eut fini de parler et de piétiner, Lincoln observa :

— C'est une Todd, elle a la langue bien pendue. Il vaut mieux ne pas discuter avec eux.

— Monsieur, il est imprudent de votre part d'abriter cette rebelle dans cette maison ! s'écria Sickles en frappant le rebord du lit avec le plat de la main.

Lincoln se redressa comme si c'était lui qui venait de recevoir le coup.

— Général, il ne vous appartient pas de nous donner des conseils à ma femme et à moi sur le choix de nos hôtes quand vous-même êtes notre invité.

— Je suis désolé, monsieur, je n'aurais pas dû parler ainsi, mais...

— En effet, monsieur, dit Lincoln d'un ton glacial. D'ailleurs, la petite n'y est pour rien. C'est moi qui l'ai fait venir ici.

Le 14 décembre, Lincoln délivra un laissez-passer aux noms d'Émilie Todd Helm et de sa fille Margaret, leur permettant de rentrer à Lexington.

— J'ai aussi écrit le serment d'allégeance, ainsi qu'un pardon, dit-il en souriant.

— Je n'ai rien fait qui demande à être pardonné, frère Lincoln.

La famille était réunie pour le petit déjeuner — c'est-à-dire Lincoln, Mary et Émilie. Tad et Margaret quant à eux regardaient par la fenêtre les chèvres de Tad.

— Oh, tu peux bien le signer, Émilie, dit Mary. Ce n'est qu'un bout de papier.

— Non, je ne peux pas. Je suis toujours loyale à Ned et à notre pays.

Mary secoua la tête d'un air surpris.

— Est-ce qu'un jour nous finirons par nous réveiller de ce cauchemar ? demanda-t-elle.

Lincoln déchira le document et dit à Émilie :

— Quand j'ai appris que Ned avait été tué, je me suis senti comme David dans la Bible quand il apprend la mort d'Absalon. « O Absalon, mon fils, que ne suis-je mort à ta place ! »

— Et maintenant tu vas à nouveau me quitter, dit Mary à Émilie. Et tu veux que je supporte la vie ?

Cette question demeura sans réponse. Tad dit ensuite : « Non ! » tout fort à sa cousine, et cria à son père :

— Elle dit que Jeff Davis est le Président, et moi je lui dis que c'est vous le Président. Vous ne pouvez pas être tous les deux Présidents, n'est-ce pas ?

— Non, dit Lincoln en souriant. Et c'est là tout le problème. En tout cas, Tad, tu sais qui est ton Président, et Margaret sait qui est son oncle Lincoln ; et c'est bien suffisant.

C'était plus que suffisant pour Mary qui sortit de la pièce en courant. Elle venait d'apercevoir une auréole de feu autour de la tête de son mari. Elle recommençait à perdre la raison, et cette fois, elle risquait de ne pas la recouvrer.

III

Elihu B. Washburne ne fut pas élu Speaker de la Chambre des représentants, malgré l'assistance secrète de Lincoln. Ce fut l'anti-lincolnien Schuyler Colfax, homme d'apparence souriante mais d'honnêteté douteuse, qui obtint le poste. Washburne se montra beau perdant : il vota pour Colfax au tour final si bien que ce dernier fut élu à l'unanimité. Parmi les nouveaux élus, on comptait notamment le major général James A. Garfield, directeur de journal du Maine et l'un des héros de la bataille de Chickamauga.

Mais le principal foyer d'intérêt fut l'arrivée au Congrès le 12 janvier du major général Frank Blair, Junior. Par suite des efforts de Stanton au Département de la Guerre, et de Thaddeus Stevens à la Chambre, Frank Blair avait cessé d'être général, mais il était toujours membre du Congrès.

Avec son allure martiale et sa barbe rousse, Blair fit une entrée remarquée à la Chambre sous les applaudissements des galeries. La Chambre interrompit ses travaux pendant une dizaine de minutes. Blair alla complimenter le Speaker, qui lui souhaita la bienvenue, comme firent un certain nombre de congressmen des États-frontières. Les autres ouvrirent leurs journaux ou mirent à jour leur correspondance. Thaddeus Stevens sortit de la Chambre en clochant, pour ne pas assister au triomphe de Blair.

Washburne conduisit celui-ci sur l'une des banquettes bordant l'hémicycle et là, pendant que la Chambre reprenait ses travaux, il le sonda sur ses intentions, comme le lui avait demandé le Président. En tant que Speaker, Blair eût été d'une grande utilité pour Lincoln; sinon il était mieux à l'armée. De tous les généraux politiques, Blair était le seul à avoir inspiré un certain respect à Grant et à Sherman, les deux soldats de métier qui dominaient maintenant sur tous les autres.

— Vous n'avez rien à craindre de Grant, dit Blair en allongeant avec ostentation ses longues jambes bottées sur le nouveau tapis. Washburne remarqua que Blair avait gardé ses éperons en entrant au Capitole, si bien qu'à l'endroit où il avait posé les pieds, le tapis se trouvait tout percé de petits trous.

— Craindre ? Washburne fit semblant de ne pas comprendre ce que Blair voulait dire. En tant que congressman de Grant, il ne se passait pas un jour sans que Washburne ne fût assailli de questions par la presse et par les politiciens sur l'éventualité de la candidature de Grant à la présidence. Certes, si Grant se présentait comme candidat républicain, il battrait McClellan. Mais, comme Washburne aimait à le rappeler aux radicaux, Grant était un démocrate qui avait soutenu Douglas. Si Grant était opposé à McClellan pour l'investiture démocrate, la plupart le donnaient vainqueur. C'était du moins l'opinion de Lincoln. Lincoln pensait également que Grant pourrait obtenir l'investiture républicaine, s'il le désirait ; et qu'opposé à Grant, lui-même serait battu. Pour le moment, la presse était en train de gonfler Grant, lequel n'avait encore fait aucune déclaration publique.

— Grant désire seulement se battre. Il n'a aucune ambition politique.

Blair était catégorique, mais Blair était toujours catégorique.

— J'ai peine à croire cela, dit Washburne.

Le Congrès commençait à se remplir de généraux, et la guerre était loin d'être terminée. Pourtant, chaque fois qu'il parlait de Grant, Washburne se faisait l'effet d'être un imposteur. En tant que congressman de Grant, on le tenait pour une autorité sur le sujet, mais en réalité il connaissait à peine l'homme. Au commencement de la guerre, il avait proposé Grant comme brigadier général, parce qu'il sortait de West Point et qu'il résidait à Galena, la ville natale de Washburne. Grant lui en avait été reconnaissant. Récemment, à la demande du Président, Washburne avait fait venir un ami à lui de Galena qui était aussi un familier de Grant. Cet ami avait déclaré au Président que Grant le soutiendrait pour un second mandat. Lincoln s'était montré soulagé. Mais le *New York Herald* continuait de faire campagne pour « Ulysses Grant, le candidat du peuple ».

— Qu'est-ce que le Président attend de moi ? demanda Blair.

— C'est à vous de voir.

— Je pense que j'aimerais retourner à l'armée, si Stanton est d'accord. Il paraît qu'on a voté une nouvelle loi, ce qui veut dire que j'ai perdu mon brevet pour de bon en venant ici aujourd'hui.

— C'est vrai, mais le Président est prêt à vous en délivrer un autre quand vous voudrez.

— Vous croyez ? demanda Blair en jetant à Washburne un regard dur.

Washburne répliqua en hochant la tête :

— Je parle en son nom.

Blair parut soulagé :

— Dans ce cas, je vais travailler un peu ici, et puis je retournerai à l'armée. Je suppose que Grant sera assigné dans l'Est.

— Je ne sais pas. Je sais seulement que le Président veut le nommer commandant général de toutes nos armées.

— Et Halleck ?

— Il servira sous Grant.

Blair émit un sifflement :

— Il ne va pas beaucoup aimer ça. Et Meade ?

— Je pense que le Président désire que Grant prenne le commandement de l'armée du Potomac où tout est toujours tranquille...

— Grant désire rester dans l'Ouest. Vous connaissez son plan. Attaquer Atlanta et Savannah, puis remonter au nord jusqu'à Richmond.

— Sherman peut faire cela pendant que Grant marcherait sur Lee en Virginie. Mais le Département de la Guerre ne m'a pas fait ses confidences. Il y a une chose toutefois que nous aimerions bien savoir. Pourquoi Grant n'a-t-il pas télégraphié à Stanton la nouvelle de la chute de Vicksburg ? Pourquoi avons-nous dû attendre trois jours avant de l'apprendre, et encore d'un amiral !

Blair eut un petit ricanement.

— Parce que les fils télégraphiques reliant le quartier général de Grant à Washington avaient été coupés.

— Ma foi, des lignes, ça se répare, surtout que les rebelles étaient en débandade.

— Oh, Mr. Washburne, on voit bien que vous ne nous connaissez pas, nous autres gens de l'Ouest ! Ce ne sont pas les rebelles qui ont coupé les fils, c'est Grant lui-même.

— Comment ! Le général Grant aurait coupé ses propres fils ?

— Le reliant à Washington, oui. Comme on ne sait jamais le genre d'ordres imbéciles que Stanton ou Halleck risquent de nous envoyer, dès qu'il se prépare un gros coup, comme la chute de Vicksburg, il préfère suspendre toute communication jusqu'à ce que ce soit fini.

— Ne le dites pas au Président.

— Oh, il finira bien par l'apprendre. Sinon par moi, du moins par Grant. C'est Stanton qui ne doit pas savoir, autrement, il nous ferait fusiller.

Washburne en vint ensuite au point essentiel de la discussion.

— Votre discours de Saint Louis, en août dernier, a causé ici un certain émoi, comme vous savez.

— J'ai pris le problème noir par le bon bout, un point c'est tout, d'un ton à la fois satisfait et résolu. Le problème n'est pas l'esclavage, qui aurait disparu avec ou sans la guerre. Le problème, c'est le nègre : il doit quitter ce pays.

— Bien sûr, dit Washburne, qui n'était guère intéressé par les opinions raciales de Blair. Naturellement, un tel discours a fait sensation, et votre frère, Monty, en a fait autant lorsqu'il a parlé à Rockport.

Montgomery Blair avait enchéri sur les remarques de son frère. Il avait lui aussi parlé de la colonisation comme de la seule solution au problème racial. Il avait dénoncé les abolitionnistes qui s'opposaient à la déportation des gens de couleur en brossant un tableau alarmiste d'une future nation composée d'êtres hybrides. Il fallait que le Nord fît cause commune avec les Sudistes restés loyaux à l'Union, tout en punissant les politiciens séditieux et les propriétaires d'esclaves. « Ce ne sont pas les États qui ont trahi, disait Monty Blair, mais certains individus qui se sont servis des États pour démembrer le gouvernement. »

— Je sais que le Président nous appuie, dit Blair, mais nous sommes les seuls à oser nous élever contre Sumner, Greeley et toute la clique.

— Et vous osez bien. Le Président vous en est reconnaissant. Ce qui nous a davantage intéressés ici, ce sont vos allégations contre certains agents du Trésor dans le Missouri...

— Des allégations ? Mais j'ai la preuve de ce que j'avance, Mr. Washburne. Ces gens-là sont corrompus jusqu'à la moelle, Chase le premier, qui vend des permis de commercer avec l'ennemi.

— Mr. Chase, êtes-vous bien sûr ? C'est très intéressant ce que vous dites là. Peut-être pourriez-vous vous expliquer davantage...

Chase promena ses regards autour de lui : son bureau à moitié meublé le satisfaisait à demi. Le tapis gris perle des origines, depuis longtemps souillé par les crachats et le jus de tabac, avait fait place à un pavement en mosaïque qui attendait d'être recouvert d'un tapis d'Axminster, tissé spécialement pour lui, et de nouveaux meubles dorés qui avaient été commandés à un ébéniste de Philadelphie, qui lui avait été chaudement recommandé par Jay Cooke. Mais ce qui le réjouissait le plus était la salle de bains adjacente à son bureau qu'il venait de faire installer. Dans son genre, elle était unique à Washington, et fort enviée de Mrs. Lincoln, laquelle y faisait souvent allusion — en termes voilés bien entendu, un tel sujet étant impropre à la conversation.

Le jeune journaliste de l'Ohio et correspondant de guerre, Whitelaw Reid, était assis sur le canapé au-dessous du portrait d'Hamilton, tenant à la main un exemplaire de l'élégant petit livre de Chase, *Going Home to Vote*. Depuis quelque temps, il aidait Chase à écrire ses discours. Lors de la tournée triomphale du secrétaire au Trésor dans l'Ouest en octobre, entreprise officiellement pour le compte du parti républicain, Reid avait tracé un des portraits les plus élogieux de l'homme d'État, tout en parlant de l'homme privé dans les termes les plus chaleureux et les plus émouvants.

Reid venait de révéler à Chase le surnom affectueux que lui avait donné le public : « Old Greenbacks » lui paraissait bien plus flatteur que celui de « Old Abe ». D'ailleurs, comme à l'âge de douze ans, Chase avait à plusieurs reprises fait le passeur sur la rivière Cuyahoga, un certain John Trowbridge avait eu l'idée de combattre l'image d'un Lincoln briseur de rails par celle du gosse issu d'un milieu modeste et qui doit travailler dur pour aider sa famille. Le résultat se trouvait maintenant sur le bureau de Chase, sous la forme d'un petit livre intitulé *l'Enfant passeur et le Financier*. Chase avait néanmoins quelques scrupules. Bien qu'il ne mentît jamais, il n'aimait pas à dire plus qu'il n'était nécessaire. Et puis, qu'étaient des travaux d'adolescent à côté des hauts faits légendaires d'un Lincoln adulte ? On avait beaucoup insisté, et on insisterait encore davantage sur le fait que parmi tous les Présidents, Lincoln était le seul à avoir travaillé de ses mains une fois atteint l'âge adulte. Mais la brochure de Trowbridge était sous presse. Il n'y avait plus moyen d'y changer quoi que ce fût.

Le sénateur Pomeroy du Kansas était assis sur le fauteuil à côté du bureau de Chase. Pomeroy était à la tête du comité secret en faveur de l'investiture de Chase comme candidat républicain aux élections présidentielles. Le comité comprenait entre autres les sénateurs Sumner, Wade, Sherman et Sprague, ainsi que le congressman Garfield, alors que Greeley représentait la grande presse. Par contre, un abolitionniste aussi influent que William Cullen Bryant n'en faisait pas partie.

— Mr. Greeley pense qu'avec Hiram Barney aux douanes, vous aurez pour vous la délégation new-yorkaise tout entière. Il dit qu'il n'y a pas de problème.

Pomeroy était un être servile et obséquieux pour lequel Chase n'avait aucune espèce de sympathie. On disait qu'il avait obtenu son élection au Sénat par des moyens corrompus. Mais c'était un habile manager politique au dire de Wade, qui s'y connaissait, et de Sumner, qui n'y connaissait rien. Chase, bien sûr, n'allait pas dire à ces visiteurs qu'Hiram Barney, l'homme qu'il avait nommé aux douanes, soutenait Lincoln.

— Rien n'est facile, sénateur, dit Chase en regagnant son fauteuil.

— C'est aussi ce que dit Mr. Lincoln. Il s'inquiète à votre sujet. Il s'inquiète également au sujet de Grant. Il a confié à l'un de mes amis que si « les éléments du parti s'accordaient pour soutenir un candidat fort » — ce sont ses propres termes — c'en serait fait de lui. Or Grant n'est pas candidat, tandis que vous, vous l'êtes...

— Non, non, je ne le suis pas, du moins pas dans le sens ordinaire, ou bien...

— Bien sûr, bien sûr, repartit Pomeroy. De toute façon, nous sommes en train de rassembler tous les mécontents, c'est-à-dire à peu près tout le monde. Et je pense que nous devrions prendre exemple sur le sénateur Sherman : il vient de publier un pamphlet intitulé *La Prochaine Élection présidentielle*...

— Justement, dit Chase, on l'a beaucoup critiqué pour l'avoir signé de son nom.

— Pour sûr qu'il a été critiqué, mais il s'en fiche pas mal, si vous me passez l'expression. D'ailleurs, c'est contre Lincoln qu'il a écrit, et non en votre faveur. Notre comité a en tête quelque chose de plus digne : il s'agirait d'exposer votre programme personnel, et de faire ensuite en sorte que la presse en prenne connaissance.

— Bien sûr, il ne faut surtout pas que j'en prenne connaissance à l'avance. Je suis encore membre du gouvernement. Mais j'estime, et c'est un point sur lequel j'ai toujours insisté, que la pratique des trente dernières années doit être maintenue. Aucun Président ne doit pouvoir remplir deux mandats. Si j'étais candidat, je m'engagerais à ne pas redemander un second mandat.

— C'est une décision, monsieur, qui vous rendrait sûrement très populaire, dit Whitelaw Reid.

A ce moment, la porte s'ouvrit et un huissier annonça Mr. Henry D. Cooke. En entrant dans le bureau, Henry D. regarda autour de lui pour voir qui était présent. Comme il ne vit que d'ardents loyalistes, il dit :

— Eh bien, Frank Blair a osé !

— Osé quoi ? demanda Pomeroy.

— Il vient de demander qu'une enquête soit menée concernant les agissements du Département du Trésor. Il désire que soit nommé un comité de cinq personnes chargées d'enquêter dans ce qu'il appelle une longue suite de crimes ou d'accusations de crimes commis par les fonctionnaires du Trésor et par...

— Par moi ? dit Chase, étonné du sang-froid dont il faisait montre.

— Oui, monsieur, par vous, dit Henry D.

— Que me reproche-t-on au juste ? demanda Chase tout en cherchant à se rappeler un passage d'une des épîtres de saint Paul aux Éphésiens approprié à la situation, mais il ne trouva rien.

— J'imagine que Frank doit être assez vague, dit Pomeroy qui, lui, avait l'expérience de ce genre de situation, mais à titre de coupable et non seulement d'accusé.

— Sans doute pour ce qui est des détails. Mais il prétend qu'il a tout lieu de croire que vous avez donné ou vendu, secrètement et illégalement, des permis de commercer avec l'ennemi à divers hommes d'affaires, et que, si la chose est prouvée, vous devrez être destitué et jugé pour trahison.

Chase crut un instant qu'il allait s'étrangler de rage ; puis il tâcha de considérer la situation sous son côté ironique. Car s'il avait pu en certaines occasions frôler la limite de ce qui est autorisé, sur la question des permis il s'était toujours montré intraitable, comme son beau-fils pouvait en témoigner.

— Je crois, dit Chase en rentrant sa colère, qu'il faudra un jour que nous en finissions avec Mr. Frank Blair, Junior, et toute sa famille...

Chase sonna son secrétaire. Quand celui-ci parut, il lui dit : Apportez-moi le dossier Frank Blair, le dossier Vicksburg et le dossier Montgomery Blair. Puis se tournant vers Pomeroy : Nous verrons bien s'il n'y a pas moyen d'accuser le général Blair de fraude contre le gouvernement à Vicksburg. Je vais aussi m'occuper de ses associés : je n'aurai que l'embarras du choix en ce qui concerne les chefs d'accusation... Quant à Montgomery Blair, celui-là...

Pomeroy leva la main :

— Ne nous emballons pas, monsieur. Il est bien d'amasser des munitions, mais le moment n'est peut-être pas encore venu de s'en servir. Puis se tournant vers Henry D. : Blair a donc demandé une commission d'enquête ?

— Oui, sénateur. Pour le moment, il n'y a pas encore eu de vote, mais...

— Dans ce cas, il n'y a pas lieu de s'inquiéter, dit Pomeroy en souriant. Mr. Chase, personnellement le Speaker est contre la réélection de Mr. Lincoln. En privé, il vous soutient ; publiquement il déteste les Blair, comme tout le monde. Rassurez-vous, avec Garfield et le Speaker pour vous, il n'y aura jamais d'enquête. Vous pouvez considérer la résolution comme enterrée. De toute façon, si on en venait aux votes, la Chambre serait pour vous.

— Oui, mais si mes amis s'opposent à une enquête dans mon département, de quoi est-ce que cela aura l'air ?

— De rien du tout, Mr. Chase. Demain, tout cela sera oublié.

— Ce serait une bonne chose si on pouvait être exonéré... reprit Chase.

— Je ne vous le conseille pas, Mr. Chase, dit Henry D. Dans ce genre d'affaires, mieux vaut ne pas y regarder de trop près. Vous n'avez certes rien fait d'illégal, mais nous, qui sommes vos amis, avons veillé à ce que les permis n'aillent qu'à des hommes qui sont vos partisans. C'est ce que Blair essaiera de montrer.

— Je suis d'accord avec Mr. Cooke, dit Pomeroy. Ça ne ferait pas trop bon effet, même s'il n'est pas défendu d'aider ses amis. Et maintenant, ajouta-t-il en se levant et en brandissant le pamphlet, je vais répandre la bonne nouvelle !

Chase était satisfait du pamphlet : l'œuvre d'un journaliste de New York nommé Winchell. La thèse contre la réélection de Lincoln était exposée avec force et sobriété. Elle s'articulait autour de cinq points. Premier point : Lincoln perdrait contre les combinaisons mises en œuvre contre lui. McClellan serait un formidable adversaire. Si Grant entrait en lice comme démocrate, il n'y aurait même pas de compétition. Deuxième point : un second mandat aussi flou et indécis mettrait la nation au bord de la banqueroute, au cas où la guerre se prolongerait, le patronage étant désormais incontrôlable. Ici, l'argument était un peu faible, vu que le nombre de fonctionnaires avait augmenté plus rapidement dans son département que dans tout autre, y compris celui de la Guerre. Mais ses conseillers estimaient que cela faisait bien. Troisième point : Chase était plus qualifié que Lincoln : meilleur administrateur, et d'une intégrité absolue. C'est pourquoi les accusations des Blair étaient d'autant plus infamantes. Quatrième point : plus les partisans de Lincoln chercheraient à favoriser sa réélection, et plus ils provoqueraient d'opposition dans le pays. Pour toutes ces raisons, les amis de Chase avaient mis sur pied une organisation nationale, avec un comité exécutif républicain national à Washington, dont le président était le sénateur Pomeroy.

— J'enverrai cette circulaire aux quatre coins du pays, dit Pomeroy.

— Alors dépêchez-vous de l'envoyer en Pennsylvanie, dit Henry D. Je viens d'apprendre par mon frère que Simon Cameron est en train de battre le rappel de tous les républicains favorables à Lincoln dans sa législature.

— Thaddeus Stevens ne travaille-t-il pas pour nous ? demanda Chase, qui avait reçu l'assurance de cet irritable honnête homme qu'il lui livrerait la Pennsylvanie.

— Depuis la fois où Mr. Stevens a nié avoir dit que Simon Cameron ne volerait jamais un poêle chauffé à blanc, c'est la guerre entre les deux hommes.

Chase songea à cette soirée où il avait trouvé pour Cameron un moyen délicat de quitter le gouvernement. Mais la perfidie des hommes ne l'étonnait plus.

— Je croyais Mr. Cameron toujours fâché contre le Président pour l'avoir chassé du Cabinet.

— Il est convaincu, dit Henry D. que son départ était votre ouvrage à vous et à Seward.

— On m'y reprendra à faire une bonne action ! s'écria Chase.

— Mais si, mais si, Mr. Chase, vous en ferez d'autres, dit Pomeroy en brandissant à nouveau la circulaire, et la prochaine fois, ce sera comme Président !

Seward et son fils lurent la circulaire avec incrédulité. Le texte intégral avait été publié dans le *National Intelligencer.*

— Il devra démissionner, dit Fred Seward.

— Mais il ne le fera pas, dit son père tout en allumant de ses mains tremblantes son premier cigare de la journée.

— Peut-être qu'il ne savait pas.

— Oh, les politiciens ne savent jamais rien, mais à vrai dire, je n'en vois pas l'intérêt. Cameron nous a déjà livré la Pennsylvanie. Sprague n'est même pas capable de lui apporter le Rhode Island, alors que l'Ohio — son État d'origine — est douteux. Reste bien sûr Horace Greeley. Ainsi soit-il.

— Ainsi soit-il, répéta Fred.

Seward alla tout droit à la Maison-Blanche, tandis que Fred se rendit au Département d'État. Seward trouva Nicolay tout seul dans son bureau. Hay était en Floride, occupé à chercher un siège de congressman, avec la bénédiction du Président. Sur la table de Nicolay se trouvait un exemplaire du *National Intelligencer*.

— Est-ce qu'il l'a vu? demanda Seward.

— Non, monsieur. Je le lui ai apporté. Je lui ai dit ce que c'était. Il m'a dit qu'il préférait ne pas le lire.

— Est-ce tout?

— Il a fait un rêve curieux la nuit dernière, mais je ne veux pas gâter votre plaisir, il vous le racontera lui-même. Nicolay regarda la pendule : Les hordes ne sont pas lâchées avant neuf heures, maintenant, ce qui lui donne deux heures pour réfléchir et pour écrire.

Le Président n'était ni en train d'écrire, ni apparemment en train de réfléchir lorsque Seward entra dans le bureau. Il était assis dans son grand fauteuil devant la cheminée, les pieds posés sur les chenets et les yeux fermés. Il n'avait pas encore récupéré le poids perdu durant sa maladie, mais son teint était normal et il avait retrouvé son énergie.

— Asseyez-vous, gouverneur, dit-il en ouvrant les yeux puis en les refermant aussitôt. J'ai fait un rêve extrêmement drôle la nuit dernière, et j'étais justement en train d'essayer de me rendormir pour tâcher d'en faire un autre aussi bon. D'ordinaire, mes rêves sont assez lugubres.

— Qu'est-ce que c'était? demanda Seward en s'asseyant à côté du Président.

— Je me trouvais dans le salon bleu, où je recevais des visiteurs, comme tels sont à la fois mon devoir et mon bon plaisir, lorsque tout à coup les gens se mirent à faire des remarques désobligeantes sur mon apparence.

— Ils n'oseraient tout de même pas!

— Eh bien, si, justement, figurez-vous qu'ils ont osé. L'un d'eux disait à haute voix : « Ce Vieil Abe, il a l'air bien ordinaire! » Là-dessus, tout le monde s'est mis à rire. Alors, j'ai répondu, un peu vexé : « Les gens ordinaires sont les mieux, c'est pourquoi le Seigneur en a fait autant. »

— Ce n'est pas mal pour un homme endormi, dit Seward en riant.

— N'est-ce pas? C'est aussi mon sentiment.

— Je suis également heureux de constater que dans vos rêves au moins le seigneur des Armées est invoqué.

— Vous savez maintenant de quelle étoffe sont faits mes rêves. Oui, gouverneur, je suis au courant pour la circulaire. Non, je ne l'ai pas lue, et je ne la lirai pas.

— Je suppose que Chase va de nouveau démissionner.

Seward regardait Lincoln avec fascination parce que, comme toujours, le visage du Président trahissait si peu ses véritables pensées.

538

— Il m'a écrit une lettre que j'ai lue, par contre.

Lincoln tendit la lettre à Seward.

— Je vous la montre parce que manifestement elle n'a aucun caractère privé.

Seward lut rapidement la lettre, et vit l'aveu de la faute dans la phrase : « Je n'avais aucune connaissance de l'existence de cette lettre. » Chase reconnaissait ensuite que bien qu'il eût rencontré à diverses reprises certaines personnes qui désiraient le mettre en avant, il ne les avait ni encouragées ni découragées. Il réalisait néanmoins que : « S'il y a quoi que ce soit dans mon action ou dans ma position qui, à votre estime, puisse porter préjudice aux intérêts dont j'ai la charge, je vous supplie de me le dire. Je ne désire pas administrer le Trésor un seul jour de plus sans être assuré de jouir de votre entière confiance. »

Seward posa la lettre :

— Il a démissionné ?

— Pas exactement. Il veut que ce soit moi qui lui demande de partir.

— Et vous ne le voulez pas ?

Lincoln poussa un soupir :

— D'une certaine manière, je le comprends. Vous savez, gouverneur, c'est terrible, quand un homme commence à être rongé par le démon du pouvoir.

— A qui le dites-vous, monsieur le Président, dit Seward en penchant la tête de côté pour mieux voir l'homme qui l'avait évincé à tout jamais de sa place dans l'Histoire.

— Oui, je sais, mais moi j'en parle en connaissance de cause. On peut y atterrir par chance, mais ce n'est pas faute de l'avoir voulu.

— Qu'allez-vous lui répondre ?

Lincoln sourit :

— Je vais le laisser mijoter un peu dans son jus. Je lui ai envoyé un billet pour lui dire que je lui exposerai mes vues sur la question quand j'en aurai le temps.

— Ce ne doit pas être la fête chez les Chase, ce matin, dit Seward en prenant congé du Président. Au même moment, un huissier introduisait Frank Blair en habits civils. Les deux hommes se sourirent aussi hypocritement l'un que l'autre.

Blair tenait également à la main un exemplaire de la circulaire :

— Oui, dit Lincoln, je suis au courant.

— Qu'allez-vous faire ?

— Cela dépend, général. Cela dépend.

Lincoln fit signe à Blair de s'asseoir dans le fauteuil que Seward venait de libérer. Blair éloigna le fauteuil de la cheminée de manière à être côte à côte avec le Président.

— Je doute que vous réussissiez jamais à avoir votre commission d'enquête, dit Lincoln.

— En effet, dit Blair. Chase est trop fort. Mais je peux toujours parler.

— Je n'en doute pas, dit Lincoln en contemplant le feu d'un air songeur. J'ai rêvé à quelque chose de très drôle la nuit dernière...

— Cela parlait-il de Mr. Chase ? Y était-il question de perfidie ?

— Non. Il s'agissait de tout autre chose. Je vous le raconterai une autre fois. Au fait, quel genre de preuves avez-vous contre les délits de Mr. Chase et de ses agents ?

— J'ai laissé une copie de mes notes à Mr. Nicolay. J'ai aussi d'autres preuves que, pour le moment, je préfère garder pour moi.

— Je vois, dit Lincoln en essuyant ses lunettes avec l'intérieur d'un gant de chevreau qui se trouvait placé par hasard dans l'une des poches de son gilet. Frank, c'est une chose grave que d'accuser de corruption le secrétaire au Trésor.

— Je sais. C'est pourquoi j'estime de mon devoir de présenter au Congrès un compte rendu détaillé de mes accusations.

— Cela bien sûr va faire du tort à Mr. Chase.

— C'est le but de l'exercice.

Blair montra du doigt la circulaire qu'il avait laissé tomber par terre :

— Après ce qu'il vous a fait, vous avez encore des scrupules ?

— Disons qu'aujourd'hui je suis plus disposé qu'hier à écouter ce que vous avez à me dire. Frank, c'est une chose de donner des permis de commercer à ses amis et à ses fidèles, et c'en est une autre de les vendre et d'empocher l'argent. La première est déloyale et peut-être immorale, la seconde est un crime. Mr. Chase a-t-il commis un crime ?

Blair hocha la tête.

— Je crois même qu'il en a commis plusieurs. Mais j'avoue que c'est difficile à prouver. Quand Jay Cooke lui donne cinq mille dollars pour sa campagne, et qu'il reçoit ensuite une commission sur les bons de guerre qu'il vend, est-ce de la corruption ?

— C'est trop vague, Frank. Vous désiriez savoir si je préférais vous avoir au Congrès ou à l'armée. Je pensais qu'en tant que Speaker vous pourriez nous être utile, autrement vous êtes plus précieux à l'armée.

— Maintenant, je n'ai pas le choix. Stanton m'a retiré ma commission.

Lincoln souleva son sourcil gauche, ce qui ramena sa lourde paupière à hauteur normale.

— Il suffit de ma signature sur un bout de papier pour que vous redeveniez major général.

— Vous le feriez ?

— Cela me paraît la chose sensée à faire, une fois que nous aurons débrouillé ce problème.

— Dans ce cas, je ferais bien de présenter mes accusations contre Mr. Chase au Congrès.

— Si vous pouvez les maintenir, je crois que c'est votre devoir, malgré le préjudice que cela va causer au gouvernement.

— Oh, je ne perdrai pas Chase de vue, soyez tranquille.

— Tranquille ? Je suis justement payé pour ne pas l'être. Mais je crois que Mr. Chase vous a facilité la tâche avec sa circulaire. Et par ailleurs, en permettant comme il l'a fait à ses partisans de le pousser en avant, il s'est distancé de moi.

— Distancé ! Il vous a poignardé dans le dos !

— Si vous voulez.

— Je crois que je vous comprends, monsieur le Président.

— Je le crois aussi, Frank.

Blair eut un sourire narquois.

— Monty prétend que vous vouliez me renvoyer au Congrès pour que je détruise Chase.

— C'est curieux comme vous autres, Blair, vous imputez toujours les motifs les plus noirs aux actions des hommes. Je cherche au contraire ce qu'il y a en eux de bon et de noble.

L'œil gauche redescendit brusquement, tirant en bas la paupière. S'il avait voulu cligner les yeux, il n'aurait pas fait autrement.

Au Département d'État, c'est d'étonnement que Seward cligna les deux yeux. Dan Sickles était étendu sur le sofa, sa jambe de bois posée sur le coussin que Seward utilisait comme oreiller pour faire la sieste.

— Que disent les lettres ? demanda Seward en rouvrant tout grands les yeux.

— Je ne les ai pas vues. Mais Isaac Newton me dit qu'il y en a trois, et qu'il ressort clairement de toutes les trois que Mrs. Lincoln a reçu ou s'attend à recevoir de l'argent en échange de certaines faveurs politiques.

— Bon Dieu ! murmura Seward.

— Ils sont malins, reprit Sickles. Ils attendent qu'on soit à quatre mois de la convention pour l'investiture pour demander de l'argent, sachant très bien que le Président n'a plus le temps de manœuvrer.

— Est-il au courant ?

— Je ne crois pas. Il se trouve que Watt connaît Mr. Newton, qui dirige maintenant le bureau des Affaires agricoles, et qui par conséquent a accès auprès du Président. Watt l'a contacté. Newton est ensuite venu me demander ce qu'il fallait faire. Comme Watt habite maintenant New York, je lui ai dit que je vous en parlerai.

— Vous avez bien fait. Il faut tenir le Président à l'écart de tout cela.

— Si c'est possible. Car en fin de compte, c'est lui qui devra payer.

— Combien ?

— Vingt mille dollars pour les trois lettres, autrement, elles seront publiées avant la convention, et Mr. Chase sera nommé.

Seward se mit à siffloter de manière fort imprécise, d'ailleurs, ses deux lèvres ne se rejoignant pas. Puis il demanda :

— Mrs. Lincoln est-elle au courant ?

— Non.

— C'est heureux. Dan, vous irez à New York, où vous aurez une conversation avec Mr. Watt. N'est-il pas à l'armée ?

— Il y était, mais maintenant il n'y est plus. Il a une serre. Il pense qu'il a été maltraité lors de l'affaire Wikoff.

— Cette fois, il risque de l'être davantage.

Seward était décidé à jouer gros : s'il perdait, le gouvernement ne s'en relèverait pas.

— Quand vous serez à New York, je veux que vous alliez rendre visite à mon ami Simeon Draper. Le connaissez-vous ?

— Je sais qu'il est de vos amis.

— Oui, c'est un de mes fidèles, c'est quelqu'un sur qui je peux compter. C'est le receveur des douanes du port de New York. Mais je l'utilise aussi pour des affaires délicates. Par exemple, lorsque en tant que secrétaire d'État je suis obligé d'ordonner l'arrestation et la détention à Fort Lafayette de toute personne soupçonnée de trahison, Mr. Draper s'arrange avec le superintendant de police pour faire disparaître le traître jusqu'au moment où je juge bon de le relâcher — après l'élection, par exemple.

Sickles posa son moignon sur le plancher, et sourit en tortillant sa moustache à la manière d'un acteur.

— J'imagine que je vais repartir avec dans ma poche l'ordre d'arrestation d'un certain John Watt qui, tandis qu'il était à la Maison-Blanche, a dérobé des documents officiels pour les remettre à l'ennemi...

— Vous l'aurez dès que l'encre sera sèche, dit Seward en écrivant rapidement sur une feuille de papier officiel.

— Et si Mr. Watt a donné copie des lettres à d'autres ?

— Ce ne seraient que des copies. Ce n'est pas une preuve. L'important, c'est d'avoir les originaux. Et c'est cela que je vous demande d'obtenir de Mr. Watt.

— Et s'il refuse de les donner ?

— Dan, avez-vous jamais visité Fort Lafayette ?

— Non, je n'ai fréquenté que les cellules de la prison de Washington qui pour la vermine ne le cèdent à aucune autre, j'imagine.

— Détrompez-vous. Il n'y a pas pire que Fort Lafayette. Demandez à Mr. Draper de vous en faire la description. Un homme peut y entrer, y attraper la fièvre et y mourir sans que personne n'y trouve à redire. Ses cachots, humides, sans jour, ressemblent à des donjons...

— J'ai compris, gouverneur, dit Dan qui prit le mandat d'arrêt et le mit dans sa tunique.

Cinq jours après la publication de la circulaire Pomeroy, Frank Blair lança une attaque à la Chambre des représentants contre ceux qu'il nommait les jacobins du Missouri, mais l'attaque portait bien au-delà.

« Je déclare ici en ma qualité de membre du Congrès que ce pays n'a jamais connu d'administration du Trésor plus corrompue que celle qui étend présentement ses ramifications à travers toute l'Union ; j'affirme que la vallée du Mississippi tout entière est infestée par la fraude et la corruption ; que des permis d'achat de coton sont vendus sur le marché au même titre que le coton lui-même ; et que ces permis sont amenés à Saint Louis et dans d'autres villes de l'Ouest par des politiciens et autres partisans venus de tout le pays pour être vendus au plus offrant, qu'il soit ou non sécessionniste, et cela à un moment où les unionistes les plus fidèles se voient refuser tout permis. »

Washburne de sa place au premier rang de l'assemblée vit arriver un certain nombre de sénateurs venus entendre Blair s'élever contre Chase. L'un d'eux, et non le moins attentif, était Sprague.

Blair attaqua ensuite les prétendus établissements de commerce installés par Chase dans ces parties des États rebelles occupées par les troupes fédérales. « Ces établissements sont remis à des partisans politiques et à des clients, lesquels partagent les profits avec d'autres hommes qui apportent le capital, Mr. Chase fournissant le capital à ses amis sous forme de permis et de privilèges. »

Chase lisait le discours de Blair assis à son bureau avec le sentiment qu'il allait éclater d'un moment à l'autre. « Un certain nombre d'entre eux s'emploient, j'imagine, à distribuer la fameuse circulaire " strictement privée ", dont la nation tout entière a eu connaissance l'autre jour, laquelle nous informe que les amis de Mr. Chase ont constitué secrètement à travers tout le pays une organisation en sa faveur, dont l'un des buts est d'accuser le gouvernement de Mr. Lincoln de corruption. Or nul ne sait mieux que les amis de Mr. Chase où réside la corruption, ainsi que leurs efforts pour étouffer toute tentative d'investigation l'ont amplement démontré. »

— C'est monstrueux, dit Chase en se tournant vers Jay Cooke, qui regardait le mince rideau de pluie séparant le Trésor de sa banque.

— Il faut dire que la circulaire de Pomeroy ne nous a pas arrangés, mais Mr. Blair ne s'en tirera pas comme cela. C'est sûr !

— Mais le tort que cela me fait à moi ! Peu importe que ses accusations soient vraies ou fausses, une fois que ce discours sera connu dans tout le pays, je devrai démissionner.

— Ne croyez-vous pas que vous feriez mieux d'attendre ce que le Président va dire ?

Chase connaissait la prudence de Cooke, mais Cooke ignorait comment les politiciens communiquent entre eux.

— Mr. Cooke, dit Chase en se laissant choir sur son fauteuil, nous savons ce que pense le Président.

— Il vous a écrit ?

— Non, il ne m'a pas écrit. Mais il m'a communiqué son message par l'intermédiaire de Frank Blair.

Jay Cooke secoua la tête d'un air incrédule.

— Comment cela ? Il contrôle Frank Blair ?

— Mr. Lincoln, mine de rien, contrôle à peu près tout. C'est pourquoi je ne peux pas rester.

— Attendez de recevoir sa lettre, Mr. Chase.

Le Président avait terminé la lettre en question, et il était en train de la relire lorsque Robert entra dans le bureau. Lincoln lui tendit la lettre en disant :

— Lis cette lettre, tu me diras ce que tu en penses. Elle est adressée à Mr. Chase. Il estime qu'il doit démissionner à cause de la circulaire Pomeroy.

— Je le pense aussi. Vous n'êtes pas de cet avis ?

— Lis.

Robert lut, puis demanda d'un air étonné :

— Vous n'avez jamais lu la circulaire ?

— Non. Il y a certaines choses qu'il vaut mieux ignorer.

— Moi, je l'aurais lue, par pure curiosité.

— Alors je ne dois pas être curieux de nature.

Robert finit la lettre :

— Vous allez le garder ?

— Pourquoi pas. Il n'est plus dangereux à présent. Frank Blair l'a joliment dégonflé. Il ne pourra plus obtenir la nomination. Trouve un messager et envoie cette lettre au Trésor.

Robert prit la lettre et sortit du bureau. Au même moment, Seward entra par la porte du Cabinet.

— Eh bien, gouverneur, je viens d'arranger les choses avec Mr. Chase.

— Après l'avoir fait exécuter au Congrès.

— Vous connaissez les Blair...

Lincoln regarda vaguement par la fenêtre le monument inachevé élevé au premier Président des États-Unis, qui se découpait tout blanc sur un ciel d'hiver tout noir.

Seward respira largement, puis il raconta à Lincoln l'histoire de John Watt et des trois lettres. Sickles s'était acquitté avec succès de sa mission. Menacé de prison, Watt avait ramené son prix de vingt mille à quinze cents dollars. Seward avait les lettres. Tant que durerait la guerre et que l'*habeas corpus* serait suspendu, Watt ne pourrait rien dire. Une fois la guerre terminée, tout cela n'aurait plus d'importance.

Lincoln écoutait, appuyé contre la fenêtre avec une expression de mélancolie qui parut à Seward l'image même du chagrin. Quand Seward eut terminé, Lincoln demanda :

— Avez-vous les lettres ?

Seward remit les trois lettres à Lincoln qui les jeta aussitôt au feu sans les avoir lues. Puis il alla à son secrétaire et remplit un chèque de quinze cents dollars qu'il tendit à Seward.

— Vous rembourserez Sickles ou la personne qui a avancé l'argent.

— Oui, monsieur.

Il y eut un long silence durant lequel Lincoln contempla le feu, tandis que Seward considérait une fois de plus le visage du vieux Jackson, si ressemblant dans sa fureur à celui de Mr. Blair, Senior. Finalement, Lincoln dit :

— Vous savez, gouverneur, que je ne parle jamais de mes affaires personnelles ; elles sont assez pénibles pour moi, et je ne vois pas la nécessité d'en importuner les autres. Mais comme vous êtes devenu si intimement lié à ma famille, j'estime que vous devez savoir mon point de vue à ce sujet. Lincoln se frotta les yeux avec le dos de la main, comme s'il se refusait à voir ce qu'il allait dire : La vérité, c'est qu'à mon avis les caprices de Mrs. Lincoln sont la conséquence d'une insanité partielle.

Comme Seward ne pouvait rien dire de satisfaisant sur la question, il se contenta de répondre :

— Je suis heureux d'avoir pu être utile. L'épisode est clos.

— Celui-ci, oui.

Dans le salon des Chase, les conseillers politiques du secrétaire au Trésor venaient eux aussi d'assister à contrecœur à la fin d'un épisode crucial. Devant l'air consterné de son père affalé sur son fauteuil habituel, Kate avait pris en main la conduite des opérations. Elle se tenait debout devant la cheminée, prête à relever le gant. Les deux frères Cooke étaient assis côte à côte sur un canapé, tandis que Sprague se servait de brandy. Depuis cinq mois qu'il était marié, il avait souvent renoncé à boire. Le sénateur Pomeroy tenait dans les mains un mouchoir qu'il pliait et dépliait sans cesse, comme s'il s'était agi du drapeau de l'Union.

— Je ne peux pas croire que l'Ohio nous ait abandonnés, disait Kate, pâle de colère.

— C'est pourtant bien ce qui s'est passé, dit Henry D. J'ai toujours dit que l'un de nous aurait dû retourner dans l'Ohio le mois dernier pour rallier les hésitants...

— Mais Père y est allé lui-même en octobre. Jamais je n'ai vu de telles foules. Et maintenant on nous tourne le dos.

— J'ai écrit à mon ami Mr. Hall de Toledo une lettre lui enjoignant de faire état de mon nom.

Chase lui-même n'avait aucune peine à comprendre pourquoi ses amis et alliés de la veille s'étaient détournés de lui. C'était la nature même de la politique. Lincoln était Président, et c'est le Président qui contrôle l'appareil du parti. Six mois plus tôt, quand les nouvelles militaires étaient mauvaises, Chase l'aurait sans doute emporté. Mais puisque maintenant la guerre s'annonçait bien, les républicains n'allaient pas changer de monture au milieu de la course. Par ailleurs, il y avait de fortes chances pour que le pays votât en faveur d'un démocrate en novembre. Déjà, Chase avait été pressenti par plusieurs personnalités démocrates mécontentes de McClellan. Mais il savait qu'il faudrait un miracle pour qu'il obtînt la nomination démocrate ; et en ce moment les miracles étaient rares dans la maison de la Sixième Rue.

— Nous avons fait de notre mieux, dit Pomeroy en repliant son mouchoir pour la énième fois. Mais nous sommes encore loin d'être battus. J'ai parlé à un certain nombre de leaders républicains, et ils pensent que notre stratégie pour le moment doit être de nous faire oublier tout en travaillant avec la faction Frémont à l'intérieur du parti. C'est le seul moyen de barrer la route à Lincoln. Et une fois Lincoln éliminé, la place est libre pour Mr. Chase.

— Cela me paraît assez bien raisonné, dit Jay Cooke ; puis, se tournant vers Chase : Quelle a été la réponse du Président à votre lettre concernant la circulaire ?

— Il a d'abord attendu que Frank Blair ait lancé son attaque contre moi pour me répondre. Pour le reste, il estime que je devrais garder mon poste, tout en convenant que ni lui ni moi ne sommes entièrement responsables de ce que font nos amis...

Chase avait voulu déchirer la lettre, mais il n'avait pas osé. Il savait qu'il lui faudrait désormais rester à son poste et endurer la plus cuisante humiliation que puisse connaître un homme public : celle d'avoir essayé de supplanter un rival qui s'est montré plus malin que vous et d'être contraint de continuer à travailler avec lui. Trois jours après la publication de la circulaire, Lincoln s'était arrangé pour obtenir le soutien unanime des républicains de l'Ohio. Cinq jours après cette même publication, il avait suggéré à Frank Blair d'accuser de corruption son propre secrétaire au Trésor. Puis deux jours plus tard, il lui avait envoyé une lettre aussi amicale que condescendante.

— Au fait, toute cette histoire de permis dont a parlé Frank Blair, c'est vrai ou pas ? demanda brusquement Sprague.

— Bien sûr que non ! s'écria Kate. Qu'il y ait des gens pour s'acheter ou se vendre des permis, cela ne regarde nullement mon père. En tout cas, lui, il n'en a tiré aucun bénéfice.

— Nous avons à présent un dossier assez solide contre Frank Blair, dit Henry D. Nous allons lui tomber dessus le mois prochain à la Chambre.

— Trop tard, dit Kate.

— Il n'est jamais trop tard pour se venger dit Pomeroy avec un doux sourire. Nous montrerons également comment lui et Lincoln sont de mèche pour détruire Mr. Chase. Il en sortira bien quelque chose, soyez tranquille.

Chase écoutait parler ses amis comme s'il était en train d'assister à son propre enterrement. La vie maintenant pour lui se conjuguait à l'imparfait. Henry D. se préparait à partir pour l'Europe, soi-disant pour se reposer, en réalité pour éviter d'être impliqué dans l'affaire Hurtt. Jay Cooke liquidait les dernières séquelles de la campagne de Chase qui avait coûté près de cent mille dollars. Quant à Sprague, s'il continuait à payer l'entretien de la maison, il se montrait moins chaud pour financer des entreprises politiques. Ainsi qu'il l'avait craint, Sprague et Kate étaient mal assortis. Elle était trop brillante, et lui trop terne. Elle était en outre trop bouleversée par ce qui venait d'arriver à son père pour accorder à son mari toute l'attention dont il avait besoin. Tout en prêtant une oreille vague à ce qui se disait autour de lui, Chase composait son épitaphe politique : « J'aime autant que les gens se demandent pourquoi je n'ai pas été élu, plutôt que le contraire. »

Pendant ce temps, Washburne avait les yeux fixés sur le seul homme des États-Unis qui aurait pu se faire élire Président par simple acclamation, enterrant Lincoln et tous les autres. Le petit homme frêle attendait devant le bureau de réception du Willard. Washburne venait de sortir de chez le barbier, lorsqu'il entendit le général Ulysses S. Grant dire à l'employé de réception :

— J'aimerais une chambre, pour moi et pour mon fils. Le fils, un garçon malingre de quatorze ans, regardait autour de lui d'un air étonné.

L'employé répondit d'un air ennuyé :

— Navré, monsieur, mais il ne nous reste qu'une petite chambre sous les combles.

— Ça ne fait rien. Nous prendrons ce qu'il y a.

Grant remplit sa fiche d'hôtel. L'employé la prit, y jeta un regard distrait, puis, sans changer de voix, il dit :

— Vous aurez la suite présidentielle, général Grant. Elle sera libre dans une heure, si ça ne vous fait rien d'attendre.

— Non, ça ne me gêne pas, dit Grant. En attendant, nous irons manger.

— Vous permettez ? dit Washburne.

— Comment saviez-vous que j'étais là ? demanda Grant avec un léger sourire que dissimulait en partie son épaisse barbe brune.

— Je ne le savais pas. J'étais chez le barbier, et je vous ai aperçu en sortant. Où est votre escorte ?

— Je n'en ai pas. J'ai seulement deux officiers d'état-major avec moi. Et ils sont descendus au National. Voici mon fils, Fred.

Washburne serra la main de l'enfant chaleureusement : il était soulagé de constater qu'il n'avait pas hérité du strabisme de sa mère. Grant dit, tandis qu'ils traversaient le hall :

— Il n'y avait personne du Département de la Guerre à la gare, alors nous sommes venus en fiacre.

Ils entrèrent dans la grande salle à manger. Washburne demanda au maître d'hôtel de leur trouver un coin tranquille. Dans cette vaste salle bruyante et odorante, nul n'accorda la moindre attention à cet officier qui présentait sans doute le moins bien sur la bonne centaine d'officiers de l'Union en train de dîner. Même les deux étoiles sur chaque épaulette n'impressionnaient personne : Washington ne comptait plus ses généraux.

Mais Grant allait être nommé lieutenant général, et Washburne prenait très au sérieux son rôle de congressman du plus grand des généraux de l'Union.

— J'ai finalement réussi à faire passer ce bill à la Chambre, mais ça n'a pas été tout seul.

— J'imagine.

Grant ne paraissait pas très intéressé. Le regard était vif, mais les yeux étaient injectés de sang. Washburne se demanda si le général n'avait pas bu dans le train en venant de Nashville. Pour le moment, c'est d'eau et de pain qu'il se nourrissait, en attendant qu'on leur apportât la soupe. Fred se rongeait les ongles tout en comptant le nombre de généraux qui se trouvaient dans la salle.

— Ce grade n'a plus été porté depuis George Washington. La lieutenance générale de Winfield Scott était plutôt honorifique...

— Honoraire, corrigea Grant.

— C'est le mot que je cherchais. Garfield estimait que c'était accorder trop d'honneur à un homme, alors que la guerre n'est pas encore finie.

— Ah, vraiment ? dit Grant en souriant.

— Mais oui. Enfin, la loi a été votée, et demain le Président vous donnera votre commission. Du côté du Sénat, tout devrait bien se passer.

— Je mets une condition à cette acceptation, dit Grant, c'est que je ne sois pas obligé d'établir ici mon quartier général.

Washburne parut surpris :

— Mais vous allez commander toutes les armées.

La soupe arriva.

— Je peux faire cela depuis l'Ouest.

Grant se mit à manger sa soupe comme un homme qui creuse une tranchée. La cuiller était là pour vider l'assiette, et c'est à cet usage qu'elle fut employée ; et l'assiette fut par conséquent vidée. Il est tout d'une pièce, pensa Washburne, comme homme et comme soldat.

— Vous savez qu'il court des bruits à votre sujet...

Washburne s'interrompit pour laisser à Grant le soin de demander de quelle nature. Mais le général se contentait de regarder sa cuiller au milieu de son assiette vide.

— On se demande si vous ne seriez pas candidat à la présidence à l'automne prochain. Les démocrates vous choisiraient certainement, et les républicains ne seraient pas fâchés de vous avoir.

Washburne se dit qu'il y avait sans doute des façons moins directes d'aborder le sujet, puis il réfléchit qu'avec un homme comme Grant il était inutile de finasser.

— J'ai dit que je ne voulais pas de la présidence.

Grant leva les yeux de dessus son assiette.

— J'ai horreur de cette ville. Sherman m'a du reste assez mis en garde. Grant baissa la voix à cause de son fils : C'est pire que Sodome et Gomorrhe, m'a-t-il dit. D'ailleurs j'aime ce que je fais. Vous pouvez dire à Mr. Lincoln qu'il n'a rien à craindre de moi.

— Je ne sais pas très bien ce que le général Sherman veut dire par cette comparaison, dit Washburne, mais il est clair qu'on y intrigue beaucoup, surtout à la veille d'une élection.

Grant était maintenant occupé à couper sa viande en petits morceaux, avant de la manger. Fred signala à son père qu'il y avait cinq majors généraux et dix-huit brigadiers généraux dans la salle à manger :

— Mais tu les coiffes tous, papa.

— Le Président aimerait savoir si vous avez des ambitions politiques, je veux dire, lorsque la guerre sera terminée...

Washburne était une nouvelle fois surpris de sa propre maladresse et presque peiné de sa grossièreté. Ou bien était-ce Grant qui déteignait sur lui ?

— Ma foi, dit Grant, j'ai bien quelques ambitions politiques pour plus tard. Si je sors vivant de l'aventure, j'ai l'intention de me présenter comme maire à Galena, et si je suis élu, je ferai construire un trottoir entre ma maison et la gare.

Soudain, toute la salle se mit à crier : « Général Grant ! » Au grand étonnement de Washburne et au grand embarras de Grant, la moitié des dîneurs convergèrent vers leur table. Grant avait été reconnu. Il resta à sa place et donna des poignées de main jusqu'au moment où il devint clair qu'on ne le laisserait pas finir son repas en paix. Soudain il s'écria :

— Sortons d'ici, Fred !

Sur quoi, le général sortit de la salle à manger, suivi de Fred et de Washburne. Une fois dans le hall, il dit à Washburne :

— Je vais aller me réfugier dans ma chambre.

— Mais vous verrez le Président ce soir, n'est-ce pas ?

— Je ne suis pas invité, dit Grant en continuant de serrer distraitement des mains.

— C'est la réception hebdomadaire. Tout le monde est invité.

— Oh !

Grant parut réfléchir un instant, puis il demanda :

— A quelle heure ?

— Je passerai vous chercher à neuf heures et demie. Nous irons ensemble.

— Puis-je y aller moi aussi, papa ?

— Non.

A neuf heures et demie précises, les deux aides de camp de Grant l'attendaient devant le porche de la Maison-Blanche. L'un d'eux dit :

— Le bruit s'est répandu que vous seriez peut-être ici. Il y a foule là-dedans.

Grant questionna Washburne du regard pour savoir ce qu'il fallait faire ensuite, puis il entra le premier.

Dans le vestibule, les invités attendaient en tournant en rond. Au début, l'arrivée de trois officiers de pauvre apparence et d'un congress-man quelque peu défraîchi ne suscita pas grand intérêt. En fait de géné-raux, la capitale était plutôt habituée aux cheveux blancs ou du moins grisonnants. A quarante et un ans, Grant était brun, et il avait tous ses cheveux, contrairement à Gédéon Welles qui fut le premier à le recon-naître lorsque celui-ci se présenta avec Washburne à l'entrée du salon bleu où le Président et Mrs. Lincoln recevaient leurs invités. Welles s'inclina devant Grant, qui lui adressa un demi-salut. Malgré les recom-mandations de Washburne, Grant insista pour se joindre à la longue file qui attendait devant le salon bleu.

Au moment où il se présenta devant le Président, Lamon s'approcha de lui pour lui demander son nom, mais Lincoln avait reconnu la frêle silhouette.

— Eh bien, voici le général Grant, dit-il avec un sourire découvrant ses dents blanches. C'est un grand plaisir pour moi, ajouta-t-il en lui prenant chaleureusement la main.

Grant marmonna une réponse, et Lincoln fit signe à Mary de s'avan-cer pour serrer la main du général, ce qu'elle fit avec beaucoup d'amabi-lité.

— Voilà quelque temps déjà, monsieur, que nous souhaitions faire votre connaissance.

Ensuite, la file se désintégra, et tout le monde se précipita dans le salon bleu. Washburne fut bousculé, et seul le formidable Lamon empê-cha les Lincoln d'être littéralement écrasés, tandis que Seward, grâce à sa rapidité d'esprit, évita à Grant d'être piétiné.

— Par ici, général, par ici, criait-il en faisant de grands moulinets avec ses bras.

Il propulsa Grant hors de la pièce, et tout le monde s'engouffra der-rière eux. En moins d'une minute, le salon bleu était devenu complète-ment désert, à l'exception des Lincoln et de Lamon.

— C'est la première fois que je vois une chose pareille ! dit Mary, sin-cèrement étonnée.

— C'est aussi la première fois que nous avons l'occasion de voir de près un général victorieux.

Du salon parvenait un bruit d'applaudissements.

— Allons, Maman, tant qu'à entendre, nous pourrions aussi bien aller voir.

Les Lincoln se présentèrent devant la porte du salon est juste au moment où Seward était en train d'installer Grant sur un canapé.

— Papa ! s'écria Mary d'un air alarmé. Il brigue la présidence ! Cela ne fait aucun doute.

— Mais non, Maman. Il a dit lui-même qu'il n'avait pas d'ambitions aussi basses.

— Tout le monde dit ça.

Mary n'arrivait pas à croire qu'ici, dans sa propre maison, le Président fût délaissé au profit d'un petit bonhomme à l'air d'employé de bureau, autour duquel tout le monde s'empressait et à qui Seward faisait une cour éhontée.

— Ils vont le nommer, n'est-ce pas ?

— S'il gagne la guerre avant le mois de juin, c'est probable. Mais il ne reste plus que quatre mois, et je ne le crois pas de force à battre Lee dans un laps de temps si court. S'il y réussit, il aura bien sûr mon appui.

— Ah, ne dis jamais une chose pareille !

Mary était terrifiée à l'idée que Lincoln ne soit pas réélu. Elle devait maintenant près de trente mille dollars, et sans John Watt pour l'aider à trouver de l'argent, elle ne savait pas comment payer ses factures personnelles, dont beaucoup étaient arriérées de plusieurs années. Tant qu'elle avait des chances de rester à la Maison-Blanche pour quatre autres années, elle pouvait intimider ses créanciers, mais si le vent de la défaite se levait pour Lincoln, ils s'abattraient sur elle comme des vautours. Keckley l'avait suppliée de parler au Président, mais elle ne pouvait s'y résoudre. Il avait déjà dû supporter tant de choses à cause d'elle. Et elle, pourrait-elle supporter de se défaire de ces nouvelles boucles d'oreilles en perles et diamants, qu'elle portait en ce moment ? Elles avaient coûté trois mille dollars. Elle songea à la broche qui allait avec et qu'elle n'avait pas achetée. Elle pouvait donc se restreindre. D'ailleurs, un de ces républicains qui devaient tant à Mr. Lincoln pourrait la lui acheter. Sur la masse de tous ceux qui avaient profité du Président pour faire fortune, il s'en trouverait bien quelques-uns pour la tirer d'embarras. L'un d'entre eux, un certain William Mortimer, venait de lui offrir une broche en or sertie d'émeraudes, avec quarante-sept diamants. Elle avait encore des amis. Mais le resteraient-ils si le Président n'était pas réélu ?

Seward proposa trois hourras pour le vainqueur de Vicksburg, et la pièce tout entière retentit du bruit des applaudissements auxquels Lincoln joignit les siens. Puis Grant se leva du canapé. La foule se pressait autour de lui pour lui toucher la main, mais il fuyait leur contact.

— Il n'est pas encore mûr pour être Président, dit Lincoln. Il a trop peur des gens, mais une fois qu'il saura comment les prendre, plus rien ne pourra l'arrêter.

— Espérons que ça ne soit pas avant novembre.

Lincoln hocha la tête.

— Espérons-le, parce qu'il n'y a rien de plus inutile en temps de guerre qu'un général ayant des ambitions politiques. J'en sais quelque chose...

Seward avait la même opinion. Grant était aussi ambitieux que les autres, et comme tous les grands hommes et pas mal d'autres, qui le sont moins, il n'avait aucune modestie. On parlait de lui comme d'un candidat possible depuis la bataille de Lookout Mountain. Le public américain a toujours eu du goût pour les militaires en politique, et tout en le déplorant, Seward était prêt à l'encourager au besoin. Si Grant gagnait la guerre, on pourrait le dresser. Mais Grant comprenait-il bien sa situation ? C'était là toute la question.

Lincoln semblait le penser. Les deux hommes étaient assis dans le bureau du Président. Dans la pièce à côté, le Cabinet et les parties intéressées étaient réunis pour donner l'investiture à Grant comme lieutenant général chargé du commandement de toutes les armées des États-Unis.

— Grant m'a l'air d'un homme raisonnable, dit le Président, qui tenait dans la main une copie en plâtre d'une médaille en or que le Congrès avait fait frapper en l'honneur du général.

— Ils sont tous raisonnables jusqu'au moment où...

— Le démon du pouvoir commence à les démanger, dit Lincoln en posant de côté la médaille. Je n'ai pas eu l'occasion de beaucoup lui parler hier au soir, mais je pense qu'il a compris qu'il a autant besoin de moi comme Président que j'ai besoin de lui comme général. Il a eu des victoires, mais il a aussi connu la défaite. Je l'ai couvert à Shiloh. S'il veut réaliser ses ambitions, nous devons nous aider mutuellement. Et s'il occupe aujourd'hui le rang de George Washington, c'est grâce à moi. Il doit s'en montrer digne.

— Il doit d'abord gagner la guerre, dit Seward. Je veux dire qu'il doit la gagner personnellement, lui, et non pas un autre général. Pensez-vous que ce soit un problème ?

Lincoln sourit.

— Vous parlez, gouverneur, comme si j'avais le choix, alors que je n'ai en tout et pour tout qu'un général et demi.

— La demie, c'est Sherman ?

Lincoln hocha la tête :

— Grant a meilleure opinion de Sherman que moi. Hier au soir, il était pressé de retourner à Nashville et de poursuivre son plan qui est d'attaquer Mobile et Atlanta. Je l'en ai dissuadé. Le cœur de la rébellion se trouve à Richmond, et c'est Lee qu'il faut abattre. Je crois qu'il a compris.

Nicolay parut à la porte :

— Tout le monde est prêt, monsieur, on n'attend plus que vous.

— J'arrive tout de suite. Puis, ramassant une feuille de papier : Je veux que ce soit clair pour tous les deux. Je lui ai remis un exemplaire de mon petit discours, en lui demandant de mettre ses réponses par écrit. Je lui ai suggéré d'avoir un mot aimable pour les autres généraux...

— Alors, nous ne sommes pas près d'en finir.

— J'ai dit quelque chose de bref. Je l'ai également incité à faire l'éloge de l'armée du Potomac, étant donné que c'est notre principale... arme.

En fait, Grant ne suivit aucune des suggestions de Lincoln. Après la gracieuse présentation du Président, avec un « à l'aide de Dieu » ajouté par Seward, Grant se leva et lut avec difficulté un bout de papier sur lequel il avait griffonné quelques lignes au crayon. Grant invoqua la Providence plutôt que Dieu, et fit l'éloge des armées, mais non celui de leurs commandants. Dans l'ensemble, Seward trouva la performance décevante.

Chase avait à peine écouté : il avait l'esprit ailleurs. Grant était le général de Lincoln et ne serait jamais le sien. Et comme sa propre carrière paraissait terminée, il n'était guère intéressé par l'étoile ascendante des autres. Il essaya de se consoler en se récitant quelque verset d'une épître de saint Paul, mais sa mémoire ne lui fournit que les lamentations de Jérémie.

Après la séance, Lincoln présenta le général Grant et son fils Fred aux personnes présentes. Puis Grant, Lincoln et Nicolay passèrent dans le bureau du Président. Si Stanton et Halleck furent peinés de se voir tenus à l'écart, ils n'en montrèrent rien.

Lincoln alla droit au but :

— L'objet de l'exercice est maintenant Richmond — et la défaite du général Lee. Je sais que vous préféreriez être dans l'Ouest, mais vous seriez trop éloigné pour mener à bien une entreprise de cette envergure.

— Je suis d'accord. Mais j'aimerais que Sherman me remplace dans l'Ouest.

Lincoln hocha la tête, puis il dit :

— Le général Halleck a démissionné de son poste de général en chef. Vous êtes aussi cela à présent.

— Je le prendrai volontiers comme chef d'état-major, s'il le désire. Il peut mieux coordonner ici les choses que moi, car je ne compte pas venir souvent à Washington.

Lincoln haussa légèrement le sourcil gauche :

— Vous ne pensez donc pas prendre une maison en ville ?

— Il faudra que je trouve quelque chose pour Mrs. Grant et les enfants. Ils devront s'installer ici désormais. Mais pour moi, je continuerai à vivre au milieu de mes soldats.

Lincoln frappa dans ses mains tout en élevant les yeux au ciel :

— Ça fait trois ans que j'attends qu'un de mes généraux me dise cela !

— Bien sûr, continua Grant, je laisserai le général Meade là où il est.

Lincoln fronça les sourcils :

— Le comité de la guerre voudrait le remplacer par Hooker, parce que Hooker est un bon abolitionniste.

— Dans ce cas, je ferais mieux d'aller parler maintenant au général Meade.

— Je vais l'envoyer chercher.

— Non, j'irai le trouver. D'abord j'ai envie d'aller voir l'armée du Potomac. C'est tout ?...

Lincoln serra la main de Grant :

— Je n'ai qu'une seule suggestion, général. C'est que là où se trouve l'armée de Lee, l'armée de Grant y soit aussi.

— Cela me paraît correct, monsieur.

Grant sortit du bureau.

Quand la porte se fut refermée sur le nouveau lieutenant général, Lincoln dit à Nicolay :

— Au moins, celui-là, il n'est pas comme les autres. Puis il ajouta prudemment : Peu importe ce qu'il s'avère être !

IV

Le 13 mai, peu avant minuit, John Hay finissait de noter quelque chose dans son journal, lorsque la porte de la chambre à coucher s'ouvrit, laissant apparaître l'Ancien en chemise de nuit.

— J'ai vu de la lumière, dit-il.

Depuis quelque temps, l'Ancien avait pris l'habitude d'errer tard le soir dans la Maison-Blanche. Quelquefois, il portait une vieille robe de chambre, ou bien, un simple pardessus, mais le plus souvent il était en chemise de nuit. Celle qu'il avait ce soir-là était légèrement relevée dans le dos, ce qui lui donnait l'air d'une espèce d'échassier aux pattes brunes et osseuses.

L'Ancien s'installa au coin du lit, tenant à la main les habituelles dépêches du Département de la Guerre.

— Les rebelles viennent d'abandonner Spotsylvania, et Grant continue d'avancer. Je n'ai jamais rien vu de pareil. Rien ne l'arrête, peu importe... je veux dire — et ici le visage de l'Ancien s'assombrit — malgré ses pertes.

Dix jours plus tôt, Grant avait commencé son avancée dans ce qu'on appelait alors les déserts de Virginie. Il avait subi des pertes considérables : trente mille hommes avaient été tués ou blessés. Lee avait autant souffert, mais il avait moins d'hommes. Ce que Grant ne pouvait gagner dans une seule bataille, il le gagnait par le nombre et l'endurance. Le pays avait été à la fois horrifié et excité par cette nouvelle façon de se battre. A un moment donné, Grant et son armée de cent vingt mille hommes s'étaient évanouis sans laisser de traces, et Stanton avait failli y perdre le peu de souffle qui lui restait. L'Ancien lui-même avait retenu sa respiration. Mais maintenant les nouvelles recommençaient d'arriver. Il y avait eu un affrontement entre Lee et Grant à Spotsylvania Court House. Grant avait eu l'avantage à deux contre un. Après de lourdes pertes essuyées de part et d'autre, Lee s'était retiré.

— Il y a une chose de bien avec le général Grant, c'est qu'il ne recule jamais, dit Hay en fermant son journal.

Lincoln hocha la tête :

— Tout autre général, après les pertes qu'il a subies, s'en serait retourné la queue basse et serait de l'autre côté du Rapidan à l'heure qu'il est. Mais pas Grant ! Lui, il s'accroche, et quand il s'empare d'un bout de terre, il s'y agrippe comme s'il en avait hérité. Pauvre Wadsworth ! Le général James S. Wadsworth, un bon ami à Lincoln, figurait au nombre des morts de la campagne de Virginie. Wadsworth avait quitté l'armée pour être candidat républicain au poste de gouverneur de New York. Battu par Seymour, il était retourné à l'armée : Il n'a pas... il n'avait pas son pareil. Il ne se battait ni pour la gloire ni pour l'avancement. Il se battait parce qu'il estimait que c'était son devoir. Dans ce monde d'ambitieux et d'intrigants, c'était quelqu'un de vraiment noble. Ce fut aussi le seul général à avoir voulu couper la ligne de retraite à Lee après Gettysburg, malheureusement Meade... Mais vous, John, vous êtes un poète...

— Ah, monsieur, si seulement !

— Non, non. J'ai bien aimé ce que vous avez écrit sur Key West. Vous savez, je pensais à Hamlet pendant que j'attendais des nouvelles de Grant. Maintenant, il est de mode d'admirer le soliloque d'Hamlet « *To be or not to be* », mais je n'ai jamais beaucoup aimé cela, à part la dernière partie : « *The undiscovered country* », c'est saisissant. Mais j'ai toujours préféré : « *O ! my offence is rank...* »

Lincoln débita la tirade tout entière. Puis il démontra comment la plupart des acteurs se méprenaient sur l'ironie amère du : « *Now is the winter of our discontent...* » du *Richard III*. Il récitait Shakespeare mieux que bien des acteurs — du moins les passages qui l'intéressaient. Une demi-heure passa. L'Ancien avait-il pris définitivement congé du sommeil ; Hay avait beaucoup de peine à garder les yeux ouverts. Il manqua la plus grande partie du : « *Let us sit upon the ground, And tell sad stories of the death of kings* », du *Richard II*. L'Ancien se mit à rire et se leva du lit :

— Allez dormir, Mr. Hay. Pour moi, il semble que depuis quelque temps c'est un talent que j'ai perdu.

— Heureusement que vous n'avez pas encore tout à fait perdu celui de manger, monsieur, dit Hay en désignant les jambes de Lincoln, qui étaient moins maigres depuis qu'il avait eu la petite vérole.

Lincoln hocha la tête :

— Je pèse maintenant cent quatre-vingt-dix livres. Bonne nuit.

Ainsi, pour la première fois, Hay venait de prendre l'« Honnête Abe » en flagrant délit de mensonge.

Chez les Chase, l'« Honnête Abe » était non seulement une épithète sulfureuse, mais aussi d'une sinistre ironie. Chase, seul dans son bureau, attendait des nouvelles d'une convention se tenant à Cleveland et composée presque exclusivement de partisans à lui, de radicaux qui voulaient contrebattre la convention régulière du parti républicain où Lincoln avait toutes les chances d'être réélu, à moins que Grant ne posât sa candidature au dernier moment.

La colère de Chase à l'endroit de Lincoln était maintenant aussi absolue que le contrôle du Président par les Blair. Les alliés de Chase avaient visiblement gaffé dans l'affaire de Frank Blair. La « preuve » de la corruption de Blair à Vicksburg avait été maladroitement forgée, comme Blair lui-même n'avait eu aucune peine à l'établir dans un discours enflammé à la Chambre où il avait attaqué Chase, ses œuvres, ses pompes et ses mignons. Ensuite, fort habilement, le Président avait fait venir Blair à la Maison-Blanche, l'avait gentiment grondé, puis s'était débarrassé de lui en le renvoyant au front avec le grade de major général.

Les alliés habituels de Chase parlaient maintenant de plus en plus de Grant pour remplacer Lincoln. A la surprise de Chase, et à son grand chagrin, ses amis avaient pris sa retraite plus sérieusement qu'il ne l'aurait souhaité. Il n'aimait guère à s'entendre rappeler qu'il n'avait plus qu'à attendre la mort du Président de la Cour suprême pour prendre sa place. D'ailleurs, il n'était pas certain que cette attente se révélât fructueuse. Et puis, Lincoln pouvait très bien nommer quelqu'un d'autre. Cette fois, Chase avait bien envie de donner sa démission. Malheureusement Lincoln avait besoin de lui ; il fallut donc se résigner. Une fois Lincoln réélu, Chase serait renvoyé, s'il n'avait pas déjà plié bagage... L'injustice de la vie n'était décidément supportable que par une contemplation sincère de l'agonie du Sauveur.

Kate ouvrit toute grande la porte et annonça :

— Ils ont désigné Frémont. Il n'y avait que quatre cents personnes environ au Cosmopolitan Hall. Elles sont toutes rentrées chez elles.

— Espérons que lui au moins saura mener le bon combat, dit Chase, étonné lui-même de sa propre indifférence.

— Oh, Mr. Sumner dit que tout ça c'est une plaisanterie.

Au même instant, Sumner entra dans le bureau. Chase se leva pour aller saluer son ami et allié dont le zèle venait d'être si funeste à sa carrière.

— Je me méfie de tous les généraux, dit Sumner. Mais Grant pourrait bien être désigné à Baltimore.

— S'il est d'accord, dit Kate. Mais il ne le sera pas. De toute façon, pour le moment il est embourbé en Virginie, tout comme l'a été McClellan. Il est à quelques kilomètres de Richmond, mais Lee refuse le combat.

— Il n'empêche que Grant est l'homme du jour, dit Sumner. Les petites gens le révèrent et lui font confiance.

— Les petites gens, je veux bien, dit Chase, mais nous, pouvons-nous lui faire confiance ? D'abord, qui est Grant ? Que savons-nous de lui ? Quelle est sa position sur le problème de l'abolition ? Comment envisage-t-il la réintégration des États conquis ?

— Pour moi, je ne vois qu'une chose, dit Sumner, c'est qu'il est le seul à pouvoir barrer la route à Mr. Lincoln, si nous pouvons l'amener à rallier le parti républicain.

— Il n'y a plus de parti républicain, dit Kate. Savez-vous comment ils ont l'intention d'appeler la convention de Baltimore ?

Sumner fronça les sourcils :

— N'est-ce pas la convention du parti national-républicain ?

— Non, Mr. Sumner. Le mot républicain ne sera pas utilisé du tout à cause de nous. Mr. Lincoln a décrété...

— Dis plutôt les Blair, Katie, précisa Chase.

— Les Blair donc ont rebaptisé notre parti. Il s'appellera désormais le parti national de l'Union.

— C'est inqualifiable ! s'écria Sumner en relevant une mèche de cheveux qui lui couvrait les yeux. Cela signifie que nous sommes maintenant absolument obligés de tenir notre propre convention, une convention républicaine !

Les amis de Chase discutèrent pendant un moment de la possibilité de rompre avec la faction Blair-Lincoln du parti. La convention Frémont avait avorté, en partie à cause de Frémont lui-même. Mais une convention réunissant les meilleurs républicains, appuyée par des hommes comme le gouverneur Andrew du Massachusetts et le gouverneur Curtin de Pennsylvanie, et chapeautée par un collège de congressmen aurait de fortes chances d'éliminer l'élément Blair-Lincoln. Sumner avait maintenant pris feu :

— Nous attendrons la convention démocrate de Chicago, qui doit se tenir à la fin août. Et ensuite nous persuaderons ce pauvre Mr. Lincoln de s'écarter, afin que nous puissions réunir une nouvelle convention pour la fin septembre. Elle devrait se tenir dans...

— L'Ohio, intervint Kate. A Cincinnati, par exemple.

— A merveille ! dit Sumner en ouvrant grands les bras, comme s'il voulait étreindre à la fois Chase et le monde, et ensuite vous relèverez notre étendard tombé !

Chase sentit en lui comme un regain d'espoir :

— Et alors, peut-être que le pays se tournera vers nous.

— Oh, Père, vers qui d'autre ?

— *In hoc signo vinceremus*, entonna Sumner.

Chase Président ! Tout redevenait possible.

Pendant ce temps, l'actuel Président lisait un rapport sur la convention Frémont, que Seward lui avait apporté. Seward avait été alarmé, mais Lincoln avait été amusé. Il avait été particulièrement amusé de lire que sur les quelques milliers de personnes attendues au Cosmopolitan Hall, il n'en était venu que quatre cents.

— Quatre cents ! dit Lincoln en posant le rapport sur son bureau. Quatre cents, cela me rappelle quelque chose, gouverneur. Il tira une

Bible d'un tiroir où il rangeait la correspondance de Horace Greeley et la feuilleta jusqu'à ce qu'il trouvât ce qu'il cherchait. Puis il lut à voix haute : « Tous ceux qui étaient dans la peine, et tous ceux qui avaient des dettes, tous les affligés et tous les mécontents, se réunirent autour de Lui, et il devint leur chef : il y avait avec Lui environ quatre cents hommes. » Lincoln ferma la Bible, ôta ses lunettes : Je doute que Frémont soit prêt à recommencer. Non, gouverneur, là n'est pas le danger. Ce qui m'inquiète davantage, ce sont ces réunions qu'ils tiennent à New York pour honorer, comme ils disent, le général Grant.

— S'ils savaient ce qui s'est passé hier, je me demande le genre d'honneur qu'ils lui rendraient.

Le Cabinet était divisé sur la question de savoir s'il fallait publier les chiffres complets des pertes que Grant venait de subir à Cold Harbor en Virginie. Il avait porté une attaque de front contre les défenses nord de Richmond, et avait été repoussé par Lee. Jusqu'ici la presse s'était contentée d'écrire que Grant n'avait pas réussi à prendre Richmond. Stanton avait veillé à ce que l'énormité de la défaite soit cachée au pays. Au cours d'une seule opération, Grant avait perdu cinquante mille hommes, plus de la moitié de l'armée avec laquelle il était entré en Virginie. Si le pays apprenait ce désastre, avait dit Seward, aucun des deux partis ne voudrait de Grant comme candidat à la présidence. Mais Lincoln estimait que tout ce qui diminuait la confiance du pays en Grant serait également fatal pour le gouvernement, et ferait le jeu de McClellan.

— C'est notre dernier espoir, gouverneur. En outre, je le crois quand il dit qu'il n'est pas candidat.

— La délégation du Missouri votera sûrement pour Grant au premier tour.

— Malgré les Blair?... Mais toutes les autres voteront pour moi. J'envoie Nicolay à Baltimore. Il saura leur parler.

— Parlera-t-il aussi de Cold Harbor?

Lincoln haussa les épaules :

— J'espère que ce ne sera pas nécessaire.

— Pour certains thuriféraires new-yorkais de Grant, j'ai peur que ce ne soit nécessaire.

— Alors il en parlera, dit Lincoln, qui était manifestement prêt à en dire plus en privé qu'en public. Et en Nouvelle-Angleterre?

— Weed est au travail.

En principe, Lincoln était pour la reconduction du ticket Lincoln-Hamlin ; c'est pourquoi en public il ne soutenait personne. En privé, il travaillait avec Seward, Weed et Cameron pour empêcher la réélection d'Hamlin.

— La délégation du Maine, reprit Seward, appuiera Hamlin. C'est l'enfant du pays. Mais le Massachusetts votera en majorité pour Dickinson, mon ami new-yorkais.

Seward était plus amusé qu'alarmé par la stratégie des radicaux, qui cherchaient à lui faire perdre son poste au Cabinet en élisant un New-Yorkais à la présidence sous prétexte que deux postes de cette importance ne peuvent être occupés par deux personnes originaires du même État.

— Welles dit que le Connecticut ira à Andrew Johnson.

Lincoln regarda par la fenêtre les frondaisons des arbres. Cette année le temps avait été bizarre. Fin mars, la neige avait recouvert la ville pour la première fois de mémoire de Washingtonien, détruisant les fleurs de printemps. On était maintenant en juin, et il faisait une température équatoriale. Tout est détraqué, songeait Seward, le temps comme le reste.

— Sumner est notre principal allié, dit-il, mais il l'ignore, ce qui ne manque pas de sel. Il veut qu'Hamlin quitte la vice-présidence pour qu'il puisse rentrer dans le Maine, où il remplacera au Sénat Fessenden, l'ennemi de Sumner, tandis que Dickinson, un New-Yorkais...

Lincoln soupira :

— Sumner me fatigue. Mais, je vous en prie, gouverneur, ne brûlons pas les étapes, chacune mérite qu'on s'y arrête. Il me faut un vice-président qui soit en harmonie avec mes vues, ce qui n'est pas le cas d'Hamlin.

— C'est le moins qu'on puisse dire.

La question de la corruption possible d'Hamlin n'avait jamais été abordée par les deux hommes. Quelques mois plus tôt, Lincoln et Seward, chacun de son côté, étaient arrivés à la conclusion que le prochain vice-président devait être démocrate, unioniste et sudiste. Cameron avait été également de cet avis. Il avait donc contacté Ben Butler, dont Chase aurait voulu comme colistier. Mais Ben Butler avait décliné cet honneur :

— A quarante-six ans, je suis bien trop jeune pour perdre quatre ans à écouter d'insipides discours.

On songea ensuite au gouverneur du Tennessee, Andrew Johnson. Il avait été loyal à l'Union. Il était d'accord avec la politique de réadmission des États rebelles selon la règle des 10 %. Il était populaire dans le Nord. Seward savait que Lincoln avait envoyé Dan Sickles en tournée dans le Sud, et que Johnson avait fait bonne impression, malgré sa haine virulente contre les propriétaires d'esclaves.

— Bien sûr, il n'est pas question que je montre de préférence, quelle qu'elle soit, répéta Lincoln pour la centième fois.

— Et que se passera-t-il si les choses tournent en faveur de Dickinson ?

— J'ai confié à Lamon une lettre qu'il ne doit montrer aux délégués que si c'est absolument nécessaire. Mais je pense qu'avec Weed et Cameron, nous devrions avoir Johnson sans trop de difficulté (ici Lincoln eut un petit rire), encore qu'on ne sache jamais. Je n'oublie pas que j'ai été désigné à une convention où les deux tiers des délégués étaient favorables à mon adversaire.

— Moi.

— Vous.

Nicolay entra dans la pièce et remit une dépêche à Seward. Lincoln demanda des nouvelles de Lamon qui avait eu un accident de voiture deux jours plus tôt et souffrait de côtes brisées.

— Il vient de prendre le train pour Baltimore.

— Il est indestructible, dit Lincoln. Quand partez-vous ?

— Ce soir, monsieur. Avec Mr. Cameron.

Nicolay sortit de la pièce.

— Nous ne sommes pas les seuls à avoir des problèmes, monsieur le Président, dit Seward en levant les yeux de dessus sa dépêche. L'empereur Maximilien a aussi les siens, ajouta-t-il avec une lueur de satisfaction.

— Qui n'ont rien à voir avec la doctrine Monroe revue et corrigée par le président Polk, dit Lincoln un peu sèchement.

— Vous savez que les radicaux à Baltimore vont soulever le problème du Mexique. Primo, Maximilien est une marionnette manipulée par les Français. Secundo, la France est du côté des rebelles. Or, vous connaissez mon rêve...

— Les États-Unis maîtres de la terre entière. De la Chine à l'Espagne. Du pôle Nord au pôle Sud. Tout à nous ! (Rire de Lincoln.) Pour moi, gouverneur, quand il s'agit de territoire, je suis beaucoup plus modeste. Tout ce que je demande, c'est Richmond, et ce n'est qu'à quatre-vingt-quinze kilomètres d'ici...

— Il y aurait pourtant un moyen de finir glorieusement cette guerre. Nous rachetons les esclaves, comme vous l'avez suggéré, et nous les installons quelque part en Amérique centrale. Je suis certain que le Sud embrassera avec enthousiasme un tel projet. Et alors, nos deux armées réunies sous la conduite des généraux Grant et Lee traverseront le Rio Grande, entreront au Mexique, d'où ils chasseront les Français, puis descendront en Amérique centrale et en Amérique du Sud et en chasseront les Espagnols et les Portugais. C'est la solution à tous nos problèmes ! Une solution à la fois glorieuse et américaine !

Lincoln secoua la tête d'un air gentiment incrédule :

— Comment ferai-je pour persuader des gens comme Sumner, Wade, Chandler ?

— Faites-les fusiller !

— Si c'est vous qui en donnez l'ordre, gouverneur, et que je me trouve frappé d'incapacité à ce moment-là...

Hay apparut à la porte :

— Monsieur, il y a là une délégation de Caroline du Sud qui demande à vous voir. Entre nous, je crois que ce sont des escrocs.

— Faites-les entrer, John. Ils ne m'escroqueront pas.

561

Lorsque la délégation, comprenant plusieurs nègres, entra dans la pièce, Seward sortit. En fait, il avait été absolument sérieux au sujet de la solution qu'il comptait donner à la guerre. Il avait fait porter un message à Richmond, où il savait que son idée serait discutée avec la plus grande attention par les milieux intéressés : Grant et Lee ; et ensuite le monde entier !

Le major John Hay se présenta chez les Eames dans son nouvel uniforme.

— Ce n'est pas que je me batte dans cet uniforme, expliquait-il à son hôte, mais j'ai l'impression que je pourrais m'y battre.

— A votre place, je laisserais les autres se battre, dit Mr. Eames. Le véritable combat est ici, à Washington.

— On s'y bat certainement, mais d'une autre manière, acquiesça Hay, tandis que Chase venait d'entrer dans le salon.

— Le Président doit être content de ce qui s'est passé à Baltimore.

Eames en bon diplomate posait rarement des questions directes ; de cette manière, il laissait son interlocuteur libre de répondre ou pas.

— Oh, oui. Il semble très content du gouverneur Johnson comme colistier, par contre il est moins satisfait du programme, mais le programme c'est secondaire.

Nicolay était rentré fatigué de la convention où il s'était ennuyé. Il avait déclaré à Hay que personne n'avait reconnu la main du Président dans le choix de Johnson. Cameron avait arrangé les choses avec son habileté coutumière. Le Missouri avait d'abord voté pour Grant puis il avait reporté ses voix sur Lincoln, qui avait été élu à l'unanimité. Les discours avaient été ennuyeux, mais brefs ; et l'on avait moins bu qu'à l'ordinaire. Certains détails de dernière minute concernant la défaite de Grant avaient refroidi l'ardeur de ses admirateurs.

— Avez-vous des nouvelles du général Grant ? demanda Mr. Eames en posant cette fois une question directe.

Hay lui répondit avec une égale franchise :

— Il se dirige vers le sud-ouest de Richmond. Il espère prendre Petersburg. S'il réussit, il pourra couper Richmond de ses lignes de communication avec le reste du Sud.

— Mais il a été arrêté.

Hay hocha la tête. Le Taïcoun avait assez bien pris la nouvelle, mais Hay voyait bien que l'enlisement de Grant lui rappelait celui de McClellan au même endroit. Heureusement, Grant n'avait pas établi son quartier général à Harrison's Landing. Il avait choisi à la place City Point, un port minuscule situé sur la rive sud de la rivière James, à quelque quinze kilomètres de la ville assiégée de Petersburg.

Tant que Grant reste où il est, Lee ne peut pas s'en aller, à moins d'abandonner Richmond. Pendant ce temps-là, nos généraux qui étaient sur le front de l'ouest se dirigent vers l'est.

Tout en parlant, Hay vit Chase s'approcher de Julia Ward Howe, la célèbre poétesse. Celle-ci se trouvait en ville depuis quelque temps, où elle donnait des conférences de trigonométrie morale très avancées. Elle était devenue célèbre du jour au lendemain en écrivant de nouvelles paroles sur la musique de *John Brown's Body*, un air à boire dont elle avait fait l'*Hymne de bataille de la République*, ce qui avait prêté à sourire dans les cercles littéraires de la capitale. Hay préférait pour son compte les vers scandaleux du vieux Walt Whitman, qui traînait dans les hôpitaux, s'occupant des blessés, et écrivant de temps en temps des piécettes pour les journaux où il louait lui-même ses propres vers. Quand il en avait l'occasion, Hay aimait à passer la soirée avec des littérateurs comme John Burroughs et William O'Connor, qui tous les deux étaient employés au Trésor et amis de Whitman, dont Chase n'avait pas voulu.

Par contre, Chase se trouvait tout à fait dans son élément avec la personne qui s'entretenaient avec lui en ce moment.

— Sachant, Mrs. Howe, que j'aurai l'honneur de vous voir ce soir, dit-il à la petite femme rondelette, aux tresses roussâtres pareilles à des queues de souris, j'ai pris la liberté de vous apporter votre premier recueil de vers, dans l'espoir d'une dédicace.

— Avec grand plaisir, cher Mr. Chase.

Julia Ward Howe prit le mince volume que Chase lui tendait, et tous les deux se dirigèrent vers un secrétaire, où elle inscrivit leurs deux noms sur la page de titre de *Passion Flowers*.

— C'est curieux l'affection, peut-être déplacée, qu'on peut avoir pour un premier essai, observa Mrs. Howe, en séchant l'encre de leurs deux noms et en rendant le livre à Chase qui le reçut avec la joie du collectionneur qui vient de réaliser son vœu le plus cher.

— Je vous assure, chère madame, qu'il n'y a rien d'exagéré dans l'affection que vous pouvez porter à ces vers. Ma fille Katie elle-même en faisait des lectures à haute voix lors de nos petites séances littéraires à Columbus.

— Votre fille, Mr. Chase, est une vraie fleur de la Renaissance. Il y a en elle quelque chose de la reine Elizabeth. Oui, de Gloriana en personne ! Elle a tous les dons, et elle a en plus la volonté, sans laquelle tous les dons ne sont rien, ainsi que je l'ai démontré dans mon essai *Equalities...*

Ils furent rejoints par l'assistant-secrétaire au Trésor, Maunsell B. Field, un aide extrêmement précieux pour Chase. Field était quelque peu dandy et se coiffait avec la raie au milieu, chose que Chase désapprouvait. Mais son dévouement à son maître était sans faille. De plus il était très connaisseur en arts : c'est lui qui avait redécoré le bureau de Chase, dessiné sa salle de bains et choisi ses tapis. Quand Chase était à New York, Field s'arrangeait pour lui faire rencontrer la meilleure société. Field avait connu toutes les célébrités venues visiter les États-

Unis, depuis le baron Renfrew — alias le prince de Galles — jusqu'à Jenny Lind. Bien entendu, il entretenait les meilleurs rapports avec Julia Ward Howe, qui l'avait maintenant inclus dans ses remarques générales sur la nature de la volonté.

Pendant que Mrs. Howe parlait, Chase méditait aussi sur la nature de la volonté. L'assistant trésorier de New York, le très capable John J. Cisco, venait de remettre sa démission. Chase souhaitait donner le poste à Field qui n'attendait que de partir à New York pour déployer ses ailes dans l'atmosphère étincelante de la grande métropole. Chase aurait préféré garder Field à Washington, mais pouvoir compter sur un homme de cette loyauté à New York était aussi une bonne chose.

Au début, le Président ne fit aucune objection particulière à la nomination de Field ; il insista seulement pour que les sénateurs de New York approuvassent un choix si important pour leur État. Le sénateur Morgan et Chase se rencontrèrent à plusieurs reprises. Chase fut l'amabilité même. Il accepta de nommer le premier choix de Morgan, mais la personne concernée déclina cet honneur. Il accepta la seconde proposition de Morgan, qui fut pareillement déclinée. Chase écrivit ensuite une lettre au Président, proposant Field. Lincoln répondit qu'il était « gêné » de faire cette nomination, parce que le sénateur Morgan y était fermement opposé. Chase n'avait qu'à choisir parmi les trois noms supplémentaires proposés par les New-Yorkais. Pour le moment, Chase avait résolu le problème en persuadant Cisco de rester en fonction pour encore trois mois. Il avait reçu simultanément une lettre assez inquiétante de Lincoln, refusant l'idée d'une discussion en tête à tête. Le Président jugeait une telle discussion inutile, sous prétexte que « nul ne sait mieux où le soulier blesse que celui qui le porte ». Suis-je donc le soulier qui blesse ? se demanda Chase. Ou bien Lincoln cherche-t-il seulement à apaiser la faction new-yorkaise ?

Chase n'apprécia guère le ton de la lettre du Président. Lincoln avait dit en termes non voilés que Mr. Field n'était pas l'homme qualifié pour un poste dont le sénateur Morgan voulait faire une machine de guerre politique ; pis, le Président avait refusé de discuter d'une question aussi importante avec le ministre directement concerné. Chase répondit avec une tranquille fermeté. Il dit qu'il était désolé d'être une source d'embarras (en insistant sur le mot) pour le Président, car si tel était le cas, il était prêt à offrir sa démission. En réalité, s'il voulait démissionner, c'était le meilleur moment. Les caisses de l'État étaient presque vides. Le prix de l'or grimpait à des hauteurs vertigineuses. Le financement de la guerre ne pourrait se faire qu'en augmentant les impôts ; et le Congrès n'était pas disposé à prendre une mesure aussi impopulaire à quelques mois des élections.

Julia Ward Howe était en train d'expliquer la Révolution française à Mr. Field, qui l'écoutait avec ravissement. Chase faisait semblant d'écouter, mais il avait la tête à d'autres choses, dont la moindre n'était pas la qualité et la variété des cuirs qu'il choisirait pour faire relier *Passion Flowers*.

A l'autre bout de la pièce, Mr. Eames disait à Hay qu'il avait lu ses poèmes et qu'il était un vrai poète.

— Quand le travail que vous faites en ce moment sera terminé, vous devriez vous consacrer à la poésie. N'importe qui peut être un homme d'action, mais rares sont ceux qui peuvent laisser un vers qui passera à la postérité.

— Je ne suis pas aussi doué que ça, dit Hay.

Il savait que ses derniers poèmes étaient bons, et qu'il avait également du talent pour la poésie satirique, mais rares sont les poèmes satiriques à survivre à l'époque pour laquelle ils ont été écrits.

— Vous ne saurez jamais qui vous êtes tant que vous n'aurez pas convolé.

Mr. Eames, qui était un homme heureux en ménage, parlait avec ferveur du mariage, surtout quand il s'adressait à de jeunes célibataires contents de leur sort.

— Plus tôt vous vous marierez, mieux cela vaudra. Tardez un peu, et... Mr. Eames se voila la face devant les horreurs qui attendaient celui qui avait eu l'imprudence de se marier trop tard. Hay songea à l'Ancien, non sans se reprocher sa déloyauté.

Le lendemain matin, la déloyauté était précisément au menu de la Maison-Blanche. A neuf heures, le Taïcoun envoya chercher Hay ; il était à son bureau en train de relire une lettre qu'il venait d'écrire lorsque Hay entra.

— A quelle heure est la séance du Sénat aujourd'hui ? demanda-t-il sans lever les yeux.

— A onze heures, monsieur.

— Je veux que vous soyez là-bas quand ils ouvriront la boutique. Lincoln ouvrit les yeux puis sourit : Cette fois, c'est un gros poisson. En fait, il s'agit d'un saumon. Mr. Chase vient de démissionner pour la troisième ou la quatrième fois — je ne les compte plus — et cette fois j'ai accepté sa démission. Cela commençait à bien faire.

Hay était abasourdi. Chase faisait tellement partie du paysage politique de Washington qu'il était inconcevable qu'il cessât d'exister sur un coup de plume du Président... C'était comme la vue depuis la fenêtre sans le monument inachevé de Washington.

— C'est au sujet de l'affaire Field ?

— Oui.

— Qui va succéder à Mr. Chase ?

— Dave Tod. C'est un ami à moi avec une grosse cervelle. C'est aussi un démocrate tendance Douglas.

— Mais est-ce qu'il connaît les finances ?

— Il a été un bon gouverneur de l'Ohio, et il a fait également fortune. Je suis prêt à lui faire confiance.

Lincoln remit à Hay le message pour le Sénat, puis il plaça la lettre de Chase dans un des casiers de son bureau à la lettre C.

— Il fallait bien que cela arrive un jour ou l'autre.

— Mais pourquoi aujourd'hui, monsieur ?

— Comment aurions-nous pu continuer ensemble après tout ce qui s'est passé entre nous ? Le sens de sa lettre est clair, je résume : « Vous vous êtes très mal conduit envers moi, je n'accepterai de rester que si vous me faites des excuses et que vous me laissez les rênes du gouvernement ; autrement je pars. » Eh bien, il est parti !

Hay raconta à Nicolay ce qui s'était passé. Nicolay secoua la tête d'un air dubitatif, puis il dit d'un air narquois :

— Si j'avais de l'argent, j'achèterais de l'or aujourd'hui.

Hay se rendit tout seul au Capitole dans la voiture présidentielle. Bien qu'il fût de bonne heure, le soleil était déjà chaud, et l'odeur du canal plus pestilentielle que jamais. Hay songeait à tous ces millions de chats qui avaient péri pour donner au canal son odeur particulière.

Hay s'arrêta devant la porte intérieure du Sénat. Le chapelain invoquait le Tout-Puissant, tandis que les sénateurs s'éventaient distraitement ; les galeries étaient vides. Quand le chapelain eut terminé son homélie, John Forney se tourna vers Hay :

— Il y a un message du Président ?

Hay remit le message en hochant la tête.

— C'est urgent ?

— Regardez et vous verrez.

Forney regarda et vit. Hay regagna en hâte la voiture. Il ne tenait pas à être pris par l'orage qui menaçait d'éclater sur le Congrès.

Comme la voiture remontait Seventh Street, Hay aperçut Azadia qui sortait d'une boutique de modiste. Il se cacha le visage avec son chapeau, mais c'était trop tard : Azadia l'avait reconnu. Il la salua d'un petit geste de la main. Il savait qu'elle connaissait son identité : parlerait-elle ? Mr. Eames avait peut-être raison. Peut-être devrait-il se marier. Mais avec qui ? Après tout, hormis Robert Lincoln, qui se trouvait à Harvard, il était le jeune homme le plus important de Washington. Mais lorsque le Taïcoun aurait terminé son premier mandat, il ne serait plus rien du tout. Nicolay et Hay avaient averti le Président qu'au bout de ces quatre années, il lui faudrait former de nouveaux secrétaires. Le Taïcoun en avait conçu un peu de chagrin, mais il comprenait parfaitement que si les deux jeunes gens voulaient faire une carrière, il leur fallait s'y prendre de bonne heure. Tous les deux pensaient se lancer dans le journalisme et la politique. En attendant, le major Hay espérait bien aller au feu, et puis entrer au Congrès comme député de Floride. Il n'avait pas été découragé par son premier échec ; le Taïcoun estimait qu'il valait la peine de se présenter une seconde fois.

Au domicile de Chase, celui-ci était en train d'aider Sprague à rédiger sa réponse quelque peu tardive à l'attaque de Blair. Sprague était resté silencieux durant les jours de frénésie qui suivirent l'assaut de Blair. Mais son heure allait bientôt sonner. Le 4 juillet, il se lèverait au Sénat pour répondre à chacune des accusations, y compris celles portées contre lui comme bénéficiaire d'un permis de commerce que lui aurait délivré son beau-père. Chase relut avec satisfaction leur commun travail.

— Je crois que nous avons bien bâti notre défense, dit-il, puis, citant l'Écriture, il ajouta : « O Dieu, accroissez notre foi, afin que notre vision soit plus claire ! Comme est stable la cité de Dieu ! Comme est désordonnée la cité des hommes ! »

Sprague répondit :

— Quel dommage que Fred Ives ne soit plus là ! Il n'avait pas son pareil pour écrire un discours.

Chase trouva cette remarque quelque peu dénuée de tact, vu qu'une bonne partie du discours était de sa propre main. Kate les rejoignit au bureau :

— Père, la voiture vous attend. Mais vous n'avez rien pris !

— Non, j'ai dit que je déjeunerais avec le général Schenk et le général Garfield.

Depuis l'échec de son père, Kate paraissait distraite et lointaine. Leur seul espoir résidait maintenant dans un rassemblement de véritables républicains en septembre. Si Grant ne bougeait pas d'ici là, il y aurait parmi les républicains un puissant mouvement pour remplacer Lincoln. Comme toujours, Chase était prêt à faire son devoir.

Avec les généraux Schenk et Garfield, il fit son devoir en prenant son petit déjeuner au National Hotel. Puis il se fit conduire à son bureau où l'attendait un message du sénateur Fessenden : pouvait-il venir immédiatement au Capitole ? Chase parcourut la ville sous la chaleur accablante tout en feuilletant un mémoire de Fessenden sur l'abrogation du prétendu *Gold bill*.

Arrivé au Capitole, il traversa la rotonde où deux sentinelles s'amusaient à sonder l'acoustique en chantant une chanson militaire. Chase attendit un moment d'être reconnu, serra quelques poignées de main et entra dans l'enceinte où l'on débattait de lois de finance. Il distribua d'autres poignées de main, puis se retira dans un vestiaire voisin confortablement meublé, où se traitaient en petit comité les affaires importantes.

Un sénateur du Vermont l'accosta :

— Fessenden n'est pas encore revenu, lui dit-il, je ne peux donc pas parler pour lui, mais je suis contre toute augmentation d'impôts. Le pays ne le supportera pas.

Tandis que Chase lui expliquait la nécessité d'augmenter les impôts en temps de guerre, Fessenden les rejoignit. Mais ils n'avaient pas échangé trois mots qu'un messager s'approcha de Fessenden en lui disant :

— Monsieur, on vous demande à la tribune.

Fessenden s'excusa, et le sénateur du Vermont en fit autant. Chase resta seul avec le messager qui le regardait d'un air curieux.

— Monsieur, lui demanda-t-il, est-il vrai que vous avez démissionné ?

Chase fut si étonné par cette question qu'il répondit en zézayant :

— J'ai présenté ma démission, en effet, mais j'ignorais qu'elle avait été acceptée.

— Elle a été acceptée, monsieur. Navré de vous l'apprendre. Le Président a déjà communiqué au Sénat le nom de votre successeur.

L'humiliation était complète : il était obligé de demander à un messager du Sénat le nom de son successeur !

— Et... quel nom le Président a-t-il donné ?

— Celui du gouverneur Tod, monsieur. Je suis vraiment désolé, monsieur.

— Un homme tout à fait honorable, dit Chase, horrifié, et bien sûr, un démocrate.

La consternation la plus totale régnait dans le luxueux bureau de l'ex-secrétaire au Trésor. Field se tordait littéralement les mains, chose que Chase n'avait encore jamais vue.

— C'est une catastrophe, Mr. Chase. Et dire que c'est moi qui en suis la cause !

Chase en était bien d'accord, il tâcha néanmoins de dominer sa douleur.

— Mes jours étaient comptés depuis la convention de Baltimore, lorsque j'ai cessé d'être utile au Président.

Il lut ensuite la lettre du Président : « La lettre de démission du poste de secrétaire au Trésor que vous m'avez envoyée hier a été acceptée. » Chase crut s'évanouir. Était-ce bien la main du Président qui avait tracé ces mots si terribles ? « Je ne retire rien de ce que j'ai dit en faveur de votre fidélité et de votre capacité, cependant nous avons atteint un tel degré d'embarras mutuel dans nos relations officielles, qu'elles semblent désormais incompatibles avec le service public. » C'était donc cela. Parce qu'il avait refusé d'entrer dans les combinaisons des politiciens de New York, il était maintenant sacrifié. Chase écrivit à Stanton — son seul allié dans le Cabinet — un mot pour le prier de ne pas démissionner par solidarité avec lui ; ce qui signifiait, bien entendu, qu'il espérait qu'il le ferait.

A la Maison-Blanche, Washburne était apoplectique :

— Ah, vous avez bien choisi votre moment pour le laisser partir ! Washburne arpentait la pièce en gesticulant, tandis que le Président était sagement assis à sa table de travail : Nous n'avons pas de programme d'impôts. La monnaie s'effondre. Le prochain secrétaire au Trésor devra pouvoir lever cent millions de dollars par mois, ce que Chase pouvait faire. Grant est en train de marcher sur les traces de McClellan, du moins temporairement. Les nouvelles de la guerre sont toutes mauvaises, et les jacobins menacent de tenir une convention républicaine en septembre pour proposer leur propre candidat, qui sera bien entendu Chase !

Washburne continua pendant quelque temps encore d'étaler son mécontentement, puis Hay vint annoncer la présence de la commission des finances du Sénat au grand complet dans la salle du Cabinet. Depuis onze heures ce matin, Hay estimait que le Taïcoun avait commis une grave erreur en laissant partir Chase à un moment où les finances du pays étaient dans le plus grand désordre, alors que Washburne était persuadé que leur parti de l'Union allait se fractionner en deux, ce qui faciliterait la victoire du démocrate McClellan.

Lincoln se leva enfin :

— Frère Washburne, calmez-vous. Tout est pour le mieux, croyez-moi. Je viens d'apercevoir notre ami le congressman Hooper dans la salle d'attente. Je n'aurai probablement pas la possibilité de lui parler aujourd'hui, mais je sais que c'est un ami de Chase et de vous également. Dites-lui que je lui serais bien obligé s'il allait rendre visite cet après-midi à Mr. Chase pour lui dire que mon estime pour lui n'a pas diminué, en dépit de nos embarras, dit Lincoln en souriant. Qu'il dise également à Mr. Chase que je n'ai pas oublié la réflexion que celui-ci m'a faite sur son désir d'être un jour nommé président de la Cour suprême, faute de... mieux. Au cas où Mr. Taney viendrait à mourir, j'ai dans l'idée de nommer Mr. Chase.

La colère de Washburne s'évanouit brusquement :

— Vous feriez cela ?

Lincoln hocha la tête.

— S'il pense que vous allez le nommer juge de la Cour suprême, il est peu probable qu'il songe à se présenter contre vous cette année.

— C'est aussi ce que je me suis dit. Allez donc parler à Mr. Hooper, tandis que j'écouterai les sénateurs me dire ce que j'ai à faire.

Lincoln ouvrit la porte de la salle du Cabinet, tandis que Washburne allait trouver Mr. Hooper dans la salle d'attente : la pêche au Saumon [1] Portland Chase commençait.

Si le Taïcoun avait fait une erreur en laissant partir Chase, il n'en laissa rien voir devant les cinq sénateurs de la commission des finances. En fait, ce fut Mr. Fessenden, leur président, qui avait l'air le plus soucieux.

— Je ne peux pas imaginer un plus mauvais moment pour le laisser partir, dit-il en faisant écho aux paroles de Washburne. Nous avons le *Gold bill* devant le Congrès. Nous avons les impôts... Nous avons plus que jamais besoin des sages conseils de Mr. Chase.

1. Jeu de mots sur le prénom Salmon Portland Chase.

— Je ne doute pas que vous en ayez besoin, dit Lincoln d'un ton aimable, et je suis sûr qu'il ne vous les ménagera pas.

— Mais comme secrétaire au Trésor, il aurait pu nous tirer de ce mauvais pas, dit le sénateur Conness en jetant un regard furieux sur le Président, et maintenant vous l'avez laissé partir !

Le Taïcoun étira ses bras comme pour montrer qu'il n'avait rien dans les manches et dit :

— Comment pouvais-je l'en empêcher ? C'était la troisième ou la quatrième fois qu'il démissionnait.

— Vous auriez dû faire appel à son patriotisme, dit Fessenden.

— Ah, vraiment ? dit Lincoln d'un ton ironique. Il semble que vous ne soyez jamais à mes côtés quand j'en ai le plus besoin pour me dire ce que j'ai à faire. En tout cas, j'ai nommé le gouverneur Tod, que vous allez maintenant pouvoir éclairer de vos conseils.

Il y eut une discussion confuse sur les mérites du gouverneur. Hay voyait bien que la commission n'osait pas rejeter quelqu'un d'aussi puissant, mais que Fessenden n'approuvait pas ce choix. Finalement le Taïcoun mit fin à l'entrevue en déclarant qu'il ne pouvait pas vis-à-vis de Tod et vis-à-vis de lui-même revenir sur sa décision.

Mais ce soir-là, Tod télégraphia pour dire qu'il déclinait sa nomination pour raison de santé.

— Ça, c'est inattendu, dit le Taïcoun d'un air morose.

— Je crois, dit Hay, que le Sénat est en séance ce soir. Aussi, au cas où ils rejetteraient Tod, ne pensez-vous pas que je... ?

— Si, dit le Président.

Le Sénat étincelait de lumières, et nombre de sénateurs paraissaient éméchés. Mais Fessenden était d'une sobriété toute jacobine. Hay le rencontra devant les portes de la Chambre.

— Le gouverneur Tod, lui dit-il, a refusé le poste. Le Président a jugé bon que vous soyez mis au courant.

— Cela prouve que le gouverneur a plus de jugement que je ne le pensais. Quel est le suivant ?

— Je n'en sais rien, monsieur.

A neuf heures et demie le lendemain matin, Fessenden était assis dans le bureau de Hay lorsqu'un huissier vint dire à l'oreille de ce dernier que le Président le demandait.

Hay trouva le Président de joyeuse humeur. Le départ de Chase l'avait rajeuni.

— Tenez, John, allez remettre cette nomination au Sénat, dit-il en tendant à Hay une enveloppe. Cette fois, je crois qu'ils seront contents.

— Qui est-ce, monsieur ?

— Fessenden.

— Fessenden ? Mais il est dans mon bureau en ce moment même !

— Eh bien, c'est une heureuse coïncidence, voilà tout ! Personnellement, je trouve que c'est une très bonne idée. Il est le président de la commission des finances. Il connaît les problèmes. C'est un radical, mais il n'a pas la susceptibilité et l'esprit de chicane qui caractérisent d'ordinaire ces gens-là. Il aura toutes les peines à se faire réélire dans le Maine si Mr. Hamlin décide de se présenter au Sénat.

Le Taïcoun avait l'air très content de lui-même, et Hay songeait qu'il avait toutes les raisons de l'être, *si* Fessenden acceptait.

— Vous pouvez entrer, sénateur, dit Hay au digne Yankee de la Nouvelle-Angleterre qui ne se doutait guère du sort qui l'attendait.

Au domicile des Chase, il régnait une atmosphère toute différente : on avait recouvert de housses le mobilier tandis que des malles encombraient le vestibule où jadis s'était réuni tout ce que Washington comptait de plus brillant. Kate errait comme une âme en peine à travers les pièces chaudes et poussiéreuses. Depuis qu'il avait — provisoirement — cessé de boire, Sprague avait tendance à la mélancolie. Kate aurait voulu partir le plus tôt possible pour l'Europe, mais Sprague préférait aller à Newport, dans le Rhode Island, à présent que le Congrès s'était ajourné. Le discours qu'il avait prononcé pour la défense de Chase avait obtenu un grand succès ; malheureusement il arrivait trop tard : il y avait cinq jours que Chase avait quitté ses fonctions. De toute façon, Sprague prévoyait un changement dans les lois concernant l'achat de coton du Sud ; il n'osait donc pas quitter le pays. Kate avait cédé, plus par lassitude physique que par faiblesse morale.

Pour Chase, le monde était devenu irréel, tandis qu'il traversait la grande maison déserte pour gagner son bureau où l'attendait le sénateur Sumner. Il y avait peu de visiteurs à présent. Seul Stanton, parmi les membres du Cabinet, avait accueilli son départ avec une certaine tristesse ; les autres avaient laissé percer leur joie d'une manière indécente. Pomeroy et Garfield lui étaient restés fidèles, et bien sûr Sumner, qui s'était écrié, les yeux humides :

— Mon pauvre ami ! mon pauvre ami !

— C'est fini, avait répondu Chase avec une dignité et une concision toutes romaines — et pour une fois il n'avait pas zézayé.

— Vous avez vu Fessenden ?

Chase hocha la tête :

— Je fais de mon mieux pour l'aider à s'installer. C'est un homme digne, je crois. Nous sommes tous les deux conscients que le peuple américain ne supportera peut-être pas un impôt de plus de 10 % sur le revenu, mais il poursuivra la politique que j'ai appliquée.

Sumner hocha la tête :

— Et où irez-vous maintenant ?

— Chez moi, là où je suis né, dans les blanches montagnes du New Hampshire.

— Pendant que vous vous reposerez, nous autres ici nous travaillerons pour vous. Il est maintenant question de tenir une nouvelle convention pour la fin septembre. Et alors... Sumner frappa dans ses mains.

Mais Chase était déchiré. En tant que véritable candidat républicain, il pouvait espérer battre Lincoln. Mais ne risquait-il pas de se faire battre à son tour, et de voir ainsi réduit à néant tout le travail accompli jusqu'ici par les abolitionnistes ? Bien sûr, s'il ne faisait rien, il serait probablement nommé juge de la Cour suprême. Mais était-ce juste de ne rien faire pour empêcher la réélection d'un Président dont l'idée de donner aux nègres une colonie en dehors des États-Unis n'était pas seulement immorale, mais désastreuse pour l'économie du pays ? Était-ce juste de permettre à Lincoln d'autoriser les États rebelles, vaincus sur le champ de bataille, de réintégrer l'Union, comme s'il ne s'était rien passé, l'esclavage continuant comme avant ?

Chase supplia en silence le dieu des Batailles de lui envoyer un signe, mais tout ce qu'il reçut fut une comparaison historique du sénateur Sumner :

— De tous les souverains des temps modernes dont j'ai le souvenir, Louis XVI est celui auquel me fait penser le plus ce pauvre Mr. Lincoln. L'orage menace autour de lui, et il reste inerte.

— Je n'avais pas songé à le comparer à Louis XVI, mais il est tout à fait vrai que lorsqu'il dit « ma politique est de ne pas avoir de politique » ou bien « je ne contrôle pas les événements, ce sont les événements qui me contrôlent », il accuse une certaine ressemblance avec ce monarque... sans tête.

— Tout comme vous ressemblez à son brillant ministre des Finances, Necker. Et je parie que, comme Necker, il sera forcé de vous rappeler.

— Si Lincoln était roi, j'accepterais peut-être, dit Chase, mais ce n'est qu'un politicien. Et cette fois, je suis parti pour de bon.

V

Le dimanche 10 juillet 1864, peu avant minuit, John Hay fut tiré de son sommeil par Robert Lincoln, qui prit place à côté de lui dans son lit.

— Que se passe-t-il ? demanda Hay encore mal réveillé.

— Stanton, dit Robert. On nous a chassés du Foyer du Soldat. Les rebelles sont à Silver Spring. Bon Dieu, comme je déteste cet endroit !

Robert se tourna ensuite sur le côté et s'endormit ; il dormait comme son père. Toute la nuit il fit entendre des soupirs et des gémissements ; ce qui contrastait avec le ronflement familier de Nicolay, rythmique et régulier comme une pluie de septembre. Mais Nico était dans l'Ouest en train de faire enrager les Indiens. Et maintenant Robert avait pris sa place.

A l'aube Robert sauta du lit frais et dispos, alors que Hay n'avait pas fermé l'œil.

Tout en se rasant devant le seul miroir qu'il y avait dans la chambre, Robert demanda si les « Canterbury girls » donnaient toujours *les Francs-tireurs du Potomac,* une revue polissonne qu'ils avaient été voir ensemble quelques jours plus tôt. Tel Virgile introduisant Dante dans les cercles infernaux, Hay avait fait faire à Robert la tournée des principaux lieux de perdition de la capitale. Ils avaient soupé avec certaines de ces demoiselles... Hay savait même l'adresse personnelle de l'une d'entre elles. Mais il préféra parler d'autre chose :

— Nous devrons peut-être tous quitter la ville aujourd'hui, dit-il.

— Je ne crois pás que Père ait l'intention de bouger, dit Robert, en redressant soigneusement les extrémités de sa moustache.

— Regarde, dit Hay en montrant la fenêtre. Derrière l'Institut smithsonien, une canonnière était ancrée : C'est au cas où la Maison-Blanche devrait être évacuée.

— C'est une idée de Stanton ?

Robert tendait à blâmer Stanton de l'empêcher de se battre, alors que la seule responsable était sa mère.

— En tout cas, du Département de la Guerre. Pour une fois, Stanton prend les choses assez calmement. Mais la situation n'est pas bonne. Hier les rebelles nous ont flanqué la raclée à Monocacy Bridge...

— Mais c'est pratiquement en ville !

Robert fronça les sourcils. Il venait de se couper au menton. On voyait apparaître une goutte de sang. Hay pour sa part trouvait très intéressant le fait que l'Ancien eût caché à sa famille une défaite aussi importante. Il est vrai que Madame était si facilement excitable.

— Des piquets rebelles ont été aperçus la nuit dernière à Georgetown, dit Hay, et les Blair ont de nouveau fui Silver Spring.

— Au fond, je ne serais pas fâché de les voir raser cette fichue ville, dit Robert, plus bostonien que jamais. Il s'essuya délicatement le visage avec l'unique serviette de toilette de Hay, laissant une fine raie de sang frais sur le côté propre. Quelle idée d'avoir installé la capitale dans un endroit aussi puant — et dans le Sud en plus !

— Il est vrai qu'aujourd'hui l'odeur est particulièrement nauséabonde, dit Hay.

Une brise tiède d'été apportait dans la pièce l'odeur fétide du canal, mêlée à celle de pourriture émanant des abattoirs.

— De toute façon, reprit Hay en pliant sa serviette, tu n'as rien à craindre. Tu seras à Saratoga en train de prendre des bains de mer.

Robert venait d'être diplômé d'Harvard. Madame avait assisté à la cérémonie. Il était maintenant inscrit à l'école de droit de Harvard, parce que Madame avait déclaré que si son fils partait à la guerre, elle deviendrait folle. Comme personne ne doutait de sa parole, Robert était devenu l'« embusqué » le plus célèbre et le moins content de la guerre.

— Père m'a dit que je pourrais aller à Fort Monroe la semaine prochaine. Comme ça, je pourrai au moins *voir* la guerre.

Hay trouva le Taïcoun dans son bureau en train d'étudier la rivière à la jumelle, pour voir s'il n'apercevait pas Grant du côté de City Point. Hay n'avait encore jamais vu le Taïcoun aussi en colère.

— Je me demande parfois ce qui peut bien passer par la tête de Stanton. Il m'oblige à fuir en pleine nuit le Foyer du Soldat, et maintenant il veut me faire évacuer la capitale.

— Je croyais que c'était une idée de l'amiral Porter.

Lincoln posa ses jumelles :

— Je n'arrive pas à avoir de nouvelles du Département de la Guerre. Nul ne semble savoir où sont les rebelles. Quand j'interroge Halleck...

Edward introduisit alors Blair, dont la rage faisait ressembler la colère de Lincoln à de la bonne humeur.

— Les hommes du général Jubal Early sont en train de brûler ma maison de Silver Spring. Ils ont brûlé la maison de mon père. Mais d'abord, ces salopards ont volé tout ce qu'ils ont pu attraper, depuis l'argenterie jusqu'aux papiers de mon père. On peut voir la fumée d'ici.

— On dirait qu'on s'est fait damer le pion une fois de plus, murmura l'Ancien.

— C'est la faute d'Halleck. C'est un lâche, et un traître. On devrait le pendre !

Blair lâcha encore une bordée d'invectives auxquelles ni le Taïcoun ni Hay ne prêtèrent beaucoup d'attention. A mesure que les visiteurs commençaient d'arriver, on cherchait à savoir ce qui avait bien pu se passer.

Apparemment les généraux Early et Breckinridge avaient reçu chacun le commandement d'une armée dont nul ne savait le nombre d'hommes. Ils avaient rapidement remonté la vallée de Shenandoah, repris Harper's Ferry, et menaçaient une fois de plus la capitale. Puis, le samedi, ils avaient battu le général Wallace à Monocacy Junction, et brûlé une bonne partie de Silver Spring. Ils étaient maintenant campés à trois kilomètres au nord du Foyer du Soldat, avec les seules défenses de Fort Stevens entre eux et Seventh Street Road, à l'extrémité de laquelle était la Maison-Blanche. Hay commença de jeter un regard plus amical sur la canonnière voisine.

Les troupes de Grant étaient attendues au début de la matinée, mais personne ne savait au juste quand.

— Si elles ne sont pas arrivées à midi, tout est fichu, dit Blair. Nous n'avons pas assez d'hommes pour les arrêter. Mais, bon Dieu ! comment une telle chose a-t-elle bien pu arriver ?

Lincoln lui répondit par cet étrange sourire moqueur que Hay lui avait souvent vu dans les moments critiques.

— Je pense, Mr. Blair, que nous devrions d'abord nous demander ce qui est arrivé. Nous aurons ensuite tout loisir de nous demander comment.

Blair poussa brusquement un cri de rage :

— Et les papiers de mon père ! Les lettres d'Andrew Jackson ! D'Henry Clay ! Disparus, envolés !

— Je pense que j'ai dû lui écrire, moi aussi, dit Lincoln, qui était revenu à la fenêtre. Puis soudain il s'écria : Les voilà ! Ils arrivent ! Et se tournant vers les autres : Je pense que je vais aller accueillir nos sauveteurs.

— Mais si le général Early perce les défenses de Fort Stevens... commença Blair.

— Eh bien, il faudra se battre, n'est-ce pas ?

Le Taïcoun fit signe à Hay de l'accompagner et à Blair de rester. Dans l'antichambre, il y avait un messager du Trésor :

— Monsieur, avant l'interruption du télégraphe, l'or était coté à deux cent quatre-vingt-cinq dollars. Mr. Fessenden demande ce qu'il faut faire.

— Personnellement, je ferais fusiller jusqu'au dernier tous ces spéculateurs, mais comme je n'en ai pas le droit, dites-lui que nous tuerons aujourd'hui suffisamment de rebelles pour faire baisser le prix de l'or.

575

Pennsylvania Avenue était poussiéreuse et pleine de mouches. Les tramways ne circulaient plus. Pour une fois on ne voyait pas de soldats. Tous les hommes valides et bon nombre de ceux qui ne l'étaient pas avaient été envoyés dans les différents forts encerclant la capitale.

— La ville n'est jamais si tranquille que lorsqu'elle est assiégée, observa le Taïcoun.

— Sans compter que le Congrès s'est ajourné.

— Oui, heureusement.

Au grand étonnement de Hay, Lincoln paraissait s'intéresser davantage au bill de Ben Wade, qui avait été voté par les deux Chambres, qu'à la menace présente. C'était comme s'il savait d'instinct ce qui était véritablement dangereux et ce qui ne l'était pas. Un raid rebelle sur la capitale était embarrassant, mais pas véritablement inquiétant. Il savait que les troupes de l'Union finiraient par gagner la guerre, mais il ignorait encore dans quelles conditions l'Union serait restaurée. Il savait ce qu'il voulait, mais il savait également qu'il était minoritaire dans son propre parti.

Comme le ciel se couvrait de fumée au-dessus de Silver Spring et que le son du canon retentissait dans la vallée comprise entre Seventh Street Road et le Capitole, Lincoln se mit à parler du problème des radicaux :

— Ils essaient de m'obliger à dévaster les États rebelles, ce que je me refuse à faire. Je châtierai bien entendu certains chefs rebelles, mais je ne peux pas — et je ne veux pas punir tout un peuple. Aussi je m'en tiendrai à ma formule de 10 %.

— Mais le Congrès l'a déjà rejetée.

— Alors il me faudra trouver de nouvelles armes. En temps de guerre mes proclamations doivent être obéies. En tant que Président, je ne peux pas libérer les esclaves. Je n'en ai pas le droit ; le Congrès non plus. Mais en tant que nécessité militaire, j'ai pu les libérer, et je l'ai fait. Maintenant je désire un amendement constitutionnel abolissant l'esclavage et qui réglera ce problème une fois pour toutes. Je suis également satisfait que nous ayons maintenant des gouvernements acceptables en Louisiane et dans l'Arkansas.

— Mais le Congrès n'est pas satisfait et le Congrès peut empêcher les délégations de Louisiane et d'Arkansas de siéger.

— Tout cela, c'est très curieux, n'est-ce pas ? Comme j'accepte une partie du *Wade bill*, je n'y mettrai pas mon veto. Mais comme je ne l'accepte pas tout entier, je ne le signerai pas.

— Et alors, que se passera-t-il ?

— Eh bien, si je ne signe pas, il n'aura pas force de loi. Je crois bien que je vais le garder dans ma poche.

— Est-ce constitutionnel, monsieur ?

— Oh, je ne vois pas où est le problème, répondit Lincoln en souriant.

Hay était convaincu que le refus de Lincoln d'agir directement concernant le *Wade bill* était une déclaration de guerre contre la faction radicale du parti, maintenant certaine de présenter son propre candidat comme Président. Or comme Frémont était déjà candidat républicain, et Lincoln candidat d'Union nationale, la candidature d'un républicain radical — Mr. Chase ? — fractionnerait le parti en trois, et ferait le jeu du démocrate McClellan qui l'emporterait comme Président minoritaire, de la même façon que Lincoln l'avait emporté en 1860, lorsque le parti démocrate s'était scindé en deux. Hay admirait la formidable ténacité du Taïcoun, mais il était également persuadé qu'à moins d'une extraordinaire victoire militaire, Lincoln s'en irait rejoindre James Buchanan et Franklin Pierce, et toutes les autres médiocrités présidentielles de ce deuxième tiers de siècle, dans les oubliettes de l'histoire.

Ils s'arrêtèrent au quai de Sixth Street. Le premier transport de troupes venait d'arriver. Lincoln monta sur une petite estrade, et les troupes de débarquement se mirent à l'acclamer. Lincoln souleva son chapeau : les acclamations redoublèrent. Comme toujours, Hay était fasciné par la popularité de l'Ancien auprès des soldats. Ceux-ci ne le connaissaient qu'à travers les articles des journaux, la plupart du temps hostiles ; aussi était-ce un miracle qu'il pût inspirer autant d'affection. Sa ressemblance avec la figure de l'« Oncle Sam » y était sans doute pour quelque chose.

Lincoln regardait en souriant devant lui, la main gauche tenant le chapeau, et saluant de la main droite les hommes descendant la passerelle. Il fut bientôt rejoint par le major général Horatio Wright, commandant du Sixième Corps, qui le salua en disant :

— Mission accomplie, monsieur.

— Nous sommes soulagés, général, dans tous les sens du mot.

Lincoln aurait pu rester là toute la matinée si le sévère Lamon n'était pas venu le rappeler à l'ordre :

— Monsieur, si vous repartez une fois comme cela, gronda Lamon, je démissionnerai !

— Je suis désolé, Lamon. Mais nous ne pouvions pas rester ainsi, Mr. Hay et moi. Il fallait que nous bougions. Puis, se tournant vers le général Wright : Je pense, général, que vous devriez vous installer à Fort Stevens, dès que ce sera possible.

— C'est mon plan, monsieur.

— Si les rebelles devaient lancer une attaque avant que vous n'y arriviez, il pourrait y avoir pas mal de casse au Capitole, ce qui serait dommage parce que nous venons juste de le terminer.

Le général demanda où les rebelles étaient principalement concentrés, et Lincoln répondit que personne ne le savait au juste, mais qu'à son idée ils devaient être du côté de Silver Spring, à cinq kilomètres au nord de Fort Stevens. Comme Lincoln et Hay regagnaient à cheval la Maison-Blanche, escortés par la cavalerie de la garde du Président, Lincoln dit à son secrétaire.

— Le principal danger, maintenant...

— C'est que les rebelles se mettent à tout piller sur leur passage.

Hay savait que le pillage avait déjà commencé : chevaux, fusils, or, argent, etc. Les rebelles faisaient main basse sur tout ce qu'ils rencontraient. Les habitants des villes voisines de Rockville et de Tennalytown s'étaient réfugiés à Georgetown, où ils avaient été obligés de dormir en plein air.

— Non, dit Lincoln en jetant un coup d'œil satisfait au nouveau dôme du Capitole. Le danger, ce sont les dix-sept mille prisonniers enfermés à Point Lookout. C'est ce que Lee désire par-dessus tout, et c'est ce qu'il ne doit jamais avoir.

Le lendemain, toutes les lignes télégraphiques reliant la ville furent coupées, et les voies de chemin de fer bloquées. Pour la seconde fois depuis le commencement de la guerre, la capitale se trouvait isolée, mais aujourd'hui l'atmosphère qui régnait à la Maison-Blanche était bien différente. Le Président en personne était allé visiter Fort Stevens la veille, et il avait assisté aux premiers coups de feu échangés entre les hommes du général Early et les troupes de l'Union fraîchement débarquées. C'était le premier combat qu'il voyait depuis le début de la guerre.

Après une brève séance de Cabinet vers midi, Lincoln se montra désireux de retourner assister à la bataille. Hay aurait bien aimé accompagner le Président, mais ce fut Madame qui prit sa place en cet après-midi du 12 juillet.

Mary avait souffert d'une crise de foie, mais l'idée d'une randonnée militaire lui éclaircit merveilleusement l'esprit. Le Président ne voulait pas en entendre parler ; mais comme Lamon était également opposé à l'idée de laisser le Président retourner à Fort Stevens, on décida un compromis : et tous les trois prirent la Seventh Street Road, escortés d'une compagnie de cavalerie, sabre au clair.

Pour Mary, l'idée de la bataille agissait mystérieusement comme un stimulant : mystérieusement, car le plus anodin des coups de tonnerre lui arrachait des cris de terreur. Maintenant Mary allait affronter de vrais fusils chargés de vraies balles. Par manière de défi, elle portait une robe rouge foncé « pour cacher le sang de mes blessures », avait-elle dit à Keckley qui était restée bouche bée.

Lamon ne parlait ni au Président ni à la Présidente : furieux de les voir prendre des risques inutiles, il se contentait de bouder.

Deux kilomètres avant le Foyer du Soldat, la rue se changeait en route, puis en une piste poudreuse coupant à travers de chétifs bois.

— C'est là que ma voiture s'est jetée contre un arbre, dit Mary avec le plus grand sang-froid. A-t-on jamais découvert celui qui avait dessellé le siège du cocher ?

Lincoln secoua la tête :

— Il y a tant de gens qui ont accès aux écuries.

— Il y avait, corrigea Lamon.

A la hauteur du Foyer du Soldat, ils commencèrent à sentir la fumée des maisons brûlées et à entendre le bruit de la canonnade. Un peu plus loin, ils croisèrent une charrette où un tas de meubles avaient été empilés ; sur le siège du cocher, étaient assis le fermier et la fermière. Derrière la carriole couraient une demi-douzaine d'enfants conduisant un troupeau de moutons. Le Président se découvrit devant le fermier et sa femme, qui répondirent à son salut par un regard glacial.

— Quelle impolitesse ! s'écria Mary. Quelle ingratitude !

— Je n'ai jamais été extrêmement populaire dans le Maryland, dit Lincoln en remettant son chapeau.

— Comment le général Grant a-t-il pu permettre une chose pareille ?

— Mais, Maman, tu oublies qu'il se bat à Richmond. Ce serait plutôt le secteur du général Halleck.

Mary n'avait jamais pu comprendre la patience que Lincoln témoignait envers les mauvais généraux. Les espoirs qu'elle avait placés en Grant s'étaient effondrés à Cold Harbor où il avait perdu plus d'hommes qu'il n'est possible d'imaginer en un laps de temps aussi court. C'était un boucher — et le boucher de ses propres hommes en plus ! Mary avait bien ses idées à elle sur la conduite de la guerre, mais personne ne voulait l'écouter. Quant à Halleck, tout le monde reconnaissait qu'il ne valait rien, ce qui ne l'empêchait pas de traîner au Département de la Guerre, avec ses grands yeux larmoyants dilatés par la drogue. Certains le soupçonnaient de fumer de l'opium, mais Mary, elle, *savait* qu'il en fumait. Sur ce chapitre, elle était experte. Pendant des années, elle avait servi de cobaye aux médecins avec sa migraine !

Quant à Stanton, on savait maintenant clairement à qui il avait fait allégeance. Il venait de demander à Chase d'être le parrain de son nouveau-né, pis : ils chantaient ensemble des cantiques. Mary était certaine que Stanton travaillait en secret pour Chase. Sinon, pourquoi la guerre allait-elle si mal ? Mary avait senti récemment que Lincoln commençait à se résigner à l'idée d'être battu aux prochaines élections. Cette idée la rendait folle. A présent ses dettes dépassaient le salaire annuel de son mari, lequel était de vingt-cinq mille dollars, c'est-à-dire — après déduction d'impôts — moins de dix mille dollars or... Voir son mari battu et failli, c'était plus qu'elle n'en pouvait supporter. Heureusement, elle s'était entremise auprès de Mr. Thurlow Weed pour faire obtenir à un ami commun, un certain Abram Wakeman, la charge de contrôleur du port de New York, riche prébende pour laquelle Wakeman était prêt à payer une somme plus que rondelette. Elle pourrait ainsi régler ses dettes dans les grands magasins de New York, notamment dans celui de Mr. A. T. Stewart, dont la patience avait aussi ses limites. A chaque revers de l'Union, à chaque baisse de popularité de son mari, les factures se faisaient plus pressantes et les fournisseurs plus insolents. Mais une fois que Wakeman serait nommé, Mr. Stewart serait promptement remboursé. En attendant, elle avait en vue un châle en cachemire noir que Stewart lui offrait pour seulement trois mille dollars. Dans la voiture qui les conduisait à Fort Stevens, Mary se demandait si tout compte fait il ne valait pas mieux qu'une balle vînt mettre fin à toutes ses souffrances et à toutes ses angoisses.

Fort Stevens consistait moins en une forteresse à proprement parler qu'en une série de fortifications. Mary avait imaginé quelque chose avec des murs en pierre, des parapets et des tours dans le genre de Fort Monroe. Elle trouva à la place un monticule de terre, semblable à une miche de pain, bordé d'un treillis en bois. L'artillerie était en place à gauche et à droite.

Comme le fort commandait la vue vers le nord, elle aperçut l'uniforme gris cendré des rebelles dans les pinèdes le long de la route, ainsi que dans les deux petites fermes qui, jusqu'à il y a deux jours, faisaient partie de l'Union, et qui, grâce au général Early, en étaient maintenant en dehors.

La voiture présidentielle fut accueillie par le général Wright, qui regarda Mary avec un certain déplaisir.

— Madame, les tireurs rebelles sont tout autour de nous.

Comme pour illustrer ses propos il y eut une soudaine volée de canon venant d'une des deux fermes, à laquelle répondirent les troupes fédérales. Mary remarqua que la plupart des soldats de l'Union étaient du Massachusetts.

— Monsieur, dit-elle poliment, je resterai en arrière.

Elle accompagna ensuite le Président au sommet d'une des fortifications où des palissades formaient une sorte de parapet. De cette altitude on apercevait un paysage verdâtre et poudreux sous un ciel gris tout barbouillé de fumée.

— Sais-tu qui se trouve en face à moins de deux kilomètres d'ici? demanda Lincoln en désignant les bois qui servaient de couverture au principal corps d'armée rebelle.

— Le cousin John Breckinridge, répondit Mary. Je suppose qu'il est venu prendre possession de la Maison-Blanche pour les Davis.

— Grâce au général Grant, il arrive un jour trop tard.

Un chirurgien d'un des régiments de Pennsylvanie leur expliqua la situation :

— D'après ce que je peux voir, monsieur, il s'agit essentiellement d'un raid. Dès que les hommes du général Grant seront là, ils refouleront l'ennemi dans les broussailles. Mais si le général Wallace ne les avait pas contenus pendant toute une journée, ils auraient déjà envahi la ville, parce que nous n'étions pas en nombre suffisant pour...

Le chirurgien n'avait pas fini sa phrase que le sifflement d'une balle déchira l'air. Il poussa un cri et s'écroula aux pieds de Mary. Mary fut trop surprise pour avoir peur. Elle regarda l'homme dont le visage était maintenant tordu par la douleur.

— Monsieur... ? commença-t-elle.

Deux ordonnances apparurent. Le chirurgien leva les yeux et dit :

— Ce n'est pas grave. C'est seulement la cheville qui a été touchée. Puis aux ordonnances : Aidez-moi à me relever. Excusez-moi, Mrs. Lincoln.

— Il n'y a pas de quoi, monsieur. Je suis désolée.

Mary n'était guère au fait de l'étiquette qui régnait sur le champ de bataille. Le Président lui prit la taille.

— Je pense, dit-il, que tu ferais mieux de retourner à la voiture.

— Oh non, Papa ! Pas maintenant. Je veux que le cousin John s'aperçoive bien que je suis là. Tu te rappelles, quand je lui ai dit qu'il faudrait qu'il me combatte personnellement avant que nous cédions la maison ? Qu'on me donne un fusil, je saurai bien tirer !

— Maman, tu n'y penses pas.

— Mais si ! Je n'ai jamais été plus sérieuse. J'étais une excellente tireuse quand j'étais jeune fille. J'arrivais à tuer un écureuil à une distance de trente mètres, en le visant dans l'œil.

— Je ne te savais pas si sanguinaire. Mais les choses...

Au même moment une décharge d'artillerie siffla à leurs oreilles, et une fumée âcre leur fit couler des larmes. Lincoln fit signe à un jeune lieutenant-colonel du Massachusetts de raccompagner Mary à la voiture. A demi aveuglée par la fumée et à demi assourdie par le bruit du canon, elle se laissa conduire sans opposer trop de résistance. Elle regrettait seulement que le cousin John n'eût pas pu la voir sur le parapet en train de tirer sur lui.

Lincoln regardait le combat debout entre deux palissades. De part et d'autre les artilleurs poursuivaient leur œuvre de mort. Le général Wright donnait des ordres à droite et à gauche : la vue du Président ne lui causait manifestement aucun plaisir. Mais Lincoln s'était maintenant tourné vers un jeune lieutenant au visage d'enfant.

— Vous êtes arrivé hier de Vity Point ?

— Oui, monsieur, dit le jeune homme, dont le sourire se transforma soudain en une espèce de bouillie écarlate, tandis qu'il tombait mort à deux pas de l'endroit où se tenait le Président. Là-dessus, l'officier qui avait reconduit Mrs. Lincoln à la voiture, saisit le Président par le bras, en lui criant :

— Couchez-vous, espèce d'imbécile !

— Puisque vous le dites, colonel, dit Lincoln en atterrissant sur son postérieur.

Les tireurs avaient maintenant réglé leur distance. Ils tiraient par volées régulières. Le jeune officier s'accroupit à côté du Président.

— Comment vous appelez-vous ? demanda Lincoln.

— Holmes, monsieur. Mais j'aimerais que vous nous laissiez faire notre travail.

— Holmes. Du Massachusetts ? Vous ne seriez pas parent d'Olivier Wendell Holmes ?

— Je suis son fils, monsieur.

— Comme c'est curieux ! Je suis un grand admirateur de sa poésie.

Tandis que la fusillade faisait rage autour d'eux, Lincoln se mit à réciter quelques vers extraits du poème *Lexington* :

— « Verts sont les bosquets où sont couchés ses martyrs ! Sans tombe et sans linceul, ils sont entrés dans le repos... » Quand j'arrive à cet endroit, j'ai toujours de la peine à continuer, dit Lincoln, dont les yeux s'embuèrent brusquement.

— Je ne l'ai jamais appris par cœur, monsieur. Mon père le cite si souvent et tellement mieux que je ne saurais le faire, que je lui laisse ce plaisir.

— Quand j'étais jeune, je me suis cru un certain talent pour la poésie. C'est une idée qu'ont les jeunes gens à un certain moment de leur vie. Avez-vous déjà été blessé ?

— Oui, monsieur. A Ball's Bluff.

Ils furent alors rejoints, non par le général Wright, qui avait été dérangé par l'arrivée d'un second général et d'une nouvelle brigade, mais par Gédéon Welles et le sénateur Ben Wade.

Lincoln, assis, le dos appuyé contre le parapet, présenta les deux hommes politiques au lieutenant-colonel Olivier Wendell Holmes, Junior.

— Nous étions en train de discuter de la poésie de son père. Venez vous joindre à nous.

— Je préfère regarder la bataille, dit Ben Wade d'un ton grognon.

— Comme vous voudrez, mais ce n'est pas très intéressant, dit le Président.

Wade prit une posture héroïque entre deux parapets. Il n'y resta pas longtemps, car une soudaine fusillade lui ayant caressé les joues, il se retira prestement de la ligne de feu.

— Je vous avais averti qu'il n'y avait pas grand-chose à voir, dit Lincoln avec un sourire ironique.

Welles affermit d'un geste nerveux sa perruque comme si c'était un casque. Le colonel Holmes s'excusa. Lincoln reprit :

— J'y suis resté un moment pour voir quelle impression ça fait quand on vous tire dessus. Je ne peux pas dire que ce soit une expérience particulièrement agréable. Mrs. Lincoln, elle, a montré plus de courage. Elle aurait voulu qu'on lui donne un fusil pour leur répondre.

— Comme je la comprends ! dit Wade, ce doit être une chose merveilleuse que de tuer des rebelles.

— Demandez au général Wright de vous prêter un fusil. Je suis sûr qu'il acceptera.

A ce moment-là, les deux ordonnances étendirent le jeune officier mort sur un brancard. Le visage maintenant n'avait plus forme humaine. Quand le brancard passa près d'eux, Welles eut un frisson d'horreur, et Wade se rembrunit.

— J'étais en train de parler à ce garçon, juste au moment où il a été abattu, dit Lincoln. Un splendide garçon, et maintenant... Ça ! Messieurs, la responsabilité que nous avons prise est bien lourde. Si nous en avions connu le prix au début, je me demande si nous aurions jamais eu le courage — ou la folie — de l'entreprendre.

— Pour moi, je n'ai aucun doute sur la justice de notre cause. Nous sommes dans la vérité, et ils sont dans l'erreur.

— Si je ne croyais pas à la justice de notre cause, j'aimerais mieux mourir tout de suite, dit le Président. Naturellement, Mr. Wade, je crois que nous avons raison, mais je n'ai pas votre certitude absolue que les autres ont tort.

— Je le regrette, Mr. Lincoln, croyez-le bien.

— Vous êtes impertinent, Mr. Wade, dit Gédéon Welles, qui avait encore plus mauvais caractère que Stanton.

— Ma foi, dit le Président en souriant, ce qu'il dit est très pertinent concernant sa propre passion, qui est de punir tous les rebelles.

— Vous ne les puniriez pas, Mr. Lincoln ? demanda Wade d'un air de défi.

— J'en punirai certains, mais pas tous. Ce sont, malgré tout, toujours des citoyens des États-Unis.

— Ils ne font plus partie des États-Unis. Ce sont des étrangers que nous conquérons.

— S'ils ne sont pas dans l'Union, alors où sont-ils ? Et s'ils sont en dehors de l'Union, pourquoi est-ce que nous les combattons ? J'ai bien peur que nous ne puissions pas résoudre cette intéressante question de métaphysique, parce que, Mr. Wade, si vous admettez que ce sont des étrangers, alors il n'y a pas d'États-Unis, et s'il n'y a pas d'États-Unis, je ne suis pas Président et vous n'êtes pas membre du Congrès...

Une batterie d'artillerie étouffa les dernières paroles de Lincoln. Quand le bruit cessa, Wade dit d'un air menaçant :

— Nous devons vous faire changer d'avis, monsieur le Président.

Lincoln se leva :

— Sur ce point précis, ce n'est ni possible ni prudent, je vous en avertis.

Le général Wright s'était rapproché. Le jour commençait à baisser, et les lucioles brillaient incongrûment dans le crépuscule qu'éclairait la mitraille.

— Messieurs, dit le général, je dois vous demander de partir. Mrs. Lincoln est déjà retournée à la Maison-Blanche avec Mr. Lamon. Je lui ai donné ma parole, monsieur, que je vous reconduirai chez vous sain et sauf.

— Votre parole sera respectée, général. Mes compliments pour cette journée de travail.

Lincoln et Welles quittèrent ensemble le champ de bataille dans la voiture du secrétaire à la Marine, escortés par une garde armée. Ben Wade suivait tout seul à cheval.

— Je pense, dit Lincoln à Welles, que ce sera leur dernier raid depuis la vallée. Si le général Wright les poursuit, on peut leur couper la retraite avant qu'ils franchissent le Potomac.

Mais comme d'habitude, il n'y eut personne pour suivre. Le 14 juillet, Jubal Early et John Breckinridge étaient partis ; les lignes de communication étaient rétablies, le chemin de fer et la poste fonctionnaient normalement. L'Ancien exprima son dégoût à Hay.

Pour la première fois, Hay envisageait comme une probabilité la défaite du Taïcoun aux élections. Mais les choses pouvaient être pires, dit Montgomery Blair devant les membres du Cabinet. La maison du Vieux Gentleman à Silver Spring avait été seulement pillée, et non brûlée, alors que « ma maison, dit Monty Blair, a été à la fois pillée et brûlée — sans doute par équité. Nous avons brûlé la maison du gouverneur de Virginie. Maintenant ils brûlent ma maison. La prochaine fois nous brûlerons une des leurs... »

— Quand donc cette violence prendra-t-elle fin ? demanda Usher, qui donnait toujours à ses questions un tour rhétorique.

— Les Euménides ont la réponse, répondit Blair, ce qui mystifia Usher et amusa Seward, qui ajouta :

— Et Mr. Lincoln est notre Apollon.

— Non, dit le Président, c'est Horace Greeley qui sera notre pacificateur. Il avait devant lui sur la table la moitié du contenu du casier Greeley : Frère Greeley, après m'avoir critiqué pour ma mollesse, me trouve maintenant trop acharné dans la poursuite de la guerre ! Il s'est mis en rapport avec de soi-disant négociateurs rebelles, qui aimeraient savoir à quelles conditions nous serions prêts à faire la paix.

L'Ancien poussa un soupir. Hay éprouvait toujours une grande commisération pour quiconque avait affaire à Horace Greeley, dont la voix toujours puissante était malheureusement reliée à un cerveau qui avait cessé de fonctionner depuis longtemps, sauf dans de brusques crises de désespoir.

— J'ai décidé d'examiner ces propositions de paix. J'ai rédigé une lettre à cet effet dans laquelle j'indique quelles sont nos conditions.

Lincoln mit ses lunettes légèrement embuées par la chaleur, puis, d'une voix couvrant à la fois le bourdonnement des mouches et le doux ronflement de l'attorney général :

— « Toute proposition émanant d'une autorité contrôlant les armées présentement en guerre contre les États-Unis, et qui prend en compte la restauration de l'Union, l'intégrité de l'Union tout entière, et l'abolition de l'esclavage, sera reçue et considérée par le gouvernement exécutif des États-Unis avec toute l'attention qu'elle mérite ; et le ou les porteurs de ladite proposition seront munis d'un sauf-conduit. »

L'Ancien posa son papier et ôta ses lunettes. La chaleur ne semblait pas l'incommoder, et depuis l'excitation passagère provoquée par l'affaire de Seventh Street Road, il était devenu de plus en plus insensible aux revers et aux coups du sort. Il accomplissait encore les devoirs de sa charge, mais d'une manière routinière et toute mécanique, comme s'il savait que dans quelques mois il ne serait plus là et que les grandes décisions seraient prises par un autre.

— Les médiateurs rebelles, réels ou imaginaires — on ne sait jamais avec Frère Greeley — sont à Niagara, sur la rive canadienne. Eh bien, gouverneur, qu'en pensez-vous ?

Seward avait quitté la table du Cabinet pour aller s'étendre sur le canapé.

— Donnez à Greeley sa chance. Pendant ce temps-là, il la bouclera. Et puis, comme il va sûrement faire une stupidité, autant l'encourager.

Fessenden considérait le petit homme allongé avec à peu près la même désapprobation que son prédécesseur, tant et si bien que Hay se demandait s'il n'y avait pas dans la fonction même de secrétaire au Trésor un je-ne-sais-quoi qui rendait son titulaire nécessairement solennel et compassé.

— Monsieur le Président, comptez-vous recevoir ces commissaires ici ?

— S'ils viennent ici. Mais il y a un petit problème. Je crois que Frère Greeley a l'intention de s'engager personnellement dans cette négociation. Lincoln fixa le plafond. Malgré la chaleur et sa grande fatigue, Hay voyait bien que l'Ancien méditait un de ses tours. Je trouve qu'il a raison. De fait, j'aimerais bien lui attribuer tout le crédit de cette négociation...

— Pour qu'il en ait tout le discrédit lorsque les soi-disant commissaires se révéleront être des fumistes ou bien des gens mal informés ou résolument opposés à l'abolition de l'esclavage.

Seward lisait toujours très bien dans cette partie de l'esprit de Lincoln qui ressemblait le plus au sien : celle du politicien rusé et pragmatique.

— Quelque chose dans ce goût-là, dit Lincoln. J'ai l'intention d'envoyer le major Hay, ici présent, à New York traiter avec Greeley. C'était la première fois que Hay entendait parler de sa mission. L'Ancien lui adressa un petit clin d'œil complice : Après tout, le major Hay se destine au journalisme ; j'estime qu'une semaine ou deux auprès de Horace Greeley seront une excellente école pour lui.

Montgomery Blair n'était pas content :

— Vous faites pour la première fois de l'abolition de l'esclavage une condition préalable à toute négociation. Est-ce bien sage, monsieur ?

— Ce n'est peut-être pas sage, Mr. Blair, mais c'est conséquent avec mon message au Congrès et avec ma proclamation en réponse au *Wade bill*. Après tout, c'est moi qui ai demandé un amendement constitutionnel pour abolir l'esclavage.

— Ça, c'était habile, dit Blair. Parce que vous offrez aux États rebelles une occasion de terminer la guerre et de réintégrer l'Union tout en refusant aux abolitionnistes les deux tiers de voix dont ils ont besoin pour amender la Constitution afin d'abolir l'esclavage. Mais pouvez-vous jouer ainsi sur les deux tableaux ?

— Deux tableaux, un tableau, pas de tableau... dit Lincoln en secouant la tête. J'ai, en tant que nécessité militaire, libéré les esclaves dans les États rebelles. Je ne peux pas revenir là-dessus.

Soudain Stanton se mit à tousser. Il avait passé toute la matinée à lire les dépêches venant des différents fronts. Mais apparemment il avait écouté ce qui venait de se dire.

— Monsieur, que diront vos adversaires politiques ? Il existe dans le pays un puissant mouvement en faveur de la paix à tout prix, notamment dans le Nord et particulièrement à New York, où la prochaine conscription risque bien de provoquer de graves émeutes. Maintenant, si vous donnez l'impression de vouloir prolonger cette guerre jusqu'à ce que le Sud abolisse *de lui-même* l'esclavage, les démocrates l'emporteront dans tous les États du Nord, et nous ne pourrons plus compter que sur les États-frontières, et seulement grâce à l'armée.

Hay se demanda si même les États-frontières étaient sûrs. Le 1er août, le Kentucky tiendrait une élection. Stanton était pour le moment en train de faire arrêter toutes sortes de politiciens démocrates réputés « déloyaux », dont le candidat à un poste de juge important. Les démocrates avaient répliqué aussitôt en présentant un autre candidat, et Lincoln avait alors décrété la loi martiale dans tout l'État.

L'Ancien s'essuya la figure avec un mouchoir. Hay éprouvait de la pitié pour lui, de la pitié et aussi de la terreur : les deux sentiments tragiques par essence. Le héros, victime de sa propre fatalité, abattu non par les dieux, mais par la *vox populi*.

— J'ai changé, dit Lincoln, comme nous tous durant cette terrible épreuve. Je n'ai jamais été abolitionniste, mais maintenant notre parti tout entier, que ça lui plaise ou non, doit être abolitionniste.

— Donneriez-vous réellement le vote aux esclaves émancipés ? demanda Blair.

— Vous savez bien, Monty, que comme vous je suis pour la colonisation...

— Mais il y a maintenant des esclaves nègres libérés en Louisiane, reprit Blair. Leur accorderez-vous le droit de vote ?

— Aux plus intelligents, je suppose.

Lincoln devenait de plus en plus évasif. Il ne sera pas réélu, se disait

Seward. Lui-même d'ailleurs ne serait pas fâché de rentrer chez lui à Auburn. Mais qu'allait devenir cet homme étrange et ambitieux ? Seward n'arrivait pas à imaginer le commandant en chef de la plus grande force militaire que la terre ait connue plaidant devant une Cour suprême qu'il aurait lui-même nommée.

— Les plus intelligents, oui, répéta Lincoln. Et ceux qui se sont battus dans notre armée. Au fait, quelles nouvelles avez-vous du général Sherman ? dit-il en s'adressant à Stanton.

— Il met le siège devant Atlanta. Il prévoit que ce sera un long siège.

— Et le général Grant veut davantage d'hommes en Virginie, dit Lincoln comme s'il se parlait à lui-même. C'est exactement comme il y a trois ans, sauf qu'alors j'étais moins fatigué.

— Mr. Jefferson Davis est encore beaucoup plus fatigué, dit Montgomery Blair.

Et, pour une fois, Hay lui donna raison.

VI

Le 2 août 1864, Seward, vêtu d'une paire de pantalons larges et d'une chemise légère deux tailles trop grande, était assis avec le Président dans le bureau tout poussiéreux de Stanton en train d'écouter les rapports de Pennsylvanie. Le 30 juillet, l'armée de Jubal Early était réapparue à Chambersburg où il avait exigé pour la ville une rançon de deux cent mille dollars or. Cette somme ne lui ayant pas été payée, il avait rasé la ville. Ce même jour, Lincoln, ignorant ce qui s'était passé, se rendit à Fort Monroe pour rencontrer Grant. Et toujours le même jour, un tunnel que Grant avait fait construire sous les fortifications de Petersburg s'était écroulé sans dommage pour l'ennemi, mais causant la perte de trois mille cinq cents hommes de l'Union. Grant avait avoué à Lincoln que ce projet ne tenait pas debout. Entre les remous provoqués par la conscription — Lincoln venait d'appeler un demi-million d'hommes de plus — et le succès des raids rebelles à proximité de la capitale, les fortunes de l'Union, sans parler de la fortune tout court, étaient au plus bas.

Seward avait toujours pensé que Lincoln avait fait une erreur en confiant à Grant le commandement général des armées. Magnifique général sur le champ de bataille, Grant était incapable de démêler la confusion régnant dans les milieux militaires de la capitale, où Halleck était toujours à radoter les mêmes pensées, tandis que Stanton agissait comme le conducteur affolé d'un train qui se débande. Aucun général ne pouvait venir à bout des *raiders* de Early, qui opéraient bien au nord de Grant et du gros de son armée.

Lorsque Washington fut assiégée, Grant avait catégoriquement refusé de se porter au secours de la ville, de peur que Lee n'interprète cela comme un relâchement dans son siège. Comme Halleck avait été privé d'autorité, et que Lincoln s'était juré de ne pas intervenir dans les décisions de Grant, Early avait réussi à échapper au général Wright, qui n'avait pas reçu d'autre ordre que celui de le repousser de Washington.

— Je pense, dit enfin Lincoln, que nous devrions faire venir le général Grant. Il doit examiner notre situation afin de décider de la marche à suivre. Nous ne pouvons pas continuellement lui demander de nous prêter des hommes. Nous devons avoir une armée à nous ici.

— Il nous faut aussi un général pour commander cette armée, dit Stanton. Grant veut toujours nous envoyer Meade.

— Sous prétexte, dit Lincoln, que Meade est devenu maintenant si impopulaire auprès de l'armée du Potomac qu'il n'a plus qu'à venir ici pour achever de se rendre impopulaire !

— D'après mes espions, dit Seward, le menton appuyé sur le rebord de la haute fenêtre derrière le bureau de Stanton, le général Grant n'a pas dessoûlé depuis le 27 juillet à midi.

— Je ne savais pas cela, dit le Président, mais je puis personnellement témoigner que le 31 juillet il était sobre, bien qu'un peu déprimé.

— C'est ce qu'on dit toujours de Grant, dit Stanton. Ça finit par devenir une légende. Pour ma part, je n'y crois pas trop. Qui vous a dit cela, gouverneur ?

— Ça, c'est mon affaire. Mais si c'est vrai, comme je le crois... De toute façon c'est ennuyeux.

— De toute façon, dit Lincoln.

Un messager arriva sur ces entrefaites avec une communication de City Point. C'était comme si Grant avait été mystérieusement mis au courant de leur conversation. Le général se proposait de venir à Washington via Monocacy Junction, où une armée était en train de se constituer afin de contrer Early. En attendant Grant suggérait 1) un commandement unifié de toutes les forces armées dans la capitale ; 2) un commandement de division qui aurait pour tâche de détruire Early et de bloquer la vallée de Shenandoah ; Grant avait déjà envoyé à Washington le seul officier capable de faire le nécessaire.

— Le général Meade ? dit Seward en tournant le dos à la fenêtre.

— Non, dit Stanton en approchant un télégramme de ses yeux. C'est le général Philip Sheridan.

— C'est un enfant, dit Seward.

— Non, dit le Président, c'est un garçon, c'est peut-être ce qui nous manquait. Grant prétend que c'est le meilleur officier de cavalerie que nous ayons.

— Il est beaucoup trop jeune, dit Stanton. Nous devons dissuader le général Grant.

— Ou nous laisser persuader.

— Au fait, quel âge a-t-il ? demanda Seward.

Stanton tourna les pages d'un carnet jusqu'à ce qu'il trouve le nom :

— Là, c'est marqué qu'il a trente-trois ans, mais...

— L'âge de Notre-Seigneur, dit Lincoln en regardant pieusement Seward, qui se signa comme l'archevêque Hughes. Non, le problème n'est pas là, ajouta le Président. Le problème, c'est sa taille. Il est tout petit. Il a trente centimètres de moins que moi. On dirait un gringalet à qui on aurait collé une barbe.

Un qui se serait bien collé une barbe, tant il se sentait nerveux, c'était David, tandis qu'il écoutait au beau milieu d'un régiment de poulets morts Mr. Henderson lui décrire le prochain attentat contre la vie du Président. Depuis la tentative présumée d'attentat par empoisonnement contre Lincoln, David s'était vu traiter avec de plus grands égards chez Sullivan et ailleurs. Le fait qu'il avait échoué n'avait pas diminué le respect de ses amis confédérés. Mr. Sullivan lui avait même transmis les félicitations du colonel. Entre-temps, de mystérieuses lettres non signées lui étaient adressées chez Sullivan. Plusieurs étaient timbrées du Canada. Wilkes Booth ne l'avait pas oublié.

— L'idée maintenant, c'est de tirer sur lui à la première occasion, dit Mr. Henderson en enlevant d'une main leste les entrailles d'un poulet.

— De toute façon, il va perdre les élections, alors pourquoi s'inquiéter ?

David avait fini par se prendre d'une certaine sympathie pour l'homme qu'il était maintenant convaincu d'avoir empoisonné.

— Il est malin, d'après ce que dit le colonel. Il dit qu'il peut encore gagner les élections, tandis que mort, il n'a aucune chance, pas vrai ? Et puis, nous avons passé un arrangement avec McClellan, tu comprends ?

— Je sais, dit David, qui ne savait rien que ce qu'il avait entendu dans les bars.

Quand on crut que Jubal Early allait prendre la ville, David avait reçu l'ordre de se joindre à un groupe d'agitateurs à Lookout Point : au moment où Early entrerait dans la ville, ils devaient attaquer la prison où dix-sept mille soldats confédérés étaient détenus. Mais Early n'avait jamais été plus loin que Seventh Street Road, et les prisonniers étaient toujours parqués comme... des poulets, songeait David tout en écoutant glousser Mr. Henderson. David consulta sa montre. C'était son jour de courses. Il devait être rentré à la pharmacie à midi.

— Le colonel dit que maintenant on ne peut plus prendre de risques. Les choses vont mal pour nous. Nous n'avons presque plus d'hommes, et les Yankees ne veulent plus faire d'échanges de prisonniers. On comptait là-dessus.

Mr. Henderson regardait le foie de poulet qu'il tenait dans sa main comme si c'était un rubis de grand prix.

— Alors, pourquoi ne pas kidnapper le Vieil Abe et demander une rançon ?

David avait toujours été attiré par cette possibilité. C'était, parmi les plans plus ou moins réalisables qu'il avait entendu exposer, celui qui lui paraissait le plus raisonnable. Les Yankees seraient prêts à livrer un grand nombre de soldats confédérés en échange du Vieil Abe.

— Le colonel pense que Seward refusera tout échange. Il dit que c'est inutile. Il dit aussi que les Anglais n'aimeraient pas ça et que nous avons besoin d'eux pour nos bateaux. Je ne sais pas. De toute façon nous l'aurons bientôt liquidé. Ce que je voudrais connaître maintenant, c'est quels sont ses mouvements ?

— Eh bien, il prend toujours du laxatif, dit David en faisant une plaisanterie que Mr. Henderson feignit d'ignorer. Il passe presque toutes ses nuits au Foyer du Soldat. Mrs. Lincoln, les garçons et la servante nègre ont quitté la ville. Johnny Hay est absent également. Le Vieil Abe est joliment seul la plupart du temps. Il quitte le Foyer du Soldat quand le soleil se lève, et il ne rentre que quand il fait nuit. Mais il y a toujours une escorte avec lui à présent — les *Bucktails,* comme on les appelle.

— Et Lamon ?

— Le plus souvent il l'accompagne, mais pas toujours.

Depuis que Lamon avait été nommé U.S. Marshal de Washington, Mr. Henderson le considérait avec plus de crainte et de respect que n'importe quel Président.

— Ces derniers temps, quand le Vieil Abe restait le soir au Département de la Guerre, il lui arrivait de rentrer au Foyer du Soldat sans Lamon. C'est un solide gaillard, ce Lamon, c'est sûr !

Mr. Henderson hocha la tête et s'essuya les mains avec un torchon tout taché de sang.

— Ouvre bien l'œil ces prochains jours. Si tu crois que le Vieil Abe risque de rentrer tard un soir, ou si tu apprends que Lamon ne l'accompagnera pas, ou quoi que ce soit d'utile, dis-le à Sullivan, qui transmettra le message.

David comprit surtout que toutes ses soirées allaient être gâchées. Il avait fait récemment la connaissance d'une fille qui faisait des paquets chez Shillington, le magasin de livres. Comme elle était orpheline et qu'elle habitait avec sa tante, elle était aussi libre que l'air et aussi changeante. Elle lui permettait depuis quelque temps de l'emmener dîner dans des restaurants respectables où elle se répandait en critiques sur les filles qui sortaient avec des soldats yankees ou se rendaient dans des endroits fréquentés par des ivrognes et des drogués. David avait espéré s'unir à elle dans la petite pièce du fond chez sa charcutière, où il logeait pour le moment, payant sa chambre en espèces et non plus de sa personne. Maintenant David serait obligé de rôder tous les soirs autour de la Maison-Blanche et du Département de la Guerre jusqu'à ce que le Vieil Abe voulût bien aller se coucher, ce qu'il ne faisait pas tous les soirs. Quand une bataille était en cours, il lui arrivait de passer toute la nuit au Département de la Guerre.

Mr. Henderson parut deviner ses pensées, parce qu'il ajouta :

— Il y a à la Maison-Blanche un garçon d'écurie nommé Walter. C'est lui qui a provoqué l'accident de Mrs. Lincoln, par erreur. Dis-lui que tu me connais, dis-lui que tu aimerais savoir les soirs où l'on prépare sa voiture — ou, mieux encore, son cheval — pour rentrer plus tard. Cela nous donnera une indication.

— Je pense que je peux savoir à peu près ce que fabrique Lamon depuis la pharmacie. Mais pourquoi tant se soucier de lui ? Une balle lui fera son affaire, à lui aussi.

Mr. Henderson étrangla le cou d'une vieille poule avec tant de dextérité qu'elle passa de vie à trépas sans même s'en rendre compte.

— Lamon n'est pas comme le Vieil Abe. Lui, est toujours sur ses gardes. Il s'arrange toujours pour que le Vieil Abe soit protégé par un mur de soldats, ce qui le rend difficile à atteindre. Le Vieil Abe, lui, il ne s'en fait pas. Il va son petit bonhomme de chemin.

David reconnut que tel était bien le cas. Un jour le Président était rentré tout seul dans le magasin. Mr. Thompson avait été profondément excité. Que pouvait-il faire pour Son Excellence ? Mais le Vieil Abe s'était contenté de sourire en disant : « Rien du tout, Mr. Thompson. Je suis entré ici parce que j'aime l'odeur. »

Mr. Henderson plumait à présent la poule avec une telle rapidité que la volaille disparaissait avec ses mains sous un nuage de plumes.

— Nous avons essayé de nous occuper du général Grant quand il était ici la semaine dernière, mais nous n'avons pas pu l'approcher d'assez près.

— Je l'ai vu, dit David. Il avait l'air de tenir une bonne cuite. Il a remonté l'avenue au grand galop, le petit Sheridan à ses côtés.

David était impressionné par la jeunesse de Sheridan. Mais, si jeune et si brave qu'il fût, il ne ferait pas le poids devant le vieux Jubal, le premier héros confédéré depuis la mort de Jackson.

— Nous avons posé une bombe au quartier général de Grant à City Point. Elle a explosé le jour même de son départ de Washington. S'il était arrivé cinq minutes plus tôt...

Mr. Henderson secoua la tête. Quiconque les aurait observés aurait cru que Mr. Henderson était en train de dire une prière pour l'âme de la poule défunte.

Chez Sullivan, il n'y avait que les clients de dix heures. David désirait discuter avec Mr. Sullivan des moyens de lui faire parvenir des renseignements, mais l'Irlandais n'était pas là, et le barman ignorait quand il rentrerait.

David s'installa au bar à côté d'un courrier de nuit ; chacun avait un pied posé sur la barre de laiton qui courait au bas du comptoir. Le courrier de nuit offrit une chique à David, que celui-ci se mit en devoir de mâcher. Une fois que sa bouche fut pleine de salive, il l'expulsa dans le crachoir le plus proche, qui était à plus d'un mètre.

— Bien visé, dit une douce voix sudiste mâtinée d'accent irlandais.

David se retourna et vit un jeune garçon tout déguenillé comme il y en avait beaucoup en ville en ce moment. Un bout de ficelle retenait une paire de pantalons délavés qui avaient dû être de couleur gris cendré.

— Tu as prêté serment ? demanda David.

C'était le genre de question polie qu'on posait en guise d'introduction chez Sullivan en cette saison.

— Je me suis fait prendre par les Yankees qui m'ont enfermé, alors je me suis dit qu'après tout j'étais irlandais, et j'ai prêté serment. Mr. Sullivan a été vraiment chic avec moi.

David ne pouvait s'empêcher de penser que sans son travail chez Thompson, il aurait pu être comme ce garçon, vivant d'aumônes et cherchant du travail. Il offrit une bière au jeune homme, qui s'appelait Pete Doyle. Ils parlèrent un moment de la guerre, mais David s'aperçut bien vite que Pete avait perdu le peu d'intérêt qu'il avait jamais eu pour elle.

— Je cherche du travail, dit-il. Je suis allé voir aux tramways, ils m'ont dit qu'ils auraient peut-être quelque chose pour moi. Mais je ne sais pas. Il y en a tellement comme moi en ville.

Il rejeta en arrière sa tignasse rouquine. S'il n'avait pas senti aussi mauvais, David aurait pu l'emmener chez sa logeuse.

A ce moment, un grand homme voûté entra dans le bar. Il était bien connu des clients de Sullivan, qui l'avaient d'abord pris pour un des espions de Pinkerton : en réalité, malgré son accent yankee et ses manières excentriques, William de Latouche Clancey était le directeur d'une petite revue pro-sudiste de New York, actuellement recherché par les autorités militaires. David l'avait déjà vu plusieurs fois au bar, et Sullivan l'avait averti, ainsi que les autres jeunes gens, de se méfier de lui, parce qu'il « te sautera dessus comme si tu étais une jeune donzelle fraîchement débarquée de Cork ». Un certain nombre de jeunes garçons désargentés avaient succombé aux attaques de Clancey. L'un d'eux souffrait présentement d'une chaude-pisse qu'il accusait Clancey de lui avoir refilée. Sullivan trouvait que c'était bien fait. Le garçon avait été honnêtement averti : il n'avait à s'en prendre qu'à lui-même.

— Ah, te voilà, mon cher David ! susurra Clancey, qui connaissait par leur nom tous les habitués.

— Fais attention, Pete, murmura David.

Mais Pete se contenta de ricaner, tandis que Clancey passait un bras squelettique autour de ses épaules et commandait une bière pour son nouvel ami Pete. Le courrier de nuit quitta l'établissement d'un air dégoûté.

— Comme il est merveilleux de rencontrer quelqu'un qui est sorti indemne d'une juste guerre !

Clancey, qui avait depuis longtemps perdu tout espoir de séduire

David, scrutait l'innocente figure de Pete, aux joues encore imberbes.

— Les combats, je n'en ai pas vu beaucoup avant de me faire prendre. Et puis j'ai prêté serment.

— Et modeste avec cela ! La qualité que je préfère à toutes, à part l'amour de la patrie, bien sûr ! La bière arriva. Buvons, dit Clancey en couvant sa proie d'un tendre regard ; buvons à la mort de Lincoln et à la victoire ! David but aussi à la victoire, puis, comme il était passé midi, il quitta précipitamment le bar. Mr. Thompson n'aimait pas attendre.

Le sénateur Sumner lui non plus n'aimait pas attendre. Il avait envoyé un message à Nicolay demandant à voir le Président le plus tôt possible. Sumner était prêt à rencontrer le Président n'importe où sauf à la Maison-Blanche, où des journalistes pourraient les voir ensemble. Lincoln avait suggéré, non sans quelque malice, le vieux Club House, la demeure du gouverneur Seward. Le sénateur avait accepté, à condition que la rencontre fût strictement privée. Quand Lincoln avait demandé à Seward s'il pouvait utiliser sa maison, celui-ci avait paru amusé :

— Je resterai au ministère à combattre Maximilien et ses œuvres, pendant que vous serez tous les deux en train de comploter dans mon bureau avec Périclès pour seul témoin.

Lincoln hocha la tête et attaqua l'œuf à la coque qui dominait la grande assiette armoriée posée sur son bureau. C'était le déjeuner qu'il avait lui-même commandé. Seward se disait que le Président s'arrêterait sans doute complètement de manger s'il n'y avait pas Mrs. Lincoln. Mais quand elle était absente, comme c'était le cas en ce moment, ses repas se réduisaient au strict minimum. Son seul plaisir était de boire de l'eau. Pendant la journée, il faisait de fréquentes visites à la gargoulette qui se trouvait dans le corridor, et là il buvait plusieurs gobelets d'eau à la suite, comme s'il dégustait un grand vin.

— Mr. Sumner essaiera probablement de rivaliser avec Périclès, dit Lincoln, en faisant un effort pour finir son œuf.

— Croyez-vous qu'il parlera de la fameuse réunion secrète de New York ?

— Je doute même qu'il parle d'autre chose.

Lincoln prit la carafe en cristal de Waterford et remplit un verre d'eau. Seward se demandait si le Président avait la moindre idée des sommes dépensées par sa femme tant sur sa caisse personnelle que sur les fonds publics. Les journaux, bien sûr, ne se faisaient pas faute de relater les moindres visites de Mrs. Lincoln dans les grands magasins de New York et de Philadelphie, mais ce n'était pas le genre d'articles auxquels s'intéressait Lincoln. Récemment la presse avait fait des gorges chaudes du fait que Lincoln aurait demandé à Lamon de lui chanter des chansons grivoises tandis qu'il visitait les morts sur un champ de bataille. L'histoire était assez scabreuse pour que beaucoup de personnes y croient. Mais Lincoln ne voulut lire aucun article sur le sujet, et encore moins y répondre. « En politique, avait-il confié un jour à Seward, tout homme doit composer son personnage. Ou bien je suis arrivé à construire un personnage qui dément ce genre d'histoires, ou bien je n'y suis pas arrivé, et dans ce cas, c'est la fin. »

La fin semblait maintenant proche, songeait Seward en regardant Lincoln s'essuyer les lèvres avec une serviette. Seward se demandait une fois de plus ce qui serait advenu s'il avait été élu à la place de Lincoln en 1860. La guerre serait sans doute terminée à l'heure qu'il est, grâce à son habileté et à ses talents de négociateur. Il aurait ramené le Sud dans l'Union. Une Union plus souple ! Mais à quel prix ? Il était incapable de l'évaluer. S'il avait dû supporter ce que Lincoln devait maintenant supporter, il aurait préféré démissionner et rentrer chez lui à Auburn. Il lui arrivait parfois de comparer Lincoln à une sorte de substance ignée qui, une fois allumée, se consume jusqu'à extinction, en vertu de sa propre loi.

— Horace Greeley publiera-t-il votre correspondance avec lui ?

Lincoln secoua la tête :

— J'ai insisté pour que certains passages soient supprimés. Il n'est pas nécessaire de présenter aux rebelles un tableau trop sombre de nos difficultés. Aux rebelles et aux démocrates ! Il a accepté. D'ailleurs, je n'ai pas le sentiment qu'il veuille les publier. Il y est vraiment trop nigaud. Hay m'a écrit que la rencontre de Niagara avait été une farce. Les prétendus commissaires n'avaient aucune autorité, et Mr. Davis n'est pas prêt à faire des concessions. Une fois de plus, Greeley a fait perdre son temps à tout le monde, et il n'en est rien sorti.

— Il était à la réunion secrète la semaine dernière.

Lincoln sourit brusquement :

— Comme Johnny Hay sortait du bureau de Greeley au *Tribune*, devinez qui entrait ?

— Mr. Chase ?

— Vous êtes doué d'une seconde vue, gouverneur. Mais je n'attache aucune importance à ce genre de choses, tant qu'il n'a pas rendu son dernier souffle !

— Je ne veux pas jouer les Cassandre, mais, si vous me permettez, je pense que vous êtes tombé dans un piège. Je ne crois pas que Greeley se soit intéressé le moins du monde à ces deux rebelles à Niagara. Je pense qu'il a essayé de vous faire passer pour abolitionniste, et je crois qu'il y a réussi. Il vous a amené à déclarer plus clairement que jamais que si le Sud ne rejette pas définitivement l'esclavage, comme condition préalable à la paix, la guerre se poursuivra. Le résultat : voyez ce qui se passe à New York. L'archevêque Hughes est en train de s'arracher les cheveux ou, pour être plus précis, la mitre, et mes fidèles Irlandais refusent maintenant de donner leur vie pour que les nègres aient la liberté.

— Pour ce qu'ils se battent, vos Irlandais ! dit Lincoln dont les traits se durcirent. Ce sont les moins disciplinés et les moins braves de nos soldats. Ils peuvent porter leurs voix à McClellan si c'est la paix des lâches qu'ils désirent ! Lincoln éloigna sa chaise de la table : Pour Greeley, je suppose que vous avez raison. Mais j'étais déjà compromis après la proclamation de reconstruction, le dernier message au Congrès et la réponse à Wade.

— Vous n'aviez jamais encore été aussi loin. Vous n'aviez encore jamais mis comme condition au retour du Sud dans l'Union l'abandon de l'esclavage.

— Si le Sud rejoint l'Union, les esclaves sont libres *de facto*, libérés par moi.

— Seulement en tant que nécessité militaire. Mais à ce moment-là, cette nécessité aura disparu.

— Naturellement, nous établirons une sorte de convention. J'ai toujours été pour le remboursement des propriétaires d'esclaves. Tout le monde sait cela.

— Oh, je vois bien ce que vous voulez dire. Mais est-ce que les paroissiens de l'archevêque comprendront ? A cause de Greeley, vous êtes maintenant catalogué comme un abolitionniste, et l'addition sera lourde à payer !

Lincoln sourit faiblement :

— J'ai l'habitude des additions salées, gouverneur, dit-il en écartant son assiette. J'ai toujours admiré Greeley. Sans lui, je ne serais pas là où je suis, vous me direz que ce serait peut-être aussi bien pour tout le monde, je vous l'accorde. Mais le fait est là : Greeley m'a aidé à devenir Président. Maintenant, il est comme une vieille chaussure, il ne sert plus à rien. Quand j'étais jeune, dans l'Ouest, nous n'avions pas de bons cordonniers, aussi quand une chaussure prenait l'eau, on la jetait. Eh bien, Greeley, c'est pareil ; il est tellement pourri qu'on ne peut plus rien en faire. Il prend l'eau de partout. Il bâille à toutes les coutures.

Dans le bureau de Seward, Sumner se tenait, immaculé, devant la cheminée garnie de fleurs.

— Eh bien, Mr. Sumner, dit le Président en entrant dans la pièce, il est curieux de vous voir ici, en pays ennemi, si j'ose dire, et non plus dans le salon de Mrs. Lincoln.

— Monsieur, vous rencontrer dans cette maison est une des grandes tristesses de ma vie.

— Voyons ! Le gouverneur Seward est parfois profane, il est vrai, et la tempérance n'est pas son fort, mais ce n'est tout de même pas le diable, vous savez.

— Oh, je n'ai pas voulu dire ça, monsieur. Loin de là. Sumner redressa son habit dont les boutons d'argent brillaient comme des sous neufs. Lincoln, comme toujours, était négligé : A propos, je viens de recevoir un petit mot charmant de Mrs. Lincoln, de Saratoga Springs. C'est une épistolière accomplie, une femme d'un grand mérite. Je vous avoue que c'est plus par plaisir que par devoir que je fréquente son salon.

— Eh bien, Mr. Sumner, nous espérons vous voir encore plus souvent dans les quatre années à venir. J'espère qu'alors les affaires étrangères, qui sont votre spécialité, nous retiendront plus que nos affaires intérieures.

— Oh, monsieur, c'est là notre problème !

Seward s'arrangea devant le buste de Périclès. Une mèche de cheveux blond argent lui tombait sur le front, qu'il avait aussi lisse que du marbre. Il avait l'air en tout point aussi historique que Périclès. N'avait-il pas déclaré que même dans l'intimité de sa demeure, il n'aurait jamais pris une attitude qu'il eût jugé malséant d'avoir devant la nation au Sénat ?

— Nous aurons tôt ou tard à nous occuper des Français au Mexique. Je suivrai, bien sûr, comme toujours, les conseils de la commission des Affaires étrangères. Et puis il y a la question d'Espagne...

— C'est une défaite, monsieur !

Sumner prononçait chaque syllabe comme si les mots étaient d'une telle importance qu'à tout moment le ciel pourrait s'entrouvrir et les foudroyer tous deux d'un éclair.

Lincoln s'était installé dans le fauteuil attitré de Seward :

— Vous parlez de l'élection d'hier dans le Kentucky ?

— Monsieur, je parle de notre parti et de notre cause pour l'élection de novembre.

— Je reconnais que les choses ne vont pas très bien pour nous...

— Ni pour la cause que nous défendons. Monsieur, il ne s'agit pas seulement de politique. S'il ne s'agissait que de cela... dit Sumner, en balayant d'avance d'un revers méprisant de la main toute considération qui serait purement pragmatique. De plus grands intérêts sont en jeu. Il s'agit de la moralité et de la justice de notre cause. La liberté et l'affranchissement des nègres ont été pour beaucoup d'entre nous l'œuvre de toute une vie. Or, voilà que cette œuvre risque d'être interrompue, sinon pour toujours, du moins pour une génération, parce que McClellan est prêt à faire la paix à tout prix, et ce prix nous le connaissons : c'est la liberté humaine pour l'homme noir, c'est la dignité humaine pour l'homme noir...

La voix du célèbre orateur commençait de résonner dans le petit bureau.

— Voyons, Mr. Sumner, intervint Lincoln. N'allons pas trop vite en besogne. Le général McClellan n'est pas encore élu...

— La Pennsylvanie votera pour lui avec une majorité de cent mille voix, d'après les pronostics de Mr. Cameron, l'un de vos partisans.

— C'est vrai aujourd'hui. Mais l'élection n'a lieu que dans cent jours. D'ici là les choses peuvent changer.

Sumner se redressa sur sa chaise et posa ses mains sur ses genoux :

— Bien sûr, et c'est ce que nous voulons tous, que les choses changent ! J'ai été délégué par un certain nombre de leaders républicains pour vous demander, très respectueusement, très... amicalement, si je puis me permettre d'être personnel... de vous retirer en tant que candidat de notre parti, afin que nous puissions nous unir derrière quelqu'un qui puisse gagner l'élection, laquelle aura lieu dans moins de cent jours à dater d'aujourd'hui.

Lincoln garda le silence un moment tandis qu'un vague sourire flottait sur ses lèvres. Puis, tout à coup :

— Naturellement, dit-il, je suis au courant de la réunion qui a eu lieu à New York...

— A laquelle je n'ai pas participé, dit Sumner en se reculant sur sa chaise.

— Mais Frère Greeley ainsi qu'un certain nombre d'abolitionnistes influents en étaient. J'en conclus que vous désirez tenir une seconde convention nationale le mois prochain afin de désigner un nouveau candidat républicain.

Sumner s'adressa non pas à Lincoln, mais à Périclès :

— Il est clair que si vous vous retiriez volontairement, nous permettant ainsi de nous unir derrière quelqu'un d'autre, nous aurions toutes les chances de battre McClellan dont le principal électorat consiste en un ramassis d'écervelés qui sont tout simplement las de la guerre, sans songer à l'enjeu moral du combat.

La paupière gauche du Président était maintenant remontée au niveau de la droite. Quand ce phénomène se produisait, son regard habituellement rêveur se métamorphosait en regard de chasseur. C'est ce regard-là qu'il braqua sur Sumner qui s'adossa à sa chaise pour accroître la distance qui les séparait.

— Je ne vous suis pas très bien, Mr. Sumner. Si vous choisissez un radical jusqu'au-boutiste comme Mr. Chase — ou peut-être vous-même —, vous scinderez en deux ce parti que depuis des années je m'efforce de maintenir uni. Les modérés, dont je suis, vous abandonnent, tandis que les partisans de la paix à tout prix voteront pour McClellan.

Sumner tira de sa manche un mouchoir de batiste blanc et se tamponna les tempes.

— Je ne peux pas présumer du choix d'une convention qui n'a pas encore été réunie. Mais je suis à peu près certain que mon ami Mr. Chase ne serait pas choisi. Après tout, nous voulons battre McClellan, et cela n'est possible que si nous choisissons un militaire, comme Grant, Butler, ou Sherman.

Lincoln répondit, le regard toujours fixé sur son interlocuteur :

598

— Je ne suis pas un expert en cette matière, mais dans le passé, de Washington à Zachary Taylor en passant par Jackson, tous les généraux qui ont été élus présidents ne l'ont été qu'après avoir gagné leur guerre. Or, notre guerre n'est pas terminée. McClellan peut me battre aux élections, parce que le pays en aura tout simplement assez de la guerre, c'est une possibilité ; mais il ne peut pas l'emporter en tant que héros militaire, car ce n'en est pas un. Il a échoué comme général, c'est pourquoi j'ai dû me débarrasser de lui.

— Monsieur, le général Grant aurait pu avoir par acclamation la nomination que vous avez obtenue à Baltimore. Tout ce qu'il avait à faire, c'était de se mettre en avant.

— Eh bien, il *a été* mis en avant. Par le Missouri, et c'est toutes les voix qu'il a obtenues.

— Parce que c'est vous qui contrôliez la convention...

— Qu'attendiez-vous d'autre d'un homme qui n'a fait qu'à moitié son travail ? Bien sûr que j'ai contrôlé la convention. Après tout, je suis le chef de notre parti.

— Vous n'êtes que le chef d'une fraction...

— La plus grande, Mr. Sumner.

— Je le sais, monsieur. C'est pourquoi je vous demande de vous retirer et de nous laisser gagner les élections avec, disons, Grant. Faites cela par patriotisme et le pays vous en sera éternellement reconnaissant.

— C'est donc Grant. Le demi-sourire avait disparu, le regard restait fixe : Je ne pense pas qu'il se présentera. Il n'a pas encore fini la tâche pour laquelle il a été appelé. Il ne se présentera en tout cas pas contre moi.

— Raison de plus, monsieur, pour que vous lui cédiez la place. Cela serait une manière de couronner votre carrière et de vous assurer une place dans l'Histoire. Ensuite nous pourrions achever la grande tâche pour laquelle nous avons été choisis.

Sumner s'interrompit brusquement. Le seul bruit qu'on entendait dans la pièce était le carillon de la pendule dans le hall. Même les mouches s'étaient tues.

Enfin Lincoln prit la parole :

— J'ai été élu à Baltimore à l'unanimité par notre parti. Maintenant vous me demandez de me retirer pour céder la place à un candidat meilleur que moi. J'aimerais pouvoir vous satisfaire, Sumner. Croyez-moi. Parce que je suis sûr qu'il y a des hommes mieux faits que moi pour ce travail. Mais ils ne sont pas ici, et moi je suis ici. Supposons que vous trouviez un homme meilleur que moi, et que je me retire. Pourra-t-il, uniquement soutenu par votre phalange de purs républicains, unir le parti et ensuite le pays ? Je ne le crois pas. Les factions qui pour le moment s'opposent à moi viendraient à s'entre-déchirer, et ceux qui désirent maintenant me remplacer par quelqu'un de meilleur désigneraient un candidat dont la majorité ne voudrait pas. Mon retrait créerait une confusion bien plus grande que celle qui règne en ce moment. Dieu sait pourtant avec quel acharnement je me suis donné à ma tâche. J'ai essayé d'être juste envers tous et de ne causer de tort à personne. Il y en a qui disent que je prolonge cette guerre par amour du pouvoir. C'est ridicule, et vous le savez très bien. J'ai désiré autrefois le pouvoir, mais tout cela a été consumé. Il ne reste plus rien de moi ; il ne reste que le Président. Il doit pouvoir terminer la tâche pour laquelle il a été désigné. Laissez-moi donc en paix. Quand j'aurai terminé mon travail, je vous laisserai volontiers la place à vous et à votre candidat. Vous pourrez même venir à mon enterrement, car je sais depuis quelque temps que lorsque ce conflit sera fini, c'en sera aussi fini de moi.

Le Président se leva. Sumner en fit autant. Ainsi que Midge, la chienne de Seward, qui avait dormi pendant tout ce temps sous le bureau de son maître.

— Je suis navré, dit Sumner, en serrant avec gravité la main du Président.

— Moi aussi, Sumner. Mais le chagrin est une denrée dont nous avons abondance en ce moment.

Seward était assis sur un banc dans Lafayette Square. Dès qu'il vit Sumner sortir de sa maison, il courut chez lui où il trouva Lincoln étendu sur un canapé dans le bureau. L'accueil que Midge fit à son maître fut si bruyant que Lincoln ouvrit les yeux en disant :

— On vient de me demander de retirer ma candidature.

— Pour quelle raison ?

— Par patriotisme, je suppose.

— Qui veulent-ils mettre à la place ?

— Ils veulent essayer Grant.

Seward se servit un verre de brandy :

— Ce sont d'insupportables imbéciles !

— Insupportables, ils le sont. Imbéciles ?...

— J'admets que nous puissions perdre, dit Seward, mais tant que notre armée occupe les États-frontières et les États rebelles reconquis, nous avons encore nos chances.

— Ce n'est pas exactement ce que j'avais en tête quand je parlais du gouvernement par le peuple.

Lincoln se redressa brusquement et posa les pieds sur le plancher avec un bruit sourd.

— Ce n'est peut-être pas par le peuple, mais c'est certainement *pour* le peuple, encore que je ne voie pas très bien ce que le *du* dans l'expression *du peuple* signifie, car tout gouvernement ne peut être que du peuple, à moins que les lions et les tigres ne nous soumettent à leur loi.

— Ou bien les aigles... murmura Lincoln moitié pour lui-même, moitié pour personne.

600

Bien que Seward ne comprît pas l'allusion, il ne demanda pas d'explication. Il avait horreur qu'on lui dît ce qu'il ne savait pas déjà.

— Le seul danger, c'est que le général Grant décide de se présenter.

— C'est peu probable, à moins qu'il ne prenne Richmond, auquel cas je serai comme l'homme qui ne tenait pas particulièrement à mourir, mais qui, puisqu'il le fallait bien, préférait choisir la manière. Midge posa son museau sur le genou de Lincoln, qui la caressa un moment derrière les oreilles : J'ai remarqué toutefois une chose curieuse quand Grant était là. Nous en sommes venus à parler des élections, Dieu sait comment ! Et comme je lui disais quelle magnifique équipe nous formerions tous les deux, il n'a pas bronché.

— Voilà qui ne présage rien de bon, dit Seward qui savait qu'en politique rien n'est plus important que ce qu'on ne dit pas. Vous ne croyez pas qu'il vous soutiendra ?

— Je sais qu'il ne me soutiendra pas. Oh, je comprends bien pourquoi. Si je suis battu, il sera obligé de collaborer avec le nouveau Président. Et celui-ci ne voudra pas d'un adversaire à la Maison-Blanche, encore que je ne le voie pas rester un seul jour avec McClellan. Mais son silence m'a tout de même peiné.

— Il reste encore du temps.

— Non, gouverneur. Il ne reste plus de temps. C'est le moment. Et maintenant il faut que je retourne travailler.

— Et moi, je dois sortir la chienne. C'est ma promenade du soir.

A la Maison-Blanche, Thaddeus Stevens ne mâchait pas ses mots :

— Nous sommes satisfaits d'Andy Johnson, mais nous ne voulons d'aucun Blair.

Zach Chandler alla même plus loin :

— Le seul moyen d'amener les vrais républicains à voter pour vous et non pour Frémont, ou un autre, c'est de vous débarrasser de tous les Blair.

— Mais il n'y a qu'un seul Blair dans mon gouvernement, dit Lincoln.

— Il faut qu'il s'en aille avant l'élection, dit Simon Cameron, si nous voulons nous défendre en Pennsylvanie.

— Nous défendre ? répéta Lincoln.

— Oui, ne pas être complètement balayés, dit Stevens, dont la perruque rigide durcissait encore les traits.

— Je ne suis pas convaincu, Mr. Stevens, que ma réélection dépende de la présence ou non d'un Blair dans le Cabinet.

Lincoln dominait de toute sa hauteur les trois hommes assis sur le canapé en face de la cheminée.

— Alors, disons, monsieur, que la vigueur que les leaders du parti déploieront pour vous en Pennsylvanie sera affectée par la présence ou l'absence de Mr. Blair dans le Cabinet.

— Il y a une vigueur utile et une vigueur inutile, Mr. Stevens, comme vous le savez très bien.

L'allusion à la tentative malheureuse de Stevens de ravir la Pennsylvanie à Lincoln pour la donner à Chase fut appréciée par tous, à l'exception de Stevens, qui poursuivit :

— Sans nous, je veux dire sans Mr. Cameron et moi, si bizarre que cette alliance puisse paraître à des yeux innocents, s'il en est, vous n'enlèverez pas la Pennsylvanie, et sans la Pennsylvanie, vous ne gagnerez pas les élections.

— C'est aussi mon point de vue, dit Cameron en jetant à Stevens un regard haineux.

— Il faut vous débarrasser de Blair, dit Chandler. Tout de suite !

— Vous prétendez donc me dicter ma conduite ? dit Lincoln, qui paraissait plus amusé que fâché. Est-ce à dire que je suis une marionnette entre vos mains, et qu'une fois réélu, grâce à votre combinaison, c'est vous qui gouvernerez ?

— Nous céder un Blair, monsieur, ne ferait pas de vous une marionnette, dit Stevens.

— Cela ressemble plus à un marché, dit Cameron en bâillant.

— J'ai un point de vue différent, messieurs. Pendant quatre ans, telle ou telle faction a essayé de m'imposer sa loi, et aucune n'y est parvenue. Naturellement, je désire être réélu, puisque je n'ai pas fini le travail que j'avais à faire. Je sais aussi ce que c'est qu'un marché, dit Lincoln en se tournant vers Cameron, qui hocha la tête d'un air entendu. Mais je ne permettrai à aucune faction de me dire qui je dois prendre dans mon Cabinet et qui je ne dois pas prendre, ce que je dois faire et ce que je ne dois pas faire.

— Nous avions espéré que vous seriez un peu plus compréhensif avec nous, dit Cameron en fronçant les sourcils. Ce n'est pas comme si nous étions un vrai parti politique où chacun sait ce qu'il a à faire. Nous sommes une coalition hétéroclite, plus ou moins unie derrière vous.

— J'espère qu'à l'avenir vous serez plus unis, sinon nous perdrons tous. De toute façon, messieurs, j'aimerais mieux renoncer à me représenter plutôt que d'accepter les conditions honteuses que vous voudriez m'imposer.

— C'est donc ça, dit Stevens en se levant.

— Oui, monsieur, dit Lincoln. C'est donc ça.

Les deux Pennsylvaniens serrèrent la main du Président : Stevens d'un air sombre, Cameron d'un air chagrin. Chandler resta derrière.

— Monsieur, il y a quelque chose qu'ils ignorent, mais que moi je sais.

— Qu'est-ce que c'est, Mr. Chandler ?

Le soleil se couchait derrière le monument, et le regard de Lincoln errait sans cesse en direction des nuages rose et safran qui couraient dans le ciel.

— J'ai parlé au général Frémont. Il m'a chargé de vous dire qu'il se retirera de la course, si vous laissez tomber Blair.

Lincoln étudia le visage massif de Chandler, tout hachuré de petites veines violacées.

Chandler hocha la tête et prit congé.

Il faisait nuit quand Lincoln monta à cheval pour se rendre au Foyer du Soldat. Il chevauchait au centre d'une compagnie d'artillerie, de telle sorte que personne dans la rue ne put le reconnaître.

Au bas de la colline où s'élevait le Foyer du Soldat, Lincoln ramena son cheval au pas et renvoya son escorte. L'espace d'un moment, cavalier et cheval se fondirent dans le paysage. A l'orient, la lune reposait sur des collines lointaines. Des mouches luisantes brillaient parmi les arbrisseaux encrêpés, et s'éclipsaient lorsqu'elles passaient dans les irradiations de la lune. On entendait le coassement des crapauds et la stridulation des grillons. Lincoln respira à pleins poumons l'air parfumé de l'été.

Puis, à contrecœur, il remonta l'allée qui menait au cottage. Il arrivait près de l'entrée, lorsqu'un coup de feu retentit ; pris de panique, le cheval détala en franchissant les grilles au galop. Dans un petit bois de cèdres où criaillaient des paons, un soldat saisit les rênes du cheval et le força au repos.

— Il a pris le mors aux dents avant que j'aie pu tirer sur les rênes, dit Lincoln en descendant de cheval. Heureusement que vous avez pu l'attraper, Nichols. J'étais bon pour une bûche.

— Il a été effrayé par quelque chose, monsieur ? demanda Nichols.

— Non, non, répondit Lincoln en se passant la main sur les cheveux.

— Vous avez perdu votre chapeau, monsieur.

— Ah oui, en effet. Eh bien, bonne nuit, et merci encore.

Lincoln entra dans le chalet où il fut salué par l'ordonnance de service. Il demanda du thé, ce qui pour lui était inhabituel. Puis il s'assit dans le petit salon et se mit à lire Artemus Ward à la lumière d'une lampe à pétrole. Mais il n'avait pas encore eu le temps de sourire, et encore moins de rire, que Nichols apparut, tenant le chapeau de Lincoln à la main.

— Nous avons trouvé cela sur la route, monsieur.

— Très bien. Suspendez-le dans le vestibule.

Nichols tenait le chapeau de manière que Lincoln aperçût bien les deux petits trous ronds situés à quelques centimètres de la calotte.

— C'est par là que la balle est entrée, dit-il, et c'est par là qu'elle est ressortie.

— J'ai entendu un coup de fusil, en effet, dit Lincoln d'un ton neutre. J'ai cru que c'était un chasseur dans les bois.

— C'était bien un chasseur, monsieur.

— C'est le second chapeau que je perds de cette façon. C'est curieux comme ils visent toujours la tête, alors que le corps présente une cible beaucoup plus facile, dit Lincoln en rendant le chapeau à Nichols. N'en dites rien à personne. Surtout pas au marshal Lamon.

— A condition, monsieur, que vous ne renvoyiez pas votre escorte avant d'avoir franchi des grilles.

Lincoln sourit :

— C'est un marché que vous me proposez ? Décidément, aujourd'hui aura été jour de marché toute la journée. Eh bien, c'est entendu, Nichols, j'accepte votre marché. Et maintenant brûlez ce chapeau. Je veux que personne ne le voie.

— Oui, monsieur.

Le lendemain matin, lors de la séance du Cabinet, Seward trouva le Président soucieux. Seward avait dû céder à Lincoln qui souhaitait le retour de Roscoe Conkling à la Chambre des représentants. La matinée était particulièrement chaude et humide, même pour une capitale africaine, comme Seward s'était mis à surnommer Washington.

Le Président arpentait fiévreusement la pièce. Seward était affalé sur sa chaise. Stanton démêlait les nœuds de sa barbe. Blair n'était déjà plus là. Usher était toujours aussi discret. Nicolay entrait et sortait sans arrêt. Bates avait déjà dit qu'il rentrerait chez lui après l'élection, quel que fût le résultat. Welles prenait des notes, et l'on disait même qu'il tenait un journal très détaillé, qui les détruirait tous. Fessenden, le nouveau venu, était le plus attentif. Ce fut d'ailleurs lui qui annonça le premier la dernière nouvelle :

— Je viens d'apprendre que le général Butler se présente avec Ben Wade comme second.

Seward trouvait le ton désapprobateur avec lequel Fessenden parlait de son ancien collègue et allié, des plus plaisants ; ce n'était pas la première fois qu'il voyait un léopard, même en politique, changer sa moucheture. Le jacobin enragé était devenu un fervent loyaliste.

— Ben Butler, se contenta de dire le Président.

Manifestement le sujet l'ennuyait. Seward se demanda si parmi tous les présidents américains il s'en était trouvé un qui fût aussi laid, ou qui louchât autant. A côté de Butler, Lincoln était un Apollon. Si les républicains radicaux étaient assez stupides pour présenter un tel « ticket », c'en était fait du parti, et McClellan l'emporterait haut la main.

Il y eut ensuite un échange général d'informations politiques ; toutes les nouvelles étaient mauvaises. Weed avait dit à Seward que si l'élection avait lieu ce jour même, le 23 août 1864, Lincoln perdrait l'État de New York de cinquante mille voix, et c'était avant que Butler n'entrât en lice.

Lincoln lut un billet de Washburne qui était à Chicago : l'Illinois était pour le moment perdu. Blair remarqua amèrement qu'avec Cameron et Stevens à la tête de la Pennsylvanie, on pouvait considérer cet État comme perdu.

Lincoln soupira :

— C'est curieux. Nous n'avons pas encore d'adversaires, et déjà nous n'avons plus d'amis. C'est une situation unique, je crois bien. Il s'assit au milieu de la table et jeta un coup d'œil sur l'une des lettres : Mr. Raymond du *New York Times* pense que je suis maintenant catalogué comme abolitionniste, grâce, je suppose, à Horace Greeley. Il pense que le seul moyen pour moi de gagner, c'est d'offrir — immédiatement — des conditions de paix à Mr. Davis, sous réserve qu'il reconnaisse la suprématie de la Constitution. Tout le reste, y compris l'esclavage, devant être décidé au cours d'une convention nationale.

— Quelle honte ! s'écria Stanton, en extirpant ses doigts de sa barbe et en réprimant un cri de douleur.

— On voit bien ce qu'il veut dire, dit Bates. Vous avez fait de l'abolition de l'esclavage une condition absolue préalable à toute discussion avec le Sud. Vous auriez peut-être aussi bien fait de ne pas soulever cette question.

— J'ai libéré les esclaves uniquement comme mesure militaire.

Lincoln semblait lui aussi sur le point de changer sa moucheture, et Seward espérait sincèrement qu'il irait jusqu'au bout de sa métamorphose. Mais il changea brusquement de sujet et demanda à Nicolay :

— Avez-vous le mémorandum ?

Nicolay tendit au Président une feuille de papier, pliée en deux et cachetée.

— Messieurs, j'aimerais vous demander une faveur, dit Lincoln. Chacun d'entre vous veut-il bien signer son nom au dos de ce papier ?

— A qui devons-nous renoncer ? demanda Seward. A nos vies ? A notre honneur ?

— Rien de si précieux, dit Lincoln. C'est juste au cas...

Mais il ne précisa pas de quel cas il s'agissait. Les sept ministres signèrent, comme on le leur demandait.

Le 29 août, le Président, qui n'avait pas d'amis, se trouva au moins un adversaire officiel lorsque George B. McClellan reçut l'investiture du parti démocrate à la convention de Chicago. Lincoln et Seward étaient assis dans la salle des télégraphes du Département de la Guerre tandis qu'arrivaient les nouvelles. De temps en temps ils étaient rejoints par Stanton, qui ne pouvait maintenant plus voir sans pleurer, ni respirer sans s'étouffer.

Lorsque la nouvelle de la nomination de McClellan leur parvint, tout le monde s'attendait à une plaisanterie du Président, du moins pour la forme. Mais il n'y en eut point. Lincoln était assis sur une chaise si basse que ses genoux lui touchaient le menton, tandis que ses grandes mains étreignaient ses tibias.

Ce fut Seward qui rompit le premier le silence :

— Ils ont peut-être fait une erreur en permettant à Vallandigham de jouer un rôle aussi important. Après tout, comme traître, on ne fait guère mieux.

Lincoln hocha la tête sans rien dire. Seward songeait au labyrinthe qu'un tel esprit devait être en train de parcourir et « au troupeau de minotaures qu'il trouverait au bout de son chemin ». Seward de son côté n'était pas inactif : son esprit échafaudait toute une série d'attaques contre les démocrates pour avoir accepté comme délégué le traître Vallandigham, lequel avait élaboré un programme de paix à tout prix pour McClellan le guerrier !

Le télégraphiste annonça que le gouverneur Horatio Seymour notifierait au général McClellan sa désignation officielle. En attendant, la convention était désireuse de connaître la réponse de McClellan. Lincoln esquissa un sourire :

— J'espère qu'ils n'ont pas tous décidé de rester à Chicago pour attendre sa réponse, sinon ils peuvent commencer à se chercher une résidence permanente.

Seward rit, plus par soulagement de voir le Président redevenu lui-même, que par amusement.

— Une chose est sûre, dit-il, c'est que les démocrates sont encore plus divisés que nous. Les New-Yorkais et McClellan sont pour la poursuite de la guerre, tout en ignorant le problème de l'esclavage, alors que les partisans de Vallandighan désirent une paix instantanée. J'ai idée qu'avant peu leur parti se sera scindé en deux.

— Comme est en train de le faire le nôtre ? demanda Lincoln.

— Il convient de noter que le groupe qui s'est réuni il y a deux semaines à New York dans l'intention de tenir une nouvelle convention était censé se rencontrer de nouveau demain. Or mes espions me disent qu'une telle réunion n'aura pas lieu. Je suppose que même Horace Greeley s'est fait à l'idée que nous n'avons que vous.

Lincoln ne répondit rien.

Quatre jours plus tard, David Herold regardait distraitement derrière la vitrine de la pharmacie Thompson. Dans l'arrière-boutique, Mr. Thompson était en train d'essayer un nouveau médicament pour le gouverneur Seward, dont les malaises matinaux ne s'accommodaient plus de l'habituel mélange d'écorce d'orme et de bicarbonate — les poudres Seidlitz ayant été depuis longtemps abandonnées.

David aperçut alors la silhouette familière du Président qui se rendait du Département de la Guerre à la Maison-Blanche ; il était accompagné de Gédéon Welles et de Lamon. David pensa avec tristesse au dernier attentat manqué contre la vie du Président, et manqué de quelques centimètres s'il fallait croire ce que racontait Sullivan. Tout le monde commençait maintenant à trouver anormal qu'un homme qui circulait aussi librement que le Président ne fût pas plus facile à abattre. Le Vieil Abe avait bien de la chance.

Mais David ne connaissait pas toute la chance du Président. Tout en marchant, celui-ci tenait à la main la copie d'un télégramme qu'il venait de recevoir de Grant, depuis City Point : « Une dépêche vient d'arriver du superintendant des Télégraphes dans le district de Cumberland annonçant à ce jour l'occupation d'Atlanta par nos troupes. Il doit s'agir du Vingtième corps d'armée, laissé par Sherman sur le Chattahoochee, tandis qu'avec le reste de son armée il marchait au sud de la ville. »

Au coin de Pennsylvania Avenue, les trois hommes s'arrêtèrent pour laisser passer les tramways à chevaux. Un certain nombre de passagers reconnurent le Président. Il y eut un mélange d'acclamations et de sifflets. Lincoln souleva son chapeau.

— Demain, ils vous acclameront tous, dit Lamon, tandis qu'une feuille d'érable se dirigeait mollement vers eux, portée par le vent frais d'automne.

Devant les grilles de la Maison-Blanche, ils furent arrêtés par un messager à cheval qui remit au Président un second télégramme.

— Mr. Stanton dit que vous aimerez lire cela, monsieur.

Le messager salua et s'en alla.

Lincoln jeta un coup d'œil au télégramme, puis fit un grand sourire.

— C'est de Sherman lui-même. Il dit : « Atlanta est à nous, et bien gagnée. » Eh bien, Neptune, je crois que je vais déclarer un jour d'action de grâces en honneur de Sherman.

— N'oubliez pas l'amiral Farragut. La marine a occupé le port de Mobile.

— Neptune sera célébré ainsi que Mars.

— Et Jupiter ? demanda Welles, tandis qu'ils remontaient l'allée conduisant au porche. Qu'en est-il de Jupiter ?

— Jupiter, dit Lincoln, a retrouvé ses foudres.

Nicolay les accueillit sous le porche. Lui aussi avait appris la nouvelle. Il serra la main du Président comme s'ils ne s'étaient pas vus de toute la matinée.

— Vous serez élu à l'unanimité, dit-il.

Le vieil Edward serra lui aussi la main du Président :

— Un certain nombre de ces journalistes sont en haut, dit-il. Je leur ai dit que vous étiez bien trop occupé à gagner la guerre pour les recevoir.

— C'est exactement ce que je leur dirai, dit Lincoln, puis il répéta tout haut la phrase magique : « Atlanta est à nous et bien gagnée. »

VII

Dans la chambre à coucher du Président, Hay aidait Lincoln à arranger le miroir de telle sorte qu'il puisse recevoir la lumière de face. Ensuite Lincoln régla la glace de manière à obtenir l'angle souhaité.

— Voilà, dit-il, c'est à peu près comme ça qu'il était hier, et c'était aussi comme ça à Springfield. Il avança une chaise devant le miroir, qu'il décala un peu sur la droite, puis il s'assit. Et maintenant, John, vous allez vous mettre devant le miroir de manière à me voir, mais sans que moi je puisse vous voir.

Hay se plaça derrière Lincoln, puis il fit quelques pas sur la droite jusqu'à ce que Lincoln lui dise de s'arrêter.

— Vous me voyez dans le miroir ?

— Oui, monsieur.

— Maintenant...

Lincoln regarda fixement son propre reflet dans la glace. Hay remarqua que la barbe et les cheveux de l'Ancien avaient besoin d'être coupés ; il paraissait avoir encore maigri, et jamais il n'avait eu le teint aussi chocolat.

Lincoln pencha la tête de côté, ferma un œil, puis l'autre. Puis il fronça les sourcils.

— Non, je ne vois rien, dit-il enfin. C'est très curieux. Vous ne voyez vraiment rien ?

— Non, monsieur. Je ne vois que vous sur la chaise.

Lincoln paraissait déçu :

— Hier, j'ai cru que ça recommençait, tout comme à Springfield il y a quatre ans. Pendant un moment j'ai vu deux images de moi dans le miroir : l'une était claire, l'autre plus pâle, moins distincte. A Springfield, on aurait dit que j'étais assis à côté de mon propre fantôme.

— Croyez-vous aux fantômes, monsieur ?

Lincoln sourit :

— Non, je suis trop terrestre pour cela. Mais ne le dites pas à

608

Mrs. Lincoln. Elle tire un grand réconfort des charlatans. Si elle croit que Willie vient la trouver tous les soirs, laissons-le-lui croire. Moi, je m'intéresse aux phénomènes purement physiques. J'avais espéré pouvoir démontrer celui-ci avec l'aide d'un témoin. Parce que si j'avais pu me voir, moi et mon double, et que vous aussi vous les ayez vus, nous aurions peut-être fait une découverte scientifique, qu'en dites-vous? Mais je n'ai rien vu, et vous non plus.

— Qu'est-ce qui produit cet effet, à votre avis?

— C'est ce que j'espérais découvrir, justement. Ce doit être une question de réfraction de la lumière. Selon l'angle suivant lequel la lumière frappe le miroir, cela doit doubler l'image. Mais l'effet est tout à fait saisissant. C'est comme si vous voyiez tout à coup votre propre fantôme. Lincoln se leva. J'avoue que j'ai une certaine foi dans les rêves. Mais dans les rêves c'est toujours nous qui nous parlons à nous-mêmes. Il y a un rêve que je fais toujours la veille de quelque grand événement. Je l'ai fait récemment la veille de la chute d'Atlanta. Lincoln se pencha sur le miroir, comme s'il voyait son propre fantôme : Je suis sur un radeau, sans gaffe ni gouvernail. Je suis au milieu d'une rivière si large que je n'aperçois pas le rivage, et comme le courant est rapide, je vais à la dérive... Il jeta un regard rêveur dans le miroir.

— Et après, qu'est-ce qui se passe?

— Après?... Eh bien, je me réveille, dit l'Ancien en souriant, pour m'apercevoir que pendant que je rêvais, le radeau touchait triomphalement la rive, et Atlanta était à nous et bien gagnée.

— Avez-vous fait aussi ce rêve il y a deux nuits, lorsque Sheridan a massacré Jubal Early à Winchester?

— Non. Je pense que le rêve est rationné. Il ne se produit que lors des moments décisifs.

Le Président se rendit ensuite à la séance de Cabinet du vendredi, et Hay regagna le bureau de Nicolay. Nico était à New York, occupé à chercher Thurlow Weed, qui venait de disparaître. Stoddard était assis à la petite table que Hay utilisait lorsqu'il occupait le bureau du secrétaire. Comme à l'ordinaire le courrier était entassé par terre, et la dernière livraison de journaux empilée sur la table centrale. Dans le corridor les solliciteurs faisaient les cent pas. Certains demandaient à parler au major Hay. Hay appréciait la compagnie des jolies femmes ; souvent même elles flirtaient avec lui. Nico prétendait qu'aucune femme n'avait jamais flirté avec lui. Hay lui avait répondu que c'était parce qu'elles lisaient le nom sacré de « Theresa » écrit sur son front en lettres de feu.

— Regardez!

Le visage habituellement soucieux de Stoddard se renfrogna. Il tendit à Hay une feuille de papier d'aspect officiel qui s'avéra être une lettre de Frémont postée la veille, 22 septembre. Celui-ci retirait sa candidature et se disait prêt à soutenir Lincoln, bien qu'il émît de graves réserves sur la politique suivie jusqu'ici par Lincoln, etc. Hay n'en lut pas davantage. Il sortit de la pièce en courant, bouscula un amiral qui mit la main à son épée, mais avant de se faire embrocher, il était à l'abri dans le bureau du Président. A son entrée, toutes les têtes se tournèrent vers lui. Il tendit en silence le message au Taïcoun, qui le lut en silence, et toujours en silence il quitta la pièce.

Seward essaya de deviner quelle pouvait bien être la teneur de la lettre. De toute évidence, ce devait être important, sinon Johnny ne se serait pas précipité pour l'apporter. S'il s'agissait d'une question militaire, il l'aurait remise à Stanton ou à Welles. Le message était donc politique. Mais Sherman et Farragut avaient touché le fond à la convention de Chicago. McClellan était fini. Restait Butler sur lequel pouvaient toujours compter les radicaux. C'était peut-être cela. En attendant, Seward sentait peser sur lui depuis le début de la séance le regard de Montgomery Blair. C'était un regard courroucé, une spécialité de la famille, mais pourquoi aujourd'hui Seward paraissait-il l'unique objet de cette ire ?

Lincoln termina la séance en lisant des passages du dernier livre d'histoires comiques de Petroleum V. Nasby. Tout le monde rit aux éclats sauf Stanton qui, au grand étonnement de Seward, murmura : « Qu'ils aillent se faire f... ! » Le travail de conversion de Chase n'était manifestement pas terminé dans le cas du dieu de la Guerre. Quand la séance prit fin, Seward se dirigea vers le Président, mais avant qu'il pût arriver jusqu'à lui, Monty Blair était à ses côtés, et les deux hommes disparurent dans le bureau du Président.

— Je suis désolé que cela soit arrivé si brusquement, dit Lincoln en refermant la porte.

— Moi aussi.

Blair tenait à la main une lettre signée Lincoln :

— Ceci m'attendait à mon retour de Silver Spring.

— Je n'avais pas le choix, Monty. Votre père en convient.

— J'écrirai ma lettre de démission officielle cet après-midi. C'est un coup de Seward.

Lincoln secoua la tête :

— Il n'y est pour rien. J'ai laissé partir Chase, ce que les radicaux ne m'ont pas pardonné. Depuis, ils n'ont cessé de me harceler pour que je vous lâche. Mais là n'est pas le problème. Le problème c'est l'unité du parti. Et vous n'êtes pas faits, Frank et vous, pour ce genre de travail.

— Alors je partirai.

— Monty, si j'avais pu faire autrement, je vous aurais gardé avec moi jusqu'à la fin. Vous m'avez toujours été fidèle, et je vous en suis profondément reconnaissant.

— Et moi de même, dit Blair.

— Qu'allez-vous faire maintenant ?

— Faire des discours pour vous. Que puis-je faire d'autre ?

— Je ne pourrais certainement pas demander davantage. Je vous suis reconnaissant, et je n'oublierai pas.

Là-dessus, ils se séparèrent.

Hay entra dans le bureau :

— C'est vrai que Mr. Blair démissionne ?

— Oui, John. C'est vrai.

Au moment même où Frémont se retirait, Blair était lâché : c'était bien joué, pensa Hay.

— Vous saviez pour Frémont.

Lincoln hocha la tête :

— Je l'ai su hier au soir. Mr. Stanton vient de me remettre ceci. Lincoln déplia un télégramme : « John G. Nicolay, sans emploi, a été enrôlé dans l'armée de la ville de New York. Signé : Général Dix. »

— Mon Dieu ! Pauvre Nico ! Qu'allons-nous faire ?

— Nous, on ne fait rien. On reste bien tranquilles. J'ai envoyé un mot à Nicolay pour lui dire de s'acheter un substitut, le plus discrètement possible.

— Espérons que Mr. Greeley n'en saura rien.

— Ce n'est plus un problème désormais.

En effet, depuis le désastre de Niagara Falls, Greeley était devenu tout miel avec Lincoln. Personnellement, Hay l'avait trouvé assez bizarre, bien que charmant. Dès qu'il s'était avéré que la mission de paix était une fumisterie — désavouée même par Jefferson Davis — Greeley s'était rallié à Lincoln. Le *Tribune* était maintenant entièrement pro-Lincoln ; il l'était même devenu avant la chute d'Atlanta, ou A.A. [1], ainsi que Nico appelait les années noires de l'Administration, tandis que P.A. désignait les années d'or. Et maintenant que la charge de contrôleur général des Postes était vacante, Greeley s'était pris à espérer... Lincoln avait répondu à des New-Yorkais qui le sondaient sur ce sujet qu'un autre journaliste du nom de Benjamin Franklin avait assez bien réussi à ce poste. Greeley avait mordu à l'hameçon, et l'éditorialiste s'était fait tout miel.

Seward était à la porte. Lincoln lui fit signe d'entrer.

— Retenez la foule pendant encore une vingtaine de minutes, dit-il à Hay qui referma la porte derrière lui. Seward félicita Lincoln d'avoir laissé partir Blair.

— Je suppose maintenant que nous allons bientôt être rejoints par Horace Greeley, le successeur de Franklin, comme le pape l'est de l'apôtre Pierre.

— J'ai peur que ce ne soit pas pour aujourd'hui, dit Lincoln en riant. Je viens d'envoyer un télégramme à William Dennison dans l'Ohio pour

1. A.A. : Ante Atlanta ; P.A. : Post Atlanta.

lui faire savoir qu'il est désormais le nouveau contrôleur général des Postes, et je veux qu'il se dépêche de venir.

Seward fronça les sourcils :

— C'est un ami des Blair.

— C'est un ami des hommes, gouverneur, dit doucement Lincoln.

— Comment Greeley prendra-t-il cela ?

— Je ne lui ai jamais fait aucune promesse. De toute façon, le pire est passé, en ce qui concerne le *Tribune*. A moins que Butler ne se présente, ils n'ont personne d'autre que moi. Le problème dans ce domaine — votre domaine à bien des égards — ce n'est pas le *Tribune* mais le *Herald*.

— James Gordon Bennett.

Seward prononça les trois noms comme s'il s'agissait des trois sorcières dans *Macbeth*.

— Lui-même.

Lincoln ouvrit la fenêtre. Il soufflait un vent du nord, et pour une fois l'air était sain et vivifiant. Lincoln respira profondément.

— Il paraît, dit-il, que maintenant qu'il a tout ce qu'on peut acheter avec de l'argent, il aimerait aussi posséder ces biens qui ne s'achètent pas.

— Que diable peuvent-ils bien être ? A moins qu'il veuille parler des biens éternels...

— Ma foi, je ne suis pas très ferré sur la question, mais j'imagine que ce qu'on appelle position sociale lui plairait assez à lui ou à sa femme...

Seward hocha la tête :

— Je n'en doute pas. Mais à New York, cela s'achète comme le reste.

— Peut-être qu'il trouve le prix trop cher, ou bien qu'il n'a pas le temps d'attendre. Nous avons besoin du *Herald*.

Seward hocha la tête :

— A ce compte-là, ils peuvent tout aussi bien faire campagne pour McClellan — ou même pour l'empereur Maximilien !

— L'initiative devrait venir de vous, en tant que secrétaire d'État. En échange de son soutien, Mr. Bennett pourrait être nommé ambassadeur en France, ou dans tout autre pays de son choix.

— Fichtre ! C'est bien payé !

— C'est que le *Herald* a un grand tirage. Puisque Bennett et Weed se parlent de nouveau, vous pourriez demander à Weed de lui faire la commission.

Seward n'avait encore jamais vu Lincoln aussi candidement machiavélique.

— Et que se passera-t-il si le *Herald* vous soutient et que vous soyez réélu ?

— Eh bien, dit Lincoln en souriant, il faudra que l'empereur Napoléon III supporte pendant quatre ans l'homme le plus louche qu'il ait jamais vu. Il trouvera le spectacle peu ragoûtant, mais cela vaut mieux qu'une guerre au Mexique.

— Il aura peut-être les deux : Mr. Bennett et une guerre.

— Non, non. Au taux actuel de l'inflation, un Bennett équivaut une guerre. Nous ne pouvons pas nous permettre les deux. Et puis nous avons d'abord la nôtre à gagner, de guerre !

— La guerre et les élections...

— Et les élections, dit Lincoln. Je me dis qu'enfin nous serons peut-être bientôt de l'autre côté du Jourdain.

Chase, lui, était toujours du mauvais côté de son Jourdain et ne voyait pas le moyen de le franchir. Sumner croyait avoir une idée. Ce matin-là, le 12 octobre 1864, l'âme du juge de la Cour suprême des États-Unis, Roger B. Taney, quitta son enveloppe mortelle, à l'âge de quatre-vingt-sept ans.

— Je vous assure, Mr. Chase, que vous pouvez compter sur mon soutien. Vous avez également celui de Mr. Fessenden, et surtout celui de Mr. Stanton, qui est proche du Président.

— Mais Seward n'est pas avec nous.

Chase regardait avec mélancolie le buste en plâtre de lui-même posé sur la cheminée. Quand il était encore au Trésor, il avait permis à un sculpteur de faire un buste en plâtre de ses traits, qui devait ensuite être moulé en bronze, grâce à une souscription payée par les employés du Trésor. Comme le buste devait être la propriété de la nation, et qu'il serait exposé dans le hall d'entrée du Trésor, il n'avait jamais pensé qu'il pût y avoir la moindre objection. Mais un malheur n'arrive jamais seul. Maunsell Field craignait maintenant que ce buste ne fût jamais coulé : la souscription, jusqu'ici, était insuffisante, et son successeur, Mr. Fessenden, se montrait particulièrement indolent.

— On m'a dit que Seward souhaitait Montgomery Blair, ce qui est curieux, vu les sentiments de ce dernier à son égard.

— Nous ignorons tout des chicanes qu'il peut y avoir entre Mr. Seward et Mr. Blair. Ce qu'ils peuvent combiner ensemble ne nous regarde pas.

— Welles lui aussi est pour Blair.

L'humeur de Chase était aussi sombre que la nuit qui tombait. Inoccupée durant tout l'été, la maison était humide et peu attrayante. Les cheminées ne tiraient pas et avaient besoin d'être ramonées. Kate était dans le Nord et souffrait d'une toux qu'elle traînait depuis le printemps. Il craignait quelque chose de plus grave. Mais surtout, son mariage avec Sprague était un désastre ; récemment à Narragansett ils s'étaient violemment querellés en sa présence. Chase se reprochait ce qui était arrivé, mais à quoi bon ?

— Bates est pour Bates, ajouta-t-il.

Sumner n'écoutait pas :

— Acceptez ! s'écria-t-il. Achevez votre grande réforme en purifiant la Constitution et en défendant les principes qui seuls sauveront la République !

— Mr. Sumner, on ne m'a encore rien proposé. J'ai vu deux fois le Président depuis mon retour, mais jamais seul. Il s'est montré bienveillant, mais il n'a rien dit. J'ai l'impression de ne pas le connaître.

— Moi, si, dit Sumner, avec une olympienne simplicité. Laissez-moi m'en occuper.

Sumner prit d'abord la précaution de rendre visite à Mrs. Lincoln. Il la trouva dans le salon bleu en train de parler à un homme à barbe noire et d'apparence sévère.

Mary fut surprise de voir l'homme qui trois semaines plus tôt avait demandé au Président de ne pas se représenter. Mais Mr. Sumner était Mr. Sumner : il avait besoin d'être cajolé. Quoique brillant et cosmopolite, il était parfois un peu raide dans le monde. Mais il avait fréquenté son salon durant la première année qui avait suivi leur installation, et de cela elle lui était reconnaissante.

— Mr. Sumner, c'est un grand honneur. Permettez-moi de vous présenter Mr. Wakeman, le nouveau contrôleur du port de New York.

Mary avait réussi par ses propres moyens à faire nommer Mr. Wakeman, lequel était venu lui exprimer sa reconnaissance. Forte du soutien de ce nouvel allié, et assurée maintenant de la réélection de son mari, l'humeur de Mary s'était considérablement allégée, son porte-monnaie aussi. Après la chute d'Atlanta, les magasins avaient cessé de la harceler. Récemment elle était même allée chez Lothrop où elle avait commandé une centaine de paires de gants de chevreau de France, en dépit des timides remarques de Keckley. Ils étaient tranquilles pour encore quatre ans. Il n'était pas nécessaire de regarder plus loin.

Sumner était courtois et attentif comme à son ordinaire. Lorsqu'elle le taquina sur les événements d'août, il répondit candidement :

— Mais nous étions en train de perdre la guerre. Il fallait bien que nous essayions quelqu'un d'autre. Nous n'avions pas le choix. Ensuite Mr. Lincoln nous a tous surpris. Il s'est mis à gagner la guerre. Nos prières ont été exaucées. Maintenant il peut compter sur notre appui loyal. Même cet insupportable Butler s'est rallié.

Mary savourait la victoire, car c'en était bien une pour son mari. Tandis que le salon bleu se remplissait d'invités — le double d'avant Atlanta —, elle faisait les honneurs.

Lorsque le Président parut dans la pièce pleine de monde, Sumner le prit immédiatement à part. Lincoln se montra affable, ne faisant aucune allusion à la scène de la mi-août, mais lorsque Sumner commença de faire l'éloge de Chase, il l'arrêta :

— Sumner, j'ai la plus grande admiration pour Mr. Chase. Comme vous le savez, j'admire également Mr. Blair. En fait la symétrie aurait voulu que Blair, en tant que défenseur de l'esclave Dred Scott, succédât au poste de juge suprême, à Mr. Taney.

Sumner parla abondamment de Chase, mais comme il menaçait d'être intarissable, Lincoln l'interrompit d'un geste.

— Maintenant je dois aller retrouver mes hôtes. Pour ce qui est de Mr. Chase, je n'ai qu'une crainte, c'est que cette idée d'être Président lui trotte toujours dans la tête. Comment puis-je savoir, si je le nomme à ce poste, qu'il sera tout entier à ce qu'il fait ?

— Monsieur, je suis choqué que vous puissiez penser une chose pareille...

— Je le serais également si cela devait arriver.

— Monsieur, si je vous garantissais que Mr. Chase...

— On ne peut jamais répondre de personne en politique, et parfois même pas de soi-même. Dites à Mr. Chase que je n'ai encore pris aucune décision.

Mrs. Gédéon Welles s'approcha avec deux dames qu'elle présenta au Président.

— Dites-lui aussi, reprit Lincoln, que je lui serais reconnaissant s'il faisait des discours pour nous dans l'Ohio — peut-être aussi dans l'Indiana. Eh bien, Mrs. Welles, ajouta le Président d'un air épanoui, qui nous amenez-vous là ?

Sumner s'éclipsa pour autant que quelqu'un d'aussi digne pût s'éclipser et se rendit chez Chase où régnait maintenant la mélancolie la plus noire. Sumner se montra néanmoins optimiste, mais ferme. Chase devait faire sa valise et partir dans l'Ohio. « Il y a certaines choses qui sont plus importantes que les convenances personnelles », dit-il au malheureux Chase, sans préciser lesquelles. C'était une voix de plus dans le concert des tourmenteurs de Chase, qui se consola par ces curieuses paroles de saint Paul aux Corinthiens. « Il y a tant de différentes sortes de voix dans le monde, et aucune d'elles n'est dépourvue de signification. »

Le mardi 8 novembre 1864, il pleuvait sur Washington. Le parc de la Maison-Blanche ressemblait à une mer de boue jaunâtre. Seuls Welles et Bates avaient assisté ce matin-là à la brève séance du Cabinet. Fessenden négociait des emprunts à New York. Usher et Dennison étaient partis voter dans leurs États respectifs. Seward se trouvait à New York où il avait fait campagne, et Stanton était au lit avec une crise de foie. Mary gardait aussi la chambre avec une migraine qui était entre son habituelle migraine nerveuse et la migraine. Tad, en uniforme de colonel, était en visite à Georgetown chez des amis dont les fils faisaient partie de son régiment privé. Keckley s'occupait de Madame. La salle d'attente était vide. Edward était parti. Nicolay était allé voter dans l'Illinois. Le général Dix l'avait aidé à trouver un nègre pour prendre sa place dans l'armée ; et il n'y avait pas eu de scandale dans les journaux.

Le jour des élections, il n'y avait que le Taïcoun et Hay pour animer la sombre demeure. Point de visiteurs, sauf un journaliste de Californie, qui avait plu à Lincoln et déplu à Hay. Ce qui devait être fait avait été fait, se disait Hay tout en dressant la liste des États sur un carnet. Plus tard, il inscrirait les résultats, district par district. Il avait rangé les États par ordre alphabétique, en omettant, comme il s'en avisa brusquement, le tout jeune État du Nevada, vieux de huit jours.

Hay avait déjà noté dans son calepin les résultats d'une élection préliminaire en octobre concernant la Pennsylvanie, l'Indiana et l'Ohio. Le plus douteux des trois, l'Indiana, avait été le plus favorable à Lincoln. Grâce aux efforts confus de Cameron et de Stevens, la Pennsylvanie arrivait ensuite. Heureusement, les soldats de l'Ohio et de la Pennsylvanie qui se trouvaient dans les hôpitaux de Washington avaient été autorisés à voter. Ceux de l'Ohio avaient voté à dix contre un en faveur de l'Union ; ceux de Pennsylvanie à moins de trois contre un. Le plus mauvais résultat venait de l'hôpital Carver, devant lequel Lincoln et Stanton passaient tous les jours. En apprenant la chose, Stanton s'était mis en colère, Lincoln avait dit en riant : « Que cela nous serve de leçon, Mars. Ils nous connaissent mieux que les autres. » La garde militaire de Lincoln avait voté pour lui, par 63 voix contre 2.

Il était clair pour tous que le vote des soldats serait déterminant. Stanton avait si peu ménagé ses efforts dans son désir d'assurer le plus grand nombre possible de votes militaires qu'il était tombé malade. Les États qui permettaient à leurs hommes de voter aux armées ne présentaient aucune difficulté, mais l'Illinois, si important pour Lincoln, n'accordait pas semblable concession. En conséquence, l'armée de Grant s'était vue dépouillée de tous ses soldats d'Illinois ; et les trains étaient pleins de soldats en permission rentrant chez eux pour voter pour Lincoln.

Hay n'arrivait pas à comprendre pourquoi ces hommes étaient tous si dévoués à Lincoln et à l'Union. S'il avait été simple soldat, il aurait été tenté de voter pour celui des candidats qui promettait la paix. Chose curieuse, Lincoln se faisait à peu près la même réflexion. Il était persuadé que l'Illinois était perdu, et il ne croyait pas au vote des soldats, malgré le résultat d'octobre.

Il n'était pas tout à fait sept heures lorsque Hay entra dans le bureau du Président, qu'il trouva assis à sa table de travail. Il avait lui aussi dressé une liste des États par ordre alphabétique. Et il avait également oublié le Nevada, comme Hay lui en fit la remarque.

— Cela ne fait que trois votes, mais quand même.

— Quand même, j'en aurai peut-être besoin, dit Lincoln en inscrivant « Nevada ».

Puis il montra à Hay ses pronostics.

— Vous pensez que ça sera aussi serré ? fit Hay en sifflant.

Lincoln hocha la tête :

— Dans le collège électoral, je ne peux pas espérer plus de 120 votes pour moi contre 114 pour McClellan.

Hay nota que parmi les États importants, Lincoln avait donné à McClellan, New York, la Pennsylvanie et l'Illinois. Il s'était donné la Nouvelle-Angleterre et l'Ouest.

— Ce seront les militaires qui feront toute la différence, dit Hay en rendant à Lincoln le papier.

— C'est assez normal, dit l'Ancien, puisqu'ils font la guerre. Eh bien, rendons-nous à la salle des télégraphes pour y apprendre notre sort.

Ils traversèrent ensemble la rue sombre et déserte, accompagnés du seul Lamon pour aller au Département de la Guerre. La pluie avait cessé momentanément et à la lueur des réverbères le trottoir mouillé brillait comme de l'onyx, songea Hay dont les derniers poèmes étaient truffés de pierres précieuses et semi-précieuses. Un garde enveloppé d'un ciré salua le Président tandis qu'il contournait la barrière qui marquait l'entrée de l'empire de Stanton ; il entra par une porte latérale devant laquelle une sentinelle montait la garde.

Une demi-douzaine d'ordonnances se mirent au garde-à-vous. Le Taïcoun leur fit un signe de la main, et ils retournèrent à leurs affaires. L'un d'eux donna au Président les résultats d'Indianapolis, une majorité de 8 000 voix pour Lincoln ; comme ce vote était meilleur que celui d'octobre, le Taïcoun exprima sa satisfaction. Mais il ne crut pas au message suivant de Forney : « Vous remporterez Philadelphie de 10 000 voix. »

Lincoln secoua la tête :

— Je crois qu'il est un peu trop excité.

Ils montèrent à la salle des télégraphes où Lincoln s'installa confortablement dans un fauteuil. A l'origine, cette grande pièce était une bibliothèque ; elle communiquait par une porte avec le bureau du secrétaire à la Guerre. L'une des premières décisions de Stanton avait été de déménager le quartier général des télégraphes, originellement sous le commandement de McClellan, au Département de la Guerre. A côté de la salle des télégraphes se trouvait une petite pièce où étaient gardés tous les codes militaires. L'homme à la machine salua le Président, qui demanda le major Eckert.

— Le voici, dit le chef télégraphiste de l'armée.

Dans l'encadrement de la porte se tenait le jeune major, tout couvert de boue.

— Heureusement que Mr. Stanton n'est pas là pour vous voir, dit Lincoln en secouant la tête d'un air faussement horrifié. Ces choses-là sont progressives. On commence par barboter dans la boue, et on trouve ça très amusant. Ensuite, ça l'est moins. Et finalement on ne peut plus s'arrêter. On ne pourra plus voir de la boue sans penser à vous, major. Vous êtes un vrai petit cochon !

— Je suis tombé dans la rue, monsieur. J'étais en train de regarder quelqu'un un peu plus loin devant moi, qui glissait de façon si comique, que je me suis mis à rire, et qu'à mon tour je suis tombé.

Un ordonnance apporta une serviette à Eckert. Tandis qu'il s'essuyait, le Taïcoun évoqua la soirée du jour où Douglas l'avait battu lors des élections au Sénat :

— C'était une soirée comme celle-ci. Je venais de voir les premiers résultats, et je savais que j'avais perdu. Comme je rentrais chez moi le long d'un sentier glissant, j'ai fait une glissade, et j'ai trébuché, mais j'ai quand même atterri sur mes pieds ; alors je me suis dit : « Tu as seulement glissé, tu n'es pas tombé. »

La nouvelle dépêche était une estimation : Lincoln emporterait l'État du Maryland par 5 000 voix, et la ville de Baltimore par 15 000 voix.

— C'est une plaisante surprise, si elle se vérifie, dit Lincoln.

Hay notait les résultats au fur et à mesure qu'ils tombaient. Le journaliste californien, un certain Noah Brooks, se joignit à eux. Il était originaire d'Illinois où le Taïcoun l'avait rencontré pour la première fois. Il flattait le Président outrageusement, tout en se montrant dédaigneux vis-à-vis de ses secrétaires. Nicolay était certain que Brooks guignait le poste de secrétaire pour le second mandat, et il avait ajouté : « Ravi de lui céder la place ! »

Le soupçonneux Lamon avait permis de mauvaise grâce à une demi-douzaine d'officiers partisans du Président de lui tenir compagnie. Gédéon Welles se joignit au groupe.

A neuf heures, les résultats sérieux commencèrent d'arriver. Bien que des orages dans le Midwest eussent interrompu et retardé le dépouillement des voix dans l'Illinois, vers minuit la victoire de Lincoln dans cet État était à peu près certaine. Lincoln envoya immédiatement un ordonnance à la Maison-Blanche.

— Allez annoncer la nouvelle à Mrs. Lincoln. Elle est encore plus anxieuse que moi.

Tandis que Hay enregistrait les résultats satisfaisants du Massachusetts, Lincoln disait à Brooks :

— J'ai le nez assez politicien pour savoir comment les choses vont tourner, comme pour la convention de Baltimore, mais cette fois je suis loin d'être certain.

— Vous devriez l'être à présent, dit Brooks.

Hay jugeait insupportable pareille flagornerie. Il espérait que le Taïcoun s'en dégoûterait durant son second mandat, lequel semblait maintenant en bonne voie.

Comme le New Jersey commençait à virer vers McClellan, le Taïcoun se mit à philosopher :

— C'est curieux, je ne suis pas quelqu'un de particulièrement hargneux ou vindicatif, mais toutes les élections auxquelles j'ai participé — excepté la première, lorsque je me suis présenté au Congrès — ont

618

été marquées par des sentiments de rancœur et d'amertume. Est-ce moi, je me le demande, qui provoque tout cela sans le savoir?

— C'est l'époque, monsieur, ce n'est pas vous, dit Brooks. Nous avons bien de la chance de vous avoir.

Hay décida que pour une fois le Taïcoun faisait preuve d'un mauvais goût inquiétant dans le choix de ses compagnons. Le second mandat verrait-il le règne des flatteurs et des intrigants? Hay se dit qu'il devrait peut-être rester, mais il songea à la Sorcière, et l'idée de passer quatre années de plus à la Maison-Blanche à côté d'elle lui parut insoutenable. En fait, il avait décidé qu'il irait s'installer au Willard au début janvier, et qu'après l'inauguration en mars, il quitterait Washington, comme Nicolay.

Seward arriva à minuit, juste à temps pour le souper que le major Eckert avait fait préparer dans les cuisines du Département de la Guerre. Il venait de rentrer de New York et était d'humeur joyeuse.

— Nous emporterons l'État de New York par 40 000 voix, annonça-t-il.

— En attendant que McClellan enlève la ville, prenez de ces huîtres, elles sont excellentes.

Lincoln et un général inconnu aidaient à faire le service.

— Voici New York, annonça Eckert, derrière son télégraphe.

Mais Seward préférait donner sa version des faits:

— Le gouverneur Seymour a menacé d'appeler la garde nationale pour effrayer nos gens. Alors Butler a aussitôt fait appel à l'armée pour effrayer la garde nationale. Il a passé toute la journée à arrêter des agents démocrates.

Seward se versa un verre de champagne et but à la santé de Ben Butler.

Eckert annonça:

— McClellan emporte New York par 35 000 voix.

— C'était à peu près mon estimation, dit le Taïcoun en grignotant une huître frite.

— McClellan a aussi remporté l'État par 40 000 voix, dit Eckert.

— Ce n'est pas possible, dit Seward, qui faillit laisser tomber son verre. Il y a une fraude quelque part.

— Ce n'était pas mon estimation, dit Lincoln, en abandonnant le reste de l'huître. Mais j'étais certain que je perdrais l'État.

— Mais vous avez gagné l'élection, dit Brooks.

— Pas tout à fait...

Eckert annonça que le Kentucky semblait assuré à McClellan. Hay se mit à faire des additions et des soustractions; il était obligé de faire par écrit ce que le Taïcoun faisait mentalement. Il y avait dans cet étrange cerveau une case pour chaque État avec le résultat du vote. Hay ne voyait pas comment Lincoln pourrait perdre. Néanmoins, si les voix de New York se portaient sur McClellan, la marge de victoire ressemblerait aux prédictions initiales de l'Ancien.

Puis Eckert annonça avec le sourire.

— Correction pour New York. C'est Lincoln, et non McClellan qui a emporté l'État par 40 000 voix, et le gouverneur Horatio Seymour est battu.

Il y eut des applaudissements dans la pièce, et Lincoln accepta le verre de champagne que Seward lui tendit en lui disant :

— Vous vous souvenez des vœux que vous formiez pour Seymour ? Dire que c'est lui qui aurait pu être Président ce soir, et avec votre bénédiction !

— Le sort nous a épargnés, dit gravement Lincoln.

Eckert annonça encore :

— Steubenville, Pennsylvannie, la ville natale de Mr. Stanton, a voté républicain.

— Nous sommes saufs ! s'écria Lincoln, puis il ajouta, en imitant la voix d'asthmatique de Stanton : Trois hourras pour Steubenville !

Quand les acclamations cessèrent, Seward observa devant la compagnie :

— Nous devons une fière chandelle à Mr. Stanton ce soir. C'est lui qui a fait voter les soldats, et ce sont eux qui ont fait la différence.

Le visage de Lincoln se rembrunit brusquement :

— C'est vrai, dit-il. Et je me demande bien pourquoi ils ont voté comme ils l'ont fait, malgré toute ma reconnaissance.

— Ils vous sont fidèles, dit Seward en levant son verre. Ils sont aussi fidèles à l'armée, à l'Union, et à ce qu'ils ont fait durant ces quatre années, et à tous leurs morts.

— Je boirai à nos soldats, dit Lincoln en finissant son verre de champagne. Je suis très honoré qu'ils aient voté pour moi. Honoré et surpris, à cause de tous ces morts justement...

— Ils voteraient pour vous s'ils pouvaient voter, dit Seward.

— Les morts ? Lincoln parut surpris, puis, secouant la tête : Non, gouverneur. Les morts ne voteraient jamais pour moi, ni dans ce monde ni dans un autre.

VIII

Trois jours plus tard, Lincoln réunit le Cabinet tout entier à l'exception de Stanton dont la maladie commençait à donner de l'inquiétude.

Lincoln avait remporté tous les États hormis trois : le New Jersey, le Delaware et le Kentucky. Il avait une majorité populaire d'un demi-million de voix, il était donc de peu Président majoritaire.

Seward était euphorique, il n'arrêtait pas de parler :

— Même en emportant l'État de New York par 4 000 voix au lieu de 40 000, comme nous l'avons d'abord cru, c'est un exploit extraordinaire, étant donné les forces que nous avions contre nous : la presse, le gouverneur, les Copperheads...

Hay entra :

— Monsieur, dit-il, une dépêche de Nicolay. Vous avez enlevé l'Illinois par 25 000 voix.

Le Cabinet applaudit. Lincoln jeta les yeux sur la dépêche, puis se mit à rire :

— Je vois que j'ai perdu mon comté de Sangamon, et mon État natal, le Kentucky. On dirait que là où je suis le plus connu, je suis le moins populaire.

— C'est probablement ce qui explique votre triomphe dans le Nevada, dit Seward.

Hay donna au Président les dernières nouvelles du Département de la Guerre. Le Taïcoun annonça :

— Le général McClellan vient de remettre sa démission de major général, et part immédiatement faire un voyage en Europe.

Nouveaux applaudissements. Pendant ce temps, Lincoln avait donné à Hay une feuille de papier cachetée.

— Messieurs, vous vous rappelez peut-être que je vous ai demandé à tous l'été dernier de signer votre nom au dos d'une feuille de papier dont vous ignoriez le contenu ; eh bien, le voici. Mr. Hay, montrez-le. Et maintenant, voyez si vous pouvez l'ouvrir sans la déchirer.

621

Hay prit un coupe-papier et, tel un chirurgien, procéda par une série d'insertions compliquées. Le Taïcoun avait collé le papier dans les angles les plus bizarres.

Quand le document fut ouvert, Lincoln le lut à haute voix devant le Cabinet :

— « Ce matin, 23 août 1864, il paraît de plus en plus improbable que cette administration soit réélue. » Lincoln jeta un coup d'œil à Seward qui acquiesça de la tête. « Mon devoir sera donc de coopérer avec le Président-élu de manière à sauver l'Union entre l'élection et l'inauguration ; car il aura obtenu son élection sur une telle base qu'il ne pourra la sauver après. » Lincoln reposa le papier : Cela a été écrit une semaine environ avant la nomination de McClellan. Comme j'étais à peu près certain qu'il gagnerait, j'avais décidé qu'une fois qu'il serait élu, je le ferais venir ici pour lui dire ceci : « Nous avons à peu près cinq mois avant que vous n'entriez en fonction. J'exerce encore le pouvoir exécutif, tandis que vous avez la confiance du pays. Levons donc toutes les troupes que nous pourrons et terminons cette guerre ensemble. »

Il y eut un moment de silence, que Seward rompit par ces mots :

— Et le général vous aurait répondu : « Oui, oui », et le lendemain, comme vous seriez revenu à la charge, il vous aurait de nouveau répondu : « Oui, oui » ; et rien n'aurait jamais été fait.

— En tout cas, dit le Taïcoun, j'aurais fait mon devoir, et j'aurais eu la conscience tranquille.

— Ne pleurons pas sur le Petit Mac, dit Fessenden, récemment rentré de New York. On m'a dit qu'on lui avait offert la présidence de l'Illinois Central Railroad, pour dix mille dollars par an.

— Là, je crois qu'il n'y aura pas besoin de le prier, admit Seward.

— Moi non plus, je ne me ferais pas prier, si j'étais à sa place, comme je croyais que je le serais en août dernier.

Gédéon Welles exprima ensuite son contentement du départ imminent de Washington de l'ancien sénateur Hale, homme profondément corrompu, et qui avait causé un grave dommage au Département de la Marine. Fallait-il le punir ? Fallait-il le traduire en justice ? Lincoln éleva la main en disant :

— En politique, le temps de la vengeance doit être court.

Seward n'avait jamais connu de bon politicien qui ne fût pas vindicatif ; Lincoln était donc soit un mauvais politicien, soit une anomalie. Seward pencha pour l'anomalie.

Après la séance du Cabinet, Lincoln eut une entrevue avec Francis P. Blair :

— Vous allez penser, monsieur, commença le Vieux Gentleman, que je suis venu vous demander le poste de juge suprême pour Monty.

— J'ai eu cette idée, en effet, dit le Président, tout en regardant par la fenêtre l'obélisque inachevé de Washington, car c'est une chose à laquelle je pense.

— Dans ce cas, je n'en dirai pas plus. Vous avez assez fait pour les Blair pour mériter à tout jamais leur reconnaissance et celle de leur postérité. En réalité, ajouta le vieil homme, les yeux fixés sur le portrait de son ami Jackson, je suis venu pour autre chose. Comme vous le savez, j'étais autrefois en bons termes avec Jefferson Davis.

— Je sais, dit Lincoln.

— Je désire me rendre à Richmond. Je désire lui parler. Je désire mettre un terme à cette guerre.

— Comment ?

— Je veux le persuader de faire la paix, de rentrer dans l'Union et de se joindre à nous pour chasser les forces françaises du Mexique.

— C'est également le rêve du gouverneur Seward. Mais est-ce également celui de Mr. Davis ?

— Laissez-moi le découvrir. J'ai une excellente raison de me rendre à Richmond. Les bandits qui ont pillé ma maison ont pris tous mes papiers, et maintenant je désire les récupérer. Davis comprendra cela. Il me laissera venir à Richmond. Ensuite je lui révélerai mon plan.

Lincoln hocha la tête d'un air méditatif, puis il dit :

— Attendez la chute de Savannah. Ensuite revenez me trouver : je vous donnerai un sauf-conduit pour aller à City Point ou pour rejoindre Grant là où il se trouve.

— Pas avant ?

— Non, je pense qu'il faut resserrer encore un peu la corde. Et puis d'ici là la question de l'esclavage devrait être résolue. J'ai idée que ce Congrès va demander un amendement constitutionnel pour abolir l'esclavage une fois pour toutes. Quand ce sera fait, Mr. Davis saura au moins où il se tient.

David, lui, savait très bien où il se tenait avec Mr. Thompson : il venait d'être renvoyé.

— Depuis un certain temps, David, j'observe que tu n'es pas là même quand tu es présent, et que d'ailleurs la plupart du temps tu es absent. Mr. Thompson se tenait tristement devant la longue rangée de pots en céramique aux inscriptions latines, dont les lettres d'or gothiques brillaient dans la lumière du matin : J'ai fermé les yeux sur tes absences, par amitié pour ta mère. Et aussi, je peux te le dire à présent, parce que j'avais détecté en toi l'étoffe d'un brillant pharmacien. N'importe qui peut devenir médecin, tandis qu'on naît pharmacien comme on naît artiste. Artiste et savant, car c'est dans nos poudres et nos élixirs que gît le secret de la santé, et où il y a la santé, il y a Dieu. Tâche d'y réfléchir avant qu'il ne soit trop tard. Tiens, voici tes gages, ajouta Mr. Thompson en ouvrant son portefeuille, je t'ai payé jusqu'à la veille de l'élection, qui était jour férié, bien que notre travail à nous autres ne s'arrête jamais.

— Mais j'ai travaillé toute la journée d'hier, dit David qui réussit à obtenir cinq dollars de plus de Mr. Thompson.

En un sens, il était content de s'en aller. Une vie entière passée dans l'officine d'une pharmacie était encore pire qu'une vie entière passée dans la boutique à recevoir les clients comme faisait Mr. Thompson. Au cours de l'année passée, il avait tant de fois raconté à Mr. Thompson qu'il était malade, qu'il ne savait plus quoi inventer. David avait travaillé un moment à mi-temps chez un pharmacien ami de Mr. Thompson, près de l'endroit où habitait sa mère. Mais cette solution avait pris fin lorsque les deux pharmaciens s'étaient aperçus que David n'avait travaillé pour aucun. Le rideau était maintenant tombé sur la carrière de préparateur en pharmacie de David. Heureusement, ce n'était pas le travail qui manquait dans les théâtres ; et surtout son ami Wilkes était de retour.

Pour la dernière fois, David ferma la porte du magasin derrière lui, et pour la dernière fois, il entendit sonner la petite sonnette attachée à la poignée intérieure. Puis il sortit dans la Quinzième Rue, en homme libre. La pluie avait cessé de tomber et le ciel était dégagé. Il soufflait un petit vent frais annonciateur de l'hiver. La boue s'était solidifiée, et le long des allées, les cochons semblaient plus alertes que jamais. David descendit New York Avenue pour se rendre chez les Surratt dans H Street.

La ville était pleine de vagabonds, anciens esclaves ou même Blancs venus du Sud, qui avaient prêté serment, et qui se trouvaient sans abri et sans travail. Ils étaient assis aux carrefours, faisant du feu avec des ordures, et buvant du whisky de maïs. Ils n'étaient pas supposés avoir des armes, mais tous avaient des couteaux, et à la moindre provocation n'hésitaient pas à s'en servir. Il y avait maintenant certains endroits de la ville où même David n'osait pas s'aventurer le soir.

Un régiment de cavalerie descendit au galop l'avenue, interrompant toute circulation. Mais David ne regardait même plus les troupes yankees. Comme tout bon Washingtonien, il savait qu'il habitait une ville occupée, et qu'il n'avait qu'une chose à faire : kidnapper le président Lincoln afin de l'échanger contre cent mille prisonniers confédérés.

Juste avant les élections, la famille Surratt avait emménagé dans la maison de H Street. Mrs. Surratt avait loué leur maison de Surrattsville pour cinq cents dollars par an à un dénommé Lloyd. Comme John ne travaillait plus à la poste, ils n'avaient aucune raison de rester à la campagne alors qu'ils pouvaient habiter la ville ; John y trouverait plus facilement du travail et Mrs. Surratt pourrait gagner de l'argent en transformant en pension la maison du 541. John avait renoncé à regret à ses courses de nuit, mais sa mère l'avait persuadé que leur avenir était en ville, et non dans une bourgade du Maryland. De toute la famille, Annie était la plus contente.

David trouva Mrs. Surratt dans le petit salon de derrière — celui où était mort le vieux Mr. Surratt.

— Annie est sortie donner une leçon...

— Et John ?...

— Je suis là.

John entra au salon en bras de chemise. Il s'était finalement laissé pousser une petite barbiche en imitation de Jefferson Davis.

— Je suis l'homme à tout faire ici, dit-il avec une pointe d'amertume.

— Tu as trouvé du travail ?

— Du travail, oui, mais pas un métier. Il paraît qu'on embauche à l'Adams Express Company. J'ai fait une demande, on verra bien. Je regrette d'avoir quitté le pays, là au moins je me sentais utile.

— Il y a beaucoup de choses que tu peux faire ici, dit David d'un ton important. Mais David avait beau faire, il n'arrivait jamais à donner à ses paroles cet air de mystère qu'un Wilkes donnait aux siennes rien qu'en baissant la voix. David n'était jamais pris au sérieux, sauf par Wilkes tard le soir quand ils dressaient leurs plans. La petite amie de Booth était venue à la pharmacie le lendemain des élections. « Il est au National », avait-elle murmuré, puis elle était repartie ; sans doute était-elle retournée dans Ohio Avenue où sa sœur tenait une maison close. David avait appris par Sal qu'Ella Turner était amoureuse de Booth, lequel payait à sa sœur une certaine somme pour la lui garder relativement pure. Le rêve d'Ella était de se faire épouser par Booth.

David avait trouvé Booth découragé par le résultat de l'élection :

— A quoi bon tuer le tyran à présent, puisqu'un autre tyran lui succédera, plus détestable encore ?

Dans l'arrière-salle de chez Scipione, Booth trouvait souvent des accents tragiques pour exprimer son amertume devant les événements. David trouvait ces moments particulièrement excitants, surtout lorsqu'il avait l'impression d'y jouer un rôle lui-même.

— Nous avons raté notre chance le 13 août, c'est alors que tu aurais dû lui présenter la coupe fatale. Je m'en souviens très bien, j'étais dans ma chambre d'hôtel à Meadville, et voulant immortaliser ce glorieux tyrannicide, j'ai rayé la vitre de la fenêtre avec un diamant.

Il y avait eu une nouvelle tentative pour empoisonner le Président, et pour une fois on connaissait à l'avance le jour exact où le poison serait délivré. Le Président ne dormait pas depuis une semaine. Le 12 août, en fin d'après-midi, le médecin personnel du Président avait demandé à Mr. Thompson de lui préparer un somnifère pour le lendemain matin. « C'est le moment ! » avait dit Sullivan. David avait acquiescé : avec Booth derrière lui à Meadville, avec le gouvernement confédéré tout entier à Richmond derrière Booth, avec l'Histoire derrière eux tous...

Mais David avait manqué de courage. Le 13 août au matin on avait livré à la Maison-Blanche du simple laudanum, et cette nuit-là, le Président avait enfin trouvé le sommeil. Sullivan n'en avait pas voulu à

David ; au contraire, il l'avait salué comme un soldat malheureux qui vient de rater son coup pour la deuxième fois...

Pour le moment, le Président était tranquille. Le renégat du Tennessee, Andrew Johnson, était réputé encore plus dangereux que Lincoln. Mais la Confédération était en train de chanceler sous les coups de boutoir de Grant. Et surtout elle n'avait presque plus d'hommes.

A ce moment, un couple entra au salon.

— Où est ta mère, Johnny ? demanda la dame.

— Elle est en haut en train de préparer vos chambres, Mrs. Holohan. Elle a dit que vous pouviez monter.

Le couple disparut dans l'escalier.

— Des pensionnaires, dit tristement John. Nous avons aussi comme résidente une amie d'Annie. Et je partage mon lit avec un ancien camarade de séminaire. Trente-cinq dollars par mois, chambre et pension. Ça ne te dirait pas ? Un lit à trois.

David secoua la tête :

— J'habite à la maison à présent. Je viens de me faire renvoyer. Si je n'avais pas le théâtre, je ne sais pas comment je vivrais.

— Eh bien, toi et moi, ça fait deux chômeurs de plus.

— Ne parle pas si vite.

David se mit à parler à John d'un ami à lui — sans mentionner de nom bien entendu — qui avait un plan pour sauver la Confédération. John parut d'abord sceptique.

— La ville tout entière n'est plus qu'une immense garnison. Comment veux-tu kidnapper le Vieil Abe au milieu de son armée et de sa marine ? Le tuer, ça ne serait pas difficile, mais pour ce qui est de le kidnapper...

— Tu raconteras tout cela à mon ami. C'est quelqu'un d'influent. Il a des relations. Tout ce dont il a besoin, c'est de quelqu'un qui connaisse bien les routes du Maryland. Je voulais te le faire rencontrer le mois dernier, mais il devait partir à Montroyal.

— Où ça ? demanda John, dont l'intérêt fut soudain éveillé.

— C'est une ville quelque part au Canada. Bref, quand il était à Montroyal...

— Montréal, corrigea John. C'est là où travaillent nos services secrets. Ton ami, où est-ce qu'on peut le trouver ?

Wilkes Booth était assis sur un canapé du National Hotel à côté de Bessie Hale, qui pleurait doucement dans son mouchoir. David aperçut Booth au moment où la jeune fille se mouchait. Booth fit signe à David et à John d'aller l'attendre près des vitres. Ils se dirigèrent vers le grand palmier où David et Booth avaient déjà comploté, tandis que ce dernier conduisait Miss Hale vers le grand escalier. Elle monta lentement les marches. Booth traversa le hall, et se rendit près du palmier. David fit les présentations sans mentionner une seule fois le nom de Booth.

Ils s'assirent en face d'une des vitres donnant sur Sixth Street. Booth se crut obligé d'expliquer la présence de Miss Hale dans le hall de son hôtel.

— Son père n'a pas été réélu au Sénat. Ils ont donc quitté leur maison et sont venus s'installer ici. La pauvre petite ! Elle ne supporte pas l'idée de retourner à Rochester. J'étais en train de la consoler.

Puis, se tournant vers John :

— Vous êtes un Surratt de Surrattsville ?

— C'est exact, sauf que maintenant nous habitons tous H Street.

— Vous avez bien servi votre pays, dit Booth. J'ai entendu parler de vous à plusieurs reprises, et toujours de manière élogieuse. Je cherche une ferme à acheter.

— Je les connais toutes, dans cette région du moins.

— J'en voudrais une qui soit sur la route de Richmond, pas la principale, mais pas une trop mauvaise.

— Je connais toutes les routes qui mènent à Richmond, monsieur.

Booth fixa ses yeux couleur de miel sur Surratt, puis après un instant de réflexion :

— Montons dans ma chambre, dit-il. J'ai du punch et des cigares.

Le matin du 6 décembre 1864, William Sprague entra au bar du National Hotel, et ce n'était pas de punch qu'il avait envie, mais de gin. Par contre, il était moins pressé de rencontrer l'homme avec lequel il avait rendez-vous, et qui s'était identifié dans un billet non signé qu'il lui avait écrit comme « un ami de Harris Hoyt, chargé d'un message urgent ».

Sprague s'assit dans le coin le plus reculé du bar et commanda du gin ; puis il repassa dans son esprit l'ordre du jour du Sénat. L'attorney général, Mr. Bates, avait donné sa démission à la fin novembre. Lincoln avait alors nommé James Speed du Kentucky pour lui succéder. Comme James Speed était le frère de Joshua, un ami de Springfield du Président, la commission judiciaire du Sénat avait estimé que ce ne serait pas une mauvaise chose si le Président nouvellement réélu était obligé d'attendre quelques jours tandis qu'ils enquêteraient sur la personnalité de Mr. Speed. Par ailleurs, les radicaux étaient mécontents qu'un poste aussi important fût confié à un homme d'un État-frontière qui avait voté pour McClellan. Mais Sprague ne s'intéressait pas à ces histoires. Sprague ne s'intéressait pas aux attorneys généraux. Sprague ne s'intéressait qu'au coton.

Un Sudiste au teint basané, vêtu comme un prédicateur baptiste, vint s'asseoir à sa table.

— Sénateur, dit-il, je suis enchanté de faire enfin votre connaissance. Mr. Hoyt m'a parlé de vous en termes très élogieux. Ainsi que Mr. Prescott. Ainsi que Mr. Reynold. Ainsi que Mr. Byron.

— C'est naturel, dit Sprague. C'est mon cousin.

Le Sudiste commanda un verre de rhum, qu'il but d'un seul trait presque religieusement. Puis il dit :

— Vous savez que le *Sybil* a été arraisonné par la marine, il y a deux semaines.

— Oui, je sais, dit Sprague.

Le *Sybil* était un navire britannique faisant route de Matamoros à New York. Le navire transportait une cargaison de coton destinée à Sprague et à ses collègues. D'habitude, il n'y avait pas d'autre indication de destination que celle du bureau des douanes de New York dirigé par le complaisant Hiram Barney. Une fois que le chargement était arrivé, Byron, ou Reynold ou Prescott, rendait visite à Barney, et le coton était déchargé. Mais récemment, il y avait eu quelques problèmes. En réponse à des accusations de corruption et d'entreposage illicite, une commission du Congrès s'était mise à enquêter dans les affaires du bureau des douanes. Or, comme la guerre risquait de finir avant la fin des auditions, Sprague ne se faisait pas trop de souci. D'ailleurs le bureau des douanes était un fief républicain. Le Congrès était républicain, de même que le Président. Il n'avait donc pas lieu de s'inquiéter. Il commanda un second gin.

— Alors, vous savez sans doute que notre ami Mr. Charles L. Prescott a été arrêté par les autorités militaires de New York.

Sprague sursauta. Son pince-nez tomba sur la table, et l'un des verres se brisa.

— Vous avez cassé vos lunettes, dit le porteur de mauvaises nouvelles.

— Comment?... dit Sprague d'une voix entrecoupée.

— Nous l'ignorons. L'armée a peut-être identifié le cargo grâce à son propriétaire de Londres. Ou bien c'est quelqu'un du bureau des douanes qui les a tuyautés. Bref, j'ai pu aller voir Prescott. Il a une peur bleue. Il croit que c'est Hoyt qui l'a donné. Il est prêt à faire une confession complète.

— Vraiment?

— Il va tout raconter au commandant général du département de l'Est.

— Dix.

— Qu'avez-vous dit, sénateur?

— Le général John A. Dix. Je le connais. Mais ce n'est pas moi qui dirige l'affaire. C'est Byron. Je suis sénateur, je ne suis pas dans le commerce. Je ne le suis plus depuis 1861. J'étais le premier volontaire de la guerre. Je ne connais rien au coton. Ça ne m'intéresse pas.

— Ça ne vous intéresse peut-être pas, sénateur, mais d'autres s'y intéressent. Je veux dire, ceux qui tiennent à sauver leur peau. Prescott a cité votre nom.

— Impossible, dit Sprague en remettant son pince-nez. J'irai trouver Dix. Où est Hoyt ?

— A New York, je pense.

— Trouvez-le, dit Sprague, en jetant quelques pièces sur la table. Je ne sais rien. Je ne suis au courant de rien. Ce qui a été fait au Texas l'a été pour aider l'Union. C'est tout.

Sprague serra la main du messager et partit.

Il y avait foule devant le domicile de Sixth Street. Deux policiers s'approchèrent de Sprague qui faillit décamper. Mais les deux hommes le saluèrent, et l'un dit en souriant :

— Félicitations, sénateur.

Sprague entra dans le grand salon. Kate, qui lui battait froid depuis quelque temps, jeta ses bras autour de son cou.

— Bonne nouvelle, s'exclama-t-elle. La meilleure nouvelle qui puisse nous arriver, du moins pour le moment.

— Quoi donc ?

— Père a été nommé juge de la Cour suprême. Le Président a envoyé le message au Sénat ce matin. Puis, ayant reniflé son haleine, elle ajouta : Pourquoi n'étiez-vous pas au Sénat ?

— J'avais un rendez-vous d'affaires.

Sprague s'approcha de son rayonnant beau-père :

— Félicitations, monsieur.

— Mon cher garçon ! dit Chase en embrassant Sprague.

Sumner et Wade applaudirent. Kate se joignit à eux.

— C'est vous, sénateur, qui avez mis Père sur la touche, dit-elle à Sumner pour le taquiner. Mais nous aurons le dernier mot.

— Voyons, Kate, dit Chase, quand on n'a pas de grives, on mange des merles.

— Il nous est plus utile sur le banc à vie, dit Wade, que pour quatre ans à la Maison-Blanche où tout ce qu'on fait c'est de penser aux prochaines élections, comme quelqu'un que je ne nommerai pas...

— Mais qui a toutefois fini par voir la lumière, dit Sumner. Ce n'est pas non plus un imbécile. Lincoln se rend très bien compte que les deux problèmes majeurs auxquels vous serez confrontés sont l'abolition constitutionnelle de l'esclavage et la défense de notre politique monétaire en temps de guerre, dont vous êtes l'auteur.

— D'une certaine façon, dit Chase en commençant à se demander si en tant que juge de la Cour suprême il pouvait annuler ce qu'il avait fait en tant que secrétaire au Trésor. En tout cas pour le moment, il goûtait un bonheur sans mélange. Kate pensait peut-être qu'il avait été mis sur la touche, mais il n'y avait aucune loi qui interdisait à un juge de la Cour suprême de devenir Président. Quatre ans, c'était vite passé. Une fois qu'il aurait statué sur le banc judiciaire, rien ne l'empêcherait de venir se mêler à la bataille et de ravir la couronne du vainqueur.

Le vendredi matin, le Sénat à l'unanimité confirma la nomination de Chase au poste de juge de la Cour suprême. L'après-midi, Chase et sa famille se rendirent au Capitole pour la cérémonie d'intronisation. Chase portait sa nouvelle robe de juge en soie noire que Sprague lui avait offerte, mais que Kate avait été choisir. Comme ils s'apprêtaient à entrer dans la chambre de la Cour suprême, où le Tout-Washington était réuni, ils furent arrêtés sous la coupole par Mr. Forney.

— Mr. Chase, lui dit-il, nous n'avons toujours pas d'attorney général, et sans lui pour signer les lettres patentes, vous ne pouvez pas prêter serment. Il faut attendre pour cela que la commission judiciaire ait statué sur Mr. Speed.

— Et ce sera quand ? demanda Kate.

— Demain, je présume. Oui, demain, très certainement, à midi.

— Ma foi, dit Chase, en apercevant son reflet dans la glace qui recouvrait un grand tableau de Pocahontas. La robe noire était très seyante et très majestueuse. Juge de la Cour suprême des États-Unis, se murmura-t-il à lui-même, puis il fredonna un cantique à la louange de cette Providence qui semblait guider miraculeusement ses pas...

Quoiqu'il n'y eût toujours pas d'attorney général le jour suivant, la foule s'était à nouveau rassemblée. Mais cette fois, Chase avait été averti de ne pas se rendre au Capitole. L'investiture était reportée au lundi 12.

Les visiteurs avaient repris le chemin de la maison de Sixth Street un moment désertée par les ambitieux. Tout avocat de quelque importance aux États-Unis se croyait obligé de venir personnellement féliciter l'héritier des Jay, des Marshall et des Taney.

Depuis les origines du pays, il n'y avait eu que quatre juges de la Cour suprême, contre seize Présidents. Des trois branches constituant le gouvernement — l'exécutif, le législatif et le judiciaire — seul le judiciaire au sommet duquel se trouvait la Cour suprême était nommé à vie ; et seule la Cour suprême était à même de déterminer le sens mystérieusement élastique de la Constitution. C'était le pouvoir ultime dans une république. Toutefois...

Le samedi matin, Sprague reçut un télégramme d'un ami de New York lui annonçant que sur l'ordre du général John A. Dix, le prévôt de New York avait arrêté Byron Sprague et William H. Reynolds « pour collaboration avec l'ennemi ». Les deux hommes se trouvaient maintenant à Fort Lafayette avec Prescott.

Une demi-heure plus tard, un second télégramme annonça l'arrestation de Harris Hoyt. Un sénateur pouvait-il être arrêté ? C'était là un problème constitutionnel du plus grand intérêt pour Sprague. Il avait posé la question à son beau-père qui avait répondu : « Oh, jamais ! A moins bien sûr, que vous n'ayez commis un meurtre — un meurtre ou bien une trahison. »

Sprague s'était précipité dans son bureau à l'autre bout de la maison où il avait écrit une douzaine de versions différentes d'un télégramme destiné à être envoyé au général Dix. Il était clair que c'était lui qu'on allait ensuite arrêter.

Après avoir envoyé son télégramme, il écrivit une lettre d'explication au général Dix où il établissait que son seul intérêt dans cette histoire était politique et bien sûr familial. Il n'avait rien eu à voir avec le coton depuis le début de la guerre, dont il avait été le premier volontaire. L'entreprise était dirigée par son cousin Byron — c'est pourquoi il se permettait d'écrire. Il était persuadé qu'une entrevue entre lui et le général Dix éclaircirait une affaire quelque peu embrouillée en apparence. Il était certain que son cousin n'avait enfreint aucune loi. Bien sûr, il ne pouvait pas répondre de ses associés. Inutile de le dire, les ramifications politiques étaient telles qu'il fallait procéder avec la plus grande prudence afin de ne pas embarrasser le Président ni le nouveau juge de la Cour suprême. Sprague se garda bien de toute allusion à Harris Hoyt.

A cinq heures la lettre était terminée. Il avait demandé à un ami de la porter lui-même à New York. Il avait également donné des instructions verbales à cet ami concernant Hoyt, qui constituait pour lui le véritable danger. Si Hoyt se contentait de dire que Sprague n'avait eu d'autre intérêt dans cette affaire que d'aider l'Union, Hoyt serait libéré. Sprague ne disait pas comment. Sprague ne savait pas comment. Mais Hoyt ne devait pas dire ce qu'il savait, du moins pas avant lundi. Chase devait d'abord prêter serment.

Kate entra dans le bureau, en tenant dans chaque main un journal.

— Qu'avez-vous fait ? Ces journaux, vous n'êtes pas cité, mais c'est tout comme.

— Rien. C'est un imbroglio. Byron a été arrêté. Reynolds également. Et Prescott aussi. Une histoire de coton qu'on aurait fait venir illégalement depuis le Texas. Je ne sais rien.

Sprague cacheta la lettre, ses mains tremblaient.

— Ne mentez pas. Je sais que vous savez.

— Je ne sais rien. Mais j'ai l'intention de tirer cela au clair. J'ai écrit au général Dix pour lui demander une explication.

Kate lut un passage d'un article du *Providence Press* :

— « Le bruit s'est répandu que certains citoyens importants de notre ville seraient impliqués dans un trafic de contrebande avec les rebelles. » Cela s'appelle de la trahison, ça !

— Il ne peut s'agir de moi. Je n'ai rien à voir avec tout cela. D'ailleurs, le *Providence Press* m'appartient.

— Est-ce que le *New York Times* vous appartient aussi ? Je lis...

— Depuis quand croyez-vous à ce qui est écrit dans les journaux ? Regardez ce qu'ils ont écrit sur votre père...

— Byron est en prison. Votre propre cousin. L'homme que vous avez choisi pour diriger vos affaires. Ne dites pas que vous n'êtes pas impliqué !

Sprague se leva :

— Si je suis impliqué, vous l'êtes aussi, Mrs. Sprague.

— Qu'est-ce que cela signifie ? demanda Kate, rouge de colère.

— Rien d'autre, sinon que vous êtes ma femme. Pour le meilleur et pour le pire. Eh bien, voilà le pire. Oui, j'ai fait venir du coton du Texas. Comment imaginez-vous que je puisse faire tourner mes filatures ? Votre père a refusé de me donner un permis. J'ai donc fait entrer du coton illégalement par l'intermédiaire du bureau des douanes de New York, et avec l'aide de Mr. Hiram Barney, l'ami de votre père.

— Vous êtes... Vous êtes un traître !

— C'est le mot légal en effet. Mais je ne vais pas me laisser pendre, si je peux l'éviter.

Kate le dévisagea comme s'il avait soudain cessé d'exister pour elle, non seulement en tant que mari, mais comme simple connaissance. Puis elle dit de manière délibérée :

— Mais vous méritez d'être pendu.

— Je n'aime pas cela, Kate, dit Sprague en écrivant son propre nom sur l'enveloppe. Vous êtes ingrate. J'ai fait beaucoup pour vous. Pour votre père...

— Et pour vous-même !

— Pourquoi pas ? N'ai-je pas le droit moi aussi d'être aussi égoïste que vous deux ? Toujours à comploter avec mon argent !

— L'argent ! Au diable, votre argent !

Dans le salon, de l'autre côté de la maison, Chase avait entendu la dernière phrase prononcée par sa fille. Heureusement, personne d'autre n'avait pu entendre. Il était occupé à lire le serment qu'il serait appelé à prononcer le lundi suivant. Chase se dirigea vers le bureau de son gendre.

— C'est un peu tard pour cracher sur l'argent, après tout ce que vous avez dépensé. J'ai payé pour que Chase soit Président. Je paie pour que vous puissiez vivre tous les deux. Je paie pour tout. Quand je paie, j'attends de recevoir quelque chose en échange. Donnant donnant.

— Vous nous demandez de vous protéger, n'est-ce pas ? Vous demandez au juge de la Cour suprême de vous protéger...

— Il n'est pas encore juge, et si le bruit se répand avant lundi, il ne le sera jamais...

Chase se tenait derrière la porte du bureau. Quel pouvait bien être le sujet de leur querelle cette fois ? Cela paraissait même pire que la scène qu'ils avaient eue à Narragansett Pier l'été précédent. De quel bruit s'agissait-il ? Et qu'avait-il à voir dans tout cela ?

— Vous avez été notre ruine, dit Kate, étonnée de ce qu'un être aussi insignifiant que Sprague ait pu les abattre, eux.

— Peut-être. Peut-être pas.

Sprague sonna le maître d'hôtel.

Chase choisit ce moment pour entrer dans le bureau :

— Il m'a semblé entendre des paroles de colère, dit-il doucement. En un pareil moment.

— Ce n'est rien, Père.

Chase avait le regard attiré par les journaux que Kate tenait à la main. Quelles nouvelles horreurs la presse avait-elle encore inventées ? Mais Kate jeta les journaux dans la cheminée, comme si elle n'était venue dans le bureau de son mari que pour cela.

Le maître d'hôtel parut. Sprague lui tendit la lettre en lui disant à qui la remettre ; puis il se versa un plein verre de brandy.

— Nous parlions argent, dit-il à Chase. Ce n'est pas un sujet très intéressant.

Il vida le verre d'un trait.

— Je sais. Je sais.

Chase se sentit soudain mal à l'aise. Il s'était passé quelque chose de grave, de très grave. Il s'excusa et retourna dans son bureau, en espérant que Kate le suivrait. Comme elle ne venait pas, il l'envoya chercher. Il parcourut ensuite attentivement le *New York Times*, l'un des journaux qu'elle avait tenus à la main, ainsi que les dernières dépêches de Providence. Chase fut moins choqué que surpris par la maladresse de Sprague. Dans le monde dangereux où ils évoluaient tous les deux, la première règle était de brouiller les pistes.

Depuis le printemps, Kate n'avait pas été très bien. Elle avait maigri et pâli, et elle toussait d'une toux qui ressemblait moins à la consomption qu'à une sorte d'asthme. Mais depuis mardi, elle était redevenue radieuse, et maintenant cet air chagrin...

— Qu'y-a-t-il, Père ?

— C'est à toi de me le dire, Kate, dit Chase en poussant le journal vers sa fille. Mais je crois que j'ai deviné.

Kate hocha la tête :

— J'aurais mieux aimé que vous ne sachiez rien, surtout maintenant.

— J'aime mieux savoir, au contraire, surtout maintenant. Est-ce qu'il se reconnaît coupable ?

— « Collaboration avec l'ennemi » est la phrase qui décrit ce qu'il a fait.

Chase sentit sa tête qui commençait à lui tourner :

— Trahison ?

— Oui.

Tandis que Kate lui racontait l'histoire, son mal de tête devenait de plus en plus aigu : c'était comme si on lui ouvrait le crâne avec des tenailles. Quand elle eut fini, il souffrait tant qu'il pouvait à peine parler :

— Je ne prêterai pas serment lundi, dit-il.

— Il le faut !

— Je ne peux pas. J'ai déjà été accusé à tort de corruption par Blair. On m'a accusé de vendre des permis de commerce...

— Vous n'en avez jamais ni donné ni vendu aucun à mon mari...

— Qui le croira ? Je n'aurais pas dû m'accrocher à Hiram Barney du bureau des douanes, bien qu'à vrai dire il soit plus l'ami de Mr. Lincoln que le mien. Je dois aller trouver le Président pour lui dire que je refuse cette charge.

— Non ! Nous avons travaillé trop dur pour arriver jusque-là.

— Jusque-là ? Mon enfant, nous ferons la culbute si je prête serment en même temps que mon gendre est accusé de trahison.

— Vous ne le saviez pas.

— Mais maintenant, je le sais. Non, Kate, tout est fini.

— Non ! s'écria Kate. Si vous vous retirez maintenant, je ne vous adresserai plus jamais la parole. Je parle sérieusement. Nous ne faisons qu'un, vous et moi. Lui n'est rien. Oubliez-le. Qu'il aille se faire pendre ! Il n'a rien à voir avec nous. Il n'a jamais compté. Je l'ai toujours haï...

Alors, au grand étonnement de Kate et à la grande horreur de son père, elle se mit brusquement à vomir. Ils restèrent un moment à se regarder l'un l'autre, tandis qu'elle essayait de retenir le flot qui sortait de sa bouche.

— Mon Dieu, Katie ! Que se passe-t-il ?

Mais le vomissement cessa aussi brusquement qu'il avait commencé. Kate s'essuya le visage avec un mouchoir :

— Non, Père, je ne suis pas malade. Mais je suis enceinte de trois mois, j'aurais dû vous le dire.

— Oh, Dieu !

Cette fois, Chase n'invoquait pas en vain le nom du Seigneur, il priait à haute voix pour trois âmes immortelles. Puis, finalement, il décida d'accepter l'investiture.

Sprague semblait contrôler les événements. Il attendait, disait-il, « de bonnes nouvelles de New York ». Quant à Chase, il était au bord de la dépression. Il avait consacré toute sa vie à défendre des principes moraux, et voilà qu'il devait prétendre devant le monde et, qui plus est, devant lui-même, qu'il ne savait rien des crimes de son gendre. Heureusement, la justice est aveugle, songeait-il amèrement. D'un côté, trois vies ; de l'autre, l'honneur.

Le lundi à midi, comme ils s'apprêtaient à partir pour le Capitole où une foule nombreuse s'était rassemblée, Mr. Forney envoya dire à Chase que comme il n'y avait toujours pas d'attorney général, la cérémonie était remise au lendemain sans faute.

Le mardi matin, il régnait chez les Chase une tension proche de l'hystérie. A cinq reprises une foule considérable s'était rassemblée au Capitole pour assister à la cérémonie d'intronisation du premier juge de la Cour suprême depuis la nomination de Taney en 1836 ; et à cinq reprises la foule s'était déplacée pour rien. Les gens ne parlaient de rien d'autre ; du moins ne parlaient-ils pas encore de Sprague. Chaque matin, après ses prières, Chase se promettait d'envoyer au Président sa lettre de désistement ; et chaque midi, après avoir vu Kate il oubliait sa promesse. Tout ce qui comptait, c'était le bonheur de Kate et celui de l'enfant à naître. Mais il vivait dans la terreur constante de la presse et de Sprague qui témoignait cependant d'un tact inhabituel. Il n'était jamais dans la partie de la maison occupée par Chase, et rarement dans la sienne. Apparemment, il s'employait par tous les moyens à faire pression sur le général Dix.

Le jeudi matin, Hay se trouvait dans le bureau de Stanton envoyé en commission par le Président. Hay discuta l'affaire du jour, puis comme il se préparait à partir, Stanton l'arrêta :

— Asseyez-vous, major, lui dit-il. Il y a quelque chose que j'aimerais... partager avec vous.

Hay ouvrit des yeux ronds : l'idée qu'un homme aussi secret que Stanton pût vouloir partager quoi que ce soit avec quelqu'un était pour le moins étrange. Stanton ouvrit un sous-main et le regarda de ses yeux larmoyants :

— Le général Dix a arrêté quatre hommes accusés de trafic illicite de coton avec le Sud. L'un d'entre eux est Byron Sprague.

Hay hocha la tête, il avait lu lui aussi les comptes rendus voilés des journaux.

— J'ai rencontré Byron Sprague lorsque j'étais à Brown. Il s'occupe des affaires du sénateur Sprague.

Stanton posa sur Hay un regard pensif :

— C'est une affaire délicate, comme je l'ai dit au général Dix. Le premier trafiquant arrêté a fait une confession impliquant Sprague ainsi que les trois autres. Maintenant, un second conspirateur a prétendu lundi que le sénateur Sprague n'était pas sciemment impliqué. Le général Dix veut savoir si le sénateur Sprague doit être ou non inculpé.

Hay se sentait maintenant très nerveux. Stanton cherchait délibérément à l'impliquer, lui, plutôt que le Président dans cette affaire. Hay tira sa montre :

— Dans une heure, dit-il, Mr. Chase deviendra juge de la Cour suprême.

— Oui, dit Stanton.

— Et bien évidemment, il ne pourrait pas l'être si tout cela venait à être connu.

— Non, dit Stanton.

— Mais une fois qu'il aurait prêté serment, si son gendre venait à être accusé de trahison, il se sentirait peut-être obligé de démissionner.

— C'est possible.

Hay était l'une des rares personnes à Washington à savoir que Stanton

635

aurait désiré être juge de la Cour suprême lui-même. Il avait même demandé à des amis communs de plaider sa cause auprès du Taïcoun. Mais Lincoln, et surtout Grant, désiraient qu'il restât au Département de la Guerre. Lorsque Stanton comprit qu'il n'avait aucune chance, il appuya de son mieux la nomination de Chase, ce qui ne fut pas facile, car le Taïcoun avait de fortes préventions contre son ancien secrétaire au Trésor. Mais il avait fini par céder à la pression des radicaux, ainsi qu'à Stanton.

— Si on met les choses en balance, dit Hay en faisant un effort rapide de réflexion, nous voyons que le gouvernement a besoin de Mr. Chase au judiciaire. Il y a l'amendement constitutionnel sur l'abolition de l'esclavage, sans parler de...

Hay s'interrompit et regarda Stanton, qui ne le quittait pas des yeux, puis il reprit en pesant soigneusement ses mots :

— Voici comment je vois les choses : la question qui se pose en premier lieu est de décider si nous croyons la première ou la seconde confession. Puisque le général Dix doit trancher, je pense qu'il devrait plutôt retenir la seconde confession jusqu'à ce qu'il ait débrouillé toute l'affaire, ce qui peut prendre un certain temps. Par ailleurs, je considère qu'accuser de trahison un sénateur des États-Unis — un sénateur républicain, qui plus est — en pleine guerre, irait plutôt contre l'intérêt général, surtout si l'on met en cause le juge de la Cour suprême ainsi que le Président qui l'a nommé.

Stanton hocha la tête et referma son sous-main :

— Je recommanderai au général Dix de laisser le sénateur Sprague en dehors de tout cela jusqu'à ce que nous en sachions davantage. En parlerez-vous au Président ?

— Et vous, monsieur ?

— Non. Je n'en vois pas la nécessité, dit Stanton. Il a déjà suffisamment à faire.

— Alors, je ne dirai rien non plus.

Hay parvint non sans peine à se glisser à l'intérieur de l'élégante petite chambre de la Cour suprême où dans les temps anciens le Sénat se réunissait. La petite salle voûtée, avec sa galerie, était pleine non seulement de gens du monde, mais de tout le contingent jacobin du Congrès. La Haute Cour conduisit la cérémonie sur une estrade placée dans une sorte d'abside et faisant face à l'assistance, laquelle était assise en demicercle entre les fines colonnes de marbre. Hay était assis à côté de l'une d'elles, à proximité de l'endroit où se tenait Charles Sumner.

— C'est le plus grand jour dans l'histoire de la Cour, dit Sumner, visiblement très excité.

— C'est un grand jour en effet, dit Hay tout en cherchant du regard Kate qu'il finit par apercevoir, pâle dans sa robe pourpre, assise entre sa jeune sœur Nettie et Sprague. Le visage de Sprague, bien que paraissant fatigué, était légèrement coloré. Gin ou brandy ? se demandait Hay. Ou bien tout simplement la crainte d'être arrêté durant la cérémonie ?

Un huissier monta sur l'estrade et déclara d'une voix basse, psalmodiante : « Les honorables juges des États-Unis. » Une porte latérale s'ouvrit et le doyen des juges entra en donnant le bras à Chase. Ils furent suivis des sept autres juges, parmi lesquels se trouvait le juge Davis de Springfield ; c'est lui qui avait été responsable de la désastreuse promesse de faire Cameron secrétaire à la Guerre. Et pourtant, le Taïcoun avait pardonné à Davis, et il l'avait élevé aux plus hautes charges.

Chaque juge prit place devant sa propre chaise, s'inclinant à gauche, puis à droite. Chase s'avança ensuite au centre de l'estrade où se tenait le juge doyen. Celui-ci lui remit une feuille de papier, qu'il prit d'une main tremblante.

Hay regarda attentivement Chase, tandis qu'il lisait :

— « Moi, Salmon P. Chase, je jure solennellement qu'en tant que juge de la Cour suprême des États-Unis, je rendrai une justice équitable et égale aux riches comme aux pauvres. »

Hay regarda alternativement Sprague, Kate et Chase. Tous trois étaient conscients du danger commun qui les menaçait. Ils ne manquaient pas de cran ; à moins qu'ils n'aient succombé à une crise de folie collective. Lequel des trois avait imposé sa volonté aux autres ?

— « ... en accord avec la Constitution et les lois des États-Unis, et au mieux de mes capacités. »

Chase rendit la feuille de papier au juge doyen, respira profondément et leva les yeux au ciel en proclamant : « Avec l'aide de Dieu. »

— Et d'Abraham Lincoln, ajouta Hay pour lui-même, tandis que Ben Wade, qui était assis tout près, dit d'une voix que tous pouvaient entendre :

— Maintenant, Seigneur, laisse ton serviteur partir en paix... car mes yeux ont vu ton salut.

Et Sumner d'ajouter :

— Amen !

IX

Il faisait nuit lorsque le Président, accompagné d'un domestique, monta à bord du *River Queen,* ancré dans la rade d'Hampton Roads. Le capitaine du navire salua le Président, tandis que Seward et le major Eckert s'avançaient pour l'accueillir.

— Vous n'êtes pas en retard, monsieur, dit Eckert en regardant sa montre.

— Nous sommes partis de bonne heure, dit Lincoln. Nous avons quitté Washington dans le plus grand secret, ce qui veut dire que seul le *New York Herald* doit savoir où je suis...

— Espérons que non, dit Seward. Entrons à l'intérieur.

Le salon du bateau était grand et luxueusement meublé. Seward était arrivé la veille, et c'est lui qui faisait les honneurs. Le Président demanda du café, et s'assit dans un fauteuil qui était vissé au plancher. On apercevait par les hublots les lumières de Fort Monroe.

Le major Eckert se tenait raide sur un tabouret, alors que le Président et le Premier ministre étaient confortablement installés dans leurs fauteuils. Eckert avait servi de messager entre le gouvernement et trois émissaires sudistes qui se trouvaient en ce moment à bord d'un vapeur voisin, le *Mary Martin.*

— Ils nous rejoindront demain à l'heure que vous choisirez, dit Eckert.

— Le plus tôt sera le mieux. Disons tout de suite après le petit déjeuner. Messieurs, dit Lincoln, je suis ici à la demande expresse du général Grant. Mais comme ces gens ne veulent pas accepter nos conditions, je ne vois pas très bien ce que nous pourrions nous dire. Grant affirme qu'ils ont de bonnes intentions. Qu'entend-il au juste par là ?

— J'ai dit au général Grant qu'il ne devait pas se joindre aux discussions préliminaires avec les émissaires, dit Eckert. Ce sont là les instructions de Mr. Stanton. Je crois que ça n'a pas plu au général, même quand je lui ai fait remarquer que si lui faisait une erreur, cela pourrait avoir des répercussions terribles, tandis que moi, si je fais une gaffe, ça n'a pas d'importance.

— Je suppose qu'il est toujours fâché contre vous ? dit Lincoln avec le sourire.

— Oui, monsieur, dit Eckert en souriant également. Heureusement, quand la guerre sera terminée, je retournerai dans les affaires où je ne serai plus sous sa coupe.

Seward dit en secouant sa crinière :

— Il semble que Jefferson Davis leur ait laissé une certaine marge d'action, mais où est la limite ? C'est cela qu'il est difficile de déterminer.

— Ils doivent accepter les lois de l'Union et l'abolition de l'esclavage. S'ils acceptent cela, la guerre est terminée, et j'essaierai de dédommager les propriétaires d'esclaves.

— Le vieux Mr. Blair pense qu'ils accepteront, dit Seward. Moi pas.

Lincoln secoua la tête :

— Le Vieux Gentleman est comme un jeune homme, toujours à galoper par monts et par vaux. Il rêve aussi beaucoup, comme les jeunes gens. Quelle impression vous ont faite ces trois messieurs, gouverneur ?

— Je ne crois pas qu'ils céderont sur la question de l'esclavage. Mais bien sûr le remboursement peut les faire réfléchir. Il y a aussi qu'ils sont fauchés, et qu'ils n'ont plus d'hommes. Je dirai que la fin est proche, mais...

— Mais ils ne transigeront pas avec ce qu'ils regardent comme leurs principes, dit Eckert. J'ai longuement parlé avec eux.

— C'est un curieux petit bonhomme, n'est-ce pas ? dit Lincoln en acceptant de Seward un gobelet de café. Alexander était un grand personnage à la Chambre quand j'étais au Congrès. Grand, je veux dire par l'intellect, car autrement, il est haut comme trois pommes...

— C'est quelqu'un de très brillant, dit Eckert d'un air désapprobateur.

— J'ai peur, dit Seward, que le Vieux Gentleman n'ait donné de nous une fausse idée aux rebelles.

— Vous voulez parler du plan mexicain ?

Seward hocha la tête :

— Quoique très réalisable, je sais bien, malheureusement, que ce n'est pas votre politique.

Lincoln poussa un soupir :

— Ce sera un dialogue de sourds, surtout s'ils persistent à penser comme Mr. Davis que nous sommes deux pays en guerre, alors que le seul but de cette guerre est de démontrer que nous sommes un seul pays.

Le lendemain matin, Alexander H. Stephens, de Géorgie, vice-président des États confédérés d'Amérique, accompagné de John A. Campbell, ancien juge de la Cour suprême des États-Unis, et de R.M.T. Hunter, ancien sénateur des États-Unis, entrèrent dans le salon où Lincoln et Seward les attendaient. L'œil vif et les joues rougies par le froid, Stephens était enveloppé dans une masse d'étoffe laineuse dont il commença à s'extraire. Quand il eut finalement émergé de son cocon, il s'avança, la main tendue vers le Président, qui lui dit :

— A-t-on jamais vu un aussi petit pois sortir d'une si grosse cosse ?

Stephens rit, tandis qu'ils se serraient la main :

— Je constate avec plaisir que vous n'avez pas changé, Mr. Lincoln. J'avais craint que toute cette grandeur ne vous eût encore grandi.

— La seule grandeur que je possède est celle de nos malheurs, dit Lincoln.

— Alors nous avons quelque chose en commun, dit Stephens.

Seward fit son possible pour empêcher la conversation de ne pas trop dévier. Mais, comme toujours avec Lincoln, il y eut des histoires à raconter, ainsi qu'une navigation sinueuse, pleine de sous-entendus significatifs et d'allusions discrètes.

La première note discordante concerna l'abolition de l'esclavage. Au début, Lincoln s'était montré extrêmement compréhensif, allant même jusqu'à se mettre à la place de Stephens et se demandant ce qu'il ferait s'il était, comme Stephens, un politicien de Géorgie. Il proposerait une émancipation progressive — disons sur cinq années — afin que les deux races aient le temps de s'habituer à vivre ensemble dans des conditions d'existence radicalement changées.

— Mais peut-être que mes amis géorgiens diront qu'ils préfèrent garder leurs esclaves, dit Stephens en chauffant ses petites mains autour du gobelet de café.

— Cela n'est pas possible, dit Lincoln.

— Mais si je vous comprends bien, vous avez libéré *nos* esclaves en tant que *nécessité militaire*, et non parce que vous êtes partisan de l'abolition par principe ?

Lincoln hocha la tête :

— C'est juste.

— Si donc nous faisons la paix, il n'y a plus de nécessité militaire, et tout redevient comme avant, n'est-ce pas ?

Seward intervint :

— Le treizième amendement à la Constitution, s'il est ratifié, changera tout cela.

— Quel est le treizième amendement ? demanda Campbell. Il n'y en avait que douze lorsque j'étais à la Cour ?

— Le Congrès a voté l'amendement pour abolir l'esclavage sur tout le territoire des États-Unis le 31 janvier, il y a trois jours, dit Seward. Naturellement, les deux tiers des États doivent le ratifier. Si vous êtes dans l'Union à ce moment-là, vous pourrez voter « non ». Sinon...

— Cela change tout, dit Stephens en posant son gobelet. Mr. Blair nous avait donné à croire qu'il y avait une alternative continentale.

Lincoln secoua la tête :

— C'est la solution de Mr. Blair. Ce n'est pas la mienne. Il est possible qu'un jour nous soyons obligés de nous battre contre les Français au Mexique, mais d'abord, nous devons reconstituer l'Union.

— Et c'est nous, dit Stephens, qui devons payer le prix de cette réunion.

— Non, ce n'est pas tout à fait exact. Je crois que je peux lever quatre cents millions de dollars pour dédommager les propriétaires d'esclaves. J'ai pour cela le soutien officieux de personnes dont les noms vous surprendraient.

— Si cela devait arriver, dit Hunter, si les esclaves étaient tous remboursés, et qu'ils fussent libres, comment vivraient-ils ? Ils ont toujours été surveillés. Ils sont habitués à travailler uniquement sous la contrainte. Ôtez-leur cette surveillance, et ils ne feront plus rien. Plus aucune terre ne sera cultivée, et Blancs et Noirs mourront de faim.

— Vous savez sans doute mieux que moi ce que c'est que de vivre dans une société esclavagiste, mais l'argument que vous défendez me rappelle l'histoire de ce fermier d'Illinois...

Lincoln se mit à narrer l'histoire d'un certain Mr. Case qui avait un grand troupeau de cochons et qui se demandait comment il allait les nourrir. Il eut alors l'idée de planter un immense champ de pommes de terre, de sorte que, lorsque les cochons seraient suffisamment grands, il n'aurait qu'à mettre le troupeau dans le champ, s'épargnant ainsi la peine de nourrir ses porcs et celle d'arracher ses pommes de terre. Mais un voisin arriva qui lui dit que le gel vient de bonne heure dans l'Illinois, et qu'on ne tue pas le cochon avant l'hiver, et que la terre serait gelée pendant un bon bout de temps. Comment feraient donc ses porcs pour se procurer leurs pommes de terre ? Mr. Case n'avait pas pensé à tout cela. Finalement, il bredouilla : « Ça sera peut-être dur pour leurs groins, mais il faudra bien qu'ils creusent, s'ils ne veulent pas mourir ! » Lincoln rit bruyamment de son histoire, mais il fut le seul à rire.

Seward trouva l'histoire particulièrement répugnante, et même un peu cruelle. Il essaya de changer de sujet, mais Lincoln, conscient qu'il avait raté son coup, ajouta :

— Je veux dire ceci, c'est que, même lorsque les choses s'avèrent aussi dures qu'on les avait imaginées, on arrive toujours à survivre.

Ils parlèrent encore quatre heures, mais sans résultat. A un moment donné, Lincoln exprima l'opinion que, bien que tous fussent encouragés à prêter serment à l'Union, il y avait certains individus qui pourraient mériter d'être châtiés pour avoir incité les autres à la rébellion.

Hunter répondit à cela :

— Monsieur le Président,... C'était la première fois, remarqua Seward, que les Sudistes s'adressaient à Lincoln en lui donnant son titre... si nous vous comprenons bien, vous pensez que nous autres confédérés avons commis une trahison, que nous sommes des traîtres à votre gouvernement, que nous sommes déchus de nos droits, et tout juste bons à être remis au bourreau. N'est-ce pas réellement ce que vous êtes en train de nous dire ?

— Oui, dit Lincoln. C'est ce que j'ai toujours dit depuis le commencement de cette grande épreuve.

Stephens regardait le pont. Personne ne parla pendant un long moment. Seward essaya de trouver quelque chose pour sortir de l'impasse, mais il ne trouva rien.

Finalement, Hunter rompit le silence en disant avec une légère ironie :

— Autrement dit, tant que vous êtes Président, nous n'avons rien à craindre du bourreau — pour autant que nous nous conduisions bien...

— S'il y avait un moyen plus facile d'en sortir, dit Lincoln, il y a longtemps que je l'aurais pris.

— Nous avions placé notre espoir dans la solution mexicaine, dit Stephens.

— Par courtoisie envers vous, j'y réfléchirai de nouveau. Mais ne comptez pas que je change d'avis.

La conférence était terminée. On servit alors le champagne que Seward avait commandé.

— Célébrons, dit Seward, sinon la réunion de nos États, du moins nos retrouvailles en haute mer !

Lincoln et Stephens égrenèrent des souvenirs, tandis que l'ancien juge à la Cour suprême disait à Seward :

— Je ne peux pas imaginer pire choix comme juge suprême que Mr. Chase.

— Vous parlez comme Monty Blair, dit Seward d'un air amusé.

— Oh, je ne parle pas de ses idées politiques, qui ne sont bien sûr pas les miennes. Mais Chase n'y connaît rien en droit.

— Il apprendra, comme nous tous.

— Non, dit Campbell, qui, bien que confédéré, connaissait encore son Washington. Non, il n'apprendra pas. Il pensera trop à la présidence. Je connais ce vieux rufian.

— Personnellement — et soit dit entre nous — je pense que vous avez raison, dit Seward, puis il ajouta malicieusement : Pourquoi ne dites-vous pas au Président ce que vous pensez ?

— Il est trop tard. En outre, je ne tiens pas à être pendu pour lèse-majesté ainsi que pour trahison.

Le Président dit adieu aux Sudistes sur le pont. Il soufflait un vent froid d'ouest, et le ciel était couvert. Sur la mer agitée, une chaloupe attendait pour reconduire les émissaires à leur navire.

— Eh bien, Stephens, dit Lincoln, en se penchant pour scruter le visage du petit homme, tout comme il avait fait, songea Seward, quand il avait rencontré Tom Pouce, comme nous n'avons rien pu faire pour notre pays, y a-t-il quelque chose que je puisse faire pour vous personnellement ?

— Non, répondit Stephens, puis il ajouta : Ma foi, j'aimerais bien récupérer un de mes neveux que vous retenez prisonnier sur l'île Johnson.

— Vous l'aurez, dit Lincoln en inscrivant le nom du soldat sur son calepin.

On se dit adieu. Les émissaires montèrent dans leur chaloupe. Lincoln les suivit longuement du regard tandis qu'ils regagnaient le *Mary Martin.*

— Eh bien, gouverneur, il faudra boire la coupe jusqu'à la lie.

Seward hocha la tête :

— Je n'avais pas grand espoir. Ils ne peuvent pas céder après tout ce qui s'est passé...

Les émissaires étaient maintenant sur le pont de leur bateau. La chaloupe du *River Queen* était accostée le long du *Mary Martin,* et un rameur nègre tendait à un membre de l'équipage une caisse de champagne. Seward se tourna vers le quartier-maître :

— Puis-je utiliser votre cor, monsieur ?

Le quartier-maître tendit son cor à Seward, qui souffla dedans :

— Nous vous avons envoyé un présent !

Les émissaires sourirent en remerciant de la main.

— Gardez le champagne, et rendez-nous le nègre ! cria Seward.

— Eh bien, gouverneur, cela valait presque le voyage, dit Lincoln en disant un dernier au revoir à son vieil ami, Alexander Stephens. Comme il se retournait pour entrer à l'intérieur, il souffla dans ses doigts qu'il avait maintenant toujours froids. Puis il dit :

— Ils sont au bout du rouleau.

— C'est aussi mon impression. Encore combien de temps, pensez-vous ?

— Une centaine de jours, répondit Lincoln. Je n'ose bien sûr pas compter le nombre de vies qui seront encore sacrifiées.

Trois jours plus tard, Lincoln proposa au Cabinet son plan de remboursement des propriétaires d'esclaves. Le Cabinet le repoussa à l'unanimité. Il commença à discuter avec eux, puis il y renonça. Hay se demanda si le Taïcoun était ou non sérieux. A certains moments il avait l'air de jouer à un jeu très compliqué nécessitant feintes et parades. Lincoln écrivait ses discours d'une manière tout aussi compliquée. D'abord il griffonnait des phrases sur des bouts de carton au lieu de papier ordinaire, lequel se froissait trop facilement à son gré. C'était comme un jeu de cartes, qu'il était sans cesse en train de mélanger. Quand il avait enfin préparé un brouillon, Hay portait les cartes à l'imprimeur, dans leur ordre présumé définitif. L'imprimeur mettait alors en composition tout le labyrinthe de mots et d'idées de manière que Lincoln pût recommencer de zéro le processus compliqué de la révision.

Hay n'avait jamais vu l'Ancien passer autant de temps sur un discours que sur son second discours d'inauguration. Il voulait justifier la guerre ; il cherchait aussi à décrire, sans trop entrer dans les détails, comment il s'y prendrait pour reconstruire l'Union lorsque la guerre serait terminée.

— Je tiens à ce que ce discours soit bien pensé, dit-il à Hay en corrigeant les premières épreuves. Ce sera mon testament politique.

C'était aussi le sentiment qui régnait dans le salon de la maison de Mrs. Surratt en ce matin du 4 mars, jour de l'inauguration. Pendant qu'Annie donnait une leçon de piano dans un coin du salon, John Surratt et David discutaient à voix basse à l'autre bout des derniers changements de plan. Durant l'hiver, Booth avait rassemblé une bande de jeunes Sudistes plus ou moins dévoués à la cause : Ed Spangler était le plus âgé, tandis que le plus jeune, un nommé Lewis Payne, avait fait partie des *raiders* de Mosby. Payne avait fait la connaissance de Booth à Richmond en 1861 et s'était pris d'une grande amitié pour l'acteur. Quatre ans plus tard, Booth était tombé par hasard sur Payne qui traînait la savate dans les rues de Baltimore. Payne avait été blessé à Gettysburg, avait prêté serment, et ne savait quoi faire de sa vie jusqu'au moment où Booth l'avait fait entrer dans la conspiration. Il y avait en outre deux anciens soldats confédérés de Baltimore, dont l'un avait été à l'école avec Booth. Le groupe était complété par un certain George Atzerodt, batelier sur le Potomac et contrebandier.

Comme David l'avait supposé, John Surratt et Booth étaient devenus amis ; assurément, ils s'émulaient l'un l'autre dans leur commune passion pour la Confédération. David avait même conçu une certaine jalousie de leur intimité. Souvent ils disparaissaient tous les deux dans les étages du National Hotel, laissant David partir tout seul en courses. Mais, lorsqu'il commençait à se sentir un peu délaissé, Wilkes faisait un geste ou disait une parole qui charmait David et lui rappelait qu'il était bien le frère aîné dont il avait toujours rêvé, chose d'autant plus nécessaire qu'il vivait maintenant avec ses sept sœurs — celles qui étaient parties étant revenues, du moins temporairement —, et sa mère qui ne faisait que pleurer, gronder et prier.

Quand on apprit la nouvelle que le Président se rendrait au théâtre Ford le 18 janvier pour voir Edwin Forrest dans *Jack Cade* — une histoire de conspiration des plus appropriées — Booth était entré en action. Deux chevaux attendaient derrière le théâtre. Atzerodt se tenait prêt avec son bateau sur le fleuve. Les deux gars de Baltimore et Booth se trouvaient près de la loge du Président, tandis que Lewis Payne et David étaient dans les coulisses. Sur un signal de Booth, un acteur ami éteindrait les lumières dans le théâtre. Le Président serait capturé, ligoté et descendu sur la scène où Payne le transporterait jusqu'aux chevaux.

Deux jours durant, le plan avait été soigneusement mis au point. Mais le soir du 18, le Président n'était pas venu au théâtre.

On avait beaucoup maugréé parmi les conspirateurs, et Booth avait jugé bon de disparaître de Washington pendant une bonne partie du mois de février. Payne et les Baltiméréens étaient restés en ville, où ils vivaient aux frais de Booth, tandis que John Surratt, à qui l'Adams Express Company avait refusé un congé, avait pris « la fuite anglaise ». David continuait d'aider Spangler au théâtre Ford.

Et Booth était réapparu, plus ardent que jamais, alors que la Confédération se désintégrait sous le harcèlement de Grant au nord de Richmond et le feu de Sherman au sud.

— Je crains seulement qu'il ne soit trop tard, dit John Surratt.

— Alors ce sera la dernière chose que nous pourrons faire pour notre tragique pays, dit David qui s'était mis à prononcer de grandes phrases à l'instar de Booth.

— Je ne comprends pas pourquoi il tient tant à s'emparer de lui au théâtre où il est déjà assez difficile de faire descendre quelqu'un d'une loge sur la scène, à plus forte raison un homme qui est gardé.

John était moins sensible que David au côté théâtral de Booth, il préférait les mesures pratiques et secrètes, comme il convient à un courrier de nuit.

— Il n'y a que le garde du corps du Président, dit David qui connaissait par cœur les objections. Et d'ailleurs personne ne saura ce qui se passe une fois les lumières éteintes.

— Mais nous aussi, nous serons dans le noir. Notre meilleure chance a toujours été Seventh Street Road, quand il se rendait au Foyer du Soldat.

— Mais tout l'été il a eu cette escorte de soldats avec lui. Notre meilleure chance, c'était l'autre jour à l'hôpital...

— Où il n'a pas été, dit John.

— Nous avons failli avoir... — au fait, qui était dans la voiture ?

— Mr. Chase. Il a dit quelque chose d'étrange hier au soir.

— Qui ? Mr. Chase ?

— Non. Mr. Booth. Nous sommes allés au Capitole ensemble pour voir le Congrès s'ajourner...

— C'est à ce moment-là que j'ai dû aller voir Spangler pour les chevaux.

Comme d'habitude, David n'avait pas été inclus. Il se demandait pourquoi Booth semblait préférer la compagnie de John à la sienne. Était-ce une question d'éducation ? Pourtant, sur le théâtre, David en savait beaucoup plus que John Surratt ; et sur l'acteur Wilkes Booth, David était pratiquement imbattable. Par contre, comme John connaissait mieux que lui les routes du Maryland, il avait été décidé que ce serait lui qui guiderait Booth et le Président captif le long des petites routes menant à Richmond.

— Comme nous nous frayions un chemin à travers la foule pour accéder à la galerie de la Chambre des représentants, nous avons aperçu cette statue de Lincoln contre le mur. Et Booth a dit : « C'est qui, celui-là ? » La ressemblance n'était pas très bonne, mais je l'ai tout de suite reconnu, et je l'ai dit à Booth qui a dit : « Qu'est-ce qu'il fait là avant son heure ? »

— Eh bien, qu'est-ce que tu vois là de bizarre ?

— C'était la façon dont il l'a dit. Et puis, plus tard, chez Skippy, après que nous avons bu un peu, il n'a pas cessé de citer Shakespeare, sur la mort des tyrans...

— *Jules César*, dit David d'un air entendu. Seulement cette fois, c'est lui qui va jouer Brutus, rôle que joue toujours son frère Edwin, comme cet automne encore à New York, où les trois frères jouaient ensemble, avec Wilkes dans le rôle de Marc Antoine et Junius Brutus en...

— Je pense qu'il va essayer de le tuer aujourd'hui au Capitole, dit brusquement John.

— Le tuer ?

David se retourna vers Surratt, qui s'amusait avec le manche du couteau à cran d'arrêt qu'il portait à l'intérieur de sa botte. David avait essayé d'en faire autant, mais la botte serrait trop, et il s'était écorché la peau de la cheville. Il portait maintenant son couteau dans sa ceinture.

— Pourquoi le tuer ? Vivant, il vaut un demi-million de soldats confédérés. Mort, il ne vaut pas un clou.

— C'est ce que je lui ai dit chez Skippy. Mais ça n'a pas eu l'air de l'intéresser. Il m'a seulement demandé si je viendrais à la cérémonie d'inauguration, pour l'aider au besoin à traverser la rivière. J'ai répondu : et si je ne viens pas ? Il m'a dit qu'alors c'est toi qui viendrais.

— Mais je ne connais pas aussi bien les routes.

— Il se figure que tu les connais. Je lui ai dit que j'étais d'accord pour un kidnapping, mais pas pour un meurtre.

— Pourquoi a-t-il changé ?

Surratt haussa les épaules :

— Je ne sais pas. Mais je pense — et je peux me tromper — qu'il a dû recevoir des ordres de Richmond lui disant d'arrêter. Je sais aussi qu'il y a un autre complot sur pied pour tuer le Vieil Abe...

— Qui ça ?

— J'ai une théorie, mais j'aime mieux me taire. Il soit se dire que si Richmond n'a plus besoin de lui, il peut aussi bien faire tout seul ce qu'il a envie de faire avant qu'un autre le fasse à sa place.

— Il pourra jouer Brutus au naturel et poignarder Lincoln.

— Il a un pistolet.

Lewis Payne entra dans le salon qu'il sembla remplir de sa corpulence. Son visage ressemblait à ceux des statues grecques ou romaines du Capitole, et son cou lisse et musculeux était presque aussi large que la poitrine de David. Il marchait comme un lion en cage, prêt à franchir la grille et à tuer tout ce qui se présentait à ses yeux, excepté Wilkes à qui il vouait une véritable adoration. Le soir, chez Skippy ou ailleurs, Payne s'asseyait comme s'il se trouvait tout seul au milieu d'une forêt vierge, l'œil aux aguets, tandis que les muscles de ses bras et de ses jambes se jouaient à travers l'étoffe de son nouveau complet bleu marine. Même quand il se tenait tranquille, ses muscles se contractaient comme ceux d'un chat. C'était un vrai tueur, songeait David en frissonnant. Payne s'était illustré comme *raider* de Mosby, sous son vrai nom de Lewis Powell, qu'il avait dû changer lorsqu'il avait prêté serment, de peur d'être pris par cette armée qu'il avait tant harcelée du temps où Mosby était le seigneur de la vallée de Shenandoah, et où Lewis Powell était surnommé « le terrible Lewis ».

Lewis avait une voix extrêmement douce, avec un fort accent de Floride.

— Le capitaine a besoin de vous au Capitole, les gars, dit-il. Nous prendrons position au pied de l'estrade qu'ils sont en train de construire et où le Vieil Abe se tiendra. Le capitaine sera sur les marches juste derrière le Vieil Abe.

— Pourquoi a-t-il besoin de nous là-bas ? interrogea sèchement John.

David se demanda si John n'était pas jaloux de l'intimité qui existait entre Payne et Wilkes, tout comme il l'était de celle qui unissait John à Wilkes.

— Spangler a préparé un cheval, dit Payne. C'est tout, rien qu'un cheval. Aussi, si le capitaine décide de s'enfuir avec, on est là pour l'aider.

— Vous pensez qu'il va le tuer ? murmura John, bien qu'avec le tintamarre qu'Annie et son élève faisaient au piano, elles eussent peu de chance de les entendre.

— Ce que le capitaine décide de faire, il le fait. Nous, on obéit aux ordres. Allez, venez !

David et John obéirent aux ordres et sortirent du salon à la suite du jeune géant.

Dans le hall du National Hotel, Booth regardait derrière les vitres la pluie qui n'avait pas cessé de tomber depuis l'aube. Pennsylvania Avenue était recouverte d'une fine boue jaunâtre dans laquelle porcs et poulets pataugeaient, tandis qu'une foule de gens se dirigeait vers le Capitole, à présent dissimulé par un épais brouillard venu de la rivière.

Le hall du National était plein de monde. Les parapluies, qu'on ouvrait et fermait — ou qui refusaient de s'ouvrir et de se fermer — faisaient beaucoup de dégâts. Dans les couloirs de l'hôtel, on avait aligné des lits pour héberger les visiteurs.

Bessie Hale apparut enfin :

— Je suis désolée, Mr. Booth ! Je suis en retard...

— Ça ne fait rien, murmura-t-il, puisque vous êtes là.

— Oh, vous ressemblez exactement à ce que vous étiez quand vous avez joué Roméo l'hiver dernier. Comment était Avonia Jones, en réalité ?

— Comme toutes les actrices, trop vieille pour jouer Juliette.

— Je ne l'ai pas du tout aimée, surtout dans la scène du balcon. Elle vous a laissé tomber. Mais pas moi. J'ai eu beaucoup de peine avec les tickets. Finalement, j'ai dû aller trouver le major French hier. C'est lui qui s'occupe de la cérémonie. Bessie sortit une carte de son sac, qu'elle remit à Booth : Ce ticket vous donnera accès au Capitole, ainsi qu'aux marches du portique est, mais pas à l'estrade où sera le Président, et où Père et moi nous serons aussi. Vous savez, ajouta Bessie en baissant un peu la voix, nous partons en Espagne !

— Oh ? fit Booth tout en regardant la carte d'un air songeur. Vous prenez de longues vacances ?

— Non, non. Père va être nommé ambassadeur en Espagne. Nous sommes tous si contents ! Je veux dire, de ne pas avoir à retourner dans le New Hampshire... Vous viendrez nous voir ?

Booth s'inclina gracieusement devant la jeune fille et lui baisa la main :

— Vous n'avez qu'à m'envoyer un petit mot, un tout petit mot : « Venez ! », et j'accourrai où que vous soyez !

— Je serai à Madrid, si vous désirez vraiment venir, dit Bessie.

Ils furent ensuite rejoints par le portier de nuit du National Hotel, un ami de Booth.

— Soyez toujours bien avec le portier de nuit, dit Booth en manière de conclusion. Sur quoi Bessie partit rejoindre ses parents.

A dix heures, la pluie tombait toujours, mais un vent du nord s'était levé qui avait dissipé le brouillard. Mary entra dans le bureau de Hay toute parée pour la cérémonie :

— Où est Mr. Lincoln ? demanda-t-elle.

Hay prit un malin plaisir à dire à Madame que le Taïcoun et Nicolay étaient déjà partis au Capitole où le Président avait encore des décrets de lois à signer.

— Mon Dieu ! s'écria Mary. Ce n'est pas possible ! Nous avons à remonter l'avenue ensemble pour la parade.

— Mr. Lamon a pensé que le Président ne devrait pas s'exposer parmi la foule. Il vous rencontrera à l'intérieur du Capitole, au moment où le Vice-Président prêtera serment.

A la surprise de Hay, Madame se montra raisonnable et approuva le plan de Lamon. Hay lui dit qu'elle se rendrait au Capitole en compagnie du capitaine Robert Lincoln, membre distingué de l'état-major du général Grant. Robert avait finalement gagné la bataille qui l'opposait à sa mère, mais celle-ci avait exigé qu'il ne quittât pas Grant de vue.

Peu avant midi, la pluie avait cessé, et la petite foule rassemblée sous le portique est du Capitole grossissait à vue d'œil. Une estrade faite de planches grossières couvrait les marches. Au centre de l'estrade, près du bord, était une table ronde avec un verre d'eau au milieu. Le Président lirait son discours debout derrière la table, tandis que derrière lui une longue rangée de chaises serait occupée par les membres du Cabinet et les juges de la Cour suprême. Plus haut, sur les marches, le Congrès, les diplomates et les dames avaient une vue plongeante sur plusieurs milliers de parapluies, serrés les uns contre les autres ; la seule tache de couleur étant fournie par les bandes de drapeaux détrempés attachés aux rebords des fenêtres.

David se souvint de la petite foule d'il y a quatre ans, et des soldats postés à chaque fenêtre et prêts à tirer. Aujourd'hui, il y avait encore plus de soldats qu'autrefois, mais la foule n'était plus sécessionniste. En vérité, il y avait très peu d'autochtones ; c'étaient surtout des gens venus des quatre coins de l'Union, et certains même de la lointaine Californie.

David se trouvait à côté du vieux Spangler, un peu à gauche de l'endroit où le Président prêterait serment, juste au-dessus de leurs têtes. Ils étaient même si près de l'estrade qu'ils ne pouvaient rien voir, sauf les planches et les soldats yankees, lesquels semblaient n'avoir reçu aucune instruction particulière. L'un d'eux — un Irlandais à face de singe — n'arrêtait pas de marcher sur les pieds de David.

Spangler marmonna :

— Pourvu que John ne fasse pas de bêtises !

— S'il en fait une, ce sera la dernière, dit David. Il y a là dix mille soldats.

— Et il n'a que son cheval pour le sauver, dit Spangler en secouant la tête. Il ne descendra pas vivant de cette estrade.

— Si toutefois il arrive à y monter.

D'ordinaire, Wilkes ne manquait pas de bon sens, même s'il donnait parfois l'impression de jouer un rôle qu'il ne connaissait pas encore très bien. Mais depuis quelque temps il tenait des propos qui commençaient à inquiéter David. Il était clair que Wilkes était parfaitement capable de tuer le Vieil Abe devant le monde entier, et puis de se faire tuer, en ayant laissé à sa sœur une enveloppe cachetée à ouvrir seulement après sa mort, comme il l'avait confié à David. David était ébloui par tant de splendeur. C'était cela l'Histoire ! C'était cela la vie ! Vivre au maximum, et mourir d'une mort glorieuse offerte en sacrifice à la patrie ! Mais David n'était pas sûr de vouloir jouer le rôle de comparse dans une pièce visiblement écrite pour servir de couronnement à la carrière de « la plus jeune étoile du monde ».

Pendant ce temps-là, l'autre protagoniste de la pièce était assis dans la galerie du Sénat, le menton appuyé contre sa main, et le visage inexpressif. En dessous de lui, debout devant sa chaise, se tenait ivre mort le Vice-Président élu des États-Unis, le gouverneur Andrew Johnson du Tennessee.

Johnson était un homme d'allure sévère, au visage rasé et à la mâchoire carrée. Seward, qui l'avait eu comme collègue au Sénat avant la guerre, l'avait toujours trouvé affable bien qu'un peu terne. Mais aujourd'hui, ni le visage ni la manière n'étaient ternes. Derrière Johnson, était assis le Vice-Président sortant, Mr. Hamlin, lequel ne savait pas où tourner la tête. Juste avant la cérémonie, Hamlin avait murmuré à Seward que Johnson était ivre depuis son arrivée à Washington. Comme il relevait à peine d'une fièvre typhoïde, le whisky s'était révélé fatal à son organisme affaibli. Les membres de la Cour suprême, à droite et à gauche de Johnson, se regardaient tous d'un air interloqué, à l'exception de Chase qui, drapé dans sa nouvelle dignité, paraissait indifférent au flot de paroles qui s'échappait des lèvres de Johnson.

L'élégante assistance, toute chamarrée d'or et d'argent, écoutait avec un malaise croissant les confidences de Johnson, qui leur fit remarquer à quatre reprises qu'il était plébéien. A la quatrième reprise, Seward murmura à l'oreille de Welles :

— Quatre fois, cela vaut presque un titre de noblesse !

— C'est écœurant ! dit Welles.

Cela semblait être aussi le sentiment général. Il y eut quelques murmures, le Président lui-même commençait à se contracter sur son fauteuil. Hamlin s'était mis à tirer sur la queue de pie de son habit. Mais Johnson poursuivait imperturbable :

— Le Tennessee a secoué le joug de l'esclavage ! Il a brisé la verge du tyran !

Le secrétaire du Sénat, Forney, s'approcha doucement de Johnson, en souriant humblement.

— Aucun État ne peut sortir de cette Union ! proclama Johnson.

— Ce n'est pas faux, dit Seward en s'amusant de voir la mine outrée de Stanton, qui ne cessait de répéter : « Cet homme est fou ! »

— ... Et de plus le Congrès n'a le droit d'expulser aucun État de cette Union !

Johnson continua de braire jusqu'au moment où, dans un brusque mouvement concerté, Hamlin, le juge de la Cour suprême et le secrétaire du Sénat réussirent à faire pivoter Johnson de manière à permettre à Chase de l'introniser. Mais l'occasion était trop belle pour Johnson, et, saisissant la Bible, il se mit à vociférer :

— Je baise ce livre devant la nation des États-Unis tout entière !

Pendant ce temps, le Président avait remonté le couloir. En passant devant Seward, celui-ci lui dit :

— Mr. Johnson ne nous avait pas habitués à ce genre de sortie. Ce doit être l'émotion de se retrouver au Sénat dans des circonstances aussi dramatiques.

Lincoln fronça ses deux sourcils, puis se tournant vers le major French, qui devait le conduire jusqu'au portique :

— Empêchez Johnson de parler à l'extérieur, dit-il.

Le Président quitta ensuite la Chambre, suivi de Seward et de tout le Cabinet. Ils s'arrêtèrent sous la rotonde en attendant d'être rejoints par la Cour suprême et Andrew Johnson, assisté de Forney.

— Votre chapeau, monsieur le Vice-Président, dit Forney en tendant à l'homme d'État son haut-de-forme.

Johnson prit le chapeau qu'il posa avec un sourire béat non sur sa tête, mais sur son visage.

— Écœurant ! prononça Stanton.

— Peut-être, mais ça ne manque pas d'allure, dit Seward tandis qu'ils marchaient entre deux rangs de policiers jusqu'au portique. Il soufflait un vent froid, et le ciel était tacheté de petits nuages noirs.

Booth n'avait pu trouver de place assise, et il se tenait debout dans la foule au pied d'un groupe de statues, à une dizaine de mètres au-dessus du gouvernement des États-Unis. Il avait la main dans la poche droite de son pardessus, les doigts serrés sur la poignée d'un pistolet.

Lorsque Lincoln se leva pour parler, il présentait une cible parfaite, immanquable. Mais Booth fut distrait, comme tout le monde, par la subite apparition du soleil. Le Président se tenait maintenant dans un halo de lumière éblouissant.

« Chers concitoyens !...

La voix haute et familière résonnait d'un bout de la place à l'autre. De l'endroit où il se tenait, David pouvait tout juste apercevoir la main droite de Lincoln, qui tenait une demi-feuille de papier ministre sur laquelle son discours avait été imprimé sur deux colonnes.

« ... Au moment d'assumer pour la seconde fois la charge présidentielle, je ferai un discours moins long que la première fois...

« Un bref discours, c'est parfait », se dit Chase, en promenant nonchalamment ses regards sur la mer sombre de parapluies, de chapeaux militaires, de hauts-de-forme et de baïonnettes. Il était difficile de croire que quatre années s'étaient écoulées depuis la dernière fois qu'ils étaient réunis sur cette estrade. Bien sûr, avec l'âge, le temps passe plus vite que lorsqu'on est jeune. Et pourtant, Seward s'était presque attendu à voir ce vieux bougon de Winfield Scott dans sa voiture sur la colline opposée, ainsi que le jeune zouave — comment s'appelait-il ? — qui avait été tué au début de la guerre. On en avait fait un héros. Mais depuis, il y avait eu tant de tués que Seward ne pouvait plus prendre au sérieux l'idée même de la mort. Probablement que durant la Grande Peste du Moyen Age les hommes avaient dû réagir de cette manière plus ou moins apathique. Quant à la survie politique, seuls deux des membres du Cabinet d'origine étaient encore en fonction : lui et Welles. Fessenden, le nouveau venu, serait bientôt parti : il avait été réélu au Sénat et allait être remplacé par Hugh McCulloch, lequel...

Seward commença à prêter une oreille attentive au discours du Président :

« ... Alors que mon premier discours d'inauguration fut prononcé en cet endroit même, et que j'y développais les moyens de sauver l'Union sans guerre, des agents insurgés cherchaient dans cette cité même à la détruire, cherchaient à la dissoudre par la négociation. Aucun des deux camps ne voulait la guerre, mais l'un a préféré *faire* la guerre plutôt que de laisser vivre la nation, et l'autre a *accepté* la guerre plutôt que de la laisser périr...

Soudain il y eut un lent crescendo d'applaudissements qui traversa toute la place. Lincoln s'arrêta, comme s'il était surpris par cette réaction. Il regarda au loin le ciel jusqu'à ce que le silence se rétablît. Une fois le silence revenu, il attendit encore un moment, ce qui fit craindre à Seward qu'il n'eût perdu la page. Mais Lincoln n'avait pas perdu la page, il trouva au contraire l'endroit où étaient écrits les quatre mots qui amenèrent des larmes même aux yeux de Seward : « Et la guerre eut lieu. »

Derrière Seward, Hay se moucha. Il n'avait pas lu la fin du discours. Nicolay non plus. Ils avaient bien étudié les bouts de carton qui leur étaient passés sous les yeux, mais ça ressemblait plutôt à un puzzle — un peu comme la guerre elle-même.

« ... Aucun des deux camps ne s'attendait à une guerre d'une telle importance ni d'une telle durée... Aucun n'imaginait que la cause du conflit disparaîtrait avec ou même avant la fin du conflit lui-même. Chacun escomptait un triomphe rapide. Nul ne prévoyait ce qui allait en sortir...

Mary était assise à côté de Robert ; elle avait rarement écouté un discours avec autant d'attention, car elle pensait un peu comme son Kentuckien de père que la plupart des orateurs n'étaient rien d'autre que des outres gonflées de vent. « Tous deux lisent la même Bible et prient le même Dieu, et pourtant chacun invoque son aide contre l'autre... » Mary aimait la façon dont le Président liait constamment le Sud et le Nord.

« ... Il peut sembler étrange que des hommes osent invoquer l'assistance d'un Dieu juste pour arracher à d'autres hommes le pain qu'ils ont gagné à la sueur de leur front. Mais ne jugeons pas et nous ne serons pas jugés.

Mary se mit à pleurer. Ned ne lui avait-il pas dit la même chose lors de la dernière séance avec Mrs. Laurie ? « Ces prières contraires, il n'était pas possible qu'elles fussent exaucées — aucune ne l'a été pleinement. Le Tout-Puissant a ses desseins propres. Malheur sur le monde à cause du mal, car il faut que le mal arrive ; mais malheur à celui par qui le mal arrive... »

Dans sa robe de soie noire, Chase se récitait pour lui-même les paroles du texte biblique. Il avait toujours considéré le Président comme un infidèle, mais à présent, en cette occasion solennelle, Lincoln paraissait prêt à retourner à la foi de leurs pères, à la vraie foi. Et pourtant, bien que le Président parlât maintenant abondamment de Dieu et du Tout-Puissant, il n'avait pas mentionné une seule fois Son Fils, lequel a été crucifié et est ressuscité. Chase se demanda si Lincoln ne se prendrait pas par hasard pour ce Fils, mais il écarta aussitôt cette idée, comme par trop blasphématoire. D'ailleurs, Lincoln était trop simple et trop humble, il était trop dénué d'imagination historique, à plus forte raison religieuse, pour nourrir une telle ambition.

Booth avait maintenant le doigt sur la gâchette. Ce n'était rien de mourir sur la scène. En fait, c'était même légèrement ridicule comme son père l'avait une fois amplement démontré. Mais tuer pour de bon et être tué dans un endroit et dans un moment pareils...

La voix résonna de nouveau, plus forte et plus claire à travers toute la place :

« ... Sans malice envers quiconque, avec charité pour tous, avec fermeté dans la justice, autant que Dieu nous permet de discerner la justice, luttons pour finir la guerre dans laquelle nous sommes engagés ; pour panser les blessures de la nation, pour prendre soin de celui qui aura supporté le poids de la bataille, de sa veuve, de ses orphelins, et pour accomplir et préserver une paix juste et durable entre nous et avec toutes les nations. »

Le Président posa son discours. Les applaudissements crépitèrent tout autour de lui. Booth braqua le pistolet qu'il tenait dans sa poche sur le Président, et appuya sur la gâchette, mais rien ne se produisit.

Lincoln se tourna vers Chase qui s'était levé, en tenant la Bible dans sa main. Celui-ci administra le serment à voix haute et intelligible. Il avait si souvent répété ces quelques paroles que pas une seule fois il ne zézaya. Puis, pour la seconde fois, la main sur la Bible, Lincoln prononça le fameux serment « écrit dans les cieux » : « Je jure solennellement de remplir fidèlement la charge de Président des États-Unis, et de maintenir, protéger et défendre... Cette fois, l'accent ne portait pas aussi fort sur le mot " défendre ", comme le releva Hay... la Constitution des États-Unis, avec l'aide de Dieu. »

Tandis qu'une salve de vingt et un coups de canon était tirée, Booth tâta son pistolet dans sa poche : il avait oublié de relâcher le cran de sûreté.

X

Le 24 mars 1865 au soir, le *River Queen* jeta l'ancre dans la rivière James, au large de City Point. Sur le pont se tenaient le Président, Mrs. Lincoln et Tad qui avait un pistolet dans une main et un drapeau américain dans l'autre. Autour d'eux étaient ancrés des navires de toutes dimensions tandis que sur la rive étaient entassées armes et provisions. Sur un promontoire escarpé dominant le fleuve, on pouvait apercevoir à la lumière des feux de camp et des lampes à pétrole toute une cité improvisée de tentes, de cabanes et d'abris. Le capitaine Robert Lincoln salua ses parents du haut du grand pont, puis s'éloigna rapidement.

— Il a dû aller chercher le général Grant, dit Lincoln en désignant le promontoire perché juste au-dessus du port. Grant a son quartier général là-haut.

— Est-ce que Robert est un vrai capitaine ? demanda Tad en braquant son revolver contre le commandant en chef.

— Bien sûr qu'il l'est, Taddie, dit Lincoln. Mais ne pointe pas ton pistolet comme ça contre les gens.

Une demi-heure plus tard, le général Grant, accompagné de sa femme et de Robert, montait à bord du *River Queen*.

— Comme elle fait vulgaire ! murmura Mary.

— Voyons, Maman !

Mary embrassa Robert, tandis que Tad grimpait sur les épaules de son frère. Grant salua d'abord le Président puis Mrs. Lincoln. Mary remarqua qu'en les saluant, Grant ne les avait pas regardés dans les yeux, ni elle ni son mari. Ce que n'aurait pu faire non plus Mrs. Grant, vu qu'elle avait un œil tourné perpétuellement vers son nez aquilin, tandis que l'autre semblait fuir le regard impérieux de son voisin.

Lincoln conduisit les Grant au salon où toutes les lumières avaient été allumées.

— Nous avons été empoisonnés par l'eau du bateau en venant, dit

654

Lincoln. Heureusement, nous avons pu nous procurer de l'eau potable à Fort Monroe.

— Ici l'eau est infecte, dit Grant. Nous devons la faire bouillir.

Mary se demanda si Grant avait jamais bu de sa vie un liquide aussi insipide que l'eau. Elle étudia soigneusement son visage dans la pleine lumière du salon ; il semblait avoir l'œil clair, et il paraissait sobre. La présence de Mrs. Grant y était sûrement pour quelque chose.

— Soyez la bienvenue à City Point, Mrs. Lincoln.

Mary s'inclina et sourit ; il y avait dans le ton de Julia Grant quelque chose qui lui déplaisait : c'était comme si City Point et l'armée fussent sa propriété à elle ! Lincoln voulut aller à terre, et bien que Grant lui eût représenté qu'il n'y avait pas grand-chose à voir le soir, le Président insista.

Mary se retrouva donc seule avec Mrs. Grant, qui commença à s'installer sur l'unique canapé du salon sans faire plus de façon. Mary n'ouvrit pas la bouche, mais son regard disait assez l'énormité de la faute commise par Mrs. Grant. L'étiquette interdisait à quiconque de s'asseoir en présence de la Première Dame sans y avoir été invité. Mary s'assit à son tour lentement et silencieusement. Les deux dames étaient assises si près l'une de l'autre que leurs robes se touchaient. Après un moment de silence gêné, Mrs. Grant se leva du canapé pour aller s'asseoir sur une petite chaise en face.

— Avez-vous fait un agréable voyage ? demanda Mrs. Grant.

— Oui, répondit Mary.

Il y eut un second silence un peu plus long que le premier, puis Mrs. Grant dit :

— Je crois que le général Sherman arrive demain. Il vient par mer depuis la Caroline du Nord. Ce sera la première fois que nous le verrons depuis qu'il a pris Atlanta et Savannah.

— J'en suis heureuse pour vous, dit Mary. Mais elle ne put s'empêcher d'ajouter : J'espère qu'il pourra nous expliquer pourquoi trois mois après avoir occupé Atlanta, il a brûlé la ville.

— Il a jugé que c'était nécessaire pour protéger ses arrières, lorsqu'il est remonté vers le nord.

— Cela, je l'imagine, mais il a rendu les négociations de paix beaucoup plus difficiles pour mon mari.

— Je ne crois pas, Mrs. Lincoln, qu'il y aura maintenant une paix négociée. La guerre ne se terminera que lorsque mon mari aura pris Richmond.

— Depuis le temps qu'on nous dit ça ! dit Mary en adressant à Julia Grant un large sourire pour lui montrer dans quelles excellentes dispositions elle était.

Un nouveau silence s'établit entre les deux dames qui fut rompu par l'entrée précipitée de Tad venu annoncer qu'il avait été à terre :

— Mais je suis revenu tout de suite. Nous avons été arrêtés, Mr. Crook et moi, par des soldats qui nous ont demandé : « Qui va là ? »

et « Quel est le mot de passe ? » et d'autres choses comme ça. Quand j'ai dit : « C'est moi », ils ne m'ont pas reconnu. Alors j'ai dit à Mr. Crook que nous ferions mieux de revenir ici avant qu'ils nous tirent dessus.

— Quel enfant... charmant ! dit Mrs. Grant.

— Oui, dit Mary consciente de l'hésitation qui avait précédé l'épithète. Nous avons nous aussi fait la connaissance de *votre* fils aîné, ajouta-t-elle, estimant qu'elle avait assez qualifié cet enfant en utilisant l'adjectif possessif.

Trois jours plus tard, Lincoln, Grant, Sherman et l'amiral Porter étaient réunis dans le salon du bateau, tandis que Mary, sentant venir les signes avant-coureurs de la migraine, s'était alitée.

— Je ne saurais vous dire, messieurs, le plaisir que j'ai eu à m'évader de Washington, dit Lincoln.

— C'est pourquoi je vous ai demandé de venir, monsieur, dit Grant. J'ai pensé qu'un petit voyage vous reposerait.

— Et où peut-on mieux se reposer qu'au front ? dit Lincoln en souriant.

— Sheridan devrait arriver d'un moment à l'autre, maintenant, dit Grant en dépliant une carte de la Virginie. Il décrit un arc depuis cette vallée ici jusqu'à Harrison's Landing là. En ce moment il traverse la rivière James juste en dessous de nous. Une fois qu'il sera arrivé avec sa cavalerie, nous devrions enfin pouvoir prendre Petersburg.

— Enfin ! répéta Lincoln, puis se tournant vers Sherman : J'imagine que lorsque votre armée aura rejoint celle du général Grant, tout sera terminé.

— Oui, monsieur.

Sherman était un petit homme sec, avec une tignasse rousse et les yeux pâles d'un oiseau de proie.

— Il ne reste plus rien de la rébellion, excepté Johnston en Caroline du Nord et Lee. Mais Lee n'a pas plus de cinquante mille homme.

— Alors nous en avons trois fois plus que lui, dit Lincoln en regardant Grant. Il y aura donc encore une bataille, au moins ?

Grant hocha la tête.

— Ce serait une bonne chose si nous pouvions l'éviter. Il y a déjà eu tant de sang versé. Lorsque Richmond tombera, ou peut-être même avant, qu'est-ce qui peut empêcher Lee et son armée de descendre avec le train jusqu'au sud de la Caroline du Nord, et de rejoindre l'armée de Johnston ? Ils pourraient vivre sur le pays là-bas et continuer à se battre pendant des années.

— D'abord, monsieur, dit Sherman, ils ne pourront pas utiliser le train.

— Pourquoi pas ? Ils contrôlent encore au moins deux lignes de chemin de fer au sud et à l'ouest.

— Ils ne les contrôlent plus là où nous sommes passés, et nous avons été à peu près partout maintenant, sauf le long de cette bande entre la Caroline du Nord et l'endroit où nous sommes.

— Oui, dit Lincoln. Vous avez été partout, mais vous n'y êtes plus maintenant. Vous êtes ici, ou vous y serez bientôt, alors que les lignes de chemin de fer sont toujours au même endroit.

— Oh, elles y sont bien, dit Sherman, mais les voies n'y sont plus. Nous les avons arrachées. Elles sont inutilisables.

— Ce n'est pas difficile de remettre des rails en place. Nous l'avons fait à Annapolis au début de la guerre.

Sherman eut un petit rire :

— Je vois que vous ne connaissez pas mes garçons. Ce qui était en bois, ils l'ont brûlé, et ce qui était en métal, ils l'ont fondu pour en faire des tire-bouchons. Il ne reste pas une seule voie de chemin de fer dans toute la Virginie que Lee puisse utiliser.

— Vous ne faites pas les choses à moitié, n'est-ce pas ? dit Lincoln en sifflant d'admiration.

— Non, monsieur, dit Sherman. Vous vous souvenez de la première fois que nous nous sommes rencontrés il y a quatre ans ?

— Bien sûr que je m'en souviens. Vous étiez avec votre frère le sénateur Sherman, n'est-ce pas ?

Sherman ignora l'hésitation de Lincoln :

— Je vous ai dit alors que ce serait une guerre longue et terrible, et vous avez dit que vous ne pensiez pas qu'elle serait si longue que ça, et que de toute façon même si elle l'était, vous vous arrangeriez pour tenir la maison.

— J'ai dit ça ? fit Lincoln en secouant la tête d'un air étonné. Je ne suis qu'un politicien, après tout, et nous autres politiciens nous avons tendance à dire pas mal de bêtises. Ce qui est pire, bien sûr, c'est que nous ne nous contentons pas de les dire, mais nous les faisons. C'était vous le bon prophète. Dites-moi alors, qu'est-ce que vous nous prophétisez maintenant ?

— Cette fois, monsieur, c'est à vous de prophétiser, parce qu'une fois que les combats auront cessé, l'avenir sera tel que vous le ferez.

— Sherman a raison, dit Grant en fixant Lincoln du regard. Vous devrez tout décider. Ce que nous ferons des armées rebelles. Et des généraux. Et des politiciens. Ce que nous ferons de Jefferson Davis.

— Mr. Davis... dit Lincoln en souriant. Cela me rappelle l'histoire de cet homme qui avait juré de ne plus boire. Un jour il va chez un ami qui l'incite à boire, mais il résiste à la tentation. Il demande de la limonade. On lui apporte donc de la limonade. Alors l'ami montre une bouteille de brandy en disant : « Est-ce que ça ne serait pas meilleur si on y mettait un peu de ça ? » Et l'autre de répondre : « Faites, seulement que je ne m'en aperçoive pas... »

Les trois hommes éclatèrent de rire.

— Autrement dit, fit l'amiral Porter, si Mr. Davis partait pour l'étranger, par exemple, vous le laisseriez faire ?

Lincoln se contenta de sourire, puis il dit :

— Je suis pour restaurer l'Union le plus rapidement et le moins douloureusement possible.

— Vous aurez des problèmes avec le Congrès, dit Sherman.

— Ça, c'est mon affaire. Je dois dire, Sherman, que je me sentirais plus rassuré si vous retourniez en Caroline du Nord auprès de votre armée.

— Ne vous inquiétez pas, dit Sherman en riant, elle ne va pas se désintégrer aussi rapidement.

Lincoln étira ses bras, puis brusquement :

— Sherman, dit-il, savez-vous pourquoi je me suis entiché de vous et de Grant ?

— Je l'ignore, monsieur. Je sais seulement que vous m'avez toujours témoigné plus de bonté que je n'en ai mérité.

— Eh bien, c'est parce que, contrairement à tous les autres généraux, vous ne m'avez jamais critiqué, du moins pas que je sache.

Lincoln tira de son support une hache d'incendie accrochée à la cloison.

— Maintenant, messieurs, voyons si vous pouvez en faire autant.

Il saisit la hache par le bout du manche et la tint à bout de bras. Les trois autres essayèrent à leur tour, mais aucun n'y réussit. Pour chacun le poids était trop lourd.

— C'est surtout une question d'équilibre, dit Lincoln.

— Et de muscles, dit Sherman.

Le lendemain le Président et les généraux se rendirent au campement principal de l'armée de la rivière James pour passer les troupes en revue. Mrs. Lincoln et Mrs. Grant suivaient dans une ambulance. Ils avançaient à travers les marais sur une route fascinée posée sur une mer de boue. Mary ne s'était jamais sentie aussi mal à l'aise de sa vie, et pour comble d'embarras, voilà que la migraine menaçait...

Mary et Julia Grant étaient assises côte à côte sur une banquette à l'arrière de l'ambulance, quand les cahots de la voiture ne les jetaient pas l'une contre l'autre. L'un des aides de camp du général Grant était assis en face d'elles et s'excusait de l'état de la route.

— Ce n'est jamais très confortable de toute façon, dit Mrs. Grant en s'appuyant à la paroi.

— Nous pouvons supporter l'inconfort, dit royalement Mary, mais j'ai peur que nous n'arrivions en retard.

— Je ne crois pas, dit l'officier. Bien sûr le cocher est particulièrement lent.

— Alors dites-lui que nous aimerions aller plus vite.

— Je ne crois pas que ce soit prudent, dit Julia Grant, dont l'œil droit se détourna impudemment de Mary.

— Mais il le faut ! s'écria Mary.

L'officier donna l'ordre au cocher, et les chevaux s'élancèrent en avant. Mais à ce moment-là, la partie relativement plate de la route était suivie d'un tronçon fait d'arbres de grosseur inégale, et la voiture bondit dans les airs. Les deux dames quittèrent leurs sièges, et elles auraient même quitté tout à fait la voiture si l'endroit où elles se trouvaient n'avait pas été bâchée. En retombant sur la banquette, Mary s'écria :

— Arrêtez ! Laissez-moi sortir ! Je marcherai !

L'ambulance stoppa. Le faisan qui constituait l'ornement principal du chapeau de Mrs. Grant avait glissé en avant sur son front, si bien qu'une aile lui caressait maintenant pathétiquement la joue.

— Mrs. Lincoln, ne descendez pas ! Je vous en prie.

Mary était à moitié sortie de la voiture, lorsque l'officier la tira brusquement en arrière.

— Madame, dit-il calmement, là la boue est profonde d'au moins trois pieds. Personne ne peut marcher.

— Oh, Dieu ! cria Mary en se rasseyant sur la banquette tandis que les cerises de cire qui décoraient son chapeau tombaient l'une après l'autre sur le plancher de l'ambulance comme l'auraient fait de vraies cerises si elles avaient été mûres.

Mais Mary ne s'était pas trompée dans ses prédictions : ils arrivèrent en retard pour la revue. Une division d'armée paradait sur une grande prairie bourbeuse. Lorsque l'ambulance s'approcha de la tribune, une femme élégante passa devant eux au petit galop.

— Qui est-ce ? demanda Mary. Je croyais que les femmes n'avaient pas le droit d'aller au front.

— Elles le sont, dit Julia Grant, mais c'est la femme du général Griffin. Elle a un permis spécial.

— Du Président lui-même, précisa l'aide de camp avec un sourire malicieux.

— Comment cela ? Elle a eu une entrevue avec le Président ? Est-ce cela que vous êtes en train d'insinuer ? Une entrevue privée ? Oui, je le vois bien à votre air, dit Mary en se tournant vers Mrs. Grant. C'est ça que vous voulez faire croire. Mais aucune femme ne se trouve jamais seule avec le Président. Vous pouvez bien raconter autant de mensonges que vous voudrez...

Le général Meade se trouvait maintenant à côté de l'ambulance. Comme il aidait Mary à descendre, elle lui dit le plus finement qu'elle put :

— Général Meade, on a laissé entendre en ma présence que cette femme là-bas à cheval aurait reçu une permission spéciale du Président pour être au front.

— Non, Mrs. Lincoln, dit Meade. Pas du Président. Ce genre de permission est rarement accordé et seulement par Mr. Stanton.

— Vous voyez ? dit Mary en se tournant vers ses bourreaux. Le général Meade est un gentleman, lui, monsieur, ajouta-t-elle à l'adresse de l'officier dépravé. Ce n'est pas le Président, mais le secrétaire à la Guerre qui a donné la permission à cette traînée.

Mary savoura son triomphe. Heureusement, le général Meade, qui était effectivement un gentleman appartenant à l'une des plus anciennes familles de Philadelphie, fit comme si de rien n'était et accompagna Mary jusqu'à la tribune. Comme elle s'asseyait, elle vit le Président, flanqué des généraux Grant et Ord, commencer la revue. Les trois hommes étaient suivis d'une douzaine d'officiers supérieurs et d'une autre jolie femme à cheval.

— Qui est-ce ? demanda Mary.

— C'est Mrs. Ord, la femme du général.

— Elle monte à côté de mon mari.

— Non, dit doucement Mrs. Grant, c'est à côté de son mari, le général Ord, qu'elle monte.

— Je sais fort bien calculer les distances, regardez maintenant ! Mrs. Ord se trouvait côte à côte avec le Président : Ma parole, elle se prend pour moi ! s'exclama Mary. Tout le monde va croire que cette traînée, c'est moi ! Est-ce qu'elle s'imagine qu'il a besoin d'une traînée comme elle à ses côtés ?

Pendant ce temps-là, le Président et les généraux avaient quitté le champ de parade pour se diriger vers le front de Petersburg. Mrs. Ord s'approcha de la tribune. Mary n'en croyait pas ses yeux : l'insolence de cette femme dépassait tout ce qu'elle avait pu endurer dans sa vie. Elle descendit de cheval et s'approchant de la tribune, elle dit :

— Soyez la bienvenue, Mrs. Lincoln !

Mary se leva de son siège. Elle se sentait exaltée. Enfin elle allait pouvoir frapper un coup mortel à ses ennemis.

— Espèce de traînée ! dit-elle d'une voix parfaitement contenue. Puis, mot après mot, phrase après phrase, sans hausser la voix, elle dit à la traînée ce qu'elle pensait d'elle et de son comportement. Mary se sentait comme portée sur un nuage, chargé d'électricité certes, mais néanmoins serein. Tout ce qu'il fallait dire à cette effrontée, elle le lui dit. Du haut de son nuage, Mary vit des larmes couler sur le visage de la femme, elle vit Julia Grant qui osait l'interrompre.

D'une certaine façon, Julia était la pire. Les traînées sont partout les traînées, et une honnête femme sait comment les remettre à leur place. Mais Mrs. Grant était une menace. Mrs. Grant était la femme d'un héros, un boucher, certes, mais tout de même un héros pour la foule imbécile. Mrs. Grant était aussi une insolente. Elle s'était permis de s'asseoir en présence de la Première Dame, sans en avoir été priée. Tout le monde savait qu'elle complotait déjà pour prendre un jour sa place.

— Je suppose, dit Mary, que vous vous voyez déjà à la Maison-Blanche, est-ce que je me trompe ?

— Nous sommes très heureux là où nous sommes, Mrs. Lincoln.

— Ne ratez pas l'occasion si elle se présente, répondit Mary, enchantée de sa propre subtilité.

Elle fut toutefois surprise d'entendre la voix d'une femme qui criait. Était-ce Mrs. Ord ? Non, la traînée pleurait en silence. Mary se demandait d'où les cris pouvaient bien venir, tandis qu'elle disait d'une voix calme :

— C'est très bien la Maison-Blanche, vous savez.

Puis elle aperçut un halo de feu derrière la tête de Julia Grant, et alors elle s'aperçut que les cris, c'était elle qui les avait poussés.

Mais ce n'était pas la migraine, parce que ce même soir, à bord de l'*Indian Queen*, Mary était presque redevenue elle-même. Certes, elle avait été humiliée en public par Mrs. Ord et insultée par Mrs. Grant en privé. Mais Mary présida le soir à table avec un maintien admirable. Elle avait toutefois de la peine à se rappeler comment elle avait fait pour quitter la tribune et regagner le navire. Elle n'était pas non plus très sûre de la manière dont le dîner avait commencé. Mais maintenant que tout semblait bien aller, elle murmura à l'oreille du général Grant :

— J'espère qu'à l'avenir, général, vous saurez mieux contrôler Mrs. Ord, dont le comportement aujourd'hui, vis-à-vis de mon mari, a été proprement scandaleux.

Le général Grant répondit de manière confuse. Mais le Président dit :

— Mais, Maman, j'ai à peine remarqué la présence de cette dame.

— Dans ce cas, tu es bien le seul. D'ailleurs, qu'est-ce qu'elle faisait ?

— Ord a besoin d'elle, dit Grant.

— Tout comme le général Grant a besoin de moi à l'occasion, dit Mrs. Grant.

— Oh, nous savons bien pourquoi le général a besoin de vous, dit Mary. Mais le Président l'interrompit :

— Maman, la fanfare de l'armée monte à bord après dîner. Il y aura un bal.

— Nous avons pensé qu'un peu de gaieté ferait oublier toutes ces horreurs, dit Mrs. Grant.

— Je suis ravie que ça puisse vous rendre gais, dit Mary, puis se tournant vers Lincoln : Tout le monde reconnaît que si l'armée de la rivière James est immobilisée depuis des mois et des mois, la faute en revient au général Ord. S'il était remplacé, ne pourrions-nous pas gagner la guerre plus rapidement ?

— Maman...

Lincoln, lui, semblait très loin, placé où il était à table. Elle avait de la peine à l'entendre ; par contre elle entendait très bien le général Grant qui lui dit :

— Ord est un excellent officier. Je ne peux pas me passer de lui.

Tandis que Mary expliquait au général Grant la nécessité de remplacer Ord, elle se sentit envahie par un soudain sentiment d'extase. Elle flottait dans les airs, bien au-dessus de la table. Elle était redevenue la petite fille de Lexington, et en bas, tout en bas, étaient ses poupées.

Le 1er avril, Mrs. Lincoln retourna à Washington pour une brève visite. Le Président avait rêvé que la Maison-Blanche était en feu, et elle s'était servi de ce rêve comme prétexte à son départ. Elle reviendrait, disait-elle, avec un petit groupe d'amis et Keckley.

Depuis plusieurs jours, Lincoln s'était installé dans le bureau télégraphique du quartier général de Grant. Il prit plaisir à envoyer personnellement des dépêches à Stanton au Département de la Guerre : les nouvelles ne manquaient pas. De toutes parts, les troupes de l'Union convergeaient vers Richmond. L'arrivée de Sheridan avait en quelque sorte scellé le sort de la ville.

— C'est une bonne chose, dit Grant en se préparant à aller au front, que Sherman soit absent de la bataille finale.

Lincoln considéra le petit général d'un air étonné :

— Il y a sûrement assez de gloire pour tous, dit-il.

— Justement pas, répliqua Grant. C'est là tout le problème. L'armée que nous avons ici est l'armée de l'Est. Or cette armée n'a connu que des échecs. Si Sherman se joint à nous, le pays dira que l'Est commence des guerres que l'Ouest doit toujours finir.

— Savez-vous, général, que vous avez l'étoffe d'un politicien de premier ordre.

— Et vous, monsieur, dit Grant en ébauchant un sourire, vous avez l'étoffe d'un tacticien de premier ordre.

— Je ne suis pas sûr de très bien vous comprendre, dit Lincoln.

— Dites-moi, monsieur, dit Grant tandis qu'ils quittaient le bureau des télégraphes pour retourner au quartier général, avez-vous jamais douté au cours de ces quatre années du succès de notre cause ?

— Jamais, répondit Lincoln. A aucun moment.

Grant hocha la tête :

— C'est ce que j'ai dit à Sherman.

Le 2 avril, le général Grant occupa Petersburg. Lee s'était replié sur Richmond. Il était maintenant capital qu'il ne pût faire retraite vers le sud.

— Notre seule crainte, dit l'amiral Porter au Président dans le train qui les conduisait à Petersburg, c'est que Lee se retire en Caroline du Nord et n'opère sa jonction avec l'armée de Johnston. S'il y parvient, ils peuvent tenir encore longtemps.

Lincoln hocha la tête :

— Il faut que ça finisse maintenant, une fois pour toutes.

Le capitaine Robert Lincoln était à la gare de Petersburg pour accueillir son père.

— Soyez le bienvenu à Petersburg, monsieur, dit-il en saluant le Président.

Lincoln lui rendit son salut en disant :

— Nous avons pris notre temps pour venir, mais nous sommes finalement arrivés.

Lincoln monta sur le cheval que Robert lui avait amené. Puis, escorté d'un détachement de cavalerie, il traversa la ville déserte à l'exception de quelques timides Noirs.

Grant les reçut sous le porche de la maison qui lui servait de quartier général. Lincoln serra la main de Grant.

— J'avais depuis quelques jours, lui dit-il, le pressentiment que vous alliez enfin terminer cette histoire. Et maintenant, c'est presque fait.

— Monsieur le Président, dit Grant en allumant un gros cigare, à huit heures quinze le matin, le général Weitzel a accepté la reddition de Richmond. La nuit dernière, Mr. Davis et son prétendu gouvernement se sont retirés à Danville. Le général Lee est en train d'essayer de s'échapper vers le sud, mais nous l'en empêcherons. Nous l'avons enfin là où nous le voulions.

Lincoln se tenait au milieu de la chaussée, baissant les yeux à terre. Tout en continuant mystérieusement à perdre du poids, il était devenu plus voûté.

— On dirait, général, dit-il en levant les yeux, que notre travail touche à sa fin.

— Nous avons mis trop longtemps, monsieur. Mais lorsque nous avons commencé, nous ne savions pas où nous allions — des deux côtés.

— Maintenant nous ne sommes plus ignorants, dit Lincoln. Nous en savons même un peu trop... Je télégraphierai moi-même la nouvelle à la nation. Moi qui ai si souvent annoncé de mauvaises nouvelles à tant de gens, je pourrai enfin proclamer la fin de cette terrible épreuve.

Le lendemain, à bord du vaisseau amiral le *Malvern*, Lincoln et sa suite remontèrent la rivière jusqu'au port de Richmond où le vaisseau jeta l'ancre. L'amiral Porter avait fait préparer une barge de cérémonie tirée par douze rameurs pour transporter le Président dans la capitale ennemie.

Sur le quai une grande foule de nègres était rassemblée, qui ne cessaient de demander : « Qui est-ce ? » Quand on leur disait que c'était le président Lincoln, ils ne pouvaient pas le croire. Mais quand il apparut, tenant Tad à la main, ils se mirent à l'acclamer ; certains d'entre eux demandaient timidement à lui serrer la main, tandis que d'autres voulaient seulement le toucher.

Lincoln remonta la rue principale, l'amiral Porter à son côté, escorté de douzes marins nerveux, armés de carabines.

Comme ils s'approchaient du centre, des groupes commençaient à se former le long des trottoirs, composés maintenant aussi bien de Noirs que de Blancs. Des hommes étaient grimpés sur les poteaux télégraphiques pour apercevoir l'incarnation du mal yankee — le Vieil Abe en personne. Mr. Crook, le garde du corps de Tad, ne cessait de murmurer à l'oreille de Lincoln : « Cette foule ne me dit rien qui vaille. » Mais bien qu'il n'y eût aucun signe de sympathie, il n'y avait pas non plus de manifestation d'hostilité. A un moment donné, néanmoins, l'amiral Porter dit au Président :

— Monsieur, pourquoi n'entrerions-nous pas dans cet hôtel ? Nous pourrions y attendre les hommes du général Weitzel.

— Oh, je trouve le spectacle de la rue bien plus intéressant, amiral, répondit Lincoln en désignant un bâtiment public dont il ne restait plus que la façade richement ornementée. Nous avons causé beaucoup de dommages à cette ville, ajouta Lincoln d'un air quelque peu étonné.

Comme ils passaient à travers les ruines, le vent se leva brusquement et les papiers officiels du gouvernement se mirent à tourbillonner autour d'eux, pareils à de grandes feuilles carrées.

— Ce qui a commencé en papier, dit Lincoln, les chevilles enfoncées dans la masse des documents gouvernementaux, se termine en papier.

Puis au tournant d'une rue, ils aperçurent le capitole d'État perché sur sa colline en forme de temple grec. Lorsqu'on hissa le drapeau de l'Union au sommet du mât, l'escorte de marins poussa des acclamations, et Crook se plaça devant le Président pour l'abriter de sa large poitrine.

Lincoln leva les yeux sur la fenêtre où Crook avait vu du danger.

— Là, il n'y a personne, dit-il.

— Il y avait quelqu'un, monsieur. Un homme avec un fusil.

— J'ai mon pistolet, dit Tad.

— Tu n'en auras pas besoin aujourd'hui, Taddie, dit Lincoln en continuant d'avancer.

Avant d'arriver au capitole, ils s'arrêtèrent devant la fameuse prison Libby. Quelqu'un s'écria : « Détruisez-la ! » Lincoln répondit : « Non. Nous la garderons en souvenir. » Puis un détachement de cavalerie apparut, ce qui permit au Président de poursuivre à cheval le reste du chemin.

Le commandant de cavalerie s'arrêta devant une austère maison en stuc de style colonial.

— C'était ici le siège du gouvernement confédéré, monsieur le Président. Maintenant c'est à vous.

Lincoln descendit de cheval, s'essuya le visage avec un mouchoir, puis il entra dans la maison de Jefferson Davis, accompagné de Tad et de l'amiral Porter.

Ils furent accueillis par un Noir d'âge mûr, qui leur dit :

— Je travaillais pour Mr. Davis, qui m'a dit de garder la maison en état pour les Yankees.

— Ce que vous avez fait, j'en suis sûr.

Lincoln poussa la porte d'une pièce au milieu de laquelle se trouvait une longue table entourée de chaises. Lincoln s'assit au bout de la table, comme à son habitude.

— C'était le fauteuil de Mr. Davis, dit le Noir.

— C'est maintenant celui de Mr. Lincoln, dit l'amiral Porter.

— Pourriez-vous m'apporter un peu d'eau, s'il vous plaît ? demanda Lincoln.

Tandis que le vieil homme sortait précipitamment de la pièce, le général Weitzel entrait, le visage couvert de sueur. Il salua le commandant en chef en disant :

— Richmond est à vous, monsieur. Je regrette que nous n'ayons pas été au débarcadère pour vous accueillir, mais vous étiez en avance sur l'horaire.

— C'est exact. Quelles sont les nouvelles du front ?

Pendant que Tad et Crook exploraient la maison, Weitzel rapporta à Lincoln les activités du jour. Lee était toujours dans les parages, et Grant se préparait à livrer l'assaut final.

Le Noir revint avec de l'eau pour le Président et du whisky pour le général et l'amiral. Tout en buvant à la victoire, Weitzel annonça que sept cents bâtiments avaient été détruits dans la ville, et qu'un grand nombre de Blancs et de Noirs étaient sans abri.

— Quelles sont vos instructions, monsieur, concernant la manière dont je dois traiter la population locale ?

— Je ne vous dirai pas maintenant comment je vois le problème dans son ensemble, mais si j'étais à votre place, je les laisserais tranquilles. Oui, c'est cela, répéta Lincoln en hochant la tête, je les laisserais tranquilles.

Puis il regarda tout à coup autour de lui, comme s'il venait de réaliser pour la première fois l'ampleur de ce qui était arrivé.

— Cela ressemble tellement à un rêve, dit-il enfin, mais comme je fais tellement de rêves depuis quelque temps, je ne sais plus très bien ce qui est réel et ce qui ne l'est pas.

— Ceci est réel, monsieur, dit l'amiral Porter. Vous êtes assis dans le fauteuil de Jefferson Davis, qui est un fugitif de votre justice.

Lincoln sourit :

— Si c'est là tout ce qu'il a à craindre, il peut être tranquille. Je n'ai pas de justice maintenant, ni quoi que ce soit. C'est le destin qui nous guide tous — le destin et la nécessité. Voyez-vous, je dois être ici, tout comme il doit être en fuite, et tout comme l'Union doit être restaurée afin que disparaisse toute trace de cette terrible épreuve qui passera comme passe un rêve quand on se réveille enfin après un long sommeil.

XI

Elihu B. Washburne n'avait jamais vu le Président aussi curieusement passif. Il traînait dans son bureau, étendu sur le canapé, la cravate dénouée et le col ouvert. Il avait perdu une bonne trentaine de livres selon l'estimation de Washburne. Sa barbe et ses cheveux commençaient à grisonner, tandis que son visage avait pris une teinte cuivrée au soleil de Virginie.

— J'ai les mains et les pieds comme s'ils avaient passé tout l'été dans une glacière.

— Vous n'êtes pas malade, au moins ?

— Je ne le pense pas. Mais si je le suis, je suis un malade heureux, dit Lincoln en souriant d'un air absent.

— Puisque nous parlons de maladie, Seward va-t-il démissionner ?

Quelques jours auparavant, le secrétaire au Trésor avait fait une chute de voiture. Il s'était démis une épaule et s'était brisé les deux mâchoires ; il gisait maintenant dans une armature de métal et délirait la plupart du temps.

— Oh, je ne pense pas. J'espère que non. Des os brisés, ça se recolle, après tout. Ça m'ennuierait de le perdre. Avec Welles, il est tout ce qui reste de mon fameux Cabinet de coalition. Tout cela semble si loin. Maintenant nous avons toute une série de nouveaux problèmes.

Washburne hocha la tête :

— Les jacobins se préparent à punir les rebelles.

— Eh bien, nous ferons claquer le fouet devant Mr. Wade et ses amis...

Lincoln s'interrompit, puis il fit une chose qu'il n'avait pas faite depuis longtemps : il changea de sujet au milieu d'une phrase :

— Quel est le montant de la dette de l'Illinois à présent ? demanda-t-il.

— Je ne sais pas exactement, mais je sais que c'est considérable, grâce notamment à votre loi sur le développement.

— C'était plutôt une invention du juge Douglas que de moi.

— S'il faut en croire la biographie de votre campagne.

En 1860, Washburne avait été surpris du refus de Lincoln de prendre la responsabilité publique des dettes de leur État. Et pourtant, il avait voté, comme leader à la législature, des crédits pour des routes, des ponts et des canaux avec une telle profusion que l'État contracta bientôt une dette de quinze millions de dollars, alors que les bons d'État se vendaient quinze cents au dollar. L'intérêt sur les bonds excédait régulièrement et de beaucoup le revenu global de l'État.

— J'observe, dit Lincoln en ramassant un journal de Springfield, que l'État commence maintenant à payer des intérêts sur ces bons et qu'en 1882 ils seront tous remboursés. En attendant, nous avons pu développer l'Illinois de façon tout à fait spectaculaire.

— Des ponts sans rivières qui coulent en dessous, des routes qui ne mènent nulle part...

— Broutilles ! dit Lincoln en se renversant sur sa chaise. Je vois plus loin en avant.

— De façon plus réaliste qu'autrefois, j'espère. Notre État était bien près de la faillite...

— Je sais. C'est pourquoi je suis en train d'étudier la question. Seulement, nous serons peut-être obligés de recommencer. Voyez-vous, si je dois rembourser les propriétaires d'esclaves...

— Vous avez toujours ce projet ?

Washburne était stupéfait : puisque les rebelles avaient tenu jusqu'au bout, il ne voyait aucune raison de faire quoi que fût pour eux.

— Oui, c'est une question de justice. Ce sera aussi un moyen rapide d'amener de l'argent dans le Sud pour la reconstruction. Et puis nous aurons besoin d'argent pour implanter le plus de nègres possible en Amérique centrale.

Washburne secoua la tête d'un air incrédule :

— Quand vous avez une idée en tête, vous ne la lâchez pas facilement, n'est-ce pas ?

— Pas avant d'en avoir trouvé une meilleure. Pouvez-vous imaginer ce que sera la vie dans le Sud si les nègres restent ?

— Ce sera dur, dit Washburne. Mais la plupart des nègres n'ont pas envie de partir. Et s'ils partent, où trouverez-vous quatre millions de Blancs dans le Sud pour faire le travail que faisaient les esclaves ?

— Raison de plus pour rembourser les propriétaires d'esclaves.

Hay parut dans l'encadrement de la porte :

— Mr. Stanton est là, monsieur. Il a un message pour vous.

Lincoln se redressa sur sa chaise. Washburne observa la langueur de ses mouvements : on aurait dit que l'air lui-même était devenu résistant pour lui.

— Mars n'a pas l'habitude de se déplacer pour m'apporter lui-même un message, alors que le major Eckert est notre Mercure attitré.

Stanton était maintenant dans la pièce. Il ne salua personne. Il tenait à la main un petit morceau de papier jaune, et dit :

— Ceci est arrivé à quatre heures de l'après-midi. C'est du général Grant. Je vais maintenant le lire : « Le général Lee s'est rendu cet après-midi à l'armée du nord de Virginie selon les termes dictés par moi-même. La correspondance ultérieure établira de manière détaillée quels sont les termes de la reddition. »

Stanton tendit le télégramme à Lincoln. Pendant un moment, personne ne parla. Puis Lincoln se leva et dit cette chose qui parut incroyable à Washburne :

— Notre travail est terminé.

— Vous nous avez tiré d'affaire, dit Stanton, en serrant la main du Président. Washburne, extrêmement ému, en fit autant. C'était comme si son ancien ami avait cessé d'exister en tant qu'être humain pour n'être plus que l'incarnation d'une nation indivisible.

Durant toute la journée, la foule ne cessa de hanter le parc de la Maison-Blanche et les alentours. Tous les bâtiments publics avaient été illuminés, et d'immenses banderoles lumineuses proclamaient dans la nuit brumeuse : « U.S. Army, U.S. Navy, U.S. Grant », ou encore : « Gloire à Dieu qui nous a donné la victoire ! »

Pendant que la foule attendait l'apparition du Président, Tad amusait le monde en agitant un drapeau confédéré capturé. Mais lui aussi fut bientôt capturé par Mr. Crook qui le souleva de terre par le fond de la culotte.

Dans une des chambres à coucher du premier, Lincoln relisait son discours, en compagnie de Hay et de Noah Brooks. Il y avait travaillé toute la journée. Le texte lui avait donné beaucoup de peine. Il voulait, bien sûr, célébrer la victoire, mais il voulait surtout expliquer la manière dont il entendait reconstruire l'Union, et par là prendre de vitesse les jacobins du Congrès. Par ailleurs, bien que Noah Brooks écrivît toujours pour un journal de Sacramento, il était plus ou moins entendu qu'il succéderait à Nicolay qui serait nommé consul général à Paris. Hay était presque décidé à retourner chez lui à Varsovie dans l'Illinois, lorsque Seward lui avait offert le poste de premier secrétaire d'ambassade à Paris. Hay avait accepté ce poste avec plaisir. L'idée d'aller à Paris lui rendait plus supportable sa séparation d'avec le Taïcoun. Et puis, la perspective de passer encore quatre années dans la même maison que la Sorcière lui était insupportable. Hay plaignait sincèrement l'Ancien, enfermé dans une maison hantée, infestée de termites et de rats, avec une femme à moitié folle, sans autre compagnie que le sycophante Noah Brooks !

Brooks regarda la foule par la fenêtre.

— Je crois qu'il est temps, dit-il.

Lincoln hocha la tête. Puis, une bougie dans la main gauche et son discours dans la main droite, il parut à la fenêtre. La foule applaudit. La haute et mince silhouette du Président se détachait dans la nuit illuminée d'éclairs, comme une sorte de conducteur de lumière, absorbant tout le feu du ciel pour le communiquer aux hommes.

Les acclamations, loin de cesser, comme c'était ordinairement le cas avant un discours, redoublèrent d'intensité, se faisant même frénétiques. C'était moins une foule qu'une mer déchaînée dont les vagues immenses venaient se briser contre la Maison-Blanche. Tad, assis aux pieds de son père, battait des mains contre ses oreilles. Le Taïcoun pendant ce temps demeurait immobile à la fenêtre, le visage grave éclairé depuis en dessous par une bougie.

Enfin, les applaudissements cessèrent aussi brusquement qu'ils avaient commencé, et Lincoln se mit à parler. Le discours qu'il lut n'était pas fait pour combler l'attente d'une foule en liesse. Mais Lincoln tenait à se prononcer le plus rapidement possible sur le sort des États sudistes. Il lut d'abord une première page remplie d'allusions à la victoire, puis il se mit à exposer son programme de reconstruction de l'Union. Il cita l'exemple de la Louisiane, dont le gouvernement était sujet à la critique sur certains points. « Considérez, dit-il, que le nouveau gouvernement de la Louisiane est par rapport à ce qu'il devrait être comme est l'œuf par rapport au poulet. J'estime qu'il vaut mieux laisser éclore l'œuf que de l'écraser, sous prétexte qu'il n'offre pas toutes les garanties souhaitables. » Il déclara également que la Louisiane était prête à voter le treizième amendement abolissant l'esclavage. Sur la question du vote des Noirs, il dit ceci : « Il y en a qui trouveraient injuste que le droit de vote soit refusé à l'homme de couleur. Pour moi, j'aimerais l'accorder à présent aux plus intelligents d'entre eux, ainsi qu'à ceux qui ont servi sous nos drapeaux. »

John Wilkes Booth et Lewis Payne se tenaient sous un réverbère en bordure du parc de la présidence.

— Bon Dieu ! s'écria Booth horrifié. Il va laisser voter les nègres !

Puis, tout bas à l'oreille de Payne.

— Vas-y, tue-le !

Payne secoua la tête :

— Non, pas maintenant, capitaine. C'est trop risqué. Et il est trop loin. Plus tard...

Le Président termina son discours. Il y eut moins d'applaudissements qu'au commencement. L'orchestre joua jusqu'à ce que la pluie se mît à tomber. Alors la foule se dispersa.

— Eh bien, dit Booth tandis qu'il descendait avec Payne Pennylvania Avenue pour se rendre chez Sullivan, c'était là son dernier discours, parce que maintenant je vais lui régler son compte.

Au-dessus du Capitole, était inscrite en lettres de feu la légende suivante : « C'est là l'œuvre du Seigneur, le Seigneur a fait pour nous des merveilles. » Quand Booth lut ces mots à haute voix, il se mit à rire :

— Le Seigneur a d'autres tours dans son sac, dit-il, et d'autres instruments pour les exécuter.

David Herold et Atzerodt attendaient assis au fond du bar. David n'avait jamais vu Wilkes aussi démonté, tandis qu'il leur racontait le discours du Président :

— C'est ce que nous craignions tous depuis le début : les nègres seront les maîtres chez nous.

— Où est John Surratt ? demanda Atzerodt.

— Il a filé au Canada, dit David.

— Nous n'avons pas besoin de lui, dit Booth. Nous sommes assez, rien qu'entre nous, pour racheter notre cause. Après les diverses tentatives avortées pour kidnapper Lincoln, Surratt était devenu plus critique vis-à-vis de Booth. Finalement, lorsque Richmond était tombé, il avait dit à David qu'il ne voyait plus la nécessité de kidnapper Lincoln. Puis, quand Booth s'était mis à parler de meurtre, Surratt déclara qu'il en voyait encore moins l'utilité. Aussi, pour ne pas être impliqué davantage dans la conspiration, il était parti au Canada. Telle était du moins l'histoire que John avait voulu faire croire à David. Wilkes lui-même avait gardé le silence sur ce sujet.

La dernière bataille de la Confédération fut donc décidée dans l'arrière-salle de chez Sullivan, devant un verre de whisky et deux verres de bière.

— Les services de renseignement pensent que le Président et le général Grant iront ensemble au théâtre à la fin de la semaine. Je suppose que s'ils y vont vendredi, ce sera pour aller voir le spectacle patriotique au Grover ou Laura Keene au Ford. Dans un cas comme dans l'autre, nous serons prêts. Je me chargerai du Président et du général Grant. Lewis, au même moment, tuera Mr. Seward, tandis qu'Atzerodt tuera le Vice-Président au Kirkwood House Hotel. Ainsi nous aurons décapité le gouvernement d'un seul coup. Ensuite nous irons en Caroline du Nord rejoindre les hommes de Johnston qui se battent toujours dans les collines.

— Si nous arrivons à nous échapper, dit Atzerodt, le moins enthousiaste de la bande.

— Sinon, tant pis. Mais je pense que nous réussirons. Surtout s'ils vont au Ford, où j'ai déjà deux chevaux prêts dont s'occupe Ed Spangler. Avec David, nous gagnerons le Maryland, et avec la connaissance qu'il a des routes, nous aurons bientôt rejoint nos amis à Richmond, Yankees ou pas Yankees.

David avait fini par se persuader qu'il connaissait toutes les routes menant à Richmond. En réalité, au cours des six derniers mois, il avait passé pas mal de temps dans le Maryland avec John Surratt, et il était à peu près certain de conduire Wilkes sain et sauf jusqu'à Richmond. Il était surpris de se sentir aussi brave. Mais n'avait-il pas tenté deux fois d'empoisonner le Vieil Abe. Du moins, c'est ce que les gens qui lui importaient le plus croyaient, ce qui était presque la même chose.

Lewis Payne proposa ensuite de boire à la santé du capitaine, car, dit-il :

— C'est le dernier héros de notre cause, et le plus immortel.

Pendant qu'ils buvaient à la santé de Booth et à l'immortalité, Abraham Lincoln rêvait de la mort. Il dormait comme toujours dans une petite pièce attenante à la grande chambre à coucher où dormait Mary dans le grand lit de bois sculpté.

Soudain Lincoln fut réveillé par le silence inhabituel qui régnait dans la maison où d'ordinaire les planchers ne cessaient de craquer, et les rats de circuler dans les murs. Il ouvrit les yeux dans le noir. Pendant un instant il se demanda s'il n'était pas mort et enterré. Puis il entendit sangloter. Il se leva de son lit, et entra dans la chambre de Mary. Les lumières étaient allumées, mais elle n'était pas là. Il sortit sur le palier, en chemise de nuit. Mais ni Lamon ni Crook n'étaient de service. Le corridor était vide. Il regarda dans la chambre des secrétaires, le lit était vide.

Il descendit ensuite l'escalier : le vestibule d'entrée était également vide ; il n'y avait ni portiers ni huissiers en vue. Finalement, il entra dans le salon est, qui était rempli de monde. Au milieu de la pièce, sur un catafalque recouvert de velours noir, un corps gisait enveloppé d'un drap, le visage couvert d'un linge.

Des gens, le visage grave, défilaient devant le corps. Certains sanglotaient, d'autres regardaient seulement, horrifiés. Lincoln traversa la pièce pour aller vers l'un des soldats qui montaient la garde à l'entrée.

— Qui est mort à la Maison-Blanche ? demanda-t-il.

— Le Président, répondit le soldat. Il a été assassiné.

Alors une femme près du catafalque poussa soudain un cri, et Lincoln se réveilla dans son propre lit, le visage couvert de sueur. Qu'est-ce que cela peut bien signifier ? se demanda-t-il. Est-ce moi ou un autre ? Les rêves prédisent-ils l'avenir ou bien le contraire ? Il resta un long moment dans le noir à s'interroger.

Le vendredi 14 avril 1865, à onze heures du matin, le Cabinet se réunit en séance. Le général Grant était présent, et Fred Seward avait pris la place de son père.

Dans la salle des secrétaires, le capitaine Lincoln était assis au bureau de Hay, tandis que Hay avait pris la place de Nicolay, lequel était en ce moment en tournée dans le Sud pour le compte du Taïcoun. Robert Lincoln avait placé un superbe portrait de Robert E. Lee sur la cheminée.

— Je l'ai montré à Père au petit déjeuner, dit-il.

— Et il a été content ?

— Il a dit que Lee avait fière allure, et qu'il était content que la guerre soit terminée.

— Maintenant que nous avons une nouvelle guerre avec les radicaux et Ben Butler.

Depuis le discours de Lincoln sur le retour de la Louisiane dans l'Union, les radicaux s'étaient mis au travail. Ils voulaient tout simplement renverser l'exécutif et ensuite dicter à travers le Congrès une paix sévère au Sud. Le très retors et très ambitieux Ben Butler s'était allié à l'autre Ben (Wade), ainsi qu'à Chandler, Stevens, Sumner, et toute la clique des tartufes. Hay était convaincu qu'ils tenteraient une sorte de coup d'État militaire contre l'Administration. Lorsqu'il exprima ses craintes au Taïcoun, celui-ci lui dit en riant :

— J'ai avec moi le général Grant, le général Sherman et le général Sheridan. Je ne vois pas très bien ce que le Congrès peut faire contre eux.

Mais Lamon était inquiet. Il parlait de complots pour tuer le Président ou pour l'enlever. Et si l'hypothèse d'un coup d'État militaire était peu probable, le Congrès, appuyé par Chase, était capable de toutes sortes de tours législatifs pour entraver l'action du Président.

— Où est Lamon ? demanda Robert.

— En mission à Richmond.

Edward entra dans le bureau :

— C'est confirmé pour ce soir, annonça-t-il. Tad et ses amis...

— ... Qui sont légion, dit Robert.

— ... iront au théâtre Grover, et le Président, le général Grant et leurs femmes iront au théâtre Ford. Voudriez-vous y aller aussi, capitaine ?

— Pour voir Laura Keene ?

— Dans *Notre cousin d'Amérique,* dit Hay.

— Non, merci.

Edward quitta la pièce. Robert se tourna vers Hay :

— Si nous allions faire un tour du côté de Marble Alley, qu'en dites-vous ?

— Très volontiers.

Pendant ce temps-là, le Président discutait rêves avec le Cabinet :

— C'est curieux comme les rêves sont souvent mentionnés dans l'Ancien et dans le Nouveau Testament.

— Et aussi dans Shakespeare, dit Welles, plus à l'aise avec cet auteur.

Lincoln hocha la tête d'un air absent ; puis se tournant vers le général Grant assis en face de lui de l'autre côté de la table :

— Je vous ai demandé des nouvelles de Sherman en Caroline du Nord, parce que j'ai l'impression que nous allons bientôt apprendre l'annonce d'une importante victoire. Voyez-vous, avant chaque événement important de cette guerre, j'ai toujours fait exactement le même rêve. Je me trouve sur un bateau impossible à décrire qui se dirige rapidement vers un rivage indéfini — je suis sans rame, et je vais à la dérive. J'ai fait ce rêve avant Fort Sumter, Bull Run, Antietam, Gettysburg, Stone River, Vicksburg et Wilmington.

— Pour Stone River, dit sèchement Grant, on ne peut pas dire que ce fut une victoire, et tout cela par la faute de Rosencrans. Encore quelques combats de ce genre, et nous aurions été finis.

— Là, je ne suis pas tout à fait d'accord avec vous, dit Lincoln. De toute façon, mon rêve l'a précédé.

— Et cette fois, dit Welles, le rêve ne peut prédire ni une victoire ni une défaite, puisque la guerre est finie.

— Il y a encore quelques rebelles en liberté, dit Lincoln.

— Peut-être, monsieur, dit Fred Seward, que le rêve précède tout grand changement d'une manière générale.

— C'est possible, dit Lincoln.

Stanton présenta ensuite au Président une copie de son propre plan de reconstruction de l'Union. Lincoln prit le document, y jeta un coup d'œil et dit :

— C'est là bien sûr le grand problème auquel nous sommes maintenant confrontés et qu'il importe de résoudre le plus tôt possible. En fait, avant le retour du Congrès en décembre. Nous avons donc neuf mois... ajouta Lincoln en souriant, pour donner naissance à une nouvelle Union.

— Ce que nous aurions de la peine à faire si Ben Wade et le Sénat étaient en session, dit Welles.

— C'est pourquoi j'ai fait ma proposition, dit Stanton. L'organisation de la Virginie constitue le problème central. Une fois que nous l'aurons résolu, nous aurons le modèle pour le reste des États rebelles.

Welles n'était pas d'accord :

— La Virginie est une anomalie, dit-il. Nous contrôlons un certain nombre de comtés depuis quelque temps, et nous avons un gouverneur favorable à l'Union. Bien qu'il n'ait pas été élu par l'État tout entier, je crois que nous devrions faire comme s'il l'avait été.

Lincoln hocha la tête :

— Les problèmes bien sûr commenceront en décembre. Si le Congrès n'approuve pas la manière dont nous aurons organisé ces États, il pourra refuser d'accepter leurs délégations. Je ne peux pas contrôler ce que fait le Congrès. Mais j'ai le pouvoir de maintenir l'ordre à l'intérieur de ces États et je peux soutenir leurs gouverneurs, ce que je ferai.

— Et si vous faites cela, le Congrès se ralliera, ajouta Stanton d'un air menaçant.

— Je l'espère bien, dit Lincoln. Je ne cherche pas la bagarre, maintenant que la guerre est finie. Qu'on ne compte pas sur moi pour pendre ou pour tuer d'autres hommes, même les pires d'entre eux.

— Y compris Jefferson Davis ? demanda Fred Seward.

— Eh bien...

Lincoln regarda par la fenêtre pour voir s'il n'apercevait pas son ancien rival en fuite sur la rivière.

Le contrôleur général des postes suggéra que le Président ne serait sans doute pas fâché si les chefs rebelles quittaient le pays.

Lincoln hocha la tête :

— En effet, je ne serais pas du tout fâché de les voir quitter le pays, mais je tiendrai à m'assurer qu'ils sont tous bien partis.

Le Cabinet s'ajourna à une heure. Fred Seward rappela au Président que le successeur de Lord Lyons venait d'arriver de Londres et qu'il aimerait présenter ses lettres de créance.

— Nous ferons cela demain, dit Lincoln. A deux heures de l'après-midi. Dans le salon bleu. Mais j'aimerais d'abord lire le discours que vous avez écrit pour moi avant de le prononcer.

Lincoln fit signe au général Grant de l'accompagner dans son bureau.

— Je suis navré pour ce soir, lui dit-il. La presse a beaucoup parlé de notre sortie et tout le monde sera là pour vous voir.

— Je sais, monsieur. Mais Mrs. Grant est ferme. Nous devons prendre le train pour Philadelphie cet après-midi. Les enfants, vous comprenez...

— Je comprends. Eh bien, tant pis, si ce n'est pas possible, ce n'est pas possible. J'ai seulement dit que j'irai à cause de vous et de Mrs. Grant, et pour faire plaisir à la foule.

— La foule ! s'écria Grant. Je commence à en avoir assez de toute cette foire ! Je n'ai jamais eu autant affaire aux gens.

— Vous feriez bien de vous y habituer, général.

— Vous le pensez ?

— Oui, je le pense, dit Lincoln en lui tendant la main. Au revoir, général.

— Au revoir, monsieur le Président.

Grant parti, Lincoln entra dans le petit cabinet à côté de son bureau et commença de se laver le visage au lavabo, lorsque Hay entra dans le bureau :

— J'ai demandé au Speaker de la Chambre, pour ce soir. Mais il n'est pas libre.

— Eh bien, trouvez-nous quelqu'un d'autre. Et commandez la voiture pour cinq heures.

— Bien, monsieur. Mr. Johnson est ici.

— Qui ? demanda Lincoln en s'essuyant le visage.

— Le Vice-Président, monsieur. Est-ce que je lui demande pour ce soir ?

Lincoln secoua la tête, et Hay sortit de la pièce.

Lorsque Andrew Johnson entra dans le bureau, Lincoln était en train d'étudier le mémorandum de Stanton. En privé Johnson était moins loquace qu'en public, la présence de la foule agissant sur lui comme un stimulant. Le fait que lui et Lincoln se connaissaient à peine rendait leurs relations un peu difficiles, malgré les efforts calculés de Lincoln pour se montrer ouvert.

— J'aurais dû vous demander d'assister à la séance du Cabinet aujourd'hui, dit le Président en reposant le mémorandum. Nous discutions de la reconstruction des États du Sud, un sujet sur lequel vous êtes une autorité. Mais j'avoue que j'avais si peu l'habitude de voir votre prédécesseur que j'ai besoin de me rappeler qu'un tel personnage existe.

— Tout ce que je pourrai faire, je le ferai, monsieur le Président. Je ne suis pas l'ami des esclavagistes.

— Comme chacun sait.

— Mais je ne veux aucun mal aux citoyens ordinaires, ajouta prudemment Johnson.

Lincoln hocha la tête :

— Dans ce cas, vous désapprouverez tout comme moi — que ceci reste entre nous — le plan de Mr. Stanton qui consiste à traiter les Sudistes en vaincus. Je désire au contraire leur retour dans l'Union comme citoyens libres, capables de se gouverner eux-mêmes, de préférence avant décembre. Le général Grant est d'accord avec moi sur ce point, ajouta Lincoln en regardant fixement Johnson.

— Je le suis également, monsieur. Après tout, il s'agit du peuple dont je suis issu.

— Vous n'êtes pas le seul homme du peuple, Andy, dit Lincoln en choisissant une pomme dans une coupe de fruits et en la donnant à Johnson. Je suis heureux de voir que nous nous comprenons. Parce que nous n'avons pas fini d'entendre criailler les oies du Capitole...

A cinq heures, le Président et Mrs. Lincoln montèrent dans leur voiture.

— Es-tu bien sûr, demanda Mary, que tu ne veux pas que je demande à Mr. Johnson ou à quelqu'un d'autre de nous accompagner ?

— Non, Maman, rien que nous, aujourd'hui.

L'après-midi était doux et ensoleillé, et les fleurs de printemps commençaient à paraître sur les pelouses de l'Institut smithsonien, et au pied du monument à Washington, là où hier encore étaient les campements militaires. Un détachement de cavalerie accompagnait la voiture du Président. Un peu plus tôt dans la journée, Lincoln et Stanton avaient discuté des mesures de protection. Lincoln estimait que maintenant que la guerre était finie, il n'y avait plus de raison de craindre pour sa vie. Stanton au contraire prétendait qu'il était plus en danger que jamais. Lamon était du même avis, mais il se trouvait à Richmond. Néanmoins, juste avant son départ, il avait recommandé au Président de ne pas se montrer au théâtre ni dans aucun lieu public où sa présence aurait été annoncée à l'avance.

— Nous pourrions peut-être rester à la maison ce soir, dit Lincoln, tandis que la voiture s'engageait dans Pennsylvania Avenue.

— Mais c'est la dernière soirée de Laura Keene, et elle compte sur nous, dit Mary. Je trouve que c'est quand même grossier de la part du général Grant. Hier il disait qu'il venait, et aujourd'hui, il ne vient plus.

— C'est Mrs. Grant. Elle doit être pressée de revoir ses enfants.

La voiture s'arrêta pour laisser passer une file d'ambulances. Quand les blessés reconnurent Lincoln, ils l'acclamèrent. Le Président ôta son chapeau et le tint à la main jusqu'à ce que la dernière ambulance fût passée.

— Je suppose qu'elle n'ose pas se présenter devant moi après la scène qu'elle a faite à City Point. Je n'ai jamais vu quelqu'un perdre autant le contrôle de soi-même. C'est une ambitieuse petite personne. Lui aussi, du reste. Si tu l'avais vu ce matin sortir d'ici pour aller au Willard. Il se pavanait au milieu de la foule comme s'il était toi.

— Il n'est certes pas moi, mais c'est le général Grant, c'est tout de même quelque chose de très spécial.

— Il fait campagne pour la présidence. Il n'y a aucun doute. Là-dessus je ne me trompe pas.

— Pourquoi pas ? Nous en aurons bien profité. S'il veut prendre la suite, eh bien, qu'il la prenne !

— Quatre années, dit Mary. Quand j'étais jeune cela me paraissait une éternité. Maintenant ce n'est rien du tout. Quatre ans, quatre semaines, quatre jours, qu'est-ce que c'est ?

— Quand tout sera fini, dit Lincoln, j'aimerais aller dans l'Ouest. Je voudrais voir la Californie et l'océan Pacifique.

— Moi, j'aimerais aller en Europe. Je voudrais voir Paris...

— Il me semble que si tu ne connais pas Paris, Paris te connaît très bien. En fait, tu es parisienne de la tête aux pieds.

— Oh, Papa ! Je dépense si peu maintenant. De toute façon, c'est Keckley qui fait tout. Et où vivrons-nous ?

— A Springfield, bien sûr. Je reprendrai mon étude avec Herndon...

— Si tu fais une chose pareille, je divorcerai. Papa, comment pourrais-tu vivre à Springfield à présent ? Reprendre le droit avec Billy, tu n'y penses pas !

— Que puis-je faire d'autre ? J'aurai soixante et un ans. Il faudra bien que je fasse quelque chose pour gagner ma vie. Ça veut donc dire reprendre mon ancienne profession...

— Alors à Chicago.

Mary avait déjà en vue une de ces belles maisons neuves en bordure du lac, où l'on commençait maintenant à construire des palaces.

— Si nous en avons les moyens. Mais aujourd'hui je ne veux penser à rien. Il y a des années que je n'ai pas été aussi heureux.

— Ne dis pas cela !

— Pourquoi pas ? C'est vrai.

— Parce que la dernière fois que tu as prononcé ces mêmes mots, c'était juste avant la mort d'Eddie.

Lincoln la considéra un moment, puis il regarda le Capitole sur leur gauche.

— Je me sens personnellement si... complet, dit-il, maintenant que le nouveau toit est posé. Et je suis également soulagé que le Congrès soit en vacances et que l'endroit soit vide.

Ce soir-là, après dîner, Mary alla se changer pour le théâtre pendant que Lincoln bavardait dans le salon ovale du premier avec le nouveau gouverneur et le nouveau sénateur de l'Illinois. Puis Noah Brooks annonça le Speaker de la Chambre, Mr. Colfax, un homme qui avait toujours le sourire aux lèvres quelles que soient les circonstances.

— Monsieur, je voudrais savoir si vous avez l'intention de demander une session spéciale du Congrès afin de considérer les propositions de Mr. Stanton pour la reconstruction.

Si Lincoln fut surpris par l'allusion au mémorandum censément privé de Stanton, il n'en montra rien.

— Non, je ne convoquerai pas de session spéciale. Après les travaux surhumains de la dernière session, je crois que le Congrès a besoin de vacances.

— Dans ce cas, dit Colfax en cachant sa déception derrière son sourire, je ferai ce tour dans l'Ouest que je projette depuis longtemps.

Lincoln s'entretint un moment avec Colfax de son projet de voyage, puis il lui revint à l'esprit que lorsque le sénateur Sumner s'était trouvé récemment à Richmond, il avait soustrait le marteau de Speaker du Congrès confédéré.

— Sumner menace de le donner à Stanton, mais je préférerais que ce soit vous qui l'ayez, il me semble qu'il vous revient de droit.

— Rien ne me ferait davantage plaisir, dit Colfax.

— Eh bien, vous direz à Sumner de vous le donner.

Mary entra dans la pièce, somptueusement parée pour le théâtre, et elle fut unanimement complimentée.

— Je pense qu'il est temps de partir, dit Brooks en consultant sa montre.

— Somme toute, dit Lincoln en prenant le bras de Mary, j'aimerais autant rester à la maison, mais comme la veuve dit au prédicateur...

— Oh, Papa, pas celle-là ! Pas maintenant !

Ils descendirent l'escalier tout en se chamaillant gentiment. Devant la porte une voiture les attendait, avec à l'intérieur la fille du sénateur Harris de New York et son fiancé, le major Rathbone, la meilleure compagnie que Hay ait pu trouver dans un délai aussi court.

En montant dans la voiture, Lincoln dit « au revoir » à Crook, puis comme un vieil ami de Chicago remontait l'allée en agitant son chapeau :

— Je suis désolé, Isaac, nous allons au théâtre. Revenez me voir demain matin. La voiture s'engagea dans l'avenue, escortée d'un officier de la police métropolitaine.

Une longue file de voitures bloquait tout un côté de Tenth Street, sauf devant l'entrée brillamment éclairée du théâtre où le frère cadet de Mr. Ford attendait. La pièce avait déjà commencé.

Tandis que le jeune Mr. Ford conduisait le Président et sa suite dans la loge qui leur avait été préparée, les acteurs, qui avaient reconnu le Président, se mirent à improviser des répliques à l'adresse de Lincoln. Ainsi chauffée, la salle se mit à applaudir le président Lincoln et le général Grant. Mais seul le Président se montra. Puis il s'assit dans un large fauteuil à bascule, et un rideau le déroba aux regards du public.

A dix heures, Booth, Herold et Payne attendaient dans la rue, à cheval et armés. Sur un geste de Booth, David et Payne se dirigèrent vers la maison de Seward, tandis que Booth remontait l'allée de derrière le théâtre, où Ed Spangler l'aida à attacher sa jument baie. Booth fit ensuite le tour du théâtre et entra dans le vestibule.

— J'espère que je n'ai pas besoin de prendre un ticket, dit-il au portier en passant. Puis il monta au premier balcon et vit qu'il y avait un fauteuil vide dans la loge présidentielle. Le policier n'était pas à son poste. C'était un coup de chance inespéré.

Booth ouvrit la porte et se glissa dans l'avant-loge. Le Président était à quelques pas devant lui, éclairé par la lumière de l'avant-scène. A sa droite était assise Mrs. Lincoln ; et plus à droite encore un jeune couple occupait un sofa.

Pendant que l'assistance riait, Booth retira un derringer de sa poche droite, et de sa poche gauche, une longue dague bien affilée.

Mary avait posé négligemment son coude sur l'avant-bras de Lincoln, mais s'avisant brusquement qu'une telle attitude n'était pas tout à fait convenable, elle se redressa en murmurant à l'oreille de son mari :

— Qu'est-ce que Miss Harris va penser si elle me voit comme ça ?

— Mais elle ne pensera rien du tout, Maman. Que veux-tu qu'elle pense ?

Au même moment, à une distance d'un mètre cinquante, Booth tira un seul coup de feu sur l'arrière de la tête du Président. Lincoln se renversa sur sa chaise, sans émettre un son, et sa tête s'affaissa sur le côté gauche avant d'aller heurter la cloison. Mary se retourna non vers Booth mais vers son mari, tandis que dans les coulisses un acteur regardait la loge les yeux écarquillés : il avait tout vu.

Le major Rathbone se jeta sur Booth, qui tira promptement sa dague pour l'enfoncer dans le cœur du jeune homme ; mais la lame glissa sur le bras de Rathbone. Booth enjamba ensuite la rampe, et d'un de ses bonds athlétiques si prisés de ses admirateurs, il sauta la hauteur de douze pieds séparant la loge de la scène. Mais les effets de Booth, pour spectaculaires qu'ils fussent, péchaient toujours dans la finition. Cette fois-ci, il avait oublié de tenir compte du drapeau qui décorait le devant de la loge. L'un de ses éperons s'était pris dans la soie, et déséquilibré, il se foula la cheville en tombant.

Rathbone cria depuis la loge :

— Arrêtez cet homme !

Booth cria à son tour quelque chose d'inintelligible, puis il s'éloigna en courant.

Mary s'était mise à hurler. Miss Harris essayait de la réconforter. Laura Keene elle-même était venue ; elle tenait sur ses genoux la tête du Président inconscient lorsqu'un docteur arriva pour examiner la blessure. La balle était entrée au-dessus de l'oreille gauche et s'était arrêtée juste en dessous de l'œil droit.

A la Maison-Blanche, Robert Lincoln et Hay étaient assis confortablement dans le salon du premier, en train de boire du whisky lorsque le nouveau portier, Tom Pendel, fit irruption dans la pièce en criant :

— Le Président a été assassiné !

Pendel était hystérique :

— Mr. Seward lui aussi a été assassiné. Le Cabinet tout entier a été assassiné !

— Qui a fait cela ? demanda Robert à Hay dans la voiture qui les conduisait dans Tenth Street.

— Je ne sais pas. Des rebelles.

Dans une petite chambre à coucher de pension de famille, l'Ancien reposait sur un lit qui, cela va sans dire, était beaucoup trop petit pour lui. Il était couché sur le dos, respirant difficilement, tandis qu'un médecin essayait d'étancher avec du coton le sang qui coulait de la blessure. Il avait l'œil droit enflé, et la peau de la joue droite commençait à noircir. Hay remarqua que les longs bras nus qui reposaient sur le couvre-lit étaient extrêmement musclés. Il entendait Mrs. Lincoln sangloter dans la pièce à côté. Dans la chambre à coucher, il fut le témoin d'une scène qui lui souleva le cœur : le sénateur Sumner sanglotant comme une veuve au chevet du lit. Dans un coin était assis Welles, tout ratatiné sous sa perruque.

Les membres du Cabinet allaient et venaient. Seul Stanton restait en place. A Robert qui demandait :

— Y a-t-il quelque espoir ? Stanton répondit à la place du docteur :

— Il n'y en a aucun. Il va sombrer peu à peu. Le cerveau est détruit. La blessure est mortelle. Puis, se tournant vers un aide de camp : Télégraphiez la nouvelle au général Grant à Philadelphie. Il doit revenir immédiatement. Mais avec un détachement complet de gardes. Puis à un autre : Allez trouver le juge de la Cour suprême. Dites-lui ce qui est arrivé. Nous aurons besoin de lui pour assermenter le nouveau Président.

Un fonctionnaire du Département d'État vint annoncer :

— Un homme s'est introduit dans le vieux Club House. Le serviteur dit qu'il avait tout l'air d'un rebelle. Il est monté au premier et a poignardé Mr. Seward qui, heureusement, a été sauvé par sa mentonnière. Il n'est même pas blessé. Mais Fred Seward a été assommé. Il est inconscient.

— C'est curieux, j'étais avec eux il n'y a pas une heure, dit Stanton. L'homme s'est échappé ?

— Oui, monsieur.

Mary Lincoln entra dans la pièce :

— Oh, Robert ! s'écria-t-elle. Qu'allons-nous devenir ? Puis, regardant son mari : Papa, parle-nous ! Tu ne peux pas mourir comme ça, pas maintenant. C'est impensable. Robert, va chercher Taddy ! Il parlera à Taddy. Il ne se laissera pas mourir, si Taddy est ici.

Robert regarda Stanton, qui secoua la tête. Puis Mary poussa un grand cri et se jeta sur le corps de Lincoln.

— Ne nous quitte pas !

— Faites sortir cette femme, dit Stanton, soudain brutal envers une femme qu'il avait toujours essayé de charmer. Ne la laissez pas rentrer.

Sumner et l'homme du Département d'État conduisirent Mary en dehors de la pièce, au moment même où entrait le vice-président Johnson.

— Monsieur, dit Stanton, redevenu brusquement déférent. Je désire que vous restiez sous bonne garde — les soldats que je vous ai assignés sont à l'hôtel Kirkwood — jusqu'à ce que nous ayons découvert qui sont les assassins. Je suis certain qu'ils avaient aussi l'intention de vous tuer.

— Il va... mourir ? demanda Johnson en regardant d'un air stupéfait la figure allongée sur le lit.

— Oui, monsieur. J'ai déjà pris les dispositions nécessaires. Mr. Chase a été averti. Au moment voulu, il viendra à votre hôtel et vous fera prêter serment.

— Nous avons reçu un rude coup, dit Johnson.

— Oui, monsieur. Mais lui, il a de la chance. Il appartiendra à la postérité, alors que nous, nous sommes obligés de vivre parmi les épaves.

Stanton passa la nuit au chevet du lit à côté de Robert. Peu après sept heures du matin, Abraham Lincoln poussa un grand soupir et mourut. Stanton, tel un automate, leva son bras en l'air, posa son chapeau sur sa tête et l'ôta d'un geste tout aussi mécanique. Puis il se leva :

— Le Cabinet, dit-il, va maintenant se réunir pour discuter de la notification et de la cérémonie d'investiture du président Johnson, ainsi que de la continuation de ce gouvernement.

Mary retourna dans la pièce, elle s'agenouilla au pied du lit et se pencha sur son mari en gémissant faiblement ; puis elle se releva, sécha ses yeux, et dit :

— Oh, mon Dieu ! J'ai laissé partir mon mari. Robert la conduisit hors de la pièce.

Hay resta un long moment à contempler l'Ancien ; il avait l'air de sourire, car le docteur avait attaché un linge sous son menton pour empêcher la bouche de s'ouvrir. On aurait dit que sa propre mort venait de lui rappeler une histoire. Hay réalisa alors qu'il ne raconterait plus jamais d'histoire : il était désormais devenu l'histoire que se racontaient les autres.

David Herold avait attendu devant la maison de Seward aussi long-temps qu'il l'avait osé. D'après les cris, on aurait dit que Payne avait égorgé toute la maisonnée. Finalement David n'y tint plus. Il enfourcha sa monture et descendit Pennsylvania Avenue où, comme il passait devant les écuries de la Maison-Blanche, un homme lui cria :

— Tu es en retard ! Tu as assez promené ce cheval. Rentre-le maintenant.

Pour toute réponse, David éperonna son cheval, en prenant la Quatorzième Rue, et puis F Street en direction de l'est. Il n'avait qu'une idée en tête : retrouver Wilkes.

Au pont du chantier naval, une sentinelle arrêta David et lui demanda son nom. David répondit : « Smith. » Interrogé sur ce qu'il faisait là, David répondit qu'il habitait de l'autre côté d'Anacostia Creek à White Plains. La sentinelle le laissa passer, tout en l'avertissant que le pont serait désormais fermé à neuf heures. David le remercia et poursuivit sa route. Sur la route de Bryanstown, il finit par rattraper Wilkes.

— Réussi ? demanda Booth.

— Oui, dit David.

— Moi aussi, dit Booth.

Ce furent les seuls mots qu'ils échangèrent avant d'arriver à Surrattsville. Là David descendit de cheval et entra dans l'ancienne auberge des Surratt, qui était maintenant tenue par un certain John Lloyd. Comme il avait été convenu entre eux, Lloyd leur apporta une paire de carabines et une bouteille de whisky. David donna le whisky à Wilkes, qu'il but sans descendre de cheval. Wilkes refusa les carabines, puis il dit d'un air détaché :

— Je me suis fracturé la cheville.

— Il vous faut autre chose ? demanda Lloyd.

— Non, ça va comme ça, dit Booth. Mais je veux bien vous apprendre une nouvelle, si vous désirez l'entendre.

— Pas particulièrement, dit Lloyd.

— Je suis à peu près certain, dit Booth en éperonnant son cheval, que nous avons assassiné le Président et le secrétaire d'État.

Là-dessus Booth et David s'en allèrent. C'était ce dont David avait toujours rêvé : accomplir un acte héroïque, et puis galoper toute la nuit, avec son compagnon d'armes à ses côtés. Les paroles de Wilkes ne ces-

saient de lui trotter dans la tête : « Nous avons assassiné le Président... »
Il n'y avait pas plus grand exploit pour un héros confédéré...

A quatre heures trente du matin, ils arrivèrent chez un docteur de leurs amis, qui soigna la cheville de Wilkes, laquelle était brisée de telle sorte que les os formaient un angle droit les uns avec les autres. Wilkes demanda ensuite un rasoir et se rasa la moustache.

Plus tard, lorsque le jour commença de poindre, le docteur pria ses amis de partir. Le bruit commençait à se répandre que John Wilkes Booth avait assassiné le Président. Mais on ne disait rien de Mr. Seward, au grand désappointement de David. N'importe ! Ce qui comptait, n'était-ce pas que lui, David Herold, avait fait tout ce que Wilkes lui avait dit de faire ? Désormais n'étaient-ils pas tous les deux amis et frères pour l'éternité ?

XII

Bien que l'impératrice Eugénie dût avoir autour de la quarantaine, elle représentait pour John Hay le type accompli de la beauté féminine ; et autant il trouvait son mari repoussant, autant il la trouvait attirante. Lors de la réception du corps diplomatique, le 1er janvier 1867, au palais des Tuileries, Hay hanta le splendide salon où l'impératrice tenait sa cour, et évita la grande salle d'apparat où se tenaient l'empereur et ses ministres.

L'impératrice avait les cheveux naturellement acajou et le teint pâle. Elle portait une robe de velours couleur rubis, avec un décolleté révélant une parure de diamants. Hay n'arrivait pas à détacher d'elle son regard. Il avait passé quatre ans à Washington au milieu de femmes qui cherchaient à imiter Eugénie, et maintenant il se trouvait en présence du modèle lui-même. Elle était assise sous un portrait en pied de l'impératrice Marie-Louise, et jouait d'un éventail en ivoire pour communiquer avec les autres. Hay la contemplait comme on contemple un lever de soleil, ou plutôt, vu la fragilité chronique du système politique français, un coucher de soleil.

Tout autour de la pièce incrustée d'or, se tenaient les diplomates en tenue d'apparat chamarrés d'or, tandis que le personnel du palais en uniforme violet essayait sans succès de se rendre utile. A intervalles réguliers des soldats de la garde personnelle de l'empereur venaient se poster à endroit fixe, pareils à des statues peintes en bleu et or. Bien qu'il fît encore jour, on avait allumé les chandeliers, et des feux brûlaient dans toutes les cheminées.

L'ambassadeur sortant des États-Unis, John Bigelow, s'approcha de Hay. Bigelow était accompagné d'un vieil homme corpulent au visage rose et d'une magnifique jeune femme. Mr. Hay est mon premier secrétaire, dit Bigelow en présentant Hay au vieux monsieur et à sa compagne, qui n'étaient autres que l'historien américain Charles Schermerhorn Schuyler et sa fille Emma, princesse d'Agrigente. Hay, qui n'avait

683

encore jamais rencontré la princesse, avait toutefois entendu parler de son mariage malheureux avec le prince d'Agrigente, héritier d'un des maréchaux de l'empereur Napoléon Ier. Le prince vivait avec sa maîtresse. La princesse tenait un salon et habitait avec ses enfants. Et, chose rare à Paris, jamais l'ombre d'un scandale ne l'avait effleurée.

Mais la princesse elle-même était une personne rare, tandis qu'elle tournait sur lui ses beaux yeux noirs en disant avec un léger accent anglais :

— Bien que je sois une véritable Américaine, je ne suis jamais allée aux États-Unis.

— C'est ma faute, dit l'aimable Mr. Schuyler. J'ai quitté New York en 1836 pour devenir, comme vous, un diplomate. Puis je suis allé en Italie, où je me suis marié et...

— Depuis vous n'êtes jamais retourné au pays, dit Emma. Et moi, il me tarde d'y aller.

— Moi aussi, dit Bigelow. New York me manque !

— Vous nous manquerez ici, dit Mr. Schuyler. N'empêche que, si vous n'aviez pas été là, Mr. Seward nous aurait entraînés dans une guerre avec la France à l'heure qu'il est.

— Oh, vous exagérez, dit Bigelow.

Bigelow se montrait modeste, comme il convenait ; mais Hay savait bien que si Bigelow n'avait peut-être pas évité une guerre, il avait à coup sûr évité une crise.

En novembre, Hay avait décodé personnellement l'ultimatum de Seward à Napoléon, le priant de retirer ses troupes du Mexique, comme il avait été convenu entre les deux pays, dût-il en coûter la tête à ce pauvre pantin de Maximilien. Bigelow avait alors substitué à la harangue de Seward une note polie, acceptable pour le gouvernement français qui lui en avait été dûment reconnaissant. Mr. Schuyler avait même écrit un article élogieux sur le « coup diplomatique » de Bigelow dans l'*Atlantic Monthly*. Maintenant Bigelow retournait au pays, et son successeur n'était pas Sa Très Satanique Majesté James Gordon Bennett, lequel tout compte fait préférait régner sur l'enfer de New York plutôt que de servir dans les Champs-Elysées de la diplomatie, mais le général John A. Dix, celui-là même qui, à la requête de Stanton, avait laissé tomber les charges pesant contre Sprague et ses complices.

Le fait que Dix savait que Hay était au courant pour l'affaire Sprague avait jeté un certain froid sur leur première entrevue. Lors de la seconde entrevue, Hay offrit sa démission à Dix, et elle fut acceptée. Heureusement Seward était venu à la rescousse, et Hay devait rentrer à Washington où il venait d'être nommé assistant spécial auprès du secrétaire d'État. Nico resterait à son poste, en dépit des rumeurs selon lesquelles le président Johnson voulait mettre un homme à lui dans les splendides appartements du numéro 47, avenue des Champs-Élysées.

Bigelow s'éloigna, laissant Hay en tête à tête avec la princesse et son père.

— Vous avez l'air si jeune, dit-elle, pour avoir été le secrétaire du Président.

— Je le suis, du moins je l'étais à l'époque, répondit Hay.

Le père et la fille questionnèrent ensuite Hay sur Lincoln. Ils parurent surpris quand celui-ci leur dit :

— Il n'a jamais douté de lui-même. Depuis le début, il a toujours su qu'il était le premier homme du pays, et que, s'il vivait, il finirait par imposer ses vues...

— Vous me surprenez, dit Schuyler. Il avait l'air si... humble.

— Les hommes humbles ne s'élèvent jamais si haut ni n'accomplissent autant de choses.

— Qui l'a tué ? demanda la princesse avec une franchise très américaine.

— L'acteur Booth, avec le concours d'un groupe d'imbéciles qu'il avait rassemblés autour de lui. Booth a été tué dans une grange du Maryland, et ses complices ont tous été pendus, y compris une certaine Mrs. Surratt qui probablement n'y était pour rien. Mais à l'époque, Mr. Stanton pendait tout ce qui se présentait. De toute façon, Booth avait déjà fait une sorte de confession dans une lettre écrite à sa sœur.

— Je n'arrive pas à croire, dit la princesse avec une méfiance très parisienne, qu'il s'agissait seulement d'un acteur fou et de quelques comparses. Les Sudistes étaient sûrement dans le coup.

— Ils le nient, et je les crois. Ils n'avaient rien à gagner à la mort du Président et tout à perdre. Seul Lincoln pouvait contrôler les radicaux. Mr. Johnson a quelques problèmes avec eux...

— Et qu'est devenue Mrs. Lincoln ? demanda la princesse en changeant de sujet pour montrer à Hay qu'elle n'était pas dupe de sa réponse diplomatique.

— Elle vit à Chicago. Le Président lui a laissé une propriété d'une valeur d'environ cent mille dollars. Elle est bien sûr toujours aussi dépensière.

A la surprise de Hay, ce fut le père et non la fille qui revint sur la question du complot.

— J'ai entendu tant de choses étranges à ce sujet, dit-il. On a dit par exemple que Booth avait été utilisé par certains éléments radicaux du Congrès.

Hay sourit :

— Si cela était prouvé, ne pensez-vous pas que Mr. Stanton serait le premier à vouloir pendre le sénateur Wade, ou le sénateur Chandler, ou le général Butler, qui sont les conspirateurs les plus vraisemblables ?

— J'ai aussi entendu dire, dit Mr. Schuyler, que Mr. Stanton lui-même aurait été impliqué. Ce qui expliquerait la rapidité et le secret avec lesquels le procès aurait été conduit.

Hay avait entendu toutes les rumeurs possibles sur l'assassinat de Lincoln, mais celle-là était nouvelle. Certes, Stanton était l'homme le plus dissimulé et le plus retors avec lequel il eût jamais eu affaire. Stanton était également très proche des radicaux. D'où une grande tension entre lui et le président Johnson, qui poursuivait la politique de modération de Lincoln à l'égard du Sud. Politiquement, Lincoln et Stanton se seraient séparés si le Président avait vécu. Mais comme d'autre part, Stanton devait tout à Lincoln, Hay estimait peu probable qu'il eût conspiré pour tuer le Président.

Hay se souvenait notamment d'une scène qui avait eu lieu dans le salon est, alors que le Président reposait dans son cercueil. Hay se tenait près de la porte, tenant Tad par la main, lorsque Stanton entra. « Mr. Stanton, lui avait alors demandé Tad, qui a tué mon père ? » Stanton avait poussé un cri et s'était précipité hors de la pièce. De fait il avait été si furieux et si abattu par cet assassinat qu'il avait ordonné pour toujours la fermeture du théâtre Ford, geste que d'aucuns avaient trouvé excentrique, mais qui était bien caractéristique de l'homme qu'on accusait maintenant d'avoir participé au meurtre du seul être qu'il eût peut-être jamais aimé.

Hay tenta d'expliquer Stanton à Mr. Schuyler, mais il n'était jamais facile d'expliquer Stanton.

— Il y a néanmoins un point intéressant, qui a peut-être un rapport avec ce que vous avez entendu dire, dit Hay. Nous savons maintenant qu'il y avait un second complot en préparation. Nous savons également que Booth en a eu vent, et qu'il a craint que d'autres ne frappent avant lui.

— Vous pensez que les radicaux auraient été capables d'un tel complot ?

— Oh, certes ! dit Hay, qui n'eût pas été fâché de voir Wade, Chandler, Butler et Sumner au bout d'une corde. Après tout, Booth sortait avec la fille d'un sénateur radical ; c'est elle qui lui avait obtenu une place pour assister à la seconde inauguration.

— Il faut écrire tout cela, Mr. Hay, dit la princesse.

— Je crois que je le ferai un jour, avec Mr. Nicolay, l'autre secrétaire du Président.

— Et où, demanda Mr. Schuyler, mettriez-vous Mr. Lincoln parmi les Présidents de notre pays ?

— A la première place, sans aucun doute.

— Avant Washington ?

— Oui, répondit Hay qui avait longuement réfléchi à la question. Mr. Lincoln avait une tâche plus vaste et plus ardue que celle de Washington. Voyez-vous, les États sudistes avaient constitutionnellement le droit de sortir de l'Union. Mais Lincoln a dit non. Lincoln a dit : Cette Union ne pourra jamais être rompue. C'était là une responsabilité terrible. Mais il l'a prise, sachant qu'il serait obligé de mener la plus grande guerre de l'histoire de l'humanité. Et cette guerre il l'a menée, et il l'a gagnée. Il n'a pas seulement restauré l'Union, il a créé un pays entièrement nouveau, fait à sa propre image.

— Vous me surprenez, dit Mr. Schuyler.

— C'est Mr. Lincoln qui nous a tous surpris.

Charles Schermerhorn se tourna vers sa fille :

— Cela vaudrait peut-être la peine, dit-il, d'aller voir ce nouveau pays, car il est clair qu'il ne ressemble en rien à celui que j'ai quitté à l'époque heureuse de Martin Van Buren.

— Alors ne tardez pas à venir, dit Hay, car qui sait ce qui peut encore se passer ?

— Je viens d'écrire sur le Chancelier allemand, dit Mr. Schuyler d'un air songeur. Je l'ai rencontré l'été dernier à Biarritz. D'après ce que vous venez de me dire, il semble que Mr. Lincoln ait fait pour notre pays ce que le Chancelier a fait pour l'Allemagne. Bismarck lui aussi a fait une seule nation centralisée à partir d'une mosaïque de petits États.

Hay hocha la tête, lui aussi avait noté la ressemblance :

— Bismarck a également donné le droit de vote à ceux qui ne l'avaient jamais eu.

— Je pense, dit Mr. Schuyler en se tournant vers la princesse, que nous avons là un sujet : Bismarck et Lincoln — à pays nouveaux, hommes nouveaux.

— Ce sera intéressant de voir comment le Chancelier terminera sa carrière, dit Hay.

Il était pour sa part plus convaincu que jamais que Lincoln avait souhaité son propre assassinat comme une forme d'expiation pour avoir imposé à sa nation un baptême aussi absolu et aussi sanglant.

L'impression de ce livre
a été réalisée sur les presses
des Imprimeries Aubin
à Poitiers/Ligugé

pour les Éditions Julliard

Achevé d'imprimer en avril 1985
N° d'édition, 4762 — N° d'impression, L 19871
Dépôt légal, avril 1985

Imprimé en France